वैशाली की नगरवधू

[बौद्धकालीन ऐतिहासिक उपन्यास]

वैशाली की नगरवधू

बौद्धकालीन ऐतिहासिक उपन्यास

आचार्य चतुरसेन शास्त्री

लोकभारती प्रकाशन

लोकभारती प्रकाशन
पहली मंजिल, दरबारी बिल्डिंग, महात्मा गांधी मार्ग
प्रयागराज-211 001
वेबसाइट : www.lokbhartiprakashan.com
ईमेल : info@lokbhartiprakashan.com

शाखाएँ : 1-बी, नेताजी सुभाष मार्ग, दरियागंज
नई दिल्ली-110 002
अशोक राजपथ, साइंस कॉलेज के सामने
पटना-800 006
1, अनमोल सोराबजी संतुक लेन, धोबी तलाव,
मरीन लाइंस, मुम्बई-400 002

पहला संस्करण : 2022
दूसरा संस्करण : 2024

बी.के. ऑफसेट
नवीन शाहदरा, दिल्ली-110 032
द्वारा मुद्रित

VAISHALI KI NAGARVADHU
Novel by Acharya Chatursen Shastri

ISBN : 978-93-93603-36-4

मूल्य : ₹1295

स्नेह भेंट

श्री जवाहरलाल नेहरू को

ओ ब्राह्मण,

तेरे राज्य में शत-प्रतिशत आंसू पिया और विपरीत परिस्थितियों में जी कर हमने यह ग्रन्थ तैयार किया है। तू, जो पाश्चात्य राजनीति के ध्वस्त मार्ग पर- अपने आसपास के कूड़े करकट का भार लाद, उतावली में देश को घसीटले चला। और मानव संस्कृति के निर्माता तथा कोटि २ जनपद के शास्ता साहित्यजनों को एकबारगी ही भूल बैठा, इस से तुझ पर निर्भर रहने वालों और तुझे प्यार करने वालों को सिर धुन धुन कर अपने ही कायर रक्त में आकण्ठ स्नान करना पड़ा। तो भी वे तुझे प्यार करते हैं। किन्तु, मैं रोषान्वित हूँ- क्योंकि मैंने उन सब से अधिक तुझे प्यार किया है। इसलिए- कि तू मेरी दृष्टि में पूर्वीय भू खण्ड पर एक मात्र जीवित सर्वश्रेष्ठ पुरुष है। अब मैं अपने सात्विक रोष और हार्दिक प्यार की स्मृति में यह अपनी प्रतिनिधि रचना तुझे भेंट करता हूँ।

श्री विजयादशमी
सं. २००५

चतुरसेन

क्रम

प्रवचन 13

वैशाली की नगरवधू

प्रवचन

अपने जीवन के पूर्वाह्न में—सन् 1909 में, जब भाग्य रुपयों से भरी थैलियाँ मेरे हाथों में पकड़ाना चाहता था—मैंने कलम पकड़ी। इस बात को आज 40 वर्ष बीत रहे हैं। इस बीच मैंने छोटी-बड़ी लगभग 84 पुस्तकें विविध विषयों पर लिखीं, अथच दस हजार से अधिक पृष्ठ विविध सामयिक पत्रिकाओं में लिखे। इस साहित्य-साधना से मैंने पाया कुछ भी नहीं, खोया बहुत-कुछ, कहना चाहिए, सब कुछ—धन, वैभव, आराम और शान्ति। इतना ही नहीं, यौवन और सम्मान भी। इतना मूल्य चुकाकर निरन्तर चालीस वर्षों की अर्जित अपनी सम्पूर्ण साहित्य-सम्पदा को मैं आज प्रसन्नता से रद्द करता हूँ; और यह घोषणा करता हूँ कि आज मैं अपनी यह पहली कृति विनयांजलि-सहित आपको भेंट कर रहा हूँ।

यह सत्य है कि यह उपन्यास है। परन्तु इससे अधिक सत्य यह है कि यह एक गम्भीर रहस्यपूर्ण संकेत है, जो उस काले पर्दे के प्रति है, जिसकी ओट में आर्यों के धर्म, साहित्य, राजसत्ता और संस्कृति की पराजय और मिश्रित जातियों की प्रगतिशील संस्कृति की विजय सहस्राब्दियों से छिपी हुई है, जिसे सम्भवतः किसी इतिहासकार ने आँख उघाड़कर देखा नहीं है।

मैंने जो चालीस वर्षों से तन-मन-धन से साधित अपनी अमूल्य साहित्य-सम्पदा को प्रसन्नता से रद्द करके इस रचना को अपनी पहली रचना घोषित किया है, सो यह इस रचना के प्रति मात्र मेरी व्यक्तिगत निष्ठा है; परन्तु इस रचना पर गर्व करने का मेरा कोई अधिकार नहीं है। मैं केवल आपसे एक यह अनुरोध करता हूँ कि इस रचना को पढ़ते समय उपन्यास के कथानक से पृथक् किसी निगूढ़ तत्त्व को ढूँढ़ निकालने में आप सजग रहें। सम्भव है, आपका वह सत्य मिल जाए, जिसकी खोज में मुझे आर्य, बौद्ध, जैन और हिन्दुओं के साहित्य का सांस्कृतिक अध्ययन दस वर्ष करना पड़ा है।

—आचार्य चतुरसेन

प्रवेश

मुजफ्फरपुर से पश्चिम की ओर जो पक्की सड़क जाती है—उस पर मुजफ्फरपुर से लगभग अठारह मील दूर 'वैसौढ़' नामक एक बिलकुल छोटा-सा गाँव है। उसमें अब तीस-चालीस घर भूमिहार ब्राह्मणों के—और कुछ गिनती के घर क्षत्रियों के बच रहे हैं। गाँव के चारों ओर कोसों तक खँडहर, टीले और पुरानी टूटी-फूटी मूर्तियाँ ढेर-की-ढेर मिलती हैं, जो इस बात की याद दिलाती हैं कि कभी यहाँ कोई बड़ा भारी समृद्ध नगर बसा रहा होगा।

वास्तव में वहाँ, अब से कोई ढाई हजार वर्ष पूर्व एक विशाल नगर बसा था। आजकल जिसे गंडक कहते हैं, उन दिनों उसका नाम 'सिही' था। आज यह नदी यद्यपि इस गाँव से कई कोस उत्तर की ओर हटकर बह रही है; किन्तु उन दिनों यह दक्षिण की ओर इस वैभवशालिनी नगरी के चरणों को चूमती हुई दिधिवारा के निकट गंगा में मिल गई थी। इस विशाल नगरी का नाम वैशाली था। यह नगरी अति समृद्ध थी। उसमें 7777 प्रासाद, 7777 कूटागार, 7777 आराम और 7777 पुष्करिणियाँ थीं। धन-जन से परिपूर्ण यह नगरी तब अपनी शोभा की समता नहीं रखती थी।

यह लिच्छवियों के वज्जी संघ की राजधानी थी। विदेह राज्य टूटकर यह वज्जी संघ बना था। इस संघ में विदेह, लिच्छवि, क्षात्रिक, वज्जी, उग्र, भोज, इक्ष्वाकु और कौरव ये आठ कुल सम्मिलित थे, जो अष्टकुल कहलाते थे। इनमें प्रथम चार प्रधान थे। विदेहों की राजधानी मिथिला, लिच्छवियों की वैशाली, क्षात्रिकों की कुंडपुर और वज्जियों की कोल्लाग थी। वैशाली पूरे संघ की राजधानी थी। अष्टकुल के संयुक्त लिच्छवियों का यह संघव्रात्य संकरों का संघ था और इनका यह गणतंत्र पूर्वी भारत में तब एकमात्र आदर्श और सामर्थ्यवान् संघ था, जो प्रतापी मगध साम्राज्य की उस समय की सबसे बड़ी राजनीतिक और सामरिक बाधा थी।

नगरी के चारों ओर काठ का तिहरा कोट था, जिसमें स्थान-स्थान पर गोपुर और प्रवेश-द्वार बने हुए थे। गोपुर बहुत ऊँचे थे और उन पर खड़े होकर मीलों तक देखा जा सकता था। प्रहरीगण हाथों में पीतल के तूर्य ले इन्हीं पर खड़े पहरा दिया करते थे। आवश्यकता होते ही वे उन्हें बजाकर नगर को सावधान कर देते और प्रतिहार तुरन्त नगर-रक्षकों को संकेत कर देते। इसके बाद आनन-फानन सैनिक हलचल नगर के प्रकोष्ठों में दीखने लगती थी। सहस्त्रों भीमकाय योद्धा लोह-वर्म पहने, शस्त्र-सज्जित, धनुष-बाण लिए, खड्ग चमकाते, चंचल घोड़ों को दौड़ाते प्राचीर के बाहरी भागों में आ जुटते थे।

वज्जी संघ का शासन एक राज-परिषद् करती थी, जिसका चुनाव हर सातवें वर्ष

उसी अष्टकुल में से होता था। निर्वाचित सदस्य परिषद् में एकत्र होकर वज्जी-चैत्यों, वज्जी-संस्थाओं और राज्य-व्यवस्था का पालन करते थे। शिल्पियों और सेट्ठियों के नगर में पृथक् संघ थे। शिल्पियों के संघ श्रेणी कहाते थे, और प्रत्येक श्रेणी का संचालन उसका जेट्ठक करता था। जल, थल और अट्टवी के नियामकों की श्रेणियाँ पृथक् थीं। नगर में श्रेणियों के कार्यालय और निवास पृथक्-पृथक् थे। बाहरी वस्तुओं का क्रय-विक्रय भी पृथक्-पृथक् हट्टियों में हुआ करता था। परन्तु श्रेणियों का माल अन्तरायण में बिकता था। सेट्ठियों के संघ निगम कहाते थे। सब निगमों का प्रधान नगरसेट्ठि कहाता था और उसकी पद-मर्यादा राजनीतिक और औद्योगिक दृष्टि से अत्यन्त महत्त्वपूर्ण होती थी।

वत्स, कोसल, काशी और मगध साम्राज्य से घिरा रहने तथा श्रावस्ती से राजगृह के मार्ग पर अवस्थित रहने के कारण यह स्वतंत्र नागरिकों का नगर उन दिनों व्यापारिक और राजनीतिक संघर्षों का केन्द्र बना हुआ था। देश-देश के व्यापारी, जौहरी, शिल्पकार और यात्री लोगों से यह नगर सदा परिपूर्ण रहता था। 'श्रेष्ठिचत्वर' में, जो यहाँ का प्रधान बाजार था, जौहरियों की बड़ी-बड़ी कोठियाँ थीं, जिनकी व्यापारिक शाखाएँ समस्त उत्तराखंड से दक्षिणापथ तक फैली हुई थीं। सुदूर पतित्थान से माहिष्मती, उज्जैन, गोनर्द, विदिशा, कौशाम्बी और साकेत होकर पहाड़ की तराई के रास्ते सेतव्य, कपिलवस्तु, कुशीनारा, पावा, हस्तिग्राम और भंडग्राम के मार्ग से बड़े-बड़े सार्थवाह वैशाली से व्यापार स्थापित किए हुए थे। पूर्व से पश्चिम का रास्ता नदियों द्वारा था। गंगा में सहजाति और यमुना में कौशाम्बी-पर्यन्त नावें चलती थीं। वैशाली से मिथिला के रास्ते गान्धार को, राजगृह के रास्ते सौवीर को, तथा भरुकच्छ के रास्ते बर्मा को और पतित्थान के रास्ते बेबिलोन तथा चीन तक भी भारी-भारी सार्थवाह जल और थल पर चलते रहते थे। ताम्रपर्णी, स्वर्णद्वीप, यवद्वीप आदि सुदूर-पूर्व के द्वीपों का यातायात चम्पा होकर था।

श्रेष्ठिचत्वर में बड़े-बड़े दुकानदार स्वच्छ परिधान धारण किए, पान की गिलौरियाँ कल्लों में दबाए, हँस-हँसकर ग्राहकों से लेन-देन करते थे। जौहरी पन्ना, लाल, मूंगा, मोती, पुखराज, हीरा और अन्य रत्नों की परीक्षा तथा लेन-देन में व्यस्त रहते थे। निपुण कारीगर अनगढ़ रत्नों को शान पर चढ़ाते, स्वर्णाभरणों को रंगीन रत्नों से जड़ते और रेशम की डोरियों में मोती गूँथते थे। गन्धी लोग केसर के थैले हिलाते, चन्दन के तेल में गन्ध मिलाकर इत्र बनाते थे, जिनका नागरिक खुला उपयोग करते थे। रेशम और बहुमूल्य महीन मलमल के व्यापारियों की दुकान पर बेबिलोन और फारस के व्यापारी लम्बे-लम्बे लबादे पहने भीड़ की भीड़ पड़े रहते थे। नगर की गलियाँ सँकरी और तंग थीं, और उनमें गगनचुम्बी अट्टालिकाएँ खड़ी थीं, जिनके अँधेरे और विशाल तहखानों में धनकुबेरों की अतुल सम्पदा और स्वर्ण-रत्न भरे पड़े रहते थे।

संध्या के समय सुन्दर वाहनों, रथों, घोड़ों, हाथियों और पालकियों पर नागरिक नगर के बाहर सैर करने राजपथ पर आ निकलते थे। इधर-उधर हाथी झूमते बढ़ा करते थे और उनके अधिपति रत्नाभरणों से सज्जित अपने दासों तथा शरीर-रक्षकों से घिरे चला करते थे।

2

दिन निकलने में अभी देर थी। पूर्व की ओर प्रकाश की आभा दिखाई पड़ रही थी। उसमें वैशाली के राजप्रासादों के स्वर्ण-कलशों की धूमिल स्वर्णकान्ति बड़ी प्रभावोत्पादक दीख पड़ रही थी। मार्ग में अभी अँधेरा था। राजप्रासाद के मुख्य तोरण पर अभी प्रकाश दिख रहा था। पार्श्व के रक्षागृहों में प्रहरी और प्रतिहार पड़े सो रहे थे। तोरण के बीचोबीच एक दीर्घकाय मनुष्य भाले पर टेक दिए ऊँघ रहा था।

धीरे-धीरे दिन् का प्रकाश फैलने लगा। राजकर्मचारी और नागरिक इधर-उधर आने-जाने लगे। किसी-किसी हर्म्य से मृदुल तंतुवाद्य की झंकार के साथ किसी आरोह-अवरोह की कोमल तान सुनाई पड़ने लगी। प्रतिहारों का एक नया दल तोरण पर आ पहुँचा। उसके नायक ने आगे बढ़कर भाले के सहारे खड़े ऊँघते मनुष्य को पुकारकर कहा, "सावन्त महानामन्, सावधान हो जाओ और घर जाकर विश्राम करो।" महानामन् ने सजग होकर अपने दीर्घकाय शरीर का और भी विस्तार करके एक जोर की अँगड़ाई ली और "तुम्हारा कल्याण हो नायक," कहकर वह अपना भाला पृथ्वी पर टेकता हुआ तृतीय तोरण की ओर बढ़ गया।

सप्तभूमि राजप्रासाद के पश्चिम की ओर प्रासाद का उपवन था, जिसकी देख-रेख नायक महानामन् के ही सुपुर्द थी। यहीं वह अपनी प्रौढ़ा पत्नी के साथ अड़तीस वर्ष से अकेला एकरस आँधी-पानी, सर्दी-गर्मी में रहकर गण की सेवा करता था।

अभी भी वह नींद में ऊँघता हुआ झूम-झूमकर चला जा रहा था। अभी प्रभात का प्रकाश धूमिल था। उसने आगे बढ़कर, आम्रकुंज में एक आम्रवृक्ष के नीचे, एक श्वेत वस्तु पड़ी रहने का भान किया। निकट जाकर देखा, एक नवजात शिशु स्वच्छ वस्त्र में लिपटा हुआ अपना अँगूठा चूस रहा है। आश्चर्यचकित होकर महानामन् ने शिशु को उठा लिया। देखा-कन्या है। उसने कन्या को उठाकर हृदय से लगाया और अपनी स्त्री को वह कन्या देकर कहा—देखो, आज इस प्रकार हमारे जीवन की एक पुरानी साध मिटी।

और वह उसी आम्र-कानन में उस एकाकी दम्पती की आँखों के आगे शशि-किरण की भाँति बढ़ने लगी। उसका नाम रखा गया 'अम्बपाली', उसी आम्रवृक्ष की स्मृति में, जहाँ से उसे पाया गया था।

3

ग्यारह बरस बाद! वैशाली के उत्तर-पश्चिम पचीस-तीस कोस पर अवस्थित एक छोटे-से ग्राम में एक वृद्ध अपने घर के द्वार पर प्रातःकाल के समय दातुन कर रहा था। पैरों की आहट सुनकर उसने पीछे की ओर देखा। चम्पक-पुष्प की कली के समान ग्यारह वर्ष की एक अति सुन्दरी बालिका, जिसके घुंघराले बाल हवा में लहरा रहे थे, दौड़ती हुई बाहर आई, और वृद्ध को देखकर उससे लिपटने के लिए लपकी, किन्तु पैर फिसलने से गिर गई। गिरकर रोने लगी। वृद्ध ने दातुन फेंक, दौड़कर बालिका को उठाया, उसकी धूल झाड़ी और उसे हृदय से लगा लिया। बालिका ने रोते-रोते कहा, "बाबा, देखा है तुमने रोहण का वह कंचुक? वह कहता है, तेरे पास नहीं है ऐसा। वैशाली की सभी

लड़कियाँ वैसा ही कंचुक पहनती हैं, मैं भी वैसा ही कंचुक लूँगी बाबा!"

वृद्ध की आँखों में पानी और होंठों पर हास्य आया। उसने कहा, "अच्छा, अच्छा मैं तुझे वैशाली से वैसा ही कंचुक मँगा दूँगा बेटी!"

"पर बाबा, तुम्हारे पास दम्म कहाँ हैं? वैसा बढ़िया चमकीला कंचुक छह दम्म में आता है, जानते हो?"

"हाँ, हाँ, जानता हूँ।"

वृद्ध की भृकुटि कुंचित हुई और ललाट पर चिन्ता की रेखा पड़ गई। वृद्ध की पत्नी को मरे आठ साल बीत चुके थे। उसके बाद कन्या की परिचर्या में बाधा पड़ती देख सावन्त महानामन् राजसेवा त्यागकर अपने ग्राम में आ कन्या की सेवा-शुश्रूषा में अबाध रूप से लगे रहते थे। अम्बपाली को उन्होंने इस भाँति पाला था जैसे पक्षी चुग्गा देकर अपने शिशु को पालता है। अब उनकी छोटी-सी कमाई की क्षुद्र पूँजी यत्न से खर्च करने पर भी समाप्त हो गई थी। यहाँ तक कि पत्नी की स्मृतिरूप जो दो-चार आभरण थे, वे भी एक-एक करके उसकी उदर-गुहा में पहुँच चुके थे! अब आज जैसे उसने देखा—उसके प्राणों की पुतली यह बालिका जीवन में आगे बढ़ रही है, उसकी अभिलाषाएँ जाग्रत् हो रही हैं और भी जाग्रत् होंगी। यही सोचकर वृद्ध महानामन् चिन्तित हो उठे। किन्तु उन्होंने हँसकर तड़ातड़ तीन-चार चुम्बन बालिका के लिए और गोद से उतारकर कहा, "वैसा ही बढ़िया कंचुक ला दूँगा बेटी!"

बालिका खुश होकर तितली की भाँति घर में भाग गई और वृद्ध की आँखों से दो-तीन बूँद गर्म आँसू टपक पड़े। वे चिन्तित भाव से बैठकर सोचने लगे—एक बार फिर वैशाली चलकर पुरानी नौकरी की याचना की जाए। वृद्ध का बाहुबल थक चुका था किन्तु क्या किया जाए। कन्या का विचार सर्वोपरि था, परन्तु वृद्ध के चिन्तित होने का केवल यही कारण न था। लाख वृद्ध होने पर भी उसकी भुजा में बल था—बहुत था। पर उसकी चिन्ता थी—बालिका का अप्रतिम सौन्दर्य। सहस्राधिक बालिकाएँ भी क्या उस पारिजात कुसुमतुल्य कुन्द-कलिका के समान हो सकती थीं? किस पुष्प में इतनी गन्ध, कोमलता और सौन्दर्य था? उन्हें भय था कि वज्जियों के उस विचित्र कानून के अनुसार उनकी कन्या विवाह से वंचित करके कहीं 'नगरवधू' न बना दी जाए। वज्जी गणतंत्र में यह विचित्र कानून था कि उस गणराज्य में जो कन्या सर्वाधिक सुन्दरी होती थी, वह किसी एक पुरुष की पत्नी न होकर 'नगरवधू' घोषित की जाती थी और उस पर सम्पूर्ण नागरिकों का समान अधिकार रहता था। उसे 'जनपद-कल्याणी' की उपाधि प्राप्त होती थी। कन्या के अप्रतिम सौन्दर्य को देखकर वृद्ध महानामन् वास्तव में इसी भय से राजधानी छोड़कर भागे थे, जिससे किसी की दृष्टि बालिका पर न पड़े। पर अब उपाय न था। महानामन् ने एक बार फिर वैशाली जाने का निर्णय किया।

4

फागुन बीत रहा था। वैशाली में संध्या के दीये जल गए थे। नागरिक और राजपुरुष अपने-अपने वाहनों पर सवार घरों को लौट रहे थे। रंग-बिरंगे वस्त्र पहने बहुत-से

स्त्री-पुरुष इधर से उधर आ-जा रहे थे। धीरे-धीरे यह चहल-पहल कम होने लगी और राजपथ पर अन्धकार बढ़ चला। नगर के दक्षिण प्रान्त में मद्य की एक दुकान थी। दुकान में दीया जल रहा था। उसके धीमे और पीले प्रकाश में बड़े-बड़े मद्यपात्र काँपते-से प्रतीत हो रहे थे। बूढ़ा दुकानदार बैठा ऊँघ रहा था। सड़कें अभी से सूनी हो चली थीं। अब कुछ असमृद्ध लोग ही इधर-उधर आ-जा रहे थे, जिनमें मछुए, कसाई, माँझी, नाई, कम्मकार आदि थे। वास्तव में इधर इन्हीं की बस्ती अधिक थी।

वृद्ध महानामन् बालिका की उँगली पकड़े एक दुकान के आगे आ खड़े हुए। वे बहुत थक गए थे और बालिका उनसे भी बहुत अधिक। महानामन् ने थकित किन्तु स्नेह-भरे स्वर में कहा, "अन्त में हम आ पहुँचे, बेटी!"

"क्या यही नगर है बाबा? कहाँ, वैसे कंचुक यहाँ कहाँ बिकते हैं?"

"यह उपनगर है, नगर और आगे है। परन्तु आज रात हम यहीं कहीं विश्राम करेंगे। अब हमें चलना नहीं होगा। तुम तनिक यहीं बैठो, बेटी।"

यह कहकर वृद्ध महानामन् और आगे बढ़कर दुकान के सामने आ गए। महानामन् का कंठ-स्वर सुनकर बूढ़ा दुकानदार ऊँघ से चौंक उठा था, अब उसने उन्हें सामने खड़ा देखकर कहा, "हाँ, हाँ, मेरी दुकान में सब कुछ है, क्या चाहिए? कैसा पान करोगे—दाक्खा लाजा, गौड़ीय, माध्वीक, मैरेय?" फिर उसने घूरकर वृद्ध महानामन् को अन्धकार में देखा और उसे एक दीन भिक्षुक समझकर कहा, "किन्तु मित्र मैं उधार नहीं बेचता। दम्म या कहापण पास हों तो निकालो।" वृद्ध महानामन् ने एक कदम आगे बढ़कर कहा, "तुम्हारा कल्याण हो नागरिक, परन्तु मुझे पान नहीं, आश्रय चाहिए। मेरे साथ मेरी बेटी है, हम लोग दूर से चले आ रहे हैं, यहाँ कहीं निकट में विश्राम मिलेगा? मैं शुल्क दे सकूँगा।"

बूढ़े दुकानदार ने सन्देह से महानामन् को देखते हुए कहा, "शुल्क, तुम दे सकते हो, सो तो है, परन्तु भाई तुम हो कौन? जानते हो, वैशाली में बड़े-बड़े ठग और चोर-दस्यु नागरिक का वेश बनाकर आते हैं। वैशाली की सम्पदा ही ऐसी है भाई, मैं सब देखते-देखते बूढ़ा हुआ हूँ।"

वह और भी कुछ कहना चाहता था, परन्तु इसी समय दो तरुण बातें करते-करते उसकी दुकान पर आ खड़े हुए। बूढ़े ने सावधान होकर दीपक के धुँधले प्रकाश में देखा, दोनों राजवर्गी पुरुष हैं, उनके वस्त्र और शस्त्र अँधेरे में भी चमक रहे थे।

बूढ़े ने नम्रतापूर्वक हाथ जोड़कर कहा, "श्रीमानों को क्या चाहिए? गौड़ीय, माध्वीक, दाक्खा...?"

"अरे, पहले दस्यु की बात कह! कहाँ हैं दस्यु, बोल?" आगन्तुक में से एक तरुण ने अपना खड्ग हिलाते हुए कहा।

बूढ़े की घिग्घी बँध गई। उसने हाथ जोड़कर कहा, "दस्यु की बात कुछ नहीं श्रीमान्, यह बूढ़ा ग्रामीण कहीं से आकर रात-भर के लिए विश्राम खोजता है। मुझे भय है, नहीं, नहीं, श्रीमान्, मैं कभी भय नहीं करता, किसी से भी नहीं, परन्तु मुझे सन्देह हुआ—कौन जाने, कौन है यह। महाराज, आप तो देखते ही हैं कि वैशाली का महावैभव यहाँ बड़े-बड़े दस्युओं को खींच लाता है...।"

"बक-बक मत कर बूढ़े।" उसी तरुण ने खड्ग चमकाते हुए कहा, "उन सब दस्युओं को मैं आज ही पकड़ूँगा। ला माध्वीक दे।"

दोनों आगन्तुक अब आसनों पर बैठ गए। बूढ़ा चुपचाप मद्य ढालने लगा। अब आगन्तुक ने महानामन् की ओर देखा, जो अभी चुपचाप अँधेरे में खड़े थे। अम्बपाली थककर घुटनों पर सिर रखकर सो गई थी। दीपक की पीत प्रभा उसके पीले मुख पर खेलती हुई काली अलकावलियों पर पड़ रही थी।

तरुण आगन्तुक ने महानामन् को सिर से पैर तक देखा और फिर अम्बपाली पर जाकर उसकी दृष्टि स्थिर हो गई। उसने वृद्ध महानामन् से कहा, "बूढ़े, कहाँ से आ रहे हो?"

"दूर से।"

"साथ में यह कौन है?"

"मेरी बेटी है।"

"बेटी है? कहीं से उड़ा तो नहीं लाए हो? यहाँ वैशाली में ऐसी सुन्दर लड़कियों के खूब दाम उठते हैं। कहो बेचोगे?"

वृद्ध महानामन् बोले, "नहीं।" क्रोध से उनके नथुने फूल उठे और होंठ सम्पुटित हो गए। वह निश्चल खड़े रहे।

कहनेवाले ने वह सब नहीं देखा। उसके होंठों पर एक हास्य नाच रहा था, दूसरा साथी माध्वीक पी रहा था। पात्र खाली करके अब वह बोला। उसने हँसकर साथी से कहा, "क्यों, ब्याह करोगे?"

दूसरा ठहाका मारकर हँसा। "नहीं, नहीं, मुझे एक दासी की आवश्यकता है। छोटी-सी एक सुन्दर दासी।" वह फिर महानामन् की ओर घूमा। महानामन् धीरे-धीरे वस्त्र के नीचे खड्ग खींच रहा था। देखकर आगन्तुक चौंका।

वृद्ध महानामन् ने शिष्टाचार से सिर झुकाया। उसने कहा, "नायक, तुम्हारे इस राजपरिच्छद का मैं अभिवादन करता हूँ। तुम्हें मैं पहचानता नहीं, तुम कदाचित् मेरे मित्र के पुत्र, पौत्र अथवा नाती होगे। अब से 11 वर्ष पूर्व मैं भी एक सेना का नायक था। यही राजपरिच्छद, जो तुम पहने हो, मैं पूरे बयालीस साल तक पहन चुका हूँ। उसकी मर्यादा मैं जानता हूँ और मैं चाहता हूँ कि तुम भी जानो। इसके लिए मुझे तुम्हारे प्रस्ताव का उत्तर इस खड्ग से देने की आवश्यकता हो गई, जो अब पुराना हो गया और इन हाथों का अभ्यास और शक्ति भी नष्ट हो गई है। परन्तु कोई हानि नहीं। आयुष्मान्! तुम खड्ग निकालो और तनिक कष्ट उठाकर आगे बढ़कर उधर मैदान में आ जाओ। यहाँ लड़की थककर सो गई है, ऐसा न हो, शस्त्रों की झनकार से वह जग जाए।"

तरुण मद्यपात्र हाथ में ले चुका था। अब वृद्ध महानामन् की यह अतर्कित वाणी सुन, उसने हाथ का मद्यपात्र फेंक खड्ग निकाल लिया और उछलकर आगे बढ़ा।

तरुण का दूसरा साथी कुछ प्रौढ़ था। उसने हाथ के संकेत से साथी को रोककर आगे बढ़कर बूढ़े से कहा, "आप यदि कभी वैशाली की राजसेना में नायक रह चुके हैं तो आपको नायक चन्द्रमणि का भी स्मरण होगा?"

"चन्द्रमणि! निस्सन्देह, वे मेरे परम सुहृद थे। नायक चन्द्रमणि क्या अभी हैं?" महानामन् ने दो कदम आगे बढ़कर कहा।

"हैं, यह तरुण उन्हीं का पुत्र है। आपका नाम क्या है भन्ते?"

महानामन् ने खड्ग कोष में रख लिया, कहा, "मेरा नाम महानामन् है। यदि यह आयुष्मान् मित्रवर चन्द्रमणि का पुत्र है तो अवश्य ही इसका नाम हर्षदेव है।" युवक ने धीरे-से अपना खड्ग वृद्ध के पैरों में रखकर कहा, "मैं हर्षदेव ही हूँ, भन्ते, मैं आपका अभिवादन करता हूँ।"

वृद्ध ने तरुण को छाती से लगाकर कहा, "अरे पुत्र, मैंने तो तुझे अपने घुटनों पर बैठाकर खिलाया है। आह, आज मैं बड़भागी सिद्ध हुआ। नायक के दर्शन हो सकेंगे तो?"

"अवश्य, पर अब वे हिल-डुल नहीं सकते। पक्षाघात से पीड़ित हैं। भन्ते, किन्तु आप मुझे क्षमा दीजिए।"

"इसकी कुछ चिन्ता न करो आयुष्मान्! तो, मैं कल प्रातःकाल मित्र चन्द्रमणि से मिलने आऊँगा।"

"कल? नहीं-नहीं, अभी! मैं अच्छी तरह जानता हूँ, आप थके हुए हैं और वह बालिका...कैसी लज्जा की बात है! भन्ते, मैंने गुरुतर अपराध...।" वृद्ध ने हँसते-हँसते युवक को फिर छाती से लगाकर उसका क्षोभ दूर किया और कहा, "वह मेरी कन्या अम्बपाली है।"

"मैं समझ गया भन्ते, पितृकरण ने बहुत बार आपके विषय में चर्चा की है। चलिए अब घर! रात्रि आप यों राजपथ पर व्यतीत न करने पाएँगे।"

महानामन् ने और विरोध नहीं किया। बालिका को जगाकर दोनों तरुणों के साथ उन्होंने धीरे-धीरे नगर में प्रवेश किया।

धिक्कृत कानून

उस दिन वैशाली में बड़ी उत्तेजना फैली थी। सूर्योदय के साथ ही ठठ के ठठ नागरिक संथागार की ओर जा रहे थे। संथागार की ओर जानेवाला राजमार्ग मनुष्यों से भरा हुआ था। पैदल, अश्वारोही, रथों और पालकियों पर सवार सभी प्रकार के पुरुष थे। उनमें नगरसेट्ठि, श्रेणिक और सामन्तपुत्र भी थे। संथागार का प्रांगण विविध वाहनों, मनुष्यों और उनके कोलाहल से परिपूर्ण था। बहुत-से नागरिक और सेट्ठिपुत्र संथागार की स्वच्छ संगमरमर की सीढ़ियों पर बैठे थे। बहुत-से खुले मैदान में अपने-अपने वाहनों को थामे उत्सुकता से भवन की ओर देख रहे थे। अनेक सामन्तपुत्र अपने-अपने शस्त्र चमकाकर और भाले ऊँचे करके चिल्ला-चिल्लाकर उत्तेजना प्रकट कर रहे थे। वहाँ उस समय सर्वत्र अव्यवस्था फैली हुई थी और लोग आपस में मनमानी बातें कर रहे थे। उनके बीच से होते हुए गणसदस्य अपने-अपने वाहनों से उतरकर चुपचाप गम्भीर मूर्ति धारण किए सभा-भवन में जा रहे थे। दंडधर आगे-आगे उनके लिए रास्ता करते और द्वारपाल पुकारकर उनका नाम लेकर उनका आगमन सूचित कर रहे थे।

संथागार का सभा-मंडप मत्स्य देश के उज्ज्वल श्वेतमर्मर का बना था और उसका फर्श चिकने और प्रतिबिम्बित काले पत्थर का बना था। उसकी छत एक सौ

आठ खम्भों पर आधारित थी। ये खम्भे भी काले पत्थर के बने थे। सभाभवन के चारों ओर भीतर की तरफ नौ सौ निन्यानबे हाथीदाँत की चौकियाँ रखी थीं, जिन पर अपनी-अपनी नियुक्ति के अनुसार आठों कुल के सभ्यगण आ-आकर चुपचाप बैठ रहे थे। भवन के बीचोबीच सुन्दर चित्रित हरे रंग के पत्थर की एक वेदी थी जिस पर दो बहुमूल्य स्वर्ण-खचित चाँदी की चौकियाँ रखी थीं। एक पर गणपति सुनन्द बैठते थे और दूसरी पर महाबलाधिकृत सुमन। ये दोनों ही आसन अभी खाली थे। गणपति और महाबलाधिकृत अभी संथागार में नहीं आए थे। वेदी के ऊपर सोने के दंडों पर चँदोवा तना था, जिस पर अद्भुत चित्रकारी हो रही थी और बीच में रंगीन पताकाएँ फहरा रही थीं। वेदी के तीन ओर सीढ़ियाँ थीं और सीढ़ियों के निकट वृद्ध कर्णिक गण-सन्निपात की तमाम कारवाई लिखने को तैयार बैठे थे। उन्हीं के लिए छन्दशलाका ग्राहक हाथ में लाल-काली छन्दशालाओं से भरी टोकरियाँ लिये चुपचाप खड़े थे। अधेड़ अवस्था के कर्मचारी परिषद् की सब व्यवस्था देखभाल रहे थे तथा विनयधरों को आवश्यक आदेश दे रहे थे। उनके आदेश पर विनयधर इधर-उधर दौड़कर आदेश-पालन कर रहे थे।

गणपति और महाबलाधिकृत भी आकर अपने आसन पर बैठ गए। प्रतिहार ने सन्निपात के कार्यारम्भ की सूचना तूर्य बजाकर दी।

संथागार के बाहर खड़ी भीड़ में और भी क्षोभ फैल गया। सबके मुँह उत्तेजना से लाल हो गए। प्रत्येक व्यक्ति की आँखें चमकने लगीं। संथागार के अलिन्द में सामन्तपुत्रों और सेट्ठिपुत्रों के झुंड जमा हो गए। सामन्तपुत्र अपने-अपने भाले और खड्ग चमका-चमकाकर मनमाना बकने और शोर करने लगे। सेट्ठिपुत्रों का सदा का हास्यपूर्ण और निश्चिन्त मुख भी आज रौद्र मूर्ति धारण कर रहा था। वैशाली का जनपद, अन्तरायण हट्ट और श्रेष्ठिचत्वर सब बन्द थे। भीतर गणपति और गण चिन्तित भाव से बैठे किसी अयाचित घटना की प्रतीक्षा कर रहे थे। वातावरण अत्यन्त अशान्त, उत्तेजित और उद्वेगपूर्ण था।

एकाएक रथ का गम्भीर घोष सुनकर कोलाहल थम गया। जो जहाँ था, चित्रखचित-सा खड़ा रह गया। सब उन्मुख हो परिषद्-प्रांगण की ओर बढ़ते हुए रथ की ओर देखने लगे। रथ पर श्वेत कौशेय मढ़ा था और श्वेत पताका स्वर्ण-कलश पर फहरा रही थी। रथ धीर-मन्थर गति से अपनी सहस्र स्वर्ण घंटिकाओं का घोष करता हुआ संथागार के प्रांगण में आ खड़ा हुआ। लोगों ने कौतूहल से देखा—एक भव्य प्रशान्त भद्र वृद्ध पुरुष रथ से उतर रहे हैं। उनका स्वच्छ-श्वेत परिधान और लम्बी श्वेत दाढ़ी हवा में फहरा रही थी। कमर में एक लम्बा खड्ग लटक रहा था जिसकी मूठ और कोष पर रत्न जड़े थे। वृद्ध के मस्तक पर श्वेत उष्णीय था, जिस पर एक बड़ा हीरा धक-धक चमक रहा था। वे एक तरुण के कन्धे का सहारा लिये धीर भाव से संथागार की सीढ़ियाँ चढ़ने लगे। लोगों ने आप ही उन्हें मार्ग दे दिया। सर्वत्र सन्नाटा छा गया।

परन्तु शान्त वातावरण क्षण-भर बाद ही क्षुब्ध हो उठा। पहले धीरे-धीरे, फिर बड़े वेग से जनरव उठा। एक उद्धत युवक साहस करके अपना भाला सीढ़ियों में टेककर भद्र वृद्ध के सम्मुख अड़कर खड़ा हो गया। उनके नथुने क्रोध से फूल रहे थे और मुख पर समस्त शरीर का रक्त एकत्रित हो रहा था। उसने दाँत पीसकर

कहा, "तो भन्ते महानामन्, आप एकाकी ही आए हैं? देवी अम्बपाली नहीं आई?"

तुरन्त दस-बीस फिर शत-सहस्र सामन्तपुत्र और सेट्ठिपुत्र, श्रेणिक और नागरिक चीत्कार कर उठे, "यह हमारा, हम सबका, वैशाली के गण-विधान का घोर अपमान है, हम इसे सहन नहीं करेंगे!"

शत-सहस्र सामन्तपुत्र अपने भाले ऊँचे उठा-उठाकर और खड्ग चमका-चमकाकर चिल्ला उठे, "हम रक्त की नदी बहा देंगे, परन्तु कानून की अवज्ञा नहीं होने देंगे!" भद्र नागरिकों ने विद्रोही मुद्रा से कहा, "यह सरासर कानून की अवहेलना है। यह गुरुतर अपराध है। कानून की मर्यादा का पालन होना ही चाहिए प्रत्येक मूल्य पर!"

शत-सहस्र कंठों ने चिल्लाकर कहा, "किसी भी मूल्य पर!"

वृद्ध महानामन् का मुख क्षण-भर के लिए पत्थर के समान भावहीन और सफेद हो गया। उनका सीधा लम्बा शरीर जैसे तनकर और भी लम्बा हो गया। उन्मुक्त वायु में उनके श्वेत वस्त्र और श्वेत दाढ़ी लहरा रही थी और उष्णीष पर बँधा हीरा धक्-धक् चमक रहा था। उनकी गति रुकी, वे तनिक विचलित हुए और उनकी कमर में बँधा खड्ग खड़खड़ा उठा। उनका हाथ खड्ग की मूठ पर गया।

किसी अतर्कित शक्ति से युवक सहमकर पीछे हट गया और वृद्ध महानामन् उसी धीर-मन्थर गति से सीढ़ियाँ चढ़ संथागार के भीतर जाकर वेदी के सम्मुख खड़े हो गए।

एक बार संथागार में सर्वत्र सन्नाटा छा गया। एक सुई के गिरने का भी शब्द होता।

गणपति सुनन्द ने कहा, "भन्तेगण सुनें, आज जिस गुरुतर कार्य के लिए अष्टकुल का गण-सन्निपात हुआ है, वह आप सब जानते हैं। मैं आप सबसे प्रार्थना करूँगा कि आप सब शान्ति और व्यवस्था भंग न करें और उत्तेजित न हों। ऐसा होगा तो हमें सन्निपात भंग करने को विवश होना पड़ेगा। अब सबसे पहले मैं आयुष्मान् गणपूरक से यह जानना चाहता हूँ कि आज सन्निपात में कितने सदस्य उपस्थित हैं?"

गणपूरक ने उत्तर दिया, "कुल नौ सौ दो हैं।"

"भन्तेगण, वज्जी के प्रत्येक गण को आज के सन्निपात की सूचना दे दी गई थी और अब जितने सदस्य उपस्थित हो सकते थे, उपस्थित हैं। सदस्यों में से कोई पागल तो नहीं हैं? हों तो पासवाले आयुष्मान् सूचित करें।"

परिषद् में सन्नाटा रहा। गणपति ने कहा, "कोई रोगी, उन्मत्त या मद्य पिए हों तो भी सूचना करें।"

सर्वत्र सन्नाटा रहा। गणपति ने कहा, "अब भन्तेगण सुनें, भन्ते महानामन्, आज आपकी पुत्री अम्बपाली अठारह वर्ष की आयु पूरी कर चुकी। वैशाली जनपद ने उसे सर्वश्रेष्ठ सुन्दरी निर्णीत किया है। इसलिए वज्जी गणतंत्र के कानून अनुसार उसे यह परिषद् 'वैशाली की नगरवधू' घोषित किया चाहती है और आज उसे 'वैशाली की जनपद-कल्याणी' का पद देना चाहती है। गण-सन्निपात की आज्ञा है कि वह आज से सार्वजनिक स्त्री की भाँति जीवन व्यतीत करे, इसी से आज उसे संथागार में उपस्थित होकर अष्टकुल के गण-सन्निपात के सम्मुख शपथ ग्रहण करने की आज्ञा दी गई थी। उसके अभिभावक की हैसियत से आप पर उसे गण-सन्निपात के सम्मुख उपस्थित करने का दायित्व है। अब आप क्या देवी अम्बपाली को गण-सन्निपात के सम्मुख उपस्थित

करते हैं, और उसे वैधानिक रीति पर घोषित 'वैशाली की नगरवधू' स्वीकार करते हैं?"

महानामन् ने एक बार सम्पूर्ण सन्निपात को देखकर आँखें नीची कर लीं। वे कुछ झुके और उनके होंठ काँपे। परन्तु फिर तुरन्त ही वे तनकर खड़े हो गए और बोले, "भन्ते, मैं स्वयं लिच्छवी हूँ, और मैंने बयालीस वर्ष वज्जी संघ की निष्ठापूर्वक सेवा इस शरीर से इसी खड्ग के द्वारा की है। अनेक बार मैंने इन भुजदंडों के बल पर वैशाली गणतंत्र के दुर्धर्ष शत्रुओं को दलित करके कठिन समय में वैशाली की लाज रखी है। मैंने सदैव ही वज्जी संघ के विधान, कानून और मर्यादा की रक्षा की है और अब भी करूँगा। यह प्रत्येक नागरिक का कर्तव्य है कि वह कानून की मर्यादा का पालन करे।" महानामन् इतना कहकर चुप हो गए। उनके होंठ जैसे आगे कुछ कहने में असमर्थ होकर जड़ हो गए। उन्होंने आँखें फैलाकर परिषद्-भवन में उमड़ती उत्तेजित भीड़ को देखा, जिनकी जलती हुई आँखें उन्हीं पर लगी थीं। फिर सहज-शान्त स्वर में स्थिर वाणी से कहा, "मेरी पुत्री अम्बपाली के सम्बन्ध में वज्जी गणतंत्र के कानून के अनुसार गण-सन्निपात ने जो निर्णय किया था, उसे जानकर मैंने अठारह वर्ष की अवस्था तक उसका विवाह करना स्थगित कर दिया था। अब..."

बीच ही में सामन्तपुत्र चिल्ला उठे, "स्थगित कर दिया था! इसका क्या अर्थ है? यह सन्दिग्ध बात है।"

सहस्रों कंठ चिल्ला उठे, "यह सन्दिग्ध बात है, हम स्पष्ट सुनना चाहते हैं। देवी अम्बपाली किसी एक पुरुष की पत्नी नहीं हो सकती! वह हमारी, हम सबकी है। हमारा उस पर समान अधिकार है और उसे हम शस्त्र के बल से भी प्राप्त करेंगे!"

गणपति सुनन्द ने हाथ उठाकर कहा, "आयुष्मान् शान्त होकर सुनें, सन्निपात के कार्य में बाधा न दें। अभी भन्ते महानामन् का वक्तव्य पूरा नहीं हुआ है। उन्हें पूरी बात कह लेने दीजिए।"

परिषद् में फिर सन्नाटा छा गया। सबकी दृष्टि महानामन् के ऊपर जाकर जम गई।

महानामन् ने परिषद् के बाहर-भीतर दृष्टि फेंककर आँख नीची कर ली और फिर कहा, "भन्ते गण, आज अम्बपाली अठारह वर्ष की आयु पूरी कर चुकी। वज्जी संघ के कानून के अनुसार अब वह स्वाधीन है और अपने प्रत्येक स्वार्थ के लिए उत्तरदात्री है। अतः आज से मैं उसका अभिभावक नहीं हूँ। वह स्वयं ही परिषद् को अपना मन्तव्य देगी।"

संथागार का वातावरण फिर बड़े वेग से क्षुब्ध हो उठा। तरुण सामन्तपुत्रों ने अपने खड्ग कोष से खींच लिए। बहुतों ने अपने-अपने भालों को हवा में ऊँचा करके चीत्कार करना आरम्भ कर दिया। सब लोग चिल्लाने लगे, "विश्वासघात! विश्वासघात! भन्ते महानामन् ने वज्जीसंघ से विश्वासघात किया है। उन्हें इसका दंड मिलना चाहिए!" बहुतों ने अपने पैर धरती पर पटक-पटककर और भाले हवा में हिला-हिलाकर कहा, "हमारे जीवित रहते अम्बपाली हमारी, हम सबकी है, वह वैशाली की नगरवधू है। संघ यदि अपने कर्तव्य-पालन में ढील करेगा तो हम अपने भालों और खड्ग की तीखी धार के बल पर उसे कर्तव्य-पालन करने पर विवश करेंगे।"

सहसा कोलाहल स्तब्ध हो गया। जैसे किसी ने जादू कर दिया हो। सब कोई

चकित-स्तम्भित होकर परिषद् के द्वार की ओर देखने लगे। एक अवगुंठनवती नारी वातावरण को सुरभित करती हुई और मार्ग में सुषमा फैलाती हुई आ रही थी। तरुणों का उद्धत भाव एकबारगी ही विलीन हो गया। सबने माया-प्रेरित-से होकर उसे मार्ग दिया। गण के सदस्य और अन्य जनपद उस अलौकिक मूर्ति को उत्फुल्ल होकर देखते रह गए। उसने वेदी के सम्मुख आकर ऊपर का अवगुंठन उतार डाला। अब वैशाली के जनपद ने पहली बार रूप की उस विभूति के दर्शन किए जो गत तीन वर्ष से सम्पूर्ण वैशाली जनपद की चर्चा का एक महत्त्वपूर्ण विषय बन गया था और जिसके लिए आज सम्पूर्ण जनपद में ऐसा भारी क्षोभ फैल रहा था। सहस्र-सहस्र नेत्र उस रूप को देख अपलक रह गए, वाणी जड़ हो गई, अंग अचल हो गए। तरुणों के हृदय जोर-जोर से धड़कने लगे। बहुतों की साँस की गति रुक गई। अम्बपाली की वह अलौकिक रूप-माधुरी शरत्चन्द्र की पूर्ण विकसित कौमुदी की भाँति संथागार के कोने-कोने में फैल गई। उसके स्निग्ध प्रभाव से जैसे वहाँ की सारी उत्तेजना और उद्वेग शान्त हो गया।

अम्बपाली ने शुभ्र कौशेय धारण किया था। उसके जूड़ा-ग्रथित केशकुन्तल ताजे फूलों से गूँथे गए थे। ऊपरी वक्ष खुला हुआ था। देहयष्टि जैसे किसी दिव्य कारीगर ने हीरे के समूचे अखंड टुकड़े से यत्नपूर्वक खोदकर गढ़ी थी। उससे तेज, आभा, प्रकाश, माधुर्य, कोमलता और सौरभ का अटूट झरना झर रहा था। इतना रूप, इतना सौष्ठव, इतनी अपूर्वता कभी किसी ने एक स्थान पर देखी नहीं थी। उसने कंठ में सिंहल के बड़े-बड़े मोतियों की माला धारण की थी। कटिप्रदेश की हीरे-जड़ी करधनी उसकी क्षीण कटि को पुष्ट नितम्बों से विभाजित-सी कर रही थी। उसके सुडौल गुल्फ मणिखचित उपानत थे, जिनके ऊपर पैजनियाँ चमक रही थीं, अपूर्व शोभा का विस्तार कर रहे थे। मानो वह संथागार में रूप, यौवन, मद, सौरभ को बिखेरती चली आई थी। जनपद लुटा-सा, मूर्च्छित-सा, स्तब्ध-सा खड़ा था।

यही वह अम्बपाली थी जिसे पाने के लिए वैशाली का जनपद उन्मत्त होकर लोहू की नदी बहाने के लिए तैयार हो गया था। जिसे एक बार देख पाने के लिए वर्षों से धनकुबेर सेट्ठिपुत्रों तथा सामन्तपुत्रों ने न जाने कितने यत्न किए थे, षड्यंत्र रचे थे। कितनों ने उसकी न जाने कितनी कल्पना-मूर्तियाँ बनाई थीं, जो वैशाली में ही गत तीन वर्षों से यत्नपूर्वक गुप्त करके रखी गई थीं और जिसे सर्वगुण-विभूषिता करने के लिए वैशाली राज-परिषद् ने मनों स्वर्ण-रत्न खर्च कर दिए थे। आज वैशाली का जनपद देख रहा था कि विश्व की यौवन-श्री अम्बपाली की देहयष्टि में एकीभूत हो रही थी। जिसे देख जनपद स्तम्भित, चकित और जड़ हो गया था। वह अपने को, जीवन को और जगत् को भी भूल गया था।

अम्बपाली जैसे सुषमा की सम्पदा को आँचल में भरे, नीची दृष्टि किए वृद्ध महानामन् के पार्श्व में आ खड़ी हुई। गणपति सुनन्द ने कहा, "भन्ते, देवी अम्बपाली अपना मत परिषद् के सामने प्रकट करने आई हुई हैं। सब कोई उनका वक्तव्य सुनें!"

एक बार गगनभेदी जयनाद से परिषद्-भवन हिल उठा, "देवी अम्बपाली की जय! वैशाली की नगरवधू की जय, वैशाली जनपद-कल्याणी की जय!"

अम्बपाली के होंठ हिले। जैसे गुलाब की पंखड़ियों को प्रात: समीर ने आन्दोलित

किया हो। वीणा की झंकार के समान उसकी वाणी ने संथागार में सुधावर्षण किया, "भन्ते, आपके आदेश पर मैंने विचार कर लिया है। मैं वज्जीसंघ के धिक्कृत कानून को स्वीकार करती हूँ, यदि गण-सन्निपात को मेरी शर्तें स्वीकार हों। वे शर्तें भन्ते, गणपति आपको बता देंगे।"

परिषद्-भवन में मन्द जनरव सुनाई दिया। एक अधेड़ सदस्य ने अपनी मूँछों को दाँतों से दबाकर कहा, "क्या कहा? धिक्कृत कानून? देवी अम्बपाली, तुम यह वाक्य वापस लो, यह परिषद् का घोर अपमान है!"

चारों ओर से आवाजें आने लगीं, "यह शब्द वापस लो, धिक्कृत कानून शब्द अनुचित है!"

अम्बपाली ने सहज-शान्त स्वर में कहा, "मैं सहस्त्र बार इस शब्द को दुहराती हूँ! वज्जीसंघ का यह धिक्कृत कानून वैशाली जनपद के यशस्वी गणतंत्र का कलंक है। भन्ते, मेरा अपराध केवल यही है कि विधाता ने मुझे यह अथाह रूप दिया। इसी अपराध के लिए आज मैं अपने जीवन के गौरव को लांछना और अपमान के पंक में डुबो देने को विवश की जा रही हूँ। इसी से मुझे स्त्रीत्व के उन सब अधिकारों से वंचित किया जा रहा है जिन पर प्रत्येक कुलवधू का अधिकार है। अब मैं अपनी रुचि और पसन्द से किसी व्यक्ति को प्रेम नहीं कर सकती, उसे अपनी देह और अपना हृदय अर्पण नहीं कर सकती। अपना स्नेह से भरा हृदय और रूप से लथपथ यह अधम देह लेकर अब मैं वैशाली की हाट में ऊँचे-नीचे दाम में इसे बेचने बैठूँगी। आप जिस कानून के बल पर मुझे ऐसा करने को विवश कर रहे हैं, वह एक बार नहीं लाख बार धिक्कृत होने योग्य है, जिसे आज ये स्त्रैण तरुण सामन्तपुत्र अपने खड्ग की तीखी धार और भालों की नोक के बल पर अक्षुण्ण और सुरक्षित रखा चाहते हैं और ये सेट्ठिपुत्र अपनी रत्नराशि जिस पर लुटाने को दृढ़-प्रतिज्ञ हैं।" अम्बपाली यह कहकर रुकी। उसका अंग काँप रहा था और वाणी तीखी हो रही थी। परिषद्-भवन में सन्नाटा था।

उसने फिर कहा, "भन्ते, मैं अपना अभिप्राय निवेदन कर चुकी। यदि सन्निपात को मेरी शर्तें स्वीकार हों...तो मैं अपना सतीत्व, स्त्रीत्व, मर्यादा, यौवन, रूप और देह आपके इस धिक्कृत कानून के अर्पण करती हूँ। यदि आपको मेरी शर्तें स्वीकार न हों तो मैं नीलपद्म प्रासाद में आपके वधिकों की प्रतीक्षा करूँगी।"

इतना कहकर उसने अवगुंठन से शरीर को आच्छादित किया और वृद्ध महानामन् का हाथ पकड़कर कहा, "चलिए!" महानामन् अम्बपाली के कन्धे का सहारा लिये संथागार से बाहर हो गए. वैशाली का जनपद मूढ़-अवाक् होकर देखता रह गया।

गण-सन्निपात

जब तक रथ की घंटियों का घोष सुनाई देता रहा और रथ की ध्वजा दीख पड़ती रही, वैशाली का जनपद मार्ग पर उसी ओर मंत्र-विमोहित-सा देखता रह गया। अम्बपाली का वह अपूर्व रूप ही नहीं, उसका तेज, दर्प, साहस और दृढ़ता सब कुछ उन्हें

अकल्पित दीख पड़ी। जो थोड़े-से वाक्य अम्बपाली ने सभा में कहे, उनका सभा पर भारी प्रभाव पड़ा। कुछ लोग निरीह नारीत्व की इस कानूनी लांछना के विरोधी हो गए। उन्होंने चिल्ला-चिल्लाकर कहना आरम्भ किया कि "कौन देवी अम्बपाली को बलात् 'नगरवधू' बनाएगा? हम उसके रक्त से वसुन्धरा को डुबो देंगे। निस्सन्देह यह धिक्कृत कानून वैशाली जनपद और वज्जी संघ शासन का कलंक रूप है। यह स्वाधीन जनपद के अन्तस्तल पर पराधीनता की कालिमा है। अंग, बंग, कलिंग, चम्पा, काशी, कोसल, ताम्रपर्णी और राजगृह कहीं भी तो स्त्रीत्व का ऐसा बलात् अपहरण नहीं है। फिर वज्जियों का यह गणतंत्र ही क्या, जहाँ नारी के नारीत्व का इस प्रकार अपहरण हो? यह हमारी रक्षणीया कुलवधुओं, पुत्रियों और बहिनों की प्रतिष्ठा और मर्यादा का घोर अपमान है। इसे हम सहन नहीं करेंगे। हम विद्रोह करेंगे—समाज से, संघ से, अष्ट-कुल के गणतंत्र से और गण-परिषद् से!"

कुछ सामन्तों ने अपने-अपने खड्ग कोष से खींच लिए। चलती बार अम्बपाली जो शब्द कह गई थी, उससे उनके हृदय तीर से विद्ध पक्षी की भाँति आहत हो गए थे। उन्होंने क्रूर स्वर में हथियार ऊँचे उठाकर कहा, "अरे, वैशाली की जनपद-कल्याणी देवी अम्बपाली—नीलपद्म-प्रासाद में परिषद् के वधिकों की प्रतीक्षा कर रही हैं। कौन उन्हें वध करने के लिए वधिकों को भेजता है, हम देखेंगे! हम अभी-अभी उसके खंड-खंड कर डालेंगे। हम इस संथागार का एक-एक पत्थर धूल में मिला देंगे।"

कुछ सेट्ठिपुत्र पागलों की भाँति बक रहे थे, "वज्जियों के इस गणतंत्र का नाश हो! हम राजगृह में जा बसेंगे। देवी अम्बपाली जिएँ। हमारे धन और प्राण देवी अम्बपाली पर उत्सर्ग हैं।"

इस पर सबने उच्च स्वर में जयघोष किया, "जय, देवी अम्बपाली की जय! जनपदकल्याणी को अभय!"

परन्तु बहुत-से उद्धत तरुण सामन्तपुत्र शस्त्र चमका-चमकाकर और हवा में भाले उछाल-उछालकर अपने अश्व दौड़ाने लगे। वे कह रहे थे कि "उसका वध वधिक नहीं कर सकते। हम उसके दिव्य देह का उपयोग चाहते हैं। हम उसकी शरत्चन्द्र की चाँदनी के समान रूप-सुधा का पान किया चाहते हैं। उनके अनिंद्य यौवन का आनन्द लिया चाहते हैं। वह हमारी है, हम सबकी है। वह वैशाली का प्राण, वैशाली की शोभा, वैशाली के जीवन की केन्द्रस्थली है। वह वैशाली की नगरवधू है। उसकी वे शर्तें कुछ भी हों, हमें स्वीकार हैं। हम सर्वस्व देकर भी उसे प्राप्त करेंगे या स्वयं मर मिटेंगे!"

प्रतिहार और दंडधर परिषद् की व्यवस्था स्थापना में असमर्थ हो गए। तब गणपति सुनन्द ने खड़े होकर कहा, "आयुष्मान्! शान्त होकर देवी अम्बपाली की शर्तों को सुनें। उन पर अभी गण-सन्निपात का छन्द ग्रहण होगा। उन शर्तों की पूर्ति होने पर देवी अम्बपाली स्वेच्छा से नगरवधू होने को तैयार हैं।"

एक बार संथागार में फिर सन्नाटा छा गया। परन्तु क्षण-भर बाद ही बहुत-से कंठ एक साथ चिल्ला उठे, "कहिए, भन्ते गणपति! वे शर्तें क्या हैं और कैसे उनकी पूर्ति की जा सकती है?"

गणपति ने कहा, "सब आयुष्मान् और भन्तेगण सुनें! देवी की पहली शर्त यह है

कि उसे रहने के लिए सप्तभूमि प्रासाद, नौ कोटि स्वर्णभार, प्रासाद के समस्त साधन और वैभव सहित दिया जाए।"

गण-सदस्य जड़ हो गए। नागरिक भी विचलित हुए। बहुत-से राजवर्गियों की भृकुटियों में बल पड़ गए। महामात्य सुप्रिय ने क्रुद्ध होकर कहा, "भन्ते, यह असम्भव है, ऐसा कभी नहीं हुआ। सप्तभूमि प्रासाद जम्बूद्वीप भर में अद्वितीय है, उसका वैभव और साधन एक राजतंत्र को संचालन करने योग्य है। उसका सौष्ठव ताम्रलिप्ति, राजगृह, श्रावस्ती और चम्पा के राजमहलों से बढ़-चढ़कर है। फिर नौ कोटि स्वर्णभार? नहीं, नहीं। नौ कोटि स्वर्णभार देने पर वज्जी संघ का राजकोष ही खाली हो जाएगा। नहीं, नहीं; यह शर्त स्वीकार नहीं की जा सकती। किसी भाँति भी नहीं, किसी भाँति भी नहीं!" उद्वेग से उनका वृद्ध शरीर काँपने लगा और वे हाँफते-हाँफते बैठ गए।

बहुत-से सेट्ठिपुत्र एक साथ ही बोल उठे, "क्यों नहीं दिया जा सकता? राजकोष यदि रिक्त हो जाएगा तो हम उसे भर देंगे। अष्टकुल दूसरे प्रासाद का निर्माण कर सकता है। हम शत कोटि स्वर्णभार भी देने को प्रस्तुत हैं!"

सामन्तपुत्रों ने अपने-अपने भाले चमका-चमकाकर कहा, "देवी अम्बपाली को सप्तभूमि प्रासाद सम्पूर्ण साधना और वैभव तथा नौ कोटि स्वर्णभार सहित दे दिया जाए। वह प्रासाद, वह वैभव वैशाली के जनपद का है, वह हमारा है, हम सबका है, हमने गर्म रक्त के मूल्य पर उसका निर्माण कराया है। जिस प्रकार अनुपम रूप-यौवन-श्री की अधिष्ठात्री देवी अम्बपाली हमारी—हम सबकी है, उसी प्रकार अप्रतिम वैभव और सौष्ठव का आगार सप्तभूमि प्रासाद भी हमारा, हम सबका है। वह अवश्य वैशाली के जनपद का साध्य क्रीड़ास्थल होना चाहिए।"

गणपति ने खड़े होकर हाथ के इशारे से सबको चुप रहने को कहा। फिर कहा, "भन्तेगण, अब मैं आपसे पूछता हूँ कि क्या आपको देवी अम्बपाली की पहली शर्त स्वीकार है? यदि किसी को आपत्ति हो तो बोलें।" सभा-भवन में सब चुप थे। गणपति ने कहा, "सब चुप हैं। मैं फिर दूसरी बार पूछता हूँ—और अब तीसरी बार भी! सब चुप हैं। तो भन्ते, वज्जियों का यह सन्निपात देवी अम्बपाली की पहली शर्त स्वीकार करता है।"

सभा के बाहर-भीतर हर्ष की लहर दौड़ गई। एक बार फिर देवी अम्बपाली के जयनाद से संथागार गूँज उठा।

गणपति ने कुछ ठहरकर कहा, "भन्ते, अब देवी की शेष दो शर्तें भी सुनिए। उसकी दूसरी शर्त यह है कि उसके आवास की दुर्ग की भाँति व्यवस्था की जाए; और तीसरी यह कि उसके आवास में आने-जानेवाले अतिथियों की जाँच-पड़ताल गणकाध्यक्ष न करें।"

गणपति के यह कहकर बैठते ही महाबलाधिकृत सुमन ने क्रोध से आसन पर पैर पटककर कहा, "भन्ते, यह तो आत्मघात से भी अधिक है। मैं कभी इसका समर्थन नहीं कर सकता कि देवी का आवास दुर्ग की भाँति व्यवस्थित रहे। इसका तो स्पष्ट यह अर्थ है कि देवी अम्बपाली अलग ही अपनी सेना रखेगी और नगर के कानून उसके आवास में रहनेवालों पर लागू नहीं होंगे।"

सिन्ध-विग्राहिक जयराज ने कहा, "और उसके आवास में कौन आता-जाता है, यदि इसकी जाँच-पड़ताल गणकाध्यक्ष न करेंगे तो निश्चय ही अम्बपाली का आवास शीघ्र की षड्यंत्रकारी शत्रुओं का एक अच्छा-खासा अड्डा बन जाएगा और वे लोग निश्चिन्तता से वैशाली में ही बैठकर वैशाली के गणतंत्र की जड़ उखाड़ने के सब प्रयत्न करते रहेंगे और यदि कभी नगर-रक्षक को किसी चोर या षड्यंत्रकारी के वहाँ रहने का सन्देह होगा, तभी देवी की सेना राज्य की सेना के कार्य में बाधा डाल सकेगी और यदि वह चोर कोई शत्रु, राजा या सम्राट् हुआ तो उसकी सेना को भीतर-बाहर से पूरी सहायता प्राप्त हो जाएगी। भन्ते, मैं कहना चाहता हूँ कि इस समय वैशाली का गणसंघ चारों ओर से शत्रुओं से घिरा हुआ है। एक तरफ राजगृह के सम्राट् बिम्बिसार उसे विषम लोचन से देखते हैं, दूसरी ओर मत्स्य, अंग, बंग, कलिंग, कोसल और अवन्ती के राजाओं की उस पर सदा वज्रदृष्टि बनी हुई है। वे सदा वैशाली के गणसंघ को ध्वस्त करने की ताक में रहते हैं। यदि हमने देवी अम्बपाली की ये दो शर्तें स्वीकार कर लीं तो निस्सन्देह उसका आवास शत्रुओं के गुप्तचरों का एक केन्द्र बन जाएगा और हमारे घर में एक ऐसा छिद्र हो जाएगा जिससे हम वैशाली जनपद की रक्षा नहीं कर सकेंगे।"

संथागार से बाहर-भीतर फिर विषम कोलाहल हुआ। परन्तु गणनायक सुनन्द के खड़े होते ही सब चुप हो गए। गणपति ने कहा, "भन्ते, अम्बपाली जैसी गुण गरिमापूर्ण जनपदकल्याणी के लिए जनपद को कुछ बलिदान तो करना ही होगा। इस समय जबकि वैशाली का जनपद पद-पद पर शत्रुओं से घिरा है, हमें छोटी-छोटी बातों पर गृह-कलह नहीं करनी चाहिए। मैं अपने तरुण सामन्तपुत्रों से, जो बार-बार अपने खड्ग और भाले चमका-चमकाकर बात-बात पर रोष प्रकट करते हैं, यह कहना चाहता हूँ कि वह समय आ रहा है, जब उनके बाहुबल और शस्त्रों की परीक्षा होगी, जिन पर उन्हें इतना गर्व है। पर हमें अपनी शक्ति, शत्रु पर ही लगानी चाहिए, गृह-कलह से आपस में टकराकर नष्ट नहीं होना चाहिए। इसलिए गण-सन्निपात से मैं अनुरोध करूँगा कि वह देवी की दूसरी शर्त स्वीकार कर ले। तीसरी शर्त की बात यह है कि जब कभी देवी के आवास की जाँच करने की आवश्यकता समझी जाए तो उसे एक सप्ताह पहले इसकी सूचना दे देनी चाहिए।"

सभा-भवन में सन्नाटा हो रहा। गणपति, कुछ देर को चुप रहकर बोले, "भन्तेगण सुनें, जैसा मैंने प्रस्ताव किया है, देवी अम्बपाली की दूसरी शर्त ज्यों की त्यों और तीसरी प्रस्तावित संशोधन के साथ स्वीकार कर ली जाए। इस पर जो सहमत हों, वे चुप रहें। जो असहमत हों, वे बोलें।"

सब कोई चुप रहे। गणपति ने कहा, "सब चुप हैं। अब मैं दूसरी बार—और तीसरी बार भी पूछता हूँ, जिन्हें मेरा प्रस्ताव स्वीकार हो वे चुप रहें।"

"साधु भन्ते! सब चुप हैं, तो तीसरी शर्त थोड़े संशोधन के साथ स्वीकार करके देवी अम्बपाली की तीनों शर्तें अष्टकुल का गण-सन्निपात स्वीकार करता है। मैं भी अभी नीलपद्म प्रासाद में देवी अम्बपाली से मिलकर सब बातें तय करने जाता हूँ और कल इसके निर्णय की घोषणा कर दी जाएगी। आज संघ का कार्य समाप्त होता है।"

गणपति के आसन त्यागते ही एक बार तीव्र कोलाहल से संथागार का भवन गूँज उठा और सामन्तपुत्र तथा नागरिक भाँति-भाँति की बातें करते परिषद्-भवन से लौटे।

नीलपद्म प्रासाद

नीलपद्म प्रासाद नीलपद्म सरोवर के बीचोबीच बना था। प्रासाद का बाहरी घेरा और फर्श मत्स्य देश के श्वेतमर्मर का था, किन्तु उसकी दीवारों पर ऊपर से नीचे तक विविध रंगीन रत्नों की पच्चीकारी हो रही थी। बाहरी प्रांगण से प्रासाद तक एक प्रशस्त किन्तु सुन्दर पुल था, जिसके दोनों ओर स्वर्ण-दंड लगे थे। नीलपद्म सरोवर का जल वास्तव में नीलमणि के समान स्वच्छ और चमकीला था और उसमें पारस्य देश से यत्नपूर्वक लाए हुए, बड़े-बड़े नीलपद्म सदा खिले रहते थे। सरोवर में बीच-बीच में कृत्रिम निवास बनाए गए थे। इन पक्षियों का कलरव, निर्मल जल में नीलपद्मों की शोभा और उस पर प्रासाद की काँपती हुई परछाईं देखते ही बनती थीं। परिषद् की अतिथि-रूप देवी अम्बपाली इसी प्रासाद में आजकल निवास कर रही थी।

सरोवर के तट पर एक स्वच्छ मर्मर की वेदी पर देवी अम्बपाली विषण्णवदना बैठी संध्याकाल में सुदूर एक क्षीण तारे को एकटक देख रही थी। अनेक प्रकार के विचार उसके मन में उदय हो रहे थे। वह सोच रही थी, अपना भूत और भविष्य। एक द्वंद्व उसके भीतर तक चल रहा था। आज से सात वर्ष पूर्व एक ग्यारह वर्ष की बालिका के रूप में जब उसने वैशाली की पौर में संध्या के बढ़ते हुए अन्धकार में पिता की उँगली पकड़कर प्रवेश किया था, उसने नवीन जीवन, नवीन चहल-पहल, नवीन भाव देखे थे। नायक चन्द्रमणि की कृपा से उसके पिता को उसकी नष्ट सम्पत्ति और त्यक्त पद मिल गया था और अब उसके उद्ग्रीव यौवन और विकसित जीवन की क्रीड़ा के दिन थे। सब वैभव उसे प्राप्त थे, भाग्य उसके साथ असाधारण खेल खेल रहा था। जो बालिका एक दिन छह दम्म के कंचुक के लिए लालायित हो गीली आँखों से पिता से याचना कर चुकी थी, आज जीवन के ऐसे संघर्ष में आ पड़ी थी, जिसकी कदाचित् ही कोई युवती सम्भावना कर सकती है। वैशाली का जनपद आज उसके लिए क्षुब्ध था और अष्टकुल के एक महासंकट को टालने की शक्ति केवल उसी में थी।

एक दिन, उसके अज्ञात में धृष्टतापूर्वक जिस हर्षदेव ने उसके पिता से उसके सम्बन्ध में उपहास किया था उसी हर्षदेव की प्रणयाभिलाषा उसने एक बार अपनी कच्ची मति में आँखों में हँसकर स्वीकार कर ली थी। उस स्वीकृति में कितना विवेक और कितना अज्ञान था, इसका विश्लेषण करना व्यर्थ है। परन्तु जब उन दोनों के बूढ़े पिता पुरातन मैत्री और नवीन कृतज्ञता के पाश में बँधकर उनके विवाह का वचन दे चुके, तब से वे हर्षदेव को आँखों में 'हाँ' और होंठों में 'ना' भरकर कितनी बार तंग कर चुकी थी। इसके इतिहास पर अनायास ही उसका ध्यान जा पहुँचा था। उसकी अप्रतिम रूप-राशि को वैशाली के जनपद से छिपाने के सभी प्रयत्न, सभी सतर्कता व्यर्थ हुई। प्रभात की धूप की भाँति उसके रूप की ख्याति बढ़ती ही गई और अन्ततः वह

वैशाली के घर-घर की चर्चा की वस्तु बन गई। तब से कितने सामन्तपुत्रों ने अयाचित रूप से उसके लिए द्वंद्व-युद्ध किए, कितने सेट्ठिपुत्रों ने उसे एक बार देख पाने भर के लिए हीरा-मोती-रत्न और स्वर्ण की राशि जिस-तिस को दी। पर अम्बपाली को जनपद में कोई देख न सका। ज्यों-ज्यों दिन बीतते गए, अम्बपाली के रूप की सैकड़ों काल्पनिक कहानियाँ वैशाली के घर-घर कही जाने लगीं और इस प्रकार अम्बपाली वैशाली जनपद की चर्चा का मुख्य विषय बन गई।

फिर एक दिन, जब महानामन् ने अम्बपाली के वाग्दान की अनुमति नायक चन्द्रमणि के पुत्र हर्षदेव के साथ करने की गण से माँगी तो संथागार में एक हंगामा उठ खड़ा हुआ और गणपति द्वारा आज्ञापत्र जारी करके महानामन् को विवश किया गया कि जब तक अम्बपाली वयस्क न हो जाए, वह उसका विवाह न करें और महानामन् को प्रतिज्ञा लिखनी पड़ी कि वह अम्बपाली का विवाह तब तक नहीं करेंगे, जब तक कि वह अठारह वर्ष की नहीं हो जाती। अठारह वर्ष की आयु होने पर उसे संथागार में उपस्थित करेंगे।

उस बात को आज तीन वर्ष बीत गए। इन तीन वर्षों में जनपद ने खुल्लमखुल्ला अम्बपाली को जनपदकल्याणी कहना आरम्भ कर दिया और गणतंत्र पर जोर दिया कि वह उसे 'नगरवधू' घोषित कर देने का आश्वासन अभी दे। यह आन्दोलन इतना उग्र रूप धारण कर गया कि अष्टकुल के गणपति को अम्बपाली और महानामन् को गणसंघ के समक्ष प्रत्युत्तर के लिए संथागार में उपस्थित करने को बाध्य होना पड़ा।

अम्बपाली ने अपने उस नए जीवन के सम्बन्ध में, जिसमें वैशाली का जनपद उसे डालना चाहता था, जब कल्पना की, तो वह सहम गई। हर्षदेव के प्रति प्रेम नहीं तो स्नेह उसे था। कुलवधू होने पर वही स्नेह बढ़कर प्रेम हो जाता है। अब एक ओर उसके सामने कुलवधू की अस्पष्ट धुँधली आकृति थी और दूसरी ओर 'नगरवधू' बनकर सर्वजनभोग्या होने का चित्र था। दोनों ही चीजें उसके लिए अज्ञात थीं, उसकी कल्पनाएँ बालसुलभ थीं। वह भावुक थी, उसका स्वभाव आग्रही था और जीवन आशामय। एक ओर बन्धन और दूसरी ओर उन्मुक्त जीवन। एक ओर एक व्यक्ति को मध्य बिन्दु बनाकर आत्मार्पण करने की भावना थी, दूसरी ओर विशाल वैभव, उत्सुक जीवन और महाविलास की मूर्ति थी। उसका विकसित साहसी हृदय द्वंद्व में पड़ गया और उसने अपनी तीन शर्तें परिषद् में रख दीं। उसने सोचा, जब कानून की मर्यादा पालन करनी ही है तो फिर जीवन को वैभव और अधिकार की चोटी पर पहुँचाना ही चाहिए और वैशाली के जिस जनपद ने उसे इस ओर जाने को विवश किया है उसे अपने समर्थ चरणों से रौंद-रौंदकर दलित करना चाहिए।

विचारों की उत्तेजना के मारे उसका वक्षस्थल लुहार की धौंकनी की भाँति उठने-बैठने लगा। उसने दाँतों में होंठ दबाकर कहा, "मैं वैशाली के स्त्रैण पुरुषों से पूरा बदला लूँगी। मैं अपने स्त्रीत्व का पूरा सौदा करूँगी। मैं अपनी आत्मा का हनन करूँगी और उसकी लोथ इन लोलुप गिद्धों को इन्हीं की प्रतिष्ठा और मर्यादा के दामों पर बेचूँगी।"

धीरे-धीरे पूर्ण चन्द्र का प्रकाश आकाश में फैल गया, और भी तारे आकाश में

उदय हुए। उन सबका प्रतिबिम्ब नीलपद्म सरोवर के निर्मल जल की लहरों पर थिरकने लगा। अम्बपाली सोचने लगी, "आह, मैं इस प्रकार अपने मन को चंचल न होने दूँगी। मैं दृढ़तापूर्वक जीवन-युद्ध करूँगी और उसमें विजय प्राप्त करूँगी।"

यही सब बातें अम्बपाली सोच रही थी। शुभ्र चन्द्र की ज्योत्स्ना में, शुभ्र वसनभूषिता, शुभ्रवर्णा, शुभानना अम्बपाली उस स्वच्छ-शुभ्र शिलाखंड पर बैठ मूर्तिमती ज्योत्स्ना मालूम हो रही थी। उसका अन्तर्द्वंद्व अथाह था और वह बाह्य जगत् को भूल गई थी। इसी से जब मदलेखा ने आकर नम्रतापूर्वक कहा, "देवी की जय हो! गणपति आए हैं और द्वार पर खड़े अनुमति की प्रतीक्षा कर रहे हैं।"—तब वह चौंक उठी। उसने भृकुटि चढ़ाकर कहा, "उन्हें यहाँ ले आ।"

वह प्रस्तर-पीठ पर सावधान होकर बैठ गई। गणनायक सुमन्त ने आकर कहा, "देवी अम्बपाली प्रसन्न हों। मैं वज्जीसंघ का सन्देश लाया हूँ।"

"तो आपके वधिक कहाँ हैं? उनसे कहिए कि मैं तैयार हूँ। वैशाली जनपद के ये हिंस्र नरपशु किस प्रकार हनन किया चाहते हैं?"

"वे तुम्हारा शरीर चाहते हैं।"

"वह तो उन्हें अनायास ही मिल जाएगा।"

"जीवित शरीर चाहते हैं, सस्मित शरीर। देवी अम्बपाली, वज्जीसंघ ने तुम्हारी शर्तें स्वीकार कर ली हैं। केवल अन्तिम शर्त..."

"अन्तिम शर्त क्या?" अम्बपाली ने उत्तेजना से कहा, "क्या वे उसे अस्वीकार करेंगे? मैं किसी भी प्रकार अपनी शर्तों की अवहेलना सहन न करूँगी।"

वृद्ध गणपति ने कहा, "देवी अम्बपाली, तुम रोष और असन्तोष को त्याग दो। तुम्हें सप्तभूमि प्रासाद समस्त वैभव और साधन सहित और नौ कोटि स्वर्णभार सहित मिलेगा। तुम्हारा आवास दुर्ग की भाँति सुरक्षित रहेगा। किन्तु यदि तुम्हारे आवास के आगन्तुकों की जाँच की कभी आवश्यकता हुई तो उसकी एक सप्ताह पूर्व तुम्हें सूचना दे दी जाएगी। अब तुम अदृष्ट की नियति को स्वीकार करो, देवी अम्बपाली! महान व्यक्तित्व की सदैव सार्वजनिक स्वार्थों पर बलि होती है। आज वैशाली के जनपद को अपने ही लोहू में डूबने से बचा लो।"

अम्बपाली ने उत्तेजित हो कहा, "क्यों, किसलिए? जहाँ स्त्री की स्वाधीनता पर हस्तक्षेप हो, उस जनपद को जितनी जल्द लोहू में डुबोया जाए, उतना ही अच्छा है। मैं आपके वधिकों का स्वागत करूँगी, पर अपनी शर्तों में तनिक भी हेर-फेर स्वीकार न करूँगी। भले ही वैशाली का यह स्त्रैण जनपद कल की जगह आज ही लोहू में डूब जाए।"

"परन्तु यह अत्यन्त भयानक है, देवी अम्बपाली! तुम ऐसा कदापि नहीं करने पाओगी। तुम्हें वैशाली के जनपद को बचाना होगा। अष्टकुल के स्थापित गणतंत्र की रक्षा करनी होगी। यह जनपद तुम्हारा है, तुम उसकी एक अंग हो। कहो, तुम अपना प्राण देकर उसे बचाओगी?"

"मैं, मैं अभी प्राण देने को तैयार हूँ। आप वधिकों को भेजिए तो।"

गणपति ने आर्द्रकंठ से कहा, "तुम चिरंजीविनी होओ, देवी अम्बपाली! तुम

अमर होओ। जनपद की रक्षा का भार स्त्री-पुरुष दोनों ही पर है। पुरुष सदैव इस पर अपनी बलि देते आए हैं। स्त्रियों को भी बलि देनी पड़ती है। तुम्हारा यह दिव्य रूप, यह अनिन्द्य सौन्दर्य, यह विकसित यौवन, यह तेज, यह दर्प, यह व्यक्तित्व स्त्रीत्व के नाम पर, किसी एक नगण्य व्यक्ति के दासत्व में क्यों सौंप दिया जाए? तुम्हारी जैसी असाधारण स्त्री क्यों एक पुरुष की दासी बने? यही क्यों धर्म है देवी अम्बपाली? समय पाकर रूढ़ियाँ ही धर्म का रूप धारण कर लेती हैं और कापुरुष उन्हीं की लीक पीटते हैं। स्त्री अपना तन-मन प्रचलित रूढ़ि के आधार पर एक पुरुष को सौंपकर उसकी दासी बन जाती है और अपनी इच्छा, अपना जीवन उसी में लगा देती है। वह तो साधारण जीवन है। पर देवी अम्बपाली, तुम असाधारण स्त्री-रत्न हो, तुम्हारा जीवन भी असाधारण ही होना चाहिए।"

"तो इसीलिए वैशाली का राष्ट्र मेरी देह को आक्रान्त किया चाहता है? क्यों?" अम्बपाली ने होंठ चबाकर कहा।

"इसीलिए," वृद्ध गणपति ने स्थिर मुद्रा में कहा, "देवी अम्बपाली, वैशाली का जनपद अप्रतिम सप्तभूमि प्रासाद, नो कोटि स्वर्णभार और प्रासाद की सब सज्जा, रत्न, वस्त्र और साधन, तुम्हें दे रहा है—तुम्हें दुर्ग में सम्राट् की भाँति शासक रहने की प्रतिष्ठा दे रहा है। यह सब प्रतिष्ठा है देवी अम्बपाली, जो आज तक वज्जीसंघ के अष्टकुलों में से किसी गण को, यहाँ तक कि गणपति को भी प्राप्त नहीं हुई। अब और तुम चाहती क्या हो?"

"तो यह मेरा मूल्य ही है न? इसे लेकर मैं देह वैशाली जनपद के अर्पण कर दूँ, आप यही तो कहने आए हैं?"

"निस्सन्देह, मेरे आने का यही अभिप्राय है। देवी अम्बपाली, किन्तु अभी जो तुम्हें अटूट सम्पदा मिल रही है, यही तुम्हारा मूल्य नहीं है। यह तो उसका एक क्षुद्र भाग है। विश्व की बड़ी-बड़ी सम्पदाएँ और बड़े-बड़े सम्राटों के मस्तक तुम्हारे चरणों पर आ गिरेंगे। तुम स्वर्ण, रत्न, प्रतिष्ठा और श्री से लद जाओगी। इस सौभाग्य को, इस अवसर को मत जाने दो, देवी अम्बपाली!"

"तो आप यह एक सौदा कर रहे हैं? किन्तु यदि मैं यह कहूँ कि मैं अपनी देह का सौदा नहीं करना चाहती, मैं हृदय को बाजार में नहीं रख सकती, तब आप क्या कहेंगे?" अम्बपाली ने वक्रदृष्टि से वृद्ध गणपति को देखकर कहा।

गणपति ने संयत स्वर में कहा, "मैं केवल सौदा ही नहीं कर रहा हूँ देवी, मैं तुमसे कुछ बलिदान भी चाहता हूँ, जनपद-कल्याण के नाते। सोचो तो, इस समय वैशाली का जनपद किस प्रकार चारों ओर से संकट में घिरा हुआ है! शत्रु उसे ध्वस्त करने का मौका ताक रहे हैं और अब तुम्हीं एक ऐसी केन्द्रित शक्ति बन सकती हो जिसके संकेत पर वैशाली जनपद के सेट्ठिपुत्रों और सामन्त पुत्रों की क्रियाशक्ति अवलम्बित होगी। तुम्हीं उनमें आशा, आनन्द, उत्साह और उमंग भर सकोगी। तुम्हीं इन तरुणों को एक सूत्र में बाँध सकोगी। वैशाली के तरुण तुम्हारे एक संकेत से, एक स्निग्ध कटाक्ष से वह कार्य कर सकेंगे जो अष्टकुल का गणसंघ तथा संथागार के सम्पूर्ण राजपुरुष मिलकर भी नहीं कर सकते।"

वृद्ध गणपति इतना कहकर घुटनों के बल धरती पर झुक गए। उन्होंने आँखों में आँसू भरकर कहा, “देवी अम्बपाली, मैं जानता हूँ कि तुम्हारे हृदय में एक ज्वाला जल रही है। परन्तु देवी, तुम वैशाली के स्वतंत्र जनपद को बचा लो, नहीं तो वह गृह-कलह करके अपने ही रक्त में डूबकर मर जाएगा। वह आज तुम्हारे जीवित शरीर की बलि चाहता है, वह उसे तुम दो। मैं समस्त वज्जियों के जनपद की ओर से तुमसे भीख माँगता हूँ।”

अम्बपाली उठ खड़ी हुई। उसने कहा, “उठिए, भन्ते गणपति!” वह सीधी तनकर खड़ी हो गई। उसके नथुने फूल उठे, हाथों की मुट्ठियाँ बँध गईं। उसने कहा, “आइए आप, वैशाली के जनपद को सन्देश दे दीजिए कि मैंने उस धिक्कृत कानून को अंगीकार कर लिया है। आज से अम्बपाली कुलवधू की सब मर्यादाएँ, सब अधिकार त्यागकर वैशाली की नगरवधू बनना स्वीकार करती है।”

वृद्ध गणपति ने काँपते हुए दोनों हाथ ऊँचे उठाकर कहा, “आयुष्मती होओ देवी अम्बपाली! तुम धन्य हो, तुमने वैशाली के जनपद को बचा लिया।”

उनकी आँखों से झर-झर आँसू गिरने लगे और वे नीची गर्दन करके धीरे-धीरे वहाँ से चले गए।

अम्बपाली कुछ देर तक टकटकी लगाए, उस आहत वृद्ध राजपुरुष को देखती रही। फिर वह उसी स्फटिकशिला-पीठ पर, उसी धवल चन्द्र की ज्योत्स्ना में, उसी स्तब्ध-शीतल रात में, दोनों हाथों से मुँह ढाँपकर औंधे मुँह गिरकर फूट-फूटकर रोने लगी।

नीलपद्म सरोवर की आन्दोलित तरंगों में कम्पित चन्द्रबिम्ब ही इस दलित-द्रवित हृदय के करुण रुदन का एकमात्र साक्षी था।

मंगलपुष्करिणी अभिषेक

वैशाली की मंगलपुष्करिणी का अभिषेक वैशाली जनपद का सबसे बड़ा सम्मान था। इस पुष्करिणी में स्नान करने का जीवन में एक बार सिर्फ उसी लिच्छवि को अधिकार मिलता था, जो गणसंस्था का सदस्य निर्वाचित किया जाता था। उस समय बड़ा उत्सव-समारोह होता था और उस दिन ‘गण नक्षत्र’ मनाया जाता था। यह पुष्करिणी उस समय बनाई गई थी जब वैशाली प्रथम बार बसाई गई थी। उसमें लिच्छवियों के उन पूर्वजों के शरीर की पूत गन्ध होने की कल्पना की गई थी, जिन्हें आर्यों ने व्रात्य करके बहिष्कृत कर दिया था और जिन्होंने अपने भुजबल से अष्टकुल की स्थापना की थी। इस समय लिच्छवियों के अष्टकुल के 999 सदस्य ही ऐसे थे, जिन्हें इस पुष्करिणी में स्नान करने की प्रतिष्ठा प्राप्त हो चुकी थी। अन्य लिच्छवि भी इसमें स्नान नहीं कर सकते थे, औरों की तो बात ही क्या! बहुत बार आर्य सम्राटों और उनकी राजमहिषियों ने इस पुष्करिणी में स्नान करने के लिए वैशाली पर चढ़ाई की, परन्तु हर बार उन्हें लिच्छवि तरुणों के बाणों से विद्ध होकर भागना पड़ा। इस पुष्करिणी पर सदैव नंगी तलवारों का पहरा रहता था और उस पर ताँबे का एक जाल बिछा हुआ था। कोई

पक्षी भी उसमें चोंच नहीं डुबो सकता था। यदि कोई चोरी-छिपे इस पुष्करिणी में स्नान करने की चेष्टा करता तो उसे निश्चय ही प्राणदंड मिलता था।

यह पुष्करिणी छोटी-सी किन्तु अति स्वच्छ और मनोरम थी। इसके चारों ओर श्वेत संगमरमर के घाट और सीढ़ियाँ बनी थीं। स्थान-स्थान पर छत्र और अलिन्द बने हुए थे, जिन पर खुदाई और पच्चीकारी का अति सुन्दर काम किया हुआ था। पुष्करिणी का जल इतना निर्मल था कि उसके तल की प्रत्येक वस्तु स्पष्ट दीख पड़ती थी। उसमें अनेक रंगों के बड़े-बड़े कमल खिले थे। समय-समय पर उसका जल बदलकर तल साफ कर दिया जाता था। पुष्करिणी में संध्या-समय बहुत-सी रंग-बिरंगी मछलियाँ क्रीड़ा किया करती थीं। पुष्करिणी के चारों ओर जो कमल-वन था उसकी शोभा अनोखी मोहिनी शक्ति रखती थी।

अम्बपाली लिच्छवि थी और वैशाली की जनपदकल्याणी का पद उसे मिला था। उसे विशेषाधिकार के तौर पर वैशाली के जनपद ने यह सम्मान दिया था। तीन दिन से इस अभिषेक महोत्सव की धूम वैशाली में मची थी। उस दिन अम्बपाली शोभायात्रा बनाकर पहली बार सार्वजनिक रूप में वैशाली के नागरिकों के सामने अनवगुंठनवती होकर निकलनेवाली थी। उसे देखने को वैशाली का जनपद अधीर हो गया था। नागरिकों ने विविध रंग की पताकाओं से अपने घर, वीथी, हाट और राजमार्ग सजाए थे। मंगलपुष्करिणी पर फूलों का अनोखा शृंगार किया गया था। कदाचित् उस दिन वैशाली जनपद की सम्पूर्ण कुसुमराशि वहीं आ जुटी थी। तीन दिन से गणनक्षत्र घोषित किया गया था और सब कोई आनन्द-उत्सव मना रहे थे।

पहर दिन-चढ़े, उस मनोरम वसन्त के प्रभात में नीलपद्म प्रासाद से देवी अम्बपाली की शोभायात्रा चली। उसका विमान विविध वर्ण के फूलों से बनाया गया था। उस पर देवी अम्बपाली केवल अन्तर्वास और उत्तरीय पहने लज्जावनत-मुख बैठी निराभरण होने के कारण तारक़हीन उषा की सुषमा धारण कर रही थी। वह फूलों के ढेर में एक सजीव पुष्पगुच्छ-सी प्रतीत हो रही थी। लज्जा और संकोच से जैसे उसकी आँखें झुकी जा रही थीं। उसका मुँह रह-रहकर लाल हो रहा था। उसकी सुडौल शुभ्र ग्रीवा, उज्ज्वल-उन्नत वक्ष और लहराते हुए चिक्कण कुन्तल, उसमें गुँथे हुए ताजे विविध रंगों के कुसुम, इन सबकी शोभा अपार थी।

शोभा-यात्रा में आगे वाद्य बज रहे थे। उसके पीछे हाथियों पर ध्वज-पताका और निशान थे। उसके पीछे उज्ज्वल परिधान पहने दासियाँ स्नान और पूजन की सामग्री लिये चल रही थीं। इसके पीछे अम्बपाली का कुसुम-विमान था। उसे घेरकर वैशाली के सामन्तपुत्र और सेट्ठिपुत्र अम्बपाली पर पुष्पगन्ध की वर्षा करते चल रहे थे। नगर जन अपने-अपने मकानों से पुष्पगन्ध फेंक रहे थे। चारों ओर रंगीन पताकाएँ-ही-पताकाएँ चमक रही थीं। सबसे पीछे नागरिक जन चल रहे थे।

पुष्करिणी के अन्तर-द्वार के इधर ही सब लोग रोक दिए गए। केवल सेट्ठिपुत्र और सामन्तपुत्र ही भीतर कमलवन में आ सके। इसके बाद घाट पर उन्हें भी रोक दिया गया केवल गण-सदस्य ही वहाँ जा पाए। शोभा-यात्रा रुक गई। लोग जहाँ-तहाँ वृक्षों की छाया में बैठकर गप्पें हाँकने लगे। पुष्करिणी के घाट पर खड्गधारी भट पंक्तियाँ

बाँधकर खड़े थे। उन सबकी पीठ पुष्करिणी की ओर थी। गणपति ने हाथ का सहारा देकर अम्बपाली को विमान से उतारा और धीरे-धीरे उसे पुष्करिणी की सीढ़ियों पर से उतारकर जल के निकट तक ले गए।

फिर उन्होंने पुष्करिणी का पवित्र जल हाथ में लेकर अम्बपाली की अंजलि में दिया और कहा, "कहो देवी अम्बपाली, मैं वज्जीसंघ के अधीन हूँ।"

अम्बपाली ने ऐसा ही कहा। तब गणपति उसे जल में और एक सीढ़ी उतारकर घुटनों तक पानी में खड़े होकर बोले, "कहो देवी अम्बपाली, मैं वैशाली के जनपद की हूँ।"

अम्बपाली ने ऐसा ही कहा।

गणपति ने अब कमर तक जल में घुसकर कहा, "कहो देवी अम्बपाली, क्या तुम लिच्छवियों की सात मर्यादाओं का पालन करोगी?"

अम्बपाली ने मृदु कंठ से स्वीकृति दी।

तब गणपति ने उच्च स्वर से पुकारकर कहा, "भन्ते, आयुष्मान् सब कोई सुनें! मैं अष्टकुल के वज्जीतंत्र की ओर से घोषित करता हूँ कि देवी अम्बपाली वैशाली की जनपदकल्याणी हैं। वे आज वैशाली की नगरवधू घोषित की गईं।"

उन्होंने सुगन्धित तेल से अम्बपाली के सिर पर अभिषेक किया और फिर उसका मस्तक चूमा। इसके बाद वे जल से बाहर निकल आए। गणसदस्यों ने गन्ध-पुष्प अम्बपाली पर फेंके। सामन्तपुत्र और सेट्ठिपुत्र हर्षनाद करने लगे। अम्बपाली ने तीन डुबकियाँ लगाईं। महीन अन्तर्वासक उसके स्वर्णगात्र से चिपक गया, उसका अंगसौष्ठव स्पष्ट दीख पड़ने लगा। केशराशि से मोतियों की बूँद के समान जलबिन्दु टपकने लगे। पुष्करिणी से अम्बपाली बाहर निकल आई।

विविध वाद्य बजने लगे। दासियों ने उसे नए अन्तर्वासक और उत्तरीय पहनाए। केशों को झाड़कर हवा में फैला दिया। भाँति-भाँति के गन्ध-माल्य पहनाए गए। तरुणों ने अम्बपाली पर गन्ध-पुष्प और अंगराग की वर्षा कर दी। फिर अम्बपाली को पारस्य देश के सुन्दर बिछावन पर बैठाया गया।

अब गणभोज प्रारम्भ हुआ। गण के प्रत्येक सदस्य ने अम्बपाली की पत्तल से कुछ खाया। नीलगाय, सूअर, पक्षियों के मांस निधूम आग पर भून-भूनकर अम्बपाली के सम्मुख ढेर किए जा रहे थे। मैरेय के घट भर-भर कर उसके चारों ओर एकत्र हो रहे थे। अम्बपाली की दासियाँ उनमें पात्र भर-भर कर तरुणों को और गणसदस्यों को दे रही थीं। वे लोग हँस-हँसकर अम्बपाली की कल्याण-कामना कर-करके स्वच्छन्दता से खा-पी रहे थे।

अन्त में अम्बपाली रथ में सवार होकर सप्तभूमि प्रासाद की ओर चली। साथ ही सम्पूर्ण गणसदस्य, सामन्तपुत्र और सेट्ठिपुत्र एवं नागरिक थे। सप्तभूमि प्रासाद की सिंहपौर पर शोभायात्रा के पहुँचते ही प्रासाद की प्राचीर पर से सैकड़ों तूर्य बजाए गए। प्रासादपाल ने उपस्थित होकर अश्व और खड्ग निवेदन किया। अम्बपाली ने रथ त्याग खड्ग छुआ और अश्व पर सवार होकर प्रासाद में चली गई। वैशाली का जनपद विविध वार्तालाप करता अपने-अपने घर लौटा।

पहला अतिथि

अभी सूर्योदय नहीं हुआ था। पूर्वाकाश की पीत प्रभा पर शुक्र नक्षत्र हीरे की भाँति दिप रहा था। सप्तभूमि प्रासाद के प्रहरी गण अलसाई-उनींदी आँखों को लिये विश्राम की तैयारी में थे। एकाध पक्षी जग गया था। एक तरुण धूलि-धूसरित, मलिन-वेश, अर्द्धविक्षिप्त अवस्था में धीरे-धीरे प्रासाद के बाहरी तोरण पर आ खड़ा हुआ। प्रहरी ने पूछा, "कौन है?"

"मैं देवी अम्बपाली से मिलना चाहता हूँ।"

"अभी देवी अम्बपाली शयनकक्ष में हैं, यह समय उनसे मिलने का नहीं है, अभी तुम जाओ।"

मैं नहीं जा सकता, देवी के जागने तक मैं प्रतीक्षा करूँगा।" यह कह वह प्रहरी की अनुमति लिए बिना वहीं तोरण पर बैठ गया।

प्रहरी ने क्रुद्ध होकर कहा, "चले जाओ तरुण, यहाँ बैठने की आज्ञा नहीं है। देवी से संध्याकाल में मिलना होता है। इस समय नहीं।"

"कुछ हर्ज नहीं, मैं संध्याकाल तक प्रतीक्षा करूँगा।"

"नहीं-नहीं, भाई, चले जाओ तुम, यहाँ विक्षिप्तों के प्रवेश का निषेध है।"

"मुझे अनुमति मिल जाएगी मित्र, मैं वैसा विक्षिप्त नहीं हूँ।"

प्रहरी क्रुद्ध होकर बलपूर्वक उसे हटाने लगा, तो तरुण ने खड्ग खींच लिया। प्रहरी ने सहायता के लिए सैनिकों को पुकारा। इतने ही में ऊपर से किसी ने कहा, "इन्हें आने दो प्रहरी।"

प्रहरी और आगन्तुक दोनों ने देखा, स्वयं देवी अम्बपाली अलिन्द पर खड़ी आदेश दे रही हैं। प्रहरी ने देवी का अभिवादन किया और पीछे हट गया। तरुण तीनों प्रांगण पार करके ऊपर शयनकक्ष में पहुँच गया।

अम्बपाली ने पूछा, "रात भर सोए नहीं हर्षदेव!"

"तुम भी तो कदाचित् जगती ही रहीं, देवी अम्बपाली!"

"मेरी बात छोड़ो। परन्तु तुम क्या रात-भर भटकते रहे हो?"

"कहीं चैन नहीं मिला, यह हृदय जल रहा है। यह ज्वाला सही नहीं जाती अब।"

"एक तुम्हारा ही हृदय जल रहा है हर्षदेव! परन्तु यदि यह सत्य है तो इसी ज्वाला से वैशाली के जनपद को फूँक दो। यह भस्म हो जाए। तुम बेचारे यदि अकेले जलकर नष्ट हो जाओगे तो उससे क्या लाभ होगा?"

"परन्तु अम्बपाली, तुम क्या एकबारगी ही ऐसी निष्ठुर हो जाओगी? क्या इस आवास में तुम मुझे आने की अनुमति नहीं दोगी? मैं तुम्हारे बिना रहूँगा कैसे? जीऊँगा कैसे?"

"आओगे तुम इस आवास में? यदि तुममें इतना साहस हो तो आओ और देखो कि तुम्हारी वाग्दत्ता पत्नी से वैशाली के तरुण सेट्ठिपुत्र और सामन्तपुत्र किस प्रकार प्रेम-प्रदर्शन करते हैं और वह किस कौशल से हृदय के एक-एक खंड का क्रय-विक्रय करती है। देखोगे तुम? देख सकोगे? तुम्हें मनाही किस बात की है? यह तो सार्वजनिक आवास है। यहाँ सभी आएँगे, तुम भी आना। परन्तु इस प्रकार दीन-हीन, पागल की

भाँति नहीं। दीन-हीन पुरुष का इस आवास में प्रवेश निषिद्ध है। तुम्हें यह न भूल जाना चाहिए कि यह वैशाली की नगरवधू देवी अम्बपाली का आवास है। जैसे और सब आते हैं, उसी भाँति आओ तुम, सज-धजकर हीरे-मोती-स्वर्ण बखेरते हुए। होंठों पर हास्य और पलकों पर विलास का नृत्य करते हुए। सबको देवी अम्बपाली से प्रेमाभिनय करते देखो। तुम भी वैसा ही प्रेमाभिनय करो, हँसो, बोलो, शुल्क दो, और फिर छूछे-हाथ, शून्य-हृदय अपने घर चले जाओ। फिर आओ और फिर जाओ। जब तक पद-मर्यादा शेष रहे, जब तक हाथ में स्वर्ण-रत्न भरपूर हों, आते रहो, लुटाते जाओ, लुटते जाओ, यह नगरवधू का घर है, यह नगरवधू का जीवन है, यह मत भूलो।"

अम्बपाली कहती ही चली गई। उसका चेहरा हिम के समान श्वेत हो रहा था। हर्षदेव पागल की भाँति मुँह फाड़कर देखते रह गए। उनसे कुछ भी कहते न बन पड़ा। कुछ क्षण स्तब्ध रहकर अम्बपाली ने कहा, "क्यों, कर सकोगे ऐसा?"

"नहीं, नहीं, मैं नहीं कर सकूँगा।"

"तब जाओ तुम। इधर भूलकर भी पैर न देना। इस नगरवधू के आवास में कभी आने का साहस न करना। तुम्हारी वाग्दत्ता स्त्री अम्बपाली मर गई। यह देवी अम्बपाली का सार्वजनिक आवास है। और वह वैशाली की नगरवधू है। यदि तुममें कुछ मनुष्यत्व है तो तुम जिस ज्वाला से जल रहे हो, उसी से वैशाली के जनपद को जला दो—भस्म कर दो।"

हर्षदेव पागल की भाँति चीत्कार कर उठा। उसने कहा, "ऐसा ही होगा। देवी अम्बपाली, मैं इसे भस्म करूँगा। वैशाली के इस जनपद की राख तुम देखोगी, सप्तभूमि प्रासाद की इन वैभवपूर्ण अट्टालिकाओं में अष्टकुल के वज्जीसंघ की चिता धधकेगी और वह गणतंत्र का धिक्कृत कानून उसमें इस आवास के वैभव के साथ ही भस्म होगा।"

"तब जाओ, तुम अभी चले जाओ। मैं तुम्हारी जलाई हुई उस ज्वाला को उत्सुक नेत्रों से देखने की प्रतीक्षा करूँगी।"

हर्षदेव फिर ठहरे नहीं। उसी भाँति उन्मत्त-से वे आवास से चले गए।

अम्बपाली पत्थर की प्रतिमा की भाँति क्षण-क्षण में उदय होते हुए अपने नगर-वधू-जीवन के प्रथम प्रभात को देखती खड़ी रही।

उरुबेला तीर्थ

उन दिनों उरुबेला तीर्थ में निरंजना नदी के किनारे बहुत-से तपस्वी तप किया करते थे। नदी-किनारे दूर तक उनकी कुटियों के छप्पर दीख पड़ते थे, जिनमें अग्निहोत्र का धूम सदा उठा करता था। वे तपस्वी विविध सम्प्रदायों को मानते और अपने शिष्यों-सहित जत्थे बनाकर रहते थे। उनमें से अनेक नगर में भिक्षा माँगते, अपने आश्रमों में पशु पालते और श्रद्धालु जनों से प्रचुर दान पाकर खूब सम्पन्न हालत में रहते थे। बहुत-से बड़े-बड़े कठोर व्रत करते, कुछ कृच्छ्र चान्द्रायण करते, अर्थात् चन्द्रमा के घटने-बढ़ने के साथ ही एक-एक ग्रास भोजन घटाते-बढ़ाते थे। इस प्रकार वे अमावस को उपवास

रखकर प्रतिपदा को एक, द्वितीया को दो, इसी प्रकार पूर्णिमा तक पन्द्रह ग्रास भोजन कर फिर क्रमशः कम करते थे। बहुत-से केवल दूध ही आहार करते, कितने ही एक पैर से खड़े होकर वृक्षों में लटककर, आकंठ जल में खड़े होकर, शूल शय्याओं पर पड़े रहकर विविध भाँति से शरीर को कष्ट देते। बहुत-से शीत में, खुली हवा में, नंगे पड़े रहते और ग्रीष्म में पंचाग्नि तापते, बहुत-से महीनों समाधिस्थ रहते। कितने ही नंगे दिगम्बर रहते, कितने ही जटिल और कितने ही मुंडित। नदी-तट में तनिक हटकर जो पर्वत श्रृंग हैं, उनमें बहुत-सी गुफाएँ थीं। कुछ तपस्वी उन गुफाओं में एकान्त बन्द रहकर सप्ताहों और महीनों की समाधि लगाया करते थे। पर्वत-कन्दराओं में बहुत-से तपस्वी निरीह दिगम्बर वेश में पड़े रहते। वे भूख-प्यास, शीत-उष्ण, सब ईतियों और भीतियों से मुक्त थे। वे देह का सब त्याग चुके थे। बहुत-से तपस्वी रात-भर हठपूर्वक जागरण करते थे। बहुत-से इनमें सर्वत्यागी थे। बहुत-से अवधूत नंग-धड़ंग निर्भय विचरण करते, बहुत-से कापालिक मुर्दों की खोपड़ी की मुंडमाला गले में धारण कर पशु की ताजा रक्तचूती खाल अंग में लपेटे तंत्र-वाक्यों का उच्चारण करते घूमते, श्मशान में रात्रिवास करते, विविध कुत्सित और बीभत्स क्रियाएँ और चेष्टाएँ करते। वे यह दावा करते थे कि उन्होंने इन्द्रियों की वासनाओं को जीत लिया है और वे सिद्ध पुरुष हैं। बहुत तांत्रिक मारण-मोहन-उच्चाटन के अभिचार करते थे। उनसे लोग बहुत भय खाते थे। इन सब सन्तों में तीन जटिल बहुत प्रसिद्ध थे। वे जटाधारी होने से जटिल कहलाते थे। उनके शिष्य भी मुंडन नहीं कराते थे। इनमें एक उरुबेल-काश्यप थे, जिनके अधीन 500 जटिल ब्रह्मचारी थे। दूसरे नदी-काश्यप तीन सौ जटिलों के और तीसरे गया-काश्यप दो सौ जटिलों के स्वामी थे। ये तीनों महाकाश्यप के नाम से प्रसिद्ध थे। इनके शास्त्रज्ञान, सिद्धि, तप और निष्ठा की बड़ी धूम थी। दूर-दूर के राजा और श्रीमन्त, सेट्ठीगण विविध स्वर्ण-रत्न-अन्न भेंट करके उनका प्रसाद ग्रहण करते थे। लोग उन्हें महाशक्तिसम्पन्न, महाचमत्कारी सिद्ध समझते थे और ये तीनों भी अपने को अर्हत कहते थे। ये महाकाश्यप बहुधा बड़े-बड़े यज्ञ किया करते थे, जिनमें वत्स, मगध, कोसल और अंग निवासी श्रद्धापूर्वक अन्न, घृत, रत्न, कौशेय और मधु आदि लेकर आते थे। उस समय उरुबेला में पक्ष-पक्ष-पर्यन्त बड़ा भारी मेला लगा रहता था।

आज उसी उरुबेला तीर्थ को बुद्धगया के नाम से लोग जानते हैं, और वह निरंजना नदी फल्गु के नाम से पुकारी जाती है। अब वहाँ भारत भर के हिन्दू श्रद्धापूर्वक अपने पितरों को पिंड दान देते और बड़े-बड़े दान करते हैं। यहीं पर लोकविश्रुत बोधिवृक्ष और बुद्ध की अप्रतिम मूर्ति है। आज भी वहाँ के चारों ओर के वातावरण को देखकर कहा जा सकता है कि कभी अत्यन्त प्राचीनकाल में यह स्थान भारी तीर्थ रहा होगा।

शाक्यपुत्र गौतम

उसी उरुबेला तीर्थ में उसी निरंजना नदी के किनारे एक विशाल वट वृक्ष के नीचे एक तरुण तपस्वी समाधिस्थ बैठे थे। अनाहार और कष्ट सहने से उनका शरीर कृश हो

गया था, फिर भी उनकी कान्ति तप्त स्वर्ण के समान थी। उनके अंग पर कोई वस्त्र न था, केवल एक कौपीन कमर में बँधी थी। उनकी देह, नेत्र और श्वास तक अचल थी। ये कपिलवस्तु के राजकुमार शाक्यपुत्र गौतम थे, जिन्होंने अक्षय आनन्द की खोज में लोकोत्तर सुख-साधन त्याग दिए थे।

तरुण तपस्वी ने नेत्र खोले, सामने पीपल के वृक्ष के नीचे कई बालक बकरी चरा रहे थे। उनकी काली-लाल-सफेद बकरियाँ हरे-हरे मैदानों में उछल-कूद कर रही थीं। गौतम ने स्थिर दृष्टि से इन सबको देखा। बड़ा मनोहर प्रभात था, बैसाखी पूर्णिमा के दूसरे दिन का उदय था। स्वच्छाकाश से प्रभात-सूर्य की सुनहरी किरणें हरे-भरे खेतों पर शोभा-विस्तार कर रही थीं, गौतम का विश्व आशा और आनन्द से ओतप्रोत ज्ञात हुआ। उन्होंने अनुभव किया कि उनके हृदय में एक प्रकाश की किरण उदय हुई है और वह सारे विश्व को ओतप्रोत कर रही है। विश्व उससे उज्ज्वल, आलोकित और पूत हो रहा है, उस आलोक में भयव्याधि नहीं है, अमरत्व है, मुक्ति है, आनन्द है। उन्हें ऐसा प्रतीत हुआ कि मैं बुद्ध हूँ। तथागत हूँ। अर्हत हूँ।

उसी समय उत्कल देश से दो बंजारे उधर आ निकले। वे इस तरुण कृश तपस्वी को देखकर कहने लगे, "भन्ते, यह मट्ठा और मधुगोलक हैं, हम इनसे आपका सत्कार करना चाहते हैं, इन्हें ग्रहण कीजिए!" गौतम ने स्निग्ध दृष्टि उन पर डाली और कहा, "मैं तथागत हूँ, बुद्ध हूँ, मैं बिना पात्र के भिक्षा ग्रहण नहीं कर सकता।" तब उन्होंने एक पत्थर के पात्र में उन्हें मट्ठा और मधुगोलक दिए। जब गौतम उन्हें खा चुके तो बंजारों ने कहा, "भन्ते, मेरा नाम भिल्लक और इसका तपस्सू है। आज से हम दोनों आपकी तथा धर्म की शरण हैं।"

संसार में वही दोनों दो वचनों से प्रथम उपासक हुए।

उनके जाने पर गौतम बहुत देर तक उस वट वृक्ष की ओर ममत्व से देखते रहे। फिर उसी आसन पर बैठकर उन्होंने प्रतीत्य समुत्पाद का अनुलोम और प्रतिलोम मनन किया। अविद्या के कारण संस्कार होता है, संस्कार के कारण विज्ञान होता है, विज्ञान के कारण नाम-रूप और नाम-रूप के कारण छह आयतन होते हैं। छह आयतनों के कारण स्पर्श, स्पर्श के कारण वेदना, वेदना के कारण तृष्णा, तृष्णा के कारण उपादान, उपादान के कारण भव, भव के कारण जाति, जाति के कारण जरा, मरण, शोक, दुःख, चित्त-विकार और खेद उत्पन्न होता है। इस प्रकार संसार की उत्पत्ति है। अविद्या के विनाश से संस्कार का, संस्कार-नाश से विज्ञान का, विज्ञान-नाश से नाम-रूप का और नाम-रूप के नाश से छह आयतनों का नाश होता है। छह आयतनों के नाश से स्पर्श का नाश होता है। स्पर्श के नाश से वेदना का नाश होता है। वेदना के नाश से तृष्णा का नाश होता है। तृष्णा-नाश से उपादान का नाश होता है। उपादान-नाश से भव का नाश होता है। भव-नाश से जाति का नाश होता है। जाति-नाश से जरा, मरण शोक, दुःख और चित्तविकार का नाश होता है। इस प्रकार दुःख पुंज का नाश होता है, यही सत्य ज्ञान प्राप्त कर गौतम ने बुद्धत्व पद ग्रहण किया। वे समाधि से उठकर आनन्दित हो कहने लगे, "मैंने गम्भीर, दुर्दर्शन, दुर्जेय, शान्त, उत्तम, तर्क से अप्राप्य धर्मतत्त्व को जान लिया।" उनके अन्तस्तल में एक आवाज उठी—'लोक नाश हो जाएगा रे, यदि

तथागत का सम्बुद्ध चित धर्म-प्रवर्तन न करेगा।' उन्होंने अपनी ही शुद्ध-बुद्ध-मुक्त आत्मा से कहा, 'हे शोकरहित! शोक-निमग्न और जन्म-जरा से पीड़ित जनता की ओर, देख उठ। हे संग्रामजित्! हे सार्थवाह! हे उऋणऋण! जग में विचर, धर्मचक्र प्रवर्तन कर!'

उन्होंने प्रबुद्ध चक्षु से लोक को देखा। जैसे सरोवर में बहुत-से कमल जल के भीतर ही डूबकर पोषित हो रहे है, बहुत-से जल के बराबर, बहुत-से पुंडरीक जल से बहुत ऊपर खड़े हैं, इसी भाँति अल्पमल, तीक्ष्ण बुद्धि, सुस्वभाव, सुबोध्य प्राणी हैं जो परलोक और बुराई से भय खाते हैं।

बुद्ध ने निश्चय किया कि मैं विश्व-प्राणियों को अमृत का दान दूँगा और वे तब उरुबेला से काशी की ओर चल खड़े हुए। मार्ग में उन्हें उपक आजीवक मिला। उसने उस तेजस्वी, शान्त, तृप्त गौतम को देखकर कहा, "आयुष्मान्! तेरी इन्द्रियाँ प्रसन्न, तेरी कान्ति निर्मल है, तू किसे गुरु मानकर प्रव्रजित हुआ है?"

गौतम ने कहा, "मैं सर्वजय और सर्वज्ञ हूँ, निर्लेप हूँ, सर्वत्यागी हूँ, तृष्णा के क्षय से मुक्त हूँ। मेरा गुरु नहीं है। मैं अर्हत हूँ, मैं सम्यक्-सम्बुद्ध, शान्ति तथा निर्माण को प्राप्त हूँ, मैं धर्मचक्र प्रवर्तन के लिए कोशियों के नगर में जा रहा हूँ।"

उपक ने कहा, "तब तो तू आयुष्मान् जिन हो सकता है!"

"मेरे चित्त-मल नष्ट हो गए हैं, मैं जिन हूँ।"

"सम्भव है आयुष्मान्!" यह कहकर वह दिगम्बर उपक चला गया।

गौतम वाराणसी में ऋषिपत्तन मृगदाव में आ पहुँचे। पंचवर्गीय साधुओं ने उन्हें देखकर पहचान लिया। गौतम उनके साथ कठिन तपश्चरण कर चुके थे। एक ने कहा, "अरे, यह साधनाभ्रष्ट जोरू-बटोरू श्रमण गौतम आ रहा है, इसे अभिवादन नहीं करना चाहिए, प्रत्युथान भी नहीं देना चाहिए, न आगे बढ़कर इसका पात्र-चीवर लेना चाहिए, केवल आसन रख देना चाहिए, बैठना हो तो बैठे।"

परन्तु गौतम के निकट आने पर एक ने उन्हें आसन दिया, एक ने उठकर पात्र-चीवर लिए, एक ने पादोदक, पाठपीठ, पादकठलिका पास ला रखी। गौतम ने पैर धोए, आसन पर बैठे, बैठकर कहा, "भिक्षुओ, मैंने जिस अमृत को पाया है, उसे मैं तुम्हें प्रदान करता हूँ।"

पंचवर्गीय साधुओं ने कहा, "आवुस गौतम, हम जानते हैं, तुम उस साधना में, उस धारणा में, उस दुष्कर तपस्या में भी आर्यों के ज्ञान-दर्शन की पराकाष्ठा को नहीं प्राप्त हो सके और अब साधनाभ्रष्ट हो..."

गौतम ने कहा, "भिक्षुओ, तथागत को आवुस कहकर मत पुकारो। तथागत अर्हत सम्यक्सम्बुद्ध है। इधर कान दो, मैं तुम्हें अमृत प्रदान करता हूँ, उस पर आचरण करके तुम इसी जन्म में अर्हत-पद प्राप्त करोगे।"

परन्तु पंच भिक्षुओं ने फिर भी उन्हें आवुस कहकर पुकारा। इस पर तथागत ने कहा, "भिक्षुओ, क्या मैंने पहले भी कभी ऐसा कहा था?"

"नहीं, भन्ते!"

"तब इधर कान दो भिक्षुओ! साधु को दो अतियाँ नहीं सेवन करनी चाहिए। एक वह जो हीन, ग्राम्य, अनर्थयुक्त और कामवासनाओं से लिप्त है और दूसरी जो दुखःमय,

अनार्यसेवित है। भिक्षुओ, इन दोनों अतियों से बचकर तथागत के मध्यम मार्ग पर चलो, जो निर्वाण के लिए है। वह मध्यम मार्ग आर्य अष्टांगिक है। यथा ठीक दृष्टि, ठीक संकल्प, ठीक वचन, ठीक कर्म, ठीक जीविका, ठीक प्रयत्न, ठीक स्मृति, ठीक समाधि—यही मध्यमार्ग है भिक्षुओ!

"दुःख सत्य है। जन्म दुःख है, जरा दुःख है, व्याधि दुःख है, मरण दुःख है, अप्रिय-संयोग दुःख है, प्रिय-वियोग दुःख है, इच्छित वस्तु का न मिलना दुःख है।

"दुःख के कारण भी सत्य हैं। यह जो तृष्णा है फिर जन्मने की, सुख-प्राप्ति की, रागसहित प्रसन्न होने की—ये तीनों काम-भव-विभव-तृष्णा दुःख हैं।

"और भिक्षुओ! यह दुःख निरोध भी सत्य है जिसमें तृष्णा का सर्वथा विलय होकर त्याग और मुक्ति होती है। फिर दुःख-निरोधगामिनी प्रतिपद, दुःख-निरोध की ओर जानेवाला मार्ग भी सत्य है।

"भिक्षुओ! यही चार सत्य हैं। यही आर्य अष्टांगिक मार्ग है। इन चार सत्यों के तेहरा—इस प्रकार 12 प्रकार का बुद्ध ज्ञान दर्शन करके ही मैं बुद्ध हुआ हूँ। मेरी मुक्ति अचल है, यह अन्तिम जन्म है, फिर आवागमन नहीं है।"

तथागत के इस व्याख्यान को सुनकर पंचवर्गीय भिक्षुओं में से कौंडिन्य ने कहा, "तब भन्ते, जो कुछ उत्पन्न होनेवाला है, वह सब नाशवान् है?"

"सत्य है, सत्य है, आयुष्मान् कौंडिन्य, तुम्हें विमल-विरज धर्मचक्षु उत्पन्न हुआ। जो कुछ उत्पन्न होनेवाला है नाशवान् है, ओहो, कौंडिन्य ने जान लिया, कौंडिन्य ने जान लिया। आयुष्मान् कौंडिन्य, आज से तुम 'कौंडिन्य-प्रज्ञात' के नाम से प्रसिद्ध होओ!"

तब कौंडिन्य ने प्रणिपात करके कहा, "भगवन, मुझे प्रव्रज्या मिले। उपसम्पदा मिले।"

बुद्ध ने कहा, "तो कौंडिन्य, तुम सत्य ही धर्म का साक्षात्कार करके संशय-रहित, विवादरहित, बुद्धधर्म में विशारद और स्वतंत्र होना चाहते हो?"

कौंडिन्य ने बद्धांजलि कहा, "ऐसा ही है, भन्ते!"

"तब आओ भिक्षु, यह धर्म सुन्दर व्याख्यात है, दुःखनाश के लिए ब्रह्मचर्य का पालन करो। यही तुम्हारी उपसम्पदा हुई।"

तब भिक्षु वप्प और भद्दिय ने कहा, "भगवन्, जो कुछ उत्पन्न होने वाला है वह सब नाशवान् है। भन्ते, हमें प्रव्रज्या मिलनी चाहिए, उपसम्पदा मिलनी चाहिए।"

"साधु भिक्षुओ, साधु! तुम्हें विमल-विरज धर्मनेत्र मिला। आओ, धर्म सुव्याख्यात है, भलीभाँति दुःख-क्षय के लिए ब्रह्मचर्य का पालन करो।"

आयुष्मान् महानाभ और अश्वजित् ने भी प्रणिपात कर निवेदन किया, "भगवन्, हमने भी सत्य को जान लिया, हमें भी उपसम्पदा मिले, प्रव्रज्या मिले!" बुद्ध ने उन्हें ब्रह्मचर्य-पालन का उपदेश देते हुए कहा, "भिक्षुओ, सब भौतिक पदार्थ अन-आत्मा हैं। यदि इनकी आत्मा होती तो ये पीड़ादायक न होते। वेदना भी अन-आत्मा है। अभौतिक पदार्थ-विज्ञान भी अन-आत्मा है क्योंकि वह पीड़ादायक है। तब, क्या मानते हो भिक्षुओ! रूप नित्य है या अनित्य?"

"अनित्य है भन्ते!"

"जो अनित्य है, वह दुःख है या सुख?"

"दुःख है भन्ते!"

"जो अनित्य, दुःख और विकार को प्राप्त होनेवाला है, क्या उसके लिए यह समझना उचित है कि यह पदार्थ मेरा है, यह मैं हूँ, यह मेरी आत्मा है?"

"नहीं भन्ते?"

"तब क्या मानते हो भिक्षुओ, जो कुछ भी भूत-भविष्य-वर्तमान सम्बन्धी, भीतर या बाहर, स्थल या सूक्ष्म, अच्छा या बुरा, दूर या नजदीक का रूप है, वह न मेरा है, न मैं हूँ, मेरी आत्मा है—ऐसा समझना चाहिए?"

"सत्य है भन्ते!"

"और इसी प्रकार वेदना, संज्ञा, संस्कार, विज्ञान भी, भिक्षुओ!"

"सत्य है भन्ते, हमने इस सत्य को समझ लिया।"

"तो भिक्षुओ! विद्वान् आर्य को रूप से, वेदना से, संज्ञा से और विज्ञान से उदास रहना चाहिए। उदास रहने से इन पर विराग होगा, विराग से मुक्ति, मुक्ति से आवागमन छूट जाएगा भिक्षुओ! आवागमन नष्ट हो गया, ब्रह्मचर्य-वास पूरा हो गया। करना था सो कर लिया। अब कुछ करना शेष नहीं।"

भाषण के अन्त में पञ्चवर्गीय भिक्षुओं ने तथागत को प्रणिपात किया और कहा, "भगवन्, हमारा चित्त मलों से मुक्त हो गया है।"

"तब भिक्षुओ, अब इस लोक में कुल छह अर्हत हैं। एक मैं और पाँच तुम।" इतना कहकर तथागत वृक्ष के सहारे पीठ टेककर अन्तःस्थ हो गए। भिक्षु-गण प्रणिपात कर भिक्षाटन को गए।

कुलपुत्र यश

कुलपुत्र यश वाराणसी के नगरसेट्ठि का एकमात्र पुत्र था। वह सुन्दर युवक भावुक और कोमल-हृदय था। उसके तीन प्रासाद थे : एक हेमन्त का, दूसरा ग्रीष्म का, तीसरा वर्षा का। जिस समय की बात हम कह रहे हैं वह वर्षाकालिक प्रासाद में अपुरुषों से सेवित सुख लूट रहा था। श्रमण गौतम मृगदाव में आए हैं, यह उसने सुना। यह श्रमण गौतम राज-सम्पदा और शाक्यों की प्रख्यात वंश-परम्परा त्याग, सुन्दरी पत्नी, नवजात पुत्र, सम्पन्न वैभव, वाहन और अनुचरों का आश्रय त्याग वाराणसी में पाँव-पैदल, हाथ में भिक्षापात्र लिये, सद्गृहस्थों के द्वार पर नीची दृष्टि किए मौन भाव से भिक्षा माँगता फिरता है। उसने काशी के विश्रुत विद्वान् पञ्चजनों को उपसम्पदा दी है। यह गौतम किस सम्पदा से आप्यायित है?—यह श्रमण किस अमृत से तृप्त है? यह श्रमण किस निधि से ओतप्रोत है? उस दिन यश बड़ी देर तक बैठा यही सोचता रहा।

अँधेरी रात थी। रिमझिम वर्षा हो रही थी। ठंडी हवा बह रही थी। यश का वर्षा-प्रासाद गन्धदीपों के मन्द आलोक से आलोकित और गन्धद्रव्यों से सुरभित हो रहा था। रात गहन होती गई और यश और भी गहन मुद्रा से उसी श्रमण गौतम के विषय

में सोचने लगा। प्रासाद में मृदुल वाद्यों की झंकार पूरित थी। नूपुर और किंकिणि की ठुमकियाँ आ रही थीं। दासियों ने आकर निवेदन किया, "यह कुलपुत्र के शयन का समय है, यह अवमर्दक, पीठमर्दिका उपस्थित है, ये चरणदासियाँ हैं। कुलपुत्र विश्राम करें, शय्यारूढ़ हों, हम चरण-सेवा करें। आज्ञा हो, नृत्यवाद्य हो। वाराणसी की श्रेष्ठ सुन्दरी वेश्या कादम्बरी नृत्य के लिए प्रतीक्षा कर रही है।"

यश ने थकित भाव से कहा, "अभी ठहरो शुभे, मुझे कुछ सोचने दो। यही तो मैं नित्य देखता-भोगता रहा हूँ। सुन्दरियों के नृत्य, रूपसी का रूप, कोकिल-कंठी का कलगान, तंत्री की स्वर-लहरी, नहीं-नहीं, अब मुझे इनसे तृप्ति नहीं होती। कौन है, वह श्रमण? वह किस सम्पदा से सम्पन्न है? यही तो सब कुछ इससे भी अधिक—बहुत अधिक वह त्याग चुका, इनसे विरत हो चुका। फिर भी वह चिन्तारहित है, उद्वेगरहित है, विकाररहित है। वह पाँव-प्यादा चलकर प्रत्येक गृहस्थ से भिक्षा लेता है और चला जाता है, पृथ्वी में दृष्टि दिए, शान्त, तृप्त, मौन!..

"नहीं, नहीं, अभी नहीं। नृत्य रहने दो, पीठमर्दिका और अवमर्दक से कह दो, वे शयन करें और तुम भी शुभे, शयन करो। अभी मुझे कुछ सोचने दो, कुछ समझने दो। वह श्रमण, वह शाक्यपुत्र...!"

दासियाँ चली गईं। रात गम्भीर होती गई। नूपुर-ध्वनि बन्द हुई। प्रासाद में शान्ति छा गई। सुगन्धित दीप जल रहे थे। स्निग्ध प्रकाश फैल रहा था। आकाश में काले-अँधेरे बादल घूम रहे थे। नन्ही-नन्ही फुहार गिर रही थी। तभी यश की विचारधारा टूटी। वह धीरे-धीरे शयन-कक्ष में गया। देखा अपना परिजन। दासियाँ और सखियाँ इधर-उधर पड़ी सो रही थीं। किसी की बगल में वीणा थी, किसी के गले में मृदंग, किसी के बाल बिखरकर फैल गए थे, किसी के मुँह से लार निकल रही थी, कोई मुँह फैलाए, कोई मुख को विकराल किए बेसुध पड़ी थी।

यश ने कहा, "यही वह मोह है जिसे उस श्रमण ने त्याग दिया। पर वह सम्पदा क्या है, जो उसने पाई है?" उसने एक बार फिर परिजन को सोते हुए देखा—फिर कहा, 'अरे, मैं सन्तप्त हूँ, मैं पीड़ित हूँ!!!'

उसने अपना सुनहरा जूता पहना और प्रथम घर के द्वार की ओर, फिर नगर-द्वार की ओर चल दिया। घोर अँधेरी रात थी। शीतल वायु बह रही थी, जनपद सो रहा था। आकाश मेघाच्छन्न था। यश अपना सुनहरा जूता पहने कीचड़ में अपने अनभ्यस्त पदचिह्न बनाता आज कदाचित् अपने जीवन में पहली बार ही पाँव-प्यादा उस पथ पर जा रहा था, जो मृगदाव ऋषिपत्तन की ओर जाता है।

गौतम उस समय भिनसार ही में उठकर खुले स्थान में टहल रहे थे। उन्होंने दूर से कुलपुत्र को अपनी ओर आते देखा तो टहलने के स्थान से हटकर आसन पर बैठे। तब कुलपुत्र ने निकट पहुँचकर कहा, "हाय, मैं सन्तप्त हूँ! हाय, मैं पीड़ित हूँ!"

गौतम ने कहा, "यश, यह तथागत असन्तप्त है। अपीड़ित है। आ बैठ। मैं तुझे आनन्द का अमृत पान कराऊँगा।" कुलपुत्र ने प्रसन्न होकर कहा, "भन्ते, क्या आप असन्तप्त हैं, अपीड़ित हैं?" वह जूता उतारकर गौतम के निकट गया और अभिवादन कर एक ओर बैठ गया।

गौतम ने तब यश को आनुपूर्वी कथा कही और कामवासनाओं का दुष्परिणाम, उपकार-दोष और निष्कामता का माहात्म्य बताया। उन्होंने कुलपुत्र यश को भव्य-चित्त, मृदुचित्त, अनाच्छादितचित्त, आह्लादितचित्त और प्रसन्न देखा। तब उसे दुःख का कारण, उसका नाश और नाश के उपाय बताए। जैसे कालिमारहित शुद्ध वस्त्र अच्छा रंग पकड़ता है उसी प्रकार कुलपुत्र यश को उसी आसन पर उसी एक उपदेश से—"जो कुछ उत्पन्न होने वाला है वह सब नाशवान् है" यह धर्मचक्षु प्राप्त हुआ।

यश कुलपुत्र की माता ने भोर होने पर सुना कि यश कुलपुत्र रात को शयनागार में सोए नहीं और प्रासाद में उपस्थित भी नहीं हैं, तो वह पुत्र-प्रेम से विकल हो श्रेष्ठी गृहपति के पास गई। गृहपति सेट्ठि कुलपुत्र के सुनहले जूतों के चिह्न खोजता हुआ ऋषिपत्तन मृगदाव तक गया। वहाँ श्रमण गौतम को आसीन देखकर कहा, "भन्ते, क्या आपने कुलपुत्र यश को देखा है?" गौतम ने कहा, "गृहपति, बैठ, तू भी उसे देखेगा।" गृहपति ने हर्षोत्फुल्ल हो भगवान् गौतम को प्रणाम किया और एक ओर बैठ गया। भगवान् ने आनुपूर्वी कथा कही और गृहपति सेट्ठि को उसी स्थान पर धर्मचक्षु उत्पन्न हुआ।

उसने कहा, "आश्चर्य भन्ते! आश्चर्य! जैसे कोई औंधे को सीधा कर दे, ढके को उघाड़ दे, भूले को रास्ता बता दे, अन्धकार में तेल का दीपक रख दे, जिससे आँख वाले रूप देखें, उसी भाँति भगवान् ने धर्म को प्रकाशित कर दिया। वह मैं, भगवान् की शरण जाता हूँ, धर्म की शरण जाता हूँ, संघ की शरण जाता हूँ। आप मुझे अंजलिबद्ध उपासक ग्रहण करें।"

तथागत ने जलद-गम्भीर स्वर में कहा, "स्वस्ति सेट्ठि गृहपति, संसार में एक तू ही तीन वचनों वाला प्रथम उपासक हुआ।"

इसी समय कुलपुत्र यश पिता के सम्मुख आकर खड़ा हो गया, उसका मुख सत्य-ज्ञान से देदीप्यमान था और उसका चित्त अलिप्त एवं दोषों से मुक्त था।

गृहपति ने पुत्र को देखकर दीन भाव से कहा, "पुत्र यश! तेरी माँ शोक में पड़ी रोती है और पत्नी तेरे वियोग में मूर्च्छित है। अरे कुलपुत्र, तेरे बिना हमारा सब कुछ नष्ट है।"

तथागत गौतम ने कहा, "श्रेष्ठि गृहपति, जैसे तुमने अपूर्व ज्ञान और अपूर्व साक्षात्कार से धर्म को देखा, वैसे ही यश ने भी देखा है। देखे और जाने हुए को मनन करके, प्रत्यवेक्षण करके उसका चित्त अलिप्त होकर मलों से शुद्ध हो गया है। सो गृहपति, अब यश क्या पहले की भाँति गृहस्थ सुख भोगने योग्य है?"

"नहीं भन्ते!"

"गृहपति, इसे तुम क्या समझते हो?"

"लाभ है भन्ते, यश कुलपुत्र को। सुलाभ किया भन्ते, यश कुलपुत्र ने, जो कि यश कुलपुत्र का चित्त अलिप्त हो मलों से मुक्त हो गया। भन्ते भगवन्! यश को अनुगामी भिक्षु बनाकर मेरा आज का भोजन स्वीकार कीजिए।" भगवान् ने मौन स्वीकृति दी। सेट्ठि गृहपति स्वीकृति समझ आसन से उठ भगवान् गौतम को प्रणाम कर प्रदक्षिणा कर चले गए।

तब यश कुलपुत्र ने सम्मुख आ प्रणाम कर गौतम से कहा, "भन्ते भगवन्, मुझे प्रव्रज्या दें, उपसम्पदा दें!"

गौतम तथागत ने कहा, "भिक्षु, आओ, धर्म सुव्याख्यात है, अच्छी तरह दुःख के क्षय के लिए ब्रह्मचर्य का पालन करो। तुम्हें उपसम्पदा प्राप्त हुई। अब इस समय तथागत सहित लोक में सात अर्हत हैं।"

धर्म चक्र-प्रवर्तन

काशियों में बड़ी उत्तेजना फैल गई। वाराणसी की वीथिका में लोगों ने आश्चर्यचकित होकर देखा कि शाक्यपुत्र गौतम चीवर और भिक्षापात्र हाथ में लिये, नीचा सिर किए, अपने स्वर्ण समान दमकते हुए मुख को पृथ्वी की ओर झुकाए पाँव-प्यादे जा रहे हैं। उनके पीछे-पीछे नगरजेट्ठक नगरसेट्ठि का कुलपुत्र यश उसी भाँति सिर मुड़ाए, नंगे पैर चीवर और भिक्षापात्र हाथ में लिये, नीची दृष्टि किए जा रहा है। किसी ने कहा, "अरे, यही वह शाक्य राजकुमार गौतम है, जिसने पत्नी, पुत्र, राज्यसुख सब त्याग दिया है। जिसने मार को जीता है, जिसने अमृत प्राप्त किया है, जो अपने को सम्पूर्ण बुद्ध कहता है।" कोई कह रहा था, "देखो, देखो, यही कुलपुत्र यश है, जो कल तक सुनहरी जूते पहने, कानों में हीरे के कुंडल पहने, अपने रथ की स्वर्णघंटियों के घोष से वीथियों को गुंजायमान करते हुए नगर में आता था। आज वह नंगे पैर श्रमण गौतम का अनुगत हो भिक्षापात्र लिये अपने ही घर भिक्षान्न की याचना करने जा रहा है।"

किसी ने कहा, "अरे कुलपुत्र यश के मुख का वैभव तो देखो! सुना है, उसे परम सम्पदा प्राप्त हुई है, उसे अमृततत्त्व मिला है।"

पौर वधुओं ने झरोखों में से झाँककर कहा, "बेचारे कुलपुत्र की नववधू का भाग्य कैसा है री? अरे यह स्वर्णगात, यह मृदुल-मनोहर गति, यह काम-विमोहन रूप लेकर कैसे इसी वयस में यश कुलपुत्र भिक्षु बन गया?"

कोई कहती, "देखो री देखो, कुलपुत्र का भिक्षुवेश? अरे! इसने अपने चिक्कण घनकुंचित केश मुड़वा दिए। यह निराभरण होकर, पाँव-प्यादा चलकर भी कितना सुखी है, शान्त है, तेज से व्याप्त है!"

सबने कहा, "उसने अमृत पाया है री! उसने उपसम्पदा प्राप्त की है।"

पौरजन कहने लगे, "काशी में यह श्रमण गौतम उदय हुआ है और वैशाली में वह अम्बपाली। अब इन दोनों के मारे जनपथ में कोई घर में नहीं रहने पाएगा। काशी के सब कुलपुत्रों को यह भ्रमण गौतम भिक्षु बना डालेगा और वैशाली में अम्बपाली सब सेट्ठिपुत्रों और सामन्तपुत्रों को अपने रूप की हाट में खरीद लेगी।"

उस समय के सम्पूर्ण लोक में जो सात अर्हत थे, वे चुपचाप बढ़े चले जा रहे थे। उनकी दृष्टि पृथ्वी पर थी, कन्धों पर चीवर था, हाथ में भिक्षापात्र था, नेत्रों में धर्म-ज्योति, मुख पर ज्ञान-दीप्ति, अंग में उपसम्पदा की सुषमा, गति में त्याग और तृप्ति थी। लोग ससम्मान झुकते थे, परिक्रमा करते थे, अभिवादन करते थे, उँगली उठा-उठाकर एक-एक का बखान करते थे।

गृहपति ने आगे बढ़कर सातों अर्हतों का स्वागत किया। उन्हें आसन देकर पाद्य

पादपीठ और पादकाष्ठ दिया। जब भगवान् बुद्ध स्वस्थ होकर आसन पर बैठे, तब यश कुलपुत्र की माता और पत्नी आईं और तथागत का पदवन्दन करके बैठ गईं। उनसे तथागत ने आनुपूर्वी कथा कही और जब भगवान् ने उन्हें भव्यचित्त देखा तो, जो बुद्धि को उठानेवाली देशना है—दुःख-समुदय, निरोध और मार्ग, उसे प्रकाशित किया। उन दोनों को उसी आसन पर विमल-विरज धर्मचक्षु उदय हुआ। उन्होंने कहा, "आश्चर्य भन्ते, आज से हमें अंजलिबद्ध शरणागत उपासिका जानें।"

तथागत ने उन्हें उपसम्पदा दी और विश्व में वही दोनों प्रथम तीन वचनों वाली प्रथम उपासिका बनीं।

इसके बाद सातों अर्हतों ने तृप्तिपूर्वक भोजन किया। फिर स्वस्थ हो भगवान् ने उन्हें संदर्शन, समाज्ञापन, समुत्तेजन, सम्प्रहर्षण प्रदान किया और आसन से उठे।

आगे-आगे तथागत, पीछे पंचजन भिक्षु और उनके पीछे कुलपुत्र यश उसी भाँति जब मृगदाव लौटे तो यश के चार परम मित्र यश के पीछे-पीछे हो लिए। एक ने कहा, "यह यश कैसे दाढ़ी-मूँछ मुड़ा, काषाय वस्त्र पहन एकबारगी ही घर से बेघर होकर प्रव्रजित हो गया?" दूसरे ने कहा, "वह धर्मविनय छोटा न होगा, वह संन्यास छोटा न होगा जिसमें कुलपुत्र यश सिर-दाढ़ी मुड़ा, काषाय वस्त्र पहन, घर से बेघर हो प्रव्रजित हुआ है।"

तब चारों मित्रों ने निश्चय किया कि हम भी कुलपुत्र यश की सम्पदा के भागी बनेंगे। जब सब कोई मृगदाव पहुँचे और अपने-अपने आसनों पर स्वस्थ होकर बैठे, तो चारों मित्र अभिवादन करके यश की ओर खड़े हो गए। उनमें से एक ने कहा, "भन्ते, यश कुलपुत्र! हमें भी धर्मलाभ होने दो। हमें भी वह अमृततत्त्व प्राप्त होने दो।"

यश उन्हें लेकर वहाँ पहुँचा, जहाँ तथागत बुद्ध शान्त मुद्रा से स्थिर बैठे थे। यश ने कहा, "भगवन्, ये मेरे चार अन्तरंग गृही मित्र वाराणसी के श्रेष्ठियों, अनुश्रेष्ठियों के कुलपुत्र हैं। इसका नाम सुबल, इसका सुबाहु, इसका पूर्णजित् और इसका गवाम्पति है। इन्हें भगवान् अनुशासन करें।"

तथागत ने उनसे आनुपूर्वी कथा कही और सत्य-चतुष्टय का उपदेश दिया। तब वे सुव्याख्यात धर्म में विशारद स्वतंत्र हो बोले, "भगवान् हमें उपसम्पदा दें।"

भगवान् ने कहा, "भिक्षुओ, आओ, धर्म सुव्याख्यात है। अच्छी तरह दुःख के क्षय के लिए ब्रह्मचर्य का पालन करो।" यही उनकी उपसम्पदा हुई। तब भगवान् ने उनकी अनुशासना की। अब लोक में ग्यारह अर्हत थे।

आग की भाँति यह समाचार सारे काशी राज्य में फैल गया। यश के ग्रामवासी पूर्वज परिवारों के पुत्र पचास गृही मित्रों ने सुना कि यश कुलपुत्र भिक्षु हो गया है, वे भी बुद्ध की शरण आए और प्रव्रज्या ले ली।

अब लोक में इकसठ अर्हत थे। भगवान् गौतम ने कहा, "भिक्षुओ, अब तुम सब मानुष और दिव्य बन्धनों से मुक्त हो। बहुत जनों के हित के लिए, बहुत जनों के सुख के लिए, लोक पर दया करने के लिए, देवताओं और मनुष्यों के प्रयोजन के लिए, हित के लिए, सुख के लिए विचरण करो! एक साथ दो मत जाओ। आदि में कल्याणकारक, मध्य में कल्याणकारक, अन्त में कल्याणकारक, इस धर्म का उपदेश

करो। अर्थ सहित, व्यंजन सहित परिपूर्ण ब्रह्मचर्य व्रत का सेवन करो। अल्पदोष वाले प्राणी भी हैं, कल्याणकारक धर्म के न सुनने से उनकी हानि होगी, सुनने से वे धर्म को जानेंगे। जाओ भिक्षुओ, दिशा-दिशा में जाओ। अनुमति देता हूँ, उन्हें प्रव्रज्या दो, उपसम्पदा प्रदान करो!"

वैशाली का स्वर्ग

वैशाली का सप्तभूमि प्रासाद उस युग के नन्दन वन से होड़ लगाता था। वहाँ की सम्पदा, सम्पन्नता विभूति और सजावट देखकर सम्राटों को ईर्ष्या होती थी। यह समूचा महल श्वेतमर्मर का बना था, जिसमें सात खंड और सात ही प्रांगण थे। उसकी सबसे ऊँची अट्टालिका पर लगे स्वर्णकंगूर प्रभात की सुनहली धूप में चमकते हुए दूर तक बड़ा भारी शोभा-विस्तार करते थे। यह प्रासाद बहुत विशाल था। उसके सभी द्वार-तोरणों पर प्रत्येक सायंकाल को जूही, चम्पा, चम्पक, मालती और शतदल की मालाएँ मोहक ढंग से टाँगी जाती थीं। ये मालाएँ दूर-दूर के देशों के अधिपतियों और सेट्ठिकुबेरों की ओर से भेंटस्वरूप भेजी जाती थीं। अलिन्दों और प्रकोष्ठों में शुक, सारिका, मयूर, हंस, करंड, सारस, लाव, तित्तिर के निवास थे। प्रथम प्रांगण में विशाल मैदान था जहाँ संध्या होने से पूर्व सुगन्धित जल छिड़क दिया जाता था, जो संध्या होते ही नागरिकों, सेट्ठिपुत्रों और सामन्तपुत्रों के विविध वाहन-रथ, हाथी, शिविका, पालकी, सुखपाल आदि से खचाखच भर जाता था। दूसरे प्रकोष्ठ में अम्बपाली की सेना, गज, अश्व, रथ, मेष, गौ, पशु आदि का स्थान था। यहाँ भिन्न-भिन्न देशों के अद्भुत और लोकोत्तर पशुओं का संग्रह था, जिन्हें अम्बपाली की कृपादृष्टि पाने के लिए अंग, बंग, कलिंग, चम्पा, ताम्रलिप्त और राजगृह के सम्राट्, महाराज एवं सेट्ठिजन उपहार रूप भेजते रहते थे। तीसरे प्रांगण में सुनार, जड़िए, जौहरी, मूर्तिकार और अन्य कलाकार अपना-अपना कार्य करते थे। उनकी प्रचुर कला और मनोहर कारीगरी से देवी अम्बपाली का वह अप्रतिम आवास और उसका दिव्य रूप शत-सहस्र गुण देदीप्यमान हो जाता था। चौथे प्रांगण में अन्न, वस्त्र, खाद्य, मेवा, फल और मिष्टान्न का भंडार था। देश-देश के फलों, पक्वान्नों का वहाँ पाक होता था। बड़े-बड़े विद्वान् अनुभवी वैद्यराज अनेक प्रकार के अर्क, आसव, मद्य और पौष्टिक पदार्थ बनाते रहते थे और उसकी सुगन्ध से यह प्रकोष्ठ सुगन्धित रहता था। यहाँ भाँति-भाँति के इत्र, गन्ध, सार और अंगराग भी तैयार कराए जाते थे। पाँचवें कोष्ठ में अम्बपाली का धन, रत्नकोष, बहीवट और प्रबन्ध-व्यवस्था का खाता था, जहाँ बूढ़े कर्णिक, दंडधर, कंचुकी और वाहक तत्परता से इधर-उधर घूमते, हिसाब लिखते, लेन-देन करते और स्वर्ण-गणना करते थे। छठे प्रांगण के विशाल सुसज्जित प्रकोष्ठ में देवी अम्बपाली अपनी चेटिकाओं और दासियों को लेकर नागरिकों की अभ्यर्थना करती, उनका मनोरंजन करती थी और वहीं द्यूत, पान, नृत्य और गान होता था। अर्धरात्रि तक वह गन्धर्व नगरी जैसी भूतल पर सर्वापेक्षा जाग्रत् रहती थी। सातवें अलिन्द में देवी अम्बपाली स्वयं निवास करती थी, वहाँ किसी

भी आगन्तुक को प्रवेश का अधिकार न था। इस अलिन्द की दीवारों और स्फटिक-स्तम्भों पर रत्न खचित किए गए थे तथा छत पर स्वर्ण का बारीक रंगीन काम किया गया था। बड़े-बड़े सम्राट् इस अलिन्द की शोभा एक बार देखने को लालायित रहते थे, पर वहाँ किसी का पहुँचना सम्भव नहीं था।

दीये जल चुके थे। सप्तभूमि प्रासाद का सिंहद्वार उन्मुक्त था। भीतर, बाहर, सर्वत्र सुगन्धित सहस्र दीपगुच्छ जल रहे थे। दासी, बाँदी, चेटी और दंडधर प्रबन्ध व्यवस्था में व्यस्त बाहर-भीतर आ-जा रहे थे। सेट्ठिपुत्र और सामन्तपुत्र अपने-अपने वाहनों पर आ रहे थे। भृत्यगण दौड़-दौड़कर उनके वाहनों की व्यवस्था कर रहे थे, वे आगन्तुक मित्रों के साथ गप्पें उड़ाते आ-जा रहे थे। छठे अलिन्द के द्वार पर प्रतिहार उनका स्वागत करके उन्हें प्रमोद भवन के द्वार पर पहुँचा रहे थे, जहाँ मदलेखा अपने सहायक साथियों के साथ आगन्तुकों को आदरपूर्वक ले जाकर उनकी पदमर्यादा के अनुसार भिन्न-भिन्न पीठिकाओं पर बैठाती थी। पीठिकाओं पर धवल दुग्धफेन सम कोमल गद्दे और तकिये बिछे थे। वहाँ स्थान-स्थान पर करीने से आसन्दी, पलंग, चित्रक, पटिक, पर्यंकक, तूलिका, विकतिक, उद्दलोमी, एकान्तलोमी, कटिस्स, कौशेय और समूरी मृग की खालों के कोमल कीमती बिछौने बिछे थे, जिन पर आकर सुकुमार सेट्ठिपुत्र और अलस सामन्तपुत्र अपने शरीर लुढ़का देते थे; दासीगण बात की बात में पानपात्र, मद्य, सोने के पाँसे और दूसरे विनोद के साधन जुटा रही थीं। धूमधाम बढ़ती ही जा रही थी। बहुत लोग दल बाँधकर द्यूत खेलने में लग गए। कुछ चुपचाप आराम से मद्य पीने लगे। कुमारी दासियाँ पार्श्व में बैठकर मद्य ढाल-ढालकर देने लगीं। कुछ लोग भाँति-भाँति के वाद्य बजाने लगे। प्रहर रात्रि व्यतीत होने पर नृत्य-गान प्रारम्भ हुआ। सुन्दरी कुमारी किशोरियाँ रत्नावली कंठ में धारण कर, लोध्ररेणु से कपोल-संस्कार कर, कमर में स्वर्ण-करधनी और पैरों में जड़ाऊ पैंजनी पहन, आलक्तक पैरों को कुसुम स्तवकवाले उपानहों से सज्जित करके कोमल तन्तुवाद्य और गम्भीर घोष मृदंग की धमक पर शुद्ध-स्वर-ताल पर उठाने-गिराने और भू पर आघात करने लगीं। उनकी नवीन केले के पत्ते के समान कोमल और सुन्दर देहयष्टि पद-पद पर बल खाने लगी। उनके नूपुरों की क्वणन ध्वनि ने प्रकोष्ठ के वातावरण को तरंगित कर दिया, उनके नूतन वक्ष और नितम्बों की शोभा ने मद्य की लाली में मद विस्तार कर दिया। उनके अंशुप्रान्त से निकले हुए नग्न बाहुयुगल विषधर सर्प की भाँति लहरा-लहराकर नृत्यकला का विस्तार करने लगे। उनकी पतली पारदर्शी उँगलियों की नखप्रभा मृणालदंड की भाँति हवा में तैरने लगी और फिर जब उनके प्रवाल के समान लाल-लाल उत्फुल्ल अधरोष्ठों के भीतर हीरक-मणिखचित दन्त-पंक्ति को भेदकर अनुराग सागर की रसधार बहने लगीं, तब सभी उपस्थित सेट्ठि, सामन्त, राजपुत्र, बन्धुल, विट, लम्पट उसी रंगभूमि में जैसे भूलोक, नरलोक सबको भूलकर डूब गए। वे थिरक-थिरककर सावधानी और व्यवस्था से स्वर-ताल पर पदाघात करके कामुक युवकों को मूर्च्छित-सा करने लगीं। उनके गंडस्थल की रक्तावदान कान्ति देखकर मदिरा रस से पूर्ण मदणिक्य-शुक्ति के सम्पुट की याद आने लगी। उनकी काली-काली, बड़ी-बड़ी अलसाई आँखें। कमलबद्ध भ्रमर का शोभा-विस्तार करने लगीं। भ्रूलताएँ मत्त गजराज की मदराजि की भाँति तरंगित

होने लगीं। उनके श्वेत-रजत भाल पर मनःशिला का लाल बिन्दु अनुराग-प्रदीप की भाँति जलता दीख रहा था। उनके माणिक्य-कुंडलों में गंडस्थल पर लगे पांडुर लोध्ररेणु उड़-उड़कर लगने लगे। मणि की लाल किरणों से प्रतिबिम्बित हुए उनके केशपाश सांध्य मेघाडम्बर की शोभा विस्तीर्ण करने लगे। इस प्रकार एक अतर्कित-अकल्पित मदधारा लोचन-जगत् हठात् विह्वल करने लगी।

इसके बाद संगीत-सुधा का वर्णन हुआ तो जैसे सभी उपस्थित पौरगण का पौरुष विगलित होकर उसमें बह गया।

धीरे-धीरे अर्धरात्रि व्यतीत हो चली। अब देवी अम्बपाली ने हँसते हुए प्रमोद-प्रकोष्ट में प्रवेश किया। प्रत्येक कामुक पर उसने लीला-कटाक्षपात करके उन्हें निहाल किया। इस समय उसने वक्षस्थल को मकड़ी के जाले के समान महीन वस्त्र से ढाँप रखा था। कंठ में महातेजस्वी हीरों का एक हार था। हीरों के ही मकर-कुंडल कपोलों पर दोलायमान हो रहे थे। वक्ष के ऊपर का श्वेत निर्दोष भाग बिलकुल खुला था। कटिप्रदेश के नीचे का भाग स्वर्ण-मंडित रत्न-खचित पाटम्बर से ढाँपा गया था। परन्तु उसके नीचे गुल्फ और अरुण चरणों की शोभा पृथक् विकीर्ण हो रही थी। उसकी अनिंद्य सुन्दर देहयष्टि, तेजपूर्ण दृष्टि, मोहक-मन्द भुस्कान, मराल की-सी गति, सिंहनी की-सी उठान सब कुछ अलौकिक थी। उस प्रमोद-कानन में मुस्कान बिखेरती हुई, नागरिकों को मन्द मुस्कान से निहाल करती हुई धीरे-धीरे वह एक अति सुसज्जित स्वर्ण-पीठ की ओर बढ़ी। वहाँ तीन युवक सामन्तपुत्र उपधानों के सहारे पड़े मद्यपान कर रहे थे। मदलेखा स्वयं उन्हें मद्य ढाल-ढालकर पिला रही थी।

मदलेखा एक षोडशी बाला थी। उसकी लाज-भरी बड़ी-बड़ी आँखें उसके उन्मत्त यौवन को जैसे उभरने नहीं देती थीं। वह पद्मराग की गढ़ी हुई पुतली के समान सौन्दर्य की खान थी। व्यासपीठ पर पड़े युवक की ओर उसने लाल मद्य से भरा स्वर्णपात्र बढ़ाया। स्वर्णपात्र को छूती हुई किशोरी मदलेखा की चम्पक कली के समान उँगलियों को अपने हाथ में लेकर मदमत्त युवक सामन्त ने कहा, "मदलेखा, इतनी लाज का भार लेकर जीवन-पथ कैसे पार करोगी भला? तनिक और निकट आओ," उसने किशोरी की उँगली की पोर पकड़कर अपनी ओर खींचा।

किशोरी कंटकित हो उठी। उसने मूक कटाक्ष से युवक की ओर देखा, फिर मन्दकोमल स्वर से कहा, "देवी आ रही हैं, छोड़ दीजिए।"

युवक ने मंद-विह्वल नेत्र फैलाकर देखा—देवी अम्बपाली साक्षात् रतिमूर्ति की भाँति खड़ी बंकिम कटाक्ष करके मुस्करा रही हैं। युवक ससंभ्रम उठ खड़ा हुआ। उसने कहा, "अब इतनी देर बाद यह सुधा-वर्षण हुआ!"

"हुआ तो,"—देवी ने कुटिल भ्रूभंग करके कहा, "किन्तु तुम्हारा सौदा पटा नहीं क्या, युवराज?"

"कैसा सौदा?" युवक ने आश्चर्य-मुद्रा से कहा।

अम्बपाली ने मदलेखा को संकेत किया, वह भीतर चली गई।

अम्बपाली ने पीठिका पर बैठते हुए कहा, "मदलेखा से कुछ व्यापार चल रहा था न!"

युवराज ने झेंपते हुए कहा, "देवी को निश्चय ही भ्रम हुआ।"

"भ्रम-विभ्रम कुछ नहीं।" उसने एक मन्द हास्य करके कहा, "मेरे ये दोनों मित्र इस सौदे के साक्षी हैं। मित्र जयराज और सूर्यमल्ल, कह सकते हो, युवराज स्वर्णसेन कुछ सौदा नहीं पटा रहे थे?"

जयराज ने हँसकर कहा, "देवी प्रसन्न हों! जब तक कोई सौदा हो नहीं जाता, तब तक वह सौदा नहीं कहला सकता।" अम्बपाली खिलखिलाकर हँस पड़ी। उसने तीन पात्र मद्य से भरकर अपने हाथ से तीनों मित्रों को अर्पित किए और कहा, "मेरे सर्वश्रेष्ठ तीनों मित्रों की स्वास्थ्य-मंगल-कामना से ये तीनों पात्र परिपूर्ण हैं।"

फिर उसने युवराज स्वर्णसेन के और निकट खिसककर कहा, "युवराज, क्या मैं तुम्हारा कुछ प्रिय कर सकती हूँ?"

युवराज ने तृषित नेत्रों से उसे देखते हुए कहा, "केवल इन प्राणों को—इस खंडित हृदय को अपने निकट ले जाकर।"

अम्बपाली ने मुस्कराकर कहा, "युवराज का यह प्रणय-निवेदन विचारणीय है, मेरे प्रति भी और मदलेखा के प्रति भी।"

वह उठ खड़ी हुई। उसने हँसकर तीनों युवकों का हाथ पकड़कर कहा, युवराज स्वर्णसेन, जयराज और मित्र सूर्यमल्ल, अब जाओ—तुम्हारी रात्रि सुख-निद्रा और सुखस्वप्नों की हो!"

वह आनन्द बिखेरती हुई, किसी को मुस्कराकर, किसी की ओर मृदु दृष्टिपात करती हुई, किसी से एकाध बात करती हुई भीतरी अलिन्द की ओर चली गई। तीनों मित्र अतृप्त-से खड़े रह गए। धीरे-धीरे सब लोग कक्ष से बाहर निकलने लगे और कुछ देर में कक्ष शून्य हो गया। खाली मद्यपात्र, अस्त-व्यस्त उपधान, दलित कुसुम-गन्ध और बिखरे हुए पाँसे यहाँ-वहाँ पड़े रह गए थे, चेटियाँ व्यवस्था में व्यस्त थीं और दंडधर सावधानी से दीपगुच्छों को बुझा रहे थे। तीनों मित्र शून्य हृदय में कसक लेकर बाहर आए। दूर तक उच्च सप्तभूमि प्रासाद के सातवें अलिन्द के गवाक्षों में से रंगीन प्रकाश छन-छनकर राजपथ पर यत्र-तत्र आलोक बिखेर रहा था।

राजगृह

अति रमणीय हरितवसना पर्वतस्थली को पहाड़ी नदी सदानीरा अर्धचन्द्राकार काट रही थी। उसी के बाएँ तट पर अवस्थित शैल पर कुशल शिल्पियों ने मगध साम्राज्य की राजधानी राजगृह का निर्माण किया था। दूर तक इस मनोरम सुन्दर नगरी को हरी-भरी पर्वत-शृंखला ने ढाँप रखा था। उत्तर और पूर्व की ओर दुर्लंघ्य पर्वत-श्रेणियाँ थीं, जो दक्षिण की ओर दूर तक फैली थीं। पश्चिम की ओर मीलों तक बड़े-बड़े पत्थरों की मोटी अजेय दीवारें बनाई गई थीं। पर्वत का जलवायु स्वास्थ्यकर था और वहाँ स्थान-स्थान पर गर्म जल के स्रोत थे। बहुत-सी पर्वत-कन्दराओं को काट-काटकर गुफाएँ बनाई गई थीं, जिन्हें प्रासादों की भाँति चित्रित एवं विभूषित किया गया था।

नगर की शोभा अलौकिक थी तथा उसका कोट दुर्लंघ्य था। राजमहालय में पीढ़ियों की सम्पदा एकत्र थी। नगर के बाहर अनेक बौद्ध विहार बन गए थे। सम्राट् बिम्बिसार स्वयं तथागत गौतम के उपासक बन चुके थे। सम्राट् के अनुरोध से गौतम राजगृह में आ चुके थे। राजगृह के विश्वविद्यालय की भारी प्रतिष्ठा थी। उस समय तक नालन्दा के विश्वविद्यालय को भी उतनी प्रतिष्ठा नहीं प्राप्त हुई थी। राजगृह के जगद्विख्यात विश्वविद्यालय में दूर-दूर के नागरिक उपाध्याय, वटु, प्रकांड विद्वानों के चरणतल में बैठकर अपनी-अपनी ज्ञानपिपासा शान्त करते थे। वहाँ सुदूर चीन के लम्बी चोटी वाले, पीतमुख और छोटी आँखों वाले मंगोल; तिब्बत, भूटान के ठिंगने-गठीले भावुक तरुण; दीर्घ, गौरवर्ण नीलनेत्र एवं स्वर्णकेशी पारसीक और यवन तरुण; सिंहल के उज्ज्वल श्यामवर्ण, चमकीली आँखों में प्रतिभा भरे स्वर्णद्वीप, यव-द्वीप, ताम्रपर्णी, चम्पा, कम्बोज और ब्रह्मदेशीय तरुण वटुकों के साथ बैठकर अपनी ज्ञानपिपासा मिटाते थे। कपिशा, तुषार, कूचा के पिंगल पुरुष भी वहाँ थे। उन दिनों मगध साम्राज्य का केन्द्र राजगृह विश्व की तत्कालीन जातियों का संगम हो रहा था।

कोसल के अधिपति प्रसेनजित् ने मगध-सम्राट् बिम्बिसार को अपनी बहिन कोशलदेवी ब्याही थी और उसके दहेज में काशी का राज्य दे दिया था। इस समय काशी पर बिम्बिसार के अधीन ब्रह्मदत्त शासन करता था। बिम्बिसार की दूसरी राजमहिषी विदेहकुमारी कूकिना थी। उसके विषय में प्रसिद्ध था कि वह ब्रह्मविद्या की पारंगत पंडित है। इन दिनों सम्पूर्ण भारत में चार राज्य ही प्रमुख थे—मगध, वत्स, कोसल और अवन्ती। इन चारों राज्यों में परस्पर संघर्ष रहता था, कोसल से सम्बन्ध होने पर भी मगध सम्राट् की महत्त्वाकांक्षा ने कोसल और मगध में सदैव संघर्ष रखा। जिस समय की बात हम कर रहे हैं उस समय मगध-सम्राट् बिम्बिसार ने स्वयं कोसल पर चढ़ाई की थी और उसके महान् सेनापति भद्रिकचंड ने चम्पा का घेरा डाला हुआ था, जिसे आठ मास बीत चुके थे। चम्पा और कोसल के इस अभियान का उद्देश्य यह था कि भारत के पूर्वीय और पश्चिमी वाणिज्य-द्वार सर्वतोभावेन मागधों के हाथ में रहें। चम्पा उन दिनों सम्पूर्ण पूर्वी द्वीपसमूहों का एकमात्र वाणिज्य-मुख था। इसी समय मगधराज की राजधानी राजगृह में प्रसिद्ध मगध अमात्य वर्षकार, जिनकी बुद्धि-कौशल की उपमा बृहस्पति और शुक्राचार्य से ही दी जा सकती थी, बैठे शासन-चक्र चला रहे थे।

आर्यों के बोए वर्णसंकरत्व के विष-वृक्ष का पहला फल मगध साम्राज्य था, जिसने असुरवंशियों से रक्त-सम्बन्ध स्थापित करके शीघ्र ही भारत-भूमि के आर्य राजवंशों को हतप्रभ कर दिया था। ब्राह्मणों और क्षत्रियों ने इतर जाति की युवतियों को अपने उपभोग में लेकर उनकी सन्तानों को अपने कुलगोत्र एवं सम्पत्ति से च्युत करके उनकी जो नवीन संकर जाति बना दी थी, इनमें तीन प्रधान थीं जिनमें मागध प्रमुख थे। इन्हीं मागधों ने राजगृह की राजधानी बसाई। मागध सम्राट् जरासन्ध ने महाभारत-काल में अपने दामाद कंस का वध हुआ सुनकर बीस अक्षौहिणी सैन्य लेकर मथुरा पर 18 बार चढ़ाई की थी। इस चढ़ाई में उसकी कमान के नीचे कारुष के राजा दन्तवक्र, चेदि के शिशुपाल, कलिंगपति शाल्व, पुंड्र के महाराजा पौंड्रवर्धन, कैषिक के क्रवि, संकृति तथा भीष्मक, रुक्मी, वेणुदार, श्रुतस्सु, क्राथ, अंशुमान, अंग, बंग, कोसल,

काशी, दशार्ह और सुह्य के राजागण एकत्र हुए थे। विदेहपति मद्रपति, त्रिगर्तराज, दरद, यवन, भगदत्त, सौवीर का शैव्य, गन्धार का सुबल, पांड, नग्नजित्, कश्मीर का गोर्नद, हस्तिनापुर का दुर्योधन, बलख का चेकितान तथा प्रतापी कालयवन आदि भरत-खंड के कितने ही नरपति उसके अधीन लड़े थे। इनमें भगदत्त और कालयवन महाप्रतापी राजा थे। भगदत्त का हाथी ऐरावत के कुल का था और उसकी सेना में चीन और तातार के असंख्य हूण थे। कलिंगपति शाल्व के पास आकाशचारी विमान था। जरासन्ध ने उसे दूत बनाकर कालयवन के पास युद्ध में निमंत्रण देने भेजा था। जरासन्ध के इस दूत का कालयवन ने मंत्रियों सहित आगे आकर सत्कार किया था और जरासन्ध के विषय में ये शब्द कहे थे कि "जिन महाराज जरासन्ध की कृपा से हम सब राजा भयहीन हैं, उनकी हमारे लिए क्या आज्ञा है?"

ऐसा ही जरासन्ध का प्रताप था जिसके भय से यादवों को लेकर श्रीकृष्ण अठारह वर्ष तक इधर-उधर भटकते फिरे और अन्त में ब्रजभूमि त्याग द्वारका में उन्हें शरण लेनी पड़ी। महाभारत से प्रथम भीम ने द्वंद्व में जरासन्ध को कौशल से मारा। उसके बाद निरन्तर इस साम्राज्य पर अनेक संकरवंश के राजा बैठते रहे। हम जिस समय का यह वर्णन कर रहे हैं उस समय मगध साम्राज्य के अधिपति शिशुनाग-वंशी सम्राट् का शासन था। सम्राट् बिम्बिसार की आयु पचास वर्ष की थी। उनका रंग उज्ज्वल गौरवर्ण था, आँखें बड़ी-बड़ी और काली थीं, कद लम्बा था, व्यक्तित्व प्रभावशाली था। परन्तु उनके चित्त में दृढ़ता न थी, स्वभाव कोमल और हठी था। फिर भी वे एक विचारशील और वीर पुरुष थे और उन्होंने अपने साम्राज्य को समृद्ध किया था। इस समय मगध साम्राज्य में अस्सी हजार गाँव लगते थे और राजगृह एशिया के प्रसिद्ध छह महासमृद्ध नगरों में से एक था। यह साम्राज्य विंध्याचल, गंगा, चम्पा और सोन नदियों के बीच फैला हुआ था, जो 300 योजन के विस्तृत भूखंड की माप का था। इस साम्राज्य के अन्तर्गत 18 करोड़ जनपद था।

रहस्यमयी भेंट

एक पहर रात जा चुकी थी। राजगृह के प्रान्त सुनसान थे। उन्हीं सूनी और अँधेरी गलियों में एक तरुण अश्वारोही चुपचाप आगे बढ़ता जा रहा था। उसका सारा शरीर काले लबादे से ढका हुआ था, उसके शरीर और वस्त्रों पर गर्द छा रही थी। तरुण का मुख प्रभावशाली था, उसके गौरवपूर्ण मुख पर तेज काली आँखें चमक रही थीं, उसके लबादे के नीचे भारी-भारी अस्त्र अनायास ही दीख पड़ते थे। तरुण का अश्व भी सिंधु देश का एक असाधारण अश्व था। अश्व और आरोही दोनों थके हुए थे। परन्तु तरुण नगर के पूर्वी भाग की ओर बढ़ता जा रहा था, उधर ही उसे किसी अभीष्ट स्थान पर पहुँचना था, उसी की खोज में वह भटकता इधर-उधर देखता चुपचाप उन टेढ़ी-तिरछी गलियों को पारकर नगर के बिलकुल बाहरी भाग पर आ पहुँचा। यहाँ न तो राजपथ पर लालटेनें थीं, न कोई आदमी ही दीख पड़ता था, जिससे वह अपने अभीष्ट स्थान का

पता पूछे। एक चौराहे पर वह इसी असमंजस में खड़ा होकर इधर-उधर देखने लगा।

उसने देखा, एक पुराने बड़े भारी मकान के आगे सीढ़ियों पर कोई सो रहा है, तरुण ने उसके निकट जाकर उसे पुकारकर जगाया। जागकर सामने सशस्त्र योद्धा को देखकर वह पुरुष डर गया। डरकर उसने कहा, "दुहाई, मेरे पास फूटी कौड़ी भी नहीं है, मैं अति दीन भिक्षुक हूँ, आज भीख में कुछ भी नहीं मिला, इससे इस गृहस्थ के द्वार पर थककर पड़ रहा हूँ, आप जानते हैं कि यह कोई अपराध नहीं है।"

युवक ने हँसकर कहा, "नहीं, यह कोई अपराध नहीं है, परन्तु तुम यदि आज भूखे ही यहाँ सो रहे हो तो यह वस्तु तुम्हारे काम आ सकती है, आगे बढ़ो और हाथ में लेकर देखो!"

बूढ़ा काँपता हुआ उठा। तरुण ने उसके हाथ पर जो वस्तु रख दी वह सोने का सिक्का था। उस अँधेरे में भी चमक रहा था। उसे देख और प्रसन्न होकर वृद्ध ने हाथ उठाकर कहा, "मैं ब्राह्मण हूँ, आपको शत-सहस्र आशीर्वाद देता हूँ, अपराध क्षमा हो, मैंने समझा, आप दस्यु हैं, दरिद्र को लूटा चाहते हैं, इसी से...।" दरिद्र ब्राह्मण की बात काटकर तरुण ने कहा, "तो ब्राह्मण, तुम यदि थोड़ा मेरा काम कर दो तो तुम्हें स्वर्ण का ऐसा ही एक और निष्क मिल सकता है, जो तुम्हारे बहुत काम आएगा।"

"साधु, साधु, मैं समझ गया। आप अवश्य कहीं के राजकुमार हैं। आपकी जय हो! कहिए, क्या करना होगा?"

तरुण ने कहा, "तनिक मेरे साथ चलो और आचार्य शाम्बव्य काश्यप का मठ किधर है, वह मुझे दिखा दो।"

आचार्य शाम्बव्य काश्यप का नाम सुनकर बूढ़े ब्राह्मण की घिग्घी बँध गई। उसने भय और सन्देह से तरुण को देखकर काँपते-काँपते कहा, "किन्तु इस समय..."

"कुछ भय नहीं ब्राह्मण, तुम केवल दूर से वह स्थान मुझे दिखा दो।"

"परन्तु राजकुमार, आपको इस समय वहाँ नहीं जाना चाहिए। वहाँ तो इस समय भूत-प्रेत-बैतालों का नृत्यभोज हो रहा होगा!"

"तो मालूम होता है, तुम यह स्वर्ण निष्क नहीं लेना चाहते?"

"ओह, उसकी मुझे अत्यन्त आवश्यकता है भन्ते, परन्तु आप नहीं जानते, आचार्यपाद भूत-प्रेत-बैतालों के स्वामी हैं।"

"कोई चिन्ता नहीं ब्राह्मण, तुम वह स्थान दिखा दो और यह निष्क लो।"

युवक ने निष्क ब्राह्मण की हथेली पर धर दिया। उसे भलीभाँति टेंट में छिपाकर उसने कहा, "तब चलिए, परन्तु मैं दूर से वह स्थान दिखा दूँगा।"

आगे-आगे वह ब्राह्मण और पीछे-पीछे अश्वारोही उस अन्धकार में चलने लगे।

बस्ती से अलग वृक्षों के झुरमुट में एक अशुभ-सा मकान अन्धकार में भूत की भाँति दीख रहा था। वृद्ध ब्राह्मण ने काँपते स्वर में कहा, "वही है भन्ते, बस। अब मैं आगे नहीं जाऊँगा। और मैं आपसे भी कहता हूँ इस समय वहाँ मत जाइए।" ब्राह्मण की दृष्टि और वाणी में बहुत भय था, पर तरुण ने उस पर विचार नहीं किया। अश्व को बढ़ाकर वह अन्धकार में विलीन हो गया।

मठ बहुत बड़ा था। तरुण ने एक बार उसके चारों ओर चक्कर लगाया। मठ में

कोई जीवित व्यक्ति है या नहीं, इसका पता नहीं लग रहा था, उसका प्रवेशद्वार भी नहीं दीख रहा था। एक बार उसने फिर उस मठ के चारों ओर परिक्रमा दी। इस बार उसे एक कोने में छोटा-सा द्वार दिखाई दिया। उसी को खूब जोर से खटखटाकर तरुण ने पुकारना प्रारम्भ किया। इस पर कुछ आशा का संचार हुआ। मकान की खिड़की में प्रकाश की झलक दीख पड़ी। किसी ने आकर खिड़की में झाँककर बाहर खड़े अश्वारोही को देखकर कर्कश स्वर में पूछा, "कौन है?"

"मैं अतिथि हूँ। आचार्यपाद शाम्बव्य काश्यप से मुझे काम है।"

"आए कहाँ से हो?"

"गान्धार से!"

"किसके पास से?"

"तक्षशिला के आचार्य बहुलाश्व के पास से।"

"क्या तुम सोमप्रभ हो?"

"जी हाँ!"

"तब ठीक है।"

वह सिर भीतर घुस गया। थोड़ी देर में उसी व्यक्ति ने आकर द्वार खोल दिया। उसके हाथ में दीपक था। उसी के प्रकाश में तरुण ने उस व्यक्ति का चेहरा देखा, देखकर साहसी होने पर भी वह भय से काँप गया। चेहरे पर मांस का नाम न था। सिर्फ गोल-गोल दो आँखें गहरे गढ़ों में स्थिर चमक रही थीं। चेहरे पर खिचड़ी दाढ़ी-मूँछों का अस्त-व्यस्त गुलझट था। सिर के बड़े-बड़े रूखे बाल उलझे हुए और खड़े थे। गालों की हड्डियाँ ऊपर को उठी हुई थीं और नाक बीच में धनुष की भाँति उभरी हुई थी। वह व्यक्ति असाधारण ऊँचा था। उसका वह हाथ, जिसमें वह दीया थामे था, एक कंकाल का हाथ दीख रहा था।

उसने थोड़ी देर दीपक उठाकर तरुण को गौर से देखा, फिर उसके पतले सफेद होंठों पर मुस्कान आई। उसने यथासाध्य अपनी वाणी को कोमल बनाकर कहा, "अश्व को सामने उस गोवाट में बाँध दो, वहाँ एक बालक सो रहा है, उसे जगा दो—वह उसकी सब व्यवस्था कर देगा और तुम भीतर आओ।"

तरुण घोड़े से उतर पड़ा। उसने उस व्यक्ति के कहे अनुसार अश्व की व्यवस्था करके घर में प्रवेश किया। घर में प्रवेश करते ही वह सिहर उठा। एक विचित्र गन्ध उसमें भर रही थी। वहाँ का वातावरण ही अद्भुत था। भीतर एक बड़ा भारी खुला मैदान था। उसमें अन्धकार फैला हुआ था। कहीं भी जीवित व्यक्ति का चिह्न नहीं दीख रहा था। वही दीर्घकाय अस्थिकंकाल-सा पुरुष दीपक हाथ में लिये आगे-आगे चल रहा था और उसके पीछे-पीछे भय और उद्वेग से विमोहित-सा वह तरुण जा रहा था। उनके चलने का शब्द उन्हें ही चौंका रहा था। मठ के पश्चिम भाग में कुछ घर बने थे। उन्हीं की ओर वे जा रहे थे। निकट आने पर उसने उच्च स्वर से पुकारा—"सुन्दरम्!"

एक तरुण वटुक आँख मलता हुआ सामने की कुटीर से निकला। तरुण सुन्दर, बलिष्ठ और नवयुवक था। उसकी कमर में पीताम्बर और गले में स्वच्छ जनेऊ था। सिर पर बड़ी-सी चुटिया थी। युवक के हाथ में दीपक देकर दीर्घकाय व्यक्ति ने कहा,

"इस आयुष्मान् की शयन-व्यवस्था यज्ञशाला में कर दो।" फिर उसने आगन्तुक की ओर घूमकर कहा, "प्रभात में और बात होगी। अभी मैं बहुत व्यस्त हूँ।" इतना कह वह तेजी से अन्धकार में विलीन हो गया।

वटुक ने युवक से कहा, "आओ मित्र, इधर से।"

तरुण चुपचाप वटुक के पीछे-पीछे यज्ञशाला में गया। वहाँ एक मृगचर्म की ओर संकेत करके उसने कहा, "यह यथेष्ट होगा मित्र?"

"यथेष्ट होगा।"

वटुक जल्दी से एक ओर चला गया। थोड़ी देर में एक पात्र दूध से भरा तथा थोड़े मधुगोलक लेकर आया। उन्हें तरुण के सम्मुख रखकर कहा, "वहाँ पात्र में जल है, हाथ-मुँह धो लो, वस्त्र उतार डालो और यह थोड़ा आहार कर लो। बलि-मांस भी है, इच्छा हो तो लाऊँ!"

"नहीं मित्र, यही यथेष्ट है। मैं बलि-मांस नहीं खाता।"

"तो मित्र, और कुछ चाहिए?"

"कुछ नहीं, धन्यवाद!"

वटुक चला गया और युवक ने अन्यमनस्क होकर वस्त्र उतारे, शस्त्रों को खूँटी पर टाँग दिया। मधुगोलक खाकर दूध पिया और मृगचर्म पर बैठकर चुपचाप अन्धकार को देखने लगा। उसे अपने बाल्यकाल की विस्तृत स्मृतियाँ याद आने लगीं। आठ वर्ष की अवस्था में उसने यहीं से तक्षशिला को एक सार्थवाह के साथ प्रस्थान किया था। तब से अब तक अठारह वर्ष निरन्तर उसने तक्षशिला के विश्व-विश्रुत विद्यालय में विविध शास्त्रों का अध्ययन किया था। वह अतीत काल की बहुत-सी बातों को सोचने लगा। इन अठारह वर्षों में उसने केवल शस्त्राभ्यास और अध्ययन ही नहीं किया, पार्शपुर यवन देश तथा उत्तर कुरु तक यात्रा भी की। देवासुर-संग्राम में सक्रिय भाग लिया। पार्शपुर के शासनुशास से सिन्धुनद पर लोहा लिया। इसके बाद लगभग सम्पूर्ण जम्बूद्वीप की यात्रा कर डाली। अब यह राजगृह का वह पुरातन मठ न मालूम उसे कैसा कुछ अशुभ, तुच्छ और अप्रिय-सा लग रहा था। इस दीर्घकाल में आचार्य की तो आकृति ही बदल गई थी।

अकस्मात्, एक अस्पष्ट चीत्कार से वह चौंक उठा। जैसे गहरी वेदना से कोई दबे कंठ से चिल्ला उठा हो। भय और आशंका से वह चंचल हो उठा। उसने खूँटी से खड्ग लिया और चुपचाप दीवार से कान लगाकर सुनने लगा। उस ओर कुछ हो रहा था। ऐसा उसे प्रतीत हुआ कि कहीं कुछ अनैतिक कार्य किया जा रहा है। उसने दीवार टटोलकर देखा—शीघ्र ही एक छोटा-सा द्वार उसे दीख गया। यत्न करने से वह खुल गया। परन्तु द्वार खुलने पर भी अन्धकार के सिवा और कुछ उसे नहीं प्रतीत हुआ। फिर किसी के बोलने का अस्फुट स्वर उसे कुछ और साफ सुनाई पड़ने लगा। उसने साहस करके हाथ में खड्ग लेकर उस द्वार के भीतर अन्धकार में कदम बढ़ाया। टटोलकर उसने देखा तो वह एक पतली गलियारी-सी मालूम हुई। आगे चलकर वह गलियारी कुछ घूम गई। घूमने पर प्रकाश की एक क्षीण रेखा उसे दीख पड़ी। तरुण और भी साहस करके आगे बढ़ा। सामने नीचे उतरने की सीढ़ियाँ थीं। तरुण ने देखा वह, वह

गर्भगृह का द्वार है, शब्द और प्रकाश दोनों वहीं से आ रहे हैं। वह चुपके से सीढ़ी उतरकर गर्भगृह की ओर अग्रसर हुआ। सामने पुरानी किवाड़ों की दरार से प्रकाश आ रहा था। उसी में से झाँककर जो कुछ उसने देखा, देखकर उसकी हड्डियाँ काँप उठीं। गर्भगृह अधिक बड़ा न था। उसमें दीपक का धीमा प्रकाश हो रहा था। आचार्य एक व्याघ्रचर्म पर स्थिर बैठे थे। उनके सम्मुख कोई राजपुरुष वीरासन के दूसरे व्याघ्रचर्म पर बैठे थे। इनकी आयु भी साठ के लगभग होगी। इनका शरीर मांसल, कद ठिंगना, सिर और दाढ़ी-मूँछे मुड़ी हुईं, बड़ी-बड़ी तेजपूर्ण आँखें, दृढ़ सम्पुटित होंठ। उनके पास लम्बा नग्न खड्ग रखा था। वे एक बहुत बहुमूल्य कौशेय उत्तरीय पहने थे। उनके पास ही बगल में एक अतिसुन्दरी बाला अधोमुखी बैठी थी। उसका शरीर लगभग नग्न था। उसकी सुडौल गौर भुजलता अनावृत थीं। काली लटें चाँदी के समान श्वेत मस्तक पर लहरा रही थीं। पीठ पर पदतलचुम्बी चोटी लटक रही थी। उसका गौर वक्ष अनावृत था, सिर्फ बिल्वस्तान कौशेय पट्ट से बँधे थे। कमर में मणिजटित करधनी थी जिससे अधोवस्त्र कसा हुआ था। इस सुन्दरी के नेत्रों में अद्भुत मद था। कुछ देर उसकी ओर देखने से ही जैसे नशा आ जाता था। विम्बाफल जैसे ओष्ठ इतने सरस और आग्रही प्रतीत हो रहे थे कि उन्हें देखकर मनुष्य का काम अनायास ही जाग्रत् हो जाता था। इस तरुणी की आयु कोई बीस वर्ष की होगी। इस समय वह अति उदास एवं भीत हो रही थी। तरुण ने झाँककर देखा, तरुणी कह रही थी, "नहीं पिता, अब नहीं, मैं सहन न कर सकूँगी।" आचार्य ने कठोर मुद्रा से उसकी ओर ज्वाला-नेत्रों से देखा, "सावधान कुंडनी, मुझे क्रुद्ध न कर।" उन्होंने हाथ के चमड़े का एक चाबुक हिलाकर रूक्ष-हिंस्र भाव से कहा, "दंश ले!"

बाला ने एक बार असहाय दृष्टि से आचार्य की ओर, फिर उस राजपुरुष की ओर देखकर पास रखे हुए पिटक का ढकना उठाया। एक भीमकाय काला नाग फुफकार मार और फन उठाकर हाथ भर ऊँचा हो गया। राजपुरुष भय से तनिक पीछे हट गए। बाला ने अनायास ही नाग का मुँह पकड़कर कंठ में लपेट लिया। एक बार फिर उसने करुण दृष्टि से आचार्य की ओर देखा और फिर अपने सुन्दर लाल अधरों के निकट सर्प का फन ले जाकर अपनी जीभ बाहर निकाली और चुटकी ढीली कर दी। नाग ने फूँ करके बाला की जीभ पर दंश किया और उलट गया।

आचार्य ने सन्तोष की दृष्टि से राजपुरुष की ओर देखा। बाला ने सर्प को अपने गले से खींचकर दूर फेंक दिया। वह क्रुद्ध दृष्टि से आचार्य को देखती रही। सर्प निस्तेज होकर एक कोने में पड़ा रहा। बाला के मस्तक पर स्वेदबिन्दु झलकने लगे। यह देखकर तरुण का सारा शरीर भय से शीतल हो गया।

आचार्य ने एक लम्बी लौह-शलाका से सर्प को अर्धमूर्च्छित अवस्था में उठाकर पिटक में बन्द कर दिया और मद्यपात्र आगे सरकाकर स्नेह के स्वर में कहा, "मद्य पी ले कुंडनी।" बाला ने मद्यपात्र मुँह से लगाकर गटागट सारा मद्य पी लिया।

राजपुरुष ने अब मुँह खोला। उन्होंने कहा, "ठीक है आचार्य, मैं कल प्रात:काल ही कुंडनी को चम्पा भेजने की व्यवस्था करूँगा, परन्तु यदि आप जाते तो..."

"नहीं, नहीं, राजकार्य राजपुरुषों का है—मेरा नहीं।" आचार्य ने रूखे स्वर से कहा।

फिर युवती की ओर लक्ष्य करके कहा, "कुंडनी, तुझे अंगराज दधिवाहन पर अपने प्रयोग करने होंगे, पुत्री!"

कुंडनी विष की ज्वाला से लहरा रही थी। उसने सर्पिणी की भाँति होंठों पर जीभ का पुचारा फेरते हुए, भ्रांत नेत्रों से आचार्य की ओर देखकर कहा, "मैं नहीं जाऊँगी पिता, मुझ पर दया करो।"

आचार्य ने कठोर स्वर में कहा, "मूर्ख लड़की, क्या तू राजकाज का विरोध करेगी?"

"तो आप मार डालिए पिता, मैं नहीं जाऊँगी।"

आचार्य ने फिर चाबुक उठाया। तरुण अब अपने को आपे में नहीं रख सका। खड्ग ऊँचा करके धड़धड़ाता गर्भगृह में घुस गया। उसने कहा, "आचार्यपाद, यह घोर अन्याय है, यह मैं नहीं देख सकता।"

आचार्य और राजपुरुष दोनों ही अवाक् रह गए। वे हड़बड़ाकर खड़े हो गए। राजपुरुष ने कहा, "तू कौन है रे, छिद्रान्वेषी? तूने यदि हमारी बात सुन ली है तो तुझे अभी मरना होगा।"

उन्होंने ताली बजाई और चार सशस्त्र योद्धा गर्भगृह में आ उपस्थित हुए। राजपुरुष ने कहा, "इसे बन्दी करो।"

युवक ने खड्ग ऊँचा करके कहा, "कदापि नहीं!" आचार्य ने कड़ी दृष्टि से युवक को ताककर उच्च स्वर से कहा, "खड्ग रख दो, आज्ञा देता हूँ।"

एक अतर्कित अनुशासन के वशीभूत होकर युवक ने खड्ग रख दिया। सैनिकों ने उसे बाँध दिया।

राजपुरुष ने कहा, "इसे बाहर ले जाकर तुरन्त वध कर दो।"

आचार्य ने कहा, "नहीं, अभी बन्द करो।"

राजपुरुष ने आचार्य की बात रख ली। सैनिक तरुण को ले गए। आचार्य ने राजपुरुष के कान में कुछ कहा, जिसे सुनकर वे चौंक पड़े। उनका चेहरा पत्थर की भाँति कठोर हो गया।

आचार्य ने मुस्कराकर कहा, "चिन्ता की कोई बात नहीं। मैं उसे ठीक कर लूँगा। मेरे विचार में कुंडनी के साथ इसी का चम्पा जाना ठीक होगा।"

राजपुरुष विचार में पड़ गए। आचार्य ने कहा, "द्विविधा की कोई बात नहीं है।"

"जैसा आपका मत हो, परन्तु अभी उसे उसका तथा कुंडनी का परिचय नहीं दिया जाना चाहिए।"

"किन्तु आर्या मातंगी से उसे भेंट करनी होगी।"

"क्यों?"

"आवश्यकता है, मैंने आर्या को वचन दिया है।"

"नहीं, नहीं, आचार्य ऐसा नहीं हो सकता।"

आचार्य ने रूखे नेत्रों से राजपुरुष को देखकर कहा, "चाहे जो भी हो, मैं निर्मम-नीरस वैज्ञानिक हूँ, फिर भी आर्या का कष्ट अब नहीं देख सकता। आप राजपुरुष मुझ वैज्ञानिक से भी अधिक कठोर और निर्दय हैं!"

"किन्तु आर्या जब तक रहस्य का उद्‌घाटन नहीं करती...।"

"उन पर बल-प्रयोग का आपका अधिकार नहीं है।"

"किन्तु सम्राट् की आज्ञा...।"

"अब मैं उनकी प्रतीक्षा नहीं कर सकता, मैं सम्राट् से समझ लूँगा, आप जाइए। कुंडनी आपके पास पहुँच जाएगी।"

"अरे वह...खैर, वह तरुण भी?"

आचार्य हँस दिए। उन्होंने कहा, "उसका नाम सोमप्रभ है। वह भी सेवा में पहुँच जाएगा।"

राजपुरुष का सिर नीचा हो गया। वे किसी गहन चिन्ता के मन में उदय होने के कारण व्यथित दृष्टि से आचार्य की ओर देखने लगे। आचार्य ने करुण स्वर में कहा, "जाइए आप, विश्राम कीजिए, दुःस्वप्नों की स्मृति से कोई लाभ नहीं है।"

राजपुरुष ने एक दीर्घ श्वास ली और अन्धकार में विलीन हो गए। शस्त्रधारी शरीररक्षक उसी अन्धकार में उन्हें घेरकर चलने लगे।

बन्दी की मुक्ति

बहुत देर तक राजगृह का वह अद्‌भुत वैज्ञानिक उस एकान्त भयानक कुंज में चुपचाप अकेला टहलता रहा। वह होंठों-ही-होंठों में गुनगुना रहा था। कभी-कभी उसके हाथों की मुट्ठियाँ बँध जातीं और वह बहुत उत्तेजित हो जाता। सम्भवतः वह अतीत की अति कटु और वेदनापूर्ण स्मृतियों को विस्मृत करने की चेष्टा कर रहा था। थोड़ी देर में वह शान्त होकर एक व्याघ्र-चर्म पर बैठ गया। बहुत देर तक वह ध्यानस्थ वहीं बैठा रहा। फिर वह उठा, कक्ष का द्वार सावधानी से बन्द करके वह उसी अन्धकारपूर्ण गर्भगृह में टेढ़ी-तिरछी सुरंगों में चलता रहा, एक जलती हुई मशाल उसके हाथ में थी। अन्त में वह एक गर्भगृह के द्वार पर आकर खड़ा हो गया। प्रहरियों ने उसका प्रणिपातपूर्वक अभिवादन किया। प्रहरी से उसने कहा, "क्या बन्दी सो रहा है?"

"नहीं जाग रहा है।"

"तब ठीक है, द्वार खोल दो!"

प्रहरी ने द्वार खोल दिया। वैज्ञानिक ने भीतर जाकर देखा, युवक अशान्त मुद्रा में एक काष्ठफलक पर बैठा है। आचार्य ने स्निग्ध स्वर में कहा, "तुम्हारा ऐसा अविनय आयुष्मान्?"

"किन्तु मैं..."

"चुप, एक शब्द भी नहीं—मेरे पीछे आओ!" आचार्य ने द्वार की ओर मुँह किया। पीछे-पीछे युवक था। वे उन्हीं टेढ़ी-तिरछी सुरंगों में चलते गए। अन्त में एक कक्ष के द्वार पर आकर वे रुके। वह एक प्रशस्त कक्ष था। एक दीपक वहाँ जल रहा था। बहुत-से मृतक पशु-पक्षियों के शरीर वहाँ लटक रहे थे। अनेक जड़ी-बूटियाँ थैलियों में भरी हुई थीं। बहुत-सी पिटक, भांड और काँच की शीशियों में रसायन द्रव्य भरे

थे। यह सब देखकर युवक भय और घबराहट से भौचक रह गया। एक शिलापीठ पर बैठकर आचार्य ने तरुण को भी निकट बैठने का संकेत किया। वे कुछ देर उसके नेत्रों की ओर देखकर बोले, "तुम्हें अपने बाल्यकाल की कुछ स्मृति है?"

"बहुत कम आचार्यपाद!"

"तुम आठ वर्ष की अवस्था तक मेरे पास यहीं रहे हो। स्मरण है?"

"कुछ-कुछ।"

"अब, जब तुम तक्षशिला से चले थे—तब वयस्य बहुलाश्व ने तुमसे मेरे विषय में कुछ कहा था?"

"कहा था आचार्य । आचार्य बहुलाश्व ने कहा था, 'सोम, तुम्हें मैंने शस्त्र और शास्त्रों का पूर्ण अध्ययन करा दिया, तुम्हारी बुद्धि प्रखर कर दी। अठारह वर्षों में तुम एक अजेय योद्धा, रणपंडित और सर्वशास्त्र-निष्णात पंडित हो गए। अब इस शौर्य और प्रखर बुद्धि का उपयोग तुम्हें राजगृह के समर्थ सिद्ध योगेश्वर वयस्य शाम्बव्य काश्यप बताएँगे'।"

"बस, इतना ही कहा था?"

"और भी कहा था। कहा था, "तुम सीधे उन्हीं के पास जाना, वे जो कुछ कहें वही करना। तुम पूर्वीय भारत के एक महान् साम्राज्य के महारथी सूत्रधार होगे। तुम्हारा दायित्व बहुत भारी होगा।"

"ठीक है, परन्तु अभी तुमने अविनय ही नहीं किया, गुरुतर अपराध भी किया है, जिसका दंड मृत्यु है; परन्तु इस बार तो मैंने तुम्हें बचा लिया, पर मैं सोच रहा हूँ कि कहीं वयस्य बहुलाश्व ने तुम्हारे बुद्धिवाद के सम्बन्ध में धोखा तो नहीं खाया। गुरुजन के क्रिया-कलाप पर इस प्रकार उत्तेजित हो जाना बड़ी ही मूर्खता की बात है।"

तरुण लज्जित हो गया। उसने कहा, "आचार्यपाद, मुझे क्षमा कीजिए, मैंने समझा, एक निरीह अबला पर अत्याचार हो रहा है।"

आचार्य ने क्रुद्ध होकर कहा, "वत्स, अत्याचार तुम्हारे-जैसे अविवेकी तरुण करते हैं, न कि हमारे जैसे विरक्त, जिन्होंने विश्व में अपने लिए घृणा, भय, विरक्ति और अशौच ही प्राप्त किया है। तुम्हें अभी यह जानना शेष है कि राजतंत्र शस्त्रविद्या और बुद्धि-बल पर ही नहीं चलता। यदि ऐसा होता तो योद्धा लोग ही सम्राट् बन जाते। वत्स, राजतंत्र के बड़े जटिल ताने-बाने हैं, उसके अनेक रूप बड़े कुत्सित, बड़े बीभत्स और अप्रिय हैं। राजवर्गी पुरुष को वे सब करने पड़ते हैं। जो सत्य है, शिव है वही सुन्दर नहीं है आयुष्मान्, नहीं तो मानव-समाज सदैव लोहू की नदी बहाना ही अपना परम पुरुषार्थ न समझता।"

यह कहते-कहते आचार्य उत्तेजना के मारे काँपने लगे। उनका पीला भयानक अस्थिकंकाल-जैसा शरीर एक प्रेत के समान दीखने लगा और उनकी वाणी प्रेतलोक से प्रेरित-सी होने लगी।

युवक भय और आचार्य के विचित्र प्रभाव से ऐसा अभिभूत हुआ कि कुछ बोल ही न सका। आचार्य एकाएक उठ खड़े हुए। उन्होंने कहा, "जाओ, अब तुम विश्राम करो, कल प्रातः तुम्हें आर्य वर्षकार की सेवा में उपस्थित होना होगा। तुमने अब तक

जो सीखा है उसका यथावत् परिचय भी आर्य वर्षकार को देना होगा।"

आचार्य ने अपनी सूखी काँपती हुई उँगली उठाई। तीखी चितवन से देखा और युवक को जाने का संकेत किया। तरुण ने उठकर आचार्य को नमस्कार किया और कहा, "एक निवेदन और है। मुझे अभी तक मेरे माता-पिता का नाम नहीं मालूम है, मेरा क्या कुलगोत्र है यह भी मैं नहीं जानता हूँ। क्या आचार्यपाद मुझे मेरे माता-पिता और कुलगोत्र से परिचित कर सकेंगे?"

"वयस्य बहुलाश्व ने क्या कहा था?"

"उन्होंने कहा था, 'तुम्हारा आत्मपरिचय संसार में केवल तीन व्यक्ति जानते हैं, उनमें एक आचार्य शाम्बव्य काश्यप हैं।' शेष दो का नाम नहीं बताया। इसी से मैंने आचार्यपाद से निवेदन किया।"

"वह समय पर जानोगे।"

और वे तेज चाल से एक ओर जाकर अन्धकार में विलीन हो गए। उस भयानक स्थान में तरुण अकेला ठहरने का क्षण-भर भी साहस न कर सका। वह शीघ्रता से यज्ञशाला में चला आया। इस अद्भुत वैज्ञानिक का विचित्र प्रभाव और उस आनन्द-सुन्दरी बाला का वह अप्रतिम रूप और वह सर्पदंश उसके मस्तक में तूफान उठाने लगा।

राजगृह का वैज्ञानिक

"रात में सो नहीं पाए आयुष्मान्, तुम्हारी आँखें भारी हो रही हैं?"

"आचार्य, नहीं ही सो सका।"

"ठीक है, अकस्मात् ही तुम्हें अतर्कित तथ्य देखना पड़ा। परन्तु तुमने मेरी प्रयोगशाला देखी?"

"अभी मित्र सुन्दरम् ने जो यत्किंचित् दिखाई, वही।"

"अधिक तो समय-समय पर जानोगे सोम, ये सब विविध जन्तुओं के पित्त, रक्त और आँतों के रस, विविध द्रव्य-गुण-विपाक वाली वनस्पति, अमोघ सामर्थ्यवान् रस-रसायन, जो इन पिटकों और भांडों एवं काँचकूप्यकों में देख रहे हो, वास्तव में इनमें जीवन और मृत्यु बन्द है।"

"जीवन और मृत्यु? इसका क्या अभिप्राय है आचार्य?"

"अभिप्राय है राजतंत्र! तुमने योद्धा का कार्य किया है, तुम जानते हो, युद्ध करना और युद्ध में विजय पाना, दोनों भिन्न-भिन्न कार्य हैं और दोनों का मूल्य बहुत अधिक है। अपरिमित धन-जन नाश करके ही युद्ध के लिए जाते हैं और युद्ध जय किए जाते हैं।"

"यह तो सत्य है आचार्य।"

"परन्तु इन काँचकूप्यकों में बन्द रसायन उस कठिनाई को कम कर देते हैं। बहुत धन-जन का क्षय बच जाता है तथा जय निश्चित मिल जाती है।"

"किस प्रकार आचार्य?"

"इनमें बहुतों में ऐसे हलाहल विष हैं जिन्हें कूपों, तालाबों और जलाशयों में डाल

देने से, उसके जल को पीने ही से शत्रु-पक्ष में महामारी फैल जाती है। बहुत-से ऐसे रसायन हैं कि शत्रु सैन्य विविध रोगों से ग्रसित हो जाता है। वायु विपरीत हो जाती है, ऋतु विपर्यय हो जाती है। इनमें कुछ ऐसे द्रव्य हैं कि यदि उन्हें हवा के रुख पर उड़ा दिया जाए तो शत्रु सैन्य के सम्पूर्ण अश्व, गज अन्धे हो जाएँगे। सैनिक मूक, बधिर और जड़ हो जाएँगे?"

"परन्तु यह तो अति भयानक है, आचार्य?"

"फिर भी युद्ध से अधिक नहीं! युद्ध तो जीवन की अपरिहार्य घटना है आयुष्मान्! युद्ध ही मानव-सभ्यता का इतिहास है। युद्ध ही मानवता का विकास है, तुमने यही तो अपने जीवन में सीखा है!"

"मैंने और भी कुछ सीखा है!"

"और क्या सीखा है, आयुष्मान्?"

"मैंने सीखा है, ये युद्ध मानवता के प्रतीक नहीं, पशुता के प्रतीक हैं। मनुष्य में ज्यों-ज्यों पशुत्व कम होकर मानवता का विकास होगा, वह युद्ध नहीं करेगा। जब वह पूर्ण मानव होगा तो उसमें से युद्ध-भावना नष्ट हो जाएगी। वह रोषहीन, सन्तृप्त मानव होगा।"

"अरे, यह तूने उस शाक्य श्रमण गौतम से ही सीखा है न आयुष्मान्, जो आर्य-धर्म का प्रबल विरोधी है। वह वेद-प्रतिपादित श्रेणी-विभाग को नहीं मानता है। वह आर्य-अनार्य को समान पद देता है। वह ब्राह्मणों के उत्कर्ष का विरोधी है। यज्ञों को हेय बताता है और स्त्रियों को निर्वाण का अधिकार देता है।"

"परन्तु आचार्य, मनुष्य तो जन्मतः विभागरहित है। आचरण और बुद्धि के विकास से ही तो सौष्ठव होता है, रहे वे यज्ञ जो मूक पशुओं के रुधिर में डूबे हुए हैं, वे झूठे देवताओं के नाम पर भारी ढोंग हैं।"

"शान्तं पापं, यह ब्राह्मण-विद्रोह है सौम्य, सम्राट् भी यही कहते हैं। वे भी उसी गौतम के शिष्य हो गए हैं। शारिपुत्र मौद्गलायन, अश्वजित् आचार्य महाकाश्यप और उनके भाई जो प्रख्यात विद्वान् कर्मकांडी ब्राह्मण थे, सब उसके शिष्य बन गए हैं। मगध के सेट्ठी शतकोटिपति यश भी अपने चारों मित्रों के सहित उसके शिष्य बन गए हैं और तुम भी आयुष्मान्..."

"किन्तु आचार्य, यह छल-कपट..."

"यह कौशल है तात, अपनी हानि न कर शत्रु का सर्वनाश करना। सम्मुख युद्ध करके समान खतरा उठाना पशुबुद्धि है और कौशल से शत्रु को नष्ट कर देना तथा स्वयं सुरक्षित रहना मनुष्यबुद्धि है। यही कूटनीति है!"

"तो आचार्य, आपकी इन काँचकूप्यकों में सब कौशल-ही-कौशल बन्द हैं?"

"अधिक वही हैं, कहना चाहिए। इन काँचकूप्यकों के रसायन को छूकर, खाकर, देखकर मनुष्य और जनपद, अन्धा, बहरा, उन्मत्त, नपुंसक, मूर्च्छित तथा मृतक हो जाता है, वत्स!"

"ओह, कितना दुःसह है आचार्य!"

"पर उससे अधिक नहीं, जब तुम स्वस्थ पुरुष के कलेजे में दया-भावहीन होकर

खड्ग घुसेड़ देते हो; तुम्हारे बाण निरीह-व्यक्तियों की पसलियों में बलात् घुस जाते हैं; जब तुम जीवने, आशापूर्ण हृदय रखनेवाले तरुण का अनायास ही शिरच्छेद कर डालते हो। रणोन्माद में यही करना पड़ता है तुम्हें।"

"पर वह युद्ध है आचार्य."

"यह भी वही है वत्स, उसमें शौर्य चाहिए, इसमें बुद्धि-कौशल। राजतंत्र की धवल अट्टालिकाएँ और राजमहलों के मोहक वैभव ऐसे ही कदर्य कार्यों से प्राप्त होते हैं। तुम देखोगे वत्स, कि जिस विजय का सेहरा तुम्हारी सेना के सिर बँधता है, वह इन्हीं पिटकों और काँचकूप्यकों से प्राप्त होती है। परन्तु अधिक वितंडा से क्या, तुम्हें अभी आर्य वर्षकार के निकट जाना है। स्मरण रखो, तुम भरतखंड के एक महान् व्यक्तित्व के सामने जा रहे हो। आज पृथ्वी पर दो ही राजमंत्री पुरुष जीवित हैं; एक कौशाम्बी में यौगन्धरायण और दूसरे राजगृह में वर्षकार।"

"यौगन्धरायण को देख चुका हूँ। आचार्य, कौशाम्बीपति उदयन के साथ मैं देवासुर-संग्राम में सम्मिलित हुआ हूँ। तभी आर्य यौगन्धरायण का कौशल देखा था।"

"तो अब आर्य वर्षकार को देखो आयुष्मान्! परन्तु एक बात याद रखना, मगध साम्राज्य के प्रति, एकान्त एकनिष्ठ रहना और दो व्यक्तियों के प्रति अविनय न करना—एक सम्राट् के प्रति, दूसरे वर्षकार के प्रति।"

"और आचार्यपाद?"

"मैं तुम्हें अभय देता हूँ, मेरे लिए तुम वही आठ वर्ष के बालक हो।"

"आचार्यपाद का यह आदेश याद रखूँगा, अनुग्रह भी।"

"तो तुम अभी कुंडनी को लेकर वयस्य वर्षकार के पास जाओ और उनके आदेश का यत्नपूर्वक पालन करो।"

"कुंडनी कौन।"

"कल रात जिसे देखा था।"

"वह कौन?"

"तुम्हारी भगिनी।"

"इस अज्ञातकुलशील भाग्यहीन की कोई भगिनी भी है?"

"कहा तो, है। परन्तु इससे अधिक जानने की चेष्टा न करो। गुरुजन के आदेशों पर कौतूहल ठीक नहीं, एक वचन दो सोम।"

"आचार्य की क्या आज्ञा है?"

"यदि वयस्य वर्षकार तुम्हें किसी अभियान पर कुंडनी के साथ भेजें तो..."

"...अभियान पर कुंडनी के साथ?"

"छी, छी, मैंने कहा था—गुरुजन के आदेश पर कौतूहल नहीं प्रकट करना चाहिए।"

"भूल हुई आचार्य, इस बार क्षमा करें!"

"मैं कह रहा था, यदि कुंडनी के साथ तुम्हें यात्रा करनी पड़े तो प्राण देकर कुंडनी की रक्षा करना।"

"ऐसा ही होगा आचार्य, किन्तु इस समय राजगृह पर मालवराज चंडमहासेन के अभियान का भय है। मैं समझता था, यहाँ मेरी सेवाओं की आवश्यकता होगी।"

"यह मगध महामात्य के विचार का विषय है भद्र।" आचार्य ने उपेक्षा से कहा। फिर आचार्य ने उच्च स्वर से कुंडनी को पुकारा। कुछ ही क्षण में वही रातवाली बाला आ खड़ी हुई। इस समय वह एक लम्बे वस्त्र से अपने को आवेष्टित किए हुए थी। उसका चम्पा की कली के समान पीतप्रभ मुख, उस पर वही विलासपूर्ण मदभरी आँखें और लालसा से लबालब होंठ, कुंचित भृकुटि-विलास, सब कुछ वही रातवाला था। देखकर युवक ने आँखें नीची कर लीं।

आचार्य ने कहा, "तो तुम बिलकुल तैयार हो? यह तुम्हारा भाई और रक्षक सोम है, इस पर विश्वास करना पुत्री! और यह लो, इसे अत्यन्त सावधानी से प्रयोग करना।" इतना कहकर एक हाथीदाँत के मूठ की छोटी-सी किन्तु अति सुन्दर कटार उसे पकड़ा दी। फिर उन्होंने दोनों हाथ उठाकर कहा, "शुभास्ते पन्थान: स्यु:!" वे कुछ देर चुप रहे।

मालूम होता है, कहीं से आर्द्रभाव उनके नेत्रों में आ गया। उसे क्षण-भर ही में रोककर कहा, "सौम्य, सोम, तुम्हें एक और आवश्यक काम करना होगा, महामात्य से आदेश लेकर जब राजगृह से प्रस्थान करने लगो, तब प्रस्थान से पूर्व तुम एक बार आर्या मातंगी से साक्षात् करना।"

"आर्या मातंगी कौन?"

आचार्य ने क्रुद्ध नेत्रों से सोम की ओर ताककर कहा, "फिर कौतूहल? क्या तुमने मेरा आदेश नहीं सुना?"

सोम ने नतशिर होकर कहा, "क्षमा आचार्य, मेरी भूल हुई!"

"तुम्हारे अश्व बाहर तैयार हैं।" आचार्य ने रुखाई से कहा, "अब आओ तुम।"

"कुंडनी ने कटार को बेणी में छिपाकर भूमि में गिरकर आचार्य को प्रणिपात किया। फिर दृढ़ स्वर में कहा, "चलो सोम!"

सोम ने पाषाण-कंकाल के समान खड़े आचार्य का अभिवादन किया और मंत्रप्रेरित-सा कुंडनी के पीछे चल दिया।

मगध महामात्य आर्य वर्षकार

मगध महामात्य के सौध, सौष्ठव और वैभव को देखकर सोम हतबुद्धि हो गया। उसने कुभा, कपिशा, काम्बोज, पाशुक, यवन, पांचाल, अवन्ती और कौशाम्बी के राजवैभव देखे थे। कोसल की राजनगरी श्रावस्ती और साकेत भी देखी थीं, पर इस समय जब उसने कुंडनी के साथ राजगृह के अन्तरायण के अभूतपूर्व वैभव को देखते हुए महामात्य के सौध के सम्मुख आकर वहाँ का विराट रूप देखा तो वह समझ ही न सका कि वह जाग्रत् है या स्वप्न देख रहा है।

प्रतीक्षा-गृह में बहुत-से राजवर्गी और अर्थी नागरिक बैठे थे। दंडधर और प्रतिहार दौड़-धूप कर रहे थे। राजकर्मचारी अपने-अपने कार्य में रत थे। सोम के वहाँ पहुँचते ही एक दंडधर ने उसके निकट आकर पूछा, "भन्ते, यदि आप आचार्य शाम्बव्य काश्यप

के यहाँ से आ रहे हैं तो अमात्य-चरण आपकी प्रतीक्षा कर रहे हैं।"

"निस्सन्देह मित्र, मैं वहीं से आया हूँ, मेरा नाम सोमप्रभ है।"

"तो भन्ते, इधर से आइए!"

दंडधर उसे भीतर ले गया। अनेक अलिन्दों और प्रकोष्ठों को पार कर जब वह अमात्य के कक्ष में पहुँचा तो देखा, अमात्य रजत-पीठ पर झुके हुए कुछ लिख रहे हैं। सोम को एक स्थान पर खड़ा कर दंडधर चला गया, थोड़ी देर में लेख समाप्त कर अमात्य ने ज्यों ही सिर उठाया, उसे देखते ही सोमप्रभ भयभीत होकर दो कदम पीछे हट गया। उसने देखा—महामात्य और कोई नहीं, रात में आचार्य के गर्भगृह में जिन राजपुरुष को देखा था, वही हैं।

अमात्य भी सोम को देखकर एकदम विचलित हो उठे। वे हठात् आसन छोड़कर उठ खड़े हुए, परन्तु तत्क्षण ही वे संयत होकर आसन पर आ बैठे।

सोम ने आत्मसंवरण करके खड्ग कोश से निकालकर उष्णीष से लगा अमात्य को सैनिक पद्धति से अभिवादन किया। अमात्य पीठ पर निश्चल बैठे और कठोर दृष्टि से उसकी ओर कुछ देर देखते रहे। फिर भृकुटी में बल डालकर बोले, "अच्छा, तुम्हीं वह उद्धत युवक हो, जिसे छिद्रान्वेषण की गन्दी आदत है?"

"आर्य, मैं अनजान में अविनय और गुरुतर अपराध कर बैठा था, किन्तु मेरा अभिप्राय बुरा न था।"

"तुमने तक्षशिला में शस्त्र, शास्त्र और राजनीति की शिक्षा पाई है न?"

"आर्य का अनुमान सत्य है।"

"तब तो तुम्हारे इस अपराध का गौरव बहुत बढ़ जाता है।"

"किन्तु आचार्य ने मेरी मनःशुद्धि को जानकर मेरा अपराध क्षमा कर दिया है, अब मैं आर्य से भी क्षमा-प्रार्थना करता हूँ।"

अमात्य बड़ी देर तक होंठ चबाते और दोनों हाथों की उँगलियाँ ऐंठते रहे, फिर एक मर्मभेदिनी दृष्टि युवक पर डालकर कहा, "हुआ, परन्तु क्या तुम अपने दायित्व को समझने में समर्थ हो?"

"मैं आर्य का अनुगत हूँ।"

"क्या कहा तुमने?"

"मैं सोमप्रभ, मगध महामात्य का अनुगत सेवक हूँ।"

"और मगध साम्राज्य का भी?"

"अवश्य आर्य, मैं सम्राट् के प्रति भी अपना एकनिष्ठ सेवा-भाव निवेदन करता हूँ।"

अमात्य ने घृणा से होंठ सिकोड़कर कहा, "यह तो मैंने नहीं पूछा, परन्तु जब तुमने निवेदन किया है तो पूछता हूँ—यदि सम्राट् और साम्राज्य में मतभेद हो तो तुम किसके अनुगत होगे?"

"साम्राज्य का, आर्य!"

अमात्य ने मुस्कराकर कहा, "और यदि अमात्य और साम्राज्य में मतभेद हुआ तब?"

क्षण-भर सोमप्रभ विचलित हुआ, फिर उसने दृढ़ स्वर में, किन्तु विनम्र भाव से कहा, "साम्राज्य का, आर्य!"

अमात्य की भृकुटी में बल पड़ गए। उन्होंने रूखे स्वर में कहा, "किन्तु युवक, तुम अज्ञात-कुलशील हो।"

"तो मगध महामात्य मेरी सेवाओं को अमान्य कर सकते हैं और अनुमति दे सकते हैं कि मैं आचार्य बहलाश्व और आचार्यपाद काश्यप से की गई प्रतिज्ञाओं से मुक्त हो जाऊँ।"

"अपने आचार्यों से तुमने क्या प्रतिज्ञाएँ की हैं आयुष्मान्?"

"मगध के प्रति एकनिष्ठ रहने की, आर्य!"

"क्यों?"

"क्योंकि मैं मागध हूँ। तक्षशिला से चलते समय बहुलाश्व आचार्यपाद ने कहा था कि तुम मगध साम्राज्य के प्रति प्राण देकर भी एकनिष्ठ रहना और आचार्यपाद काश्यप ने कहा था, "महामात्य के आदेश का पालन प्रत्येक मूल्य पर करना।"

"आचार्य ने ऐसा कहा था?" अमात्य ने मुस्कराकर कहा। फिर कुछ ठहरकर धीमे स्वर से बोले, "यह यथेष्ट है आयुष्मान् कि तुम मागध हो। अच्छा, तो तुम याद रखो—मगध साम्राज्य और मगध अमात्य के तुम एक सेवक हो।"

"निश्चय आर्य!"

"ठीक है, कुंडनी से तुम परिचित हुए?"

"वह मेरी भगिनी है आर्य!"

"और वयस्य काश्यप ने तुम्हें उसका रक्षक नियत किया है?"

"जी हाँ आर्य!"

"मैं तुम्हें अभी एक गुरुतर भार देता हूँ। तुम्हें इसी क्षण एक जोखिम-भरी और अतिगोपनीय यात्रा करनी होगी।"

"मैं प्रस्तुत हूँ!"

"तो तुम इसी क्षण कुंडनी को लेकर चम्पा को प्रस्थान करो। तुम्हारे साथ केवल पाँच योद्धा रहेंगे। वे मैंने चुन दिए हैं। सभी जीवट के आदमी हैं, वे बाहर तुम्हारी प्रतीक्षा कर रहे हैं। किन्तु तुम्हारी यात्रा कोई जान न पाएगा, तथा तुम्हें कुंडनी की रक्षा भी करनी होगी। उससे भी अधिक और एक वस्तु की—

"वह क्या आर्य?"

"यह," वर्षकार ने एक पत्र सोमप्रभ को देकर कहा, "इसे जल्द से जल्द सेनापति चंडभद्रिक को पहुँचाना होगा। पत्र निरापद उनके हाथ में पहुँचना अत्यन्त आवश्यक है।"

"आर्य निश्चिन्त रहें!"

"परन्तु यह सहज नहीं है आयुष्मान्, राह में दस्युओं और असुरों के जनपद हैं। फिर तुम्हें मैं अधिक सैनिक भी नहीं ले जाने दे सकता।"

"वचन देता हूँ, पत्र और कुंडनी ठीक समय पर सेनापति के पास पहुँच जाएँगे।"

"कुंडनी नहीं, केवल पत्र। कुंडनी सेनापति के पास नहीं जाएगी। सेनापति को उसकी सूचना भी नहीं होनी चाहिए।"

"ऐसा ही होगा आर्य, किन्तु कुंडनी को किसके सुपुर्द करना होगा?"

"यह तुम्हें चम्पा पहुँचने पर मालूम हो जाएगा।"

"जो आज्ञा आर्य!"

अमात्य ने दंडधर को कुंडनी को भेज देने का संकेत किया। कुंडनी ने अमात्य के निकट आकर उनके चरणों में प्रणाम किया। अमात्य ने उसके मस्तक पर हाथ धरकर कहा, "कुंडनी!"

कुंडनी ने विह्वल नेत्रों से अमात्य की ओर देखा।

अमात्य ने कहा, "सम्राट् के लिए!" कुंडनी उसी भाँति स्थिर रही—अमात्य ने फिर कहा, "साम्राज्य के लिए!"

कुंडनी फिर भी स्तब्ध रही। अमात्य ने कहा, "मागध जनपद के लिए!"

कुंडनी अब भी अचल रही। अमात्य ने कहा, "हाथ दो कुंडनी!"

कुंडनी ने अपना दक्षिण हाथ अमात्य के हाथ में दे दिया। अमात्य ने कहा, "काँप क्यों रही हो कुंडनी?"

कुंडनी बोली नहीं। अमात्य ने उसके मस्तक पर हाथ धरकर कहा, "सोम की रक्षा करना, सोम तुम्हारी रक्षा करेगा, जाओ!"

कुंडनी ने एक शब्द भी बिना कहे भूमि में गिरकर प्रणाम किया।

अमात्य ने एक बहुमूल्य रत्नजटित खड्ग तरुण को देकर कहा, "सोम, इसे धारण करो। आज से तुम मगध महामात्य की अंगरक्षिणी सेना के अधिनायक हुए।"

सोम ने झुककर खड्ग दोनों हाथों में लेकर अमात्य का अभिवादन किया और दोनों व्यक्ति पीठ फेरकर चल दिए।

अमात्य के मुख पर एक स्याही की रेखा फैल गई। उन्हें प्राचीन स्मृतियाँ व्यथित करने लगीं और वे अधीर भाव से कक्ष में टहलने लगे।

बाहर आकर सोम ने कहा, "कुंडनी, अभी मुझे एक मुहूर्त-भर राजगृह में और काम है।"

"आर्या मातंगी के दर्शन न?"

"हाँ, क्या तुम जानती हो?"

"जानती हूँ।"

"तो तुम कह सकती हो वे कौन हैं?"

"क्या तुम भूल गए सोम, राजनीति में कौतूहलाक्रान्त नहीं होना चाहिए?"

"ओह, मैं बारम्बार भूल करता हूँ। पर क्या तुम भी साथ चलोगी?"

"नहीं, वहाँ प्रत्येक व्यक्ति का जाना निषिद्ध है।"

"तब मैं कैसे जाऊँगा?"

"पिता ने कुछ व्यवस्था कर दी होगी।"

"तब तुम सैनिकों को लेकर दक्षिण तोरण पर मेरी प्रतीक्षा करो और वहीं मैं आर्या मातंगी के दर्शन करके आता हूँ।"

दोनों ने दो दिशाओं में अपने अश्व फेरे।

सोम आर्या मातंगी के मठ की ओर तथा कुंडनी सैनिकों के साथ नगर के दक्षिण तोरण की ओर चल दिए।

आर्या मातंगी

नगर के बाहर एक बहुत पुराना सूना मठ था। यह मठ गोविन्द स्वामी के मठ के नाम से प्रसिद्ध था। गोविन्द स्वामी अब नहीं हैं, केवल उनकी गद्दी है। राजगृह के आबाल-वृद्ध उस गद्दी की आज भी पूजा करते हैं। गोविन्द स्वामी वेदपाठी ब्राह्मण थे और उनके तप और दिव्य ज्ञान की बहुत गाथाएँ राजगृह में प्रसिद्ध हैं। यह मठ बहुत विस्तार में था। कहते हैं कि जब राजगृह विद्यापीठ की स्थापना नहीं हुई थी तब इसी मठ में रहकर देश-देश के वटुक षडंग वेद का अध्ययन करते थे। यह भी कहा जाता है कि वर्तमान सम्राट् बिम्बिसार के पिता को इन्हीं गोविन्द स्वामी ने अश्वमेध यज्ञ कराकर सम्राट् की उपाधि दी थी। यह भी कहा जाता है कि राजगृह का शिशुनाग-वंश असुरों का है। उन्हें आर्य धर्म में गोविन्द स्वामी ही ने प्रतिष्ठित किया और सर्वप्रथम 'सम्राट्ोऽयमिति सम्राट्ोऽयमिति' घोषित करके शिशुनागवंशी राजा को देवपद दिया। तभी से मगध के सम्राट् को 'देव' कहकर पुकारते हैं। सम्राट् के पिता गोविन्द स्वामी की बहुत पूजा, अर्चना तथा सम्मान करते थे। वे सदैव पाँव-प्यादे उनसे मिलने जाते थे। उन्हीं के जीवन-काल में गोविन्द स्वामी की मृत्यु हुई। उस समय उन्होंने एक अबोध आठ वर्ष की बालिका अपने पीछे छोड़ी। उसे सम्राट् के हाथ में सौंपकर कहा था, 'सम्राट् इसकी रक्षा का भार लें' और सम्राट् ने कहा था, 'मेरे पुत्र बिम्बिसार के बाद यही कन्या मेरी पुत्री है। राजपुत्री की भाँति ही उसका लालन-पालन होगा।' परन्तु गोविन्द स्वामी ने कहा, 'नहीं, नहीं सम्राट्! मातंगी का लालन-पालन ब्राह्मण-कन्या की ही भाँति होना चाहिए और उसकी शिक्षा भी उसी प्रकार होनी चाहिए।' गोविन्द स्वामी की इस पुत्री के अतिरिक्त उनका एक शिष्य ब्राह्मण कुमार था। वह किसका पुत्र था, यह कोई नहीं जानता। सभी जानते थे कि गोविन्द स्वामी के किसी अतिप्रिय स्वजन का वह बालक है। गोविन्द स्वामी के पास वह बहुत छोटी अवस्था से था। उसका नाम वर्षकार था। वर्षकार और मातंगी साथ-ही-साथ बाल्यकाल में रहे। गोविन्द स्वामी ने बालक वर्षकार को भी, जो उस समय 11 वर्ष का था, सम्राट् को सौंपकर कहा, "यह मेरे एक अतिप्रिय आत्मीय का पुत्र है, इसके लक्षण राजपुरुषों के हैं और एक दिन यह बालक तुम्हारे साम्राज्य का कर्णधार होगा। इसकी शिक्षा-दीक्षा, देखभाल सावधानी से करना और इसे मगध का महामात्य बनाना।" परन्तु गोविन्द स्वामी ने अत्यन्त सतर्कता से सम्राट् से वचन ले लिया था कि वर्षकार और मातंगी दोनों ही अन्ततः इस मठ में उस समय तक रहें, जब तक दोनों का विवाह उपयुक्त समय पर उपयुक्त पात्रों से न हो जाए। सम्राट् के सन्देह करने पर गोविन्द स्वामी ने यह भी कह दिया था कि मातंगी के साथ कदापि वर्षकार का विवाह नहीं हो सकता। परन्तु मातंगी का विवाह उसके वयस्क होने पर उसकी स्वीकृति से ही किया जाना चाहिए।

गोविन्द स्वामी मर गए और सम्राट् ने भृत्यों और उपाध्यायों की व्यवस्था करके वर्षकार और मातंगी की शिक्षा का प्रबन्ध कर दिया। इस बालक वर्षकार के सम्बन्ध में केवल एक पागल अपवाद करता सुना गया था। वह कभी राजगृह में दिखाई दे जाता और पुकार-पुकारकर कहता, "देखो-देखो, इस पाखंडी गोविन्द स्वामी को—इस

बालक का मुँह इससे कितना मिलता है!" इसके बाद वह उन्मुक्त हास करता कहीं को भाग जाता था। गोविन्द स्वामी इस पागल से बहुत डरते थे। वह राजगृह में आया है, यह सुनकर वे बहुधा विचलित हो जाते थे। बहुत लोग सन्देह करने लगे थे कि हो न हो इस पागल से इस बालक का कुछ सम्बन्ध अवश्य है। एक बार तो यह अपवाद इस प्रकार स्पष्ट हो गया कि इसी पागल की परिणीता पत्नी से गोविन्द स्वामी ने जार करके यह पुत्र उत्पन्न किया है। इस पर क्रुद्ध होकर उसने पत्नी को मार डाला है और स्वयं पागल हो गया है। जो हो, सत्य बात कोई नहीं जानता था। मरने के समय गोविन्द स्वामी ने मातंगी से वर्षकार के विवाह का निषेध किया—इससे लोगों में शंका और घर कर गई। परन्तु गोविन्द स्वामी ने सम्राट् से अति गोपनीय रीति से यह बात कही थी, इसी से वह बालक-बालिका दोनों ने सुनी भी नहीं। वही आठ वर्ष की बालिका मातंगी और ग्यारह वर्ष का बालक वर्षकार बाल-लीला समाप्त कर किशोर हुए और यौवन के प्रांगण में आ पहुँचे। युवक वर्षकार की तीक्ष्ण बुद्धि, प्रबल धारणा और बलिष्ठ देह, शस्त्र और शास्त्र में उसकी एकनिष्ठ सत्ता देख सभी उसका आदर करते थे। सम्राट् उसे पुत्रवत् समझते और राजवर्गी लोग उसकी अभ्यर्थना करते। युवराज बिम्बिसार उसके अन्तरंग मित्र हो गए थे। दोनों बहुधा अश्व पर आखेट के लिए जाते, तथा भाँति-भाँति की क्रीड़ा करते। परन्तु उधर भीतर-ही-भीतर अनंग रंग जमा रहा था। देवी मातंगी का यौवन विकास पा रहा था और दोनों बालसखा परस्पर दूसरे ही भाव से एक-दूसरे के प्रति आकर्षित हो रहे थे। यह देखकर सम्राट् की चिन्ता बढ़ गई। परन्तु उन्होंने युवक-युवती से कुछ कहना ठीक नहीं समझा। केवल वर्षकार को राजकाज सीखने के बहाने मठ से हटाकर राजमहालय में बुलाकर रख लिया। वर्षकार महालय में रहने लगे, परन्तु इससे दोनों ही प्राणी वियोग-विदग्ध रहने लगे। देवी मातंगी का रूप-यौवन असाधारण था। निराभरणा तापसी के वेश में उसका शरीर तप्त कांचन की भाँति दमकता था। युवराज बिम्बिसार भी उस पर मन-ही-मन विमोहित हो, मठ में अधिक आने-जाने लगे थे। परन्तु शीघ्र ही वर्षकार ने ये आँखें ताड़ लीं और एक बार उन्होंने खड्ग नंगा करके कहा, "वयस्य युवराज, मगध का सम्पूर्ण साम्राज्य तुम्हारा है, केवल मातंगी मेरी है, इस पर दृष्टि मत देना। नहीं तो मेरे-तुम्हारे बीच यह खड्ग है।" बिम्बिसार ने हँसकर और मित्र का हाथ पकड़कर कहा, "नहीं मित्र, मातंगी तुम्हारी ही रहे। चिन्ता न करो।" पीछे जब वर्षकार को सम्राट् ने राजमहालय में बुलाकर रखा, तो युवराज को मातंगी के एकान्त साहचर्य का अधिक अवसर मिल गया। उनके ही अनुग्रह से वर्षकार भी अत्यन्त गुप्त भाव से मातंगी से मिलते रहते थे।

अकस्मात् मातंगी ने देखा कि वह गर्भवती है। वह अत्यन्त भयभीत हो गई। परन्तु गर्भ युवराज और वर्षकार दोनों में से किसके औरस से था, मातंगी ने यह भेद दोनों पर प्रकट नहीं किया। वर्षकार और युवराज दोनों ने मिलकर इस अवस्था को सम्राट् से छिपा लिया और जब शिशु का जन्म हुआ तो वर्षकार ने उसे हठ करके दासी द्वारा कूड़े के ढेर पर फेंक आने को कहा। उसे सन्देह था कि वह उसका पुत्र नहीं है। मातंगी ने बहुत निषेध किया, रोई-पीटी, पर वर्षकार ने एक न सुनी। दासी एक सूप में नवजात शिशु को लेकर कूड़े पर फेंक आई। दैवयोग से उधर ही से राजगृह

के महावैज्ञानिक सिद्ध शाम्बव्य काश्यप जा रहे थे। घूरे पर लाल वस्त्र में लपेटी कोई वस्तु पड़ी देखकर और उस पर कौओं को मँडराता देख, उनके मन में यह जानने की जिज्ञासा हुई कि यह क्या है। निकट जाकर देखा, एक सद्य:जात शिशु मुँह में अँगूठा डालकर चूस रहा है, निकट ही स्वर्ण दम्म से भरी एक चमड़े की थैली भी पड़ी है। आचार्य ने शिशु को उठा लिया और उत्तरीय से ढाँपकर अपने मठ में ले आए तथा लालन-पालन करने लगे। उन्हें शीघ्र ही यह भी पता लग गया कि वह आर्या मातंगी का पुत्र है। उन्होंने उन पर और युवराज पर यह बात प्रकट भी कर दी। युवराज भयभीत हुए, परन्तु आचार्य ने आश्वासन दिलाया कि चिन्ता न करो। वे यह भेद न खोलेंगे। बालक का भी अनिष्ट न होगा। युवराज बिम्बिसार ने आचार्य को बहुत-सा स्वर्ण देकर सन्तुष्ट कर दिया। परन्तु वर्षकार के इस ईर्ष्यापूर्ण क्रूर कृत्य से मातंगी का हृदय फट गया। उसकी कोमल भावनाओं पर बड़ा आघात हुआ और वह एकान्त में उदासीन भाव से रहने लगी। युवराज भी वर्षकार से भयभीत रहने लगे, क्योंकि उसे युवराज पर अब पूरा सन्देह था। इसी बीच सम्राट् की मृत्यु हो गई। मरने के समय उन्होंने युवराज बिम्बिसार और वर्षकार को मृत्युशैया के निकट बुलाकर दो बातें कहीं। एक यह कि वर्षकार बिम्बिसार के महामात्य होंगे। दूसरे अपने राज्य के तीसरे वर्ष बिम्बिसार देवी मातंगी का उनकी पसन्द के वर से विवाह करके उन्हें आजीविका को अस्सी ग्राम दे दें। साथ ही एक पत्र गुप्तभाव से युवराज को देकर कहा—इसे तुम राज्यारोहण के तीन वर्ष बाद खोलना। तब मातंगी का विवाह करना।

सम्राट् मर गए। बिम्बिसार सम्राट् और वर्षकार उनके महामात्य हुए। वर्षकार अब खुल्लमखुल्ला मठ में जाकर देवी मातंगी से मिलने लगे। मातंगी ने वर्षकार से विवाह करने का आग्रह किया। परन्तु वर्षकार ने कहा, "स्वर्गीय सम्राट् ने हमारे पूज्य पिता गोविन्द स्वामी के आदेश से यह व्यवस्था की है कि सम्राट् बिम्बिसार अपने राज्यारोहण के तीसरे वर्ष विवाह-व्यवस्था करेंगे।" मातंगी मन मारकर रहने लगी। परन्तु उसका चित्त उचाट रहने लगा। तीन वर्ष बीत गए और अपने राज्यारोहण की तीसरी वर्षगाँठ के दिन सम्राट् ने वह गुप्त पत्र खोला। उसमें लिखा था कि मातंगी वर्षकार की भगिनी है, उन दोनों का परस्पर विवाह नहीं हो सकता। किन्तु मातंगी की सहमति से सम्राट् उपयुक्त पात्र से उसका विवाह कर दें और अस्सी ग्राम उसकी आजीविका को दे दें।

वर्षकार और बिम्बिसार दोनों ही भीत-चकित रह गए। भय का सबसे बड़ा कारण यह था कि मातंगी इस समय फिर गर्भवती थी और यह स्पष्ट था कि यह गर्भ वर्षकार का था। अत: इस दारुण और हृदयविदारक समाचार को उसे सुनाना सम्राट् ने ठीक नहीं समझा और उन्हें समझा-बुझाकर जलवायु परिवर्तन के लिए वैशाली भेज दिया। कुछ दिन बाद एक कन्या को गुप्त रूप से जन्म देकर और स्वस्थ होकर मातंगी राजगृह में आईं और तभी उन्हें सत्य बात का पता चला। सुनकर वे एकबारगी ही विक्षिप्त हो गईं। उन्होंने मठ के सभी राजसेवकों को पृथक् कर दिया और कठोर एकान्तवास ग्रहण किया। वर्षकार का मठ में आना निषिद्ध करार दे दिया गया। सम्राट् बिम्बिसार से भी मिलने से उन्होंने इनकार कर दिया तथा अपने विवाह से भी। तब से किसी ने भी देवी मातंगी के दर्शन नहीं किए, किसी ने भी उन्हें नहीं देखा, तथापि उनका नाम

अब भी राजगृह में आर्या मातंगी के नाम से घर-घर सम्मान के साथ लिया जाता था। वे एक पूर्ण ब्रह्मचारिणी तपस्विनी प्रसिद्ध थीं।

वर्षकार ने भी ग्लानि के मारे विवाह नहीं किया। आज आर्य वर्षकार की आयु साठ वर्ष की हो गई, तथा देवी मातंगी भी पचास को पार कर चुकीं। वर्षकार का तेज-प्रताप दिगन्त में व्याप्त हो गया। वे मगध के प्रतापी महामात्य और विश्व के अप्रतिम राजनीति-विशारद प्रसिद्ध हुए। साथ ही किसी ने उनके अखंड ब्रह्मचर्य पर भी सन्देह नहीं किया। देवी मातंगी के साथ उनके तथा सम्राट् के सम्बन्ध की बात तथा उनके एक पुत्र और एक पुत्री की गुप्त जन्मकथा आचार्य शाम्बव्य काश्यप को छोड़कर और कोई जानता भी नहीं। सोमप्रभ मातंगी के गर्भ से जन्मे अवैध पुत्र हैं, यह बात आचार्य काश्यप, सम्राट् और स्वयं वे ही जानते हैं। परन्तु वे सम्राट् के पुत्र हैं, या वर्षकार के, यह केवल मातंगी ही जानती है : मातंगी की पुत्री कौन है, कहाँ है, यह बात एकमात्र आर्य वर्षकार ही जानते हैं, दूसरे नहीं। आर्य वर्षकार ने देवी मातंगी से एक बार मिलने का बहुत अनुनय-विनय किया था, परन्तु मातंगी ने भेंट करना स्वीकार नहीं किया। लाचार वर्षकार मन मारकर बैठे रहे। जो ग्राम देवी मातंगी को राज्य से दिए गए थे, उनकी आय सार्वजनिक कार्यों में खर्च करने की उन्होंने व्यवस्था की और स्वयं अत्यन्त निरीह भाव से रहने लगीं।

सोमप्रभ ज्यों ही मठ के द्वार को पार कर भीतर जाने लगे, वहाँ का सुनसानपन और निर्जन भाव देखकर उनका मन कैसा कुछ होने लगा। जैसे शताब्दियों से यहाँ कोई नहीं रहा है। वे लता-गुल्मों-भरी टेढ़ी-तिरछी वीथियों को पारकर अन्ततः एक पुष्करिणी के किनारे पहुँचे। पुष्करिणी में शतदल कमल खिला था, उसकी भीनी सुगन्ध वहाँ व्याप्त हो रही थी। पुष्करिणी के किनारे पर सघन वृक्षों की छाया थी, उसी शीतल छाया में क्षण-भर सोमप्रभ चुपचाप खड़े रहे। वे सोच रहे थे, किसलिए आर्या मातंगी के पास भेजा है।

एकाएक पीछे से पद-शब्द सुनकर वे चमक उठे, उन्होंने देखा, एक वृद्धा स्त्री जल का घड़ा लिये आ रही है। उसने युवक को देखकर आश्चर्यचकित होकर कहा, "तुम कौन हो और यहाँ कैसे चले आए? क्या तुम नहीं जानते, आर्या मातंगी की आज्ञा से यहाँ किसी भी मनुष्य का आना निषिद्ध है?"

"जानता हूँ भद्रे, परन्तु मैं इच्छापूर्वक ही आया हूँ। मैं आर्या मातंगी के दर्शन किया चाहता हूँ।"

"यह सम्भव नहीं, आर्या किसी को दर्शन नहीं देतीं।"

"परन्तु भद्रे, मैं आचार्यपाद काश्यप की आज्ञा से आया हूँ, मेरा नाम सोमप्रभ है।"

दासी ने अवाक् होकर क्षण-भर युवक को देखा, फिर उसने भयभीत दृष्टि से युवक को देखकर कहा, "आचार्य काश्यप ने! तब ठहरो भद्र, मैं देवी से जाकर निवेदन कर दूँ।" वह बिना उत्तर की प्रतीक्षा किए ही चली गई।

सोमप्रभ एक शिलाखंड पर बैठकर कुछ सोचने लगे—वे सोच रहे थे यह कैसा रहस्य है!

कुछ क्षणों बाद ही दासी ने आकर कहा, "आर्या तुमसे भेंट करेंगी, मेरे साथ

आओ।" सोमप्रभ धीरे-धीरे वृद्धा के पीछे-पीछे चले। सामने एक स्वच्छ छोटा-सा कुटीर था, उसी में एक चटाई पर आर्या मातंगी अधोमुखी बैठी थीं। पद-शब्द सुनते ही उन्होंने आँखें उठाकर देखा, उनके होंठ कम्पित हुए, उन्होंने दोनों हाथों से आँखों की धुंध पोंछी, फिर अस्फुट स्वर से आप-ही-आप कहा, "कौन तुम, सोम...वही हो, वही, पहचानती हूँ मेरे बच्चे!" और वे उसी प्रकार युवक की ओर दौड़ीं जैसे गाय बछड़े की ओर दौड़ती है। उन्होंने युवक को छाती से लगा लिया। उनकी आँखों से अविरल अश्रुधारा बह चली।

सोमप्रभ हतप्रभ होकर विमूढ़ हो गए। एक अचिन्तनीय आनन्द ने उनके नेत्रों को भी प्लावित कर दिया। उन्होंने प्रकृतिस्थ होकर कहा, "आर्या मातंगी, अकिंचन सोम आपका अभिवादन करता है।"

"नहीं, नहीं, आर्या मातंगी नहीं, माँ कहो वत्स!"

सोमप्रभ ने अटकते हुए कहा, "किन्तु आर्ये..."

"माँ कहो वत्स, माँ कहो!"

"आर्ये, हतभाग्य सोम अज्ञात-कुलशील, अज्ञात-कुलगोत्र है। कल्याणी मातंगी उसे इतना गौरव क्यों दे रही हैं?"

"माँ कहो प्रिय, माँ कहो। जीवन के इस छोर से उस छोर तक मैं यह शब्द सुनने को तरस रही हूँ।" मातंगी के स्वर, भावभंगिमा और करुण वाणी से विवश हो अनायास ही बरबस सोम के मुँह से निकल गया, "माँ..."

"आप्यायित हो गई मैं, मरकर जी गई मैं, वत्स सोम, अभी और कुछ देर हृदय से लगे रहो। अरे, मैंने 24 वर्ष तुम्हारी प्रतीक्षा की है भद्र!"

"किन्तु आर्ये...?"

"मैं कौन हूँ, यही जानना चाहते हो। बच्चे, मैं अभागिनी तुम्हारी माँ हूँ।"

"आप आर्ये मातंगी! देवपूजित द्विज गोविन्द स्वामी की महाभागा पुत्री देवी मातंगी मुझ भाग्यहीन की माँ हैं?"

"निश्चय वत्स, यह ध्रुव सत्य है। क्या आचार्य ने कहा नहीं?"

"नहीं, उन्होंने केवल इतना ही कहा था कि देवी के दर्शन करना अवश्य।"

"अभी मुहूर्त भर पूर्व उन्होंने मुझे सन्देश भेजा था कि तुम्हारा पुत्र आया है। वह तुमसे मिलने आ रहा है। सो सोम, तनिक तुम्हें देखूँ। मेरे सामने खड़े तो हो जाओ प्रिय!" और मातंगी अबोध बालक के समान सोम के सम्पूर्ण शरीर पर हाथ फेरने लगीं।

सोम ने धीरे-धीरे झुककर मस्तक माँ के चरणों में टेककर कहा, "माँ, आज मैं सनाथ हुआ। परन्तु मुझे अधिक समय नहीं है, मुझे एक दुरूह यात्रा करनी है। इतना बता दो मेरे पिता कौन हैं?"

"पिता?" मातंगी के होंठ भय से सफेद हो गए और उनका चेहरा पत्थर की भाँति भावहीन हो गया। उन्होंने डूबती वाणी से कहा, "पुत्र, उनका नाम लेना निषिद्ध है।"

"क्यों माँ?"

"क्या तुमने मेरे आजन्म एकान्तवास को नहीं सुना?"

"सुन चुका हूँ आर्ये?"

"तो बस, यही यथेष्ट है।"

"मैं क्या उनके विषय में कुछ भी नहीं जान सकता?"

"क्या जानना चाहते हो वत्स?"

"उनकी पद-मर्यादा।"

"वे विश्वविश्रुत विभूति के अधिकारी हैं।"

"जीवित हैं?"

"हाँ!"

"तो अभी यही यथेष्ट है, माँ, शेष सब मैं अपने कौशल से जान लूँगा।"

"परन्तु पुत्र, मेरा आदेश मानना। इधर उद्योग मत करना, इससे तुम्हारा अनिष्ट होगा।"

"माता की जैसी आज्ञा, पर अब मैं जाऊँगा आर्ये!"

"क्या इतनी जल्दी भद्र, अभी तो मैंने तुम्हें देखा भी नहीं।"

"शीघ्र ही मैं लौटूँगा आर्ये!"

"अभी कुछ दिन रहो पुत्र!"

"नहीं रह सकता, आदेश है।"

"किसका भद्र?"

"आर्य वर्षकार का।"

मातंगी चौंककर दो कदम हट गईं। उसने कहा, "अच्छा, अच्छा, समझी! आर्य यहाँ तक पहुँच चुके?"

"आर्ये, आज प्रातः ही मुझे उनका दर्शनलाभ हुआ।"

"अब कहाँ जा रहे हो भद्र?"

"चम्पा।"

"एकाकी ही?"

"नहीं, भगिनी भी है माँ, आप तो जानती हैं, मेरी एक भगिनी भी है।"

मातंगी ने काँपकर कहा, "किसने कहा भद्र?"

"आचार्यपाद ने।"

"कौन है वह।"

"कुंडनी।"

"कुंडनी! सर्वनाश। तुम उसके साथ जा रहे हो पुत्र? ऐसा नहीं हो सकेगा।"

"क्यों माँ, क्या बात है?"

"नहीं, वह मैं नहीं कह सकूँगी, कहते ही शिरच्छेद होगा। किसने तुझे कुंडनी के साथ जाने को कहा?"

"आर्य वर्षकार ने।"

"इनकार कर दो। कह दो, देवी मातंगी की आज्ञा है।"

"आपकी आज्ञा क्या मगध महामात्य वर्षकार सुनेंगे?"

"उन्हें सुननी होगी। नहीं तो मैं स्वयं आज 28 वर्ष बाद पुष्करिणी के उस पार..."

"देवी मातंगी!" सामने से किसी ने पुकारा। दोनों ने देखा, आचार्य काश्यप हैं। उन्होंने कहा, "कोई भय नहीं है, देवी मातंगी! उसे जाने दो।"

"तुमने आचार्य, उसे कुंडनी के सुपुर्द किया है?"

"नहीं मातंगी आर्ये, कुंडनी राजकार्य से केवल उसकी सुरक्षा में चम्पा जा रही है।"

"सोम क्या जानता है कि कुंडनी कौन है?"

"वह जानता है कि वह उसकी भगिनी है।"

"यह क्या यथेष्ट है?"

"है, आप निश्चिन्त रहिए।" फिर उन्होंने घूमकर कहा, "जाओ सोम, विलम्ब मत करो।"

आर्या ने आकुल नेत्रों से पुत्र को देखकर कहा, "एक क्षण ठहरो, क्या तुमने महामात्य से कुछ प्रतिज्ञा भी की है?"

"की है, आर्ये!"

"कैसी?"

"एकनिष्ठ रहने की।"

"किसके प्रति?"

"साम्राज्य के।"

"और?"

"मगध महामात्य के?"

"और?"

"और किसी के प्रति नहीं।"

"और किसी के प्रति नहीं?"

"नहीं।"

आर्या के नेत्रों में भय की भावना दौड़ गई, उनके होंठ काँपे। आचार्य के रूखे होंठों पर मुस्कान फैल गई, उन्होंने आगे बढ़कर कहा, "बस, अब और अधिक नहीं, देवी मातंगी किसी अनिष्ट की आशंका न करें। जाओ तुम सोमभद्र।"

महामिलन

अम्बपाली अपने उपवन के लताकुंज में बैठी गहन चिन्तन में व्यस्त थी। वह सोच रही थी, जीवन के तत्त्व को। सप्तभूमि प्रासाद में आकर, वहाँ की अतुल सम्पदा, कोमल सुख-साधन, सांध्यबेला में आने वाले कामुक तरुणों के गर्मागर्म प्रेम-सम्भाषण, उनके प्रति अपने अनुराग का प्रदर्शन, हर्षदेव का प्रेमोन्माद और अपने पूर्ण जीवन का सम्पूर्ण वैशाली के प्रति विद्रोह। वह प्रयत्क्ष देख रही थी कि प्रारम्भ में जिस सुख-सज्जा को तुच्छ समझा था, वह उसके जीवन की अब अनिवार्य सामग्री हो गई है। उसके रूप की दोपहरी खिली थी और इसी अल्पकाल में उसके तेज, माधुर्य, विलास और अलौकिक बुद्धि-वैचित्र्य की कहानियाँ देश-देशान्तरों में फैल चुकी थीं। उसकी आँखों के सामने अब अपने बाल्यकाल का वह चित्र कभी-कभी आ जाता था, जब वह एक साधारण कंचुक के लिए रोई थी। वह अपने पिता के अकपट स्नेह को याद कर बहुधा आँसू

बहाती। आज उसके अंग यौवन के अमृत से स्नात होकर ऐसी सुषमा बिखेर रहे थे; कि बूढ़े और युवा, नगर के चौकीदार, चांडाल और कर्मकार से लेकर परिषद् के सम्भ्रान्त सदस्य, तरुण सामन्त-पुत्र और सेट्ठिपुत्र, नागरिक, देश-देशान्तर के श्रीमन्त, नरपति और सम्राट् जिसे एक आँख देखने भर के लिए प्राण न्योछावर करने को तैयार थे। अपनी इस विजय पर उसे गर्व था। वह जब शिविका पर सवार हो, राजपथ पर निकलती तो नागरिक उत्सव मनाते। नित्य प्रातःकाल से संध्या तक, देश-देशान्तरों से आए विदेशी और वैशाली के नागरिक उसके प्रति अपना उत्कट प्रेम प्रकट करने के लिए सप्तभूमि प्रासाद के तोरण पर बहुमूल्य सुगन्धित पुष्पों की मालाएँ चढ़ाते थे, उससे नित्य तोरण पट जाता था। अपने प्रेमियों से उसे अतुल धन मिलने लगा था, उसका गिनना असम्भव था। उसके कोषरक्षक तराजू से स्वर्ण तोला करते थे। कृषक वृद्ध सेट्ठियों और सम्राटों की जीवन-भर की संचित सम्पदा उसके ऊपर लुटाई जाती थी। प्रेमियों के प्रेम-सन्देश और मिलने वालों की प्रार्थनाओं से उसे साँस लेने का अवकाश न था। वह सोचने लगती—मैं क्या से क्या हो गई। वह कभी-कभी अपने प्रेमियों की बात सोचने लगती, जिनमें से प्रत्येक उसे आकर्षित करने में असमर्थ सिद्ध हुआ था।

उसने देवताओं, प्रेतों, तांत्रिकों, सिद्धों और योगियों के विषय में बहुत कुछ सुना था। वह इन विषयों पर सोचती रहती । कभी-कभी मित्रों से वार्तालाप करती। मारण, उच्चाटन, वशीकरण के प्रति कौतूहल प्रकट करती। अन्त में विरक्त हो, अनमनी हो, वह एकान्त में इसी कुंज में आ आत्मचिन्तन करती। उसके यहाँ ओझे, सयाने, तांत्रिक बहुधा आते, भविष्य-वर्णन करते। वह स्वयं कभी-कभी प्रसिद्ध सिद्धों से मिलने, भविष्य पूछने जाती। बहुत लोग उससे कहते—जीवन का उद्‌देश्य सुख-भोग है। आओ, जीवन की बहार लूटें। इन्द्रियों द्वारा प्राप्त होने वाली ज्ञान-अनुभूति ही सत्य है और सब असत्य है। मिथ्या है। परन्तु इन विचारों से, ऐसे लोगों से वह शीघ्र ही ऊब जाती। उनका तिरस्कार कर बैठती। जीवन के रहस्यों को समझने के लिए उसने दर्शनों और उसके तत्त्वों का अध्ययन किया था, पर उनसे उसे शान्ति नहीं मिली थी। उसका सर्वप्रथम विषय उसकी बाल्यावस्था की स्मृति थी, जो दिन-दिन उससे दूर होती जाती थी और अब सत्य यह था कि उसके अधर धधकती अग्नि के समान दाहक और मधु से मधुर थे। इन्हीं सब बातों पर विचार करते-करते वह कभी-कभी उत्तेजित होकर चिल्लाने लगती, "नहीं, नहीं, मैं किसी से प्रेम नहीं करती, नहीं कर सकती, किसी व्यक्ति से भी नहीं। मैं उन सबसे घृणा करती हूँ जो आनन्दभोगी हैं। यह सप्तभूमि प्रासाद मेरे जीवन पर बोझ है। ये सांध्यमित्र मेरे हृदय पर रेंगने वाले घृणित कीट हैं, वह उनके स्त्रैण चरित्र और स्त्रैण वेशभूषा का स्मरण कर घृणा से होंठ सिकोड़ लेती। कभी-कभी विचलित होकर चिल्ला उठती।

फिर उसका ध्यान अपने अप्रतिम अंग-सौष्ठव पर जाता, वह अपने अद्‌भुत रूप को पुष्करिणी के स्वच्छ जल में निहारकर कभी-कभी बहुत प्रसन्न हो जाती। उस समय वे सब वासनाएँ, जिनकी उसे चाट पड़ गई थी, एक-एक कर उसके निकट आकर उसके अंग-प्रत्यंग में पैठ जाती थीं और वह मन्द मुस्कान के साथ कहती—कोई हानि नहीं, इसी रूप की ज्वाला में, मैं विश्व को भस्म करूँगी। इस अछूते रूप को सदा

अछूता रखूँगी, इस सुषमा की खान गात्र को किसी को छूने भी न दूँगी, विश्व इसे भोग न सकेगा। वह इसकी पूजा ही करे। उसका हृदय गर्व और तेज से भर आता। वह अब उन कवियों, चित्रकारों और कलाकारों का स्मरण करती, जिनकी कृति से वह प्रभावित हो चुकी थी और उन पर एक सन्तोष की विचारधारा दौड़ाकर बहुधा उसी लताकुंज में उसी श्वेत मर्मर की श्वेत शीतल पटिया पर वह सो जाती।

उपवन में देश-विदेश के बहुत-से वृक्ष लगे थे। उन्हें देश-देशान्तरों से लाने, उनकी प्रकृति के अनुकूल जलवायु में उन्हें पालने में बहुत द्रव्य खर्च हुआ था। उनकी सिंचाई के लिए निर्मल मीठे जल की एक कृत्रिम उपकुल्लिका पुष्करिणी से निकालकर उपवन के चारों ओर बहाई गई थी। काम-पुष्करिणी में कुशल शिल्पियों ने कई एक कृत्रिम पहाड़ियों, स्तम्भ-चिह्नों और कला की प्रतीक मूर्तियों का सर्जन किया था, जिनका प्रतिबिम्ब पुष्करिणी के मोती के समान जल में भव्य प्रतीत होता था। जिस लताकुंज में अम्बपाली बैठी थी, उसमें जो प्रकाश आता था, वह पानी की पतली चादर से छनकर मद्धिम और रंगीन छटा धारण करता था। कुंज में एक हाथीदाँत का महाघ छपरखट भी था जिसकी दुग्धफेन-सम शैया पर कभी-कभी अम्बपाली सुख की नींद लेती थी। रत्नजटित स्वर्ण के धूपदानों में वहाँ कीमती सुगन्ध-द्रव्य सदा जलते रहते थे। बड़े-बड़े आधारों में दुर्लभ रंग-बिरंगे पौधे सजाकर रखे गए थे। कुछ के फूल ऊदे रंग के थे, कुछ के पीत और कुछ के नील वर्ण। ऐसा ही वह अद्‌भुत लताकुंज और उपवन था।

एकाएक आँख खुलने पर उसने देखा—उस सुरक्षित लताकुंज में एक प्रभावशाली पुरुष उसके सम्मुख खड़ा है। उसकी अवस्था तरुणाई का उल्लंघन करने लगी है—परन्तु उसका गौर वर्ण, तेजस्वी मुख सूर्य के समान देदीप्यमान है। उसके सघन काले बाल काकपक्ष के रूप में पीछे को सँवारे हुए हैं। प्रशस्त वक्ष और प्रलम्ब पुष्ट बाहु बहुमूल्य दुकूल से आवृत हैं। अधोअंग में एक कोमल पीत कौशेय सुशोभित है। उसकी सघन काली मूँछें उसके दर्शनीय मुख पर अद्‌भुत शोभाविस्तार कर रही हैं। कानों में हीरक-कुंडल और कंठ में गुलाबी आभा के असाधारण दुर्लभ मुक्ता सुशोभायमान हैं। उसके बड़े-बड़े काले चमकीले नेत्रों और उत्फुल्ल सरस ओष्ठों से आनन्द, विलास और प्रेम की अटूट धारा प्रवाहित हो रही है। उसके एक हाथ में महाघ अप्रतिम वीणा है। अम्बपाली हड़बड़ाकर उठ खड़ी हुई। उसने आश्चर्यचकित होकर उस पुरुषपुंगव की ओर देखा। अनायास ही उस पर उस पुरुष का प्रभाव छा गया। वह अम्बपाली, जो आज तक किसी पुरुष से प्रभावित नहीं हुई थी, इस पुरुष को देखकर क्षण-भर जड़-स्तम्भित रह गई। पुरुष ने ही पहले कहा, "जनपदकल्याणी देवी अम्बपाली प्रसन्न हों! क्या मैंने तुम्हारे इस एकान्त विश्राम में व्याघात करके तुम्हें रुष्ट कर दिया है?"

"नहीं-नहीं। परन्तु आप भन्ते, यहाँ इस सुरक्षित कोष्ठ में बिना अनुमति कैसे आ पहुँचे? क्या प्रहरी सो गए हैं? या आपने उन्हें अपनी माया से मोहित कर दिया है?"

पुरुष ने हँसकर कहा, "नहीं कल्याणी, मैं अदृश्य होकर आकाश-मार्ग से आया हूँ। बेचारे प्रहरी मुझे देख नहीं सके।"

अम्बपाली आश्चर्य-मूढ़ होकर बोली, "किन्तु आप हैं कौन भन्ते? क्या आप गन्धर्व हैं?"

"नहीं भद्रे, मैं मनुष्य हूँ।"

"परन्तु आपका ऐसा आगमन...?"

"मुझे सिद्धियाँ प्राप्त हैं। मैं लोपांजन विद्या और खेचर विद्या जानता हूँ।"

अम्बपाली खड़ी हो गई। उसने पूछा, "आप साधारण पुरुष नहीं हैं। महानुभाव, आप क्या कोई देव, दानव, यक्ष मुझे ठगने आए हैं?"

"नहीं जनपदकल्याणी, मैंने तुम्हारे अप्रतिम रूप, लावण्य, असह्य तेज, दर्प और लोकोत्तर प्रतिभा की चर्चा अपने देश में सुनी थी। इसी से, केवल तुम्हें देखने मैं बहुत दूर से छद्मवेश में आया हूँ। अब मैंने जाना कि सुनी हुई बातों से भी प्रत्यक्ष बहुत बढ़कर है। तुम-सी रूपसी बाला कदाचित् विश्व में दूसरी नहीं है।"

अम्बपाली का कौतूहल कुछ कम हो गया था और उसका साहस लौट आया था। उसने अपने रूप-लावण्य की प्रशंसा सुन कहा, "भन्ते, औरों की प्रशंसा करने और अपना गुप्त प्रेम प्रदर्शन करने में आप वैसे ही कुशल हैं जैसे अदृश्य रूप से आकाश मार्ग द्वारा किसी स्त्री के एकान्त आवास में पहुँच जाने में। किन्तु..."

"किन्तु भद्रे अम्बपाली, मेरे हृदय में तुम्हारा असाधारण प्रेम बहुत प्रथम घर कर गया था। तुम मुझे जीवन और आत्मा से भी अधिक प्रिय हो।"

"भन्ते, जरा सँभलकर इस प्रेम-मार्ग पर कदम रखिए। कदाचित् वहाँ आपकी खेचर-सिद्धि और लोपांजन माया काम न दे सकेगी।"

"भद्रे, प्रेम के सत्य मार्ग से सारी ही सिद्धियाँ तुच्छ हैं। किन्तु मेरा प्रेम वासना की आग में जलता हुआ नहीं है। मैं तुम्हें फलों की सुवासित मदिरा की अपेक्षा अधिक नित्य, अमर और अखंड समझता हूँ, देवी अम्बपाली!"

"ओह, तो भन्ते! आपका यह प्रेम कुछ अलौकिक-सा प्रतीत होता है।"

अम्बपाली ने मुस्कराकर कहा, "भन्ते, इस कोरी प्रशंसा से मेरे हाथ क्या आएगा?"

"प्रेम?"

"प्रेम का व्यवसाय करते यद्यपि मुझे अधिक काल नहीं बीता, फिर भी मैं अब और किसी नवीनता की आशा नहीं करती। आपकी बातें दार्शनिकों जैसी हैं, किन्तु भन्ते, प्रेम का रहस्य दार्शनिकों की अपेक्षा प्रेमीजन ही अधिक जानते हैं।"

"वैशाली की जनपदकल्याणी देवी अम्बपाली से मैं ऐसे ही प्रत्युत्तर की आशा करता था। परन्तु भद्रे, तुम्हें वशीभूत करने की एक और वस्तु मेरे पास है।"

"वह क्या भन्ते?"

भद्र पुरुष ने महार्घ वीणा का आवरण उठाया। उस पर आश्चर्यजनक हाथीदाँत का काम हो रहा था और वह दिव्य वीणा साधारण वीणाओं से अद्भुत थी। अम्बपाली ने आश्चर्यचकित होकर कहा, "निश्चय यह वीणा अद्भुत है। परन्तु भन्ते, आप मेरा मूल्य इससे आँकने का दुस्साहस मत कीजिए।"

"इसका तो अभी फैसला होगा, जब इस वीणावादन के साथ देवी अम्बपाली को अवश नृत्य करना होगा।"

"अवश नृत्य?"

"निश्चय!"

"असम्भव!"

"निश्चय!"

आगन्तुक रहस्यमय पुरुष वहीं श्वेतमर्मर के पीठ पर बैठ गए। उन्होंने वीणा को झंकृत किया। अम्बपाली मूढ़वत् बैठी रही। एक ग्राम, दो ग्राम, और जब उस आश्चर्य पुरुष की उँगलियाँ नृत्य करने लगीं और वातावरण में वीणा का स्वर भर गया तो अम्बपाली जैसे मत्त होने लगी। उसे अपने चारों ओर एक मूर्तिमान् संगीत, एक प्रिय सुखस्पर्शी घोष, एक सुषमा से ओतप्रोत वातावरण प्रतीत होने लगा।

वीणा बज रही थी। उसकी गति तीव्र से तीव्रतर होती जा रही थी। अम्बपाली को ऐसा प्रतीत हो रहा था कि तंतुवाद्य के कम्पन से जो स्वरलहरी उत्पन्न हो रही है, वह उसके चर्मकूपों को भेदकर उसके रक्त में प्रविष्ट हो रक्त को उत्तप्त कर रही है। उसका मुँह लाल हो गया, नेत्रों में मद छा गया, गात्र काँपने लगा। वह अपनी सम्पूर्ण सावधानता से उस पुरुषपुंगव के असाधारण वीणावादन को विस्फारित नेत्रों से देखती रही।

एकाएक ही वादक ने उँगलियों की गति में हेरफेर किया और तब अम्बपाली ने मूढ़ होकर देखा—वीणा एक ही काल में तीन ग्रामों में बज रही है। ऐसा तो न देखा, न सुना था। कुछ ही क्षणों में अम्बपाली विवश हो गई। उसे ऐसे प्रतीत हुआ, मानो उसके शरीर में रक्त के स्थान पर जलती हुई मदिरा बह रही है और अब वह स्थिर नहीं रह सकती। वह टकटकी बाँधकर वीणा पर विद्युत्-वेग से थिरकती उँगलियों को देखते-देखते अचेत-सी हो गई। अब उसे ऐसा प्रतीत हुआ, उसका मृदुल गात्र ही वीणा के रूप में झंकृत हो रहा है। उसी अचेतनावस्था में उसने उठकर नृत्य करना आरम्भ कर दिया। पहले मंद, फिर तीव्र, फिर तीव्रतर, और अब उन उँगलियों में और उन चरणों में प्रगति की होड़ बदी थी। नृत्य और वादन एकीभूत हो गया था। वादक की उँगलियाँ और नर्तकी के चरण-चाप एक-मूर्त हो गए थे। कौन नृत्य कर रहा है, कौन वीणावादन और कौन उस अलौकिक दृश्य को देख-सुन रहा है, यह नहीं कहा जा सकता था। धीरे-धीरे अम्बपाली अवश होने लगी और वादक की उँगलियाँ भी विराम पर आने लगीं। अम्बपाली धीरे-से एक लतागुल्म पर झुक गई और महापुरुष ने महार्घ वीणा रखकर उसे हाथों ही में उठाकर श्वेतमर्मर की पीठिका पर लिटा दिया।

धीरे-धीरे अम्बपाली ने आँखें खोलीं। आगन्तुक महापुरुष ने मुस्कराकर कहा, "देवी, अम्बपाली की जय हो!"

"मैं परास्त हो गई, भन्ते!"

"भद्रे, प्रेम में जय-पराजय नहीं होती। वहाँ तो दो का भेद नष्ट होकर एकीकरण हो जाता है।"

"किन्तु भन्ते, जो कुछ अनुभूति मुझे इस समय हुई, वह अभूतपूर्व है। क्या आप स्वयं गन्धर्वराज चित्ररथ अलकापुरी से मुझे कृतकृत्य करने पधारे हैं?"

"भद्रे, मैं उदयन हूँ।"

"आप कौशाम्बीपति महाराज उदयन हैं? देव, अज्ञान में हुई मेरी अविनय की क्षमा करें।"

"सत्य प्रेम में अविनय-विनय नहीं होती है, भद्रे!"

"देव कैसे तीन ग्रामों में एक ही काल में वीणावादन करने में समर्थ हैं! ऐसा त्रिलोकी में कोई पुरुष नहीं कर सकता है।"

"और न त्रिलोकी में कोई जीवधारी वैशाली की जनपदकल्याणी अम्बपाली के समान तीन ग्रामों की ताल पर नृत्य कर सकता है।"

"किन्तु देव, वह नृत्य मैंने अवश अवस्था में किया है। क्या अब मैं फिर वैसा ही नृत्य कर सकती हूँ?"

"यदि फिर वैसा ही वीणावादन हो तो।"

"किन्तु देव, इस वीणा से तो जड़-जंगम सभी अवश हो जाते हैं।"

"तुम्हारे अप्रतिम नृत्य से भी कल्याणी।"

"तो देव, आपको छोड़कर और भी कोई मनुष्य इस प्रकार वीणावादन कर सकता है?"

"केवल गन्धर्वराज चित्ररथ, जिन्होंने यह वीणा अपनी सम्पूर्ण विद्या सहित मुझे दी थी।"

"देव कौशाम्बीपति, क्या मैं फिर एक बार आपसे वैसे ही वीणावादन की प्रार्थना कर सकती हूँ?"

"नहीं भद्रे, परन्तु अब तुम दिव्य नृत्य कभी न भूलोगी। जब भी तीन ग्राम में यह वीणा कोई बजाएगा, तुम ऐसे ही अलौकिक नृत्य कर सकोगी।"

"तो देव, आप क्या अपनी शिष्या अम्बपाली का आज आतिथ्य ग्रहण करेंगे?"

"नहीं भद्रे, मैं जैसे आया था, वैसे ही गुप्त भाव से चला जाऊँगा।"

"क्या अम्बपाली आपका कोई प्रिय कर सकती है?"

"वह कर चुकी। मैं अपना प्राप्तव्य पा चुका।"

"किन्तु देव...!"

"ओह भद्रे, क्या मैंने नहीं कहा था, कि मेरा प्रेम वासना की अग्नि से जलता हुआ नहीं है? मैंने तुम्हें देखकर नेत्र सार्थक किए और तुम्हारा वह देवदुर्लभ नृत्य अपनी वीणाध्वनि के साथ अंगीभूत कर लिया।"

"देव कौशाम्बीपति, जब सम्पूर्ण जनपद मेरे चरणों में आँखें बिछाता है, लाखों प्राणधारी इन चरणों का चुम्बन करने को अपने प्राण भेंट देने को उत्सुक हैं, मेरी प्राप्ति के लिए जनपद में होड़, ईर्ष्या, निराशा और अभिलाषा का इतना संघर्ष हुआ है, कि इसके बोझ में पर्वत भी धसक जाएगा, तब क्या मैं आपका कुछ भी प्रिय नहीं कर सकती?"

"क्यों नहीं भद्रे, अम्बपाली, यदि मेरा प्रिय करना चाहती हो, तो मेरी यह साधारण स्नेह-भेंट स्वीकार करो, जिसे एक बार तुम अस्वीकार कर चुकी हो।"

यह कहकर महाराज उदयन ने अपने कंठ से वह अलौकिक मोतियों की माला उतारकर अम्बपाली के गले में डाल दी।

अम्बपाली ने कहा, "अनुगृहीत हुई, किन्तु क्या मैं अपना कौतूहल निवेदन करूँ?"

"कहो भद्रे!"

"क्या मुझ-सी कोई स्त्री आपने देखी है?"

"देखी है, पर तुमसे श्रेष्ठ नहीं कल्याणी।"

"कौन है वह?"

"गान्धार कन्या कलिंगसेना।"

"उसमें त्रुटि क्या है?"

"तीनों ग्रामों पर नृत्य नहीं कर सकती।"

"क्या वह देव के सान्निध्य में है?"

"नहीं भद्रे, मैं उसे प्राप्त करके भी प्राप्त न कर सका।"

"प्राप्त करके भी प्राप्त न कर सके, देव!"

"ऐसा ही हुआ भद्रे।"

"कैसे देव, क्या देवी कलिंगसेना द्वितीय कामदेव के समान सुन्दर महाराज उदयन को प्यार नहीं कर सकीं—या तक्षशिला के महाराज ने इन्द्र के मित्र वात्स-नरेश सहस्त्रानीक के पुत्र को ही अयोग्य समझा, जिसके लिए देवराज इन्द्र अपना रथ भेजता था?"

ऐसा नहीं हुआ भद्रे, इसमें कुछ कौतुक हुआ।"

"यदि देव कौतुक वर्णन करें तो अच्छा।"

"कहता हूँ, सुनो। विगलित-यौवन कोसल-नरेश प्रसेनजित् ने गान्धारपति कलिंगसेन से उसे माँगा था। गान्धारपति राजतंत्र के स्वार्थवश प्रसेनजित् को अप्रसन्न नहीं कर सकते थे। उन्होंने कोसलपति को कन्या देना स्वीकार कर लिया था। भाग्यविधि से कलिंगसेना की मित्रता मायासुर की कन्या सोभप्रभा से हो गई थी। उसी ने सखी के कल्याण की कामना से उससे कहा था कि—हेमन्त ऋतु की कमलिनी के समान तुम, उस चमेली के मुरझाए हुए पुष्प प्रसेनजित् के योग्य नहीं हो। उसी ने उससे मेरा सत्यासत्य वर्णन करके उसे मेरे प्रति आकर्षित कर दिया था। मुझे भी इसकी सूचना मिल चुकी थी। परन्तु देवी अम्बपाली, मैं अवन्तीनरेश चंडमहासेन को अप्रसन्न नहीं कर सकता था, इसी से गान्धारपति कलिंगसेन से मैंने उसकी दिव्य पुत्री नहीं माँगी।"

अम्बपाली ने हँसकर कहा, "देव को महादेवी वासवदत्ता का भी तो लिहाज करना उचित था, जिन्होंने शकुन्तला और ऊषा से भी बढ़कर साहस किया है। परन्तु क्या सुश्री कलिंगसेना बहुत सुन्दरी हैं?"

"भद्रे, अम्बपाली, विश्व की स्त्रियों में तुम्हीं उसकी होड़ ले सकती हो। केवल नृत्य को छोड़कर, जिसमें तुम उससे बढ़ गईं। परन्तु मय असुर की कन्या की मित्रता से वह अक्षययौवना हो गई है। असुरनन्दिनी ने उसे विंध्य-गर्भ में स्थित मायापुरी में ले जाकर दिव्यौषध भक्षण कराया है, तथा माया के यंत्रों से भरा पिटक भी दिया है। इससे वह अद्भुतकर्मिणी हो गई है। एक दिन वह अपनी सखी असुरनन्दिनी की सहायता से इन्हीं यंत्रों के विमान पर चढ़कर कौशाम्बी में आ गई।"

"तो देव, घर-बैठे गंगा आई।"

"हुआ ऐसा ही भद्रे, किन्तु राजसम्पदा भी कैसा दुर्भाग्य है!"

"राजसम्पदा ने क्या बाधा दी महाराज?"

"ज्योंही मैंने सुना कि गान्धार कन्या कलिंगसेना स्वयंवर की इच्छा से आई है, मैंने आर्य यौगन्धरायण को उसका सत्कार करने और विवाह का मुहूर्त देखने को कहा।

परन्तु आर्य यौगन्धरायण ने सोचा कि त्रैलोक्य-सुन्दरी कलिंगसेना पर आसक्त होकर राजा मोह में फँस जाएगा, देवी वासवदत्ता सन्तप्त हो शोक में प्राण दे देंगी। पद्मावती भी उनके बिना न रह सकेंगी, इससे चंडमहासेन और महाराज प्रद्योत दोनों ही शत्रु हो जाएँगे। इन सब बातों को विचारकर उन्होंने देवी कलिंगसेना के सत्कार-निवास का तो समुचित प्रबन्ध कर दिया, परन्तु विवाह में टालमटोल करते रहे।

"उन्होंने कोसलपति और गान्धारराज दोनों ही को इसकी सूचना दे दी। कोसलपति ने सैन्य भेजकर गान्धारराज को विवश कर दिया। कोसलपति को नाराज करने की सामथ्र्य गान्धारपति में नहीं थी। वे न उसकी सैन्य का सामना कर सकते थे और न सुदूरपूर्व के व्यापार-वाणिज्य का मार्ग बन्द होना ही सहन कर सकते थे। उन्होंने पुत्री को अपनी कठिनाइयाँ बताईं, तो देवी कलिंगसेना ने पिता और जनपद के स्वार्थरक्षण के लिए बलि दे दी और विगलित-यौवन प्रसेनजित् से विवाह करना अंगीकार करने वे श्रावस्ती चली गईं।"

"पूजार्ह हैं देवी कलिंगसेना, देव!"

"पूजार्ह ही हैं भद्रे, परन्तु जनपद के लिए आत्मबलि देने वाली पूजार्ह अकेली देवी कलिंगसेना ही नहीं हैं, देवी अम्बपाली भी हैं।"

"देव कौशाम्बीपति के इस अनुग्रह-वचन से आप्यायित हुई।"

"तो भद्रे, अब मैं जाता हँू, तुम्हारा कल्याण हो। मेरा यह अनरोध रखना कि किसी मनुष्य के सम्मुख दिव्य नृत्य न करना, जब तक कि तीन ग्रामों में वीणावादन करने वाला कोई पुरुष न मिल जाए।"

"ऐसा ही होगा महाराज!"

उदयन तत्क्षण अन्तर्धान हो गए। अम्बपाली विमूढ़ भाव से आश्चर्यचकित हो उसे श्वेतमर्मर की पीठ पर बैठी देखती रही।

ज्ञातिपुत्र सिंह

ज्ञातिपुत्र सिंह तक्षशिला के विश्वविद्युत विश्वविद्यालय में वहाँ के दिशा-प्रमुख युद्धविद्या के एकान्त आचार्य बहुलाश्व से रणचातुरी और राजनीति का अध्ययन कर ससम्मान स्नातक हो, दस वर्ष बाद वैशाली में लौटे थे। विश्वविद्यालय में अध्ययन करते हुए उन्होंने पर्शुपुरी के शासनुशास के साथ हुए विकट युद्धों में अपने धैर्य, प्रत्युत्पन्नमति और चातुरी का बड़ा भारी परिचय दिया था और उनके शौर्य पर मुग्ध हो आचार्य बहुलाश्व ने अपनी इकलौती पुत्री रोहिणी उन्हें ब्याह दी थी। सो ज्ञातिपुत्र बहुत सामान, बहुत-सा यश और चन्द्रकिरण के समान दिव्य देवांगना पत्नी को संग ले वैशाली आए थे। इससे वैशाली में उनके स्वागत-सत्कार की धूम मच गई थी। उनके साथ पाँच और लिच्छवि तरुण विविध विद्याओं में पारंगत हो तक्षशिला के स्नातक की प्रतिष्ठा-सहित वैशाली लौटे थे। तथा गान्धारपति ने वैशाली गणतंत्र से मैत्रीबन्धन दृढ़ करने के अभिप्राय से गान्धार के दश नागरिकों का एक शिष्टदल, दश अजानीय असाधारण अश्व और

बहुत-सी उपानय-सामग्री देकर भेजा था। इस दल का नायक एक वीर गान्धार तरुण था। वह वही वीर योद्धा था, जिसने उत्तर कुरु के देवासुर संग्राम में देवराज इन्द्र के आमंत्रण पर असाधारण सहायता देकर असुरों को पददलित किया था और देवराज इन्द्र ने जिसे अपने हाथों से पारिजात-पुष्पों की अम्लान दिव्यमाला भेंट कर देवों के समान सम्मानित किया था।

इन सम्पूर्ण बहुमान्य अतिथियों के सम्मान में गणपति सुनन्द ने एक उद्यान-भोज और पानगोष्ठी का आयोजन किया था। इस समारोह में सम्मिलित होने के लिए वैशाली के अनेक प्रमुख लिच्छवि और अलिच्छवि नागरिक और महिलाएँ आमंत्रित की गई थीं। गण-उद्यान रंगीन पताकाओं और स्वस्तिकों से खूब सजाया गया था, तथा विशेष प्रकार से रोशनी की व्यवस्था की गई थी। सुगन्धित तेलों से भरे हुए दीप और शलाकाएँ स्थान-स्थान पर आधारों में जल रहे थे।

ज्ञातिपुत्र सिंह ने एथेन्स का बना एक महामूल्यवान् चोगा पहना था। यह चोगा यवन राजा ने उन्हें उस समय भेंट किया था, जब उन्होंने एथेन्स के वीरों के साथ मिलकर पर्शुपुरी के शासनुशास से युद्ध करके असाधारण शौर्य प्रकट किया था। उनके पैरों में एक पुटबद्ध लाल रंग का उपानह था और सिर पर लाल रंग के कमलों की एक माला यावनीक पद्धति से बाँधी गई थी, जो उनके सुन्दर चमकदार केशों पर खूब सज रही थी। इस सज्जा में वे एक सम्पन्न यवन तरुण-से दीख पड़ रहे थे।

उनकी गान्धारी पत्नी रोहिणी ने सुरुचिसम्पन्न काशिक कौशेय का उत्तरीय, अन्तरवासक और कंचुकी धारण की थी। उसके सुनहरे केशों को ताजे फूलों से सजाया गया था—जिसमें अद्‌भुत कला का प्रदर्शन था। चेहरे पर हल्का वर्णचूर्ण था; कानों में हीरक-कुंडल और कंठ में केवल एक मुक्तामाला थी। उसकी लम्बी-छरहरी देहयष्टि अत्यन्त गौर, स्वच्छ, संगमर्मर-सा चिकना गात्र, कमल के समान मुख और बहुमूल्य नीलम के समान पानीदार आँखें उसे दुनिया की लाखों-करोड़ों स्त्रियों से पृथक् कर रही थीं। उस असाधारण तेज-रूप और गरिमामयी रमणी की ओर उस पानगोष्ठी में अनगिनत आँखें उठकर अपलक रह जाती थीं। अन्य स्नातकों ने और गान्धार शिष्टदल के सदस्यों ने भी अपनी-अपनी रुचि और समय के अनुकूल परिधान धारण किया था और वे सब बहुत ही शोभायमान हो रहे थे। वे जिधर भी जाते—नागरिक स्त्री-पुरुष उनका ससम्मान स्वागत कर रहे थे।

वैशाली के नागरिकों में महाबलाधिकृत सुमन थे, जिनकी श्वेत लम्बी दाढ़ी और गम्भीर चितवन उनके अधिकार और गौरव को प्रकट करते थे। नौबलाध्यक्ष चन्द्रभद्र अपने स्थूल किन्तु फुर्तीले शरीर के साथ उपस्थित थे। उनकी आयु साठ को पार कर गई थी, उनका चेहरा रुआबदार था। उस पर श्वेत गलमुच्छे और छोटी-छोटी चमकीली आँखें उन्हें सबसे पृथक् कर रही थीं। वे जन्मजात सेनापति मालूम देते थे। वे फक्कड़, हँसमुख और मिलनसार थे और इधर-उधर चुहल करते फिर रहे थे। इस समय वे खूब भड़कीली पोशाक पहने थे। श्रोत्रीय आश्वलायन भी इस गोष्ठी की शोभा बढ़ा रहे थे। ये प्रसिद्ध गृहसूत्रों के निर्माता कर्मकांडी ब्राह्मण थे। ये कमर में पाटम्बर पहने और कन्धे पर काशी का बहुमूल्य शाल डाले, लम्बी चुटिया फटकारे, बढ़-बढ़कर बातें

बना रहे थे और बात-बात पर अपने गृहसूत्रों का ही राग अलाप रहे थे। इनकी कमर में श्वेत जनेऊ था। इनकी खोपड़ी गंजी, चेहरा सफाचट और दाँत कुछ गायब, कुछ सड़े हुए, शरीर लम्बा, दुबला, जैसे हड्डियों पर खाल चढ़ा दी हो। अपनी मिचमिची आँखों से घूर-घूरकर सुन्दरियों को ताक रहे थे।

इनकी बगल में उपनायक शूरसेन अपने ठिंगने गोल-मटोल शरीर को विविध शस्त्रों और आभरणों से सजाए किसी अभिनयकर्ता से कम नहीं प्रतीत होते थे। ये बड़े विनोदी पुरुष थे और संगीत की इन्हें सनक थी। इनके संगीत की प्रशंसा करने पर इनसे सब कुछ लिया जा सकता था।

ब्राह्मण मठ के आचार्य महापंडित भारद्वाज अपनी लम्बी चुटिया फटकारे, ताँबे के समान चमकदार शरीर पर स्वच्छ जनेऊ धारण किए, महाज्ञानी दार्शनिक गोपाल से उलझ रहे थे। गोपाल हँस-हँसकर अपना तर्क भी करते जाते थे और गोल-गोल ललचाई आँखों से सुन्दरियों की रूप-सुधा का पान भी करते जाते थे। उनके इस आचरण पर कुछ मुग्धाएँ झेंप रही थीं और कुछ प्रौढ़ाएँ मुस्करा रही थीं।

परन्तु एक व्यक्ति इन सबसे अलग-अलग मानो सबको अपने से तुच्छ समझता हुआ, सबका बारीकी से निरीक्षण करता हुआ, कुछ मुस्कराता, कुछ गुनगुनाता घूम रहा था। उसके वस्त्र बहुमूल्य, पर अस्त-व्यस्त थे। उसकी आयु का कुछ पता नहीं लगता था कि कितनी है। शरीर ऐसा सुगठित दीख रहा था कि कदाचित् वह एक मजबूत साँड़ को भी गिरा दे। कुछ लोग उससे बात किया चाहते थे, पर वह किसी को मुँह नहीं लगाता था। लोग उसकी ओर संकेत करके बहुत भाँति की बातें करते थे। कुछ चमत्कृत नेत्रों से और कुछ सन्दिग्ध भाव से उसकी ओर ताक रहे थे। वास्तव में यह वैशाली का प्रसिद्ध कीमियागर वैज्ञानिक सिद्ध गौडपाद था जिसकी बाबत प्रसिद्ध था कि उसके पास पारसमणि है और वह पर्वत को भी स्वर्ण कर सकता है तथा उसकी आयु सैकड़ों वर्ष की है।

तरुण-मंडल में युवराज स्वर्णसेन, उनके मित्र सांधिविग्रहिक जयराज और अट्टवी-रक्षक महायुद्धवीर युवक सूर्यमल्ल का एक गुट था, जो हँस-हँसकर तरुणीजनों की व्याख्या, खासकर रोहिणी की रूप-ज्योति की अम्बपाली से तुलना करने में व्यस्त था। नगरपाल सौभद्र और उपनायक अजित ये दो तरुण घुसफुस अलग कुछ बातें कर रहे थे।

महिलाओं में उल्काचेल के शौल्किक की पत्नी रम्भा सबका ध्यान अपनी ओर आकर्षित कर रही थी। वह बसन्त की दोपहरी की भाँति खिली हुई सुन्दरी थी। उसके हास्य-भरे होंठ, कटाक्ष-भरे नेत्र और मद-भरी चाल मन को मोहे बिना छोड़ती न थी। वह बड़ी मुँहफट, हाजिरजवाब और चपला थी। एक प्रकार से जितनी लिच्छवि तरुणियाँ वहाँ उपस्थित थीं, वह उन सबकी नेत्री होकर गान्धारी बहू रोहिणी को घेरे बैठी थी। उसके कारण क्षण-क्षण में तरुणी मंडली से एक हँसी का ठहाका उठता था और गोष्ठी के लोग उधर देखने को विवश हो जाते थे। इसमें सन्देह नहीं कि रोहिणी एक दिव्यांगना थी और रूपच्छटा उसकी अद्वितीय थी, परन्तु एक असाधारण बाला भी यहाँ इस तरुणी-मंडली में थी, जो लाजनवाई चुपचाप बैठी थी और कभी-कभी सिर्फ मुस्करा देती थी। उसकी लुनाई रोहणी से बिलकुल ही भिन्न थी। उसकी आँखें

गहरी काली और ऐसी कटीली थीं कि उनके सामने आकर बिना घायल हुए बचने का कोई उपाय ही नहीं था। उसके केश अत्यन्त घने, काले और खूब चमकीले थे। गात्र का रंग नवीन केले के पत्ते के समान और चेहरा ताजे सेब के समान रंगीन था। उसका उत्सुक यौवन, कोकिल-कंठ, मस्तानी चाल ये सब ऐसे थे जिनकी उपमा नहीं थी। पर इन सबसे अपूर्व सुषमा की खान उसकी व्रीड़ा थी। वह ओस से भरे हुए एक बड़े ताजे गुलाब के फूल की भाँति थी, जो अपने ही भार से नीचे झुक गया हो। इस भुवनमोहिनी कुमारी बाला का नाम मधु था और यह महाबलाधिकृत सुमन की इकलौती पुत्री थी।

इतने सम्मान्य अतिथिगण उद्यान में आ चुके थे और एक प्रहर रात्रि भी जा चुकी थी। भोज का समय लगभग हो चुका था, परन्तु एक असाधारण अतिथि नहीं आया था जिसकी प्रतीक्षा छोटे-बड़े सभी को थी—वह थी देवी अम्बपाली। लोग कह रहे थे, आज यहाँ रूप का त्रिवेणी-संगम होगा।

सिंह को सम्मुख देखते ही नौबलाधिकृत चन्द्रभद्र दोनों हाथ फैलाकर आगे बढ़े। उन्होंने कहा, "स्वागत सिंह, वैशाली में तुम्हारा स्वागत है और गान्धारी स्नुषा का भी। आज आयुष्मान्, तुझे देखकर बहुत पुरानी बात याद आ गई। उस बात को आज बीस वर्ष बीत गए। पुत्र, तुम्हारे पिता अर्जुन तब महाबलाधिकृत थे और मैं उनका उपनायक था। उन्होंने किस प्रकार कमलद्वार पर सारी मागध सेना के हथियार रखवाए थे और एक नीच मागध बन्दी ने—जिसे तुम्हारे पिता ने कृपाकर जीवन-दान दिया था, धोखे से रात को मार डाला था। उस दिन हर्ष-विषाद के झूले में वैशाली झूली थी। पुत्र! वही मागध आज फिर अपनी लोलुप राज्यलिप्सा से हमारे गण को विषदृष्टि से देख रहे हैं।" सिंह ने हाथ उठाकर वृद्ध सेनापति का अभिवादन करके कहा, "भन्ते सेनापति, मैं प्रतिज्ञा करता हूँ कि मागधों से पिता के प्राणों का मूल्य लूँगा, अपने रक्त की प्रत्येक बूँद देकर भी, एक सच्चे लिच्छवि तरुण की भाँति।"

"साधु सिंह, साधु, तो अब मुझे वृद्ध होने का खेद नहीं, परन्तु..."

"परन्तु क्या भन्ते?"

"आयुष्मान्, तेरा यह वेश तो बिलकुल ही पराया है?"

"भन्ते सेनापति, आचार्य बहुलाश्व ने जब मुझे तक्षशिला से विदा किया था, तब दो बहुमूल्य वस्तुएँ मुझे दी थीं—एक अपनी इकलौती पुत्री रोहिणी और दूसरी यह बात कि—पुत्र, विश्व के मानवों में परायेपन का भाव मत रखना।"

इस पर रम्भा ने हँसकर नटखटपने से कहा, "तो सिंह कुमार, इन दोनों बहुमूल्य वस्तुओं में से एक रोहिणी को तो मैं पसन्द करती हूँ।"

"और दूसरी को मैं। आयुष्मान्, तुम रम्भा से सुलझो, मैं तब तक अन्य अतिथियों को देखूँ।" वह हँसते हुए आगे बढ़ गए।

सेनापति चन्द्रभद्र ने श्रोत्रिय आश्वलायन को दूर से देखा, तो हर्ष से चिल्लाते हुए उनके पास दौड़े आए और कहा, "स्वागत मित्र आश्वलायन, खूब आए! कभी-कभी तो मिला करो। कहो, कैसे रहे मित्र!"

"परन्तु सेनापति, गृहसूत्रों के रचने से समय मिले तब तो। मैं चाहता हूँ कि गृहस्थों की व्यवस्था स्थापित हो जाए और उनमें षोडश संस्कारों का प्रचलन हो जाए।"

"यह तो बहुत अच्छा है, परन्तु क्या रात-दिन सूत्र ही रचते हो, कभी अवकाश ही नहीं पाते?"

"पाता क्यों नहीं सेनापति, पर अवकाश के समय ब्राह्मणी जो भुजंगिनी-सी लिपटती है! अरे! क्या कहूँ सेनापति, ज्यों-ज्यों वह बूढ़ी होती जाती है, उसका चाव-शृंगार बढ़ता ही जाता है। देखोगे...तो..."

"समझ गया, समझ गया! परन्तु आज कैसे ब्राह्मणी से अवकाश मिल गया, मित्र?"

"अरे उस पापिष्ठा अम्बपाली को देखने का कौतूहल खींच लाया। उसके आवास में तो हीरे-मोती बिखेरने वाले ही जा सकते हैं, मेरे जैसे दरिद्र ब्राह्मण नहीं।"

"अच्छा, यह बात है? मित्र आश्वलायन, किन्तु क्या ब्राह्मणी से यह बात कह आए हो?"

"अरे नहीं, नहीं। कहता तो क्या यहाँ आ पाता? जानते हैं सेनापति, डायन इतनी ईर्ष्या करती है, इतना सन्देह करती है कि क्या कहूँ! तनिक किसी दासी ने हँसकर देखा कि बिना उसे बेचे चैन नहीं लेगी। उस दिन एक चम्पकवर्णा तरुणी दासी को चालीस निष्क पर बेच डाला। वह कभी-कभी इस बूढ़े ब्राह्मण की चरणसेवा कर दिया करती थी। सेनापति, कृत्या है कृत्या!"

"तो मित्र आश्वलायन, उस पापिष्ठा अम्बपाली को देखने के लिए इतनी जोखिम क्यों उठा रहे हो?"

"यों ही सेनापति, विश्व में पाप-पुण्य दोनों का ही स्पर्श करना चाहिए।"

"तो मित्र, खूब मजे में स्पर्श-आलिंगन करो, यहाँ ब्राह्मणी की बाधा नहीं है।"

ब्राह्मण खूब जोर से हँस पड़ा। इससे उसके कुत्सित-गन्दे दाँत बाहर दीख पड़े। उन्होंने कहा, "आपका कल्याण हो सेनापति, पर वह पापिष्ठा यहाँ आएगी तो?"

"अवश्य आएगी मित्र, आयुष्मान् सिंह और उससे अधिक उसकी गान्धारी पत्नी को देखने के लिए देवी अम्बपाली बहुत उत्सुक है।"

"यह किसलिए सेनापति?"

"उसने सुना है कि सिंह और उसके तरुण मित्रों ने उसकी उपेक्षा की है। देखते नहीं, वह गान्धारीकन्या देवकन्या-सी ऐसी अप्रतिम रूपज्योति लेकर वैशाली में आई है, जिससे अम्बपाली को ईर्ष्या हो सकती है।"

"ऐसा है, तब तो सेनापति, उस गान्धारीकन्या को भी भलीभाँति देखना होगा।"

"सब कुछ देखो मित्र, आज यहाँ रूप की हाट लग रही है।"

"यह देखो, वे नायक शूरसेन और महापंडित भारद्वाज इधर ही को आ रहे हैं। खूब आए शूरसेन, आओ, मैं मित्र आश्वलायन श्रोत्रिय से तुम्हारा परिचय...।"

"हुआ, परन्तु सेनापति, देवी अम्बपाली अभी तक क्यों नहीं आईं—कह सकते हैं?"

"नहीं, नायक।"

"परन्तु वह आएँगी तो?"

"अवश्य आएँगी नायक शूरसेन, पर तुम उनके लिए इतने उत्सुक क्यों हो?"

शूरसेन ने ही-ही-ही हँसते हुए कहा, "देखूँगा—एक बार देखूँगा। सुना है, उसने कोसल प्रसेनजित् को निराश कर दिया है।"

महापंडित भारद्वाज ने हाथ उठाकर नाटकीय ढंग से कहा, "अरे, वह वैशाली की यक्षिणी है। मैं उसे मंत्रबल से बद्ध करूँगा।"

गणित और ज्योतिष के उद्‌भट ज्ञाता त्रिकालदर्शी सूर्यभट्ट ने अपने बड़े डील-डौल को पीछे से हिलाकर कहा, "मैं कहता हूँ, महापंडित जन्म-जन्मान्तर से उस यक्षिणी से आवेशित हैं।"

सबने लौटकर देखा, सूर्यभट्ट और महादार्शनिक गोपाल पीछे गम्भीर मुद्रा में खड़े हैं। सूर्यभट्ट की बात सुनकर दार्शनिक और तार्किक गोपाल बोले, "हो भी सकता है। नहीं भी हो सकता है। यह नहीं—कि नहीं हो सकता है।" इस पर सब हँस पड़े।

इन महार्घ पुरुषों के सामने की एक स्फटिक-शिला पर युवराज स्वर्णसेन, सूर्यमल्ल, सांधिविग्रहिक जयराज और आगार कोष्ठक सौभद्र बैठे थे।

युवराज ने कहा, "क्यों सौभद्र, क्या कारण है कि तुम कल रात मेरी पान-गोष्ठी में नहीं आए और यहाँ अभी से उपस्थित हो?"

"इसका कारण तो स्पष्ट है, वहाँ देवी अम्बपाली के आने की कोई सम्भावना नहीं थी और यहाँ अवश्य उनका दर्शन-लाभ होगा।"

"यह बात है? तो तुम कब से देवी अम्बपाली की कृपा के भिखारी बन गए?"

"कौन, मैं? मैं तो जन्म-जन्म से देवी की कृपा का भिखारी रहा हूँ।"

उन्होंने सामने खड़े सूर्यभट्ट की ओर देखकर मुस्कराकर कहा, "परन्तु युवराज, हम उचित नहीं कर रहे हैं। हमें ज्ञातिपुत्र सिंह और उनकी पत्नी का अभिनन्दन करना चाहिए।"

"चाहिए तो, परन्तु अब समय कहाँ है? वह देवी अम्बपाली का आगमन हो रहा है।"

सबने चकित होकर कहने वाले की ओर घूमकर देखा, आचार्य गौड़पाद भावहीन रीति से मुस्करा रहे हैं। तरुणों ने उनकी उपस्थिति से अप्रतिभ होकर कहा, "नहीं, नहीं, अभी भी समय है। पान आरम्भ नहीं हुआ। चलो, हम लोग सिंह के पास चलें।" तीनों तरुण तेजी से उधर चल दिए—जहाँ तरुण मंडल से घिरे सिंह उनके विविध प्रश्नों के उत्तर में उनके कौतूहल को दूर कर उनका मनोरंजन कर रहे थे।

देवी अम्बपाली अपनी दो दासियों के साथ आई थीं। उन्होंने अपना प्रिय श्वेत कौशेय का उत्तरीय और लाल अन्तर्वासक पहना था। वे कौशाम्बीपति उदयन की दी हुई गुलाबी रंग की दुर्लभ मुक्ताओं की माला धारण किए थीं। उनकी दृष्टि में गर्व, चाल में मस्ती और उठान में सुषमा थी। अम्बपाली को देखते ही लोगों में बहुविध कौतूहल फैल गया। क्षण-भर को उनकी बातचीत रुक गई और वे आश्चर्यचकित हो उस रूपज्वाला की अप्रतिम देहयष्टि को देखने लगे।

पान प्रारम्भ हो गया। दास-दासी दौड़-दौड़कर मेहमानों को मैरेय, माध्वीक और दाक्खा देने लगे।

अम्बपाली हँसती हुई उनके बीच राजहंसिनी की भाँति घूमने और कहने लगी, "मित्रो! अभिनन्दन करती हूँ और अभिलाषा करती हूँ खूब पियो!"

वह मन्द गति से घूमती हुई वहाँ पहुँची जहाँ तरुण-तरुणियों से घिरे हुए सिंह अपने संगियों के साथ हँस-हँसकर विविध वार्तालाप कर रहे थे। उसने रोहिणी के निकट

पहुँचकर कहा, "गान्धार कन्या का वज्जी भूमि पर स्वागत! सिंह ज्ञातिपुत्र, तुम्हारा भी और तुम्हारे सब साथियों का भी।" फिर उसने हँसकर रोहिणी से कहा, "वैशाली कैसी लगी बहिन?"

"शुभे, क्या कहूँ! अभी बारह घड़ी भी इस भूमि पर आए नहीं हुए। इसी बीच में इतनी आत्मीयता देख रही हूँ। देखिए, रम्भा भाभी को, इनके स्पर्श मात्र से ही मार्ग के तीन मास की थकान मिट गई।"

"स्वस्ति रम्भा बहिन, तुम्हारी प्रशंसा पर ईर्ष्या करती हूँ।"

"देवी अम्बपाली की ईर्ष्या मेरे अभिमान का विषय है।"

अम्बपाली ने मुस्कराकर सिंह से कहा, "मित्र सिंह, तुम्हें मैं तक्षशिला से ऐसी अनुपम निधि ले आने पर बधाई देती हूँ।" फिर रोहिणी की ओर देखकर कहा, "भद्रे रोहिणी, वज्जीभूमि क्या तुम्हें गान्धार-सी ही दीखती है? कुछ नयापन तो नहीं दीखता?"

"ओह, एक बात मैं वज्जीभूमि में सहन नहीं कर सकती हूँ?"

"वह क्या बहिन?"

"ये दास!"

उसने एक कोने में विनयावनत खड़ी अम्बपाली की दोनों दासियों की ओर संकेत करके कहा, "कैसे आप मनुष्यों को भेड़-बकरियों की भाँति खरीदते-बेचते हैं? और कैसे उन पर अबाध शासन करते हैं?" वह शरच्चन्द्र की कौमुदी में निर्मल पुष्करिणी में खिली कुमुदिनी की भाँति स्निग्ध-शीतल सुषमा बिखेरने वाली अम्बपाली की यवनी दासी मदलेखा के निकट आई, उसकी लज्जा से झुकी हुई ठोड़ी उठाई और कहा, "कैसे इतना सहती हो बहिन, जब हम सब बातें करते हैं, हँसते हैं, विनोद करते हैं, तुम मूक-बधिर-सी चुपचाप खड़ी कैसे रह सकती हो? निर्मम पाषाण-प्रतिमा सी! यही विनय तुम्हें सिखाया गया है? ओह! तुम हमारे हास्य में हँसती नहीं और हमारे विलास से प्रभावित भी नहीं होती?" रोहिणी ने आँखों में आँसू भरकर मदलेखा को छाती से लगा लिया। फिर पूछा, "तुम्हारा नाम क्या है, हला?" मदलेखा ने घुटनों तक धरती में झुककर रोहिणी का अभिवादन किया और कहा, "देवी, दासी का नाम मदलेखा है।"

"दासी नहीं, हला। अच्छा देवी अम्बपाली, जब तक हम यहाँ हैं, कुछ क्षणों के लिए मदलेखा और उसकी संगिनी को...क्या नाम है उसका?"

"हज्जे चन्द्रभागा।"

"सुन्दर! मदलेखा और चन्द्रभागा को स्वच्छन्द इस पानगोष्ठी में भाग लेने और आमोद-प्रमोद करने की स्वाधीनता दे दी जाए।"

"जिसमें गान्धारकुमारी का प्रसाद हो!" अम्बपाली ने हँसते हुए कहा। फिर उसने स्वर्णसेन की ओर हाथ करके कहा, "युवराज, क्यों नहीं तुम वज्जी में दासों को अदास कर देते हो?"

रोहिणी ने कहा, "क्या युवराज ऐसा करने की क्षमता रखते हैं?"

"नहीं भद्रे, मुझमें यह क्षमता नहीं है। इन दासों की संख्या अधिक है। फिर वज्जीभूमि में अलिच्छवियों के दास ही अधिक हैं।"

"वज्जी में अलिच्छवि?"

"हाँ भद्रे, वे लिच्छवियों से कुछ ही कम हैं। वे सब कर्मकर ही नहीं हैं, आर्य हैं। उनमें ब्राह्मण हैं, वैश्य हैं। उन्हें वज्जी-शासन में अधिकार नहीं हैं, पर उनमें बहुत-से भारी-भारी धनकुबेर हैं। उनके पास बहुत धरती है, लाखों-करोड़ों का व्यापार है जो देश-देशान्तरों में फैला हुआ है। उनके ऊपर किसी प्रकार का राजभार नहीं, न वे युद्ध करते हैं। वे स्वतंत्र और समृद्ध जीवन बिताते हैं। उन्हें नागरिकता के सम्पूर्ण अधिकार वज्जीभूमि में प्राप्त हैं। उनका बिना दासों के काम चल ही नहीं सकता। फिर यवन, काम्बोज, कोसल और मगध के राज्यों से बिकने को निरन्तर दास वज्जीभूमि में आते रहते हैं।"

"परन्तु युवराज, वे कर्मकर जनों से वेतन-शुल्क देकर अपना काम करा सकते हैं।"

"असम्भव है शुभे, इन अलिच्छवियों की गुत्थियाँ हमारे सामने बहुत टेढ़ी हैं। ये आचार्य आश्वलायन यहाँ विराजमान हैं। इन्हीं से पूछिए, ये श्रोत्रिय ब्राह्मण हैं और अलिच्छवियों के मुखिया हैं।" आर्य आश्वलायन अपनी मिचमिची आँखों से इन सुन्दरियों की रूप-सुधा पी रहे थे, अब उन्होंने उनकी कमल-जैसी आँखें अपनी ओर उठती देखकर कहा, "शान्तं पापं! शान्तं पापं, भद्रे दास दास हैं और आर्य आर्य हैं। मैं श्रोत्रिय ब्राह्मण हूँ, नित्य षोडशोपचार सहित षड्कर्म करता हूँ। षडंग वेदों का ज्ञाता हूँ, दर्शनों पर मैंने व्याख्या की है और गृह्यसूत्रों का निर्माण किया है। सो ये अधम क्रीत दास क्या मेरे समान हो सकते हैं? आर्यों के समान हो सकते हैं?"

उन्होंने अपने नेत्रों को तनिक और विस्तार से फैलाकर और अपने गन्दे-गलित दाँतों को निपोरकर मैरेय के घड़े में से सुरा-चषक भरते हुए तरुण काले दास की ओर रोषपूर्ण ढंग से देखा।

देवी अम्बपाली खिलखिलाकर हँस पड़ी। उन्होंने अपनी सुन्दरी दासी मदलेखा की ओर संकेत करके कहा, "और आर्य, उस नवनीत-कोमलांगी यवनी के सम्बन्ध में क्या राय रखते हैं?"

आर्य आश्वलायन का रोष तुरन्त ठंडा हो गया। उन्होंने नेत्रों में अनुराग और होंठों में हास्य भरकर कहा, "उसकी बात जुदा है, देवी अम्बपाली, पर फिर भी दास-दास हैं और आर्य आर्य।"

"किन्तु आर्य, यह तो अत्यन्त निष्ठुरता है, अन्याय है। कैसे आप यह कर पाते हैं और कैसे इसे वह सहन करते हैं? इस विनय, संस्कृति, शोभा और सौष्ठव की मूर्ति मदलेखा को 'हज्जे' कहकर पुकारने में आपको कष्ट नहीं होता?" रोहिणी ने कहा।

"किन्तु भद्रे, हम इन दासों के साथ अत्यन्त कृपा करते हैं, फिर वज्जी के नियम भी उनके लिए उदार हैं, वज्जी के दास बाहर बेचे नहीं जाते।"

"किन्तु आर्य, समाज में सब मनुष्य समान हैं।"

"नहीं भद्रे, मैं समाज का नियन्ता हूँ, समाज में सब समान नहीं हो सकते। इसी वज्जी में ये लिच्छवि हैं, जिनके अष्टकुल पृथक्-पृथक् हैं। ये किसी अलिच्छवि माता-पिता की सन्तान को लिच्छवि नहीं मानते। अभिषेक-पुष्करिणी में वही लिच्छवि स्नान कर पाता है—जिसके माता-पिता दोनों ही लिच्छवि हों और उसका गौर वर्ण हो, इसके लिए इन लिच्छवियों के नियम बहुत कड़े हैं। फिर हम श्रोत्रिय ब्राह्मण हैं,

शुद्ध आर्य, गृहपति वैश्य हैं, जो सोलह संस्कार करते हैं और पंच महायज्ञ करते हैं। अधगोरे कर्मकर हैं और काले दास भी हैं, जो मगध, चम्पा, ताम्रपर्णी से लेकर तुर्क और काकेशस एवं यवन तक से वज्जीभूमि में बिकने आते हैं। भद्रे, इन सबमें समानता कैसे हो सकती है? सबकी भाषा भिन्न, रंग भिन्न, संस्कृति भिन्न और रक्त भिन्न हैं।"

"किन्तु आर्य, हमारे गान्धार में ऐसा नहीं है, वहाँ सबका एक ही रंग, एक ही भाषा, एक ही रक्त है। वहाँ हमारा सम्पूर्ण राष्ट्र एक है। ओह, कैसा अच्छा होता आर्य, यदि यहाँ भी ऐसा ही होता!"

"ऐसा हो नहीं सकता बहिन," अम्बपाली ने हँसकर कहा। "अब तुम गान्धार के स्वतंत्र वातावरण का सुखस्वप्न भूल जाओ। वज्जी संघ को आत्मसात् करो, जहाँ युवराज स्वर्णसेन जैसे लिच्छवि तरुण और आर्य आश्वलायन जैसे श्रोत्रिय ब्राह्मण रहते हैं, जिन्हें बड़े बने रहना ही होगा। इन्हें दास चाहिए, दासी चाहिए और भोग चाहिए। किन्तु क्या बातों में ही रहेंगी शुभे गान्धारपुत्री! अब थोड़ा पान करो। हज्जे मदलेखा, गान्धारी देवी को मद्य दे।"

"नहीं, नहीं, सौम्ये, तुम यहाँ आकर मेरे निकट बैठो, मदलेखा!"

"तो ऐसा ही हो, भद्रे! मदलेखा, गान्धारी देवी जैसा कहें वैसा ही कर।"

"जेदु भट्टिनी, दासी...।"

"दासी नहीं, हला, यहाँ बैठो, हाँ, अब ठीक है। युवराज स्वर्णसेन आपको कुछ आपत्ति तो नहीं?"

"नहीं भद्रे, आपकी उदारता प्रशंसनीय है, परन्तु मुझे भय है इससे आप उनका कुछ भी भला न कर सकेंगी।"

"कैसे दुःख की बात है प्रिय, गान्धार से आते हुए मैंने जब प्राची के समृद्ध नगरों की पण्य-वीथियों में पड़े हुए स्वर्ण-रत्न और ठसाठस साधन-सामग्री देखी, तो मुझे बड़ा आह्लाद हुआ। मैं स्वीकार करती हूँ कि हम गान्धारगण इतना ठाठ-बाट नहीं रखते, पर जब दासों, चांडालों और कर्मकरों के टूटे-फूटे झोंपड़े और उनके घृणास्पद उच्छिष्ट आहार तथा उन पर पशुओं की भाँति आर्य नागरिकों का शासन देखा तो मेरा हृदय दुःख से भर गया। दासता और दारिद्र्य का यह दायित्व किस पर है प्रिय?" गान्धारी ने सिंह से कहा।

सिंह ने हँसकर पत्नी से कहा, "कदाचित् उस बूढ़े राजा पर, जिसे तुमने कल्माषदम्ब में देखा था, जिसके झुरी-भरे मुँह पर अशोभनीय दाढ़ी थी और पिलपिले सिर पर एक भारी मुकुट था, जिसमें सेरों सोना-हीरा-मोती जड़ा हुआ था।"

"उस पर क्यों प्रिय?"

"क्योंकि वह अधिकार को बहुत महत्त्व देता है, वह अपने राज्य का सबसे धनी, सबसे बड़ा और सबसे स्वच्छन्द व्यक्ति है। उसके पास बिना ही कोई काम किए दुनिया भर की दौलत चली आती है, राज्य भर में फैले हुए दास, कर्मकर और प्रजावर्गीय जन उसी की सम्पत्ति हैं। यह दासों का तो अधिपति है ही, प्रजा के सर्वस्व का भी स्वामी है। वह उनकी युवती पुत्रियों को अपनी विलास-कामना के लिए अपने अन्तःपुर में जितनी चाहे भर सकता है, उनके तरुण पुत्रों को अपने अकारण युद्धों में मरवा सकता

है, वह प्रजा की पसीने की कमाई को बड़े-बड़े महल बनवाने और उन्हें भाँति-भाँति के सुख-स्वप्नों से भरपूर करने में खर्च कर सकता है, उसकी आज्ञा सर्वोपरि है।"

"छिः-छिः, कैसे लोग यह सहन करते हैं प्रिय?"

"यह तो अभ्यास की बात है। तुमने देखा नहीं, पश्चिम गान्धार कैसे पर्शुपुर के शासानुशास का शासन मान रहा है, कैसे उसने कलिंगसेना जैसी नारी को प्रसेनजित् के अन्तःपुर में भेज दिया? फिर वह सावधान और भयभीत भी तो रहता है, वह अनेकानेक विधि-विधानों से अपने को सुरक्षित रखता है।"

अम्बपाली ने हँसकर कहा, "कदाचित् गान्धारपुत्री पर यह विदित नहीं है कि उनके जल को, ताम्बूल को, आहार को, जब तक कोई चख न ले, वे नहीं खाते-पीते।"

"यह किसलिए?"

"अपने प्राणनाश का जो उन्हें भय रहता है, सम्पूर्ण प्रजा का भार उन्हीं पर लदा रहता है, उनके बहुत गुप्त और प्रकट शत्रु होते हैं।"

"ओह, तो उन पर केवल उनके शरीर पर लदे हीरे-मोतियों ही का बोझ नहीं है, जीवन का भी बोझ है? फिर ये भाग्यहीन उस बोझ को लादे क्यों फिरते हैं? अपने जीवन में ये रज्जुले इतने भयभीत और भारवाही होने पर भी अन्य देशों को विजित करने की लिप्सा नहीं छोड़ सकते?"

"यही तो प्रिय, राजसत्ता और गणतंत्र में मूलभेद है। गणतंत्र तो एक जनतंत्र तक सीमित है। उसका शासन अधिकार के सिद्धान्त पर नहीं, कर्तव्य के सिद्धान्त पर है। वह शासन करने के लिए नहीं, जन में सुव्यवस्था और सामूहिक सामंजस्य बनाए रखने के लिए है। परन्तु ये रज्जुले तो अधिकार के लिए हैं। उनकी नीति ही यह है कि उन्हें शासन करने को ऐसे अनेक राष्ट्र दरकार हैं, जो एक-दूसरे के विरुद्ध समय-समय पर उनकी सहायता करते रहें। फिर इन राजाओं की यह भी नीति है कि राष्ट्रों में फूट डालते रहें। आर्यों ही के राज्यों को ले लो। देखा नहीं तुमने प्रिय, हस्तिनापुर, काम्पिल्य कान्यकुब्ज, कोसल और प्रतिष्ठान, जहाँ-जहाँ आर्यों के रज्जुले हैं, वहाँ राष्ट्र टूटा-फूटा है। वहाँ ब्राह्मण हैं, क्षत्रिय हैं, वैश्य हैं और कर्मकर हैं, वे सब अपने को दूसरे से भिन्न समझते हैं। ये सभी बातें राजाओं की स्वेच्छाचारिता में बड़ी सहायक हैं। परन्तु गणशासन की बड़ी बाधा है। यहाँ वैशाली ही को लो। लिच्छवि सब एक हैं, पर अलिच्छवि आर्य और कर्मकर राजशासन में अधिकार न रखते हुए भी इस भिन्नता के कारण हमारी बहुत बड़ी बाधाएँ हैं।

रम्भा ने इन बातों से ऊबकर कहा, "किन्तु स्नुषा गान्धारी, इस गहरी राजनीति से अपने हाथ कुछ न आएगा। कुछ खाओ-पियो भी।"

पान-भोजन प्रारम्भ हुआ। मैरेय, शंकर-मार्दव, मृग, गवन ओदन और मधुगोलक आदि भोजन-सामग्री परोसी जाने लगी। देवी अम्बपाली धर्मध्वज मंडली से चुहल कर रही थीं। किन्तु उनकी सुन्दर दासियों को गान्धारी रोहिणी ने नहीं छोड़ा था—वे उसके पास बैठीं महिला-मंडली के साथ-साथ खा-पी रही थीं। भोजन की समाप्ति पर सब नर-नारियों ने अपनी-अपनी रुचि के अनुसार नृत्य किया और अर्द्धरात्रि व्यतीत होने पर यह समारोह समाप्त हुआ।

मल्ल दम्पती

वसन्त की मस्ती वातावरण में भर रही थी। शाल वृक्षों पर लदे सफेद फूलों की सुगन्ध वन को सुरभित कर रही थी। एक तरुण और एक तरुणी अश्व पर सवार उस सुरभित वायु का आनन्द लेते, धीरे-धीरे बातें करते चले जा रहे थे। तरुणी का घुटने तक लटकने वाला अन्तर्वासक हवा में फड़फड़ा रहा था और उसके कुंचित, काली नागिन-से उन्मुक्त केश नागिन की भाँति हवा में लहरा रहे थे। तरुण ने अपने घोड़े की रास खींचते हुए और अपने सुन्दर दाँतों की छटा दिखाते हुए कहा, "वाह क्या बढ़िया आखेट है। वह देखो, पुष्करिणी के तीर पर वह सूअर अपनी थूथन कीचड़ में गड़ा-गड़ाकर क्या मजे में मोथे की जड़ खा रहा है।"

"तो मैं अपना बाण सीधा करूँ प्रिय?"

"ठहरो प्रिये, वह देखो, एक और मोटा वराह इधर ही को आ रहा है, हृदय पर बाण-सन्धान करना।"

तरुणी ने बाण धनुष पर चढ़ाकर अश्व को घुमाया।

तरुण ने भी फुर्ती से बाण को धनुष पर चढ़ा लिया। फिर उसने तरुणी के बराबर अश्व लाकर कहा, "सावधान रहना, यदि लक्ष्यच्युत हुआ तो पशु सीधा अश्व पर आएगा। हाँ, अब बाण छोड़ो।"

तरुणी ने कान तक खींचकर बाण छोड़ दिया। बाण सन्न से जाकर वराह की पसलियों में अटक गया। पशु ने वेदना से चीत्कर किया और क्रुद्ध हो घुर्र-घुर्र शब्द करता हुआ सीधा तरुणी के अश्व पर टूटा।

तरुण ने भी इसी बीच तानकर एक बाण चलाया, वह उसकी आँख फोड़ता हुआ गर्दन के पार निकल गया, पशु भूमि पर गिरकर छटपटाने लगा।

तरुणी ही-ही करके हँसने लगी। तरुण घोड़े से उतर पड़ा। वह पशु को खींचकर एक वृक्ष के नीचे ले गया। तरुणी ने भी घोड़े से उतर दोनों घोड़ों को बागडोर से बाँध दिया। फिर तरुण ने पशु की खाल निकाली, मांस-खंड किए, तरुणी सूखी लकड़ियाँ बीन लाई और फिर उन्होंने मांस-खंड भून-भूनकर खाना प्रारम्भ किया।

तरुणी ने सुराचषक तरुण के मुँह लगाते हुए कहा, "प्रिय, कितना स्वाद है इसमें, कहो तो?"

"निस्सन्देह, विशेषत: इसलिए कि इसमें हमारी स्वतंत्रता भी समावेशित है।"

"यही तो, परन्तु प्रिय, कुशीनारा छोड़ते मेरी छाती फटती है। क्या कुशीनारा को बन्धुल मल्ल की आवश्यकता ही नहीं है?"

"नहीं है प्रिये मल्लिके, तभी तो जब मैंने स्नातक होकर तक्षशिला को छोड़ा था, तो गुरुपद ने कहा था—यह आयुष्मान् जा रहा है, समस्त हस्तलाघव और राजकौशल सीखकर, मल्लों के गौरव की वृद्धि करने। और मेरा हस्तलाघव क्या कुशीनारा ने चार साल में देखा नहीं? गणपति ने इन चार वर्षों में जो गुरुतर राजकाज मुझे सौंपा, मैंने उसे सम्यक् पूर्ण किया, परन्तु गणसंस्था का मुझ पर सन्देह बना ही रहा प्रिये, मल्लों का सन्निपात जब-जब हुआ, गणसदस्यों ने ईर्ष्यावश बाधा दी और मुझे उपसेनापति

का पद भी मल्लों ने नहीं दिया। सदैव काली छन्द-शलाकाओं का ही बाहुल्य रहा सन्निपात में।"

मल्लिका ने सुराचषक भरा और कुरकुरा मांस-खंड भूनकर उसे पति को देते हुए कहा, "प्रिय, जाने दो, अमर्ष करने से क्या होगा! परन्तु कुशीनारा अपनी जन्मभूमि है।"

"जन्मभूमि? अपनी माँ है, उसी से मेरा शरीर बना है। परन्तु कुशीनारा में तो मैं अब नहीं रहूँगा प्रिये, मेरी तो यहाँ आवश्यकता ही नहीं है। कितने ही सम्भ्रान्त मल्ल मुझसे डाह करते हैं, क्योंकि उन्होंने मुझे सर्वप्रिय होते देखा है।"

"परन्तु इससे तो उन्हें प्रसन्न होना चाहिए था, उन पर तुम्हारे सभी अलौकिक गुण प्रकट हैं, क्या और भी किसी मल्ल ने तक्षशिला में इतना सम्मान पाया है?"

"नहीं," बन्धुल ने प्याला खाली करके एक ओर रख दिया और उदास दृष्टि से वह मल्लिका की ओर देखकर बोला, "मैंने इच्छा की थी कि मल्लों को मगध की लोलुप दृष्टि से अभय करूँगा, परन्तु अब नहीं।"

"तो फिर प्रिय, रज्जुले की श्रावस्ती ही क्यों—लिच्छवियों की वैशाली क्यों नहीं? महाली लिच्छवि तो तुम्हारा परम मित्र है, तक्षशिला में वह तुम्हारा सहपाठी भी रहा है। वह उस दिन आया था तो तुम्हारे गुणों का बखान करते थकता न था। सुना है, वह वैशाली के नगर-द्वार रक्षकों का अध्यक्ष है।"

"जानता हूँ प्रिये, परन्तु महाली तो सदैव ही बन्धुल की कृपा का भिखारी रहा है, आज बन्धुल अपनी लाज खोलकर उसके पास नहीं जाएगा। फिर लिच्छवियों का गण आज अम्बपाली के स्त्रैण युवकों का गण है, वहाँ सुरासुन्दरी ही प्रधान हैं, उसका संगठन भी नष्ट हो रहा है, उसका विनाश होगा प्रिये!"

"ऐसा न कहो प्रिय, यहाँ रज्जुलों के बीच हमारे जो दो-चार छोटे-छोटे गण हैं, उनमें वैशाली के लिच्छवियों ही का गण समृद्ध है।"

"परन्तु स्थायी नहीं प्रिये, इससे तो श्रावस्ती ही ठीक है। कोसल के राजा प्रसेनजित् के बहुत लेख आ चुके हैं। वह हमारा आदर करेगा। हम दस वर्ष तक्षशिला में साथ-साथ पढ़े हैं! वह मेरे गुणों और शक्ति को जानता है और उसे मेरी आवश्यकता है।"

"किन्तु प्रिय, तुम्हीं ने तो कहा, "मल्लों ने तुम्हारे गुणों से ईर्ष्या की है, तुम वहाँ भी क्या ईर्ष्या से बचे रहोगे? गुणी और सर्वप्रिय होना जैसा अभ्युदय का कारण है, वैसा ही ईर्ष्या का भी। फिर, वह पराया जनपद, वह भी रज्जुलों का, जहाँ हम गणपद के स्वतंत्र जनों की थोड़ी भी आस्था नहीं है।"

"तुम्हारा कहना यथार्थ है। ईर्ष्या होगी तो फिर यह खड्ग तो है पर अभी श्रावस्ती ही चलना श्रेयस्कर है। कोसलपति पाँच महाराज्यों का अधिपति है। वह मूर्ख, आलसी और कामुक है। शत्रुओं से घिरा है। उसे एक विश्वस्त और वीर सेनापति की आवश्यकता है। आशा है, वह हमारा समादर करेगा।"

"ऐसा ही सही प्रिय, बहुत विलम्ब हुआ, बहुत सुस्ता लिए, अब चलें।"

दोनों ने अपने-अपने अश्व सँभाले और आगे बढ़े। सूर्य ढलने लगा। दोनों यात्रियों की पीठ पर उसकी पीली धूप पड़ रही थी। मल्लिका ने कहा, "रात्रि कहाँ व्यतीत होगी, प्रिय?"

"ब्राह्मणों के मल्लिग्राम में, वहाँ मेरे मित्र सांकृत्य ब्राह्मण हैं, जो मल्ल जनपद में ख्यातिप्राप्त योद्धा हैं। वे हमारा सत्कार करेंगे। वह सामने अचिरावती की श्वेत धार दीख रही है प्रिये, उसी के तट पर उन सघन वृक्षों के झुरमुट के पीछे मल्लिग्राम है। घोड़े को बढ़ाओ, हम एक मुहूर्त में वहाँ पहुँच जाते हैं।"

दोनों ने अपने-अपने अश्व फेंके। असील जानवर अपने-अपने अधिरोहियों का संकेत पा हवा में तैरने लगे। सांध्य समीर और कोमल होकर उनकी पीठ पर थपकियाँ दे रहा था।

ग्राम सामने आ गया। अचिरावती की श्वेत धारा रजत-सिकताकणों में मन्द प्रवाह से बह रही थी। अश्वारोहियों ने अपने-अपने घोड़ों की लगाम ढीली की। अश्व तृप्त होकर शीतल जल पीने लगे।

एक तरुणी मशक पीठ पर लिये नदी-तीर पर आई। उसके पिंगल केश हवा में लहरा रहे थे। कन्धों पर होकर श्वेत ऊनी कम्बल वक्ष ढाँप रहा था। कमर में लाल दुकूल था। यात्रियों को देखकर तरुणी ने कहा, "कहाँ से आ रहे हो प्रिय अतिथियो!"

"कुशीनारा से।"

"जहाँ बन्धुल मल्ल रहते हैं?"

"मैं बन्धुल मल्ल हूँ।"

"तुम? तो ये श्रीमती मल्लिका हैं, स्वागत बहिन, मैं सांकृत्य गौतम की पुत्री हूँ।"

"तू लोमड़ी गोपा है?" बन्धुल हँसते हुए घोड़े से उतर पड़े।

"मैं जल भर लूँ तब चलें, पिता घर पर ही हैं, देखकर प्रसन्न होंगे।"

"तू अश्व को थाम, मैं जल भरता हूँ।"

"ऐसा ही सही।" गोपा ने मशक बन्धुल को दे दी। बन्धुल ने मशक भरकर कन्धे पर रखी। गोपा घोड़े की रास थामे पैदल चली। मल्लिका अश्व पर सवार रही।

"आज किधर भूल पड़े बन्धुल?"

"भूल नहीं पड़ा, इच्छा से आया हूँ।"

"बहुत दिन बाद!"

"सचमुच, तब तू बहुत छोटी थी।"

"पर मैं तुम्हें याद करती थी बन्धुल! देवी मल्लिका, अब कितने दिन मेरे पास रहेगी?"

"आज रात-भर गोपा, तुझे सोने न दूँगी, खूब गप्पें होंगी। क्यों?"

"मित्र गौतम करते क्या हैं?"

"वही सूत्र रचते हैं। हँसी आती है बन्धुल, सूत्र में एक मात्रा कर पाते हैं तो खूब हँसते हैं।"

"और अहल्या रोकती नहीं?"

"माँ की वे परवाह कहाँ करते हैं? मैं ही उन्हें समय पर स्नान-आह्निक कराती हूँ। वह सामने घर आ गया। पिताजी द्वार पर खड़े हैं।...पिताजी, देखो तो, मैं किसे ले आई हूँ!"

बन्धुल को देखकर गौतम सांकृत्य बाहर आकर बोले, "अरे मित्र बन्धुल, स्वस्ति, स्वस्ति!"

"स्वस्ति मित्र गौतम, कहो न्यायदर्शन पूरा हुआ या नहीं?"

"अभी नहीं मित्र, इस धूर्त बोधायन को—मैं कहता हूँ, मसल डालूँगा। मैंने धर्मसूत्र रचे हैं बन्धुल!"

"सच, तो मित्र गौतम सांकृत्य योद्धा, दार्शनिक और धर्माचार्य हैं!"

"ये दुष्ट द्रविड़ कुछ करने दें तब न? अनार्य संस्कृति को आर्य संस्कृति में घुसेड़ रहे हैं। उधर यह ज्ञातिपुत्र महावीर, परन्तु अरे मल्लिका देवी का स्वागत करना तो मैं भूल ही गया।"

"घर में स्वागत कैसा मित्र, फिर गोपा ने नदी-तीर पर ही यह शिष्टाचार पूरा कर दिया।"

"बहुत याद करती है गोपा तुम्हें बन्धुल! तुम्हारे उस आखेट की उसे याद है, जब उस गवय को एक ही बाण से तुमने मारा था। किन्तु हाँ, बेटी गोपा, जैमिनी कहाँ गया?"

"समिधा लाने गया था, वह आ रहा है।"

"जैमिनी, ये हमारे मित्र मल्ल बन्धुल आए हैं, मल्लिका भी है, एक वत्सतरी को लाकर काट तो मेरे द्वार पर वत्स, इन सम्मान्य अतिथियों के सम्मान में। क्यों मित्र, कोमल वत्सतरी का मांस, ओदन और मधु कैसा रहेगा?"

"बहुत बढ़िया, मित्र गौतम!"

"तो बेटी गोपा, देवी मल्लिका को भीतर ले जा और बन्धुल के लिए अर्घ्यपाद्य ला। क्यों मित्र, यहीं देवद्रुम की छाया में बैठा जाए?"

"यहीं अच्छा है। मित्र गौतम, बोधायन की क्या बात कह रहे थे?"

"कह रहा था, किन्तु ठहरो। गोपा, थोड़ा शूकर-मार्दव आग पर भून ला और पुरानी मैरेय भर ला, बन्धुल थका हुआ है।"

"आग तैयार है, मैं अभी भून लाती हूँ। सोमक के हाथ मैरेय भेज रही हूँ।"

"बैठ मित्र, हाँ, बोधायन नास्तिक कहता है—स्त्री के साथ अथवा यज्ञोपवीत बिना किए बालकों के साथ भोजन करने में दोष नहीं है, बासी खाना भी बुरा नहीं है और मामा-फूफू की कन्या से विवाह भी विहित है। वह भारत के तीन खंड करता है और गंगा-यमुना के मध्य देश को सर्वोत्तम कहता है। वह भारत के आरट्ट, दक्षिण के कारस्कर, उत्पल के पुंड्र तथा बंग, कलिंग के सौवीरों को प्रायश्चित्त-विधान कहता है।"

"परन्तु मित्र गौतम, ऐसा दीखता है कि तुम्हारा न्यायदर्शन अब धरा रह जाएगा।"

"ऐसा क्यों मित्र!"

"तुमने क्या शाक्यपुत्र गौतम का नाम नहीं सुना?"

"सुना क्यों नहीं, वह क्या आजकल काशी में है?"

"नहीं, राजगृह गया है, परन्तु उसका धर्म आग की भाँति फैल रहा है। उसके आगे तेरा धर्मसूत्र और न्यायदर्शन कुछ न कर पाएगा।"

"देखा जाएगा मित्र। ले मैरेय पी, ला गोपा, गर्म-गर्म भुने-कुरकुरे मांस-खंड दे। कह, कैसे हैं मित्र!"

"बड़े स्वादिष्ट, मुझे नमक के साथ भुने-कुरकुरे मांस में बहुत स्वाद आता है।"

"तो यथेच्छा खा मित्र!"

"खूब खा रहा हूँ। परन्तु मित्र गौतम, तुम जो ब्राह्मणों को अन्य जातियों से उत्कर्ष देते हो, यह ठीक नहीं है।"

"वाह, ठीक क्यों नहीं है? देखते नहीं, इन रज्जुलों ने ब्रह्मवाद को लेकर परिषद् प्रारम्भ की है और उसमें वे गुरुपद धारण किए बैठे हैं। वे ब्राह्मणों को हीन बनाना चाहते हैं। देखा नहीं, उस अश्वपति कैकेय ने मेरे साथ कैसा नीच व्यवहार किया था। मेरे पुत्र ही के सामने मेरा अपमान किया और मुझे समित्पाणि होकर उसके आगे जाना पड़ा। उसने गर्व से कहा, "बैठ गौतम, ब्राह्मणों में सबसे प्रथम मैं तुझे यह ब्रह्मविद्या बताता हूँ, आज से प्रथम किसी ब्राह्मण को यह विद्या नहीं आती थी।"

"फिर वह गुह्य विद्या तो तुम सीख आए मित्र?"

"खाक सीख आया। अरे कुछ विद्या भी हो! छल है छल। कोरा पाखंड! यज्ञ के ब्रह्मा को बना दिया ब्रह्म! पहले ब्रह्मा को लूट के माल में काफी हिस्सा देना पड़ता था, उनके अधीन रहना पड़ता था, उनके द्वारा यज्ञ-अनुष्ठान कराकर महाराज और सम्राट् की उपाधि ली जाती थी। पर अब तो वे ब्रह्म को जान गए, ब्रह्मज्ञानी हो गए। अरे मित्र बन्धुल, इस ब्रह्म के ढकोसले को मैं अच्छी तरह समझ गया हूँ।"

"तो मुझे भी तो समझा मित्र गौतम!"

"सीधी बात है मित्र, यज्ञों में देवताओं के नाम पर गन्ध-शाली का भात, वत्सतरी का मांस और कौशेय, दास-दासी, हिरण्य-सुवर्ण, वडवा रथ दिया जाता था और समझा जाता था—यह देवता की कृपा से है; पर तुम जानते हो मित्र, ये भाग्यहीन देवता भी पूरे ढकोसले ही थे। इनमें से किसी एक को भी आज तक किसी ने देखा नहीं। अब लोग यह सन्देह न करेंगे कि ये देवता सचमुच हैं भी या नहीं? बस, इन सबों ने बैठे-ठाले ब्रह्म की कल्पना कर ली। उसे देखने की कोई इच्छा ही नहीं कर सकता। वह आकाश की भाँति देखने-सुनने का विषय ही नहीं।"

गौतम खूब ठठाकर हँसने लगे। बन्धुल ने भी हँसकर कहा, "तो इसी में आरुणि जैसे ब्राह्मण भी भटक गए।"

"यही तो मजा है और उस याज्ञवल्क्य को देखो, इन विदेहों के पीछे कैसे गुड़ का चिऊँटा बनकर चिपटा है पट्ठा, उनके ब्रह्म की ऐसी गम्भीर व्याख्या करता है मित्र, कि देखकर हँसी आती है।"

"तो तुम हँसा करो गौतम। क्योंकि तुम मूर्ख हो मित्र, ऐसा न करे तो वह सहस्र स्वर्ण कार्षापण और सहस्र गौ कहाँ से पाए! तू भी यदि उनकी हाँ में हाँ मिलाए तो कदाचित् अहल्या कौशेय पहने।"

उसकी मुझे आवश्यकता नहीं मित्र! यह रज्जुलों के कौशल हैं, राजभोग को भोगने के लिए यह आवश्यक है कि जो सन्देह करे उसकी बुद्धि को कुंठित कर दिया जाए; कुछ को उत्तम आहार खाने को, उत्तम प्रासाद रहने को और सुन्दरी दासियाँ भोगने को दे दी जाएँ। वे उन्हीं का गीत गाएँगे।"

"सच कहते हो मित्र गौतम।"

"अरे मैंने वे नियम बनाए हैं मित्र, कि तू भी क्या कहेगा। यदि शूद्र किसी द्विज को गाली दे या मारे तो उसका वही अंग काट डाला जाए, उसने वेदपाठ सुना हो तो

कान में टीन या शीशा पिघलाकर भर दिया जाए। वेद पढ़ा हो तो उसकी जीभ काटकर टुकड़े कर दिए जाएँ।"

"अरे वाह मित्र गौतम, अनर्थ किया तूने। बेचारे शूद्रों और..."

"तो और उपाय ही क्या है? भाई देखते नहीं, ब्राह्मणों का कैसा ह्रास हो रहा है।"

"अच्छा फिर, देखूँ कब तक तेरा सूत्र सम्पूर्ण होगा। अभी तो विश्राम करना चाहिए।"

"तो विश्राम कर मित्र, शय्या तैयार है।"

साकेत

कोसल-नरेश प्रसेनजित् साकेत में ठहरे थे, वे सेठी मृगार के पुत्र पुंड्रवर्धन के ब्याह में सदलबल साकेत आए थे। राजधानी श्रावस्ती यहाँ से छह योजन पर थी। सरयू के तट पर बसा यह नगर उस समय प्राची से उत्तरापथ के सार्थ-पथ पर बसा होने के कारण स्थल-व्यापार और नौ-व्यापार दोनों ही का मुख्य केन्द्र था। उन दिनों सरयू आज के समान ऐसी क्षीणकाय न थी, उसका विस्तार डेढ़ मील में था और उसमें बड़े-बड़े पोत चलते थे। उस समय साकेत भारत के छह प्रमुख नगरों में एक था।

प्रसेनजित् का यहाँ एक दुर्ग और हर्म्य था; उसी में महाराज प्रसेनजित् अवस्थित थे। आम बौरा रहे थे और उनकी सुगन्ध से मत्त भौंरों के गुंजन वातावरण में गूँज रहे थे। वृक्षों ने नवीन कोमल और मृदुल परिधान धारण किया था, शीत कम हो गया था। सांध्यक्षण मनोरम था, अस्तंगत सूर्य की लाल-लाल किरणें नव कुसुमित वृक्षों पर लोहित प्रभा बिखेर रही थीं। साकेतवासी तरुण-तरुणियाँ स्वच्छन्द सांध्य-समीरण का आनन्द लेने सरयू-तट पर इकट्ठे थे। बहुत रजतसिकता पर नंगे पैर चलकर विनोद कर रहे थे। बहुत नंगे-बदन तैराकी प्रतियोगिता की होड़ लगा रहे थे। तरुणियों में अनेक कोमल, नवीन केले के मनोहर वर्णवाली आर्य ललनाएँ थीं। बहुत चम्पकवर्णी रूप-यौवन भार से लदीं, विश तरुणियाँ थीं। कितनी ही कर्पर-सम उज्ज्वलवर्णा यवनियाँ थीं, जिनका सुगौर चिक्कण, सुडौल गात्र मर्मर प्रस्तर-निर्मित मूर्ति-सा प्रतीत होता था। उनकी नीलवर्ण आँखें और पिंगल केश उनके व्यक्तित्व को प्रगट कर रहे थे। बहुत-सी स्वर्णकेशी, स्वर्णवर्णा ब्राह्मण-कुमारियाँ थीं। कितनी घन केशपाश वाली, घनश्याम कोमल गात्रवाली गोधूमवर्णी वैश्य-तरुणियाँ थीं, जिनका तारुण अति मादक था। नाना कुलों के तरुण भी अपने-अपने वस्त्र उतारकर सरयू के तट पर कुछ आकटि और कुछ आकंठ जल में जल-क्रीड़ा कर रहे थे। उनके व्यायामपुष्ट सुडौल शरीर, उन्नत नासिका, विशाल वक्ष और प्रशस्त मस्तक उनके कुलीन होने के साक्षी थे। कोई प्रणयकलह में, कोई सामोद क्रीड़ा में, कोई हस्त-लाघव और व्यायाम में लीन था। तरुण-तरुणियाँ यहाँ स्वच्छंद विहार कर रहे थे। बहुत युगल जोड़े नाव पर चढ़कर उस पार जा जल में कूद पड़ते; बहुत जोड़े होड़ बदकर जल में डुबकी लगाते। उनकी मृणाल-सम सुनहरी भुजाएँ और स्वर्ण गात, नील, घनश्याम केश-राशि जल के अमल भीतरी स्तर से मोहक दीख रही थीं। सैकड़ों छोटी नौकाएँ जल में तैर रही थीं और युवक-युवती थककर कभी-कभी

उनका आश्रय लेकर सुस्ता लेते थे। बहुत नौकाओं पर मैरेय, माध्वीक, भुने हुए मांस और विविध फल बिक रहे थे। तैरते हुए युवक खरीद-खरीदकर आकंठ जलमग्न हो खा-पी रहे थे।

ऐसे ही समय में बन्धुल मल्ल और मल्लिका अपने थके हुए अश्वों को लिये सरयू-तीर पर आ पहुँचे। मल्लिका ने प्रफुल्ल होकर कहा, "साकेत में जीवन है प्रिय! ग्जुलों के अधिकार में भी जनपद इतना प्रसन्न हो सकता है, यह मैंने सोचा भी नहीं था।"

"आओ प्रिये, हम भी स्नान करके शरीर की थकान मिटा लें। हवा बड़ी सुन्दर चल रही है।"

"ऐसा ही हो प्रिये!" मल्लिका ने कहा। बन्धुल घोड़े से कूद पड़ा और हाथ का सहारा देकर उसने मल्लिका को उतारा। एक दास को संकेत से निकट बुलाकर कहा, "अश्वों को मल-मल कर ठीक कर दे मित्र, ये चार निष्क ले, मैरेय के लिए।"

दास ने हँसकर रजत-खंड हाथ में ले लिये और अश्वों की रास सँभाली।

दोनों यात्रियों ने वस्त्र उतारे और वे अनायास ही जल-राशि में घुस गए। उनके हस्त-लाघव और कुशल तैराकी से सभी आश्चर्य करने लगे। उन्होंने तैरने वालों को ललकारा—"बढ़ो मित्रो, जो कोई उस तट पर पहले पहुँचेगा उसे मित्रों सहित भरपेट मैरेय पीने को मिलेगा।" बहुत तरुण-तरुणियाँ हँसकर उनके पीछे हाथ मारने लगे। किनारे के लोग हर्षोत्फुल्ल होकर चिल्लाने लगे। सबसे आगे बन्धुल-दम्पती थे, सबसे पहले उन्होंने तट स्पर्श किया। मल्लिका हाँफती हुई हँसने लगी। लोगों ने हर्ष-ध्वनि की। सम्पन्न युवक ने अपनी नौका पास लाकर कहा, "स्वागत मित्र, मेरी यह नौका सेवा में उपस्थित है, इस पर चढ़कर मेरी प्रतिष्ठा वृद्धि करें।"

बन्धुल ने हाथ के सहारे से मल्लिका को नौका पर चढ़ाते हुए कहा, "हम लोग अभी-अभी साकेत आ रहे हैं।"

"कहाँ से मित्र!"

"कुशीनारा से।"

"अच्छा, बन्धुल मल्ल की कुशीनारा से।"

"मित्र, मैं ही बन्धुल मल्ल हूँ।"

"तेरी जय हो मित्र!" फिर उसने हाथ उठाकर पुकारकर कहा, "कुशीनारा के मल्ल बन्धुल मित्र का साकेत में स्वागत है!"

बहुत लोग नौका के पास उमड़ आए। बहुतों ने दम्पती पर पुष्पों की वर्षा की। नौका के स्वामी ने हँसकर कहा, "मैं हिरण्यनाभ कौशल्य हूँ मित्र, साकेत का क्षत्रप, बन्धुल के शौर्य से मैं परिचित हूँ।"

"हिरण्यनाभ कौशल्य की गरिमा से मैं भी अविदित नहीं-हूँ क्षत्रप, तक्षशिला में गुरुपद से मैंने आपका नाम सुना था।"

"और मैंने भी मित्र, महाराजाधिराज से तेरी गुण-गरिमा सुनी है। अब इधर किधर?"

"महाराज के दर्शन-हेतु।"

"साधु, महाराज आजकल यहीं हैं, कल दर्शन हो जाएँगे। परन्तु आज मेरे अतिथि रहो मित्र!"

"मल्लिका, ये महाक्षत्रप महाराज हिरण्यनाभ कौशल्य हैं। गुरुपद ने कहा था, वे अवन्ति गुरुकुल के सर्वश्रेष्ठ स्नातक हैं और ज्ञान-गरिमा में काशी के सम्पूर्ण राजाओं से बढ़कर हैं।"

"मैं अपने पति का अभिनन्दन करती हूँ, ऐसे गौरवशाली मित्र के प्राप्त होने पर।"

"और मल्लिका, हम अपने मित्र के अतिथि होने जा रहे हैं।" ।

"प्रिय, यह असाधारण सौभाग्य है, परन्तु महाक्षत्रप, महाराज को क्या इनकी स्मृति है? इनका कहना है—महाराज दस वर्ष साथ पढ़े हैं तक्षशिला में।"

"महाराज भी यही कहते हैं देवी, वे कहते हैं—बन्धुल-सा एक मित्र कहीं मिले तो जीवन का सूखापन ही दूर हो जाए।"

"ऐसा कहते हैं? तब तो महाक्षत्रप, महाराज को मित्र का बहुत ध्यान है।"

"किन्तु मल्लिका देवी, तुम्हारे पति क्या ऐसे-वैसे हैं? मैंने अवन्तिका में गुरुपद से सुना था कि राजनीति और रणनीति में बन्धुल का कोई प्रतिस्पर्धी नहीं है।"

"और जल में तैरने में महाक्षत्रप?"

"आज देखा हमने प्रतिस्पर्धी, देवी मल्लिका को।"

महाक्षत्रप हँस दिए। मल्लिका भी हँस दी। बन्धुल ने कहा, "यहीं हमारे अश्व हैं।"

"वे पहुँच जाएँगे मित्र, नौका हमें क्रीडोद्यान के नीचे पहुँचा देगी।"

इसके बाद क्षत्रप ने एक दास को अश्व ले आने के लिए भेज दिया। उन्होंने मल्लिका को सम्बोधन करके कहा, "वह मेरे उद्यान का घाट दीख रहा है देवी मल्लिका!"

"देख रही हूँ महाक्षत्रप; अभी हमें आए कुछ क्षण ही बीते हैं, पर ऐसा दीख रहा है, जैसे घर ही में हों।"

"घर ही में तो हो देवी मल्लिका, हम आ गए मित्र, उतरो तुम और क्षण-भर ठहरो, तब तक मैं आवश्यक व्यवस्था कर दूँ।"

कोसलेश प्रसेनजित्

महाराज प्रसेनजित् कोमल गद्दे पर बैठे थे। दो यवनी दासियाँ पीछे खड़ी चँवर झल रही थीं, उनका शरीर अत्यन्त गौरवर्ण था। आयु पैंसठ से भी अधिक हो गई थी। उनके खिचड़ी बाल बीच में चीरकर द्विफालबद्ध किए गए थे। बड़ी-बड़ी मूँछें यत्न से सँवारी गई थीं और वे कान तक फैल रही थीं। वे कोमल फूलदार कौशेय पहने थे और कंठ, भुजा और मणिबन्ध पर बहुमूल्य रत्नाभरण पहने थे। इस समय उनका मन प्रसन्न नहीं था, वे कुछ उद्विग्न-से बैठे थे। कंचुकी ने राजपुत्र विदूडभ के आने की सूचना दी।

महाराज ने संकेत से आने को कहा।

विदूडभ ने बिना प्रणाम किए, आते ही पूछा, "महाराज ने मुझे स्मरण किया था!"

"किया था।"

"किसलिए?"

"परामर्श के लिए।"

"इसके लिए महाराज के सचिव और आचार्य मांडव्य क्या यथेष्ट नहीं हैं?"

"किन्तु मैं तुम्हें कुछ परामर्श देना चाहता हूँ विदूडभ!"

"मुझे! महाराज के परामर्श की मुझे आवश्यकता ही नहीं है।" राजपुत्र ने घृणा व्यक्त करते हुए कहा।

महाराज प्रसेनजित् गम्भीर बने रहे। उन्होंने कहा, "किन्तु रोगी की इच्छा से औषध नहीं दी जाती राजपुत्र!"

"तो मैं रोगी और आप वैद्य हैं महाराज?"

"ऐसा ही है। यौवन, अधिकार और अविवेक ने तुम्हें धृष्ट कर दिया है विदूडभ!"

"परन्तु महाराज को उचित है कि वे धृष्टता का अवसर न दें।"

"तुम कोसलपति से बात कर रहे हो विदूडभ!"

"आप कोसल के भावी अधिपति से बात कर रहे हैं महाराज!"

क्षण-भर स्तब्ध रहकर महाराज ने मृदु कंठ से कहा, "पुत्र, विचार करके देखो, तुम्हें क्या ऐसा अविवेकी होना चाहिए? मैं कहता हूँ—तुमने मेरी आज्ञा बिना शाक्यों पर सैन्य क्यों भेजी है?"

"मैं कपिलवस्तु को निःशाक्य करूँगा, यह मेरा प्रण है।"

"किसलिए? सुनूँ तो।"

"आपके पाप के लिए महाराज!"

"मेरा पाप, धृष्ट लड़के! तू सावधानी से बोल!"

"मुझे सावधान करने की कोई आवश्यकता नहीं है महाराज, मैं आपके पाप के कलंक को शाक्यों के गर्म रक्त से धोऊँगा।"

"मेरा पाप कह तो।"

"कहता हूँ सुनिए, परन्तु आपके पापों का अन्त नहीं है, एक ही कहता हूँ, कि आपने मुझे दासी से क्यों उत्पन्न किया? क्या मुझे जीवन नहीं प्राप्त हुआ, क्या मैं समाज में पद-प्रतिष्ठा के योग्य नहीं?"

"किसने तेरा मान भंग किया?"

"आपने शाक्यों के यहाँ किसलिए भेजा था?"

"शाक्य अपने करद हैं। पश्चिम में वत्सराज उदयन कोसल पर सेना तैयार कर रहा है। पूर्व में मगध सम्राट् बिम्बिसार । वैशाली के लिच्छवी अलग खार खाए बैठे हैं। ऐसी अवस्था में शाक्यों का प्रेम और साहाय्य प्राप्त करना था, इसीलिए और किसी को न भेजकर कपिलवस्तु तुझे ही भेजा था, तू मेरा प्रिय पुत्र है और शाक्यों का दौहित्र।"

विदूडभ ने अवज्ञा की हँसी हँसकर कहा, "शाक्यों का दौहित्र या दासीपुत्र? आप जानते हैं, वहाँ क्या हुआ?"

"क्या हुआ?"

"सुनेंगे आप? घमंडी और नीच शाक्यों ने संथागार में विमन होकर मेरा स्वागत किया, अथवा उन्हें स्वागत करना पड़ा। पर पीछे संथागार को और आसनों को उन्होंने दूध से धोया।"

प्रसेनजित् का मुँह क्रोध से लाल हो गया। उन्होंने चिल्लाकर कहा, "क्षुद्र शाक्यों ने यह किया?"

"मुझे मालूम भी न होता, मेरा एक सामन्त अपना भाला वहाँ भूल आया था, वह उसे लेने गया, तब जो दास-दासी दूध से संथागार को धो रहे थे, उनमें एक मुझे गालियाँ दे रही थी, कह रही थी—दासीपुत्र की धृष्टता तो देखो, रज्जुले का वेश धारण करके आया है। संथागार को अधम ने अपवित्र कर दिया।"

"शाक्यों के वंश का मैं नाश करूँगा।"

"आप क्यों? आपका उन्होंने क्या बिगाड़ा है? आपको शाक्यों की राजकुमारी से ब्याह का शौक चढ़ा था, क्योंकि आप राजमद से अन्धे थे। पर आप जैसे बूढ़े अशक्त और रोगी को शाक्य अपनी पुत्री देना नहीं चाहते थे, खासकर इसलिए कि आपके रनवास में कोई कुलीन स्त्री है ही नहीं। आपने माली की लड़की को पट्टराजमहिषी पद पर अभिषिक्त किया है। शाक्य अपनी ऊँची नाक रखते थे, पर आपकी सेना से डरते भी थे। उन्होंने दासी की लड़की से आपका ब्याह कर दिया।"

"यह शाक्यों का भयानक छल था; किन्तु...।"

"किन्तु पाप तो नहीं, जैसा कि आपने किया। उसी दासी में इन्द्रियवासना के वशीभूत हो आपने मुझे पैदा किया; आपमें साहस नहीं कि मुझे आप अपना पुत्र और युवराज घोषित करें। यह आर्यों की पुरानी नीचता है। सभी धूर्त कामुक आर्य अपनी कामवासना-पूर्ति के लिए इतर जातियों की स्त्रियों के रेवड़ों को घर में भर रखते हैं। लालच-लोभ देकर कुमारियों को खरीद लेना, छल-बल से उन्हें वश कर लेना, रोती-कलपती कन्याओं को बलात् हरण करना, मूर्च्छिता-मदबेहोशों का कौमार्य भंग करना—यह सब धूर्त आर्यों ने विवाहों में सम्मिलित कर लिया। फिर बिना ही विवाह के दासी रखने में भी बाधा नहीं। आप क्षत्रिय लोग लड़कर, जीतकर, खरीदकर खिराज के रूप में देश-भर की सुन्दरी कुमारियों को एकत्रित करते हैं और ये कायर पाजी ब्राह्मण पुरोहित आपके लिए यज्ञ-पाखंड करके दान और दक्षिणा में इन स्त्रियों से उत्पन्न राजकुमारियों और दासियों को बटोरते हैं। ऐसे धूर्त हैं आप आर्य लोग! उस दिन विदेहराज ने परिषद् बुलाई थी। एक बूढ़े ब्राह्मण को हजारों गायों के सींगों में मुहरें बाँधकर और दो सौ दासियाँ स्वर्ण आभरण पहनाकर दान कर दीं। वह नीच ब्राह्मण गायों को बेचकर स्वर्ण घर ले गया। पर दासियों को संग ले गया। वे सब तरुणी और सुन्दरी थीं। फिर क्या उन स्त्रियों के सन्तान न होगी? उन्हें आप आर्यों ने मजे में वर्णसंकर घोषित कर दिया। उनकी जाति और श्रेणी अलग कर दी। ऐसा ही वर्णसंकर मैं भी हूँ, दासीपुत्र हूँ। मेरे पैर रखने से शाक्यों का संथागार अपवित्र होता है और मेरे जन्म लेने से कोसल राजवंश कलंकित होता है। महाराज, मैं यह सह नहीं सकता; मैं शाक्यवंश का नाश करूँगा और इसी तलवार के बल पर कोसल के सिंहासन पर आसीन होऊँगा। अब आर्यों के दिन गए। पाखंडी ब्राह्मणों की भी समाप्ति आई। आज आर्यावर्त में नाम के आर्य राजे रह गए हैं। सभी राज्य हम लोगों ने, जिन्हें आप घृणा से वर्णसंकर कहते हैं, अधिकृत कर लिए हैं। मैं कोसल, काशी, शाक्य और मगध राज्य को भी आक्रान्त करूँ तो ही असल दासीपुत्र विदूडभ।"

प्रसेनजित् के हाथ की तलवार नीची हो गई। उनकी गर्दन भी झुक गई। उन्होंने धीमे स्वर से कहा, "किन्तु विदूडभ राजपुत्र, यह तो परम्परा है, कुछ मेरे बस की बात नहीं। तुम्हें सभी तो राजोचित भोग प्राप्त हैं।"

"अवश्य हैं महाराज, केवल सामाजिक सम्मान नहीं प्राप्त है, आपका औरस पुत्र होने पर भी कोसल की गद्दी का अधिकार नहीं प्राप्त है। वही मैं छल-बल और कौशल से प्राप्त करूँगा।"

प्रसेनजित् क्रोध से तनकर गद्दी पर बैठ गए। उन्होंने कहा, "विदूडभ, यह राजद्रोह है।"

"मैं राजद्रोही हूँ महाराज!"

"इसका दंड प्राणदंड है! जानते हो, राजधर्म कठोर है?"

"आत्मसम्मान उससे भी कठोर है महाराज!"

"पर यह वैयक्तिक है।"

"हम सब दासीपुत्र, वर्णसंकर बन्धु, जो आप कुलीन किन्तु कदाचारी आर्यों से घृणा करते हैं, उसे सार्वजनिक बनाएँगे। हम आर्यों के समस्त अधिकार, समस्त राज्य, समस्त सत्ताएँ छीन लेंगे।"

"मैं तुम्हें बन्दी करने की आज्ञा देता हूँ। कोई है?"

राजा ने दस्तक दी। दो यवनी प्रहरिकाएँ खड्ग लिये आ उपस्थित हुईं। विदूडभ ने खड्ग ऊँचा करके कहा, "और मैं अभी आपका सिर धड़ से जुदा करता हूँ।"

विदूडभ की भावभंगी और खड्ग उठाने से वृद्ध प्रसेनजित् आतंकित हो अपना खड्ग उठा खड़े हो गए। अकस्मात् विदूडभ का खड्ग झन्न से उसके हाथ से छूटकर दूर जा गिरा।

प्रसेनजित् ने आश्चर्यचकित हो आगन्तुक की ओर देखकर कहा, "यह किसका उपकार मुझ पर हुआ?"

"कुशीनारा के मल्ल बन्धुल का।" महाक्षत्रप कौशल्य हिरण्यनाभ ने पीछे से आगे बढ़कर कहा।

प्रसेनजित् ने दोनों हाथ फैलाकर कहा, "क्या मेरा मित्र बन्धुल मल्ल आया है?"

"महाराज की जय हो! मुझे हर्ष है महाराज, मैं ठीक समय पर आ पहुँचा।" बन्धुल ने आगे बढ़कर कहा।

"निश्चय। नहीं तो यह दासीपुत्र मेरा हनन कर चुका था। क्षत्रप हिरण्यनाभ, इसे बन्दी कर लो।"

बन्धुल ने कहा, "महाराज प्रसन्न हों! इस बार राजपुत्र को क्षमा कर दिया जाए। मैं समझता हूँ, वे अपने अविवेक को समझ लेंगे।"

राजा ने कहा, "कोसल में तेरा स्वागत है मित्र बन्धुल, विदूडभ के विषय में तेरा ही वचन रहे।"

"कृतार्थ हुआ महाराज, तो राजपुत्र, अब तुम स्वतंत्र हो मित्र।" विदूडभ चुपचाप चला गया।

बन्धुल ने कहा, "महाराज को याद होगा, तक्षशिला में आपने इच्छा की थी कि यदि आप राजा हुए तो मुझे सेनापति बनना होगा।"

"याद क्यों नहीं है मित्र, मैंने तो तुझे बहुत लेख लिखे, तेरी कोसल को भी जरूरत है और मुझे भी। कौशाम्बीपति उदयन की धृष्टता तूने नहीं सुनी, गान्धारराज कलिंगदत्त ने अपनी अनिन्द्य सुन्दरी पुत्री कलिंगसेना मुझे दी है, तो उदयन उसी बहाने श्रावस्ती पर चढ़ने की तैयारी कर रहा है। इधर मगध-सम्राट् बिम्बिसार पुराने सम्बन्ध की परवाह न करके कोसल को हड़पने के लिए कोसल पर अभियान कर रहे हैं। अन्य शत्रु भी कम नहीं हैं। बन्धुल मित्र, कोसल को तेरी कितनी आवश्यकता है और मुझे भी, वह तो तूने देख ही ली।"

"तो मैं आ गया हूँ महाराज, पर मेरी कुछ शर्तें हैं।"

"कह मित्र, मैं स्वीकार करूँगा।"

"मैं मल्ल वंश में हूँ।"

"समझ गया, तुझे कभी मल्लों पर अभियान न करना होगा। मैं राज्य-विस्तार नहीं चाहता हूँ। जो है वही रखना चाहता हूँ। मित्र, कह और भी कुछ तेरा प्रिय कर सकता हूँ!"

"बस महाराज।"

"तो कौशल्य हिरण्यनाभ, मित्र बन्धुल का सब प्रबन्ध कर तो। जब तक हम साकेत में हैं, बन्धुल सुख से रहें।"

"ऐसा ही होगा महाराज!"

"और श्रावस्ती जाकर तुझे मैं सेनापति के पद पर अभिषिक्त करूँगा। तेरा कल्याण हो। जा, अब विश्राम कर।"

मांडव्य उपरिचर

महाराज प्रसेनजित् दीर्घिका के शुभ्र मर्मर सोपान पर बैठे थे। स्वच्छ जल में रंग-बिरंगी मछलियाँ क्रीड़ा कर रही थीं। प्रभात का सुखद समीर नए पत्तों से लदे वृक्षों को मन्द-मन्द हिला रहा था। बड़ा ही मनोहर वसन्त का प्रभात था वह। महाराज की आँखें उनींदी और शरीर अलस हो रहा था। वे चुपचाप बैठे जल की तरंगों को देख रहे थे।

एक वेत्रवती ने निवेदन किया, "आचार्य मांडव्य उपरिचर आए हैं।"

"यहीं ले आ उन्हें।"

मांडव्य आचार्य की आयु का कोई पता ही नहीं लगता था। उनका चेहरा भावहीन, नेत्र अतिरिक्त भ्रमित-से, भौंहें बहुत बड़ी-बड़ी, कान नीचे तक लटके हुए, शरीर रोमश और रंग अति काला था। उनकी कमर पर लाल रंग का कौशेय था। ऊपर की पीठ और वक्ष बिलकुल खुला था। मस्तक पर रक्तचन्दन का लेप और पैरों में मृगचर्म का उपानह था। उनकी दन्तावली सुदृढ़ थी। नेत्रों की कोर से कभी-कभी चमक निकलती थी। चेहरा श्मश्रु से भरा था। उनका शरीर लोह-निर्मित मालूम होता था। कंठ में स्वच्छ जनेऊ था। हाथ में एक मोटा दंड था। चलने का ढंग मतवालों जैसा था।

उन्होंने कर्कश वाणी से हाथ उठाकर महाराज को आशीर्वाद दिया।

"आचार्य, मैं बड़ी देर से आपकी प्रतीक्षा कर रहा हूँ।"

"किसलिए महाराज, रात को सुखद नींद आती है न?"

"आचार्य, रात की बात क्या कहते हैं, जीवन अब घिस-सा गया है। सोचता हूँ, कुछ परलोक-चिन्तन करूँ।"

"महाराज की बातें! लोक-परलोक, सुख-दुख, पाप-पुण्य, आचार-दुराचार, देव-देवता, ये सब तो बाल-कल्पनाएँ हैं राजन्! क्या आप भी उस मूर्ख प्रवाहण की मुक्ति, पुनर्जन्म और आत्मा के मायाजाल में फँसे हैं?"

"परन्तु जीवन तो मिथ्या नहीं है आचार्य।"

"जीवन सत्य है। तो फिर नकद छोड़कर उधार के पीछे क्यों दौड़ते हैं?"

"अरे आचार्य! नकद सामने रहते जो टुकुर-टुकुर ताकना पड़ता है सो?"

आचार्य हँसकर वहीं शिलाखंड पर बैठ गए। उन्होंने कहा, "क्या यहाँ तक महाराज!"

"सत्य ही आचार्य, नग्न रूप और यौवन भी मेरे गलित काम को नहीं जगाता, पुराण द्राक्षा की सुवास अब नेत्रों में रक्त आभा नहीं प्रकट कर सकती, कभी उसके रंग में जगत् रंगीला दीखता था।"

"तब महाराज सिद्ध योगी हो गए प्रतीत होते हैं।"

"योगी को फिर देश-विदेश से लाई सुन्दरियों का क्या लाभ है?"

"बाँट दीजिए महाराज, तरुणों को उनकी आवश्यकता है। एक यज्ञ रचकर सुपात्र ऋत्विज ब्राह्मणों को उन्हें दान दीजिए।"

"किन्तु ये स्वार्थी लोलुप ब्राह्मण इधर सुन्दरी दासियों को ले जाते हैं, उधर उनके रत्नाभरण उतारकर पाँच-पाँच निष्क में बूढ़ों को बेच देते हैं।"

"इसमें बूढ़ों का प्रत्युपकार भी तो होता है महाराज, उन्हें तरुणियों की अत्यधिक आवश्यकता है।"

"फिर इस बूढ़े की ओर आचार्य क्यों नहीं ध्यान देते? क्या आपको विदित नहीं कि गान्धार-कन्या कलिंगसेना अन्तःपुर में आ रही हैं। आपकी अमोघ रसायन-विद्या किस काम आएगी?"

"क्यों? क्या तक्षशिला के उस तरुण मागध वैद्य का वाजीकरण व्यर्थ गया?"

"जीवक कौमारभृत्य की बात कहते हैं आचार्य?"

"यही तो उसका नाम है।"

"बिलकुल व्यर्थ? आचार्य, सुना था, वह तक्षशिला से चिकित्सा में पारंगत होकर आया है। मैंने बड़ी आशा की थी।"

"परन्तु अब बिलकुल आशा नहीं रही, महाराज?"

"आचार्यपाद जब तक हैं, तब तक तो आशा है। मुनि बृहस्पति के फिर आप शिष्य कैसे?"

"तब यह लीजिए महाराज, रसायन देता हूँ।"

यह कहकर एक छोटा-सा बिल्वफल आचार्य ने महाराज के हाथ पर रखकर कहा, "इसमें एक ही मात्रा रसायन है। यह देह-सिद्धि तथा लोह-सिद्धि दोनों ही कार्य करेगी।

इससे चाहे तो सामने के सम्पूर्ण पर्वत को स्वर्ण का बना लें महाराज चाहे अपने इस गलित-वृद्ध शरीर को वज्र के समान दृढ़ बना लें और स्वच्छन्द नव विकसित अनिन्ध गान्धार पुत्री के सौन्दर्य का आनन्द लूटें।"

"आचार्य का बड़ा अनुग्रह है। स्वर्ण-राशि की मेरे कोष में कमी नहीं। यह देह उपलब्ध सुख-साधनों के भोगने में समर्थ हो, यही चाहता हूँ।"

"तो राजन्, चिरकाल तक उन सुख-साधनों का भोग कीजिए। मैं आशीर्वाद देता हूँ।"

आचार्य हँसते हुए चले गए। महाराज उत्साहित हो धीरे-धीरे दो युवतियों के कन्धों पर हाथ रख महल में लौटे। धूप तेज हो गई थी।

जीवक कौमारभृत्य

"तुम्हीं वह वैद्य हो?"

"वैद्य तो मैं हूँ। परन्तु 'वह' हूँ या नहीं, नहीं कह सकता।"

"कहाँ के?"

"राजगृह का हूँ, पर शिक्षा तक्षशिला में पाई है।"

"आचार्य आत्रेय के शिष्य तुम्हीं हो?"

"मैं ही हूँ।"

"तब ठीक।" राजकुमार विदूडभ ने थोड़ा नम्र होकर कहा, "बैठ जाओ मित्र।"

युवक वैद्य चुपचाप बैठ गया। उसकी आयु कोई 26 वर्ष की थी। उसका रंग गौर, नेत्र काले-उज्ज्वल, माथा चौड़ा, बाल सघन काले और चिबुक मोटी थी। वह एक महार्घ दुशाला कमर में बाँधे था। उस पर सुनहरा कमर-बन्द बँधा था, एक मूल्यवान् उत्तरीय उसके कन्धे पर बेपरवाही से पड़ा था। पैरों में सुनहरी काम के जूते थे।

विदूडभ ने कुछ देर घूर-घूरकर तरुण वैद्य को देखा। फिर कहा, "तुम्हारी जन्मभूमि क्या राजगृह ही है?"

"जी हाँ, जहाँ तक मुझे स्मरण है।"

"राजगृह बड़ा मनोहर नगर है मित्र, परन्तु राजगृह से तुम क्या बहुत दिनों से बाहर हो?"

"प्रायः सोलह वर्ष से।"

"तो तुम तक्षशिला में भगवान् आत्रेय के प्रधान शिष्य रहे?"

"मैं उनका एक नगण्य शिष्य हूँ। वास्तव में मैं 'कौमारभृत्य' हूँ।"

"मैंने तुम्हारी प्रशंसा सुनी है मित्र, तुम तरुण अवश्य हो पर तारुण्य गुणों का विरोधी तो नहीं होता।"

"क्या मैं युवराज की कोई सेवा कर सकता हूँ?"

"मैं वैद्यों के अधिकार से परे हूँ मित्र, देखते हो मेरा शरीर हर तरह दृढ़ और नीरोग है। फिर भी मैं तुम्हारी मित्रता चाहता हूँ।"

"मेरी सेवाएँ उपस्थित हैं।"

"क्या तुम्हें मित्र, पिता के स्वर्ण-रत्न का बहुत मोह है?"

"स्वर्ण-रत्न का मुझे कभी भी मोह नहीं हुआ।"

"यह अच्छा है और एक सच्चे मित्र का?"

"उसकी मुझे बड़ी आवश्यकता है, युवराज।"

"तो तुम मुझे आज से अपना मित्र स्वीकार करोगे, अन्तरंग मित्र?"

"परन्तु मैं दरिद्र वैद्य हूँ, जिस पर राज-नियमों से अपरिचित हूँ।"

"तुम एक उत्तम युवक हो और मनुष्य के सब गुणों से परिपूर्ण हो।" युवराज ने अपनी बहुमूल्य मुक्ता-माल उतारकर वैद्य के कंठ में डालकर कहा, "यह स्नेह-उपहार स्वीकार करो मित्र।"

वैद्य ने धीरे-से माला हाथ में लेकर कहा, "यह उत्कोच है राजपुत्र, आपकी ऐसी ही इच्छा है तो कोई साधारण-सा उपहार दे दीजिए।"

"नहीं-नहीं मित्र, अस्वीकार न करो। यह अति साधारण है।"

"तब जैसी राजपुत्र की आज्ञा!"

"तो मित्र कहो—क्या पिताजी को तुम कुछ लाभ पहुँचा सके?"

"तनिक भी नहीं राजपुत्र, मैंने उनसे प्रथम ही कह दिया था कि उनकी यौवन ग्रन्थियाँ और चुल्लक ग्रन्थियाँ निष्क्रिय हो गई हैं। हृदय पर बहुत मेद चढ़ गया है। यदि वे कोई वाजीकरण सेवन करेंगे तो उनके जीवन-नाश का भय हो जाएगा।"

"फिर भी उन्होंने वाजीकरण भक्षण किया?"

"तीन-तीन बार राजपुत्र।"

"और तीनों बार निष्फल?"

"यह तो होना ही था। औषध केवल शरीर-यंत्र ही को तो क्रियाशील करती है और इन्द्रिय-व्यापार उसी से चलता है। इस प्राकृतिक नियम का क्या किया जाए?"

"वास्तव में आचार्य मांडव्य ने पिताजी को कामुक और अन्धा बना रखा है। परन्तु क्या आचार्य के इस रसायन में कुछ तत्त्व है!"

"मैंने उसका अध्ययन नहीं किया राजपुत्र, परन्तु रसायनतत्त्व सत्य है। आचार्य गांडव्य मुनि बृहस्पति के शिष्य हैं, जिनका चार्वाक मत आजकल खूब प्रचार पर है। उनका तो यह सिद्धान्त ही है कि शरीर को कष्ट मत दो। भाग्य नहीं, पुररुषार्थ ही मुख्य है। अपने पर निर्भर रहो। परमेश्वर कुछ नहीं है, परलोक नहीं है, वेद धोखे की टट्टी है, बुद्धि ही सब कुछ है। आत्मा पंचतत्त्व से बना है। प्रत्यक्ष ही सत्य प्रमाण है। वह गौतम के न्याय का भी विरोध करते हैं और ब्राह्मणों के यज्ञों का भी। शूद्र और संकर सभी ने उनके मत को पसन्द किया है। इससे ब्राह्मणों का प्रभुत्व तो नष्ट हुआ है, पर अनाचार बहुत बढ़ा है। इन वंचक आर्यों को भी तो इससे बहुत सहारा मिला है। अब वे खुल्लमखुल्ला दासियों और रखैलियों को भेड़-बकरियों के रेवड़ की भाँति अन्तःपुर में भेज रहे हैं और उनकी सन्तानों को कुत्तों और जानवरों की भाँति समाज और संगठन से च्युत कर संकर बना देते हैं।"

"यह सत्य है। परन्तु सबसे बुरा प्रभाव तो वैश्यों पर पड़ा है। बेचारे वैश्य प्रतिलोम विवाह कर नहीं सकते। वे केवल अपनी और शूद्रों की ही स्त्रियों को घरों में डाल

सकते हैं। उनका काम कृषि, पशुपालन और वाणिज्य है, जिसमें शूद्र और अतिशूद्र कर्मकार ही उनके सम्पर्क में रहते हैं। अतः उन्हीं में उनका रक्त मिल जाने से वे आर्यों से अति हीन, कुरूप और कुत्सित होते जा रहे हैं।"

"परन्तु इसका उपाय ही क्या है, जब तक आर्यों का समूल उच्छेद न हो।"

"वह होने का भी समय आ गया है, राजपुत्र। सर्वजित् निग्रन्थ महावीर और शाक्यपुत्र गौतम ने आर्यों के धर्म का समूल नाश प्रारम्भ कर दिया है। उन्होंने नया धर्मचक्र प्रवर्तन किया है जहाँ वेद नहीं हैं, वेद का कर्ता ईश्वर नहीं है, बड़ी-बड़ी दक्षिणा लेकर राजाओं के पापों का समर्थन करनेवाले ब्राह्मण नहीं हैं। ब्रह्म और आत्मा का पाखंड नहीं है। उन्होंने जीवन का सत्य देखा है, वे इसी का लोक में प्रचार कर रहे हैं। उधर अनार्य अश्वग्रीव और हिरण्यकशिपु ने वेद पढ़ना, सुनना और यज्ञ करना अपराध घोषित कर दिया है। उसके लिए प्राण-दंड नियत है।"

"जितनी जल्दी आर्यों का नाश हो, उतना ही अच्छा है वैद्यराज।"

"बेचारे शूद्रों को भारी विपत्ति का सामना करना पड़ रहा है।"

"वह क्यों?"

"उन्हें उच्च वर्ण की स्त्री लेने का अधिकार नहीं। उनकी युवती और सुन्दरी कन्याओं को ये आर्य युवा होने से प्रथम ही या तो खरीद लेते हैं या हरण कर लेते हैं और वे द्रविड़ों, दस्युओं तथा असुरों से स्त्रियाँ जैसे-तैसे जुटा पाते हैं। आर्यों के घरों में जहाँ स्त्रियों की फौज भरी रहती है, वहाँ उन बेचारों के अनेक तरुण कुमार ही रह जाते हैं। इन्हें आजीवन स्त्री नहीं मिलती। एक-एक स्त्री के लिए वे खून-खराबी तक करते हैं।"

"किन्तु मित्र, क्या आर्यों का नाश होने पर कोई महा अनिष्ट आ खड़ा होगा?"

"कुछ भी नहीं मित्र, आर्यत्व का घमंड ही थोथा है। रक्त की शुद्धता का तो पाखंड-ही-पाखंड है। दस्यु और शूद्र-पर्यन्त रक्त उनकी नाड़ियों में है। फिर जिन्हें वे अनार्य या संकर कहते हैं, उनमें उन्हीं का तो रक्त है। वास्तव में विश्व के मनुष्यों की एक ही सार्वभौम जाति होनी चाहिए।"

"किन्तु मित्र, शताब्दियों से रूढ़िबद्ध ये आर्य, केवल वर्णों ही में बद्ध नहीं। इस ब्राह्मणत्व और राजत्व में बड़ी भारी भोग-लिप्सा भी है।"

"ऐसा तो है ही राजपुत्र, इसी से तथागत ने इस वर्ण-व्यवस्था की जड़ पर प्रथम कुठाराघात किया है। उन्होंने लोहे के खड्ग से नहीं, ज्ञान, तर्क और सत्य के खड्ग से ब्राह्मणों और क्षत्रों के सम्पूर्ण मायाजाल को छिन्न-भिन्न कर दिया है। आप देखते नहीं हैं कि देश के बाहर से आए हुए जिन यवन, शक, गुर्जर और आभीरों को ये ब्राह्मण म्लेच्छ कहकर घृणा करते थे, उन्हें ही तथागत ने अपने संघशासन में ले लिया है और उन्हें मनुष्यता के अधिकार दिए हैं। तुम देखोगे कि बहुत शीघ्र ही भारत से जाति-भेद और ऊँच-नीच के भेद मिट जाएँगे। तथागत को जाति-वर्ण-भेद उठाते देख ब्राह्मणों ने अब वर्ण-बहिष्कृत लोगों को ऊँचे-ऊँचे वर्ण देने शुरू कर दिए हैं, पर अब इस फन्दे से क्या?"

विदूडभ कुछ देर सोचते रहे। तरुण वैद्य ने कहा, "आप विचार तो कीजिए कि किस भाँति इन लालची ब्राह्मणों ने अपने को राजाओं के हाथ बेच रखा है। एक दिन था

मित्र, मैं भी इस वर्ण-व्यवस्था के मायाजाल में था। जब मैं उज्जयिनी में वेद, व्याकरण निरुक्त और काव्य पढ़ रहा था। अपने सहपाठी नागरों और यौधेयों को झुझार और विश कहकर ब्राह्मण बटुक चिढ़ाया करते थे। पर जब मैंने भरुकच्छ में जाकर असली समृद्ध यवनों और उनके वैभव को देखा; लाट, सौराष्ट्र और उज्जयिनी के शक-आभीर महाक्षत्रपों के वैभव और शौर्य को देखा, पक्व नारंगी के समान गालोंवाले, श्मश्रुहीन मुख और गोल-गोल आँखोंवाले निर्बुद्धि किन्तु दुर्धर्ष हूणों को देखा, तो मुझ पर इन आर्यों के आधार रूप ब्राह्मणों और उनके हथियार वेदों तथा क्षत्रियों और उनके हथियार पुनर्जन्म और ब्रह्म की कलई खुल गई। जो शताब्दियों तक मूर्ख जनता को शान्त और निरुपाय अनुगत बनाने का एकमात्र उपाय था।

"इसी कोसल में देखो मित्र, एक ओर ये सेट्ठियों की और महाराजों की गगनचुम्बी अट्टालिकाएँ हैं, जो स्वर्ण-रत्न और सुखद साजों से भरी-पूरी हैं। दूसरी ओर वे निरीह और कर्मकार, शिल्पी और कृषक हैं जो अति दीन-हीन हैं। क्या इन असंख्य प्रतिभाशाली, परिश्रमीजनों की भयानक दरिद्रता का कारण ये इन्द्रभवन तुल्य प्रासाद नहीं हैं? कोसल में भी देखा गया है और मगध साम्राज्य में भी देखा है। नगरों में, निगमों में, गाँवों में भी चतुर शिल्पी भाँति-भाँति की वस्तुएँ तैयार करते, तन्तुवाय, स्वर्णकार, ताम्रकार, लोहकार, रथकार, रथपति—इन सभी के हस्त-कौशल से ये प्रासाद बनते हैं। परन्तु उनके हाथ से बनाए ये सम्पूर्ण अलौकिक पदार्थ तैयार होते ही उनके हाथ से निकलकर इन्हीं राजाओं, उनके सामन्तों, सेट्ठियों एवं ब्राह्मणों के हाथ में पहुँच जाते हैं। उनके लिए वे सपने की माया हैं। वे सब तैयार वस्तुएँ गाँवों से—निगमों से नगरों में, वहाँ से पण्यागारों में, सौधों और प्रासादों में संचित हो जाती हैं। उनका बहुत-सा भाग पारस्य और मिस्र को चला जाता है, बहुत-सा ताम्रलिप्ति, सुवर्णद्वीप पहुँच जाता है और उससे लाभ किनको? इन राजाओं को, जो भारी कर लेते हैं, या उन सेट्ठियों को, जो इन गरीबों की असहायावस्था से पूरा लाभ उठाते हैं। या इन ब्राह्मणों को, जिन्हें सर्वश्रेष्ठ वस्तु दान करना ये मूर्ख राजा अपना सबसे बड़ा पुण्य समझते हैं।"

युवराज की आँखें चमकने लगीं। उसने कहा, "तुम एक रहस्य पर पहुँच गए हो मित्र, तुम्हारी मित्रता पाकर मैं कृतार्थ हुआ हूँ। मित्र, एक बार मैं तथागत गौतम को देखना चाहता हूँ। यद्यपि मैं भी शाक्य रक्त से हूँ, पर शाक्यों का मैं परम शत्रु हूँ।"

"तथागत को शत्रु-मित्र समान हैं राजपुत्र! देखोगे तो जानोगे। कलन्दक निकाय के उस बूढ़े काले भिक्षु को जानते हैं आप?"

"क्या महास्थविर धर्मबन्धु की ओर संकेत है मित्र, जिन्होंने काशी से आकर यहाँ साकेत में संघ-स्थापना की है?"

"हाँ, वे चांडाल-कुल के हैं। वे साकेत के सभी भिक्षुओं के प्रधान हैं। समृद्ध श्रोत्रिय ब्राह्मण स्वर्णाक्षी-पुत्र भारद्वाज और सुमन्त उनके सामने उकड़ूँ बैठकर प्रणाम करते हैं। उन दोनों ने उन्हीं से प्रव्रज्या और उपसम्पदा ली है।"

"यह मैंने सुना है मित्र, पर वे बड़े भारी विद्वान् भी तो हैं।"

"पर ब्राह्मणों की चलती तो विद्वान् हो सकते थे? आज वे देवपद-प्राप्त दिव्य

पुरुष हैं। तथागत अपने संघ को समुद्र कहते हैं, जहाँ सभी नदियाँ अपने नाम-रूप छोड़कर समुद्र हो जाती हैं।"

"परन्तु कलन्दक निकाय को छोड़ इसी साकेत में तो ऊँच-नीच के भेदभाव हैं।" विदूडभ ने उदास होकर कहा।

"सो तो है ही; और जब तक मोटे बछड़ों का मांस खानेवाले और सुन्दरी दासियों को दक्षिणा में लेनेवाले ब्राह्मण रहेंगे, और रहेंगे उन्हें अभयदान देने वाले ये राजा लोग, तब तक ऐसा ही रहेगा, मित्र । ये तो स्वर्ण, दासी और मांस के लिए कोई भी ऐसा काम, जिससे इनके आश्रयदाता राजा और सामन्त प्रसन्न हों, खुशी से करने को तैयार हैं। देखा नहीं, कात्यायन वररुचि, शौनक और वसिष्ठ ने अपनी-अपनी स्मृतियाँ बनाई हैं और उनमें दिल खोलकर अपने और अपने मालिकों के अधिकारों का डंका पीटा है।"

"तो मित्र, मैं तुझे पाकर बहुत सुखी हुआ।"

"परन्तु राजपुत्र, कदाचित् मेरा कोसल में रहना नहीं होगा।"

"यह क्यों मित्र?"

"मेरे वाजीकरण की विफलता से महाराज बहुत असन्तुष्ट हुए हैं। मैंने उनसे राजगृह जाने की अनुमति ले ली है। मैं शीघ्र ही राजगृह जाना चाहता हूँ।"

"नहीं-नहीं, अभी नहीं मित्र! जब मैं कहूँ, तब जाना। अभी कोसल में रहने का मैं तुम्हें निमंत्रण देता हूँ।"

"तो फिर राजपुत्र की जैसी इच्छा!"

नियुक्त

हर्षदेव विक्षिप्तावस्था में देश-विदेश की खाक छानता हुआ वीतिभय नगरी में जा पहुँचा। उन दिनों इस नगर में उद्रायण नाम के राजा का राज्य था। हर्षदेव की दशा अत्यन्त शोचनीय हो गई थी। उसके वस्त्र गन्दे और फटकर चिथड़े हो गए थे। सिर और दाढ़ी के बाल बढ़कर परस्पर उलझ गए थे। उसकी दशा एक पागल भिखारी के समान थी। वैशाली को विध्वंस करके अम्बपाली को हस्तगत करने की तीव्र प्रतिहिंसा उसके मन और नेत्रों में व्याप्त थी, परन्तु इस महत्कार्य को करने योग्य उसमें न तो चरित्र-बल ही था, न योग्यता। वह यों ही अस्त-व्यस्त भटक रहा था।

भूख और थकान से जर्जर हर्षदेव ने नगर के बाहर स्थित एक चैत्य में आकर विश्राम किया। सघन वृक्षों की शीतल छाया में लेटते ही उसे गहरी नींद आ गई। उसी समय एक वृद्धा स्त्री ने उसे देखा। वह एक ऐसे ही अनाथ पुरुष की खोज में थी। हर्षदेव को अनाथ जानकर वह बहुत प्रसन्न हुई; जब उसने देखा कि वह स्वस्थ, सुन्दर और तरुण है तो वह और भी सन्तुष्ट हुई। और सन्तोष की दृष्टि से उसे देखती वहीं बैठ गई, तथा उसके जागने की प्रतीक्षा करने लगी।

थोड़ी देर बाद हर्षदेव ने जागकर वृद्धा को अपने सम्मुख बैठे देखा और कहा, "मातः, क्या मैं तेरा कुछ प्रिय कर सकता हूँ?"

"कृतपुण्य होकर जात।"

"कृतपुण्य कौन है?"

"वह मेरा इकलौता बेटा था।"

"वह कहाँ है?"

"वह अपने तीन जहाज भरकर ताम्रपर्णी की ओर सार्थवाही जनों के साथ गया था। अब सार्थवाही जनों ने लौटकर बताया है कि मार्ग में उसके जहाज तूफान में फँसकर डूब गए। उन्हीं के साथ मेरा वह प्रिय पुत्र भी डूब गया। जात, वह इस नगर के प्रसिद्ध सेट्ठि धनावह का इकलौता बेटा था और मैं भाग्यहीना उसकी माता हूँ।"

"दु:ख है माता, पर यदि मेरे पुत्र बनने से तेरा कुछ उपकार होता हो, तो मैं तेरा पुत्र हूँ।"

"उपकार बहुत हो सकता है पुत्र! मैं पुत्रहीना स्त्री हूँ, यदि राज्य के सेवकों को यह खबर लग जाए, तो वे मेरा सब धन राजकोष में उठा ले जाएँगे। इसीलिए पुत्र, तू मेरा पुत्र बनकर मुझे कृतार्थ कर।"

"किन्तु माता, मैं कृतसंकल्प हूँ।"

"कोई हानि नहीं, तू मेरा मनोरथ पूर्ण करके अपना संकल्प पूरा कर लेना।"

"तेरा मनोरथ क्या है, माता?"

"मेरे पुत्र की चार वधूटियाँ हैं। चारों ही कुलीना, सुन्दरी और तरुणी हैं। मैं तुझे नियुक्त करती हूँ, तू उन चारों में धर्मपूर्वक एक-एक क्षेत्रज पुत्र उत्पन्न करने तक मेरा पुत्र बनकर मेरे घर रह। मैं तुझे शुल्क दूँगी।"

हर्षदेव ने कुछ विचारकर कहा, "तो ऐसा ही हो माता। मैं तेरा प्रिय करूँगा, परन्तु शुल्क इच्छानुसार लूँगा।"

"मेरा पति धनावह सेट्ठि सहस्रभार स्वर्ण का अधिपति था, और उसके सात सार्थवाह देश-विदेश में चलते थे। सो तू शुल्क की चिन्ता न कर। मैं तुझे यथेच्छ शुल्क दूँगी।"

"तो माता, मैं तेरा पुत्र कृतपुण्य हूँ।"

वृद्धा उसे घर ले आई। वीथिका में घुसते ही उसने जोर-जोर से रोना-चिल्लाना आरम्भ किया, "अरे लोगो, मेरा भाग्य देखो, मेरा मरा पुत्र जी उठा है। अरे, मेरा पुत्र आया है। मेरा पुत्र कृतपुण्य—अहा मेरे घर का उजाला, यह मेरा कृतपुण्य है।"

बुढ़िया का रोना-चिल्लाना सुनकर गली-मुहल्ले के बहुत जन स्त्री-पुरुष एकत्र हो गए। वे उन दोनों को घेरकर चलने लगे। वृद्धा कृतपुण्य का हाथ थाम अपने घर के द्वार पर आकर और जोर-जोर से रोने-चिल्लाने लगी, "हाय, हाय, यह मेरे पुत्र की दुरवस्था देखो रे लोगो, सेट्ठि धनावह के इकलौते पुत्र ने कितना दु:ख पाया है।"

बहुत लोगों ने बहुत भाँति सांत्वना दी। बहुत कौतुक और आश्चर्य से हर्षदेव के उस जघन्य रूप को देखते रहे। वृद्धा ने सेवकों को एक के बाद दूसरी आज्ञा देना आरम्भ किया, "नापित को बुलाओ, मेरा पुत्र क्षौर करे। जल गर्म करो, उसे सुवासित करो, अवमर्दक और पीठमर्द को बुलाओ, पुत्र का अंगसंस्कार करो।"

देखते-ही-देखते दास-दासियों और सगे-सम्बन्धियों की दौड़-धूप से हर्षदेव क्षौर करा, स्नान-उबटन करा, बहुमूल्य कौशेय धारण कर उपाधान के सहारे नगर पौर जनों

से घिरा सुवासित पान के बीड़े कचरने और अपने भूत-भविष्य पर विचार करने लगा। घर में विविध पकवान पकने की सुगन्ध फैल गई। वृद्धा ने चारों बहुओं को उबटन लगा, नख-शिख से शृंगार कर पाटम्बर धारण करने का आदेश दिया।

वधुओं में जो ज्येष्ठा थी, उसने एक बार अच्छी तरह झाँककर पति को देखा। देखकर उसका मुख सूख गया। उसका नाम प्रभावती था। उसने सौतों को बुलाकर भयपूर्ण स्वर से कहा, "अब्भुमे, अब्भुमे, यह कौन है रे? यह तो सेठ का पुत्र नहीं है।"

सबने गवाक्ष में से झाँककर देखा। सबने कहा, "अब्भुमे, नहीं है, यह हमारा पति नहीं, यह कोई धूर्त वंचक है।"

"तो चलो, माता से कह दें।"

चारों जनी सास के पास पहुँचीं।

वृद्धा ने उन्हें देखकर कहा, "अरे, यह क्या! तुम लोगों ने अभी तक शृंगार नहीं किया? सांध्य बेला तो हो गई! मेरा पुत्र..."

"किन्तु माता, यह तुम्हारा पुत्र नहीं है, कोई धूर्त वंचक है," ज्येष्ठा ने वृद्धा की बात काटकर कहा। वृद्धा ने भृकुटी में बल डालकर कहा, "मेरे पुत्र को तुम क्या मुझसे अधिक जानती हो? यही मेरा पुत्र कृतपुण्य है।"

"यह नहीं है माता," चारों वधूटियों ने दृढ़ वाणी से कहा।

"परन्तु जब मैं कहती हूँ, तब तुम्हें भी यही कहना चाहिए।"

"परन्तु हमने उसे भलीभाँति देख लिया है।"

"चुप, मैंने इसे 'नियुक्त' किया है।"

वधुओं का मुँह सूख गया और उनकी वाणी कंठ में अटक गई। वे भयभीत होकर सास का मुँह देखने लगीं।

वृद्धा ने कहा, "देखो, तुम समझदार और बुद्धिमती हो, मूर्खता करके बने-बनाए खेल को मत बिगाड़ देना। तुमने देख ही लिया है, वह सुन्दर, स्वस्थ और कुलीन है। तुम और मैं पुत्रहीना स्त्रियाँ हैं, ऐसी अवस्था में देश के कानून के आधार पर राजपुरुषों को ज्यों ही इस बात का पता लग जाएगा कि हम पुत्रहीना स्त्रियाँ हैं, तो राजपुरुष हमारी सारी सम्पत्ति को हरण करके राजकोष में मिला देंगे। तब हमें अपना सब स्वर्ण-रत्न, घर-बार खोकर पथ की भिखारिणी होकर रहना होगा। परन्तु इस नियुक्त पुरुष के द्वारा तुम चारों एक-एक क्षेत्रज पुत्र उत्पन्न कर लोगी तो वे ही हमारी इस अतुल सम्पदा के भोक्ता होंगे और तुम कुल-वधू बनकर रहोगी। सब भोगों को भोगोगी। यह कोई अधर्म की बात नहीं है। प्राचीन आर्यों की धर्म की रीति है। शान्तनु के धर्मात्मा पुत्र भीष्म ने इसी धर्म को अपनाकर कुरुवंश की रक्षा की थी। ऐसे अनेक उदाहरण हैं। इससे मैं तुम्हारे सुख-कल्याण के लिए जैसा कहती हूँ, तुम उसी प्रकार आचरण करो। इसी में तुम्हारा कल्याण होगा।"

बुढ़िया की बातें अन्ततः वधूटियों के मन में घर कर गईं और उन्होंने उसके आदेश के अनुसार इस नियुक्त पुरुष को पति-भाव से स्वीकार कर लिया। इस प्रकार हर्षदेव अपने संकल्प को भूल धन-सम्पदा, ऐश्वर्य और युवती स्त्रियों के सुख में डूब गया। कृतपुण्य होकर वह सेट्ठिपुत्र का सम्पूर्ण अभिनय करने लगा। किसी को भी

उस पर सन्देह नहीं हुआ; जिन्होंने सन्देह किया, उन्हें बुढ़िया ने साम-दान-दंड-भेद से वश में कर लिया।

नियुक्त का शुल्क

इस प्रकार उस नगर में रहते हुए हर्षदेव को तीन वर्ष बीत गए। इन तीन वर्षों में उसने सेट्ठिपुत्र की चारों वधूटियों में तीन पुत्र और दो पुत्रियाँ उत्पन्न की। अपने घर को शिशुओं से आह्लादित और प्रसादित देखकर वृद्धा बहुत प्रसन्न रहने लगी। बालक बड़े ही स्वस्थ और सुन्दर थे। वे बुद्धिमान भी थे, जैसे कि संकर रक्त की सन्तान होती ही है। पहले हर्षदेव अपने को मात्र नियुक्त समझकर इन सबसे उदासीन रहता था, बीच-बीच में वह देवी अम्बपाली का भी ध्यान करता था; परन्तु ज्यों-ज्यों दिन बीतते गए, उसने सोचा, क्यों न मैं अब सब बातों को भूलकर कृतपुण्य रहकर ही जीवन व्यतीत करूँ। चारों बहुएँ भी अब उससे प्रेम करने लगी थीं। खासकर तृतीया की उस पर अधिक आसक्ति थी। वह सब वधूटियों में चतुरा, प्रगल्भा, बुद्धिमती और सुन्दरी भी थी। उसका पिता चम्पा का एक धनी सेट्ठि सार्थवाह था।

परन्तु बुढ़िया की योजना विशुद्ध वैधानिक थी। अब वह सोचने लगी थी, मेरा काम हो चुका। जो करना था, कर लिया। मेरे पुत्र के पुत्र हो गए, मेरा वंश चल गया। मेरी सम्पत्ति और मेरे कुल की रक्षा हो गई। अब वह नियुक्त मोघपुरुष जाए। वह इस सम्बन्ध में हर्षदेव से बातचीत करने का अवसर ढूँढ़ने लगी। उसके मन से उसका आदर-भाव बहुत कम हो गया। उसका घर में स्वामी की भाँति रहना, उसका पुत्र-वधुओं के प्रति पति-भाव से व्यवहार करना, स्वच्छन्दता से भीतर-बाहर आना-जाना, मनमाना द्रव्य खर्च करना, सब उसे अखरने लगा। वह उसे घर से निकाल बाहर करने की युक्ति सोचने लगी।

एक दिन उसे अवसर भी मिल गया। कपिशाकाम्पिल्य के कुछ सार्थवाह नगर में आए थे। उनके साथ कुछ उत्तम अजानीय अश्व थे। उनसे हर्षदेव ने अपने लिए एक अश्व सहस्र स्वर्ण में खरीद लिया। अन्ततः वह सामन्त पुत्र था। अश्व पर चढ़कर चलने और शस्त्र धारण करने का वह अभ्यस्त था। सेट्ठि-पुत्र के अलस अभिनय से कभी-कभी ऊबकर वह अश्व पर शस्त्र लेकर मृगया करने और भुना हुआ शूकर-शूल्य खाने को छटपटा उठता था। कृतपुण्य का सेट्ठि परिवार श्रावक था, अतः यहाँ उसे मांस नहीं मिल रहा था।

सो अश्व खरीदकर और नए अश्व पर सवार होकर वह प्रसन्न होता हुआ घर पहुँचा और उपास्था को पुकारकर कहा कि वह सार्थवाहक को सहस्र स्वर्ण दे दे, जो उसके साथ-साथ ही आया था। बुढ़िया को अवसर मिल गया। वह क्रुद्ध होकर बाहर आई, उसने कहा, "कैसा सहस्र स्वर्ण?"

"मैंने अश्व खरीदा है मातः।"

"परन्तु किसलिए?"

"मैं कभी-कभी वन-विहार हो जाया करूँगा?"

"तो तू निरन्तर वन-विहार कर, मेरी तरफ से तुझे छुट्टी है।"

"इसका क्या मतलब है?"

"अरे मोघपुरुष, तू मतलब पूछता है? क्या तू नहीं जानता कि तू नियुक्त है? जा, तेरी नियुक्ति समाप्त हुई। मेरा कार्य पूरा हुआ। तूने कहा था कि तू कृत-संकल्प है। जा, अपना संकल्प पूर्ण कर।"

"तो क्या मैं अब तेरा कृतपुण्य पुत्र नहीं?"

"नहीं रे मोघपुरुष, नहीं!"

"तो मैं राजद्वार में अभियोग उपस्थित करता हूँ कि तू मुझ पुत्र को वंचित करती है। मैं कृतपुण्य हूँ, यह सभी जानते हैं।"

"तो तू अभियोग उपस्थित कर, मैं कहूँगी, इस वंचक ने मेरा पुत्र बनकर मुझे ठगा है, मेरा कुल कलंकित किया है, तुझे शूली मिलेगी। अरे मोघपुरुष, तू कब मेरा कृतपुण्य था!"

मध्यमा ने आकर कहा, "मातः, यह विवाद ठीक नहीं है। इससे कुल कलंकित होगा तथा तेरे पौत्र अवैधानिक प्रमाणित होंगे और सम्पत्ति उन्हें नहीं मिलेगी।"

"तो तू क्या कहती है कि मैं इस धूर्त को जीवन-भर सिर पर लादे फिरूँ? और वह मेरे पुत्र और पति की सम्पत्ति और मेरी वधुओं का आजीवन भोक्ता बना रहे?"

"तो उसे शुल्क देकर विदा कर दो।"

"कैसा शुल्क?"

हर्षदेव ने क्रुद्ध होकर कहा, "क्या तूने शुल्क देने का वचन नहीं दिया था?"

"पर तूने खाया-पीया भी तो है; अरे भिक्षुक मोघपुरुष, स्मरण कर उस दिन को, जब तू चीथड़े पहने जंगल में भटक रहा था। तीन वर्षों में कितना खाया है रे पेटू, तनिक हिसाब तो लगा?"

"अरी कृत्या, तू अब मेरा पेट नापती है! नहीं जानती, मैं सामन्त हूँ। अभी खड्ग से तेरा शिरच्छेद करूँगा।" हर्षदेव क्रुद्ध होकर खड्ग निकालने लगा।

बुढ़िया डर गई। वह जोर-जोर से रोने लगी। मध्यमा ने कहा, "मातः, अभी सब वीथिवासी आ जाएँगे, भेद खुल जाएगा, तेरा कुल दूषित होगा।"

"तो यह मोघपुरुष अभी मेरे घर से चला जाए।"

हर्षदेव ने कहा, "अभी जाता हूँ, परन्तु तुझ कुट्टनी की प्रतिष्ठा के लिए नहीं, अपनी प्रतिष्ठा के लिए।" इसके बाद उसने सार्थवाह से कहा, "हन्त मित्र, मैं तुम्हारा अश्व इस समय नहीं खरीद सकता, अश्व ले जाओ और तुम्हें जो कष्ट हुआ, उसके लिए यह मुद्रिका ले लो।"

इसके बाद हर्षदेव सब बहुमूल्य वस्त्रालंकार उतार-उतारकर फेंकने लगा। केवल एक प्रावार अंग से लपेटकर चलने के लिए उठ खड़ा हुआ।

चारों वधूटियाँ आँखों में आँसू भर खड़ी देखती रहीं। मध्यमा ने आगे बढ़कर कहा, "भद्र, यों नहीं यह कुल-मर्यादा के विपरीत है। एक मुहूर्त-भर ठहरो, मैं पाथेय तैयार करती हूँ। पाथेय साथ लेकर जाना।"

बुढ़िया ने बाधा नहीं दी और हर्षदेव ने भी मौन स्वीकृति दी। मध्यमा ने बहुत-सा घी-चीनी डालकर दो बड़े-बड़े मधुगोलक बनाए। उनमें से एक में मुट्ठी-भर रत्न-मणि भी भर दिए। पाथेय हर्षदेव के हाथ में देकर हौले-से कहा, "भद्र, चम्पा जाना, वहाँ पिता के यहाँ रहकर मेरी प्रतीक्षा करना।"

इतना कह वह हर्म्य में चली गई और हर्षदेव डाल से टूटे पत्ते की भाँति फिर निराश्रय हो पथ पर आगे बढ़ा।

चम्पारण्य में

दोपहर ढल गई थी, पर्वत की सुदूर उपत्यकाओं में गहरी काली रेखाएँ दीख पड़ने लगी थीं। किन्तु पर्वत-शृंग के वृक्ष सुनहरी धूप में चमक रहे थे। सामने एक सघन घाटी थी, उसी की ओर सात अश्वारोही बड़े सतर्क भाव से अग्रसर हो रहे थे। उनके अश्व थक गए थे और पथरीली ऊबड़-खाबड़ धरती पर रह-रहकर ठोकरें खाते जाते थे। आगे के दो अश्वों पर कुंडनी और सोम थे, उनके पीछे पाँच भट सावधानी से इधर-उधर ताकते अपने अश्वों को सँभालते हुए चल रहे थे।

बहुत देर तक सन्नाटा रहा। घाटी के मुहाने पर पहुँचकर सोमप्रभ ने कहा, "तनिक अश्व को बढ़ाए चलो, कुंडनी। हमें जो कुछ बताया गया है, यदि वह सत्य है, तो इस घाटी के उस पार ही हमें एक हरा-भरा मैदान मिलेगा और उसके बाद चम्पा नगरी की प्राचीर दीख जाएगी।"

"परन्तु सोम, यह घाटी तो सबसे अधिक विकट है। तुम क्या भूल गए, यहीं कहीं उस असुर राजा की गढ़ी है, जिसके सम्बन्ध में बहुत-सी अद्भुत बातें प्रसिद्ध हैं! उसके फंदे में फँसकर कोई यात्री जीवित नहीं आता। सुना है, देवता को वह नित्य नरबलि देता है और उसकी आयु सैकड़ों वर्ष की है। पिता ने कहा था कि वे उसे देख चुके हैं—वह अलौकिक आसुरी विद्याओं का ज्ञाता है और उसके शरीर में दस हाथियों का बल है।"

"परन्तु क्या हम उसकी आँखों में धूल नहीं झोंक सकते? जिस प्रकार आज चार दिन से हम निर्विघ्न चले आ रहे हैं उसी प्रकार इस घाटी को भी पार कर लेंगे। भय मत कर कुंडनी, परन्तु सूर्य अस्त होने में अब विलम्ब नहीं है, हमें सूर्यास्त से प्रथम ही यह अशुभ घाटी पार कर लेनी चाहिए।"

"खूब सावधानी की आवश्यकता है सोम, जैसे बने इस अशुभ घाटी को हम जल्दी पार कर जाएँ। न जाने मेरा मन कैसा हो रहा है।"

"पार तो करेंगे ही कुंडनी, क्या तुम्हें सोम के बाहुबल पर विश्वास नहीं है?"

"नहीं, नहीं, सोम, मैं तुम्हें सावधान किए देती हूँ। यदि दुर्भाग्य से उस असुर का सामना करना ही पड़ा, तो शरीर के बल पर भरोसा न करना। उससे बुद्धि-कौशल ही से निस्तार पाना होगा।"

सोम ने हँसकर कहा, "तो कुंडनी, तुम मेरी पथप्रदर्शिका रहीं।"

कुंडनी हँसी नहीं, उसने एक मार्मिक दृष्टि साथी पर डाली और कहा, "यही सही!"

सोम ने अश्व को बढ़ाकर कुंडनी के बराबर किया, फिर कहा, "कुंडनी, आचार्यपाद ने कहा था कि तुम मेरी भगिनी हो, क्या यह सच है?"

"तुम क्या समझते हो, पिता झूठ बोलेंगे?"

"क्यों नहीं, यदि उचित और आवश्यक हुआ तो!"

"और तुम?"

"मैं भी। झूठ से मूर्ख भी भय खाते हैं, जो उसका उपयोग नहीं जानते, जैसे शस्त्र से अनाड़ी डरते हैं।"

"तो तुम्हारी राय में झूठ भी एक शस्त्र है!"

"बड़ा प्रभावशाली।"

इस बार कुंडनी हँसी; उसने कहा, "तुम्हारा तर्क तो काटने के योग्य नहीं है, परन्तु पिता ने सत्य कहा था।"

"नहीं, नहीं कुंडनी, आर्या मातंगी ने कहा था—तुम्हारी एक भगिनी है—पर वह कुंडनी नहीं है।"

"सोम, शत्रु को छोड़कर मैं प्रत्येक पुरुष की भगिनी हूँ।"

"इसका क्या अर्थ है? यह तो गूढ़ बात है।"

"मेरे पिता जैसे गूढ़ पुरुष हैं, वैसे ही उनकी पुत्री भी। तुम उनको समझने की चेष्टा न करो।"

"किन्तु मैं कुंडनी..."

सोम की बात मुँह ही में रही, एक तीर सनसनाता हुआ कुंडनी के कान के पास से निकल गया।

कुंडनी ने चीत्कार करके कहा, "सावधान! शत्रु निकट है।"

परन्तु इससे प्रथम ही सोम ने अपना भारी बर्छा सामने की झाड़ी को लक्ष्य करके फेंका। झाड़ी हिली और एक क्रन्दन सुनाई दिया। सोम खड्ग खींच झाड़ी के पास पहुँचा। कुंडनी और पाँचों भटों ने भी खड्ग खींच लिए—सबने झाड़ी को घेर लिया।

उन्होंने देखा, बर्छा एक पुरुष की पसलियों में पार होकर उसके फेफड़े में अटक गया है। जो आहत हुआ है उसका रंग काजल-सा काला है, खोपड़ी छोटी और चपटी है, कद नाटा है, नंगा शरीर है, केवल कमर में एक चर्म बँधा है, उस पर स्वर्ण की एक करधनी है, जिस पर कोई खास चिह्न है। उसके घाव और मुख से खून बह रहा था और वह जल्दी-जल्दी साँस ले रहा था। उसके साथ वैसा ही एक दूसरा युवक था। उसने एक भीत मुद्रा से पृथ्वी पर लेटकर सोम को प्रणिपात किया, फिर दोनों हाथ उठाकर प्राण-भिक्षा माँगने लगा।

सोम ने उसे संकेत से अभय दिया। फिर संकेत ही से कहा, "क्या वह असुर है?"

असुर ने स्वीकार किया। इस पर सोम ने आसुरी भाषा में कहा, "वह अपने साथी को देखे—मर गया या जीवित है।"

युवक अपनी ही भाषा में बोलते सुनकर आश्वस्त हुआ। फिर उसने साथी को झाड़ी से निकालकर चित लिटा दिया। सोम ने देखा—जीवित है, पर बच नहीं सकता।

उसने एक सैनिक को उसके मुँह में जल डालने को कहा—सैनिक ने जल डाला। पर इसी समय एक हिचकी के साथ उसके प्राण निकल गए।

सोम ने अब दूसरे तरुण को अच्छी तरह देखा, उसकी करधनी ठोस सोने की थी तथा उसकी आँखों में खास तरह की चमक थी। सोमप्रभ ने उससे पूछा, "क्या वह असुरराज शम्बर का आदमी है?"

शम्बर के नाम पर वह झुका, उसने स्वीकृतिसूचक सिर हिलाया।

सोम ने पूछा, "क्या तुम अपने प्राणों के मूल्य पर हमें चम्पा का मार्ग प्रदर्शन कर सकते हो?"

युवक ने स्वीकृति दी। परन्तु अत्यन्त भयभीत होकर घाटी की ओर हाथ उठाकर दो-तीन बार 'शम्बर' नाम का जोर-जोर से उच्चारण किया।

सोम ने कहा, "क्या उधर जाने में खतरा है?"

"हाँ।"

"चम्पा जाने का कोई दूसरा मार्ग है?"

"है, किन्तु बहुत लम्बा है।"

"कितना समय लगेगा?"

"एक सप्ताह।"

"और इस घाटी के मार्ग से?"

"एक दिन।"

सोम ने कुंडनी से कहा, "लाचारी है! हमें खतरा उठाना ही पड़ेगा। हम एक सप्ताह तक रुक नहीं सकते।" उसने तरुण से कहा, "हमें घाटी का मार्ग दिखाओ।"

तरुण असुर ने अत्यन्त भयमुद्रा दिखाकर उँगली गर्दन पर फेरी। सोम ने अपना खड्ग ऊँचा करके कहा, "चिन्ता मत करो।" असुर ने कहा, "खड्ग से आप बच नहीं सकेंगे।"

परन्तु सोम ने उधर ध्यान नहीं दिया। वे अश्व पर सवार हुए। कुंडनी को भी सवार कराया और आगे-आगे युवक को करके घाटी की ओर अग्रसर हुए। एक बार उन्होंने तरुण असुर की छाती पर बर्छा रखकर कहा, "यदि दगा की तो मारे जाओगे।"

तरुण ने नेत्रों में करुण मुद्रा भरकर प्रणिपात किया, फिर स्वर्ण-करधनी का चिह्न छूकर प्राणान्त सेवा का वचन दिया।

आगे-आगे तरुण, पीछे अश्व पर सोम और कुंडनी और उनके पीछे पाँचों सैनिक द्रुत गति से आगे बढ़ने लगे। पर ज्यों-ज्यों घाटी के नीचे उतरते गए, उनका भय-आतंक बढ़ता ही गया। उन्हें एक अशुभ भावना का आभास होने लगा। सोम ने धीरे-से कहा, "कुंडनी, क्या हम खतरे के मुँह में जा रहे हैं?"

"मालूम तो ऐसा ही होता है?"

"तब क्या लौट चलें?"

"अब सम्भव नहीं है।"

"क्या तुम भयभीत हो?"

"व्यर्थ है।"

और बातें नहीं हुईं। कुछ देर चुपचाप सब चलते रहे। घाटी में अन्धकार बढ़ता

गया। तरुण ने एक झरना दिखाकर कहा, "अब आज इससे आगे जाना ठीक नहीं।"

सोम ने भी यही ठीक समझा। सब घोड़ों से उतर पड़े। घोड़े रास के सहारे बाँध दिए गए। वे हरी-हरी घास चरने लगे। सोम ने तरुण असुर से कहा, "यहाँ आखेट है?"

वह कुछ मुस्कराता हुआ सिर हिलाता कहीं चला गया और थोड़ी देर में बहुत-सी जड़ें और कुछ जंगली फल उठा लाया। सबने वही खाया। फिर बारी-बारी से एक-एक सैनिक को पहरे पर तैनात कर दोनों सो गए। थकान के कारण उन्हें तुरन्त ही गहरी नींद आ गई।

शम्बर असुर की नगरी में

अकस्मात् जैसे हृदय में धक्का खाकर सोमप्रभ की आँखें खुल गईं। उसने देखा, उसके हाथ-पाँव कसकर बँधे हैं, और एक असुर तरुण स्वप्निल-सा कुंडनी के हाथ-पाँव बाँध रहा है और वह बेसुध है। पाँचों सैनिकों की भी वही दशा है, वे सब-के-सब बेसुध पड़े हैं। उसने इधर-उधर देखा, सामने कोई दस गज के अन्तर पर एक विशेष प्रकार की आग जल रही थी, जिसमें से नीली और बैंजनी रंग की लौ निकल रही थी। उसमें से विचित्र-सी गन्ध निकलकर हवा में फैल रही थी। उस हवा में श्वास लेने से सोमप्रभ को ऐसा मालूम हुआ, जैसे उसके शरीर से जीवन-शक्ति का लोप हो गया हो। उसने यह भी देखा कि उसके सम्पूर्ण शस्त्र उसके अंग पर ही हैं, पर वह उनका कोई उपयोग नहीं कर सकता। उसने जोर से चिल्लाकर कुंडनी को पुकारना चाहा, पर उसके मुँह से एक शब्द भी नहीं निकला। इस बीच में तरुण असुर कुंडनी को बाँध चुका था। अकस्मात् उसके हृदय में एक ऐसी तीव्र इच्छा उत्पन्न हुई कि वह चुपचाप उठकर एक ओर को चल दिया। एक बार पीछे फिरकर यह देखकर उसे बड़ा आश्चर्य हुआ कि कुंडनी चुपचाप स्वप्निल व्यक्ति की भाँति पीछे चली आ रही है। यही दशा उसके अश्वों और भटों की भी थी। उन्हें वही तरुण लिए जा रहा था। उसने अब भी बोलने, कुंडनी से बातचीत करने और कहाँ जा रहा है, यह विचारने की चेष्टा की, पर सब बेकार। वह मंत्रप्रेरित-सा आगे बढ़ा चला जा रहा था। और उसके पीछे कुंडनी और उसके अश्व और भट चले आ रहे थे। उन्हें ऐसा प्रतीत हो रहा था, मानो कोई रस्सी से बाँधकर उन्हें खींचे लिए जा रहा है।

पीछे वही तरुण था। वह रुक-रुककर कुछ शब्द कहता जाता था। कभी-कभी वन के बीच उपत्यका को प्रतिध्वनित करती हुई एक रोमांचकारी ध्वनि आती थी और उसी ध्वनि के उत्तर में वह तरुण असुर कोई अस्पष्ट शब्द उच्च स्वर से, मानो चीखकर, किन्तु बेबसी की हालत में उच्चारण कर रहा था।

पूर्व में सफेदी फैलने लगी और तारे धुँधले हो गए। ये यात्री चलते ही गए। अब किसी अदृश्य प्रेरणा से प्रेरित हो उन्होंने एक गहन गुफा में प्रवेश किया। गुफा में बिलकुल अन्धकार था। पर तरुण असुर ने क्षण-भर में वैसा ही नीला और बैंजनी रंग का प्रकाश उत्पन्न कर दिया। उसी के क्षीण प्रकाश में उन्होंने देखा, गुफा खूब लम्बी-

चौड़ी और बड़ी है। वे उसमें भीतर-ही-भीतर चलते चले गए। बहुत देर चलने के बाद जब गुफा का दूसरा छोर आया, तो सोमप्रभ को ऐसा मालूम हुआ जैसे अकस्मात् गहरी नींद से जाग पड़ा हो। उसने देखा, दिन भली-भाँति निकला है। सूर्य की मनोरम स्वर्ण-किरणें चारों ओर फैल रही हैं और उसकी आँखों के सामने एक खूब समथर हरा-भरा चौड़ा मैदान है, जो चारों ओर पहाड़ियों से घिरा हुआ है। इस मैदान में एक स्वच्छ, सुन्दर और कलापूर्ण अच्छा-खासा गाँव बसा हुआ है। घर सब गारे-पॉथर के हैं। उन पर गोल बाँधकर छप्पर छाया गया है। बाँसों को गाड़कर अहाते बनाए गए हैं। सड़कें खूब चौड़ी और साफ हैं, पशु पुष्ट और उनके गवाट कलापूर्ण ढंग से बने हैं। असुर तरुणियाँ सुर्मे के रंग की चमकती देह पर लाल मूँगे तथा हिमधवल मोतियों की माला धारण किए, चर्म के लहँगे पहने और कमर में स्वर्ण की करधनी तथा हाथों में स्वर्ण के मोटे-मोटे कड़े पहने कौतूहल से इन विवश बन्दियों का आगमन देख रही थीं। असुर बालक उन्हें क्रीड़ा और मनोरंजन की सामग्री समझ रहे थे। रूपसी कुंडनी सम्पूर्ण असुर बालाओं और युवती जनों की स्पर्धा की वस्तु हो रही थी। वह लाल शाल कमर में बाँधे तथा उत्तरीय वासक को वक्ष में लपेटे सर्पिणी के समान लहराते सघन केशों को चाँदी के समान उज्ज्वल मस्तक पर धारण किए साक्षात् वन-देवी-सी प्रतीत हो रही थी। सोमप्रभ के निकट आकर उसने उसके कान में कहा, "सोम, जिस असुरपुरी की चर्चा लोग कहानियों में करते थे, वह आज हम परम सौभाग्य से अपनी आँखों से देख रहे हैं। यह तो बड़ी मनोरम, शान्त और स्वच्छ छोटी-सी नगरी है। सोम, क्या तुम्हें यह देखकर आश्चर्य नहीं होता?"

"मुझे तो यह देखकर आश्चर्य होता है कि कुंडनी इस असुरपुरी में कैसे निर्भय और विनोदी भाव से प्रवेश कर रही है।"

"भय क्या है सोम?"

"यह तो अभी पता चल जाएगा, जब शम्बर आज रात को हमें देवता पर बलि चढ़ाएगा।"

"क्या उसकी ऐसी सामर्थ्य है सोम?"

"उसकी सामर्थ्य क्या अभी तुमने देखी ही नहीं? नगर में घुसने के पूर्व तक हम लोग कैसे मूढ़ बने-से माया के वशीभूत इस असुरपुरी गें खिंचे चले आए!"

"सच ही तो, यहाँ हम आ कैसे गए? यह तो बड़े आश्चर्य की बात है!"

"उसी आसुरी माया के बल पर। शायद सूर्योदय होने पर वह माया नष्ट हो गई।"

"उँह, पर अब तो मैं पूर्ण सावधान हूँ और जब तक मैं सावधान हूँ, शत्रु से डर नहीं सकती।"

"ऐसी वीरांगना को संगिनी पाकर मैं कृतार्थ हुआ कुंडनी। अफसोस यही है कि तुम्हें जीवनसंगिनी कदाचित् न बना सकूँ।"

कुंडनी ने विषादपूर्ण हँसी हँसकर कहा, "यदि आज ही रात को असुर हमें देवता पर बलि चढ़ा दे, तब तो तुम्हारी साध पूरी जो जाएगी। तुम मुझे जीवनसंगिनी ही समझ लेना। परन्तु सोम, क्या तुम बहुत भयभीत हो?"

"क्या भय की कोई बात नहीं है कुंडनी?"

"हम शत्रुपुरी में हैं और विवश हैं, यही तो? इससे साहस खो बैठे? तक्षशिला में तुमने इतना ही पुरुषार्थ संचय किया था सोम?"

सोम एकटक कुंडनी के तेजपूर्ण मुख को ताकने लगा। उसने इसके मदभरे उनींदे नेत्रों में प्यासी चितवन फेंककर कहा, "यह कौन-सी सामर्थ्य तुम्हारे भीतर से बोल रही है कुंडनी?"

कुंडनी ने हँसकर कहा, "सोम, तुम भी तो एक समर्थ पुरुष हो!"

"यदि मेरे हाथ-पैर बन्धनमुक्त हों और मेरा खड्ग मेरे पास हो, तो मुझे इन असुरों की परवाह नहीं।"

"ओह, फिर वही शारीरिक बल की बात कह रहे हो, सोम। याद रखो, यहाँ बुद्धि-बल से विजय पानी होगी। मस्तिष्क को ठंडा रखो और निर्भय आगे बढ़ो। देखें तो उस असुर का राजवैभव!"

इतने में ही बहुत-से वाद्य एक साथ बजने लगे। तुरही, भेरी, मुरज, मृदंग और ढोल। दोनों ने आँख उठाकर देखा, सामने लाल पत्थर का एक प्रशस्त दुर्ग है। उसके गोखों से असुर योद्धा सिर निकाल-निकालकर बन्दियों को देख रहे हैं। गढ़ के फाटक बहुत मोटी लकड़ी के हैं। उन्हें रस्सियों से खींचकर खोला जा रहा है। उसी के ऊपरी खंड में ये सब वाद्य बज रहे थे। फाटक पर बहुत-से असुर तरुण नंगे शरीर, कमर में खाल लपेटे, स्वर्ण-करधनी पहने, विशाल भाले हाथ में लिये खड़े थे। उनके कज्जलगिरि-जैसे शरीर शीशे के समान चमक रहे थे।

कुंडनी ने धीरे-से सोमप्रभ से कहा, "तुमने आसुरी भाषा कहाँ सीखी सोम!"

"मैंने गान्धार में अभ्यास किया था। देवासुर संग्राम में भी बहुत अवसर मिला। वहाँ असुर बन्दियों से मैं आसुरी भाषा में ही बोलता था।"

"तो सोम, उच्च स्वर से इन असुरों ही के समान असुरराज शम्बर का जय-जयकार करो!"

सोम ने यही किया। जय-जयकार का असुरों पर अच्छा प्रभाव पड़ा। उन्होंने हाथ उठाकर जय-जयकार में सहयोग दिया।

दुर्ग में प्रविष्ट होकर वे पत्थर की बड़ी सड़क पर कुछ देर चलकर एक बड़े दालान में पहुँचे। यह दालान आधा पहाड़ में गुफा की भाँति खोदकर और आधा पकी ईंटों से चिनकर बनाया गया था। उसके बीचोबीच पत्थर का एक ऊँचा सिंहासन रखा था। उस पर एक बाघम्बर बिछा था, जिसमें बाघ का विकराल मुख खुला दीख रहा था और उसकी बड़ी-बड़ी दाढ़ें चमक रही थीं। उसी पर शम्बर पद्मासन से बैठा था। उसका शरीर बहुत विशाल था। रंग अत्यन्त काला। अवस्था का पता नहीं चलता था, परन्तु अंग अत्यन्त दृढ़ था। कंठ में मुक्ताओं और मूँगों की कई छोटी-बड़ी मालाएँ पड़ी थीं। भुजबन्द में स्वर्णमंडित सूअर के दाँत मढ़े थे। सिर खुला था। उसके बाल कुछ-कुछ लाल, घुँघराले और खूब घने थे। उन पर स्वर्णपट्ट में जड़े किसी पशु के दो पैने सींग मढ़े हुए थे। मुँह भारी और रुआबदार था। उस पर खिचड़ी गलमुच्छा था। मस्तक पर रक्तचन्दन का लेप था। सम्पूर्ण वक्ष स्वर्ण की ढाल जैसे किसी आभूषण से छिपा था। उसके सिंहासन के दोनों ओर दो विशाल बर्छे गड़े थे। सिंहासन के पीछे

चार तरुणी असुरकुमारिकाएँ खड़ी मोरछल और चामर डुला रही थीं। एक मद्यपात्र लिये निकट खड़ी थी। दो के हाथ में गन्धदीप थे, जिसमें से सुगन्धित धुआँ उठ रहा था। सिंहासन के सामने वेदी थी, जिसमें वैसी ही बैंगनी और नीली आँच जल रही थी। सिंहासन के पीछे पत्थर की दीवार पर किसी अतिभयानक विकराल जन्तु की तस्वीर खुदी हुई थी। शम्बर के हाथों में भी मोटे-मोटे स्वर्ण के कड़े थे तथा हाथ में एक मोटा स्वर्णदंड था, जो ठोस मालूम होता था। उसकी आँखें गहरी, काली और चितवन बड़ी ते और मर्मभेदिनी थी। दो बूढ़े असुर, जिनकी वेशभूषा लगभग राजा ही के समान थी सिंहासन के नीचे व्याघ्र-चर्म पर बैठे थे।

सोम ने एक बार भली-भाँति असुरराज के दरबार को देखा और धीरे-से कुंडनी के कान में कहा, "इस असुर के पास तो स्वर्ण का बड़ा भंडार दीख पड़ता है।"

"चुप! उच्च स्वर से असुर का अभिनन्दन करो।"

कुंडनी का संकेत पाकर सोम ने आसुरी भाषा में कहा, "जिस असुरराज शम्बर की अमोघ शक्ति और महान वैभव की कहानियाँ मनुष्य, देव और गन्धर्व घर-घर कहते नहीं अघाते, उनका मैं सोमप्रभ अभिनन्दन करता हूँ।"

यह सुनकर असुरराज ने मुस्कराकर वृद्ध मंत्रियों से कुछ कहा। फिर सोम की ओर देखकर कहा, "गन्धर्व है या मनुष्य?"

"मनुष्य।"

"कहाँ का?"

"मगध का।"

"मगध के सेनिय बिम्बिसार को मैं जानता हूँ। परन्तु वह मेरा मित्र नहीं है। तू मेरे राज्य की सीमा में क्यों घुसा? जानता है, यह अक्षम्य अपराध है और उसका दंड है मृत्यु।"

"महासामर्थ्यवान् शम्बर का यह नियम शत्रु के लिए है, मित्र के लिए नहीं। प्रतापी मागध सम्राट् बिम्बिसार असुरराज से मैत्री करना चाहते हैं।"

असुर ने फिर झुककर मंत्रियों से परामर्श किया। फिर उसने कहा, "मागध बिम्बिसार दनुकुल का था। अब वह मनुकुल में चला गया है तथा मनुष्य-धर्म का पालन कर रहा है। इसी से वह मेरा मित्र नहीं है। मनुकुल सदैव देवकुल का मित्र होता है, दनुकुल का नहीं।"

"परन्तु मागध बिम्बिसार दनुकुल-भूषण सामर्थ्यवान् शम्बर की मित्रता चाहता है। उसका मैत्री-सन्देश ही मैं लाया हूँ।"

शम्बर ने मंत्रियों से फिर परामर्श किया और कहा, "इसका प्रमाण क्या है?"

"यही, कि मैं विजयिनी मागध सैन्य साथ न लाकर एकाकी ही यहाँ चला आया हूँ। मुझे विश्वास था कि महान् शम्बर मित्रवत् हमारा स्वागत करेगा।"

इस पर शम्बर ने बड़ी देर तक मंत्रियों से विचार-विमर्श किया और फिर कुंडनी की ओर संकेत करके कहा, "वह कौन सुन्दरी है?"

"वह भी मागधी है।"

"तब सेनिय बिम्बिसार ऐसी सौ सुन्दरी मुझे दे, तो मैं बिम्बिसार का मित्र हूँ।"

सोमप्रभ का मुँह क्रोध से लाल हो गया। कुंडनी ने उस पर लक्ष्य करके कहा,

"बेवकूफी मत करना सोम। वह क्या कह रहा है।"

"वह तुम्हारी-जैसी सौ सुन्दरी मित्रता के शुल्क में माँग रहा है।"

"उससे कहो, मागधी तरुणी विद्युत्प्रभ होती है। असुर उसे भोग नहीं सकते। उसे छूते ही असुरों की मृत्यु हो जाएगी।"

शम्बर ने कहा, "वह सुन्दरी बाला क्या कह रही है?"

"वह कहती है, मगध के सम्राट् सामर्थ्यवान शम्बर की यह शर्त पूरी कर सकते हैं, परन्तु बाधा यह है कि मागधी तरुणियाँ विद्युत्प्रभ होती हैं। उन्हें भोगने की सामर्थ्य असुरों में नहीं है। उन्हें छूते ही असुरों की मृत्यु हो जाएगी।

"मैंने अपने यौवन में लोक-भ्रमण किया है। गान्धार, पर्शुपुरी, स्वर्णद्वीप और गन्धर्वलोक देखा है। देव-कन्याओं तथा गन्धर्व-तरुणियों का हरण किया है। ऐसा हरण हमारा कुलधर्म है। इन सभी देव-गन्धर्व-बालाओं को भोगने में हम असुर समर्थ हैं; तब मागधी बाला को क्यों नहीं?"

सोमप्रभ को इधर-उधर करते देख कुंडनी ने कहा, "अब वह क्या कहता है?"

असुर का अभिप्राय जान कुंडनी ने कहा, "उससे कहो, मागधी बाला को देवी वर है। वह असुरों के लिए आगम्य और अस्पृश्य है।"

यही बात सोम ने कह दी। तब असुर ने कहा, "अच्छा, फिर यहाँ एक मागधी तरुणी है ही। इस पर असुरों की परीक्षा कर ली जाएगी।"

सोमप्रभ लाल-लाल आँखें करके शम्बर की ओर देखने लगा। कुंडनी ने कहा, "अब उसने क्या कहा सोम?"

"वह पाजी कहता है, इसी तरुणी पर असुरों की परीक्षा कर ली जाएगी।"

कुंडनी ने तनिक हँसकर कहा, "क्रुद्ध मत हो! उससे कहो, वह नागपत्नी है। यदि असुर इस परीक्षा में प्राण-संकट का खतरा उठाना चाहें, तो ऐसा ही हो।"

शम्बर ने क्रुद्ध होकर कहा, "वह बाला हँसकर क्या कह रही है रे मनुष्य?"

सोम ने कहा, "वह कह रही है कि यदि असुर प्राण-संकट का खतरा उठाकर यह परीक्षण करना चाहते हों, तो ऐसा ही हो। परन्तु वह नागपत्नी है और स्वयं नागराज वासुकि उसकी रक्षा करते हैं।"

असुरराज ने मंत्रियों से सलाह करके कहा, "इसकी जल्दी नहीं है मनुष्य! इस पर फिर विचार कर लिया जाएगा। अभी तू असुरपुरी में हमारा अतिथि रह।"

फिर उसने मंत्रियों को सम्बोधित करके कहा, "आज इन मनुष्यों के लिए नृत्य-पानोत्सव हो। सब पौरों को खबर हो। ढोल पीटे जाएँ।"

फिर उसने सोम की ओर घूमकर कहा, "तुझे भय नहीं है; किन्तु यदि मागध बिम्बिसार मित्रता की शर्त पूरी नहीं करेगा तो प्रथम इस मागध सुन्दरी को और फिर तेरी देवता के सामने बलि दूँगा। अभी तू जाकर आहार विश्राम कर।"

उसने बाण के समान पैनी दृष्टि से सोम को देखा और उँगली उठाई फिर असुर तरुणों से कहा, "इन मनुष्यों के शस्त्र हरण करके बन्धन खोल दो।"

असुरराज यह कहकर आसन से उठकर भीतर चला गया। बन्दीगण भी अपने आश्रय स्थल को लौटे।

कुंडनी का अभियान

इस असुरपुरी में जितनी स्वतंत्रता सोम को प्राप्त थी, उस सबका सम्पूर्ण उपभोग करके सूर्यास्त के समय अत्यन्त थकित और निराश भाव से उसने उस गुफाद्वार में जब पैर रखा, जहाँ उनके ठहरने की व्यवस्था थी, तो वहाँ का दृश्य देख वह एकबारगी ही चीत्कार कर उठा। कुंडनी, गुफा के मध्य में एक शिलाखंड पर बिछे बाघम्बर पर बैठी थी। उसके हाथ में उसका पूर्वपरिचित वही विषधर नाग था। नाग उसके कंठ में लिपट रहा था और उसका हाथभर चौड़ा फन कुंडनी के हाथ में था। कुंडनी की आँखों से आज जैसे मद की ज्वाला निकल रही थी। वे जैसे अगम सागर पर तरणी की भाँति तैर रही थीं। सर्प की हरी मरकत मणि जैसी आँखें उन आँखों से युद्ध कर रही थीं। इसी अभूतपूर्व और अतर्कित नेत्र-युद्ध को देखकर सोम चीत्कार कर उठा था। परन्तु उसके चीत्कार करते ही कुंडनी ने चुटकी ढीली कर दी। सर्प ने उसके मृदुल ओठों पर दंश दिया। सोम ने झपटकर सर्प को उसके हाथ से छीनकर दूर फेंक दिया और हाँफते-हाँफते कहा, "यह तुमने क्या किया कुंडनी?"

"तुम बड़े मूर्ख हो सोम। अगर नाग मर गया तो? यह तक्षक जाति का महाविषधर नाग है। पिता इसे कम्बोज के वन से लाए थे। पृथ्वी पर ऐसा विषधर अब और नहीं है। तुमने उसे आघात पहुँचा दिया हो तो?"

वह लहराती हुई उठी, नाग को बड़े प्यार से उठाकर हृदय से लगाया। नाग इस समय सिकुड़कर निर्जीव हो रहा था। उसका तेज-दर्प जाता रहा था।

सोम ने कहा, "कुंडनी, तुम्हारा अभिप्राय मैं समझ नहीं सका। आचार्य ने मुझे तुम्हारा रक्षक बनाया है।"

"तो रक्षक ही रहो सोम। अभिप्राय जानने की चेष्टा न करो।" कुंडनी ने भ्रूकुंचित करके कहा।

"तो तुम यह क्या कर रही थीं, कहो?"

"जो उचित था वही।"

"क्या आत्मघात?"

"दंश से क्या मेरा घात होता है। उस दिन देखा नहीं था?"

"तुम कौन हो कुंडनी?" सोम ने घोर सन्देह में भरकर कहा।

"पिता ने कहा तो था, तुम्हारी भगिनी। अब और अधिक न पूछो।"

"अवश्य पूछूँगा कुंडनी। हम घोर संकट में हैं। मैंने तमाम दिन इधर-उधर घूमने और भाग निकलने की युक्ति सोचने में लगाया है। पर सब व्यर्थ प्रतीत होता है। कहने को शम्बर असुर ने हमें स्वतंत्रता दी है, पर हम पूरे बन्दी हैं कुंडनी।"

"सो बन्दी तो हैं ही। तुम दिनभर भटकते क्यों फिरे? तुम्हें विश्राम करना चाहिए था। गुफा में काफी ठंड थी, खूब नींद ले सकते थे।"

"इस विपत्ति में नींद किसे आ सकती थी कुंडनी?"

"पर विपत्ति की सम्भावना तो रात्रि ही को थी न भोज के बाद!"

"और तब तक हमें पैर फैलाकर सोना चाहिए था?"

"निश्चय। उससे अब तुम स्वस्थ, ताजा और फुर्तीले हो जाते और भय का बुद्धिपूर्वक सामना करते।"

"तुम अद्‌भुत हो कुंडनी! कदाचित् तुम्हें असुर का भय नहीं है।"

"असुर से भय करने ही को क्या कुंडनी बनी हूँ?"

"तुम क्या करना चाहती हो कुंडनी, मुझसे कहो।"

"इसमें कहना क्या है! शम्बर या तो हमारे मैत्री-सन्देश को स्वीकार करे, नहीं तो आज सब असुरों-सहित मरे।"

"उसे कौन मारेगा?"

"क्यों? कुंडनी।"

सोम अवज्ञा की हँसी हँसा। पर तुरन्त ही गम्भीर होकर बोला, "मैं तुम्हारे रहस्य जानना नहीं चाहता। परन्तु तुम्हारी योजना क्या है, कुछ मुझे भी तो बताओ, ताकि सहायता कर सकूँ।"

"सोम, तुम युवक हो और योद्धा हो! तथाच गुरुतर राजकार्य में नियुक्त हो। मैं तुम्हारी अपेक्षा अल्पवयस्का एवं स्त्री हूँ। फिर भी सोम, इस समय तुम मुझ पर निर्भर रहो। शान्त, प्रत्युत्पन्नमति और तत्पर—तुमने जिसे अपघात समझा है, वह शत्रुनाश की तैयारी है सोम।"

"परन्तु किस प्रकार?"

"वह समय पर देखना। अभी मुझे बहुत काम है, तुम थोड़ा सो लो; फिर हमें विकट साहस प्रदर्शन करना होगा। मैं जानती हूँ, असुर अर्धरात्रि से पूर्व भोजन नहीं करते।"

"तो तुम मुझे बिलकुल निष्क्रिय रहने को कहती हो?"

"कहा तो मैंने भाई, शान्त रहो, तत्पर रहो और प्रत्युत्पन्नमति रहो। फिर निष्क्रिय कैसे?"

"पर मेरे शस्त्र?"

"वे छिन गए हैं तो क्या हुआ? बुद्धि तो है!"

"कदाचित् है।" सोम खिन्न होकर एक भैंसे की खाल पर चुपचाप पड़ रहा। थोड़ी ही देर में उसे नींद आ गई। बहुत देर बाद जब कुंडनी ने उसे जगाया तो उसने देखा, कई असुर योद्धा गुफा के द्वार पर खड़े हैं। अनेकानेक के हाथ में मशाल हैं और बहुतों के हाथ में विविध वाद्य हैं। एक असुर जो प्रौढ़ था, वक्ष पर स्वर्ण का एक ढाल बाँधे, लम्बा भाला लिये सबसे आगे था।

मशाल के प्रकाश में आज सोम कुंडनी का यह त्रिभुवनमोहन रूप देखकर अवाक् रह गया। उसकी सघन-श्याम केशराशि मनोहर ढंग से चाँदी-जैसे उज्ज्वल मस्तक पर सुशोभित थी। उसने माँग में मोती गूँथे थे। लम्बी चोटी नागिन के समान चरण-चुम्बन कर रही थी। बिल्व-स्तनों को रक्त कौशेय से बाँधकर उस पर उसने नीलमणि की कंचुकी पहनी थी। कमर में लाल दुकूल और उस पर बड़े-बड़े पन्नों की कसी पेटी उसकी क्षीण कटि ही की नहीं, पीन नितम्बों और उरोजों के सौन्दर्य की भी अधिक वृद्धि कर रही थी। उसने पैरों में नूपुर पहने थे, जिनकी झंकार उसके प्रत्येक पाद-विक्षेप से हृदय को हिलाती थी।

सोम ने कहा, "कुंडनी, क्या आज असुरों को मोहने साक्षात् मोहिनी अवतरित हुई है?"

"हुई तो है। इसमें तुम्हें क्या, असुरों का भाग्य! तो अब झटपट तैयार हो जाओ।" कुंडनी ने मुस्कराकर कहा।

सोम ने झटपट वस्त्र बदले। कुंडनी ने सामने पड़े एक व्याघ्र-चर्म को दिखाकर कहा, "इसे वक्ष में लपेट लो, काफी रक्षा करेगा।"

"किन्तु कुंडनी, हम शस्त्रहीन शत्रु के निकट जा रहे हैं।"

"मैंने जिन तीन शस्त्रों की बात कही थी, उन्हें यत्न से रखना सोम, फिर कोई भय नहीं है।"

"अर्थात् शान्त, तत्पर और प्रत्युत्पन्नमति रहना?"

"बस यही!"

"तो कुंडनी, तुम आज की मुहिम की सेनानायिका हो?"

"ऐसा ही हो सोम। अब चलें।"

"कुंडनी बाहर आई। उसने अधिकारपूर्ण स्वर में साफ मागधी भाषा में असुर सरदार को आज्ञा दी, "सैनिकों से कह, बाजा और मशाल लेकर आगे-आगे चलें।"

कुंडनी के संकेत से कुंडनी की आज्ञा सोम ने असुर सरदार को सुना दी।

उस रूप के तेज से तप्त असुर सरदार ने विनयावनत हो कुंडनी की आज्ञा का पालन किया। कुंडनी ने फिर सोम के द्वारा उनसे कहलाया, "तुम सब हमारे पीछे-पीछे आओ।"

और वह छम से घुँघरू बजाती विद्युत्प्रभा की साक्षात् मूर्ति-सी उस मार्ग को प्रकाशित करती असुरपुरी के राजमार्ग पर आगे बढ़ी। पीछे सैकड़ों असुर सरदार उत्सुक होकर साथ हो लिये। सोम ने धीरे-से कहा, "मायाविनी कुंडनी, इस समय तो ऐसा प्रतीत होता है जैसे तुम्हीं इस असुर-निकेतन की स्वामिनी हो।"

"और सम्पूर्ण असुरों के प्राणों की भी।" उसने कुटिल मुस्कान में हास्य किया।

असुर भोज

दुर्ग के बीचोबीच जो मैदान था, उसी में भोज की बड़ी भारी तैयारियाँ हुई थीं। बीचोबीच एक बड़े भारी अग्निकुंड में महाचिता के समान आग जल रही थी और उस पर एक समूचा भैंसा भूना जा रहा था। बहुत-से असुर-बालक, बालिका, तरुणियाँ, वृद्धाएँ और वृद्ध असुर शोर करते आग के इधर-उधर घूम रहे थे। ज्योंही कुंडनी ने सोमप्रभ का हाथ पकड़कर रंगभूमि में प्रवेश किया, चारों ओर कोलाहल मच गया। मंच पर बीचोबीच एक ऊँचे शिलाखंड पर व्याघ्रचर्म बिछा था। यह सम्भवतः शम्बर के लिए था। परन्तु कुंडनी असीम साहस करके सोम का हाथ पकड़ उसी शिलाखंड पर जा बैठी। असुर सुन्दरियाँ और मंत्रीगण घबरा गए। शम्बर क्या यह सहन कर सकेगा? असुर अपने राजा का बल और क्रोध जानते थे, पर कुंडनी उसकी दुर्बलता जान गई थी।

उसने सोम से कहा, "असुरों से कहो सोम, सुरा-भांड यहाँ ले आएँ।"

सोम के कहने पर कई असुर तरुण सुरा-भांड वहीं ले आए। इसी बीच जोर से बाजे बजने लगे। असुरों ने भीत होकर देखा, शम्बर खूब ठाठ का शृंगार किए चला आ रहा है। उसने स्वर्ण का मुकुट धारण किया था। उसका सम्पूर्ण वक्ष नाभि-प्रदेश तक स्वर्ण से ढका था। कमर में नया चर्म लपेटे था और भुजदंडों पर भी स्वर्ण-वलय पहने था। कंठ में बड़े-बड़े मोती और मूँगों की लड़ें पड़ी थीं। मुकुट के दोनों ओर स्वर्णमंडित दो पशुओं के तीक्ष्ण सींग लगे हुए थे।

सोम ने कहा, "कुंडनी, असुरराज का सिंहासन छोड़ दे।"

कुंडनी ने सोम की बात पर ध्यान न दे, उसे एक वाक्य आसुरी भाषा में झटपट सीखकर, ज्योंही शम्बर सीढ़ी चढ़ रंगभूमि में प्रविष्ट हुआ, शिलाखंड पर खड़ी हो चिल्लाकर कहा, "महासामर्थ्यवान् शम्बर के स्वास्थ्य और दीर्घायु के नाम पर और उसने प्याले भर-भरकर असुरों को देने प्रारम्भ किए। तरुण और वृद्ध असुर इस अनिन्द्य सुन्दरी मानुषी बाला के हाथ से मद्य पी-पीकर उच्च स्वर में चिल्लाने लगे, "महासामर्थ्यवान् शम्बर के दीर्घ जीवन के नाम पर!"

क्षण-भर खड़े रहकर असुरराज ने यह दृश्य देखा और फिर वह मुस्कराकर अपना स्वर्णदंड ऊँचा उठाए आगे बढ़ा। उसने दोनों हाथ फैलाकर कहा, "मुझे भी दे मानुषी, एक भांड मद्य। मुझे भी अपने हाथों से दे।"

कुंडनी खट-से शिलाखंड से कूद पड़ी। उसके हाथ में मद्य-भरा पात्र था। उसने नृत्य करके, नेत्रों से लीला-विस्तार करते और भाँति-भाँति की भावभंगी दिखाते हुए शम्बर के चारों ओर घूम-घूमकर नृत्य करना प्रारम्भ किया। उसका वह मद-भरा यौवन, वह उज्ज्वल-मोहक रूप, उसकी वह अद्‌भुत भावभंगी, इन सबको देख शम्बर काम-विमोहित हो गया। उसने कहा, "दे मानुषी, मुझे भी एक भांड दे।"

पर कुंडनी ने और भी विलास प्रकट किया। वह मद्य-भांड को शम्बर के ओठों तक ले गई और फिर बिजली की तरह तड़पकर वह भांड बूढ़े असुर सचिव के मुँह से लगा दिया। बूढ़ा असुर चपचप करके सब मद्य पी गया और ही-ही करके हँसने लगा। कुंडनी का संकेत पाकर सोम ने दूसरा भांड कुंडनी के हाथ में दिया। शम्बर उसके लिए विह्वल हो जीभ चटकारता हुआ आगे बढ़ा। पर कुंडनी ने फिर वही कौशल किया और भांड एक तरुण असुर के ओठों से लगा दिया। सब असुर कुंडनी को घेरकर नाचने लगे। शम्बर अत्यन्त विमोहित हो उसके चारों ओर नाचने और बार-बार मद्य माँगने लगा। कुंडनी ने इस बार एक पूरा घड़ा मद्य का हाथ में उठा लिया। उसे कभी सिर और कभी कन्धे तथा कभी वक्ष पर लगाकर उसने ऐसा अद्‌भुत नृत्य-कौशल दिखाया कि असुरमंडल उन्मत्त हो गया। फिर उसने सोम के कान में कहा, "इन मूर्खों से चिल्लाकर कहो—खूब मद्य पियो मित्रो, स्वयं ढालकर सामर्थ्यवान् शम्बर के नाम पर!"

सोम के यह कहते ही, 'सामर्थ्यवान् शम्बर के नाम पर' यही शब्द उच्चारण करके सारे असुरदल ने सुरा-भांडों में मुँह लगा दिया। कोई चषक में ढालकर और कोई भांड ही में मुँह लगाकर गटागट मद्य पीने लगे। कुंडनी ने हँसते-हँसते सुरा-भांड

शम्बर के मुँह से लगा दिया। उसे दोनों हाथों से पकड़कर शम्बर गटा-गट पूरा घड़ा मद्य कंठ से उतार गया।

कुंडनी ने सन्तोष की दृष्टि से सोम की ओर देखकर कहा, "अब ठीक हुआ। पिलाओ इन मूर्खों को। आज ये सब मरेंगे सोम।"

"तुम अद्भुत हो कुंडनी!" सोम ने कहा और वह असुरों को मद्य पीने को उत्साहित करने लगा।

मद्य असुरों के मस्तिष्क में जाकर अपना प्रभाव दिखाने लगा। वे खूब हँसने और आपस में हँसी-दिल्लगी करने लगे। स्त्रियों और बालकों ने खूब मद्य पिया। बहुत-से तो वहीं लोट गए, पर सोमप्रभ उन्हें और भी मद्य पीने को उत्साहित कर रहे थे। बुद्धिहीन मूर्ख अन्धाधुन्ध पी रहे थे। शम्बर का हाल बहुत बुरा था। वह सीधा खड़ा नहीं रह सकता था, पर कुंडनी उसे नचा रही थी। वह हँसता था, नाचता था और असुरी भाषा में न जाने क्या-क्या अंड-बंड बक रहा था। सिर्फ बीच में मानुषी-मानुषी शब्द ही वह समझ पाती थी। अवसर पाकर उसने सोम से कहा, "क्या कह रहा है यह असुर?"

"प्रणय निवेदन कर रहा है कुंडनी, तुझे अपनी असुर राजमहिषी बनाना चाहता है।"

कुंडनी ने हँसकर कहा, "कुछ-कुछ समझ रही हूँ सोम। यह असुरराज मेरे सुपुर्द रहा। उन सब असुरों को तुम आकंठ पिला दो। एक भी सावधान रहने न पावे। भांडों में एक बूँद मद्य न रहे।"

"उन असुरों से निश्चिन्त रह कुंडनी, वे तेरे हास्य से ही अधमरे हो गए हैं।"

"मरें वे सब।" कुंडनी ने हँसकर कहा।

शम्बर ने कुंडनी की कमर में हाथ डालकर कहा, "मानुषी मेरे और निकट आ।"

कुंडनी ने कहा, "अभागे असुर, तू मृत्यु को आलिंगन करने जा रहा है।"

शम्बर ने सोम से कहा, "वह क्या कहती है रे मानुष?"

सोम ने कहा, "वह कहती है, आज आनन्दोत्सव में सब योद्धाओं को महाशक्तिशाली शम्बर के नाम छककर मद्य पीने की आज्ञा होनी चाहिए।"

"पिएँ वे सब!" शम्बर ने हँसते-हँसते कहा और कुंडनी ने और एक घड़ा शम्बर के मुँह से लगा दिया। उसे पीने पर शम्बर के पाँव डगगगाने लगे।

कुछ असुरों ने आकर कहा, "भोज, भोज, अब भोज होगा।"

शम्बर ने यथासम्भव संयत होकर हिचकियाँ लेते हुए कहा, "मेरी इस मानुषी हिक्—सुन्दरी के सम्मान में सब कोई खूब खाओ, पियो, हिक्—अनुमति देता हूँ—हिक्—खूब खाओ, पियो। मुझे सहारा दे,—मानुषी हिक्—और मागध मानव, तू भी स्वच्छन्द खा-पी—हिक्।" फिर वह कुंडनी पर झुक गया।

सोम से असुर का अभिप्राय समझकर कुंडनी ने असुर को उसी शिलाखंड पर बैठाया। उसकी एक बगल में आप बैठी और दूसरी बगल में सोम को बैठने का संकेत किया। समूचा भैंसा, जो आग पर भूना जा रहा था, खंड-खंड किया गया। सबसे प्रथम उसका सिर एक बड़े थाल में लेकर पचास-साठ तरुणियों ने शम्बर के चारों ओर घूम-घूमकर नृत्य करना और चिल्ला-चिल्लाकर गाना आरम्भ कर दिया।

भैंसे के सिर का वह थाल एक-से-दूसरी के हाथों हस्तान्तरित होता—जिसके हाथ में वह थाल जाता, वह तरुणी गीत की नई कड़ी गाती, फिर उसे सब दुहारकर चारों ओर घूम-घूमकर नृत्य करतीं। अन्ततः एक सुसज्जित तरुणी असुर सुन्दरी ने घुटनों के बल बैठकर वह थाल शम्बर को अर्पण कर दिया।

शम्बर ने छुरा उठाया, भैंसे की जीभ काट ली और उसे स्वर्ण के एक पात्र में रख खड़े होकर उसे कुंडनी को पेश करके कुछ कहा। कुंडनी ने सोम से पूछा, "क्या कह रहा है यह?"

"तेरा सर्वाधिक सम्मान कर रहा है। जीभ का निवेदन सम्मान का चिह्न है।"

"तो उसे मेरी ओर से धन्यवाद दे दो सोम।"

सोम ने आसुरी भाषा में पुकारकर कहा, "महान् शम्बर को मागध सुन्दरी अपना हार्दिक धन्यवाद निवेदन करती है। पियो मित्रो, इस मागध सुन्दरी के नाम पर एक पात्र।"

"मागध सुन्दरी, मागध सुन्दरी," कहकर शम्बर एक बड़ा मद्यपात्र लेकर नाचने लगा। अन्य असुर भी पात्र भरकर नाचने लगे।

असुरों की हालत अब बहुत खराब हो रही थी। उनके नाक तक शराब ठुँस गई थी और उनमें से किसी के पैर सीधे न पड़ते थे। अब उन्होंने भैंसे का मांस हबर-हबर करके खाना प्रारम्भ किया। कुंडनी ने कहा, "भांडों में अभी सुरा बहुत है सोम, यह सब इन नीच असुरों की उदरदारी में उड़ेल दो।" सोम ने फिर सुरा ढालकर असुरों को देना प्रारम्भ किया और कुंडनी शम्बर को पिलाने लगी।

शम्बर ने हकलाकर कहा, "मानुषी, अब—तू—नाच।"

उसका अभिप्राय समझकर कुंडनी ने संकेत से सोम से कहा कि अब समय है, अपना मतलब साधो।"

सोम ने कहा, "महान् शम्बर ने मागध बिम्बिसार की मैत्री स्वीकार कर ली है। क्या इसके लिए सब कोई एक-एक पात्र न पिएँगे?"

"क्यों नहीं। किन्तु सेनिय बिम्बिसार क्या ऐसी सौ तरुणी देगा?"

"अवश्य, परन्तु असुर उन्हें भोग-छू नहीं सकेंगे। वे सब विद्युत्प्रभ हैं?"

इसी समय कुंडनी ने मोहक भावभंगी से नृत्य आरम्भ कर दिया। वह प्रत्येक असुर के निकट जाकर लीला-विलास करने लगी। मदिरा से उन्मत्त असुरों के मस्तिष्क उसका रूप-यौवन, लीला-विलास और भाव-भंगी, देखकर बेकाबू हो गए। सब कोई कुंडनी को पकड़ने को लपकने लगे। किसी में संयत भाव नहीं रह गया।

मृत्यु-चुम्बन

यह सब देख कुंडनी के संकेत को पाकर सोमप्रभ ने पुकारकर कहा, "सब कोई सुनें! यह मगध सुन्दरी है, जिसे असुर नहीं भोग सकते। जो कोई इसका चुम्बन आलिंगन करेगा, वही तत्काल मृत्यु को प्राप्त होगा।"

असुरों में अब सोचने-विचारने की सामर्थ्य नहीं रही थी। 'चुम्बन करो, चुम्बन करो,' सब चिल्लाने लगे।

शम्बर ने हाथ का मद्यपात्र फेंककर हकलाते हुए कहा, "सब कोई इस मानुषी—का—चुम्बन करो।"

सोम ने क्रुद्ध होकर कुंडनी की ओर देखा। फिर उसका अभिप्राय जान सोम ने कहा, "जो कोई चुम्बन करेगा, वही मृत्यु को प्राप्त होगा। महान् शम्बर इसको न भूल जाएँ।"

"शम्बर सब जानता है। उसने बहुत देव, दैत्य, गन्धर्व और मानुषियों का हरण किया है, कहीं भी तो ऐसा नहीं हुआ। दे, सौ ऐसी तरुणियाँ दे रे मानुष, यदि मेरी मैत्री चाहता है।" शम्बर ने मद से लाल-लाल आँखों से सोम को घूरकर कहा।

कुंडनी नृत्य कर रही थी। जब बहुत-से असुर तरुण हँसते हुए उसका चुम्बन करने को आगे बढ़े, तो कुंडनी ने एक छोटी-सी थैली वस्त्र से निकालकर उसमें से महानाग को निकाला और कंठ में पहन लिया। यह देख सभी तरुण असुर भयभीत होकर पीछे हट गए। कुंडनी ने उस नाग का फन पकड़कर उसके नेत्रों से नेत्र मिला नृत्य जारी रखा। कभी वह शम्बर के पास जाकर ऐसा भाव दिखाती, मानो चुम्बनदान की प्रार्थना कर रही हो, कभी सोम के निकट जा अपना अभिप्राय समझाती। कभी असुरों के निकट जा लीला-विलास से उन्हें उम्मत्त करती।

शम्बर ने कहा, "वह उस सर्प से क्या कर रही है रे मनुष्य?"

सोम ने कुंडनी से संकेत पाकर कहा, "मैंने कहा था कि यह मागधी नाग-पत्नी है, अब सर्वप्रथम नाग चुम्बन करेगा, पीछे जिसे मृत्यु की कामना हो, वह चुम्बन करे।"

"तो नाग-चुम्बन होने दे!"

"तो महान् शम्बर इस मानुषी के नागपति के नाम पर एक-एक पात्र मद्य पीने की आज्ञा दें।"

शम्बर ने उच्च स्वर से सबको आज्ञा दी। फिर असुरों ने मद्य के बड़े-बड़े पात्र मुँह से लगा लिये।

इसी समय कुंडनी ने नाग से दंश लिया। उस दंश को देखकर सभी आश्चर्यचकित हो गए। कुंडनी ने नाग को थैली में रख अपने वस्त्रों में छिपा लिया। उसके मस्तक पर स्वेदबिन्दु झलक आए और वह विष के वेग से लहराने लगी। उस समय उसके नृत्य ने अलौकिक छटा प्रदर्शित की। ऐसा प्रतीत होता था जैसे वह हवा में तैर रही हो। उसके नेत्र और अधरोष्ठ मानो मद-निमंत्रण-सा देने लगे।

शम्बर ने असंयत होकर चिल्लाकर कहा, "चुम्बन करो इस मागध मानुषी का।"

सोम ने चिल्लाकर कहा, "जो कोई चुम्बन करेगा, उसकी मृत्यु होगी। महान् शम्बर इसके जिम्मेदार हैं।"

"चुम्बन करो! चुम्बन करो!" शम्बर ने पुकारकर कहा। उसमें अब सोचने-विचारने की कुछ भी शक्ति न थी। एक तरुण ने हठात् कुंडनी को अपने आलिंगन में कसकर अधरों पर चुम्बन लिया। वह तुरन्त बिजली के मारे हुए प्राणी की भाँति निष्प्राण होकर पृथ्वी पर गिर पड़ा। सोम यह चमत्कार देख भय से पीला पड़ गया। कुंडनी ने उधर भ्रूपात नहीं किया। उसने दूसरे तरुण की ओर मुस्कराकर देखा। उसने भी आगे बढ़कर

कुंडनी को कसकर बाहुपाश में बाँधकर चुम्बन लिया और उसकी भी यही दशा हुई। अब तो उन्मत्त की भाँति असुरगण कुंडनी का चुम्बन ले-लेकर और निष्प्राण हो-होकर भूमि पर गिरने लगे। एक अलौकिक-अतर्कित मोह के वशीभूत होकर असुर एक के बाद एक होती हुई मृत्यु की परवाह न कर उस असाधारण उन्मादिनी के आलिंगन-पाश में आकर और उसका अधर चूम-चूमकर ढेर होने लगे। शम्बर बार-बार मद्य पी रहा था। असुरों के इस प्रकार आश्चर्यजनक रीति से मरने पर उसको विश्वास नहीं होता था। प्रत्येक असुर के चुम्बन के बाद निष्प्राण होकर गिरने पर कुंडनी ऐसे मोहक हास्य से शम्बर की ओर देखती कि वह समझ ही नहीं पाया कि वास्तव में उसके तरुण मृत्यु को प्राप्त हो रहे हैं या विमोहित-मूर्च्छित हो रहे हैं। सोमप्रभ बराबर मद्य के पात्र पर पात्र शम्बर के कंठ से उतार रहा था। अब कुंडनी ने एक-एक तरुण के निकट जाकर चुम्बन-निवेदन करना प्रारम्भ किया। कुछ असुर भयभीत हो गए थे, पर उस मोहिनीमूर्ति के चुम्बन-निवेदन को अस्वीकार करने की सामर्थ्य मूर्ख, मद्य-विमोहित असुरों में न थी। वे चुम्बन ले-लेकर प्राण गँवाते गए। देखते-देखते मृतक असुर तरुणों के ढेर लग गए। कुंडनी अब वृद्ध मंत्रियों की ओर झुकी परन्तु वे भयभीत होकर झिझककर पीछे हट गए। कुंडनी ने उन्हें हठात् अपने आलिंगन-पाश में बाँधकर उनके होंठों पर अपना चुम्बन अंकित कर दिया और वे निष्प्राण होकर जहाँ के तहाँ ढेर हो गए। सोम ने घबराकर, उसके निकट आकर कहा, "तो कुंडनी, तुम विषकन्या हो?"

कुंडनी ने नृत्य करते हुए कहा, "सावधान रहो! संकट-काल निकट है, देखो उसके तेवर।"

शम्बर अब सावधान हुआ और क्रुद्ध नेत्रों से कुंडनी को ताकने लगा। कुंडनी ने यह देखकर मुस्कराकर बंकिम कटाक्षपात कर एक परिपूर्ण मद्य-पात्र उसके होंठों से लगा दिया। परन्तु उसने कुंडनी को एक ओर धकेल कर मद्यपात्र फेंक दिया। उसने फिर गुर्राकर कहा, "क्या तूने मेरे तरुणों का हनन किया?"

सोम ने शम्बर की बात उसे समझा दी। कुंडनी ने संकेत से कहा कि वह शम्बर के पार्श्व में ही रहे और उसके सिंहासन के बगल में जो बर्छे और शूल लगे हैं, आवश्यकता पड़ने पर उनसे काम ले। पर इसमें वह जल्दी न करे, संयम और धैर्य से अन्तिम क्षण तक कुंडनी का कौशल देखे।

सोम ने शम्बर को क्रुद्ध होते देख कहा, "महाशक्तिशाली शम्बर से कह दिया गया था कि यह तरुणी नागपत्नी है और मागधी मानुषी असुरों के भोग की नहीं। असुर अपने ही दोष से मरे हैं और महान् शम्बर ने उन्हें चुम्बन की आज्ञा दी थी।"

"परन्तु यह मानुषी अति भीषण है।" कहकर उसने सिंहासन से खड़े होने की चेष्टा की परन्तु लड़खड़ाकर गिर गया। सोम ने कहा, "मागध मानुष इससे भी अधिक भीषण हैं, यदि उन्हें शत्रु बना दिया जाए। क्या महान् शम्बर को मागध बिम्बिसार की मित्रता स्वीकार है?"

शम्बर ने बड़बड़ाते हुए कहा, "मागध मानुषी अति भीषण होती है।" उसने कुंडनी की ओर प्यासी चितवन से देखा। कुंडनी ने मद्य का एक बड़ा पात्र लाकर उसके होंठों से लगा दिया। शम्बर उसे पीकर होंठ चाटता हुआ फिर सिंहासन से उठने लगा।

इस बीच में बचे हुए असुर तरुण कुंडनी से भयभीत हो-होकर भागने लगे थे। बहुत-से विवश मदमस्त पड़े थे। मृत असुरों के ढेर जहाँ-तहाँ पड़े थे। उनके कज्जलसमान निश्चल शरीर उस अग्नि के प्रकाश में भयानक दीख रहे थे। शम्बर के मन में भय समा गया। पर वह कुंडनी की ओर वैसी ही प्यासी चितवन से देखने लगा। हठात् कुंडनी ने फिर आकर एक मद्यभांड उसके होंठों से लगा दिया। उसे भी गटागट पीकर शम्बर ने खींचकर कुंडनी को हृदय से लगा, उन्मत्त भाव से हकलाकर कहा, "दे, म यु-चुम्बन—मानुषी, तेरे—स्वर्ण अधरों को एक बार चूमकर—मरने में भी सुख है।"

पर कुंडनी ने यत्न से अपने को शम्बर के बाहुपाश से निकालकर फुर्ती से एक लीला-विलास किया और फिर दूसरा मद्यपात्र उसके होंठों से लगाया। फिर उसने सोम से संकेत किया। मद्य पीकर शम्बर शिलाखंड पर बदहवास पड़ गया। वह कुंडनी को बरबस खींचकर अस्त-व्यस्त आसुरी भाषा में कहने लगा, "द-द-दे मानुषी, एक चुम्बन दे! और—मगध- बिम्बिसार के लिए—मेरी मैत्री-ले। दे, चुम्बन दे!"

कुंडनी ने गूढ़ मार्मिक दृष्टि से सोम की ओर देखा। वह सोच रही थी कि असुर को मारा जाए या नहीं। परन्तु सोम ने लपककर कुंडनी को असुर शम्बर के बाहुपाश से खींचकर दूर कर दिया और हाँफते-हाँफते कहा, "नहीं-नहीं, असुर को मारा नहीं जाएगा। बहुत हुआ।" फिर उसने शम्बर के कान के पास मुँह ले जाकर कहा, "महान् शम्बर चिरंजीव रहें। यह मागध बिम्बिसार का मित्र है। उसे मृत्यु-चुम्बन नहीं लेना चाहिए।"

शम्बर ने कुछ होंठ हिलाए और आँखें खोलने की चेष्टा की, परन्तु वह तुरन्त ही काष्ठ के कुन्दे की भाँति निश्चेष्ट होकर गिर गया। उस समय बहुत कम असुर वहाँ थे, जो भयभीत होकर भाग रहे थे। कुंडनी को एक ओर ले जाकर सोम ने कहा, "उसे छोड़ दे कुंडनी।"

कुंडनी अपनी विषज्वाला में लहरा रही थी। उसने कहा, "मूर्खता मत करो सोम, मरे वह असुर।"

"ऐसा नहीं हो सकता।" उसने इधर-उधर देखा। इसी समय अन्धकार से वह तरुण असुर नेत्रों में भय भरे बाहर आया, जिससे सर्वप्रथम परिचय हुआ था और जिसके प्राण सोम ने बचाए थे। उसने पृथ्वी पर प्रणिपात करके कहा, "भागो, वह शक्ति उठा लो, मैं चम्पा का मार्ग जानता हूँ।"

सोम ने शक्ति हाथ में ले ली। कुंडनी ने वेणी से विषाक्त कटार निकालकर हाथ में ले ली। उसने कहा, "इसकी एक खरोंच ही काफी है। इससे मृत पुरुष को उसके घाव को छूने ही से औरों की मृत्यु हो जाएगी। यह हलाहल में बुझी है।"

तीनों लपककर एक ओर अन्धकार में अदृश्य हो गए। जो असुर दूसरी ओर शोर कर रहे थे, वे शायद उन्मत्त और हतज्ञान हो रहे थे। सोम ने देखा, नगरद्वार पर चार तरुण असुर पहरा दे रहे हैं।

कुंडनी ने हँसकर उनसे कहा, "अरे मूर्खो, तुमने मेरा चुम्बन नहीं लिया!" एक को उसने आलिंगनपाश में बाँध चुम्बन दिया। अधर छूते ही वह मृत होकर गिरा। दूसरे ने हुंकृति कर कुंडनी पर आक्रमण किया। उसकी पीठ में सोम ने शक्ति पार कर दी। शेष दो में एक ने कुंडनी की कटार का स्पर्श पाकर, दूसरे ने सोम की शक्ति खाकर

प्राण त्यागे। सोम ने अपने अश्व पर सवार हो तारों की छाँह में उसी समय असुरपुरी को त्यागा। असुर तरुण भी उनके साथ ही भाग गया।

चम्पा में

मगध-सेनापति चंडभद्रिक ने पटमंडप में प्रवेश करके कहा, "मित्रो, अब बैशाखी के केवल पाँच ही दिन बाकी रह गए हैं। उन्हीं पाँच दिनों में मागधी सेना का और चम्पा के प्राचीन राज्य के भाग्य का निपटारा होना है। यदि हम बैसाखी के दिन चम्पा के दुर्ग में प्रवेश कर पाते हैं तो मगध-साम्राज्य का विस्तार सुदूरपूर्व के सम्पूर्ण द्वीप-समूह पर हो जाएगा। परन्तु यदि हम ऐसा नहीं कर पाते तो निश्चय मागधी सेना का यहीं क्षय होगा और हममें से एक भी चम्पा महारण्य को पारकर जीवित मगध नहीं लौट सकेगा।"

मंडप में बहुत से सेनानायक, उपनायक आदि सेनापति भद्रिक की प्रतीक्षा कर रहे थे। सेनापति के ये वाक्य सुनकर एक ने कहा, "परन्तु भन्ते सेनापति, हम बहुत ही विपन्नावस्था में हैं। आर्य वर्षकार ने हमें सहायता नहीं भेजी। मगध की इस पराजय का दायित्व हम पर नहीं, आर्य वर्षकार पर है।"

"नहीं भन्ते, ऐसा नहीं। जय-पराजय का उत्तरदायित्य तो हमीं पर है। हमें अपने बलबूते पर जो करने योग्य है, करना चाहिए।"

"हमने तीन मास से दुर्ग को घेर रखा है। यह कोई साधारण बात नहीं भन्ते सेनापति।"

"चाहे जो भी हो, परन्तु यदि बैशाखी के दिन हम दुर्ग में प्रविष्ट न हो सके तो साम्राज्य की ऐसी क्षति होगी, जिसका प्रतिकार शताब्दियों तक न हो सकेगा। यों कहना चाहिए कि सुदूर-पूर्व की सारी आशाएँ सदा के लिए लुप्त हो जाएँगी। —व्रज, क्या रसद की कुछ आशा है।

"खेद है कि नहीं।"

"तब तो हम जो कुछ कर सकते थे, कर चुके।"

"फिर भी भन्ते सेनापति, हमें कुछ समय निकालना चाहिए। सम्भव है, राजगृह से सहायता मिल जाए।"

"परन्तु हमारे सभी सैनिक घायल हैं। एक भी अश्व युद्ध के काम का नहीं। हम भूख-प्यास और घावों से जर्जरित हैं। यदि हम युद्ध जारी रखते हैं तो इसका अर्थ आत्मघात करना होगा। क्या इससे अच्छा यह न होगा कि हम चम्पानरेश महाराज दधिवाहन की सन्धि-शर्तें स्वीकार कर लें? मैं समझता हूँ, निश्चित पराजय की अपेक्षा यह अच्छा है।"

किसी ने उच्च स्वर से कहा, "क्या यह आर्य भद्रिक की वाणी मैं सुन रहा हूँ, जिनके शौर्य की यशोगाथा पर्शुपुरी के शासानुशास गाते नहीं अघाते?"

भद्रिक ने सिर ऊँचा करके कहा, "कौन है यह आयुष्मान्?"

एक कोने से सोमप्रभ उठकर सेनापति के सम्मुख आया। वह साधारण किसान

के वस्त्र पहने था। सेनापति ने उसे सिर से पैर तक घूरकर कहा, "कौन हो तुम आयुष्मान्—ऐसे कठिन समय में ऐसे तेजस्वी वचन कहने वाले?"

"भन्ते सेनापति, मेरा नाम सोमप्रभ है। मैं राजगृह से सहायता लेकर आया हूँ। यह आर्य वर्षकार का पत्र है।"

युवक के वचन सुनकर सभी उत्सुकता से उसकी ओर देखने लगे। सेनापति ने पत्र लेकर मुहर तोड़ी और शीघ्रता से उसे पढ़ा। फिर कुछ चिन्तित होकर कहा, "परन्तु सहायता कहाँ है सौम्य? आर्य वर्षकार का आदेश है कि बैशाखी के दिन चम्पा में प्रवेश करना होगा।"

"वह प्रच्छन्न है, भन्ते सेनापति।"

"परन्तु हमारा कार्यक्रम?"

"क्या मैं निवेदन करूँ आर्य?"

"अवश्य, आर्य वर्षकार ने तुम्हारे विषय में मुझे कुछ आदेश दिए हैं।"

"तब ठीक है। बैशाखी के दिन सूर्योदय होने पर चम्पावासी जो दृश्य देखेंगे, वह चम्पा दुर्ग पर फहराता हुआ मागधी झंडा होगा।"

"परन्तु यह तो असाध्य-साधन है आयुष्मान्! यह कैसे होगा?"

"यह मुझ पर छोड़ दीजिए, भन्ते सेनापति।"

सेनापति ने अब अचानक कुछ स्मरण करके कहा, "परन्तु तुम शिविर में कैसे चले आए सौम्य?"

"किसी भाँति आज का संकेत-शब्द जान गया था भन्ते।"

"यह तो साधारण बात नहीं है आयुष्मान्।"

"भन्ते, सोमप्रभ साधारण तरुण नहीं है।"

"सो तो देखूँगा, पर तुम करना क्या चाहते हो?"

"अभी हमारे पास चार दिन हैं। इस बीच में बहुत काम हो जाएगा।"

"पर चार दिन हम खाएँगे क्या?"

"आज रात को रसद मिल जाएगी।"

"परन्तु प्रतिरोध कैसे पूरा होगा? हमारे पास तो युद्ध के योग्य..."

"एक सौ सशस्त्र योद्धा आज रात को आपके पास पहुँच जाएँगे?"

"केवल एक सौ!"

"आपको करना ही क्या है भन्ते! केवल प्रतिरोध ही न?"

"परन्तु शत्रु के बाण जो हमें बेधे डालते हैं। हमारे पास रक्षा का कोई साधन नहीं है।"

"यह तो बहुत सरल है भन्ते! उधर बहुत-सी टूटी नौकाएँ पड़ी हैं, उनमें रेत भरकर उनकी आड़ में मजे से प्रतिरोध किया जा सकता है। मैंने सिन्धुनद के युद्ध में गान्धारों का वह कौशल देखा है।"

"तुम क्या गान्धार हो वत्स?"

"नहीं, मागध हूँ। मैंने तक्षशिला में आचार्यपाद बहुलाश्व से शिक्षा पाई है।"

"अरे आयुष्मान्! तुम वयस्य बहुलाश्व के अन्तेवासी हो। साधु, साधु! तुम्हारी युक्ति बहुत अच्छी है।"

"बस, कुछ नावों को आज रात के अँधेरे में यहाँ खींच लाया जाए और उनमें रेत भर दिया जाए।"

"यह हो जाएगा। परन्तु तुम्हारे सौ सैनिक?"

"रात को तीसरे पहर तक पहुँच जाएँगे।"

"ठीक है, तब तक तुम...?"

"मैं एक चक्कर नगर का लगाकर उसका मानचित्र तैयार करता हूँ।"

"तुम्हें कुछ चाहिए आयुष्मान्?"

"कुछ नहीं भन्ते? परन्तु अब मैं चला।" सोमप्रभ सेनापति का अभिनन्दन करके चल दिया। मागध योद्धाओं की सूखी आशा-लता पल्लवित हो उठी। घायल योद्धा भी वीर-दर्प से हुंकार भरने लगे।

शत्रुपुरी में मित्र

सोम बहुत-से गली-कूचों का चक्कर लगाते, वीथी और राजपथ को पार करते तंग गली में छोटे-से मकान पर पहुँचे। वहाँ उन्होंने द्वार पर आघात किया। अधेड़ वय के एक बलिष्ठ पुरुष ने द्वार खोला। सोम भीतर गए। वह पुरुष भी द्वार बन्द कर भीतर गया।

भीतर आँगन में एक भारी भट्ठी जल रही थी। वहाँ बहुत-से शस्त्रास्त्र बन रहे थे। अनेक कारीगर अपने-अपने काम में जुटे थे। जिसने द्वार खोला था, वह कोई चालीस वर्ष की आयु का पुरुष था। उसका शरीर बलिष्ठ और दृढ़ पेशियों वाला था। चेहरे पर घनी दाढ़ी-मूँछ थी। उसने कहा, "कहो मित्र, सेनापति का क्या विचार रहा?"

"वे सब निराशा में डूब रहे थे, पर अब उत्साहित हैं। किन्तु मित्र अश्वजित् अब सब कुछ तुम्हारी ही सहायता पर निर्भर है। कहो, क्या करना होगा?"

"बहुत सीधी बात है। दक्षिण बुर्ज पर बैशाखी के दिन तीन पहर रात गए मेरे भाई का पहरा है।"

"अच्छा फिर?"

"अब यह आपका काम है कि आप चुने हुए भटों को लेकर ठीक समय पर बुर्ज पर चढ़ जाएँ।"

"ठीक है, परन्तु तुम कितने आदमी चाहते हो?"

"बीस से अधिक नहीं। परन्तु मित्र, दक्षिण बुर्ज नदी के मुहाने पर है और चट्टान अत्यन्त ढालू है। उधर से बुर्ज पर चढ़ना मृत्यु से खेलना है।"

"हम मृत्यु से तो खेल ही रहे हैं मित्र। यही ठीक रहा। हम ठीक समय पर पहुँच जाएँगे।"

"इसके बाद की योजना वहीं बन जाएगी।"

"ठीक है। और कुछ?"

"अजी, बहुत कुछ मित्र। हमारे पास यथेष्ट शस्त्र तैयार हैं। मैंने मागध नागरिकों

को बहुत-से शस्त्र बाँट दिए हैं। बैशाखी के प्रातः ज्यों ही दुर्ग-द्वार पर आक्रमण होगा, नगर में विद्रोह हो जाएगा।"

"अच्छी बात है, परन्तु मुझे अभी आवश्यकता है।"

"किस चीज की?"

"सौ सशस्त्र सैनिकों की, जिनके पास पाँच दिन के लिए भोजन भी हो।"

"वे मिल जाएँगे।"

"थोड़ी रसद और। सेनापति भूखों मर रहे हैं।"

"रसद और सैनिक आज रात को पहुँच जाएँगे।"

"परन्तु किस प्रकार मित्र?"

"उसी दक्षिण बुर्ज के नीचे से। उधर पहरा नहीं है और एक मछुआ मेरा मित्र है। मेरे आदमी शिविर में तीन पहर रात गए तक पहुँच जाएँगे। कोई कानों-कान न जान पाएगा।"

"वाह मित्र, यह व्यवस्था बहुत अच्छी रहेगी। परन्तु तुम्हारे पास मछुआ मित्र की मुझे भी आवश्यकता होगी।"

"कब?"

"उस बैशाखी की रात को।"

"ओह, समझ गया। सैनिकों को पहुँचाकर वह अपनी डोंगी-सहित वहीं कहीं कछार में चार दिन छिपा रहेगा। फिर समय पर आप उससे काम ले सकते हैं।"

"धन्यवाद मित्र! तो अब मैं आर्य को यह सुसंवाद दे दूँ?"

"और मेरा अभिवादन भी मित्र!"

सोमप्रभ ने लुहार का आलिंगन किया और वहाँ से चल दिए।

पर्शुपुरी का रत्न-विक्रेता

चम्पा के पान्थागार में पर्शुपुरी के एक विख्यात रत्न-विक्रेता कई दिन-से ठहरे थे। उनके ठाठ-बाट और वैभव को देखकर सभी चम्पा-निवासी चमत्कृत थे। पान्थागार के सर्वोत्तम भवन में उन्होंने डेरा किया था और राज्य की ओर से उनकी रक्षा के लिए बहुत से सैनिक नियुक्त कर दिए गए थे। रत्न-विक्रेता के पास सैनिकों की एक अच्छी-खासी सेना थी। रत्न-विक्रेता को अभी तक किसी ने नहीं देखा था। लोग उनके सम्बन्ध में भाँति-भाँति के अनुमान लगा रहे थे। इसका कारण यह था कि उनके सेवकों में अदना से आला तक सभी शाहखर्च थे। वे कार्षापण का सौदा खरीदते और स्वर्ण-दम्म देकर फिरती लेना भूल जाते। ऐसा प्रतीत होता था कि स्वर्ण को वे मिट्टी समझते हैं। परन्तु सबसे अधिक चर्चा की वस्तु रत्न-विक्रेता की पुत्री थी, जो प्रतिदिन प्रातः और संध्याकाल में अश्व पर सवार हो दासियों और शरीर-रक्षकों के साथ नित्य नियमित रीति से वायु-सेवन को जाती तथा मार्ग में स्वर्ण-रत्न दरिद्र नागरिकों को हँसती हुई लुटाती थी। उसके अद्भुत अनोखे रूप, असाधारण अश्व-संचालन और अविरल दान से इन चार-पाँच ही दिनों में पर्शुपुरी के रत्न-विक्रेता के वैभव और उसके व्यक्तित्व

के सम्बन्ध में भाँति-भाँति की झूठी-सच्ची चर्चा नगर में फैल गई थी। अभी दो दिन पूर्व उनसे मिलने नगर के महासेट्ठि धनिक आए थे और रत्न-विक्रेता तथा उसकी पुत्री को उन्होंने कल निमंत्रण दिया था। आज स्वयं चम्पा के अधीश्वर परम परमेश्वर महाभट्टारक श्री दधिवाहनदेव पान्थागार में पधार रहे थे। इसी से पान्थागार के द्वार मंडप और लताओं से सजाए गए थे। भीतर-बाहर बहुत-सी दीपावलियाँ सजाई जा रही थीं। सैकड़ों मनुष्य काम में जुटे थे। राजमार्ग पर अश्वारोही सैनिक प्रबन्ध कर रहे थे।

रात्रि का प्रथम प्रहर बीतने पर चम्पाधिपति ने पान्थागार में राजकुमारी चन्द्रभद्रा के साथ प्रवेश किया। पर्शुपुरी के उस रत्न-विक्रेता ने द्वार पर आकर महाराज और राजकुमारी का स्वागत किया और सादर एक उच्चासन पर बैठाकर अपनी पुत्री से महाराज का अर्घ्य पाद्य से सत्कार कराया। रत्न-विक्रेता के विनय और उससे अधिक उसकी पुत्री के रूप-लावण्य को देखकर महाराज दधिवाहन मुग्ध हो गए। कुमारी चन्द्रप्रभा ने हाथ पकड़कर हँसते हुए रत्न-विक्रेता की पुत्री को अपने निकट बैठा लिया। महाराज ने कहा, "चम्पा में आपका स्वागत है सेट्ठि! हमें आपको देखकर प्रसन्नता हुई है। मैंने सुना है, आप बहुत अमूल्य रत्न लाए हैं। राजकुमारी उन्हें देखना चाहती है।"

रत्न-विक्रेता ने अत्यधिक झुककर महाराज का अभिवादन किया, फिर एक दास को रत्न-मंजूषा लाने का संकेत किया। दास कौशेय-मंडित पट्ट पर मंजूषा रख गया। उसमें से बड़े-बड़े तेजस्वी मुक्ताओं की माला लेकर रत्न-विक्रेता ने कहा, "देव चम्पाधिपति प्रसन्न हों। यह मुक्ता-माल मोल लेकर बेचने योग्य नहीं है। पृथ्वी पर इसका मूल्य कोई चुका नहीं सकता। यदि देव की अनुमति हो तो मैं यह मुक्ता-माल राजकुमारी को अर्पण करने की प्रतिष्ठा प्राप्त करूँ।"

उन बड़े-बड़े उज्ज्वल असाधारण मोतियों को महाराज दधिवाहन आँख फाड़-फाड़कर देखते रह गए। रत्न-विक्रेता ने आगे बढ़कर वह अमूल्य मुक्ता-माल राजकुमारी के कंठ में डाल दी।

राजकुमारी ने आनन्द से विह्वल होकर दोनों हाथों में वह माला थाम ली।

इसके बाद रत्न-विक्रेता ने कहा, "अब यदि अनुमति पाऊँ तो बिक्री-योग्य कुछ रत्न सेवा में लाऊँ। कदाचित् कोई राजकुमारी को पसन्द आ जाए।"

"उसने संकेत किया और दास ने बड़ी-बड़ी रत्नमंजूषाएँ कौशेय पट्ट पर रख दीं। उनमें एक-से-एक बढ़कर रत्नाभरण भरे पड़े थे। राजकुमारी ने कुछ आभरणों को छाँट लिया। किन्तु महाराज दधिवाहन उन सब असाधारण रत्नों से अधिक रत्न-विक्रेता के कन्या-रत्न की ओर आकर्षित हो रहे थे, जो रह-रहकर बंकिम कटाक्ष से उन्हें पागल बना रही थी।

चम्पाधिपति ने बहुत-से रत्नाभरण खरीदे। अन्त में उन्होंने उठते हुए कहा, "हम आपसे बहुत प्रसन्न हैं। इस समय मागध-सैन्य ने चम्पा को घेर रखा है, इससे आपको और आपकी सुकुमारी कन्या को असुविधा हुई होगी।"

"मेरी पुत्री का देव को इतना ध्यान है, इसके लिए अनुगृहीत हूँ। यह बिना माता की पुत्री है। महाराज, राजकुमारी ने इसे सखी की भाँति अपनाकर जो प्रतिष्ठित किया है, उससे इसे अत्यन्त आनन्द हुआ है।"

"राजकुमारी चाहती है, आप जब तक यहाँ हैं, आपकी पुत्री राजमहालय में उन्हीं के सान्निध्य में रहे। आपको इसमें कुछ आपत्ति है?" महाराज ने छिपी दृष्टि से रत्न-विक्रेता की पुत्री को देखकर कहा, जो मन्द मुस्कान से राजा के वचन का स्वागत कर रही थी।

रत्न-विक्रेता ने कहा, "यह तो उसका परम सौभाग्य है। राजकुमारी उसे अपने साथ ले जा सकती हैं। यहाँ परदेश में देव, यह अकेलापन बहुत अनुभव करती है।"

राजकुमारी ने हँसकर रत्न-विक्रेता की कन्या का हाथ पकड़कर कहा, "चलो सखी, हम लोग बहुत आनन्द से रहेंगे।"

उसने विनय से मस्तक झुकाया। प्रधान दास ने उत्तरी वासक उसके कन्धों पर डालते हुए अवसर पाकर धीरे-से उसके कान में कहा, "बैशाखी की रात को चार दंड रात्रि व्यतीत होने पर।"

और वह विनय से झुकता पीछे हट गया। रत्न-विक्रेता की पुत्री ने, जो वास्तव में कुंडनी थी, पिता के चरणों में प्रणाम किया। दोनों ने दृष्टि-विनिमय किया।

महाराज राजकुमारी और रत्न-विक्रेता की कन्या को लेकर चले गए। उनके जाने पर रत्न-विक्रेता ने द्वार बन्द करने का आदेश दिया। फिर एकान्त पाकर अपने नकली केश और परिच्छद उतार फेंका। दास भी निकट आ खड़ा हुआ।

"सब ठीक हुआ न सोम?"

"हाँ, आर्य!"

"सेनापति भद्रिक की सहायता मिल जाएगी न?"

"सब ठीक हो गया है, आर्य।"

"आयुष्मान् अश्वजित अपना कार्य कर रहा है?"

"जी हाँ, वह लुहार बना हुआ है। चम्पा के सम्पूर्ण मागध नागरिकों को उसने सशस्त्र कर दिया है।"

"बहुत अच्छा हुआ। वे कितने हैं?"

"बारह सौ से अधिक।"

"ठीक है। सेट्ठि धनिक ने चम्पा के बहुत-से सार्थवाहों की हुंडियाँ मेरे आदेश से खरीद ली हैं। बैशाखी के दिन प्रभात ही वे भुगतान माँगेंगे। मैं जानता हूँ, राजकोष में स्वर्ण नहीं है। महाराज दधिवाहन मेरे रत्नों के मूल्य में जो स्वर्ण देंगे वह चम्पा के स्वर्णवणिकों से लेकर। बस, खाली हो जाएँगे और वे नगर-सेट्ठि की हुंडियाँ नहीं भुगता सकेंगे।"

"इसी बीच मागध नागरिक नगर में विद्रोह कर देंगे और यह हुंडियावन ही उसका कारण हो जाएगा। किन्तु कुंडनी?"

"वह अपना मार्ग खोज लेगी। बैशाखी की रात्रि के चौथे दंड के प्रारम्भ होते ही दधिवाहन मर जाएगा।"

"तो ठीक उसी समय चम्पा-दुर्ग के पच्छिमी बुर्ज पर मागध तुरही बजेगी और समय तक तमाम प्रहरी वश में किए जा चुके होंगे। इसके बाद दो ही घड़ी में उन्मुक्त द्वार से मगध सेनापति प्रविष्ट हो दुर्ग अधिकृत कर लेंगे।"

"उत्तम योजना है। अब मैं इसी क्षण प्रस्थान करूँगा। तुम मेरे रोगी होने का प्रचार करना तथा बैशाखी पर्व तक सब कुछ इसी भाँति रखना। परन्तु किसी से भेंट करने में असमर्थ बता देना।"

"जैसी आज्ञा, किन्तु..."

"ठहरो, तुम सोम, बैशाखी के दिन चार दंड रात्रि रहते ही श्रावस्ती की ओर प्रस्थान करना। चम्पा-दुर्ग पर मागधी पताका देखने के लिए प्रभात तक रुकना नहीं। वहाँ सम्राट् विपन्नावस्था में हैं।" इतना कहकर मगध महामात्य ने आसन त्यागकर ताली बजाई।

एक दास ने निकट आकर अभिवादन किया। अमात्य ने कहा, "कितनी रात्रि गई अभय?"

"रात्रि का द्वितीय दंड प्रारम्भ है आर्य।"

"और मेरा अश्व?"

"वह तैयार है।"

"कहाँ?"

"निकट ही, उसी उपत्यका के प्रान्त में।"

"ठीक है।"

अमात्य आगे बढ़े। सोम ने कहा, "क्या मेरा असुर आर्य का पथ-प्रदर्शन करे?"

"नहीं, मेरी व्यवस्था है।"

वे एकाकी ही अन्धकार में अदृश्य हो गए।

असम साहस

"तो आयुष्मान् सोम, तुम्हारी योजनाएँ असफल हुईं?"

"यह क्यों, भन्ते सेनापति?"

"कल ही बैशाखी पर्व है, हम कुछ भी तो नहीं कर सके।"

"भन्ते, हमें अभी काम करने के लिए पूरे पाँच प्रहर का समय है।"

"इन पाँच प्रहरों में हम क्या कर लेंगे? दुर्ग पर आक्रमण के योग्य हमारे पास सेना कहाँ है?"

"भन्ते आर्य, इन चार दिनों में जो कुछ हम कर पाए हैं वह सब परिस्थितियों को देखते क्या सन्तोषप्रद नहीं है?"

"अवश्य है, परन्तु इससे लाभ? मेरी समझ में हमारा सर्वनाश और चार दिन के लिए टल गया। अब तो तुम आत्मसमर्पण के पक्ष में नहीं हो?"

"नहीं भन्ते सेनापति।"

"तो कल सूर्योदय के साथ हमारा सर्वनाश हो जाएगा।"

"नहीं भन्ते सेनापति, कल सूर्योदय से पूर्व हम दुर्ग अधिकृत कर लेंगे।"

"क्या तुम्हें किसी दैवी सहायता की आशा है?"

"नहीं भन्ते सेनापति, मैं अपने पुरुषार्थ पर निर्भर हूँ।"

"तो तुम्हें अब भी आशा है?"

"आशा नहीं, भन्ते सेनापति, मुझे विश्वास है।"

"परन्तु आयुष्मान्, तुम करना क्या चाहते हो?"

"वह कल सूर्योदय होने पर आप देख लीजिएगा।"

"सौम्य सोम, तुम कोई असम साहस तो नहीं कर रहे। मैं तुम्हें किसी घातक योजना की अनुमति नहीं दूँगा।"

"हमारा कार्य अतिशय गुरुतर है सेनापति; और मेरी योजना भी वैसी ही गम्भीर है। परन्तु आप तनिक भी चिन्ता न कीजिए। आप केवल परिणाम को देखिए। कल सूर्योदय से पूर्व ही दुर्ग पर मागधी झंडा फहरता देखेंगे आप।"

"लेकिन कैसे आयुष्मान्?"

"भन्ते सेनापति, कृपा कर अभी आप मुझसे कुछ न पूछें। हाँ, आज की रात का संकेत-शब्द क्या है, कृपया यह बता दीजिए।"

"असम साहस ही सही।"

"बहुत ठीक, अब आप विश्राम कीजिए। अभी एक दंड रात गई है। मुझे बहुत समय है। मैं तनिक अपने आदमियों को ठीक-ठाक कर लूँ।"

"तुम्हारा कल्याण हो आयुष्मान्, और कुछ?"

"कृपया याद रखिए कि रात्रि के चौथे दंड में ज्यों ही चम्पा दुर्ग के दक्षिण द्वार पर मागध तुरही बजे, आप ससैन्य दुर्ग में प्रविष्ट होकर दुर्ग को अधिकृत कर लें। दुर्ग-द्वार आपको उन्मुक्त मिलेगा।"

सोम ने अवनत होकर सेनापति भद्रिक को अभिवादन किया और तेजी के साथ पट-मंडप से बाहर हो गए। सेनापति आश्चर्यचकित खड़े उसे देखते रह गए।

बाहर आते ही रात्रि के अन्धकार में एक वृक्ष की आड़ से निकलकर अश्वजित् उसके निकट आया। उसने आते ही सोम के कान के पास मुँह ले जाकर कहा, "सब ठीक है मित्र!"

"वह माँझी?"

"अपनी नाव-सहित वहाँ चन्दन के कछार में छिपा हुआ है।"

"उस पर विश्वास तो किया जा सकता है?"

"पूरा मित्र।"

"मित्र, स्मरण रखना, मगध का भाग्य इस समय उसी माँझी के हाथ में है।"

"वह पूरे विश्वास के योग्य है मित्र।"

"तब चलो उसके पास।"

दोनों व्यक्ति धीरे-धीरे निःशब्द पत्थर के छोटे-बड़े ढोंकों को पार करते हुए उसी सघन अन्धकार में चन्दन नदी के उस कछार पर पहुँचे, जहाँ वह मछुआ अपनी नाव एक वृक्ष से बाँधे चुपचाप बैठा था। नदी के हिलोरों से नाव उथल-पुथल हो रही थी।

अश्वजित् ने संकेत किया। संकेत पाते ही माँझी कूदकर उनके निकट आ गया। निकट आकर उसने दोनों को अभिवादन किया।

सोम ने आगे बढ़कर उस अन्धकार में उसे सिर से पैर तक देखा और पूछा, "तुम्हारा क्या नाम है मित्र?"

"भन्ते आर्य, मैं सोमक माँझी हूँ।"

"तो मित्र सोमक, तुम्हें मालूम है कि आज की रात तुम्हें एक जोखिम से भरा काम करना होगा, जिसमें तनिक भी असफल हुए तो बहुत भारी हानि होगी? हमें दक्षिण बुर्ज तक जाना होगा, वहाँ नाव को टिकाए रखना होगा। जानते हो, यह जान-जोखिम का काम है।"

"भन्ते आर्य, हम लोग तो तुच्छ मछलियों के लिए नित्य जान-जोखिम ही में रहते हैं, आप तनिक भी आशंका न करें।"

"आश्वस्त हुआ मित्र। तो कब उपयुक्त समय होगा?"

"चार दंड रात्रि व्यतीत होने पर भन्ते, तब चन्दना में ज्वार आएगा।"

"नहीं मित्र, तीन दंड रात्रि व्यतीत होने पर।"

"इसमें तनिक भय है सेनापति। किन्तु कोई हानि नहीं। ऐसा ही होगा।"

"यह तुम्हारा पारिश्रमिक है मित्र।"

"सोम ने स्वर्ण से भरी एक छोटी-सी थैली उसके हाथों में थमा दी, फिर धीरे से कहा, "हाँ, तुम्हारी नाव में बीस आदमी बैठ सकते हैं?"

"बहुत आराम से भन्ते सेनापति।"

"तब ठीक है। सावधानी से यहीं प्रतीक्षा करना मित्र!"

"आप निश्चिन्त रहिए, भन्ते आर्य!"

सोम ने वहाँ से हटकर अश्वजित् से कुछ परामर्श किया और अश्वजित् तेजी से किन्तु निःशब्द एक ओर को चला गया। फिर सोम भी लम्बे-लम्बे डग बढ़ाते हुए एक ओर को तेजी से चले।

शम्ब असुर का साहस

चम्पा-दुर्ग के दक्षिण बुर्ज के निकट चन्दना के तट से थोड़ा हटकर एक शून्य चैत्य था। वह बहुत विशाल था, परन्तु इस समय वहाँ एकाध विहार को छोड़कर सब खँडहर था। उधर लोगों का आवागमन नहीं था। वहीं एक अपेक्षाकृत साफ-सुथरे अलिन्द में बीस भट एकत्र थे। वे सब शम्ब को लेकर आनन्द कर रहे थे। जो तरुण असुर सोम ने उस असुरपुरी से प्राणदान कर पकड़ा था, उसका नाम उन्होंने रखा था शम्ब। अपने इस नए नाम से वह बहुत प्रसन्न था। मागध तरुण उसे अच्छी-अच्छी मदिरा पिलाते तथा अनेक प्रकार के मांस और मिष्टान्न खिलाते थे इससे वह उनसे बहुत हिलमिल गया था। उसने जो असुरपुरी में कुंडनी को नृत्य करते और मृत्यु-चुम्बन करते देखा था, इस समय वह उसी की नकल कर रहा था। वह बार-बार अपनी स्वर्ण करधनी छूकर, हाथ मटकाकर कभी-कभी भांड में से मद्य ढालकर भटों को पिलाने का अभिनय करता और कभी कुंडनी ही की भाँति चुम्बन-निवेदन करता। सब लोग उसे घेरकर उसके नृत्य का

आनन्द ले रहे थे। वह बार-बार अपना नवीन नाम शम्ब-शम्ब उच्चारण करता हुआ, आसुरी भाषा का कोई बढ़िया-सा प्रणय-गीत गाता हुआ, सब भटों को चुम्बन-निवेदन कर रहा था और मागध भट उनके मोटे-मोटे काले होंठों के स्पर्श से बचने के लिए पास आने पर उसे धकेलकर हँस रहे थे। वाद्य के अभाव में एक भट पत्थर के सहारे लेटा अपना पेट ही बजा रहा था और सब लोग ही-ही करके हँस रहे थे।

क्षण-भर सोम यह सब देखता रहा। एक क्षीण हास्य-रेखा उसके होंठों पर फैल गई। फिर उसने पुकारा, "शम्ब, क्या आज तूने फिर बहुत मद्य पिया है?"

शम्ब ने एक बार झुककर स्वामी को प्रणाम किया, फिर भीत-भाव से उनकी ओर देखा। परन्तु सोम की मुद्रा देख वह हँस पड़ा। उसके काले काजल-से मुख में धवल दन्तपंक्ति बड़ी शोभायमान दीखने लगी।

उसने कहा, "नहीं स्वामी, नहीं।"

सोम ने उस पर से दृष्टि हटाकर बीसों भटों पर मार्मिक दृष्टि डाली और दृढ़ स्थिर स्वर में कहा, "मित्रो, आज हमें मृत्यु से खेलना होगा, कौन-कौन तैयार है?"

"प्रत्येक, भन्ते सेनापति!"

"परन्तु मित्रो, हमारे आज के कार्य का प्रभाव मगध के भाग्य-परिवर्तन का कारण होगा।"

"हम प्राणों का उत्सर्ग करेंगे भन्ते!"

"आश्वस्त हुआ, मित्रो!"

"अभी एक दंड रात्रि व्यतीत हुई है, हम तीन दंड रात्रि रहते प्रयाण करेंगे। अभी हमारे पास चार घटिका समय है। आप तब तक एक-एक नींद सो लें।"

सब लोग चुपचाप सो गए। अब सोम ने शम्ब की ओर देखकर कहा, "शम्ब, तुझे एक कठिन काम करना होगा।"

शम्ब ने प्रसन्न मुद्रा से स्वर्ण-करधनी पर हाथ रखा।

सोम ने एक पतली लम्बी रस्सी को लेकर शम्ब को पीछे आने का संकेत दिया और वह दक्षिण बुर्ज की ओर चला। बुर्ज के निकट जाकर कहा, "शम्ब, तू जल में कितनी देर ठहर सकता है?" शम्ब ने संकेत से बताया कि वह काफी देर जल में ठहर सकता है। सोम ने वस्त्र उतार डाले और शम्ब के साथ जल में प्रवेश किया। इस समय चन्दना में ज्वार आ रहा था, बड़ी-बड़ी लहरें उठकर चट्टानों से टकरा रही थीं। दोनों ने दृढ़तापूर्वक रस्सी पकड़ रखी थी। वे ठीक बुर्ज के नीचे किसी चट्टान पर स्थिर होना चाहते थे, पर पानी की लहरें उन्हें दूर फेंक देती थीं। अन्त में वे वहाँ पहुँचने में सफल हुए। सोम एक चट्टान को दृढ़ता से पकड़कर और दाँतों में रस्सी दबाकर बोले, "शम्ब, रस्से का दूसरा छोर लेकर पानी में गोता मार। देख तो, कितना जल है?"

शम्ब ने कमर में रस्सी बाँध, पैर ऊपर कर गोता लगाया, रस्सी पानी में घुसती ही चली गई। सोम की भुजाओं पर पूरा जोर पड़ रहा था, चट्टान छूटी पड़ रही थी दाँत भी रस्सी के बोझ को नहीं सँभाल पा रहे थे। एक-एक क्षण कष्ट और असह्य भार बढ़ रहा था। इसी समय रस्सी ढीली हुई और कुछ क्षण बाद ही शम्ब ने सिर निकाला।

सोम ने रस्सी को नापकर जल का अनुमान किया। उसने सोचा, दो दंड-काल में जल चार हाथ और बढ़ जाएगा। उसने पाँच हाथ ऊपर चट्टान में खूब मजबूती से वह रस्सी लपेट दी और उसका दूसरा छोर शम्ब के हाथ में देकर कहा, "शम्ब, खूब सावधानी से रहना, ज्योंही नाव यहाँ पहुँचे, रस्सी फेंक देना। ऐसा न हो कि नाव को लहरें दूर फेंक दें और ऊपर बुर्ज का भी ध्यान रखना। वहाँ से एक रस्सी नीचे लटकाई जाएगी। उसे भी तू थामे रहना। कर सकेगा ना?"

शम्ब बोला नहीं, उसने हँसकर स्वीकृति प्रकट की और जमकर चट्टान पर बैठ गया।

सोम ने गहरे जल में गोता लगाया और वहीं अदृश्य हो गया। अकेला असुर उस भयानक काली रात में अपनी कठिनाइयों के बीच बैठा रहा।

गुप्त पत्र

सेनापति भद्रिक बड़ी देर तक शून्य अर्धरात्रि में अकेले चिन्तित भाव से पट-द्वार में इधर-उधर टहलते रहे। उस समय उनके मस्तिष्क में कुछ परस्पर-विरोधी ऐसे विचार चक्कर लगा रहे थे, जिनका उन्हें निराकरण नहीं मिल रहा था। उन्होंने बहुत देर तक कुछ सोचकर दीपक ठीक किया और आसन पर आ भोजपत्र निकाल लेखनी हाथ में ली। इसी समय किसी के पद-शब्द से चौंककर उन्होंने पीछे मुड़कर देखा। सोम को देखकर उन्होंने आश्वस्त होकर कहा, "तुम सोम, इस असमय में?"

"आर्य, एक चर है, राजगृह से पत्र लाया है।"

"पत्र क्या सम्राट् का है।"

"नहीं आर्य, सेनापति उदायि का पत्र है।"

"तो तुम पत्र ले आओ और चर की व्यवस्था कर दो।"

इतना कहकर सेनापति लिखने में लीन हो गए। सोम पत्र हाथ में लेकर चुपचाप मंडप में खड़े हो गए।

लेख समाप्त होने पर सेनापति ने कहा, "भद्र, मुहर तोड़कर पत्र निकालो।"

सोम ने ऐसा ही किया।

सेनापति ने स्निग्ध-कोमल स्वर से कहा, "पत्र पढ़ो भद्र।" पत्र पर दृष्टि डालकर सोम ने कहा, "आर्य, पढ़ नहीं सकता, वह सांकेतिक भाषा में है।"

"अच्छा, तो कोई गुप्त पत्र है। वह संकेत-तालिका ले लो भद्र और तब सावधानी से पढ़ो।"

सोम ने पढ़ा—"...मैं आशा करता हूँ कि शीघ्र ही आपको 'महाराज' कहकर सम्बोधित करूँगा।"

सोम ने झिझककर सेनापति की ओर देखा। सेनापति ने मुस्कराकर कहा, "पढ़ो भद्र, यह राजविद्रोही नहीं, राजनीति है। मगध-सम्राट् ही अकेले महाराज नहीं हैं और भी हैं। फिर अब सोमभद्र, जब तुमने आशा ही आशा हमें दी है तो फिर चम्पा के सिंहासन पर दधिवाहन के स्थान पर भद्रिक कुछ अनुपयुक्त भी नहीं है। कासियों का गण मगध

साम्राज्य में मिल ही चुका है और अंग, बंग, कलिंग के महाराज मेरे अधीन हैं। मल्ल लड़खड़ा रहे हैं। मेरे अधीन भी पचास सहस्त्र सेना सुरक्षित है, जो इच्छानुसार उपयोग में लाई जा सकती है। फिर कलिंग महाराज ने बीस सहस्त्र सैन्य और सौ जलतरी देने का वचन दिया है..."

"परन्तु भन्ते सेनापति..."

"भद्र, पहले पत्र पढ़ लो।"

सोम ने फिर पढ़ना प्रारम्भ किया—

"आपका ध्यान मैं तीन बातों की ओर आकर्षित करना चाहता हूँ। प्रथम यह कि सम्राट् ने श्रावस्ती पर चढ़ाई कर दी है। श्रावस्ती के महाराज प्रसेनजित् कौशाम्बीपति उदयन से उलझ रहे हैं। सम्राट् इसी अभिसन्धि से लाभ उठाना चाहते हैं। उधर अवन्तिराज चंडमहासेन ने भी उन्हें उकसाया है। परन्तु मुझे विश्वस्त सूत्र से मालूम हुआ है कि सम्राट् के कोसल पर अभियान करने का छिद्र पाकर चंडमहासेन मगध की ओर आ रहा है। आर्य वर्षकार इस ओर सावधान अवश्य हैं, परन्तु आपके चम्पा में फँस जाने तथा सम्राट् के अवध पर अभियान करने से मगध की रक्षा चिन्तनीय हो गई है। तिस पर महामात्य कहीं गुप्त यात्रा पर गए हैं तथा नगर मेरे अधीन है। इससे इस समय चंडमहासेन का मगध पर अभियान हमें बहुत भारी पड़ सकता है, यद्यपि चाणाक्ष आर्य वर्षकार एक युक्ति कर गए हैं।"

इतना पत्र सुन चुकने पर सेनापति आसन से उठकर टहलने और बड़बड़ाने लगे। वे कह रहे थे—"सम्राट् की मति मारी गई है, अथवा यह वर्षकार की अभिसन्धि है? वे क्या बन्धुल मल्ल के शौर्य को नहीं जानते? अस्तु, पढ़ो पत्र सोम?"

"देवी अम्बपाली को सम्राट् ने उपहार भेजा था। वह उसने लौटा दिया। सम्राट् इस पर बहुत उद्विग्न हुए हैं। आर्य वर्षकार उन्हें इस कार्य के लिए उकसा रहे हैं। वे चाहते हैं कि जल्द किसी बहाने वैशाली पर आक्रमण हो जाए। असल बात यह है कि वे अम्बपाली से किसी प्रकार सम्राट् की घनिष्ठता बढ़ाकर काश्यप की विषकन्या का अम्बपाली के आवास में प्रवेश कराना चाहते हैं। परन्तु सम्राट् ने स्पष्ट रूप में मगध छोड़ते समय आदेश दिया था कि उसका प्रयोग चम्पाधिपति पर किया जाए। आश्चर्य नहीं कि वह इस पत्र से प्रथम ही चम्पा पहुँच चुकी हो।"

सोम के माथे से पसीना चूने लगा। सेनापति क्रुद्ध भाव से धम्म से आसन पर आ बैठे। बैठकर उन्होंने कहा, "समझा, वह कुटिल ब्राह्मण इसीलिए सेना नहीं भेज रहा था। अच्छा, और क्या लिखा है?"

सोम ने पढ़ा, "मथुरा का अवन्तिवर्मन, सुना है मगध पर आक्रमण की तैयारी कर रहा है।" इसी से सम्राट् ने मुझे उसका अवरोध करने को सीमा-प्रान्त पर जाने का आदेश दिया था। परन्तु आर्य वर्षकार ने वह आदेश रद्द कर दिया और राजधानी का कार्यभार मुझे सौंपकर स्वयं अन्तर्धान हो गए हैं।"

"ठहरो सोम, सोचने दो—वह कुटिल गया कहाँ?"

सोम चुपचाप खड़ा रहा। सेनापति ने एकाएक उद्विग्न होकर कहा, "सोम, क्या यह सम्भव नहीं कि वर्षकार चम्पा ही में आया हो?"

"यदि ऐसा है तो आर्य, हमें बहुत सहायता मिलेगी।"

"परन्तु श्रेय?" सेनापति भद्रिक की भृकुटि टेढ़ी हुई। मगध के ख्यातनामा वीर सेनानायक की यह कुटिल राज्य-वासना देखकर सोम विचार में पड़ गया।

सेनापति ने बड़ी देर चुप रहकर दीर्घ निःश्वास लेकर कहा, "सोमप्रभ, चाहे जो हो, श्रावस्ती में सम्राट् को अवश्य मुँह की खानी पड़ेगी। हाँ, वैशाली का गणतंत्र मगध-साम्राज्य की गहरी बाधा है। क्यों न फिर अम्बपाली ही हमारी सम्पूर्ण कूटनीति और विग्रह का केन्द्र रहे। होने दो सम्राट् की उस पर आसक्ति। हमारे लिए लाभ ही लाभ है। तो भद्र सोम, मैं तुम्हें दो गुरुतर सन्देश देता हूँ। कदाचित् अब हम लोग न मिल सकें। यदि तुम्हारी योजना सफल हो तब भी और न हो तब भी, जितना सम्भव हो, द्रुत गति से चम्पा से प्रस्थान करना और सेनापति उदायि से मिलकर मेरा मौखिक सन्देश कहना कि जल्दी न करें। सर्वथा नष्ट कर देने की अपेक्षा अपनी कल्पनाओं को कुछ काल के लिए स्थगित कर देना अधिक अच्छा है।"

इतना कहकर सेनापति चुपचाप एकटक युवक के मुख की भावभंगी को देखते रहे। युवक लौह-स्तम्भ के समान स्थिर खड़ा रहा। उसने कहा, "भन्ते सेनापति का सन्देश अक्षरशः आर्य उदायि की सेवा में पहुँच जाएगा।"

"तब दूसरी बात भी सुनो सौम्य," सेनापति ने और निकट मुँह करके और भी धीरे-से कहा, "मेरे महान प्रतिद्वंद्वी इस ब्राह्मण वर्षकार को अपना विश्वासपात्र बनाना। केवल वैशाली का पतन ही ऐसा है, जिस पर मैं, सम्राट् और यह कुटिल ब्राह्मण तीनों का त्रिकूट सहमत है, यद्यपि तीनों की भावनाएँ पृथक् हैं। सम्राट् अम्बपाली को प्राप्त करना चाहते हैं और यह ब्राह्मण उत्तर भारत से सम्पूर्ण गणराज्यों का उन्मूलन किया चाहता है। किन्तु मेरा उद्देश्य कुछ और ही है।" कुछ देर ठहरकर सेनापति ने कहा, "भद्र सोम, उदायि से कहना कि ऐसा करें, जिससे यह कुटिल ब्राह्मण स्वयं वैशाली जाए और सूनी राजधानी में अकेले सम्राट् ही रह जाएँ।"

सेनापति की आँखों से एक चमक निकलने लगी। उनका स्वर उद्विग्न हो गया। पर उन्होंने शान्त ही रहकर कहा, "सोम भद्र, थोड़ी बात और शेष है।"

"मेरी पचास सहस्र रक्षित सैन्य है, उसका मैं तुम्हें अधिनायक नियुक्त करता हूँ। आवश्यकता होने पर उसका उपयोग मगध के लिए करना।"

युवक ने मौन भाव से सेनापति का आदेश ग्रहण किया। सेनापति ने कहा, "तो भद्र सोम, अब दो दंड रात्रि व्यतीत हो रही है। तुमने जिस कठिन असाध्य-साधन का संकल्प किया है उसकी बेला निकट है। अपना अद्भुत काम करो। मैं अनिमेष भाव से उसके फलाफल का निरीक्षण करूँगा।"

सोम अभिवादन करके जाने लगे तो सेनापति ने लपककर उन्हें खींचकर छाती से लगा लिया और कहा, "ऐसे नहीं सोमभद्र, आज के अभियान के सेनानायक मैं नहीं, तुम हो। अभिलाषा करता हूँ कि सफल हो।"

सोम एक बार सेनानायक को मौन भाव से फिर अभिवादन करके चुपचाप चलकर फिर अन्धकार में समा गए।

आक्रमण

चन्दना नद में ज्वार आ रहा था। अपने बीस आरोहियों को लेकर एक नौका जल में प्रबल थपेड़ों पर निःशब्द नाचती हुई आकर दक्षिण बुर्ज के नीचे रुक गई। साहसी माँझी ने यत्न करके पत्थर की चट्टानों से टकराती लहरों से नौका को बचाकर ठीक बुर्ज के नीचे उसी चट्टान के निकट लगा दिया। सोम सबसे प्रथम चुपचाप नीचे उतरा। उसके पीछे अश्वजित् था। अश्वजित् ने बुर्ज के तल में जाकर देखा, एक मजबूत रस्सी लटक रही है और शम्ब उसकी यत्न से रक्षा कर रहा है। सोम का संकेत पाकर बीस योद्धा अपने-अपने खड्ग कोश से खींच और दाँतों में दबाकर रस्सी के सहारे बुर्ज पर चढ़ने लगे। तीन सौ हाथ ऊँची सीधी ढालू चट्टान पर स्थित उस बुर्ज पर चढ़ना कोई हँसी-खेल न था। परन्तु वीरों की यह टोली भी कोई साधारण टोली न थी। सबसे प्रथम शम्ब, फिर अश्वजित् और उसके बाद एक के बाद दूसरा, कुल बीस योद्धा और सबके अन्त में सोम बुर्ज पर पहुँच गए। प्रत्येक आदमी बुर्ज पर पेट के बल लेट गया। अश्वजित् का भाई पहरे पर नियुक्त था। उसने धीरे-से सोम के निकट आकर कहा, "पहरा बदलने का समय हो गया है। सबसे पहले नए प्रहरियों को काबू में करना होगा। वे चार हैं और आधे ही दंड में आनेवाले हैं।" सोम ने अपने योद्धाओं को आवश्यक आदेश दिए। प्रत्येक व्यक्ति चुपचाप प्राचीर पर लेटा हुआ था और प्रत्येक के हाथ में नग्न खड्ग था।

चारों नए प्रहरी बेसुध चले आए और अनायास ही काबू कर लिए गए। एक शब्द भी नहीं हुआ।

सोम ने कहा, "अब?"

"अब हमें सिंहद्वार के रक्षकों पर अधिकार करना होगा। कुल 16 हैं, परन्तु निकट ही दो सौ सशस्त्र योद्धा सन्नद्ध हैं। खटका होते ही वे आ जाएँगे।"

"देखा जाएगा। समय क्या है?" अश्वजित् ने आकाश की ओर देखकर कहा, "तीन दंड रात्रि जा चुकी है।"

"तो अभी हमें एक दंड समय है।"

इसके बाद अश्वजित् के भाई बाहुक की ओर देखकर उसने कहा, "मित्र, तुम्हें अभी और भी हमारी सहायता करनी होगी।"

"मैं मगध का सेवक हूँ।"

"तो मित्र, यह मद्यभांड लो और झूमते हुए सिंहद्वार तक चले जाओ। जितना सम्भव हो, प्रहरियों को मद्य पिलाओ और तुम उन्मत्त का अभिनय करके वहीं पड़े रहो, जब तक कि हम लोग न पहुँच जाएँ। ठीक चार दंड रात बीतने पर सेनापति दुर्गद्वार पर बाहर से आक्रमण करेंगे।"

अश्वजित् के भाई ने हँसकर कहा, "और तब तक यह सुवासित मद्य उनके पेट में अपना काम कर चुका होगा तथा सेनापति को द्वार उन्मुक्त मिलेगा। मैं अब चला, आपका कल्याण हो!"

सोम आवश्यक व्यवस्था में जुट गए और उनके आदेश को ले-लेकर उनके

साहसी भट दाँतों में खड्ग दबाए सिंहद्वार के चारों ओर को पेट के बल खिसकने लगे। सब कुछ नि:शब्द हो रहा था।

बाहुक ने सिंहपौर पर लड़खड़ाते हुए पहुँचकर कहा, "तुम्हारा कल्याण हो सामन्त, किन्तु इसमें किसी का हिस्सा नहीं है।" उसने मद्यपात्र मुँह में लगाकर मद्य पिया।

एक प्रहरी ने हँसकर कहा, "अरे बाहुक, तुम हो? आज तो रंग है, कहाँ से लौट रहे हो?"

"रंगमहल से मित्र। बहार है। वहाँ वह पर्शुपुरी की अप्सरा आई है।" कई प्रहरी जुट गए, "कौन आई है सामन्त?"

"चुप रहो, गुप्त बात है। पर्शुपुरी की रम्भा। महाराज आज पान-नृत्य में व्यस्त हैं। प्रहरियों को भी प्रसाद मिला है, यह देखो।"

"वाह-वाह, तो सामन्त, एक चषक हमें भी दो।"

"वहाँ जाओ और ले आओ। इसमें किसी का हिस्सा नहीं है।" उसने फिर पात्र मुँह में लगाया और एक ओर को लुढ़क गया।

एक प्रहरी ने मद्यपात्र छीनकर कहा, "वाह मित्र, हमें क्यों नहीं? अरे वाह, अभी बहुत है। पियो मित्रो! तेरी जय रहे सामन्त!"

सब प्रहरी मद्य ढालने लगे। बाहुक ने एक प्रेम-गीत गाना प्रारम्भ कर दिया। पीलू के स्वर उस टूटती रात में मद्य के घूँटों के साथ ही प्रहरियों के हृदयों को आन्दोलित करने लगे।

एक ने कहा, "सामन्त, वह पर्शुपुरी की अप्सरा देखी भी है?"

"देखी नहीं तो क्या, अरे! वह ऐसा नृत्य करती है और देव को मद्य ढालकर देती है—देखोगे?"

"वाह सामन्त, क्या बहार है। नाचो तो तनिक, उसी भाँति मद्य ढालकर दो तो।"

बाहुक दोनों हाथ ऊँचे करके नृत्य करने लगा और नृत्य करते-करते उसने मद्य ढाल-ढालकर प्रहरियों को पिलाना आरम्भ कर दिया। प्रहरी उन्मत्त हो उठे—कई तो बाहुक के साथ नाचने लगे और कई उसके स्वर के साथ स्वर मिलाकर गाने लगे। मद्य-भांड रिक्त हो गया।

सब मद्य प्रहरियों के उदर में पहुँच गया। तब बाहुक मद्य-भांड को पेट पर रखकर लेट गया और पात्र को ढोल की भाँति पीट-पीटकर बजाने और कोई विरह-गीत गाने लगा। प्रहरी हँसते-हँसते लोट-पोट हो गए और उस विशिष्ट मद्य के प्रभाव से फिर गहरी नींद में अचेत हो गए। बाहुक ने सावधान होकर प्रथम आकाश के नक्षत्र को, फिर चारों ओर अन्धकार से परिपूर्ण दिशाओं को देखा। अब चार दंड रात्रि व्यतीत हो रही थी।

मृत्युपाश

महाराज दधिवाहन कुंडनी के उज्ज्वल उन्मादक रूप पर मोहित हो गए। कुंडनी के यौवन, मत्त नयन और उद्वेगजनक ओष्ठ, स्वर्ण देहयष्टि—इन सबने महाराज दधिवाहन

को कामान्ध कर दिया। वे उस पर मोहित होकर ही उसे अपनी कन्या चन्द्रभद्रा की सखी बनाकर रंगमहल में लाए थे। पर जब उन्होंने जाना कि वह कुमारी है और पर्शुपुरी का वह रत्न-विक्रेता कोई ऐसा-वैसा व्यक्ति नहीं, सम्राटों के समकक्ष सम्पत्तिशाली है, तो महाराज के मन में रत्न-विक्रेता की कन्या से विवाह करने की अभिलाषा जाग्रत हो गई।

आज बैशाखी पर्व का दिन था। इस दिन महाराज की आज्ञा से कुमारी चन्द्रभद्रा ने अपनी सखी कुंडनी के आतिथ्य में नृत्य-पान गोष्ठी का आयोजन किया था। उसमें महाराज दधिवाहन ने भी भाग लिया था। अर्द्धरात्रि व्यतीत होने तक पान-नृत्य-गोष्ठी होती रही। कुमारी अस्वस्थ होने के कारण जल्दी ही शयनागार में चली गई। कुंडनी महाराज दधिवाहन का मनोरंजन करती रही। वह चषक पर चषक सुवासित मद्य महाराज को देती जा रही थी।

अवसर पाते ही महाराज ने दासियों और अनुचरों को वहाँ से चले जाने का संकेत किया। एकान्त होने पर महाराज ने कहा, "सुभगे कुंडनी, तुम्हारा अनुग्रह अनमोल है।"

"देव तो इतना शिष्टाचार एक साधारण रत्न-विक्रेता की कन्या के प्रति प्रकट करके उसे लज्जित कर रहे हैं।"

"नहीं-नहीं, कुंडनी, तुम्हारे पिता के पास अलौकिक रत्न हैं, पर तुम-सा एक भी नहीं।"

"किन्तु, देव आपके महल में एक-से-एक बढ़कर रत्न हैं।"

"नहीं प्रिये कुंडनी, मुझे कहने दो। मैं तुम्हारा अधिक अनुग्रह चाहता हूँ।"

"देव की क्या आज्ञा है?"

"कुंडनी प्रिये, मैं जानता हूँ—तुम अभी अदत्ता हो। क्या तुम चम्पा की अधीश्वरी बनना पसन्द करोगी?"

कुंडनी ने हँसकर कहा, "तो देव, मुझे पट्ट राजमहिषी का कोपभाजन बनाया चाहते हैं! लीजिए एक पात्र।"

"परन्तु अनुग्रह-सहित।"

"कैसा अनुग्रह-देव।"

"इसे उच्छिष्ट कर दो प्रिये, अपने मृदुल अधरों का एक अणु रस इसमें मिला दो। प्रिये कुंडनी, एक अणु रस।"

"यह चम्पाधिपति की मर्यादा के विपरीत है देव, चषक लीजिए। अभी मैं आपको कालनृत्य का अभिनय दिखाऊँगी।"

"तो यही सही प्रिये कुंडनी, तुम्हारा नृत्य भी दिव्य है।"

कुंडनी ने चषक महाराज के मुँह से लगाकर नृत्य की तैयारी की। धीरे-धीरे उसके चरणों की गति बढ़ने लगी। महाराज दधिवाहन स्वयं मृदंग बजाने लगे। कुंडनी ने प्रत्येक सम पर महाराज के निकट चुम्बन निवेदन करना प्रारम्भ कर दिया और हर बार उस दुष्प्राप्य चुम्बन को प्राप्त न कर सकने पर चम्पाधिपति अधीर हो गए। नृत्य की गति बढ़ती गई और मृदंग का गम्भीर रव उस टूटती रात में एक उन्मत्त वातावरण उत्पन्न करने लगा। उस एकान्त रात में अनावृत्त सुन्दरी कुंडनी की मनोरम देह नृत्य

की अनुपम शोभा विस्तार कर रही थी और कामवेग से महाराज दधिवाहन के रक्त की गति असंयत हो गई थी। कुंडनी ने अपनी चोली से थैली निकाली और उसमें से महानाग ने अपना फन निकालकर कुंडनी के मुँह के साथ नृत्य करना प्रारम्भ किया। महाराज दधिवाहन एक बार भीत हुए, परन्तु मद्य के प्रभाव से वे असंयत होकर भी मृदंग बजाते रहे। उनका सारा शरीर पसीने से लथपथ हो गया था। परन्तु कुंडनी की चरण-गति अब दुर्धर्ष हो रही थी। इसी समय उसने अपने अधरों पर दंश लिया।

नागराज कुंडनी का अधर-चुम्बन कर शान्त-भाव से उसी बहुमूल्य थैली में बैठ गए। विष की ज्वाला से कुंडनी लहराने लगी। नृत्य से थकित और दंश से विवश और उसकी पुष्पाभरण-भूषित सुरभित देहयष्टि धीरे-धीरे महाराज दधिवाहन के निकट और निकट आकर नृत्य की नूतनतम कला का विस्तार करने लगी। विलास और शृंगार का उद्दाम भाव उसके नेत्रों में आ व्यापा।

महाराज दधिवाहन ने मृदंग फेंककर कुंडनी को आलिंगन-पाश में कस लिया और कुंडनी फूलों के एक ढेर की भाँति महाराज दधिवाहन के ऊपर झुक गई। महाराज दधिवाहन ने ज्यों ही कुंडनी का अधरोष्ठ चुम्बन किया त्योंही वह तत्काल मृत होकर पृथ्वी पर गिर गए। कुंडनी हाँफते-हाँफते एक ओर खड़ी होकर उनके निष्प्राण शरीर को देखने लगी।

पलायन

इसी समय एक अग्निबाण वहाँ आकर गिरा, उसमें से अति तीव्र लाल रंग का अग्नि-स्फुलिंग निकल रहा था। उससे क्षण-भर ही में उस सुसज्जित कक्ष में आग लग गई। बहुमूल्य कौशेय, उपाधान, पट्टवासक और मणिजटित साज-सज्जाएँ जलने लगीं। देखते-देखते एक, दो, तीन फिर अनेक अग्निबाण रंगमहल के विविध स्थलों पर गिर-गिरकर आग लगाने लगे। महल धाँय-धाँय जलने लगा। अन्तःपुर में भीषण कोलाहल उठ खड़ा हुआ। मार-काट, शस्त्रों की झनकार, स्त्रियों के चीत्कार और योद्धाओं की हुंकार से दिशाएँ भर गईं। बहुत-से सैनिक इधर-उधर दौड़ने लगे।

कुंडनी ने महाराज दधिवाहन के पार्श्व में पड़ा खड्ग उठा लिया और एक कौशेय से कसकर अंग लपेट लिया। इसी समय रक्त से भरा खड्ग हाथ में लिए सोम ने आकर कहा, "कुंडनी, शीघ्रता करो, एक क्षण विलम्ब करने से भी राजनन्दिनी की रक्षा नहीं हो सकेगी। तुम उन्हें लेकर गुप्त द्वार से अश्वशाला के पार्श्वभाग में जाओ, वहाँ अश्व सहित शम्ब है, तुम सीधे श्रावस्ती का मार्ग पकड़ना। मेरी प्रतीक्षा में रुकना नहीं, अपना कार्य पूर्ण कर मैं कहीं भी मार्ग में मिल जाऊँगा।"

कुंडनी ने एक क्षण भी विलम्ब नहीं किया। वह राजनन्दिनी के शयनकक्ष की ओर दौड़ चली। चारों ओर धुआँ और अन्धकार फैला हुआ था। राजकुमारी अकस्मात् नींद से जागकर आकस्मिक विपत्ति से त्रस्त हो शयनकक्ष के द्वार पर अपने शयन-काल के असम्पूर्ण परिधान में ही विमूढ़ बनी खड़ी थी। कोई दासी, चेटी, कंचुकी या प्रहरी

वहाँ न था। कुंडनी को देखकर कुमारी दौड़कर उससे लिपट गई, उसने कातर कंठ से कहा, "क्या हुआ है हला? यह सब क्या हो रहा है?"

"दुर्भाग्य है राजनन्दिनी! दुर्ग पर शत्रुओं का अधिकार हो गया और वे अन्त:पुर में घुस आए हैं। महाराज दधिवाहन मारे गए। प्राण लेकर भागो राजकुमारी।"

राजकुमारी को काठ मार गया। उसके मुँह से एक शब्द भी नहीं निकला। वह जड़वत् आँखें फाड़-फाड़कर कुंडनी की ओर देखती रही।"

कुंडनी लपकती हुई भीतर गई, एक उत्तरवासक उठा लाई और उसे कुमारी के शरीर पर लपेटती हुई बोली, "साहस करो हला, अभी गुप्त द्वार तक कदाचित् शत्रु नहीं पहुँचे हैं। आओ, हम भाग निकलें। अब एक क्षण का भी विलम्ब घातक होगा।"

एक प्रकार से वह उसे घसीटती हुई-सी गुप्त द्वार से बाहर ले आई। बाहर आकर उसने देखा—अन्त:पुर से बड़ी-बड़ी आग की लपटें उठ रही हैं। चारों ओर योद्धा हाथों में मशालें लिये दौड़ रहे हैं। घायलों का आर्तनाद और मार-काट का घमासान बढ़ रहा था। राजकुमारी ने अश्रुपूरित नेत्रों से देखकर कुछ कहना चाहा, पर शब्द उसके होंठों से नहीं निकले, होंठ केवल काँपकर रह गए। उसका अंग भी बेंत की भाँति काँप रहा था। कुंडनी ने उसे अपने और निकट करके, ढाढ़स दिया। इसी समय शम्ब ने ओट से निकलकर अश्व उपस्थित किए।

कुंडनी का प्रिय अश्व धूम्रकेतु और दो ऊँची रास के अश्व तैयार थे। कुमारी को कुंडनी ने सहायता देकर धूम्रकेतु पर सवार कराया और स्वयं अश्व पर सवार होकर राजमार्ग पर आ गई। उसने कहा, "जमकर बैठना कुमारी, हमें द्रुत गति से भागना होगा।"

राजकुमारी ने शोकपूरित स्वर में कहा, "किन्तु हम जाएँगे कहाँ?"

"जहाँ आपके मित्र हों।"

"क्या तुम्हारे पिता हमारी रक्षा नहीं कर सकेंगे?"

"कौन जाने, वे निरापद भी हैं या नहीं।"

"किन्तु मैंने तुम्हें उनसे अपनी सुरक्षा में लिया था।"

"यह समय इन बातों पर विचार करने का नहीं है।"

"किन्तु तुम मेरे लिए विपत्ति में पड़ोगी सखी?" कुमारी की आँखों से झर-झर आँसू बह चले।

कुंडनी ने कहा, "मैं प्राण देकर भी इस विपत्ति में तुम्हारी रक्षा करूँगी राजकुमारी।"

"परन्तु हम निरीह अबला..."

"क्यों, यह सेवक और वह मेरा दास।"

"वह कहाँ है?"

"मार्ग में मिल जाएगा। मुझे आशा है, हमारी सहायता को उसने यह सेवक भेजा है।"

"उस पर विश्वास किया जा सकता है सखी?" कुमारी के प्रश्न पर कुंडनी की आँखें भी गीली हो गईं। उसने कहा, "यह खड्ग लो कुमारी।"

"और तुम?"

"मेरे पास दूसरा शस्त्र है—शम्ब, तुम सावधानी से हमारे पीछे चलो।"

"तो कुमारी, क्यों न हम श्रावस्ती चलें?"

"वहीं चलो सखी। वहाँ भगवान् महावीर हैं। वे मेरे गुरु हैं।"

"तब तो बहुत अच्छा है।" और उसने अश्व को संकेत किया। असील जानवर हवा में तैरने लगे। उनका धूम्रकेतु समुद्र-पार के द्वीप से उपानय में आया हरे तोते के रंग का अद्‌भुत अश्व था। उस जाति के अश्व बहुत दुर्लभ थे। उसकी गति विद्युत् के समान और देह की दृढ़ता वज्र के समान थी। तीनों अश्वारोही तेजी से बढ़ते चले गए।

दिन का प्रकाश फैल गया, देखते-ही-देखते सूर्योदय हो गया। उसकी सुनहरी किरणें दोनों अश्वारोहियों के थकित चेहरों पर पड़कर उपहास-सा करने लगीं। शम्ब ने इधर-उधर देखा। उसने देखा, सामने एक पर्वत के शृंग पर सोम वस्त्रखंड हिला-हिलाकर संकेत कर रहे थे। शम्ब ने देखकर हर्ष से चीत्कार कर उधर ही अश्व फेंका। दोनों बालाओं ने भी उसी का अनुगमन किया। चलते-चलते कुंडनी ने कहा, "वहाँ मीठा पानी, वनफल या आखेट अवश्य मिलेगा।" परन्तु राजनन्दिनी बोलने की चेष्टा करके भी बोल न सकी।

चम्पा का पतन

दुर्ग के दक्षिण बुर्ज पर मागध तुरही बजते ही दुर्ग के सिंह-द्वार पर आघात हुआ। प्रहरी मद्य से अचेत थे। एक-दो कुछ सचेत थे, उन्होंने कहा, "कौन है?"

बाहुक ने कहा, "पिशाच होगा। एक चषक मद्य माँगने आया है। वह मैं नहीं दूँगा। तुम पियो मित्र।" उसने भांड प्रहरी के मुँह से लगा दिया। परन्तु भांड में एक बूँद भी मद्य न था। प्रहरी को भी पूरा होश न था। उसने भांड में हाथ डालकर कहा, "तुम गधे हो सामन्त! मद्य यहाँ कहाँ है?"

"क्या मैं गधा हूँ? ठहर पाजी, बाहुक ने उसकी गर्दन में बाँह डालकर गला दबोच लिया। प्रहरी दम घुटने से छटपटाने लगा। इसी समय पेट के बल रेंगते आकर एक आदमी ने खड्ग उसके कलेजे में पार कर दिया। उसी क्षण तीन-चार आदमी इधर-उधर से निकल आए और उन्होंने प्रहरी के वस्त्रों से चाभी निकालकर द्वार खोल दिया। जो एक-दो प्रहरी अब भी होश में थे, उन्होंने कुछ बोलने की चेष्टा की, पर वे तुरन्त मार डाले गए। फाटक खुल गया और सेनापति धड़धड़ाते हुए दुर्ग में घुस गए। उन्होंने दौड़कर दक्षिण बुर्ज पर मागध झंडा फहरा दिया। क्षण-भर ही में मार-काट मच गई। परन्तु ज्योंही महाराज दधिवाहन का मृत शरीर लाकर चौगान में डाला गया, चम्पा के सैनिकों के छक्के छूट गए। इसी समय पूर्व में सफेदी दिखाई दी और उसी के साथ चम्पा में विद्रोह के लक्षण दीख पड़ने लगे। सूर्योदय होते ही विद्रोहाग्नि फूट पड़ी। सैकड़ों नागरिक जलती मशालें और खड्ग लेकर नगर में आग लगाने और लोगों को मारने-काटने लगे। हाट, वीथी और जनपद सभी बन्द हो गए। चम्पा जय हो गया। एक दिन व्यतीत होते-होते दुर्ग और नगर सर्वत्र मगध-सेनापति चंडभद्रिक का अधिकार हो गया। उन्होंने एक ढिंढोरा पिटवाकर प्रजा को अभय दिया, तथा नई

व्यवस्था कायम की। अब उन्हें सोम का स्मरण हुआ। उन्होंने सोमप्रभ को बहुत ढूँढ़ा, परन्तु सोमप्रभ का उन्हें पता नहीं लगा। कुमारी चन्द्रप्रभा का भी कोई पता नहीं लगा। राजकुल की अन्य स्त्रियों का समुचित प्रबन्ध कर दिया गया। महाराज दधिवाहन का मर्यादा के अनुरूप अग्नि-संस्कार किया गया।

वादरायण व्यास

वैशाली के ठीक ईशान कोण पर—लगभग वैशाली और राजगृह के अर्धमार्ग में—पाटलिपुत्र से थोड़ा पूर्व की ओर हटकर गंगा के उपकूल पर एक बहुत प्राचीन मठ था। वह मठ वादरायण मठ के नाम से प्रसिद्ध था। उस मठ की बड़ी भारी प्रतिष्ठा थी। देश-देशान्तर के सम्राटों और सामन्तों के समय-समय पर अर्पित ग्राम, सुवर्ण और गौ तथा भू-सम्पत्ति से मठ बहुत सम्पन्न था। राजा और सभी जनों का वहाँ नित्य आवागमन बना रहता था।

मठ की ख्याति और उसकी प्रतिष्ठा जो दिग्दिगंत में फैल रही थी, उसका कारण भगवान् वादरायण व्यास थे, जो इस मठ के गुरुपद थे। उनके चरणों में बैठकर देश-देशान्तरों के बटुक विविध विद्याओं का अध्ययन करते और ज्ञान-सम्पदा से परिपूर्ण होकर अपने देशों को लौटते थे।

भगवान् वादरायण कब से मठ के अधीश्वर हैं, यह कोई नहीं जानता, न कोई यही कह सकता है कि उनकी आयु कितनी है। वे आज जैसे हैं, वैसा ही लोग न जाने कब से उन्हें देखते आ रहे हैं।

भगवान् वादरायण धवल कौशेय धारण करते हैं। उनके सिर और दाढ़ी के बाल अति शुभ्र चाँदी के समान हैं, जो उनके गौरवर्ण-तेजस्वी मुखमंडल पर अत्यन्त शोभायमान प्रतीत होते हैं। उनकी सम्पूर्ण दन्तपंक्ति बहुमूल्य मुक्तापंक्ति के समान शोभित है, उनका अनवरत मृदु-मन्द हास्य शरद्कौमुदी से भी शीतल और तृप्तिकारक है। वे बहुत कम शयन करते हैं, अपराह्न में केवल एक बार हविष्यान्न आहार करते हैं। आज तक किसी ने उन्हें क्रुद्ध होते नहीं देखा। उनका पांडित्य आगाध है और उनकी विचारधारा असन्दिग्ध। उनकी दार्शनिक सत्ता लोकोत्तर है। वे महासिद्ध त्रिकालदर्शी महापुरुष विख्यात हैं।

उनका कद लम्बा, देह दुर्बल किन्तु बलिष्ठ है। नासिका उन्नत, ललाट प्रशस्त, नेत्र मांसल, स्निग्ध और महातेजवान् है। उनमें भूतदया, दिव्य ज्ञान एवं समदर्शीपन की स्निग्ध धारा निरन्तर बहती रहती है।

कोई उन्हें भगवान् वादरायण कहते हैं, कोई केवल भगवान् कहते हैं, किन्तु बहुत जन उन्हें कोई सम्बोधन ही नहीं करते। वे उन्हें देखकर ससम्भ्रम पीछे हट जाते हैं अथवा पृथ्वी में गिरकर प्रणिपात करते हैं।

वे दो पहर रात रहते शय्या त्याग देते हैं और गर्भगृह में जाकर समाधिस्थ विराजते हैं। फिर उषा का उदय होने पर मठ के अन्तराल में आकर प्रहर दिन चढ़े तक बटुओं

को ज्ञान-दान देते हैं। इसके बाद व्याघ्रचर्म पर बैठकर सर्वसाधारण को दर्शन देते तथा उनसे वार्तालाप करते हैं। मध्याह्न होने पर वे आवश्यक मठ प्रबन्ध-सम्बन्धी व्यवस्थाओं की आज्ञाएँ प्रचारित कराते और फिर अन्तरायण में जा विराजते हैं। उस काल वे शास्त्रलेखन अथवा अदृष्ट-गणना करते हैं अथवा किसी महत्त्वपूर्ण विषय पर विचार-गवेषणा करते हैं।

भगवान् वादरायण के इस नित्यविधान में कभी किसी ने व्यतिक्रम होते नहीं देखा। न कभी वे रोगी, पीड़ित, थकित या क्लान्त देखे गए। ऐसे ये भगवान् वादरायण व्यास थे, जिनकी ख्याति उन दिनों दिग्दिगंत में फैली थी।

भादों का संध्याकाल था। आकाश पर काली घटाएँ छा रही थीं। गंगा का विस्तार सागर के जैसा हो रहा था, उस पार दूर तक जल ही जल दीख पड़ता था। लता-गुल्म सब जलमग्न हो गए। वृक्ष आधे जल में डूबे दूर से लता-गुल्म-जैसे प्रतीत होते थे। अभी दिन का थोड़ा प्रकाश शेष था।

बटुकगण सांध्य अग्निहोत्र कर चुके थे। भगवान् वादरायण मठ के पश्चिम ओर के प्रान्त-भाग में एक ऊँचे शिलाखंड पर खड़े भागीरथी गंगा का यह विस्तार देख रहे थे। उन्हीं के निकट एक ब्रह्मचारी युवा विनम्र भाव में खड़ा था। ब्रह्मचारी की आयु तीस-बत्तीस वर्ष थी। उसकी छोटी-सी काली दाढ़ी ने उसके तेजस्वी मुख की दीप्ति को और भी बढ़ा दिया था। उसका बलिष्ठ अंग कह रहा था कि वह ब्रह्मचारी असाधारण शक्ति-सम्पन्न है।

भगवान् वादरायण बोले, "सौम्य मधु, गंगा का विस्तार तो बढ़ता ही जाता है। उस ओर के जो ग्राम डूब गए थे, वहाँ उपयुक्त सहायता भेज दी गई है न?"

ब्रह्मचारी ने विनयावनत होकर कहा, "भगवान् के आदेश के अनुसार दो सौ नावें कल ही भेज दी गई थीं। वे अपना कार्य कर रही हैं। औषध और अन्न-वितरण भी हो रहा है और पीड़ित क्षेत्र के स्त्री-बच्चों एवं वृद्धों को सर्वप्रथम उठा-उठाकर रक्षा-क्षेत्रों में पहुँचाया भी जा रहा है।"

"किन्तु क्या यह पर्याप्त है मधु?"

"पर्याप्त तो नहीं भगवन, परन्तु अभी और अधिक व्यवस्था नहीं हो सकी। हमारी बहुत-सी नौकाएँ बह भी तो गई हैं! फिर माँझियों की भी कठिनाई है। प्रात:काल और सौ नावें जा रही हैं।"

"यह अच्छा है, परन्तु चिकित्सा और खाद्य सामग्री क्या प्रचुर मात्रा में हैं?"

"जी हाँ भगवन्, परन्तु चिकित्सकों की कमी है। फिर भी रक्षण-क्षेत्र में सर्वोत्तम चिकित्सा की व्यवस्था है।"

"व्यवस्था तो विपद्-क्षेत्रों में भी होनी चाहिए मधु। ये सभी ग्रामवासी अति निरीह हैं और इस बार तो उनका घर-बार, धन-धान्य सभी बह गया। क्यों न?"

भगवान् वादरायण की वाणी करुणा से आर्द्र हो गई। ब्रह्मचारी ने कहा, "सत्य है, परन्तु भगवन्, वैशाली और राजगृह से चिकित्सक बुलाए गए हैं, उनके आने पर सब व्यवस्था ठीक हो जाएगी और बाढ़ का जल घटते ही मठ की ओर से उनके घर-द्वार निर्माण करने एवं बीज देने की यथावत् व्यवस्था हो जाएगी।"

"ऐसा ही होना चाहिए। परन्तु क्या गणपति को तुमने सहायता के लिए नहीं लिखा? ये ग्राम तो वज्जीगण ही के हैं?"

"जी हाँ भगवन्, लिख दिया है। आशा है, उपयुक्त सहायता शीघ्र मिल जाएगी।"

भगवान् वादरायण हर-हर करती गंगा की अपरिसीम धारा को देखते रहे। फिर कुछ देर बाद स्निग्ध स्वर में कहा, "ठीक है मधु, सांध्य कृत्य का समय हो गया। चलो, अब भीतर चलें। परन्तु मधु, आज एक सम्भ्रान्त अतिथि आने वाले हैं। वे गंगा की राह आएँगे या राजमार्ग से, यह नहीं कहा जा सकता। दोनों ही मार्ग अगम्य हैं, परन्तु वे आएँगे अवश्य, तुम उनकी प्रतीक्षा करना और उनके विश्राम आदि की यत्न से सम्यक् व्यवस्था कर देना, तथा उषाकाल में उन्हें मेरे पास गर्भगृह में ले आना।"

बटुक ने मस्तक नवाकर आदेश ग्रहण किया। फिर आगे-आगे भगवान् वादरायण व्यास और उनके पीछे वह ब्रह्मचारी, दोनों मठ की ओर चल दिए।

सम्मान्य अतिथि

सांध्य कृत्य समाप्त हुआ। भगवान् वादरायण गर्भगृह में चले गए। ब्रह्मचारी उन्हें गर्भगृह के द्वार तक पहुँचाकर पादवन्दन करके प्रांगण में लौट आया। अन्य वटुक भी अपने-अपने स्थानों को लौट गए। पार्षदगण इधर-उधर दौड़-धूप करके अपना-अपना काम करने लगे। अनावश्यक दीप बुझा दिए गए। अपना कार्य समाप्त करके पार्षदगण भी विश्राम के लिए चले गए। केवल वही तरुण ब्रह्मचारी प्रांगण में रह गया। पार्षदों को उसने कुछ आवश्यक आदेश दिए। गुरुपद के आदेशों की पूर्ति भी उसने यथासाध्य की। फिर वह एक मर्मर स्तम्भ पर पीठ का सहारा ले एक व्याघ्र-चर्म पर चुपचाप बैठकर कुछ चिन्तन करने लगा।

आकाश में बादल घिर रहे थे। उनके बीच कभी-कभी चतुर्थी का क्षीणकाय चन्द्र दीख पड़ता था, जिससे रात्रि का अन्धकार थोड़ा प्रतिभासित हो उठता था। एकाध तारे भी कभी-कभी दृष्टिगोचर हो जाते थे। ब्रह्मचारी कभी आँखें बन्द किए और कभी खोलकर देख लेता था। उसका ध्यान गुरुपद की आज्ञा पर था। कौन वह सम्मान्य अतिथि आज रात को आनेवाले हैं, जिनके लिए गुरुपद ने इतने यत्न से आदेश दिया है! उन्हीं की अभ्यर्थना के लिए उसने हठपूर्वक रात्रि-जागरण करने का निश्चय कर लिया।

दो दंड रात्रि व्यतीत होने पर उस नीरव रात्रि में उसे प्रतीत हुआ, "जैसे सुदूर पर्वत उपत्यका से कुछ अस्फुट शब्द रुक-रुककर आ रहा है। थोड़ी ही देर में वह सावधान होकर सुनने लगा। वह समझ गया कि अश्वपद की ध्वनि है। अश्व एक नहीं, अधिक हैं। कुछ ही देर में मठ के पीछे के प्रान्त-द्वार पर प्राचीर के निकट कुछ आहट प्रतीत हुई। वह समझ गया, कुछ अश्वारोही उधर आए हैं। वह झटपट अपने उत्तरवासक को कमर में लपेटकर मठ के प्रान्त-द्वार पर गया। अँधेरे में पहले कुछ नहीं दीखा। फिर देखा, कोई दस हाथ के अन्तर पर एक मनुष्य की छाया है, पार्श्व में दो अश्व हैं।"

उसने दोनों हाथ ऊँचे करके कहा, "भन्ते अतिथि, आपका मठ में स्वागत है! मैं भगवान् वादरायण के आदेश से आपके स्वागतार्थ प्रतीक्षा कर रहा था।"

ब्रह्मचारी के वचन सुनकर छाया-मूर्ति अन्धकार से आगे बढ़ी। मन्दिर के क्षीण आलोक में ब्रह्मचारी ने देखा—वह एक वृद्ध भट है। उसके शस्त्र तारों के क्षीण प्रकाश में चमक रहे थे। वृद्ध ने मस्तक झुकाकर ब्रह्मचारी को अभिवादन करके कहा, "हमें क्षमा करें भन्ते, मार्ग में बहुत वर्षा होने से हमें अति विलम्ब हो गया और असमय में आपको कष्ट देना पड़ा।"

"कोई हानि नहीं, भगवान् ने मुझे प्रथम ही आदेश दे दिया था।"

परन्तु इतना कहकर भी ब्रह्मचारी कुछ असमंजस में पड़ गया। वह सोचने लगा, यह साधारण वृद्ध भट ही क्या वह सम्मान्य व्यक्ति है जिसने उसे 'भन्ते' कहकर और अभिवादन करके अपनी लघुता प्रकट की है! वह ध्यान से आगन्तुक को देखने लगा। आगन्तुक ने कहा, "भगवान् वादरायण त्रिकालदर्शी हैं।" और तब पीछे खड़ी दूसरी छायामूर्ति की ओर देखा।

ब्रह्मचारी ने उसे अभी नहीं देखा था। वह छाया-मूर्ति भी आगे बढ़ी। ब्रह्मचारी उसे उस धूमिल प्रकाश में देखकर स्तम्भित हो गया। वह स्वप्न में भी नहीं सोच सका था कि जिस सम्मान्य अतिथि की वह प्रतीक्षा कर रहा था, वह कोई महिला है। उसने एक ही दृष्टि से देखा, महिला असाधारण सुन्दरी और गौरवशालिनी है। उसने आगे बढ़कर युवा ब्रह्मचारी से मधुर शब्दों में कहा, "भन्ते ब्रह्मचारिन्, हम लोग बहुत थक गए हैं, वस्त्र भी सब भीग गए हैं, अश्वों को भी दाना-पानी नहीं मिला। कष्ट करके अभी हमारे विश्राम की व्यवस्था कर दीजिए, प्रभात में हम भगवान् वादरायण की पादवन्दना करेंगे। असुविधा के लिए क्षमा कीजिए।"

तरुण ब्रह्मचारी को जब गुरुपद ने आग्रहपूर्वक एक सम्भ्रान्त अतिथि के आने का संकेत किया है, तब वह अवश्य ही कोई महामहिम अतिथि होगा, ऐसा समझकर युवक विनय से बोला, "देवी, इधर से पधारें।"

आगे-आगे ब्रह्मचारी और उसके पीछे अतिथि पेचीदे मार्गों से घूमते हुए मठ के भीतर प्रांगण में आए। वृद्ध भट ने संकोच से कहा, "किन्तु अश्व?"

"उनकी व्यवस्था हो जाएगी, आप चिन्ता न करें।"

फिर कोई नहीं बोला। ब्रह्मचारी ने एक सुसज्जित कक्ष में अतिथियों को ला खड़ा किया। कक्ष में विश्राम और सुख के सब राजसी साधनों को देखकर अतिथि स्तम्भित रह गए। महिला ने मृदु-मन्द हास्य से कहा, "भगवान् वादरायण का ऐसा वैभव है?"

ब्रह्मचारी ने संकुचित होकर कहा, "समुचित व्यवस्था नहीं कर सका। गुरुपद ने संध्या-समय ही आदेश दिया था। आपको कोई आवश्यकता हो तो कहिए।"

"नहीं-नहीं, कुछ नहीं, हमें केवल विश्राम ही की आवश्यकता है।"

"तो देवी सुख से विश्राम करें, थोड़ा गर्म दूध और हविष्यान्न मैं अभी भिजवाता हूँ।"

"साधु ब्रह्मचारिन्। किन्तु भगवान् वादरायण को हमारे आगमन की सूचना होनी आवश्यक है।"

"उसकी आवश्यकता नहीं, भगवान् का आदेश है, कल उषाकाल में गुरुपद के आपको दर्शन होंगे। मैं स्वयं आपको गर्भगृह में ले जाऊँगा।"

"जैसी भगवान् वादरायण की इच्छा! तो अब हम विश्राम करेंगे।"

ब्रह्मचारी विनय से मस्तक झुकाकर मठ के बाहरी प्रांगण की ओर धीरे-धीरे अग्रसर हुआ। मठ के बाहरी प्रांगण में सन्नाटा था। वह प्रांगण को पार करता हुआ विश्राम के लिए अपनी कुटिया की ओर मठ के उत्तर प्रान्त से जा रहा था। मठ के उत्तर द्वार की पीठिका के निकट एक एकान्त स्थान पर उसकी कुटिया थी। वहाँ जाने के लिए उसे विस्तृत सम्पूर्ण प्रांगण, अन्तभूमि और बाहरी विस्तृत भू-भाग पार करना पड़ा। अभी केवल दो स्थूल दीप बाहरी दीपाधारों में जल रहे थे, उन्हीं के प्रकाश में उसने देखा, उत्तर-द्वार के सम्मुख बड़ी पौर के निकट एक मनुष्य-मूर्ति दीप-स्तम्भ के नीचे खड़ी है। प्रथम उसे भ्रम हुआ, फिर निश्चय होने पर उसने उसके तनिक निकट जाकर पुकारा, "कौन है?"

उत्तर संक्षिप्त मिला—"अतिथि।"

ब्रह्मचारी ने बिलकुल निकट जाकर देखा। अतिथि असाधारण है। वह एक दीर्घकाय, बलिष्ठ एवं गौरवर्ण पुरुष है। उसकी मुखाकृति अति गम्भीर, आकर्षक और प्रभावशाली है। उसकी बड़ी-बड़ी आँखों से शक्ति का स्रोत बह रहा है। उसके वस्त्र बहुमूल्य हैं। उष्णीष की मणि उस अन्धकार में भी शुक्र नक्षत्र की भाँति चमक रही है। कमर में एक विशाल खड्ग है और हाथ में एक भारी बर्छा। खड्ग पर मणि-माणिक्य जड़े हैं, जो उस अन्धकार में भी चमक रहे हैं। वह थकित भाव से अपने बर्छे का सहारा लिये खड़ा है।

देखकर ब्रह्मचारी दो कदम पीछे हट गया। फिर ससम्भ्रम आगे बढ़कर उसने कहा, "भन्ते, मैं आपकी क्या सेवा कर सकता हूँ?"

"मुझे रात्रि व्यतीत करने को थोड़ा स्थान चाहिए और यदि थोड़ा गर्म दूध मिल जाए तो अत्युत्तम है।"

ब्रह्मचारी कुछ असमंजस में पड़कर बोला, "किन्तु इस समय उपयुक्त..."

"नहीं, नहीं, आयुष्मान् शिष्टाचार की आवश्यकता नहीं, भगवान् वादरायण के पुनीत स्थान में सब उपयुक्त है।"

"तब आप आइए मेरी कुटी में।"

और बातचीत नहीं हुई। कुटी में आकर ब्रह्मचारी ने दीप जलाया। इस बार उसने फिर अतिथि की ओर देखा, अपनी क्षुद्र एवं दरिद्र कुटिया में इस अतिथि के लाने के कारण वह संकुचित हो गया।

कुटिया छोटी ही थी। उसके बीच में एक काष्ठ-फलक पर कृष्णाजिन बिछा था। एक भद्रपीठ पर जल का पात्र, थोड़ी पुस्तकें और एक-दो आवश्यक वस्तुएँ ही वहाँ थीं। हाँ, प्रकुंड्य पर दो उत्तम धनुष, एक विशाल बर्छा तथा कई उत्कृष्ट खड्ग लटक रहे थे। अतिथि ने क्षणभर में ही दृष्टि घुमाकर सारी कुटिया और वहाँ की सामग्री को देख डाला। फिर हँसकर कहा, "अच्छा, तो यह तुम्हारी ही कुटी है आयुष्मान्?"

"जी हाँ भन्ते!"

"और ये पुस्तकें, कृष्णाजिन?"

"सब मेरे ही उपयोग की हैं।"

"बहुत ठीक। परन्तु ये शस्त्रास्त्र?" उन्होंने हठात् एक धनुष को दीवार से खींचकर क्षणभर ही में उसकी प्रत्यंचा चढ़ा दी।

तरुण ने अतिथि के असाधारण सामर्थ्य और हस्तलाघव से चमत्कृत होकर कहा, "कभी-कभी गुरुपद मुझे अभ्यास कराते हैं।"

"साधु आयुष्मान्! इसकी कभी आवश्यकता पड़ सकती है।" उन्होंने रहस्यपूर्ण हास्य होंठों पर लाकर धनुष को दीवार पर टाँग दिया। "तो मैं इस कृष्णाजिन पर विश्राम करूँगा, किन्तु तुम?"

"मेरे लिए बहुत व्यवस्था है भन्ते, इस पात्र में दूध है और सूखा हुआ कौशेय प्रावार और कौजव खूँटी पर है।"

"ठीक है आयुष्मन्, किन्तु तुम्हारा नाम क्या है?"

"माधव, भन्ते, किन्तु गुरुपद मुझे मधु कहते हैं।"

"तो मैं भी यही कहूँगा। मधु आयुष्मन्, अब मैं भी विश्राम करूँगा।"

"क्या भगवत्पाद में निवेदन करना होगा?"

"नहीं-नहीं, प्रभात में देखा जाएगा।"

बटुक क्षणभर कुछ सोचकर चला गया। वह सोच रहा था, यह अधिकारपूर्ण स्वर से बात करनेवाला तेजस्वी अतिथि कौन है? और वह असाधारण महिला? आज दो-दो महार्घ अतिथि मठ में आए हैं, परन्तु गुरुपद ने तो एक ही का संकेत किया था। वह संकेत किसके प्रति था?

बहुत देर तक बटुक विचार करता रहा। फिर वह अलिन्द के एक स्तम्भ का ढासना लगाकर सो गया।

गर्भगृह में

गर्भगृह में माधव ब्रह्मचारी के साथ हठात् अम्बपाली को आते देख भगवान् वादरायण व्यास ने आश्चर्यमुद्रा से कहा, "अरे देवी अम्बपाली!"

माधव ब्रह्मचारी ने ज्योंही वह अतिश्रुत नाम सुना, वह अचकचाकर अम्बपाली की ओर ताकता रह गया।

अम्बपाली ने पृथ्वी पर गिरकर प्रणिपात किया। भगवान् वादरायण ने स्वस्ति कहकर कहा, "तुम्हारा कल्याण हो, जनपदकल्याणी अम्बपाली कहो, तुम्हारा यह अकस्मात् आगमन क्यों?"

"अविनय क्षमा हो, मैं प्रथम से बिना ही आदेश पाए चली आई। किन्तु सर्वदर्शी भगवत्पाद ने इस अकिंचन के विश्राम-आतिथ्य की जो असाधारण व्यवस्था की, उससे मैं अति कृतार्थ हुई।"

"किन्तु-किन्तु!..." भगवान् वादरायण ने तरुण बटुक की ओर प्रश्न-सूचक दृष्टि से देखा।

ब्रह्मचारी ने अटकते हुए कहा, "भगवत्पाद का आदेश यथाशक्ति पालन किया गया है।"

"क्या रात्रि में और कोई अतिथि नहीं आए?"

माधव ने सावधान मुद्रा से कहा, "एक राजवर्गी सामन्त भी हैं।" इसी समय एक छाया ने गर्भगृह में प्रवेश किया। उसे देखकर भगवान् वादरायण कुछ असंयत हुए। उन्होंने दोनों हाथ उठाकर कहा, "मगध-सम्राट् की जय हो!" तब तक मगध-सम्राट् का मस्तक भगवान् वादरायण के चरणों में झुक गया।

सम्राट् का नाम सुनते ही माधव स्तम्भित हो गया। वह अपनी अविनय पर विचार करने लगा। भगवत्पाद के संकेत से उसने आसन की व्यवस्था की।

स्वस्थ होकर बैठने के बाद सम्राट् ने हँसकर कहा, "भगवत्पाद का आशीर्वाद विलम्ब से मिला। प्रसेनजित् ने मुझे करारी हार दी है, अभियान के समय मैं भगवत्पाद के दर्शन नहीं कर सका। वार्षभि विदूडभ ने मुझे डुबोया। उसी ने लिखा था कि श्रावस्ती पर अभियान का यही समय है, बूढ़े कामुक महाराज प्रसेनजित् अब कुछ न कर सकेंगे, वे कौशाम्बीपति उदयन से उलझे हुए हैं और सेनापति कारायण से मिलकर मैं सम्पूर्ण सेना में विद्रोह कर दूँगा।"

"और सम्राट् उसी के बल पर श्रावस्ती पर चढ़ दौड़े!" भगवान् वादरायण ने मन्द स्मित करके कहा। सम्राट् ने लज्जा से सिर झुका लिया। भगवान् वादरायण फिर बोले, "बन्धुल मल्ल और उसके बारह परिजनों के विक्रम का विचार नहीं किया?"

"आर्य वर्षकार ने आपत्ति की थी, वे पूरी शक्ति चम्पा-विजय में लगाकर तब इधर ध्यान देने के पक्ष में थे।"

कुछ देर चुप रहकर भगवान् वादरायण ने कहा, "आप आए कब?"

"मध्य रात्रि के बाद। मैं अश्व पर निकला था, पर राह में वह मर गया। तब नौका पर चला। एक स्थल पर नौका उलट गई। तब मैं तैरकर मध्य रात्रि में यहाँ पहुँचा। आयुष्मान् मधु का मैंने रात आतिथ्य-ग्रहण किया और उसी की कुटिया में रात व्यतीत की।"

भगवान् वादरायण ने प्रश्नसूचक दृष्टि से माधव की ओर देखा। मधु ने लज्जित होकर कहा, "अविनय क्षमा हो, मैं सम्राट् को पहचान न सका। गुरुपद का आदेश कदाचित्..." वह अम्बपाली की ओर देखकर चुप हो गया।

अम्बपाली की ओर अभी तक सम्राट् की दृष्टि नहीं गई थी। अब उन्होंने भी इधर देखा। घृत-दीप के मन्द-पीत प्रकाश में अम्बपाली उन्हें एक सजीव चम्पक-पुष्प-गुच्छ-सी दीख पड़ी।

इसी समय भगवान् वादरायण खिलखिलाकर हँस पड़े। दोनों ने चकित होकर उनकी ओर देखा। उन्होंने कहा, "खूब हुआ, सम्राट् के लिए जो व्यवस्था की गई थी, उसका देवी अम्बपाली ने उपयोग किया, फलतः सम्राट् को माधव की कुटिया के काष्ठफलक पर रात्रि व्यतीत करनी पड़ी।"

अम्बपाली ने आगे बढ़ और करबद्ध हो सम्राट् का अभिवादन किया। फिर मधुर कंठ से कहा, "सम्राट् की जय हो! मुझसे अनजाने ही यह अपराध हो गया है।"

सम्राट् ने हँसकर कहा, "आप्यायित हुआ यह जानकर कि जनपदकल्याणी देवी अम्बपाली ने मेरे लिए नियोजित कक्ष में शयन-सुख उठाया, और हर्षित हुआ।"

"अनुगृहीत हुई!"

"भला एक अनुग्रह तो स्वीकार किया देवी अम्बपाली ने। मुझे प्रसेनजित् से पराजित होने का क्षोभ नहीं है।" सम्राट् ने हँसकर दोनों हाथ फैलाए।

भगवान् वादरायण ने हँसकर कहा, "लाभ है, लाभ है, सुश्री अम्बपाली, तो मैं आज रात्रि में तुमसे वार्तालाप करूँगा।"

जैसी आज्ञा भगवन्! उसने प्रथम भगवान् वादरायण को और फिर मगध सम्राट् को सिर झुकाकर अभिवादन किया और कक्ष से चली गई।

एकान्त होने पर भगवान् ने कहा, "तो आपकी महत्त्वाकांक्षा ने वर्षकार की बात पर विचार नहीं करने दिया?"

"इसी से तो भगवन् करारी हार खाई, परन्तु...।"

"वैशाली में ऐसा अवसर न आने पाएगा, क्यों?"

"भगवत्पाद जब हृद्गत भाव से अवगत हैं तो मैं आशीर्वाद की आशा करता हूँ।"

"सम्राट् को उसकी क्या आवश्यकता है! विजय के लिए उनकी सेना और कूटनीति यथेष्ट है।"

"किन्तु यह तो भगवत्पाद का कोप वाक्य है। भगवान् प्रसन्न हों!"

भगवान् वादरायण ने मन्द हास करके कहा, "नहीं-नहीं सम्राट्, कोप नहीं। परन्तु सम्राटों और विरक्तों का दृष्टिकोण सदा ही पृथक् रहता है।"

"परन्तु भगवन् जहाँ जनपद-हित और व्यवस्था का प्रश्न है, वहाँ सम्राट् और विरक्त एक ही मत पर रहेंगे।"

"फिर भी सम्राट् विरक्त सदैव कर्तव्य पर विचार करेगा और सम्राट् अधिकारों पर। ये ही अधिकार युद्ध, रक्तपात और अशान्ति की जड़ हैं—यद्यपि वे सदैव जनपद-हित और व्यवस्था के लिए किए जाते हैं।"

"अविनय क्षमा हो भगवन्, इस युद्ध, रक्तपात और अशान्ति में भी एक लोकोत्तर कल्याण-भावना है। भगवान् भलीभाँति जानते हैं कि छोटे-छोटे स्वतंत्र राज्य छोटे-छोटे स्वार्थों के कारण परस्पर लड़ते रहते हैं, साम्राज्य ही उन्हें शान्त और समृद्ध बनाता है। साम्राज्य में राष्ट्र का बल है, साम्राज्य जनपद की सर्वश्रेष्ठ व्यवस्था है।"

भगवत्पाद हँस दिए। उन्होंने कहा, "इसी से सम्राट् छोटे-से वैशाली के गणतंत्र को मगध साम्राज्य में मिलाना चाहते हैं?"

सम्राट् ने कुछ लज्जित होकर कहा, "भगवन्, स्वाधीनता सर्वत्र ही अच्छी वस्तु नहीं है, यह दासता की ध्वनि है और इसके मूल में आपाद अशान्ति, अव्यवस्था और उत्क्रान्ति है।"

भगवान् ने किंचित् हास्य कर कहा, "तो कौशाम्बीपति उदयन ने श्रावस्ती-अभियान में आपको सहायता नहीं दी?"

"यही तो हुआ भगवन्, विदूडभ ने यही तो कहा था कि कौशाम्बीपति ससैन्य सीमाप्रान्त पर सन्नद्ध हैं; ज्योंही मगध सैन्य का आक्रमण होगा, वे उस ओर से घुस पड़ेंगे।"

"यह अभिसन्धि कदाचित् बन्धुल मल्ल ने पूरी नहीं होने दी?"

"नहीं भगवन्! आर्य यौगन्धरायण ने उदयन को आक्रमण न करके हमारे युद्ध का परिणाम देखने की सम्मति दी। यौगन्धरायण मृत मांस खाना चाहता था।"

भगवान् वादरायण जोर से हँस दिए! सम्राट् भी हँसे।

'मैं भगवत्पाद के हास्य का कारण समझ गया। कदाचित् कौशाम्बीपति यौगन्धरायण की सम्मति अमान्य करते, पर गान्धारनन्दिनी कलिंगसेना का अनुरोध न टाल सके। देवी कलिंगसेना ही के लिए उदयन ने कोसल पर आक्रमण किया था, परन्तु कलिंगसेना ने ही जब यह सन्देश भेजा कि मैंने कोसलेश को आत्मसमर्पण कर दिया है, कौशाम्बीपति का मेरे लिए अभियान धर्मसम्मत नहीं है। तब कौशाम्बीपति निरुपाय हो युद्धविरत हो गए।"

भगवान् वादरायण ने कहा, "तो सम्राट् अब नित्यकर्म से निवृत्त हो विश्राम करें। अभी और बातें फिर होंगी।" वे उठ खड़े हुए। सम्राट् भी उठे। भगवान् ने कहा, "मधु, सम्राट् के लिए..."

सम्राट् ने बाधा देकर कहा, "नहीं-नहीं...भगवन्! मधु की कुटिया मुझे बहुत प्रिय है और मधु उससे भी अधिक।"

"कदाचित् इसलिए कि वह साधु कम और सैनिक अधिक है।"

"भगवन्! मुझे मधु-जैसे सैनिकों की बड़ी आवश्यकता है!"

"तो सम्राट् जैसे प्रसन्न हों।" तीनों गर्भगृह से बाहर निकले।

भारी सौदा

अम्बपाली ने अपने कक्ष में सम्राट् को आमंत्रित किया। सम्राट् के आने पर उनका अर्घ्य-पाद्य से सत्कार करके अम्बपाली ने उन्हें उच्च पीठ पर बिठाकर कहा, "तो क्या मैं आशा करूँ कि सम्राट् ने मेरा अपराध क्षमा कर दिया?"

"कौन-सा अपराध? पहले अभियोग उपस्थित होना चाहिए।" अम्बपाली ने मन्द स्मित करके कहा, "गुरुतर अपराध सम्राट्, मैंने सम्राट् के लिए व्यवस्थित कक्ष और अभ्यर्थना का अपहरण जो किया।"

यह अपराध तो बहुत प्रिय है और सुखद है देवी अम्बपाली। मैं चाहता हूँ, मेरे जीवन के पल-पल में देवी यह अपराध करें।"

"देव, क्या ऐसी ही भावुकता से न्याय-विचार करते हैं?"

"यदि अभियुक्त कोमल कवि कल्पना की सजीव प्रतिमूर्ति हो तो फिर सम्राट् क्या और वधिक क्या, उसे भावुक बनना ही पड़ेगा।"

"देव, यह तो मगध-सम्राट् की वाणी नहीं है।"

"सत्य है देवी अम्बपाली, यह एक आतुर प्रणयी का आत्म-निवेदन है।"

"सम्राट् की जय हो! देव राजमहिषी के प्रति अन्याय कर रहे हैं।"

"देवी अम्बपाली प्रसन्न हों, वे सम्राट् के साथ अत्याचार कर रही हैं।"

"किस प्रकार देव?"

"वहाँ खड़ी रहकर। यहाँ पास आकर बैठो, एक तथ्य सुनो प्रिये!"

अम्बपाली ने एक पीठ पर बैठते हुए कहा, "देव की क्या आज्ञा होती है?"

"सुनो प्रिये, सम्राट् पर करुणा करो, इसे प्रसेनजित् से ही पराजित नहीं होना पड़ा..."

"शान्तं पापं, क्या देव कोई दूसरी दुर्भाग्य-कथा सुनाना चाहते हैं?"

"कथा नहीं, तथ्य प्रिये। इस भाग्यहीन बिम्बिसार को प्रणय क्षेत्र में तो जीवन के प्रारम्भ में ही हार खानी पड़ी है।"

"देव, यह क्या कह रहे हैं?"

"वही, जो केवल देवी अम्बपाली से ही कह सकता था। प्यार की वह निधि तो प्रिये अम्बपाली, अभी तक वहीं उस पुराण हृदय में धरी है, किसी की धरोहर की भाँति और मैं आजीवन उसके धनी को ही खोजता रहा हूँ।"

"हाय-हाय, और देव उसे अभी तक पाने में समर्थ नहीं हुए?"

"आज हुआ प्रिये, सँभाल लो वह सब अपनी पूँजी और इस शुष्क, निस्संग बिम्बिसार के जलते हुए सूने जीवन में प्यार की एक बूँद टपका दो। देवी अम्बपाली, प्रिये, मैं आज से नहीं, कब से तुम्हारी बाट जोह रहा हूँ। तुमने सदैव मेरी भेंट अस्वीकार करके लौटा दी, मुझे दर्शन देना भी नहीं स्वीकार किया। किन्तु आज प्रिये, मैंने अनायास ही तुम्हें पा लिया। ओह, प्रसेनजित् का ही यह प्रसाद मुझे मिला। आज हारकर ही मैं भाग्यशाली बना प्रिये अम्बपाली।"

सम्राट् उठ खड़े हुए और दोनों हाथ पसारकर अम्बपाली की ओर बढ़े।

अम्बपाली खड़ी हो गई। उसका हास्य उड़ गया। उसने सूखे कंठ से कहा, "देव, संयत हों। मैं देव से ही सुविचार की अभिलाषा रखती हूँ।"

"मैं अन्ततः सुविचार करूँगा प्रिये।"

"तो देव मेरा निवेदन है कि सम्राट् की यह प्रणय-याचना निष्फल है।"

"आह प्रिये, तुमने तो एकबारगी ही आशाकुसुम दलित कर दिया।"

"सुनिए महाराज, आप सम्राट् हैं और मैं वेश्या। हम दोनों ने ही प्रणय के अधिकार खो दिए हैं।"

"किन्तु प्रिये हम मानव तो हैं, मानव के अधिकार?"

"वे भी हमने खो दिए।"

"तो जाने दो। कृमि-कीट, पतंग, पशु जितने प्राणी हैं, क्या उनकी भाँति भी हम प्रेम का आनन्द नहीं ले सकते? दो निरीह पक्षियों की भाँति भी नहीं...?"

"नहीं देव, नहीं। जैसे वेश्या होना मेरे लिए अभिशाप है, वैसे ही सम्राट् होना आपके लिए। प्रेम के राज्य में प्रवेश करना हम दोनों ही के लिए निषिद्ध है। हम लोग प्रेम का पुनीत प्रसाद पाने के अधिकारी ही नहीं रहे।"

"तब आओ प्रिये, हम इस अभिशाप को त्याग दें। मैं इस दूषित अभिशापित सम्राट् पद को त्याग दूँ और तुम...तुम..."

"इस...गर्हित वेश्या-जीवन को? सम्राट् यही कहा चाहते हैं? परन्तु यह सम्भव नहीं है देव। जैसे मैं अपनी इच्छा से वेश्या नहीं बनी हूँ, उसी प्रकार आप भी अपनी इच्छा से सम्राट् नहीं बने। हम समाज के बन्धनों और कर्तव्यों के भार से दबे हैं, बचकर निकलने का कोई मार्ग ही नहीं है।"

"कोई मार्ग ही नहीं है? ओह, बड़ी भयानक बात है यह! प्रिये अम्बपाली, सखी, तो फिर क्या कोई आशा नहीं?"

सम्राट् ने वेदनापूर्ण दृष्टि से अम्बपाली को देखा। वे धम से आसन पर बैठ गए। अम्बपाली ने खोखले स्वर से नीचे दृष्टि करके कहा, "आशा क्यों नहीं है सम्राट्, बहुत आशा है।"

"ओह तो प्रिये, फिर झटपट मेरे सौभाग्य का विस्तार करो।" वे फिर उठकर और दोनों हाथ फैलाकर अम्बपाली की ओर चले।

अम्बपाली ने पत्थर की मूर्ति की भाँति स्थिर बैठकर कहा, "देव! आप आसन पर विराजमान हों। मैं निवेदन करती हूँ। हमारी आशा यही है देव, कि में वेश्या हूँ और आप सम्राट् हैं।"

"यह कैसी बात प्रिये? यही तो हमारा परम दुर्भाग्य है!"

"और यही सौभाग्य भी है देव।"

"सौभाग्य कैसे?"

"दुर्भाग्य निवेदन कर चुकी कि हम प्रणय के अधिकारी नहीं हो सकते।"

"वह तो सुन चुका।"

"परन्तु हम सौदा कर सकते हैं।"

"सौदा!"

"जी हाँ सम्राट्, मैं वेश्या हूँ। अपना शरीर बेच सकती हूँ और आप सम्राट् हैं, उसे मुँहमाँगे दाम पर खरीद सकते हैं।"

सम्राट् ने उन्मत्त की भाँति अपना खड्ग कोश से खींचकर उसे अम्बपाली के पैरों के पास पृथ्वी पर रखकर कहा, "यह मैं अपना सम्पूर्ण साम्राज्य तुम्हारे चरणों में अर्पित करता हूँ प्रिये!"

अम्बपाली ने एक सूखी हँसी हँसी। उसने उठकर आदरपूर्वक खड्ग दोनों हाथों में उठा लिया, फिर उसे आँखों और मस्तक से लगाकर कहा, "सम्राट् की जय हो, यह अधम लांछित नारी मगध साम्राज्य को लेकर क्या करेगी?" उसने ठंडी साँस लेकर खड्ग सम्राट् की कमर में बाँध दिया।

सम्राट् ने कातर वाणी से कहा, "अब और तो कुछ मेरे पास बचा नहीं प्रिये। यह अधम शरीर है। पर इसे क्या कहकर तुम्हारी भेंट करूँ? यौवन और रूप सभी कुछ तो पुराना पड़ गया?"

सम्राट् का पुण्य शरीर दैवी वरदान है देव, इसी में सम्पूर्ण जम्बूद्वीप को एक करने की सामर्थ्य केन्द्रित है।"

"तब?"

"देव, मेरी एक अभिलाषा है।"

"कहो प्रिये, कहो!"

"आपके औरस से मेरे गर्भ में जो सन्तान हो, वही मगध का भावी सम्राट् हो।"

सम्राट् ने फिर खड्ग कोश से खींचकर ऊपर उठाया और उच्च स्वर से कहा, "मैं शिशुनागवंशी मगधपति बिम्बिसार अपने साम्राज्य की शपथ लेकर यह प्रतिज्ञा करता हूँ कि देवी अम्बपाली के गर्भ में मेरे औरस से जो पुत्र होगा वही मगध का भावी सम्राट् होगा!"

"हुआ महाराज!" अम्बपाली आँखों में आँसू भरकर उठी और एक सौरभमय पुष्पहार उसने सम्राट् के गले में डाल दिया और झुककर सम्राट् के चरण छुए। सम्राट् ने हर्षित होकर उसे उठाया और अपने कंठ से बहुमूल्य मुक्तामाल निकालकर उसके गले में डाल दी और कहा, "प्रसेनजित् के लुटेरों से केवल यही बच पाई प्रिये।"

"सो वह यहाँ लुट गई," अम्बपाली ने हँसकर स्निग्ध स्वर में कहा।

"न-न, खूब अच्छी तरह सुरक्षित ठौर पर पहुँच गई। अब लुटने-पिटने का भय ही नहीं रहा।" यह कहकर उन्होंने अम्बपाली का हाथ पकड़ लिया। उसे आहिस्ता से छुड़ाकर अम्बपाली ने कहा, "देव प्रसन्न हों, सम्राट् की एक मर्यादा है और मगध के भावी सम्राट् की माता की भी।"

"इतनी निष्ठुर न बनो प्रिये!"

"सुनिए देव, सम्राट् को मगध के भावी सम्राट् की माता के हृदय का एक काँटा दूर करना होगा, नहीं तो आपके पुत्र को लजाना पड़ेगा।"

"कहो अम्बपाली, अपना अभिप्राय कहो।" सम्राट् ने आसन पर बैठकर जलद-गम्भीर स्वर में कहा।

"दुहाई सम्राट् की! लिच्छवि गणतंत्र ने मुझे बलपूर्वक अपने धिक्कृत कानून के अनुसार वेश्या बनाया है।"

सम्राट् का मुँह लाल हो आया।

अम्बपाली ने आँखों में आँसू भरकर कहा, "देव, मेरा अपराध केवल यही था कि मैं असाधारण सुन्दरी थी। मेरा यह अभियोग है कि वैशाली गण को इसका दंड मिलना चाहिए।"

सम्राट् ने हाथ उठाकर कहा, "मैं प्रतिज्ञा करता हूँ कि मैं अष्टकुल के लिच्छवि गणतंत्र का समूल नाश करूँगा।"

"और सप्तभूमि प्रासाद के कलुषित वातावरण में..." अम्बपाली के होंठ काँप गए।

सम्राट् ने कहा, "नहीं-नहीं, प्रिये, देवी अम्बपाली को मैं राजगृह के राजमहालय में ले जाकर पट्ट राजमहिषी के पद पर अभिषिक्त करूँगा। प्रतिज्ञा करता हूँ।"

"अनुगृहीत हुई देव, आज मेरा स्त्री-जन्म सार्थक हुआ। अब मुझे एक निवेदन करना है।"

"कहो प्रिये, अब मैं और तुम्हारा क्या प्रिय कर सकता हूँ?"

"देव, आपकी चिरकिंकरी अम्बपाली इस समय तक विशुद्ध कुमारी है और वह आपकी आमरण प्रतीक्षा करेगी।"

"मैं कृतार्थ हुआ प्रिये, आह्लादित हुआ!"

सम्राट् उठ खड़े हुए। अम्बपाली ने उनके चरण छुए। सम्राट् ने उसके मस्तक पर अपना हाथ रखा और कक्ष से बाहर हो गए। अम्बपाली आँखों में आँसू भरे वैसी ही खड़ी रह गई। उसके होंठ काँप रहे थे।

भविष्य-कथन

भगवान् वादरायण दीपाधार के निकट बैठे एक भूर्जपत्र पर कुछ लिख रहे थे। माधव ने भू-प्रणिपात करके देवी अम्बपाली के आगमन का सन्देश दिया। दूसरे ही क्षण अम्बपाली ने साष्टांग दंडवत् किया। भगवान् ने कहा, "अब कहो शुभे अम्बपाली, मैं तुम्हारा क्या प्रिय कर सकता हूँ?"

अम्बपाली मौन रही। संकेत पाकर माधव चले गए। उनके जाने पर अम्बपाली ने कहा, "भगवन्, इस समय क्या किसी गुरुतर कार्य में संलग्न हैं?"

"नहीं, नहीं, मैं तुम्हारी ही गणना कर रहा था।"

"इस भाग्यहीन के भाग्य में अब और क्या है?"

"बहुत कुछ कल्याणी। तुम्हारा सौदा सफल है, तुम मगध के सम्राट् की माता होगी! किन्तु..."

अम्बपाली ने विस्मित होकर कहा, "भगवान् सर्वदर्शी हैं, पर 'किन्तु' क्या?"

"...किन्तु सम्राज्ञी नहीं।"

अम्बपाली के होंठ काँपे, पर वह बोली नहीं। भगवान् ने फिर कहा, "और एक बात है शुभे!"

"वह क्या भगवन्?"

"तुम वैशाली गणतंत्र की जन हो, वैशाली का अनिष्ट न करना!"

अम्बपाली के भ्रू कुंचित हुए। यह देख भगवान् वादरायण हँस दिए। उन्होंने कहा, "गणतंत्र पर तुम्हारा रोष स्वाभाविक है, उसी कानून के सम्बन्ध में न?"

"भगवन्, उसी धिक्कृत कानून के सम्बन्ध में।"

"पर यह बात तो अब पुरानी हुई। फिर तुमने उसका मुँहमाँगा शुल्क भी पाया। अब भी तुम्हारा रोष नहीं गया?"

"नहीं भगवन्, नहीं।"

"फिर यह सौभाग्य?"

"मगध-सम्राज्ञी न होते हुए मगध-साम्राज्य की राजमाता का लांछित हास्यास्पद पद?" अम्बपाली ने घृणा से होंठ सिकोड़े और क्रोध से उसके नथुने फूल गए।

भगवान् वादरायण विचलित नहीं हुए। वे मन्द स्मित करते अचल बैठे रहे। अम्बपाली एकटक उनकी भृकुटि में चिन्ताप्रवाह देखती रही। भगवान् ने मृदु-मन्द स्वर में कहा, "केवल यही नहीं..."

"क्या और भी कुछ?"

"बहुत कुछ।"

"वह क्या?"

भगवत्पाद क्षण-भर गहन चिन्ता में डूबे रहे, फिर जलद-गम्भीर वाणी में बोले, "शुभे अम्बपाली, तुम विश्वविश्रुत साध्वी प्रसिद्ध होगी।"

"भगवन्! मैं अधम वेश्या..."

"शुभे, जिसके चरणतल की अपेक्षा मगध-साम्राज्य का चक्र भी लघु है, उसे यह आत्म-प्रतारणा शोभा नहीं देती।" फिर उन्होंने भाव-गम्भीर हो दोनों हाथ उठाकर कहा, "तुम्हारा कल्याण हो, परन्तु तुम वैशाली की जनपद-कल्याणी हो । एक बार तुमने आत्मदान करके वैशाली को गृहयुद्ध से बचा लिया था, अब अपने तामसिक रोष में जनपद का अनिष्ट न करना। व्यक्ति से समष्टि की प्रतिष्ठा भी बड़ी है, स्वार्थ भी बड़ा है। व्यक्ति का स्वार्थ हेय है, परन्तु समष्टि का स्वार्थ उपादेय।" भगवत्पाद यह कहकर कुछ देर मौन रहे! फिर बोले, "त्याग संसार में महाश्रेष्ठ है, त्याग से अरिष्ट-अनिष्ट सब टल जाते हैं। तुम जब देखो कि तुम्हारे द्वारा वैशाली का, उत्तराखंड के इस एकमात्र गणतंत्र का अनिष्ट हो रहा है, तब कोई महान् त्याग करना, अनिष्ट टल जाएगा। मेरा यह वचन भूलना नहीं शुभे, नहीं तो वह महासौभाग्य तुम्हें प्राप्त नहीं होगा।"

"मैं याद रखूँगी भगवन्!"

"तुम्हारा कल्याण हो भद्रे, अब तुम अपने आवास को जाओ।"

अम्बपाली बड़ी देर तक भगवान् वादरायण व्यास के चरणों में चुपचाप पृथ्वी पर पड़ी रही। फिर आँखों में आँसू बहाती हुई उठकर चल दी।

साम्राज्य

"अब?"

"भगवत्पाद जो आदेश दें!"

"साम्राज्यों के विधाता विचारशील मनुष्य नहीं होते सम्राट्, वे लोहयंत्र होते हैं। वे अपनी गति पर तब तक चलते जाएँगे, जब तक वे टूटकर चूर-चूर नहीं हो जाते। उनकी राह में जो आएगा उसी का विध्वंस होगा।"

"किन्तु भगवन्, जन्म का मूल उद्देश्य निर्माण है, विध्वंस नहीं। फिर बाधाएँ यदि ध्वस्त न हों तब?"

"निर्माण का अतिरेक भी एक अभिशाप है सम्राट् । यदि निर्माण ही के लिए ध्वंस हो?"

"नहीं भगवन्, आवश्यकता ही के लिए निर्माण होता है।"

"तो जनपद को सैन्यबल से आक्रान्त करने की क्या आवश्यकता है? निरन्तर युद्ध कितनी घृणा, सन्देह और वैर बिखेरते हैं?"

"परन्तु व्यवस्था भी तो स्थापित करते हैं!"

"व्यवस्था जहाँ अधिकार पर आरूढ़ होती है, वहाँ जनपद-कल्याण नहीं होता।

वह व्यवस्था जनपद-कल्याण के लिए होती भी नहीं, अधिकारारूढ़ कुछ व्यक्तियों ही के लिए होती है, जिनकी आवश्यकताएँ इतनी बढ़ जाती हैं कि वे जनपद का सम्पूर्ण प्राण, धन और श्रम अपहरण करके भी भूखी और प्यासी ही बनी रहती हैं।"

"किन्तु भगवन्, शक्ति का विराट संगठन सदैव जनपद का रक्षण करता है।"

"कहाँ? कुरुक्षेत्र में आर्यों और संकरों की चरम शक्ति का प्रदर्शन हुआ, परन्तु शक्ति-संचय के द्वारा जनपद-कल्याण करने में वासुदेव कृष्ण कृत्य नहीं हुए। कुरुक्षेत्र में केवल महाविनाश ही होकर रह गया।"

"इसमें दोष कहाँ था?"

"आपात दोष था। किस सदुद्देश्य से कुरुक्षेत्र में 18 अक्षौहिणी सैन्य का संहार किया गया? जनपद-कल्याण की किस भावना से पृथ्वी के लाखों तरुणों को बर्बर पशु की भाँति उत्तेजित करके एक-दूसरे के हाथ से निर्दयतापूर्वक वध करा डाला गया? पांडवों को राज्य का भाग दिलाने के लिए जनपद का इतना धन-जन क्यों क्षय किया गया? सम्राट्, आज आप भी वही प्रयोग कर देखिए। नई-नई सेनाएँ भरती कीजिए, उनके द्वारा जनपदों को लुटवाइए, फिर उस लूट का कुछ स्वर्ण उन भाग्यहीन मूर्ख तरुण सैनिकों के पल्ले बाँध दीजिए, जो निरर्थक नरहत्या को वीरकृत्य समझते हैं। कुछ उन पुरोहित ब्राह्मणों को दीजिए, जो आपकी यशोगाथा गा-गाकर यह प्रचार करें कि आपका यह सामर्थ्य और अधिकार दैवी है और यज्ञ के देवता आप पर प्रसन्न हैं। बस, शेष सम्पदा आप जैसे चाहे भोगिए, लक्षावधि निरीह जनपद उसे सहन कर जाएगा।"

भगवान् वादरायण कुछ देर दूर क्षितिज में टिमटिमाते तारे को देखते रहे, फिर उन्होंने कहा, "सम्राट् आर्यों ने अपने पाप का फल पा लिया। उन्होंने जीवन में भूलों पर भूलें कीं, भारत की उर्वरा भूमि में आकर भी उन्होंने अपना विनाश किया। हिमालय के उस ओर से आनेवाली कुरु-पांचालों की शाखाओं से यदि उत्तर कुरु के भरतों का संघर्ष न होकर दोनों की संयुक्त जाति बनती तो कैसा होता? परन्तु उत्तर कुरु के देवगण अपनी विजय के गर्व में मत्त रहे, वहीं खप गए। आर्यावर्त में उनका प्रसार ही न हो पाया। इधर ये पौरव दक्षिण में द्रविणों को आक्रान्त कर उनसे मिल गए। आर्यों की यह पहली भूल थी। इसके बाद उन्होंने राजन्यों की, पुरोहितों की, फिर विशों की न्यारी-न्यारी शाखाएँ चलाईं। अनुलोभ-प्रतिलोभ विवाह प्रचलित किए। ब्राह्मणों ने दक्षिणा में और क्षत्रियों ने विजयों में सुन्दरी दासियों के रेवड़ भर लिए। परिणाम वही हुआ जो होना था। अनगिनत वर्णसंकर सन्तानें उत्पन्न होने लगीं। पहले उन्होंने उन्हें पिता के कुलगोत्र में ही रखा और दाय भाग भी नहीं दिया। परन्तु बाद में उन्हें इन आर्यों ने अपने कुलगोत्र से च्युत कर दिया। दायभाग तब भी नहीं दिया। पहले प्रतिलोभ सन्तान ही संकर थी, अब अनुलोभ-प्रतिलोभ प्रत्येक सन्तान संकर बना दी गई और उन्हें अपना उपजीवी बनाकर उनकी पृथक् जातियाँ बना दी गईं। यह आर्यों की दूसरी भूल थी। सभी संकर मेधावी, परिश्रमी, सहिष्णु एवं उद्योगी थे—जैसा कि होता ही है; आर्य अधिकार-मद पी मद्यप, आलसी, घमंडी और अकर्मण्य होते गए। अब वे या तो थोथे यज्ञाडम्बरों की हास्यास्पद विडम्बना में फँसे हैं, या कोरे कल्पित

ब्रह्मवाद में। इसी से सम्राट्, आज आर्यों में प्रसेनजित् जैसे सड़े-गले राजा रह गए। आज सम्पूर्ण भरतखंड में आर्य केवल प्रजावर्गीय रह गए हैं, राजसत्ता उन कर्मठ संकरों के हाथ में आती जा रही है। एक दिन भाग्यहीन प्रसेनजित् अति दयनीय दशा में प्राणों के भार को त्यागेगा।"

"किन्तु भगवन् मेरा स्वप्न क्या सत्य होगा?"

"जम्बूद्वीप पर अखंड साम्राज्य-स्थापन का? इसके लिए तो पूर्व में आपका उद्योग चल ही रहा है। उधर पश्चिम में पार्शव सम्राट् भी इसी आयोजन में है।"

"परन्तु भगवन्, आर्य कभी उसे न अपनाएँगे।"

"क्यों नहीं, बहुत बार उसने इन्द्रपद ग्रहण किया है। सभी आर्यों ने तो उसका पूजन किया।"

"किन्तु वासुदेव कृष्ण ने जो उसका प्रबल विरोध किया था, वह क्या भगवान् को विदित नहीं?"

"क्यों नहीं!"

"भगवन्, मैं शिशुनागवंशी बिम्बिसार वासुदेव कृष्ण का अनुवंशी हूँ, आर्य नहीं; मैं पार्शव सम्राट् का विरोध करूँगा।"

"सम्राट् की इस वासना को मैं जानता हूँ।"

"तो भगवत्पाद का अब मुझे क्या आदेश है?"

"सम्राट् तुरन्त राजगृह जाएँ।"

"किसलिए भगवन्?"

"राजगृह में कुछ घटनाएँ होने वाली हैं।"

"अच्छी या बुरी?"

"यह सम्राट् को समय पर मालूम होगा, परन्तु उन्हें दोनों ही प्रकार की घटनाओं को देखने की आशा रखनी चाहिए।"

"यही भगवत्पाद का मुझे आदेश है?"

"राजगृह में शीघ्र ही श्रमण गौतम पहुँचेंगे, वे सम्राट् को समुचित आदेश देंगे।"

भगवान् वादरायण फिर नहीं बोले। एकबारगी ही वे समाधिस्थ हो गए। इसी समय मधु ने कहा, "सम्राट् के सैनिक आ पहुँचे हैं। वे सम्राट् को अपना अभिवादन निवेदन कर रहे हैं।"

सम्राट् ने भगवान् वादरायण के चरणों में साष्टांग प्रणाम किया और चल दिए।

दास नहीं, अभिभावक

पूरा दिन चारों अश्वारोहियों ने घोड़े की पीठ पर व्यतीत किया। वे नगर, जनपद, वीथी सबको बचाते हुए गहन वन में चलते ही गए। मार्ग में दो-एक हिंसक जन्तु मिले। शम्ब ने उनका आखेट किया। परन्तु सोम अत्यन्त खिन्न मुद्रा से सबके आगे-आगे जा रहे थे। उनमें बातचीत का भी दम नहीं था। उनके पीछे कुंडनी राजकुमारी को दाहिने

करके चली जा रही थी। राजकुमारी अत्यन्त म्लान, थकित और शोकाकुला थीं। परन्तु जब-जब उनसे विश्राम के लिए कहा गया, उन्होंने कहा, "नहीं, चले ही चलो, मैं और चल सकती हूँ।"

शम्ब सबके पीछे चारों ओर देखता, सावधानी से चल रहा था। एकाध बात कुंडनी कर लेती थी। फिर सन्नाटा हो जाता था। कभी-कभी वायु लम्बे वृक्षों और पर्वत-कन्दराओं से टकराकर डरावने शब्द करती थी। कुमारी का चेहरा पत्थर की भाँति भावहीन और सफेद हो गया था और उनके नेत्रों की ज्योति जैसे बुझ चुकी थी।

सोम ने अतिविनय से एक-दो बार कुमारी से विश्राम कर लेने और थोड़ा-बहुत आहार करने को कहा था, परन्तु कुमारी बहुत भीत थीं। उन्होंने हर बार भीत दृष्टि से कुंडनी की ओर ताककर कहा, "नहीं हला, अभी चले चलो। धूमकेतु थका नहीं है, मैं भी थकी नहीं हूँ।"

सोम कुमारी की व्यग्रता तथा वैकल्प को समझते थे। इसी से वह चुप हो रहे। वे चलते ही गए। मध्याह्न की प्रखर धूप धीमी पड़ गई। अश्वारोही और अश्व एकदम थक गए। सोम ने एक ऊँचे स्थान पर चढ़कर चारों ओर दृष्टि फेंकी। कुछ दूर उन्हें बस्ती के चिह्न प्रतीत हुए। उन्होंने तनिक रुककर शम्ब से कहा, "शम्ब, आखेट का ध्यान रख।" और फिर कुंडनी के निकट जाकर कहा, "वहाँ बस्ती मालूम होती है। आज रात वहीं व्यतीत करनी होगी।"

और उसने बिना उत्तर की प्रतीक्षा किए उधर ही प्रस्थान कर दिया। सूर्यास्त होने तक ये लोग नगर उपकूल में पहुँच गए। नगर में न जाकर उन्होंने नगर के प्रान्त-भाग में अवस्थित एक चैत्य में विश्राम करना ठीक समझा। चैत्य बहुत पुराना और भग्न था। उसके एक कक्ष की दीवार बिलकुल टूट गई थी, फिर भी वहाँ विश्राम किया जा सकता था। निकट ही एक पुष्करिणी थी।

अश्वों ने जल पिया और अश्वारोहियों ने भी। राजकुमारी के विश्राम की सम्पूर्ण व्यवस्था कर सोम ने चिन्तित भाव से कुंडनी की ओर देखा। शम्ब ने एक सांभर मारा था। उसकी ओर निराशा से ताककर सोम ने कहा, "कुंडनी, यह क्या राजनन्दिनी के आहार के लिए यथेष्ट होगा?"

"परन्तु किया क्या जाए? नगर में जाने से कदाचित् थोड़ा दूध मिल सके। परन्तु आज आखेट पर ही रहें।"

शम्ब अपनी सफलता पर बहुत प्रसन्न था। सांभर बहुत भारी था। उसने जल्दी-जल्दी राजकुमारी और कुंडनी के विश्राम की व्यवस्था की और हरिणी का मांस भूनने लगा। सोम ने कहा, "तनिक इधर-उधर मैं देख लूँ, यदि थोड़ा दूध मिल जाए।"

उन्होंने अपना बर्छा उठाया और चल दिए। निवृत्त होकर कुंडनी ने कुमारी के मनोरंजन की बहुत चेष्टा की। वह उनके निकट आकर बातें करने लगी। कुंडनी ने कहा, "राजकुमारी प्रसन्न हों, भाग्य-दोष से समय-कुसमय जीवन में आता ही है। इतना खिन्न न हों राजकुमारी।"

"खिन्न नहीं हूँ हला, लज्जित हूँ, तुम्हारे और तुम्हारे इस सौम्य दास के उपकार के लिए। कब कैसे बदला चुका सकूँगी?"

"राजकुमारी; हम सब तो आपके सेवक हैं। आपको कभी सुखी देखकर हमें कितना आनन्द होगा।" कुंडनी ने आर्द्र होकर कहा।

"किन्तु सखी, क्या सचमुच वह वीर तुम्हारा दास है?" राजकुमारी ने नीची दृष्टि से सोम की ओर देखकर कहा।

"मेरा ही नहीं, आपका भी राजनन्दिनी।"

"नहीं, नहीं उसका तेज, शौर्य सत्साहस श्लाघ्य हैं। वह तो किसी भी राजकुल का भूषण होने योग्य है। फिर उसका विनय और कार्य-तत्परता कैसी है!"

"इसकी उसे शिक्षा मिली है हला।"

"क्या नाम कहा—सोम?"

"हाँ, सोम।"

"और उस दास के दास का नाम—शम्ब?"

"जी हाँ, दास के दास का शम्ब।" कुंडनी हँस दी।

राजकुमारी होंठों ही में मुस्कराईं। उन्होंने कोमल भाव से कहा, "सखी, इस विपन्नावस्था में ऐसे अकपट सहायक मित्रों से दासवत् व्यवहार करना ठीक नहीं है। वे हमारे आत्मीय ही हैं।"

"किन्तु राजनन्दिनी, दास दास हैं, सेवा उनका धर्म है। उनके प्रति उपकृत होना उन्हें सिर चढ़ाना है।"

"ऐसा नहीं हला, अन्ततः मनुष्य सब मनुष्य ही हैं और वह तो एक श्रेष्ठ पुरुष है। मैं उन्हें दास नहीं समझ सकती।"

"तो आप राजकुमार समझिए राजनन्दिनी। यह आपके हृदय की विशालता है।"

"नहीं, वे राजकुमार से भी मान्य पुरुष हैं हला।" राजकुमारी का मुँह लज्जा से लाल हो गया और आँख से आँसू झरने लगे।

इसी समय सोम कुछ आहार-द्रव्य और थोड़ा दूध ले आए। शम्ब ने भी हरिण को भून-भान लिया था। राजकुमारी क्षण-भर को अपनी विपन्नावस्था भूलकर फुर्ती से आहार को स्वयं परोसने लगीं। उन्होंने पलाश-पत्र पर आहार्य सँजोकर अपनी बड़ी-बड़ी पलकें सोम की ओर उठाईं और कहा, "भद्र, भोजन करो।"

सोम ने विनयावनत होकर कहा, "नहीं राजनन्दिनी, पहले आप और कुंडनी आहार कर लें, पीछे हम लोग खाएँगे।"

"नहीं-नहीं, ऐसा नहीं।"

"दास का निवेदन है..."

"दास नहीं, भद्र, अभिभावक कहो।"

राजनन्दिनी का गला भर आया। उन्होंने फिर उन्हीं भारी-भारी पलकों को उठाकर सोम की ओर गीली आँखों से ताका। उस मूक अनुरोध से वशीभूत होकर सोम ने और आग्रह नहीं किया। उन्होंने कहा, "तो फिर, राजनन्दिनी की जैसी आज्ञा हो, हम लोग साथ ही बैठकर भोजन करें।"

राजकुमारी ने भी जल्दी-जल्दी कुंडनी और अपने लिए आहार परोसा। शम्ब को भी दिया, पर शम्ब किसी तरह साथ खाने को राजी न हुआ। वे तीनों भोजन करने लगे।

सोम की भाव-धारा

बाहर आकर सोम थकित भाव से एक सूने चैत्य के किनारे एक वट-वृक्ष के सहारे आ बैठे। अपना विशाल खड्ग उन्होंने लापरवाही से एक ओर फेंक दिया। वह शून्य दृष्टि से आकाश को ताकते रहे। उस गलती हुई रात में उस एकान्त भीषण स्थान में बैठे हुए सोम बहुत-सी बातें विचारते रहे। ओस से भीगे हुए गुलाब के पुष्प की भाँति कुमारी का शोकपूर्ण मुख उनकी दृष्टि से घूम रहा था। एक प्रबल राज्य के राजा की राजनन्दिनी किस भाँति उसी के उद्योग और यत्न के कारण इस अवस्था को पहुँची, यही सब सोच-सोचकर उनका नवीन, भावुक, तरुण और वीर हृदय आहत हो रहा था। रह-रहकर उन्हें आचार्य काश्यप की बातें याद आ रही थीं। राजतंत्र की इस कुत्सा पर उन्हें अभी कुछ सोचने का अवसर ही न आया था। असुरपुरी में तथा चम्पा में वह कुंडनी का अद्‌भुत कौशल, साहस और सामर्थ्य देख चुके थे।

वह जान गए थे कि आचार्य की बात झूठी नहीं, इस अकेली कुंडनी ही में एक भारी सेना की सामर्थ्य निहित है। राज्यों की लिप्सा में किस प्रकार निरीह-निर्दोष हृदय-कुसुम इस प्रकार दलित होते हैं, यह सोच-सोचकर सोम का हृदय मर्माहत हो रहा था, परन्तु बात केवल भूत-दया तक ही सीमित न थी। सोम का तारुण्य भी कुमारी को देखकर जाग्रत हुआ था। कुंडनी के उत्तप्त साहचर्य से यत्किंचित् उनका सुप्त यौवन जाग्रत हुआ था, परन्तु उसे विषकन्या जान तथा भगिनी-भावना से वह वहीं ठिठक गया था। अब इस अमल-धवल कुसुम-कोमल सुकुमारी कुमारी के चम्पकपुष्प के समान नवल देह और लज्जा, संकोच, दु:ख और शोक से परिपूर्ण मूर्ति पर उनका सम्पूर्ण तारुण्य जैसे चल-विचल हो गया। उन्होंने प्रण किया—मेरे ही कारण कुमारी की यह दुर्दशा हुई है। मैं ही इसका प्रतिरोध करूँगा।

बहुत देर तक सोम यही सोचते रहे। उन्हें यह भी ध्यान न रहा कि कोई उनके निकट है। पर कुंडनी छाया की भाँति उनके साथ थी। बहुत देर बाद कुंडनी ने कहा, "क्या सोच रहे हो सोम!"

सोम ने अचकचाकर कुंडनी की ओर देखा। फिर शान्त-संयत स्वर में कहा, "कुंडनी, कुछ हमारे ऊपर भी चम्पा की कुमारी की विपन्नावस्था का दायित्व है।"

"मूर्खता की बातें हैं। हम मगध राज-तंत्र के यंत्र हैं। हमें भावुक नहीं होना चाहिए।" कुछ देर सोम चुपचाप आकाश को ताकते रहे, फिर वह एक लम्बी साँस लेकर बोले, "तुम कदाचित् ठीक कहती हो कुंडनी, परन्तु मेरा तो अभी से सारा पुरुषार्थ गल गया और अब सम्भवत: राजनीति में भाग लेने की मुझमें शक्ति ही नहीं रह गई।"

"यह तुम क्या कहते हो सोम? आर्य अमात्य को तुमसे बड़ी-बड़ी आशाएँ हैं। अभी हम जिस गुरुतर कार्य में नियुक्त हैं, हमें उधर ध्यान देना चाहिए।"

"अब तुम राजगृह लौट जाओ कुंडनी, अब मेरे तुम्हारे मार्ग दो हैं।"

"परन्तु उद्‌देश्य एक ही है।"

"सम्भवत: वे भी दो हैं। तुम राजसेवा करो।"

"और तुम?"

"मैं राजकुमारी की सेवा करूँगा।"

कुंडनी हँस दी। उसने निकट स्नेह से सोम के सिर पर हाथ रखा और स्निग्ध स्वर में कहा, "सोम, तुम्हें मालूम है, कुंडनी तुम्हारी भगिनी है।"

"जानता हूँ।"

"सो तुम्हारा एकान्त हित कुंडनी को छोड़ और दूसरा कौन करेगा?"

"तो तुम मेरा हित करो।"

"क्या करूँ, कहो?"

"राज-सेवा त्याग दो।"

कुंडनी ने हँसकर कहा, "और तुम्हारे साथ रहकर राजकुमारी की सेवा करूँ?"

"इसमें हँसने की क्या बात है कुंडनी? क्या यह सेवा नहीं है?"

"है।"

"फिर?"

"उनकी सेवा कर दी गई।"

"अर्थात् उन्हें रानी से राह की भिखारिणी और अनाथ बना दिया गया?" सोम ने उत्तेजित होकर कहा।

"यह कार्य तो हमारा नहीं था, राजकार्य था प्रिय। हमने तो विपन्नावस्था में उनका मित्र के समान साथ दिया है।"

"तो कुंडनी, अब उनका क्या होगा? सोचो तो!"

"कुछ हो ही जाएगा। जल्दी क्या है! अभी तो हम श्रावस्ती जा ही रहे हैं।"

"नहीं, मैं राजकुमारी को वहाँ नहीं ले जाऊँगा।"

"उन्हें कहाँ ले जाओगे?"

"पृथ्वी के उस छोर पर जहाँ हम दोनों अकेले रहें।"

"कुंडनी को कहाँ छोड़ोगे?" कुंडनी हँस दी, उसने फिर सोम के सिर पर हाथ फेरते हुए कहा, "यह ठीक नहीं है, प्रिय।"

"तब?"

"विचार करो, राजकुमारी क्या सहमत होंगी?"

"मैं कह दूँगा कि मैं दास नहीं हूँ..."

"...और मागध हूँ, उसका पितृहन्ता और राज्यविध्वंसक शत्रु!"

"किन्तु, किन्तु..."

सोम उत्तेजित होकर पागल की भाँति चीख उठे, उन्होंने कहा, "मैं उन्हें चम्पा की गद्दी पर बैठाऊँगा। मैं मगध से विद्रोह करूँगा।"

"यह तो बहुत अच्छी योजना है सोम। फिर तुम अनायास ही चम्पाधिपति बन जाओगे। किन्तु राजकुमारी क्या तुम्हें क्षमा कर देंगी?"

"इतना करने पर भी नहीं?"

"ओह, तुम उनका मूल्य उन्हीं को चुकाओगे और फिर उन्हें अपनी दासी बनाकर रखोगे?"

"दासी बनाकर क्यों?"

"और किस भाँति? तुम राजकुमारी की विचार-भावना की परवाह बिना किए अपनी ही योजना पर चलते जाओगे और समझोगे कि राजकुमारी तुम्हारी अनुगत हो गईं।"

"तो कुंडनी, मैं राजकुमारी के लिए प्राण दूँगा।"

"सो दे देना, बहुत अवसर आएँगे। अभी तुम चुपचाप श्रावस्ती चलो। राजकुमारी को निरापद स्थान पर सुरक्षित पहुँचाना सबसे प्रथम आवश्यक है। हम लोग छद्मवेशी हैं, पराये राज्य में राजसेवा के गुरुतर दायित्व से दबे हुए हैं, राजकुमारी को अपने साथ रखने की बात सोच ही नहीं सकते। फिर तुम एक तो अज्ञात-कुलशील, दूसरे मागध, तीसरे असहाय हो; ऐसी अवस्था में तुम राजकुमारी को कैसे ले जा सकते हो? और कहाँ? हाँ, यदि उनकी विपन्नावस्था से लाभ उठाकर उन पर बलात्कार करना हो तो वह असहाय अनाथिनी कर भी क्या सकती है? परन्तु सोम, यह तुम्हारे लिए शोभनीय नहीं होगा।" सोम ने कुंडनी के चरण छुए। उनके दो गर्म आँसू कुंडनी के पैरों पर टपक पड़े। सोम ने कहा, "कुंडनी, स्वार्थवश मैं अधम विचारों के वशीभूत हो गया। तुम ठीक कहती हो, उन्हें निरापद स्थान पर पहुँचाना ही हमारा प्रथम धर्म है।"

"तो अब तुम सोचो। बहुत रात हो गई। हमें एक पहर रात रहते ही यह स्थान त्यागना होगा। मैं शम्ब को जगाती हूँ। वह प्रहरी का कार्य करेगा।"

सोम ने और हठ नहीं किया। वह वहीं वृक्ष की जड़ में लम्बे हो गए। कुंडनी ने स्नेहपूर्वक उत्तरीय से उनके अंग को ढक दिया और फिर एक स्निग्ध दृष्टि उन पर फेंककर मठ में चली गई।

मार्ग-बाधा

तीन दिन तक ये यात्री अपनी राह निरन्तर चलते रहे। वे अब रात्रि-भर चलते और दिन निकलने पर जब धूप तेज होती तो किसी वन या पर्वत-कंदरा में आश्रय लेते, आखेट भूनकर खा लेते। श्रावस्ती अब भी काफी दूर थी। चौथे दिन प्रहर रात्रि गए जब उन्होंने यात्रा प्रारम्भ की, तब आकाश में एकाध धौले बादलों की दौड़-धूप हो रही थी। षष्ठी का क्षीण चन्द्र उदय हुआ था। राह पथरीली और ऊबड़-खाबड़ थी, इसलिए चारों यात्री धीरे-धीरे जा रहे थे। इसी समय अकस्मात् सामने दाहिने पार्श्व पर कुछ अश्वारोहियों की परछाईं दृष्टिगोचर हुई।

सोम ने कहा, "सावधान हो जाओ कुंडनी! नहीं कहा जा सकता कि ये मित्र हैं या शत्रु। दस्यु भी हो सकते हैं।" उन्होंने खड्ग कोश से निकाल लिया। कुंडनी और शम्ब ने धनुष पर बाण सीधे कर लिए। इसी समय एक बाण सनसनाता हुआ सोम के कान के पास से निकल गया। तत्काल कुंडनी ने बाण सन्धान किया। उसे संकेत से रोककर सोम फुर्ती से वाम पार्श्व में घूम गए। वहाँ एक चट्टान की आड़ में उन्होंने आश्रय लिया। कुंडनी और राजकुमारी को वहाँ छिपाकर तथा शम्ब को उनकी रक्षा का भार देकर अश्व को चट्टान के ऊपर ले गए। उन्होंने देखा, शत्रु पचास से भी ऊपर हैं और उन्होंने उन्हें देख लिया है और वे उस चट्टान को घेरने का उपक्रम कर रहे हैं।

सामने एक घाटी और उसके उस पार प्रशस्त मार्ग है। घाटी बहुत तंग और लम्बी है। यह सब देखकर वे तुरन्त ही कुंडनी के निकट आ गए। उन्होंने कहा, "शत्रु पचास से भी अधिक हैं और सम्भवत: उन्होंने हमें आते देख लिया है।"

"क्या करना होगा?" कुंडनी ने स्थिर स्वर से कहा।

सोम ने व्यग्र भाव से कहा, "कुंडनी, चाहे भी जिस मूल्य पर हमें राजकुमारी की रक्षा करनी होगी। हम चार हैं और शत्रु बहुत अधिक। यदि किसी तरह हम घाटी के उस पार पहुँच जाएँ तो फिर कुछ आशा हो सकती है। राजकुमारी को साहस करना होगा। पहले तुम, पीछे राजकुमारी, उसके बाद शम्ब और फिर मैं, घाटी को पार करेंगे। हम तीनों में जो भी जीवित बचे, वह राजकुमारी को श्रावस्ती पहुँचा दे। मैं शत्रु का ध्यान आकर्षित करता रहूँगा। तुम तीर की भाँति पार जाकर चट्टान की आड़ में हो जाना। मैं उधर जाकर शत्रु पर तीर फेंकता हूँ। तीर की ओर शत्रु का ध्यान जाते ही तुम घूमकर घाटी पार हो जाना। मेरे दूसरे तीर पर राजकुमारी और तीसरे पर शम्ब।"

इतना कह सोम धनुष पर बाण चढ़ा चट्टान की दूसरी ओर चले गए। और वहाँ से कान तक खींचकर बाण फेंका। बाण एक योद्धा की पसली में घुस गया, वह चीत्कार करके पृथ्वी पर गिर पड़ा। कुंडनी ने एक मर्मभेदनी दृष्टि राजकुमारी पर डाली। अश्व पर आसन जमाया और एक एड मारी। सैन्धव अश्व तीर की भाँति छलाँग लगाकर घाटी के पार हो गया। उस पार जाकर कुंडनी ने संकेत किया और चट्टान की आड़ में हो गई। सोम ने सन्तोष की साँस ली और कुमारी के निकट आकर अवरुद्ध कंठ से कहा, "अब आप राजनन्दिनी, साहस कीजिए। आपका धूम्रकेतु असाधारण अश्व है। ज्यों ही मैं तीर फेंकू, आप अश्व को छोड़ दीजिए।" उसने धूम्रकेतु की पीठ थपथपाई। राजनन्दिनी ने दाँतों से होंठ काटे और उत्तरीय भली-भाँति सिर पर लपेटा। सोम ने बाण छोड़ा और राजकुमारी ने अश्व की वल्गु का एक झटका दिया। अश्व हवा में तैरता हुआ पार हो गया—सोम का मुख आनन्द से खिल गया। अब उन्होंने शम्ब की ओर मुड़कर कहा, "शम्ब, यदि मैं असफल होऊँ तो तू प्राण रहते राजकुमारी की रक्षा करना!"

शम्ब ने स्वामी के चरण छुए। सोम ने फिर बाण फेंका, शम्ब ने अश्व को संकेत किया। अश्व हवा में उछला और पार हो गया। अब सोम की बारी थी। परन्तु अब शत्रु निकट आकर फैल गए थे।

सोम ने अश्व को थपथपाया और एड़ लगाई, अश्व उछला और इसी समय एक बाण आकर सोम की गर्दन में घुस गया और सोम वायु से टूटे वृक्ष की भाँति घाटी में गिर गया। शम्ब चीत्कार करके दौड़ पड़ा, राजकुमारी हाय कर उठीं। कुंडनी का मुँह फक हो गया। राजकुमारी घाटी की ओर लपकीं, परन्तु कुंडनी ने हाथ पकड़कर उन्हें रोककर कहा, "क्षण-भर ठहरो हला, शम्ब उनकी सहायता पर है।" उधर से बाणों का मेह बरस रहा था, उनमें से अनेक शम्ब के शरीर में घुस गए। उसके शरीर से रक्त की धार बह चली। पर उसने इसकी कोई चिन्ता नहीं की। वह मूर्च्छित सोम को कन्धे पर लादकर इस पार ले आया।

"और अश्व, शम्ब?" कुंडनी ने उद्वेग से कहा, "दोनों अश्व मर गए।" शम्ब ने हाँफते-हाँफते कहा। बाण वहाँ तक आ रहे थे और शत्रु घाटी पार करने की चेष्टा

कर रहे थे। कुंडनी ने कहा, "शम्ब, इन्हें राजकुमारी के घोड़े पर रखो और तुम मेरे साथ-साथ आओ। एक क्षण का विलम्ब भी घातक होगा।"

इसी समय सोम की मूर्च्छा भंग हुई। उसने राजकुमारी को सामने देखकर सूखे कंठ से कहा, "कुंडनी, तुम राजकुमारी को लेकर भागो। हम लोग—मैं और शम्ब—तब तक शत्रु को रोकेंगे।"

राजकुमारी ने आँखों में आँसू भरकर कहा, "नहीं, आप मेरे अश्व पर आइए।"

"व्यर्थ है, हम सब मारे जाएँगे।"

इसी बीच शम्ब ने तीर मारकर दो शत्रुओं को धराशायी कर दिया। सोम ने साहस करके तीर खींचकर कंठ से निकाल दिया। खून की धार बह चली। राजकुमारी ने लपककर अपना उत्तरीय सोम के कंठ से बाँध दिया और कहा, "उठो भद्र, मेरे अश्व पर।"

"नहीं राजकुमारी, तुम भागो। एक-एक क्षण बहुमूल्य है।"

"मैं आपको छोड़कर नहीं जाऊँगी।" और वह सोम के वक्ष पर गिर गई।

सोम के घाव से अब भी रक्त निकल रहा था। एक शत्रु घाटी के इस पार आ गया था, उसे शम्ब ने बाण से मारकर कहा, "बहुत शत्रु इस पार आ रहे हैं।"

सोम ने काँपते हाथों से राजकुमारी को अलग करके कहा, "ईश्वर के लिए कुमारी, प्राण और प्रतिष्ठा लेकर भागो।"

"तो हम लोग साथ ही मरें।"

"नहीं राजनन्दिनी, इस अधम का मोह न करो, प्राण लेकर भागो।"

"किन्तु मैं तुम्हें..."

"ओह कुमारी, कुछ मत कहो, जीवन रहा तो फिर मिलेंगे।"

"पर मैं जीते जी तुम्हें नहीं छोड़ सकती।"

वह सोम के शरीर से लिपट गई।

सोम ने सूखे कंठ से कहा, "तुम्हें भ्रम हुआ है कुमारी, मैं मागध हूँ—तुम्हारा शत्रु।"

मार्ग में पड़े हुए सर्प को अकस्मात् देखकर जैसे मनुष्य चीत्कार कर उठता है, उसी भाँति चीत्कार करके कुमारी सोम को छोड़कर दो कदम पीछे हट गई और भीत नेत्रों से सोम की ओर देखने लगी।

सोम ने कुंडनी को संकेत किया और एक चट्टान का ढासना लेकर धनुष सँभाला। कुमारी की ओर से उसने मुँह फेर लिया और धनुष पर तीर चढ़ाते हुए कहा, "शम्ब, तुम दाहिने, मैं बाएँ।"

परन्तु सोम बाण लक्ष्य पर न छोड़ सके। धनुष से बाण छूटकर निकट ही जा गिरा। उधर सोम एकबारगी ही बहुत-सा रक्त निकल जाने से मूर्च्छित हो गए। उनकी आँखें पथरा गईं और गर्दन नीचे को लुढ़क गई।

शम्ब ने एक बार स्वामी को और फिर शत्रु को भीत दृष्टि से देखा। सामने कुंडनी एक प्रकार से राजकुमारी को घसीटती हुई अश्व पर सवार करा अपने और कुमारी के अश्व को सँभालती चट्टान के मोड़ पर पहुँच चुकी थी। राजकुमारी अश्व पर मृतक की भाँति झुक गई थीं। शत्रु घाटी के इस पार आ चुके थे। कुंडनी ने एक बार शम्ब की ओर देखा। शम्ब ने उसे द्रुत वेग से भागने का संकेत करके सोम को कन्धे पर

उठा लिया और वह तेजी से पर्वत-कन्दरा की ओर दौड़ गया। एक सुरक्षित गुफा में सोम को लिटा, आप धनुष-बाण लेकर गुफा के द्वार पर बैठ गया।

परन्तु इतनी तत्परता, साहस एवं शौर्य भी कुछ काम न आ सका। शत्रुओं ने शीघ्र ही राजकुमारी और कुंडनी को चारों ओर से घेर लिया। भागने का प्रयास व्यर्थ समझकर कुंडनी अब मूर्च्छिता कुमारी की शुश्रूषा करने लगी।

दस्युओं में से एक ने आगे बढ़कर दोनों के अश्व थाम दिए। चन्द्रमा के क्षीण प्रकाश में अश्वारोहियों को देखकर प्रसन्न मुद्रा से उसने कहा, "वाह, दोनों ही स्त्रियाँ हैं!"

दूसरे ने निकट आकर कहा, "और परम सुन्दरियाँ भी हैं। मालिक को अभी-अभी सूचना देनी होगी।" उसने राजकुमारी को देखकर कहा, "मालिक ऐसी ही एक दासी की खोज में थे।" एक पुरुष ने चकमक झाड़कर प्रकाश किया और कुंडनी से पूछा, "कौन हो तुम?"

"राही हैं, देखते नहीं?"

"देख रहे हैं, तुम्हारे वे साथी कहाँ हैं, जिन्होंने हमारे इतने आदमी मार डाले हैं?"

"उन्हें तुम्हीं खोज लो।"

"अच्छी बात है; यह भी सम्भव है, वे लोग उसी घाटी में मर-खप गए हों। किन्तु तुम लोग जा कहाँ रही हो?"

"हम श्रावस्ती जा रहे हैं।"

"वह तो अभी साठ योजन है।"

"इससे तुम्हारा क्या प्रयोजन है! हमें अपने मार्ग जाने दो।"

"हमारा सार्थवाह भी श्रावस्ती जा रहा है, हमारे साथ ही चलो तुम।"

"क्या बल से?"

"नहीं विनय से।" वह पुरुष हँसकर पीछे हट गया। उसके साथी दोनों के अश्वों को घेरकर चलने लगे। कुंडनी ने विरोध नहीं किया। कुछ दूर चलने पर उन्होंने देखा, वन के एक प्रान्त भाग में कोई पचास-साठ पुरुष आग के चारों ओर बैठे हैं, एक ओर कुछ स्त्रियाँ भी एक बड़े शिलाखंड की आड़ में बैठी हैं। कुछ सो रही हैं।

इनके वहाँ पहुँचने पर कई मनुष्य इनके निकट आ गए। एक पुरुष ने मशाल ऊँची करके कहा, "वाह, बहुत बढ़िया माल है! स्वामी को अभी सूचना दो।" इसी समय एक अधेड़ अवस्था का खूब मोटा आदमी आगे आया। इसकी लम्बी दाढ़ी और मोटी गरदन थी। वह एक कीमती शाल लापरवाही से कमर में लपेटे हुआ था। उसने हर्षित नेत्रों से दोनों स्त्रियों को देखा और हाथ मलकर सिर हिलाया।

"तो तुम दास-विक्रेता हो?" कुंडनी ने घृणा से होंठ सिकोड़कर कहा।

"तुम ठीक समझ गई हो, परन्तु चिन्ता न करो, मैं श्रावस्ती जा रहा हूँ। तुम्हें और तुम्हारी सखी को महाराज को भेंट करूँगा। वहाँ तुम्हारी यह सखी पट्ट राजमहिषी का पद ग्रहण करेंगी—और तुम भी। सम्भवत: तुम अति दूर से आ रही हो और तुम्हारी साथिन रुग्ण है। अभी विश्राम करो, प्रभात में परिचय प्राप्त करूँगा।" उसने दास को संकेत किया और उनके अश्व थाम उधर ले गया, जिधर अन्य स्त्रियाँ बैठी थीं। पहले उसने राजकुमारी को सहारा देकर उतारा, फिर वह कुंडनी के निकट आया। वह

असावधान था, कुंडनी ने विद्युत-वेग से उस पर हठात् कटार का वार किया और द्रुत वेग से अश्व को छोड़ दिया। दास ने चिल्लाकर कहा, "पकड़ो, पकड़ो! दासी भागी जाती है।" अनेक पुरुष अस्त्र-शस्त्र लेकर उसके पीछे दौड़े, पर कुंडनी उनके हाथ न आई। कुछ देर में सब लोग हताश हो लौट आए। राजकुमारी का एकमात्र अवलम्ब भी जाता रहा। वह वहीं मूर्च्छित होकर गिर गई।

श्रावस्ती

श्रावस्ती उन दिनों जम्बूद्वीप पर सबसे बड़ा नगर था। कोसल महाराज्य के अन्तर्गत साकेत और वाराणसी ये दो महानगर भी महासमृद्धशाली थे, परन्तु श्रावस्ती की उनसे होड़ न थी। साकेत बहुत दिन से कोसल की राजधानी न रही थी। इस समय उसका महत्त्व केवल इसलिए था कि वह उत्तरापथ के प्रशस्त महाजनपथ पर थी तथा उत्तर, दक्षिण, पूर्व और पश्चिम के सार्थवाह, जल-थल दोनों ही मार्गों से, साकेत होकर जाते थे।

परन्तु श्रावस्ती में समस्त जम्बूद्वीप ही की सम्पदाओं का अगम समागम था। यहाँ अनाथपिंडिक सुदत्त और मृगार जैसे धनकुबेरों का निवास था, जिनके सार्थ जम्बूद्वीप ही में नहीं, ताम्रलिप्ति के मार्ग से बंगाल की खाड़ी और भरु-कच्छ तथा शाटक से अरब सागर को पारकर सुदूर द्वीपों में जाते और सम्पदा विस्तार करते थे। श्रावस्ती से प्रतिष्ठान तक का मार्ग माहिष्मती, उज्जैन, गोनर्द, विदिशा, कौशाम्बी और साकेत होकर था। श्रावस्ती से राजगृह का मार्ग पहाड़ की तराई होकर था। मार्ग में सेतव्य, कपिलवस्तु, कुशीनारा, पावा, हस्तिग्राम, भंडग्राम, वैशाली, पाटलिपुत्र और नालन्दा पड़ते थे। पूर्व से पश्चिम का मार्ग बहुत करके नदियों द्वारा तय होता था। गंगा में सहजाति और यमुना में कौसाम्बी तक बड़ी-बड़ी नावें चलती थीं। सार्थवाह विदेह होकर गान्धार तक और मगध होकर सौवीर तक, भरुकच्छ से बर्मा तक और दक्षिण होकर बेबीलोन तक तथा चम्पा से चीन तक जाते-आते थे। रेगिस्तानों में लोग रात को चलते थे और पथप्रदर्शक नक्षत्रों के सहारे मार्ग का निर्णय करते थे।

सुवर्णभूमि से लेकर यवद्वीप तक, तथा दक्षिण में ताम्रपर्णी तक आना-जाना था। श्रावस्ती महानगरी में हाथी-सवार, घुड़सवार, रथी, धनुर्धारी आदि नौ प्रकार की सेनाएँ रहती थीं। कोसल राज्य की सैन्य में यवन, शक, तातार और हूण भी सम्मिलित थे। यवनों को ऊँचे-ऊँचे सेनापति के पद प्राप्त थे। उच्चवर्गीय सेट्ठियों, सामन्तों, श्रमणों और श्रोत्रिय ब्राह्मणों के अतिरिक्त दास, रसोइए, नाई, उपमर्दक, हलवाई, माली, धोबी, जुलाहे, झौआ बनानेवाले, कुम्हार, मुहर्रिर, मुसद्दी और कर्मकार भी थे।

कर्मकारों में धातु, लकड़ी और पत्थर पर काम करनेवाले, चमड़े, हाथीदाँत के कारीगर, रंगाईवाले, जौहरी, मछली मारनेवाले, कसाई, चित्रकार आदि अनगिनत थे। रेशम, मलमल, चर्म, कारचोबी का काम, कम्बल, औषधि, हस्तिदन्त, जवाहर, स्वर्णाभरण आदि के अनगिनत व्यापारी थे।

जातियों में ब्राह्मण-महाशाल, क्षत्रिय सामन्तों का उच्च स्थान था। इनके बाद सेट्ठिजन थे, जो धन-सम्पदा में बहुत चढ़े-बढ़े थे। देश-विदेश का धन-रत्न इनके पास खिंचा चला आता था। उन दिनों देश में दस प्रतिशत ये सामन्त ब्राह्मण और नब्बे प्रतिशत सेट्ठिजन सर्वसाधारण की कमाई का उपयोग करते थे। इन 90 प्रतिशत में 20 प्रतिशत तो दास ही थे, जिनका समाज में कोई अधिकार ही न था। शेष 70 प्रतिशत जनसाधारण के तरुण इन सामन्तों और राजाओं के निरर्थक युद्धों में अपने प्राण देने को बलात् विवश किए जाते थे और उनकी विवश युवती सुन्दरी कन्याएँ, उनके अन्त:पुरों की भीड़ में दासियों, उपपत्नियों आदि के रूप में रख ली जाती थीं। ब्राह्मण इन सामन्तों और राजाओं को परमपरमेश्वर घोषित करते, इन्हें ईश्वरावतार प्रमाणित करते और इनके सब ऐश्वर्यों को पूर्वजन्म के सुकृतों का फल बताते थे। इसके बदले में वे बड़ी-बड़ी दक्षिणाएँ फटकारते और स्वर्णभूषिता सुन्दरी दासियाँ दान में पाते थे।

मगध-सम्राट् श्रेणिक बिम्बिसार को परास्त करके और कौशाम्बीपति उदयन की नियुक्ता गान्धारनन्दिनी कलिंगसेना को प्राप्त करके बूढ़े घमंडी कोसलेश प्रसेनजित् बहुत प्रसन्न थे। इस विजय और हर्ष के उपलक्ष्य में उन्होंने राजसूय यज्ञ का अनुष्ठान किया था, जिसके लिए बहुत भारी आयोजन किया जा रहा था। महाराज अभी तक राजधानी में नहीं थे, साकेत में ही विराज रहे थे। परन्तु श्रावस्ती में यज्ञ की तथा कलिंगसेना के विवाह की तैयारियाँ बड़ी धूमधाम से हो रही थीं। देश-देशान्तर के राजाओं, सामन्तों और मांडलिकों ने विविध प्रकार की भेंटें भेजी थीं। व्यापारियों, अतिथियों, मुनियों और ब्राह्मणों के झुंड-के-झुंड श्रावस्ती में चले आ रहे थे।

श्रावस्ती के राजमहालय में कलिंगसेना का बड़े ठाठ का स्वागत हुआ। समस्त पुरी सजाई गई। उसका अद्‌भुत सौन्दर्य, नीलमणि के समान उज्ज्वल नेत्र, चमकीले सोने के तार के-से स्वर्ण-केश और स्फटिक-सी धवल-गौर कान्ति एवं सुगठित सुस्पष्ट देहयष्टि देखकर सम्पूर्ण रनिवास आश्चर्यचकित रह गया। महाराज प्रसेनजित् के रनिवास में देश-विदेश की एक से एक बढ़कर सैकड़ों सुन्दरियाँ थीं। कलिंगसेना के सामने सभी की आभा फीकी पड़ गई। उन सहस्राधिक रमणियों में उसके रूप को कोई पा ही नहीं सकती थीं। परन्तु कलिंगसेना जैसी रूपसम्पन्ना नारी थी, वैसी ही मानवती और विदुषी भी थी। वह गान्धार के स्वतंत्र और स्वस्थ वातावरण में पली थी। तक्षशिला के निकेतन में उसने शिक्षा पाई थी। वह वेद, वेदांग, ज्योतिष और चौदह विद्याओं के सिवा शस्त्र-संचालन और अश्व-संचालन में भी एक ही थी। उसने हठपूर्वक गान्धार से श्रावस्ती तक अश्व की पीठ पर यात्रा की थी। राजमहल में उसे सम्पूर्ण सुख-साधन-सम्पन्न पृथक् प्रासाद दिया गया था।

इस समय श्रावस्ती में काफी भीड़-भाड़ थी। परन्तु यह भी कलिंगसेना को अच्छी नहीं लग रही थी। उसने अभी पति को नहीं देखा था, पर उसने सुना था कि वे विगलित-यौवन सत्तर वर्ष के बूढ़े, सनकी और स्त्रैण कापुरुष हैं। उसने इच्छापूर्वक ही कौशाम्बीपति उदयन को त्यागकर इस बूढ़े राजा से विवाह करने की स्वीकृति दे दी थी, परन्तु उसका प्रिय भाव उदयन की ही ओर था। प्रसेनजित् के प्रति उसके मन में पूरी विरक्ति थी। महाराज के श्रावस्ती में लौटने पर उसका विवाह होगा, यह उसे

मालूम था। उसकी तैयारियाँ भी वह देख रही थी और धैर्यपूर्वक बलि-पशु की भाँति उस दिन की प्रतीक्षा कर रही थी। उस तेजवती विदुषी स्त्री ने पिता के राजनीतिक स्वार्थ की रक्षा के लिए बलि दी थी। इसलिए वह चुपचाप सूनी दृष्टि से कौतूहलाक्रान्त रनिवास को तथा अपने विवाह-अनुष्ठान की तैयारी को देख रही थी, जिसके लिए उसके मन में अवज्ञा के पूरे भाव भर गए थे।

कलिंगसेना अपने कक्ष में चुपचाप बैठी सूनी दृष्टि से सुन्दर आकाश की ओर ताक रही थी, इसी समय एक प्रौढ़ महिला ने वहाँ प्रवेश किया। कलिंगसेना ने उसकी ओर देखा, सूर्य के प्रखर तेज के समान उसका ज्वलंत रूप था। यद्यपि उसका यौवन कुछ ढल चुका था, परन्तु उसकी भृकुटी और दृष्टि में तेज और गर्व भरा हुआ था। आत्मनिर्भरता उसकी प्रत्येक चेष्टा से प्रकट हो रही थी। कलिंगसेना ने अभ्युत्थानपूर्वक उसे आसन देकर कहा, "यह मुझे किन महाभागा के दर्शन की प्रतिष्ठा का लाभ हो रहा है?"

प्रौढ़ा ने हँसकर कहा, "कोसल के मंत्रिगण जिन्हें महामहिम परम-परमेश्वर देव-देव महाराजाधिराज कोसलेश्वर कहकर सम्मानित करते हैं, उनकी मैं दासी हूँ। इसके प्रथम एक क्रीता दासी वासव खत्तिय की महानाम शाक्य के औरस से उत्पन्न दासी-पुत्री थी।"

कलिंगसेना ने ससम्भ्रम उठकर कहा, "ओह आप महामान्या राजमहिषी सुश्री देवी नन्दिनी हैं, मैं आपकी अभिवन्दना करती हूँ।"

"अच्छा, तो तुम मेरा नाम और पद भी जानती हो? यह तो बहुत अच्छा है।"

"मैंने गान्धार में आपके तेज, प्रताप और पांडित्य के विषय में बहुत कुछ सुना है।"

"अरे इतना अधिक? किन्तु अपनी कहो, तुम तो तक्षशिला की स्नातिका हो! तुमने वेद, ब्राह्मण, आरण्यक सब पढ़े हैं। और कौन-कौन-सी दिव्य विद्याएँ जानती हो हला, सब कहो।"

"मैं आपकी अकिंचन छोटी बहिन हूँ देवी नन्दिनी, इस पराये घर में मुझे सहारा देना।" कलिंगसेना की नीलमणि-सी ज्योतिवाली आँखें सजल हो गईं।

नन्दिनी ने उसे खींचकर हृदय से लगाया और कहा, "क्या बहुत सूना-सूना लगता है बहिन?"

"अब नहीं देवी, आपको पाकर।"

नन्दिनी ने उसकी ठोड़ी ऊपर करके कहा, "हताश मत हो, प्रारम्भ ऐसा ही सूना लगता है, परन्तु पराये को अपना करने ही में स्त्री का स्त्रीत्व कृतार्थ है। तुम्हें अपदार्थ को निर्माल्य अर्पण करना होगा।"

"यह तो मैं कदापि न कर सकूँगी।"

"तो राजमहिषी कैसे बनोगी?"

"उसकी मुझे तनिक भी अभिलाषा नहीं है।"

"तब घोड़े पर चढ़कर इतने चाव से इतनी दूर आईं क्यों?"

नन्दिनी की व्यंग्य वाणी और होंठों पर कुटिल हास्य देखकर कलिंगसेना भी हँस दी। हँसकर कहा, "केवल आपको देखने के लिए।"

"मुझे तो देख लिया, अब पतिदेव को भी देखना।"

"उसकी मुझे साध नहीं है।"

"नारी-जन्म लेकर ऐसी बात?"

"नारी-जन्म ही से क्या हुआ?"

"हुआ क्यों नहीं? नारी-जन्म पाया तो पुरुष को आत्मार्पण भी करो।"

"यह तो स्त्री-पुरुष का नैसर्गिक आदान-प्रतिदान है।"

"वह गान्धार में होगा हला; यहाँ केवल स्त्री ही आत्मार्पण करती है, पुरुष नहीं। पुरुष स्त्री को केवल आश्रय देता है।"

"आश्रय? छी! छी! मैं गान्धारकन्या हूँ देवी नन्दिनी! मुझे आश्रय नहीं, आत्मार्पण चाहिए।"

"यह तो युद्ध-घोषणा है हला!"

"जो कुछ भी हो।"

"अब समझी, तो कोसलपति से युद्ध करोगी?"

"यह नहीं, मैं पिता का भय और माता की अश्रुपूर्ण आँखें नहीं देख सकी। कोसलपति ने सीमान्त पर सेनाएँ भेजी थीं और साकेत का सार्थमार्ग गान्धारों के लिए बन्द कर देने की धमकी दी थी। इस प्रकार सुदूरपूर्व के इस प्रमुख व्यापार-मार्ग का अवरोध होना गान्धारों के लिए ही नहीं, उत्तर कुरु और यवन पर्शुपुरी के सम्पूर्ण प्रतीची देशों के विनिमय का घातक था। इसका निर्णय गान्धारों का खड्ग कर सकता था। परन्तु मैंने अपने प्रियजनों के रक्त की अपेक्षा अपनी आत्मा का हनन करना ही ठीक समझा। हम गान्धार, राजा और प्रजा, सब परिजन हैं। यहाँ के रज्जुलों के समान हम प्रजा को अपना दास नहीं समझते, न बात-बात पर उसका रक्त बहाना ही श्रेयस्कर समझते हैं। हम युद्ध करते हैं, सखी, परन्तु तभी, जब वह अनिवार्य हो जाता है। एक गान्धार-पुत्री के आत्मदान से यदि युद्ध से मुक्ति मिले, तो यह अधिक युक्ति-युक्त है। इसी से पिता से मैंने सहमति प्रकट की और इस प्रकार मैंने एक बहुत बड़े संघर्ष से गान्धारों को बचा लिया।"

"इस कोसल की जीर्ण-शीर्ण प्रतिष्ठा को भी। सम्भवत: गान्धारों के युद्ध-वेग को कोसल न सँभाल सकते। बड़े घरों के बड़े छिद्र होते हैं, सखी, कोसल के अधिपति जैसे जीर्ण-शीर्ण और जरा-जर्जर हैं, वैसा ही उनका सैन्यबल भी है। एक धक्के ही में वह ढह सकता था।"

"यह हम गान्धारों को विदित है हला। जहाँ सैनिकों को वेतन देकर राजभक्ति मोल ली जाती है, जहाँ राजा अपने को स्वामी और प्रजा को अपना दास समझता है, वहाँ बहुत छिद्र होते ही हैं। परन्तु गान्धार विजयप्रिय नहीं हैं, व्यवस्थाप्रिय हैं। उन्हें साम्राज्यों की स्थापना नहीं करनी, जीवन-व्यवस्था करनी है। इसी से हम सब छोटे-बड़े एक हैं, समान हैं। हम प्रजा पर शासन नहीं करते, मिलकर व्यवस्था करते हैं। वास्तव में गान्धारों में राजा और प्रजा के बीच सेव्य-सेवक-भाव है ही नहीं। गान्धार में हम स्वतंत्र, सुखी और मानवता तथा नागरिकता के अधिकारों से युक्त हैं। परन्तु कोसल सैन्य ने सम्राट् बिम्बिसार को कैसे पराजित कर दिया?"

"सम्राट् बिम्बिसार अपनी ही मूर्खता से पराजित हुए। उन्होंने आर्य वर्षकार का अनुरोध नहीं माना। उधर चम्पा में सेनापति चंडभद्रिक फँसे हुए थे। सम्राट् अपने ही बलबूते पर यह दुस्साहस कर बैठे। वास्तव में उन्हें विश्वास था कि महाराज उदयन तुम्हारे लिए कोसल से अवश्य युद्ध छेड़ देंगे। वे इसी सुयोग से लाभ उठाना चाहते थे।"

"कौशाम्बीपति ने सीमान्त पर सैन्य भेजी थी, परन्तु मैंने ही उन्हें निवारण कर दिया।"

"सीमान्त पर उनकी सैन्य अब भी पड़ी है। परन्तु आर्य यौगन्धरायण ने किसी कारण से युद्ध छेड़ना ठीक नहीं समझा। न जाने वे अब भी किसी की प्रतीक्षा कर रहे हैं, या इस विलम्ब में उनकी कोई गुप्त अभिसन्धि है। किन्तु यही सम्राट् बिम्बिसार का दुर्भाग्य था। उधर बन्धुल और बन्धुल-बन्धुओं ने हूण सैन्य को अच्छा व्यवस्थित कर दिया था। सम्राट् को इसकी स्वप्न में भी आशा नहीं थी। नहीं तो वे चंडभद्रिक की प्रतीक्षा करते। जो हो, अब विजयी वीर पति की प्राप्ति पर मैं तुम्हें बधाई देती हूँ सखी।"

"खेद है कि मैं अकिंचन उसे स्वीकार नहीं कर सकती।" नन्दिनी ने हँसकर कहा, "हला, कोसल की राजमहिषियों में परिगणित होना परम सौभाग्य का विषय है।"

"परन्तु, गान्धारकन्या का तो वह दुर्भाग्य ही है। मैं गान्धारकन्या हूँ। हम लोग पति-सहयोग के अभ्यासी हैं।"

"परन्तु यहाँ आर्यों में स्त्री प्रदत्ता है, हला। उसका पति अनेक स्त्रियों का एक ही काल में पति हो सकता है।"

"परन्तु गान्धार में एक स्त्री के रहते दूसरी स्त्री नहीं आ सकती।"

"तो बहिन, उत्तर कुरुओं की पुरानी परिपाटी अभी वहाँ है?"

"वहीं क्यों? पर्शुपुरी के पार्शवों और एथेन्स के यवनों में भी ऐसा ही है। वहाँ स्त्री पुरुष की जीवनसंगिनी है।"

"यहाँ कोसल, मगध, अंग, बंग और कलिंग में तो कहीं भी ऐसा न पाओगी। यहाँ स्त्री न नागरिक है, न मनुष्य। वह पुरुष की क्रीत सम्पत्ति और उसके विलास की सामग्री है। पुरुष का उसके शरीर और आत्मा पर असाधारण अधिकार है।"

"परन्तु मैं, देवी नन्दिनी, यह कदापि न होने दूँगी। मैंने आत्मबलि अवश्य दी है, पर स्त्रियों के अधिकार नहीं त्यागे हैं। मैं यह नहीं भूल सकती कि मैं भी एक जीवित प्राणी हूँ, मनुष्य हूँ, समाज का एक अंग हूँ, मनुष्य के सम्पूर्ण अधिकारों पर मेरा भी स्वत्व है।"

"यह सब तुम कैसे कर सकोगी? जहाँ एक पति की अनेक पत्नियाँ हों, उपपत्नियाँ हों और वह किसी एक के प्रति अनुबन्धित न हो, पर उन सबको अनुबन्धित रखे, वहाँ मानव-समानता कहाँ रही बहिन? यह 'पति' शब्द ही कैसा घृणास्पद है! हमारी विवश दासता की सारी कहानी तो इसी एक शब्द में निहित है।"

"यह कठिन अवश्य है देवी नन्दिनी, परन्तु मैं किसी पुरुष को 'पति' नहीं स्वीकार कर सकती। पुरुष स्त्री का पति नहीं, जीवनसंगी है। 'पति' तो उसे सम्पत्ति ने बनाया है। सो जब मैं उसकी सम्पत्ति का भोग नहीं करूँगी, तो उसे पति भी नहीं मानूँगी।"

"परन्तु कोसल के अन्तःपुर में तुम इस युद्ध में विजय प्राप्त कर सकोगी?"

"मैं युद्ध करूँगी ही नहीं देवी नन्दिनी। कोसलपति ने यही तो कहा है कि यदि

गान्धारराज अपनी पुत्री मुझे दे, तो कोसल राज्य गान्धार का मित्र है। सो गान्धार ने अपना कार्य किया, उसका मैंने विरोध नहीं किया। अब मेरे साथ कैसा व्यवहार होना चाहिए, मेरे क्या-क्या अधिकार हैं, यह मेरा अपना व्यक्तिगत कार्य है। इसमें मैं किसी को हस्तक्षेप नहीं करने दूँगी।"

"किन्तु जीवनसंगी?"

"ओह देवी नन्दिनी, जीवनसंगी जीवन में न मिले तो अकेले ही जीवनयात्रा की जा सकती है। अन्ततः बलिदान में कुछ त्याग तो होता ही है।"

"कुछ नहीं बहुत। तो हला कलिंग, तुम्हारा सदुद्देश्य सफल हो। मैं दासीपुत्री न होती तो मैं भी यह करती, परन्तु अब तुम्हारी सहायता करूँगी।"

इसी समय एक चेरी ने आकर निवेदन किया, "राजकुमार दर्शनों की आज्ञा चाहते हैं।"

"आएँ यहाँ।" नन्दिनी ने कहा। राजकुमार विदूडभ ने आकर माता को अभिवादन किया। नन्दिनी ने हँसकर कहा, "यह तुम्हारी नई माँ हैं पुत्र, इनका अभिवादन करो।"

विदूडभ ने कहा, "पूज्ये, अभिवादन करता हूँ।"

"यह तुम्हारा अनुगत पुत्र है हला, आयु में तुमसे तनिक ही अधिक है। परन्तु यह देखने ही में इतना बड़ा है, वास्तव में यह नन्हा-सा बालक है।" नन्दिनी ने विनोद से कहा।

कलिंगसेना ने हँसकर कहा, "आयुष्मान् के वैशिष्ट्य को बहुत सुन चुकी हूँ। कामना करती हूँ, आयुष्मान् पूर्णाभिलाष हों।"

"चिरबाधित हुआ! इस श्रावस्ती के राजमहल में हम दो व्यक्ति तिरस्कृत थे, अब सम्भवतः तीन हुए।"

"मैंने समझा था, मैं अकेली हूँ; अब तुम्हें और देवी नन्दिनी को पाकर मैं बहुत सुखी हुई हूँ।"

देवी नन्दिनी ने उठते हुए कहा, "हला कलिंग, मैं अब जाती हूँ, परन्तु एक बात गाँठ बाँधना। इस राजमहालय में एक पूजनीया हैं, मल्लिका पट्टराजमहिषी। वे मेरी ही भाँति एक नगण्य माली की बेटी हैं, पर मेरी भाँति त्यक्ता नहीं। वे परम तपस्विनी हैं। उनके धैर्य और गरिमा का अन्त नहीं है। उनकी पद-वन्दना करनी होगी।"

"पूज्य-पूजन से मैं असावधान नहीं हूँ देवी नन्दिनी। मैंने महालय में आते ही राजमहिषी का अभिवादन किया था।"

"तुम सुखी रहो बहिन।" यह कहकर नन्दिनी चली गई। विदूडभ ने भी प्रणाम कर प्रस्थान किया।

वर्षकार का यंत्र

सम्राट् ने राजधानी में लौटकर देखा, अवन्तिपति चंडमहासेन प्रद्योत ने राजगृह को चारों ओर से घेर लिया था। नगर का वातावरण अत्यन्त क्षुब्ध था। सम्राट् थकित और अस्त-व्यस्त थे। राजधानी में महामात्य उपस्थित नहीं थे, न सेनापति चंडभद्रिक ही थे।

सेना की व्यवस्था भी ठीक न थी। चम्पा में फैली हुई सैन्य लौटी न थी और सेना का श्रेष्ठ भाग श्रावस्ती में बिखर गया था। सम्राट् ने तुरन्त उपसेनापति उदायि को बुलाकर परामर्श किया।

सम्राट् ने कहा—"भणे सेनापति, यह तो विपत्ति-ही-विपत्ति चारों ओर दीख रही है। मालवपति ने राजगृह को घेरा है, हम विपन्नावस्था में हैं ही, अब तुम कहते हो कि मथुरापति अवन्तिवर्मन प्रद्योत की सहायता करने आ रहा है।"

"ऐसा ही है देव।"

"तो भणे सेनापति, ये दोनों ग्रह परस्पर मिलने न पाएँ, ऐसा करो।"

"किन्तु देव, आर्य महामात्य का कड़ा आदेश है कि युद्ध किसी भी दशा में न किया जाए।"

"उन्होंने यह आदेश किस आधार पर दिया है?"

"अपने यंत्र के आधार पर।"

"वह यंत्र क्या है?"

"उसे गुप्त रखा गया है।"

"कौन उसके सूत्रधार हैं?"

"आचार्य शाम्बव्य काश्यप।"

"तो भणे सेनापति, काश्यप को देखना चाहता हूँ।"

"परन्तु काश्यप राजधानी में नहीं हैं।"

"कहाँ हैं?"

"अमात्य ने उन्हें छद्म रूप में कहीं भेजा है?"

"आर्य अमात्य यह सब क्या कर रहे हैं? भणे सेनापति, करणीय या अकरणीय?"

"करणीय देव।"

"तो फिर हमें सम्प्रति क्या करणीय है?"

"अमात्य की प्रतीक्षा।"

"जैसे हम लोग कुछ हैं ही नहीं, सब कुछ अमात्य ही हैं।"

"देव क्या युद्ध करना चाहते हैं?"

"भणे सेनापति, युद्ध हम दो सम्मिलित सैन्यों से कैसे कर पाएँगे। हमारे पास सेना कहाँ है?"

"देव, मैं किसी असम्भाव्य की प्रतीक्षा में हूँ।"

"कब?"

"किसी भी क्षण।"

इस समय एक चर ने आकर सूचना दी, "देव, शत्रु रातों-रात नगर का घेरा छोड़ भाग गया। उसकी सेना अत्यन्त विपन्नावस्था में भाग रही है।"

"यह कैसा चमत्कार है सेनापति? चर, क्या कुछ और भी कहना है?"

"देव, आचार्य शाम्बव्य ने आश्वासन भेजा है कि प्रद्योत की ओर से देव निश्चित रहें। हाँ, जितनी सैन्य सम्भव हो सीमान्त पर तुरन्त भेज दें, वहाँ आर्य अमात्य अवन्तिवर्मन का अवरोध कर रहे हैं। परन्तु उनके पास सेना बहुत कम है।"

"बस! या और कुछ?"

"देव, आचार्य ने कहा कि प्रद्योत को अपने ही सेनानायकों पर अविश्वास हो गया है। इसी से वह रातोंरात अपने नीलगिरि हाथी पर चढ़कर एकाकी ही भाग खड़े हुए हैं, उन्हें पकड़ने का यह अच्छा समय है।"

"तो भणे सेनापति, उसे पकड़ो और उसकी भागती हुई सैन्य को अव्यवस्थित और छिन्न-भिन्न कर दो। मैं अपनी अंगरक्षक सेना लेकर सीमान्त पर अमात्य की सहायता के लिए जाता हूँ। आप प्रद्योत के कार्य में कृतसंकल्प हो सीमान्त पर ससैन्य पहुँच जाएँ।"

"देव की जैसी आज्ञा! अब देव आज्ञा दें तो निवेदन करूँ—अमात्य का यंत्र मुझे विदित है।"

"पहले तो कहा था, गुप्त है!"

"गुप्त था, चंड के पलायन तक।"

"तो कहो भणे, अमात्य ने कैसा यंत्र किया कि प्रद्योत को इस प्रकार भागना पड़ा?"

"अमात्य ने प्रद्योत के अभियान की सूचना पाकर जहाँ-जहाँ स्कन्धावार-योग्य स्थान थे, वहाँ-वहाँ बहुत-सी मागधी स्वर्ण-मुद्राएँ प्रथम ही धरती में गड़वा दी थीं।"

"अरे, इसका अभिप्राय क्या था?"

"उन्हीं स्थानों पर प्रद्योत के सहायक राजाओं और सेनानायकों ने डेरे डाले। तब प्रद्योत को भरमा दिया गया कि ये सब सेनानायक और राजा मगध के अमात्य से मिल गए हैं और बहुत-सा हिरण्य ले चुके हैं। खोजने पर मगध मुद्रांकित बहुत-सा हिरण्य उनकी छावनी की पृथ्वी से खोद निकाला गया।"

"और इस भ्रम में प्रद्योत को किसने डाला?"

"आचार्य काश्यप ने। वे मगध से विश्वासघात करके मालव सैन्य में चले गए थे। चंड प्रद्योत उनका मित्र है।"

सम्राट् ने हँसकर कहा, "भणे सेनापति, मगध को जैसे दो अप्रतिम सेनापति प्राप्त हैं, वैसे ही दो कूटनीतिज्ञ ये ब्राह्मण भी।"

"ऐसा तो है ही देव। तो फिर मैं प्रद्योत को देखूँ।"

"अवश्य, सेनापति और मेरी अंगरक्षक सेना भी तैयार रहे। मैं दो प्रहर रात्रि व्यतीत होने पर कुछ करूँगा।"

"जैसी देव की आज्ञा!"

सोण कोटिविंश

शाक्यपुत्र गौतम विहार करते हुए साढ़े बारह सौ भिक्षुक संघ के साथ राजगृह पहुँचे और गृध्रकूट पर्वत पर विहार किया। सर्वार्थक अमात्य ने मगधराज सेनिय बिम्बिसार से निवेदन किया, "देव, शाक्यपुत्र श्रमण राजगृह में भिक्षु-महासंघ सहित छठी बार पधारे हैं और गृध्रकूट पर विहार कर रहे हैं। उनका मंगल यश दिगन्त-व्यापक है, वह भगवान् अर्हत हैं, सम्यक्-सम्बुद्ध हैं, विद्या और आचरण से युक्त सुगत हैं। देवताओं

और मनुष्यों के शास्ता हैं। वह ब्रह्मलोक, मारलोक, देवलोक-सहित इस लोक के देव-मनुष्य सहित, साधु-ब्राह्मणयुक्त सब प्रजा को यथावत् जानते हैं, वह आदि, मध्य और अन्त में कल्याणकारक धर्म का अर्थ-सहित, व्यञ्जना-सहित उपदेश देते हैं। वे पूर्ण और शुद्ध ब्रह्मचर्य के उपदेष्टा और जितेन्द्रिय महापुरुष हैं। ऐसे अर्हत का दर्शन करना उचित है। आगे जैसी देव की आज्ञा हो!"

सम्राट् ने उत्तर दिया, "तो भणे, तथागत के दर्शनों को चलना चाहिए। तुम बारह लाख मगध-निवासी ब्राह्मणों और गृहस्थों को तथा अस्सी हजार गाँवों के मुखियों को सूचना दे दो, सब कोई महाश्रमण के दर्शनों को हमारे साथ चलें।"

सूचना-सचिव ने यही किया। उस समय चम्पा के सुकुमार सेट्ठिपुत्र सोण कोटिविंश राजगृह में सम्राट् के अतिथि थे। वे इतने सुकुमार थे कि उनके पैरों के तलुओं में रोम उग आए थे। इसी आश्चर्य को देखने के लिए सम्राट् ने सोण कोटिविंश को मगध में बुलाया था। उसने जब सुना कि सम्राट् महाश्रमण के दर्शनों को मागध जनपद-सहित जा रहे हैं, तो उसने कहा, 'देव, मुझे इस सौभाग्य से क्यों वंचित किया जाता है?' तब सम्राट् ने सोण कोटिविंश से इस जन्म के हित की बात कही। फिर कहा, "भणे, मैंने तुम्हें इस जन्म के हित का उपदेश दिया, अब तुम्हें यदि जन्मान्तर के हित की बातें सुनने का चाव हो तो तुम जाओ उन भगवान् की सेवा में।"

इसके बाद श्रेणिक सम्राट् बिम्बिसार सोण को आगे करके सम्पूर्ण राज परिजन पौर जानपद को संग ले गृध्रकूट पर्वत पर, जहाँ भगवान् गौतम विहार कर रहे थे, पहुँचे।

उस समय आयुष्मान् स्वागत भगवान् गौतम में उपस्थापक थे। उनके निकट जाकर सूचना-सचिव से निवेदन किया, "भन्ते, यह श्रेणिक सम्राट् बिम्बिसार, सोण कोटिविंश, समस्त राज परिजन पौर जानपद-सहित महाश्रमण के दर्शन को आ रहे हैं। आप महाश्रमण को सूचित कर दीजिए।"

"तो आयुष्मान् मुहूर्त-भर आप लोग यहीं ठहरें—मैं भगवान् से निवेदन करूँ।" इतना कह आयुष्मान् स्वागत ने अर्द्धचन्द्र पाषाण में प्रवेश किया और ध्यानस्थ बुद्ध से निवेदन किया कि सम्राट् सपरिवार भगवान् का दर्शन किया चाहते हैं। सो भगवान् अब जिसका काल समझें!"

"तो स्वागत, विहार की छाया में आसन बिछा।"

"अच्छा भन्ते।" कहकर आयुष्मान् स्वागत ने सम्पूर्ण व्यवस्था कर दी। जब महाश्रमण विहार से निकलकर आसन पर बैठ गए तो उसने सम्राट् को सूचना दी। सम्राट् सम्मुख आ, अभिवादन कर एक ओर बैठ गए। इसके बाद सब लोग यथा-स्थान कोई हाथ जोड़कर, कोई मौन होकर, कोई प्रदक्षिणा करके बैठ गए।

महाश्रमण ने उन्हें सम्बोधित कर दानकथा, शीलकथा, स्वर्गकथा, कामभोगों के दुष्परिणाम, उपकार, मालिन्य और काम-भोगों से रहित होने के गुणों का वर्णन किया, जिससे श्रावक जन भव्यचित्त, मृदुचित्त, अनाच्छादित-चित्त और आह्लादितचित्त हो गए। तब अवसर जान महाश्रमण ने दुःख, दुःख का कारण, दुःख का नाश और दुःख के नाश का उपाय प्रकट किया। तब सम्राट्, राजवर्ग, पौर जानपद सबको—'जो कुछ उत्पन्न होने वाला है, वह सब नाशवान् है', यह विमल-विरज निर्मल धर्मचक्षु, जहाँ

जो बैठा था, उसे उसी आसन पर उत्पन्न हुआ। तब तथागत ने दृष्टधर्म, प्राप्तधर्म, विदितधर्म, पर्यवगाढ़ धर्म का विशद व्याख्यान किया।

इस पर बारह लाख मगध निवासी और अस्सी हजार ग्रामों के मुखिया तथा समस्त राजवर्गी जन सन्देहरहित हो संघ, धर्म और बुद्ध के अंजलिबद्ध शरणागत उपासक हो गए।

सोण कोटिविंश चुपचाप सुन रहा था। उसने सोचा, महाश्रमण ने जिस सुविख्यात धर्म का वर्णन किया है, वह सर्वथा परिपूर्ण, शुद्ध और उज्ज्वल ब्रह्मचर्य-साधन बिना सुकर नहीं है। ब्रह्मचर्य-साधन के निमित्त मुझे परिव्राजक होना उचित है।

जब सम्राट्, राजवर्ग, पौर जानपद, महाश्रमण के भाषण का अभिनन्दन कर, आसन से उठ, उनकी प्रदक्षिणा कर चले गए, तब सोण कोटिविंश आसन से उठकर महाश्रमण के निकट आया और अभिवादन कर एक ओर बैठ गया। जब तथागत ने उसकी ओर दृष्टि की, तब उसने करबद्ध प्रार्थना की, "भगवन्, मैंने भगवान् के उपदेश-धर्म को जिस प्रकार समझा है, उससे जान पड़ता है कि घर में रहकर ब्रह्मचर्य सुकर नहीं है। अतः मैं सिर-दाढ़ी मुड़ाकर, काषाय वस्त्र पहन घर से बेघर हो प्रव्रजित हुआ चाहता हूँ। भन्ते मुझे प्रव्रज्या दें!"

सोण कोटिविंश ने प्रव्रज्या और उपसम्पदा पाई। उसे सीतवन में विहार के लिए स्थान मिला। परन्तु वह सुकुमार सेट्ठि कुमार कभी पाँव-प्यादे नहीं चला था, इसी से उसके पैरों के तलुओं में रोम उग आए थे। अब नंगे पैर कठोर पृथ्वी पर चलने से उसके पैर लहूलुहान हो गए और धरती लहू से भर गई।

तथागत ने यह देखा। वे उस रक्त से भरे मार्ग पर सोण के पदचिह्न देखते हुए सीतवन में, जहाँ सोण का विहार था, पहुँचे।

वहाँ सोणकुमार एकान्त में बैठा यह सोच रहा था, "भगवान् के जितने उद्योग-परागण विहरनेवाले शिष्य हैं, मैं उनमें एक हूँ। फिर भी मेरा मन आश्रकों को छोड़कर मुक्त नहीं हो रहा है। मेरे घर में भोग-सामग्री है, वहाँ रहते मैं भोगों को भी भोग सकता हूँ और पुण्य भी कर सकता हूँ। तब क्यों न मैं लौटकर गृहस्थ भोगों का उपभोग करूँ, और पुण्य भी करूँ?"

तभी भगवान् बुद्ध अनेक भिक्षुओं के साथ वहाँ पहुँच गए। सोण ने भगवान् का समुत्थानपूर्वक स्वागत किया, आसन दिया। स्वयं एक ओर बैठ गया। स्वस्थ होने पर श्रमण बुद्ध ने कहा, "क्यों सोण, एकान्त में क्या सोच रहे हो?"

सोण ने अपने मन का विकार निवेदन कर दिया। तथागत ने कहा, "क्यों सोण, क्या तू पहले गृहस्थ होते समय वीणा बजाने में चतुर था?"

"हाँ भन्ते!"

"तो सोण, जब तेरी वीणा के तार खूब खिंचे होते थे, तभी तेरी वीणा स्वरवाली होती थी?"

"नहीं भन्ते!"

"और जब वे तार खूब ढीले होते थे तब?"

"तब भी नहीं भन्ते।"

"किन्तु जब तार ठीक-ठीक आरोह-अवरोह पर होते थे तब?"

"तब तो भन्ते, वीणा ठीक स्वर देती थी।"

"तो इसी प्रकार सोण, अत्यधिक उद्योगपरायणता औद्धत्य को उत्पन्न करती है। इसलिए सोण, तू उद्योग में समता को ग्रहण कर। इन्द्रियों के सम्बन्ध में समता को ग्रहण कर और वहाँ कारण को ग्रहण कर।"

"अच्छा भन्ते!"

"तो सोण, तू सुकुमार है, तुझे अनुमति देता हूँ, एक तल्ले का जूता पहन।"

"भन्ते, मैं अस्सी गाड़ी हिरण्य और हाथियों के सात अनीक को छोड़कर घर से बेघर हो प्रव्रजित हुआ हूँ। अब कहनेवाले कहेंगे, सोण कोटिविंश अस्सी गाड़ी स्वर्ण मोहर और हाथियों की सात अनीक को छोड़कर प्रव्रजित हुआ, सो वह अब एक तल्ले के जूते में आसक्त हुआ है। सो भगवन्, यदि भिक्षु-संघ के लिए भी अनुमति दे दें, तो मैं भी एक तल्ले का जूता ग्रहण करूँगा, नहीं तो नहीं।"

भगवान् ने फिर भिक्षु-संघ को एकत्र किया, तथा इसी प्रकरण में, इसी प्रसंग में अनेक कथाएँ कहकर भिक्षुओं को एक तल्ले के जूते पहनने की अनुमति दे दी।

गृहपति अनाथपिंडिक

श्रावस्ती का अनाथपिंडिक सुदत्त सेट्ठि राजगृह में इसी समय अपने किसी काम से आया था। राजगृह में उसकी पत्नी का भाई गृहपति था। उस दिन राजगृह के श्रेष्ठी ने तथागत बुद्ध को भोजन का निमंत्रण दिया था और वह उसकी व्यवस्था में ऐसा संलग्न था कि अपने सम्मान्य बहनोई का भी स्वागत-सत्कार भूल गया। वह दासों और कम्मकारों को आज्ञा दे रहा था, "भणे, समय पर ही उठकर खिचड़ी पकाना, भात बनाना, सूपतेमन तैयार करना...।"

अनाथपिंडिक सेट्ठि ने मन में सोचा—पहले मेरे आने पर यह सब काम छोड़ मेरी ही आवभगत में लगा रहता था, आज यह विक्षिप्तों के समान दासों और कर्मकारों को आज्ञा पर आज्ञा दे रहा है। क्या इसके घर आवाह होगा? या विवाह होगा? या महायज्ञ होगा? या सब राजपरिजन के सहित श्रेणिक सम्राट् बिंम्बिसार को इसने कल के लिए निमंत्रित किया है?

इतने ही में गृहपति ने आकर अपने बहनोई के साथ प्रति सम्मोदन किया और निकट बैठ गया। तब सेट्ठि अनाथपिंडिक ने कहा, "भणे गृहपति, पहले मेरे आने पर तुम सब काम-धन्धा छोड़कर मेरी आवभगत में लग जाते थे, परन्तु आज यह क्या है? क्या तुम्हारे यहाँ आवाह है, या विवाह है, अथवा सम्राट् बिम्बिसार निमंत्रित हैं।"

"नहीं, मेरे यहाँ न आवाह है, न विवाह, न मगधराज निमंत्रित हैं। मेरे घर कल बड़ा यज्ञ है, संघसहित बुद्ध कल के लिए निमंत्रित हैं।"

"गृहपति, तू 'बुद्ध' कह रहा है?"

"हाँ, 'बुद्ध' कह रहा हूँ।"

"गृहपति 'बुद्ध' कह रहा है?"

"हाँ, 'बुद्ध' कह रहा हूँ।"

"गृहपति, क्या 'बुद्ध' कह रहा है?"

"हाँ 'बुद्ध' कह रहा हूँ।"

"गृहपति, 'बुद्ध' शब्द लोक में दुर्लभ है। तू जिसे 'बुद्ध' कहता है, क्या मैं उसे देखने अभी जा सकता हूँ?"

"अभी नहीं गृहपति। यह समय उन सम्यक्-अर्हत भगवान् सम्यक्-सम्बुद्ध के दर्शनार्थ जाने का नहीं है। प्रत्यूष में सम्यक्-सम्बुद्ध के दर्शन होंगे।"

इसके बाद गृहपति सेट्ठि अपने प्रतिष्ठित अतिथि बहनोई के आहार-विश्राम की व्यवस्था करके फिर बुद्ध के कल के निमंत्रण-प्रबन्ध में रात-भर जुटा रहा। अनाथपिंडिक गृहपति को भी रात-भर नींद नहीं आई। वह रात को ही सवेरा समझकर तीन बार उठा और सो रहा। अन्त को रात ही में वह राजगृह के शिबक द्वार पर पहुँचा। मनुष्यों ने द्वार खोल दिया। प्राचीर के बाहर निकलते ही वह अन्धकार और सुनसान देख भीत हो गया। उसके रोंगटे खड़े हो गए। इच्छा हुई कि पीछे लौट जाए। परन्तु उसके कानों में एक दिव्य ध्वनि सुनाई पड़ी। उसने मानो सुना, "सौ हाथी, सौ घोड़े, सौ खच्चरों के रथ, मणिकुंडल पहने सौ हजार कन्याएँ उसके एक पद के कथन के सोलहवें भाग के मूल्य के बराबर भी नहीं है। चला चल, गृहपति, चला चल, चलना ही श्रेयस्कर है। लौटना नहीं।"

सेट्ठि के हृदय में प्रकाश उदय हुआ। वह चलता ही गया; गृध्रकूट पर जाकर उसने देखा—सम्यक्-सम्बुद्ध प्रत्यूषकाल में उठकर चंक्रमण में टहल रहे हैं। उन्होंने दूर से आते हुए अनाथपिंडिक को देखा। देखकर चक्रमण से उलटकर, बिछे आसन पर बैठकर आते हुए अनाथपिंडिक से कहा, "आ सुदत्त!"

अनाथपिंडिक गृहपति तथागत को अपना नाम लेकर पुकारते सुन हृष्ट, उदग्र हो निकट जा चरणों में सिर से पकड़कर बोला, "भन्ते, भगवान् को सुख से निद्रा तो आई?"

"निर्वाणप्राप्त सदा सुख से सोता है। वह शीतल तथा दोषरहित है, कामवासनाओं में लिप्त नहीं है, सारी आसक्तियों को खंडित कर हृदय से भय को दूर कर चित्त की शान्ति को प्राप्त कर, उपशान्त हो वह सुख से सोता है।"

तब तथागत ने अनाथपिंडिक गृहपति को आनुपूर्वी कथा कही। इससे गृहपति अनाथपिंडिक को, उसी आसन पर, 'जो कुछ समुदाय धर्म है, वह निरोध-धर्म है', यह विमल-विरज चक्षु उत्पन्न हुआ। तब उसने शास्ता के शासन में स्वतंत्र हो कहा, "भगवन्, मैं भगवान् की शरण जाता हूँ, आज से मुझे भगवान् सांजलि शरण में आया उपासक ग्रहण करें और भिक्षुसंघ सहित मेरा कल का निमंत्रण स्वीकार करें!"

तथागत ने मौन-सहित स्वीकार किया। तब गृहपति अनाथपिंडिक आसन से उठ, भगवान् की प्रदक्षिणा और अभिवादन कर चला आया।

राजगृह के गृहपति ने सुना कि अनाथपिंडिक गृहपति ने कल भिक्षुसंघ को आमंत्रित किया है, तब उसने कहा, "गृहपति, तुम आगन्तुक हो और तुमने कल भिक्षुसंघ को आमंत्रित किया है, इसलिए मैं खर्च देता हूँ, उसी से संघ के भोजन की व्यवस्था करो।"

अनाथपिंडिक गृहपति ने अस्वीकार करते हुए कहा, "गृहपति, मेरे पास खर्च है।"

फिर राजगृह के नैगम ने सुना और खर्च देने का आग्रह किया। सम्राट् ने भी सुनकर अमात्य भेजकर खर्च देने के लिए कहा, किन्तु सेट्ठि अनाथपिंडिक ने अस्वीकार करते हुए कहा, "नहीं, खर्च मेरे पास है।"

उसने भोजन की ठाठदार व्यवस्था राजगृह के सेट्ठि के घर पर करके श्रवण को सूचना दी—"समय है भन्ते, भात तैयार हो गया!"

तब भगवान् बुद्ध पूर्वाह्न के समय सु-आच्छादित हो, पात्र-चीवर हाथ में ले, राजगृह के सेट्ठि के मकान पर आए। भिक्षुसंघ सहित आसन पर बैठे। तब अनाथपिंडिक गृहपति ने बुद्ध-सहित भिक्षुक-संघ को अपने हाथ में उत्तम खाद्य-भोज्य से सन्तृप्तकर, पूर्णकर, भगवान् के भोजन कर पात्र से हाथ खींच लेने पर स्वस्थचित्त होकर कहा, "भगवान, भिक्षुसंघ सहित, श्रावस्ती-वर्षावास स्वीकार करें।"

"शून्यागार में गृहपति, तथागत अभिरमण करते हैं।"

"समझ गया भगवन, समझ गया सुगत!"

अनाथपिंडिक गृहपति बहुमित्र, बहुसहाय और प्रामाणिक था। राजगृह में जब वह अपना काम समाप्त कर चुका और श्रावस्ती को चल पड़ा तो उसने मार्ग में मित्रों तथा परिचित जनों से कहा, "आर्यो, आराम बनवाओ, विहार प्रतिष्ठित करो। लोक में बुद्ध उत्पन्न हो गए हैं। उन्हें मैंने आमंत्रित किया है, वे इसी मार्ग से आएँगे।"

तब अनाथपिंडिक गृहपति से प्रेरणा पाकर लोगों ने आराम बनवाए, विहार प्रतिष्ठित किए, सदावर्त लगवाए। जो धनी थे उन्होंने अपने धन से बनवाया; जो निर्धन थे उन्हें गृहपति ने धन दिया। इस प्रकार राजगृह से श्रावस्ती तक पैंतालीस योजन के रास्ते में योजन-योजन पर विहार बनवाता हुआ श्रावस्ती गया। श्रावस्ती पहुँचकर उसने विचार किया, "भगवान् कहाँ निवास करेंगे? ऐसी जगह होनी चाहिए जो बस्ती से न बहुत दूर हो, न बहुत समीप हो, जाने-आनेवालों के लिए सुविधा भी हो। दिन को भीड़-भाड़ न रहे, रात को विजन-वात, अल्प-शब्द, अल्पनिर्दोष, मनुष्यों से एकान्त और ध्यान के उपयुक्त हो।"

उसका ध्यान जैत राजकुमार के जैत-उद्यान की ओर गया। उसे वही स्थान सब भाँति उपयुक्त जँचा। उसने जैत राजकुमार से कहा, "आर्यपुत्र, मुझे आराम बनाने के लिए अपना उद्यान दीजिए।"

"गृहपति, कोटि-संथार से भी वह अदेय है।"

"तो आर्यपुत्र, मैंने आराम ले लिया।"

"नहीं गृहपति, तूने नहीं लिया।"

लिया या नहीं लिया—इसकी न्याय-व्यवस्था के लिए यह व्यवहार-अमात्यों के पास गया। उन्होंने कहा, "आर्यपुत्र ने क्योंकि मोल किया, इसलिए आराम ले लिया गया।"

तब गृहपति अनाथपिंडिक ने गाड़ियों पर हिरण्य ढुलवाकर जैतवन में कोटि संथार बिछा दिया। एक बार के लाए हिरण्य से द्वार के कोठे के चारों ओर का थोड़ा-सा स्थान पूरा न हुआ। तब अनाथपिंडिक गृहपति ने अपने मनुष्यों को आज्ञा दी—"जाओ भणे, हिरण्य और ले आओ, हम इस सारी भूमि पर स्वर्ण बिछाएँगे।"

जैत राजकुमार ने देखा—गृहपति इतना स्वर्ण खर्च कर रहा है, तब यह कार्य

अत्यन्त महत्त्व का होगा। तब उसने अनाथपिंडिक गृहपति से कहा, "बस गृहपति, तू इस खाली स्थान को स्वर्ण से मत ढाँप, यह खाली जगह मुझे दे। यह मेरा दान होगा।"

इस पर गृहपति अनाथपिंडिक ने सोचा, "यह जैतकुमार गण्यमान्य प्रसिद्ध पुरुष है। इस धर्म-विनय में इनका प्रेम लाभदायक होगा और वह स्थान जैतकुमार को दे दिया। तब जैतकुमार ने उस स्थान पर कोठा बनवाया। अनाथपिंडिक ने जैतवन में विहार बनवाए, परिवेण बनवाए, कोठियाँ, उपस्थान, शालाएँ, अग्निशालाएँ, काल्पिक कुटिया, बच्चकुटी, बच्चकूप, पेशाबखाने, चंक्रमण-स्थान, चंक्रमणशालाएँ, प्याऊ, प्याऊघर, जंताघर, जंताघरशालाएँ, पुष्करिणियाँ और मंडप आदि बनवाए।

सेट्ठि का जैतवन को स्वर्ण से ढाँपने में 18 करोड़ मुहरों का एक चहबच्चा खाली हो गया और 8 करोड़ स्वर्ण खर्च करके उसने आठ करीष भूमि में विहार आदि बनवाए और सब भिक्षुसंघ के चीवर, पिंडपात, शयनासन, ग्लान-प्रत्यय, भैषज्य आदि परिष्कारों में सत्कृत होने की व्यवस्था कर दी।

मगध-महामात्य की कूटनीति

सम्राट् की आज्ञा से तथागत बुद्ध के लिए त्रिकूट पर एक विशाल विहार बनवाना प्रारम्भ हुआ, जिसमें सहस्त्रों शिल्पी कार्यरत थे। सम्राट् और साम्राज्य दोनों ही महाश्रमण गौतम के चरणसेवक थे। चम्पा का सुकुमार सेट्ठिकुमार कोटिविंश सोण अब अपनी इतनी सम्पदा को त्यागकर परिव्राजक हो गया, तो उसका जनसाधारण पर बहुत भारी प्रभाव पड़ा। यों भी इस बार तथागत गौतम के भिक्षुसंघ में बड़े-बड़े दिग्गज नामांकित विद्वान् पंडित भिक्षुरूप में उनके साथ थे, जिनमें पूर्णकाश्यप, मक्खली गोशाल, अजित केसकंबली, प्रक्रुद्ध कात्यायन, संजयवेलाट्ठपुत्त, सारिपुत्त, मौद्गलायन, पिंडोत भारद्वाज आदि प्रमुख थे। महाश्रमण के दर्शन करने, उनके पुण्य उपदेश सुनने को नर-नारियों का ताँता लगा रहता था। इस समय राजगृह में केवल दो ही बातों की चर्चा थी; एक चंडप्रद्योत के राजगृह पर आक्रमण और अकस्मात् पलायन की, दूसरे श्रमण गौतम की, जिनके नवीन धर्म के नीचे समस्त पौर जानपद और राजवर्ग समान रूप से नत-मस्तक हो गया था। बड़े-बड़े राजकुमार, सेट्ठिपुत्र, छोटे-बड़े तरुण अपने सम्पूर्ण विलास-ऐश्वर्य त्यागकर भिक्षु बन रहे थे। चारों ओर भिक्षु-ही-भिक्षु दीख रहे थे। व्रात्यों, संकरों और अब्राह्मणों को उनका धर्म बहुत अनुकूल प्रतीत हो रहा था। अब तक ब्राह्मणों का जो धर्म प्रजा पर बलात् चिपकाया गया था, उससे जनपद को सन्तोष न था। ब्राह्मण धर्म से भीतर-ही-भीतर द्वेष-भावना देश में बहुत फैल गई थी, क्योंकि उसमें निम्न श्रेणी के उपजीवियों के विकास का कोई अवसर ही न था। वह राजाओं, ब्राह्मणों और सेट्ठियों का धर्म था। वे ही उससे लाभान्वित होते थे। वैदिक देवताओं के नाम पर जो बड़े-बड़े खर्चीले यज्ञ किए जाते थे, उनसे राजा-महाराजा बनते तथा महाराज सम्राट् बनते थे। यह उनका लाभ था। पुरोहित मोटी-मोटी दक्षिणा पाकर इन राजाओं को देव कहकर पुकारते और भाग्यवाद का ढिंढोरा पीटकर लोगों की स्पर्धा को रोक रखते थे। सर्वसाधारण

को उनके इन यज्ञानुष्ठानों के लिए दिग्विजय करने को अपने तरुण पुत्रों के प्राण भेंट करने पड़ते थे, तरुण कुमारी पुत्रियाँ दासी के रूप में भेंट करनी पड़ती थीं एवं अपनी गाढ़ी कमाई का स्वर्ण, चाँदी, अन्न-वस्त्र सब कुछ भेंट करना पड़ता था, जिन्हें राजा अपनी ओर से ब्राह्मणों को दान दे वाहवाही लूटते थे। इस प्रकार ब्राह्मण-धर्म राजतंत्र का पोषक था, परन्तु बुद्ध ने प्रजातंत्रीय भावना उत्पन्न कर दी थी। ब्राह्मण धर्म में जो ऊँच-नीच का भेद था, उसे मिटाने में श्रमण गौतम ने बहुत प्रयास किया। उन्होंने बड़े-बड़े खर्चीले और आडम्बरपूर्ण यज्ञों के स्थान में आत्मयज्ञ की महत्ता पर जोर दिया। व्रात्य, संकर और विश—ये सभी ब्राह्मण-धर्म के बोझ से दबे थे। बुद्ध ने इनका उद्धार किया। ब्राह्मणेतर युवकों को उन्होंने श्रमण परिव्राजक बनाया। उन्हें ब्रह्मचर्य और अपरिग्रह की शिक्षा दी। देश के बड़े-बड़े सुकुमार कोट्याधिप युवक जब ऐश्वर्य त्यागकर श्रमण बन गए, तो घबराकर ब्राह्मणों ने आश्रमों की स्थापना की और यह प्रचार किया कि बिना गृहस्थ और वृद्ध हुए कोई परिव्राजक न हो।

तथागत का चेहरा कुछ पीत, थकित और चिन्तित था। उनका शरीर कृश और वाणी कोमल थी। उनके अंग यौवन से परिपूर्ण थे। सम्पूर्ण अंग में एक सौन्दर्य का प्रभाव प्रतिभासित होता था। वे बहुत भिनसार में ही आसन पर ध्यानमुद्रा में बैठ जाते थे और भक्तजनों को आनुपूर्वी कथावार्ता सुनाकर सदुपदेश देते रहते थे। उनकी दृष्टि तेजवती, कूटस्थ और स्थिर थी।

आर्य वर्षकार ने पास पहुँच परिक्रमा कर सामने आ अभिवादन किया, और एक ओर बैठ गए। महाश्रमण ने प्रसन्न दृष्टि से मगध-महामात्य को देखा। मगध-महामात्य की दृष्टि में गहरी चिन्ता की रेखाएँ थीं। उन्होंने कहा, "भगवन्, साम्राज्य जनपद का सर्वश्रेष्ठ संगठन है न?"

बुद्ध ने हँसकर कहा, "यदि वह जनपद के प्रति उत्तरदायी हो।"

मगध महामात्य कुछ देर चुप रहे, फिर उन्होंने कहा, "भन्ते, क्या वज्जियों का गणतंत्र सुसम्पन्न है?"

उस समय आयुष्मान् आनन्द भगवत्-सेवा में उपस्थित थे। महाश्रमण कुछ देर चुप रहकर स्निग्ध वाणी से बोले, "आनन्द, वज्जीगण हर बार अपने संघ-सम्मेलन करते हैं न?"

"भन्ते, मैंने ऐसा ही सुना है।"

"और आनन्द, वे अपने गणसंघ में सब एकत्र होकर परामर्श करते हैं? एक साथ उठते, बैठते तथा मिलकर काम करते हैं न?"

"ऐसा ही है भन्ते!"

"वे नियमविरुद्ध कोई कार्य नहीं करते हैं न?"

"यही सत्य है भन्ते।"

"वे किसी मर्यादा का उल्लंघन तो नहीं करते?"

"नहीं भगवन्!"

"वे अपने पूर्वजों के कुल-धर्म का पालन करते हैं, पूज्य-पूजन करते हैं, ज्येष्ठों की आज्ञा मानते हैं न?"

"हाँ, भन्ते।"

"वे कुलपत्नियों तथा कुल-कुमारिकाओं पर बलात्कार तो नहीं करते? उनका अपहरण तो नहीं करते?"

"नहीं भन्ते!"

"वे अपने आभ्यन्तर एवं बाह्य चैत्यों की यथावत् अर्चना करते हैं? उनकी ठीक-ठाक रक्षा तो करते हैं? बलि-भोग देने में उदासीन तो नहीं हैं?"

"नहीं भन्ते, नहीं।"

"विद्वानों, अर्हतों का रक्षण-पालन यथावत करते हैं? वज्जियों के गणराज्य में साधुजन सुखी तो हैं?"

"हाँ भन्ते!"

"तो आनन्द, वज्जीजन जब तक ऐसा करते रहेंगे, तब तक उन्नत रहेंगे, उनकी अवनति नहीं हो सकती। उनके अवनत होने का भय नहीं है। वे समृद्ध होते जाएँगे।"

मगध महामात्य ने बुद्ध का संकेत गाँठ में बाँध लिया। उन्होंने समझा कि वैशाली में फूट डालनी होगी। उनका एकमत भंग करना होगा। उन्होंने बंग, कलिंग, अवन्ती, कौशाम्बी, गान्धार, भोज, भरत, अस्सक, आंध्र, शबर, माहिष्मती, भृगुकच्छ, शूर्पाटक, अश्मक, प्रतिष्ठान और विदिशा को गुप्तचर भेजे। उन देशों की वैशाली के प्रति उदासीनता उन्हें बड़ी महत्त्वपूर्ण लगी। उन्होंने अपने गुप्तचर वैशाली में भी फैला दिए। कोई रत्नपारखी होकर, कोई मूर्तिकार, कोई स्थापत्यकार होकर, वैशाली में जा बसे। अनेक नट, विट, वेश्याएँ, कुटिनियाँ, विदूषक और सत्री वैशाली में फैला दिए गए। वे वज्जी-परिषद् के सभ्यों की पारस्परिक कलह-ईर्ष्या-द्वेष के कारणों का पता लगा-लगाकर संकेत-सूचनाएँ भेजने लगे। विविध उपायों से वे उनमें कलह बढ़ाने लगे। वे सभ्य नागरिकों, शिल्पियों, दूतों एवं वणिकों के वेश में वैशाली-भर में फैल गए। बहुतों ने मद्य की हाट खोल ली और वे छोटी-छोटी बातों पर लोगों में झगड़े कराने लगे। तीक्ष्णतर मैनफल के रस से भरे मद्य के घड़े 'नैषेचिक' कहकर सम्भ्रान्त नागरिकों को देने लगे। अनेक बन्धविपोषक, प्लवक, नट, नर्तक और ओमिक लोग मुखियों को सुन्दर-सुन्दर कन्याओं पर आसक्त करके उन्मत्त कर-करके परस्पर लड़ाने लगे। वे एक सुन्दरी को किसी मुखिया पर लगाते। जब वह उस पर अनुरक्त हो जाता तो उसे दूसरे के पास भेज देते और पहले से कहते कि उसने उसे जबरदस्ती रख छोड़ा है। इस प्रकार उनमें घातक युद्ध कराकर एक-दूसरे को मरवा डालने लगे। क्षण-क्षण पर अमात्य के पास सन्देश आने लगे। अब वे इस घात में लगे कि कब और कैसे वैशाली को आक्रान्त किया जाए।

गुप्तचरों ने उन्हें वैशालीगण के सभी भीतरी भेद बता दिए थे। अन्त में कूटनीति के आगार वर्षकार ने अपनी योजना स्थिर की। गुप्तचरों को बहुत-सी आवश्यक बातें समझाकर वैशाली भेज दिया और उन्होंने मागधों की राजपरिषद् बुलाई। सम्राट् के लिए वैशाली का आक्रमण अब साम्राज्यवर्द्धन का प्रश्न नहीं रह गया था। वे चाहे भी जिस मूल्य पर वैशाली को आक्रान्त कर, अम्बपाली को राजगृह ले आकर पट्टराजमहिषी बनाने पर तुले थे। यद्यपि अपनी यह अभिसन्धि उन्होंने अपने बाल मित्र से भी गुप्त रखी

थी, परन्तु अमात्य वर्षकार स्वयं ही उन्हें अम्बपाली के प्रति अभिमुख करते रहते थ।

वर्षकार की योजना थी कि प्रथम अवन्ती के चंडप्रद्योत पर आक्रमण करके अरब-समुद्र तक साम्राज्य का विस्तार किया जाए। रौरुक सौवीर पर उनकी गृधदृष्टि थी ही। जिस प्रकार चम्पा सुदूरपूर्व के व्यापार का मुख था, उसी प्रकार रौरुक सौवीर तब पच्छिम का व्यापार-मुख था। वहाँ यहूदी राजा सालोमन के जहाज स्वर्ण भरकर आते थे और बदले में वस्त्र, मसाले, हाथीदाँत और अन्य पदार्थ ले जाते थे। उत्तर-पश्चिम में सागल का राजा मगध का मित्र था। वर्षकार ने बहुत-से बहुमूल्य उपानय भेजकर यहूदी राजा सालोमन को भी प्रसन्न कर लिया था। अब उनके साम्राज्य के विस्तार में अवन्ती का चंडप्रद्योत ही, एक काँटा था। वे विराट चाहते थे, पहले उसी को समाप्त करके रौरुक सौवीर पर अधिकार करें तथा अरब समुद्र तक उनके साम्राज्य का विस्तार हो जाए। इधर कोसल पर विफल आक्रमण होने से गान्धार और चम्पा की व्यापार-शृंखला टूट रही थी और कोसल में परास्त होने का बुरा परिणाम वैशाली पर भी दीख पड़ रहा था, इसी से आर्य वर्षकार वैशाली से पहले अवन्ती पर अभियान चाहते थे। चाहे जिस कारण से भी हो, अमात्य और सम्राट् में इस विषय में विवाद बढ़ता ही गया और राज्य-वर्गी जनों में भी यह अपवाद फैल गया कि आर्य वर्षकार और सम्राट् में तीव्र मतभेद हो गया है। इसी समय उन्होंने मगध की राजपरिषद् को बुलाया।

मागध विग्रह

राजपरिषद् का वातारण बहुत क्षुब्ध था। महामात्य आर्य वर्षकार पत्थर की निश्चल मूर्ति के समान बैठे थे। सम्राट् क्रोध में लाल हो रहे थे। सम्राट् ने कहा, "मैं पूछता हूँ, किसकी आज्ञा से अवन्ती में दूत भेजा गया?"

"मेरी आज्ञा से देव।"

"मेरी आज्ञा से क्यों नहीं?"

"देव को राजनीति का ज्ञान नहीं है।"

"मैंने आज्ञा दी थी कि वैशाली पर अभियान की तुरन्त तैयारी की जाए।"

"मैंने उस आज्ञा-पालन की आवश्यकता नहीं समझी।"

"आपने कैसे यह साहस किया?"

"साम्राज्य की भलाई के लिए देव।"

"परन्तु सम्राट् मैं हूँ।"

"परन्तु आप साम्राज्य की हानि भी कर सकते हैं।"

"वह मेरी हानि है।"

"नहीं, वह साम्राज्य की हानि है।"

"मैं सुनना चाहता हूँ, मैंने साम्राज्य की हानि की है?"

"तो देव सुनें, कोसल की अपमानजनक पराजय का पूरा दायित्व आप ही पर है।"

"आप पर क्यों नहीं? आपने समय पर सहायता नहीं भेजी।"

"मैं साम्राज्य के अधिक गुरुतर कार्यों में व्यस्त था।"
"सम्राट् की रक्षा से बढ़कर गुरुतर कार्य कौन है?"
"साम्राज्य की रक्षा।"
"सम्राट् के बिना?"
"सम्राट् नित्य मरते और पैदा होते हैं देव! वे क्षणभंगुर हैं, साम्राज्य अमर है।"
"आर्य, सम्राट् का अपमान कर रहे हैं!"
"सम्राट् स्वयं ही अपना अपमान कर रहे हैं।"
"साम्राज्य का संचालक मैं हूँ।"
"देव का यह भ्रम है। आप उसके एक शीर्षस्थानीय रत्न मात्र हैं।"
"मगध-साम्राज्य का संचालन कौन करता है?"
"यह ब्राह्मण।"
"अब से यह अधिकार मैं ग्रहण करता हूँ।"
"मेरे रहते नहीं।"
"मैं आर्य को पदच्युत करता हूँ।"
"सम्राट् की केवल एक यही आज्ञा मानने को मैं बाध्य हूँ।"
"किन्तु मेरी और भी आज्ञाएँ हैं।"
"देव कह सकते हैं।"

"आपने राजविद्रोह किया है। किन्तु आप ब्राह्मण हैं, इसलिए अवध्य हैं। परन्तु मैं आपका सर्वस्व हरण करने की आज्ञा देता हूँ।"

"मैं ब्राह्मण हूँ, इसलिए सम्राट् का यह आदेश भी मानता हूँ। परन्तु मेरी एक घोषणा है।"

"आर्य कह सकते हैं, परन्तु अनुग्रह नहीं पा सकते।"

"मैं अनार्य श्रेणिक सम्राट् बिम्बिसार की अब प्रजा नहीं हूँ। सम्राट्, यह आपका खड्ग है।"

महामात्य ने खड्ग पृथ्वी पर रखकर आसन त्याग दिया। सम्राट् ने कहा, "अप्रजा को मेरे राज्य में रहने का अधिकार नहीं है।"

मैं मगध को त्यागकर ही अन्न-जल ग्रहण करूँगा।" इतना कहकर महामात्य ने सभा-भवन त्याग दिया और पाँव-प्यादे ही अज्ञात दिशा की ओर चल दिए। राजगृह में सन्नाटा छा गया। सम्राट् ने विज्ञप्ति प्रज्ञापित की, "जो कोई आर्य वर्षकार को साम्राज्य में आश्रय देगा, उसका सर्वस्व हरण करके उसे शूली दी जाएगी।" इसके बाद उन्होंने सेनापतियों को वैशाली पर आक्रमण करने की तैयारी करने की आज्ञा देकर सभा भंग की।

नापित-गुरु

राजगृह के चतुष्पथ पर एक खरकुटी थी। खरकुटी छोटी-सी थी, पर वह राजगृह-भर में प्रसिद्ध थी। उसके स्वामी का नाम प्रभंजन था। वह एक आँख का काना था। आयु

उसकी साठ को पार कर गई थी। वह लम्बा, दुबला-पतला और फुर्तीला था। बाल मूँड़ने और उष्णीष बाँधने में वह एक था। अनेक व्रात्य, संकर और श्रोत्रिय ब्राह्मण उसकी खरकुटी में आकर बाल मुँड़वाते और उष्णीष बँधवाते थे। वह बड़ा वाचाल, चतुर और बहुज्ञ था। उसकी पहुँच छोटे से बड़े तक सर्वत्र थी। वह बड़ा आनन्दी प्रकृति का जीव था। लोग उससे प्रेम करते, उसकी बातों से प्रसन्न होते, उसके कार्य से सन्तुष्ट होते तथा उससे डरते भी थे। डरने का कारण यह था कि लोग कानोंकान उसके विषय में बहुधा कहते कि सम्राट् और वर्षकार भी उसे बहुत मानते हैं और वह प्रासाद महालय में जाकर उनके बाल मूँड़ता है। कुछ लोगों का कहना था, 'इसे सम्राट् और वर्षकार के अनेक गुप्त भेद मालूम हैं, इससे सम्राट् तथा अमात्य भी भय खाते हैं। परन्तु जब-जब कोई उससे इन महामान्य जनों की चर्चा करता, वह केवल मुस्कराकर टाल जाता। वह बहुधा धार्मिक कथा-प्रसंग लोगों को सुनाया करता। लोग उसे नापित-गुरु कहकर पुकारते थे।

दो दंड रात्रि व्यतीत हो चुकी थी। किन्तु खरकुटी में अब भी ग्राहकों की काफी भीड़-भाड़ थी। प्रभंजन अपने दो सहायकों के साथ काम में जुटा था, छुरे के साथ ही उसकी जीभ भी तेजी से चल रही थी। इतने में एक ग्रामीण वेशधारी पुरुष ने खरकुटी में प्रवेश किया।

प्रभंजन ने बात रोककर कहा, "क्या चाहिए आवुस? बाल यदि मुँड़वाना है तो मेरा शिष्य अभी मूँड़ देगा।"

"परन्तु मैं अवमर्दन...।"

प्रभंजन ने बीच ही में बात काटकर कहा, "अब इस समय अवमर्दन नहीं हो सकेगा मित्र, कल...।"

"नहीं-नहीं, मित्र, मैं अवमर्दक हूँ, तुम्हारी दुकान में नौकरी चाहता हूँ। मैं अपने काम में सावधान हूँ—तुम मेरी परीक्षा कर सकते हो।"

प्रभंजन ने आगन्तुक को घूरकर देखा और फिर कहा, "एक अवमर्दक की मेरे परिचित एक महानुभाव को आवश्यकता है। यदि तुम अपने काम के ठीक ज्ञाता हो तो मैं तुम्हें वहाँ पहुँचा सकता हूँ। परन्तु आवुस, तुम आ कहाँ से रहे हो?"

"वैशाली से मित्र।"

"क्या लिच्छवी हो?"

"नहीं-नहीं, लिच्छवी क्या अवमर्दक होते हैं? मैं व्रात्य हूँ।"

"सो तो मैं तुम्हारी नोकदार झुकी हुई उष्णीष देखते ही पहचान गया था, फिर भी पूछा, क्योंकि वैशाली के लिच्छवी अब पहले-जैसे नहीं हैं।"

"सो कैसे मित्र?"

"मित्र नहीं आवुस, नापित-गुरु कहो।"

"तो नापित-गुरु, यदि तुम मुझे कहीं नौकरी रखवा दोगे तो मैं तुम्हारा भी उपकार करूँगा।"

"कैसा उपकार करोगे आवुस?"

"एक मास का वेतन दे दूँगा और तुम्हारा वह गुणगान करूँगा कि जिसका नाम...!"

"तो आवुस, तुम अभी यहीं खरकुटी में विश्राम करो, मैं कल प्रभात में तुम्हें वहाँ ले जाऊँगा। परन्तु सुनो, वे एक बहुत भारी राजपुरुष हैं। तुमने क्या कभी किसी राजपुरुष की सेवा की है?"

"बहुत-बहुत नापित-गुरु। मैं केवल राजपुरुषों ही की सेवा करता रहा हूँ, जन-साधारण की नहीं।"

"तब अच्छा है। तो इधर आओ आवुस।"

प्रभंजन उसे खरकुटी के भीतर एक छोटे-से प्रांगण में ले गया। प्रांगण के उस पार कई छोटी-छोटी कोठरियाँ थीं। एक खोलकर उसने कहा, "आवुस, अभी तुम यहाँ विश्राम करो। एक मुहूर्त में मैं काम से निपटकर तुम्हारे आहार की व्यवस्था कर दूँगा। आज मैं बहुत व्यस्त रहा मित्र। तुमने सुना, सम्राट् ने आर्य अमात्य को पदच्युत किया है?" प्रभंजन तेजी से यह कहकर लौट रहा था कि आगन्तुक व्यक्ति ने अपना उष्णीष एक ओर फेंक दिया और वापस लौटते हुए नापित से कहा, "प्रभंजन!"

अतर्कित और अकल्पित ढंग पर अपना नाम सुनकर वह चौंक पड़ा। उसने लौटकर देखा तो साक्षात् मगध-महामात्य वहाँ उपस्थित थे। नापित ने भूपात करके प्रणाम किया। अमात्य ने कहा, "प्रभंजन, लेख की सामग्री ला और अभी एक लम्बी यात्रा की तैयारी कर।"

प्रभंजन की वाचालता लुप्त हो गई। वह तेजी से दूसरी कोठरी में घुस गया और लेख की सामग्री लाकर उसने अमात्य के सामने रख दी। इस प्रकार छद्म वेश में एकाकी अमात्य का इस पैदल खरकुटी में आना उसे सर्वथा असम्भाव्य प्रतीत हो रहा था। उसने बद्धांजलि होकर कहा, "आर्य, यदि एक घड़ी-भर का मुझे अवकाश दें...।"

"हाँ-हाँ, इतना काल तो मुझे लेख में लग जाएगा। परन्तु प्रभंजन, तेरी यह यात्रा अत्यन्त गुप्त होगी और मैं अभी तीन दिन इसी वेश में इसी खरकुटी में रहूँगा। ऐसा यत्न कर कि इसका किसी को ज्ञान न हो।"

"ऐसा ही होगा आर्य!"

अमात्य लेख लिखने में लग गए। प्रभंजन ने झटपट ग्राहकों से छुट्टी ले सहयोगियों को आवश्यक आदेश दिए। एक खड्ग वस्त्रों में छिपाया, छद्म धारण किया और पर्यटक बंजारे के वेश में अमात्य के सम्मुख आ उपस्थित हुआ।

अमात्य ने देखा, मुस्कराकर समर्थन किया, फिर एक मुहरबन्द पत्र और मुहरों से भरी थैली उसे देकर कहा, "यह पत्र जितना शीघ्र सम्भव हो, श्रावस्ती में सेनापति उदायि अथवा उनके सहकारी को मिल जाए।"

"और कुछ कहना भी होगा, आर्य?"

"नहीं, यहाँ से यों ही जाना होगा प्रभंजन। मार्ग में एक अश्व खरीद लेना। किन्तु वह साधारण ही हो, जिसमें किसी को सन्देह न हो और तुम दस्युओं की दृष्टि में न पड़ो। हाँ, श्रावस्ती से लौटकर तुम वैशाली के मार्ग में मेरी प्रतीक्षा करना। जाओ तुम प्रभंजन।"

प्रभंजन ने अभिवादन किया और तेजी से अन्धकार में विलीन हो गया। अमात्य कोठरी का द्वार बन्द कर दीपक सामने रख लेख लिखने में व्यस्त हो गए। यह किसी

को भी नहीं प्रतीत हुआ कि इस नापित-गुरु की इस खरकुटी की एक कोठरी में बैठे 'महामहिम मगध-महामात्य' महाराजनीति-चक्र चला रहे हैं।

शालिभद्र

र जगृह में गोभद्र सेट्ठि का पुत्र शालिभद्र था। वह अति सुकुमार और माता-पिता क. प्रिय युवक था। उसकी सर्वलक्षणसम्पन्न बत्तीस पत्नियाँ थीं जिनके साथ वह अ.पने विलास भवन में विविध देश-देशान्तर से संचित विपुल भोग्य पदार्थों को भ.गता थ.।

उन दिनों प ःस्य देशीय कुछ व्यापारी राजगृह में बहुत-से रत्नकम्बल लेकर बेचने के लिए आए थे. परन्तु उनका मूल्य इतना अधिक था कि विविध युद्धों में व्यस्त सम्राट् बिम्बिसार ने रिक्त राजकोष देखकर इन रत्नकम्बलों को खरीदना अस्वीकार कर दिया। व्यापारी बहुत दूर से आशा करके आए थे। अब प्रतापी मगध-सम्राट् से ऐसी बात सुनकर वे बड़े निराश हुए। राजमहालय से निकलकर वे नगरवीथी में होकर जा रहे थे। जब वे शालिभद्र के विशाल भवन के निकट पहुँचे तो शालिभद्र की माता भद्रा ने पसन्द करके रत्नकम्बल खरीद लिए।

सम्राज्ञी को खबर मिली कि पारस्य देश के व्यापारी बहुमूल्य रत्नकम्बल बेचने के लिए राजगृह आए हैं। उन्होंने सम्राट् से, चाहे भी जिस मूल्य पर, एक रत्नकम्बल खरीद देने का अनुरोध किया। सम्राट् ने अपने सर्वार्थक अमात्य को आदेश दिया, "भणे अमात्य, सम्राज्ञी एक रत्नकम्बल चाहती हैं। सो एक कम्बल पारस्य सार्थवाहों से चाहे भी जिस मूल्य पर खरीद लो।"

सर्वार्थक अमात्य ने सार्थवाहों से पूछकर सम्राट् से निवदेन किया, "देव, उन्होंने तो सभी रत्नकम्बल भद्रा सेट्ठिनी के हाथ बेच दिए हैं।"

"तो भणे अमात्य, तुम भद्रा सेट्ठिनी को मूल्य देकर एक रत्नकम्बल सम्राज्ञी के लिए मँगा दो।"

भद्रा सेविनी के पास सर्वार्थक महामात्य ने आदमी भेजा। उसने कहा, "भद्र, उन सब रत्नकम्बलों के मैंने अपनी पुत्रवधुओं के पैर पोंछने के पोंछन बनाने के हेतु छोटे-छोटे टुकड़े कर डाले हैं। एक भी रत्नकम्बल समूचा शेष नहीं है।

सर्वार्थक अमात्य ने सम्राट् से निवेदन किया। सम्राट् ने सुनकर आश्चर्य से आँखें फैलाकर कहा, "भणे अमात्य, क्या मेरे राज्य में ऐसे धनिक कुबेर बसते हैं?" तो मैं एक बार उस सेट्ठिनी-पुत्र शालिभद्र को देखना चाहता हूँ। सर्वार्थक अमात्य ने स्वयं भद्रा सेट्ठिनी की सेवा में उपस्थित होकर सम्राट् का अभिप्राय उससे कहा। इस पर भद्रा सेट्ठिनी महार्घ शिविका में बैठ स्वयं सम्राट् की सेवा में राजमहालय में आई। उसने सम्राट् के सम्मुख उपस्थित होकर निवेदन किया, "देव, मेरा पुत्र शालिभद्र हर्म्य के सातवें खंड से नीचे नहीं उतरता, इसलिए सम्राट् ही कृपा कर मेरे घर पधारकर मेरी प्रतिष्ठा बढ़ाएँ।"

सम्राट् को भद्रा की बात सुनकर अत्यंत कौतूहल हुआ। उन्होंने भद्रा सेट्ठिनी का अनुरोध स्वीकार किया।

यथासमय सम्राट् भद्रा सेट्ठिनी के आवास में अपने सम्पूर्ण राजवैभव के साथ पधारे। भद्रा ने सम्राट् को हर्म्य के चौथे खंड में जाकर उनका मर्यादा के अनुकूल अनुपम सत्कार किया। फिर उसने पुत्र की प्रधान दासी द्वारा पुत्र के पास सन्देश भेजा कि सम्राट् तुझसे मिलने हमारे घर पधारे हैं, तू आ।

सन्देश सुनकर शालिभद्र ने माता से कहा, "सम्राट् को जो कुछ देना-दिलाना हो, देकर विदा कर दो। मेरा वहाँ क्या काम है?"

इस पर भद्रा सेट्ठिनी स्वयं पुत्र के पास गई और उसे समझाया, "पुत्र, हम सब श्रेणिय सम्राट् की प्रजा हैं। उन्होंने तुझे राजमहालय में बुलाया था, परन्तु मेरी विनय स्वीकार करके वे तुझे देखने स्वयं यहाँ पधारे हैं और चौथे खंड पर बैठे हैं। इसलिए दो-तीन खंड नीचे उतरकर तुझे उनसे मिलना चाहिए।"

सेट्ठिकुमार शालिभद्र ने 'चाहिए' शब्द पहली ही बार माता के मुँह से सुना, सुनकर उसका मन उदास हो गया। वह सोचने लगा, "यह तो पराधीनता है, इस पराधीनता में ये सुखभोग किस काम के? मनुष्य को जब तक दूसरे किसी की पराधीनता भोगनी है, तो फिर सुख तो नाममात्र का ही सुख है। वह विमन भाव से सम्राट् के निकट आया। सम्राट् को प्रणाम किया और बिना एक शब्द बोले, बिना एक क्षण ठहरे ऊपर चला गया। परन्तु इस विवशता की चुभन उसके हृदय में घर कर गई और वह अत्यन्त उदास हो शयन-कक्ष में जा पड़ा।

सर्वजित् महावीर

सात हाथ ऊँचा एक बलिष्ठ क्षत्रियकुमार जिसके लौह-स्तम्भ जैसे सुदृढ़ भुजदंड थे और उन्नत विशाल वक्ष था, जिसकी कलाइयों में धनुष की डोरी खींचने के चिह्न थे, जिसका वर्ण अत्यन्त गौर, नेत्र भव्य और विशाल, मुख गम्भीर, कम्बुग्रीवा और आजानुबाहु थी, चुपचाप दृष्टि पृथ्वी पर दिए लाटदेश के पाँव प्यादे विचरण कर रहा था। यह पुरुष एकाकी था और उसके शरीर पर एक चिथड़ा भी न था।

उसे कभी-कभी बैठने का आसन भी प्राप्त नहीं होता था और वृक्ष के सहारे नंगी भूमि पर बैठकर श्रान्ति को दूर करना पड़ता था। बहुधा लोग उसे उन्मत्त समझकर मारते, बालक उसके पीछे टोली बाँधकर छेड़-छाड़ करते चिल्लाते हुए घूमते थे। कई-कई दिन बाद उसे बहुत कम रूखा-सूखा कुछ मिल जाता था। कुत्ते उसे देखकर भूँकने लगते। कभी-कभी वे दौड़कर उसकी टाँगों का मांस नोच ले जाते थे। उपद्रवी लड़के कुत्तों को उत्तेजित करके उस पर दौड़ाते थे, परन्तु यह महावीर पुरुष इन सब दुःखों पर विजय पाता, सुख-दुःख में समभाव रखता, निर्विरोध चुपचाप मौन भाव से आगे बढ़ता जाता था। बहुत बार दूर-दूर तक गाँव-बस्ती का चिह्न भी न होता था। कहीं-कहीं गाँव के निकट आने पर गाँव के लोग बाहर आकर उसे मार-पीटकर भगा देते थे या उस पर

धूल, पत्थर, घास, गन्दगी फेंकते थे। ऐसा भी होता था कि उसे लोग उठाकर पटक देते थे या चुपचाप ध्यान में बैठे हुए को धकेलकर आसन से गिरा देते थे।

यह पुरुष महातीर्थंकर महावीर जिन था, जिसने अपनी कुल-परम्परा के आधार पर अपनी किशोरावस्था 'आयुधजीवी' होकर व्यतीत की थी और जो अब कामभोग की परितृप्ति के लिए, मायामय आचरण, संयमसहित, वैर-भाव से मुक्त हो आत्मा का अहित करनेवाली प्रवृत्तियों को त्यागकर, पाप-कर्मरूप काँटे को जड़मूल से खींच निकालने में सतत यत्नशील था। अहिंसा उसका मूलमंत्र था।

यह सर्वजित् पुरुष प्रत्येक वर्षाऋतु का चातुर्मास किसी नगर-ग्राम में ठहरकर काटता था। चार-चार उपवास करता और वर्षा की समाप्ति पर फिर पैदल यात्रा करता था। इस प्रकार वह कठिन वज्रभूमि लाटदेश को पारकर भद्दिलपुर, कदली-समागम, कूपिक, भद्रिकापुरी, आदिग्राम आदि जनपद घूमता हुआ राजगृह में आ पहुँचा।

राजगृह में बुद्ध महाश्रमण की बहुत धूम थी। वे अनेक बार राजगृह आ चुके थे और अब नगर में भिक्षु चारों ओर घूमते दीख पड़ते थे। परन्तु इस श्रमण का आचार-व्यवहार ही भिन्न था। महाश्रमण बुद्ध ब्रह्मचर्य पर विशेष बल देते थे, परन्तु महावीर जिन अहिंसा पर आग्रह रखते थे। वे 'छै जीवनिकाय' का उपदेश देते थे, उसी पर स्वयं भी आचरण करते और उसे धर्मज्ञान करानेवाला, चित्त शुद्ध करनेवाला और प्राणिमात्र के लिए श्रेयस्कर समझते थे।

देखते-ही-देखते यह महापरिव्राजक राजगृह में पूजित होने लगा। जानपद जनों के साथ श्रेणिक सम्राट् बिम्बिसार भी इस तपस्वी को देखने आए।

शालिभद्र की एक पत्नी ने कहा, "आर्यपुत्र ने सुना है कि राजगृह में एक सर्वजित् अर्हत श्रमण आए हैं, जो सब भाँति शुद्ध-बुद्ध-मुक्त हैं?"

"क्या वह महाश्रमण तथागत गौतम शाक्यपुत्र हैं जिनके अनुगत सारिपुत्र मौद्गलायन और महाकाश्यप हैं?"

"नहीं, यह सर्वजित् महावीर हैं। वे निगंठ हैं, अल्पभाषी हैं। सेणिक मगधराज ने उनकी सेवा की है।"

"क्या वे मेरा दुःख दूर कर सकते हैं?"

"आर्यपुत्र को दुःख क्या है?"

"शुभे, तूने क्या नहीं देखा! माता मुझे आदेश देती हैं कि मुझे क्या करना चाहिए। हन्त, मैं बन्धनग्रस्त हूँ। मुझे ये सब काम-भोग व्यर्थ दीख रहे हैं। मैं सन्तप्त हूँ, मैं भारयुक्त हूँ।"

"तो आर्यपुत्र हम सब क्यों न सर्वजित् परिव्राजक के दर्शन करें?"

"तब ऐसा ही हो शुभे। तू माता से जाकर अनुज्ञा ले।"

सेट्ठिवधू ने सास से कहा और सेट्ठिनी यह स्वीकार कर, सावरोध पुत्र को लेकर, जहाँ सर्वजित् महावीर थे, वहाँ पहुँची। सावरोध अर्हत की प्रदक्षिणा की और अंजलिबद्ध प्रणाम कर एक ओर बैठ गई। बैठकर उसने कहा, "महाश्रमण, यह मेरा पुत्र अपनी बत्तीस पत्नियों के साथ अपने जीवन में प्रथम बार भूस्पर्श करके आपके दर्शनार्थ आया है। सम्राट् ने एक बार इसे देखना चाहा था। उस समय मेरा पुत्र सात

खंड से नीचे कभी उतरा ही न था। तब सविनय निवेदन करने से सम्राट् स्वयं मेरे घर पधारे थे और पुत्र ने चतुर्थ खंड में उतरकर उनका सत्कार किया था। पुत्र को इसका बड़ा दुःख हुआ, तभी से यह उदास और विमन रहता है। सो भन्ते श्रमण, यह अब आपके दर्शनार्थ भूस्पर्श करके सावरोध आया है। इसे अमृत देकर चिरबाधित कीजिए।"

तब कुछ देर मौन रहकर महाश्रमण ने कहा, "हे आयुष्मान्, तू 'छै जीवनिकाय' को जान। जीव छह प्रकार के हैं, पृथ्वीकायिक, जलकायिक, अग्निकायिक, वायुकायिक, वनस्पतिकायिक और त्रंसकायिक। इन सब जीवों को स्वयं कभी दुःख न देना, किसी दूसरे को दुःख देने की प्रेरणा न करना, कोई दुःख देता हो तो उसे प्रेरणा न देना और इसके लिए अहिंसा, सत्य, अचौर्य, ब्रह्मचर्य और अपरिग्रह ये पाँच महाव्रत मन-वचन-कर्म से यावज्जीवन धारण करना।"

"...इन पाँच महाव्रतों की पचीस भावनाएँ हैं। आयुष्मान्, यही मैंने जीवन में धारण की है और सभी को धारण करने को कहता हूँ। सब जीवों को अपने ही समान जानने और देखनेवाला इन्द्रियनिग्रही पुरुष पापमुक्त होता है। प्रथम ज्ञान और पीछे दया। अज्ञानी को आचार का ज्ञान नहीं। जीव कौन है और अजीव कौन—यह भेद जो नहीं जानता वह मोक्ष-मार्ग को भी नहीं प्राप्त हो सकता। जो जीव और अजीव के तत्त्व को जानता है वही सब जीवों की अनेकविध गति को जानता है। वह उसके कारण-रूप, पुण्य-पाप तथा बन्ध-मोक्ष को भी जानता है। उसी को दैवी तथा मानुषी भोगों से निर्वेद प्राप्त होता है और वह भोगों से विरक्त हो जाता है, बाहर-भीतर के उसके सब सम्बन्ध टूट जाते हैं और वह त्यागी परिव्राजक हो जाता है, वह सब पाप-कर्मों का त्याग कर धर्म का पालन करता है तथा अज्ञान से संचित कर्मरूपी पंक से अलिप्त हो जाता है। उसे सर्वविषयक केवली ज्ञान प्राप्त हो जाता है और वह केवल-ज्ञानी जिन लोक-अलोक के सच्चे स्वरूप को जान लेता है। तब वह अपने मन, वचन और कर्म के व्यापारों का निरोध करके शैल-जैसी निश्चल 'शैलेषी' दशा प्राप्त करता है। उस समय उसके सब कर्मों का क्षय हो जाता है। वह निरंजन होकर लोक की मूर्धा पर 'सिद्धि' गति को प्राप्त कर शाश्वत सिद्ध बन जाता है।"

महाश्रमण यह उपदेश देकर मौन हो गए। शालिभद्र ने सावरोध उठकर उनकी परिक्रमा की और अपने आवास को चल दिया।

शालिभद्र का विराग

शालिभद्र के मन में भोगों के त्याग की तीव्र इच्छा उत्पन्न हो गई। उसने सब सांसारिक सुखों की विनश्वरता को समझ लिया। फिर उसने माता के निकट आकर दीक्षा लेने की अनुज्ञा माँगी।

सेट्ठिनी भद्रा पुत्र के आग्रही स्वभाव को जानती थी। उसने अपनी निरुपायता देखकर पुत्र को समझाकर कहा, "तेरा विचार शुभ है, परन्तु तू जो सब वस्तुओं का एकबारगी ही त्याग करेगा, तो तुझे दुःख होगा। इससे तू क्रमशः त्याग का अभ्यास

कर और जब तुझे कठोर जीवन का अभ्यास हो जाए तो सर्वत्यागी हो जाना।"

शालिभद्र ने माता का कहना मान लिया। उसने प्रतिदिन एक-एक स्त्री को त्याग करने का निश्चय किया।

अपनी बत्तीसों पत्नियों को उसने अपने निकट बुलाकर कहा, "हे देवानुप्रियाओ, तुम सब प्रियदर्शना, मृदुभाषिणी, स्नेहमयी हो और मुझे प्राणाधिक प्रिय हो। परन्तु विनाश के दु:ख से यह सम्पूर्ण लोक जल रहा है। जैसे कोई गृहस्थ अपने जलते हुए घर में से मूल्यवान वस्तुओं को बचाने की चेष्टा करता है, उसी भाँति मेरी आत्मा भी बहुमूल्य है। वह इष्ट है, कान्त है; प्रिय, सुन्दर, मन के अनुकूल, स्थिर एवं विश्वासपात्र है। इसलिए भूख-प्यास, सन्निपात, परीषह तथा उपसर्ग उसकी हानि करे, इसके प्रथम ही उसे बचा लूँ, मैं यह चाहता हूँ। वह आत्मा मुझे परलोक में हितरूप, सुखरूप, कुशलरूप तथा परम्परा से कल्याणरूप होगा। इसलिए हे प्रियाओ, मैं चाहता हूँ कि प्रव्रजित होऊँ और प्रतिलेखनादि आचारक्रियाओं को सीखूँ। माता का उपदेश है कि मैं एकबारगी ही कठिन त्याग न करूँ। सो मैंने प्रतिदिन एकाशन करने और एक पत्नी को त्यागने की इच्छा की है। अब तुममें जो मुझे सबसे अधिक प्रेम करती हो, वह मेरे कल्याण के लिए स्वेच्छा से मुझे आज बन्धनमुक्त करे—इसके बाद दूसरी, फिर तीसरी।"

इस पर विदेह के वाणिज्यग्राम के सुदर्शन सेट्ठि की पुत्री सुश्री पद्मावती ने बड़े-बड़े लोचनों में मोती के समान आँसू भरकर कहा, "नाथ, यह शरीर, यौवन और सम्पत्ति स्थिर नहीं। आप यदि आत्मा की मुक्ति के लिए कृतोद्यम हैं, तो मैं आपको पति-भाव से मुक्त करती हूँ।" यह कहकर उसने अपने सब श्रृंगार और सौभाग्य-चिह्न त्याग एक क्षौम वस्त्र धारण कर लिया और भूपात कर शालिभद्र का अभिवादन करके कहा, "अय्य, मैं भी आत्मा की उन्नति के लिए आपका अनुसरण करूँगी।"

इस पर शालिभद्र ने कहा, "उदग्र हूँ, भद्रे, आप्यायित हूँ। आ, फिर हम दोनों ही आज स्वेच्छया पिंडपात ग्रहण करें।"

इस पर शालिभद्र की शेष वधुओं ने दोनों को पूजन-अर्चन कराकर सन्तर्पित किया।

शालिभद्र प्रतिदिन इसी प्रकार एक-एक करके अपनी पत्नियों को त्यागने लगा और वे श्रेष्ठा सुकुमारी श्रीमन्तकुमारी भी एक-एक कर कठिन व्रत लेती गईं।

शालिभद्र की छोटी बहिन राजगृह ही में धन्य सेट्ठि को ब्याही थी। उसने जब यह सुना तो वह बहुत रोई तथा रोते-रोते भाई के कठोर व्रत धारण करने की बात पति से कहने लगी।

धन्य सेट्ठि ने उसकी हँसी उड़ाते हुए हँसकर कहा, "अरी, चिन्ता न कर, रोज-रोज एक-एक स्त्री की शय्या त्यागने वाला साधु नहीं हो सकता।"

इस पर उसकी स्त्री ने क्रुद्ध होकर ताना मारा और कहा, "तुम्हें यदि यह काम इतना सहज दीखता हो तो तुम्हीं न साधु हो जाओ।"

धन्य सेट्ठि को पत्नी की बात चुभ गई और उसने उसी क्षण सर्वजित् महावीर के पास जाकर दीक्षा ले ली। शालिभद्र ने जब यह सुना तो वह भी घर से निकल चला और उसने भी महावीर से दीक्षा ली।

दोनों सेट्ठियों ने सर्वजित् महावीर का उपदेश अंगीभूत करके खड्ग की धार के

समान तीक्ष्ण तप करना प्रारम्भ किया। बिना शरीर की परवाह किए वे साप्ताहिक, पाक्षिक, मासिक, द्विमासिक उपवास करने लगे। इससे उनका शरीर केवल हाड़ पर मढ़े चर्म की मूर्ति-सा हो गया।

श्रमण महावीर तब राजगृह में चातुर्मास व्यतीत कर रहे थे। द्विमासिक उपवास करने के बाद जब पारण करने के लिए भिक्षा माँगने की उन्होंने अनुमति माँगी, तब महावीर ने कहा, "अपने घर जाकर अपनी माता से भिक्षा ग्रहण कर पारण करो।"

तब शालिभद्र और धन्य दोनों ही चुपचाप जाकर भद्रा सेट्ठिनी के द्वार पर खड़े हो गए।

पुत्र की व्रत-समाप्ति और पारण की सूचना भद्रा-सेट्ठिनी को लग चुकी थी। वह पुत्र का पारण सम्पूर्ण कराने को जल्दी-जल्दी चलकर, जहाँ सर्वजित् महावीर थे, वहाँ पहुँची। जल्दी में द्वार पर उपवास से कृशांगीभूत पुत्र और जामाता को खड़ा देखकर उसने पहचाना नहीं। कुछ देर वहाँ खड़े रहकर वे पीछे लौटे, मार्ग में एक ग्वालिन ने उन्हें पारण कराया। लौटकर उन्होंने श्रमण से अन्तिम व्रत-अनुष्ठान की अनुमति माँगी। अनुमति मिलने पर वे वैभार गिरि पर चले गए।

भद्रा ने श्रमण के पास पहुँचकर अपने पुत्र और जामाता के सम्बन्ध में प्रश्न किए। महावीर ने कहा, "वे तेरे द्वार पर भिक्षा के लिए गए थे। परन्तु यहाँ आने की उतावली में तूने उन्हें पहचाना नहीं। अब वे दोनों मुनि मेरे निकट अन्तिम अनशन व्रत ग्रहण कर संसार से मुक्त होने के विचार से अभी-अभी वैभार गिरि पर चले गए हैं।"

अन्तिम अनशनों की बात सुनकर भद्रा सेट्ठिनी का हृदय विदीर्ण हो गया। सम्राट् बिम्बिसार ने भी सुना और वे आए। दोनों ने वैभार गिरि पर जाकर देखा—दोनों मुनि शान्त-स्थिर मुद्रा में शिलाखंड के सहारे स्थिर पड़े हैं। देखकर भद्रा विलाप करने लगी। वह द्विमासिक उपवास के बाद स्वेच्छा से भिक्षा के लिए द्वार पर आए पुत्र को न पहचानने के लिए अपने को तथा स्त्री-जाति को बारम्बार धिक्कार देने लगी। श्रेणिक बिम्बिसार ने उसे समझाया और कहा, "भद्रे सेट्ठिनी, अब अन्तिम व्रत में उपवेशित पुत्र को अपने रुदन से व्यथित करना ठीक नहीं है।"

वह बार-बार पुत्र की प्रदक्षिणा करके लौटी और धन्य तथा शालिभद्र ने उसी उपवास में शरीर त्याग किया।

पांचालों की परिषद्

उत्तरी पांचाल की राजधानी कंपिला में पांचालों की परिषद् जुड़ी थी। पांचाल संघ राज्य के सभी प्रतिनिधि उपस्थित थे। परिषद् में कुरु संघ राज्य के धनंजय, श्रुतसोम, अस्सक के राजा ब्रह्मदत्त, कलिंगराज सत्तभू, सौवीर के भरत, विदेह के रेणु तथा काशिराज धत्तरथ उपस्थित हुए थे। मद्रराज और कोसल के पाँचों सामंत पुत्र भी आए थे। कपिलवस्तु, धन्यकंटक, जैतवन, नालंदा, तक्षशिला, कन्नौज, काशी, उज्जयिनी, मिथिला, मगध, राजगृह तथा कौशाम्बी के आर्यों और ब्राह्मणों के प्रतिनिधि भी सम्मिलित

हुए थे। श्रोत्रिय भारद्वाज, कात्यायन, शौनक, बोधायन, गौतम, आपस्तंब, शाम्बव्य, जैमिनी, कणाद, औलूक, वसिष्ठ, सांख्यायन, हारीत, पाणिनि और वैशम्पायन पैल आदि धर्माचार्य भी उपस्थित थे। मांडव्य उपरिचर भी आए थे।

अथर्व आंगिरस ने सबसे प्रथम विवाह की नई मर्यादा उपस्थित की। उसने कहा, "परिषद् सुने, मैं अब से विवाह की नई मर्यादा स्थापित करता हूँ। मैं अब तक प्रचलित वैदिक मर्यादा को बन्द करता हूँ। अब से कोई कन्या अवस्था प्राप्त करने पर कुमारी न रहे, वह स्वयं पति को न चुने, वह एक पति के साथ अनुबन्धित रहे, वह सपत्नियों से ईर्ष्या-रहित रहे।" केवल सन्तानोत्पत्ति के लिए ही युवती तरुणों को न वरें। वे उनके गृह-कृत्यों के लिए सुगृहिणी बनें। वर को कन्या, कन्या के गुरुजन दें और यह वृद्धावस्था तक उसी एक पति के साथ सुगृहिणी होकर रहे।"

वैशम्पायन पैल ने कहा, "किन्तु यह तो अवैदिक मर्यादा है। वैदिक मर्यादा में कन्या वर चुनने में स्वतंत्र है, वह आजीवन उनके साथ रहने को बाध्य भी नहीं, वह आजन्म कुमारी भी रह सकती है।"

आंगिरस ने कहा, "आज से अथर्वांगिरस चतुर्थ वेद हो। गाय के चार पाद हैं, वेद भी तीन नहीं, चार हों। नई मर्यादा की आवश्यकता इसलिए है कि अब हमारा जनपद किसान और पशुपालक नहीं रह गया। हममें बड़े-बड़े राजन्य हैं; उनकी सेना, राजसम्पदा तथा राज्याधिकार हैं। हममें राजपुरोहित ब्राह्मण हैं, जो समाज के नियन्ता हैं। हमारी सम्पत्ति, अधिकार और राजधर्म की मर्यादा नहीं है। आज से पुरुष पति है, स्त्री उसके अधीन है; वह दत्ता है। यज्ञ और धर्म-कृत्यों में उसका स्थान ब्राह्मण ग्रहण करें और दायभाग वह नहीं, उसका पुत्र ग्रहण करे।"

भारद्वाज ने कहा, "तो इसका यह अर्थ है कि अब स्त्री पति की जीवनसंगिनी नहीं है और वह धार्मिक कृत्यों में अभिन्न भी नहीं।"

आंगिरस ने कहा, "वह जीवनसाथी रहे, अभिन्न भी रहे, पर अधिकार पति और पुत्र का हो।"

वैशम्पायन ने कहा, "क्या समाज में स्त्री-पुरुष समान नहीं?"

ऐतरेय ने खड़े होकर कहा, "नहीं; मेरी मर्यादा है कि एक पुरुष की अनेक पत्नियाँ हों, पर एक स्त्री के अनेक पति नहीं। मैं यह भी मर्यादा स्थापित करता हूँ कि चार पीढ़ियों के अन्तर्गत आत्मीयों में विवाह न हो। वे चार पीढ़ी बाद सम्मिलित हों।"

अथर्वांगिरस, "और उसे गुरुजन जिसे दान में दें, वह उसी की पत्नी हो। वह प्रिय दृष्टिवाली, पति की अनुरक्ता, सुखदायिनी, कार्यनिपुणा, सेवा करनेवाली, नियमों का पालन करनेवाली, वीर पुत्र उत्पन्न करनेवाली तथा देवर की कामना करनेवाली हो।"

भारद्वाज ने कहा, "पति की सेवा करनेवाली, नियमों का पालन करनेवाली तथा गुरुजनदत्ता—ये चार नई मर्यादाएँ स्थापित हुईं।"

अथर्वांगिरस ने कहा, "एक पाँचवीं और—वह सास-ससुर तथा पति के कुटुम्ब के साथ रहे।"

"तो वह अब पति की पत्नी ही नहीं, पति के परिवार का अंग भी हो?" वैशम्पायन पैल ने पूछा।

"ऐसा ही है भद्र! यह मर्यादा उन आर्य, अनार्य, अनुलोम, संकर सभी पर लागू हो, जो वर्णधर्मी हों और यह वैदिक मर्यादा ही रहे। इससे राष्ट्र की सम्पत्ति, धर्म और राजनीति अखंड रहेगी। आंध्र, सौराष्ट्र, चोल, चेर, पांड्य, अंग, बंग, कलिंग—सभी जनपद इस मर्यादा का पालन करें।"

परिषद् ने मर्यादा स्वीकृत की। अब गौतम ने खड़े होकर कहा, "मित्रो, मैं इससे अधिक आवश्यक प्रश्न उठाता हूँ। हमारे लिए अब चार वर्ण यथेष्ट नहीं हैं। अब अनेक अनार्य बन्धुओं के मिश्रण से जातियों की अनेक शाखाएँ फैलती जा रही हैं। अनार्य बन्धु-संसर्ग को उत्तेजन देने को हमने असवर्ण विवाह की मर्यादा स्थिर की थी। मैं ऐसे विवाहों से उत्पन्न सन्तान को अब दायभाग से वंचित करता हूँ तथा उन्हें शुद्ध वर्ण और गोत्र की परम्परा से वंचित करता हूँ। वे अनुलोम हों या प्रतिलोम, मैं उनकी पृथक् जाति स्थापित करता हूँ। मैं छह प्रकार के विवाह घोषित करता हूँ एक ब्राह्म—जिसमें पिता वटुक वर को जल का अर्घ्य देकर कन्या अर्पण करेगा। यह ब्राह्मण का ब्राह्मण के लिए है। दूसरा दैव—जिसमें पिता कन्या को वस्त्राभूषणों से सज्जित करके यज्ञ में स्थानापन्न पुरोहित को देगा। यह क्षत्रिय का ब्राह्मण के लिए है। तीसरा आर्ष—जिसमें पिता एक गाय या बैल लेकर उसके बदले कन्या दे। यह जनपद के लिए है। चौथा गान्धर्व—जिसमें तरुण-तरुणी स्वयं ही परस्पर वरण करेंगे। यह वयस्कों के लिए है। पाँचवाँ क्षात्र—जिसमें पति कन्या के सम्बन्धियों को युद्ध में विजय कर बलात् कन्या का हरण करेगा। यह क्षत्रिय का क्षत्रिय के लिए है। छठा मानुष, "जिसमें पति कन्या को उसके पिता से मोल लेगा—यह क्षत्रिय, ब्राह्मण का शूद्र के लिए है।"

आपस्तंब ने कहा, "मैं यह मर्यादा स्वीकार करता हूँ, परन्तु क्षात्र विवाह को 'राक्षस' और मानुष को 'आसुर' घोषित करता हूँ। मेरे दक्षिण के जनपद में रक्ष और आसुरों में ये विवाह-मर्यादा स्थापित हैं।"

वसिष्ठ, "मैं जानता हूँ। असुर-कन्या शर्मिष्ठा को हम भुला नहीं सकते। मद्र और केकय-वंश की कन्याओं को मध्यदेशीय क्षत्रिय सदैव शुल्क देकर लेते हैं और जिन क्षत्रियों के कुलों में असुरों से सम्बन्ध है, वहाँ यही कुल-परम्परा है। यदि हम इन क्रीता राजकुमारियों को विवाहित पत्नी नहीं मानते हैं, तो उसकी सन्तानों के अधिकार की रक्षा नहीं होगी। हाँ, नीच जाति की सुन्दरी कन्याएँ दासी की भाँति मोल ली और बेची जा सकती हैं, परन्तु उन्हें विवाहित पत्नी के अधिकार नहीं प्राप्त होंगे।"

आपस्तम्ब—"आप ठीक कहते हैं ब्रह्मन, दक्षिणापथ में इसी प्रकार राक्षसकुल तथा दानव और दैत्यकुल हैं, जो राक्षसकुल से भी उन्नत और आर्य-सभ्यतागृहीत हैं। वे अपनी कुल-मर्यादा नहीं छोड़ सकते। आप जानते हैं, वे दीन नहीं हैं; आर्यों के श्रेष्ठ कुलों में तथा देव-कुल में भी उनके विवाह सम्बन्ध हो चुके हैं। दैत्य-मानव-युद्ध जो होते हैं, वे जातीय हैं, धार्मिक नहीं। वे यज्ञ भी करते हैं। प्रह्लाद और बलि के दान और यज्ञ भुलाए नहीं जा सकते। पुलोमा दैत्य की पुत्री शची इन्द्र की पत्नी थी ही। उसकी कन्या जयन्ती का विवाह शुक्राचार्य और फिर ऋषभदेव से हुआ था। मधु दैत्य की कन्या मधुमती सूर्यवंशी हर्यश्व को ब्याही थी और वृषपर्वा दैत्य की कन्या को ययाति ने पत्नी बनाया था। बाण दैत्य की कन्या का विवाह अनिरुद्ध से हुआ था

तथा वज्रनाभि के कुटुम्ब की तीन कन्याएँ यादवों में आई हैं। इसलिए मेरी यह मर्यादा स्वीकार करने योग्य है कि 'राक्षस' और 'असुर' विवाह आर्य-परिपाटी में स्वीकृत कर लिये जाएँ, जिससे इन जातियों की कन्याओं के अधिकारों का हनन न हो। परन्तु उत्तम विवाह प्रथम तीन के ही हैं।"

गौतम ने कहा, "मेरी मर्यादा है कि इन छह प्रकारों में 'प्राजापत्य' और 'पिशाच' दो प्रकार और बढ़ा दिए जाएँ। प्राजापत्य विवाह वह है, जिसमें पिता कन्या को यह कहकर दे कि तुम दोनों मिलकर नियमों का पालन करो। यह उत्तरापथ के शिष्ट गणसंघ शासितों की मर्यादा है। पिशाच विवाह मैं उसे कहता हूँ, जहाँ मूर्च्छिता, रोती-कलपती कन्या का बलात् हरण किया जाए।"

वसिष्ठ ने कहा, "किन्तु यह विवाह नहीं है।"

गौतम ने कहा, "यह मर्यादा काम्बोजों में विहित है। नन्दिनगर का काम्बोज संघ भी आर्यों के संघ में मिल चुका है। आप जानते हैं कि उत्तरापथ में काम्बोज की सीमाएँ गान्धार से मिली हुई हैं। उनके रीति-रिवाज जंगली तो हैं ही, परन्तु उन्हें हमें आर्यों के संघ में लाना है।"

बोधायन ने कहा, "यह मर्यादा मुझे मान्य है।"

गौतम—"तो एक ही गोत्र और प्रवर के स्त्री-पुरुष विवाह न करें। वे ही विवाह करें, जो माता की चार पीढ़ियों और पिता की छह पीढ़ियों में न हों।"

आपस्तम्ब—"नहीं, नहीं, माता-पिता दोनों ही की छह-छह पीढ़ियों में न हों। गोत्र के निषेध को मैं स्वीकार करता हूँ, परन्तु प्रवर का बन्धन नहीं।"

"मेरी मर्यादा है कि चाची या मामा की लड़की से विवाह किया जा सकता है।"

गौतम—"मैं उत्तरापथ में यह मर्यादा कदापि स्थापित न होने दूँगा। दूसरे मैं संकर की समस्या पर भी विचार उपस्थित करता हूँ। इस समय आर्यों के तीन वर्ण हैं—एक ब्राह्मण पुरोहित, दूसरा क्षत्रिय, तीसरा जनपद अर्थात् विश। इनके सिवा अनार्य, दस्यु, दास, राक्षस, दैत्य और दानव-कुल भी हैं। आप जानते हैं कि प्रारम्भ में सभी आर्य खेती और पशुपालन करते थे। पीछे उनमें राजन्य हुए हैं, जो आज क्षत्रिय राजा हैं। वे शासन-व्यवस्था करते हैं। दूसरे ब्राह्मण पुरोहित हुए जो यज्ञ के अधिकारी हैं तथा धर्म-मर्यादा स्थापित करते हैं। इनके बाद जो जन बचे वे विश थे। वे ही आर्यों के पुराने कार्य कृषि और पशुपालन करते आए थे। परन्तु हमारे राज्य-वैभव-विस्तार और चहुँमुखी सभ्यता के विस्तार के कारण वे भी केवल वाणिज्य करने लगे। अतः आर्यों का प्राचीन धंधा पशुपालन और कृषि, उनसे निकृष्ट शूद्रों को करना पड़ रहा है। परन्तु उनमें जो इन कार्यों से सम्पन्न हो गए हैं वे सेवा नहीं करते, सेवाकार्य का दायित्व क्रीत दासों के सुपुर्द हो गया है।"

आपस्तम्ब—"मित्र गौतम का अभिप्राय क्या है?"

गौतम—"बड़ा जटिल मित्र! वही मैं कहता हूँ। आर्यों की पुरानी मर्यादा के अनुसार उच्च वर्ग का पुरुष अपने से नीचे वर्ण की स्त्री से विवाह कर सकता है। इससे ब्राह्मण को चारों वर्गों की स्त्रियाँ ब्याहने का अधिकार है। क्षत्रियों को तीन की, पर वैश्यों को दो ही की। फिर उन्हें कृषि, वाणिज्य और शिल्प के लिए दासों, शूद्रों और कर्मकारों

से घनिष्ठ रहना पड़ता है। नियम से भी उन्हें अपने सिवा शूद्रा स्त्री ही मिल सकती है। इससे उनके रक्त में शूद्रों और अनार्य दासों का रक्त बहुत अधिक मिश्रित हो गया है, जिससे समाज में बहुत गड़बड़ी और अशुद्धि उत्पन्न हो गई है। नियमानुसार ऐसे विवाह की सन्तान पिता की जाति की मानी जाती है। इस मिश्रण से वैश्यों का रंग भी बदल गया है और उनका बुद्धि-विकास भी कम हो गया है। संकर जनपद में जो सेट्ठिजन हैं उन्हें छोड़कर सर्वत्र ही विश-कुल हीन हो गया है। अत: मैं आर्यों में संकर भाव को बन्द करता हूँ। मैं यह मर्यादा स्थापित करता हूँ कि अपने ही वर्ण की स्त्री की सन्तान पिता के वर्ण को प्राप्त हो, वही सम्पत्ति में भागी हो।"

वसिष्ठ—"परन्तु यह प्राचीन मर्यादा है कि ब्राह्मण तीनों वर्गों की स्त्री से ब्राह्मण सन्तान पैदा कर सकता है। यह सत्य नहीं है कि संकर सन्तान हीनगुण होती है। मत्स्यगन्धा में पराशर ऋषि के औरस से व्यास का जन्म हुआ जो विद्या-बुद्धि में अपने पिता से भी बढ़-चढ़कर हुए। उनकी योग्यता का व्यक्ति उस युग के ब्राह्मणों में भी कोई न था।"

गौतम—"इतना होने पर भी उन पर 'न देवचरितं चरेत्' का नियम लगा दिया गया था और उन्हें ब्राह्मण नहीं माना गया था और यह स्पष्ट कर दिया गया कि ब्राह्मण शूद्रों में सन्तान न उत्पन्न करें; करें तो वे ब्राह्मण नहीं।"

वसिष्ठ—"ब्राह्मण नहीं तो कौन? वे शूद्र भी नहीं?"

गौतम—"मैं उसे 'पारशव' घोषित करता हूँ और उसकी मर्यादा स्थापित करता हूँ कि वह अपने कुल की सेवा करे।"

वसिष्ठ—"तब क्षत्रिय भी शूद्रों में जो सन्तान उत्पन्न करें, वह क्षत्रिय नहीं। उसे मैं 'उग्र' घोषित करता हूँ। उसकी पृथक् जाति हो, परन्तु वैश्य पिता की शूद्रा में सन्तान वैश्य ही रहे। किन्तु वैश्या माता और ब्राह्मण पिता की सन्तान ब्राह्मण नहीं, मैं उसे 'अम्बट' घोषित करता हूँ। यही उसकी जाति हो।"

अब शौनक ने उठकर कहा, "तो हम सब ऐसी मर्यादा स्थापित करते हैं कि सवर्ण विवाह की सन्तान ही सवर्ण है। प्रतिलोम की भाँति अनुलोम सन्तान भी आज से संकर हुई, तथा वह आर्यों से बहिर्गत हुई।"

सांख्यायन श्रोत्रिय ने कहा, "ऐसा ही हो—नहीं तो आर्य-कुल का नाश हो जाएगा। क्या आप देखते नहीं कि आर्यों के सब राज्य, शिल्प, वाणिज्य संकरों ने अपना लिए हैं?"

आपस्तम्ब—"किन्तु मित्र इस व्यवस्था से तो संकरों का अधिक संगठन होगा। वे और सबल होंगे। वे आर्यों के विद्रोही हो जाएँगे। संकरों की प्रत्येक जाति में एक प्रकार का गर्व उत्पन्न हो जाएगा, क्योंकि प्रत्येक जाति यह समझने लगेगी कि किसी-न-किसी जाति से तो हम श्रेष्ठ हैं ही। फिर जहाँ कहीं धन और शक्ति का आधिक्य हो गया, वहाँ तो यह गर्व और बढ़ जाएगा, तथा भीतरी भेद उत्पन्न होने लगेंगे। देश-भेद, रहन-सहन और खान-पान में अन्तर पड़ जाएगा। विवाह भी उन्हीं जातियों में होने लग जाएँगे। ब्राह्मणों, क्षत्रियों और वैश्यों तथा शूद्रों की भी अनेक उपजातियाँ बन जाएँगी। उन्हीं से उनके विवाह और खान-पान सीमित हो जाएँगे। संकरों की भी अनगिनत जातियाँ बन जाएँगी। इससे आर्यों का सम्पूर्ण संगठन नष्ट हो जाएगा। उदाहरण के लिए, कोसल के अधिपति प्रसेनजित् के परिणाम की ओर आपका ध्यान आकर्षित करता हूँ।"

गौतम—"चाहे जो भी हो, हम रक्त की शुद्धता को नष्ट नहीं होने देंगे। अब तक विवाह की तीन विधियाँ थीं—एक अग्निप्रदक्षिणा, दूसरी सप्तपदी लाजहोम, तीसरी शिलारोहण। मैं अब से पाँच विधि स्थापित करता हूँ; चौथी कन्यादान और पाँचवीं गोत्रों का बचाव। आर्यों का विवाह इन पाँच विधियों के पूर्ण हुए बिना सम्पादित न हो।"

वसिष्ठ—"ऐसा ही हो। अब मैं क्षेत्रज पुत्र को दायभाग में दूसरा स्थान देता हूँ।"

गौतम—"मैं स्वीकार करता हूँ।"

बोधायन—"मैं मतभेद रखता हूँ। क्षेत्रज का स्थान मैं तीसरा स्थापित करता हूँ।"

आपस्तम्ब—"मैं विरोध करता हूँ। मैं नियोग की प्रथा को बन्द कर देने के पक्ष में हूँ। किसी सभ्य पुरुष को अपनी स्त्री कुटुम्बी को छोड़कर किसी दूसरे को नहीं देनी चाहिए। नियम के अनुसार पति को छोड़कर उसे दूसरे पुरुष का हाथ अज्ञात पुरुष का हाथ समझना चाहिए।"

गौतम—"मैं यह मर्यादा स्थापित करता हूँ कि जिस विधवा स्त्री को सन्तान की इच्छा हो, वह गुरुजनों की आज्ञा लेकर देवर से ऋतुगमन कर ले। देवर का अभाव हो तो सपिंड, सगोत्र, समान प्रवर या सवर्ण पुरुष से कर ले। वह दो से अधिक सन्तान न उत्पन्न करे। सन्तान उसकी है, जो उत्पन्न करे। यदि पति जीवित हो तो सन्तान दोनों की है।"

हारीत—"मैं सहमत हूँ।"

भारद्वाज—"जो विवाहिता किन्तु अक्षतयोनि ही है, उसे मैं कन्या घोषित करता हूँ। उसका नियमानुसार विवाह हो।"

बोधायन—"सम्भोग हो भी गया हो, परन्तु विधिवत् विवाह न हुआ हो, तो वह भी कन्या ही है। उसका विवाह विधिवत् हो।"

पाणिनि—"जो अविवाहिता है वह कन्या है। पर पुरुष से भोगी जाकर भी उसका कन्या-भाग दूषित न हो। विवाह-विधि होने के बाद पुरुष-संग ही से उसका कन्या-भाव छूटे।"

वसिष्ठ—"तो मैं छह कन्याएँ घोषित करता हूँ—1. जो अविवाहिता और अक्षत है, 2. जो अविवाहिता है और क्षत है, 3. जो विवाहिता है और अक्षत है, 4. साधारण स्त्री, 5. विशिष्ट स्त्रियाँ, 6. मुक्तभोगिनी।"

गौतम—"यदि किसी स्त्री का पति एकाएक विदेश चला जाए, तो वह छह वर्ष उसकी राह देखकर पुनर्विवाह कर ले। पर यदि पति ब्राह्मण हो और विद्या-अध्ययन के लिए गया हो तो स्त्री बारह वर्ष राह देखे।"

कात्यायन—"नपुंसक या पतित पति की स्त्री यदि दूसरा विवाह करे तो उसका पुत्र पौनर्भव हो। वह माता के पहले पति के दाय से भोजन-वस्त्र पाए।"

वसिष्ठ—"जो स्त्री अपने अल्पवयस्क पति को छोड़ अन्य पुरुष के पास रहे, तथा फिर पहले पति के वयस्क होने पर उसके पास आ जाए वह पुनर्भवा है। यदि उसका पति पागल, पतित या नपुंसक हो और वह उसे छोड़कर दूसरे पति से विवाह करे तो वह पौनर्भव हो।"

हारीत—"ये छह पुत्र दायाद बन्धु हैं—औरस, क्षेत्रज, पौनर्भव, कानीन, पुत्रिका—पुत्र और गूढ़ज। ये क्रम से दायभागी हों।"

जैतवन में तथागत

तथागत बुद्ध कपिलवस्तु से चारिका करते श्रावस्ती आए। उनके साथ महाभिक्षुसंघ भी था, जिसमें आयुष्मान् सारिपुत्त, आयुष्मान् महा मौद्‌गलायन, आयुष्मान् महा कात्यायन, आयुष्मान् महा कोद्विन्, आयुष्मान् महा कापियन, आयुष्मान् महा चुन्द, आयुष्मान् अनुरुद्ध, आयुष्मान् रैवत, आयुष्मान् उपालि, आयुष्मान् आनन्द, आयुष्मान् राहुल आदि संघप्रमुख स्थविर थे।

गृहपति अनाथपिंडिक ने सुना। सुनकर बोधिपुत्र माणवक को बुलाकर कहा, "सौम्य बोधिपुत्र, जहाँ भगवान् हैं वहाँ जाओ और मेरे वचन से भगवान् के चरणों में सिर से वन्दना करके आरोग्य, अन आतंक, लघुउत्थान, बल, अनुकूल विहार पूछो और यह भी कहो—भन्ते, भिक्षुसंघ सहित भगवान् जैतवन में विहार करें तथा कल का भोजन भी स्वीकार करें।"

"अच्छा भो" कह बोधिकुमार माणवक जहाँ तथागत थे, वहाँ गया और अभिवादन कर उसने गृहपति का सन्देश कहा। तथागत ने मौन से स्वीकार किया। तब माणवक ने लौटकर गृहपति से कहा।

गृहपति ने उदग्र हो घर में उत्तम खादनीय-भोजनीय पदार्थ तैयार करवाए। जैतवन विहार के प्रदेश-मार्ग को अवदात धुस्सों से सीढ़ी के नीचे तक बिछवाकर सजाया-सँवारा।

तब भगवान् पूर्वाह्न समय चीवर पहिन भिक्षा-पात्र ले संघ-सहित जैतवन के द्वार पर पहुँचे। गृहपति द्वारकोष्ठक के बाहर खड़ा तथागत की प्रतीक्षा कर रहा था। देखते ही अगवानी कर भगवान् की वन्दना कर ले चला। जब बुद्ध निचली सीढ़ी पर पहुँचे तो खड़े हो गए।

गृहपति ने कहा, "भगवान् धुस्सों पर चलें। सुगत धुस्सों पर चलें, जिससे ये चिरकाल तक मेरे हित और सुख के लिए हों।"

परन्तु तथागत चुपचाप खड़े रहे। गृहपति ने दूसरी बार, फिर तीसरी बार भी कहा। तब तथागत ने आनन्द की ओर देखा।

आनन्द ने कहा, "गृहपति, धुस्से समेट लो। भगवान् चैल-पंक्ति पर नहीं चलते।" गृहपति ने धुस्सों को समेट लिया। तब तथागत बुद्ध ने आराम से प्रवेश किया और संघसहित बिछे हुए आसनों पर बैठे। तब गृहपति ने बुद्धसंघ को अपने हाथ से उत्तम खाद्य-भोज्य पदार्थों से सन्तर्पित किया। भगवान् के हाथ हटा लेने पर एक ओर बैठकर उसने कहा, "भगवन्, जैतवन के विषय में कैसे करूँ?"

"गृहपति, जैतवन को आगत, अनागत, चातुर्दिक भिक्षुसंघ के लिए प्रदान कर दे।"

अनाथपिंडिक ने कहा, "ऐसा ही हो भन्ते!"

तब महाश्रमण बुद्ध ने अनाथपिंडिक के दान को अनुमोदित करते हुए गाथा

कही—"सर्दी, गर्मी और क्रूर जन्तुओं से रक्षा करता है। सरीसृप, मच्छर, शिशिर, वर्षा, हवा-पानी से बचाता है। आश्रय के लिए, सुख के लिए, ध्यान के लिए, विपथ्यन के लिए, संघ को विहार का दान श्रेष्ठ है। रमणीय विहार बनवाकर वहाँ बहुश्रुतों को बसाकर, उन्हें अन्न-पान-वस्त्र और शयन-आसन प्रसन्नचित्त से प्रदान करें।"

तब दर्भ मल्लपुत्र ने आकर तथागत से कहा, "भन्ते, यदि अनुमति हो तो मैं संघ के शयन-आसन का प्रबन्ध करूँ?"

"साधु, साधु, दर्भ! तू संघ के शयन-आसन और भोजन का प्रबन्ध कर?"

फिर उन्होंने भिक्षुसंघ को एकत्रित करके कहा, "भिक्षुओं, संघ दर्भ मल्लपुत्र को संघ के शयन-आसन का प्रबन्धक और भोजन का नियामक चुने।"

संघ ने दर्भ मल्लपुत्र को चुन लिया। तब मल्लपुत्र ने भिक्षुओं का एक-एक स्थान पर शयन-आसन प्रज्ञापित किया। जो सूत्रात्तिक थे उनका एक स्थान पर, जो विनयधर थे उनका दूसरे स्थान पर, जो धर्मकथित थे वे तीसरे स्थान पर, इसी प्रकार दर्भ मल्लपुत्र ने सम्पूर्ण भिक्षु-संघ को प्रज्ञापित किया। गृध्रकूट, चौरप्रताप, ऋषिगिरि की कालशिला, वैभार शृंग, सप्तपर्णी गुहा, सीतवन, सर्वशौंडिक, प्राग्भार, गौतम कन्दरा, कपोत कन्दरा, पोताराम, आम्रवन, मद्रकुक्षि, मृगदाव—सर्वत्र दर्भ मल्लपुत्र ने तेजोधातु की समापत्ति के प्रकाश में भिक्षुसंघ का शयन-आसन प्रज्ञापित किया। वे यत्न से प्रत्येक भिक्षु को बताते—यह मंच है, यह पीठ है, यह भित्ति है। यह बिम्बोहन है, यह कतर-दंड है, यह संघ का कतिक संथान है।

दर्भ मल्लपुत्र के अन्तेवासी भांडागारिक, चीवर-प्रतिग्राहक चीवरभाजक, यवागू-भाजक, फल-भाजक, खाद्य-भाजक, शाटिक-ग्राहक, आरामिक-प्रेषक, श्रामणेर-प्रेषक आदि भिक्षु-संघ से चुने हुए भिन्न-भिन्न विहारों के लिए नियत हुए।

अजित केसकम्बली

पूर्वाराम मृगार-माता प्रासाद भी बनकर तैयार हो गया था। यह भवन श्रावस्ती ही में नहीं, प्रत्युत जम्बू-द्वीप भर में अद्वितीय विहार था। इसमें एक सहस्त्र प्रकोष्ठ थे। यह विहार सात-तल्ला था। सेट्ठि मृगार की पुत्रवधू विशाखा ने इसे अपने एक हार के दाम से तैयार कराके बुद्ध को भेंट करने का निश्चय किया था, परन्तु अनाथपिंडक के जैतवन विहार में भ्रमण गौतम ने वर्षावास स्वीकार कर लिया, इससे सेट्ठि मृगार की इच्छा पूरी नहीं हुई।

अजित केसकम्बली अपने शिष्यों-सहित सरयू-तीर के अपने आश्रम में मृगचर्म पर बैठे थे। उनका शरीर बिलकुल काला था, डील-डौल विशाल और आँखें चमकदार थीं। वे एक साधारण सूती वस्त्र कमर में लपेटे थे। स्वच्छ जनेऊ उनके कज्जलकृष्ण अंग की शोभा बढ़ा रहा था। उनके सामने महाशाल लौहित्य एक आसन पर बैठे थे। इनका अंग दुबला-पतला और वर्ण गौर था। कंठ में जनेऊ और सिर पर बड़ी चोटी थी। उनकी आँखें बड़ी-बड़ी और वक्ष विशाल था।

अजित ने कहा, "तो महाशाल लौहित्य, गौतम श्रावस्ती से आ गया है न?"

"हाँ आचार्य, और इस बार उसके ठाठ निराले हैं। उसने बहुत-से विश्रुत ब्राह्मणों को भी शिष्य बना लिया है।"

"हाँ-हाँ, ऐसा तो होना ही था महाशाल! इन मूर्ख ब्राह्मणों का बेड़ा डूबा। मैंने तो तुमसे बार-बार कहा है कि ब्राह्मण याज्ञवल्क्य, जैविलि और उद्दालक ने पुराने यज्ञवाद को गौण करके ब्राह्मवाद का जो ढकोसला खड़ा किया था और उनके गुरु प्रवाहण ने जो पुनर्जन्म की गढ़न्त गढ़ी थी, उसका एक दिन भंडाफोड़ होगा ही। अब तुम देखोगे कि विदेह जनक के सारे प्रयासों पर पानी फिर जाएगा। उसका ये बड़ी-बड़ी परिषदें बुलाना, ब्रह्मवाद पर शास्त्रार्थ कराना और बड़े-बड़े दान देना, सब व्यर्थ होगा और लोग स्वतंत्र रीति से विचार प्रारम्भ कर देंगे। अब इसी शाक्य गौतम ही को लो। उसने एक और ढकोसला चलाया है। क्यों महासामन्त पायासी, तुम तो उसके पिता शुद्धोदन से मिले थे। क्या कहता है वह अपने पुत्र के सम्बन्ध में?"

महासामन्त पायासी का ताम्रवर्ण शरीर, लाल-लाल आँखें और बलिष्ठ भुजदंड एवं भारी-भारी गलमुच्छे बड़े प्रभावशाली थे। उन्होंने हाथ जोड़कर कहा, "वह भी उसका शिष्य हो गया है आचार्य! वही नहीं, कपिलवस्तु के सारे ही शाक्य उसके शिष्य हो गए हैं। शुद्धोदन को इससे बड़ा लाभ है आचार्य! वह कोसल के प्रभुत्व का जुआ उतार फेंकना चाहता है। अब तक तो शाक्यगण कोसल के अधीन था, अब गौतम का पिता अनुगत शिष्य होने से शुद्धोदन का आदर बढ़ गया है। उधर मगध-सम्राट् भी उसका बहुत सम्मान करने लगे है, वे भी गौतम के शिष्य हो गए हैं।"

"होंगे क्यों नहीं? बिना ऐसा किए वे अपने असुर-रक्त-प्रभावित वर्णसंकर वंश को छिपाएँगे कैसे? पर राजमहिषी मल्लिका?"

"राजमहिषी तो सेट्ठि विशाखा के पूरे प्रभाव में है आचार्य, और वह भी गौतम की शिष्या हो गई है।"

"तब महाराज प्रसेनजित् अब किसकी प्रतीक्षा कर रहे हैं?"

"वे घपले में पड़े हैं आचार्य, असल बात तो यह है कि वे राजकुमार विदूडभ से बहुत भीत हैं और सच पूछिए तो शाक्य शुद्धोदन को भी उसका बड़ा भय है। इस भय से बचने के लिए गौतम की शरण ही एक ढाल है।"

"ठीक है, पायासी! पर तुमने सुना, "गौतम शाक्य कहता क्या है?"

"आचार्य, वह आप ही की भाँति कहता है कि आत्मा और ईश्वर नाम की कोई नित्य वस्तु विश्व में नहीं है। सभी वस्तुएँ जो उत्पन्न होती हैं, नाशवान् हैं। संसार वस्तुओं का नहीं, घटनाओं का प्रवाह है।"

"वाह पट्ठे, सुनने में तो ये बातें बड़ी सुन्दर जान पड़ती हैं! अरे, उसने सत्य पर मुलम्मा किया है। क्यों लौहित्य, क्या कहते हो? जो लोग लोक-मर्यादा, धनी और निर्धन तथा दास-स्वामी के भेद को लेकर मुझसे भड़कते हैं, वे गौतम के इस जाल में फँस जाएँगे? पर यह संसार घटनाओं का प्रवाह कैसे है भाई?"

"आचार्य, गौतम कहता है, यद्यपि कोई शाश्वत चैतन्य आत्मा संसार में नहीं है, परन्तु एक चेतना-प्रवाह स्वर्ग या नरक आदि लोकों के भीतर एक शरीर से दूसरे

शरीर में, एक शरीर-प्रवाह से दूसरे शरीर-प्रवाह में बदलता रहता है।"

"बड़ी चालाकी करता है यह गौतम शाक्य! वत्स लौहित्य, वह मेरे सत्य को भी पकड़े हुए है और प्रवाहण के पुनर्जन्म के पाखंड को भी। अब मैं समझा पायासी, कि यदि वह ऐसा न करता तो क्या साकेत, कौशाम्बी, श्रावस्ती और राजगृह के राजा-महाराजा, सेट्ठि-सामन्त और महाशाल उसके चरणों में सिर नवाते? और अपनी थैलियाँ यों उसके आगे खोल देते?"

"यही तो बात है आचार्य! सुना नहीं आपने, विशाखा का एक प्रतिस्पर्धी मूर्ख और खड़ा हुआ है श्रावस्ती में।"

"कौन है वह?"

"अनाथपिंडिक सुदत सेट्ठि।"

"सेट्ठि सुदत्त? क्या किया है उसने लौहित्य?"

"जब उसने देखा कि पुत्रवधू विशाखा की आड़ में सेट्ठि मृगार महिषी मल्लिका के द्वारा शाक्य गौतम और महाराज प्रसेनजित् का कृपापात्र होना चाहता है, तब उसने भी एक मार्ग निकाल लिया।"

"कौन-सा मार्ग?"

"उसने जैत राजकुमार को साधन बनाया है आचार्य!"

"किस भाँति लौहित्य?"

"राजकुमार से उसका क्रीड़ा-उद्यान जैतवन क्रय कर, उसमें विहार बनवाकर उसने गौतम शाक्य को भेंट कर दिया।"

"जैतवन भेंट कर दिया! क्या कहते हो लौहित्य!"

"सत्य कहता हूँ आचार्य!"

"जैत राजकुमार ने जैतवन बेच दिया?"

"वे नहीं देना चाहते थे, पर सुदत्त ने जैतवन की सम्पूर्ण भूमि पर स्वर्ण बिछाकर उसे क्रय कर लिया आचार्य! अठारह करोड़ स्वर्ण दिया उसने।"

"तो यों कहो, जैत राजकुमार को एक भारी उत्कोच दिया गया।"

"यही तो बात है आचार्य। उसके तीन पोत स्वर्णद्वीप से स्वर्ण भरकर लौटे हैं। सुदत्त अनाथपिंडिक के पास स्वर्ण की क्या कमी है! अब उसकी कीर्ति घर-घर गाई जा रही है, विशाखा का सप्तखंडी मृगारमाता-प्रासाद धरा ही रह गया।"

"यह तो होना ही था। फिर राजकुमार जैत की इस पर कृपादृष्टि।"

"जैत ही की क्यों पायासी, गौतम शाक्य की भी कहो। यही देख लो, राजमहिषी मल्लिका अब यहाँ नहीं आतीं। सुना है, उन पर इस गौतम का अच्छा रंग चढ़ा है।"

"इसमें क्या आश्चर्य है! माली की बेटी अपने रूप के कारण बनी कोसल पट्ट-राजमहिषी, सो वह रूप की दुपहरी तो कब की ढल गई। महाराज प्रसेनजित् को नित-नए यौवनों से फुर्सत नहीं। उनकी विगलित वासना को राजगृह का वह तरुण वैद्य अपने वाजीकरण से पूर्ण नहीं कर सका। अब वह चार्वाकपंथी मांडव्य अपने रसायन का चमत्कार दिखाना चाह रहा है।"

"साकेत के उस पाजी बृहस्पति चार्वाक के चेले की बात कह रहे हो? बड़ा घृणित

है वह ब्राह्मण-कुलकलंक। हाँ, तो उसने राजा को खूब भरमा रखा है?"

"जी हाँ, वह यही तो कहता है कि इन्द्रियों को तृप्त होकर अपने-अपने विषयों को भोगने दो, यथेष्ट आनन्द करो।"

"और उस धूर्त ने राजा को कुछ रसायन दी है?"

"जी हाँ, सो जैसे सूखा ईंधन अनुकूल वायु पाकर धाँय-धाँय जलता है, वैसे ही उस अतृप्त कामाग्नि में राजा भी जलकर राख हो जाएगा। इस सत्तर वर्ष की अवस्था में वह गान्धारी कलिंगसेना से विवाह करने जा रहा है। उधर विदूडभ राजपुत्र उसे मारकर कोसल के सिंहासन को हथियाने का षड्यंत्र रच रहा है।"

"यह क्या कहते हो पायासी सौम्य? राजकुमार विदूडभ!"

"हाँ, आचार्य! शाक्यों ने जब से उसको दासीपुत्र कहकर अपमानित किया है, वह महाराज से घोर घृणा करता है। वह कहता है, जब माली की लड़की मल्लिका को उन्होंने पट्टराजमहिषी का पद दिया, तो उसकी माता शाक्यदासी नन्दिनी को क्यों दासी ही रहने दिया? शाक्यों से अनादृत होकर वह और भी क्रुद्ध हो उठा है।"

"उसका यह कथन अयथार्थ तो नहीं है प्रिय! पर सत्य जानो, ये दासीपुत्र उन सभी बूढ़े कामुक राजाओं को डुबोएँगे। तो विदूडभ तो शाक्य गौतम से भी घृणा करता होगा?"

"उसका वश चले तो वह उसे मार ही डाले। पर उसका वह मित्र..."

"कौन?"

"राजगृह का वह तरुण वैद्य। वह उस शाक्य गौतम का परम भक्त है। आजकल वह उसका बहुत घनिष्ठ हो रहा है।"

"तो यों कहो कि श्रावस्ती में जहाँ देखो वहीं उस धूर्त शाक्य-श्रमण के गुप्तचर भर रहे हैं। पर सौम्य लौहित्य, तुम उस मूर्ख राजकुमार विदूडभ को मेरे पास लाओ। उसे तो हमारे ही दल में मिलना चाहिए।"

"मैं चेष्टा करूँगा आचार्य! पर वह तरुण राजकुमार उतना मूर्ख नहीं है; वह बड़ा तेजस्वी है।"

"तब तो और भी अच्छा है। अरे, ये सभी वर्णसंकर जन आर्यों से अधिक तेजस्वी होते हैं। प्रिय, यदि वही निकट भविष्य में कोसल का सिंहासन आक्रान्त करेगा, तो उसे अपना निकटवर्ती रखना अच्छा है। विशेषकर इसलिए कि वह शाक्य गौतम से घृणा करता है, जिसके नाम का श्रावस्ती, कोसल राजगृह, वैशाली सर्वत्र ही जनपद में डंका बज रहा है।"

"मैं उसे लाऊँगा आचार्य! वह मेरा आदर करता है।"

"तो उससे लाभ उठाओ भाई! हाँ, राजमहिषी मल्लिका की क्या बात कर रहे थे?"

"वे नित्य उस श्रमण गौतम के पास जाती हैं। वे जानती हैं, उनका माली की पुत्री होने का लांछन वही मिटा सकता है। सेट्ठिवधू विशाखा उनके बहुत मुँह लगी है।"

"तो उन दोनों का भेद कराना होगा। राजमहिषी को भी हमारे ही दल में मिलना चाहिए। फिर मैं उस शाक्य शुद्धोदन को समझ लूँगा।"

"यह तनिक कठिन होगा आचार्य! देवी मल्लिका माली की बेटी तो हैं, परन्तु उनकी निष्ठा बहुत है, और कोसल जनपद में उसका मान महाराज प्रसेनजित् के ही समान है।"

"तभी तो सौम्य लौहित्य! परन्तु चिन्ता न करो, मैं उपाय कर लूँगा। राजमहिषी मल्लिका को मेरी शरण आना ही होगा, यह राजसूय समाप्त होने दो। जब तक यज्ञ समाप्त नहीं हो जाता, राजा मेरी ही इच्छा के अधीन हैं। परन्तु श्रावस्ती पर एक और भी तो पापग्रह है।"

"वह कौन?"

"श्रमण महावीर जिन।"

"उसकी तपश्चर्या ही निराली है आचार्य, कुछ समझ में ही नहीं आता। सुना है, वह दो-दो मास निराहार रहते हैं। आजीवकों की भाँति नंगे रहते हैं। उनके शील और व्रत बहुत श्रावक धारण कर रहे हैं। वह भी शूद्र और ब्राह्मण में अभेद रखते हैं। राजपुत्र विदूडभ उन्हें बहुत मानते हैं।"

"समझ गया। अरे लौहित्य, प्रसिद्धि के अनेक उपाय हैं। इस लिच्छवि निग्रन्थ श्रमण को भी मैं अच्छी तरह जानता हूँ। उधर शाक्यों ने इधर लिच्छवियों ने अपने गणराज्य के विस्तार का यह धर्म का ढोंग रचा है इनका उच्छेद सम्राट् द्वारा नहीं विदूडभ के द्वारा होगा। नहीं तो वे कोसल के आर्य राज्य को खोखला कर डालेंगे। अच्छा-अच्छा, देखूँगा इसे, राजसूय समाप्त होने दो।"

राजपुत्र विदूडभ

राजकुमार विदूडभ ने आचार्य के निकट आ अभिवादन कर आसन पर बैठकर कहा, "आपने मुझे स्मरण किया था आचार्य?"

"तुम्हारा कल्याण हो राजकुमार! मुझे भासता है कि तुम्हें मेरी आवश्यकता है।"

"किसलिए आचार्य?"

"अपने गुरुतर उद्देश्य की पूर्ति के लिए।"

"आप किस सन्दर्भ का संकेत कर रहे हैं आचार्य?"

"तो क्या तुम मेरा संकेत समझे नहीं, कुमार?"

"आचार्य कुछ कहें तो।"

"अरे, श्रावस्ती में कितना अनर्थ हो रहा है आयुष्मान्?"

"कैसा अनर्थ?"

"यह श्रमण गौतम क्या राजा-प्रजा सभी को नष्ट कर डालेगा?"

"ऐसी आप कैसे कल्पना करते हैं?"

"तो तुमने नहीं सुना कि सेठ सुदत्त ने जैतवन को कुमार जैत से अठारह करोड़ स्वर्ण में मोल लेकर गौतम को भेंट कर दिया!"

"सुना है आचार्य!"

"और विशाखा ने जो सात खंड का पूर्वाराम मृगारमाता-प्रासाद बनाया है सो?"

"वह भी जानता हूँ।"

"राजमहिषी मल्लिका नित्य वहाँ जाती हैं?"

"जाती तो हैं।"

"और यह जो श्रावस्ती, साकेत, कौशाम्बी और राजगृह के राजमुकुट और सेट्ठियों का द्वीप-द्वीपान्तरों से खिंचा चला आता हुआ सुवर्ण उसके चरणों में एकत्र हो रहा है?"

"तो आचार्य, मैं क्या करूँ?"

"अरे आयुष्मान्, एक दिन कोसल के अधिपति तुम होगे या यह श्रमण गौतम?"

"किन्तु मैं तो दासीपुत्र हूँ आचार्य, कोसल का उत्तराधिकारी नहीं?"

"शान्तं पापं! और मैंने जो गणना की है सो? आयुष्मान्, तुम्हीं कोसल के सिंहासन को आक्रान्त करोगे एक दिन, परन्तु तब तक तो जम्बू-द्वीप की सारी सम्पदा इस गौतम के चरणों में पहुँच चुकेगी, सम्पूर्ण राजकोष खाली हो जाएँगे, सम्पूर्ण तरुण भिक्षु हो जाएँगे, सम्पूर्ण सेट्ठियों और श्रेणिकों का धन उसे प्राप्त हो जाएगा। अरे पुत्र, क्या तुम नहीं देख रहे हो—यह धूर्त शाक्यपुत्र गौतम धर्म-साम्राज्य की आड़ में अर्थ-साम्राज्य स्थापित कर रहा है, जो तुम्हारे सामन्त-साम्राज्य को खोखला कर देगा।"

"यह आप क्या कह रहे हैं आचार्य?"

"अरे पुत्र, तुम कहाँ से बलि ग्रहण करोगे? कहाँ से सैन्य-संग्रह करोगे? वाणिज्य-व्यापार कैसे चलेगा? सभी तरुण तो भिक्षु हो जाएँगे! सभी सम्पदा तो उसी शाक्य श्रमण के चरण चूमेगी! तब तुम श्री, शक्ति रोष और सैन्यहीन राजा राज्य-संचालन कैसे करोगे आयुष्मान्?"

"आपके कथन में सार प्रतीत होता है आचार्य!"

"इसे रोको आयुष्मान्, और तुम्हारा वह मातुल-कुल?"

"शाक्य-कुल कहिए भन्ते आचार्य, मैं उसे आमूल नष्ट करूँगा।"

"तुम्हें करना होगा पुत्र! और यह पितृ कुल भी?"

"इसे भी मैं नष्ट करूँगा।"

"तभी तुम कोसल के सिंहासन पर आसीन होगे। सुनो आयुष्मान्, मैं तुम्हारी सहायता करूँगा, तुम्हारा कंटक मुझे ज्ञात है।"

"वह क्या है आचार्य?"

"बन्धुल मल्ल और उसके बारहों पुत्र-परिजन। बन्धुल के ऊपर निर्भर होकर राजा राजकाज से निश्चिन्त हो गया है, बन्धुल स्वयं अमात्य हो गया है और उसने अपने बारहों पुत्र-परिजनों को सेना और राजकोष का अधिपति बना दिया है। ये जब तक जीवित हैं तुम्हारा स्वप्न सिद्ध नहीं होगा।"

"परन्तु आचार्य, मैं समय की प्रतीक्षा कर रहा हूँ।"

"मूर्खता की बातें हैं आयुष्मान्! तुम्हारा यह उद्ग्रीव यौवन प्रतीक्षा ही में विगलित जो जाएगा। फिर उसी के साथ साहस और उच्चाकांक्षाएँ भी। मित्रगण निराश होकर थक जाएँगे और वे अधिक आशावान् शत्रु को सेवेंगे। तुम आयुष्मान्, समय को खींचकर वर्तमान में ले आओ।"

"किस प्रकार आचार्य?"

"कहता हूँ, सुनो। इस बन्धुल और उसके बारहों पुत्र-परिजनों को नष्ट कर दो आयुष्मान्, और बन्धुल के भागिनेय दीर्घकारायण को अपना अन्तरंग बनाओ, इससे

तुम्हारा यंत्र सफल होगा। दीर्घकारायण, बन्धुल और राजा, दोनों से अनादृत और वीर पुरुष है।"

"परन्तु यह अति कठिन है आचार्य!"

"अति सरल आयुष्मान्! वत्सराज उदयन सीमान्त पर सैन्य-संग्रह कर रहा है। कलिंगसेना के अपहरण से वह अति क्रुद्ध है। महाराज को भय है कि विवाह और यज्ञ में वह विघ्न डालेगा।"

"यह मैं जानता हूँ। महाराज ने उधर सेनापति कारायण को भेजा है।"

"मैं ऐसी व्यवस्था करूँगा कि सेनापति कारायण को सफलता न मिले आयुष्मान्!"

"इससे क्या होगा आचार्य?"

"तब तुम महाराज और बन्धुल को उत्तेजित करके बन्धुल के बारहों पुत्र-परिजनों को सीमान्त पर भिजवा देना और कारायण को राजधानी में वापस बुलाकर राजा से अनादृत कराना।"

"मैं ऐसा कर सकूँगा।"

"बन्धुल के बारहों पुत्र-परिजन सीमान्त से जीवित नहीं लौटेंगे और बन्धुल को स्वयं उस अभियान पर जाने को विवश होना पड़ेगा। बिम्बिसार को पराजित करके वह गर्व तो बहुत अनुभव करता है, पर उसका सैन्य-संगठन इस युद्ध में छिन्न-भिन्न हो गया है आयुष्मान्, उसे कौशाम्बीपति और उसके अमात्य यौगन्धरायण से लोहा लेने में बहुत सामर्थ्य खर्च करना पड़ेगा।"

"किन्तु बन्धुल के बारहों पुत्र-परिजनों का निधन कैसे होगा आचार्य? वे सब भाँति सुसज्जित और संगठित हैं।"

"उनकी चिन्ता न करो आयुष्मान्! पृथ्वी का सर्वश्रेष्ठ सामर्थ्यवान् महामात्य यौगन्धरायण मेरा बालमित्र है। मैं आवश्यक सन्देश आज ही पायासी महा सामन्त को सीमान्त भेज दूँगा। बन्धुल के पुत्र-परिजनों का वध सीमान्त पहुँचने के प्रथम ही हो जाएगा।"

"यह तो असाध्य-साधन होगा भन्ते आचार्य!"

"और एक बात है, पायासी कारायण के साथ साकेत को लौटेगा। मार्ग ही में वह उसे तुम पर अनुरक्त कर देगा। साकेत पहुँचने पर और महाराज से अनादृत होने पर उसे भलीभाँति समादृत करके मित्र बना लेना तुम्हारा काम है।"

"इस सम्बन्ध में आप निश्चिन्त रहें आचार्य!"

"तो पुत्र, इसी यज्ञ-समारोह में तुम्हारी अभिसन्धि पूरी होगी। किन्तु एक बात है।"

"क्या?"

"अनाथपिंडिक सुदत्त शाक्य गौतम का जैतवन में नित्य स्वागत करता है।"

"हाँ आचार्य, मुझे ज्ञात है।"

"जाओ तुम भी और श्रमण से कपट-सम्बन्ध स्थापित करो।"

"आचार्य, क्या उसे मार डालना होगा?"

"नहीं आयुष्मान्, वह अभी जीवित रहना चाहिए। वह इन सब राजाओं को, सेट्ठिपुत्रों को मार डालेगा। ये ही आज तुम्हारे शत्रु हैं। आयुष्मान, अभी उसे अपना कार्य

करने दो। परन्तु यह श्रमण विशाखा के पूर्वाराम मृगारमाता-प्रासाद में कब जा रहा है?"

"इसी पूर्णिमा को, आचार्य!"

"उसी समय राजमहिषी मल्लिकादेवी भी गौतम से दीक्षा लेंगी?"

"ऐसी ही व्यवस्था सेट्ठि-पुत्रवधू विशाखा ने की है।"

"तो तू ऐसा कर सौम्य कि बन्धुल मल्ल की पत्नी मल्लिका भी उस श्रमण के चंगुल में फँस जाए, वह भी राजमहिषी के साथ ही दीक्षा ले।"

"यह तो अतिसरल है आचार्य! उससे मेरा अच्छा परिचय है। मैं उसे सहमत कर लूँगा।"

"श्रमण की खूब प्रशंसा करो आयुष्मान् और राजमहिषी के साथ ही गौतम के पास जाने की उसे प्रेरणा दो। दे सकोगे?"

"दे सकूँगा। मैं जानता हूँ, महिषी का उस पर बहुत प्रेमभाव है।"

"यह बहुत अच्छा है आयुष्मान्! और एक बात याद रखो।"

"वह क्या आचार्य?"

"वही करो जो उचित है।"

"उचित क्या है?"

"जो आवश्यक है, वही उचित है आयुष्मान्।"

विदूडभ ने हँसकर कहा, "आचार्य, आपका धर्म गौतम की अपेक्षा बहुत अच्छा है।"

"परन्तु आयुष्मान्, यह धर्म-पदार्थ एक महा असत्य वस्तु है। इसे केवल पर-धन-हरण करने और उसे शान्ति से उपभोग करने के लिए ही कुछ चतुरजनों ने अपनाया है। इससे प्रिय, तुम किसी की ठगाई में न आना। धर्म के सत्य रूप को समझना और उससे भय न करना। उससे काम लेना और जो उचित हो, वही करना।"

"समझ गया आचार्य! राजगृह के उस तरुण वैद्य के पास कुछ अति भयंकर विष हैं, परन्तु वह उनसे काम लेना जानता है। वह जो उचित है, वही करता है। वह कहता है, ऐसा करने से ये सब भयानक विष अमृत का काम देते हैं, उनसे मृतप्राय आदमी जी उठते हैं।"

"ऐसा ही है आयुष्मान्! अब तुम इस तत्त्व को भली-भाँति समझ गए। अब जाओ तुम प्रिय, तुरन्त साकेत जाकर शुभ कार्य का अनुष्ठान करो।"

"अच्छा भन्ते!" कहकर राजकुमार ने उठकर आचार्य को अभिवादन किया और आचार्य ने दोनों हाथ उठाकर उसे आशीर्वाद दिया।

राजकुमार विदा हुए।

दासों के हट्ट में

जीवक कौमारभृत्य को एक दासी की आवश्यकता थी। उसने मित्र राजपाल से कहा, "मित्र, हट्ट में चल, एक दासी मोल लेंगे। सुना है, यवन देश का एक दास-विक्रेता नगर में आया है, उसके पास कुछ अच्छी तरुण दासियाँ हैं।"

दोनों मित्र हट्ट में पहुँचे। अन्तरायण में पणजेट्ठक के बाड़े में कुछ दास-दासी एक शृंखला में बँधे बैठे थे। अभी दोपहर होने में देर थी। हाट के बीचोबीच बिना छत का लोहे के सींकचों से घिरा हुआ एक बाड़ा था। उसी में पन्द्रह-बीस दास-दासियाँ, जो बेचे जाने को थे, बन्द थे। सबके पैरों में एक लोहे की शृंखला पड़ी थी। इनमें सभी आयु के दास-दासी थे। कुछ दासियाँ यवनी थीं। एक की आयु तीस वर्ष के लगभग थी, परन्तु यौवन का प्रभाव अब भी उसके शरीर पर था। दूसरी युवती की आयु बीस बरस की थी। उसका रंग मोती के समान स्वच्छ और आँखें वैदूर्य के समान सतेज थीं। वह दोनों हाथ छाती पर बाँधे एक वृद्धा के पास नीची दृष्टि किए बैठी थी। एक बालक बारह-चौदह वर्ष का था। कई दास काले थे।

दास-विक्रेता एक बूढ़ा ठिंगना यवन था। वह बहुत बार श्रावस्ती आ चुका था। उसकी सफेद दाढ़ी, ठिंगनी गर्दन और क्रूर आँखें उसको अन्य पुरुषों से पृथक् कर रही थीं। उसके हाथ में चमड़े का एक सुदृढ़ चाबुक था। वह एक क्रीता दासी को लेकर बाड़े में आया। दासी की गोद में तीन साल का बालक था। बालक हृष्ट-पुष्ट और सुन्दर था। जब दासों के व्यापारी ने उस स्त्री को दासों के बाड़े में बैठाकर उसके पैरों में शृंखला डाल दी, तो वह स्त्री रोने लगी।

"दास-विक्रेता ने कहा, 'रोती क्यों है?' क्या चाबुक खाएगी?"

"तुमने मुझे यहाँ किसलिए बिठाया है?"

"यह तो प्रकट है कि बेचने के लिए। देखा नहीं, बीस निष्क सोने देकर मैंने तुझे और तेरे छोकरे को खरीदा है!"

"कहाँ? मुझे तो मेरे मालिक ने यह कहा था कि वैशाली में तेरा आदमी है, वहीं यह भलामानस तुझे ले जाएगा।"

व्यापारी ने हँसकर कहा, "ऐसा न कहता तो तू वहीं रो-धोकर एक टंटा खड़ा कर देती? पर अब रोकर अपना चेहरा न खराब कर, नहीं तो ग्राहक अच्छे दाम नहीं लगाएगा।"

स्त्री ने निराश दृष्टि से उसकी ओर ताकते हुए कहा, "तो क्या तुम मुझे बेचोगे?"

"नहीं तो क्या बैठाकर खिलाऊँगा? यहाँ तो इधर लिया, उधर दिया।"

इतने में एक आदमी ने लड़के के मांसल कन्धों में हाथ गड़ाकर देखा और कहा, "अरे, इस छोकरे को सस्ते दामों में दे तो मैं ही ले लूँ।"

"सस्ते की खूब कही। छोकरा कितना तैयार है। खरे दाम, चोखा माल।"

"पर इतना-सा तो है। काम-लायक बड़ा होने तक खिलाना-पिलाना होगा, जानते हो? मैं दस कार्षापण दे सकता हूँ।"

"क्या दस? अभी नहीं, और छह महीने बाद पचास में बिकेगा।"

"और जो मर गया तो माल से भी जाओगे। मान जाओ, पन्द्रह कार्षापण ले लो।"

"अच्छा बीस पर तोड़ करिए। बहुत खरा माल है, कैसा गोरा रंग है!"

ग्राहक कार्षापण गिनने लगा तो स्त्री ने आँखों में भय और आँसू भरकर कहा, "मुझे भी खरीद लीजिए भन्ते!"

व्यापारी ने हाथ का चाबुक उठाकर कहा, "चल-चल, ग्राहक को तंग न कर।"

उसने खींचकर बालक को ग्राहक के हाथ में दे दिया। बालक रोने लगा, उसकी माँ मूर्च्छित हो गई।

व्यापारी ने कहा, "अब इस अवसर पर अपना माल लेकर चल दीजिए, होश में आने पर यह और टंटा खड़ा करेगी।"

ग्राहक सिसकते हुए बालक को लेकर चला गया। थोड़ी देर में स्त्री ने होश में आकर शून्य दृष्टि से अपने चारों ओर देखा। दास-विक्रेता ने पास आकर कहा, "चिन्ता न कर, जिसने खरीदा है भला आदमी है, लड़का सुख से रहेगा और तेरा भी झंझट जाता रहा।" स्त्री भावहीन आँखों से देखती रही। उसके होंठ हिले, पर बोल नहीं निकला। वह सिर से पैर तक कपड़े से शरीर ढाँपकर पड़ी रही।

एक बूढ़े ब्राह्मण ने आकर कहा, "एक दासी मुझे चाहिए।"

"देखिए, इतनी दासियाँ हैं। यवनी चाहिए या दास?"

"दास।"

"तब यह देखिए।" उसने एक तरुणी की ओर संकेत किया। वह चुपचाप अधोमुखी बैठी रही। व्यापारी ने कहा, "चार भाषा बोल सकती है आर्य! रसोई बनाना और चरणसेवा भी जानती है, अभी युवती है।" यह कहकर उसने उसे खड़ा किया। युवती सकुचाती हुई उठ खड़ी हुई।

ब्राह्मण ने साथ के दास से कहा, "देख काक, दाँत देख, सब ठीक-ठाक हैं?"

ब्राह्मण के क्रीत दास ने मुँह में उँगली डालकर दाँत देखे और निश्शंक वक्षस्थल में हाथ डालकर वक्ष टटोला। कमर और शरीर को जगह-जगह से टटोलकर, दबाकर देखा और फिर हँसकर कहा, "काम लायक है मालिक, खूब मजबूत है।"

व्यापारी ने हँसकर कहा, "मैंने पहले ही कहा था। परन्तु भन्ते, मूल्य चालीस निष्क से कम नहीं होगा।"

"इतना बहुत है, तीस निष्क दूँगा।"

"आप श्रोत्रिय ब्राह्मण हैं, मुझे उचित है कि आप ही को बेचूँ।" उसने हँसते-हँसते युवती के पैर की शृंखला खोल दी। ब्राह्मण ने स्वर्ण गिन दिया और दास से कहा, "लेखपट्ट ठीक-ठीक लिखाकर दासी को ले आ।" वे चले गए।

काक ने सब लिखा-पढ़ी कराकर दासी से कहा, "चल-चल, घबरा मत, हमीं तेरे मालिक हैं, भय न कर।" दासी चुपचाप उसके पीछे-पीछे चल दी।

जीवक कौमारभृत्य घूर-घूरकर प्रत्येक दासी को देख रहे थे। अब अवसर पाकर व्यापारी ने उनसे कहा, "भन्ते, आपको कैसा दास चाहिए? इस छोकरे को देखिए—कैसे हाथ-पैर हैं, रंग भी काला नहीं है।" उसने छोकरे के पैरों से शृंखला खोलकर कहा, "तनिक नाच तो दिखा रे!"

बालक ने डरते-डरते खड़े होकर भद्दी तरह नाच दिखा दिया। व्यापारी ने फिर कहा, "गाना भी सुना।"

उसने दासों का गीत भी गा दिया। व्यापारी हँसने लगा।

जीवक ने कोने में सिकुड़ी हुई बैठी युवती की ओर उँगली उठाकर कहा, "उस युवती दासी का क्या मोल है भणे!"

व्यापारी ने हँसकर हाथ मलते हुए कहा, "आप बड़े काँइयाँ हैं भन्ते, असल माल टटोल लिया है। बड़ी दूर से लाया हूँ, दाम भी बहुत दिए हैं। व्यय भी करना पड़ा है। संगीत, नृत्य और विविध कला में पारंगत है। भोजन बहुत अच्छा बना सकती है, अनेक भाषा बोल सकती है। रूप-सौन्दर्य देखिए..."

उसने दासी को अनावृत करने को हाथ बढ़ाया। परन्तु जीवक ने कहा, "रहने दे मित्र, दाम कह।"

"साठ निष्क से एक भी कम नहीं।"

"इतना ही ले।"

जीवक ने स्वर्ण-भरी थैली उसकी ओर फेंक दी। व्यापारी ने प्रसन्न हो और दासी के निकट जाकर उसकी शृंखला खोलते हुए कहा, "भाग्य को सराह, ऐसा मालिक मिला।"

दासी ने कृतज्ञ नेत्रों से जीवक को देखा और उसके निकट आ खड़ी हुई। जीवक ने उसे अपने पीछे-पीछे आने का संकेत किया तथा मित्र से बातें करता हुआ अपने आवास की ओर आया।

इसी समय और भी बहुत-से दास और दासियाँ बिकने के लिए हट्ट में आए। पणजेट्ठक ने सबके मालिकों के नामपट्ट देखे, शुल्क लिया और एक-एक करके शृंखला उनके पैरों में डाल दी। इन दास-दासियों में बूढ़े भी थे, जवान भी थे, अधेड़ भी थे, लड़कियाँ भी थीं। सत्तर साल की बुढ़िया से लेकर चार वर्ष तक की लड़की थी। एक दस वर्ष की लड़की कराह रही थी। कल इसकी माँ बिक चुकी थी और यह 'माँ-माँ' चिल्ला रही थी। वह सत्तर साल की बुढ़िया वातरोग से गठरी-सी बनी लगातार रो रही थी। उसके पाँच-छः लड़के-लड़कियाँ लोग खरीद ले गए थे। वह तीन-चार दिन से हट्ट में बिकने को आ रही थी, पर कोई उसका खरीदार ही नहीं खड़ा हो रहा था। दो औरतें एक-दूसरी से चिपटी बैठी थीं। एक की 45 वर्ष की आयु होगी, दूसरी 15 वर्ष की थी। दोनों माँ-बेटियाँ थीं। उनके कपड़े-लत्ते साफ-सुथरे और अंग कोमल थे। इससे प्रतीत होता है कि उन्होंने परिश्रम नहीं किया था। ये एक श्रोत्रिय ब्राह्मण के यहाँ से आई थीं। दोनों पढ़ी-लिखी थीं। एक सामन्त ने उन्हें ब्राह्मण को यज्ञ की दक्षिणा में दिया था। ब्राह्मण ने उनके स्वर्णाभरण उतारकर उन्हें बेचने को हट्ट में भेज दिया।

दासों को देखने और उनका क्रय-विक्रय करनेवालों की हट्ट में बड़ी भीड़ हो रही थी। उसी भीड़ में एक ओर सोम चुपचाप खड़े तीव्र दृष्टि से एक-एक करके दासों को देख रहे थे। उनका चेहरा पीला पड़ गया था और उस पर श्री नहीं रह गई थी। इतने ही में किसी ने पीछे से उनके कन्धे पर हाथ रखा। सोम ने पीछे फिरकर देखा, कुंडनी थी। कुंडनी ने संकेत से उन्हें एक ओर ले जाकर कहा, "बड़ी बात हुई जो तुम्हें देख पाई। मैं तुम्हारे लिए बहुत चिन्तित थी। परन्तु राजनन्दिनी की खटपट में मैं तुम्हारे लिए कुछ न कर सकी। तुम क्या सीधे श्रावस्ती से अभी चले आ रहे हो?"

"हाँ, मुझे अशक्तावस्था में राह में अटकना पड़ा। परन्तु मैं मार्ग-भर तुम्हें खोजता आया हूँ।"

"मुझे या चम्पा की राजनन्दिनी को?"

कुंडनी सोम पर एक कटाक्ष करके हँस दी। सोम भी हँस पड़ा। उसने कहा, "राजकुमारी हैं कहाँ?"

"वह इसी दस्यु यवन दास-विक्रेता के फंदे में फँस गई थीं।"

"तुम रक्षा नहीं कर सकीं कुंडनी?" सोम ने सूखे कंठ से कहा।

"नहीं, मैंने उस समय उन्हें छोड़कर पलायन करना ही ठीक समझा।"

"अरे, तो यह दुष्ट क्या उन्हें दासी की भाँति बेचेगा?" सोम ने क्रोध से नथुने फुलाकर खड्ग पर हाथ रखा और एक पग आगे बढ़ाया।

कुंडनी ने उनका हाथ पकड़ लिया। कहा, 'बेवकूफी मत करो, यह तो उन्हें बेच भी चुका।"

"बेच चुका, कहाँ?"

"अन्तःपुर में। अन्तःपुर का कंचुकी मेरे सामने स्वर्ण देकर उन्हें महालय में ले गया।"

"और तुम यह सब देखती रहीं कुंडनी?" सोम की वाणी कठोर हुई।

"दूसरा उपाय न था। परन्तु अन्तःपुर की सब बातें मुझे विदित हैं।"

"कौन बातें?"

"गान्धार-कन्या कलिंगसेना का महाराज प्रसेनजित् से विवाह होगा। उस अवसर पर पट्टराजमहिषी मल्लिका नियमानुसार उन्हें एक दासी भेंट करेंगी। इस काम के लिए बहुत दासियाँ इकट्ठी की गई थीं। उनमें कंचुकी भांडायन ने चम्पा की राजकुमारी को ही चुना, वह उन्हें मुँह-माँगे मूल्य पर क्रय कर ले गया और राजमहिषी मल्लिका ने उन्हीं को विवाह के उपलक्ष्य में महाराज को भेंट करने का निर्णय किया है।"

"परन्तु यह अत्यन्त भयानक है कुंडनी! यह कदापि न होने पाएगा। तुम इस सम्बन्ध में कुछ न करोगी?"

"क्यों नहीं! हमें राजनन्दिनी को बचाना होगा। परन्तु, क्या तुम साहस करोगे?"

"यदि प्रसेनजित् को अपने सेनापति बन्धुल पर अभिमान है, तो कुंडनी मैं अकेला ही कोसल का गर्व भंग करूँगा। मगध-पराजय का पूरा बदला लूँगा।"

"तुम अकेले यह कर सकोगे?"

"अकेला नहीं, यह खड्ग भी तो है!"

'खड्ग पर यदि तुम्हें इतना विश्वास है तो दूसरी बात है। परन्तु तुम यहाँ मुझसे कुछ आशा मत रखना।"

"तो तुम राजनन्दिनी पर इतनी निर्दय हो? तब इन्हें इस विपत्ति में डालने को लाई क्यों थीं?"

"मैंने उनका विपत्ति से उद्धार किया था।"

"तो अब भी उद्धार करो।"

"कर सकती हूँ, परन्तु तुम्हारी योजना पर नहीं, अपनी योजना पर।"

"वह क्या है?"

"कहती हूँ; पहले यह कहो कि तुम साहस कर सकते हो?"

"मेरा यह खड्ग तुम देखती नहीं?"

"फिर खड्ग! अरे भाई, खड्ग का यहाँ काम नहीं है।"

"तब?"

"कौशल का है।"

"क्या असुरपुरी का वही मृत्यु-चुम्बन?"

"नहीं-नहीं सोम, यह असुरपुरी नहीं, कोसल महाराज्य की राजधानी श्रावस्ती है। जानते हो, यदि यहाँ यह पता लग जाए कि हम मागध हैं, तो चर होने के सन्देह में हमें सूली चढ़ना होगा।"

"तो फिर कहो भी, तुम्हारी योजना क्या है?"

"हम मागध हैं—पराजित मागध!"

"मैं अस्वीकार करता हूँ।"

"व्यर्थ है। यह कहो कि साहस कर सकोगे?"

"अच्छा करूँगा। कहो, क्या करना होगा?"

कुंडनी हँस दी—"हाँ ठीक है; इसी भाँति मेरे अनुगत रहो।"

सोम को भी हँसना पड़ा। उसने कहा, "तो अनुगृहीत भी करो।"

"वही तो कर रही हूँ।"

"क्या करना होगा कहो?"

"तुम्हें मेरे साथ अन्त:पुर में प्रवेश करना होगा।"

"कैसे?"

"स्त्री-वेश में।"

"अरे! यह कैसे होगा?"

"चुपचाप मेरी योजना पर विश्वास करो। वस्त्र मैं जुटा दूँगी। कहो, कर सकोगे?"

सोम ने हँसकर कहा, "तुम्हारे लिए यह भी सही कुंडनी!"

"मेरे लिए नहीं भाई, राजनन्दिनी के लिए।"

"ऐसा ही सही।"

"अच्छा, अब चलो मेरे साथ।"

"कहाँ?"

"जहाँ आर्य अमात्य हैं?"

"अमात्य क्या यहाँ हैं? और सम्राट्?"

"वे राजगृह पहुँच गए हैं।"

"उनके पास अभी चलना होगा?"

"अभी नहीं, अब तो स्नान, भोजन और विश्राम करना होगा। फिर रात्रि होने पर।"

"चलो फिर।"

दोनों जने टेढ़ी-मेढ़ी गलियों को पार करते चले गए।

युग्म युग-पुरुष

नगर के बाहर एक यक्ष-निकेतन था। निकेतन बहुत पुराना था। उसमें विराटकाय यक्ष की प्रतिमा थी। निकेतन का अधिकांश पृथ्वीगर्भ में था और उसमें प्रवेश एक गुफा-द्वार से होता था। यक्ष-प्रतिमा काले पत्थर की थी, जो उस अन्धकारपूर्ण निकेतन में प्रभावशाली प्रतीत होती थी। नगर के इस प्रान्त-भाग में लोगों का आना-जाना बहुत कम होता था। कभी-कभी लोग यक्ष-पूजन के लिए आते और दीप जलाकर गुहागर्भ में प्रवेश करते थे। साधारणतया यह प्रसिद्ध था कि यक्ष के प्रकोप से मनुष्य का मस्तक कट गिरता है। इसी से इस यक्ष-निकेतन के प्रति लोगों में बड़ी भीति थी। रात्रि को इधर भूलकर भी कोई नहीं आता था।

कुंडनी सोम को टेढ़े-मेढ़े मार्गों से होकर यक्ष-निकेतन में ले आई। उसने दृढ़ता से सोम का हाथ पकड़कर उस अन्धकारपूर्ण भयावनी गुहा में प्रवेश किया। सोम टटोल-टटोलकर उसके पीछे-पीछे चलने लगे। गुहा के बिलकुल अन्त में यक्ष-प्रतिमा की पीठ पर ढासना लगाए, दीपक के क्षीण प्रकाश में आर्य वर्षकार गम्भीर मुद्रा में बैठे ताड़पत्र पर कुछ लेख लिखने में व्यस्त थे। कुंडनी और सोम ने निकट जाकर अभिवादन किया। आर्य वर्षकार ने सिर उठाकर देखा, फिर संकेत से बैठने को कह अपना लेख पूरा किया। लेख पूरा करके उस पर उन्होंने गीली मिट्टी की अपनी मुद्रिका से मुहर लगा दी। फिर सोमप्रभ की ओर देखकर कहा, "आयुष्मान् सोम, हम लोगों के आने के प्रथम ही सम्राट् की सेना पराजित हो गई।"

"सुन चुका हूँ आर्य!" सोम ने धीरे-से कहा।

"अभी भगवत्पाद वादरायण का सन्देश मुझे मिला है, सम्राट् अब राजगृह पहुँच गए होंगे। मेरा उधर तुरन्त पहुँचना आवश्यक है, क्योंकि राजगृह पर चंडमहासेन ने अभियान किया है और मथुरा का अवन्तिवर्मन भी उनसे मिलने आ रहा है।" किन्तु मैं निमित्त से रुका हूँ। समय क्या है?"

"एक दंड रात्रि व्यतीत हुई है।"

"तो आयुष्मान् सोम, यह पत्र तुम यत्न से रखो और सेनापति उदायि को ढूँढ़-ढाँढ़कर उन्हें दे दो। वह बिखरी हुई मागध सैन्य का संगठन कर रहे हैं। तुम उन्हें सहायता दो, "अत्यंत गोपनीय भाव से सेना संगठित करो और अवसर पाते ही यज्ञ विध्वंस कर दो।"

"क्या कोसलपति के प्रति आर्य कोई विशेष आदेश देंगे?"

"नहीं। परन्तु यथासमय तुम करणीय करो।"

"राजकुमार विदूडभ?"

"उसके जीवन की रक्षा होनी चाहिए, किन्तु पिता-पुत्र के विवाद से तुम लाभान्वित हो सकते हो।"

"जैसी आज्ञा, आर्य!"

"पुत्री कुंडनी, तुझे अन्तःपुर का सब महत्त्वपूर्ण समाचार सुविदित होना चाहिए। तुम लोग नगर में छद्म वेश में रह सकते हो। हाँ, मल्ल बन्धुल को नष्ट कर दो।"

"जो आज्ञा आर्य!"

"और एक बात। उपालि कुम्भकार हमारा मित्र है, भूलना नहीं।"

"नहीं आर्य, नहीं।"

"तो जाओ अब, तुम्हारा कल्याण हो!"

दोनों ने अभिवादन कर प्रस्थान किया। वर्षकार फिर कुछ लिखने लगे। इतने ही में पदशब्द सुनकर उन्होंने खड्ग उठाया और खड़े हुए।

किसी ने मृदु-मन्द स्वर से कहा, "वहाँ कौन है?"

"यदि वयस्य यौगन्धरायण हैं, तो वर्षकार स्वागत करता है।"

"स्वस्ति मित्र, स्वस्ति!"

दोनों ने अपने-अपने स्थान से आगे बढ़कर परस्पर आलिंगन किया। उस अन्धकारपूर्ण गुफा में विश्व के दो अप्रतिम राजनीतिज्ञ एकत्र थे।

यौगन्धरायण ने कहा, "मगध-सम्राट् की पराजय का दायित्व मुझ पर ही है मित्र!"

"मैं जानता हूँ, परन्तु मैं आपको दोष नहीं दे सकता।"

"सुनकर सुखी हुआ। कौशाम्बीपति ने केवल कलिंगसेना के कारण अभियान किया था।"

"किन्तु सुश्री कलिंगसेना ने प्रियदर्शी महाराज उदयन को छोड़कर विगलित-यौवन प्रसेन को कैसे स्वीकार किया?"

"मेरे ही कौशल से मित्र!"

"तो क्या वह नहीं जानती थी कि प्रसेनजित् बूढ़े हैं?"

"क्यों नहीं!"

"तो फिर महाराज उदयन ने उसका त्याग किया?"

"नहीं, मैंने ही यह विवाह नहीं होने दिया।"

"क्यों मित्र?"

"कौशाम्बी की कल्याण-कामना से।"

"तो क्या वयस्य यौगन्धरायण यह समझते हैं कि गान्धरराज की गैत्री इतनी हीन है? उससे तो सम्पूर्ण उत्तर कुरु तक महाराज उदयन का प्रभाव हो जाता।"

"वह तो है ही मित्र! कौशाम्बीपति ने जब से देवासुर-संग्राम में क्रियात्मक भाग लिया है, तब से देवराज इन्द्र उन्हें परम मित्र मानता है।"

"सुनकर सुखी हुआ; किन्तु कलिंगसेना के विवाह में क्या राजनीतिक बाधा थी?"

"मैं अवन्तीनरेश महाराज चंडमहासेन को क्रुद्ध नहीं करना चाहता था। आप तो जानते ही हैं कि कन्याहरण के बाद वे बड़ी कठिनाई से प्रसन्न हुए थे और मालव-मित्रता की कौशाम्बी राज्य को बड़ी आवश्यकता है मित्र!"

"किन्तु कदाचित् कौशाम्बी के महामात्य यौगन्धरायण मगध-सम्राट् की प्रसन्नता की उतनी चिन्ता नहीं करते।"

"क्यों नहीं! मगध के महामहिम अमात्य वर्षकार भली-भाँति जानते हैं कि मागध-मित्रता की प्राप्ति के लिए ही मैंने युक्तिपूर्वक देवी वासवदत्ता को छल से मृतक घोषित करके मगधनन्दिनी पद्मावती का विवाह कौशाम्बीपति से कराया था। मगध-सम्राट्

की प्रसन्नता की कौशाम्बीपति को उतनी ही आवश्यकता है मित्र, जितनी मगध-सम्राट् को कौशाम्बीपति की मित्रता की।"

"सुनकर आश्वस्त हुआ मित्र! आपको विदित ही होगा, इसी से असन्तुष्ट होकर अवन्तीनरेश ने मगध पर अभियान किया है। कलिंगसेना से उदयन महाराज का विवाह मगध-सम्राट् को भी अभीष्ट नहीं था।"

यौगन्धरायण ने हँसकर कहा, "सम्राट् को कौशाम्बीपति की गान्धार राज्य की मैत्री से पश्चिमोत्तर दिशा से भय-ही-भय है, तो मित्र, सम्राट् की इस महत्त्वाकांक्षा में कौशाम्बी राज्य बाधक नहीं है। सच पूछिए तो कौशाम्बीपति को विश्वास था कि मगध-अभियान कोसल राज्य के जीर्ण-शीर्ण ढाँचे को अकेला ही ढहा देगा।"

"सो मित्र यौगन्धरायण, मागध अभियान अभी समाप्त नहीं है। अभी वर्षकार जीवित है।"

"वयस्य वर्षकार का प्रबल प्रताप मुझे विदित है। मुझे सुख है कि मुझे और कौशाम्बीपति को उसकी और मगध-सम्राट् की मित्रता प्राप्त है।"

"मगध-सम्राट् सदैव कौशाम्बीपति को मित्र समझते हैं।"

"महाराज यह सुनकर सुखी होंगे। तो मित्र, अब स्वस्ति!"

"स्वस्ति मित्र, स्वस्ति!"

आर्य यौगन्धरायण चले गए और उसके कुछ ही देर बाद आर्य वर्षकार गुहाद्वार से निकले। बाहर आकर उन्होंने कुछ संकेत किया। एक चर ने आकर उनके कान में धीरे-धीरे कुछ कहा। आर्य वर्षकार ने नेत्रों से संकेत प्रकट कर कहा, "अब तुम अपने कार्य में लगो सौम्य! मेरा अश्व तैयार है?"

"जी हाँ आर्य!"

"ठीक है।" वे उत्तरीय से शरीर को अच्छी तरह लपेट एक ओर को चल दिए।

विदूडभ का कूट-यंत्र

महाराज प्रसेनजित् अशान्त मुद्रा में बैठे बन्धुल मल्ल से कोई गुप्त परामर्श कर रहे थे। विदूडभ ने वहाँ प्रवेश किया। महाराज ने कहा, "बैठो राजपुत्र! तुम श्रावस्ती अकस्मात् ही चले गए, मुझे सूचना भी नहीं दी!'

"जाना पड़ा महाराज।"

"किसलिए पुत्र?"

"एक महत्त्वपूर्ण सन्देश पाकर।"

"कैसा?"

"क्या निवेदन करूँ?"

"कहो पुत्र!"

"मुझे सूचना मिली थी।"

"कैसी?"

"अप्रिय।"

"कहाँ से?"

"सीमांत से।"

"कह पुत्र, क्या सूचना थी?"

"कौशाम्बीपति ठीक यज्ञ के समय कोसल पर आक्रमण करेगा।"

"कहाँ? कारायण ने तो नहीं लिखा। यह उसका पत्र है। वह लिखता है, चिन्ता का कोई कारण नहीं है।"

"मेरे पास भी एक पत्र है महाराज।"

"किसका पत्र?"

"सेनापति कारायण का।"

"किसके नाम?"

"किसी गुप्त मित्र के नाम।"

विदूडभ ने एक पत्र वस्त्र से निकालकर महाराज के हाथ में दे दिया। महाराज ने मल्ल बन्धुल को देकर कहा, "पढ़ो बन्धुल!"

बन्धुल ने पढ़ा। उनका मुँह सूख गया। वह उलट-पुलटकर पत्र को देखने लगा। महाराज ने कहा, "पत्र में क्या लिखा है?"

"लिखा है, ठीक...दिन कौशाम्बीपति श्रावस्ती पर आक्रमण करेंगे। मैं प्रकट में विरोध करूँगा, परन्तु भीतर से अनुकूल हूँ। तुम नगर-रक्षक सैन्य को ठीक रखना। तुम्हारा प्राप्तव्य जा रहा है।"

"पत्र पर क्या कारायण के हस्ताक्षर हैं?"

"हाँ महाराज!"—बन्धुल ने क्रुद्ध स्वर में कहा।

"पत्र किसे लिखा गया है?"

"कोटपाल को।"

"तुम पर यह अभिसन्धि कैसे प्रकट हुई पुत्र?"

"मेरे चर द्वारा।"

"श्रावस्ती क्यों गए?"

"नगर का प्रबन्ध देखने तथा पत्रवाहक मिल जाए तो विशेष समाचार जानने।"

"तो पुत्र, अब करना क्या है?"

"यह सेनापति बन्धुल कहेंगे। वे महाराज के विश्वासपात्र और वीर हैं।"

"तुम भी कहो पुत्र।"

"महाराज जानते हैं कि मेरा मत महाराज से नहीं मिलता।"

"किन्तु यह कोसल की प्रतिष्ठा का प्रश्न है पुत्र!"

"इसी से मैं श्रावस्ती गया था महाराज!"

"तो बन्धुल, तुम सीमांत को अभी प्रयाण करो और कारायण को बन्दी करके यहाँ भेज दो।"

"मैं विरोध करता हूँ महाराज!"

"क्यों पुत्र?"

"सेनापति की यहाँ अधिक आवश्यकता है।"

"परन्तु सीमांत पर और भी अधिक।"

"वहाँ सेनापति के बारहों पुत्र-परिजन जा सकते हैं। वह सब वीर और योद्धा हैं और विश्वस्त भी हैं। आगा-पीछा सोचने योग्य भी हैं।"

"पर वे सब राजकाज में नियुक्त हैं पुत्र!"

"राजधानी का कार्यभार मैं ग्रहण करता हूँ महाराज!"

"तो बन्धुल, यही ठीक है। वे सीमांत को तुरत बीस सहस्त्र नई सेना लेकर जाएँ।"

"नहीं महाराज, मेरी यह योजना है।"—विदूडभ ने कहा।

"वह क्या?"

"यदि सब एकत्र सैन्य लेकर जाएँगे, तो शत्रु सावधान हो जाएगा। उसे भय उपस्थित हो सकता है।"

"तुम्हारी योजना क्या है?"

"वे बारहों बन्धुल-परिजन सैन्य बिना लिए महाराज के दूत के रूप में उपानय लेकर कौशाम्बीपति के पास जाएँ और यज्ञ में उन्हें निमंत्रण देकर उनकी रुचि देखें। सैन्य प्रच्छन्न रूप में पीछे-पीछे जाए, कोई योग्य सामन्त या सेनापति उसका संचालन करें।"

"युक्ति बुरी नहीं है; पर सैन्य-संचालन कौन करेगा?"

"यह भन्ते सेनापति ठीक करें।"

अब मल्ल बन्धुल ने मुँह खोला। उसने कहा, "सैन्य की व्यवस्था हो जाएगी। राजकुमार की योजना उत्तम है। किन्तु कारायण?"

"उसे तुरन्त राजधानी में बुला लिया जाए। यहाँ आने पर महाराज जैसा उचित समझें, उस पर अभियोग करें।"

महाराज एकदम असंयत हो उठे। उन्होंने कहा, "सेनापति, तुम आज ही बारहों मल्ल पुत्र-परिजनों को सीमान्त पर भेज दो और सेना का भी प्रबन्ध करो और पुत्र, तुम श्रावस्ती जाकर नगर-व्यवस्था अपने अधीन कर लो।"

राजपुत्र विदूडभ कृतकृत्य होकर उसी समय श्रावस्ती को चल दिए। उन्हीं के साथ उनके राजवैद्य मित्र जीवक कौमारभृत्य भी श्रावस्ती गए।

राजसूय समारम्भ

वसन्त ऋतु का प्रारम्भ था। सुन्दर शीतल मृदु सुगन्ध वायु बह रही थी। लता-गुल्म पल्लवित और द्रुम-दल कुसुमित हो रहे थे। श्रावस्ती के राजसूय की बड़ी भारी तैयारियाँ हो रही थीं। महाराज प्रसेनजित् की साकेत से अवाई हो रही थी। सब मार्ग-वीथी पताकाओं, स्वस्तिकों, ध्वजाओं से सजाए गए थे। सब सड़कें छिड़काव से ठंडी की हुई थीं। स्थान-स्थान पर कुसुम-गुच्छों के द्वार-मंडप और तोरण बनाए गए थे। शीतल चन्दन और जलते हुए अगरु की सुगन्ध महक रही थी। जहाँ-तहाँ देश-विदेश के सौदागर

और धनिक जन राजपथ की शोभा निहारते घूम रहे थे। महाराज प्रसेनजित् उज्ज्वल वेश धारण किए, बारहों मल्ल-बन्धुओं से रक्षित हो, एक भीमकाय हाथी पर बैठे हुए, राजमहालय की ओर आ रहे थे। शोभायात्रा में देश-विदेश के राजा, राजप्रतिनिधि, मांडलिक और गण्यमान्य सेट्ठि , ब्राह्मण श्रोत्रिय, परिव्राजक तथा ब्रह्मचारी, वानप्रस्थ, जटिल सब कोई थे। राजमहालय में पहुँच राजा ने पहले अन्तःपुर में जा परिवार की स्त्रियों से भेंट की। राजमहिषी मल्लिकादेवी ने उनका पूजन किया। फिर उन्होंने खुली राजसभा में देश-विदेश से आए राजवर्गियों का स्वागत-सत्कार किया। उनके द्वारा लाई उपानय-सामग्री को साभार स्वीकार किया, काम्बोज के संघपति ने उत्तरापथ की अलभ्य वस्तुएँ उपानय में भेजी थीं, जिनमें नन्दिनगर के बने हुए भेड़, बिल्ली और मूषक के रोम से बने सुवर्ण-चित्रित मूल्यवान् वस्त्र, अजानीय अश्व, अश्वतरी और ऊँट थे। कुरु, पांचाल संघ राज्य के शासक धनंजय और श्रुतसोम तथा गणपति राजा दुर्मुख बहुत-से वायु-तुल्य वेग से चलनेवाले, अच्छी जाति के अश्व और बहुत-से रत्न भेंट में लेकर स्वयं आए थे। अस्सक के राजा ब्रह्मदत्त, कलिंगराज सत्तभू, कम्पिला के राजा भरत, विदेहराज रेणु, कासिराज धत्तरथ भी विविध मूल्यवान् वाहन, आसन, पलंग, पोशाक, बहुमूल्य मणियों और मोतियों से सुशोभित हाथीदाँत के बने विचित्र कवच, विविध शस्त्र, सुशिक्षित घोड़ों से जुते हुए तथा सोने के तारों से खचित, व्याघ्रचर्म से मढ़े हुए रथ, हाथी, कम्बल, रत्न, नाराच, अर्धनाराच आदि सामग्री लाए थे। रोरुकसौवीर साकल के राजा बहुत-सा सुवर्ण तथा कार्यासिक देश की षोडशी, कुन्तला, अलंकृता सैकड़ों दासियों को भेंट में लाए थे। मद्र देश के राजा स्वर्णघटों में मलयगिरि के सुवासित चन्दन का अर्क और दर्दुर गिरि का अगरु, चमचमाते मणि-माणिक्य तथा सोने के तारों से बने हुए महीन वस्त्र लाए थे। दक्षिण से भोजराज्य, विदर्भ राज्य, अस्सक और दंडक राज्यों के प्रतिनिधि बहुत-से तेजस्वी रत्न, चाँदी, अलंकार, शस्त्र और वस्त्र लेकर आए थे। विदिशा के नागराज शेष के पुत्र पुरंजय भोगी ने अलभ्य विषहर मणि तथा दो सौ सुन्दरी नागकन्याएँ भेजी थीं। हजारों गौसेवक, ब्राह्मण, श्रोत्रिय, शूद्र, संकर और व्रात्य महाराज प्रसेनजित् को प्रसन्न करने के लिए विविध उपहार लेकर आए थे। जंगली जाति के सरदार रत्न, मूँगा, स्वर्ण, भेड़, बकरी, ऊँट, गाय आदि पशु, फल-फूल, फूलों का मधु आदि सामग्री भेंट में लाए थे।

ये सब राजा-महाराजा और सरदार-जमींदारी भीड़ के मारे भीतर घुसने का स्थान न पाकर बाहर द्वार पर ही खड़े थे। सैकड़ों ग्रामवासी प्रधान घी से भरे सोने-चाँदी के घड़े हाथों में लिये राह न मिलने के कारण बाहर ही खड़े रह गए थे। कुरु के जनों और पहाड़ी राजाओं ने ब्राह्मणों और श्रोत्रियों के काम की बड़ी-बड़ी सुन्दर मृगछालाएँ तथा मजबूत पहाड़ी टट्ट भेजे थे। कलिंगराज सत्तभू दरवाजे पर भीड़ देखकर मूल्यवान् रत्नजटित गहने और हाथीदाँत की मूठों वाले खड्ग तथा काली गर्दनवाले और सौ कोस तक दौड़नेवाले हजार खच्चर भीतर भेजने की व्यवस्था कर अपने देश को लौट गए। उत्तरकुरु के देवदिव्य औषध, अम्लान, पुष्पमाल, कदली और मृगचर्म लेकर आए खड़े थे। क्रूरकर्मा असभ्य किरात, खस और दर्दुर विविध पशु-पक्षियों का शिकार लेकर तथा पाँच सौ युवती दासियाँ लेकर आए थे।

अनेक राजा लोगों ने द्वार पर जाकर देखा कि दंडधर दौवारिक लोगों की राह रोककर विनयपूर्वक कह रहे हैं, "भन्ते, तनिक ठहरिए। यथासमय क्रमशः आप भीतर जा सकेंगे। महाराज आपके उपानय भी ग्रहण करेंगे। मगध के सम्राट् श्रेणिक बिम्बिसार ने लम्बे दाँतों तथा सुनहरी झूलोंवाले सौ मस्त हाथी और इतने ही वायुवेगी अश्व, जो सुनहरी साज से सजे थे, भेंट भेजे थे। इसी प्रकार अनेक राजा-महाराजा, गणपति, सेट्ठी, नगरसेट्ठि और पौर जानपद प्रमुखों ने विविध उपानय वस्तुएँ महाराज प्रसेनजित् को प्रसन्न करने के लिए भेजी थीं। पश्चिमी गान्धार के अधिपति कलिंगसेन ने आम के पत्ते के समान रंगवाले अपूर्व सोलह अश्व और दो सौ नवनीत-कोमलांगी गान-वाद्य-द्यूत-निपुणा कुमारियाँ भेजी थीं।

आगत जनों के लिए कोसलपति ने स्वागत-सत्कार की समुचित व्यवस्था की थी। सहस्रों सेवक, दास, कम्मकर लोगों को खिलाने-पिलाने, ठहराने तथा उनके वाहनों की व्यवस्था में लगे हुए थे। सैकड़ों कर्णिक लेखा-जोखा लिख-लिखकर उपानय सामग्री कोठार में पहुँचाते तथा रसद तोल रहे थे। कहीं कच्ची रसद तोल-तोलकर बाँटी जा रही थीं, कहीं अन्न पकाया जा रहा था। साधु, श्रमण, निगंठ, श्रोत्रिय लोग भक्ष्य, भोज्य, चूष्य, लेह्य, चर्व्य आदि विविध पदार्थों का आस्वाद ले रहे थे। चारों ओर ऐसा कोलाहल हो रहा था कि कान नहीं दिया जाता था। जगह-जगह पुण्याह पाठ हो रहा था। अभ्यागतों को भोजन, वस्त्र, स्वर्ण, गौ, रत्न दान दिया जा रहा था। यज्ञ-कार्य के निमित्त अजित केसकम्बली, हिरण्यकेशी, बोधायन, भारद्वाज, शौनक, जैमिनि, गौतम, शाम्बव्य, कणाद, औलूक, सांख्यायन, वैशम्पायन पैल, सायण, स्कन्द कात्यायन आदि वेद-वेदांग-वेत्ता, षडंग वेदपाठी, षोडषोपचार संस्कर्ग, षष्ठी-तंत्र, गणित, शिक्षा, कल्प, व्याकरण, छन्द, व्युत्पत्ति, ज्योतिष तथा नीति-शास्त्रों के ज्ञाता महाश्रोत्रिय अट्ठासी ब्राह्मण प्रमुख कर्ता नियत किए गए थे, जिनमें से प्रत्येक की सेवा के लिए राजा ने सोलह-सोलह रूपगुणालंकृता दासियाँ नियत की थीं। सहस्र ऊर्ध्वरेता ब्रह्मचारी नित्य स्वर्ण-थाल में हविष्य भोजन करते और अखंड सामगान करते थे। राजाओं और सरदारों की लाई हुई सहस्रों जंगली गायें जहाँ-तहाँ बँधी थीं। जगह-जगह यज्ञ बल के पवित्र पशु, बछड़े, वृषक और अन्य पशु बँधे थे। ऐसा प्रतीत होता था कि सब देश और सारे संसार की सम्पदा और जानपद इस समय श्रावस्ती में एकत्र हो गए हैं।

वज्रपात

नगर आनन्दोत्सव में व्यस्त था। राजमहालय और वीथी, हर्म्य-अट्टालिकाएँ सम्मान्य आगतों से परिपूर्ण थीं। यज्ञ में भेंटस्वरूप आई वस्तुओं के ढेर लगे थे। सैकड़ों कर्णिक, कोठारिक, द्वार-बन्धु, कंचुकी उनकी व्यवस्था में लगे हुए थे। परन्तु महाराज प्रसेनजित् अपने अन्तःकक्ष में अर्द्धविक्षिप्त अवस्था में बकझक कर रहे थे। सीमान्त से बड़ी भयानक सूचना पाई थी। बारहों मल्ल पुत्र-परिजनों को राह में दस्युओं ने मारकर सब उपानय सामग्री लूट ली थी। बन्धुल मल्ल काष्ठ के कुन्दे की भाँति शोक-सन्तप्त भूमि

पर पड़े थे। राजकुमार विदूडभ तीखी दृष्टि से दोनों आहत प्रतिद्वंद्वियों को चुपचाप खड़े देख रहे थे।

महाराज ने बड़ी देर तक बकझक करने के बाद कहा, "राजकुमार, क्या कारायण आया है?"

"हाँ महाराज!"

"तो पुत्र, उसे अभी उपस्थित कर।"

"महाराज, यह अनुपयुक्त होगा। इस समय यह गृह-विवाद प्रकट नहीं होना चाहिए। का यण कोई उपद्रव खड़ा कर सकता है।"

"तो क्या उसे दंड नहीं दिया जाए?"

"क्यों नहीं महाराज! अभी उसे बन्दीगृह में रखा जाए, पीछे यज्ञ-समारोह की समाप्ति पर न्याय विचार से जैसा उसका अपराध हो, उसे दंड दिया जाएगा, जिससे महाराज का न्याय दूषित न हो।"

"तो पुत्र, तुम जैसी ठीक समझो, व्यवस्था करो।"

"नहीं महाराज, वह साधारण जन नहीं, सेनापति है। उसकी कारा-व्यवस्था भन्ते सेनापति कर सकते हैं।"

"तो बन्धुल, ऐसा ही हो।"

युवराज ने कहा, "महाराज, इससे भी गुरुतर एक कार्य है।"

"कैसा कार्य पुत्र?"

"सीमान्त का प्रबन्ध। वहाँ सेना गई है, परन्तु सेनानी विश्वस्त और योग्य नहीं हैं। सर्वत्र छिद्र-ही-छिद्र हैं। इस समय यदि कौशाम्बी नरेश श्रावस्ती पर आक्रमण करें तो भयानक परिणाम हो सकता है। मेरी सम्मति है कि सेनापति स्वयं सीमान्त पर जाएँ।"

राजा और बन्धुल चुप रहे। कुमार ने फिर कहा, "मुझे सन्देह है महाराज!"

"कैसा सन्देह?"

"बारह मल्ल-बन्धुओं की हत्या केवल दस्युओं का साधारण कार्य नहीं प्रतीत होता। इसमें षड्यंत्र भी हो सकता है।"

बन्धुल ने सिर उठाकर कहा, "यदि ऐसा है, तो मैं कौशाम्बी को जलाकर छार न करूँ तो बन्धुल नहीं।"

"भन्ते सेनापति, इसी से मेरी सम्मति में आपका ही सीमान्त पर जाना ठीक है। रक्षा भी होगी, यथार्थ का पता भी लगेगा।"

"तो महाराज, मुझे सीमान्त पर जाने दीजिए।"

"जा मित्र! परन्तु यहाँ तेरे बिना मैं अकेला हूँ।"

"महाराज इस समय यज्ञ-अनुष्ठान में व्यस्त हैं। पुर, पौरजन तथा राज पुरुषों से परिवृत्त हैं। चिन्ता की बात नहीं। मैं सीमान्त जाता हूँ।"

बन्धुल ने उसी समय सीमान्त पर प्रयाण किया। तब तक कारायण को बन्दीगृह में भेज दिया गया।

क्रीता दासी

हंस के समान उज्ज्वल ज्योत्स्ना से भूलोक ओतप्रोत था। डेढ़ पहर रात्रि जा चुकी थी। आज चन्द्रमा कुछ देर से निकला था, परन्तु अभी तक उसमें उदयकाल की ललाई झलक रही थी। सारा आकाश चाँदनी से भरा था। तारे टिमटिमा रहे थे और सांध्य समीर ने प्राणियों पर एक अलस निद्रा का प्रभाव डाल दिया था। कुंडनी के पीछे उसकी सखी के वेश में सोम धीर-मन्थर गति से राजमहालय की ओर बढ़ा जा रहा था। उसे ऐसा जान पड़ रहा था, जैसे प्रकृति में एक अवसाद ओतप्रोत हो रहा है। उसने साहस करके कहा, "कुंडनी, यदि हम सफल न हुए?"

"चुप! मैं ऐसा कभी नहीं सोचती?"

धीरे-धीरे वे महालय के निकट पहुँच गए। वहाँ अलकापुरी की सुषमा फैल रही थी।

राजमहालय के अन्तःपुर में बहुत भीड़ थी। दासी, चेटी, नागरिकों, राजवधू, गणिका, भद्रा आदि अनगिनत स्त्रियाँ वहाँ भरी हुई थीं। सहस्रों सुगन्ध-दीप जल रहे थे और विविध वाद्य बज रहे थे। दास, दासी, सेवक, दंडधर, कंचुकी अपने-अपने काम से दौड़-धूप कर रहे थे।

परिवेण पार कर जब वे निकट पहुँचे तो देखा—अलिन्द में बहुत-से सशस्त्र प्रहरी ड्योढ़ी की रखवाली कर रहे हैं। कुंडनी ने वहाँ निःशंक जाकर एक प्रहरी की ओर उँगली उठाई और सोम की ओर देखकर कहा, "हन्दजे, यही है। इसी चोर ने दासी को उड़ाया है।"

प्रहरी कुंडनी की रूप-ज्वाला और ठाठ से चमत्कृत हो गया। उसने घबराकर कहा, "कैसी दासी हला?"

इस पर सोम ने यथासाध्य कोमल कंठ करके कहा, "चुप! इसका विचार महिषी मल्लिका करेंगी। तू उनकी सेवा में चल।"

प्रहरी सोम का मुँह ताकने लगा। सोम प्रकाश की आड़ देकर खड़ा हो गया था। कुंडनी ने फिर डपटकर कहा, "चल-चल, महिषी की सेवा में चल!"

"किन्तु हन्दजे..."

"पाजी, महिषी की आज्ञा है, चल!"

प्रहरी को भी रोष आ गया। उसने रूढ़ स्वर में कहा, "मैं चोर नहीं हूँ, चलो।"

वह अन्तःपुर की ओर चला। पीछे कुंडनी और सोम चले। अन्तःपुर की पौर पर वे निर्विघ्न पहुँच गए। वहाँ पौर पर भी प्रहरी थे। कुंडनी ने उन्हें सुनाकर सोम से कहा, "हला, तू जाकर देवी को सूचना दे आ, मैं तब तक इस चोर पर पहरा दूँगी।"

सोम स्थिर गति से अन्तःपुर में घुस गया। प्रहरियों ने उसे नहीं रोका। वे कुंडनी को घेरकर खड़े हो गए। कोई उसके कान में लटकते बहुमूल्य हीरक-कुंडलों को, कोई उन्नत उरोजों पर कसी स्वर्णकंचुकी को, कोई उसके नवविकसित यौवन को प्यासी चितवनों से देखने लगा। उनके जेट्ठ ने कुंडनी को प्रसन्न करने के लिए कहा, "आर्ये, हुआ क्या?"

कुंडनी ने उसकी ओर एक कटाक्षपात करके कहा, "पाजी ने महिषी की अन्तर्वासिनी दासी को उड़ाया है। इसे आज सूली चढ़वाऊँगी।"

"किन्तु यह असत्य है, असत्य!"

एक प्रहरी ने कहा, "इसका प्रमाण क्या है?"

कुंडनी ने क्रुद्ध होकर कहा, "अरे मोघपुरुष, प्रमाण क्या तुझे ही बताना पड़ेगा? तू भी इसका साथी है, देवी से निवेदन करना होगा।"

"नहीं-नहीं, अज्जे, मुझसे इसका कोई सम्बन्ध नहीं है।"

सब प्रहरी हँसने लगे। एक ने कुंडनी की कृपा-दृष्टि प्राप्त करने की इच्छा से कहा, "अज्जे, इसे पकड़ा कहाँ?"

कुंडनी ने उस पर एक कटाक्ष फेंका और मुस्कराकर कहा, "पकड़ा क्या यों ही, तीन पहर से घूम रही हूँ। देवी की आज्ञा है, जहाँ मिले, उपस्थित कर।"

इसी समय सोम ने आकर कहा, "चलो!" प्रहरियों ने बाधा नहीं दी; कुंडनी प्रहरी-सहित अन्तःपुर की पौर में घुस गई।

सोम ने कुंडनी के कान में कहा, "अब?"

"अब इसे यहाँ से भगाना होगा, नहीं तो यह थोड़ी ही देर में भीड़ इकट्ठी कर लेगा। तुम उसे जाकर युक्ति से भगाओ, मैं तब तक उस लता-मंडप में हूँ।"

कुंडनी आगे बढ़ गई। सोम ने सिपाही के पास आकर कहा, "प्राण बचाना चाहता है?"

"हला, मैं चोर नहीं हूँ।"

"तो ला, कुछ मुझे दे, तुझे छोड़ता हूँ।"

"मेरे पास केवल चार कार्षापण हैं।"

"वही दे मोघपुरुष और भाग। तब तक मैं दूसरी ओर देख रहा हूँ। परन्तु याद रख, मेरी संगिनी की दृष्टि में पड़ा और मरा। वह तुझ पर क्रुद्ध है। दो-चार दिन अन्तर्धान रह।"

"ऐसा ही सही हला, तुम्हारा कल्याण हो।" वह कार्षापण दे बाहर को भागा। सोम ने लम्बे-लम्बे डग भरते हुए लतामंडप के निकट पहुँचकर कुंडनी से कहा, "पाप कट गया, चार कार्षापण उत्कोच में मिले।"

"परन्तु सोम, तुम्हारी चाल दूषित है। स्त्रियाँ इस भाँति नहीं चलतीं।"

सोम ने हँसकर कहा, "अब मैं एक दिन में सम्पूर्ण स्त्री नहीं बन सकता हूँ। परन्तु राजकुमारी कहाँ है?"

"मैं जानती हूँ। वहाँ पहुँचने के लिए पूरा जन-कोलाहल पार करना होना। उधर नए हर्म्य में जाना होगा। परन्तु तुम बहुत लम्बे हो और तुम्हारे भीतर झिझक दीख रही है—यह ठीक नहीं है हला!"

"परन्तु यह झिझक नहीं है—व्रीड़ा है सखि!"

"जो हो, पर अस्वाभाविक कुछ न हो। सावधान, कड़ी परीक्षा का समय है। आओ अब।"

आगे-आगे कुंडनी और पीछे-पीछे सोम अन्तःद्वार में प्रविष्ट हए। पद-पद पर दीपालोक बढ़ रहा था। तरुणियाँ उन्मत्त विलास में मग्न थीं। अन्तःपुर के मृदंग और मदिरा से उन्मत्त कोकिल कंठ-स्वर सुनाई दे रहे थे। दूर तक विस्तीर्ण वाटिका में नाग, पुन्नाग, अशोक, अरिष्ट और शिरीष के सघन वृक्ष लगे थे। माला-वृक्षावलियाँ दूर तक

फैल रही थीं। उन नील-सघन गुल्मों के पत्तों पर उज्ज्वल ज्योत्स्ना की अनोखी छटा दीख रही थीं। दोनों व्यक्ति वृक्षों की छाया में अपने को छिपाते बंकिम मार्ग से चले जा रहे थे। अन्तःकोष्ठ के लोहार्गल-युक्त कपाट के उस ओर द्वारपाल को देखकर कुंडनी ने हँसते हुए स्वर्णमंडित ताम्बूल की दो वीटिका उसके मुँह में ठूँस दीं। द्वारपाल प्रसन्न हो गया।

कुंडनी ने कहा, "आज तो हुड़दंग का दिन है भणे!"

"हन्दजे, आनन्द है, आनन्द है!"

दोनों आगे बढ़ गए। द्वारपाल ने बाधा नहीं दी। दोनों विस्तृत वाटिका-वीथियों पर चलने लगे। दोनों ओर की सघन वृक्षों की पंक्तियों से यहाँ अँधेरा छाया हुआ था। अन्त को दोनों अन्तःपुर के अन्तःप्रवेश द्वार पर आ पहुँचे। सोम का हृदय धड़कने लगा। द्वार पर यवनी दासियाँ धनुष-बाण लिये मुस्तैद खड़ी थीं। उनका वर्ण गौर था। उनका सारा अंग आगुल्फ कंचुक से आवेष्टित था। एक-एक छोटा खड्ग उनकी कटि में बँधा था तथा मस्तक पर उत्तरीय स्वर्ण-खचित पट्ट से बँधा था। उनके कान के दन्तपत्र उनके चिक्कण कपोलों पर क्रीड़ा कर रहे थे। पैरों में लगा अलक्तक रस दूर ही से भासित हो रहा था। वे कुल पाँच थीं। मदिरा के आवेश से उनकी आँखों के कोए लाल हो रहे थे। उन्होंने कुछ चकित भाव से कुंडनी की ओर देखा। वे समझ ही नहीं रही थीं कि कुंडनी किस दर्जे की स्त्री है। कुंडनी ने हँसकर उनके दन्तपत्र को क्रीड़ा से छुआ, फिर कंचुक से मद्यपात्र निकालकर कहा, "पियो हला, देवी कलिंगसेना के लिए!"

पाँचों ने मद्यपात्र छीन लिया। एक ने पात्र मुँह से लगाया, दूसरी उसे छीनने लगी। कुंडनी हँसती हुई उन्हें एक दूसरी पर धकेलकर चली गई। किसी ने उनकी तरफ नहीं देखा।

अब वे वास्तविक अन्तःपुर में आ गए। सोम ने स्खलित वाणी से कहा, "कुंडनी, भला कहीं कभी इस अन्तःपुर का अन्त भी होगा?"

परन्तु कुंडनी ने उसे चुप रहने का संकेत किया। वे मल्लिका, कुरंटक, नव-मल्लिका आदि के गुल्मों को पार करते हुए चलते गए। बकुल और सिन्धुवार की भीनी महक ने उन्हें उन्मत्त कर दिया। उधर गवाक्षों से लाल-पीली-नीली प्रकाश-छटा छन-छनकर उन पर पड़ रही थी। उनमें से मृदंग, मंजीर, काहल और शंख का नाद सुनाई पड़ रहा था। परिचारिकाएँ द्विपदी खंड गान कर रही थीं। आगे चलकर देखा, तरुणियों का एक झुंड नृत्य-गान करता आ रहा है। वे पान-मत्त थीं। नारीसुलभ मर्यादा को वे त्याग चुकी थीं। उनके केशपाश खुल गए थे। उत्तरीय खिसक गए थे। मंजरीक, उरच्छक, वंटक और अचेलक मालाएँ अस्त-व्यस्त हो रही थीं। पैरों के नूपुर बार-बार पैर पटकने से झनझना रहे थे। वे सब इनके पास आ गईं, सोम कुंडनी की पीठ में छिप गया। कुंडनी ने सखिल भाव से उच्च स्वर से मदोन्मत्त की भाँति मुद्रा बनाकर कहा, "जय, जय! जय, जय! मित्तिया जय, जय!"

सब मिलकर दोनों को घेरकर नाचने-गाने लगीं। कुंडनी हँसती रही। पर सोम की मुद्रा देख एक-दो ने उसे छेड़ना आरम्भ किया। कुंडनी ने रोककर कहा, "उसे न छेड़ हला, अल्हड़ बछेड़ी है।"

सब रहस्य की हँसी हँस दी और उसी भाँति गाती-बजाती चल दीं। सोम ने अघाकर साँस ली।

दो पहर रात जा चुकी थी। दक्षिण समीर मलयानिल को ला रही थी। उससे वाटिका के सब लता-गुल्म झूमते हुए ऐसे प्रतीत हो रहे थे—मानो इन सबने भी पी है।

कुंडनी ने अब द्रुतगति से एक हर्म्य की ओर पग बढ़ाया और उस अट्टालिका में घुस गई। वह अनेक अलिंद, कुट्टिम, वीथियाँ, कोष्ठक, परिवेण, वातायन और मिसिका पार करते हुए उस घर में पहुँचे, जहाँ चक्कलिका के भीतर राजनन्दिनी अधोमुखी, निश्चल बैठी थीं। कक्ष के भीतर का वातावरण एकदम शान्त था। कोलाहल से परिपूर्ण सम्पूर्ण रंगमहल का जैसे यहाँ कुछ प्रभाव ही न था। घर के एक कोने में एक नीतिदीर्घ आसन्दी पड़ी थी, उस पर दुग्धफेन के समान प्रच्छदपट ढका था। उसी के निकट एक भद्रपीठ पर एक अष्टपदक बिछा था, उसी पर सद्यःस्नाता राजनन्दिनी चुपचाप ध्यान-मुद्रा में बैठी थीं। उनके सामने एक वेदिका पर गन्ध, माल्य, चंदन और नैवेद्य रखा था। एक छोटे-से मणिपीठ पर सुगन्धित सिक्थपिटक और सुगन्धित पुटिका रखी हुई थी। उससे तनिक हटकर एक हिरण्यस्तवक में मातुलुंग की छाल और पान के अन्यान्य उपकरण रखे थे। आसन्दी के पदाधान की ओर रजत पतद्ग्रह रखा हुआ था। एक नागदन्त पर कुरंडमाल लटकी हुई थी।

सोम इस कमनीय मूर्ति को इस अवस्था में देख भाव-मूर्च्छित हो गया। राजबाला के सम्पूर्ण शरीर से स्वच्छ कान्ति प्रस्फुटित हो रही थी। उसका सद्यःस्नात हिमधवल प्रभापुंज गात्र, शरत्कालीन मेघों से आच्छादित चन्द्रकला-जैसा प्रतीत हो रहा था। वह मूर्तिमती स्वर्ण-मन्दाकिनी-सी, शंख से खोदकर बनाई हुई दिव्य प्रतिमा-सी प्रतीत हो रही थी। जैसे अभी-अभी विधाता ने उसे चन्द्रकिरणों के कूर्चक से धोकर, रजत-रस से आप्लावित करके, सिन्धुवार के पुष्पों की धवल कान्ति से सजाकर वहाँ बैठाया हो।

उसने पग-आहट पाकर उत्पल के समान बड़ी-बड़ी आँखें उठाकर देखा और सामने दुःख-संगिनी को देख कुछ कहने को होंठ खोले। परन्तु शब्द निकलने से प्रथम ही कुंडनी ने होंठों पर उँगली रखकर कुमारी को चुप रहने का संकेत किया। कुमारी ने मिसिका के खम्भे का सहारा लिए ऊँघती हुई दासी को कातर दृष्टि से देखा और आँखें नीची कर लीं। उनकी आँखों से झर-झर अश्रुधारा बहने लगी।

कुंडनी ने दासी के निकट जा उसे हिलाते हुए डाँटकर कहा, "भाकुटिका, इसी प्रकार सावधान रहा जाता है?"

दासी हड़बड़ाकर कुंडनी का मुँह देखने लगी। उसका मुँह सूख गया।

कुंडनी ने कहा, "कब से तू बैठी है, बोल?"

"हन्दजे, तीन प्रहर से। सब लोग उधर विवाह के आमोद-प्रमोद में लगे हैं।"

"तो जा, तुझे भी छुट्टी देती हूँ, भाग, यहाँ अब मैं हूँ। तू भी समारोह देख—माध्वीक पी, तुझे क्या पुरस्कार नहीं मिला?"

"नहीं, हन्दजे।"

"तो जल्दी जा मूर्खे, सभी को रत्नभांड मिल रहे हैं।"

दासी ने और विवेचना नहीं की। वह तेजी से अन्तःपुर की ओर भागी।

इधर नर्तकियाँ चर्चरी ताल के साथ नाच-गा रही थीं। उनकी सम्मिलित ध्वनि यहाँ भी आ रही थी।

कुंडनी फिर चुपचाप कुमारी के पास जाकर बैठ गई। कुछ देर उनके मुँह से शब्द नहीं निकला। फिर उसने कहा, "राजकुमारी, यहाँ से भागो।"

राजकुमारी ने आँसू-भरे नेत्रों से कुंडनी की ओर देखा। कुछ कहना चाहा, पर केवल होंठ हिलकर रह गए। हठात् उन्होंने भय और आशंका से सोम की ओर देखा। सोम लज्जा और ग्लानि से डूबे हुए भीत में चिपककर चुपचाप खड़े थे। कुंडनी ने फुसफुसाकर कहा, "सोम है, सखी!" सुनकर राजकुमारी चमत्कृत हुईं। उन्होंने बड़ी-बड़ी आँखें उठाकर सोम को देखा। सोम के स्त्री-वेश को देख इस विपन्नावस्था में भी उनके होंठों पर क्षण-भर को मुस्कान फैल गई। कुछ देर बाद राजकुमारी ने कहा, "अब?"

"यहाँ से भागो।"

"क्या यह सम्भव है?"

"निरापद तो नहीं है।"

सोम ने आगे बढ़कर कहा, "मेरे पास खड्ग है, चिन्ता नहीं।"

कुंडनी ने कहा, "फिर साहस करने के अतिरिक्त और उपाय ही क्या है?"

"है सखि!"

"तो कहो कुमारी!"

"भगवान महावीर।"

"वे श्रावस्ती में हैं?"

"हैं, मैं जानता हूँ।"

"उन तक मेरा सन्देश ले जाओ, फिर जैसा वे समझें।"

"मैं उनसे क्या कहूँ भद्र?"

"कहना भद्र, कि चम्पा की दग्धभाग्या कुमारी चन्द्रभद्रा बद्धांजलि शरणागत है, प्रसाद हो।"

"किन्तु कुमारी, इस कार्य में समय लगेगा। तब तक यदि कुछ अनिष्ट हो?"

"नहीं होगा। मैंने तीन दिन व्रत-उपवास का समय माँग लिया है। कल संध्या तक मेरे पास कोई नहीं आएगा।"

"तो कुंडनी, यही ठीक है। कुमारी का यहाँ से निकलने की अपेक्षा यहाँ रहना ही ठीक है। परन्तु क्या भगवान् महावीर सहायता करेंगे?"

"करेंगे भद्र!" राजकन्या ने फिर आँसू-भरी बड़ी-बड़ी आँखों से सोम को देखा।

"किन्तु यदि सफलता नहीं मिली?"

"तो भद्र, फिर जो उचित हो सो करना।" इतना कह वह फफक-फफककर रो पड़ी।

कुंडनी ने कहा, "सोम, मैं किसी भाँति कल तक अन्तःपुर में रह जाऊँगी। तुम अभी जाओ और प्रातःकाल ही भगवान् से मिलो।"

"किन्तु...?"

"जाओ सोम, किन्तु सिंहद्वार से नहीं। प्रमोदवन के बाहर-बाहर वृक्षों की आड़ में, वाटिका के मध्य में जो वापी है, वहाँ जाओ। वहाँ स्त्री-वेश त्याग, वृक्ष पर चढ़ किसी शाखा के सहारे प्राचीर को लाँघ जाना। परन्तु यदि तीन दंड दिन चढ़ने तक तुम्हारे उद्योग का कोई प्रभाव न हुआ हो तो फिर मैं कोई दूसरा कौशल रचूँगी। तब तुम उसी प्राचीर के उस ओर हमारी प्रतीक्षा करना।"

सोम ने एक बार राजनन्दिनी को कातर और म्लान दृष्टि से देखा, फिर तेजी से कक्ष के बाहर हो गए।

निगंठ-दर्शन

उपाश्रय के द्वार पर ही एक सामनेर हाथ में पोथी लिये कुछ सूत्र रट रहा था। सोम ने सीधे उसी के पास पहुँचकर कहा, "भन्ते सामनेर, मैं श्रमण भगवान् महावीर का दर्शन किया चाहता हूँ।"

"श्रमण भगवान् अवरोध में नहीं रहते भद्र! किन्तु मैं उनकी अनुज्ञा ले आता हूँ। आप कौन हैं?"

"एक अर्थी हूँ और गुरुतर कार्यवश भगवान् का दर्शन किया चाहता हूँ।"

"तो भद्र, तुम क्षण-भर ठहरो, मैं अभी आया।"

सामनेर जाकर शीघ्र ही लौट आया। आकर उसने कहा, "भन्ते, भगवान् श्रमण ने इसी समय तुम्हें दर्शन देने का प्रसाद किया है। मेरे साथ आओ।" आगे-आगे सामनेर और पीछे-पीछे सोम उपाश्रय के सिंहद्वार को पारकर एक विशाल मैदान में पहुँचे। वहाँ देखा, एक वटवृक्ष की छाँह में सर्वजित् महावीर जिन सिर नीचा किए ध्यान-मुद्रा में बैठे थे। उनके छोटे-छोटे श्वेत श्मश्रु-केश मुख और सिर पर विरल दीख रहे थे। अंग में वृद्धावस्था के लक्षण लक्षित थे। उनका गौरवर्ण अंग इस अवस्था में भी तेजपूर्ण था तथा दृष्टि मर्मभेदिनी थी। उसमें स्नेह और करुणा का प्रवाह बहता-सा प्रतीत हो रहा था। उनकी आकृति तप्त कांचन के समान प्रभावपूर्ण दीख रही थी और स्थिर मुद्रा एक सहज-शान्त भाव का सृजन कर रही थी। सोम अभिवादन कर एक ओर बैठ गए। श्रमण ने गर्दन को तनिक सोम की ओर घुमाकर कहा, "कह वत्स, मैं तेरा क्या प्रिय करूँ?"

"भन्ते, मैं गुह्य निवेदन किया चाहता हूँ।"

"तो एक क्षण ठहर भद्र," इतना कहकर श्रमण महावीर ने अपने चारों ओर देखा। उपासक उठ गए। एक शिष्य बैठा था, उससे श्रमण ने कहा, "अभी तू जा वत्स, फिर आना।" और सामनेर की ओर देखकर कहा, "तू द्वार पर ठहर। जब तक मैं आयुष्मान् से बात करूँ, इधर कोई न आए।"

वे दोनों भी चले गए। तब श्रमण महावीर ने सोम की ओर देखकर कहा, "अब कह भद्र?"

"भन्ते, चम्पा-राजनन्दिनी चन्द्रभद्रा भगवान् की शरण-कामना करती है।"

श्रमण महावीर एकबारगी ही विस्मय और उद्वेग से आँखें फाड़-फाड़कर सोम की ओर देखने लगे। उन्होंने कहा, "तो क्या सुश्री शीलचन्दना चन्द्रभद्रा अभी जीवित है? वह कहाँ है, शीघ्र कह!"

"श्रावस्ती में ही है भन्ते!"

"कहाँ भद्र! शीघ्र कह, उस शोभामयी सुकुमारी की शुचि मूर्ति देखने को मैं व्याकुल हूँ। वह कुमारी कहाँ है, मागधों ने उसे जीवित कैसे छोड़ दिया?"

सोम ने लज्जा से आँखें नीची कर लीं और मन्द स्वर से कहा, "भन्ते भगवान् वह चम्पा-पतन के बाद आपकी शरण में श्रावस्ती आ रही थीं। मार्ग में तस्कर दास-विक्रेताओं के फंदे में फँस गईं। उन्होंने उन्हें यहाँ श्रावस्ती में लाकर दासों के हट्ट में बेच दिया।"

"बेच दिया! क्या कहते हो भद्र?"

"हाँ भगवान्, महाराज प्रसेनजित् से नवविवाह के उपलक्ष्य में राजमहिषी मल्लिका को नियमानुसार महाराज को भेंट करने के लिए एक दासी की आवश्यकता थी। उसी काम के लिए राजमहालय के कंचुकी ने स्वर्णभार देकर कुमारी को क्रय कर लिया।"

"शान्तं पापं! क्या महिषी मल्लिका ने उसे दासी-भाव से महाराज को भेंट करने के लिए क्रय किया है?"

"हाँ भन्ते!"

"तुम कौन हो भद्र!"

"मैं मागध हूँ।"

"ओह!" भगवान् महावीर नीची दृष्टि किए कुछ देर सोचते रहे। फिर बोले, "तो क्या कुमारी को यह ज्ञात है कि वह कर्म-विपाक से शत्रु से उपकृत हुई है?"

"ज्ञात है भन्ते।"

"तुम्हीं ने राजकुमारी की सहायता की है?"

"भन्ते, कुमारी की एक सखी और है।"

"वह कौन है?"

"मागधी ही है। चम्पा के पतन के बाद, कुमारी की रक्षा और व्यवस्था हम लोगों ने शक्ति-भर की है।" सोम ने अपने स्त्री-वेश में अन्तःपुर में प्रवेश का भी वर्णन कर दिया।

सब सुनकर श्रमण महावीर ने कहा, "तुम्हारा नाम क्या है भद्र?"

"सोम, भन्ते!"

"अच्छा तो सोमभद्र, तुम मुहूर्त-भर वहाँ उपाश्रय में प्रतीक्षा करो। तब मैं तुमसे बात करूँगा और उस पीठिका पर से सामनेर को मेरे पास भेज दो।"

सोम ने अभिवादन करके स्वीकार किया। वह चले गए। सामनेर ने श्रमण के सम्मुख आकर वन्दना की।

श्रमण ने कहा, "भद्र, हम अभी राजकुमार विदूडभ को देखा चाहते हैं।"

"भगवान् की जैसी आज्ञा!"

सामनेर चला गया। महावीर स्वामी गहन चिन्ता में मग्न हो गए।

द्वंद्व

उसी सामनेर ने आकर सोम से कहा, "चलिए भन्ते, कुमार विदूडभ आपकी प्रतीक्षा कर रहे हैं।

"कुमार विदूडभ?" सोम ने आश्चर्यचकित होकर कहा।

"श्रमण भगवान् के आदेशानुसार ही वे आपसे भेंट किया चाहते हैं।"

सोम ने और अधिक बात नहीं की। वह चुपचाप सामनेर के पीछे-पीछे हो लिये। एक छोटे-से अलिंद में राजकुमार विदूडभ गम्भीर मुद्रा में एक तृणास्तर पर बैठे थे। उनका वेश सादा था और कोई शस्त्र उनके पास न था। वे धवल कौषेय पट्ट पहने थे। उनके मुखमंडल पर उनकी अल्पायु की अपेक्षा अधिक दीप्ति भासित हो रही थी। सोम का उन्होंने अभ्युत्थानपूर्वक स्वागत किया और मृदु वाणी से कहा, "स्वस्ति मित्र, मैं विदूडभ हूँ। भगवान् ज्ञातिपुत्र ने मुझे चम्पा की राजनन्दिनी के संरक्षण का आदेश दिया है। सो मैं उनका संरक्षण स्वीकार करता हूँ। अब तुम आश्वस्त हो।"

सोम को यह भाषण न जाने कहाँ जाकर चुभ गया। उन्होंने एक प्रकार से उद्धत भाव से कहा, "किन्तु यह तो यथेष्ट नहीं है।"

सोम का यह उत्तर राजकुमार को कुछ धृष्ट प्रतीत हुआ। उन्होंने कहा, "मित्र, तुम अप्रियवादी हो। कोसल के राजकुमार से तुम्हें मर्यादा से बात करनी चाहिए।"

"कोसल राजकुमार का मैं उपकृत नहीं हूँ और कोसल-परिवार ने राजकुमारी के साथ जो व्यवहार किया है, उसे देखते हुए मैं नहीं समझता कि चम्पा-राजनन्दिनी किसी कोसल के संरक्षण में रहना स्वीकार करेंगी।"

"मुझे श्रमण ज्ञातिपुत्र से ज्ञात हुआ है कि तुम मागध हो। सो मागध मित्र, तुम्हें विश्वास करना चाहिए कि मागधों से अधिक बुरा व्यवहार चम्पा की राजकुमारी के साथ कोसल में नहीं किया जाएगा।"

सोम ने उत्तेजित होकर कहा, "राजकुमार, मागध कोसल से शिष्टाचार सीखने की अपेक्षा नहीं रखते। किन्तु राजकुमारी की इच्छा के विरुद्ध आप उनके संरक्षक नहीं हो सकते।"

राजकुमार विदूडभ ने हँसकर कहा, "सो ठीक है मित्र। कोसल मागधों के शास्ता बनने को उत्सुक नहीं हैं। परन्तु कुमारी की इच्छा और भगवान् महावीर के सत्परामर्श से कुमारी की सम्यक् व्यवस्था कर दी जाएगी। इस सम्बन्ध में तुम सर्वथा निश्चिन्त रह सकते हो।"

"किन्तु मैं अब तक कुमारी का अभिभावक रहा हूँ। मैं जब तक आश्वस्त न हूँ...।"

"तो तुम आश्वस्त रहो मित्र, अब से मैं कुमारी का अभिभावक रहा।"

"परन्तु कुमारी यह स्वीकार न करेंगी। वे किसी कोसल के आश्रय में रहना नहीं चाहेंगी।" युवराज ने व्यंग्य से मुस्कराकर कहा, "कोसल ने तो कुमारी का कोई अहित नहीं किया—न उनके पिता का राज्य हरण किया, न उन्हें पथ की भिखारिणी बनाया।"

"किन्तु कोसलों ने उन्हें क्रीता दासी बनाने की धृष्टता की है।" सोम ने उत्तेजित होकर कहा।

राजकुमार का मुँह क्रोध से लाल हो गया। उन्होंने कहा, "यह तो अभद्रता की पराकाष्ठा है मित्र! तुम जानते हो—केवल मागध होने के ही अपराध में श्रावस्ती में तुम्हारा सिर काट लिया जाएगा। फिर तुमने छद्मवेश से अन्तःपुर में प्रविष्ट होने का अक्षम्य अपराध भी किया है।"

"यह सिर इतना निष्क्रिय नहीं है कुमार! फिर मागध-प्रतिकार अभी अवशिष्ट है।" सोम ने अपने खड्ग पर हाथ डाला।

इसी समय श्रमण महावीर ने वहाँ आकर कहा, "भद्र, यह तुम क्या कर रहे हो? मेरे अनुरोध से ही कुमार विदूडभ राजकुमारी की रक्षा करने पर सन्नद्ध हुए हैं।"

"किन्तु...।"

"किन्तु-परन्तु कुछ नहीं भद्र! राजकुमार विश्वसनीय भद्रपुरुष हैं, तुम्हें उनका विश्वास करना चाहिए।"

"किन्तु मैं राजकुमारी से एक बार मिलना चाहता हूँ।"

"यह सम्भव नहीं है।" राजकुमार ने कहा।

"बिना उनका मत जाने मैं स्वीकार नहीं करूँगा।"

महावीर जिन हँस पड़े। फिर सोम के सिर पर हाथ रखकर बोले, "तुम्हारे मन का कलुष मुझे दीख गया भद्र, उसे दूर करो। कुमारी का कल्याण जिसमें होगा, वही मैं करूँगा।"

सोम बड़ी देर तक चुप रहे। फिर बोले, "राजकुमार क्या उन्हें यहीं श्रावस्ती ही में रखेंगे?"

श्रमण ने कुमार के मुँह की ओर देखा। कुमार ने कहा, "नहीं, यह निरापद नहीं है। कुमारी को अपने विश्वस्त चरों के तत्त्वावधान में साकेत भेजना श्रेयस्कर होगा। परन्तु यह सब गान्धारी माता के परामर्श पर निर्भर है।"

"तो मैं समझूँ कि कुमारी अब भी क्रीता दासी हैं? वे कुमार की गान्धारी माता और कुमार की इच्छा पर निर्भर होने को बाध्य हैं?"

"नहीं भद्र, वह मेरी शरण हैं। जिसमें उनका कल्याण हो, वह मैं करूँगा। तुम्हारा काम समाप्त हुआ, अब तुम जाओ।"

सोम कुछ देर सोचते रहे। फिर वह खिन्न भाव से श्रमण को अभिवादन करके चलने लगे। तब कुमार ने हाथ बढ़ाकर उठते हुए कहा, "यह क्या—मित्र! बिना ही विदूडभ से प्रतिसम्मोदन किए!"

उन्होंने सोम का आलिंगन किया। सोम ने कहा, "मैं अपने अविनय के लिए लज्जित हूँ, कुमार!"

"वह कुछ नहीं मित्र! भगवान् ज्ञातिपुत्र ने तुम्हारे मन का कलुष देख लिया। मुझसे भी वह छिपा न रहा। मित्र, मैं भगवान् के समक्ष निवेदन करता हूँ—भगवान् के आदेश-पालन को छोड़ चम्पा-राजनन्दिनी के प्रति मेरे मन में दूसरा अन्य भाव नहीं है। वह, यदि मित्र, तेरे प्रति अनुरक्त है, तो तेरी धरोहर के रूप में विदूडभ के पास उपयुक्त काल तक रहेगी। विदूडभ भगिनी की भाँति उनकी मान-मर्यादा की रक्षा प्राणों के मूल्य पर भी करेगा।"

"आश्वस्त हुआ कुमार! आपकी शालीनता का मैं अभिवादन करता हूँ। सोम की सेवाएँ सदा आपके लिए उपस्थित रहेंगी।"

"आप्यायित हुआ मित्र!" दोनों ने फिर प्रेमालिंगन किया और अपने-अपने मार्ग चले।

उद्धार

महारानी नन्दिनी पट्टराजमहिषी मल्लिका की अन्तेवासिनी हो समागता स्त्रियों की व्यवस्था तथा राजमहिषी के अन्य आदेशों का पालन तत्परता से कर रही थीं। अन्त:पुर की इस अव्यवस्थित भीड़ में यदि व्यवस्थित, कार्यतत्पर कोई था, तो देवी नन्दिनी थी। राजकुमार विदूडभ ने वहीं पहुँचकर माता से कहा, "एक अति गुरुतर विषय पर मुझे आपसे इसी समय परामर्श करना है।"

"क्या इतना गुरुतर पुत्र?"

"अति गुरुतर।"

"किन्तु मंत्रणा-योग्य निरापद स्थान इस कोलाहल में कहाँ है?"

"क्यों, माता गान्धारी के आवास में।"

"वहाँ?"

"परामर्श में उनका रहना भी अनिवार्य है।"

"तुम कहते हो पुत्र, अनिवार्य?"

"अय्या, विषय अति गुरुतर है।"

"तब चलो!"

दोनों ने देवी कलिंगसेना के आवास में जाकर देखा, देवी स्थिर चित्त से बैठी कुछ अध्ययन कर रही हैं। केवल एक चँवरवाहिनी प्रकोष्ठ से बाहर अलिन्द में आज्ञा की प्रतीक्षा में खड़ी है। कलिंगसेना ने देवी नन्दिनी का अभ्युत्थानपूर्वक स्वागत किया।

विदूडभ ने अभिवादन किया। कलिंगसेना ने हँसकर दोनों से कहा, "स्वागत बहिन, स्वागत जात, इन अनवकाश में अवकाश कैसे मिला?"

"निमित्त से अय्ये!" विदूडभ ने बात न बढ़ाकर कहा।

"तो निमित्त कहो जात!" गान्धारी रानी ने आशंकित होकर कहा।

"एक दुष्कर्म रोकना होगा, अय्ये!"

"दुष्कर्म?"

"हाँ, अय्ये!"

"कह, जात!"

"राजमहिषी ने विवाहोपलक्ष्य में महाराज को भेंट देने के लिए एक दासी मोल ली है।"

गान्धारी कलिंगसेना ने मुस्कराकर कहा, "तो पुत्र, इसमें नवीन क्या है, असाधारण क्या है, दुष्कर्म क्या है?"

"अय्ये, वह दासी चम्पा की राजनन्दिनी—सुश्री चन्द्रभद्रा शीलचन्दना है।"

"अब्भुमे! यह तो अति भयानक बात है पुत्र!"

"इसका निराकरण करना होगा, अय्ये!"

"तुमसे किसने कहा?"

"श्रमण भगवान् महावीर ने।"

"कुमारी कहाँ है भद्र?"

"दक्षिण हर्म्य के अन्त:प्रकोष्ठ में।"

"तब चलो हला, राजकुमारी को आश्वासन दें।"

"किन्तु करणीय क्या है बहिन?"

"कुमारी से कोसल-राजकुल को क्षमा माँगनी होगी।"

"परन्तु उसकी रक्षा?"

"क्या महिषी देवी मल्लिका सब जान-सुनकर भी राजनन्दिनी को दासीभाव से मुक्त न करेंगी?"

"हो सकता है, पर पिताजी से आशा नहीं है। इसलिए अभी उन्हें तुरन्त श्रावस्ती से बाहर गोपनीय रीति से भेजना होगा। पीछे और बातों पर विचार होगा।"

"तो जात, तू व्यवस्था कर। तब तक हम राजनन्दिनी को आश्वासन देंगी।"

"मैंने अपना लघु पोत तैयार करने का आदेश दे दिया है तथा पचास विश्वस्त भट उस पर नियत कर दिए हैं। पोत उन्हें अति गोपनीय भाव से साकेत ले जाएगा। वहाँ राजनन्दिनी सुखपूर्वक गुप्त भाव से रह सकेंगी। मैं अपने गुरुपद ब्रह्मण्य-बन्धु को सब व्यवस्था करने को लिख दूँगा।"

"तो ऐसा ही हो जात, व्यवस्था करो।"

"परन्तु अय्ये, आपको दो काम एक मुहूर्त में करने हैं। महालय के वाम तोरण पर शिविका उपस्थित है, वहाँ अत्यन्त गुप्तभाव से राजनन्दिनी पहुँच जाएँ।"

"यह हो जाएगा; और?"

"राजनन्दिनी के लिए दस विश्वस्त दासियाँ आप तुरन्त तट पर भेज दें। पोत दो मुहूर्त में चल देगा।"

गान्धारी कलिंगसेना ने कहा, "यह भार मुझ पर रहा जात! यह सब व्यवस्था हम कर लेंगे, तुम अपनी व्यवस्था करो। चलो हला, हम चलकर राजनन्दिनी का अभिनन्दन करें।"

राजकुमारी कुंडनी से धीरे-धीरे बात कर रही थीं कि देवी कलिंगसेना और नन्दिनी ने पहुँचकर राजनन्दिनी का अभिनन्दन किया। कुमारी दोनों को देखकर ससंभ्रम उठ खड़ी हुई। कलिंग ने उन्हें अंक में भरकर कहा, "शुभे राजकुमारी, मैं ही हतभाग्या कलिंगसेना हूँ, जिसके कारण तुम्हें यह भाग्य-विडम्बना भी सहनी पड़ी है। ये युवराज विदूडभ की माता महारानी नन्दिनी देवी हैं। हम दोनों कोसलवंश की ओर से तुमसे क्षमा-प्रार्थना करती हैं और आश्वासन देती हैं कि अब तुम्हारा कष्ट दूर हुआ। श्रमण महावीर के आदेश से कुमार विदूडभ ने तुम्हारा संरक्षण ग्रहण किया है और अभी एक मुहूर्त में तुम्हारा यहाँ से उद्धार हो जाएगा बहिन! मैं अपनी दस विश्वस्त दासियाँ

तुम्हें अर्पण करती हूँ। भगवान् महावीर जैसा कहेंगे, वैसा ही किया जाएगा। फिर, हम लोग भी तुम्हारी प्रिय हैं हला! अब शोक त्यागो और हमारे साथ चलो। परन्तु, यहाँ से तुम्हारा अभिगमन अत्यन्त गुप्त होना चाहिए, इसलिए सौम्ये, वाम तोरण तक तुम्हें अवगुंठन में पाँव प्यादे चलना होगा।"

राजकुमारी रोती हुई कलिंगसेना से लिपट गई। रोते-रोते उसने कहा, "भद्रे, मैं कैसे आपका और देवी नन्दिनी का उपकार व्यक्त करूँ! ओह, यह आशातीत है।"

"नहीं-नहीं सौम्ये, अब चलो।"

अब कुंडनी की ओर राजनन्दिनी ने आँख उठाकर देखा। उस रूप की ज्वाला की ओर अभी दोनों रानियों ने ध्यान ही नहीं दिया था। अब उसे देखकर कहा, "तुम कौन हो भद्रे!"

"मैं कुमारी की एक सेविका हूँ।"

कुमारी ने कहा, "यह मेरी प्राण-रक्षिका है। एक और व्यक्ति भी है।" कहते-कहते कुमारी का मुँह लाल हो गया।

कुंडनी ने आगे बढ़कर उन्हें प्रणाम करके कहा, "मेरा अपराध क्षमा हो भद्रे, मैंने छद्मवेश में अन्तःपुर में प्रवेश कर कुमारी को सहायता दी है। मैंने ही श्रमण महावीर को सूचना भेजी है जिससे राजकुमारी आपकी कृपा प्राप्त कर सकीं।"

"तो शुभे, आपत्ति नहीं। पर अब कहाँ जाओगी? राजनन्दिनी के साथ तो रहना नहीं हो सकेगा।"

"नहीं अय्ये, मैं राजकुमारी के साथ नहीं जाऊँगी। मेरा कार्य समाप्त हो गया। राजनन्दिनी की रक्षा हो गई। तो कुमारी, अब विदा!"

कुमारी आँखों में आँसू भरे देखती ही रही और कुंडनी तीनों को प्रणाम कर वहाँ से चल दी।

कुछ देर के बाद राजकुमारी को अत्यन्त प्रच्छन्न रूप में शिविका में पहुँचा दिया गया और वे यथासमय साकेत सुरक्षित पहुँच गईं।

प्रसेनजित् का कौतूहल

देवी कलिंगसेना से वृद्ध महाराज प्रसेनजित् का विवाह निर्विघ्न सम्पन्न हो गया। देवी कलिंगसेना ने विरोध नहीं किया। सारे कार्य सुचारु रूप से हो गए। गान्धारराज ने ब्याह के यौतुक में बहुत-सा धन भेंट किया। किंकिणीजालमंडित चार घोड़ों के सारथी-सहित सौ रथ, मथुरा की एक सहस्र बछड़ेवाली दुधारू गौएँ, सुवर्णाभरण से अलंकृत वायुवेगी अजानीय सौ अश्व और वायुवेगी सौ खच्चर, स्नान-खान-पान और उत्सव के समय सेवा करने में शिक्षिता, गौरांगी, सुवेशिनी, सुकेशिनी, सुप्रभा, रत्नाभरणभूषिता, तरुणी, सुन्दरी सौ यवनी दासियाँ। बहुत-से सधे हुए बाह्लीक देश के अश्व, बहुमूल्य प्रावार, कोषेय प्रावार, कोजव, क्षौम, क्षौममिश्रित कम्बल, शाण, भंग आदि विविध वस्त्र और स्वर्ण के रत्नजटित ढेर-के-ढेर आभूषण दिए। महाराज ने भी गान्धारजनों को दान-मान-

सत्कार से विदाई दी। परन्तु यज्ञ की धूमधाम में महाराज को कलिंगसेना से मिलने का अवकाश ही नहीं मिला। बहुत चाहने पर भी न मिला।

अधिकृत भेंट की क्रीता दासी के महल से अकस्मात् पलायन करने की सूचना महाराज के कानों में पहुँची। बहत यत्न-खोज करने पर भी उस दासी के सम्बन्ध में कोई नहीं बता सका कि वह राजमहालय के प्रबल अवरोध में से कहाँ चली गई। तब महाराज को भी इसके सम्बन्ध में कौतूहल हुआ और महाराज यज्ञ में दीक्षित होने पर भी अनियमित रूप से एक दिन रात्रि को देवी कलिंगसेना के प्रासाद में पधारे। देवी कलिंगसेना ने अभ्युत्थानपूर्वक महाराज का सम्मान किया। यथोचित आसन पर बैठने पर महाराज ने कहा, "शुभे कलिंग, कोसल के राजमहालय में तुम्हारा स्वागत करने मैं अब से प्रथम नहीं आ सका, इसका मुझे खेद है।"

"महाराज के अमात्यों, भृत्यों और राज पौर जानपद—सभी ने मेरा यथेष्ट स्वागत किया महाराज! मैं इसके लिए आपकी कृतज्ञ हूँ और इसलिए भी कि आपने मात्र मुझ संगण्य नारी ही से सन्तुष्ट होकर उत्तर गान्धार के लिए सुदूरपूर्व का वाणिज्य-द्वार खोल दिया। महाराज, आप जानते ही हैं, बिना सुदूरपूर्व के वाणिज्य के हमारा गान्धार जानपद जी ही नहीं सकता।"

महाराज ने हँसकर कहा, "पर यह कैसी बात सुश्री कलिंग, कि तुम इस राजनीति में अपने मूल्य का अंकन करती हो।"

"निस्सन्देह महाराज, वह कथनीय नहीं है।"

"न-न, कलिंग, ऐसा नहीं, मैं तुम्हें..."

"समझ गई, महाराज मुझे बहुत चाहते हैं। सुनकर कृतकृत्य हुई महाराज!"

"परन्तु वह क्रीता दासी?"

"भाग गई? जाने दीजिए। महाराज के अन्तःपुर में दासियों और रानियों की गणना ही नहीं है, फिर न सही एक दासी।"

"पर, विभ्रव्य कहता है, वह असाधारण सुन्दरी थी।"

"थी तो महाराज! आपके अन्तःपुर में वैसी एक भी नहीं है।"

"क्या तुम भी कलिंग?"

"मैं भी महाराज!"

"पर तुमने तो उसे देखा ही नहीं।"

"देखा था महाराज! पलायन के समय में मैं उससे कोसल-राजवंश की ओर से क्षमा माँगने गई थी।"

"क्या कहती हो? क्या उसका पलायन तुमको विदित है?"

"मैंने ही उसे भगाया है महाराज!"

"किसलिए?"

"दुष्कर्म-निवारण के विचार से।"

"दुष्कर्म क्या था?"

"यही कि उसे क्रीता दासी बनाया गया था।"

"यह तो अति साधारण है कलिंग!"

"दुर्भाग्य से यह अति असाधारण था महाराज!"

"क्या इसमें कुछ रहस्य है?"

"हाँ महाराज!"

"वह क्या?"

"वह दासी चम्पा के महाराज दधिवाहन की पुत्री सुश्री चन्द्रभद्रा शीलचन्दना थीं।"

"अरे, चम्पा की राजकुमारी!"

"हाँ महाराज!"

"वह यहाँ कैसे दासों में बिकने आई?"

"कर्म-विपाक से महाराज!"

"और तुम कहती हो, वह अनिन्द्य सुन्दरी थी।"

"हाँ महाराज!"

"तो महाराज दधिवाहन मर चुके, उनका राज्य भी भ्रष्ट हो गया। फिर वह दासी जब मूल्य देकर क्रय कर ली गई, तब मेरा उस पर अधिकार हो गया।"

"यही सोचकर मैंने उसे भगा दिया महाराज!"

"क्या गान्धार को?"

"नहीं महाराज!"

"तब?"

"अकथ्य है।"

"कहो कलिंग!"

"नहीं महाराज।"

"कहना होगा!"

"नहीं महाराज।"

"तुमने अपराध किया है!"

"तो आप दंड दे सकते हैं।"

"तब इस पर विचार किया जाएगा।"

महाराज क्रुद्ध होकर कलिंगसेना के प्रासाद से उठ गए।

यज्ञ

पहले दिन सहस्र-दक्षिण चार दीक्षावाला सोमयाग प्रारम्भ हुआ और पुरोडाश चढ़ाया गया। इसके बाद श्रुतहोम, विष्णुयाग, चातुर्मास्य, वरुण प्रवास, शाकमेधीय, शुनासीरीय और पंचवातीय याग का अनुष्ठान हुआ। आहवनीय अग्नि का देवताओं की दिशा में विस्तार किया गया। फिर 'इन्द्रतुरीय' यज्ञ और 'अपामार्ग' होम हुआ।

आचार्य अजित केसकम्बली यज्ञ के अध्वर्यु और कणाद, औलूक, वैशम्पायन पैल, स्कन्द कात्यायन, जैमिनी, शौनक, कात्यायन, वररुचि, बोधायन, भारद्वाज, पतंजलि, शाम्बव्य, सांख्यायन आदि सोलह कर्मकांडी वेदपाठी ब्राह्मण ऋत्विक् थे।

माल-मलीदे खाने वाले और बहुत-से ब्राह्मण, ब्रह्मचारी, वटुक और श्रमण निरन्तर राजधानी में आ रहे थे। आगत राजा-महाराजा कुछ आते थे, कुछ जाते थे। व्यवस्था करने पर भी अव्यवस्था बहुत थी। देश-देशान्तर की वेश्याएँ भी यज्ञ में आई थीं। वे हँस-हँसकर ब्राह्मणों और समागत जनों के अंग पर गन्ध-माल्य-लेपन और परिहास से उनका मनोरंजन कर रही थीं।

अग्निदेव को निरन्तर घृत की धारा पान कराई जा रही थी। घी के कुप्पे के कुप्पे यज्ञस्थल में रखे थे। विविध साकल्य, वनस्पति; पुरोडाश, बलि और आहवनीय पदार्थों से भरे सैकड़ों पात्र, दास-दासियाँ और राजपुत्र यज्ञभूमि में ला रहे थे। यज्ञवेदी से निकट यूप के चारों ओर एक बड़े बाड़े में घिरे देश-देशान्तर से लाए हुए बछड़े, बैल, भेड़ आदि पशु गवालम्भन-अनुष्ठान की प्रतीक्षा में विविध रंगों और पुष्पों से सुसज्जित और पूजित हो, हरी-हरी घास खा रहे थे। देवताओं को मांस का हविर्भाग अर्पण करके जो हविर्मांस बचता था, उसमें हरिण, वराह आदि मध्य पशुओं का मांस और कन्द-मूल-फल, तिल-मधु-घृत मिलाकर 'खांडव-राग' तैयार किया जा रहा था। उसे वेदपाठी ब्राह्मण रुच-रुचकर बार-बार माँग-माँगकर खा रहे थे। एक-एक देवता का आवाहन करके विविध पशुओं, पक्षियों, जलचरों और वृषभों की आहुति यज्ञकुंड में दी जा रही थी। ब्राह्मणों के साथ क्षत्रिय, वैश्य और व्रात्य आगत समागत यज्ञबलि का प्रसाद श्रद्धापूर्वक खा रहे थे। कहीं गृहस्थाश्रमीय श्रोत्रिय ब्राह्मणों के लिए दूध, खीर, खिचड़ी, यवागू, माँग, बड़े, सूप आदि खाद्य-पेय बनाए जा रहे थे।

गौडीय, माध्वीक, द्राक्षा ढाली जा रही थी। सोपधान आराम से बैठे हुए आगत जन विविध प्रकार से भुने हुए कुरकुरे मांस के साथ सौवर्ण, राजत तथा मणिमय पात्रों में मद्य-पान करके परस्पर विनोद कर रहे थे। आढ्य पुरुष रुच-रुचकर मांसोदन खा रहे थे। कुछ लोग सक्थु, घी और शर्करा मिलाकर आनन्द से खा रहे थे। सैकड़ों आरालिक, सूपकार और रागखांडविक लोग विविध खाद्य-संस्कारों में संलग्न थे।

गवालम्भन और पशुयाग को लेकर नगर में एक क्षोभ का वातावरण उठ खड़ा हुआ था। श्रमण महावीर और शाक्य गौतम, दोनों ही महापुरुष इस समय श्रावस्ती ही में थे। वे निरन्तर अपने प्रवचनों में यज्ञ-विरोधी भावना प्रकट करते रहते थे और इसके कारण अनेक सेट्ठि गृहपति, सामन्त, राजपुत्र और विश यज्ञ के गवालम्भन को लेकर भीतर-ही-भीतर महाराज के प्रति विद्रोही होते जा रहे थे। प्रच्छन्न रूप से राजकुमार विदूडभ और आचार्य अजित केसकम्बली ऐसे लोगों को प्रोत्साहन दे रहे थे। राजधानी में सेनापति मल्ल बन्धुल नहीं थे।

उनके बारहों बन्धु-परिजन मारे जा चुके थे। इससे राजा बहुत चिन्तित और व्यग्र हो रहे थे। एक ओर जहाँ समारोह हो रहा था वहाँ दूसरी ओर भय, आशंका और विद्रोह की भावना ने राजा को अशान्त कर रखा था।

गान्धारी नववधू कलिंगसेना से पहली ही भेंट में राजा को क्षोभ हो गया था। वे इसके बाद फिर उनसे मिले भी नहीं। परन्तु इस अनिन्द्य सुन्दरी बाला को प्रथम परिचय ही में क्षुब्ध कर देने तथा चम्पा के हाथ में आई राजकुमारी को खो बैठने से वे भीतर-

ही-भीतर बहुत तिलमिला रहे थे। उधर यज्ञ के विविध अनुष्ठान, व्रत-नियम, प्रक्रियाओं तथा प्रबन्ध-सम्बन्धी अनेक उलझनों ने उन्हें असंयत कर दिया था।

राजकुमार विदूडभ ने इस सुयोग से बहुत लाभ उठाया था। उन्होंने समागत अनेक राजाओं को अपना मित्र बना लिया था। वे उनके सहायक और समर्थक हो गए थे। नगर के जो गृहपति, सेट्ठि, पौरजन और निगम राजा पर आक्षेप लेकर आते, उनसे युवराज विदूडभ अपनी गहरी सहानुभूति दिखाते और राजा की मनमानी पर अपनी बेबसी और रोष प्रकट करते थे। इस प्रकार घर-बाहर उनके मित्रों, समर्थकों और सहायकों का एक दल और अनुकूल वातावरण बन गया था।

एक दिन अवकाश पाकर उन्होंने आचार्य अजित केसकम्बली से एकान्त में वार्तालाप किया। राजकुमार ने कहा, "आचार्य, अब यह यज्ञ-पाखंड और कितने दिन चलेगा?"

"यह पुण्य समारोह है युवराज, सौ वर्ष भी चल सकता है, बारह वर्ष भी और अठारह मास पर्यन्त भी।"

"और इतने काल तक राज्य की सारी व्यवस्था इसी प्रकार रहेगी।"

"तो कुमार, एक ही बात हो सकती है, या तो राजा स्वर्ग के लिए पुण्यार्जन करें या दुनियादारी की खटपट में रहें।"

"बहुत पुण्य-संचय हो चुका, आचार्य! अब अधिक की आवश्यकता नहीं है।"

आचार्य हँस पड़े। उन्होंने कहा, "पुत्र, मैं तुम्हारे लिए असावधान नहीं हूँ।"

"तो आचार्य, यही ठीक समय है। न जाने बन्धुल सेनापति कब आ जाए।"

"अभी आ नहीं सकता, पुत्र! सीमान्त पर वह जटिल कठिनाइयों में फँसा है। वयस्य यौगन्धरायण ने उसे विग्रह और भेद में विमूढ़ कर दिया है।"

"फिर भी आचार्य, यदि मैं इस समय विद्रोह करूँ, तो सफलता होगी?"

"अभी नहीं, रत्नहोम के बाद। आज द्वितीया है, त्रयोदशी को रत्नहोम सम्पूर्ण होगा। फिर पन्द्रह दिन खाली जाएँगे, यज्ञ की मुख्य क्रिया नहीं होगी, यजमान की उपस्थिति भी न होगी। इसके बाद आगामी चतुर्दशी को अभिषेक होगा। इसी अवकाश में पुत्र, तुम कार्यसिद्धि करना। अभी मैं सीमान्त से पायासी के लौटने की प्रतीक्षा कर रहा हूँ।"

"क्या आपने कोई योजना स्थिर की है, आचार्य?"

"हाँ पुत्र, मैं तुझे यथासमय अवगत करूँगा।"

"जैसी आपकी आज्ञा! मैंने अनेक राजाओं को मिला लिया है और जनपद भी गवालम्भन के कारण क्षुब्ध है।"

"मैं भी यही समझकर श्रमण महावीर और शाक्य-पुत्र को सहन कर रहा हूँ। उन्हें अपना काम करने दो।"

"परन्तु कारायण का क्या होगा?"

"समय पर कहूँगा कुमार, अभी नहीं। अभी तुम राजा के अनुगत रहो, जिससे वह आश्वस्त रहें। तुमने देखा है, राजा बहुत क्षुब्ध हैं।"

"देख रहा हूँ आचार्य।"

"तो पुत्र, तू निश्चिन्त रह। नियत काल में मैं तेरे ही सिर पर यज्ञपूत जल का अभिषेक करूँगा।"

"तो आचार्य, मैं भी आपका चिर अनुगत रहूँगा।" यह कहकर राजकुमार विदूडभ ने आचार्य को प्रणाम कर विदा ली।

राजनन्दिनी

साकेत के सर्वसाधन-सुलभ प्रासाद में राजनन्दिनी चन्द्रप्रभा सुख से रहने लगीं। उसके लिए सुख के जितने साधन कोसल-राजकुमार प्रस्तुत कर सकते थे, उन्होंने यत्नपूर्वक कर दिए। उन्होंने यद्यपि राजकुमारी की केवल एक झलक-भर नौकारूढ़ होते समय देख पाई थी, पर उसी से उनका सुप्त तारुण्य सहस्र मुख से जागरित हो गया। परन्तु राजकुमार विदूडभ चरित्रवान् पुरुष थे। उन्होंने मागध मित्र से जो शब्द कहे थे, उनका मूल्यांकन करना वह जानते थे। उन्होंने यत्नपूर्वक अपने को राजकुमारी से तटस्थ रखा। फिर भी उनका मन रह-रहकर विद्रोह करने लगा। वे राजकुमारी को विविध सुविधाएँ, सुख-साधन और मनोरंजन के साधन प्रस्तुत करने में हार्दिक आह्लाद की अनुभूति करते रहे। परन्तु बहुत इच्छा होने पर भी उन्होंने राजनन्दिनी को देखने की चेष्टा नहीं की, यद्यपि इसमें एक यह भी कारण था कि यज्ञ की उलझनों और अपनी अभिसन्धि के ताने-बाने में वे बुरी तरह उलझे हुए थे।

राजनन्दिनी के साथ जो दस यवनी दासियाँ गान्धारी कलिंगसेना ने भेजी थीं, वे बड़ी चतुर थीं। उन्होंने विविध नृत्य-गान-विनोद और कौतुक-प्रदर्शन से कुमारी का अच्छा मनोरंजन किया। क्षण-भर को कुमारी यहाँ आकर अपनी विपन्नावस्था को भूल गईं।

परन्तु सोम की स्मृति अब उन्हें अधिक सन्तप्त करने लगी। दिन-दिन उन्हें सोम का वियोग असह्य होने लगा। परन्तु उन्हें विश्वास था कि सोम उनके निकट हैं और उन्हें प्राप्त करने में अब कोई बाधा नहीं होगी। इसी विचार से वह प्रहर्षित थीं।

सोम और कुंडनी ने भी प्रच्छन्न भाव से साकेत तक राजनन्दिनी के साथ ही यात्रा की थी और एक सुयोग पाकर कुंडनी प्रासाद में जा कुमारी से मिली भी। कुंडनी को देख कुमारी अत्यन्त आनन्दित हुईं। उसका बहुविध आलिंगन करके उन्होंने विविध प्रश्न किए। पर कुंडनी ने वाक्छल और चांचल्य से उन्हें तंग करने के बाद बताया कि सोम भी साकेत में हैं और कुमारी को देखना चाहते हैं तथा उनका भी प्रेमावेश कम नहीं है। यद्यपि यहाँ सोम के आने में कोई बाधा नहीं थी, फिर भी लज्जावश कुमारी ने सोम से छिपकर मिलना नहीं स्वीकार किया। उन्होंने बहु तरह से सोम की चर्चा की और फिर साहस करके कुंडनी से कहा, "सखी, उनसे कहो, वे भगवान् महाश्रमण से मिलकर अपने मन की बात कह दें। फिर वे जो कुछ आदेश दें।"

कुमारी की इच्छा जानकर सोम और कुंडनी श्रावस्ती आए। आकर सोम ने श्रमण महावीर से फिर साक्षात् किया। श्रमण महावीर ने बहुत देर मौन रहकर कहा, "भद्र सोम, अपने हित के लिए तुम उनसे अभी दूर रहो। यथासमय मैं कर्तव्य-प्रदर्शन करूँगा।"

सोम श्रमण महावीर की बात से बहुत निराश हुए। उन्होंने हठ करके श्रमण की इच्छा के विपरीत कुंडनी को फिर साकेत भेजा। उसने कुमारी से साक्षात् कर श्रमण

महावीर का अभिप्राय यथारूप से कहा। कुमारी ने सुनकर कहा, "तो हला कुंडनी, जैसी भगवान् महाश्रमण की इच्छा है वैसा ही हो। तुम सोमभद्र से कहो कि जब तक आदेश न हो, वे यहाँ न आएँ। यथासमय महाश्रमण स्वयं आदेश देंगे।"

सोम कुंडनी से कुमारी का यह उत्तर पाकर निराश और उदास रहने लगे। परन्तु सेनापति उदायि ने उन्हें कुछ आवश्यक आदेश दिए थे, वह उनके पालने में कई दिन तक बहुत व्यस्त रहे और एक प्रकार से उन्होंने कुमारी का ध्यान ही न किया। परन्तु अवसर पाते ही वह साकेत गए और राजकुमारी से भेंट की।

उस समय कुमारी ने श्वेत पुष्प-गुच्छों का शृंगार कर श्वेत कौशेय धारण किया था। सोमप्रभ को देखते ही उनके नेत्र हँसने लगे।

सोम ने अनुताप के स्वर में कहा, "संयत न रह सका राजनन्दिनी! महाश्रमण के आदेश के विपरीत आने का दुस्साहस मैंने किया है।"

"यह तो ठीक नहीं हुआ, प्रियदर्शन!"

"परन्तु मैं क्या करूँ कुमारी, तुम्हीं ने इस अकिंचन को बाँध लिया!"

"प्रिय, ऐसा अधैर्य क्यों? भगवान् महाश्रमण जानेंगे तब?"

"प्रिये, तुम कह दो कि तुम मेरी हो, फिर मैं भगवान् महाश्रमण के प्रति अपराध का प्रायश्चित्त कर लूँगा।"

"और यदि मैं कुछ न कहूँ तो?" कुमारी ने हास्य छिपाते हुए कहा।

सोम ने दो चरण आगे रख कुमारी का अंचल हाथ में ले घुटनों के बल बैठ चूम लिया। उन्होंने कहा, "प्रिये, चारुशीले, तुमने मुझे आप्यायित कर दिया, मैंने तुम्हारे नेत्रों में पढ़ लिया।"

"तो भद्र, मुझे भी आप्यायित करो।"

"कहो प्रिये, मुझे क्या करना होगा?"

"अब बिना महाश्रमण की आज्ञा लिये यहाँ मत आना भद्र!"

"ओह, यह तो अति दुस्सह है।"

"सो क्या तुम्हारे ही लिए प्रिय?"

"तो प्रिये, मैं सहन करूँगा।"

"यही उत्तम है, धर्मसम्मत है, गुरुजन-अनुमोदित है। सोम प्रियदर्शन, अब तुम जाओ, कोई दासी हमें साथ देखे, यह शोभनीय नहीं है।"

"जैसी राजनन्दिनी की इच्छा!"

सोम बार-बार प्यासी चितवनों से कुमारी को फिर-फिर देखते हुए वाटिका से निकले और शीघ्र श्रावस्ती की ओर चल दिए।

सेनापति कारायण

बन्दीगृह में जाकर राजकुमार विदूडभ ने कहा, "सेनापति, तुम स्वतंत्र हो, बाहर जाओ।"

बन्दीगृह के अन्धकार में कारायण ने विदूडभ को नहीं पहचाना। उसने कहा, "यह किसने मुझे उपकृत किया भन्ते?"

"मैं विदूडभ हूँ, मित्र!"

"राजकुमार, मैं आपका किस प्रकार आभार मानूँ?"

"पहले इस कलुषित स्थान से बाहर आओ मित्र, और बातें पीछे होंगी।"

"परन्तु मैं बेड़ियों के बोझ से चल नहीं सकता।"

विदूडभ ने उसे उठाकर कन्धे पर बैठा लिया। बाहर आकर उन्होंने कहा, "यहाँ एकान्त में क्षण-भर ठहरो सेनापति! मेरा एक मित्र लुहार निकट ही है, मैं उसे लाकर अभी बेड़ियाँ कटवाता हूँ।"

विदूडभ चले गए। लुहार ने आकर बेड़ियाँ काट दीं। कारायण ने मुक्त होकर राजकुमार को अभिवादन करके कहा, "मैं राजकुमार का अनुगत सेवक हूँ।"

"क्या आभार-भाराक्रान्त?"

"नहीं भन्ते, पहले ही से।"

"परन्तु मित्र, तुम स्वतंत्र हो, कोई बन्धन नहीं है।"

"मैं आपका अनुगत सेवक हूँ कुमार!"

"तो यह तलवार ग्रहण करो मित्र, मैं तुम्हें कोसल-सैन्य का प्रधान सेनापति नियत करता हूँ।"

"क्या मैं आपको देव कोसलपति कहकर हर्षित होऊँ?"

"यदि तुम्हारी ऐसी इच्छा है तो यही सही मित्र!"

"तो देव कोसलपति, आपकी क्या आज्ञा है?"

"सेनापति, तुम अभी नगर को अधिकृत कर अपने प्रहरी और चौकियाँ बैठा दो।"

"जो आज्ञा देव! और भी?"

"हाँ, दो सौ अश्वारोही लेकर आज सूर्यास्त के समय नगर-द्वार पर स्वयं उपस्थित रहो। महाराज प्रसेनजित् आज जैतवन में श्रमण गौतम के दर्शन करने को जाएँगे। उन्हें जाने में बाधा देने की कोई आवश्यकता नहीं है, परन्तु जब वे लौटें तो दक्षिण द्वार पर उनका अवरोध करो। उन्हें बन्दी कर लो और एकाकी पूर्वी सीमान्त पर छोड़ आओ। उनके अंगरक्षक विरोध करें तो उन्हें काट डालो। सहायक सेना निकट ही रखो। परन्तु सब काम अत्यन्त चुपचाप होना चाहिए।"

"बहुत अच्छा महाराज, ऐसा ही होगा।"

"एक बात और! महिषी मल्लिका भी महाराज के साथ होंगी। उनसे राजमहालय में आने का अनुरोध करना तथा महाराज को सीमान्त पर पाथेय देना।"

"ऐसा ही होगा महाराज! और कुछ?"

"हाँ, सेनापति, गुप्तचरों से पता लगा है, बन्धुल मल्ल सीमान्त से आ रहा है। उसे प्रत्येक मूल्य पर रोको। यदि मारना भी पड़े तो मार डालो।"

"बन्धुल मेरा आत्मीय है, परन्तु मेरे सम्पूर्ण उत्पीड़न का मूल है। मैं उसका शिरच्छेद करूँगा, आप निश्चिन्त रहें महाराज!"

"तो जाओ सेनापति, बन्धुल का आवास तुम्हारे लिए प्रस्तुत है। वहाँ तुम्हारे परिजन

भी पहुँच गए हैं। विश्राम करो। अभी तुम्हारे पास यथेष्ट समय है। सावधान रहो और प्रत्येक प्रगति से मुझे सूचित करो।"

प्रसेनजित् का निष्कासन

जैतवन से महाराज प्रसेनजित् ने लौटकर देखा, नगरद्वार पर भारी अवरोध-उपरोध उपस्थित है। सेनापति कारायण नग्न खड्ग लेकर राजा के सम्मुख आए। राजा ने उन्हें देखकर कहा, "यह क्या बात है कारायण? मैंने तुम्हें बन्दी किया था, किसने तुम्हें मुक्त किया?"

"कोसल के अधिपति ने।"

"कोसल का अधिपति मैं हूँ। मैंने तुझे मुक्त नहीं किया।" राजा ने क्रोध से लाल-लाल आँखें करके कहा।

"आप जैसा समझें।"

"तेरी यहाँ उपस्थिति का क्या कारण है?"

"मैं आपको बन्दी करने के निमित्त यहाँ उपस्थित हूँ?"

"किसकी आज्ञा से?"

"कोसल के अधिपति महाराज विदूडभ की आज्ञा से।"

"तेरा इतना साहस? वंचक, कुटिल, मैं अभी तेरा शिरच्छेद करूँगा।" राजा ने खड्ग कोश से खींच लिया।

"तो महाराज प्रसेनजित्, आप यदि इसी समय मृत्यु को वरण किया चाहते हैं तो आपकी इच्छा! आइए इधर।" कारायण ने मैदान की ओर खड्ग से संकेत किया!

राजा ने क्रोध से काँपते हुए सैनिकों को आज्ञा दी, "सैनिको, इस वंचक को बन्दी करो।"

किन्तु सब सैनिक चुपचाप सिर झुकाकर खड़े हो गए। यह देखकर राजा का हृदय भय से दहल उठा। वह काँपते हुए हाथों में खड्ग लिये काष्ठप्रतिमा के समान खड़े रह गए।

कारायण ने हँसकर कहा, "महाराज प्रसेनजित्, विरोध-प्रदर्शन से कोई लाभ नहीं। चुपचाप महाराज विदूडभ की आज्ञा शिरोधार्य कीजिए।"

"कैसी भाग्य-विडम्बना है! क्या मैं नगर में नहीं जा सकता?"

"नहीं।"

"तेरे महाराज—उस दासी-पुत्र की क्या आज्ञा है रे?"

"यही कि यदि आप चुपचाप बन्दी होना स्वीकार कर लें तो आपको प्राणदान दे दिया जाए।"

"और यदि मैं न स्वीकार करूँ...?"

"तो महाराज की आज्ञा है कि आपका वध करके आपके शरीर के चार टुकड़े करके नगर की चारों दिशाओं में बलि-पिंड की भाँति फेंक दिए जाएँ।"

राजा की आँखों से आँसू ढलकने लगे। उन्होंने हाथ का खड्ग पृथ्वी पर फेंक

दिया, कंठ की मौक्तिक-माला तोड़कर उसके दाने धूल में बिखेर दिए। सिर का उष्णीष टुकड़े-टुकड़े करके फेंक दिया। फिर कहा, "तो धृष्ट भाकुटिक सेनापति, तू अपने वृद्ध असहाय राजा से जैसा व्यवहार करना चाहता है, कर।"

"तो महाराज प्रसेनजित्, आप अपने सेवकों सहित आगे बढ़कर मेरे इन सैनिकों के बीच में आ जाएँ।"

महाराज चुपचाप सैनिकों के मध्य में जा खड़े हुए। देवी मल्लिका भी चुपचाप राजा के साथ जा खड़ी हुईं। अनुगमन करती हुई दासियों को निवारण करते हुए उन्होंने कहा, "हज्जे, ऐसा ही काल उपस्थित हुआ है। तुम महालय में लौट जाओ और अपने राजा की सेवा करो। मुझे तुम्हारी सेवाओं की आवश्यकता नहीं रही।" इतना कहकर उन्होंने अपने सब रत्नाभूषण उन्हें बाँट दिए। दासियाँ खड़ी हो रोने लगीं।

कारायण ने आगे बढ़कर कहा, "पट्टराजमहिषी के चरणों में महाराज विदूडभ ने यह निवेदन किया है कि वे महालय में पधारकर अपने अनुगत पुत्र को आप्यायित करें।"

"पुत्र विदूडभ ने यह अपने योग्य ही कहा, भन्ते सेनापति! पर मुझे अपना कर्तव्य विदित है। जहाँ महाराज, वहाँ मैं। पुत्र विदूडभ से कहना—वह कोसल के यशस्वी आर्यकुल की मर्यादा की रक्षा करें। मैं आशीर्वाद देती हूँ—वह यशस्वी हो, वर्चस्वी हो, चिरंजीवी हो!" राजा ने भी अपने आभरण सेवकों के ऊपर फेंकते हुए कहा, "भणे, तुम्हारा कल्याण हो। तुम राजसेवक हो। तुमने राजा की सेवा जीवन-भर की। अब यह प्रसेनजित् राजा नहीं रहा, तो उसका सेवकों से क्या काम? तुम्हारा कल्याण हो। जाओ, राजा की सेवा करो।" फिर उन्होंने कारायण की ओर मुँह करके कहा, "तो भाकुटिक सेनापति, अब विलम्ब क्यों? तू राजाज्ञा का पालन कर।"

"तो फिर ऐसा ही हो।" उसने सैनिकों को संकेत किया और वे राजा-रानी के अश्वों को घेरकर चल दिए। दास-दासी खड़े रोते रहे। उस समय प्रतीची दिशा माँग में सिन्दूर भरे कौसुम्बिक चीनांशुक पहने वधूटी-सी प्रतीत हो रही थी। सूर्यकुल-प्रदीप महाराज प्रसेनजित्, मागध-विजयी, पाँच महाराज्यों के अधिपति, अर्द्ध-शताब्दी तक लोकोत्तर वैभव भोगकर आज दिनांत में राज्यश्री भ्रष्ट हो अपने ही सेवकों द्वारा बन्दी होकर अदृष्ट विविध और नियतिवश अज्ञात दिशा को चले जा रहे थे।

बन्धुल का दाँव-पेच

सीमान्त पर बन्धुल भारी उलझनों में फँस गया। वत्स-सैन्य ने सीमान्त के निकट ही स्कन्धावार स्थापित करके धान्वन, वन, संकट, पंक, विषम, नीहार आदि सत्र स्थापित किए थे और वह सैन्य छिपकर इन स्थलों पर गति करती थी। इससे यहाँ स्पष्ट कूटयुद्ध हो रहा था। शत्रु बन्धुल को दूष्य सेना तथा आटविक के द्वारा बार-बार थका डाल रहे थे। वे अवसर पाते ही धावा मारकर सीमान्त का उल्लंघन कर गाय, पशु और खाद्य-सामग्री लूट जाते या नष्ट कर जाते थे। कोसल के जो वीर प्रतिकार के लिए उधर जाते थे, उन्हें सत्रों में छिपकर मार डालते थे। बहुधा वे रात्रि में छापा मारते। लूटपाट करके

या आग लगाकर भाग जाते। इससे कोसल सैनिक रात को सो ही न पा रहे थे। बहुधा चमड़े के खोल पैरों में बाँधे हुए सैकड़ों हाथियों के द्वारा वे कोसल छावनी में घुसकर सोते हुए सैनिकों को कुचलवा डालते थे।

इन कठिनाइयों के कारण बन्धुल को बहुत ही सावधान रहना पड़ता था। पर उसकी दूसरी कठिनाई यह थी कि राजधानी से न तो उसे सूचना ही मिल रही थी, न सैन्य, न रसद। रसद समाप्त हो रही थी, कोष खाली हो चुका था, सेना अस्त-व्यस्त हो रही थी और बार-बार पत्र भेजने पर भी राजा सहायता नहीं भेज रहा था। वास्तव में यह विदूडभ की अभिसन्धि का परिणाम था। फिर भी बन्धुल को चरों के द्वारा इस अभिसन्धि का पता चल गया। उसने सीमापाल को सीमान्त की गतिविधि देखने की व्यवस्था सौंपकर श्रावस्ती की ओर अत्यन्त प्रच्छन्न भाव से प्रयाण किया। जिस दिन राजा का श्रावस्ती से निष्कासन हुआ, वह श्रावस्ती पहुँच गया था। उसने छद्मवेश में अपनी आँखों से राजा का निष्कासन देखा। वह निरुपाय था। सेना उसके हाथ में न थी। विदूडभ की सम्पूर्ण अभिसन्धि वह जान गया। कारायण का प्रबन्ध बहुत जाग्रत था और वह प्रकट होकर अब कुछ नहीं कर सकता था। कारायण को उसने राजा के साथ जाते देखा। उसने समझा कि अवश्य ही राजा को कहीं कैद कर दिया जाएगा। उसने सोचा, इसका पता लगाना असम्भव नहीं है। अत: उसने सबसे प्रथम विदूडभ को पकड़ने का विचार किया। यह साधारण कार्य न था; परन्तु उसने सोचा कि यदि आज नहीं तो फिर कभी नहीं। कारायण की अनुपस्थिति से उसने पूरा लाभ उठाने का निश्चय किया। परन्तु वह जैसा योद्धा था, वैसा कूटनीतिज्ञ न था। फिर भी वह चुपचाप अपने गुप्त वासस्थान पर लौट आया। अपने चुने हुए मित्रों और सहायकों से उसने परामर्श किया और विदूडभ के अपहरण की एक योजना बनाई।

राजकुमार विदूडभ इस गहरी कूटनीति में घुसकर भी अपनी रक्षा की ओर से सर्वथा असावधान थे। वह आचार्य अजित केसकम्बली से गुप्त परामर्श करके एक भृत्य के साथ निश्शंक राजपथ पर जा रहे थे। रात्रि का अन्धकार राजपथ पर फैला हुआ था। दो-चार जन इधर-उधर आ-जा रहे थे। बन्धुल ने अनायास सुयोग पा लिया। राजपथ के एक विजन मोड़ पर बन्धुल के एक ही हाथ ने अनुचरों को धराशायी कर दिया और उसी समय उसके तीक्ष्ण जनों ने अंगवस्त्र डालकर राजकुमार को विवश कर दिया। क्षण-भर में यह कार्य हो गया। किसी को कानोंकान खबर नहीं लगी। बन्धुल के तीक्ष्ण जन राजकुमार को हाथोंहाथ उठाकर ले भागे।

परन्तु राजा और राजकुमार दोनों ही का इस प्रकार जो अप्रकाश्य रूप से राजधानी से विलोप हुआ, यह किसी भी मनुष्य ने नहीं जाना। अभिसन्धि की अंगीभूत योजना के अनुसार आचार्य अजित केसकम्बली ने रत्न-होम के बाद पन्द्रह दिन का अवकाश मुख्यानुष्ठान के लिए कर दिया था। साधारण होम और हविष्ययाग चल रहे थे, परन्तु उनमें यजमान के उपस्थित होने की आवश्यकता न थी। राजकुमार का हरण ऐसी गुप्त रीति से हुआ था कि आचार्य अजित को भी आठ पहर तक उसका पता नहीं लगा। परन्तु जब मागध वैद्य जीवक ने आचार्य को सूचना दी कि राजकुमार कल रात से राजधानी में नहीं हैं, तो वे एकबारगी ही चिन्ताकुल हो उठे। वे अधैर्य से कारायण के

सीमान्त से लौटने की बाट देखने लगे। साथ ही उन्होंने शून्याध्यक्ष और राष्ट्रपाल को अत्यन्त सावधानी से नगर-रक्षण के लिए सचेत कर दिया।

दिन के पिछले प्रहर में बन्धुल मल्ल आचार्य अजित के पास गया। जाकर अभिवादन कर एक ओर बैठ गया। उस समय आचार्य बहुत व्यस्त थे। यज्ञ से सम्बन्धित विविध आदेश विविध जनों को दे रहे थे। बन्धुल को देखकर आचार्य अथ से इति तक विदूडभ के लुप्त हो जाने का सब रहस्य जान गए। भीत भी हुए, परन्तु प्रकट में उन्होंने सेनापति का प्रहर्षित हो स्वागत करते हुए कहा, "प्रसन्न तो रहा, सम्मोदित तो रहा सेनापति? सीमान्त में सब भाँति कुशल तो है?"

"हाँ आचार्य, सब ठीक है। भला यहाँ यज्ञानुष्ठान तो ठीक-ठीक चल रहा है?"

"सब ठीक है बन्धुल!"

"मैंने सोचा, मैं भी तो यह समारोह देखूँ, इसी से आ गया।"

"साधु, साधु सेनापति! परन्तु अभी तो रत्न-होम सम्पन्न हुआ है। अब दो पक्ष का अवकाश है। हविर्य होता रहेगा, फिर शुक्ल पक्ष की प्रतिपदा को अभिषेक होगा, तब तक ठहरना सेनापति!"

"अवश्य आचार्य, किन्तु महाराज प्रसन्न तो हैं?"

"बहुत थकित हैं बन्धुल! यज्ञ-समारोह का पूरा भार, फिर व्रत-उपवास, कर्मकांड। उन्हें क्या एक कार्य है? अब जो अवकाश मिला है भाई, रत्ती-रत्ती काल गान्धारी रानी के लिए राजा ने सुरक्षित रख लिया। दर्शन ही नहीं होते। परन्तु हानि नहीं, अनुष्ठान निर्विघ्न चल रहे हैं।"

"यह अच्छा है आचार्य! कुमार विदूडभ तो प्रसन्न हैं?"

"इधर देखा नहीं है बन्धुल!"

"कदाचित् वे भी किसी नववधू के फेर में न हों आचार्य, आप देखते हैं—आयु है।"

"हाँ-हाँ, बन्धुल!" आचार्य हँस पड़े। बन्धुल भी हँसे, परन्तु दोनों ने दोनों को जलती आँखों से देखा। आचार्य ने कहा, "तो बन्धुल सेनापति, देख रहे हैं, यज्ञ-व्यवस्था में बहुत व्यस्त हूँ। आहार, विश्राम का समय भी नहीं मिलता।"

"तो आचार्य विश्राम करें, मैं भी चला।" बन्धुल अभिवादन करके चल पड़ा।

कुटिल ब्राह्मण

अजित केसकम्बली ने जो कूटनीति का ताना-बाना इतनी चतुराई से फैलाया था, उसमें युवराज विदूडभ के अकस्मात् लुप्त हो जाने से बड़ा व्याघात पड़ गया। युवराज को मल्लबन्धुल ने ही उड़ाया है, इस सम्बन्ध में आचार्य को तनिक भी सन्देह नहीं रहा। आचार्य ने बन्धुल के जाते ही अस्वस्थता का ढोंग रचा और आस-पास के लोगों को विदा कर एकान्त में शय्या पर पड़ रहे। शय्या पर पड़कर उन्होंने एक शिष्य को बुलाकर कहा, "सौम्य माधव, तू तनिक जाकर उस मागध वैद्य को बुला ला, मुझे उदर-पीड़ा है।"

जीवक के आने पर आचार्य ने परामर्श किया। जीवक ने भी यही निश्चय किया कि कुमार को बन्धुल ने ही उड़ाया है। दोनों इस बात पर सहमत थे कि कुमार का यह गोपन प्रकट न किया जाए। बन्धुल इसे प्रकट न करेगा, यह निश्चय है। वह उनके प्राण भी संकट में नहीं डालेगा, क्योंकि उसका अभिप्राय केवल यही है कि सम्राट् का पता लगाया जाए। परन्तु अब विचारणीय बातें दो हैं—एक यह कि राजकुमार को छिपाया कहाँ गया है; दूसरी यह कि उनका उद्धार कैसे हो? जीवक और आचार्य दोनों ही निरुपाय थे।

आचार्य ने कहा, "जीवक, हमें सेनापति कारायण की प्रतीक्षा करनी होगी।"

"किन्तु आचार्य, राजपुत्र का एक मित्र है।"

"कौन है वह?"

"वह एक मागध तरुण है।"

"वह कहाँ है?"

"ढूँढ़ना होगा! आचार्य! परन्तु वह निश्चय ही श्रावस्ती में है।"

"तब ढूँढ़ो प्रिय जीवक! तब तक मैं अन्त:पुर में क्या प्रतिक्रिया हो रही है, एक बार देखूँ।"

वैद्य को विदा करके आचार्य ने शिष्य से कहा, "पुत्र, तू राजमहल में देवी कलिंगसेना के हर्म्य में जा और कंचुकी बाभ्रव्य से कह कि आचार्य विष्णुपादामृत वेला में विशेष अनुष्ठान के लिए देवी के महल में आएँगे। देव-पूजन की सब व्यवस्था करके देवी स्नाता होकर तैयार रहें। उन्हें उपवास भी करना होगा।

शिष्य "जो आज्ञा!" कह महालय की ओर चला। आचार्य बहुत-सी बातों पर विचार करते हुए अपने शयन-कक्ष में पड़े रहे। इसी समय कारायण ने व्यग्र भाव से आकर कहा, "यह क्या सुन रहा हूँ मैं आचार्य?"

"सेनापति, धैर्य से पूर्वापर-सम्बन्ध पर विचार कर कर्तव्य का निर्णय करो।"

"परन्तु मेरा कर्तव्य है कि सर्वप्रथम मल्ल बन्धुल को बन्दी करूँ।"

"नहीं सेनापति, ऐसा करने से राजपुत्र का पता नहीं लगेगा।"

"तब क्या करना होगा?"

"दो कार्य, एक नगर की रक्षा का सुदृढ़ प्रबन्ध, दूसरे बन्धुल की गतिविधि पर सतर्क दृष्टि।"

"तब ऐसा ही हो आचार्य! परन्तु क्या हम कुमार की ओर से निश्चिन्त बैठे रहें?"

"निश्चिन्त क्यों सेनापति? कुमार कहाँ हैं, पहले इसका पता लगाया जाए, पीछे उन्हें छुड़ाया जाए। बन्धुल अवश्य ही अत्यन्त गुप्त रूप से कुमार से मिलने जाएगा और उन्हें डरा-धमकाकर महाराज का पता पूछेगा। ऐसी स्थिति में उसका अत्यन्त छद्मवेश में बहुत सावधानी के साथ पीछा होना चाहिए।"

"ऐसा ही होगा आचार्य!"

"एक बात और, वत्स-राज्य की सीमा पर जो सेना है, उससे किसी भी दशा में बन्धुल का सम्बन्ध-सम्पर्क नहीं रहना चाहिए। इसके लिए पूरा सतर्क रहना होगा।

उसका कोई चर सीमान्त पर न पहुँचने पाए, उसे तुरन्त बन्दी कर लिया जाए और बन्धुल को भी इसका पता नहीं लगना चाहिए।"

"समझ गया, आचार्य, मैं ऐसी ही व्यवस्था करूँगा।"

"तो सेनापति, तुम समुचित व्यवस्था करो। एक बात और है!"

"वह क्या?"

"कुमार का मित्र एक मागध तरुण श्रावस्ती में है, उसे ढूँढ़ने में वैद्य जीवक को सहायता देनी होगी।"

"अच्छा आचार्य!"

सेनापति अभिवादन कर वहाँ से चल दिया।

दुःखद अन्त

बन्दी राजदम्पती को लेकर सेनापति कारायण चलते ही गए। चलते-ही-चलते रात्रि का अन्त हो गया। प्राचीन में उज्ज्वल आलोक की एक किरण फूटी। इसी समय कोसल की सीमा आ गई। सीमान्त पर कारायण रुक गया। उसने अपने सैनिकों को एक ओर हटकर खड़े होने का आदेश किया। फिर राजदम्पती के निकट जाकर कहा, "अब आप मुक्त हैं महाराज प्रसेनजित्! मैं राजाज्ञा का पालन कर चुका। अब आप स्वेच्छा से जहाँ जाना चाहें, जा सकते हैं। यह आपका पाथेय है।" उसने स्वर्ण से भरी एक छोटी-सी थैली राजा के हाथ में थमा दी और बिना एक क्षण ठहरे और उत्तर की प्रतीक्षा किए ही वह तुरन्त लौट चला।

उस टूटती रात में, एकान्त-शान्त निर्जन वन में दोनों वृद्ध राजदम्पती सर्वथा निरीह-एकाकी खड़े रह गए। वह स्वर्णदम्म से भरी सेनापति के द्वारा दी गई छोटी-सी थैली न जाने कब उनके हाथ से खिसककर भूमि पर जा गिरी।

बहुत देर बाद राजा ने महिषी से कहा, "अब, मल्लिका?"

"महाराज, जिसका काल जानें।"

"तो मगध चलो, प्रिये!"

"पराजित श्रेणिक बिम्बिसार से पराभव पाने में क्या लाभ है, महाराज?"

"श्रेणिक बिम्बिसार मगधपति है। वह पूर्वी भारत का शीर्षस्थानीय नरपति है। वह कर्तव्याकर्तव्य को समझता है। उसका ईर्ष्या-द्वेष जो कुछ भी हो, कोसल के अधिपति के प्रति हो सकता है, प्रसेन के प्रति नहीं। प्रसेन अब एक निरीह पुरुष है। वह साधारण नागरिक भी नहीं है। वह राज्य-भ्रष्ट, श्री-भ्रष्ट, अधिकार-भ्रष्ट, मित्र-बन्धु-सेवक और सम्पत्ति से रहित आगत शरणागत जन है। श्रेणिक बिम्बिसार उसका स्वागत करेगा, उसे आश्रय देगा। फिर मैंने उसे कन्या दी थी, वह मेरा सम्बन्धी जामाता है, वह उसकी मर्यादा का भी पालन करेगा।"

"तो देव, जैसी आपकी इच्छा, मगध ही चलिए। परन्तु आपने तो पाथेय भी ग्रहण नहीं किया और सब आभरण हमने भृत्यों को दे दिए। मार्ग में पाथेय का क्या होगा?"

"क्या मैं सेवक का दान ग्रहण करूँगा?"

"तो महाराज, मार्ग में हम खाएँगे क्या?"

"क्यों? क्या भिक्षा नहीं मिलेगी?"

"हन्त! देव क्या भिक्षा ग्रहण करेंगे?"

महाराज ने एकाएक कुछ स्मरण करके हँसते हुए कहा, "ओह देवी, पाथेय की व्यवस्था हो गई?"

"किस प्रकार महाराज?"

"मेरे दाँतों में हीरक-कील है, उखाड़ लेने पर यथेष्ट होगा।"

"शान्तं पापं! महाराज क्या दाँत तोड़कर उससे हीरक-कील निकालेंगे?"

"ये दाँत अब किस काम आएँगे देवी मल्लिका? सब त्यागा तो दाँतों का मोह क्यों? फिर ये सब विगलित होकर चल-विचलित हो गए हैं। तोड़ने में अधिक कष्ट नहीं होगा।"

मल्लिका कुछ न कहकर रोने लगीं। राजा ने घोड़े से उतरते हुए कहा, "रोने से क्या लाभ, मल्लिके? अश्व से उतर आओ। कोसल राज्य का यह चिह्न भी हमारे काम का नहीं। प्रिये, तुम माली की बेटी हो, क्या पुष्पमाल नहीं गूँथ सकतीं?"

"अति बाल-काल में गूँथी थी महाराज, गूँथ सकूँगी।"

"तो प्रिये, मैं उसे गहस्थों के हाथ बेच आऊँगा। हमारा पाथेय चल जाएगा। चलो, प्रिये!"

राजा ने रानी का हाथ पकड़ा और वे दोनों पाँव-प्यादे, कठोर, ऊबड़-खाबड़ जन-शून्य मार्ग पर अपने अनभ्यस्त चरणों से बढ़ चले।

दिन निकला, अस्त हुआ; रात हुई, प्रभात हुआ। ये दोनों निरीह वृद्ध नियति—सन्तप्त राजदम्पती चलते ही चले गए। मार्ग में लोगों ने देखा, दया करके भोजन देना चाहा, पर उन्होंने उस ओर नहीं देखा। बहुतों ने नाम-धाम पूछा, उन्होंने उत्तर नहीं दिया। बहुतों ने मान किया, अपमान किया, उपहास किया, उन्होंने उनकी ओर नहीं देखा। चलते चले गए। उनके पैर लहू और घावों से भर गए, पिंडलियाँ तन गईं, वस्त्र गन्दे हो गए, वे झाड़ियों में उलझकर फट गए, मुँह सूख गया। भूख और प्यास से होंठ जड़ हो गए। पर वे चलते ही चले गए। चलते ही चले गए।

अन्त में वे राजगृह के द्वार पर जा पहुँचे। उस समय दो दंड रात्रि व्यतीत हो चुकी थी, द्वार बन्द थे। उन्होंने थकित वाणी से द्वारी से कहा, "मित्र, द्वार खोल।"

दो वृद्ध निरीह भिक्षुक पुरुष-स्त्री को अवज्ञा की दृष्टि से देखकर द्वारी ने कहा, "क्या तुम्हारे आदेश से?"

"आदेश नहीं मित्र, परन्तु हम दूर से आ रहे हैं।"

"तो उधर चैत्य में स्थान है, रात-भर रहो। प्रातः द्वार खुलने पर नगर में जाना।"

राजा ने निराश दृष्टि से रानी की ओर देखा। उनमें खड़े होने और बोलने की शक्ति नहीं रही थी। रानी ने मन्द स्वर से कहा, "ऐसा ही हो महाराज!"

राजा ने मुद्रिका उँगली से निकालकर दौवारिक को देते हुए कहा, "तो मित्र, यह मुद्रिका अपने स्वामी मगध के सम्राट् श्रेणिक बिम्बिसार के लिए है, यह श्रेणिक बिम्बिसार को दे।"

दौवारिक राजमुद्रा देख आश्चर्यचकित हो गया। उसने थोड़ा आदर-प्रदर्शन कर कहा, "कुछ सन्देश भी है भन्ते!"

"नहीं।" कहकर राजदम्पती चैत्य में आकर एक शिलाखंड पर पड़ रहे।

शिला पर गिरते ही देवी मल्लिका के प्राण निकल गए। उन्हें गतप्राण देख महाराज प्रसेनजित् कुछ होंठों में ही बड़बड़ाए और वे भी धीरे-धीरे देवी मल्लिका के शरीर पर गिर गए। उसी रात उनकी भी मृत्यु हो गई।

मुद्रिका पाकर श्रेणिक बिम्बिसार अमात्य-वर्ग सहित कोसलपति की अभ्यर्थना को जब वहाँ आया, तो दोनों राजदम्पती चिथड़े अंग पर लपेटे चिर निद्रा में सो रहे थे। सम्राट् ने राज-विधान के साथ उनका संस्कार किया और सारे साम्राज्य में सूतक मनाया।

नाउन

नगर के प्रान्त-भाग में एक नाउन का घर था। घर कच्ची मिट्टी का था परन्तु इसकी स्वच्छता दिव्य और आकर्षक थी। नाउन घर में अकेली रहती थी। यौवन उसका चलाचली पर था, परन्तु उसकी देहयष्टि अति मोहक, आकर्षक और कमनीय थी। उसकी आँखें चमकदार थीं, परन्तु उनके चारों ओर किनारों पर फैली स्याही की रेखाएँ नाउन के चिर विषाद को प्रकट कर देती थीं। उसका हास्य शीतकाल की दुपहरी की भाँति सुखद था। वह श्याम लता के समान कोमलांगी तथा आकर्षक थी। नृत्य, गान, पान-वितरण, अंगमर्दन, अलक्तक-लेपन आदि कार्यों में वह पटु थी। उसके इन्हीं गुणों के कारण राजमहालय से लेकर छोटे-बड़े गृहस्थ गृहपतियों के अन्त:पुरों तक उसका आवागमन था।

इसी नाउन के घर में सोम और कुंडनी ने डेरा डाला था। राजनन्दिनी को खोकर सोम बहुत उदास और दुखी दीख पड़ते थे। वे विमन से मागध सैन्य का संगठन कर रहे थे। सेनापति उदायि प्रच्छन्न भाव से उनसे मिलते रहते थे। यज्ञ समारोह की भीड़-भाड़ और देश-देशान्तर के समागत लोगों से मिलकर उनके विचार, भावना जानने का सोम को यह बड़ा भारी सुयोग प्राप्त हुआ था। परन्तु विमन और खिन्न होने के कारण वे अधिकतर इस नाउन के घर पर चुपचाप कई-कई दिन पड़े रहते थे। कुंडनी छद्मवेश में बहुधा अन्त:पुर में जाती रहती थी। नाउन भी कभी-कभी उसके साथ जाती थी। आवश्यकता से अधिक स्वर्ण पाकर नाउन बहुत प्रसन्न थी और दोनों अतिथियों को अभिसारमूर्ति समझ उनकी खूब आवभगत करती और उनकी प्रत्येक इच्छा की पूर्ति करने की चेष्टा करती थी।

कुंडनी ने बड़ी हड़बड़ी में बाहर से आकर सोते हुए सोम को जगाकर कहा, "सोम, भयानक समाचार है!"

"क्या लोग हमारा छिद्र पा गए हैं?"

"नहीं-नहीं, महाराज प्रसेनजित् और विदूडभ, दोनों ही राजधानी में नहीं हैं।"

"राजधानी में नहीं हैं तो कहाँ गए?"

"यही हमारी गवेषणा का विषय है।"

"तुमने कहाँ सुना?"

"राजमहालय में।"

"परन्तु नगर में तो कोई हलचल नहीं है?"

"नगरवासियों से यह समाचार छिपाकर रखा गया है।"

"यह कैसी बात है?"

सोम उठकर बैठ गया। फिर कहा, "अब कहो, तुमने कहाँ सुना?"

"देवी कलिंगसेना के प्रासाद में।"

"किसके मुँह से।"

"आचार्य अजित केसकंबली के मुँह से। वे आज प्रात:काल ही देवी कलिंगसेना को अनुष्ठान कराने के बहाने उनके प्रासाद में गए—वहाँ विचार-विनिमय हुआ। महाराज प्रसेनजित् को राजकुमार ने बन्दी करके अज्ञात स्थान पर भेज दिया है।"

"यह तो मैं पहले ही समझ गया, परन्तु कुमार विदूडभ?"

"उन्हें सम्भवत: बन्धुल मल्ल ने बन्दी कर लिया है।"

"बन्धुल क्या यहाँ है?"

"वे कल ही सीमान्त से आए हैं।"

"तो कुंडनी, इस सम्बन्ध में हमें क्या करणीय है?"

"देवी कलिंग तुम्हें देखना चाहती हैं।"

"किसलिए?"

"राजकुमार की मुक्ति के लिए वे तुमसे सहायता की याचना करेंगी।"

"परन्तु मैं क्यों सहायता करूँगा?"

"देवी ने चम्पा की राजकुमारी की मुक्ति में हमारी सहायता की थी?"

"की थी।" सोम ने धीरे-से कहा। वे उठकर टहलने लगे। कुछ देर बाद उन्होंने कहा, "कुंडनी, मैं इसी समय आर्य उदायि से मिलना चाहता हूँ।"

"ठहरो सोम, मुझे बताना होगा, किसलिए?" कुंडनी की मुद्रा कठोर हो गई।

सोम ने रूखे स्वर में कहा, "अकथ्य क्या है? मागधों के लिए यह स्वर्ण-सुयोग है, मागध बदला लेंगे। कोसल-जय का यह स्वर्णयोग है। वे कोसल को आक्रान्त करेंगे।"

"परन्तु किससे बदला लेंगे सोम?"

"कोसलों से?"

"कहाँ हैं वे कोसल, विचार तो करो! क्या तुम विश्वासघात करने जा रहे हो सोम?"

"किससे? क्या शत्रु से? उसमें विश्वासघात क्या है? मेरे पास इस समय दस सहस्र मागध सेना है, मैं दो घड़ी में कोसल को आक्रान्त करके कोसल का अधीश्वर बन जाऊँगा। फिर मैं चम्पा की राजनन्दिनी को परिशोध दूँगा।"

"किस प्रकार?"

"कोसल की पट्टराजमहिषी बनाकर।"

"तो सोम, विद्वानों का यह कथन सत्य है कि जन्म से जो पतित होते हैं उनके विचार हीन ही होते हैं।"

"इसका क्या अभिप्राय है कुंडनी?"

"यही कि तुम अज्ञात-कुलशील हो! मैंने तुम्हारा शौर्य और तेज देख तुम्हें कुलीन समझा था, पर अब मैंने अपनी भूल समझ ली।"

"क्या ऐसी बात?" सोम ने कुंडनी के मस्तक पर खड्ग ताना।

"सत्य है, सत्य है, यह समुचित होगा। पहले कुंडनी का वध करो, फिर मित्र के साथ विश्वासघात करके कोसल का सिंहासन और चम्पा की राजकुमारी को एक ही दाँव में प्राप्त करो।"

"मित्र के साथ विश्वासघात क्यों?" सोम ने चिल्लाकर कहा।

"क्या तुमने राजकुमार को मित्र नहीं कहा? क्या उन्होंने राजकुमारी को धरोहर नहीं कहा? क्या उन्होंने और राजमाता ने कुमारी की रक्षा करने में हमारी सहायता नहीं की? क्या तुमने खड्ग छूकर राजकुमार से नहीं कहा था कि मित्र, यह खड्ग तेरी सेवा को सदा प्रस्तुत है?"

सोम ने खड्ग नीचे रख दिया। वे चुपचाप पृथ्वी पर बैठ गए। बहुत देर तक चुप रहने के बाद उन्होंने कहा, "कुंडनी, क्या करना होगा?"

"कर सकोगे?"

"और उपाय ही क्या है कुंडनी?"

"सत्य है, नहीं है। कल तुम्हें महालय में जाना होगा।"

"किस प्रकार?"

"आचार्य का ब्रह्मचारी बनकर आशीर्वाद देने।"

"आचार्य ने क्या ऐसा ही कहा है?"

"यही योजना स्थिर हुई है। और भी एक बात है।"

"क्या?"

"मैंने वचन दिया है कि मैं युवराज की रक्षा करूँगी। तुम यदि न करोगे तो मुझे करनी होगी, सोम!"

"मैं जब तक जीवित हूँ, मैं करूँगा; तुम केवल मेरा पथ-प्रदर्शन करो। शुभे कुंडनी, मैं तुम्हारा अनुगत सोम हूँ।"

"तो सोम, प्रभात में हमें महालय चलना होगा। सारी योजना वहीं स्थिर की जाएगी। परन्तु अभी हमें एक काम करना है।"

"क्या?"

"दीहदन्त के अड्डे पर जाना होगा।"

"वह तो बहुत दूषित स्थान है।"

"परन्तु हमें वहाँ जाना होगा।"

"क्यों?"

"राजकुमार का पता वहीं लगने की सम्भावना है।"

"तो मैं वहाँ जाता हूँ।"

"नहीं, हम तीनों को जाना होगा। नाउन उस पापी को पहचानती है।"

"नाउन क्या इस अभियान में विश्वसनीय रहेगी?"

"वह सर्वथा विश्वास के योग्य है।"

"तब जैसी तुम्हारी इच्छा!"

"तो हम लोग एक मुहूर्त में तैयार होते हैं। अभी एक दंड दिन है। ठीक सूर्यास्त के बाद हमें वहाँ पहुँचना होगा। तब तक तुम भी एक लुच्चे मद्यप का रूप धारण कर लो।"

कुंडनी का यह वाक्य सुनकर सोम असंयत होने पर भी हँस दिया।

कुंडनी चली गई।

दीहदन्त का अड्डा

कुंडनी ने कार्पास-कंचुक पहन कुसुम्भ-नमतक धारण किया, नेत्रों को अपांग से शृंगारित किया। स्तनों पर कौशेय पट्ट बाँधा, स्वर्ण-वलय भुजा में पहने, अलक्तरागरंजित चरणों में झंकारयुक्त नूपुर धारण किए, माथे पर जड़ाऊ बन्धुल लगाया। फिर उसने हँसकर कहा, "ठीक हुआ नाउन?"

"अभी नहीं," नाउन ने हँसकर कहा। फिर उसने उठकर बहुत-सा लोध्ररेणु, उसके मुख पर पोतकर मुख को मैनसिल से लांछित कर दिया, स्याही से चिबुक और कपोल पर तिल बनाया और हाथों में रंगीन हस्तिदन्त के चूड़े पहनाए। फिर लम्बे कायबन्धन कमर में लटका चोलपट्ट पहनाया और तब कहा, "अब हुआ!"

"तो अब तू भी साज सज।" कुंडनी ने उसका भी अपना ही-सा शृंगार किया। नाउन ने हँसकर कहा, "समज्या-अभिनय करना होगा सखि, कर सकोगी?"

"क्यों नहीं, परन्तु नई-नई देहात से जो आई हूँ, अल्हड़ बछेड़ी हूँ।"—कुंडनी ने नाउन की चुटकी भरते हुए कहा। फिर बोली, "चल, अब देखें, नागर के कैसे रंग हैं!"

सोम ने एक नटखट नागर का उल्वण वेश धारण किया था। उसने शत-बल्लिक धारण किया था और कंठ में मंजरीक पहनी थी। कमर में कलावुक मुरज बाँधा था। वह लाल उपानह पहन झट तैयार हो गया।

तीनों जब राजमार्ग पर पहुँचे तो अलिन्द सूने थे, गवाक्षों के कपाट बन्द थे, वीथियों में जहाँ-तहाँ राजदीप जल रहे थे, परन्तु राजपथ का अन्धकार उनसे दूर नहीं हो रहा था।

दीहदन्त का अड्डा श्रावस्ती के जनाकीर्ण अन्तरालय में एक गन्दी और तंग गली में था। वहाँ उस समय मिट्टी के दीप जल रहे थे। मद्य की दुर्गन्ध आ रही थी। मद्यप, द्यूतकार, चोर, गलाकट तथा निम्न श्रेणी के विट्, विदूषक और लंपट वहाँ बैठ मद्य पीते हुए भाँति-भाँति के गपोड़े हाँक रहे थे। बहुत-से लोग अपशब्द बक रहे थे। बहुत-से स्त्रियों के क्रय-विक्रय की बात कर रहे थे। एक जुआरी ने चार दम्म में अपनी स्त्री को एक मित्र के पास गिरवी रख दिया था। अब वह वहाँ बैठा लोगों से अपने उस मित्र का सिर फोड़ देने का संकल्प भी प्रकट कर रहा था और गौडीय मद्य के घूँट भी गले से उतारता जा रहा था। एक दुबली-पतली नवयुवती मदपायियों को चषक भर-भर कर देती जा रही थी। मदोन्मत्त ग्राहक उसे छेड़-छेड़कर गन्दी बातें बक रहे थे। लोग सुनकर हँस रहे थे।

तीनों ने वहाँ पहुँचकर एक अन्धकारपूर्ण स्थान में खड़े होकर परामर्श किया। पहले नाउन अड्डे में गई। दीहदंत उसे देखते ही प्रसन्न हो गया। हँसते हुए उसने कहा, "अरी, तेरी जय रहे रानी! आज इतने दिन बाद किधर?"

नाउन ने होंठों पर उँगली रख संकेत से उसे अपने पास बुलाया और कान में धीरे-से कहा, "एक चिड़िया फाँस लाई हूँ। अड्डे में समज्या-अभिनय करेगी, ग्राहकों को मद्य देगी। अवसर पाकर बेच लेना। बीस दम्म से कम न मिलेंगे?"

"अरे वाह, यह तो बहुत बढ़िया बात है। वह क्या कोई अगारिका है?"

"नहीं, नटनी है।"

"कोई हानि नहीं, किन्तु सुन्दरी है?"

"देख ले, सुन्दरी क्या ऐसी-वैसी है!"

"तो उसे पिछले द्वार से भीतर ला, वहाँ आलोक में देखूँ।"

"पर कहे देती हूँ, दस दम्म लूँगी। एक भी कम नहीं।"

"पर पहले माल तो दिखा?"

"हाँ माल देखो, खूब खरा है।"

नाउन बाहर आई और कुंडनी को भीतर ले गई। कुंडनी का रूप देख दीहदन्त की आँखों में धुन्ध छा गई।

उसने हाथ मलते हुए कहा, "हन्दजे, तू क्या समज्या-अभिनय कर सकती है?" कुंडनी ने व्रीड़ा-लास्य दिखाकर और तनिक मुस्कराकर सिर हिला दिया।

"तब अच्छा है। तो नाउन, पाँच दम्म ले, देख ले। अभी नई है, बहुत खिलाना-पिलाना-सिखाना पड़ेगा।"

"नहीं रे, सिखाना नहीं, सब जानती है, देख।" उसने जाकर कुंडनी को संकेत किया।

कुंडनी ने जो नृत्य-लास्य किया और रूप का उभार दिखाया तो उपस्थित चोर और हलाकू लम्पट वाह-वाह करने लगे।

जिस जुआरी ने अपनी औरत को गिरवी रख दिया था, उसने हाथ के दम्म उछालकर कहा, "कह रे दीह, कितने में बेचेगा इस दासी को?"

उसके साथ वाले पुरुष ने उसे धकेलते हुए बाँह से होंठों का मद्य पोंछते हुए कहा, "यह दासी मैं लूँगा। मुझे सौ दम्म को भी भारी नहीं।"

इसी समय सोम नागरिक लम्पट का वेश धारण किए अड्डे में आ एक आसन पर बैठ गया। मद्य ढालनेवाली लड़की ने सुराभांड और चषक उसके आगे धर दिए। सोम ने थोड़े-से स्वर्णखंड दीहदन्त के आगे फेंककर कहा, "दे सबको मद्य।" सब मद्यप प्रसन्न हो उठे और उसके चारों ओर आ जुटे। दीहदन्त ने उसे प्रसन्न करने को आसन्दी-आसिक्त सोपधान पर उसे बैठाया। नाउन ने कहा, "यही वह है दन्त?"

"वह कौन?"

"राजपुत्र को जिसने उड़ाया है। देखते तो हो, कितना स्वर्ण है इसके पास।"

दीहदन्त ने हँसकर कहा, "यह नहीं है, वह है।"

उसने दोनों जुआरियों की ओर संकेत किया। नाउन ने उचककर उन्हें देखा और कुंडनी को संकेत किया। कुंडनी ने लीला-विलास करके उन्हें सम्मोहित कर दिया। दोन्ों झगड़ा बन्द कर हँसने और मद्य पीने लगे।

सोम नाउन् का संकेत पा उसके पास आ बैठा। उसने कहा, "कह मित्र, दासी कैसी है?"

"क्या कहने हैं, मित्र! परन्तु इसे मैं मोल लूँगा।"

"किन्तु मित्र, यह सहज नहीं है। इस दुष्ट दीह ने इसे राजकुमार विदूडभ को भेंट करने का संकल्प किया है!"

हाथ का मद्यपात्र रिक्त कर उसने हँसते हुए कहा, "तो जाय यह कोसल दुर्ग में।" सोम के कान खड़े हो गए। उसने कहा, "कोसल-दुर्ग में इसे भेजना चाहिए मित्र! कोई कौशल कर, वह उसी नटी के सम्बन्ध में दासी से बात कर रहा है। ले पी मित्र!" सोम ने मद्यपात्र उसके आगे करके कहा।

"बन्धुल मेरा मित्र है। वह सबका सेनापति है, मेरा नहीं। मेरा मित्र है।" उसने हँसते हुए कहा।

"तो मित्र, फिर बाधा क्या है?" बन्धुल सेनापति यदि कोसल-दुर्ग में है, तो इस दीह को वहीं लाद दो। फिर दासी तेरी है, एक पण भी खर्च नहीं होगा।"

"मैं आज ही मित्र बन्धुल से कहूँगा मित्र! रहस्य की बात है—बन्धुल मेरा चिरबाधित है।"

"और कुमार विदूडभ?"

"ओह, उसकी क्या बात? वह बन्दी है?"

"क्या सच? यह क्या कहते हो मित्र?"

"चुप, कहने-योग्य नहीं। वह उसी कोसल-दुर्ग में बन्दी है।"

"नहीं मित्र, तुझे किसी ने भ्रमित किया है।"

"तू मूर्ख है मित्र! मैंने उसे स्वयं दुर्ग के बन्दीगृह में पहुँचाया है। अरे, जलगर्भ में बन्दी-घर का द्वार है।"

"क्या कह रहा है मित्र? ले मद्य पी।"

और चषक पीकर उसने कहा, "क्या मेरी बात पर अविश्वास करते हो?"

"विश्वास नहीं होता मित्र! तू झूठ बोलता है।"

"तो दाँव बन्द!"

"मैं सौ दम्म दाँव पर लगाता हूँ।"

"क्या सौ दम्म?" उस पुरुष ने आश्चर्य से आँखें फाड़-फाड़कर सोम को देखा।

"पूरे सौ दम्म," सोम ने दम्मों से परिपूर्ण थैली निकालकर दिखाते हुए कहा, "तो अभी दिखा और सौ दम्म ले।"

"परन्तु रात है।"

"तो क्या हुआ।"

"राह अगम्य कानन में है।"

"अरे मित्र, यह खड्ग है। फिर मेरे पास बाहर दो बढ़िया अश्व हैं।"

"दम्म भी हैं, अश्व भी हैं, तब विलम्ब क्यों? चल मित्र, अभी।"

"तो चल।"

दोनों व्यक्ति अड्डे से बाहर आए और अश्व पर चढ़ एक ओर तेजी से बढ़कर अन्धकार में लीन हो गए।

कोसल-दुर्ग

श्रावस्ती से तीन कोस दक्षिण दिशा में सरयू के तट पर एक सुदृढ़ दुर्ग था, जो 'कोसल-कोट' के नाम से प्रसिद्ध था। इस कोट के एक ओर नदी और तीन ओर खाई थी। दुर्ग का रूप वर्गाकार था और इसकी हर एक भुजा सहस्त्र हाथ लम्बी थी। गढ़ की चारों दिशाओं में दो विशाल मुख्य द्वार और आठ छोटे प्रवेश-पथ थे। गढ़ की बाहरी प्राचीर मिट्टी की थी, जो तीस हाथ ऊँची थी और उसकी नींव का निचला भाग सौ हाथ मोटा था। प्राचीर के दोनों ओर तीन-चार आयत विस्तार का मोटा पक्का मसाले का पलस्तर था। उसके बाद पक्की ईंटों की पर्त लगी थी। जो छोटे-छोटे आठ द्वार थे, उनमें से प्रत्येक की चौड़ाई पचीस हाथ थी। इन द्वारों के भीतरी भाग में तेरह-तेरह हाथ के और भी द्वार थे। इन द्वारों के पार्श्व-भाग में पाँच-छह हाथ चौड़े और भी द्वार थे। सूर्यास्त के बाद बड़े द्वारों के बन्द हो जाने पर कोट के निवासी इन्हीं छोटे द्वारों से आते-जाते थे। प्रधान द्वार के पार्श्व-भाग में ऊँचे-ऊँचे तिरसठ हाथ लम्बे और अट्ठाईस हाथ चौड़े चतुष्कोण गुम्बद थे, जिन पर चढ़ने को सीढ़ियाँ बनी हुई थीं। दुर्ग में बीचोबीच सोलह खम्भों पर सभा-भवन टिका था। खाई और मुख्य द्वार को एक काठ का बहुत भारी पुल जोड़ता था। सूर्यास्त के बाद यह पुल रस्सियों से उठा दिया जाता। उस समय दुर्ग में आना किसी भाँति सम्भव नहीं था। श्रावस्ती से बाहर आते ही अगम कान्तार लग जाता था, उसमें कोई मार्ग या वीथी नहीं थी। सम्पूर्ण कान्तार बड़े-बड़े घने वृक्षों और गुल्मों से भरा था। वहाँ बहुत-से हिंस्त्र जन्तु रात-दिन विचरण करते थे। सर्वसाधारण की बात तो दूर रही, बड़े-बड़े जीवट के आदमियों को भी उधर जाने का साहस नहीं होता था। दुर्दान्त डाकू, भीषण अपराधी, पक्के जुआरी, हत्यारे, राजविद्रोही आदि राजदंड से बचने के लिए ही इस महाकान्तार में आश्रय लिया करते थे। दुर्ग में थोड़ी-सी सेना भी रहती थी। परन्तु सब सैनिक रात को दुर्ग में नहीं रहने पाते थे। दुर्ग के मुख्य द्वार से कोई सहस्त्र हाथ के अन्तर पर एक छोटी-सी बस्ती थी। इसी में इन सैनिकों के परिवार रहते थे। सैनिक भी रात को वहीं चले आते थे। दुर्ग में केवल गिने हुए आवश्यक जन ही रह जाते थे। श्रावस्ती से एक घुमावदार कच्ची राह इस ग्राम तक आई थी।

दुर्गपति एक वृद्ध क्षत्रप थे। वे सपरिवार दुर्ग ही में रहते थे। उनकी आयु साठ को पार कर गई थी। डील-डौल के लम्बे, हाथ-पैरों के मजबूत और साहसी आदमी थे। उनका कंठ-स्वर बहुत भारी था और दृष्टि पैनी। परिवार में केवल एक किशोरी इकलौती पुत्री थी। उसे जिसने शिशुकाल से पोषण किया, वह एक क्रीता

काली दासी थी। दासी को दुर्गपति और उनकी पुत्री दोनों बहुत मानते थे। विधि-विडम्बना से दुर्गपति भग्न-हृदय थे। उन्होंने एकान्त एकनिष्ठ जीवन स्वयं ही महाराज प्रसेनजित् से माँग लिया था। गत सत्रह वर्षों से वे निरन्तर इसी दुर्ग में रह रहे थे। एक बार भी वे इससे बाहर कभी नहीं निकले। इस दासी के सिवा उनका एक दास भी था। वह वज्र जड़ था। वह निपट बहरा और गूँगा था, परन्तु उसमें एक साँड़ के बराबर बल था। इसे दुर्गपति ने बहुत बाल्यावस्था में तीर्थयात्रा करते हुए अनार्य देश से मोल खरीदा था।

मालिक की भाँति दुर्गपति के दोनों सेवक भी विश्व के सम्बन्धों से पृथक् थे। ये दोनों भी कभी किसी नगर में नहीं गए। हाँ, दास और कभी-कभी दासी भी उस निकटवर्ती गाँव में अवश्य चले जाते थे।

इन चार मूल प्राणियों के सिवा रात को पुल भंग होने के बाद केवल आठ सिपाही इस दुर्ग में रह जाते थे। वे केवल दुर्ग-द्वार पर पहरा देते थे।

दुर्ग के मुख्य पश्चिम द्वार के निकट, जिधर गहन कान्तार पड़ता था, एक दृढ़ प्रकोष्ठ पत्थरों का बना था। यह वास्तव में बन्दीगृह था। बन्दीगृह में कोई प्रकट प्रवेश-द्वार न था। केवल छत के पास एक आयत-भर का छिद्र था। इस छिद्र के द्वारा ही बन्दी को वायु, अन्न, जल और प्रकाश प्राप्त होता था। गुप्त द्वार जल के भीतर था। द्वार के ऊपर एक अलिन्द था, जिसमें लौह-फलक जड़े थे। उस अलिन्द में, जब वहाँ कोई बन्दी रहता था, तो आठ प्रहरी खास तौर पर रात-दिन पहरा देने को नियत रहते थे।

खाई के उस पार इस बन्दीघर के ठीक छिद्र के सामने एक छोटी-सी पक्की दुमंजिली अट्टालिका थी। यह अट्टालिका प्रायः सदा बन्द रहती थी। कभी-कभी इसमें रहस्यपूर्ण रीति से कोई राजपुरुष दो-चार दिन को आ ठहरते थे। वहाँ से दुर्ग के उस ओर वाली बस्ती को केवल एक छोटी-सी पगडंडी चली गई थी। बस्ती में सिपाहियों के घरों के सिवा कुछ घर कृषकों के भी थे। उन्होंने आसपास की थोड़ी-सी भूमि साफ करके अपने खेत बना लिए थे। कुल बस्ती में केवल एक दुकान मोदी की थी तथा एक पानागार था। रात्रि को बहुत देर तक उसी पानागार में चहल-पहल रहती थी। बस्ती के रहने वाले प्रायः वहाँ बैठकर पान करते हुए गप्पें लड़ाया करते थे।

इस समय दुर्ग में एक बन्दी था। इससे बन्दीगृह के बाहरी अलिन्द में आठ सशस्त्र सैनिकों का पहरा बैठा था और खाई के उस पार जो घर था उसमें भी मनुष्यों के रहने का आभास मिल रहा था। परन्तु नियमित रूप से जैसी व्यवस्था चली आ रही थी, दुर्ग में वैसी ही चल रही थी। दुर्गपति साधारण नित्य-नियम से रह रहे थे। केवल बन्दीगृह के प्रान्त को छोड़कर और कहीं कुछ नवीनता नहीं प्रकट हो रही थी।

नर्म-साचिव्य

कीचड़ और मिट्टी में लथपथ सोमप्रभ ने सूर्योदय से प्रथम ही घर में प्रवेश किया। उनका अश्व भी बुरी तरह थक गया था। कुंडनी और नाउन तमाम रात जागती रहकर

सोम की प्रतीक्षा करती रही थीं। अब कुंडनी ने कुछ आश्वस्त होकर, किन्तु सन्देह-भरे नेत्रों से सोम को देखा। सोम ने संक्षेप में कहा, "कुंडनी, सब देख आया हूँ। राजकुमार को छुड़ाना सहज नहीं है। परन्तु चलो, अब हम राजमहिषी से पहले मिल लें। मैं अभी एक मुहूर्त में तैयार होता हूँ। तुम भी तैयार हो लो।"

और बातें नहीं हुईं। सोम ने नित्यकर्म से निवृत्त हो खूब डटकर स्नान किया। आपाद श्वेत कौशेय धारण किया। मस्तक पर चन्दन का तिलक लगाया। सिर पर भंगपट्ट बाँधा। उत्तरासंग को ब्रह्मचारी की भाँति कन्धे पर डालकर कहा, "कुंडनी, अब इस वेश में खड्ग तो मैं नहीं ले जा सकूँगा।"

"उसकी आवश्यकता नहीं सोम!"

"क्यों नहीं? शत्रु के अन्त:पुर में छद्मवेश में प्रवेश करना होगा, फिर दिन-दहाड़े! तू कहती है कि खड्ग की आवश्यकता नहीं!"

"नहीं है सोम! हम शत्रु का उपकार करने उसी की नियुक्ति पर जा रहे हैं।"

विशेष बातचीत नहीं हुई। तीनों जन चलकर राजद्वार पर पहुँचे। नाउन ने पुष्प-करंडिका और गंगाजल की झझरी सोम के हाथ में दे दी। कुंडनी और नाउन का द्वारी से परिचय था, अत: उसने मार्ग दे दिया। तीनों टेढ़ी-तिरछी वीथियों को पार करते हुए महिषी कलिंगसेना के हर्म्य में पहुँच गए।

आचार्य केसकम्बली वहीं उपस्थित थे। देवी नन्दिनी भी तुरन्त आ उपस्थित हुईं।

सोम ने भूमिका न बढ़ाकर कहा, "आचार्य, राजकुमार कोसल-दुर्ग में बन्दी हैं, वहाँ से उनकी मुक्ति सहज नहीं होगी?"

"परन्तु सौम्य, तुझे अपना पराक्रम दिखाना होगा। यह तेरी कोसल-राजवंश पर भारी अनुकम्पा होगी।"

नन्दिनी देवी ने आँखों में आँसू भर कहा, "कोसलगढ़ को मैं जानती हूँ भद्र! महाराज ने वहाँ मेरे पिता को बन्दी कर दिया था। उन्होंने मेरा समर्पण महाराज को करके अपना उद्धार किया था।"

कलिंगसेना ने दृढ़ स्वर में कहा, "भद्र, यदि तुम्हें कुछ असुविधा हो तो मैं स्वयं कोसल-दुर्ग में खड्गहस्त जाऊँगी। तुम्हें जो कुछ विदित है, वह कहो।"

"नहीं भद्रे, मैं जीवन के मूल्य पर भी राजकुमार का उद्धार करूँगा।" सोम ने धीरे-से कहा।

"साधु, साधु! भद्र, ऐसा ही होना चाहिए। मैं कारायण को तुम्हारी सहायता के लिए कह दूँगा।" आचार्य ने गद्गद होकर कहा।

सोम ने कहा, "आचार्य, वहाँ युक्ति-बल से काम चलेगा। बन्दीघर का द्वार जलमग्न है। उसमें एक भारी यंत्रक जुड़ा है। उसकी सूचिका चाहिए, यह एक बात है।...

"दुर्ग के बाहर मल्ल बन्धुल स्वयं पचास भटों के साथ अत्यन्त सावधानी से बन्दी पर पहरा दे रहा है। उससे सम्मुख युद्ध नहीं हो सकता। कूटयुद्ध करना होगा। यह दूसरी बात है...

"हम लोग दुर्ग पर आक्रमण करके बलपूर्वक युवराज का उद्धार करेंगे, इसका गुमान भी यदि बन्धुल को हो गया तो वह राजकुमार की हत्या कर सकता है। अभी

तक उसने जो उन्हें हनन नहीं किया, इसका कारण यही प्रतीत होता है कि वह उनसे महाराज का पता पूछना चाहता है। यह तीसरी बात है...

"दुर्गपति बड़ा कठोर और एकान्त व्यक्ति है। बन्दी के गृहद्वार की सूत्रिका उसी के पास रहती है, वहाँ से उसका प्राप्त होना असम्भव है। यह चौथी बात है...

"दुर्ग में बाहर-भीतर सब मिलकर सौ आदमी हैं। जिसमें पचास भट बन्धुल के साथ अट्टालिका में हैं। शेष उस गाँव में। दुर्ग में केवल दो-दो भट एक-एक प्रहर बन्दीगृह पर पहरा देते हैं, परन्तु आवश्यकता होने पर तुरन्त सहायता प्राप्त हो सकती है।"

आचार्य ने सब सुनकर कहा, "क्या तुमने कोई योजना निश्चित की है सौम्य?"

"की है, किन्तु वह अपूर्ण है आचार्य! मैं प्रतीक्षा कर रहा हूँ।"

"किसकी भद्र?"

"एक लम्पट धूर्त की?"

"किस अभिप्राय से?"

"वह युवराज को उड़ाने के षड्यंत्र में सम्मिलित था। उसने स्वर्ण लेकर मुझे अपना सब भेद बता दिया है और सूत्रिका की सिक्थ-मुद्रा मुझे ला देने का वचन दिया है। वह मुझे दो दंड दिन चढ़े तक मिलेगा। वह अपने उद्योग में संलग्न है।"

"क्या भद्र, वह छल नहीं करेगा?" देवी नन्दिनी ने कहा।

"आशा तो नहीं है देवी। उसे भारी पारिश्रमिक मिल चुका है। केवल सूत्रिका की सिक्थ-मुद्रा ला देने से ही उसे सहस्र स्वर्ण की प्राप्ति और होगी, जो वह जीवन-भर में संग्रह नहीं कर सकता।"

"तो भद्र, तुम हमें क्या करने को कहते हो?" गान्धार-पुत्री कलिंगसेना ने सुनील नेत्रों से उसकी ओर देखकर कहा, "मैं अपनी सामर्थ्य से दुर्ग में पहुँच भर सकती हूँ। परन्तु यह क्या यथेष्ट होगा?"

"नहीं भद्रे! यथेष्ट भी न होगा और उचित भी नहीं होगा।"

"किन्तु भद्र, यदि तुम्हें सिक्थ-मुद्रा न मिली तो?" आचार्य ने चिन्तित भाव से पूछा।

"तो भी मैं देख लूँगा आचार्य! किन्तु मैं अभी एक बार सेनापति कारायण से मिलना चाहता हूँ। हाँ, आपको राजपुत्र की कब आवश्यकता होगी?"

"कल तीन दंड सूर्य चढ़ने पर। वही मुहूर्त अभिषेक का है। अभी तक महाराज और राजपुत्र दोनों के अपहरण का समाचार अप्रकट है। सब यही जानते हैं, महाराज देवी के प्रासाद में हैं। यही मैं भी कहता हूँ। मैं कल सूर्योदय होते ही यज्ञानुष्ठान साधारण रीति पर प्रारम्भ कर दूँगा। तीन दंड दिनमान होने पर महाराज को अभिषेक की वेदी पर आना होगा।"

"तो आचार्य, जैसे भी होगा, मैं ठीक समय पर राजपुत्र को अभिषेक वेदी पर ला बैठाऊँगा। यदि न ला सकूँ तो यही समझना कि सोमप्रभ जीवित नहीं है।"

वह एकबारगी ही उठकर चल दिए। सबके हृदय आतंकित हो गए। कुंडनी और नाउन ने उनका अनुगमन किया। सब स्तब्ध थे।

कठिन अभियान

सब योजना ठीक कर ली गई। सिक्थ-मुद्रा मिल गई। उस पर से सूत्रिका बन गई। नाउन को संग लेकर कुंडनी ने एक पहर दिन रहे नटनी के वेश में दुर्ग की ओर प्रस्थान किया। चलती बार वह अपनी विषदग्ध कटार को यत्न से वेणी में छिपाना नहीं भूली।

सोम ने दिन-भर सोकर काटा था। सूर्यास्त के समय उन्होंने सर्वांग पर तैलाभ्यंग किया, एक कौपीन कसी और कठिन कंचुक पहन एक क्षौम प्रावार से शरीर को लपेट लिया। खड्ग उन्होंने वस्त्र में छिपा लिया।

शम्ब को एक मजबूत बड़ी रस्सी और दंडसत्थक दी गई। एक छोटा धनुष और कुछ बाण भी उसे दिए गए। उसे भी तैलासक्त कर कौपीन धारण कराया गया। इसके बाद दोनों ने एक दंड रात्रि व्यतीत होने पर गहन कान्तार में प्रवेश किया।

इसी समय कारायण ने अपने दो सौ सैनिकों की टुकड़ी लेकर दूसरे मार्ग से कोसल दुर्ग की निकटवर्ती अट्टालिका की ओर कूच किया।

कान्तार भूमि सोम ने भलीभाँति देखकर मार्ग की खोज कर ली थी, इसलिए अन्धकार होने पर भी वे दो मुहूर्त ही में दुर्ग के दक्षिण द्वार के सामने पहुँच गए। अपने अश्वों को उन्होंने कान्तार में छिपाकर लम्बी बागडोर से बाँध दिया। इसके बाद उन्होंने निःशब्द दुर्ग-द्वार की ओर प्रयाण किया।

द्वार के बाहर जो अट्टालिका थी, उसमें काफी चहल-पहल थी। उसमें से नृत्य-गीत की और बीच-बीच में मनुष्यों के उच्च हास्य की ध्वनि आ रही थी। सोम ने समझ लिया कि यहाँ कुंडनी का रंग जमा हुआ है। बन्दीघर के ऊपर अलिन्द पर प्रकाश न था। परन्तु दो छाया-मूर्तियाँ वहाँ घूमती दीख रही थीं। सोम पार्श्व में पूर्व की ओर घूमकर एक अश्वत्थ वृक्ष के निकट पहुँचे। अश्वत्थ के तने में उन्होंने रस्सी का एक सिरा दृढ़ता से बाँधा, तथा दूसरे को अच्छी तरह कमर में बाँध दिया। शम्ब से कहा, "शम्ब, सामने केवल दो छाया-मूर्तियाँ अलिन्द में दीख रही हैं। आवश्यकता होने पर वे आठ हो सकती हैं। इससे अधिक नहीं। ध्यान से सुन, मैं जल में जाता हूँ। तू रस्सी को थाम रह, ज्यों ही वह ढीली प्रतीत हो, तू वृक्ष पर चढ़कर छिपकर यत्न से बैठ जाना। तेरे तरकस में सोलह बाण हैं। याद रख, एक भी बाण व्यर्थ न जाए और अलिन्द पर एक भी जीवित पुरुष खड़ा न रहने पाए। परन्तु प्रथम रस्सी का ध्यान रखना।"

शम्ब ने सिर हिलाकर स्वीकार किया। वह दंडसत्थक को हाथ में ले दूसरे हाथ से रस्सी को थाम खाई के किनारे बैठ गया। सोम ने चुपचाप जल में प्रवेश कर निःशब्द डुबकी लगाई। रस्सी की बैंच बढ़ गई। वह वृक्ष के तने में अच्छी तरह बँधी हुई थी। शम्ब उसका छोर हाथ में लिये ध्यान से उसका तनाव देख रहा था।

सोम निःशब्द जल के भीतर-ही-भीतर बन्दीगृह के द्वार पर जा पहुँचे। थोड़े ही यत्न से द्वार-सुरंग उन्हें मिल गई। वे द्वार-सुरंग में प्रविष्ट हो गए। सुरंग सीढ़ी की भाँति उन्नत होती गई थी। दस पैड़ी ऊपर जाने पर उनका सिर जल से बाहर निकला। क्षण-भर ठहरकर उन्होंने यहाँ साँस ली और रस्सी कमर से खोल दी। फिर वे चार-पाँच पैड़ी चढ़े। अब उन्हें वह लौह-द्वार मिला, जहाँ भारी यंत्रक लगा था। सूत्रिका उनके पास

थी, उससे उन्होंने यंत्रक खोल डाला। गुहा में घोर अन्धकार था। वायु का भी प्रवेश न था। उस छोटी-सी जगह में उनका दम घुट रहा था। यंत्रक खोलते ही वे एक दूसरी छोटी-सी कोठरी में जा पहुँचे, जो चारों ओर से पत्थरों की दीवारों से घिरी थी। उसमें कोई दूसरा द्वार न था। प्रकाश का साधन सोम के पास न था। वे टटोलकर चारों ओर उस कोठरी में घूमने लगे। वे सोच रहे थे, यदि यही बन्दीगृह है तो बन्दी कहाँ है? यदि बन्दीगृह और है तो उसका मार्ग कहाँ है? परन्तु उन्हें इसका कोई भी निराकरण नहीं मिल रहा था। वे अन्त को एक बार विमूढ़ हो उसी कोठरी में बैठ गए।

उधर, ज्यों ही सोम ने रस्सी कमर से खोली, रस्सी ढीली हो गई। शम्ब आश्वस्त हो हँसते हुए रस्सी का सिरा छोड़ अश्वत्थ पर चढ़ गया और अच्छी तरह ढासना मार आसन जमा बैठ गया। बैठकर उसने ध्यानपूर्वक अलिन्द की ओर देखा। दो छाया-मूर्तियाँ वहाँ अन्धकार में घूम रही थीं, शम्ब ने बाण सीधा किया और कान तक तानकर छोड़ दिया। बाण उस व्यक्ति की पसलियों को चीरता हुआ फेफड़े में अटक गया। वह व्यक्ति झूमकर अलिन्द के किनारे तक आया और छप से जल में गिर गया। दूसरे व्यक्ति को यह पता नहीं लगा कि क्या हुआ। वह आश्चर्य-मुद्रा में झुककर उस पुरुष को देखने लगा। इसी समय दूसरे बाण ने उसके कन्धे में घुसकर उसे भी समाप्त कर दिया। वह पुरुष भी वहीं अलिन्द में झूल पड़ा।

शम्ब अपनी सफलता पर बहुत प्रसन्न हुआ। वह अब ध्यान से तीसरे शिकार की ताक में बैठ गया। थोड़ी ही देर में दो सैनिक बातें करते हुए अलिन्द में आए और प्रहरी को इस भाँति लटकते देख उनमें से एक ने उसका नाम लेकर पुकारा। उत्तर न पाकर वह निकट आया। निकट आकर देखा—वह पुरुष मृत है। एक बाण उसके अंग में घुस गया है। दोनों प्रहरी भीत हो एक-दूसरे को देखने लगे। इसी समय शम्ब का तीसरा बाण सनसनाता हुआ आकर उनमें से एक के वक्षगह्वर में पार हो गया। वह पुरुष रक्त-वमन करता हुआ वहीं गिर गया।

दूसरे सैनिक ने आतंकित हो तुरही फूँकी। तुरही की तीव्र ध्वनि शून्य में दूर-दूर तक गूँज उठी। उसी समय शम्ब का चौथा बाण उसके कंठ के आर-पार हो गया। तुरही उसके हाथ से छूट पड़ी। वह मृत होकर वहीं गिर गया।

परन्तु तुरही का शब्द अट्टालिका के लोगों ने सुन लिया। शब्द सुनते ही वहाँ के मनुष्यों में प्रगति प्रकट हुई। वाद्य-नृत्य बन्द हो गया और मनुष्यों की दौड़-धूप, चिल्लाहट के शब्द सुनाई देने लगे। शस्त्रों की झनझनाहट भी सुनाई देने लगी।

कारायण अपने दो सौ भटों को लिये पूर्व नियोजित योजना के अनुसार इस अट्टालिका के चारों ओर अत्यन्त अप्रकट रूप से घेरा डाले पड़े थे। उन्होंने सैनिकों को आवश्यक आदेश दिए और वे अट्टालिका से बाहर निकले मनुष्यों पर प्रहार करने को सन्नद्ध हो गए। परन्तु यह देखकर उनके आश्चर्य का कोई ठिकाना नहीं रहा कि अट्टालिका का प्रकाश बुझ गया। वहाँ सन्नाटा छा गया। किसी जीवित प्राणी के वहाँ रहने का आभास ही नहीं रहा।

सेनापति कारायण अब विमूढ़ होकर सोचने लगे कि क्या करना चाहिए! इसी समय दुर्ग में विपत्तिसूचक घंटा बजा और निकटवर्ती ग्राम से सोते हुए सैनिक शस्त्र-

सन्नद्ध होकर दौड़ते हुए दुर्ग की ओर जाते दीख पड़े। खाई पर बड़ी-बड़ी चर्खियाँ काष्ठ के भारी पुल को गिराने लगीं। कारायण ने यह देख अपना कर्तव्य निश्चित कर लिया। उन्होंने पचास भट छाँटकर अपने साथ लिये, शेष डेढ़ सौ सैनिक अपने अधिनायकों की अधीनता में तीन टुकड़ियों में विभक्त किए। पहली टुकड़ी के नायक को आदेश दिया कि वह तुरन्त दुर्ग-द्वार पर प्रच्छन्न भाव से जाकर खाई के पुल पर अधिकार कर ले। दुर्ग में किसी शत्रु सैनिक को प्रविष्ट न होने दे। प्रत्येक सैनिक को सामने आते ही जान से मार डाले। नायक अपने सैनिक लेकर दबे-पैर दुर्ग-द्वार की ओर दौड़ चला।

दूसरे नायक को सेनापति ने आदेश दिया कि वह घूमकर पश्चिमी दुर्ग-द्वार के चारों ओर फैल जाए और ग्राम से आते हुए सैनिकों को काट डाले। नायक के उधर चले जाने पर सेनापति ने तीसरी टुकड़ी के नायक को आज्ञा दी कि मैं अट्टालिका पर आक्रमण करता हूँ, तुम बाहर से इसकी रक्षा करना। किसी भी सैनिक को भीतर मत घुसने देना। इतनी व्यवस्था कर सेनापति ने अपने पचास भट लेकर अट्टालिका पर आक्रमण किया। साधारण आघात से द्वार भंग हो गया। परन्तु उसे यह देखकर अत्यन्त आश्चर्य हो रहा था कि अट्टालिका में इतने आदमियों की चहल-पहल थी, प्रकाश था, वहाँ से गान-वाद्य की ध्वनि आ रही थी, पर वहाँ से एक भी जन बाहर नहीं निकला। क्या कारण है कि अब वहाँ एकबारगी ही सन्नाटा छा गया? क्या भूमि मनुष्यों को निगल गई। सेनापति कारायण ने सैनिकों को प्रकाश करने का आदेश दिया। प्रकाश में उन्होंने गान-पान के अवशेष देखे, परन्तु मनुष्य नहीं। उन्होंने अत्यन्त सावधानी से प्रत्येक प्रकोष्ठ को, प्रत्येक कोष्ठक को देखना प्रारम्भ किया। एक प्रकोष्ठ में उन्होंने कुंडनी और नाउन को वस्त्रखंड से बँधी हुई पड़ी देखा। सेनापति ने उन्हें बन्धन-मुक्त करके उनके मुँह में ठूँसा हुआ कपड़ा निकाला। सेनापति कुंडनी और उसकी संगिनी से परिचित न थे। उसने पूछा, "तुम कौन हो और कक्ष के और आदमी कहाँ हैं?"

कुंडनी ने पूछा, "क्या आप सेनापति कारायण हैं?"

"हाँ, मैं कारायण हूँ।"

"तो सेनापति, संकट सन्निकट है, शीघ्रता कीजिए। वह गर्भद्वार है। वहाँ सोलह सशस्त्र भट गए हैं। सम्भव है, सोमभद्र से उनका संघर्ष हो जाए। भीतर गर्भगृह में सोम एकाकी गए हैं।"

कारायण ने नग्न खड्ग लेकर गर्भगृह में प्रवेश किया। परन्तु वहाँ अधिक जन नहीं जा सकते थे। सेनापति ने सोलह भट छाँट लिये।

लम्बी और पतली गुहा में चलते-चलते उन्होंने चार सशस्त्र तरुणों को सामने देखा। इन्हें देखते ही वे इन पर टूट पड़े, परन्तु सेनापति ने क्षण-भर ही में उन्हें काट डाला। आगे उन्होंने एक लौहद्वार को देखा जो बन्द था। सेनापति उसे देखकर हताश हो गए। वे द्वार तोड़ने या खोलने का उद्योग करने लगे।

कुंडनी ने नाउन से कहा, "चलो हला, अब हम अपने उद्योग का दूसरा प्रकरण पूरा करें। बाहर कहीं शम्ब हैं, पहले उसे देखना होगा। निश्चय उसी की प्रतिक्रिया होने से सैनिकों ने तुरही-नाद किया था, इससे वह बन्दीगृह के उस ओर कहीं होगा।"

इतना कह कुंडनी नाउन का हाथ पकड़कर बाहर आई। उसने उसी अश्वत्थ वृक्ष के नीचे खड़े होकर संकेत किया, शम्ब झट वृक्ष पर से कूद पड़ा।

कुंडनी ने कहा, "शम्ब, तेरा स्वामी कहाँ है?"

"वे जल में गए हैं।"

"कितना विलम्ब हुआ?"

"बहुत, एक दंड काल।"

"तो शम्ब, वे विपद में पड़ सकते हैं, तू साहस कर!"

शम्ब ने हुंकृति की।

कंडनी ने कहा, "वह बन्दीगृह देख रहा है?"

शम्ब ने सिर हिलाया। कुंडनी ने कहा, "उसका प्रवेशद्वार जलमग्न है। तू गोता लगा। ठीक उस अलिन्द के मध्य भाग के नीचे एक गुहा-छिद्र मिलेगा। वह उन्नत सोपान है। उसमें घुसकर तू बन्दीगृह में पहुँचेगा। उसी में तेरे स्वामी का मित्र बन्दी है, जिसके उद्धार के लिए सोम वहाँ एकाकी गए हैं। परन्तु उनके सामने सोलह योद्धा हैं। शम्ब, तू साहस कर।"

शम्ब ने दंडसत्थक दृढ़ता से हाथ में थामा और धनुष-बाण कुंडनी को देकर कहा, "इसमें से केवल चार बाण कम हुए हैं। बारह बाण अभी तूणीर में हैं। इससे देवी की रक्षा हो सकती है। मेरे लिए यह यथेष्ट है।" उसने हँसकर दंड-सत्थक की ओर संकेत किया।

कुंडनी ने धनुष-बाण ले लिया। शम्ब ने रस्सी का छोर कमर से बाँधते हुए कहा, "यह रस्सी थामे रहें देवी। जब यह ढीली हो तो समझना, शम्ब ठीक स्थान पर पहुँच गया। कुंडनी ने रस्सी थाम ली। शम्ब ने धीरे-से जल में प्रवेश किया और अदृश्य हो गया। थोड़ी ही देर में रस्सी ढीली हो गई।

कुंडनी ने नाउन से कहा, "हला, सोम को सहायता पहुँच गई। उधर से भी और इधर से भी। अब हमें इस अश्वत्थ पर चढ़कर बैठना चाहिए और परिणाम की प्रतीक्षा करनी चाहिए।"

सोम उस कोष्ठक में चारों ओर घूमते, हाथों से टटोलते, खड्ग की मूठ से दीवार और फर्श ठोकते, परन्तु कोई फल न होता था। वहाँ से कहीं जाने का कोई द्वार नहीं दीख पड़ता था। वे हताश होकर बैठ जाते और फिर उद्योग करते। बहुत देर बाद उन्हें कोठरी में प्रकाश का आभास हुआ। वे ध्यान से देखने लगे कि प्रकाश यहाँ कहाँ से आया। उन्हें कुछ ही क्षणों में प्रतीत हो गया कि ऊपर छत में एक छिद्र है, प्रकाश वहीं से आ रहा है। इसी समय चार मनुष्य उस छिद्र में से उस कोष्ठक में कूद पड़े। एक के हाथ में प्रकाश था। सोम उन्हें देखकर फुर्ती से गुहाद्वार में छिप गए। चार मनुष्यों में से एक ने कहा, "मैं बन्दी को देखता हूँ, तुम यहीं यत्न से द्वार की रक्षा करो।" उसने किसी युक्ति से तल-भूमि की एक शिला को हटा दिया और उसमें घुस गया। सोम ने देखा, वह मल बन्धुल था।

सोम एकबारगी ही खड्ग लेकर उन मनुष्यों पर टूट पड़े। वे मनुष्य भी साधारण भट न थे। सोम ने क्षण-भर ही में कठिनाई को समझ लिया। सोम चाहते थे कि वे

बन्धुल का अनुगमन करके दूसरे कक्ष में प्रविष्ट हों, परन्तु तीनों भटों ने कठिन अवरोध किया। प्रारम्भ ही में सोम एक घाव खा गए।

इसी क्षण शम्ब ने कोष्ठक में प्रवेश कर दंड सत्थक का एक भरपूर हाथ एक भट के सिर पर मारा जिससे उसके कपाल के दो खंड हो गए और रक्त की बित्ता भर फुहार उठ खड़ी हुई। ठीक समय पर शम्ब का साहाय्य पाकर सोम ने हर्ष से चिल्लाकर कहा, "वाह शम्ब, खूब किया! रोक इन दोनों को, मैं भीतर जाता हूँ।" और सोम दुर्धर्ष वेग से खड्ग फेंकते हुए तलभूमि में प्रविष्ट हो गए।

बन्धुल खड्ग ऊँचा किए विदूडभ का हनन करने जा रहा था। बन्धुल ने कहा, "दासीपुत्र, बता, महाराज कहाँ हैं? या मर!" विदूडभ लौह-शृंखला से आबद्ध दीवार में चिपके हुए चुपचाप खड़े थे। उनके होंठ परस्पर चिपक गए थे, उनकी आँखों से घृणा और क्रोध प्रकट हो रहा था। सोम ने पहुँचकर बन्धुल को ललकारते हुए कहा, "बन्धुल, शृंखलाबद्ध बन्दी की हत्या से तेरा वीरत्व कलुषित होगा। आ इधर, मैंने अभी तक मल्लों का खड्ग देखा नहीं है।"

"तब देख। तू कदाचित् वही चोर की भाँति अन्तःपुर में घुसनेवाला मागध है?" बन्धुल ने घूमकर कहा।

"वही हूँ बन्धुल!"

"तब ले!"

बन्धुल ने करारा वार किया। सोम यत्न से बचाव और वार करने लगे। दोनों अप्रतिम सुभट उस छोटे कक्ष में भीषण खड्ग-युद्ध में व्यस्त हो गए।

युवराज विदूडभ ने चिल्लाकर उदग्र हो कहा, "अरे वाह मित्र, ठीक आए। परन्तु खेद है कि मैं सहायता नहीं कर सकता।" फिर भी उन्होंने आगे बढ़कर शृंखलाबद्ध दोनों हाथ जोर से बन्धुल के सिर पर दे मारे। बन्धुल के सिर से रक्त फूट पड़ा, उसने पलटकर राजकुमार पर खड्ग का एक वार किया। इसी क्षण सुयोग पा सोम ने बन्धुल के वाम स्कन्ध पर एक भरपूर हाथ मारा। बन्धुल और राजकुमार दोनों ही गिरकर तड़पने लगे।

सेनापति कारायण हताश होकर जब गर्भमार्ग में लौहार्गल को खोल नहीं सके तो उन्होंने द्वार भंग करने का उद्योग किया। इसी समय द्वार खुला और कुछ भट सामने दीख पड़े। ये भट बन्धुल के थे, जो नीचे बन्दीगृह में युद्ध होता देख सहायता को लौटे थे। परन्तु सामने शत्रु को देख वे पीछे भाग पड़े। कारायण भी उनके पीछे अपने भट लेकर दौड़े। उनके पास प्रकाश था, दौड़ में बाधा नहीं हुई। बन्धुल के भट छत के छेद से प्रकोष्ठ में कूद पड़े। यही कारायण ने किया। इस समय एक भट शम्ब से जूझ रहा था। इनमें से एक ने शम्ब पर प्रहार किया और वह भीतर तलगृह में घुस गया।

ठीक इसी समय बन्धुल और युवराज घायल होकर गिरे थे। सोम ने आहट पाकर पीछे शत्रु को देखा, परन्तु उनके पीछे कारायण और उनके भटों को आते देख हर्षनाद किया।

देखते-ही-देखते सब भट काट डाले गए। बन्धुल को बन्दी कर लिया गया तथा आहत राजकुमार को लेकर वे सब गर्भमार्ग से चलकर दुर्ग से बाहर अट्टालिका में लौट आए।

बाहर कारायण के सैनिकों ने अनायास ही दुर्गरक्षक सेना के सिपाहियों को काट डाला था। वे सावधान नहीं थे, इससे कुछ प्रतिरोध भी न कर सके।

दुर्गपति ने जो विपत्ति-घंट बजाया था उसे सुनकर जो सैनिक निकट के गाँव से सहायतार्थ दौड़े थे, उन्हें मारकर कारायण के सैनिकों ने पुल पार कर दुर्गपति को सपरिवार बन्दी कर लिया था। दुर्गपति इस आक्रमण से सर्वथा असावधान थे। वे कारायण के सैनिकों को अपने सैनिक समझे थे।

दिन का प्रकाश इस समय तक पूर्वाकाश में फैल गया था। कुंडनी और नाउन अश्वत्थ पर चढ़ीं सब गतिविधि देख रही थीं। अट्टालिका में अपने आदमियों को फिर से लौटा हुआ समझ वे भी वृक्ष से उतरकर वहीं आ गईं।

सोम और विदूडभ दोनों आहत थे। कुंडनी ने नाउन की सहायता से उनके घाव बाँधे। इसके बाद उन्होंने शम्ब को चारों ओर देखा। शम्ब वहाँ नहीं था। सब लोग शम्ब को भूल ही गए थे। सोम को याद आया कि शम्ब को हमने गर्भगृह में युद्ध करते छोड़ा था।

कुछ सैनिक फिर गर्भगृह में गए, परन्तु शम्ब वहाँ नहीं था।

सबके चले जाने पर गर्भगृह में अन्धकार हो गया। शम्ब समझ ही नहीं सका कि सब कहाँ लुप्त हो गए। अपने प्रतिद्वंद्वी को भूपतित करके शम्ब ने मार्ग की बहुत खोज-टटोल की। अन्त को वह उसी जलगर्भ-स्थित मार्ग से लौटा। जब सब कोई शम्ब के लिए चिन्तित थे, कुंडनी ने उसे जल में तैरते हुए देखा। जल से निकलकर वह स्वामी के निकट आया। वह बहुत प्रसन्न था।

बन्दियों को सेनापति कारायण को सौंप, सोम ने शरीररक्षक सैन्य-सहित आहत राजकुमार को लेकर तुरन्त राजधानी की ओर कूच किया। शम्ब, कुंडनी और नाउन भी उन्हीं के साथ चल दिए।

अभिषेक

यज्ञ-मंडप में बड़ी भीड़ थी। अध्वर्यु और सोलहों ऋत्विक अभिषेक-द्रव्य लिये उपस्थित थे। अनुगत राजा, क्षत्रप, मांडलिक, गणपति, निगम, सेट्ठि, गृहपति, सामन्त और जानपद सभी एकत्र थे। राजा की प्रतीक्षा हो रही थी। राजा अन्त:पुर से नहीं आ रहे थे। राजा के इस विलम्ब के सम्बन्ध में अनेक प्रकार की अटकलें लगाई जा रही थीं। बहुत लोग बहुविध कानाफूसी कर रहे थे।

आचार्य अजित केसकम्बली ने उच्च स्वर से कहा, "अभिषेक का महायोग उपस्थित है, यजमान यज्ञभूमि में आकर वेदी पर बैठें!"

इसी समय यज्ञभूमि के प्रान्त में कोलाहल होने लगा। क्षण-भर बाद ही सोमप्रभ रक्त से भरा खड्ग हाथ में लिये हुए, रक्तलिप्त घायल राजपुत्र विदूडभ को सम्मुख किए, हठात् यज्ञभूमि में घुस आए। नग्न खड्ग हाथ में लिये कारायण और उनके भट उनके पीछे थे। यह दृश्य देखकर चारों ओर कोलाहल मच गया। अनेक क्षत्रपों,

राजाओं और मांडलिकों ने खड्ग खींच लिये। सेना में भी हलचल मच गई और चारों ओर कोलाहल होने लगा।

सोमप्रभ ने आगे बढ़कर वेदी पर विदूडभ को प्रतिष्ठित करके खड्ग और हाथ ऊपर उठाकर उच्च स्वर से कहा, "भत्तेगण, राज-सभासद, ब्राह्मण और पौर जानपद सुनें! यह महाराज विदूडभ कोसलपति यहाँ उपस्थित हैं। अभिषेक महायोग है, अभिषेक प्रारम्भ हो। मैं मागध सोमप्रभ घोषित करता हूँ कि कोसल के अबाध अधिपति परमेश्वर महाराज विदूडभ हैं। जो कोई विरोध का साहस करेगा, उसका सत्कार यह खड्ग करेगा।"

उन्होंने वही रक्त से भरा हुआ खड्ग हवा में ऊँचा किया। बहुत से कंठों ने एक साथ ही जय-जयकार किया, "महाराज कोसलपति की जय! देव कोसलपति विदूडभ की जय!"

बहुतों ने विरोध में शस्त्र निकाले। कारायण, उनके भट और सोम व्याघ्र की भाँति उन पर टूट पड़े। देखते-ही-देखते यूप के चारों ओर मुर्दों के ढेर लग गए। यज्ञ-पशु अव्यवस्थित हो इधर-उधर भागने लगे। अनेक राजाओं, क्षत्रपों और मंडलाधिपों ने इन वीरों का साथ दिया। वे गाजर-मूली की तरह विरोधियों को काटने लगे। पौर जानपद, निगम, श्रेणीपति सब बार-बार महाराज विदूडभ का जय-जयकार करने लगे। विरोधी दल का कोई नेता न रह गया।

अध्वर्यु अजित केसकम्बली ने हाथ उठाकर कहा, "सब कोई सुनें, कौन है जो नए महाराज का विरोधी है? वह आगे आए।" कोई प्रमुख पुरुष आगे नहीं बढ़ा। आचार्य ने पुकारकर फिर कहा, "जिसे नए राजा से विरोध हो, वह अग्रसर हो।" इस पर भी सन्नाटा रहा। तब तीसरी बार घोषणा हुई।

अब आचार्य अजित केसकम्बली ने कहा, "सब कोई सुनें! पुराना राजा यहाँ पर मंडप में उपस्थित नहीं है और न कोई उसका प्रतिनिधि समर्थक ही है। राज्य एक क्षण भी राजा के बिना नहीं रह सकता। नया राजा उसका औरस पुत्र है। उसका कोई विरोध नहीं करता। अत: मैं घोषणा करता हूँ कि वही अब इस यज्ञ का यजमान है। तो महाराज विदूडभ, मैं तुम्हें यज्ञपूत करता हूँ। कहो तुम—मैं इस राजसूय महानुष्ठान के लिए आपको वरण करता हूँ।"

"मैं वरण करता हूँ।" विदूडभ ने तीन बार कहकर आचार्य का वरण किया।

आचार्य ने घोषणा की, "हे विश्वदेवा, सुनो! हे ब्राह्मणो, सुनो! हे मनुष्यो, सुनो। हम वरण किए गए सोलहों ऋत्विक विधिवत् अब इस राजसूय के महत् अनुष्ठान में देव कोसलपति विदूडभ का अभिषेक करते हैं।"

आचार्य के संकेत से बहुत शंख एक साथ बज उठे। अभिषेक-अनुष्ठान प्रारम्भ हो गया। राजा लोग अपने हाथों में अभिषेक सामग्री से भरे पात्रों को विधिपूर्वक सजाकर पद-मर्यादा के क्रम से खड़े हो गए। रेणु विदेहराज ने श्वेत रंग का काम्बोज अश्व भेंट किया। अस्सक के राजा ब्रह्मदत्त ने स्वर्णमंडित रथ ला उपस्थित किया। कलिंगराज सत्तभू ने रथ पर ध्वजारोपण किया। मगध सम्राट् का भेजा हुआ रत्नमाल और मणिग्रथित उष्णीष मागध अमात्य ने राजा को धारण कराया। शाक्यों के गण-प्रतिनिधि ने रथ में

स्वर्णमंडित जुआ जोड़ा। किसी ने मणिजटित जूते, किसी ने तरसक, किसी ने खड्ग राजा को धारण कराया। किसी ने गन्धमाल्य दिया।

अब अजित केसकम्बली, कणाद, औलूक, वैशम्पायन पैल, स्कन्द कात्यायन, जैमिनी और शौनक ने राज्याभिषेक-विधि का प्रारम्भ किया। वेद-पाठ होने लगा। कुरुसंघ राज्य के श्रुत सोम और धनंजय श्वेत छत्र लेकर राजा के पीछे खड़े हुए।

सौवीर भरत, विदेहराज रेणु, काशिराज, धत्तरथ, सेतव्य हिरण्यनाभ राजा पर चँवर डुलाने लगे। अठारह दक्षिणावर्त शंख फूँके गए। फिर उन्हीं शंखों में भर-भरकर सत्रह तीर्थों का जल और एक सूर्यकिरणों का जल, कुल अठारह प्रकार के जल, जो यूप की उत्तर दिशा में उदुम्बर-पात्रों में पृथक्-पृथक् रखे हुए थे, उनसे राजा का अभिषेक किया जाने लगा।

पहले सरस्वती नदी के जल से, फिर बहाववाली नदी के जल से, फिर प्रतिलोम जल से, मार्गान्तर के जल से, समुद्र-जल से, भँवर के जल से, स्थिर जल से, धूप की वर्षा के जल से, तालाब के जल से, कुएँ के जल से, ओस के जल से, फिर तीर्थों के विविध जलों से, भिन्न-भिन्न मंत्र पढ़कर राजा का अभिषेक किया गया।

अब सोम-पान होकर गवलम्भन हुआ। फिर बारह 'पार्थहोम' किए गए और नए महाराज को घृतप्लुत वस्त्र पहनाया गया। उस पर यज्ञ-पात्रों के चित्र सुई से कढ़े हुए थे। उस पर बिना रंगी ऊन का पांडव कम्बल और उसके ऊपर लम्बा चोगा पहनाया गया। ऋषियों ने पुकारा, "यह क्षत्र की नाभि है?"

अध्वर्यु ने धनुष चढ़ाकर कहा, "यह इन्द्र का वृत्रहन्ता भुज है।" और उसके दोनों छोर मंत्रपूत करके महाराज को दिया। फिर उसने मंत्रपूत तीन बाण राजा को दिए और यज्ञ में बैठे हुए पंडक के मुँह में ताँबा किया। अब दिग्विजय का होम-पाठ हुआ। यजमान की बाँह पकड़कर उसे अध्वर्यु ने चारों ओर घुमाया। प्रति दिशा में कुछ पैंड चलाकर कहा, "प्राची को चढ़, गायत्री छन्द, रथन्तर साम, त्रिवृत् स्तोम, वसन्त ऋतु और ब्रह्मधन तेरी रक्षा करें!

"दक्षिण को चढ़, त्रिष्टुभ छन्द, बृहत् साम, पंचदश स्तोम, ग्रीष्म ऋतु और क्षत्रधन तेरी रक्षा करें!

"पश्चिम को चढ़, जगती छन्द, वैरूप साम, सप्तदश स्तोम, वर्षाऋतु और विशधन तेरी रक्षा करें!

"उत्तर को चढ़, अनुष्टुप छन्द, वैराज साम, एकविंश स्तोम, शरद् ऋतु और फलरूपी धन तेरी रक्षा करें!"

"ऊपर को चढ़, पंक्ति छन्द, शाक्वर रैवत साम, सत्ताईस और तैंतीस स्तोम, हेमन्त-शिशिर ऋतु और वर्चस् धन तेरी रक्षा करें!"

फिर राजा ने व्याघ्रचर्म के नीचे रखे सीसे को ठोकर मारी, अध्वर्यु ने मंत्र पढ़ा, फिर राजा व्याघ्रचर्म पर बैठा। सोने का एक चन्द्र राजा के पैरों पर रखा गया। अध्वर्यु ने कहा, "मृत्यु से बचा!"

सौ छिद्रवाला स्वर्ण का मुकुट सिर पर धारण कराया गया। अध्वर्यु ने कहा, "तू ओज है, अमृत है, विजय है!"

राजा ने दोनों भुजा ऊँची करके घोष किया, "हे मित्र वरुण, अपने रथ पर चढ़ो और दिति-अदिति सीमाबद्ध और असीम को देखो।"

अब अध्वर्यु और पुरोहित ने पलाश के पात्र में रखे जलों से फिर राजा का अभिषेक किया। ब्रह्मा ने मंत्र-पाठ किया। अध्वर्यु ने फिर उच्च स्वर से घोषित किया, "हे देवो, इसे उत्तेजित करो। कोई इसका सपत्न न हो। बड़े क्षत्र के लिए, बड़े बड़प्पन के लिए, बड़े मनुष्यों पर राज्य के लिए, इन्द्र के इन्द्रिय के लिए, कोसल जनपद के लिए यह राजा महाराजा विदूडभ तुम कोसलों का राजा है। हम ब्राह्मणों का राजा सोम है।"

तब अठारह दक्षिणावर्त शंख एक साथ फिर फूँके गए।

अब रथविमोचनीय होम हुआ और भिन्न-भिन्न मंत्र पढ़कर रथ के अंग-प्रत्यंग होम किए गए।

राजा को व्याघ्रचर्म के ऊपर खदिर की चौकी पर रखे हुए सिंहासन पर बैठाया गया और राजा 'धृतव्रत' घोषित किया गया।

फिर द्यूत हुआ। बहेड़े के पाँसे लाए गए। रत्न राजा को घेरकर बैठे। अध्वर्यु ने राजा को यज्ञकाष्ठ से पीटा।

राजा ने कहा—ब्रह्मन्!

अध्वर्यु—तू ब्रह्मा है, तू सत्यप्रणेता सविता है।

राजा—ब्रह्मन्!

अध्वर्यु—तू ब्रह्मा है, तू प्रजाओं का बलवान् इन्द्र है।

राजा—ब्रह्मन्!

अध्वर्यु—तू ब्रह्मा है, तू कृपालु रुद्र है।

राजा—ब्रह्मन्!

अध्वर्यु—तू ब्रह्मा है।

इस प्रकार अभिषेक समाप्त हुआ। इसके दसवें दिन 'दाशपेय' याग हुआ। सोम से भरे हुए दस प्याले एक यजमान और नौ ऋत्विकों के लिए रखे गए। दासों को कमर झुकाकर प्यालों की ओर रेंगना पड़ा और अपने दादा से लेकर पहले के और पीछे के दस पुरखों के नाम लेने पड़े, जो सोमयाजी रहे हों। उस समय मंत्र पाठ हुआ—

"सविता प्रेरणा करने वाले से, सरस्वती वाणी से, त्वष्टा बनाए रूपों से, पूषा पशुओं से, यजमान इन्द्र से, बृहस्पति ब्रह्मा से, वरुण ओज से, अग्नि तेज से, सोम राजा से, विष्णु दसवें देवता से, प्रेरित होकर मैं रेंगता हूँ।"

प्रत्येक प्याले में दस-दस जनों ने पिया। एक ऋत्विक और नौ और। यों सौ जनों ने सोमपान किया। राजा ने सबको सोने के कमलों की मालाएँ पहनाईं।

अब यज्ञ की समाप्ति पर सहस्र शंखध्वनि हुई। विदूडभ राजा ने सींगों में सोना मढ़कर सौ गायें तथा ग्यारह युवती सुन्दरी स्वर्णालंकारों से अलंकृता दासियाँ प्रत्येक श्रोत्रिय ब्राह्मण को दीं। ब्रह्मा,उद्गाता तथा अन्य ऋत्विजों को उनकी मर्यादा के अनुसार बहुत-सा स्वर्ण, रत्न, वस्त्र, दासी और बछड़े दिए गए।

दान-मान-सत्कार, दक्षिणा, आतिथ्य, भोजन आदि से सन्तुष्ट हो ब्राह्मण महाराज विदूडभ की जय-जयकार करते हुए विदा हुए। समागत राजाओं, जानपद प्रधानों और

सेट्ठियों, जेट्ठकों आदि को भी विविध भेंट-दान-मान से नए राजा ने विदा किया। जो मित्र, बन्धु और राजा नहीं आए थे, उन्हें गाड़ियों और छकड़ों में सामग्री भरकर भेज दी गई। जो विरोधी यज्ञ-विद्रोह में मारे गए, उनके उत्तराधिकारी पुत्र-परिजनों को दान, मान, पदवी और पुरस्कार से सत्कृत कर सन्तुष्ट किया गया।

इस प्रकार यज्ञ में आए सब ब्राह्मण, यति, ब्रह्मचारी, राजा, राजवर्गी, पौर-जानपद, सब भाँति सन्तुष्ट-प्रसन्न हो महाराज विदूडभ का दिग्दिगन्त में यशोगान करते हुए अपने-अपने घर गए। भाग्यहीन विगलित-यौवन गतश्री प्रसेनजित् को किसी ने स्मरण भी नहीं किया।

आत्मदान

राजमहालय के एक सुसज्जित कक्ष में सोमप्रभ शय्या पर पड़े थे। उनके घाव अब भर गए थे, परन्तु दुर्बलता अभी थी। कुंडनी उनकी शय्या के निकट चुपचाप बैठी थी। शम्ब कक्ष के एक कोने में बैठा स्वामी को चुपचाप देख रहा था। सोम किसी गम्भीर चिन्तना से व्याकुल थे। उनकी चिन्तना का गहन विषय था कि राजनन्दिनी चन्द्रप्रभा को ले जाकर कहाँ रखा जाए? वे उससे विवाह करने के भी अधिकारी हैं या नहीं? क्या उन-जैसे अज्ञात-कुलशील व्यक्ति का इतने बड़े राज्य के अधिपति की पुत्री से विवाह करना समुचित होगा? विशेषकर उस दशा में, जबकि वही राजकुमारी के पिता के हन्ता, उनके राज्य के हर्ता और राजनन्दिनी की विपत्ति के आधार थे! उन्हें क्या राजकुमारी की अवश अवस्था और परिस्थिति से ऐसा अनुचित लाभ उठाना चाहिए? यदि यह परिस्थिति न उत्पन्न हो जाती तो क्या चम्पा-राजनन्दिनी उन्हें प्राप्त हो सकती थी? क्या स्वार्थवश उन्हें राजनन्दिनी का अहित करना उचित है? यही सब विचार थे, जो उन्हें उद्विग्न और विचलित कर रहे थे।

इसी समय महाश्रमण भगवान् महावीर वहाँ आ उपस्थित हुए। कुंडनी ने आसन पर बैठकर उनका अभिवादन किया।

श्रमण महावीर ने कहा, "भद्र सोमप्रभ, मैं तेरे ही लिए आया हूँ। अपने सुख को देख, पुण्य को देख, मलरहित हो। पुत्र यह शरीर बहु मलों का घर है। इसमें काम है, क्रोध है, लोभ है, मोह है, एषणाएँ हैं। सो पुत्र, यह समुद्र के समान है। समुद्र में आठ अद्भुत गुण हैं, इसी से असुर महासमुद्र में अभिरमण करते हैं। वह क्रमशः निम्न, क्रमशः प्रवण, क्रमशः प्रारम्भार होता है। वह स्थिर-धर्म है, किनारे को नहीं छोड़ता। वह मृत शरीर को निवास नहीं करने देता, बाहर फेंक देता है। सब महानदी, गंगा, यमुना, अचिरवती, शरभू, मही, जब महासमुद्र को प्राप्त होती हैं तो अपना नाम-गोत्र त्याग देती हैं। और भी पानी, धारा, अन्तरिक्ष का वर्षा जल समुद्र में जाता है, परन्तु महासमुद्र में ऊनता या पूर्णता कभी नहीं होती। वह महासमुद्र एक रस है। वह रत्नाकर है—शंख, मोती, मूँगा, वैदूर्य, शिला, रक्तवर्ण मणि, मसाणगल्ल समुद्र में रहती हैं। वह महासमुद्र महान् प्राणियों का निवास है—तिमि, तिमिंगिल, तिमिर, पिंगल, असुर,

नाग, गन्धर्व उसमें वास करते हैं। उनमें सौ योजनवाले शरीरधारी भी हैं, तीन सौ योजन वाले भी हैं, चार सौ योजनवाले भी हैं।...

"सो पुत्र, धर्ममय जीवन भी समुद्र की भाँति क्रमशः गहरा, क्रमशः प्रवण, क्रमशः प्रारम्भार है, एकदम किनारे से खड़ा नहीं होता। सो धर्मजीवन में क्रमशः क्रिया, मार्ग, आज्ञा और प्रतिवेध होता है। उसी का क्रमशः अभ्यास करने से मनुष्य अनागामी भी होता है। यह जीवन का ध्रुव ध्येय है। सो सोमभद्र, तू महासमुद्र के अनुरूप बन, पुण्य कर और मलरहित हो निर्वाण को प्राप्त कर।"

सोम ने कहा, "तो भगवन, आप जैसा मेरे लिए हितकर समझें।"

"यही तो भद्र! तूने विदूडभ को राजा बनाया, यह तेरा सत्कर्म हुआ। पर शील का भार अब भी तुझ पर है, उसे भी उतार। वह तेरे लिए सह्य न होगा, कल्याणकर न होगा।"

"भगवान् श्रमण जैसा ठीक समझें।"

"उसे तू कोसल की पट्टराजमहिषी बनने दे भद्र! बस, इसी में सब हो गया।"

सोम का मुँह रक्तहीन श्वेत हो गया। मृत पुरुष की भाँति शय्या पर वह पड़ रहे, परन्तु उन्होंने स्थिर वाणी से कहा, "भगवन्, ऐसा ही हो। आप सत्य कहते हैं, मैं वह भार वहन नहीं कर सकता।"

"तेरा कल्याण हो आयुष्मान्! मैं कुमारी से कहूँगा, राजकुमार से भी।"

"आप्यायित हुआ भगवन्, चिरबाधित हुआ भगवन्!" सोम ने यंत्रवत् कहा। वह काष्ठवत् शय्या में पड़े रह गए। कुंडनी ने सुना। उसका मुँह सूख गया। भगवन् महावीर कक्ष से धीरे-धीरे चले गए।

सहभोग्यमिदं राज्यम्

मध्याह्नोत्तर चतुरंगला छायाकाल में राजसभा का आयोजन हुआ। कोसलपति महाराज विदूडभ छत्र-चँवर धारण किए सभाभवन में पधारे। उनके आगे-आगे सोमप्रभ नग्न खड्ग लिये और पीछे सेनापति कारायण खड्ग लिये चल रहे थे। सिंहासन पर बैठते ही महालय से शंखध्वनि हुई। वेदपाठी ब्राह्मणों ने स्वस्तिवाचन पाठ और कुल-कुमारियों ने अक्षत-लाजा-विसर्जन किया। इसके बाद महाराज विदूडभ ने सिंहासन से खड़े होकर आचार्य अजित केसकम्बली को महामात्य का खड्ग देकर कहा, "आचार्य, मैं आपको कोसल के महामात्य पद पर नियुक्त करता हूँ। यह खड्ग ग्रहण कीजिए।"

आचार्य ने खड्ग ग्रहण करके उच्चासन के निकट आकर उच्च स्वर से कहा, "सहभोग्यमिदं राज्यम्, साथ-साथ भोगने योग्य राज्य को कोई अकेला नहीं भोग सकता, इसलिए मैं घोषणा करता हूँ कि जो अमात्य और राज-कर्मचारी निष्ठापूर्वक अपने अधिकारों पर रहना चाहते हैं, वे शान्तिपूर्वक रहें। महाराज विदूडभ अपने राज्यकाल में उन्हें द्विगुणित भुक्त-वेतन देंगे। जिस अमात्य और राजकर्मचारी ने राजविद्रोह किया हो, उसका वह कार्य पूर्व महाराज प्रसेनजित् के प्रति आदर-भावना का द्योतक समझकर महाराज विदूडभ उसे क्षमा करते हैं। अब वह यदि राजनिष्ठा से राजसेवा

करे तो उसकी नियुक्ति यथापूर्वक रहेगी। ऐसे लोग सेवा न करें तो पुत्र, परिजन, धन-सहित स्वेच्छा से जहाँ चाहें चले जाएँ, कोई प्रतिबन्ध नहीं है। परन्तु जो कोई राज्य में विद्रोह करेगा या किसी प्रकार मन-वचन-कर्म से शान्ति-भंग करेगा, उसे कठोरतम दंड दिया जाएगा।"

इस घोषणा के होने पर सभा में हर्ष-ध्वनि और महाराज विदूडभ का जय-जयकार हुआ। महामात्य ने फिर कहा, "महाराज की आज्ञा से मैं सबसे प्रथम महाराज और कोसल राज्य की ओर से मागध राजमित्र और कोसल के मान्यराज-अतिथि श्री सोमप्रभदेव का अभिनन्दन करता हूँ, जिनके शौर्य, विक्रम और मैत्री के फलस्वरूप हमें आज का शुभ दिन देखना नसीब हुआ। महाराज विदूडभ घोषित करते हैं कि आज से कोसल सदैव मगध का मित्र है। मगध का शत्रु कोसल का शत्रु और मगध का मित्र कोसल का मित्र है। कोसल के परममित्र मागध श्री सोमप्रभदेव के अनुरोध पर कोसलपति महाराज विदूडभ यह घोषणा करते हैं कि वत्सराज उदयन की मैत्री चाहे जिस भी मूल्य पर कोसल प्राप्त करेगा और मैत्री का सन्देश लेकर शीघ्र ही कोई राजपुरुष वत्सराज महाराजा उदयन की सेवा में जाएगा। अपनी मैत्री, सद्भावना और कृतज्ञता के प्रकाशन-स्वरूप महाराज विदूडभ मगध-सम्राट् को काशी का राज्य भेंट करते हैं।"

इस पर सब ओर हर्षध्वनि हुई। महामात्य ने कहा, "अब सन्धिविग्रहिक के पद पर महासामन्त पायासी और अर्थमंत्री के पद पर महाशाल लौहित्य की नियुक्ति की जाती है तथा राज्य-व्यवस्था के संचालनार्थ आठ अमात्यों का एक अमात्यमंडल नियुक्त किया जाता है। उनके सामर्थ्य की परीक्षा उनके किए हुए कार्यों की सफलता से की जाएगी। महाबलाधिकृत सेनापति कारायण को और राजपुरोजित वसुभट्ट को नियत किया जाता है, जो शास्त्र-प्रतिपादित गुणों से युक्त, उन्नत कुल में उत्पन्न, षडंग वेदों के ज्ञाता, दंडनीति, ज्योतिष तथा अथर्ववेदोक्त मानुषी और दैवी विपत्तियों के प्रतिकार में निपुण हैं।"

इसके बाद महाराज विदूडभ को भेंटें दी जाने लगीं। सबसे प्रथम मगध की ओर से सोमप्रभ ने एक रत्नजटित खड्ग भेंट किया। इसके बाद देश-देश के राजा, राजप्रतिनिधि और फिर श्रीमन्त, सेट्ठि तथा पौरगण और राजकर्मचारियों ने भेंटें अर्पण कीं। फिर मंगलवाद्य के साथ यह समारोह सम्पूर्ण हुआ।

मार्मिक भेंट

रात बीत गई थी। बड़ा सुन्दर प्रभात था। रात-भर सो चुकने के बाद अब सोम का मन बहुत हल्का था, पर गहन चिन्तना से उनका ललाट सिकुड़ रहा था। भविष्य के सम्बन्ध में नहीं, बीते हुए गिनती के दिनों के सम्बन्ध में। भाग्य ने उन्हें कैसे खेल खिलाए थे। खिड़की से छनकर प्रभात का क्षीण प्रकाश उनकी शय्या पर आलोक की रेखाएँ खींच रहा था और वह सुदूर नीलाकाश में टकटकी बाँधे मन्द स्मित कर रहे थे। शम्ब उनके

पैरों के पास चुपचाप बैठा था। बहुत-सा रक्त निकल जाने से उनका घनश्याम वर्ण मुख विवर्ण हो रहा था, फिर भी वह अपने स्वामी के चिन्तन से सिकुड़े हुए ललाट को देख-देख मन-ही-मन उद्विग्न हो रहा था। इसी समय जीवक कौमारभृत्य ने आकर कहा, "महाराजाधिराज अभी आपको देखा चाहते हैं, भन्ते सेनापति!"

सोम तुरन्त तैयार हो गए। मुँह से उन्होंने एक शब्द भी नहीं कहा।

विदूडभ एक छोटी शय्या पर लेटे हुए थे। सोम ने शय्या के निकट पहुँचकर कहा, "अब देव कोसलपति का मैं और क्या प्रिय कर सकता हूँ?"

विदूडभ अब भी बहुत दुर्बल थे। उन्होंने स्निग्ध दृष्टि से सोम की ओर देखा और दोनों हाथ उनकी ओर पसारकर धीमे स्वर से कहा, "मित्र सोम, अधिक कहने के योग्य नहीं हूँ। परन्तु मित्र, कोसल का यह राज्य तुम्हारा ही है।"

"सुनकर सुखी हुआ महाराज! मेरी अकिंचन सेवाएँ कोसल और कोसलपति के लिए सदा प्रस्तुत रहेंगी।"

विदूडभ ने अर्द्धनिमीलित नेत्रों से सुदूर नीलाकाश को देखते हुए कहा, "मैंने बहुत चाहा था मित्र, कि तुम्हें अपने प्राणों के समान अपने ही निकट रखूँ, परन्तु महाश्रमण महावीर और माता कलिंगसेना ने यह ठीक नहीं समझा। मित्र, राजनीति ही तुमसे मेरा विछोह कराती है।"

"और भी बहुत कुछ महाराज! परन्तु राजनीति मानव-जनपद की चरम व्यवस्था है। उसके लिए हमें त्याग करना ही होगा।"

"सो, मैं प्राणाधिक मित्र को त्याग रहा हूँ वयस्य!" विदूडभ की आँखों में आँसू भर आए और उन्होंने तनिक उठकर सोम को अंक में भर लिया।

सोम के होंठ भी कुछ कहने को फड़के, परन्तु मुँह से शब्द नहीं निकले। उन्होंने काँपते हाथ से विदूडभ का हाथ पकड़कर कहा, "कामना करता हूँ, महाराज सुखी हों, समृद्ध हों। मैं अब चला महाराज!"

"कोसल को सब कुछ देकर मित्र!" विदूडभ हठात् शय्या से उठ खड़े हुए। परन्तु जीवक ने उन्हें पकड़कर शय्या पर लिटाकर कहा, "शान्त हों देव, भन्ते सेनापति फिर आएँगे।"

सोम ने क्षण-भर रुककर विदूडभ की ओर देखे बिना ही वहाँ से प्रस्थान किया।

चिरविदा

उन्होंने चीनांशुक धारण किया था, जिसके किनारों पर लाल लहरिया टँका था। कंठ में उज्ज्वल मोतियों की माला थी जिसकी आभा ने उनकी कम्बुग्रीवा और वक्ष को आलोकित कर रखा था। कपोलों पर लोध्ररेणु से संस्कार किया था और सालक्तक पैरों में कुसुम-स्तवक-ग्रंथित उपानह थे। अंशुकान्त से बाहर निकले हुए उनके अनावृत मृदुल युगल बाहु मृणाल-नाल की शोभा धारण कर रहे थे। प्रवाल के समान अरुणाभ उत्फुल अधरोष्ठों के बीच हीरक-सी आभावाली उज्ज्वल धवल दन्तपंक्ति देखते ही

बनती थी। गंडस्थल की रक्ताभ कान्ति मद्यआपूरित स्फटिकचषक की शोभा को लज्जित कर रही थी। उज्ज्वल उन्नत ललाट पर उन्होंने मन:शिला की जो लाल श्री अंकित की थी, वह स्वर्णदीप में जलती दीपशिखा-सी दिख रही थी। अंसस्थलों में लगा लोध्ररेणु उनके माणिक्य-कुंडलों पर एक धूमिल आवरण-सा डाल रहा था। उनके लोचनों से एक अद्‌भुत मदधारा प्रवाहित हो रही थी। उनकी सघन-कृष्ण केशराशि पर गूँथे हुए बड़े-बड़े मौक्तिकों की शोभा सुनील आकाश में जगमगाते तारों की छवि धारण कर रही थी।

प्रासाद के उद्यान में अशोक के बड़े-बड़े वृक्षों की कतार चली गई थी। उनके नवीन लम्बे अनीदार गहरे हरे रंग के पत्तों के बीच खिले लाल-लाल फूल बड़े सुहावने लग रहे थे। उसी वृक्षावली के बीच लताकुंज था। कुंज के चारों ओर माधवी लता फैली हुई थी। उसी लताकुंज में वह तन्मय हो एक चित्र बना रही थीं। उनका कंचुक-बन्धन शिथिल हो गया था। भावावेश से उनका श्वास आवेगित था। नेत्रों की पलकें चित्र-फलक पर स्थिर और मग्न थीं। कोमल, चम्पकवर्णी, पतली उँगलियाँ कूर्चिका से लाजावर्त और मन शिला की रेखाएँ चित्र पर खींच रही थीं। वायु शान्त थी, वातावरण में सौरभ बिखर रहा था। लतागुल्म स्तब्ध थे। वह यत्न से चित्र पर अन्तिम स्पर्श दे रही थीं। सारा चित्र एक वस्त्र-खंड से ढका था।

सोम के आने की आहट उन्हें नहीं मिली। वह दबे-पाँव उनके पीछे जाकर खड़े हो गए।

चित्र को पूरा करके उन्होंने उस पर का आवरण उठाया। एक बूँद अश्रु चित्र पर गिर पड़ा।

उस दिन वसन्त का वह प्रभात लाल-लाल लावण्य-स्रोत से प्लावित हो अनुराग-सागर की तरह तरंगों में डूबता-उतराता दीख रहा था।

चित्र सोमप्रभ का था।

सोम ने आगे बढ़कर काँपते स्वर में कहा, "शील!"

वह चौंक उठी। उन्होंने बड़ी-बड़ी पलकें उठाकर सोम को देखा। लज्जा से उनका मुख झेंप गया। दोनों हाथ निढाल-से होकर नीचे को लटक गए। सोम ने घुटनों के बल बैठकर राजनन्दिनी के दोनों हाथ अपने हाथों में लेकर अवरुद्ध कंठ से फिर कहा, "शील!"

राजकुमारी ने बड़ी-बड़ी भारी पलकें उठाकर सोम को देखा और असंयत भाव से कहा, "सोम, प्रियदर्शन, तुम आहत हो, बैठ जाओ, बैठ जाओ!"

"तो तुमने मुझे क्षमा कर दिया शील? यह मैं जानता था। मैं जानता था, तुम मुझे अवश्य क्षमा कर दोगी। परन्तु शील प्रिये, अपने को मैं कभी नहीं क्षमा करूँगा, कभी नहीं।"

"वह सब तुम्हें करना पड़ा, सोमभद्र!"

"किन्तु प्रिये, मैंने जिस दिन प्रथम तुम्हें देखा था, अपना हृदय तुम्हें दे दिया था। मैंने प्राणों से भी अधिक तुम्हें प्यार किया। तुम मेरे क्षुद्राशय को नहीं जानतीं। मेरा निश्चय था कि विदूडभ राजकुमार को बन्दीगृह में मरने दिया जाए, कोसल-राजवंश का अन्त

हो और अज्ञात-कुलशील सोम कोसलपति बनकर तुम्हें कोसल-पट्टराजमहिषी पद पर अभिषिक्त करे। सब कुछ अनुकूल था, एक भी बाधा नहीं थी।"

"मैं जानती हूँ, प्रियदर्शन! पर तुमने वही किया, जो तुम्हें करना योग्य था। किन्तु अब?"

"अब मुझे जाना होगा प्रिये!"

"तो मैं भी तुम्हारे साथ हूँ, प्रिय!"

"नहीं शील, ऐसा नहीं हो सकता। मुझे जाना होगा और तुम्हें रहना होगा। मैं कोसल का अधिपति न बन सका, किन्तु तुम कोसल की पट्टराजमहिषी रहोगी, यह ध्रुव है।"

"मैं, सोम प्रियदर्शन, तुम्हारी चिरकिंकरी पत्नी होने में गर्व अनुभव करूँगी।"

"ओह, नहीं, एक अज्ञात-कुलशील नगण्य वंचक की पत्नी महामहिमामयी चम्पा-राजनन्दिनी नहीं हो सकतीं।"

"किन्तु सोमभद्र, मैं तुम्हारी चिरदासी शील हूँ। मैं तुम्हें आप्यायित करूँगी अपनी सेवा से, सान्निध्य से, निष्ठा से और तुम अपना प्रेम-प्रसाद देकर मुझे आपूर्यमाण करना।"

"मेरे प्रत्येक रोम-कूप का सम्पूर्ण प्रेम, मेरे शरीर का प्रत्येक रक्तबिंदु, मेरे जीवन का प्रत्येक श्वास आसमाप्ति तुम्हारा ही है शील। पर यह नहीं हो सकता, तुम्हें कोसल की पट्टराजमहिषी बनना होगा!"

"किन्तु मैं तुम्हें प्यार करती हूँ सोम, केवल तुम्हें।"

"और मैं भी तुम्हें, प्राणाधिक शील! किन्तु पृथ्वी पर प्यार ही सब कुछ नहीं है। सोचो तो, यदि प्यार ही की बात होती तो मैं विदूडभ का क्यों उद्धार करता? क्यों अपने हाथों उसके सिर पर कोसल का राजमुकुट रखकर कोसलेश्वर कहकर अभिवादन करता? प्रिये, चारुशीले, निष्ठा और कर्तव्य मानव-जीवन का चरम उत्कर्ष है। मैंने उसी को निबाहा। अब तुम मुझे सहारा दो।"

सोम ने कुमारी के चरण-तल में बैठकर उसके दोनों हाथ अपने नेत्रों से लगा लिए। कुमारी कटे वृक्ष की भाँति उनके ऊपर गिर गईं। उनकी आँखों से अश्रुधारा बह चली। बहुत देर तक दोनों निर्वाक्-निश्चल रहे। फिर कुमारी ने उठकर, धीरे-से, जैसे मरता हुआ मनुष्य बोलता है, कहा, "मैं जानती थी, तुम यही करोगे। सोम, प्रियदर्शन, किन्तु मेरे प्रत्येक रोम में तुम्हारा वास है और आजीवन रहेगा—जीवन के बाद भी, अति चिरन्तन काल तक।"

"तुम्हारा कल्याण हो, तुम सुखी हो। कोसल पट्टराजमहिषी शीलचन्दना चन्द्रभद्रे, सुभगे!" सोम ने झुककर खड्ग उष्णीष से लगाकर राजसी मर्यादा से कुमारी का अभिवादन किया और कक्ष से बाहर पैर बढ़ाया। कुमारी ने एक पग आगे बढ़ाकर वाष्पावरुद्ध कंठ से कहा, "सोमभद्र, मेरे धूम्रकेतु को लेते जाओ, वह बाहर है। उसे तुम पशु मत समझना और मेरी ही भाँति प्यार करना।"

"ऐसा ही होगा शील! तुम्हारा यह प्रेमोपहार मेरे जीवन का बहुत बड़ा सहारा होगा।"

फिर सोम एक क्षण को भी नहीं रुके। लम्बे-लम्बे पैर बढ़ाते हुए प्रासाद के बाहरी प्रांगण में आ खड़े हुए। वहाँ कुंडनी और शम्ब उनकी प्रतीक्षा में खड़े थे। उन्होंने धूम्रकेतु पर प्यार की एक थपकी दी, फिर कुंडनी की ओर देखकर, बिना

मुस्कराए और बिना एक शब्द बोले, तीनों प्राणियों ने उसी क्षण वैशाली के राजपथ पर अश्व छोड़ दिए।

सुप्रभात

दीपस्तम्भ पर धरे सुवासित दीपों की लौ मन्द पड़ गई, गवाक्षों से उषा की पीत प्रभा कक्ष में झाँकने लगी। अलिन्द से वीणा की एक झंकार के साथ एक कोमल कंठस्वर निषाद का वाद देकर आरोह-अवरोह में चढ़-उतरकर वातावरण को आन्दोलित कर गया।

अम्बपाली ने दुग्धफेन-सम शैया पर अँगड़ाई ली और अलस भाव से अपने मकड़ी के जाले के समान अस्त-व्यस्त परिधान को कुछ व्यवस्थित किया, उत्फुल्ल कमलदल के समान अपने नेत्रों को उसने खोलकर गवाक्ष की ओर देखा। वहाँ से सुरभित मलय-गन्ध लिये वासन्ती वायु प्रभात की स्वणरिख के साथ कक्ष में आ रहा था।

कमल की पंखुड़ियों की भाँति उसके होंठ हिले, उसने सस्मित-स्वगत कहा, "मदलेखा गा रही है।"

उसने हाथ बढ़ाकर रजत-दंड से कांस्यघंट पर आघात किया। तत्क्षण एक आसन्न-प्रस्फुटित कलिका-सी सुन्दरी ने अवनत मस्तक हो मृदु-मन्द मुस्कान के साथ अम्बपाली को अभिवादन करके कहा, "देवी प्रसन्न हों, आज मधुपर्व का सुप्रभात है।"

अम्बपाली ने हँसकर कंठ से मुक्तामाल उतार उस पर फेंकते हुए कहा, "तेरा कल्याण हो हला, जा श्रृंगार-गृह को सुव्यवस्थित कर।"

सुन्दरी मुक्तामाल को कंठ में धारण करके हँसती हुई चली गई।

अम्बपाली अलस देह लिये चुपचाप शय्या पर पड़ी एक गवाक्ष से कक्ष में आती हुई स्वर्ण-रश्मि को देखती रहीं। उनका मन बाहर अलिन्द में झंकृत वीणा की मधुर ध्वनि के साथ मदलेखा के कोमल औडव आलाप में लग रहा था।

एक दासी ने आकर गवाक्षों की रंगीन चक्कलिकाएँ उघाड़ दीं। दूसरी दासी गन्धद्रव्य जलाकर गन्धस्तम्भों पर रख गई। दो-तीन दासियों ने विविध मधु-गन्ध वाले पुष्पों के उरच्छद-तोरण बाँध दिए। कक्ष सुवास और आलोक से सुरक्षित और उज्ज्वल हो उठा।

मधुलता ने आकर निवेदन किया, "श्रृंगार-गृह तैयार है और नगर के मान्य सामन्तपुत्र एवं सेट्ठिपत्र देवी को मधुपर्व के प्रभात की बधाई देने उपस्थित हैं।"

अम्बपाली ने हँसकर अँगड़ाई ली। वह शैया त्यागकर उठी। सम्मुख वृहत् आरसी में अपने मद-भरे नवयौवन को एक बार गर्व-भरे नेत्रों से देखा, फिर कहा, "हला, श्रृंगार-गृह का मार्ग दिखा और आगत नागरिकों से कह कि मैं उनकी उपकृत हूँ तथा अभी मैं आती हूँ।"

मधुलता एक बार आदर के लिए झुकी और 'इधर से देवी' कहकर पुष्प-भार से झुकी माधवीलता की भाँति एक ओर चल दी। पीछे-पीछे उद्दाम यौवन का मद बिखेरती हुई अम्बपाली भी।

मधुपर्व

वीणा के तारों में औडव सम्पूर्ण के स्वर तैर रहे थे। सुनहरी धूप प्रासाद के मरकतमणि-जटित झरोखों और गवाक्षों से छन-छनकर नेत्रों को आह्लादित कर रही थी। अम्बपाली के आवास के बाहरी प्रांगण में रथ, हाथी, अश्व और विविध वाहनों का ताँता लगा था। सम्भ्रान्त नागरिक और सामन्तपुत्र अपनी नई-निराली सज-धज से अपने-अपने वाहनों पर देवी अम्बपाली की प्रतीक्षा कर रहे थे। प्रांगण के भीतरी मार्ग में अम्बपाली का स्वर्णकलशवाला श्वेत कौशेय का महाघोष रथ आचूड़ विविधपुष्पों से सजा खड़ा था, उसमें आठ सैन्धव अश्व जुते थे, जिनकी कनौतियाँ खड़ी, थूथनी लम्बी और नथुने विशाल थे। वे स्वर्ण और मणिमालाओं के आभरणों से लदे थे। रथ के चूड़ पर मीनध्वज फहरा रही थी, वातावरण में जनरव भरा था। दंडधर शुभ्र परिधान पहने दौड़-दौड़कर प्रबन्ध-व्यवस्था कर रहे थे।

हठात् गवाक्ष के कपाट खुले और देवी अम्बपाली उसमें अपनी मोहक मुस्कान के साथ आ खड़ी हुईं। नख से शिख तक उन्होंने वासन्ती परिधान धारण किया था,उनके मस्तक पर एक अतिभव्य किरीट था, जिसमें सूर्य की-सी कान्ति का एक अलभ्य पुखराज धक्-धक् दिप रहा था। कानों में दिव्य नीलम के कुंडल और कंठ में मरकतमणि का एक अलौकिक हार था। उनकी करधनी बड़ी-बड़ी इक्कीस मणियों की बनी थी, जिनमें प्रत्येक का भार ग्यारह टंक था। वे माणिक्य उनकी देह-यष्टि में लिपटे हुए उस मधुदिवस के प्रभात की स्वर्ण-धूप में इक्कीस बालारुणों की छटा विस्तार कर रहे थे। उनकी घन-सुचिक्कण अलकें प्रभात की मन्द समीर में क्रीड़ा कर रही थीं। स्वर्णखचित—कंचुकी-सुगठित युगल यौवन दर्शकों पर मादक प्रभाव डाल रहे थे।

करधनी के नीचे हल्के आसमानी रंग का दुकूल उनके पीन नितम्बों की शोभा विस्तार कर रहा था, जिसके नीचे के भाग से उनके संगमरमर के-से सुडौल चरण युगल खालिस नीलम की पैंजनियों से आवेष्टित बरबस दर्शकों की गति-मति को हरण कर रहे थे।

इस अलौकिक वेशभूषा में उस दिव्य सुन्दरी अम्बपाली को देखकर प्रांगण में से सैकड़ों कंठों से आनन्द-ध्वनि विस्तारित हो गई। लोगों की सम्पूर्ण जीवनी शक्ति उनकी दृष्टि में ही केन्द्रित हो गई। फिर, ज्योंही अम्बपाली ने अपने दोनों हाथों की अंजलि में फूलों को लेकर सामन्त नागरिकों की ओर मृदु-मन्द मुस्कान के साथ फेंका, त्योंही 'देवी अम्बपाली की जय', 'मधुपर्व की रानी की जय', 'जनपद-कल्याणी नगरवधू की जय' के घोषों से दिशाएँ गूँज उठीं।

दुन्दुभी पर चोटें पड़ने लगीं। वीणा में अब सम्पूर्ण अवरोह-स्वर वातावरण में बिखरे जा रहे थे, जिनमें दोनों मध्यम और कोमल निषाद विचित्र माधुर्य उत्पन्न कर रहे थे।

नायक दंडधर लल्लभट ने अपनी विशाल काया के भार को स्वर्णदंड के सहारे सीढ़ियों पर चढ़ाकर अर्ध-निमीलित नेत्रों से देवी अम्बपाली के सम्मुख अभिवादन करके निवेदन किया, "देवी की जय हो,रथ प्रस्तुत है एवं सभी नागरिक शोभा-यात्रा को उतावले हो रहे हैं, एक दंड दिन भी चढ़ गया है।"

अम्बपाली ने कानों तक होंठों को मुस्कराकर एक बार प्रांगण में बिखरे वैशाली के महाप्राणों को देखा और फिर सप्तभूमि प्रासाद की गगनचुम्बी अट्टालिका की ओर। फिर उनकी आँखें सम्मुख विस्तृत नीलपद्म सरोवर की अमल जलराशि पर फैल गईं। उन्होंने गर्व से अपनी हंस की-सी गर्दन उठाकर कहा, "लल्ल, मुझे रथ का मार्ग दिखा!"

"इधर से देवी!" लल्ल ने अति विनयावनत होकर कहा और अम्बपाली लाल कुरंगक के जूतों से सुसज्जित अपने हिमतुषार धवल-मृदुल पादपद्मों से स्फटिक की उन स्वच्छ सीढ़ियों को शत-सहस्त्र-गुण प्रतिबिम्बित करती हुईं, स्वर्ग से उतरती हुई सजीव सूर्य रश्मि-सी प्रतीत हुईं।

युवकों ने अनायास ही उन्हें घेर लिया। उनके हाथों में माधवी और यूथिका की मंजरी और उरच्छद थे। वे उन्होंने देवी अम्बपाली पर फेंकना आरम्भ किया। उनमें से कुछ अम्बपाली के अलभ्य गात्र को छूकर उनके चरणों में गिर गईं, कुछ बीच ही में गिरकर अनगिनत भीड़ के पैरों के नीचे कुचल गईं।

ज्योंही अम्बपाली अपने पुष्प-सज्जित रथ पर सवार हुईं, वेग से मृदंग, मुरज और दुन्दुभी बज उठे। दो तरुणियाँ उनके चरणों में अंगराग लिये आ बैठीं। दो उनके पीछे मोरछल ले खड़ी हो गईं। कुछ काम्बोजी अश्वों पर सवार हो रथ के आगे-पीछे चलने लगीं। युवक सामन्तपुत्रों एवं सेट्ठिपुत्रों ने रथ को घेर लिया। बहुतों ने अपने-अपने वाहन त्याग दिए और रथ का धुरा पकड़कर साथ-साथ चलने लगे। बहुतों ने घोड़ों की रश्मियाँ थाम लीं। बहुत अपने-अपने वाहनों पर चढ़, अपने भाले और शस्त्र चमकाते आगे-पीछे दौड़-धूप करने लगे।

सड़कें कोलाहल से परिपूर्ण थीं। मार्ग के दोनों ओर के गवाक्षों में कुलवधुएँ बैठी हुईं जनपद-कल्याणी अम्बपाली की मधुयात्रा निरख रही थीं। पौरजनों ने मार्ग में अपने-अपने घर और पण्य सजाए थे। सेट्ठियों और निगम की ओर से स्थान-स्थान पर तोरण बनाए गए थे, जो बहुमूल्य कौशेय वस्त्रों एवं विविध रंग-बिरंगे फूलों से सुसज्जित हो रहे थे। उन पर बन्दनवार, मधुघट और पताकाओं की अजब छटा थी। प्रत्येक की सज-धज निराली थी।

अम्बपाली पर चारों ओर से फूलों की वर्षा हो रही थी। वह फूलों में ढकी जा रही थी। अट्टालिकाओं और चित्रशालाओं से सेट्ठि लोग फूलों के गुच्छ उन पर फेंक रहे थे और वह हँस-हँसकर उन्हें हाथ में उठा हृदय से लगा नागरिकों के प्रति अपने प्रेम का परिचय दे रही थीं। लोग हर्ष से उन्मत्त होकर जनपदकल्याणी देवी अम्बपाली की जय-जयकार घोषित कर रहे थे।

सेनानायक सबसे आगे एक पंचकल्याणी अश्व पर सवार स्वर्ण-तार के वस्त्र पहने चाँदी का तूर्य बजा-बजाकर बारम्बार पुकारता जाता था—

"नागरिको, एक ओर हो जाओ, मधुपर्व की रानी जनपद-कल्याणी देवी अम्बपाली की सवारी आ रही है। देवी मधुवन को जा रही हैं, उन्हें असुविधा न हो, सावधान!" घोषणा करके ज्यों ही वह आगे बढ़ता, मार्ग नरमुंडों से भर जाता। कोलाहल के मारे कान नहीं दिया जाता था।

सूर्य तपने लगा। मध्याह्न हो गया। तब सब कोई मधुवन में पहुँचे। एक विशाल सघन आम्रकुंज में अम्बपाली का डेरा पड़ा। उनका मृदु गात्र इतनी देर की यात्रा से थक गया था। ललाट पर स्वेदबिन्दु हीरे की कनी के समान चमक रहे थे।

आम्रकुंज के मध्य में एक सघन वृक्ष के नीचे दुग्ध-फेन-सम श्वेत कोमल गद्दी के ऊपर रत्न-जटित दंडों पर स्वर्णिम वितान तना था। अम्बपाली वहाँ आसन्दि-सोपधान पर अलस-भाव से उठंग गईं। उन्होंने अर्धनिमीलित नेत्रों से मदलेखा की ओर देखते हुए कहा, "हला, एक पात्र माध्वीक दे।"

मदलेखा ने स्वर्ण के सुराभांड से लाल-लाल सुवासित मदिरा पन्ने के हरे-हरे पात्र में उड़ेल कर दी। उसे एक साँस में पीकर अम्बपाली उस कोमल तल्प-शय्या पर पौढ़ गईं।

अपनी-अपनी सुविधा के अनुसार सभी लोग अपने-अपने विश्राम की व्यवस्था कर रहे थे। वृक्षों की छाया में, कुंजों की निगूढ़ ओट में, जहाँ जिसे रुचा, उसने अपना आसन जमाया। कोई सेट्ठिपुत्र कोमल उपाधान पर लेटकर अपने सुकुमार शरीर की थकान उतारने लगा, कोई बाँसुरी ले तान छेड़ बैठा, किसी ने गौड़ीय, माध्वीक और दाक्खा रस का आस्वादन करना प्रारम्भ किया। किसी ने कोई एक मधुर तान ली। कोई वानर की भाँति वृक्ष पर चढ़ बैठा। बहुत-से साहसी सामन्तपुत्र दर्प से अपने-अपने अश्वों पर सवार हो अपने-अपने भाले और धनुष ले मृगया को निकल पड़े और आखेट कर-करके मधुपर्व की रानी के सम्मुख ढेर करने लगे। देखते-देखते आखेट में मारे हुए पशुओं और पक्षियों का समूह पर्वत के समान अम्बपाली के सम्मुख आ लगा। सावर, हरिण, शश, शूकर, वराह, लाव, तित्तिर, ताम्रचूड़, माहिष और न जानें क्या-क्या जलचर, नभचर, थलचर, जीव प्राण त्याग उस रात को मधुपर्व के रात्रिभोज में अग्नि पर पाक होने के लिए मधुपर्व की रानी अम्बपाली के सम्मुख ढेर-के-ढेर इकट्ठे होने लगे। कोमल उपधानों का सहारा लिये अम्बपाली अपनी दासियों के साथ हँस-हँसकर इन उत्साही युवकों के आखेट की प्रशंसा कर रही थीं और उससे वे अपने को कृतार्थ मानकर और भी द्विगुण उत्साह से आखेट पर अपने अश्व दौड़ा रहे थे।

आखेट

दिन का जब तीसरा दंड व्यतीत हुआ और सूर्य की तीखी लाल किरणें तिरछी होकर पीली पड़ीं और सामन्त युवक जब मैत्रेय छककर पी चुके, तब अम्बपाली से आखेट का प्रस्ताव किया गया। अम्बपाली प्रस्तुत हुईं। यह भी निश्चित हुआ कि देवी अम्बपाली पुरुष-वेश धारण कर अश्व पर सवार हो, गहन वन में प्रवेश करेंगी। अम्बपाली ने हँसते-हँसते पुरुष-वेश धारण किया। सिर पर कौशेय धवल उष्णीष जिस पर हीरे का किरीट, अंग पर कसा हुआ कंचुक, कमर में कामदार कमरबन्द। इस वेश में अम्बपाली एक सजीले किशोर की शोभा-खान बन गईं। जब दासी ने आरसी में उन्हें उनका वह भव्य रूप दिखलाया तो वह हँसते-हँसते गद्दे पर लोट-पोट हो गईं। बहुत-

से सामन्त-पुत्र और सेट्ठि-पुत्र उन्हें घेरकर खड़े-खड़े उनका यह रूप निहारने लगे।

युवराज स्वर्णसेन ने अपने चपल अश्व का हठपूर्वक निवारण किया और अम्बपाली के निकट आकर अभिनय के ढंग पर कहा, "क्या मैं श्रीमान् से अनुरोध कर सकता हूँ कि वे मेरे साथ मृगया को चलकर मेरी प्रतिष्ठा बढ़ाएँ?"

अम्बपाली ने मोहक स्मित करके कहा, "अवश्य, यदि प्रियदर्शी युवराज मेरा अश्व और धनुष मँगा देने का अनुग्रह करें।"

"सेवक अपना यह अश्व और धनुष श्रीमान् को समर्पित करता है।" इतना कहकर युवराज अश्व से कूद पड़े और घुटने टेककर देवी अम्बपाली के सम्मुख बैठ अपना धनुष उन्हें निवेदन करने लगे।

अम्बपाली ने बनावटी पौरुष का अभिनय करके आडम्बर-सहित धनुष लेकर अपने कंधे पर टाँग लिया और तीरों से भरा हुआ तूणीर कमर से बाँध वृद्ध दंडधर के हाथ से बर्छा लेकर कहा, "मैं प्रस्तुत हूँ भन्ते।"

"परन्तु क्या भन्ते युवराज अश्वारूढ़ होने में मेरी सहायता नहीं करेंगे!"

"क्यों नहीं भन्ते, यह तो मेरा परम सौभाग्य होगा। अश्वारूढ़ होने, संचालन करने और उतरने में मेरी विनम्र सेवाएँ सदैव उपस्थित हैं।"

स्वर्णसेन युवराज ने एक लम्बा-चौड़ा अभिवादन निवेदन किया और कहा, "धन्य वीरवर, आपका साहस! यह अश्व प्रस्तुत है।"

इतना कहकर उन्होंने आगे बढ़कर अम्बपाली का कोमल हाथ पकड़ लिया।

अम्बपाली खिलखिलाकर हँस पड़ी, स्वर्णसेन भी हँस पड़े। स्वर्णसेन ने अनायास ही अम्बपाली को अश्व पर सवार करा दिया और एक दूसरे अश्व पर स्वयं सवार हो, विजन गहन वन की ओर द्रुत गति से प्रस्थान किया। वृद्ध दंडधर ने साथ चलने का उपक्रम किया तो अम्बपाली ने हँसकर उसे निवारण करते हुए कहा, "तुम यहीं मदलेखा के साथ रहो, लल्लभट्ट!" वे दोनों देखते-ही-देखते आँखों से ओझल हो गए। थोड़ी ही देर में गहन वन आ गया। स्वर्णसेन ने अश्व को धीमा करते हुए कहा, "कैसा शान्त-स्निग्ध वातावरण है!"

"ऐसा ही यदि मनुष्य का हृदय होता!"

"तब तो विश्व के साहसिक जीवन की इति हो जाती।"

"यह क्यों?"

"अशान्त हृदय ही साहस करता है देवी!"

"सच?" अम्बपाली ने मुस्कराकर कहा।

युवराज कुछ अप्रतिभ होकर क्षण-भर चुप रहे। फिर बोले, "देवी, आपने कभी विचार किया है?"

"किस विषय पर प्रिय?"

"प्रेम की गम्भीर मीमांसाओं पर, जहाँ मनुष्य अपना आपा खो देता है और जीवन-फल पाता है?"

"नहीं, मुझे कभी इस भीषण विषय पर विचार करने का अवसर नहीं मिला।" देवी ने मुस्कराकर कहा, "आप इसे भीषण कहती हैं?"

"जहाँ मनुष्य आपा खो देता है और जीवन-फल पाता है—वह भीषण नहीं तो क्या है?"

"देवी सम्भवत: उपहास कर रही हैं।"

"नहीं भद्र, मैं अत्यन्त गम्भीर हूँ।" अम्बपाली ने हठपूर्वक अपनी मुद्रा गम्भीर बना ली। स्वर्णसेन चुप रहे। दोनों अश्व धीरे-धीरे पर्वत की उस गहन उपत्यका में ठोकरों से बचते हुए आगे गहनतम वन में बढ़ने लगे। दोनों ओर के पर्वत-शृंग ऊँचे होते जाते थे और वन का सन्नाटा बढ़ता जाता था। सघन वृक्षों की छाया से छनकर सूर्य की स्वर्ण-किरणें दोनों अश्वारोहियों की मुखश्री की वृद्धि कर रही थीं।

अम्बपाली ने कहा, "क्या सोचने लगे युवराज?"

"क्या सत्य कह दूँ देवी?"

"यदि अप्रिय न हो।"

"साहस नहीं होता।"

"अरे, ऐसे वीर युवराज होकर साहस नहीं कर सकते? मैं समझती थी युवराज स्वर्णसेन परम साहसिक हैं।"

"आप उपहास कर सकती हैं देवी, पर मैं आपको प्यार करता हूँ, प्राणों से भी बढ़कर।"

"केवल प्राणों से ही?" अम्बपाली ने हंस की-सी गर्दन ऊँची करके कहा।

"विश्व की सारी सम्पदाएँ भी प्राणों के मूल्य की नहीं देवी! क्या मेरा यह प्यार नगण्य है?"

"नगण्य क्यों होने लगा प्रिय?"

"तो आप इस नगण्य प्यार को स्वीकार करती हैं?" अम्बपाली ने वक्र मुस्कान करके कहा, "इसके लिए तो मैं बाध्य हूँ भन्ते युवराज! वैशाली के प्रत्येक व्यक्ति को मुझे अपना प्यार अर्पण करने का अधिकार है,...वैशाली के ही क्यों जनपद के प्रत्येक व्यक्ति को।"

"परन्तु मेरा प्यार औरों...जैसा नहीं है देवी।"

"तो उसमें कुछ विशेषता है?"

"वह पवित्र है, वह हृदय के गम्भीर प्रदेश की निधि है, देवी अम्बपाली, जिस दिन मैं समझूँगा कि आपने मेरे प्यार को स्वीकार किया, उस दिन मैं अपने जीवन को धन्य मानूँगा।"

"वाह, इसमें दुविधा की बात ही क्या है? तुम आज ही अपने जीवन को धन्य मानो युवराज, परन्तु देखो कोरे प्यार से काम न चलेगा प्रिय, प्यास से मेरा कंठ सूख रहा है, मुझे शीतल जल भी चाहिए।"

"वाह, तब तो हम उपयुक्त स्थान पर आ पहुँचे हैं। वह सामने पुष्करिणी है। घड़ी-भर वहाँ विश्राम किया जाए, शीतल जल से प्यास बुझाई जाए और शीतल छाया में शरीर को ठंडा किया जाए।"

"और पेट की आँतों के लिए?"

"उसकी भी व्यवस्था है, यह झोले में स्वादिष्ट मेवा और भुना हुआ शूल्य मांस

है, जो अभी भी गर्म है। वास्तव में वह यवनी दासी बड़ी ही चतुरा है, शूल्य बनाने में तो एक ही है।"

"कहीं तुम उसे प्यार तो नहीं करते युवराज?"

"नहीं-नहीं, देवी, जो पुष्प देवता पर चढ़ाने योग्य है वह क्या यों ही...।"

"यही तो मैं सोचती हूँ; परन्तु यह पुष्करिणी-तट तो आ गया।"

युवराज तत्क्षण अश्व से कूद पड़े और हाथ का सहारा देकर उन्होंने अम्बपाली को अश्व से उतारा। एक बड़े वृक्ष की सघन छाया में गोनक बिछा दिया गया और अम्बपाली उस पर लेट गईं। फिर उन्होंने कहा, "हाँ, अब देखूँ तुम्हारी उस यवनी दासी का हस्तकौशल।"

स्वर्णसेन ने पिटक से निकालकर शूकर के भुने हुए मांस-खंड अम्बपाली के सामने रख दिए, अभी वे कुछ गर्म थे। अम्बपाली ने हँसते-हँसते उन्हें खाते हुए कहा, "युवराज, तुम्हारी उस यवनी दासी का कल्याण हो, तुम भी तनिक चखकर देखो, बहुत अच्छे बने हैं। मुझे सन्देह है, कहीं इसमें प्रेम का पुट तो नहीं है!"

युवराज ने हँसकर कहा, "क्या कोई ईर्ष्या होती है देवी?"

"क्या दासी के प्रेम से? नहीं भाई, मैं इस भीषण प्रेम से घबराती हूँ। क्या मैं तुम्हें बधाई दूँ युवराज?"

"ओह देवी, आप बड़ी निष्ठुर हैं!"

"परन्तु यह यवनी दासी कदाचित् नवनीत-कोमलांगी है?"

"भला देवी की दासी से तुलना क्या?"

"तुलना की एक ही कही युवराज, तुलना न होती तो यह अधम गणिका उसके प्रेम से ईर्ष्या कैसे कर सकती थी भला!"

युवराज स्वर्णसेन अप्रतिभ हो गए। उन्होंने कहा, "मुझसे अपराध हो गया देवी, मुझे क्षमा करें।"

"यह काम सोच-विचारकर किया जाएगा, अभी यह मधुर कुरकुरा शूकर मांस-खंड चखकर देखो।" उन्होंने हँसते-हँसते एक टुकड़ा स्वर्णसेन के मुख में ठूँस दिया।

हठात् अम्बपाली का मुँह सफेद हो गया और स्वर्णसेन जड़ हो गए। इसी समय एक भयानक गर्जना से वन-पर्वत कम्पायमान हो गए। हरी-हरी घास चरते हुए अश्व उछलने और हिनहिनाने लगे, पक्षियों का कलरव तुरन्त बन्द हो गया।

परन्तु एक ही क्षण में स्वर्णसेन का साहस लौट आया। उन्होंने कहा, "शीघ्रता कीजिए देवी, सिंह कहीं पास ही है।" उन्होंने अश्वों को संकेत किया, अश्व कनौती काटते आ खड़े हुए। अश्व पर अम्बपाली को सवार करा स्वयं अश्व पर सवार हो, धनुष पर शर-सन्धान कर वे, सिंह किस दिशा में है, यही देखने लगे।

अम्बपाली अभी भी भयभीत थी, अश्व चंचल हो रहे थे। अम्बपाली ने स्वर्णसेन के निकट अश्व लाकर भीत मुद्रा से कहा, "सिंह क्या बहुत निकट है?"

और तत्काल ही फिर एक विकट गर्जन हुआ, साथ ही सामने बीस हाथ के अन्तर पर झाड़ियों में एक मटियाली वस्तु हिलती हुई दीख पड़ी। अम्बपाली और स्वर्णसेन को सावधान होने का अवसर नहीं मिला। अकस्मात् ही एक भारी वस्तु अम्बपाली के

अश्व पर आ पड़ी। अश्व अपने आरोही को ले लड़खड़ाता हुआ खड्ड में जा गिरा। इससे स्वर्णसेन का अश्व भड़ककर अपने आरोही को ले तीर की भाँति भाग चला। स्वर्णसेन उसे वश में नहीं रख सके।

रंग में भंग

युवराज स्वर्णसेन को लेकर उनका अश्व जो बिगड़कर भागा तो युवराज के बहुत प्रयत्न करने पर भी बीच में रुका नहीं। स्वर्णसेन पर भी सिंह के आक्रमण का आतंक तो था ही, देवी अम्बपाली के सिंह द्वारा आक्रान्त होने का भारी विषाद छा गया। सूर्यास्त के समय जब अत्यन्त अस्त-व्यस्त दशा में अकेले स्वर्णसेन मधुवन में पहुँचे, तो वहाँ बड़ा कोलाहल हो रहा था। जगह-जगह लकड़ी के बड़े-बड़े ढेर जल रहे थे और उन पर शशक, वराह, महिष और तित्तिर भूने जा रहे थे। ढेर के ढेर मैरेय, द्राक्षा, माध्वीक पात्रों में भरी-धरी जा रही थी और उसे पी-पीकर सब लोग उन्मत्त हो रहे थे। मांस के भूनने की सोंधी सुगन्ध आ रही थी। कोई ताल-सुर से और कोई ताल-सुर भंग होकर भी निर्द्वंद्व गा रहे थे।

स्वर्णसेन अपने अश्व पर लटक गए थे, अश्व पसीने से तर था और मुख से फेन उगल रहा था। ज्यों ही लोगों की दृष्टि उन पर पड़ी, वे स्तम्भित-से आमोद-प्रमोद छोड़कर उनकी ओर दौड़े। देखते-देखते सामन्तपुत्रों, सेट्ठिपुत्रों और राजकुमारों ने उन्हें घेर लिया, वे विविध भाँति प्रश्न करने लगे।

देवी अम्बपाली को न देखकर प्रत्येक व्यक्ति विचलित हो रहा था। सहारा देकर सूर्यमल्ल ने युवराज को अश्व से उतारा, थोड़ी गौड़ीय एक पात्र में भरकर मुँह से लगाई, एक ही साँस में पीकर युवराज ने वेदनापूर्ण स्वर में कहा, "मित्रो, अनर्थ हो गया! देवी अम्बपाली को सिंह आक्रान्त कर गया!"

वज्रपात की भाँति यह समाचार सम्पूर्ण शिविर में फैल गया। सभी आमोद-प्रमोद रुक गए और सर्वत्र सन्नाटा छा गया। धीरे-धीरे स्वर्णसेन ने सम्पूर्ण घटना कह सुनाई। वह कहने लगे, "ज्यों ही हिंस्र सिंह गर्जन करके देवी अम्बपाली के ऊपर झपटा मैंने बाण-सन्धान किया, परन्तु शोक, सिंह के धक्के से विचलित होकर मेरा अश्व बेबस होकर भाग निकला। मैंने देवी अम्बपाली को सिंह की भारी देह के साथ गिरते देखा है। हाय, मित्रो, अब मैं जनपद में मुँह दिखाने योग्य नहीं रह गया।"

महाअट्टवी-रक्षक सूर्यमल्ल ने तत्काल पुकारकर दीपशलाकाएँ जलाने और अपना अश्व लाने की आज्ञा दी। उन्होंने घटनास्थल पूछताछ कर बाणों से भरा तूणीर अपने कन्धे पर डाल और नग्न खड्ग हाथ में लेकर गहन वन में प्रवेश किया। पचासों प्यादे मशालें ले-लेकर उनके आगे-पीछे चले। अनेक सामन्तपुत्र अश्वों पर सवार हो हाथों में नग्न खड्ग, शक्ति, धनुष-बाण लिये साथ हो लिये।

परन्तु सम्पूर्ण रात्रि अनुसन्धान करने पर भी वे देवी अम्बपाली का शरीर न पा सके, उन्होंने देवी के अश्व का मृत शरीर देखा। सिंह ने अपनी थाप से उसकी दो पसलियाँ

उखाड़ ली थीं, परन्तु देवी का कहीं पता न था। वन का कोना-कोना छान डाला गया। सिंह का शरीर भी वहाँ न था। सभी ने यही समझ लिया कि सिंह अम्बपाली के शरीर को किसी कन्दरा में उठा ले गया और महामहिमामयी वैशाली की जनपद-कल्याणी देवी अम्बपाली को खा गया।

प्रभात के धूमिल प्रकाश में वे थकित, भग्न-हृदय, खिन्न योद्धा युवक नीचे मुँह लटकाए मधुवन में लौट आए। उन्हें देखते ही मधुवन का वासन्ती पवन लोगों के रुदन से भर गया।

देवी अम्बपाली के बहुमूल्य मीनध्वज रथ पर सुकुमारी मदलेखा औंधा मुँह किए सिसक-सिसककर रो रही थी। सभी के मुँह से एक ही बात निकल रही थी कि देवी अम्बपाली को सिंह ने खा लिया।

तत्काल ही जो जैसा था उसी स्थिति में मधुवन से चल दिया और एक दंड सूर्य बढ़ते-बढ़ते वैशाली की गली-गली में देवी अम्बपाली के सिंह द्वारा खा लिए जाने की कथा फैल गई। श्रेष्ठिचत्वर की सभी हाटें तुरन्त बन्द हो गईं। संथागार का गणसन्निपात तुरन्त स्थगित कर दिया गया। समस्त वैशाली का गण देवी अम्बपाली के सिंह द्वारा खा लिए जाने से शोक-सन्ताप-मग्न हो गया।

साहसी चित्रकार

अम्बपाली ने आँखें खोलीं, उनकी स्मृति काम नहीं दे रही थी। उन्होंने आँखें फाड़-फाड़कर इधर-उधर देखा। सामने उनका अश्व मरा पड़ा था। उसके निकट ही वह भीमाकार सिंह भी। उसे देखते ही अम्बपाली के मुँह से चीख निकल पड़ी। इसी समय किसी ने हँसकर कहा, “डरो मत मित्र, सिंह मर चुका है।”

अम्बपाली ने देखा—एक छरहरे गात का लम्बा-सा युवक सामने एक शिलाखंड पर खड़ा मुस्करा रहा है। अम्बपाली से आँखें चार करते हुए उसने कहा, “सिंह मर चुका मित्र; क्या तुम्हें अधिक चोट आई है? मैं उठने में सहायता दूँ?”

अम्बपाली अपने पुरुषवेश को स्मरण कर संकट में पड़ी। उन्होंने घबराकर कहा, “नहीं-नहीं, धन्यवाद, मुझे चोट नहीं आई, मैं ठीक हूँ।” यह कहकर वह व्याकुल सी अपने अस्त-व्यस्त वस्त्रों को ठीक करने लगीं।

युवक ने तनिक निकट आकर हँसते हुए कहा, “वाह मित्र, तुम्हारा तो कंठ-स्वर भी स्त्रियों-जैसा है, कदाचित् कोई सेट्ठिपुत्र हो? किसी सामन्तपुत्र के संगदोष से मृगया को निकल पड़े?”

अम्बपाली ने सिर हिलाकर सहमति प्रकट की।

“ठीक है,और कदाचित् आखेट में आने का यह प्रथम ही अवसर है?”

“हाँ मित्र, पहला,” अम्बपाली ने झेंप मिटाने को मुस्कराकर कहा।

युवक एक बार खूब ठठाकर हँस पड़ा। उसने कहा, “और तुम्हें पहले-पहल सिंह के आखेट में आने के लिए तुम्हारे उसी मित्र ने सम्मति दी होगी जो तुम्हारे साथ था?”

"जी हाँ, परन्तु वे हैं कहाँ?"

"सम्भवत: वह सुरक्षित अपने डेरे में पहुँच गए होंगे। सिंह की गर्जना सुनकर उनका घोड़ा ऐसा भागा कि मैं समझता हूँ कि वह बिना अपने वासस्थल पर गए रुकेगा नहीं।"

इतना कहकर युवक फिर 'ही-ही' करके हँसने लगा। उसने कहा, "बड़ा कौतुक हुआ मित्र, मैं उस पुष्करिणी के उस छोर पर बैठा अस्तंगत सूर्य का एक चित्र बना रहा था। कोई आखेट करने इधर आए हैं, यह मैं तुम लोगों की बातचीत तथा अश्वों की भनक सुनकर समझ गया था। हठात् सिंह-गर्जन सुन मैंने इधर-उधर देखा तो तुम लोगों से दस हाथ दूरी पर सिंह को आक्रमण के लिए समुद्यत तथा तुम लोगों को असावधान देखकर मैं बरछा लिये इधर को लपका। सो अच्छा ही हुआ, ज्यों ही सिंह विकट गर्जन करके तुम्हारे अश्व पर उछला, मेरा बरछा उसकी पसलियों को चीरकर हृदय में जा अड़ा। तुम खड्ड में गिर पड़े। सिंह तुम्हारे अश्व को लेकर इधर गिरा, उधर तुम्हारे मित्र को लेकर उनका अश्व एकदम हवा हो गया। खेद है मित्र तुम्हारा वह सुन्दर काम्बोजी अश्व मर गया।"

अम्बपाली अवाक् रहकर मृत अश्व को देखने लगीं। फिर उन्होंने कहा, "धन्यवाद मित्र, तुमने प्राणरक्षा कर ली है। परन्तु अब मैं मधुवन तक कैसे पहुँचूँ भला? सूर्य तो अस्त हो रहा है।"

"असम्भव है। एक मुहूर्त में अन्धकार घाटी में फैल जाएगा। दुर्भाग्य से तुम्हारा अश्व मर गया है और इस समय अश्व मिलना सम्भव नहीं है,तथा मधुवन यहाँ से दस कोस पर है, जा नहीं सकते मित्र। पर चिन्ता न करो, आओ, आज रात मेरी कुटिया में विश्राम करो मेरे साथ।"

"तुम्हारे साथ! आज रात! असम्भव।" अम्बपाली ने सूखते कंठ से कहा और व्याकुल दृष्टि से युवक की ओर देखा।

युवक ने और निकट आकर कहा, "असम्भव क्यों मित्र। परन्तु निस्सन्देह तुम बड़े सुकुमार हो, कुटिया तुम्हारे योग्य नहीं, पर कामचलाऊ कुछ आहार और शयन की व्यवस्था हो जाएगी। यहाँ पर तो अकेले वन में रात व्यतीत करना तुम्हारे-जैसे सुकुमार किशोर के लिए उपयुक्त नहीं, निरापद भी नहीं है।"

अम्बपाली ने कुछ सोचकर कहा, "मित्र, तुम क्या यहीं कहीं निकट रहते हो?"

"कुछ दिन से, उस सामने की टेकरी पर,उस कुटिया को देख रहे हो न?"

"देख रहा हूँ, पर तुम इस विजन वन में करते क्या हो?"

युवक ने हँसकर कहा, "चित्र बनाता हूँ। यहाँ का सूर्यास्त उन पर्वतों की उपत्यकाओं में ऐसा मनोरम है कि मैं मोहित हो गया हूँ।"

"तो तुम चित्रकार हो मित्र?"

"देख नहीं रहे हो, यह रंग की कूर्चिका और यह चित्रपट!"

"हूँ, और यह बर्छा? यह अमोघ हस्तलाघव? यह अभय पौरुष? यह सब भी चित्रकला में काम आने की वस्तुएँ हैं?"

युवक फिर हँस पड़ा। उसने कहा, "मित्र, केवल कंठ-स्वर ही नहीं, बात कहने का और प्रशंसा करने का ढंग भी तुम्हारा स्त्रैण है, कुपित मत होना। इस हिंस्र अगम

वन में एकाकी बैठकर चित्र बनाना, बिना इन सब साधनों के तो बन सकता नहीं, परन्तु बातों-ही-बातों में सूर्य अस्त हो जाएगा तो तुम्हें कुटी तक पहुँचने में कठिनाई होगी। आओ चलें मित्र, क्या मैं तुम्हें हाथ का सहारा दूँ? कहीं चोट तो नहीं आई है?"

"नहीं-नहीं, धन्यवाद! मैं चल सकने योग्य हूँ, तुम आगे-आगे चलो मित्र!"

और कुछ न कहकर अपनी रंग की तूलिका, कूर्च और चित्रपट हाथ में ले तथा बर्छा कंधे पर डाल आड़ी-टेढ़ी पार्वत्य पगडंडियों पर वह तरुण निर्भय लम्बे-लम्बे डग भरता चल खड़ा हुआ और उसके पीछे अछताती-पछताती देवी अम्बपाली पुरुष-वेश के असह्य भार को ढोती हुईं।

कुटी तक पहुँचते-पहुँचते सूर्यास्त हो गया। अम्बपाली को इससे बड़ा ढाढ़स हुआ। उनकी कृत्रिम पुरुष-वेश की त्रुटियाँ उस धूमिल प्रकाश में प्रकट नहीं हुईं, परन्तु इस नितान्त एकान्त निर्जन वन में एकाकी अपरिचित युवक के साथ रात काटना एक ऐसी कठिन समस्या थी जिसने देवी अम्बपाली को बहुत चल-विचलित कर दिया।

कुटी पर पहुँचकर युवक ने देवी को प्रांगण में एक शिला दिखाकर कहा, "इस शिला पर क्षण-भर बैठो मित्र, मैं प्रकाश की व्यवस्था कर दूँ।"

इतना कहकर और बिना ही उत्तर की प्रतीक्षा किए वह कुटी में घुस गया। पत्थर घिसकर उसने आग जलाई। फिर उसने बाहर आकर कहा, "उस मंजूषा में आवश्यक वस्त्र हैं और उस घड़े में जल है, सामने के ताक पर कुछ सूखा हरिण का मांस और फल रखे हैं, अपनी आवश्यकतानुसार ले लो। संकोच न करना। मैं थोड़ा ईंधन लेकर अभी आता हूँ।"

इतना कहकर कुटी द्वार से एक भारी कुल्हाड़ी उठा कंधे पर रखकर लम्बे-लम्बे डग भरता हुआ वह अन्धकार में विलीन हो गया।

मंजुघोषा का प्रभाव

कुटिया में सामग्री बहुत संक्षिप्त थी। परन्तु कुटी में घुसते ही जिस वस्तु पर अम्बपाली की दृष्टि पड़ी, उसे देखते ही वह आश्चर्यचकित हो गईं। वह जड़वत् खड़ी उस वस्तु को देखती रह गईं। वह वस्तु एक महाघ वीणा थी जो चन्दन की चौकी पर रखी थी। वीणा का विस्तार तो अद्‌भुत था ही, उसका निर्माण भी असाधारण था। वह साधारण मनुष्य के कौशल से बनी प्रतीत नहीं होती थी। उस पर अति अलौकिक हाथीदाँत की पच्चीकारी का काम हो रहा था और उसमें जो तुम्बे काम में लाए गए थे उनके विस्तार तथा सुडौलता का वर्णन ही नहीं हो सकता था। देवी अम्बपाली बड़ी देर तक उस वीणा को आँखें फाड़-फाड़कर देखती रहीं, उन्होंने उसे पहचान लिया था। वह इस बात से बड़ी विस्मित थीं कि इस असाधारण वीणा को लाया कौन? और इस कुटी के एकान्त स्थान में इस दिव्य वीणा को लेकर रहने तथाच अनायास ही दुर्दान्त सिंह को मार गिराने की शक्तिवाला यह सरल वीर तरुण है कौन?

एक बार उन्होंने फिर सम्पूर्ण कुटिया में दृष्टि फेंकी, दूसरी ओर पर्णभित्ति पर

दो-तीन बर्छे, एक विशाल धनुष और दो तूणीर बाणों से सम्पन्न टँगे थे, एक भारी खड्ग भी एक कोने में लटक रहा था। कुटी के बीचोबीच एक बड़ा-सा शिलाखंड था जिस पर एक सिंह की समूची खाल पड़ी थी। उस पर एक आदमी भलीभाँति सो सकता था। एक कोने में एक काष्ठ-मंजूषा, दूसरे में मिट्टी की एक कुम्भकारिका जल से भरी रखी थी। यही उस कुटी की सम्पदा थी। यह सब घूमती दृष्टि से देख देवी अम्बपाली उसी अमोघ वीणा को ध्यानपूर्वक देखती ठगी-सी रह गईं। उनके मस्तिष्क में कौशाम्बीपति उदयन का मिलन-क्षण चित्रित होने लगा।

युवक ने वेग से सिर का बोझ एक ओर कुटी के बाहर फेंक दिया। फिर वह भारी-भारी पैर रखता हुआ कुटी में आया। पदध्वनि सुन अम्बपाली ने युवक की ओर देखा। युवक ने अचकचाकर कहा, "अरे, अभी तक तुमने वस्त्र भी नहीं बदले? न थोड़ा आहार ही किया? वहाँ खड़े उस वीणा को क्यों ताक रहे हो मित्र।"

"किन्तु यह वीणा तुमने पाई कहाँ से?" अम्बपाली ने खोये-से स्वर में पूछा।

"तो तुम इसे पहचानते हो मित्र?"

"निश्चय, यह कौशाम्बी के देव-गन्धर्व-पूजित महाराज उदयन की अमोघ वीणा मंजुघोषा है, जो गन्धर्वराज चित्रसेन ने महाराज को दी थी।"

"वही है, पर तुम इसे पहचानते कैसे हो मित्र? इसका इतिहास तुम्हें कैसे विदित हुआ? यह तो अतिगुप्त बात है?" तरुण ने कुछ आश्चर्य-मुद्रा में कहा।

"मैंने इसे बजते हुए देखा है।"

"बजते हुए देखा है? असम्भव!"

"देखा है मित्र!" अम्बपाली ने अति गम्भीर स्वर में कहा।

"कहाँ?"

"देवी अम्बपाली के आवास में?"

"देवी अम्बपाली के आवास में? किसने इसे बजाया था मित्र, तुम स्वप्न देख रहे हो?"

"कदाचित् स्वप्न ही हो, नहीं तो यह वीणा इस एकान्त कुटी में? आश्चर्य! अति आश्चर्य!"

"परन्तु इसे तुमने बजते देखा था? किसने बजाया था मित्र?"

"पृथ्वी पर एक ही व्यक्ति तो इसे बजा सकता है।"

"महाराज उदयन?"

"हाँ वही।"

"और वे देवी अम्बपाली के आवास में आए थे?"

"गत वसन्त में महाराज ने वीणा बजाई थी और देवी ने अवश नृत्य किया था।"

"और तुमने वह नृत्य देखा था मित्र? देवी अम्बपाली के नृत्य को देखने की सामर्थ्य किसमें है? उनकी दासियाँ जो नृत्य करती हैं वही देव-दानव और नरलोक के लिए दुर्लभ है।"

"परन्तु मैंने देखा था, इस अमोघ वीणा के प्रभाव से अवश हो देवी ने नृत्य किया था।"

तरुण कुछ देर एकटक देवी अम्बपाली के मुँह की ओर देखता रहा, फिर बोला, "तुम सत्य कहते हो मित्र, पर क्या देवी अम्बपाली से तुम्हारा परिचय है?"

"यथेष्ट है।"

"यथेष्ट? तब तुम क्या मुझे उपकृत करोगे?"

"आज के उपकार के बदले में?" अम्बपाली ने हँसकर कहा।

"नहीं-नहीं मित्र, परन्तु मेरी एक अभिलाषा है।"

"क्या उसे मैं जान सकता हूँ?"

"गोपनीय क्या है मित्र, मैं चाहता हूँ, एक बार देवी अम्बपाली मेरे सम्मुख वही नृत्य करें।"

"तुम्हारे सम्मुख? तुम्हारा साहस तो प्रशंसनीय है मित्र!"

अम्बपाली वेग से हँस पड़ी।

तरुण ने क्रुद्ध होकर कहा, "इतना क्यों हँसते हो मित्र?"

परन्तु अम्बपाली हँसती ही रहीं; फिर उन्होंने हँसते-हँसते कहा, "खूब कहा तुमने मित्र, देवी अम्बपाली तुम्हारे सम्मुख नृत्य करेंगी! क्या तुम जानते हो, देवी का नृत्य देखने के लिए देव-गन्धर्व भी समर्थ नहीं हैं!"

तरुण खीज उठा, उसने कहा, "जितना तुम हँस सकते हो हँसो मित्र, पर मैं कहे देता हूँ, देवी अम्बपाली को मेरे सम्मुख नृत्य करना पड़ेगा।"

"और तुम कदाचित् तब यह वीणा उसी प्रकार बजाओगे, जैसे महाराज उदयन ने बजाई थी।" अम्बपाली ने प्रच्छन्न व्यंग्य करते हुए कहा।

"निश्चय!" तरुण के नेत्रों से एक ज्योति निकलने लगी।

तरुण के इस संक्षिप्त उत्तर से अम्बपाली विजड़ित हो गईं। उन्हें महाराज उदयन की वह अद्भुत भेंट याद आ गई। उन्होंने धीमे स्वर से कहा, "क्या कहा? तुम इस वीणा को बजाओगे?"

"निश्चय!" तरुण ने कुछ कठोर स्वर से कहा।

"क्या तुम इसे तीन ग्रामों में एक ही साथ बजा सकते हो मित्र?"

"निश्चय!" तरुण उत्तेजना के मारे खड़ा हो गया। अम्बपाली ने कहा, "किसने तुम्हें यह सामर्थ्य दी, सुनूँ तो!"

"स्वयं कौशाम्बीपति महाराज उदयन ने। पृथ्वी पर दो व्यक्ति यह वीणा बजा सकते हैं।"

"एक महाराज उदयन," अम्बपाली ने तीखे स्वर में पूछा, "और दूसरे?"

"दूसरा मैं!" तरुण ने दर्प से कहा।

अम्बपाली क्षण-भर जड़ रहकर बोलीं, "अस्तु, परन्तु तुम मुझसे क्या सहायता चाहते हो मित्र?"

"अति साधारण, तुम देवी तक मेरा यह अनुरोध पहुँचा दो कि वे यहाँ मेरी कुटी में आकर एक बार मेरे सम्मुख वही नृत्य करें जो उन्होंने अमोघ गान्धर्वी मंजुघोषा वीणा पर महाराज उदयन के सम्मुख किया था।"

"इस कुटी में आकर! तुम पागल तो नहीं हो गए मित्र! तुम मेरे प्राणत्राता

अवश्य हो, पर मैं तुम्हारा अनुरोध नहीं ले जा सकता। देवी अम्बपाली तुम्हारी कुटी में आएँगी भला!"

"और उपाय नहीं हैं मित्र, देवी के उस कुत्सित सर्वजन-सुलभ आवास में तो मैं नहीं जाऊँगा!"

अम्बपाली के हृदय के एक कोने में आघात हुआ, परन्तु उन्होंने उस अद्भुत तरुण से कुटिल हास्य भौंहों में छिपाकर कहा, "तुम्हारा यह कार्य मैं कर दूँगा तो मुझे क्या मिलेगा?"

"जो माँगो मित्र, इस वीणा को छोड़कर।"

"वीणा नहीं, केवल वह नृत्य मुझे देख लेने देना?"

"यह न हो सकेगा, मानव-चक्षु उसे देख नहीं सकेंगे। महाराज का यही आदेश है।"

"तब मैं तुम्हारी सहायता नहीं कर सकता।"

तरुण ने खीजकर कहा, "जाने दो मित्र, मैं अपना कोई दूसरा मार्ग ढूँढ़ लूँगा। किन्तु अरे, अभी मुझे भोजन-व्यवस्था भी करनी है; तुम वस्त्र बदलो मित्र, मैं घड़ी भर में आता हूँ।"

तरुण ने बर्छा उठाया और तेजी से बाहर चला गया।

अम्बपाली ने बाधा देकर कहा, "इस अन्धकार में अब वन में कहाँ भटकोगे मित्र?"

"वह कुछ नहीं, यह मेरा नित्य व्यापार है। वहाँ उस कन्दरा में मेरा आखेट है, मैं अभी लाता हूँ।"

तरुण वैसे ही लम्बे-लम्बे डग भरता अन्धकार में खो गया, अम्बपाली उसे ताकती रह गईं।

एकान्त वन में

उस एकान्त वन में गर्भ में स्थापित इस निर्जन कुटी में, दीपक के टिमटिमाते प्रकाश में देवी अम्बपाली एकाकिनी उस कुटी के मध्य में स्थापित शिलाखंड पर बैठी कुछ देर एकटक उस दिव्य वीणा को देखती रहीं।

वह गत वर्ष की उस रहस्यपूर्ण भेंट को भूली नहीं थीं, जब कौशाम्बीपति उदयन रहस्यपूर्ण रीति से अम्बपाली के क्रीड़ोद्यान में पहुँचे थे। उनका दिव्य रूप, गम्भीर मुखमुद्रा और अप्रतिम सौकुमार्य देखकर अम्बपाली चित्रखचित-सी रह गई थीं और उनके इंगित पर इस वीणा के प्रभाव से अवश होकर उन्होंने अपार्थिव नृत्य किया था। पहले वह नृत्य के लिए तैयार नहीं थीं, परन्तु जिस समय वह अमोघ वीणा तीन ग्रामों में उस नररत्न ने बजाई, तब उसके हस्तलाघव तथा वीणा की मधुर झंकार से कुछ ही क्षणों में अम्बपाली आत्मविभोर होकर नृत्य करने लगी थीं। वीणा की गति के साथ ही आतर्कित रीति से उनका पद-निपेक्ष भी द्रुत-द्रुततर-द्रुततम होता गया था और अन्त में वह क्षण आया था जब अम्बपाली के रक्त का प्रत्येक बिन्दु वीणा की उस झंकार के साथ उन्मत्त-असंयत हो गया था। उन्हें ऐसा प्रतीत होने लगा था जैसे

उनके अंग से ज्वालामुखी का अग्नि-समुद्र फूट पड़ा है। उससे वह तो विदग्ध नहीं हुईं, किन्तु उन्हें ऐसा भास होने लगा था, मानो वह अग्नि-समुद्र विश्व को विदग्ध कर रहा है। तब देवी अम्बपाली ने अपने कुसुम-कोमल गात्र को देवविष्ट पाया था। वह मानो स्वयंभू विराट पुरुष की प्रतिमूर्ति बनीं, प्रलय-काल की महासमुद्र में उठी बड़वाग्नि की ज्वालाओं के बीच प्रलय के ध्वंस से त्रास पाए नरलोक, द्युलोक और सात पाताल के परे परमानन्द, तृप्ति और इन्द्रियातीत आनन्द से भरी, केवल चरण के अंगुष्ठ के एक नख-मात्र पर वसुन्धरा का भार स्थिर कर स्वयं अस्थिर भाव से नाच रही हैं और वह दिव्य गन्धर्व-रूप प्रियदर्शी उदयन विद्युत्-गति से उस महार्घ वीणा के तारों पर महामेघ गर्जना के नाद से ब्रह्मांड को प्रकम्पित कर रहा है। कैसे वह नृत्य समाप्त हुआ था और कैसे महाराज उदयन उस दिव्य वीणा को लेकर अम्बपाली के उद्यान से सहसा अन्तर्धान हो गए थे, यह सब आज अम्बपाली के मानस-चक्षुओं में घूम गया। वह बड़ी देर तक भावमग्न-सी जड़ बनी बैठी रहीं; फिर चैतन्य होने पर उन्होंने अपने पुरुष-वस्त्रों के भीतर वक्षस्थल में धारित महाराज उदयन की प्रदत्ता बड़े-बड़े गुलाबी मोतियों की माला को मोह-सहित स्पर्श किया। वह उस अद्‌भुत आश्चर्यजनक स्वप्न की-सी घटना को कभी स्वप्न में और कभी जाग्रत ही कितनी ही बार मानस-चक्षुओं से देख चुकी हैं। फिर भी वह अब भी उनकी स्मृति से मोह में पड़ जाती हैं। वह इतना ही समझती हैं कि आगन्तुक पुरुष गन्धर्व-अवतार कौशाम्बीपति महाराज उदयन दिव्य पुरुष हैं।

आज इतने दिन बाद उसी असाधारण वीणा को यहाँ एकान्त कुटी में देख और यह जानकर कि यह एकान्तवासी युवक, जो भावुक, चित्रकार, सरल, अतिथिसेवी और दुर्धर्ष योद्धा तथा कठिन कर्मठ होने के अपने प्रमाण कुछ ही क्षणों में दे चुका है, वास्तव में इस महामहिमामयी दिव्य वीणा को भी बजा सकता है और कदाचित् उसी कौशल से, जैसे उस दिन महाराज उदयन ने बजाई थी, इसी से वह मेरा नृत्य भी कराना चाहता है, परन्तु उसकी स्पर्धा तो देखनी चाहिए कि वह मेरे आवास में जाने में अपना मान-भंग मानता है, जहाँ स्वयं प्रियदर्शी महाराज उदयन ने प्रार्थी होकर नृत्य-याचना की थी।

कौन है यह लौह पुरुष? कौन है यह साधारण और असाधारण का मिश्रण, कौन है यह अति सुन्दर, अति भव्य, अति-मधुर, अति कठोर? यह पौरुष की अक्षुण्ण मूर्ति! जीवन, प्रगति और विकास का महापुंज! कैसे वह उनकी अन्तरात्मा में बलात् प्रविष्ट होता जा रहा है।

अम्बपाली की दृष्टि उसी वीणा पर थी, उन्हें हठात् उस वीणा के मध्य-से एक मुख प्रकट होता-सा प्रतीत हुआ, यह उसी युवक का मुख था। कैसा प्रफुल्ल गौर, कैसा प्रिय, अम्बपाली ने कुछ ऐसी अनुभूति की, जो अब तक उन्हें नहीं हुई थी। अपने हृदय की धड़कन वह स्वयं सुनने लगीं। उनका रक्त जैसे तप्त सीसे की भाँति खौलने और नसों में घूमने लगा। उनके नेत्रों के सम्मुख शत-सहस्र-लक्ष-कोटि रूपों से वही मुख पृथ्वी, आकाश और वायुमंडल में व्याप्त हो गया। उस मुख से वज्र-ध्वनि में सहस्र-सहस्र बार ध्वनित होने लगा, "नाचो अम्बपाली, नाचो, वही नृत्य, वही नृत्य!"

और अम्बपाली को अनुभव हुआ है कि कोई दुर्धर्ष विद्युत्धारा उनके कोमल गात में प्रविष्ट हो गई है। वह असंयत होकर उठीं। कब उनके कमनीय कुन्तलों से कृत्रिम पुरुष-वेष लोप हो गया, उन्हें भान नहीं रहा। उन्हें प्रतीत हुआ मानो वही प्रिय युवक उस चौकी पर बैठकर वैसे ही कोशल से वीणा पर तीन ग्रामों से अपना हस्तलाघव प्रकट कर रहा है, उसकी झंकार स्पष्ट उनके कानों में विद्युत्-प्रवाह के साथ प्रविष्ट होने लगी और असंयत, असावधान अवस्था में उनके चरण थिरकने लगे। आप-ही-आप उनकी गति बढ़ने लगी और वह आत्मविस्मृत होकर वही अपार्थिव नृत्य करने लगीं।

अपार्थिव नृत्य

युवक ने समूचा भुना हुआ हरिण कंधे पर लादकर ज्यों ही कुटी में प्रवेश किया, वह वहाँ का दृश्य देखकर आश्चर्यचकित जड़वत् रह गया। उसने देखा—पारिजात-कुसुम-गुच्छ की भाँति शोभाधारिणी एक अनिंद्य सुन्दरी दिव्यांगना कुटी में आत्म-विभोर होकर असाधारण नृत्य कर रही है।

उसके सुचिक्कण, घने पादचुम्बी केश-कुन्तल मृदु पवन में मोहक रूप में फैल रहे हैं। स्वर्ण-मृणाल-सी कोमल भुज-लताएँ सर्पिणी की भाँति वायु में लहरा रही हैं। कोमल कदली-स्तम्भ-सी जंघाएँ व्यवस्थित रूप में गतिमान होकर पीन नितम्बों पर आघात-सा कर कटि-प्रदेश को ऐसी हिलोर दे रही हैं जैसे समुद्र में ज्वार आया हो। कुन्दकली-सा धवल गात, चन्द्रकिरण-सी उज्ज्वल छवि और मुक्त नक्षत्र-सा दीप्तिमान मुखमंडल—सब कुछ अलौकिक था। क्षण-भर में ही युवक विवश हो गया। उसने आखेट एक ओर फेंककर वीणा की ओर पद बढ़ाया। अम्बपाली के पदक्षेप के साथ वीणा आप ही ध्वनित हो रही थी। युवक ने वीणा उठा ली, उस पर उँगली का आघात किया, नृत्य मुखरित हो उठा।

अब तो जैसे ज्वालामुखी ने ज्वलित, द्रवित सत्त्व भूगर्भ से पृथ्वी पर उँडेलने प्रारम्भ कर दिए हों, जैसे भूचाल आ गया हो, पृथ्वी डगमग करने लगी हो। वीणा की झंकृति पर क्षण-भर के लिए देवी अम्बपाली सावधान होतीं और फिर भाव-समुद्र में डूब जातीं।

उसी प्रकार देवी सम पर ज्यों ही पदक्षेप करतीं और निमिषमात्र को युवक की उँगली सम पर आकर तार पर विराम लेती, तो वह निमिष-भर को होश में आ जाता। धीरे-धीरे दोनों ही बाह्यज्ञान-शून्य हो गए। सुदूर नील गगन में टिमटिमाते नक्षत्रों की साक्षी में, उस गहन वन के एकान्त कक्ष में ये दोनों ही कलाकार पृथ्वी पर दिव्य कला को मूर्तिमती करते रहे—करते ही रहे। उनके पार्थिव शरीर जैसे उनसे पृथक् हो गए। उनका पार्थिव ज्ञान लोप हो गया, जैसे वे दोनों कलाकार पृथ्वी के प्रलय हो जाने के बाद समुद्रों के भस्म हो जाने पर, सचराचर वसुन्धरा के शेष-लीन हो जाने पर, वायु की लहरों पर तैरते हुए, ऊपर आकाश में उठते चले गए हों और वहाँ पहुँच गए हों जहाँ

भूः नहीं, भुवः नहीं, स्वः नहीं, पृथ्वी नहीं, आकाश नहीं, सृष्टि नहीं, सृष्टि का बन्धन नहीं, जन्म नहीं, मरण नहीं, एक नहीं, अनेक नहीं, कुछ नहीं, कुछ नहीं!

पीड़ानन्द

जब देवी अम्बपाली की संज्ञा लौटी, तब कुछ देर तक तो वह यही न जान सकीं कि वह कहाँ हैं। दिन निकल आया था—कुटी में प्रकाशरेख के साथ प्रभात की सुनहरी धूप छनकर आ रही थी। सावधान होने पर अम्बपाली ने देखा कि वह भूमि पर अस्त-व्यस्त पड़ी हैं। वह उठ बैठीं, कुटी में कोई नहीं था। उन्होंने पूर्व दिशा की एक खिड़की खोल दी। सुदूर पर्वतों की चोटियाँ धूप में चमक रही थीं, वन पक्षियों के कलरव से मुखरित हो रहा था, धीरे-धीरे उन्हें रात की सब बातें याद आने लगीं। वीणा वैसी ही सावधानी से उसी चन्दन की चौकी पर रखी थी। तब क्या रात उसने स्वप्न देखा था? या सचमुच ही उसने नृत्य किया था! उसे स्मरण हो आया, एक गहरी स्मृति की संस्कृति उदय हो रही थी। वही युवक आत्मलीन होकर वीणा बजा रहा था। क्या सचमुच पृथ्वी पर महाराज उदयन को छोड़ दूसरा भी एक व्यक्ति वैसी ही वीणा बजा सकता है? तब कौन है यह युवक? क्या यह संसार-त्यागी, निरीह व्यक्ति कोई दैवशापग्रस्त देवता है, अथवा कोई गन्धर्व, यक्ष, असुर या कोई लोकोत्तर सत्त्व मानव-रूप धर इस वन में विचरण कर रहा है!

देवी अम्बपाली अति व्यग्र होकर उसी युवक का चिन्तन करने लगीं। क्या उन्होंने सम्पूर्ण रात्रि अकेले ही उस कुटी में उसी के साथ व्यतीत की है? तो अब वह इस समय कहाँ है? कहाँ है वह?

अम्बपाली एक ही क्षण में उस कुटी में उस युवक के अभाव को इतना अधिक अनुभव करने लगीं जैसे समस्त विश्व में ही कुछ अभाव रह गया हो। उनकी इच्छा हुई कि पुकारें—कहाँ हो, कहाँ हो तुम, अरे ओ, अरे ओ कुसुम-कोमल, वज्र-कठिन, तुमने कैसे मुझे आक्रान्त कर लिया?...देवी अम्बपाली विचारने लगीं, आज तक कभी भी तो ऐसा नहीं हुआ था, किसी पुरुष को देखकर, स्मरण करके—जैसा आज हो रहा है। पुरुष-जाति-मात्र मेरी शत्रु है, मैं उससे बदला लूँगी। उसने मेरे सतीत्व का बलात् हरण किया है। जब से मैंने दुर्लभ सप्तभूमि प्रासाद में पदार्पण किया है, कितने सामन्त, सेट्ठिपुत्र, सम्राट् और राजपुत्र सम्पदा और सौन्दर्य लेकर मेरे चरणों से टकराकर खंड-खंड हो गए। क्या अम्बपाली ने कभी किसी को पुरुष समझा? वे सब निरीह प्राणी अम्बपाली की करुणा और विराग के ही पात्र बनें। अचल हिमगिरि शृंग की भाँति अम्बपाली का सतीत्व अचल रहा, डिगा नहीं, हिला नहीं, विचलित हुआ नहीं, वह वैसा ही अस्पर्श-अखंड बना रहा...यह सोचते-सोचते अम्बपाली गर्व में तनकर खड़ी हो गईं, फिर उनकी दृष्टि उस वीणा पर गई। वह सोचने लगीं—किन्तु अब यह अकस्मात् ही क्या हो गया? वह अचल हिमगिरि-शृंग-सम गर्वीली अम्बपाली का अजेय सतीत्व आज विगलित होकर उस मानव के चरण पर लोट रहा है? उन्होंने आर्तनाद

करके कहा, "अरे मैं आक्रान्त हो गई, मैं असम्पूर्ण हो गई, मैं निरीह नारी कैसे इस दर्पमूर्ति पौरुष के बिना रह सकती हूँ? परन्तु वह मुझे आक्रान्त करके छिप कहाँ गया? उसने केवल मेरी आत्मा ही को आक्रान्त किया, शरीर को क्यों नहीं? यह शरीर जला जा रहा है, इसमें आबद्ध आत्मा छटपटा रही है, इस शरीर के रक्त की एक-एक बूँद 'प्यास-प्यास' चिल्ला रही है, इस शरीर की नारी अकेली रुदन कर रही है। अरे ओ, आओ, तुम, इसे अकेली न छोड़ो! अरे ओ पौरुष, ओ निर्मम, कहाँ हो तुम; इसे आक्रान्त करो, इसे विजय करो; इसे अपने में लीन करो। अब एक क्षण भी नहीं रहा जाता। यह देह, यह अधम नारी-देह, नारीत्व की समस्त सम्पदा-सहित इस निर्जन वन में अकेली अरक्षित पड़ी है, अपने अदम्य पौरुष से अपने में आत्मसात् कर लो तुम, जिससे यह अपना आपा खो दे; कुछ शेष न रहे।"

अम्बपाली ने दोनों हाथों से कसकर अपनी छाती दबा ली। उनकी आँखों से आग की ज्वाला निकलने लगी, लुहार की धौंकनी की भाँति उनका वक्षस्थल ऊपर-नीचे उठने-बैठने लगा। उसका समस्त शरीर पसीने के रुपहले बिन्दुओं से भर गया। उसने चीत्कार करके कहा, "अरे ओ निर्मम, कहाँ चले गए तुम, आओ, गर्विणी अम्बपाली का समस्त दर्प मर चुका है, वह तुम्हारी भिखारिणी है, तुम्हारे पौरुष की भिखारिणी।" उसने उन्मादग्रस्त-सी होकर दोनों हाथ फैला दिए।

युवक ने कुटी-द्वार खोलकर प्रवेश किया। देखा, कुटी के मध्य भाग में देवी अम्बपाली उन्मत्त भाव से खड़ी है, बाल बिखरे हैं, चेहरा हिम के समान श्वेत हो रहा है, अंग-प्रत्यंग काँप रहे हैं।

उसने आगे बढ़कर अम्बपाली को अपने आलिंगन-पाश में बाँध लिया, और अपने जलते हुए होंठ उसके होंठों पर रख दिए, उसके उछलते हुए वक्ष को अपनी पसलियों में दबोच लिया, सुख के अतिरेक से अम्बपाली संज्ञाहीन हो गईं, उनके उन्मत्त नेत्र मुँद गए, अमल-धवल दन्तपंक्ति से अस्फुट सीत्कार निकलने लगा, मस्तक और नासिका पर स्वेद-बिन्दु हीरे की भाँति जड़ गए। युवक ने कुटी के मध्य भाग में स्थित शिलाखंड के सहारे अपनी गोद में अम्बपाली को लिटाकर उसके अनगिनत चुम्बन ले डाले—होंठ पर, ललाट पर, नेत्रों पर, गंडस्थल पर, भौंहों पर, चिबुक पर। उसकी तृष्णा शान्त नहीं हुई। अग्निशिखा की भाँति उसके प्रेमदग्ध होंठ उस भाव-विभोर युवक की प्रेम-पिपासा को शतसहस्र गुणा बढ़ाते चले गए।

धीरे-धीरे अम्बपाली ने नेत्र खोले। युवक ने संयत होकर उनका सिर शिलाखंड पर रख दिया। अम्बपाली सावधान होकर बैठ गईं, दोनों ही लज्जा के सरोवर में डूब गए और उनकी आँखों के भीगे हुए पलक जैसे आनन्द-जल के भार को सहन न कर नीचे की ओर झुकते ही चले गए। युवक ही ने मौन भंग किया। उसने कहा, "देवी अम्बपाली, मुझे क्षमा करना, मैं संयत न रह सका।"

अम्बपाली प्यासी आँखों से उसे देखती रहीं। उसके बाद सूखे होंठों में हँसी भरकर उन्होंने कहा, "अन्ततः तुमने मुझे जान लिया प्रिय!"

"कल जिस क्षण मैंने आपको नृत्य करते देखा था, तभी जान गया था देवी!"

"वह नृत्य तुम्हें भाया?"

"नरलोक में न तो कोई वैसा नृत्य कर सकता है और न देख ही सकता है देवी!"

"और वह वीणा-वादन?"

"कुछ बन पड़ता है, पर अभी अधिकारपूर्ण नहीं। मैं तुम्हारे साथ बजा सकूँगा इसकी आशा न थी, पर तुम्हारे नृत्य ने ही सहायता दी।"

"ऐसा तो महाराज उदयन भी नहीं बजा सकते प्रिय!" देवी ने मुस्कराकर कहा। युवक हँस दिया, कुछ देर तक दोनों चुप रहे। दोनों के हृदय आन्दोलित हो रहे थे। युवक पर अम्बपाली का परिचय एवं नाम प्रकट हो गया था, पर अम्बपाली अभी तक उस पुरुष से नितान्त अनभिज्ञ थीं, जिसने उनका दुर्जय हृदय जीत लिया था। किन्तु वह पूछने का साहस नहीं कर सकती थीं। कुछ सोच-विचार के बाद उन्होंने कहा, "इसके बाद?"

युवक ने यंत्र-चालित-सा होकर कहा, "अब इसके बाद?"

"मुझे अपने आवास में जाना होगा प्रिय, परन्तु मैं तुम्हारा कुल-गोत्र एवं तुम्हारे नाम से भी परिचित नहीं, अपना परिचय देकर बाधित करो।"

"मुझे तुम 'सुभद्र' के नाम से स्मरण रख सकती हो।"

"अभी ऐसा ही सही, तो प्रिय, सुभद्र, अब मुझे जाना होगा।"

"अभी नहीं देवी अम्बपाली!"

अम्बपाली ने प्रश्नसूचक ढंग से युवक की ओर देखा।

युवक ने कहा, "तुम्हें फिर नृत्य करना होगा।"

"नृत्य?"

"हाँ, और उसमें कठिनाई यह होगी कि मैं वीणा न बजा सकूँगा।"

"परन्तु..."

"मैं तुम्हारी नृत्य-छवि का चित्र खींचूँगा।"

"परन्तु अब नृत्य नहीं होगा।"

"निस्सन्देह इस बार नृत्य होगा तो प्रलय हो जाएगी, परन्तु नृत्य का अभिनय होगा।"

"अभिनय?"

"हाँ, वह भी अनेक बार।"

"अनेक बार!"

"मुझे प्रत्येक भाव-विभाव को चित्र में अंकित करना होगा देवी!"

"और मेरा आवास में जाना?"

"तब तक स्थगित रहेगा।"

"किन्तु..." अम्बपाली चुप रहीं।

युवक ने कहा, "किन्तु क्या देवी?"

"यहाँ क्यों? तुम आवास में आकर चित्र उतारो।"

"तुम्हारे आवास में! जो सार्वजनिक है! जो तुम्हें तुम्हारे शुल्क में दिया गया है! देवी अम्बपाली, मैं लिच्छवि गणतंत्र का विषय नहीं हूँ। मैं इस धिक्कृत कानून को सहन नहीं कर सकता, जिसके आधार पर तुम्हारी अप्रतिम प्रतिमा बलात् सार्वजनिक कर दी गई।"

"तो वह तुम्हारी दृष्टि में एक व्यक्ति की वासना की सामग्री होनी चाहिए थी?"

"क्यों नहीं, और वह एक व्यक्ति तुम्हीं स्वयं, और कोई नहीं।"

"यह तो बड़ी अद्‌भुत बात तुमने कही भद्र, किन्तु मैं अपनी ही वासना की सामग्री कैसे?"

"सभी तो ऐसे हैं देवी! व्याकरण का जो उत्तम पुरुष है, वही पृथ्वी की सबसे बड़ी इकाई है और वही अपनी वासना का भोक्ता है। उसकी वासना ही अपनी स्पर्धा के लिए, व्याकरण का मध्यम पुरुष नियत करती है।"

अम्बपाली चुपचाप सुनती रहीं। युवक ने फिर कहा, "इसी से तो जब तुम्हारी वासना का भोग, तुम्हारा वह अलौकिक व्यक्तित्व बलात् सार्वजनिक कर दिया गया, तब तुम कितनी क्षुब्ध हो गई थीं!"

अम्बपाली इस असाधारण तर्क से अप्रतिभ हो गईं। वह सोच रही थीं, पृथ्वी पर एक ऐसा व्यक्ति अन्ततः है तो, जिसके तलवों में मेरे आवास पर आते छाले पड़ते हैं, जो मुझे सार्वजनिक स्त्री के रूप में नहीं देख सकता। आह, मैं ऐसे पुरुष को हृदय देकर कृतकृत्य हुई, शरीर भी देती तो शरीर धन्य हो जाता। परन्तु इसे तो मैं बेच चुकी मुँह-माँगे मूल्य पर, हाय रे वेश्या जीवन!"

युवक ने कहा, "क्या सोच रही हो देवी?"

"यही कि जिसने प्राणों की रक्षा की उसका अनुरोध टाला कैसे जा सकता है?"

सुभद्र ने मुस्कराकर रंग की प्यालियों को ठीक किया और कूची हाथ में लेकर चित्रपट को तैयार करने लगा। कुछ ही क्षणों में दोनों कलाकार अपनी-अपनी कलाओं में डूब गए। चित्रकार जैसी-जैसी भाव-भंगी का संकेत अम्बपाली को करता, अम्बपाली यंत्रचालिता के समान उसका पालन करती जाती थी। देखते-ही-देखते चित्रपट पर दिव्य लोकोत्तर भंगिमा-युक्त नृत्य की छवि अंकित होती गई। दोपहर हो गई, दोनों कलाकार थककर चूर-चूर हो गए। श्रमबिन्दु उनके चेहरों पर छा गए। हँसकर अम्बपाली ने कहा, "अब नहीं, अब पेट में आँतें नृत्य कर रही हैं; उतारोगे तुम इनकी छवि प्रिय?"

युवक सरल भाव से हँस पड़ा। उसने हाथ की कूची एक ओर डाल दी और अम्बपाली के पार्श्व में शिलाखंड पर आ बैठा। अम्बपाली के शरीर में सिहरन दौड़ गई।

युवक ने कहा, "देवी अम्बपाली! कभी हम इन दुर्लभ क्षणों के मूल्य का भी अंकन करेंगे?"

"उसके लिए तो जीवन की अगणित साँसें हैं। किन्तु तुम भी करोगे प्रिय?"

"ओह, तुमने मेरी शक्ति देखी तो?"

"देखी है। उस समय एक ही वार में अनायास ही सिंह को मार डालने में और इसके बाद उससे भी कम प्रयास से अधम अम्बपाली को आक्रान्त कर डालने में। अब और भी कुछ शक्ति-प्रदर्शन करोगे?"

"इन दुर्लभ क्षणों के मूल्य का अंकन करने में देवी अम्बपाली, आपकी अभी बखानी हुई मेरी सम्पूर्ण शक्ति भी समर्थ नहीं होगी।"

वह हठात् मौन हो गया। अम्बपाली पीपल के पत्ते के समान काँपने लगीं। युवक का शरीर उनके वस्त्रों से छू रहा था। मध्याह्न का सुखद पवन धीरे-धीरे कुटिया में तैर

रहा था, उसी से आन्दोलित होकर अम्बपाली की दो-एक अलकावलियाँ उनके पूर्ण चन्द्र के समान ललाट पर क्रीड़ा कर रही थीं। युवक ने अम्बपाली का हाथ अपने दोनों हाथों में लेकर कहा, "देवी अम्बपाली, यदि मैं यह कहूँ कि मैं तुम्हें प्यार करता हूँ तो यह वास्तव में बहुत कम है; मैं जो कुछ भी वाणी से कहूँ अथवा अंग-परिचालन से प्रकट करूँ वह सभी कम हैं, बहुत ही कम। फिर भी मैं एक बात कहूँगा देवी, अब और फिर भी सदैव याद रखना कि मैं तुम्हारा उपासक हूँ, तुम्हारे अंग-प्रत्यंग का, रूप-यौवन का, तुम्हारी गर्वीली दृष्टि का, संस्कृत आत्मा का। तुम सप्तभूमि प्रासाद में विश्व की सम्पदाओं को चरण-तल से रूँधते हुए सम्राटों और कोट्याधिपतियों के द्वारा मणिमुक्ता के ढेरों के बीच में बैठी हुई जब भी अपने इस अकिंचन उपासक का ध्यान करोगी—इसे अप्रतिम ही पाओगी।"

युवक जड़वत् अम्बपाली के चरणतल में खिसककर गिर गया। अम्बपाली भी अर्ध-सुप्त-सी उसके ऊपर झुक गई। वह पीली पड़ गई थीं, उनका हृदय धड़क रहा था। बड़ी देर बाद उसके वक्षस्थल पर अपना सिर रखे हुए अम्बपाली ने धीरे से कहा, "तुमने अच्छा नहीं किया भद्र, मेरा सर्वस्व हरण कर लिया, अब मैं जीऊँगी कैसे—यह तो कहो?" उन्होंने युवक के प्रशस्त वक्ष में अपना मुँह छिपा लिया और सिसक-सिसककर बालिका की भाँति रोने लगीं। फिर एकाएक उन्होंने सिर उठाकर कहा, "मैं नहीं जानती तुम कौन हो, मुनष्य हो कि देव, गन्धर्व, किन्नर या कोई मायावी दैत्य हो, मुझे तुमने समाप्त कर दिया है भद्र! चलो, विश्व के उस अतल तल पर, जहाँ हम कल नृत्य करते-करते पहुँच गए थे, वहाँ हम-तुम एक-दूसरे में अपने को खोकर अखंड इकाई की भाँति रहें।"

"सो तो रहने ही लगे प्रियतमे, कल उस मुद्रावस्था में जहाँ पहुँचकर हम लोग एक हो गए हैं, वहाँ अखंड इकाई के रूप में हम यावच्चन्द्र दिवाकर रहेंगे। अब यह हमारा-तुम्हारा पार्थिव शरीर कहीं भी रहकर अपने भोग भोगे, इससे क्या! और यदि हम इसकी वासना ही के पीछे दौड़ें तो प्रिये, प्रियतमे, मैं अधम अपरिचित तो कुछ नहीं हूँ, पर तुम्हारा सारा वैयक्तिक महत्त्व नष्ट हो जाएगा।"

वह धीरे से उठा, अपने वक्ष पर जड़वत् पड़ी अम्बपाली को कोमल सहारा देकर उसका मुख ऊँचा किया।

एक मृदु-मधुर चुम्बन उसके अधरों पर और नेत्रों पर अंकित किया और कहा, "कातर मत हो प्रिये प्राणाधिके, तुम-सी बाला पृथ्वी पर कदाचित् ही कोई हुई होगी, मैं तुम्हें अनुमति देता हूँ—अपनी विजयिनी भावनाओं को विश्व की सम्पदा के चूड़पर्यन्त ले जाना, मेरी शुभकामना तुम्हारे साथ रहेगी प्रिये!"

अम्बपाली के मुँह से शब्द नहीं निकला। आहार करके सुभद्र ने कुछ समय के लिए कुटी से बाहर जाने की अनुमति लेकर कहा, "मैं सूर्यास्त से प्रथम ही आ जाऊँगा प्रिये, तुम थोड़ा विश्राम कर लेना। तब तक यहाँ कोई भय नहीं है।

और सूर्यास्त के समय संध्या के अस्तंगत लाल प्रकाश के नीचे गहरी श्यामच्छटा शोभा को निरखते हुए, वे दोनों असाधारण प्रेमी कुटी-द्वार पर स्थित शिलाखंड पर बैठे अपनी-अपनी आत्मा को विभोर कर रहे थे।

अभिन्न हृदय

उसी शिलाखंड पर गहन-तिमिराच्छन्न नीलाकाश में हीरे की भाँति चमकते हुए तारों की परछाईं में दोनों प्रेमी हृदय एक-दूसरे को आप्यायित कर रहे थे। युवक शिला का ढासना लगाए बैठा था और अम्बपाली उसकी गोद में सिर रखकर लेटी हुई थी।

अम्बपाली ने कहा, "प्रिय, क्या भोग ही प्रेम का पुरस्कार नहीं है?"

"नहीं प्रिये, भोग तो वासना का यत्किंचित् प्रतिकार है।"

"और वासना? क्या वासना प्रेम का पुष्प नहीं?"

"नहीं प्रिये, वासना क्षुद्र इन्द्रियों का नगण्य विकार है।"

"परन्तु प्रिय, इस वासना और भोग ने तो विश्व की सम्पदाओं को भी जीत लिया है।"

"विश्व की सम्पदाएँ भी तो प्रिये, भोग का ही भोग हैं।"

"जब विश्व की सम्पदाएँ भोग और वासनाओं को अर्पण कर दी गईं, तब प्रेम के लिए क्या रह गया?"

"आनन्द!"

"कौन-सा आनन्द प्रिय?"

"जो इन्द्रिय के भोगों से पृथक् और मन की वासना से दूर है; जिसमें आकांक्षा भी नहीं, उसकी पूर्ति का प्रयास भी नहीं और पूर्ति होने पर विरक्ति भी नहीं, जैसी कि भोगों में और वासना में है।"

"परन्तु प्रिय, शरीर में तो वासना-ही-वासना है और भोग ही उसे सार्थक करते हैं!"

"इसी से तो प्रेम के शैशव ही में शरीर भोगों में व्यय हो जाता है, प्रेम का स्वाद उसे मिल कहाँ पाता है? प्रेम को विकसित होने को समय ही कहाँ मिलता है!"

"तब तो..."

"हाँ-हाँ प्रिये, यह मानव का परम दुर्भाग्य है, क्योंकि प्रेम तो विश्व-प्राणियों में उसे ही प्राप्त है, भोग और वासना तो पशु-पक्षियों में भी है पर मनुष्य पशु-भाव से तनिक भी तो आगे नहीं बढ़ पाता है।"

"तब तो प्रिय, यौवन और सौन्दर्य कुछ रहे ही नहीं।"

"क्यों नहीं, मनुष्य का हृदय तो कला का उद्गम है। यौवन और सौन्दर्य—ये दो ही तो कला के मूलाधार हैं। विश्व की सारी ही कलाएँ इसी में से उद्‌भासित हुई हैं प्रिये; इसी से, यदि कोई यथार्थ पौरुषवान पुरुष हो और यौवन और सौन्दर्य को वासना और भोगों की लपटों में झुलसने से बचा सके, तो उसे प्रेम का रस चखने को मिल सकता है। प्रिये, देवी अम्बपाली, वह रस अमोघ है। वह आनन्द का स्रोत है, वर्णनातीत है। उसमें आकांक्षा नहीं, वैसे ही तृप्ति भी नहीं, इसी प्रकार विरक्ति भी नहीं। वह तो जैसे जीवन है, अनन्त प्रवाहयुक्त शाश्वत जीवन, अतिमधुर, अतिरम्य, अतिमनोरम! जो कोई उसे पा लेता है उसका जीवन धन्य हो जाता है।"

अम्बपाली ने दोनों मृणाल-भुज युवक के कंठ में डालकर कहा, "प्रियतम, मैंने उसे पा लिया।"

"तो तुम निहाल हो गईं प्रिये, प्राणाधिके!"

"मैं निहाल हो गई, निहाल हो गई, अपना सुख, अपना आनन्द मैं कैसे तुम्हें बताऊँ?" उन्होंने आनन्द-विह्वल होकर कहा।

"आवश्यकता नहीं प्रिये! प्रेम की अथाह धारा में प्रेम की मन्दाकिनी मिल गई है, तुम्हारे अवर्णनीय आनन्द की अनुभूति मैं अपने रक्त प्रवाह में कर रहा हूँ।"

युवक ने धीरे से नीचे झुककर अम्बपाली के प्रफुल्ल होंठों का चुम्बन लिया। अम्बपाली ने भी चुम्बन का प्रत्युत्तर देकर युवक के वक्षस्थल में अपना मुँह छिपा लिया।

कुछ देर बाद युवक ने कहा, "मौन कैसे हो गई प्रिये?"

"कुछ कहने को तो रहा ही नहीं अब।"

"सब कुछ जान गईं?"

"सब कुछ!"

"सब कुछ समझ गईं?"

"सब कुछ।"

"तुम धन्य हुईं प्रिये, तुम अमर हो गईं!"

युवक ने धीरे से अम्बपाली को अपने बाहुपाश से मुक्त करके कहा, "तो अब विदा प्रिये, कल के सुप्रभात तक।"

अम्बपाली का मुख सूख गया। उसने कहा, "तुम कहाँ सोओगे?"

"सामने अनेक गुफाएँ हैं, किसी एक में।"

"किन्तु..."

"किन्तु नहीं प्रिये!" युवक ने हँसकर एक बार अम्बपाली के होंठों पर और एक चुम्बन अंकित किया और भारी बर्छा कंधे पर रख, कंधे का वस्त्र ठीक कर, अन्धकार में विलीन हो गया।

अम्बपाली, देवी अम्बपाली उस भूमि पर—जहाँ अभी-अभी युवक के चरण पड़े थे, अपना वक्ष रगड़-रगड़कर आनन्द-विह्वल हो आँसुओं की गंगा बहाने लगीं।

विदा

सात दिन के अनवरत प्रयत्न से चित्र बनकर तैयार हो गया। इसके लिए अम्बपाली को प्रत्येक भाव-विभाव के लिए अनेक बार नृत्य करना पड़ा। जो चित्र सम्पूर्ण हुआ वह साधारण चित्र न था, वह मूर्तिमती कला थी। देवी अम्बपाली की अलौकिक शरीर-छटा और कला का विस्तार ही उस चित्र में न था, उसमें अम्बपाली की असाधारण संस्कृत आत्मा तक प्रतिबिम्बित थी। वह चित्र वास्तव में सम्पूर्ण रीति पर आँखों से नहीं देखा जा सकता था। उसे देखने के लिए दिव्य भावुकता की आवश्यकता थी। चित्र को देखकर अम्बपाली स्वयं भी चित्रवत् हो गईं।

चित्र की समाप्ति पर सांध्य भोजन के उपरान्त जब युवक गुफा में शयन के लिए जाने लगा, तब उसने कहा, "प्रियतमे, आज इस कुटी में तुम्हारी अन्तिम रात्रि है, कल भोर ही में हम नगर को चलेंगे। मैं अश्व लेता आऊँगा प्रिये! तनिक जल्दी तैयार हो

जाना। मैं सूर्योदय से प्रथम ही तुम्हें नगर-पौर पर छोड़कर लौट आना चाहता हूँ। दिन के प्रकाश में मैं नगर में जाना नहीं चाहता।"

कल उसे इस कुटिया से चला जाना होगा, यह सुनकर अम्बपाली का हृदय वेग से धड़क उठा; वह कहना चाहती थी—कल क्यों प्रिय, मुझे अभी और यहीं रहने दो, सदैव रहने दो, पर वह कह न सकीं। उनकी वाणी जड़ हो गई।

युवक ने कहा, "कुछ कहना है प्रिये?"

"बहुत कुछ, परन्तु कहूँ कैसे?"

"कहो प्रिय, कहो!"

"तुम छद्मवेशी गूढ़ पुरुष हो, मुझे अपने निकट ले आओ, प्रिय मुझे परिचय दो।"

युवक ने सूखी हँसी हँसकर कहा, "इतना होने पर भी परिचय की आवश्यकता रह गई प्रिये? मैं तुम्हारा हूँ यह तो जान ही गईं; और जो ज्ञेय होगा, यथासमय जानोगी; उसके लिए व्याकुलता क्यों?"

कुछ देर चुप रहकर अम्बपाली ने कहा, "तुमने कहाँ से यह अगाध ज्ञान-गरिमा प्राप्त की है भद्र, और यह सामर्थ्य?"

"ओह, मैं तक्षशिला का स्नातक हूँ प्रिये, तिस पर अंग-बंग, कलिंग, चम्पा, ताम्रपर्णी और सम्पूर्ण जम्बूद्वीपस्थ पूर्वीय उपद्वीपों में मैं भ्रमण कर चुका हूँ और मेरा यह शरीर-सम्पत्ति पैतृक है।"

क्षण-भर स्तब्ध खड़ी रहकर अम्बपाली युवक के चरणों में झुक गईं, उन्होंने कहा, "भद्र, अम्बपाली तुम्हारी अनुगत शिष्या है।"

"और गुरु भी!" युवक ने अम्बपाली को हृदय से लगाकर कहा।

"गुरु कैसे?"

"फिर जानोगी प्रिये, अभी विदा, सुप्रभात के लिए।"

"विदा प्रिय!"

"युवक अन्धकार में खो गया और देवी अम्बपाली अपने-आप में ही खो गईं।

वह रात-भर भूमि पर लेटी रहीं, युवक की पद-धूलि को हृदय से लगाए।

एक दंड रात रहे, युवक ने कुटी-द्वार पर आघात किया।

"तैयार हो प्रिये!"

"हाँ भद्र!"

युवक भीतर आ गया।

"क्या रात को सोईं नहीं प्रियतमे?"

"सोना-जागना एक ही हुआ प्रिय!"

युवक कुछ देर चुप रहा। फिर एक गहरी साँस छोड़कर उसने कहा, "अश्व बाहर है। क्या कुछ समय लगेगा?"

"नहीं, चलो!"

युवक ने वह चित्र और वीणा उठा ली। उसने सिंह की खाल आगे रखकर कहा, "यह उसी सिंह की खाल है। कहो तो इसे तुम्हारी स्मृति में रख लूँ?"

"वह तुम्हारी ही है प्रिय। इस अधम शरीर की खाल, हाड़, मांस, आत्मा, भी।"

अम्बपाली की आँखों से मोती बिखरने लगे।

दोनों धीरे-धीरे कुटी से बाहर हुए। अम्बपाली के जैसे प्राण निकलने लगे। नीचे आकर देखा—एक ही अश्व है।

"एक अश्व क्यों?"

"तुम्हारे लिए।"

"और तुम?"

"मैं तुम्हारा अनुचर पदातिक।"

"परन्तु पदातिक क्यों?"

"तुम्हारे गुरुपद के कारण।"

"यह नहीं हो सकेगा, प्रिय!"

"अच्छी तरह हो सकेगा, आओ, मैं आरोहण में सहायता करूँ।"

"परन्तु तुम पदातिक क्यों भद्र?"

"मुझे देवी अम्बपाली के साथ-साथ अश्व पर चलने की क्षमता नहीं है। प्रिये, देवी अम्बपाली लोकोत्तर सत्त्व हैं।"

युवक का कंठ-स्वर काँपने लगा।

अम्बपाली ने उत्तर नहीं दिया, वह चुपचाप अश्व पर चढ़ गईं। युवक पदातिक चलने लगा। दोनों धीरे-धीरे उपत्यका में उतरने लगे।

उषा का प्रकाश प्राची दिशा को पीला रंग रहा था, वृक्ष और पर्वत अपनी ही परछाईं के अनुरूप अन्धकार की मूर्ति बने थे। उसी अन्धकार में से, वन के निविड़ भाग में होकर वह अश्वारोही और उसका संगी, दोनों धीरे-धीरे वैशाली के नगर-द्वार पर आ खड़े हुए।

अभी द्वार बन्द थे। युवक ने आघात किया, प्रश्न हुआ—"कौन है यह?"

"चित्रभू, मित्र!"

"ठीक है ठहरो, खोलता हूँ।" भारी सूचिका-यंत्र के घूमने का शब्द हुआ और मन्द चीत्कार करके नगर-द्वार खुल गया।

युवक ने अश्व के निकट जा अम्बपाली से मृदु कंठ से कहा, "विदा प्रिये!"

"विदा प्रियतम!"

दोनों ही के स्वर कम्पित थे, वीणा और चित्र देवी को देकर युवक तीव्र गति से लौटकर वन के अन्धकार में विलीन हो गया और अम्बपाली धीरे-धीरे अपने आवास की ओर चली।

वैशाली की उत्सुकता

जैसे देवी अम्बपाली के सिंह द्वारा आक्रान्त होकर निधन का समाचार आग की भाँति वैशाली के जनपद में फैल गया था, वैसे ही देवी के अकस्मात् लौट आने से नगर में हलचल मच गई। सप्तभूमि प्रासाद के चमकते स्वर्ण-कलशों के बीच विविध मीन-ध्वज

वायु में लहराने लगे। प्रासाद के सिंहपौर पर महादुन्दुभि अनवरत बजने लगी। उसका गम्भीर घोष सुनकर वैशाली के नागरिक निद्रा से जागकर आँखें मलते हुए सप्तभूमि-प्रासाद की ओर दौड़ चले। देवी की आज्ञा से सम्पूर्ण प्रासाद फूलों, पताकाओं, तोरणों और रत्नजटित बन्दनवारों से सजाया गया। भृत्य और बन्दी चाँदी के तूणीरों द्वारा बारम्बार गगनभेदी नाद करने लगे।

नागरिकों का ठट्ठ प्रासाद के बाहरी प्रांगण और सिंहपौर पर एकत्रित हो गया था। सभी देवी के इस प्रकार अकस्मात् लोप हो जाने और फिर अकस्मात् ही अपने आवास में लौट आने की रहस्यपूर्ण अद्‌भुत कहानी विविध भाँति कह रहे थे। सर्वत्र यह बात प्रसिद्ध हो गई कि देवी अम्बपाली को गहन वन में क्रीड़ारत गन्धर्वराज चित्ररथ गन्धर्वलोक में ले गए थे, वहाँ गन्धर्वराज ने मंजुघोषा वीणा स्वयं बजाई थी और समस्त दिव्यदेहधारी गन्धर्यों के सम्मुख देवी अम्बपाली ने अपार्थिव नृत्य किया था। उसकी प्रतिच्छवि गन्धर्वराज ने स्वयं निर्मित की है तथा दिव्य मंजुघोषा वीणा भी देवी को गन्धर्वराज ने दी है।

दिन-भर अम्बपाली अपने शयन-कक्ष में ही चुपचाप पड़ी रहीं। उन्होंने संध्या से प्रथम किसी को भी अपने सम्मुख आने का निषेध कर दिया था। इससे बहुत से सेट्ठिपुत्र, राजवर्गी और सामन्तकुमार आ-आकर लौट गए थे। कुछ वहीं प्रांगण और अलिन्द में टहलने लगे थे। तब विनयावनत मदलेखा ने उन सबको स्फटिक कक्ष से मृदु-मन्द मुस्कान के साथ संध्या के बाद आने को कहा। अभी देवी श्रान्त-क्लान्त हैं—यह जानकर किसी ने हठ नहीं किया। किन्तु आज के संध्या उत्सव की तैयारियाँ बड़े ठाठ से होने लगीं।

स्फटिक के दीप-स्तम्भों पर सुगन्धि तेल से भरे स्नेह-पात्र रख दिए गए। तोरण और वन्दनवारों एवं रंग-बिरंगी पताकाओं से स्वागत-गृह सजाया जाने लगा। कोमल उपधान युक्ति से रख दिए गए। शिवि, कोजव, क्षौम बिछाए गए। आसन्दी सजाई गई। रत्नजटित मद्य-पात्रों में सुवासित मद्य भरा गया। स्थान-स्थान पर चौसर बिछाई गईं। सुन्दर दासियाँ चुपचाप फुर्ती से सब काम करतीं दौड़-धूप कर रही थीं।

संध्या की लाल प्रभा अस्तंगत सूर्य के चारों ओर फैल गई और वह धीरे-धीरे अन्धकार में व्याप्त हो गई। सप्तभूमि प्रासाद सहस्र दीप-रश्मियों से आलोकित हो उठा। उसका प्रकाश रंगीन गवाक्षों से छन-छनकर नीलपद्म सरोवर पर प्रतिबिम्बित होने लगा। धीरे-धीरे नागरिक अपने-अपने वाहनों पर चढ़-चढ़कर प्रासाद के मुख-द्वार पर आने लगे। दंडधर और दौवारिक विविध व्यवस्था करने लगे। युवक नागरिक कौतूहल और उत्साह से भरे अम्बपाली को एक बार देख भर लेने को व्याकुल हो उठे। परन्तु प्रहर रात गए तक भी देवी अपने एकान्त कक्ष से बाहर नहीं निकलीं। इस समय वैशाली के श्रीमन्त तरुणों से अतिथि-गृह भर गया था। डेढ़ दंड रात बीतने पर अम्बपाली ने प्रमोद-गृह में प्रवेश किया। इस समय उनका परिधान बहुत सादा था। उनका मुख अभी भी सफेद हो रहा था। नेत्रों में विषाद और वेदना ने एक अप्रतिम सौन्दर्य ला दिया था। सेट्ठिपुत्र और सामन्त युवक देवी का स्वागत करने को आगे बढ़े। देवी अम्बपाली ने आगे बढ़कर मृदु-मन्द स्वर में कहा, "मित्रो, आपका स्वागत है, आप सब चिरंजीव रहें!"

"देवी चिरंजीवी हों," अनेक कंठों से यही स्वर निकला। देवी मुस्कराईं और आगे बढ़कर स्फटिक की एक आधारवाली पीठ पर बैठ गईं। उन्होंने स्वर्णसेन को देखकर आगे हाथ बढ़ाकर कहा, "युवराज, आगे आओ; देखो, किस भाँति हम पृथक् हुए और किस भाँति अब फिर मिले, इसको जीवन का रहस्य कहा जा सकता है।"

स्वर्णसेन ने द्रवित होकर कहा, "किन्तु देवी, मैं साहस नहीं कर सकता। देवी की आपदा का दायित्व तो मुझी पर है।"

"आपदा कैसी मित्र?"

"आह, उसे स्मरण करने से अब भी हृदय काँप उठता है! कैसा भयानक हिंस्र जन्तु था वह सिंह।"

"किन्तु वह तो एक दैवी प्रतारणा थी, मित्र, उसके बाद तो जो कुछ हुआ वह अलौकिक ही था?"

"तब क्या यह सत्य है देवी, कि आपका वन में गन्धर्वराज से साक्षात् हुआ था?" एक अपरिचित युवक ने तनिक आगे बढ़कर कहा। युवक अत्यन्त सुन्दर, बलिष्ठ और गौरांग था, उसके नेत्र नीले और केश पिंगल थे, उठान और खड़े होने की छवि निराली थी, उसका वक्ष विशाल और जंघाएँ पुष्ट थीं।

देवी ने उसकी ओर देखकर कहा, "परन्तु भद्र, तुम कौन हो? मैं पहली ही बार तुम्हें देख रही हूँ।"

स्वर्णसेन ने कहा, "यह मेरा मित्र मणिभद्र गान्धार है, ज्ञातिपुत्र सिंह के साथ तक्षशिला से आया है। वहाँ इसने आचार्य अग्निदेव से अष्टांग आयुर्वेद का अध्ययन किया है और अब यह कुछ विशेष रासायनिक प्रयोगों का क्रियात्मक अध्ययन करने आचार्य गौड़पाद की सेवा में वैशाली आया है।"

"स्वागत भद्र!" अम्बपाली ने उत्सुक नेत्रों से युवक को देखकर मुस्कराते हुए कहा, "प्रियदर्शी सिंह तो मेरे आवास के विरोधी हैं। उन्होंने तुम्हें कैसे आने दिया प्रिय और आचार्य से कैसे प्रयोग सीखोगे?"

"लौहवेध और शरीरवेध-सम्बन्धी।"

"क्या वे सब सत्य हैं, प्रिय भद्र? आचार्य गौड़पाद से तो मैं बहुत भय खाती हूँ।"

"भय कैसा देवी?"

"आचार्य की भावभंगी ही कुछ ऐसी है।" वह हँस पड़ी। युवक भी हँस पड़ा। अम्बपाली ने अपना हाथ फैला दिया। युवक ने देवी के हाथ को आदर से थाम कर कहा, "तो देवी, क्या यह सत्य है कि..."

"हाँ सत्य ही है प्रिय, उसी भाँति जिस भाँति तुम्हारे लौह वेध और शरीरवेध के वे विशिष्ट प्रयोग।"

स्वर्णसेन ने शंकित-सा होकर कहा, "तो सिंह का आक्रमण क्या प्रतारणा थी?"

"निस्सन्देह युवराज, क्या तुमने वह दिव्य वीणा और चित्र देखा नहीं?"

"देख रहा हूँ, देवी! तो इस सौभाग्य पर मैं आपको बधाई देता हूँ।"

मणिभद्र ने कहा, "मैं भी आर्ये!"

"धन्यवाद मित्रो, आज अच्छी तरह पान करो। आज मैं सम्पूर्ण हूँ, कृतकृत्य हूँ, मैं धन्य हूँ। मित्रो, मैं देवजुष्टा हूँ।"

चारों ओर देवी अम्बपाली की जय-जयकार होने लगी और तरुण बारम्बार मद्य पीने और 'देवी अम्बपाली की जय' चिल्लाने लगे।

दो बटारू

चम्पा, वैशाली और राजगृह का मार्ग जहाँ से तीन दिशाओं को जाता है, उस स्थान पर एक अस्थिक नाम का छोटा-सा गाँव था। गाँव में बस्ती बहुत कम थी, परन्तु राजमार्ग के इस तिराहे पर होने के कारण इस गाँव में आने-जाने वाले बटारू सार्थवाह और निगमों की भीड़-भाड़ बनी ही रहती थी। गाँव राजमार्ग से थोड़ा हटकर था परन्तु राजमार्ग पर ठीक उस स्थान पर, जहाँ से तीन भिन्न दिशाओं के तीन मुख्य मार्ग जाते थे, सेट्ठियों और निगमों ने अनेक सार्वजनिक और व्यक्तिगत आवास-अटारी आदि बनवाए थे। एक पान्थागार भी था, जिसका स्वामी एक बूढ़ा व्रात्य था। इन सभी स्थानों पर यात्री बने ही रहते थे।

सूर्य मध्याकाश में चमक रहा था। पान्थागार के बाहर पुष्करिणी के तीर पर एक सघन वृक्ष की छाया में एक ब्राह्मण बटारू संध्या-वन्दन कर रहा था। स्थान निर्जन था। ब्राह्मण प्रौढ़ावस्था का था। उसका वेश ग्रामीण था। वह पान्थागार में भरी हुई यात्रियों की भीड़ से बचकर यहाँ एकान्त में आकर पूजा कर रहा था। इस बटारू ब्राह्मण का वेश ग्रामीण अवश्य था, परन्तु मुख तेजवान और दृष्टि बहुत पैनी थी।

इसी समय एक और बटारू ने उसके निकट आकर थकित भाव से अपने इधर-उधर देखा और वृक्ष की छाया में बैठकर सुस्ताने लगा। ऐसा प्रतीत होता था कि उसका तन-मन दोनों ही थकित हैं। सुस्ताकर उसने वस्त्र उतार पुष्करिणी में स्नान किया और पाथेय निकाल आहर करने बैठा तो उसने ब्राह्मण की ओर देख प्रणाम किया और पूछा, "कहाँ के ब्राह्मण हैं भन्ते?"

"मगध के।"

"तो भन्ते, मेरे पास पाथेय है—भोजन करिए!"

"जैसी तेरी इच्छा गृहपति! तू कौन है?"

"सेट्ठी।"

"कहाँ का गृहपति?"

"वीतिभय का।"

"स्वस्ति गृहपति!" कहकर ब्राह्मण मौन हो गया।

जिसे ब्राह्मण ने गृहपति कहकर सम्मानित किया था, उसने कुत्तक की गाँठ खोल उसमें से एक बड़ा-सा मधुगोलक निकालकर श्रद्धापूर्वक ब्राह्मण के आगे धर दिया। दूसरा मधुगोलक वह वहीं वृक्ष की छाया में बैठकर खाने लगा। ब्राह्मण की ओर उसने पीठ कर ली।

ब्राह्मण भी भूखा था। नित्यकर्म से वह निवृत्त हो चुका था। उसने भी मधुगोलक को खाना प्रारम्भ किया। परन्तु ज्यों ही उसने मधुगोलक को तोड़ा—उसमें से मुट्ठी-भर तेजस्वी रत्न निकल पड़े। ब्राह्मण आश्चर्यचकित हो उस बटारू के मलिन वेश और दीन दशा की ओर देखने लगा। आश्चर्य बढ़ता जा रहा था। यदि यह वास्तव में इतना श्रीमन्त है कि इस ब्राह्मण को गुप्त दान देना चाहता है तो फिर इस प्रकार इसका भिक्षुक-वेश क्यों है? क्यों पदातिक एकाकी यात्रा कर रहा है? फिर ऐसे मूल्यवान रत्नों के दाम तो बहुत हैं। ब्राह्मण सोचने लगा, इसमें कोई रहस्य है।

जब दोनों भोजन कर चुके तब ब्राह्मण ने प्रसन्नदृष्टि से कहा, "बैठ गृहपति, तेरा नाम क्या है?"

बटारू ने निकट बैठते हुए कहा, "मैं कृतपुण्य हूँ, वीतिभय के सेट्ठि धनावह का पुत्र।"

"अहा, सेट्ठि धनावह! अरे, वह तो मेरा यजमान था भन्ते! तेरी जय रहे गृहपति, पर तू एकाकी कहाँ इस तरह दरिद्र बटारू की भाँति यात्रा कर रहा है?"

"मैं चम्पा जा रहा हूँ भन्ते!"

"चम्पा? इस भाँति साधन-रहित? सुनूँ तो क्यों?"

"क्या कहूँ, आर्य, मैं बड़ी विपन्नावस्था में हूँ।"

"कह भद्र, मैं तेरा पुरोहित हूँ, ब्राह्मण हूँ।"

"तो आर्य, दुष्टा माता ने मुझे घर से बहिष्कृत किया है, अब मैं चम्पा जा रहा हूँ। वहाँ मेरी मध्यमा पत्नी का पिता रहता है, वहीं उसके आश्रम में।"

"परन्तु इस अवस्था में क्यों?"

"मेरे पास धन नहीं है आर्य!"

"पाथेय कहाँ पाया?"

"माता से छिपाकर मध्यमा ने दिया।"

ब्राह्मण कुछ-कुछ मर्म समझ गया। वह सन्देह की तीखी आँखों से बटारू को देखता रहा। फिर एकाएक अट्टहास करके हँस पड़ा।

उस हँसने से अप्रतिभ हो बटारू ने कहा, "आर्य के इस प्रकार हँसने का क्या कारण है?"

"यही, कि गृहपति, तू भेद को छिपा नहीं सका।"

बटारू ने सूखे कंठ से कहा, "भेद कैसा?"

"तो तू सत्य कह, भद्र, तू कौन है?"

"जो कहा, वह क्या असत्य है?"

"असत्य ही है भद्र!"

"कैसे जाना आर्य?"

"तेरे नक्षत्र देखकर, तू तो सामन्तपुत्र है।"

ब्राह्मण ने अपनी पैनी दृष्टि से बटारू के वस्त्रों में छिपे खड्ग की नोक की ओर ताकते हुए कहा।

बटारू ने इस दृष्टि पर लक्ष्य नहीं किया। उसने पृथ्वी में गिरकर ब्राह्मण को

प्रणाम किया और कहा, "आप त्रिकालदर्शी ब्राह्मण हैं, मैं सामन्तपुत्र ही हूँ—उस दुष्टा सेट्ठनी ने मुझे अपनी चार पुत्र-वधुओं में नियुक्त किया था, तथा यथेच्छ शुल्क देने का वचन दिया था। अब पाँच सन्तति उत्पन्न कर मुझे उस मेधका ने छूछे-हाथ खदेड़ दिया। मध्यमा ने मुझे पाथेय दे चम्पा का संकेत किया है, वहाँ मैं उसकी प्रतीक्षा करूँगा।"

"परन्तु तू कौन है आयुष्मन्, अपना वास्तविक परिचय दे, मैं तेरी सब इच्छा पूरी करने में समर्थ हूँ।"

"तो आर्य, मैं लिच्छवि हूँ; और वैशाली से प्रताड़ित हूँ। मैंने वैशाली को उच्छेद करने का प्रण किया है।"

ब्राह्मण चमत्कृत हुआ। उसने उत्सुकता को दबाकर कहा, "तू लिच्छवि होकर वैशाली पर ऐसा क्रुद्ध क्यों है?"

"आर्य, वैशाली के गणों ने मेरी वाग्दत्ता अम्बपाली को नगरवधू बनाकर मेरे नागरिक अधिकारों का हरण किया है।"

"तो आयुष्मन्, तू कृतसंकल्प होकर कैसे नियुक्त हुआ? और अब फिर तू उसी मोह में है।"

"तो आर्य, मैं क्या करूँ?"

"तू वैशाली का उच्छेद कर।"

"किस प्रकार आर्य?"

"मेरा अनुगत होकर।"

"तो मैं आपका अनुगत हूँ।"

"तो भद्र, यह ले।" ब्राह्मण ने वस्त्र से निकालकर वे मुट्ठी-भर तेजस्वी रत्न उसके हाथ पर रख दिए।

रत्नों की ज्योति देख बटारू की आँखों में चकाचौंध लग गई। उसने कहा, "ये रत्न, मैं क्या करूँ?"

"इन्हें ले, और यहाँ से तीन योजन पर पावापुरी हैं वहाँ जा। वहाँ मेरा सहपाठी मित्र इन्द्रभूति रहता है, उसे यह मुद्रिका दिखाना, वह तेरी सहायता करेगा। वहाँ उसकी सहायता से तू रत्नों को बेचकर बहुत-सी विक्रेय सामग्री मोल के दास-दासी-कम्मकर संग्रह कर ठाठ-बाट से एक सार्थवाह के रूप में चम्पा जा और अपने श्वसुर गृहपति का अतिथि कृतपुण्य होकर रह। परन्तु वहाँ तू मध्यमा की प्रतीक्षा में समय नष्ट न करना! सब सामग्री बेच, श्वसुर से भी जितना धन उधार लेना सम्भव हो, ले भारी सार्थवाह के रूप में बिक्री करता और माल मोल लेता हुआ बंग, कलिंग, अवन्ती, भोज, आन्ध्र, माहिष्मती, भृगुकच्छ और प्रतिष्ठान की यात्रा कर। यह लेख ले और जहाँ-जहाँ जिन-जिन के नाम इसमें अंकित हैं, उन्हें यह मुद्रिका दिखा, उनके सहयोग से वैशाली के अभियान में अपना पूर्व परिचय गुप्त रख 'कृतपुण्य' सार्थवाह होकर प्रवेश कर। आदेश मैं तुझे वहीं दूँगा।"

ब्राह्मण की बात सुन और लक्षावधि स्वर्ण-मूल्य के रत्न उसके द्वारा प्राप्त कर उसने समझा कि यह ब्राह्मण अवश्य कोई छद्मवेशी बहुत बड़ा आदमी है। परन्तु वह

उससे परिचय पूछने का साहस नहीं कर सका। उसने विनयावनत होकर कहा, "जैसी आज्ञा, परन्तु आपके दर्शन कैसे होंगे?"

"भद्र, वैशाली के अन्तरायण में नन्दन साहू की हट्ट है, वहीं तू बटारू ब्राह्मण को पूछना। परन्तु इसकी तुझे आवश्यकता नहीं होगी। यहाँ प्रतिष्ठा-योग्य स्थान लेकर अन्तरायण में निगम-सम्मत होकर हट्ट खोल देना। तेरा वैशाली में आगमन मुझ पर अप्रकट न रहेगा।"

यह कहकर ब्राह्मण ने उसे एक लिखित भूर्जपत्र दिया और कहा, "जा पुत्र अपना कार्य सिद्ध कर!"

बटारू ने अपना मार्ग लिया। ब्राह्मण भी अपना झोला कंधे पर डाल, दंड हाथ में ले दूसरी ओर चला।

दस्यु बलभद्र

वैशाली में अकस्मात् ही एक अतर्कित भीति की भावना फैल गई। नगर के बाह्य और अन्तरायण सभी जगह बलभद्र की दुस्साहसिक डकैतियों की अनेक आतंकपूर्ण साहसिक कहानियाँ जगह-जगह सुनी जाने लगीं। जितने मुँह उतनी ही बातें थीं। सभी परिजन और राजवर्गी उत्तेजित हो उठे। परिषद् का वातावरण भी क्षुब्ध हो गया था।

पर दस्यु बलभद्र और उसके दुर्धर्ष दस्युओं को कोई पकड़ नहीं सका। अट्टवी-रक्खकों को बारम्बार सावधान करने पर भी इधर-उधर राह चलते धनपति लुटने लगे। ग्रामों से अशान्त सूचनाएँ आने लगीं। एक दिन परिषद् का राजस्व नगर में आते हुए मार्ग में लुट गया और उसके कुछ दिन बाद ही दिन-दहाड़े अन्तरायण भी लूट लिया गया। इस घटना से वैशाली में बहुत आतंक छा गया। लोग नगर छोड़कर भागने लगे। बहुतों ने अपने रत्न पृथ्वी में गाड़ दिए। परन्तु नगर के सामन्त पुत्र इन सब झंझटों से उदासीन थे। वे दिन-भर अलस भाव से संध्या होने की प्रतीक्षा में आँखें बन्द किए पड़े रहते, संध्या होने पर राज-धजकर अलंकृत हो स्वर्ण रत्न कुर्वक-कोष में भरकर और उत्सुक-आकुल भाव से सप्तभूमि प्रासाद के स्वर्ग-लोक में जाकर सुरा-सुन्दरी-संगीत के सुख-भोग और द्यूत-विनोद में आधी रात तक डूबते-उतराते। फिर आधी रात व्यतीत हो जाने पर सूना कुर्वककोष, सूने हृदय से उनींदी आँखों को खोलते-मींचते मद्य के मद में लड़खड़ाते अपने-अपने भृत्यों के कंधों का सहारा लिये, अपने-अपने वाहनों में अर्ध मृतकों के समान पड़कर अपने घर जाते और मृतक-से अत्यन्त गर्हित भाव से बेसुध होकर दोपहर तक पड़े रहते थे। विश्व में कहाँ क्या हो रहा है, यह जैसे वे भूल गए थे। उन्हें एक वस्तु याद रह गई थी, अम्बपाली की मन्द मुस्कान, उसका स्वर्गसदन सप्तभूमि प्रासाद, सुगन्धित मदिरा और अनगिनत अछूते यौवन।

युवराज स्वर्णसेन

स्वर्णसेन ने मद्य पीकर रिक्तमद्य-पात्र दासी की ओर बढ़ा दिया और अर्धनिमीलित नेत्रों से उसे घूरकर कहा, "और दे!"

दासी पात्र हाथ में लिये अवनत-वदन खड़ी रही। इस बार उसने मद्य पात्र भरा नहीं।

स्वर्णसेन ने कहा, "मद और दे हला!"

"अब नहीं।"

युवराज ने कुछ अधिक नेत्र खोलकर कहा, "अब और क्यों नहीं, दे हन्दजे, मद दे।"

"वह अधिक हो जाएगा भन्ते," दासी ने कातर वाणी से कहा।

युवराज उठकर बैठ गए। उन्होंने कुछ उत्तेजित होकर "दे हला, मद दे" कहते हुए वेग से हाथ हवा में हिलाया।

दासी ने एक बार फिर कातर नेत्रों से युवराज को देखा और फिर चुपचाप पात्र भरकर युवराज के हाथ में दे दिया। इसी समय एक दंडधर ने आकर 'महाअट्टवी-रक्खक सूर्यमल्ल' के आने की सूचना दी। सूर्यमल्ल स्वर्णसेन के अन्तरंग मित्र थे। उनके लिए कोई रोक-टोक नहीं थी। वे दंडधर के पीछे ही पीछे चले आए। स्वर्णसेन ने उद्योग करके अपनी आँखें खोलकर जिज्ञासा-भरी दृष्टि से उनकी ओर देखा। उस देखने का अभिप्राय यह था कि इस असमय में क्यों?

सूर्यमल्ल ने साभिप्राय दासी की ओर देखा। दासी नतमस्तक वहाँ से चली गई। सूर्यमल्ल ने कहा, "सुना है तुमने स्वर्ण, आज अन्तरायण लुट गया है?"

मद्यपात्र अभी भी स्वर्णसेन के होंठों से लगा था। अब उन्होंने आँखें बन्द कर लीं। सूर्यमल्ल ने उत्तेजित होकर कहा, "मैं महाबलाधिकृत का सन्देश लाया हूँ।"

"महाबलाधिकृत ने असमय में क्या सन्देश भेजा है मित्र?" स्वर्णसेन ने लड़खड़ाती वाणी से पूछा।

"यही, कि हम अभी तत्काल दस सहस्र सेना लेकर मधुवन को घेर लें।"

"अभी क्यों? फिर कभी क्यों नहीं?" उन्होंने मद्यपात्र एक ओर फेंकते हुए कहा।

"चर ने सन्देश दिया है कि दस्यु बलभद्र मधुवन में छिपा है।"

"दस्यु से तुम डरते हो सूर्यमल्ल? धिक्कार है!"

"किन्तु गणपति का आदेश है कि हम अभी दस सहस्र सैन्य..."

"परन्तु हम क्यों, तुम क्यों नहीं?"

"मैं भी साथ चलता हूँ।"

"तो चल मित्र, तनिक सहारा देकर उठा तो।"

सूर्यमल्ल ने स्वर्णसेन को उठाकर खड़ा किया। स्वर्णसेन ने लड़खड़ाते हुए कहा, "चलो अब।"

"कहाँ?"

"देवी अम्बपाली के आवास को!"

"और महाबलाधिकृत का आदेश?"

"वह कल सूर्योदय के बाद देखा जाएगा।"

"परन्तु दस्यु..."

"उस भाग्यहीन दस्यु को अभी कुछ क्षण मधुवन में विश्राम करने दो मित्र, सूर्योदय होने पर मैं उसे अपने खड्ग से खंड-खंड कर दूँगा।"

सूर्यमल्ल ने क्रुद्ध होकर कहा, "ऐसा नहीं हो सकता, महाबलाधिकृत का आदेश है।"

"होने दे मित्र, मेरी बात मान—चल अम्बपाली के आवास में, पी सुवासित मद्य, चख रूपसुधा, संगीतालाप और भोग स्वर्ग-सुख। चल मित्र!" उसने कसकर सूर्यमल्ल का हाथ पकड़ लिया।

सूर्यमल्ल ने विरक्ति से कहा, "तब तुम जाओ देवी के आवास की ओर, मैं अकेला ही मधुवन जाऊँगा।"

"अरे मित्र, तू नितान्त अरसिक है, यह चन्द्रमा की ज्योत्स्ना, यह शीतल मन्द-सुगन्ध समीर, यह मादक यौवन, यह तारों-भरी रात! चल मित्र, चल!"

युवराज एकबारगी ही सूर्यमल्ल के कंधे पर झुक गया और वे दोनों अन्धकारपूर्ण राजपथ पर धीरे-धीरे चले अम्बपाली के आवास की ओर।

प्रत्यागत

कृतपुण्य सेट्ठी की वैशाली के अन्तरायण में धूम मच गई। सेट्ठियों के निगम ने उसका स्वागत-सत्कार करने को गणनक्षत्र मनाया। नगरसेट्ठि ने उसे घर बुलाकर गन्धमाल दे सम्मानित किया। उसके ठाठ-बाट, धन-वैभव तथा विक्रेय सामग्री को देख वैशाली का सेट्ठिनिगम सन्न रह गया। सर्वत्र यही चर्चा होने लगी कि चम्पा का यह महासेट्ठि चम्पा के पतन के बाद राजकुल की सम्पूर्ण सम्पदा लेकर वैशाली में भाग आया है और अब वह वैशाली ही में रहकर व्यापार-वाणिज्य करेगा। सेट्ठि कृतपुण्य के साथ दासों, कम्मकरों, सेवकों की बड़ी भरमार थी। उनकी धन-सम्पत्ति, वाहन और अवरोध का वैभव विशाल था। घर-घर इस भाग्यवान सार्थवाह के सौभाग्य की चर्चा थी, कि कालिका द्वीप में उसे स्वर्ण-रत्न की एक खान मिल गई थी और वह उससे अपना जहाज भर लाया है। परन्तु सबसे अधिक चर्चा की वस्तु उसके आठ समुद्री अश्व थे, जो वायु-वेग के समान चंचल और मूर्ति की भाँति सुन्दर थे। इन अश्वों में से एक पर चढ़कर जब उसका पुत्र प्रातः और संध्या-समय वायु-सेवनार्थ अपने शिक्षकों और सेवकों के साथ राजमार्ग पर निकलता था, तो सब कोई अपने-अपने काम छोड़-छोड़कर उन्हीं अश्वों की, अश्व के आरोही साक्षात् कार्तवीर्य के समान सुन्दर किशोर सेट्ठिपुत्र की और गृहपति कृतपुण्य सेट्ठि की चर्चा सत्य-असत्य काल्पनिक करने लगते। बहुत लोग बहुविध अटकल अनुमान लगाते।

पाठक इस 'कृतपुण्य' को भूले न होंगे। यह भाग्य-विदग्ध हर्षदेव का नूतन संस्करण था।

वन में बटारू ब्राह्मण से विदा लेकर हर्षदेव पावापुरी गया और इन्द्रभूति ब्राह्मण से मिला। इन्द्रभूति ने उसे आदरपूर्वक अपने यहाँ ठहराकर विविध वस्त्राभूषणों से

अलंकृत कर अपने परिचितों, मित्रों और नगरनिगमों से उसका परिचय कराया तथा उसे सेट्ठिपुत्र कहकर उन्हें परिचय दिया। वहाँ उसने इन्द्रभूति की सहायता और सम्मति से बहुत-सी मूल्यवान विक्रेय सामग्री मोल ली और उसे पचास अश्वतरियों पर लाद तथा चार दास और उत्तम अश्व मोल ले, अश्वारूढ़ हो वह चम्पा में जा पहुँचा। चम्पा के गृहपति सागरदत्त के घर पर पहुँच उसने कृतपुण्य कहकर अपना परिचय दिया। सागरदत्त सेट्ठि के अनेक जलयान ताम्रलिप्त और स्वर्णद्वीपों में विविध व्यापार की सामग्री लेने-बेचने जाते रहते थे और वह अतिसमृद्ध श्रीमन्त निगमपति सेट्ठि था। उसके कोई पुत्र न था, केवल एक वही मृगावती नाम की पुत्री थी जो कृतपुण्य को ब्याही थी। उसका चिरकाल से उसे कोई समाचार नहीं मिला था। अब वह अकस्मात् अपने जामाता को देख परम हर्षित हुआ। उसने बड़े प्रेम-सम्मान से उसका स्वागत किया। उसकी सहायता से उसका सब माल अच्छे मूल्य में बिक गया और महान् धनराशि उसे प्राप्त हुई। श्वसुर से कहकर उसने वीतिभय नगरी से मृगावती और उसके पुत्र को भी बुलवा लिया और वह कुछ काल स्त्री-पुरुष और ससुराल का परिपूर्ण आनन्द भोगता रहा। फिर ब्राह्मण की बात को स्मरण कर तथा वैशाली को लौटने की उत्सुकता से श्वसुर से आग्रह कर विविध बहुमूल्य वस्तुओं से तीन जहाज भर अपनी स्त्री मृगावती, पुत्र पुंडरीक और दास-दासियों-कम्मकरों को संग ले जल-यात्रा को निकल पड़ा।

वह माल लेता-बेचता, लाभ उठाता बंग, कलिंग, अवन्ती, भोज, आन्ध्र, माहिष्मती, भृगुकच्छ और प्रतिष्ठान, जल-थल में जैसा सुयोग मिला, घूमता फिरा। उसने ब्राह्मण की दी हुई सूची के अनुसार बंग में वैश्रमणदत्त, कलिंग में वीरकृष्ण मित्र, अवन्ती में श्रीकान्त, भोज में समुद्रपाल, आन्ध्र में स्यमन्तभद्र, माहिष्मती में सुगुप्त, भृगुकच्छ में सुदर्शन और प्रतिष्ठान में सुवर्णबल से मिलकर ब्राह्मण का गूढ़ सन्देश दिया और उनका गूढ़ सन्देश ब्राह्मण के लिए प्राप्त किया।

इसी यात्रा के बीच जब वह पूर्वीद्वीप-समूहों में विचरण करता हुआ हस्तिशीर्ष द्वीप में पहुँचा, तो उसकी भेंट कई अन्य सार्थवाहों से हो गई, जो उसी की भाँति विक्रेय वस्तु द्वीप-द्वीपान्तरों में बेचने जा रहे थे। हस्तिशीर्ष द्वीप से उसने उनके साथ ही मिलकर यात्रा की। दैवसंयोग से कुछ दिन समुद्र में यात्रा करते हुए उनके समुद्रयान झंझावात में फँस गए, वे सब यान टूट-फूटकर आरोहियों सहित समुद्र में डूब गए। केवल एक पोत, जिसमें कृतपुण्य और उसके पत्नी-पुत्र दास और धन-स्वर्ण था, किसी भाँति कई दिन तक लहरों पर उथल-पुथल होता समुद्र-बीच अज्ञात और निर्जन कालिका द्वीप के किनारे जा टकराया। किसी प्रकार भूस्पर्श करने से उन लोगों को ढाढ़स हुआ। द्वीप में मीठा जल पी और स्वादिष्ट फल-मूल खाकर उन्होंने कई दिन की भूख-प्यास तृप्त की। परन्तु द्वीप जनरहित है, यह देख उन्हें दुःख हुआ। फिर भी स्वादिष्ट फल-मूल और मीठे जल की बहुतायत से उन्हें बड़ा सहारा मिला। उन्होंने अपने समुद्रयान की मरम्मत की तथा अनुकूल वायु की प्रतीक्षा में वहीं पड़े रहे।

इसी द्वीप में फल-मूल की खोज में घूमते-भटकते उसे माणिक्य और स्वर्ण की खानें मिल गईं। इस प्रकार दुर्भाग्य में से भाग्योदय देखकर वह उन्मत्त की भाँति हर्ष से नाचने लगा। उसने दासों और कम्मकरों की सहायता से स्वर्ण और रत्न की राशि अपने

जहाज में भर ली। इतना अधिक बेतोल स्वर्ण तथा सूर्य के समान तेजवान त्रिलोक-दुर्लभ कुडव-प्रस्थ-भार के माणिक्य पाकर उसके रक्त की एक-एक बूँद उसकी नाड़ियों में नाचने लगी। अब वह पृथ्वी पर सबसे बड़ा धन कुबेर था। मनुष्य की दृष्टि से न देखे गए रत्न उसके चरणों में थे।

परन्तु उसके सौभाग्य की समाप्ति यहीं पर नहीं हुई। पूर्णिमा को चन्द्रोदय होने पर ज्यों ही समुद्र में ज्वार आया, बहुत-से अद्भुत समुद्री अश्व जल में बहकर द्वीप के तट पर आए और द्वीप में विचरण करने लगे। उन अद्भुत और विद्युत्वेग के समान चपल तथा मनुष्य-लोक में दुर्लभ महाशक्ति-सम्पन्न वाडव अश्वों को देख प्रथम तो कृतपुण्य और उसके संगी-साथी भयभीत होकर एक योजन दूर भाग गए, परन्तु जब समुद्र में ज्वार उतर गया और वे अश्व भी समुद्र-गर्भ में चले गए, तब वे लोग फिर समुद्र-तट पर आकर पराक्रमी अश्वों को देखते रहे।

कृतपुण्य ने इन अश्वों को पकड़कर ले जाने का निश्चय किया। अन्ततः वह साहसिक सामन्त था। उसमें सुप्त आखेट-वासना जाग्रत हुई और अश्वों को पकड़ने का सम्पूर्ण आयोजन विचारकर वह आगामी पूर्णिमा तक समुद्र में ज्वार आने की प्रतीक्षा में उसी द्वीप में ठहर गया।

समुद्र में पूर्ण चन्द्रोदय होने पर फिर ज्वार आया। फिर वैसे ही अनगिनत वाडव अश्व समुद्र की तरंगों पर तैरते हुए द्वीप में घुस आए। कृतपुण्य ने एक ऊँचे स्थान पर बैठकर वीणा बजानी प्रारम्भ की। वीणा की मधुर झंकृति से विमोहित हो वे अश्व उसी शब्द की ओर आकर्षित हो अपने लम्बे-लम्बे कान खड़े कर खड़े-के-खड़े रह गए। तब कृतपुण्य के संकेत से उसके दासों ने उन्हें विविध सुगन्ध-द्रव्य सुँघाए, विविध स्वादिष्ट मधुर खाद्य-पेय खाने को दिए। इस प्रकार वीणा की ध्वनि से विमोहित तथा विविध गन्ध-खाद्य-पेय से लुब्ध बने वे अश्व उन मनुष्यों से परिचित की भाँति बारम्बार मुँह उठाकर खाद्य-पेय माँगने तथा खड़े-खड़े कनौतियाँ काटने लगे। समुद्र के पीछे लौटने का उन्हें भान ही न रहा। ज्वार उतर गया और कृतपुण्य के दासों ने उन्हें युक्ति से दृढ़ बन्धन से बाँध लिया तथा जलयान पर चढ़ा लिया।

इस अद्भुत और अतर्कित रीति से देव-मनुष्य-दुर्लभ वाडव अश्व और अमोघ रत्ननिधि इस अक्षेय द्वीप से लेकर कृतपुण्य ने अनुकूल वायु देख, जल-ईंधन और फल-मूल आदि भरकर प्रस्थान किया तथा देश-देश में होता हुआ वह भृगुकच्छ पहुँचा। भृगुकच्छ में उसने बहुत-सा माल क्रय किया, तथा स्थल-मार्ग से सार्थवाह ले चला। इस समय उसका सार्थवाह एक चतुरंगिणी सेना की भाँति था। भृगु कच्छ में ठहरकर उसने चतुर, गुणी और शास्त्रज्ञ अश्वपालों एवं अश्वमर्दकों को नियुक्त किया जिन्होंने अश्वों के मुँह-कान बाँध, वल्गु चढ़ा, तंग खींच, चाबुक और वेत्र की मार-मारकर विविध भाँति आज्ञा पालन और चाल चलने की शिक्षा दी। इस प्रकार शिक्षण प्राप्त कर और बहुमूल्य रत्नाभरणों से सुसज्जित होकर जब ये अश्व लोगों की दृष्टि में पड़े, तब सब उन्हें देखते ही रह गए।

इस प्रकार भाग्य की नियति से विक्षिप्तावस्था में वैशाली को त्यागने के सात वर्ष पश्चात् हर्षदेव ने महासेट्ठि सार्थवाह कृतपुण्य के रूप में वहाँ प्रवेश किया और

उत्तरायण में सहस्त्र स्वर्णशिखरों वाला श्वेतमर्मर का हर्म्य बनवा, दास-दासियों, कम्मकरों, लेखकों, कर्णिकों, दंडधरों, द्वारपालों, रक्षकों से सेवित हो देखते-ही-देखते सर्वपूजित हो वह वहाँ निवास करने लगा और अपनी दिनचर्या से ऐश्वर्य-चमत्कार दिखा-दिखाकर नगर, नागर और जनपद को चमत्कृत करने लगा, तो कुछ दिन तक तो लोग सब कुछ भूलकर सेट्ठि कृतपुण्य की ही चर्चा वैशाली में घर-घर करने लगे।

वैशाली में मगध-महामात्य

वैशाली के जनपद में इस बार फिर भूकम्प हुआ। वैशाली के महान् राजमार्ग पर एक दीर्घकाय ब्राह्मण पाँव-प्यादा धीर-मन्थर गति से संथागार की ओर बढ़ रहा था। उसके पाँव नंगे और धूलि-धूसरित थे, कमर में एक शाण-साटिका और कन्धे पर शुभ्र कौशेय पड़ा था, जिसके बीच से उसका स्वच्छ जनेऊ चमक रहा था। इस ब्राह्मण का वर्ण गौर, मुख मुद्रा गम्भीर और तेजपूर्ण नेत्र, दृष्टि पैनी, ललाट उन्नत, कन्धे और ग्रीवा मांसल, होंठ सम्पुटित, भालपट्ट चन्दन-चर्चित नंगे सिर पर शतधौत हिमश्वेत चोटी। वह अगल-बगल नहीं देख रहा था, उसकी दृष्टि पृथ्वी पर थी।

उसके निकट आने तथा साथ चलने की स्पर्धा वैशाली में कोई नहीं कर सकता था। उससे पचास हाथ के अन्तर पर दो सहस्त्र ब्राह्मण नंगे पैर, नंगे बदन, नंगे सिर, केवल शाटिका कमर में पहने और जनेऊ हाथों में ऊँचे किए चुपचाप चल रहे थे। उनके पीछे सहस्त्रों नागरिक, ग्रामीण, सेट्ठि, सामन्त, विश, कम्मकर और अन्य पुरुष थे। घरों के झरोखों से मिसिका और अलिन्दों से कुलवधू, गृहपति पत्नियाँ आश्चर्य, कौतूहल और भीत मुद्रा से इस सूर्य के समान तेजस्वी ब्राह्मण को देख रहे थे। सब निःशब्द चल रहे थे। सभी मन-ही-मन भाँति-भाँति के विचार कर रहे थे। कोई कानों-कान फुसफुसाकर बात कर रहे थे।

यह ब्राह्मण विश्वविख्यात राजनीति का ज्ञाता, मगध का पदच्युत दुर्धर्ष अमात्य वर्षकार था। उसके राजविग्रह, राजकोप तथा राजच्युति के समाचार प्रथम ही विविध रूप धारण करके वैशाली में फैल गए थे।

संथागार के प्रांगण में वैशाली-गण-संघ के अष्टकुल-प्रतिनिधियों ने महामात्य का स्वागत किया और वे सब तेजस्वी ब्राह्मण को आगे कर संथागार में ले गए, जहाँ महासन्धिविग्रहिक जयराज और विदेश-सचिव ने आगे बढ़कर अमात्य का प्रति सम्मोदन करके अभ्यर्थना की। फिर उन्होंने उससे एक निर्दिष्ट आसन पर बैठने का अनुरोध किया। अमात्य ने अनुरोध नहीं माना और वह दो पग आगे बढ़कर वेदी के सम्मुख आ खड़े हुए। तब अमात्य ने जलद-गम्भीर वाणी से कहा, "हुआ, बहुत शिष्टाचार सम्पन्न हुआ, परन्तु वज्जी के अष्टकुल भ्रम में न रहें। मैं आज मगध का अमात्य नहीं एक दरिद्र ब्राह्मण हूँ। उदर के लिए अन्न की याचना करने आया हूँ। अष्टकुल के गण-प्रतिनिधि ब्राह्मण को अन्न दें, तो यह ब्राह्मण राजसेवा करने को प्रस्तुत है।"

विदेश-सचिव नागसेन ने आसन से उठकर कहा, "आर्य अपने व्यक्तित्व में ही

सुप्रतिष्ठित हैं। यह मगध का दुर्भाग्य है कि उसे आपकी राजसेवा से वंचित रहना पड़ा है, परन्तु राजसेवा के प्रतिदान का कोई प्रश्न नहीं है, वज्जीसंघ आर्य का वज्जी-भूमि में सम्मान्य अतिथि के रूप में स्वागत करता है।"

"सुनकर आश्वस्त हुआ, अष्टकुल का कल्याण हो! यद्यपि मैं ब्राह्मण हूँ, किन्तु भिक्षोपजीवी नहीं। वज्जीगण यदि राजसेवा लेकर अन्न दें तो मैं लूँगा, नहीं तो नहीं।"

"यह आर्य का गौरव है, परन्तु आर्य यह भली-भाँति जानते हैं कि वज्जी-शासन में मात्र अष्टकुल के प्रतिनिधि ही सक्रिय रह सकते हैं—वर्णधर्मी आर्य नहीं। यह हमारी प्राचीन मर्यादा है।" विदेश-सचिव नागसेन ने कहा।

"यह मैं नहीं जानता हूँ। आयुष्मान् को सशंक और सावधान रहना चाहिए, यह भी ठीक है। परन्तु शासन में सक्रिय होने की मेरी अभिलाषा नहीं है। मैं तो अन्न का मूल्य देना चाहता हूँ।"

"क्यों आर्य यह आज्ञा करते हैं, जबकि वज्जियों का यह संघ आर्य का सम्मान्य अतिथि के रूप में स्वागत करने को प्रस्तुत है?"

"ठीक है, परन्तु आयुष्मान् पूज्य-पूजन की भी एक मर्यादा है। मैं अतिथि तो हूँ नहीं, जीविकान्वेषी हूँ—अर्थी हूँ!"

"तो आर्य प्रसन्न हों, वज्जीगण संघ को आशीर्वाद प्रदान करते रहें, आर्य की यही यथेष्ट सेवा होगी।"

"भद्र, मैं राजपुरुष प्रथम हूँ और ब्राह्मण पीछे। मैं आशीर्वाद देने का अभ्यासी नहीं, राजचक्र चलाने का अभ्यासी हूँ।"

जयराज सन्धिविग्रहिक ने गणपति सुनन्द का संकेत पाकर खड़े होकर कहा, "तब आर्य यदि वज्जीगण के समक्ष मगध-सम्राट् पर आर्य के प्रति कृतघ्नता अथवा अनाचार का अभियोग उपस्थित करते हैं, तो गण-सन्निपात उस पर विचार करने को प्रस्तुत हैं।"

"मगध-सम्राट् वज्जीगण का विषय नहीं है आयुष्मान, इसलिए वज्जीगण सन्निपात इस सम्बन्ध में विचार नहीं कर सकता। फिर मेरा कोई अभियोग ही नहीं है, मैं तो अन्न का इच्छुक हूँ।"

"तब यदि आर्य वज्जीसंघ में राजनियुक्त हों और वज्जीसंघ यदि मगध पर अभियान करे, तब आर्य कठिनाई में पड़ सकते हैं।"

"कठिनाई कैसी, आयुष्मान्?"

"द्विविधा की, आर्य!"

"परन्तु वज्जीसंघ मगध पर अभियान क्यों करेगा? उसकी तो साम्राज्य-लिप्सा नहीं है।"

"नहीं वज्जीसंघ न अभियान करे, मगध ही वज्जी पर अभियान करे, तब आर्य क्या करेंगे?"

"जो उचित होगा, वही!"

"और औचित्य का मापदंड क्या होगा—विवेक, न्याय या राजनीति?"

"राजनीति आयुष्मान्!"

"किसकी राजनीति, आर्य?" जयराज ने हँसकर कहा।

कुटिल ब्राह्मण क्रोध से थर-थर काँपने लगा, उसने कहा, "मेरी ही राजनीति, आयुष्मान्!"

"तो आर्य क्या ऐसी आज्ञा देते हैं कि भविष्य में वज्जियों का गण-शासन आर्य की राजनीति का अनुगमन करें?"

"यदि यह ब्राह्मण उसके लिए हितकर होगा तो उसे ऐसा ही करना चाहिए।"

"तो आर्य, यह गण-नियम के विपरीत है। यह साम्राज्य-विधान में सुकर है गण-शासन में नहीं। गण-शासन सन्निपात के छन्द के आधार पर ही शासित हो सकता है।"

"तो वज्जीसंघ आश्रित ब्राह्मण को आश्रय नहीं दे सकता है?"

अब गणपति सुनन्द ने कहा, "आर्य, आप भलीभाँति जानते हैं कि हमारा यह संघशासित तंत्र सर्वसम्मति से चलता है, इसलिए इस सम्बन्ध में सोच-विचारकर जैसा उचित होगा, आर्य से परामर्श करके निर्णय कर लिया जाएगा। तब तक आर्य वज्जी-गणसंघ के प्रतिष्ठित अतिथि के रूप में रहकर संघ की प्रतिष्ठा-वृद्धि करें।"

"तो गणपति राजन्य, ऐसा ही हो!"

आर्य वर्षकार ने हाथ ऊँचा करके कहा, "तब तक मैं दक्षिण-ब्राह्मण-कुंडग्राम-सन्निवेश में आयुष्मान् सोमिल श्रोत्रिय का अन्तेवासी होकर ठहरता हूँ।"

विदेश-सचिव ने कहा, "जिसमें आर्य प्रसन्न हों! तब तक आर्य की सेवा के लिए सहस्र स्वर्ण प्रतिदिन और यथेष्ट दास-दासी संघ की ओर से नियुक्त किए जाते हैं!"

वर्षकार ने मौन हो स्वीकार किया और संथागार त्यागा।

भद्रनन्दिनी

बहुत दिनों बाद वैशाली में अकस्मात् फिर उत्तेजना फैल गई। उत्तेजना के विषय दो थे, एक मगध महामात्य आर्य वर्षकार का मगध-सम्राट् से अनादृत होकर वैशाली में आना; दूसरा विदिशा की अपूर्व सुन्दरी वेश्या भद्रनन्दिनी का वैशाली में बस जाना। जिस प्रकार आर्य वर्षकार उस समय भू-खंड पर विश्व-विश्रुत राजनीति के पंडित प्रसिद्ध थे, उसी प्रकार भद्रनन्दिनी अपने रूप, यौवन और वैभव में अपूर्व थी। देखते ही देखते उसने वैशाली में अपने वैभव का एक ऐसा विस्तार कर लिया कि अम्बपाली की आभा भी फीकी पड़ गई। नगर-भर में यह प्रसिद्ध हो गया कि भद्रनन्दिनी विदिशा के अधिपति नागराज शेष के पुत्र पुरंजय भोगी की अन्तेवासिनी थी। वह नागकुमार भोगी के असद्व्यवहार से कुपित होकर वैशाली आई है। उसके पास अगणित रत्न, स्वर्ण और सम्पदा है। उसका रूप अमानुषिक है और उसका नृत्य मनुष्य को मूर्च्छित कर देता है। सभी महारागों और ध्वनिवाद्य में उसकी असाधारण गति है। वह चौदह विद्याओं और चौंसठ कलाओं की पूर्ण ज्ञाता, सर्वशास्त्र-निष्णाता दिव्य सुन्दरी है। वह अपने यहाँ आनेवाले अतिथि से केवल नृत्य-पान का सौ सुवर्ण लेती है। वह अपने को नागराज भोगी पुरंजय की दत्ता कहती है और किसी पुरुष को शरीर-स्पर्श नहीं करने देती। वैशाली के श्रीमन्त सेट्ठिपुत्र और युवक सामन्त उसे देखकर ही उन्मत्त हो जाते

हैं। उसका असाधारण रूप और सम्पदा ही नहीं, उसका वैचित्र्य भी लोगों में कौतूहल की उत्पत्ति करता है। नागपत्नी को देखने की सभी अभिलाषा रखते हैं। जो देख पाते हैं वे उस पर तन-मन वारने को विवश हो जाते हैं, परन्तु किसी भी मूल्य पर वह किसी पुरुष को अपना स्पर्श नहीं करने देती है। उसकी यह विशेषता नगर-भर में फैल गई है। लोग कहते हैं, इसने देवी अम्बपाली से स्पर्धा की है। कुछ कहते हैं, नागराज ने देवी अम्बपाली से प्रणयाभिलाषा प्रकट की थी, सो देवी से अनादृत होकर उनका मनोरंजन करने को यह दिव्यांगना छद्मवेश में नागराज ने भेजी है। भद्रनन्दिनी का द्वार सदा बन्द रहता था। द्वार पर सशस्त्र पहरा भी रहता था, पहरे के बीच में एक बहुत भारी दर्दुर रखा हुआ था, जो आगन्तुक सौ सुवर्ण देता, वही दर्दुर पर डंका बजाता, प्रहरी उसे महाप्रतिहार को सौंप देता और वह आगन्तुक को भद्रनन्दिनी के विलास कक्ष में ले जाता, जहाँ सुरा, सुन्दरियाँ और कोमल उपधान उसे प्रस्तुत किए जाते। एक नियम और था, सौ स्वर्ण लेकर एक रात्रि में वह केवल एक अतिथि का मनोरंजन करती थी। तरुण श्रीमन्तों का सामूहिक स्वागत करने का उसका नियम न था।

कृष्णपक्ष की चतुर्दशी थी। रात अँधेरी थी, पर आकाश स्वच्छ था। उसमें अगणित तारे चमक रहे थे। माघ बीत रहा था। सर्दी काफी थी। नगर की गलियों में सन्नाटा था। डेढ़ पहर रात्रि व्यतीत हो चुकी थी। एक तरुण अश्व पर सवार धीर-मन्थर गति से उन सूनी वीथिकाओं में जा रहा था। भद्रनन्दिनी के सिंह-द्वार पर आकर वह अश्व से नीचे उतर पड़ा। ड्योढ़ी के एक दास ने आगे बढ़कर अश्व थाम लिया। प्रहरियों के प्रधान ने आगे बढ़कर कहा, "भन्ते सेनापति, आप चाहते क्या हैं?"

जिस तरुण को सेनापति कहकर सम्बोधित किया गया था, उसने उस प्रतिष्ठित सम्बोधन से कुछ भी प्रसन्न न होकर एक भारी-सी किन्तु छोटी थैली उसकी ओर फेंक दी और आगे बढ़कर डंका उठा दर्दुर पर चोट की। दूर-दूर तक वह शब्द गूँज उठा। प्रहरी ने आदरपूर्वक सिर झुकाकर द्वार खोल दिया।

प्रहरी विदेशी था। वह जितना शरीर से स्थूल था, वैसी ही स्थूल उसकी बुद्धि भी थी। उसने डरते-डरते झुककर पूछा, "सौ ही स्वर्ण हैं भन्ते, कम तो नहीं?"

"कुछ अधिक ही है।"

"सौ तेरी स्वामिनी के लिए और शेष तेरे लिए हैं।"—तरुण ने मुस्कराकर कहा।

प्रहरी खुश हो गया। उसने हँसकर कहा, "आपका कल्याण हो भद्र, यह मार्ग है, आइए!"

भीतर अलिन्द में जाकर उसने महाप्रतिहार पीड़ को पुकारा। प्रतिहार अतिथि को भद्रनन्दिनी के निकट ले गया। भद्रनन्दिनी ने उसे ले जाकर बहुमूल्य आसन पर बैठाया और हँसकर कहा, "भद्र, कैसा सुख चाहते हैं—पान, नृत्य, गीत, द्यूत या प्रहसन?"

"नहीं प्रिये, केवल तुम्हारा एकान्त सहवास, तुम्हारा मृदु-मधुर वार्तालाप।"

"तो भन्ते, ऐसा ही हो!" उसने दासियों की ओर देखा। दासियाँ वहाँ से चली गईं। द्वारों और गवाक्षों पर पर्दे खींच दिए गए। एक दासी एक स्वर्ण-पात्र में गौड़ीय स्फटिक-पानपात्र और बहुत-से स्वादिष्ट भूने शल्य मांस-शृंगाटक रख गई।

भद्रनन्दिनी ने कहा, "अब और तुम्हारा क्या प्रिय करूँ प्रिय?"

"मेरे निकट आकर बैठो प्रिये!"

नन्दिनी ने पास बैठकर हँसते-हँसते कहा, "किन्तु भद्र! तुम जानते हो मैं नागपत्नी हूँ, अंग से अस्पृश्य हूँ।"

"सो मैं जानता हूँ प्रिये, केवल तुम्हारे वचनामृत का ही आनन्द लाभ चाहता हूँ।" नन्दिनी ने मद्यपात्र में सुवासित गौड़ीय उँडेलते हुए पूछा, "किन्तु भद्र, यह मुझे किस महाभाग के सत्कार का सौभाग्य प्राप्त हो रहा है?"

"वैशाली के एक नगण्य नागरिक का भद्रे!"

"वैशाली में ऐसे कितने नगण्य नागरिक हैं प्रिय, जो एक वीरांगना से केवल वाग्विलास करने का शुल्क सौ सुवर्ण दे सकते हैं?"

"यह तो भद्रे, गणिकाध्यक्ष सम्भवत: बता सके, परन्तु उसके पास भी आगन्तुकों का हिसाब-किताब तो न होगा।"

"जाने दो प्रिय, किन्तु, इस प्रियदर्शन नगण्यनागरिक का नाम क्या है?"

"विदिशा की सर्वश्रेष्ठ सुन्दरी आज के शुभ मुहूर्त में उसका जो भी नाम निर्धारित करे, वही।"

"उस नाम को वैशाली का गणपद स्वीकार कर लेगा?"

"न करे, उसकी क्या चिन्ता! किन्तु विदिशा की सुन्दरी के आवास के भीतर तो उसी नाम का डंका बजेगा।"

नन्दिनी ने हँसकर मद्यपात्र युवक के हाथ में दे दिया और हँसते हुए कहा, "समझ गई प्रिय, आप छद्म-नाम धारण करना चाहते हैं, किन्तु इसका कारण?"

"यदि यही सत्य है तो छद्म-नाम धारण करने का कारण भी ऐसा नाम धारण करने वाला भलीभाँति जानता है," उसने मद्य पीते हुए कहा।

"ओह, तो मित्र, तुम कोरे तार्किक ही नहीं हो?"

"नहीं प्रिये, मैं तुम्हारा आतुर प्रेमी भी हूँ," उसने खाली पात्र देते हुए कहा।

नन्दिनी जोर से हँस दी और पात्र फिर से भरते हुए बोली, "सत्य है मित्र, तुम्हारे प्रेम का सब रहस्य तुम्हारी आँखों और सतर्क वाणी में दीख रहा है।" उसने दूसरा चषक बढ़ाया।

चषक लेकर हँसते हुए युवक ने कहा, "इसी से प्रिये, तुम चषक पर चषक देकर मेरे नेत्रों का रहस्य और वाणी की सतर्कता को धो बहाना चाहती हो।"

"नहीं भद्र, मेरी यह सामर्थ्य नहीं, परन्तु गणिका के आवास में आकर भी पान करने में इतना सावधान पुरुष वैशाली ही में देखा।"

"मगध में नहीं देखा प्रिये?" उसने गटागट पीकर चषक नन्दिनी को दिया। नन्दिनी विचलित हुई। रिक्त चषक लेकर क्षण-भर उसने युवक की ओर घूरकर देखा।

युवक ने हँसकर कहा, "यदि कुछ असंयत हो उठा होऊँ तो यह तुम्हारे मद्य का दोष है; किन्तु क्या तुम्हें मैंने असन्तुष्ट कर दिया भद्रे?"

"नहीं भद्र, किन्तु मैं मगध कभी नहीं गई।"

"ओह, तो निश्चय ही मुझे भ्रम हुआ, नीचे तुम्हारे प्रहरियों के नोकदार शिरस्त्राण मागध व्रात्यों के समान थे—इसी से।" उसने मुस्कराकर तीखी दृष्टि से युवती को देखा।

युवती क्षण-भर को चंचल हुई, फिर हँसती हुई बोली, "हाँ, उनमें एक-दो मागध हैं, किन्तु।"

बीच ही में उस युवक ने हँसते हुए कहा, "समझ गया प्रिये, उन्हीं में से किसी एक ने राजगृह के चतुर शिल्पी का बना यह कुंडल तुम्हें भेंट किया होगा!"

नन्दिनी के होंठ सूख गए। हठात् उसके दोनों हाथ अपने कानों में लटकते हुए हीरे के बहुमूल्य कुंडलों की ओर उठ गए। उसने हाथों से कुंडल ढाँप लिये।

युवक ठठाकर हँस पड़ा। हाथ बढ़ाकर उसने मद्यपात्र उठाकर आकंठ भरा और नन्दिनी की ओर बढ़ाकर कहा, "पियो प्रिये, इस नगण्य नागरिक के लिए एक चषक।"

नन्दिनी हँस दी। पात्र हाथ में लेकर उसने युवक पर बंकिम कटाक्षपात किया, फिर कहा, "बड़े धूर्त हो भद्र।" और मद्य पी गई।

युवक ने हाथ बढ़ाकर जूठा पात्र लेते हुए कहा, "आप्यायित हुआ प्रिय!"

"क्या गाली खाकर?"

"नहीं पान देकर।"

नन्दिनी ने दूसरा चषक लेकर उसमें मद्य भरा और युवक की ओर बढ़ाकर कहा, "अब और भी आप्यायित होओ प्रिय!"

"नागपत्नी की आज्ञा शिरोधार्य," उसने पात्र पीकर कहा, "तो प्रिये, अब मैं चला।"

"किन्तु क्या मैं तुम्हारा और कुछ प्रिय नहीं कर सकती?"

"क्यों नहीं प्रिये, इस चिरदास को स्मरण रखकर!"

युवक उठ खड़ा हुआ। नन्दिनी ने ताम्बूल-दान किया, गन्धलेपन किया और फिर उसके उत्तरीय के छोर को पकड़कर कहा, "फिर कब आओगे भद्र?"

"किसी भी दिन, नाग-दर्शन करने!" युवक हँसकर चल दिया। नन्दिनी अवाक् खड़ी रह गई।

युवक ने बाहर आ दास को एक स्वर्ण दिया और वह अश्व पर सवार हो तेजी से चल दिया। नन्दिनी गवाक्ष में से उसका जाना देखती रही। वह कुछ देर चुपचाप सोचती रही। फिर उसने दासी को बुलाकर कहा, "मैं अभी नन्दन साहु को देखना चाहती हूँ।"

"किन्तु भद्रे, रात तीन पहर बीत रही है, नन्दन साहु को उसके घर जाकर इस समय जगाने में बहुत खटपट होगी।"

"नहीं-नहीं, तू पुष्करिणी तीर पर जाकर वही गीत गा जो तूने सीखा है। साहु के घर के पीछे गवाक्ष है, वहीं वह सोता है। तेरा गीत सुनते ही वह यहाँ आएगा और कुछ करना नहीं होगा।"

"किन्तु भद्रे, यदि प्रहरी पकड़ लें?"

"तो कहना-भिखारिणी हूँ, भिक्षा दो। इच्छा हो तो वे भी गीत सुनें।" दासी ने फिर कुछ नहीं कहा। वह चुपचाप गुप्त द्वार से बाहर चली गई।

नन्दिनी ने अपने भीतर कक्ष में जा यत्न से एक भोजपत्र पर कुछ पंक्तियाँ लिखीं और उसे मोड़कर उस पर गीली मिट्टी की मुहर कर दी। फिर वह चिन्तित होकर साहु के आने की प्रतीक्षा करने लगी।

नन्दन साहु

वैशाली के अन्तरायण में नन्दन साहु की हट्ट खूब प्रसिद्ध थी। उसकी हट्ट में जीवन-सामग्री की सभी जिन्स बिक्री होती थी। हल्दी-मिरच और लहसुन से लेकर अन्तःपुर को सुरभित करने योग्य दासियों तक का क्रय-विक्रय होता था। प्रातः सूर्योदय से लेकर रात के दो पहर तक उसकी दुकान पर ग्राहकों की आवाजाही रहती थी। बढ़िया और काम-लायक सौदों की बिक्री का समय रात्रि का पिछला पहर ही होता था। उसकी विस्तृत दुकान में अनेक जिन्स अव्यवस्थित रूप से भरी रहती थी। उनकी कभी सफाई न होती थी। रात को एक दीपक हट्ट में जलता रहता था, जिसकी पीली और धीमी ज्योति में हट्ट की सभी वस्तुएँ काँपती हुई-सी प्रतीत होती थीं। हट्ट, हट्ट का स्वामी, हट्ट का सारा सामान बहुत अशुभ और बीभत्स-सा लगता था, परन्तु गर्ज़ू ग्राहक फिर भी वहाँ आते ही थे। एक पण में सात मसाले से लेकर सौ दम्म तक के सम्भ्रान्त ग्राहक वहाँ बने ही रहते थे।

इस हट्ट में भरी हुई असंख्य निर्जीव वस्तुओं में चार सजीव वस्तु थीं, चारों में एक स्वयं गृहपति नन्दन साहु, दूसरी उसकी पत्नी 'भद्रा', तीसरी बेटी शोभा और चौथा पुत्र दामक। साहु की आयु साठ को पार कर गई थी, गंजे सिर पर गिनती के दो-चार बाल खड़े रहते थे। सम्भव है—उसने जीवन भर पेट भरकर भोजन नहीं किया था। उसी से उसका शरीर एक प्रकार से कंकाल-मात्र था। वह कमर में एक मैली धोती लपेटे प्रातःकाल से आधी रात तक अपने थड़े पर बैठा-बैठा तोलता रहता था। कभी वह रोगी नहीं हुआ, कभी अपने आसन से अनुपस्थित नहीं हुआ, कभी किसी पर क्रोध नहीं किया। वह सबसे हँसकर बोलता, सावधानी से सौदा बेचता और कमाई के पणों को गिन-गिनकर सहेजता, यही उसके जीवन का नित्यकर्म था। वह मितभाषी भी पूरा था और बात का धनी भी। वह छोटे-बड़े सबकी आवश्यकताएँ पूरी किया करता। इसी से वैशाली में सब कोई नन्दन साहु के नाम से परिचित थे। परन्तु इन सब व्यवसायों के अतिरिक्त उसका और भी गूढ़ एक व्यवसाय था, जिसे कोई नहीं जानता था।

दक्षिण-ब्राह्मण-कुंडपुर-सन्निवेश

वैशाली नगर का बड़ा भारी विस्तार था। उसके अन्तरायण में तीन सन्निवेश थे, जो अनुक्रम से उत्तम, मध्यम और कनिष्ठ के नाम से विख्यात थे। उत्तम सन्निवेश में स्वर्ण-कलशवाले सात सहस्र हर्म्य थे। यहाँ केवल सेट्ठि गृह-पति और निगमों का निवास था। मध्यम सन्निवेश में चौदह सहस्र चाँदी के कलशवाली पक्की अट्टालिकाएँ थीं। इनमें विविध व्यापार करनेवाले महाजन और मध्यम वित्त के श्रेणिक जन रहते थे। तीसरे कनिष्ठ सन्निवेश में ताँबे के कलश-कंगूरवाले इक्कीस सहस्र घर थे। जहाँ वैशाली के अन्य पौर नागरिक उपजीवी जन रहते थे।

इस अन्तरायण के सिवा वैशाली के उत्तर-पूर्व में दो उपनगर और थे। एक तो

उत्तर-ब्राह्मण-क्षत्रिय-सन्निवेश कहा जाता था। यह ज्ञातृवंशीय क्षत्रियों का सन्निवेश था। इसके निकट उनका कोल्लाग-सन्निवेश था, जिसे छूता हुआ ज्ञातृ-क्षत्रियों का प्रसिद्ध द्युतिपलाश नामक उद्यान एवं चैत्य था। दूसरे उपनिवेश का दूसरा भाग दक्षिण-ब्राह्मण—कुंडपुर-सन्निवेश कहलाता था। इसमें केवल श्रोत्रिय ब्राह्मणों के घर थे, जो परम्परा से वहीं पीढ़ी-दर-पीढ़ी रहते चले आए थे। वैशाली की पश्चिम दिशा में वाणिज्य-ग्राम था। इसमें विश जन और कम्मकर रहते थे जो अधिकतर कृषि और पशुपालन का धन्धा करते थे। इस सम्पूर्ण बस्ती को वैशाली नगरी कहा जाता था।

दक्षिण-ब्राह्मण-कुंडपुर-सन्निवेश में सोमिल ब्राह्मण रहता था। वह ब्राह्मण धनिक, सम्पन्न और पंडित था। ऋगादि चारों वेदों का सांगोपांग ज्ञाता और ब्राह्मण-कार्य में निपुण था। बहुत-से सेट्ठिजन और राजा उसके शिष्य थे। बहुत-से बटुक देश-देशान्तरों से आकर उसके निकट विद्यार्जन करते थे। वह विख्यात काम्पिल्य शाखा का यजुर्वेदी ब्राह्मण था। वेदाध्यायियों से उसका घर भरा रहता था। उसके घर की शुक-सारिकाएँ ऋग्वेद की ऋचाएँ उच्चरित करती थीं। वे पद-पद पर विद्यार्थियों के अशुद्ध पाठ का सुधार करती थीं। उसका घर यज्ञ-धूम से निरन्तर धूमायित रहता था। सम्पूर्ण दक्षिण-ब्राह्मण-कुंडपुर-सन्निवेश में यह बात प्रसिद्ध थी कि श्रोत्रिय सोमिल के ऋषिकल्प पिता ऋषिभद्र के होमकालीन श्रमसीकर साक्षात् वीणाधारिणी सरस्वती अपने हाथों से पोंछती थीं। श्रोत्रिय सोमिल उषाकाल ही में हवन करने बैठ जाते; दो दंड दिन चढ़े तक वे यज्ञ करते, बलि देते, फिर धुएँ से लाल हुई आँखों और पसीने से भरा शरीर लिये, अध्यापन के लिए कुशासन पर बैठ जाते। वेदपाठी होने के साथ ही वे अपने युग के दिग्गज तार्किक भी थे। उनकी विद्वत्ता और ब्राह्मण्य का वैशाली के गणप्रतिनिधियों पर बड़ा प्रभाव था। राजवर्गी तथा जानपदीय सभी उनका मान करते थे।

इन्हीं सोमिल ब्राह्मण के यहाँ मगध के निर्वासित और पदच्युत महामात्य कूटनीति के आगार आर्य वर्षकार ने आतिथ्य ग्रहण कर निवास किया था। विज्ञापन के अनुसार लिच्छवि-राजकीय-विभाग से उनके लिए नित्य एक सहस्र सुवर्ण और आहार्य सामग्री आती। नगर के अन्य गण्यमान्य सेट्ठि-सागन्त भी इस ब्राह्मण के सत्कार के लिए वस्त्र, फल, स्वर्ण, पात्र निरन्तर भेजते रहते। पर यह तेजस्वी ब्राह्मण इस सब उपानय-सामग्री को छूता भी न था। वह उस सम्पूर्ण सामग्री को उसी समय ब्राह्मणों और याचकों में बाँट देता था। इससे सूर्योदय के पूर्व ही से सोमिल ब्राह्मण के द्वार पर याचकों, ब्राह्मणों और बटुकों का मेला लग जाता था।

देखते-ही-देखते इस तेजपुंज ब्राह्मण के प्रतिदिन सहस्रसुवर्ण-दान-माहात्म्य और वैशिष्ट्य की चर्चा वैशाली ही में नहीं, आसपास और दूर-दूर तक फैल चली। याचक लोग याचना करने और भद्र संभ्रान्त जन इस ब्राह्मण का दर्शन करने दूर-दूर से आने लगे। ब्राह्मण स्वच्छ जनेऊ धारण कर विशाल ललाट पर श्वेतचन्दन का लेप लगा एक कुशासन पर बहुधा मौन बैठा रहता। एक उत्तरीय मात्र उसके शरीर पर रहता। वह बहुत कम भाषण करता तथा सोमिल की यज्ञशाला के एक प्रान्त में एक काष्ठफलक पर रात्रि को सोता था। वह केवल एक बार हविष्यान्न आहार करता। वह यज्ञशाला के प्रान्त में बनी घास की कुटीर के बाहर केवल एक बार शौचकर्म के लिए ही निकलता था।

सहस्त्र सुवर्ण नित्य दान देने की चर्चा फैलते ही अन्य श्रीमन्त भक्तों ने भी सुवर्ण भेंट देना प्रारम्भ किया—सो कभी-कभी तो प्रतिदिन दस सहस्त्र सुवर्ण नित्य दान मिलने लगा। ब्राह्मण याचक आर्य वर्षकार का जय-जयकार करने लगे और अनेक सत्य-असत्य, कल्पित-अकल्पित अद्‌भुत कथाएँ लोग उसके सम्बन्ध में कहने लगे। बहुमूल्य उपानय के समान ही यह ब्राह्मण भक्तों की तथा राजदत्त सेवा भी नहीं स्वीकार करता था। वज्जीगण के वैदेशिक खाते से जो दास-दासी और कर्णिक सेवा में भेजे गए थे, बैठे-बैठे आनन्द करते। ब्राह्मण उससे वार्ता तक नहीं करते, पास तक नहीं आने देते। केवल ब्राह्मण सोमिल ही आर्य वर्षकार के निकट जा पाता, वार्तालाप कर पाता। वही उन्हें अपने हाथ से मध्याह्नोत्तर हविष्यान्न भोजन कराता—जो सूद-पाचकों द्वारा नहीं, स्वयं गृहिणी, सोमिल की ब्राह्मणी, रसोड़े से पृथक् अत्यन्त सावधानी से तैयार करती थी; और जिसे सोमिल-दम्पती को छोड़ कोई दूसरा छू या देख भी नहीं सकता था। ऐसी ही अद्‌भुत दिनचर्या इस पदच्युत अमात्य ब्राह्मण की वैशाली में चल रही थी।

हरिकेशीबल

इस समय वैशाली में एक और नवीन प्राणी का आगमन हुआ था। यह एक आजीवक परिव्राजक था। वह अत्यन्त लम्बा, काला, कुरूप और एक आँख से काना था। उसकी अवस्था बहुत थी—वह अति कृशकाय था; परन्तु उसकी दृष्टि पैनी, वाणी सतेज और शरीर का गठन दृढ़ था। वह कभी स्नान नहीं करता था, इससे उसका शरीर अत्यन्त मलिन और दूषित दीख पड़ता था। उसने अंग पर पांसुकुलिक धारण किए थे, जो श्मशान में मुर्दों पर से उतारकर फेंक दिए गए थे। वे भी फटकर चिथड़े-चिथड़े हो गए थे और गंदे होकर मिट्टी के रंग भी मिल गए थे।

यह आजीवक निर्द्वंद्व विचरण करता। गृहस्थों के द्वार पर, वीथी-हट्ट पर, राजद्वार, और राजपथ पर सर्वत्र अबाध रूप में निरन्तर घूमता था। उसका सोने-बैठने-ठहरने का कोई स्थान न था। उसकी जीवन-यात्रा में सहायक सामग्री भी कुछ उसके निकट न थी। इस प्रकार यह कृशकाय, घृणित और कुत्सित मलिन भूत-सा व्यक्ति जहाँ जाता, वहीं लोग उसे तिरस्कारपूर्वक दुत्कार देते, उसे अशुभ रूप समझते। परन्तु उसे इस तिरस्कार-घृणा की कोई चिन्ता न थी। वह जहाँ से भिक्षा माँगता, वहाँ जाकर कहता, "मैं चांडालकुलोत्पन्न हरिकेशीबल हूँ। मैं सर्वत्यागी संयमी ब्रह्मचारी हूँ। मैं अपने हाथ से अन्न नहीं राँधता, मुझे भिक्षा दो। भिक्षा मेरी जीविका है।" बहुत लोग उसे मारने दौड़ते, बहुत मार बैठते, बहुत उसे दुत्कार कर भगा देते; पर वह किसी पर रोष नहीं करता था। वह मार, तिरस्कार और धक्के खाकर हँसता हुआ दूसरे द्वार पर वही शब्द कहकर भिक्षा माँगता था। कभी-कभी लोग उस पर दया करके उसे कुछ दे भी देते थे, पर उसे बहुधा निराहार ही किसी वृक्ष के नीचे पड़े रहना पड़ता था।

वह घूमता हुआ एक दिन कुंडग्राम के दक्षिण-ब्राह्मण-सन्निवेश में सोमिल श्रोत्रिय

के द्वार पर जा पहुँचा। वहाँ ब्राह्मणों, ब्रह्मचारियों, श्रोत्रियों और वेदपाठी बटुकों की भीड़ लगी थी। आर्य वर्षकार एक छप्पर के नीचे बाँस की बनी मींड पर बैठे अपनी आँखों स्वर्ण-वस्त्र का बाँटा जाना देख रहे थे। अनेक श्रोत्रिय बटुक इस आयोजन में हाथ बँटा रहे थे। इसी समय आजीवक हरिकेशीबल उन ब्राह्मणों की भीड़ में मिलकर जा खड़ा हुआ।

इस अशुभ, अशुचि, घृणित श्मशान से उठाए हुए चीथड़े अंग पर लपेटे, काणे मनुष्य को देखकर सब ब्राह्मण, बटुक एवं श्रोत्रिय दूर हट गए। बहुतों ने मारने को दंड हाथ में लेकर कहा, "तू कौन है रे भाकुटिक? कहाँ से तू ब्राह्मणों में घुस आया? भाग यहाँ से!"

उसने सहज-शान्त स्वर में कहा, "मैं चांडाल-कुलोत्पन्न हरिकेशीबल हूँ। मैं सर्वत्यागी ब्रह्मचारी हूँ। मैं अपना अन्न राँधता नहीं। भिक्षा मेरी जीविका है, मुझे भिक्षा दो।"

बहुत ब्राह्मण अपना स्वच्छ जनेऊ हाथ में लेकर उसे मारने दौड़े, "भाग रे चांडाल, भाग रे, भाकुटिक, ब्राह्मणों में घुस आया पतित!"

परन्तु हरिकेशी भागा नहीं। विचलित भी नहीं हुआ। उसने कहा, "मैं संयमी हूँ, दूसरे लोग अपने लिए जो अन्न राँधते हैं, उसी में से बचा हुआ थोड़ा अन्न मैं भिक्षाकाल में माँग लेता हूँ। आप लोग यहाँ याचकों को बहुत स्वर्ण, वस्त्र, अन्न दे रहे हैं। मुझे स्वर्ण नहीं चाहिए, उससे मेरा कोई काम नहीं सरता। वस्त्र मैं श्मशान से उठा लाता हूँ, मैं तो दिगम्बर आजीवक हूँ, मुझे अन्न चाहिए। मुझे अन्न दो। आपके पास बहुत अन्न हैं, आप लोग खा-पी रहे हैं, मुझे भी दो, थोड़ा ही दो। मैं तपस्वी हूँ, ऐसा समझकर जो बच गया हो वही दो।"

एक ब्राह्मण ने क्रुद्ध होकर कहा, "अरे मूर्ख, यहाँ ब्राह्मणों के लिए अन्न तैयार होता है, चांडालों के लिए नहीं, भाग यहाँ से।"

"अतिवृष्टि हो या अल्पवृष्टि, तो भी कृषक ऊँची-नीची सभी भूमि में बीज बोता है और आशा करता है खेत में अन्न-पाक होगा। उसी भाँति तुम भी मुझे दान दो। मुझ जैसे तुच्छ चांडाल मुनि को अन्न-दान करने से तुम्हें पुण्य-लाभ होगा।"

इस पर बहुत-से ब्राह्मण एक बार ही आपे से बाहर होकर लगुड-हस्त हो उसे मारने को दौड़े। उन्होंने कहा, "अरे दुष्ट चांडाल, तू अपने को मुनि कहता है! नहीं जानता, पृथ्वी पर केवल हम ब्राह्मण ही दान पाने के प्रकृत अधिकारी हैं, ब्राह्मण ही को दिया दान पुण्यफल देता है।"

"क्रोध, मान, हिंसा, असत्य, चोरी और परिग्रह से युक्त जनों को जाति तथा विद्या से रहित ही जानना चाहिए। ऐसे जन दान के पात्र नहीं हो सकते। वेद पढ़कर भी उसके अभिप्राय को न जाननेवाला पुरुष कोरा गाल बजाने वाला कहाता है, परन्तु ऊँच-नीच में समभाव रखनेवाला मुनि दान के योग्य सत्यपात्र है।"

"अरे काणे चांडाल, तू हम ब्राह्मणों के सम्मुख वेदपाठी ब्राह्मणों की निन्दा करता है! याद रख, हमारा बचा हुआ यह अन्न सड़ भले ही जाए और फेंकना पड़े, पर तुम निगंठ चांडाल को एक कण भी नहीं मिल सकता, तू भाग।"

"सत्यवृत्ति एवं समाधि-सम्पन्न मन-वचन-कर्म से असत्-प्रवृत्तियों से मुक्त,

जितेन्द्रिय ब्रह्मचारी को यदि तुम अन्न नहीं दे सकते, तो फिर तुम पुण्य भी नहीं पा सकते हो।"

इतनी देर बाद श्रोत्रिय ने चिल्लाकर कहा, "अरे कोई है, इसे डंडे मारकर भगाओ यहाँ से, मारो धक्के! गर्दन नापो, गर्दन!"

इस पर कुछ बटुक दंड ले-लेकर हरिकेशी को मारने लगे। हरिकेशी हँसता हुआ निष्क्रिय पिटता रहा।

इसी समय एक परम रूपवती षोडशी बाला, बहुमूल्य मणि-सुवर्ण-रत्न धारण किए विविध बहुमूल्य वस्त्रों से सुसज्जित दौड़ी आई और हरिकेशी के आगे दोनों हाथ फैलाकर खड़ी हो गई। उसे इस प्रकार खड़ी देख हरिकेशी को मारनेवाला ब्राह्मण बटुक रुक गया। युवती ने कहा, "अलम्-अलम्! मैं पूर्व विदेह की पुंडरीकिणी नगरी के राजा महापद्म की पुत्री जयन्ती हूँ; मेरे पिता ने मुझे इस महात्मा को प्रदान कर दिया था, परन्तु इस इन्द्रिय-विजयी ने स्वीकार नहीं किया। यह महातपस्वी, उग्र ब्रह्मचारी, घोर व्रत और दिव्य शक्तियों का प्रयोक्ता है। इसे क्रुद्ध या असन्तुष्ट न करना नहीं तो यह तुम सब ब्राह्मणों को अपने तेज से जलाकर भस्म कर डालेगा।"

उस तथाकथित राजकुमारी षोडशी बाला की ऐसी अतर्कित वाणी सुनकर सब ब्राह्मण आश्चर्यचकित रह गए। बहुत-से भयभीत होकर उस घृणित चांडाल मुनि को देखने लगे। बहुत-से अब भी अपशब्द बकते रहे। इसी समय नन्दन साहु बहुत-सी खाद्य-सामग्री गाड़ी में भरे वहाँ आ उपस्थित हुआ। जब से आर्य वर्षकार का वहाँ सदाव्रत लगा था—नन्दन साहु सब रसद पहुँचाता था। साहु ने ज्यों ही वहाँ खड़े निगंठ चांडाल मुनि को देखा, वह दौड़कर उसके चरणों में लोट गया। उस महाकलुषित अशुभ चांडाल के चरणों में साहु को लोटता हुआ देख ब्राह्मणों को और भी आश्चर्य हुआ। उनके आश्चर्य तथा भीति को बढ़ाता हुआ साहु बोला—आर्यो, यह साक्षात् तेजपुंज तपस्वी हैं। आप जानते नहीं हैं, मन्द कान्तार यक्ष की चौकी पर यह उग्र मुनि तप करते हैं। वह भीषण यक्ष, जिसके भय से वैशाली का कोई जन रात्रि को उस दिशा में नहीं जाता, इस मुनि की नित्य चरण-सेवा करता है। यह मैंने आँखों से देखा है। आपने अच्छा नहीं किया, जो भिक्षाकाल में इस मुनि को असन्तुष्ट कर दिया। आर्यो, मेरा कहा मानो, आप इन महातेजोपुंज तपस्वी के चरणों में गिरकर इनकी शरण जाओ, नहीं तो आपकी जीवन-रक्षा ही कठिन हो जाएगी।"

परन्तु साहु की ऐसी भयानक बात सुनकर भी ब्राह्मण जड़वत् खड़े रह गए। इस काणे चांडाल के चरण छूने का किसी को साहस नहीं हुआ।

साहु ने फिर चांडाल मुनि के चरण छुए और कहा, "क्षमा करो, हे महापुरुष, इन ब्राह्मणों को जीवनदान दो। आइए समर्थ भदन्त, मेरे साथ मेरी भिक्षा ग्रहण कर मेरे कुल को कृतार्थ कीजिए।"

इतना कहकर नन्दन साहु उस काणे तपस्वी चांडाल को बड़े आदरपूर्वक राह-मार्ग को अपने उत्तरीय से झाड़ता हुआ अपने साथ ले चला। सब ब्राह्मण तथा पौरगण जड़वत् इस व्यापार को देखते रहे। प्रतापी मगध महामात्य भी निश्चल बैठे देखते रहे।

चांडाल मूनि का कोप

हरिकेशीबल के वहाँ से चले जाने पर भी वह तथाकथित राजकन्या वहाँ से नहीं गई। बहुत प्रकार से ब्राह्मणों को डराती-धमकाती रही। उसने कहा, "हे ब्राह्मणो, तुमने अच्छा नहीं किया जो चांडाल मुनि को भिक्षा के काल में भिक्षा नहीं दी, उसे अपशब्द कहे, पीटा, उसे विरत किया। अब भी समय है, तुम उसके चरणों में पड़कर प्राण-भिक्षा माँग लो, नहीं तो मन्द कान्तार का यक्ष आज आप लोगों को जीवित नहीं छोड़ेगा।"

बहुत से ब्राह्मण डर गए। बहुत सन्दिग्ध भाव से उस रूपसी बाला की बात सुनते रहे। कुछ ही देर में वे सब फिर कहने लगे, "वाह, यह सब माया यहाँ नहीं चलेगी। हम ब्राह्मण वेदपाठी क्या उस काणे चांडाल के पैर छुएँगे!"

सुन्दरी क्रुद्ध होती हुई चली गई। बहुत जन रूपसी के रूप की और कुछ उसकी अद्‌भुत वार्ता की आलोचना करते रहे। भोजन की वेला हुई और ब्राह्मण पंक्ति में बैठे; ब्राह्मण-भोजन प्रारम्भ हुआ। भोजन के बाद स्वर्णवस्त्र उन्हें बाँटे गए। परन्तु यह क्या आश्चर्य-चमत्कार हुआ, देखते-ही-देखते सभी ब्राह्मण उन्मत्तों की-सी चेष्टा करने लगे। वे हँसने-नाचने और अट्टहास करने लगे, अपने भूषण-वस्त्र उतार-उतारकर नंगे हो, बीभत्स और अश्लील चेष्टाएँ करने लगे। बहुत लोग रक्त-वमन कर मूर्च्छित होने लगे। बहुत जन कटे काष्ठ के समान भूमि पर गिरकर पटापट मरने लगे।

सोमिल ने भयभीत होकर आर्य वर्षकार से कहा, "आर्य, यह सब क्या हो गया।"

"ठीक नहीं हुआ सोमिल, चांडाल मुनि का कोप ब्राह्मणों पर हुआ। सम्भवत: यक्ष ने कुपित होकर ब्राह्मणों को मार डाला है।"

"तो आर्य, अब क्या करना चाहिए।"

"सोमिल, सब ब्राह्मणों को लेकर तुम नन्दन साहु के घर पर जाकर जितेन्द्रिय मुनि की स्तुति करके उसे प्रसन्न करो, इसी में कल्याण देखता हूँ।"

तब सोमिल बहुत-से ब्राह्मणों को संग ले नन्दन साहु के घर पहुँचा जहाँ वह कुत्सित चांडाल मुनि उच्चासन पर बैठा आनन्द से विविध पक्वान्न और मिष्टान्न खा रहा था। उसे देख, हाथ जोड़, सोमिल को आगे कर सब ब्राह्मणों ने कहा, "हे भदन्त, हमें क्षमा करो, हम मूढ़ और अज्ञानी बालक के समान हैं। हम सब मिलकर आपकी चरण-वन्दना करते हैं। हे महाभाग, हम आपका पूजन करते हैं। आप हम सब ब्राह्मणों के पूज्य हैं। यह हम विविध प्रकार के व्यंजन, अन्न और पाक आपके लिए लाए हैं। इन्हें ग्रहण कर हमें कृतार्थ कीजिए। हे भदन्त! हे महाभाग! हम सब ब्राह्मण आपकी शरणागत हैं।"

चांडाल मुनि ने सुनकर कहा, "हे घमंडी ब्राह्मणो! यदि सत्य ही तुम्हें अनुताप हुआ है, तो जाओ, मन्दकान्तार जा, साणकोष्ठक चैत्य में शूलपाणि यक्ष की अभ्यर्थना-पूजन करो। उसे प्रसन्न करो। नहीं तो सम्पूर्ण वैशाली ही का नाश हो जाएगा। हे ब्राह्मणो! अपने पाप से वैशाली को नष्ट न करो।"

यह सुनकर सब ब्राह्मण, बटुक ब्रह्मचारी, वेदपाठी श्रोत्रिय जन सहस्रों, भीत विस्मित, चमत्कृत नागर पौरजनों की भीड़ के साथ विकट विजन मन्दकान्तार वन में

साणकोष्ठ चैत्य में जा अतिभयानक शूलपाणि यक्ष की मूर्ति के सामने भूमि पर गिरकर 'त्राहिमाम् त्राहिमाम्!' कहने लगे। तब उस अन्ध गुफा से मूर्ति के पीछे से रक्ताम्बर धारण किए और शूल हाथ में लिये वही सुन्दरी बाला बाहर आई और उच्च स्वर से कहने लगी, "अरे मूढ़ जनो! मैं तुम सब ब्राह्मणों का आज भक्षण करूँगी। मैं यक्षिणी हूँ। तुमने ब्राह्मणत्व के दर्प में मनुष्य-मूर्ति का तिरस्कार किया है; क्या तुम नहीं जानते कि ब्राह्मण और चांडाल दोनों में एक ही जीवन सत्त्व प्रवाहित है, दोनों का जन्म एक ही भाँति होता है, एक ही भाँति मृत्यु होती है, एक ही भाँति सोते हैं, खाते हैं; इच्छा, द्वेष, प्रयत्न के वशीभूत हो सुख-दुःख की अनुभूति करते रणों में गिर गए। तब ब्राह्मण सोमिल के सिर को शूल से छूकर उस यक्षकुमारी ने कहा, "उठ रे ब्राह्मण, अभी तुम्हें जीवन दिया है।"

इतना कहकर वह तेजी से यक्षमूर्ति के पीछे गुहाद्वार में जा अन्धकार में लोप हो गई और वे ब्राह्मण तथा पौर जानपद भय, भक्ति और विविध भावनाओं से विमूढ़ बने नगर की ओर लौटे।

सन्निपात-भेरी

फसल कट चुकी थी और वर्षा आरम्भ होना चाहती थी। वैशाली में युद्ध की चर्चा फैलती जाती थी। मगध-सम्राट् बिम्बिसार की भीषण तैयारियों की सूचना प्रतिदिन चर ला रहे थे। परिषद् की गणसंस्था ने युद्ध-उद्वाहिका के संयुक्त सन्निपात-भेरी की विशिष्ट बैठक का आवाहन किया था। संथागार में वज्जीगण के अष्टकुल-प्रतिनिधि, नौ मल्ल-संघों के और अठारह कासी-कोलों के गण राज्यों के राजप्रमुख आमंत्रित थे। सम्पूर्ण उद्वाहिका-सदस्य उपस्थित थे।

गणपति ने उद्वाहिका का उद्घाटन किया। उन्होंने खड़े होकर कहा, "भन्ते गण सुनें, आज जिस गुरुतर कार्य के लिए वज्जी-मल्लकोल के गणराज्यों का यह संयुक्त सन्निपात हुआ है उसे मैं गण को निवेदन करता हूँ। गण को भलीभाँति विदित है कि मगध-सम्राट् बिम्बिसार वज्जी के अष्टकुलों के गणतंत्र को नष्ट करने पर कटिबद्ध हैं। वज्जीगण के साथ मल्लों के नौ संघराज्यों से कासीकोलों के अठारह गणराज्यों का भाग्य बँधा है। गण को सन्धिवैग्राहिक आयुष्मान् जयराज बताएँगे कि शत्रु ने किन-किन कूट चालों से हमें युद्ध के लिए विवश किया है। कोसलपति महाराज प्रसेनजित् से परास्त होकर सम्राट् बिम्बिसार का उत्साह भंग हो जाएगा, हमने यही आशा की थी परन्तु ऐसा नहीं हुआ। हमें अभी ये सुविधाएँ हैं कि पड़ोसी राज्यों के समाचार हमें समय पर ठीक-ठीक मिल जाते हैं। इसी से हमसे मगध की यह विकट समर-सज्जा छिपी नहीं रही है। भन्तेगण, आज वज्जीगण के अष्टकुल पर और मल्ल-कासी-कोल गणराज्यों पर संकट के बादल मँडरा रहे हैं और हम कह सकते हैं कि अब किसी भी क्षण वज्जीसंघ की राजधानी वैशाली पर मगधसेना का आक्रमण हो सकता है।"

इतना कहकर गणपति बैठ गए। परराष्ट्रसचिव नागसेन ने अब खड़े होकर कहा,

"भन्तेगण सुनें, गणपति ने जो सत्य विभीषिकापूर्ण सूचना दी है, उसकी गम्भीरता एक और घटना से और बढ़ जाती है। भन्तेगण जानते हैं कि कौशाम्बी नरेश शतानीक ने पूर्वकाल में चम्पा पर आक्रमण करके उसे आक्रान्त किया था; आप यह भी जानते हैं कि चम्पा की तटस्थता एवं मित्रता का वज्जी के साथी गणराज्यों से कैसे गम्भीर स्वार्थ हैं। साथ ही यह बात भी नहीं भुलाई जा सकती कि चम्पा का स्वतंत्र राज्य मगध की आँखों का पुराना शूल था, क्योंकि वह उसकी पूर्वी सीमा से मिला था और जब तक वह स्वाधीन था, मगध-सम्राट् बंग, कलिंग की ओर आँख उठाकर भी देख नहीं सकता था। अंग-बंग-कलिंग वास्तव में राजनीतिक एकता में पूरे आबद्ध हैं। इधर हमारा लगभग आधा वाणिज्य चम्पा ही के मार्ग से स्वर्णद्वीप और मलयद्वीप-पुंज तक पहुँच जाता है। इससे अंग की राजधानी चम्पा हमारे वाणिज्य ही के लिए केन्द्र नहीं थी, प्रत्युत मगध-सम्राट् के लिए भी कंटक-रूप थी। इसी से कौशाम्बीपति उदयन से जब हमारी सन्धि हुई, तब हमने उन्हें विवश किया था, कि वे अंग को स्वतंत्र राज्य घोषित करें। और उन्होंने भी प्रसेनजित् और मगध सम्राट् के बीच व्यवधान रखने ही में कल्याण समझकर हमारा प्रस्ताव मान लिया था और दधिवाहन को अंगपति मानकर चम्पा में उसका अभिषेक कर दिया था। अब मगध-सम्राट् ने चम्पा के इस दुर्बल असहाय राजा दधिवाहन को मारकर अंग-राज्य को मगध-साम्राज्य में मिला लिया है। इससे न केवल पूर्व में बंग और कलिंग के लिए भय उत्पन्न हो गया है, प्रत्युत हमारा पूर्वी वाणिज्य ही समाप्त हो गया है।"

नागसेन यह कहकर बैठ गए। अब सन्धि-वैग्राहिक जयराज ने खड़े होकर कहा, "भन्तेगण, आपने गणपति और परराष्ट्रसचिव के भाषण सुने। मैं गण का ध्यान अपने अष्टकुल के संगठन और उस पर आने वाली विपत्ति की ओर आकर्षित करना चाहता हूँ। मगध-साम्राज्य में अब से कुछ ही वर्ष प्रथम केवल अस्सी सहस्र ग्राम थे और उसकी परिधि तेईस कोस थी। परन्तु आज उसका विस्तार आसमुद्र सम्पूर्ण भरतखंड पर है। उसके साम्राज्य में दो-चार छिद्र हैं, उनमें हमारे गणराज्य ही सबसे अधिक उसकी आँख में खटक रहे हैं। प्रसेनजित् ने उसे हरा दिया था, पर वास्तव में उसका कारण बन्धुल मल्ल और उसके पुत्रों का पराक्रम था। बूढ़ा कामुक प्रसेनजित् आज आकाश से टूटे तारे की भाँति लोप हो गया। इसी से बिम्बिसार को इतना साहस हुआ कि हम पर अभियान कर रहा है। अब तक हमारे अष्टकुलों में मिथिला के विदेह, कुण्यपुर के क्षत्रिय, कोल्लाग के उग्र ऐक्ष्वाकु लिच्छवि आदि अपना ठीक संगठन बनाए रहे हैं। पावा और कुशीनारा के मल्लों के नौ गण-संघ भी आज हमारे साथ हैं और कासी-कोलों के अष्टदश गणराज्य भी। इस प्रकार कासी-कोल-राज्य, वज्जी-गणराज्य-संघ और मल्ल गणराज्य संघों का त्रिपुट हमारा सम्पूर्ण संगठन है। मगध-सम्राट् ने हमारे संयुक्त गणराज्य पर अब अभियान किया है, इसी से हमने आज मल्लों, अष्टकुल-वज्जियों तथा कासी-कोलों के अठारह गणराज्यों की इस सन्निपात भेरी का आवाहन किया है।"

इतना कहकर सन्धिवैग्राहिक जयराज कुछ देर चुप रहे, फिर उन्होंने उपस्थित गण-सन्निपात की ओर देखकर कहा, "भन्तेगण, आप जानते हैं कि आज भरतखंड में षोडश महा जनपद हैं। इन षोडश जनपदों से कासी, कोल, वज्जी, मल्ल इन चारों

गणसंघों के छत्तीस राज्यों का हमारा संयुक्त सन्निपात एक ओर है। अब चेतिक के दोनों उपनिवेशों के उपचर-अपचर से हमें सन्धि करने की आवश्यकता है। चेतिक की राजधानी सुत्तिमती को जो मार्ग कासी होकर जाता है, उसमें दस्युओं का भय है और हमें वहाँ सुरक्षा का सम्पूर्ण प्रबन्ध करके अपना चर भेजना आवश्यक है।"

"रही कौशाम्बीपति उदयन की बात, वे भी हमारे मित्र हैं। कुरु के कौरव प्रधान राष्ट्रपाल और पांचाल ब्रह्मदत्त हमारे गण के समर्थक हैं। ये दोनों गण भलीभाँति सुगठित हैं। निस्सन्देह मथुरा के महाराज अवन्तिवर्मन और अवन्ती के चंडमहासेन हमारे पक्ष में नहीं हैं। परन्तु चंडमहासेन कभी भी अपने जामाता उदयन के विरोधी नहीं होंगे। फिर इन दोनों से मगध का विग्रह है। यद्यपि मगध सम्राट् ने भी उदयन को अपनी कन्या देकर भारी राजनीति प्रकट की है और कुटिल वर्षकार ने यौगन्धरायण को भरमाकर मैत्री सूत्र में बाँधा है, फिर भी अनेक गम्भीर कारण ऐसे हैं कि वत्स के महामात्य यौगन्धरायण के कुशल कौटिल्य से ये दोनों महाराज इस युद्ध में सर्वथा उदासीन ही रहेंगे। परन्तु हमें इसी पर निर्भर नहीं रहना चाहिए। महाराज उदयन से हमारी मित्रता के सूत्र और भी दृढ़ रहने चाहिए और इसके लिए हमें भन्तेगण, देवी अम्बपाली का अनुरोध प्राप्त करना होगा। देवी अम्बपाली ही का ऐसा प्रभाव महाराज उदयन पर है कि वे आँखें बन्द करके यौगन्धरायण के परामर्श की अवहेलना कर सकते हैं।

"भन्तेगण, अब मैं आपका ध्यान सुदूर राज्यों की ओर आकर्षित करना चाहता हूँ, दक्षिण के अस्सकराज अरुण और गान्धार के महागणपति पुक्कणति। आप जानते हैं कि गान्धारपति पुक्कणति ने मगध-सम्राट् बिम्बिसार को पठौनी भेजी थी। वे चाहते थे, कि पर्शुपुरी के शासानुशास को बिम्बिसार सहायता दे। उनकी कठिनाइयाँ भी बड़ी पेचीली एवं दुःखप्रद हैं। उनका छोटा-सा गण पार्शवों का अब देर तक सामना नहीं कर सकता। पार्शव शासानुशास दारयोश ने पश्चिम गान्धार को अभी-अभी अपने साम्राज्य में मिला लिया है। वह अब सम्पूर्ण तक्षशिला और गान्धार के जनपद को आक्रान्त किया चाहता है। वास्तव में पशुपति दारयोश पश्चिम का बिम्बिसार है। इसी से सहायता की इच्छा से गान्धार के गणपति ने मगध-सम्राट् बिम्बिसार को पठौनी भेजी थी। परन्तु मगध-सम्राट् के लिए अपनी ही उलझनें थोड़ी नहीं थीं। गान्धार का मगध पर कुछ ऋण भी है। मगध के अनेक मागध तरुण तक्षशिला के सर्वोत्कृष्ट स्नातक हैं। उन्होंने गान्धार राज को बहुत कुछ आश्वासन वहाँ से आती बार दिया था, परन्तु मित्र सिंह ने भी उन्हीं के साथ तक्षशिला छोड़ा था और उन्होंने गान्धारपति को समझा दिया था, कि मगध-सम्राट् बिम्बिसार पूर्व का दारयोश है। ऐसे साम्राज्य लोलुपों से आशा मत कीजिए। वज्जियों का अष्टकुल पूर्वी गान्धारतंत्र है और वह आपका मित्र है। इसलिए वैशाली गान्धार के अपने ऋण को उतारेगा।"

कुछ देर चुप रहकर जयराज फिर बोले, "इसलिए मित्रो, हमने मित्र सिंह के परामर्श से गान्धारपति को जो सम्भव हुआ, सहायता भेजी और आपको अभी मित्र काप्यक बताएँगे, कि जिस काल मगध-सम्राट् चम्पा और श्रावस्ती में व्यस्त थे—वैशाली के तरुणों ने सदर सिन्धनद के तीर पर अपने खड्ग की धार से वज्जियों के अष्टकुल का कैसा मनोरम इतिहास लिखा था।

"परन्तु मैं अभी कुछ और भी बातें कहूँगा; भन्तेगण सुनें!—अस्सक का राजा अरुण कलिंग गणपति सत्तभू पर आक्रमण करना चाहता है। कलिंग-गणपति ने वज्जियों के अष्टकुलों की सहायता माँगी है और पूर्व समुद्र में अपनी स्थिति ठीक रखने के विचार से हमने उसे स्वीकार कर लिया है तथा कलिंग राज्य से हमारी सन्तोषप्रद सन्धि हो गई है। रहा अस्सक, सो कभी वैशाली के तरुणों के खड्ग से उसका भी निर्णय हो जाएगा। अब काम्बोजों के बर्बरों का ही वर्णन रह गया है। वे थोड़े से स्वर्ण और उत्तम शस्त्र पाकर ही अपना रक्तदान हमें दे सकते हैं। इस प्रकार भन्तेगण, हमने सोलह महाजनपदों में अपनी स्थिति यथासम्भव ठीक कर ली है।"

जयराज महासन्धिवैग्राहिक यह कहकर बैठ गए। अब गान्धार काप्यक ने खड़े होकर कहा, "भन्तेगण सुनें, अष्टमहाकुल के वज्जियों ने जो कुछ सिन्धुनद पर अपनी कीर्ति विस्तार की है, उसी का बखान करने मैं यहाँ आया हूँ, गान्धारगणपति की ओर से साधुवाद और कृतज्ञता का सन्देश लेकर।

"वज्जीगणों के नागरिकों की सेना में सम्मिलित होने का मुझे सम्मान मिला था। आचार्य बहुलाश्व ने स्वयं उसका निरीक्षण किया था। अश्व-संचालन और शार्ङ्ग धनुष, खड्ग, शल्य, गदा और शक्ति के युद्ध में वैशाली-संघ के तरुण गान्धार तरुणों से किसी प्रकार कम न थे। भन्तेगण, ऐसे मित्रों को पाकर हमें गर्व हुआ। आचार्य बहुलाश्व ने उन्हें पुष्कलावती से आनेवाले राजमार्ग से सम्पूर्ण सिन्धुतट की रक्षा का भार सौंपा था। शास ने शिरभी, सौवीर, पख्त, भलानस और वक्षु नदी के उत्तर तथा पर्शपुरी के पूर्व के सम्पूर्ण जनपद को ध्वंस करने की बड़ी भारी तैयारी की थी। परन्तु उसकी सबसे बड़ी कठिनाई यह थी कि वह सिन्धु को जहाँ से चाहे पार नहीं कर सकता था। उसे वैशाली के तरुणों से रक्षित-गोपित घाटों ही से नदी पार करना अनिवार्य था। भन्ते, मैं अत्युक्ति नहीं करता, इन वीर तरुण वज्जियों के कौशल और शौर्य ही के कारण वह अपने सम्पूर्ण जनबल से लाभ नहीं उठा सका और हमने उसके खंड-खंड करके सदैव के लिए उसको दलित कर दिया। वह बहुत कम बल लेकर पीछे लौट सका। वज्जी वीरों ने गान्धार तरुणों के साथ सिन्धु पार कर पुष्कलावती, सुवास्तु और कुभा तक उसका पीछा किया और शत्रुवाहिनी-पति को जीवित पकड़ लिया। तब हमारे प्रधान सेनानायक प्रियमेघ ने अश्रु-गद्गद होकर कहा था—तक्षशिला सदा के लिए वैशाली का ऋणी रहेगा...और आज अपने सेनापति के वे ही शब्द मैं भी संथागार में दुहराता हूँ।"

प्रचंड करतल-ध्वनि और साधु-साधु की ध्वनि के बीच काप्यक चुपचाप खड़े रहे। फिर ठहरकर बोले, "गान्धार में वज्जियों के अष्टकुलों की कीर्ति-ध्वजा फहरानेवाले, शासनुशास के वाहिनीपति को जीवित बन्दी बनानेवाले मेरे सुहृद प्रियदर्शी सिंह यहाँ आपके सम्मुख उपस्थित हैं, जिनके नेतृत्व में वैशाली तंत्र के तरुणों ने वह कीर्ति कमाई थी। वहाँ हमारे संघ ने वयस्य सिंह को गान्धार जनपद का नागरिक और गान्धार गण-संघ का आजन्म सदस्य चुना था। परन्तु भन्तेगण, मुझे और भी कुछ कहना है। जब हर्षध्वनि के बीच आचार्य बहुलाश्व ने गान्धारगण के समक्ष यह घोषणा की कि उनकी सुकुमारी कुमारी रोहिणी का वीरवर सिंह के प्रति सात्त्विक प्रेम है और वे उसका अनुमोदन करते हैं, तब सम्पूर्ण गणजन में आनन्द और उल्लास का समुद्र हिलोरें लेने

लगा और गणजन ने इच्छा प्रकट की कि रोहिणी और सिंह का पाणिग्रहण गण के समक्ष वहीं हो।

"गणपति की इस आज्ञा का पालन करने जब सुश्री रोहिणी वक्षकोष्ठक में बैठी सखियों के बीच से उठ लज्जा और हर्ष से आरक्त-अवनतमुखी अपनी माता के पीछे-पीछे शाला के भीतर आई, तो सदस्यों की उत्सुक दृष्टियों के भार से जैसे वह दब गई। उसके सुनहरे तार के समान बालों में अंगूर के ताजे गुच्छों का और जवाकुसुमों का शृंगार था, उसने कंठ में मुक्तामाल और कान में हीरक-कुंडल पहने थे। वह सुन्दर कौशेय और काशिक के उत्तरीय अन्तर्वासक और कंचुक से सुसज्जिता थी। उस समय वह गान्धार जनपद की कुलदेवी-सी प्रतीत होती थी। गान्धारराज ने अपने हाथों उसे सिंह को समर्पित किया; और समस्त जनपद ने दूसरे दिन गण-नक्षत्र मनाया, जो हम जातीय त्योहार के दिन ही मनाते हैं। भन्ते, इस प्रकार गान्धार जनपद ने अष्टकुल के वज्जियों की वीरता का जो अधिक-से-अधिक सम्मान किया जा सकता था—किया। परन्तु फिर भी गान्धार गणपति ने घोषित किया था कि यह यथेष्ट नहीं है। और फिर गान्धार गणसंघ ने एक नागरिक शिष्टमंडल इस अकिंचन की अध्यक्षता में इसलिए भेजा है कि हम लोग वैशाली गणतंत्र के प्रति अपनी श्रद्धा प्रकट करें। भन्ते, अन्त में मैं यह और कहना चाहता हूँ कि दो ही चार दिन में युद्ध में भाग लेने गान्धार से चिकित्सकों और तरुणों का एक सुदृढ़ दल वैशाली में आ रहा है।"

बड़ी देर तक हर्षध्वनि होती रही। काप्यक गान्धार चुपचाप आसन पर बैठ गए। अब गणपति उठे और सर्वत्र सन्नाटा छा गया। उन्होंने कहा, "भन्तेगण सुनें, आयुष्मान् नाग व जयराज और काप्यक के वक्तव्य आपने सुने। आयुष्मान् सिंह के शौर्य की जितनी प्रशंसा की जाए, थोड़ी है। परिस्थिति पर आपने विचार किया है। अब मैं आपके सामने प्रस्ताव रखता हूँ। प्रथम, प्रान्त और कोष की रक्षा। दूसरे, अश्वारोही, पदातिक और नौसेना का संगठन। तीसरे, राजस्व-कोष और युद्धोत्पादन-उत्पादन। चौथा, कूटनीति, प्रचार और गुप्तचर।

"भन्तेगण, प्रथम बार मैं प्रस्ताव करता हूँ कि प्रान्त और कोष की रक्षा के लिए आयुष्मान् सूर्यमल्ल का निर्वाचन हो। आयुष्मान् सूर्यमल्ल महाअट्टवी-रक्षक के पद पर सुचारु कार्य करते रहे हैं। वे समस्त सीमाप्रान्तों, नगर-दुर्गों एवं घाटों तथा राजमार्गों से परिचित हैं। अब जो आयुष्मान् को इस पद पर चुनते हैं वे चुप रहें।"

परिषद् में सन्नाटा था। गणपति ने थोड़ा ठहरकर कहा, "दूसरी बार भी भन्तेगण सुनें—जिसे यह पद आयुष्मान् के लिए स्वीकृत हो, वे चुप रहें।"

थोड़ी देर फिर सन्नाटा रहा। गणपति फिर बोले, "तीसरी बार भी भन्तेगण सुनें—जिसे प्रान्त और कोष्ठ की रक्षा के लिए आयुष्मान् सूर्यमल्ल का निर्वाचन स्वीकृत हो, वे चुप रहें, न बोलें।"

क्षण-भर ठहरकर गणपति ने घोषित किया कि सूर्यमल्ल उस पद पर चुन लिये गए।

अब गणपति ने कहा, "अब भन्तेगण, प्रथम बार सुनें, मैं आयुष्मान् सिंह को छत्तीस गणराज्यों की संयुक्त समस्त चतुरंगिणी, पदाति, अश्वारोही और नौसेना के लिए सेनापति का प्रस्ताव रखता हूँ। जो सहमत हों, वे चुप रहें।

सभा में सन्नाटा था। क्षण-भर ठहरकर गणपति ने फिर कहा, "भन्तेगण, दूसरी बार फिर सुनें, मैं आयुष्मान् सिंह को सेनापति पद के लिए चुनने का प्रस्ताव रखता है। जो सहमत हों, चुप रहें।"

इस पर भी सन्नाटा रहा। गणपति ने कहा, "तीसरी बार भन्तेगण सुनें, समस्त सेनापति के पद पर आयुष्मान् सिंह के लिए मैं प्रस्ताव करता हूँ।"

इसी समय सिंह धीरे से परिषद्-भवन के बीचोबीच आ खड़े हुए। गणपति ने कहा, "आयुष्मान् कुछ कहना चाहते हैं, कहें।"

सिंह ने कहा, "भन्तेगण सुनें, गणपति और जनसंघ जो सम्मान मुझे देना चाहते हैं, उसके लिए मैं आभार मानता हूँ। परन्तु मेरी अभिलाषा है कि इस पद के उपयुक्त पात्र वज्जीगण के महाबलाध्यक्ष सुमन हैं। अतः मैं प्रस्ताव करता हूँ कि इस सेनापति पद पर वही रहें और हम लोग उनकी अधीनता में युद्ध करें।"

एक-दो सदस्यों ने कहा, "साधु-साधु!"

तब गणपति ने कहा, "परिषद् में सेनापति पद के लिए थोड़ा मतभेद है। इसलिए छन्द लेने की आवश्यकता है। भन्तेगण, आप सावधान हों। शलाकाग्राहक छन्द शलाकाएँ लेकर आपके पास आ रहे हैं। उनके एक हाथ की डालियों में लाल शलाकाएँ हैं, दूसरी में काली। लाल शलाका 'हाँ' के लिए है और काली 'नहीं' के लिए। अब जो आयुष्मान् मेरे मूल प्रस्ताव का अनुमोदन करते हैं, अर्थात् सिंह को प्रधान सेनापति-पद देना चाहते हैं, वे लाल शलाका लें। और जो आयुष्मान् सिंह द्वारा संशोधित प्रस्ताव के अनुसार सेनापति सुमन को चाहते हैं, वे काली शलाका लें।"

सिंह ने फिर खड़े होकर कुछ कहने की इच्छा प्रकट की। गणपति ने कहा, "आयुष्मान् फिर कुछ कहना चाहता है, कहे।"

सिंह ने कहा, "भन्तेगण सुनें। मेरा प्रस्ताव गणपति के मूल प्रस्ताव का विरोधी नहीं है। सेनापति सुमन हमारे श्रद्धास्पद, वृद्ध अनुभवी सेनानायक हैं। उनका अनुभव बहुत भारी है। उन्होंने बड़े-बड़े युद्ध जीते हैं। वैशाली के लिए उनकी सेवाएँ असाधारण हैं। इसलिए हम सब तरुणों को उनके वरदहस्त के नीचे युद्ध करना सब भाँति शोभा-योग्य है, उचित भी है। कम-से-कम मेरे लिए उनकी अधीनता में युद्ध करना सेनापति होने की अपेक्षा अधिक सौभाग्यमय है। इससे मैं अनुरोध करता हूँ कि आप भन्तेगण काली शलाका ही ग्रहण करें।"

परिषद् में फिर 'साधु-साधु' की ध्वनि गूँज उठी। शलाका-ग्राहक छन्दशलाका लेकर एक-एक सदस्य के पास गए। सबने एक-एक शलाका ली। लौटने पर गणपति ने गिना। काली कम लौटी थीं। गणपति ने घोषित किया, "काली शलाकाएँ कम लौटी हैं। तो भन्ते गण, आयुष्मान् सिंह के प्रस्ताव से सहमत हैं। तब सेनानायक सुमन सम्पूर्ण संयुक्त सेना के सेनापति निर्वाचित हुए।

"अब भन्तेगण सुनें, प्रथम बार मैं राजस्व, कोष और युद्धोत्पादन के लिए आयुष्मान् भद्रिय का प्रस्ताव करता हूँ।"

फिर तीन बार गणपति ने परिषद् की स्वीकृति लेने पर कूटनीति और गुप्त विभाग का अधिपति सन्धिवैग्राहिक जयराज को बनाया।

इसके बाद सिंह उपसेनापति, गान्धार काप्यक नौसेनापति, आगार-कोष्ठक स्वर्णसेन नियत हुए। यह सब कार्य-सम्पादन होने पर गणपति ने कहा, "भन्तेगण सुनें, हमने युद्ध-उद्वाहिका का संगठन कर लिया। अब हमें धन और अन्न की आवश्यकता है। राजकोष में युद्ध-संचालन के योग्य यथेष्ट धन नहीं है। यदि राजकोष का स्थायी कोष सन्तोषजनक न हुआ तो इसका परिणाम अच्छा न होगा।"

सूर्यमल्ल ने खड़े होकर कहा, "तब धन आएगा कहाँ से? धन के बिना शस्त्र, नौका, अश्व और दूसरे उपादान कैसे जुटेंगे?"

"नहीं जुटेंगे, इसी से भन्तेगण, हमें सेट्ठियों से धन ऋण लेना होगा।" भद्रिय ने कहा।

"सेट्ठिजन ऋण क्यों देंगे?" स्वर्णसेन ने कहा।

"क्यों नहीं देंगे, क्या गण के साथ उनकी सुख-समृद्धि संयुक्त नहीं है? क्या वे गण की व्यवस्था ही से अपने वाणिज्य-व्यापार नहीं कर रहे हैं? क्या श्रेणिक बिम्बिसार का उदाहरण हमारे सम्मुख नहीं है?"

महासेनापति सुमन ने कहा, "भन्तेगण सुनें, जो संकट आज हमारे सम्मुख है, ऐसा वैशाली पर कभी नहीं आया था। शत्रु को यही छिद्र मिल गया है, कि हमारी सेना और कोष अव्यवस्थित और अपर्याप्त हैं, तभी वह साहस कर रहा है; और यह झूठ भी नहीं है। हमें नियमित राजस्व नहीं मिल रहा है। दुर्ग-प्राकारों और नगर-प्राकारों का भी संस्कार कराना आवश्यक है। परिखा में जल नहीं है और उसमें मिट्टी भर गई है, वे खेत हो रही हैं।"

भद्रिय ने खड़े होकर कहा, "भन्तेगण सुनें, सेट्ठि और सार्थवाह परिषद् को दस कोटि सुवर्ण धन ऋण दे और यह ऋण उन्हें बारह वर्ष में चुकाया जाएगा। मैं आशा करता हूँ कि वे गण को प्रसन्नता से धन देंगे।"

सिंह ने खड़े होकर कहा, "भन्तेगण सुनें, धन की व्यवस्था हो जाए तो और विषयों का युद्ध-उद्वाहिका अपने मोहनगृह के गुप्त अधिवेशनों में निर्णय करे, जिससे शत्रु को छिद्रान्वेषण का अवसर न मिले।"

इस पर कोलियगण राजप्रमुख विश्वभूति ने कहा, "कासी-कोलों के अठारह गणराज्य इस युद्ध में अर्ध अक्षौहिणी सेना और तीन कोटि सुवर्ण-भार देंगे। अपने सैन्य की रसद-व्यवस्था वे स्वयं करेंगे।

सन्निपात ने प्रसन्नता प्रकट की। मल्लों के प्रमुख रोहक ने कहा, "तो एक सहस्र हाथी, इतने ही रथ, बीस सहस्र अश्वभट और पचास सहस्र पदाति मल्लों के नौ गणराज्य देंगे तथा अपना सब व्यय-भार उठाएँगे। मल्ल युद्ध-उद्वाहिका को अपने सम्पूर्ण तटों, दुर्गों और युद्धोपयोगी स्थलों को उपयोग करने का भी अधिकार देते हैं।"

महाबलाधिकृत ने अब युद्ध-उद्वाहिका का इस प्रकार संगठन किया—

"महाबलाधिकृत सुमन सेनापति, सिंह उपसेनापति, नौबलाध्यक्ष गान्धार काप्यक, राजस्व-कोष और युद्धोत्पादन भद्रिय, रसदाध्यक्ष स्वर्णसेन, प्रान्तकोष्ठ रक्षक सूर्यमल्ल। कासीकोल-प्रतिनिधि विश्वभूति और मल्ल-प्रतिनिधि रोहक।"

इसके बाद सन्निपात-भेरी का कार्य समाप्त हुआ।

मोहनगृह की मंत्रणा

संथागार के पिछले भाग से संलग्न निशान्त हर्म्य थे, जिसमें चारों ओर अनेक अट्टालिकाएँ ऐसी चतुराई से बनाई गई थीं, जिनकी भीत और निकास के मार्गों का सरलता से पता ही नहीं लगता था। एक बार एक अपरिचितजन उन टेढ़े-तिरछे मार्गों में फँसकर फिर निकल ही नहीं सकता था। इसी निशान्त के बीचोबीच भूगर्भ में यह मोहनगृह था। इसके द्वार के समीप ही चैत्य देवता का थान था। इस चैत्य में आने-जानेवालों का ताँता लगा ही रहता था। इससे इस ओर आने-जाने वालों की ओर किसी की दृष्टि नहीं जाती थी। चैत्य के देवता की विशाल मूर्ति पोली धातु-निर्मित थी। इसी मूर्ति के पृष्ठ भाग में सिंहासन के नीचे मोहनगृह का गुप्त द्वार था जो यंत्र के द्वारा खुलता था तथा जिसे यत्नपूर्वक गुप्त रखा जाता था। इस गुप्त द्वार के अतिरिक्त मोहनगृह में आने-जाने के लिए अनेक सुरंगें भी थीं जिनका सम्बन्ध उच्च राजप्रतिनिधिजनों के आवास से था। उनके आवास में से इन सुरंगों का मार्ग या तो किसी खम्भे के भीतर था, या भीत के भीतर होकर। ये द्वार इतने गुप्त थे कि निरन्तर सेवा करने वाले दास-दासी और भृत्य भी उनके सम्बन्ध में कुछ नहीं जानते थे। वज्जी संघ का यह कठोर विधान था कि मंगल-पुष्करिणी में स्नात लिच्छवि राजपुरुष को छोड़ अन्य जो कोई भी किसी भाँति इन द्वारों से परिचित हों, इन द्वारों के भीतर चरण रखे, तो तुरन्त उसी समय उसका वध कर दिया जाए, फिर वह अपराधी चाहे राजपुत्र ही क्यों न हो। इन सब कारणों से इस मोहनगृह के सम्बन्ध में विविध किंवदन्तियाँ कहते थे। वह किस उपयोग में आता है, यह भी लोग नहीं जानते थे। वहाँ जाने की चेष्टा करनेवालों, जिज्ञासा करनेवालों को जिन्होंने मृत्यु-दंड पाते देखा था, वे वहाँ की विविध काल्पनिक विभीषिकाएँ सुना-सुनाकर लोगों को भयभीत करते रहते थे।

इसी मोहनगृह में आज वज्जीसंघ के विशिष्ट जनों की मंत्रणा बैठी थी। मंत्रणागृह में सात दीपाधारों पर घृत के दीप जल रहे थे और सब मिलाकर कुल नौ पुरुष वहाँ गम्भीर भाव से मंत्रणा में व्यस्त थे। इन नौ पुरुषों में एक गणपति सुनन्द, दूसरे महाबलाध्यक्ष सुमन, तीसरे सेनापति सिंह, चौथे विदेश सचिव नागसेन, पाँचवें सन्धिवैग्राहिक जयराज, छठे नौबलाध्यक्ष काप्यक, सातवें अर्थ सचिव भद्रिय, आठवें आगारकोष्ठक स्वर्णसेन और नौवें महाअट्टवीरक्षक सूर्य मल्ल थे। विदेशसचिव नागसेन ने मंत्रणा का आरम्भ किया। उन्होंने कहा, "भन्तेगण सुनें, यह मोहन-मंत्रणा अत्यन्त अनिवार्य होने पर मैंने आमंत्रित की थी। मेरे पास इस बात के पुष्ट प्रमाण संगृहीत हैं कि अतिनिकट भविष्य में मगध सम्राट् वैशाली पर आक्रमण करने की योजना बना रहे हैं और उनके अमात्य ब्राह्मण वर्षकार मंत्रयुद्ध का संचालन करने वैशाली में आए हैं। सम्राट् द्वारा उनका कलह और बहिष्कार केवल कपट-योजना है, उन्होंने मंत्रयुद्ध का वैशाली में प्रारम्भ कर दिया है और वे उसमें सर्वतोभावेन सफल होते जा रहे हैं। उनके सैकड़ों गुप्तचर विविध रूप धारण कर वैशाली में आ बसे हैं। अनेक नट, विट, वेश्याएँ, कुटनियाँ, विदूषक तथा सती और तीक्ष्ण सभ्य नागरिकों के वेश में शिल्पी दूत, वणिक, सार्थवाह, सेट्ठि बनकर वैशाली में फैल गए हैं। विविध प्रकार के धूर्त चर चारों ओर भर गए हैं

और यह ब्राह्मण कुंडग्राम के ब्राह्मण-सन्निवेश में एक टूटे छप्पर के नीचे बैठ उनके द्वारा मंत्रयुद्ध का संचालन कर रहा है।"

गणपति सुनन्द ने कहा, "आयुष्मान् के पास इन सब बातों के सम्बन्ध में क्या-क्या प्रमाण है?"

"क्या, भन्तेगणपति, आपने कुंडग्राम के ब्राह्मण-सन्निवेश में अभी जो घटना हुई, उसे नहीं सुना है?"

"क्या आयुष्मान् उस चांडाल मुनि और यक्ष कन्या की बात कह रहा है?"

"वही बात है भन्ते! मैं कहता हूँ, यह इस कुटिल ब्राह्मण का कोरा मंत्र-युद्ध है। इसमें वैशाली जनपद के सौ से अधिक व्यक्तियों की मृत्यु हो गई और अब सम्पूर्ण वैशाली भयभीत हो उस काणे कपटमुनि के चरणों में गिर-गिरकर अपनी सुख-दुःख भावना, आकांक्षा तथा गोपनीय बातें भी बता रही है। क्या आप यह नहीं सोच सकते, कि ये सब छिद्र और जन-जन की जीवनगाथा उस कुटिल ब्राह्मण के कान में पहुँचकर वैशाली के विनाश का साधन बन रही है?"

"परन्तु आयुष्मान् इसका क्या प्रमाण है, कि वह भदन्त कोई भाकुटिक वंचक है, त्यागी समर्थ ब्रह्मचारी नहीं?"

"भन्ते, वह जो कुछ है उसे हमने जान लिया है।"

"तो कौन है वह?"

"यह जयराज कहेंगे, इन्होंने वैशाली से अनुसन्धान-सूत्र ग्रहण किया है।"

"तो आयुष्मान् जयराज कहें!"

"भन्ते, वह काणा राजगृह का प्रसिद्ध नापित धूर्त प्रभंजन है। वैशाली के बहुत जनों ने राजगृह में उससे बाल मुँड़वाए हैं।" जयराज ने कहा।

"क्या कहा? राजगृह का नापित!"

"हाँ भन्ते, उसका नाम प्रभंजन है और वह महाधूर्त है।"

"और वह यक्षिणी?"

"वह राजगृह की प्रसिद्ध वेश्या मागधिका है।"

"किन्तु ब्राह्मण-उपनिवेश के ब्राह्मणों के उन्मत्त होकर मरने का कारण क्या है?"

"पूर्व-नियोजित योजना; नन्दन साहु ने विष-मिश्रित खाद्य उन्हें दिया है। वह दुष्ट इसी कुटिल ब्राह्मण का चर है और उसकी सम्पूर्ण योजनाओं का माध्यम वाहक है।"

"यह तो बड़े आश्चर्य की बात है!"

"यही नहीं भन्ते, आपने क्या विदिशा की वेश्या भद्रनन्दिनी का नाम नहीं सुना, जिसके हाथ में आज वैशाली के प्राण हैं?"

"वह कौन है?"

"मागध विषकन्या कुंडनी। उसमें ऐसी सामर्थ्य है भन्ते, कि जिस पुरुष का वह चुम्बन करेगी, उसकी तुरन्त मृत्यु हो जाएगी। चम्पा की विजय का श्रेय इसी विषकन्या को है, इसी ने चम्पा के महाराज दधिवाहन के प्राण लिये हैं हन्ते!"

"ओह, ऐसी भयंकर सूचना! क्या तुमने उसके सम्बन्ध में यथातथ्य जाना है। भद्र?"

"भन्ते, मैं उससे मिल लिया हूँ। अब तक जो लिच्छवि उसके द्वारा मरे नहीं, यह उसकी कृपा है; नहीं तो कोई दिन ऐसा नहीं जाता, जिस दिन वह सौ सुवर्ण देनेवाले किसी लिच्छवि तरुण का अपने आवास में स्वागत न करती हो। यह भी सम्भव है कि वह किसी महती योजना की प्रतीक्षा में है।"

"यह तो अति भयंकर बात है आयुष्मान्!"

नागसेन ने कहा, "अभी अर्थसचिव भद्रिय और महाअट्टवी-रक्षक सूर्यमल्ल भी कुछ सूचनाएँ देंगे।"

"आयुष्मान् भद्रिय कहें!"

"भन्ते, आपको ज्ञात है कि चम्पा का कोई धनकुबेर कृतपुण्य सेट्ठि गृहपति अन्तरायण में कहीं से आकर बस गया है।"

"उसके ऐश्वर्य और सम्पदा तथा वाड़व अश्वों के सम्बन्ध में मैंने सुना है; उसकी क्या बात है?"

"वह भी इसी कुटिल ब्राह्मण का चर है, वह देश-देशान्तरों से वैशाली निगम के नाम हुंडियाँ मोल लेकर संचित कर रहा है। उसका विचार किसी भी दिन ब्राह्मण का संकेत पाते ही वैशाली के सब सेट्ठियों के टाट उलटवाने का है।"

"यहाँ तक भद्र?"

"अब भन्ते, सूर्यमल्ल की सूचना भी सुनें!"

"आयुष्मान् बोलें!"

"भन्ते, मुझे यह सूचना देनी है कि जिस दस्यु बलभद्र के आतंक से आजकल वैशाली आतंकित है, वह भी एक मागध सेनानी है और उसके अधीन दस सहस्र साहसी भट मधुवन में छिपे हैं एवं पचास सहस्र सैन्य वज्जीगण के विविध वन्य प्रान्तों में गुप्त रूप से व्यवस्थित हैं। उसके सेनानायक, सामन्त और नायकगण वैशाली के उत्तर-क्षत्रिय-कुंडपुर-सन्निवेश, वाणिज्य-ग्राम, चापाल-चैत्य, सप्ताह-चैत्य, बहुपुत्र-चैत्य, कपिनह्य-चैत्य आदि स्थानों में छद्मवेश और छद्म नामों से बस रहे हैं।"

"तो इसका अभिप्राय यह है कि अब वैशाली में कौन शत्रु है और कौन मित्र, इसका जानना ही कठिन है!" महाबलाधिकृत सुमन ने कहा।

"भन्ते!" नागसेन ने कहा, "अब वैशाली विजय करने को सम्राट् के यहाँ आने की और सैन्य-अभियान की आवश्यकता ही नहीं है। जो कुछ हो गया है, वैशाली को जय करने के लिए वही यथेष्ट है।"

अब सेनापति सिंह ने खड़े होकर कहा, "भन्ते गणपति, यह आपने शत्रुओं की विकट योजना का एक अंश सुना, अब अपने बल को भी देखिए। वैशाली का सम्पूर्ण राष्ट्र आज मदिरा और विलास में डूबा हुआ है। उसके प्राण अम्बपाली के आवास में पड़े रहते हैं। ये सेट्ठिजन, जो असंख्य सम्पदा के साथ सम्पूर्ण व्यापार-विनिमय के भी एकमात्र स्वामी हैं, आवश्यकता पड़ने पर हमें युद्ध में कोई सहायता नहीं देंगे। हमारे कोष की दशा शोचनीय है, अर्थसचिव इस पर प्रकाश डाल सकते हैं। सैन्य-संगठन का ढाँचा ढीला है, तरुण कामुक और विलासी हैं।" उन्होंने तीखी दृष्टि स्वर्णसेन पर डाली, जो चुपचाप विमन भाव से सब बातें सुन रहे थे।

गणपति ने कहा, "भद्र, भद्रिय क्या कुछ कहेंगे?"

भद्रिय ने कहा, "केवल यही, कि यदि हमें तत्काल ही युद्ध करना पड़ा तो राजकोष की कोई सहायता नहीं मिल सकती। बलि-संग्रह नहीं हो रहा; और जब से दस्यु बलभद्र का आतंक बढ़ा है, इसमें और भी वृद्धि हो गई है। सम्भव है, आगारकोष्ठक मित्र स्वर्णसेन, सेना को अन्न और सामग्री दे सकें।" उन्होंने भी मुस्कराकर स्वर्णसेन की ओर देखा।

स्वर्णसेन ने खड़े होकर कहा, "दस्यु बलभद्र का दमन यदि तत्काल नहीं हुआ तो फिर आगार की सारी व्यवस्था नष्ट हो जाएगी।"

अब नौबलाध्यक्ष काप्यक ने खड़े होकर कहा, "भन्ते गणपति, एक महत्त्वपूर्ण सूचना मुझे भी देनी है; मागधों ने गंगा के उस पार पाटलिग्राम में सेना का एक अड्डा बनाया है। वे जब-तब आकर ग्रामवासियों को घर से निकालकर स्वयं वहाँ रहने लगते हैं और वे गंगा और मिट्टी के तीर पर दो-दो लीग के अन्तर पर काष्ठ के कोट बनवाते जा रहे हैं। पाटलिग्राम का गंगा तट नौकाओं से पटा पड़ा है। इस प्रकार वैशाली की ऐन नाक के नीचे यह पाटलिग्राम मागधों का सैनिक स्कंधावार बनता जा रहा है और कभी वह वैशाली के नौ बल के लिए बहुत बड़ी बाधा प्रमाणित हो सकता है।"

"तो आयुष्मान नागसेन कहें, कि सब बातों का विचार कर हमें क्या करणीय है?" स्वर्णसेन ने बीच ही में खड़े होकर कहा, "मेरा मत है कि इस कटिल ब्राह्मण को तुरन्त बन्दी बना लिया जाए और उन सब गुप्तचरों को भी।"

"यह तो खुला रण-निमंत्रण होगा आयुष्मान्!" महाबलाधिकृत सुमन ने कहा, "और इसका परिणाम भीषण हो सकता है।"

नागसेन ने कहा, "मेरा मत है कि हमें त्रिसूत्रीय योजना विस्तार करनी चाहिए। एक सूत्र यह कि हमें निसृष्टार्थ दूत मगध को प्रेरित करना चाहिए। यह दूत कुलीन, बहुश्रुत, बहुबान्धव, बहुकृत, बहुविद्य, बुद्धि-मेधा-प्रतिभा सम्पन्न, मधुर भाषी, सभाचगुर, प्रगल्भ, प्रतिकार और प्रतिवाद करने में समर्थ, उत्साही, प्रभावशाली, कष्टसहिष्णु, निरभिमानी तथा स्थिर स्वभाववाला पुरुष हो। उसके साथ सब यान-वाहन पुरुष-परिवार हो, करणीय विषय का ऊहापोह करने योग्य हो।

"वह सम्राट् को मैत्री-सन्देश दे, उसकी गतिविधि देखे, शत्रु के आटविक, अन्तपाल, नगर तथा राष्ट्र के निवासी प्रमुख जनों से मैत्री-सम्बन्ध स्थापित करे, मागध सैन्य का संगठन, व्यूह-परिपाटी, संख्या देखे-समझे। शत्रु के दुर्ग, उसका कोष, आय के साधन, प्रजा की जीविका और राष्ट्र की रक्षा एवं उसके छिद्रों को भी देखे।

"दूसरा सत्र यह है कि हमें अपने इंगित, चेष्टा, आचार एवं विचार किसी से भी ऐसा प्रकट नहीं करना चाहिए, जिसमें वैशाली में व्याप्त मागध दूतों को यह ज्ञात हो जाए कि हम सावधान हैं और हमारी योजना क्या है।"

"तीसरा सूत्र यह है कि हमें कोष, अन्न और सैन्य का भलीभाँति संगठन और व्यवस्था करनी चाहिए।"

महाबलाधिकृत ने कहा, "मुझे योजना स्वीकृत है। आयुष्मान् नागसेन का कथन यथार्थ है। मैं प्रस्ताव करता हूँ कि स्वयं नागसेन ही मगध जाएँ।"

"नहीं भन्ते, यह ठीक नहीं होगा, मैं यहाँ नियुक्त हूँ। मेरी अनुपस्थिति तुरन्त प्रकट हो जाएगी। मेरा प्रस्ताव है कि मित्र जयराज जाएँ।"

"मैं स्वीकार करता हूँ; परन्तु योजना मेरी अपनी होगी। प्रकट में कोई अन्य व्यक्ति बहुत-सी उपानय-सामग्री लेकर चले और मैं गुप्त रूप में। दूत का जाना वर्षकार की सम्मति से उनके लिए सम्राट् से अनुनय करने के लिए हो। हम लोग सब भाँति से दबे हुए हैं, भयभीत हैं, असंगठित हैं, असावधान हैं, यही भाव प्रकट हो। मेरी अनुपस्थिति भी प्रकट न हो। मेरे स्थान पर मेरा मित्र काप्यक, मेरा अभिनय करे।"

"यह उत्तम है आयुष्मान्!" महाबलाधिकृत सुमन ने कहा, "सैन्य-संगठन का कार्य मैं आयुष्मान् सिंह को सौंपता हूँ।"

"मैं स्वीकार करता हूँ। मेरी भी अपनी स्वतंत्र योजना होगी और अभी वह गुप्त रहेगी।"

"तो ऐसा ही हो आयुष्मान्! अब रह गया कोष, धान्य और साधन; इसके लिए आयुष्मान् भद्रिय उपयुक्त हैं। फिर हम सबकी सहायता करेंगे। आयुष्मान् जयराज एक मास में लौट आएँ, तभी दूसरी बार मोहनगृह-मंत्रणा हो।" गणपति सुनन्द ने कहा तथा मंत्रणा समाप्त हुई।

पारग्रामिक

काप्यक गान्धार ने बहुत-सी बहुमूल्य उपानय-सामग्री ले, दास, सैनिक और पथप्रदर्शकों के साथ ठाठ और आडम्बर के साथ राजगृह को प्रस्थान किया। सम्राट् से महामात्य वर्षकार का विग्रह शमन कराने के लिए यह आयोजन किया गया है, यह सुनकर ब्राह्मण वर्षकार ने एक शब्द भी 'हाँ' या 'ना' नहीं कहा। हर्ष-विषाद भी कुछ उसने नहीं प्रकट किया। परन्तु उसी दिन उसने मध्यरात्रि में कुछ आदेश लेख लिखे और उन्हें ब्राह्मण सोमिल को देकर कहा, "यह लेख नन्दन साहु के पास अभी पहुँचना चाहिए। नन्दन साहु ने वह लेख पाकर उसी रात्रि को एक दंड रात्रि रहते अपने घर से प्रस्थान किया और वैशाली उपनगर में आकर उपालि कुम्भकार के घर आया। उपालि कुम्भकार श्रावरती से आकर अभी कुछ दिन हुए यहाँ बसा था। नन्दन साहू ने वह लेख उसे दिया और कुछ भांड उपालि से क्रय कर उनका मूल्य चुका, सूर्योदय से पूर्व ही घर लौट आया। परन्तु वैशाली के तीन द्वारों से तीन पुरुष सूर्योदय के साथ ही तीन दिशाओं को निकले। तीनों पदातिक थे। एक ने उत्तर-पूर्व में कुंडपुर जाकर एक हर्म्य में मगध सेनापति उदायि को एक लेख दिया। दूसरे ने पश्चिम में वाणिज्य-ग्राम जाकर मागध सन्धिवैग्राहिक ध्रुववर्ष को एक लेख दिया। तीसरे ने कोल्लोग-सन्निवेश में स्थित मागध सेनानायक सुमित्र को तीसरा लेख दिया। वे अपना-अपना कार्य पूर्ण करके अपने-अपने स्थान पर फिर वैशाली में लौट आए। परन्तु इन तीनों ही व्यक्तियों के पीछे छाया की भाँति तीन और व्यक्ति भी उपर्युक्त स्थानों पर उनके पीछे-पीछे जा पहुँचे थे। वे तीनों वैशाली नहीं गए। पूर्वोक्त व्यक्तियों के वैशाली लौट जाने पर

वे लम्बा चक्कर काटकर टेढ़े-तिरछे मार्गों में घूमते-फिरते हुए द्युतिपलाश चैत्य में एकत्रित हुए। वहाँ एक ग्रामीण तरुण वृक्ष की छाया में बैठा सुस्ता रहा था। तीनों ने उसके निकट पहुँचकर अभिवादन करके अपने-अपने सन्देश दिए। ग्रामीण तरुण ने उनमें से प्रत्येक को कुछ मौखिक सन्देश देकर भिन्न-भिन्न दिशाओं में चलता किया। फिर वह कुछ देर बैठा कुछ सोचता रहा। उसने वस्त्र से कुछ लेख-मानचित्र निकालकर उन्हें ध्यान से भलीभाँति देखा, फिर उन्हें नष्ट कर दिया। इसके बाद वह मन-ही-मन बड़बड़ाकर हँसा और उसके मुँह से निकला, "बस, खड्ग और मैं!" एक बार उसने अपने चारों ओर देखा, फिर उठकर राजगृह के मार्ग पर चल दिया। इस समय दो पहर दिन चढ़ गया था और वह मार्ग विजन वन में होकर था। दूर-दूर तक बस्ती का नाम न था—कहीं सघन वन और कहीं एकाध ग्राम। परन्तु वह सूर्यास्त तक बिना कहीं रुके चलता ही चला गया। उसने यथेष्ट मार्ग पार किया। अन्ततः वह भिंडि-ग्राम की सीमा में आया। यहाँ एक चैत्य में उसने विश्राम करने का विचार किया। वह बहुत थक गया था, साथ ही भूख-प्यास से व्याकुल भी था। चैत्य के निकट ही एक गृहस्थ का घर था। वहाँ जाकर उसने कहा, "गृहपति, क्या मैं तेरे यहाँ आज ठहर सकता हूँ? मैं पारग्रामिक हूँ, मुझे भोजन भी चाहिए। मेरे पास पाथेय नहीं है। परन्तु तुझे मैं स्वर्ण दे सकता हूँ।"

गृहपति ने कहा, "तो तेरा स्वागत है मित्र, वहाँ गवाट में और भी दो पारग्रामिक टिके हैं, वहीं तू भी विश्राम कर! वहाँ स्थान यथेष्ट है। आहार्य मैं तुझे दूँगा। स्वर्ण की कोई बात ही नहीं है।"

"तेरा जय रहे गृहपति!" ग्रामीण ने कहा और धीरे-धीरे गवाट में चला गया। गवाट के प्रांगण के एक ओर छप्पर का एक ओसारा था। वहाँ दो पुरुष बैठे बातें कर रहे थे! उन्हीं के निकट जाकर उसने कहा, "स्वस्ति मित्रो! मैं भी पारग्रामिक हूँ आज रात-भर मुझे भी आपकी भाँति यहीं विश्राम करना है।"

"तो तेरा स्वागत है मित्र, बैठ।" दोनों में से एक ने कहा।

"परन्तु उन्होंने परस्पर नेत्रों में ही एक गुप्त सन्देश का आदान-प्रतिदान किया।" आगत ने भी उसे देखा। परन्तु निकट बैठते हुए कहा, "कहाँ से मित्रो?"

"वाणिज्य-ग्राम को!"

"किन्तु कहाँ से?"

"ओह, चम्पा से?"

"परन्तु चम्पा से इस मार्ग पर क्यों?"

"प्रयोजनवश मित्र!"

"ऐसा है तो ठीक है।" ग्रामीण ने हँसकर कहा।

उस हँसी से अप्रसन्न हो एक ने कहा, "इसमें हँसने की क्या बात है मित्र?"

"बात कुछ नहीं मित्र, मुझे कुछ ऐसी ही टेव है। हाँ, क्या मित्रो, आप में से कोई अच्छी कहानी कहना भी जानता है?"

"कहानी?"

"कहानी सुनने की भी मुझे टेव है।" वह फिर हँस दिया।

इस पर दोनों चिढ़ गए। उनके चिढ़ने पर भी वह ग्रामीण हँस दिया। एक ने तीखा होकर कहा, "यह बात-बात पर हँसना क्या? तू मित्र, ग्रामीण है?"

"ग्रामीण तो हूँ और तुम?"

"हम नागरिक हैं।"

इस बार ग्रामीण जोर से हँस पड़ा। उस नागरिक ने उस पर क्रुद्ध होकर पास का दंडहत्थक उठाया। उसके साथी ने उसे रोककर कहा, "यह क्या करता है, उसे हँसने दे, उससे हमारा क्या बनता-बिगड़ता है!"

साथी की बात मानकर वह व्यक्ति नवागन्तुक को क्रुद्ध दृष्टि से देखने लगा।

इसी समय गृहपति भोजन-सामग्री लेकर वहाँ आया। उसने कहा, "भन्तेगण, कुछ सैनिक ग्राम के उस ओर किन्हीं को खोजते फिर रहे हैं, कहीं वे आप ही को तो नहीं खोज रहे हैं।"

सुनकर तीनों व्यक्ति चौकन्ने हो शंकित दृष्टि से एक-दूसरे को देखने लगे। इस पर पीछे आए पुरुष ने कहा, "मैं उन्हीं की प्रतीक्षा कर रहा हूँ मित्र, हम लोग उन छद्मवेशी मागध गुप्तचरों को ढूँढ़ रहे हैं जिन्हें सूली पर चढ़ाने का आदेश वैशाली से प्रचारित हुआ है।" उसने तिरछी दृष्टि से दोनों पुरुषों को देखा जो शंकित-से उसे देख रहे थे।

पारग्रामिक ने कहा, "मित्र, वे किधर गए हैं मुझे बता, मैं उन्हें अभी लाता हूँ।" इतना कह वह द्रुतगति से गृहपति की बताई दिशा की ओर चल दिया। उसके बाद ही दोनों बटारू भी उद्विग्न-से हो, "हम भी देखें, कौन है।" कहकर उठकर उसकी विपरीत दिशा को भाग खड़े हुए। गृहपति अवाक् खड़ा यह अद्भुत व्यापार देखता रहा।

छाया-पुरुष

इन्हीं दिनों वैशाली में एक और नई विभीषिका फैल गई। लोग भयविस्फारित नेत्रों से एक-दूसरे को देखते हुए परस्पर कहने लगे, "एक भयानक और अद्भुत काली छाया उन्होंने कभी-कभी नगर के बाहर प्रान्त-भाग में संध्या के धूमिल अन्धकार में घूमती-फिरती देखी है।" ज्यों-ज्यों दिन बीतते गए, लोग इसका समर्थन करते गए। बहुत जन भय से दबे हुए स्वर में कहने लगे कि उस छाया में केवल गति है, किन्तु वह अशरीरी है। किसी ने कहा—वह छाया बोलती भी सुनी गई है। वह मनुष्याकार तो है, किन्तु मनुष्य कदापि नहीं है। इतना लम्बा मनुष्य होता ही नहीं। अशरीरी होने पर भी वह छाया वायु वेग से अधर में उड़ती है, पृथ्वी को छूती नहीं, उसकी गति अबाध है; पर्वत, नद, गह्वर कुछ भी उसकी गति में बाधक नहीं हो सकता। अनेक ने देखा है, कि स्वच्छ चाँदनी रात में वह छाया सुदूर पर्वत-शृंगों के ऊपर से होती हुई, वायु में तैरती-सी वैशाली के निकट आती और कभी धीरे-धीरे और कभी अति वेग से नगर के चारों ओर चक्कर काटती हुई लोप हो जाती है। बहुत लोग बहुत भाँति की

अटकलें उसके सम्बन्ध में लगाने लगे। जिन्होंने देखा नहीं था वे अविश्वास करते; और जिन्होंने देखा वे प्रतीति कराने लगे। फिर भी विश्वास हो चाहे न हो, यह सूचना कहने वालों और सुनने वालों सभी के लिए भय का कारण बन गई थी। स्त्रियों में से भी कुछ ने देखा और वे भय से चीत्कार करके मूर्च्छित हो गईं। बच्चे उस छाया की बात सुनते ही सकते की हालत में हो गए। एक बात अवश्य थी, इस छाया ने किसी का अनिष्ट नहीं किया था। नगर-अन्तरायण में भी वह नहीं घुसी थी। उसका दर्शन अधिकतर मर्कट-ह्रद, पलाशवन और वैघंटिक-यक्षनिकेतन के निकट ही बहुधा होता था। किसी-किसी ने उसे यक्षनिकेतन में प्रविष्ट होते भी देखा था। इससे लोग उसे यक्ष भी कहने लगे थे। युद्ध की विभीषिकाएँ दिन-दिन बढ़ती जाती थीं, इससे वैशाली में घर-बाहर सर्वत्र एक घबराहट-सी फैल जाती थी; और यह लोकचर्चा होने लगी थी कि कोई-न-कोई अप्रिय-अशुभ घटना होनेवाली है।

एक बात इस सम्बन्ध में और विचारणीय थी, प्रतिदिन चम्पा के सेट्ठि कृतपुण्य का पुत्र भद्रगुप्त सांध्य भ्रमण के लिए जिस ओर वड़वाश्व पर घूमने जाया करता था, उसी ओर वह छाया बहुधा देखी जाती थी। सबसे प्रथम सेट्ठिपुत्र के साथियों ही ने उसे देखा भी था। सेट्ठिपुत्र उसे देख अति भयभीत हो गया था। एक बार तो वह छाया सेट्ठिपुत्र के निकट आकर उसे छू भी गई थी। उस स्पर्श ही से सेट्ठिपुत्र भय से मूर्च्छित हो गया था। कृतपुण्य ने बहुत उपचार कराया, तब वह स्वस्थ हुआ था। तब से सेट्ठिपुत्र ने बाहर भ्रमणार्थ जाना ही बन्द कर दिया था। इससे वह छाया-पुरुष जैसे अति उद्विग्न हो वेग से बहुधा वैशाली के चारों ओर घूमा करता था। हाल ही में चांडाल मुनि और यक्षकन्या के प्रादुर्भाव और कृत्य-प्रभाव से भयभीत वैशाली की जनता इस छाया-पुरुष से अत्यधिक भयभीत, शंकित और उद्विग्न हो गई थी।

विलय

कृतपुण्य सेट्ठि ने पुत्र के विवाह का आयोजन किया। आयोजन असाधारण था। वैशाली ही के सेट्ठि जेट्ठक धनंजय की सुकुमारी कुमारी से कृतपुण्य सेट्ठि के पुत्र का विवाह नियत हुआ था। कृतपुण्य सेट्ठि के धन-वैभव का अन्त नहीं था। उधर सेट्ठि जेट्ठक धनंजय भी उस समय जम्बूद्वीप भर में विख्यात धन-कुबेर था। उसकी किशोरी कन्या मृणाल केले के नवीन पत्ते की भाँति उज्ज्वल, कोमल और सुशोभनीय किशोरी थी। सेट्ठि जेट्ठक के रत्न-भंडार में सहस्र कोटि-भार-स्वर्ण था, ऐसा सारा ही वैशाली का जनपद कहता था। इस विवाह की वैशाली में बड़ी धूम थी। बड़ी चर्चा थी। दूर-दूर के कलानिपुण पुरुष, नृत्य संगीत में विलक्षण वेश्याएँ और विविध भाँति के आमोद-प्रमोद और शोभा के आयोजन एकत्र किए गए थे। इस विवाह की धूमधाम, मनोरंजन और व्यस्तता के कारण एक बार वैशाली की जनता का ध्यान उस छाया-पुरुष से सर्वथा ही हट गया था।

विवाह सम्पन्न हो गया। कृतपुण्य पुत्रवधू को लेकर मंगल-उपचार करता और

वधू पर रत्न लुटाता हुआ घर आ गया। पुत्र और पुत्रवधू की मधु-रात्रि मनाने के लिए उसने सर्वथा नवीन एक कौमुदी-प्रासाद का निर्माण कराया था। उस प्रासाद में उसने समस्त जम्बूद्वीप में प्राप्य सुख-सामग्री संचित की थी। उसी कौमुदी प्रासाद में वधू के गृह-प्रवेश का उत्सव मनाया जा रहा था। नगर के गण्यमान्य सेट्ठि-सामन्त पुत्र और राजपुरुष आ-आकर हँस-हँसकर सेट्ठिपुत्र को बधाई देते, भेंट देते और गन्ध-पान से सत्कृत होते अपने-अपने घर जा रहे थे। पौर जानपद जनों का षड्‌रस व्यंजन परोसकर भोज हो रहा था। ब्राह्मणों को कौशेय, शाल, दुधारू गाय, स्वर्णालंकृता दासियाँ और स्वर्णदान बाँटा जा रहा था। कृतपुण्य सेट्ठी के वैभव और चमत्कार एवं दानशीलता को देख-देखकर लोग शत-सहस्र मुखों से प्रशंसा करते नहीं अघाते थे। अन्तःपुर में सेट्ठिनी नागरिक महिलाओं से घिरी पुत्रवधू का परछन कर रही थी। स्त्रियाँ वधू पर रत्नाभरण न्योछावर कर रही थीं। मंगलगान की मधुर ध्वनि अन्तःपुर की रत्नखचित भीतों को आन्दोलित करती-सी प्रतीत हो रही थी। सेट्ठिपुत्र समवयस्कों के बीच विविध हास्यों और व्यंग्यों का घात-प्रतिघात मुस्कराकर सह रहा था। गुणीजन, बाँदी और वर-वधुएँ अपनी-अपनी कलाओं का विस्तार कर रहे थे।

एक दंड रात्रि व्यतीत हो गई। आगत-समागत जन अपने-अपने घर विदा होने लगे। जानेवाले वाहनों का ताँता बँध गया। धीरे-धीरे भीड़ कम होते-होते कौमुदी-प्रासाद में केवल परिजन, परिचारक और घनिष्ठ मित्र ही रह गए। मधुरात्रि के उपचार होने लगे। कौमुदी-प्रासाद के शयनगृह और मधुशय्या पर श्वेत पुष्पों का मनोरम शृंगार किया गया था। मित्रों से विदा होकर सेट्ठिपुत्र सुवासित ताम्बूल चबाता हुआ शयनकक्ष में प्रविष्ट हुआ। अनंगदेव का प्रथम प्रहार उसके प्राणों को विह्वल कर रहा था। उसके स्वस्थ सुन्दर-स्वर्ण अंग पर धवल कौशेय और धवल ही पुष्पमाला सुशोभित थी। उसके नेत्र औत्सुक्य, आनन्द और काम-मद से विह्वल हो रहे थे। नववधू को समवयस्का सखियों ने लाकर शयनकक्ष में एक प्रकार से धकेल दिया, वे कपाट-सन्धि से झाँककर एक-दूसरों को नोचने लगीं। पुष्पभार से नमिति धनंजय सेट्ठि-जेट्ठक की सुकुमार कुमारी द्वितीया के चन्द्र की शोभा धारण करती हुई-सी शयन-कक्ष में व्रीड़ा से जड़-सी खड़ी रह गई। आँख उघारकर प्रियदर्शन पति को देखने का उसका साहस ही न हुआ।

इसी समय कौमुदी-प्रासाद में एक भीति का आभास हुआ। गान-वाद्य एकबारगी ही रुक गए, लोगों का जनरव भी स्तब्ध हो गया। जो जहाँ था, वहीं जड़ हो गया। किसी के मुँह से हल्की चीत्कार-सी निकली। ऐसा प्रतीत होने लगा, जैसे कौमुदी-प्रासाद में कोई जीवित सत्त्व उपस्थित ही नहीं है। सबने भय और आतंक से देखा, छायापुरुष ने कौमुदी-प्रासाद में प्रवेश किया है। छाया को देखकर बहुत लोग मूर्च्छित होकर गिर पड़े, बहुत पत्थर की मूर्ति की भाँति जड़ हो गए। लोगों की जीभ तालु से सट गई। छाया-मूर्ति धीरे-धीरे स्थिर चरणों से पृथ्वी से कुछ ऊपर ही वायु में तैरती हुई-सी एक के बाद दूसरा कक्ष और अलिन्द पार करती हुई सेट्ठिपुत्र के शयनकक्ष के द्वार पर आ पहुँची। उसे देखते ही सखी, दासी और कन्या जो जहाँ थीं, भयभीत एवं मूर्च्छित हो, भूमि पर गिर गईं।

नवदम्पती ने भी, प्रासाद में कोई अशुभ बात हुई है, इसका आभास अनुभव किया। सेट्ठिपुत्र ने आगे बढ़कर द्वार खोला, द्वार खोलते ही छाया पुरुष शयनकक्ष में आ प्रविष्ट हुआ। उसे देखते ही सेट्ठिपुत्र भय से आँखें फाड़े निर्जीव की भाँति पीछे हटकर भीत में चिपक गया। वधू चीत्कार करके मूर्च्छित हो गिर पड़ी। छायापुरुष ने उसी भाँति पृथ्वी से अधर, स्थिर गति से जाकर सेट्ठिपुत्र को छुआ। उसके छूते ही सेट्ठिपुत्र मूर्च्छित होकर नीचे गिर गया। छायापुरुष ने उसे अनायास ही दोनों हाथों में उठाकर पुष्प-शय्या पर लिटा दिया। इसके बाद उसने द्रुत गति से शयन-कक्ष में चारों ओर चक्कर लगाना प्रारम्भ कियां। चक्कर लगाते-लगाते वह शय्या की परिक्रमा-सी करने लगा। प्रत्येक बार उसकी परिक्रमा-परिधि छोटी होने लगी। अन्ततः वह शैय्यातल्प को चारों ओर से छूता हुआ नथुने फुला-फुलाकर कुछ सूँघता हुआ-सा घूमता रहा। इस समय नेत्रों से विद्युत्-प्रवाह के समान एक सचेत धारा प्रवाहित हो-होकर सेट्ठिपुत्र के शरीर में प्रविष्ट होने लगी; बीच-बीच में वह रुक-रुककर, सेट्ठिपुत्र के बिलकुल ऊपर झुककर देखता और फिर द्रुत वेग से शय्या के ऊपर-नीचे चारों ओर घूम जाता। प्रासाद में ऐसा सन्नाटा था जैसे यहाँ एक भी जीवित पुरुष न हो। अब उसने मुँह से एक प्रकार हुंकृति-ध्वनि प्रारम्भ की। फिर वह कन्दुक की भाँति एक बार ऊपर को उछला। उसने धुएँ के बादल के समान सिकुड़कर मूर्च्छित सेट्ठिपुत्र के ऊपर अधर में लटककर अपना मुँह उसके मुँह के एकदम निकट लाकर, मुँह से मुँह मिलाकर, उसके मुँह में फूँक मारना प्रारम्भ किया। फूँक मारने से सेट्ठिपुत्र का मुँह खुल गया; वह अधिकाधिक खुलता चला गया। तब अद्‌भुत चमत्कारिक रूप से वह छायापुरुष एक द्रव-सत्त्व की भाँति समूचा ही सेट्ठिपुत्र के मुँह में धँस गया। सेट्ठिपुत्र अति गहन नींद में सो गया। धीरे-धीरे उसके सफेद मृतक के समान मुँह पर लाली दौड़ने लगी। लकड़ी के समान अकड़े हुए अंग हिलने-डुलने और सिकुड़ने लगे। उसके मुँह की विकृति भी दूर हो गई। उसने सुख से करवट ली और सो गया। मूर्च्छित वधू भूमि पर पड़ी रही। छायापुरुष का कोई चिह्न कक्ष में न रह गया। इस अद्‌भुत-अतर्क्य घटना का कोई साक्षी भी न था।

असमंजस

बहुत भोर में वधू की निद्रा, तंद्रा या मूर्च्छा भंग हुई। वह हड़बड़ाकर उठ बैठी। उसने अचकचाकर रात की अकल्पनीय घटना पर विचार किया, फिर उसने भयभीत दृष्टि कक्ष में घुमाई। कोई भी अप्रिय-असाधारण बात नहीं थी। रात में देखे हुए छायापुरुष का वहाँ कोई चिह्न भी न था। उसकी दृष्टि सब ओर से हटकर मृदुल पुष्पशय्या पर सोते हुए सेट्ठिपुत्र पर गई, उसे गाढ़ निद्रा में सोता देख वह आश्वस्त हुई। उसने अपने वस्त्र ठीक किए, कक्ष के एक गवाक्ष से झाँककर देखा, उषा का उदय हो रहा था। वह डरती-डरती सेट्ठिपुत्र की शय्या के निकट गई। जब उसे भलीभाँति विदित हो गया कि वह प्रगाढ़ निद्रा में सो रहा है, तो आँख भरकर पति को देखती रही। उसके

सौन्दर्य पर वह मोहित हो गई, उसकी सुख निद्रा से भय की रेखाएँ दूर हो गईं। वह वहाँ से हटकर गवाक्ष के निकट बड़े-से मुकुर के सामने आ खड़ी हुई। पुष्पिता लता के समान अपनी ही शोभा पर मन-ही-मन वह गर्वित हुई। उसने एक बार शय्या पर सोते हुए पति के सुकुमार शोभा के खान अंग पर दृष्टि डाली, एक मधुर उज्ज्वल हास्य रेखा उसके होंठों में फैल गई। इसी हास्य-रेखा से उसकी उस भयानक मधुरात्रि का सब लेखा-जोखा समाप्त हो गया। वह शान्त, स्निग्ध और शुभ दृष्टि से कक्ष की बहुमूल्य सजावट को देखने लगी। इसी समय दासी ने द्वार पर आघात किया, वधू ने धीरे से आकर द्वार खोल दिया। वधू को मुस्कराता तथा सेट्ठिपुत्र को सोता देख दासी ने मृदु-हास्य हँसकर वधू को बाहर आने का संकेत किया। बाहर आने पर स्त्रियों के झुरमुट ने उसे घेर लिया। सबके मुँह पर औत्सुक्य, घबराहट और चिन्ता की रेखाएँ थीं, सभी ने एक-दूसरे से आँखों में ही कुछ पूछा; सभी ने वधू की भाव-भंगिमा से समझा, कि रात की विभीषिका से वधू सर्वथा अज्ञात प्रतीत होती है। इसी समय सेट्ठि कृतपुण्य 'हा पुत्र, हा पुत्र' करता हुआ वहाँ आया और पुत्र के शयनकक्ष में घुस गया। वहाँ पुत्र को सुख से सोते हुए और वधू को स्वाभाविक देख वह हर्षोन्माद से नाच उठा। प्रथम संकेत से और फिर खुलकर अब रात की बातें होने लगीं। जिस-जिसकी मूर्च्छा भंग होती गई, उठकर वहीं एकत्र होने लगा। प्रश्न यह था कि वह छाया-मूर्ति थी क्या? वह वहाँ वास्तव में आई भी थी, या भ्रम या स्वप्न था। यदि वह आई थी तो गई कहाँ? सारा ही घर प्रथम फुसफुसाहट और फिर कोलाहल से भर गया। उस कोलाहल को सुनकर सेट्ठिपुत्र की नींद भी खुल गई। वह मद्यपों-जैसे भारी-भारी डग भरता हुआ, अपरिचितों की भाँति आँखें फाड़-फाड़कर इधर-उधर देखता वहाँ आया। कृतपुण्य पुत्र को देखकर दोनों हाथ फैलाकर उसकी ओर दौड़ा और उसका आलिंगन करके कहा, "पुत्र, क्या तूने भी रात को कोई विभीषिका देखी?"

सेट्ठिपुत्र ने विचित्र दृष्टि से सेट्ठि की ओर देखा, तनिक मुस्कराया। ब्राह्मण पुरोहित ने कहा, "गृहपति, वह छायापुरुष वास्तव में एक दुःस्वप्न था, मैं अभी पुरश्चरण करता हूँ तथा अथर्व-पाठ करके उसकी शान्ति करता हूँ। तुम पुत्र और वधू को अधिक असुविधा में गत डालो।"

सेट्ठि ने बहुत ऊँच-नीच दिन देखे थे। उसने भी जब देखा कि घर में सब कुछ ठीक-ठाक है, तो कुछ कहना-सुनना ठीक नहीं समझा, वह पुत्र और वधू के अंग-संस्कार, स्नान आदि की सुविधा देने के विचार से अपने कक्ष में चला गया।

पीठमर्दकों, अवमर्दकों और सेवकों द्वारा सेवित स्नान-वसन-भूषण से सज्जित सेट्ठिपुत्र जब प्रासाद के बाहर अपने कक्ष में आया, तब सब वयस्कों ने उसका सस्मित प्रीति-सम्मोदन किया। कुछ ने संकेत से रात्रि का हालचाल पूछा। उनमें से जो रात की विभीषिका से अवगत थे, उन्होंने संकेत से सेट्ठिपुत्र से रात की बात पूछने से निषेध किया। सेट्ठिपुत्र ने केवल मन्द मुस्कान ही से मित्रों के प्रश्नों का उत्तर दिया, परन्तु उसकी दृष्टि में कुछ विचित्रता सभी ने लक्ष्य की।

एक ने कहा, "मित्र, क्या इतना आसव ढाल लिया?"

दूसरे ने कहा, "नहीं-नहीं रे, जागरण का प्रभाव है। कह मित्र, सुख से रात बीती?"

अब सेट्ठिपुत्र ने मुँह खोला, उसने कहा, 'वड़वाश्व।'

यह शब्द सुनकर अब समुपस्थित चौंक उठे। बिलकुल अपरिचित स्वर था, उसका घोष भी अमानुष था, जैसे सुदूर पर्वत-शृंगों को चीरकर कोई ध्वनि आई हो। मित्रगण सेट्ठिपुत्र के मुँह की ओर देखने लगे।

उसने एक बार फिर उसी भाँति 'वड़वाश्व' कहा और उठ खड़ा हुआ। उसकी रुखाई और चेष्टा ऐसी थी, जैसे वह किसी को नहीं पहचानता हो, अथवा वह उन सबकी उपस्थिति ही से अज्ञात हो। सभी एक-दूसरे के मुँह की ओर देखने लगे, पर सेट्ठिपुत्र उठकर कक्ष से बाहर चल दिया। दो-एक पार्श्वद पीछे दौड़े। उसके चलने का ढब भी निराला था। पार्श्वदों ने समझा कि सेट्ठिपुत्र ने बहुत मद्य ढाल ली है, इसी से पैर डगमगा रहे हैं। वह कहीं गिर न जाए, इसी से एक ने उसे थाम लिया! उसे संकेत से निवारण करके उसने उसी स्वर में फिर कहा, 'वड़वाश्व।'

इधर जब से छायापुरुष की विभीषिका फैली थी तथा भ्रमण-काल में एक बार छायापुरुष ने उसे छू लिया था; तब सेट्ठि कुमार का वड़वाश्व पर वायुसेवनार्थ भ्रमण रोक लिया गया था। आज अकस्मात् ही अतळ रीति से वड़वाश्व की इच्छा इस आग्रह से व्यक्त करने पर सेवक विमूढ़ हो गया। एक बात और थी, सेट्ठिपुत्र में पूर्व का मार्दव-विनय-शील-संकोच न था, एक अभूतपूर्व दबंगपन और दुर्धर्ष वेग उसकी वासना-शक्ति का उसके नेत्रों से प्रवाहित हो रहा था। सेवक उस आज्ञा की अवहेलना नहीं कर सका, वह अश्व लाने को दौड़ गया। दूसरा सेवक भयभीत होकर गृहपति को सूचित करने दौड़ गया। गृहपति सेट्ठि दौड़ा आया, उसने पुत्र को भ्रमण के लिए जाने का निषेध किया, पर सेट्ठिपुत्र ने मुस्कराकर गृहपति की ओर देखा। उस विलक्षण दृष्टि से सेट्ठि घबरा गया। वह सोचने लगा—क्या मेरा पुत्र उन्मत्त हो गया है? यह कैसी दृष्टि है? इतने ही में सेट्ठिपुत्र पिता की उपस्थिति की अवहेलना करके अश्व की ओर चल दिया। सेवक अश्व ले आया था, एक अभूतपूर्व लाघव से सेट्ठिपुत्र अश्व पर चढ़ गया और द्रुत गति से उसने अश्व छोड़ दिया।

ऐसा पहले कभी भी नहीं हुआ था। पुत्र का यह परिवर्तन कैसा है? क्या उसने रात अधिक मद्य पी है? या कोई और बात है? छायापुरुष की विभीषिका मन में होते हुए भी किसी ने भी यह नहीं सोचा कि इस घटना से वह छाया भी किसी भाँति सम्बन्धित है।

परन्तु सहसखियों से सेट्ठिपुत्रवधू ने इस भयानक छाया का शयनकक्ष में आना वर्णित किया। सहसखियाँ सहम गईं। उन्होंने कहा, "तब यह स्वप्न नहीं, सत्य है, वह छायामूर्ति हमारे सामने ही शयन-कक्ष में गई थी," परन्तु फिर उसका क्या हुआ? वह कहाँ गई? इसका कोई उत्तर न दे सका। वधू ने लजाते हुए कहा कि वह उसे देखते ही मूर्च्छित हो गई थी और रात भर वह मूर्च्छित ही भूमि पर पड़ी रही। तब सब स्त्रियाँ तथा सेट्ठिनी भी चिन्ता से व्याकुल हो गईं। प्रासाद में सभी कोई मूर्च्छित हो गए थे और सभी रात्रि भर माया-मूर्च्छित रहे यह तो अद्‌भुत बात है। इसी समय सेट्ठि कृतपुण्य ने भीतर आकर पत्नी से एकान्त में कहा, "कह नहीं सकता क्या बात है, पर पुत्र में बड़ा अन्तर पाता हूँ। क्या उसने रात बहुत मद्य पी थी?" सेट्ठिनी

ने शयन-कक्ष का जो विवरण वधू से सुना वह सेट्ठि को सुना दिया। सुनकर सेट्ठि बहुत भयभीत हुआ। उसने कहा, "आर्य वर्षकार को सूचना देनी होगी, मैं अभी नन्दन साहु को बुलाता हूँ।"

देवजुष्ट

जब सेट्ठिपुत्र पुंडरीक वड़वाश्व पर चढ़कर अतर्क्य वेग से निकल गया, अश्व-संचालन में ऐसा नैपुण्य कभी उसका देखा नहीं गया था। पार्श्वचर, अनुचर अपने-अपने अश्वों को लेकर उसके पीछे दौड़े; परन्तु सेट्ठिपुत्र को न पा सके। सेट्ठिपुत्र का वह वाड़व अश्व आज शतगुण वेग से वन, पर्वत और कन्दरा पार करता वायु में तैर रहा था। अनुचर चिन्तित-थकित [illegible]-उपत्यका में खड़े निरुपाय सुदूर पर्वतों के मध्य में वायु में तैरते सेट्ठिपुत्र को देखते रहे। किसी को कुछ भी समझ में नहीं आ रहा था। बहुत देर बाद अश्व लौटा। निकट आने पर सेट्ठिपुत्र ने अश्व की गति सरल की। उसने मुस्कराकर अनुचरों की ओर देखा, सब आश्वस्त हो उसे घेरकर चल दिए। अश्वारोहण का यह अभूतपूर्व कौशल उन्होंने सेट्ठि को जाकर बताया। सेट्ठि अधिक चिन्तित हो गया। पुत्र का असाधारण परिवर्तन वह स्पष्ट देख रहा था। एक-दो बार उसने पुत्र से बात करने की भी चेष्टा की,पर वह पिता को देख मुस्करा दिया। उसकी अनोखी दृष्टि से ही घबराकर वह भाग गया। सेट्ठिनी ने यह कहकर समाधान किया—विवाह के काम-ज्वर का यह आवेश है, सब ठीक हो जाएगा। उसने पुत्र के विश्राम-शयन-आहार की ओर भी यत्न से व्यवस्था करने के आदेश दिए। महत्त्वपूर्ण बात यह थी कि उसने मित्र-मंडली से मिलना भी बन्द कर दिया। अनेक मित्र रुष्ट हो गए। अनेक ने हँसकर कहा, "यह सुहागरात का उन्माद है।" माता-पिता और निकटवर्ती पार्श्व दासियों से वह कम बोलता, केवल मुस्कराता। उसकी दृष्टि तो सहन ही नहीं होती थी। एकाध वाक्य, जो वह बोलता, स्वर अपरिचित, उच्चारण विचित्र। उसने शयन-कक्ष में ही डेरा जमाया, उसमें नववधू को छोड़ और किसी का आना-जाना निषिद्ध कर दिया। बहुत खोद-खोदकर पूछने पर वधू ने बताया, "केवल सोते हैं, आसवपान करते हैं, बहुत कम बोलते हैं, बहुत कम खाते हैं।"

नन्दन साहु के द्वारा यह समाचार यथासमय ब्राह्मण वर्षकार के पास भी पहुँच गया। सब घटना सुनकर वर्षकार भी विचार में पड़ गए। छाया-पुरुष का वैशाली के प्रान्त भाग में चक्कर लगाना उन्होंने सुना था। बहुत विचार करने पर उन्होंने सोमिल को एकान्त में बुलाकर कहा, "भद्र सोमिल, क्या वह छाया अब भी वैशाली में कहीं घूमती दीख पड़ती है?"

"नहीं आर्य, सुना तो नहीं।"

"तो तुम इसका ठीक-ठाक पता लगाओ और नन्दन साहु से कहो, कि वह सेट्ठि कृतपुण्य से कहें कि पुत्र पर कड़ी दृष्टि रखें।"

सेट्ठिपुत्र पुंडरीक का यह परिवर्तन एक कंठ से दूसरे कंठ में होता हुआ वैशाली-भर

में फैल गया, विशेषकर उसका अद्भुत अश्वारोहण वैशाली की चर्चा का विषय बन गया। उसका समय-एकान्त, अत्यल्प भाषण, मर्मभेदिनी दृष्टि सब कुछ कृत-विकृत होकर घर-घर की चर्चा का विषय हो गए। बहुत निषेध करने पर भी सेट्ठिपुत्र ने सांध्य-भ्रमण-सम्बन्धी पिता की बात नहीं मानी। पुत्र के दुर्विनय पर खिन्न हो सेट्ठि नाना प्रकार की चिन्ताओं में लीन हो गया।

कीमियागर गौड़पाद

विश्वविश्रुत कीमियागर गौड़पाद अपनी प्रयोगशाला में बैठे देश-विदेश के आए वटुकों को रसायन के गूढ़ रहस्य बता रहे थे। विविध भ्राष्टियों और कूप्यकों पर अनेक रसायन सिद्ध किए जा रहे थे। वटुकों में चीन, तातार, गान्धार, तिब्बत, तपिशा, शकद्वीप, पारसीक, यवन, ताम्रपर्णी, सिंहल आदि सभी देशों के वटुक थे।

कपिशा के वटुक धन्वन् ने कहा, "भगवन् इस विस्तृत संसार के सब सजीव और निर्जीव पदार्थ किस प्रकार बने हैं?"

आचार्य ने कहा, 'सौम्य धन्वन्' वे सब मूल तत्त्वों के परस्पर संयोग से बने हैं। इनके तीन वर्ग हैं; कुछ पदार्थ तत्त्व रूप ही में विद्यमान हैं, इनमें एक ही जाति के परमाणु मिलते हैं; इन्हें मूलतत्त्व कहते हैं। कुछ दो या अधिक तत्त्वों के रासायनिक संयोग से बने हैं, ये यौगिक कहाते हैं। कुछ अधिक तत्त्वों और यौगिकों के भौतिक मिश्रणों से बने हैं, ये भौतिक मिश्रण कहाते हैं।"

"और भगवन्, अणु-परमाणु क्या हैं?" लम्बी चोटी वाले पीतमुख चीनी वटुक ने कहा।

"पदार्थ के कल्पनागम्य सूक्ष्मतम उस विभाग को, जिसमें उस पदार्थ के सब गुण-धर्म उपस्थित हों, किन्तु उसके फिर विभाजन से मूल पदार्थ के वे गुण-धर्म नष्ट होकर उसके अवयवों के परमाणु में मिल जाएँ, वह 'अणु' कहाता है। 'परमाणु' का स्वतंत्र अस्तित्व नहीं है। वे सदा संयुक्त अवस्था में 'अणु' के रूप ही में रहते हैं। प्रत्येक पदार्थ का अस्तित्व 'अणु' की अवस्था ही में रहता है, परमाणु की अवस्था में नहीं। ये अगु, परमाणु भारयुक्त हैं और भिन्न-भिन्न परमाणुओं और तत्त्वों में 'बन्धनक्षमता' है, जो परिस्थिति के अनुरूप बदलती रहती है। एक तत्त्व का दूसरे तत्त्व से उसकी 'परमाणु-बन्धन-क्षमता' की समानता होने पर ही स्थिर संयोग बन सकता है।"

"तो भगवन्? इस प्रकार भूमंडल के समस्त पदार्थ, जो परमाणुओं के संयोग से बने हैं, क्या हमें सुलभ हैं? वे हमारे लिए सतत व्यवहार्य हैं।" एक सिंहल छात्र ने श्रद्धांजलिबद्ध होकर पूछा।

"नहीं भद्र, इनमें से कुछ हमें सुलभ हैं और कुछ विरल।"

"तो भगवन्, क्या परमाणु नित्य अविभाज्य है?" एक युवक वटुक ने पूछा।

"नहीं-नहीं भद्र, कुछ परमाणु स्वयं ही टूटकर दूसरी जाति के परमाणु बन जाते हैं तथा उन्हें रासायनिक रीति से तोड़ा जा सकता है, नाग-परमाणु तोड़कर हम उसे

पारदीय रूप दे सकते और पारद से सुवर्ण बना सकते हैं, आवश्यकता यही है कि लघु परमाणु-भार को अपेक्षित गुरु परमाणु-भार में स्थापित किया जाए!"

"किन्तु भगवन्, परमाणु कैसे खंडित किया जा सकता है? कैसे लघु-भार परमाणु को गुरु-भार परमाणु के रूप में व्यवस्थित किया जा सकता है?" गान्धार छात्र कपिश ने पूछा।

"रश्मिक्षेपण द्वारा। पदार्थों और अणु-परमाणुओं के संगठन-विघटन का प्रकृति साधन परमाणु में विद्युत-सत्त्व है, तथा उस संगठन को स्थायित्व प्राप्त होता है रश्मिपुंज से। जब परमाणु का विस्फोट किया जाएगा, तो विद्युत-सत्त्व और रश्मिपुंज-क्षेपण करना होगा। उसके बाद जब फिर से परमाणु संगठन करना होगा तो विद्युत-आवेश और रश्मिपुंज का विकास होगा।"

"यह किस प्रकार भगवन्?"

"इस प्रकार कि प्रत्येक तत्त्व का प्रत्येक परमाणु एक छोटी-सी सूर्यमाला है। तुम जानते हो भद्र कि पृथ्वी आदि सम्पूर्ण ग्रह अपने विशिष्ट वृत्तों में सूर्य की परिक्रमा करते हैं। सूर्य-रूप भी स्थिर नहीं है। इसी प्रकार समस्त विद्युतसत्त्व रश्मिपुंज की परिक्रमा करते रहते हैं। इससे रश्मिपुंज और विद्युत-तत्त्व परमाणुओं का अत्यल्प स्थान व्याप्त कर पाते हैं। उस व्याप्त स्थान की अपेक्षा परमाणु का बहुत-सा अन्तराकाश ठोस से ठोस परमाणु में शून्य रहता है। इसी से तो हम कहते हैं, "अणोरणीयान् महतो महीयान्।"

"भगवान्, हम क्या शून्य को ही आकाश समझें? शून्य तो 'नहीं' है पर तत्त्व 'नहीं' नहीं है; आकाश यदि तत्त्व है तो वह 'नहीं' नहीं। 'है' है। फिर भगवन्, वही आकाश परमाणु में भी व्याप्त व्याख्यात हुआ है। सो यदि वह 'शून्य' है तो वह आकाश-तत्त्व नहीं है।" एक मागध छात्र ने शंका की।

"नहीं भद्र, 'आकाश' शून्य का नाम नहीं है। आकाश तत्त्व एक अतिसूक्ष्म तरल पदार्थ है। यह तरल पदार्थ भूमंडल के बाहर भी व्याप्त है, भीतर भी है। ग्रहों, नक्षत्रों और उनके मध्यवर्ती आकाश से लेकर ठोस-से-ठोस पदार्थों के अणुओं में, यहाँ तक कि परमाणु में भी वह व्याप्त है। यह सब सचराचर विश्व उसी द्रव-सत्त्व के अथाह समुद्र में रह रहा है। उसी से विद्युत-सत्त्व में शक्ति, प्रकाश में आलोक-प्रवाह और भूतत्त्व में स्थिर आकर्षण स्थापित है।"

"तो भगवन्, जड़ पदार्थ और शक्ति में सामंजस्य किस प्रकार है?" तिब्बत के एक छात्र ने पूछा।

"पदार्थों के पुत्र, दो ही तो स्वरूप हैं—या तो जड़-स्वरूप या शक्ति-स्वरूप। जड़ पदार्थ वे हैं, जिनमें भार और विस्तार, ये दो गुण समवाय सम्बन्ध में रहते हैं। शक्ति में कार्यक्षमता है, पर वह जड़ पदार्थ के आश्रय से रहती है। प्रत्येक पदार्थ की तीन अवस्थाएँ हो सकती हैं : घन, द्रव और वाष्प। ये तीनों अवस्था ताप-शक्ति के कारण हैं। घन का प्रधान गुण काठिन्य है, द्रव का गुण समतल होना और वाष्प का जितना स्थान उसे मिले, सबमें व्याप्त हो जाना। ये जड़ पदार्थ अविनाशी हैं। उनके केवल रूपों का परिवर्तन होता है।"

"शक्ति-स्वरूप पदार्थ क्या है भगवन्?" ताम्रपर्णी के एक छात्र ने कहा।

"बल, ताप, प्रकाश और विद्युत-सत्त्व ये चार प्रमुख शक्ति-पदार्थ हैं। पदार्थ के अणुओं की गतिज शक्ति को ताप कहते हैं। प्रकाश सीधी रेखा में गमन करता है, उस रेखा को रश्मि कहते हैं। विद्युत-सत्त्व और बल नियामक पदार्थ हैं।"

"तो भगवन्! जब हम विद्युत-सत्त्व और रश्मिपुंज-क्षेपण से नाग 'परमाणु' तोड़कर पारद और पारद से सुवर्ण बना सकते हैं, तो फिर पारद ही से सुवर्ण क्यों न बना लिया जाए? पारद तो सुलभ है।"

"है, किन्तु सौम्य, जब नाग-परमाणु विघटित होगा तो हमें पारद-परमाणु उसमें विघटित प्राप्त होगा, पारद में वह संगठित है। अत: उसे विघटित करने में हमें बड़ी बाधा यह है कि वह विघटित होते-होते और ताम्र में लय होते-होते, रश्मिपुंज-क्षेपण-प्रक्रिया के कारण उड़ जाता है। उसे अग्नि-स्थिर करने में अधिक परिश्रम करना पड़ता है, इसी से नाग-परमाणु विघटित करके और उसे पारद-परमाणु का रूप देकर ताम्रविलय करना अधिक उपादेय है। फिर वह नाग पारद-विघटित परमाणु विद्युत-सत्त्व एवं रश्मिपुंज प्रतिवाहित हो शक्ति बल और अवस्थान के अनुक्रम से शत-सहस्र-लक्ष कोटि वेधी हो जाता है।"

"किन्तु यदि पारद ही को अग्नि-स्थिर किया जाए?"

"तो पहले उसे क्षार, अम्ल, लवण, मूत्र, पित्त, वैसा, विषवर्ग में स्नान कराना होगा, उसे केंचुली-रहित और बुभुक्षित करना होगा। बुभुक्षित होने पर उसे स्वर्णजीर्ण कराकर उसका बीजकरण करना होगा। तब वह भी शत-सहस्र-लक्ष-कोटि वेधी होगा। उसके लिए उसे खोटबद्ध करना होगा! फिर वह ताम्र-तार-वंग को वेध करेगा।"

"लोह-वेध क्या रसायन की इति है भगवन्?"

"नहीं पुत्र, वह तो परीक्षण-माप है। रस सिद्ध होने पर जब देखो कि उसने लोहवेध कर लिया तब उसे भक्षण करो, देहवेध सिद्ध हो गया।"

"देहसिद्ध पुरुष के क्या लक्षण हैं भगवन्?"

"पुत्र, देहसिद्ध पुरुष अत्यक्त-शरीर होते हैं, यह शरीर ही भोगों का आश्रयस्थल है, परन्तु वह स्थिर नहीं है। यह देहलोहसिद्ध रसायन ही उसे स्थैर्य देता है, काष्ठौषधनाग में, नाग वंग में, वंग ताम्र में, ताम्र तार में, तार स्वर्ण में और स्वर्ण पारद में लय होता है, सो यह सिद्ध धातुवेधी-शरीर-वेधी पारद शरीर को अजर-अमर करता है, स्थिर-देह पुरुष अभ्यासवश अष्टसिद्धियों का अनुष्ठाता, परम ज्योति-स्वरूप, अमल, गलितानल्प-विकल्प, सर्वार्थविवर्जित होता है। उसकी भृकुटि के मध्य में प्रकाश-तत्त्व और विद्युत-सत्त्व अधिष्ठित हो जाता है। उसी में दृष्टि को केन्द्रित करके वह सचराचर सब जगत् को प्रत्यक्ष देख पाता है। वह सब क्लेशों से रहित, शान्त और स्वयं वंद्य और अमितायु हो जाता है।"

"किन्तु भगवन्, क्या वृद्धावस्था और मृत्यु जीवन का अवश्यम्भावी परिणाम नहीं? क्या वह नियत समय पर शरीर को आक्रान्त नहीं करती? क्या वह किसी प्रकार टाली जा सकती है?" तिब्बत के पीतकेशी एक वटुक ने प्रश्न किया।

आचार्य ने कहा, "सौम्य, वृद्धावस्था और मृत्यु एक रोग है, शरीर के अवश्यम्भावी

परिणाम नहीं। वे युक्ति और रसायन द्वारा टाले जा सकते हैं। शरीर जिन अवयवों से बना है, उनमें अनेक धातु और खनिज पदार्थ हैं, जिनका शरीर के पोषण में निरन्तर व्यय होता रहता है। सौम्य, युक्ति से इन पदार्थों के मूल अवयव शरीर में जीर्ण करने से यही शरीर चिरकाल तक स्थिर अमितायु हो जाता है।

अप्रत्याशित

महारासायनिक कीमियागर गौड़पाद जिस समय देश-विदेश के वटुकों को रसायन के गुह्य-गहन तत्त्व समझा रहे थे और अजर-अमर होने के मूल सिद्धान्तों की गूढ़ व्याख्या कर रहे थे, तभी उन्हें हठात् एक अप्रत्याशित कंठ-स्वर सुनाई दिया।

शताब्दियों पूर्व श्रुत-विश्रुत अप्रत्याशित कंठ-स्वर सुनकर आचार्य गौड़पाद चमत्कृत हुए। उन्होंने आँख उठाकर देखा कि सेट्ठिपुत्र पुंडरीक भद्रवसन धारण किए सम्मुख खड़ा मुस्करा रहा है। आचार्य के दृष्टि-निक्षेप करते ही सेट्ठिपुत्र की आँखों से एक विद्युत्प्रभा निकल आचार्य को आन्दोलित कर गई। उन्हें फिर वही अप्रत्याशित, शताब्दियों पूर्व श्रुत कंठस्वर सुनाई दिया, "सोऽहं सोऽहं गौड़पाद!"

एक चुम्बकीय आकर्षण के वशीभूत होकर गौड़पाद भ्रान्त हो दौड़कर सेट्ठिपुत्र के चरणों में लकड़ी के कुन्दे की भाँति गिर गए।

युवक सेट्ठिपुत्र ने लाल-लाल उपानत से अपना कमनीय चरण निकाल अंगुष्ठ के नख से आचार्य का भूपतित मस्तिष्क छूकर कहा, "उत्तिष्ठ!"

गौड़पाद उठकर बद्धांजलि हो स्तवन करने लगे। वटुक आश्चर्य से मूढ़ बने खड़े रहे और यह अघटित घटना देखने लगे।

सेट्ठिपुत्र ने हाथ उठाकर वटुकों को वहाँ से चले जाने का संकेत किया। भय, विस्मय और आश्चर्य से हतबुद्धि वटुक वहाँ से भाग गए। एकान्त होने पर सेट्ठिपुत्र ने एक आसन पर बैठकर गौड़पाद को भी सामने बैठने का आदेश दिया। दोनों में परिष्कृत संस्कृत में बातें होने लगीं। यहाँ हम अपनी भाषा में लिखेंगे। गौड़पाद ने कहा, "देवाधिदेव यहाँ?"

"तूने क्या देखा नहीं था?"

"देखा था देव!"

"तो आया क्यों नहीं?"

"सन्देह में रहा देव!"

"सोचता था—अब मैं नहीं रहा?"

"नहीं देव, यही विचारता रहा—देव यहाँ क्यों?"

"क्या वैशाली मेरे लिए अगम्य है रे?"

"देव के लिए ब्रह्मांड गम्य है परन्तु वैशाली का भाग्योदय क्यों?"

"यह भंड कृतपुण्य कालिकाद्वीप से मेरा बहुत-सा रत्न-भंडार और वाड़व अश्व हरण कर लाया है।"

"इसीलिए देव-दैत्य-पूजित श्रीमन्थान भैरव का इस लोक के मर्त्य शरीर में आगमन हुआ!"

"नहीं रे गौड़पाद, मैं कौतूहलाक्रान्त भी हूँ।"

"कैसा देव?"

"अम्बपाली का रे, अभिरमणीय है न?"

"है तो, किन्तु 'काकिणी' नहीं है।"

"देख लिया है तूने?"

"ठीक देखा है देव?"

"तो दर्शनीय ही सही!"

"दर्शनीय तो है।"

"देखूँगा, फिर।"

"एक और स्त्री है देव!"

"काकिणी है?"

"है, किन्तु अभिरमणीय नहीं है।"

"क्यों रे?"

"विषकन्या है।"

"अच्छा-अच्छा, उसका मदभंजन करूँगा। कौन है वह?"

"मागधी है, छद्‌मवेश में यहाँ भद्रनन्दिनी वेश्या बनी बैठी है।"

"अभिरमण करूँगा।"

"मर जाएगी देव!"

"मरे, युद्ध कब होगा?"

"नातिविलम्ब।"

"उत्तम है, रक्तपान करूँगा, कुरु-संग्राम के बाद रक्तपान किया ही नहीं है। कितनी सेना का विनाश होगा?"

"सम्भवत: तीन अक्षौहिणी देव!"

"बहुत है, आकंठ तृप्ति होगी। सेट्ठिपुत्र मृदुल भाव से मोहक मुस्कान कर आसन से उठ खड़ा हुआ। गौड़पाद ने पृथ्वी में गिरकर प्रणितपात किया, सेट्ठिपुत्र ने हँसकर कहा, "रहस्य ही रखना, गौड़पाद।"

"जैसी देव की आज्ञा!" वह देवजुष्ट सेट्ठिपुत्र चल दिया। गौड़पाद बद्धांजलि खड़े रहे।

प्राणाकर्षण

उसी गम्भीर रात्रि में अर्धरात्रि व्यतीत होने पर किसी ने भद्रनन्दिनी के द्वार पर डंके की चोट की। प्रहरी शंकित भाव से आगन्तुक को देखने लगे। आगन्तुक देवजुष्ट सेट्ठिपुत्र पुंडरीक था। वह मोहक नागर वेश धारण किए वाड़वाश्व की वल्गु थामे मुस्करा रहा

था। उसने सुवर्ण भरी हुई दो थैलियाँ प्रहरी पर फेंककर कहा—एक तेरे लिए, दूसरी तेरी स्वामिनी के लिए। आगत का वेश, सौन्दर्य, अश्व और उसकी स्वर्ण-राशि देख प्रहरी, प्रतिहार, द्वारी जो वहाँ थे, सभी आ जुटे और कर्तव्य-विमूढ़ की भाँति एक-दूसरे को देखने लगे। सेट्ठिपुत्र ने कहा, "क्या कुछ आपत्ति है भणे?"

"केवल यही भन्ते, कि स्वामिनी आजकल किसी नागरिक का स्वागत नहीं करतीं।"

"इसका कारण क्या है मित्र?"

"युद्ध की विभीषिका तो आप देख ही रहे हैं, राजाज्ञा है।"

"परन्तु मैं किसी की चिन्ता नहीं करता; तू मेरी आज्ञा से मुझे अपनी स्वामिनी के निकट ले चल।"

"किन्तु भन्ते...!"

"क्या मैंने तुझे शुल्क और उत्कोच दोनों ही नहीं दे दिए हैं?"

"दिए हैं भन्ते, यह आपका सुवर्ण है।"

"तब मेरे पास एक और वस्तु है, देख!" यह कहकर उसने खड्ग कमर से निकाली।

खड्ग देख और उससे अधिक नागरिक की दृढ़ मुद्रा देखकर प्रहरी-प्रतिहार भय से थर-थर काँपने लगे। उसके प्रधान ने कहा, "भन्ते, हमारा अपराध नहीं है, हम स्वामिनी के अधीन हैं।"

"मैं तेरी स्वामिनी का स्वामी हूँ रे!" सेट्ठिपुत्र ने कहा और उन्हें खड्ग की नोक से पीछे धकेलता हुआ ऊपर चढ़ गया।

इस पर एक प्रतिहार ने दौड़कर मार्ग बताते हुए कहा, "इधर से भन्ते, इधर से।"

नग्न खड्ग लिये एक तरुण सुन्दर नागरिक को आते देख दासियाँ भय-शंकित हो पीछे हट गईं।

नागर हँसता हुआ कुंडनी के सम्मुख जा खड़ा हुआ। कुंडनी ने किंचित् कोप से कहा, "आपको राजनियम की भी चिन्ता नहीं है भन्ते?"

"नहीं सुन्दरी, मुझे केवल अपनी ही चिन्ता रहती है।"

"किन्तु मैं आपका स्वागत नहीं कर सकती।"

"ओह प्रिये, मैं इस थोथे शिष्टाचार की परवाह नहीं करता, बैठो तुम।"

"किन्तु मैं बैठ नहीं सकती।"

"तब नृत्य करो।"

"आप भद्र हैं, किन्तु आपका व्यवहार अभद्र है।"

"यह तो प्रिये, मैं तुमसे कह सकता हूँ।"

"किस प्रकार?"

"मैंने तुम्हारा शुल्क दे दिया, आज रात तुम मेरी वशवर्तिनी हो। मैं जिस भाँति चाहूँ, तुम्हारे विलास का आनन्द प्राप्त कर सकता हूँ।"

"तो आप खड्ग की नोक चमकाकर विलास-सान्निध्य प्राप्त करेंगे?" नागर हँस पड़ा। उसने खड्ग एक ओर फेंककर कहा, "ऐसी बात है तो यह लो प्रिये, परन्तु मेरा विचार था कि खड्ग से तुम आतंकित होनेवाली नहीं हो।"

कुंडनी समझ गई कि आगन्तुक कोई असाधारण पुरुष है। उसने कहा, "भन्ते, यदि आप बलात्कार ही किया चाहते हैं तो आपकी इच्छा!"

"बलात्कार क्यों प्रिये, जितना अधिकार है, उतना ही बस।"

"तो भद्र, क्या आप पान करेंगे?"

"मैं सब कुछ करूँगा प्रिये! आज की रात्रि महाकाल-रात्रि है। तुम्हारी जैसी विलासिनी के लिए एकाकी रहने योग्य नहीं। फिर आज मैं बहुत प्रसन्न हूँ। अब मैं तुम्हारे सान्निध्य में और भी प्रसन्न होना चाहता हूँ।"

कुंडनी विमूढ़ की भाँति आगन्तुक का मुँह ताकने लगी। फिर उसने मन का भाव छिपाकर हँसकर कहा, "आप तो अद्भुत व्यक्ति प्रतीत होते हैं।"

"क्या सचमुच?"

"नहीं तो क्या झूठ!" उसने दासी को पान-पात्र लाने का संकेत किया। फिर नागर से कहा, "तो आप बैठिए भन्ते!"

सेट्ठिपुत्र सोपधान आराम से बैठ गया। उसने हाथ खींचकर कुंडनी को निकट बैठाते हुए कहा, "तुम तो भुवनमोहिनी हो सुन्दरी!"

"ऐसा?" कुंडनी ने व्यंग्य से हँस दिया और पान-पात्र बढ़ाया।

"इसे उच्छिष्ट कर दो प्रिये!"

कुंडनी ने शंकित नेत्रों से नागर को देखा, फिर कुछ रूखे स्वर में कहा, "नहीं भन्ते, ऐसा मेरा नियम नहीं है।"

"ओह, विलास में नियम-अनियम कैसा प्रिये! जिसमें मुझे आनन्द-लाभ हो, वही करो प्रिये!"

"तो आप आज्ञा देते हैं?"

"नहीं प्रिये, विनती करता हूँ।"

नागर खिलखिलाकर हँस पड़ा। उस हास्य से अप्रतिहत हो छद्मवेशिनी कुंडनी आगन्तुक को ताकने लगी। वह सोच रही थी—क्या यह मूढ़ अकारण ही आज मरना चाहता है!

नागर ने तभी मद्यपात्र कुंडनी के होंठों से लगा दिया। कुंडनी गटागट सम्पूर्ण मद्य पीकर हँसने लगी। नागर ने कहा, "मेरे लिए एक बूँद भी नहीं छोड़ा प्रिये!"

"उस पात्र में यथेष्ट है, तुम पियो भद्र!"

"उस पात्र में क्यों? तुम्हारे अधरामृत-स्पर्श से सुवासित सम्पन्न इसी पात्र में पिऊँगा, दो मुझे।"

"यह पात्र तो नहीं मिलेगा।"

"वाह, यह भी कोई बात है?"

"यही बात है भन्ते," कुंडनी ने वह पात्र एक ओर करते हुए कहा।

"समझ गया, तुम मुझ पर सदय नहीं हो प्रिये, मुझे आह्लादित करना नहीं चाहतीं।"

"उसके लिए तो मैं बाध्य हूँ भन्ते!"

"तो दो हला, वही पात्र भरकर, उसे फिर से उच्छिष्ट करके, उसे अपने अधरामृत की सम्पदा से सम्पन्न करके।"

"भन्ते, आप समझते नहीं हैं।"

"अर्थात् मैं मूढ़ हूँ!"

"यदि मैं यही कहूँ?"

"तो साथ ही वह पात्र भी भरकर दो तो क्षमा कर दूँगा।"

"नहीं दूँगी तब?"

"तो क्षमा नहीं करूँगा।"

"क्या करोगे भन्ते?"

"अधरामृत पान करूँगा।"

कुंडनी सिर से पैर तक काँप गई। पर संयत होकर बोली, "बहुत हुआ भन्ते, शिष्ट नागर की भाँति आचार कीजिए।"

"तो वह पात्र दो प्रिये!" कुंडनी ने क्रुद्ध हो पात्र भर दिया।

"अब इसे उच्छिष्ट भी करो!"

कुंडनी ने होंठों से छू दिया और धड़कते हृदय से परिणाम देखने लगी। नागर ने हँसते-हँसते पात्र गटक लिया। खाली पात्र कुंडनी को देते हुए कहा, "बहुत उत्तम सुवासित मद्य है, और दो प्रिये!"

कुंडनी का मुँह भय से सफेद हो गया। पृथ्वी पर ऐसा कौन जन है, जो उस विषकन्या के होंठों से छुए मद्य को पीकर जीवित रह सके! परन्तु इस पुरुष पर तो कोई प्रभाव नहीं हुआ। उसने काँपते हाथों से पात्र भरा, एक घूँट पिया और नागर की ओर बढ़ा दिया, नागर ने हँसते-हँसते पीकर खाली पात्र फिर कुंडनी की ओर बढ़ा दिया और एक हाथ उसके कंठ में डाल दिया। उसे हटाकर कुंडनी भयभीत हो खड़ी हो गई। वह सोच रही थी—कौन है यह मृत्युंजय!

नागर ने कहा, "रुष्ट क्यों हो गईं प्रिये!"

"तुम कौन हो भन्ते?"

"तुम्हारा तृषित प्रेमी हूँ प्रिये, निकट आओ और मुझे तृप्त होकर आज मद्य पिलाओ।" उसने अपने हाथों से पात्र भरकर कुंडनी की ओर बढ़ाते हुए कहा, "सम्पन्न करो प्रिये!" कुंडनी आधा मद्य पी गई और विह्वल भाव से आगन्तुक की गोद में लुढ़क गई। उसकी सुप्त-लुप्त वासना जाग्रत हो गई। उसने देखा, इस मृत्युंजय पुरुष पर उसका प्रभाव नहीं है। न जाने कहाँ से आज की कालरात्रि में उसके विदग्धभाग्य और असाधारण जीवन को, जिसके विलास में केवल मृत्यु विभीषिका ही रहती रही है, यह गूढ़ पुरुष आ पहुँचा है। उसने अन्धाधुन्ध मद्य ढाल-ढालकर स्वयं पीना और पुरुष को पिलाना प्रारम्भ किया। अन्ततः अवश हो आत्मसमर्पण के भाव से वह अर्धनिमीलित नेत्रों से एक चुम्बन की प्रार्थना-सी करती हुई उसकी गोद में लुढ़क गई। यह दृष्टि उन दृष्टियों से भिन्न थी जो अब तक मृत्यु-चुम्बन देते समय वह अपने आखेटों पर डालती थी। मदिरा के आवेश में उसके उत्फुल्ल अधर फड़क रहे थे। उन्हीं फड़कते और जलते हुए अधरों पर मदिरा से उन्मत्त नागर ने अपने असंयत होंठ रख दिए। परन्तु यह चुम्बन न था, प्राणाकर्षण था। एक विचित्र प्रभाव से अवश होकर कुंडनी के होंठ आप-ही-आप खुल गए, उसके श्वास का वेग बढ़ता ही गया। शरीर और अंग निढाल

हो गए, देखते-ही-देखते कुंडनी के चेहरे पर से जीवन के चिह्न लोप होने लगे। शरीर में रक्त का कोई लक्षण न रह गया और वह कुछ ही क्षणों में मृत होकर उस मृत्युंजय पुरुषसत्त्व की गोद में लुढ़क गई।

तब उसके मृत शरीर को भूमि पर एक ओर फेंककर तृप्त होकर भोजन किए हुए पुरुष के समान आनन्द और स्फूर्ति से व्याप्त वह पुरुष निश्चित चरण रखता हुआ उस तथाकथित नागपत्नी—वेश्या भद्रनन्दिनी के आवास से बाहर आ, एक मुट्ठी सुवर्ण प्रहरियों, दौवारिकों तथा दंडधरों के ऊपर फेंक वाड़वाश्व पर चढ़ अन्धकार में लोप हो गया।

अनागत

अम्बपाली का जन्म-नक्षत्र था। वैशाली में उसका उत्सव मनाया जा रहा था। सम्पूर्ण नगर तोरणों-ध्वजाओं और विविध पताकाओं से सजाया गया था। संथागार की छुट्टियाँ कर दी गई थीं। गत आठ वर्षों के लिच्छवि गणतंत्र का यह एक जातीय त्योहार-सा हो गया था।

अम्बपाली के आवास सप्तभूमि-प्रासाद ने भी आज श्रृंगार किया था, परन्तु यह कोई नहीं जानता था कि यह उसका अन्तिम श्रृंगार है। सहस्रों दीपों की झिलमिल ज्योति के नीलपद्म सरोवर में प्रतिबिम्बित होने से ऐसा प्रतीत हो रहा था, मानो स्वच्छ नील गगन अगणित तारागण सहित सदेह ही भूमि पर उतर आया है। उस दिन देवी की आज्ञा से आवास के सम्पूर्ण द्वार खोल दिए गए थे और जनसाधारण को बे-रोक-टोक वहाँ आने की स्वच्छन्दता थी। आवास में आज वे लोग भी आनन्द से आ-जा रहे थे, जो कभी वहाँ आने का साहस नहीं कर सकते थे।

सातवें अलिन्द में देवी अम्बपाली अपनी दासियों, सखियों और नर्तकियों सहित नगर के श्रीमन्त सेट्ठिपुत्रों और सामन्तपुत्रों का हँस-हँसकर स्वागत एवं मनोरंजन कर रही थीं। बहुमूल्य उपहारों का आज ढेर लगा था, फिर भी ताँता लग रहा था। सुदूर चम्पा, ताम्रपर्णी, सिंहल, श्रावस्ती, कौशाम्बी और विविध देशों से अलभ्य भेंट ले-लेकर प्रतिनिधि आए थे। उनमें गज, अश्व, मणि, मुक्ता, रजतपात्र, अस्त्र-शस्त्र, कौशेय सभी कुछ थे। उनको एक कक्ष में सुसज्जित किया गया था और प्रदर्शन किया जा रहा था। उन्हें देख-देखकर लोग कौतूहल और आश्चर्य प्रकट कर रहे थे। बहुत सेट्ठिपुत्र और सामन्तगण अपनी-अपनी भेंटों को उसके समक्ष नगण्य देखकर लज्जा की अनुभूति कर रहे थे। उन्हें देवी अम्बपाली अपने स्वच्छ हास्य एवं गरमागरम सत्कार से सन्तुष्ट कर रही थीं।

सुगन्धित मद्य ढाली जा रही थी और विविध प्रकार के भुने और तले हुए मांस, भक्ष्य-भोज्य स्वच्छन्दता से खाए-पीये जा रहे थे। दीपाधारों पर सहस्र-सहस्र दीप सुगन्धित तेलों के कारण सुरभि-विस्तार कर रहे थे। सैकड़ों धूप स्तम्भों पर सुगन्धित-द्रव्य जलाए जा रहे थे। सुन्दरी युवती दासियाँ पैरों में पैंजनियाँ पहने, कमर में मणिमुक्ता की करधनी

लटकाए मृणाल-भुजदंडों के बड़े-बड़े रत्नों के वलय पहने, कानों में हीरे के मकरकुंडल झुलाती, इठलाती, मुस्काती, बलखाती, फुर्ती और चुस्ती से मद्य ढालती, चन्दन का लेप करती, नागरजनों को पुष्पहार पहनाती, द्यूत के आसन बिछाती, उपाधान लगाती और विविध भोज्य पदार्थ इधर से उधर पहुँचाती फिर रही थीं। स्वयं देवी अम्बपाली एक भव्य शुभ्र कौशेय धारणकर चारों ओर अपनी हंस की-सी चाल से चलती हुईं मन्द मुस्कान और मृदु-कोमल विनोद-वाक्यों से अतिथियों का मन मोहती फिर रही थीं।

मध्य रात्रि व्यतीत होने लगी। पान-आहार समाप्त होने पर आया। अनावश्यक भीड़ छँट गई। केवल बड़े-बड़े सामन्तपुत्र और सेट्ठिपुत्र अब निराला पा अपने-अपने उपधानों पर उठंग गए। उनकी अलस देह, अधमुँदी आँखें और गद्गद वाणी प्रकट कर रही थी कि वे आज इस लोक में नहीं, प्रत्युत मायापूरित किसी अलौकिक स्वर्गलोक में पहुँच चुके हैं।

मद्य की झोंक में युवराज स्वर्णसेन ने कहा, “देवी, इस परमानन्द के अवसर पर एक ही अभिलाषा रह गई।”

“तो समर्थ युवराज, अब उसे किस अवसर के लिए अवशिष्ट रखते हैं? पूरी क्यों नहीं कर लेते?”

“खेद है, पूरी नहीं कर सकता।” उन्होंने हाथ का मद्यपात्र खाली करके मदलेखा की ओर बढ़ा दिया। मदलेखा ने उसमें और मद्य ढाल दी।

अम्बपाली ने मन्द मुस्कान करके कहा, “क्यों नहीं युवराज?”

युवराज ने ठंडी साँस लेकर कहा, “ओह, बड़ी अभिलाषा थी।”

“हाय-हाय! ऐसी अभिलाषा की वस्तु यों ही जा रही है। परन्तु युवराज प्रिय, क्या उसकी पूर्ति एक बार परिपूर्ण छलकते मद्यपात्र को पीने से नहीं हो सकती?”

“नहीं-नहीं, सौ पात्रों से भी नहीं, सहस्र पात्रों से भी नहीं।” यह कहकर उन्होंने वह प्याला भी रिक्त करके मदलेखा की ओर बढ़ा दिया। मदलेखा ने देवी का इंगित पा उसे फिर आकंठ भर दिया। देवी ने कृत्रिम गाम्भीर्य धारण करके कहा, “प्रिय सूर्यमल्ल, प्रियव्रत, अरे, प्राणसखाओं, यहाँ आओ, भाई युवराज की एक अभिलाषा आज अपूर्ण ही रह जाती है, वह सौ मद्यपात्र पीने से भी नहीं पूरी हो रही है।”

दो-चार मित्र अपने-अपने मद्यपात्र लिये हँसते हुए वहाँ आ जुटे। स्वर्णसेन खाली मद्यपात्र हाथ में लिये ठंडी साँस ले रहे थे।

सोमदत्त ने कहा, “क्या मेरा यह पात्र पीने से भी नहीं मित्र?”

“नहीं रे नहीं; ओफ! अन्तस्तल जला जा रहा है।”

“अरी ढाल री, दाक्खारस ढाल, युवराज का अन्तस्तल जला जा रहा है।” देवी अम्बपाली ने हँसकर मदलेखा से कहा।

सभी मित्र हँसने लगे। प्रियवर्मन् ने कहा, “युवराज की उस अपूर्ण अभिलाषा के समर्थन में एक-एक परिपूर्ण पात्र और पिया जाए।”

सबने पात्र भरे, स्वर्णसेन ने भी रिक्त पात्र मदलेखा की ओर बढ़ा दिया। मदलेखा ने दाक्खारस ढाल दिया।

सोमदत्त ने कहा, “मित्र युवराज, आपकी वह अभिलाषा क्या है?”

"यही कि इस समय दस्यु बलभद्र यदि यहाँ आमंत्रित किया गया होता, तो इस मद्य में अपने खड्ग को डुबोकर उसके वक्ष के आर-पार कर देता।"

"तो देवी अम्बपाली, आपने यह अच्छा नहीं किया, दस्यु बलभद्र को निमंत्रित करना ही भूल गईं!"

"भूल नहीं गई प्रिय, मैं तो केवल नागरिकों को ही निमंत्रित कर सकती हूँ, दस्यु बलभद्र तो अनागरिक है।" अम्बपाली ने हँसकर कहा।

सूर्यमल्ल ने हँसकर कहा, "अरे मित्र, यह कौन बड़ी बात है! आज सूर्योदय से पूर्व ही तुम अपनी अभिलाषा पूरी कर लेना।"

देवी अम्बपाली ने कहा, "मित्रो, क्या तुममें से किसी ने दस्यु को देखा भी है?"

"नहीं, नहीं देखा है।"

"तो यदि वह छद्मवेश धारण करके यहाँ आया हो, आकर पान-गोष्ठी का आनन्द लूट रहा हो तो?"

"तो, यह तो बड़ी दूषित बात होगी।" सूर्यमल्ल ने कहा।

"दूषित किसलिए प्रिय?"

"हम नागरिकों के साथ एक दस्यु पान करे!"

"परन्तु मैं सोचती हूँ भद्र, कि किसी भाँति हम जान जाएँ कि वन्य पशु-पक्षी हम लोगों के विषय में क्या सोचते होंगे, तो सम्भव है, हम जानकर आश्चर्य करें कि वे हम भद्र नागरिकों में बहुत-से दोषों का उद्घाटन कर लेंगे।"

"किन्तु यदि देवी उस दस्यु को एक बार देख पाएँ...?"

"तो मैं उसे स्वयं एक पात्र भरकर दूँ और **अपने** को प्रतिष्ठित करूँ।"

"प्रतिष्ठित?" सूर्यमल्ल ने चिढ़कर कहा।

"क्यों नहीं मित्र, अन्ततः वह एक साहसिक और वीर **पुरुष** तो है ही।"

"यह तो तभी कहा जा सकता है, जब वह एक बार हमारे खड्ग का पानी पी जाए।"

"तो जब उसने वज्जीभूमि में चरण रखा है, तो एक दिन यह होगा ही और यदि सूर्यमल्ल की भविष्यवाणी सत्य है तो आज ही। किन्तु यह बलभद्र है कौन?"

"आपके इस प्रश्न का उत्तर जाननेवाले को गणपति ने दस सहस्र स्वर्ण भार देने की घोषणा की है।"

"तो यह भी हो सकता है भद्र, कि यह दस सहस्र स्वर्णभार उस सूचना देनेवाले पुरुष के सिर का ही मोल हो।"

इसी समय कक्ष के एक ओर से किसी ने शान्त-स्निग्ध किन्तु स्थिर वाणी में कहा, "देवी अम्बपाली अपने हाथों से एक पात्र मद्य देकर यदि अपने को सुप्रतिष्ठित करना चाहें तो यह उनके लिए सर्वोत्तम अवसर है!"

सबने आश्चर्यचकित होकर उधर देखा। स्तम्भ की ओट से एक दीर्घकाय, बलिष्ठपुरुष नग्न खड्ग हाथ में लिये धीर गति से आगे बढ़ रहा था। उसका सर्वांग काले वस्त्र से आवेष्टित था और मुख पर भी काला आवरण पड़ा हुआ था।

यह अतर्कित-असम्भाव्य घटना देखकर क्षण-भर के लिए सब कोई विमूढ़ हो गए। अम्बपाली उस कंठ-स्वर में कुछ-कुछ परिचित ध्वनि पाकर सन्देह और उद्वेग

से उस आगन्तुक को देखने लगीं। इसी समय सूर्यमल्ल ने खड्ग लेकर आगे बढ़कर कहा, "यदि तुम वही दस्यु हो, जिसकी हम अभी चर्चा कर रहे थे, तो तुम्हें इसी क्षण मरना होगा।"

"जल्दी और व्यवस्था-क्रम भंग मत करो मित्र सूर्यमल्ल! मैं वही हूँ, जिसकी तुम लोग चर्चा कर रहे थे। परन्तु मैं तुमसे अभी क्षण-भर बाद बात करूँगा, पहले देवी अम्बपाली एक चषक मद्य अपने हाथों मुझे प्रदान कर सुप्रतिष्ठित हों और मुझे आप्यायित करें।"

सूर्यमल्ल ने बिना कुछ बोले खड्ग उठाया। अम्बपाली ने अब आगन्तुक के कंठ-स्वर को भलीभाँति पहचान लिया। उन्होंने आगे बढ़कर सूर्यमल्ल का हाथ पकड़कर कहा, "ठहरो भद्र, पहले मद्य दूँगी।" उन्होंने अपने हाथों मद्यपात्र भरकर आगे बढ़कर दस्यु को दिया।

मद्य पीकर उसने पात्र आधार पर रख दिया और कहा, "सुप्रतिष्ठित हुआ देवी!"

"मैं सुप्रतिष्ठित हुई भन्ते!" सूर्यमल्ल ने आगे बढ़कर कहा, "बहुत हुआ देवी अम्बपाली, अब आप तनिक हट जाइए।"

"परन्तु मेरे आवास में आज रक्तपात नहीं होगा," उन्होंने आगे बढ़कर कहा।

दस्यु ने कहा, "देवी अम्बपाली! आज सबकी इच्छा पूरी होने दो। मित्र सूर्यमल्ल, तुम्हारी पारी क्षण-भर बाद आएगी। अभी युवराज स्वर्णसेन, अपनी वह चिरभिलषित इच्छा पूरी करें, जो शत-सहस्र मद्यपात्रों से भी पूर्ण होने वाली नहीं थी।" फिर थोड़ा आगे बढ़कर कहा, "मित्र स्वर्णसेन, यह सेवक दस्यु बलभद्र उपस्थित है। खड़े हो जाओ, हाथ का मद्यपात्र रख दो। वह सम्मुख खड्ग है, उठा लो और झटपट चेष्टा करके देखो, कि अभिलाषा पूर्ति कर सकते हो या नहीं; क्योंकि जब मैं अपनी अभिलाषा पूर्ति करने में जुट जाऊँगा, तो फिर युवराज की मन में रह जाएगी। अवसर नहीं मिलेगा।"

कक्ष में उपस्थित स्त्री-पुरुष स्तब्ध आतंकित खड़े थे। केवल अम्बपाली का रोम-रोम पुलकित हो रहा था। उन्होंने दस्यु को और दस्यु ने उनको चुराई आँखों में देखकर मन-ही-मन हँस दिया।

दो पग आगे बढ़कर खड्ग को हवा में ऊँचा उठाते हुए दस्यु ने कहा, "उठो युवराज, मुझे अभी बहुत काम है, आज देवी अम्बपाली का जन्म-नक्षत्र है। आज प्रत्येक नागरिक की मनोभिलाषा पूरी होनी चाहिए।"

युवराज अभी नशे में झूम रहे थे। अब उन्होंने हाथ का मद्यपात्र फेंक लपककर एक भारी बर्छा भीत से उठा लिया। अन्य लिच्छवि तरुणों ने भी खड्ग खींच लिए।

दस्यु ने उनकी ओर देखकर कहा, "मित्रो, पहले युवराज।"

युवराज ने इसी समय प्रबल वेग से बर्छा फेंका। दस्यु ने उछलकर एक खम्भे की आड़ ले ली। बर्छा खम्भे से टकराकर टूट गया। दस्यु ने आगे बढ़कर युवराज स्वर्णसेन के कंठ में हाथ डालकर उन्हें आगे खींच लिया और कंठ पर खड्ग रखकर कहा, "अब इस खड्ग से क्या मैं तुम्हारा सिर काट लूँ युवराज?"

"नहीं-नहीं, इस समय यहाँ ऐसा नहीं होना चाहिए।" अम्बपाली ने कातर कंठ से कहा।

दस्यु ने हँसकर कहा, "यही मेरी भी इच्छा है, परन्तु इसके लिए घुटने टेककर युवराज को प्राण-भिक्षा माँगनी होगी।"

स्वर्णसेन ने सूखे होंठ चाटकर कहा, "मेरा खड्ग कहाँ है?"

"यह है मित्र," दस्यु ने खड्ग उठाकर युवराज पर फेंक दिया। युवराज ने भीम वेग से आगे बढ़कर दस्यु पर खड्ग का प्रहार किया, परन्तु नशे के कारण वार पृथ्वी पर पड़ा।

दस्यु धीरे-से एक ओर हट गया। युवराज झोंक न सँभाल सकने के कारण औंधे मुँह पृथ्वी पर गिर गए।

दस्यु ने एक लात मारकर कहा, "अब घुटनों के बल बैठकर प्राणदान माँगो युवराज!" और उसने अनायास ही युवराज को अपने चरणों पर लुटा दिया।

अम्बपाली ने हर्षातिरेक से विह्वल होकर कहा, "ओह!"

परन्तु दूसरे ही क्षण क्रुद्ध सामन्तपुत्र चारों ओर से खड्ग ले-लेकर दौड़े।

"जो जहाँ है, वहीं खड़ा रहे।" दस्यु ने कड़कते स्वर में कहा, "मैं यहाँ तुम मद्यप स्त्रैणों की हत्या करने नहीं आया हूँ!"

लोगों ने भयभीत होकर देखा—अनगिनत काली-काली मूर्तियाँ प्रेत की भाँति कक्ष में न जाने कहाँ से भर गईं। सबके हाथ में विकराल नग्न खड्ग थे।

दस्यु ने कहा, "एक-एक आओ और अपने-अपने स्वर्ण-रत्न, आभरण अंगों पर से उतारकर यहाँ मेरे चरणों में रखते जाओ!"

सबने देखा, प्रत्येक के पृष्ठ पर एक-एक यम नग्न खड्ग लिये खड़ा है। सब जड़वत् खड़े रहे।

"पहले तुम स्वर्णसेन।" दस्यु ने युवराज की गर्दन पर खड्ग की नोक रखकर कहा। स्वर्णसेन ने अपने रत्नाभरण उतारकर चुपचाप दस्यु के पैरों में रख दिए।

इसके अनन्तर एक-एक करके सबने उनका अनुसरण किया।

दस्यु ने मुस्कराकर कहा, "हाँ, अब ठीक हुआ।" अम्बपाली ने मदलेखा को संकेत किया, वह कक्ष में गई और एक रत्न-मंजूषा लेकर लौट आई, उसे अम्बपाली ने अपने हाथों में ले चुपचाप दस्यु के चरणों में रख दिया।

इसी समय महाप्रतिहार ने भय से काँपते-काँपते आकर कहा, "देवी, सम्पूर्ण आवास को सहस्त्रों दस्युओं ने घेर लिया है।"

अम्बपाली ने स्निग्ध स्वर में कहा, "आगार-जेट्ठक को कह भद्र कि सब द्वार खोल दे, सब पहरे हटा ले, समस्त भंडार उन्मुक्त कर दे और दस्यु से कह कि वे सम्पूर्ण आवास लूट ले जाएँ।"

प्रतिहार भयभीत होकर कभी देवी और कभी दस्युपति के चरणों में पड़ी रत्न-राशि की ओर, कभी प्रस्तर-प्रतिमा की भाँति अवाक्-निस्पन्द खड़े सेट्ठि-सामन्त-पुत्रों को देखने लगा। फिर चला गया। अम्बपाली ने कल में खड़े दस्युओं को सम्बोधित करके कहा, "मित्रो, उस कक्ष में आज की बहुमूल्य उपानय उपहार-सामग्री एकत्रित है, इसके अतिरिक्त आवास में शत-कोटि स्वर्णभार, बहुत-सा अन्न-भंडार तथा गज, रथ, अश्व हैं। वह सब लूट लो। अनुमति देती हूँ, आज्ञा देती हूँ!" ऐसा प्रतीत होता था जैसे देवी अम्बपाली के शरीर का एक-एक रक्त-बिन्दु आनन्द से नृत्य कर रहा था।

दस्यु बलभद्र ने संकेत से सबको रोककर फिर अम्बपाली की ओर घूरकर कहा, "देवी और सब तथाकथित भद्र जन उस कक्ष के उस पार अलिन्द में तनिक चलने का कष्ट करें।"

सबने दस्यु की आज्ञा का तत्क्षण पालन किया। अलिन्द में जाकर दस्यु ने द्वार का आवरण उघाड़ दिया। सबने देखा कि नीचे प्रांगण में असंख्य नरमुंड खड़े हैं। सबकी पीठ पर एक-एक गठरी है।

बलभद्र ने पुकारकर कहा, "मित्रो, तुमने देवी अम्बपाली के आवास से क्या लूटा है?"

"हमने केवल अन्न लिया है भन्ते!"

अम्बपाली ने कहा, "मेरे आवास में शत-कोटि स्वर्णभार और अनगिनत रत्न चहबच्चों और खत्तों में भरे पड़े हैं। सबके द्वार उन्मुक्त हैं, तुम लूट क्यों नहीं लेते प्रियजनो?"

"नहीं-नहीं देवी, हम ऐसे दस्यु नहीं हैं। हम भूखे ग्रामीण कृषक हैं। अन्तरायण के अधिकारियों ने सेना भेजकर हमसे बलि ग्रहण कर ली थी, वे हमारी सारी फसल उठाकर ले गए हैं, हमारे बच्चे भूखों मर रहे थे। देवी की जय रहे! अब वे पेट भरकर खाएँगे।"

दस्यु ने कहा, "देवी अम्बपाली, यह गणतंत्र भी उसी भाँति गण-शोषक है, जैसे साम्राज्य। यहाँ भी दास हैं, दरिद्र हैं और ये निकम्मे मद्यप स्त्रैण सामन्तपुत्र हैं। ये सेट्ठिपुत्र हैं। आज ये कंकड़-पत्थर की भाँति अरब-खरब के रत्न-मणि अपने शरीर पर लादकर इन भूखे-नंगे कृषकों को लूटने को सेना भेजकर यहाँ मदमत्त होने आए हैं। ये सभी गणरक्षक तो यहाँ हैं, जो निर्लज्ज की भाँति वीर-दर्प करते हैं। देवी! मैं ये हीरे-मोती इन्हीं कृषकों को लौटा देना चाहता हूँ, जिनके पेट का अन्न छीनकर ये मोल लिये गए हैं। इन्हें फिर से बेचकर ये अन्न मोल लेकर अपने बच्चों को खिलाएँगे और वस्त्र पहनाएँगे।"

दस्यु की आँखों से आग की झरें निकल रही थीं। इसी समय मदलेखा धीरे-धीरे आगे बढ़ी। उसने अपने दोनों हाथ आगे बढ़ा दिए। उनमें उसके दो-तीन आभरण थे। मृदु-मन्द स्वर से कहा, "ये मेरे हैं भन्ते, इन्हें लेकर मुझे भी अनुगृहीत कीजिए!"

कठोर दस्यु द्रवित हुआ। उसने आशीर्वाद का वरदहस्त उस क्रीता दासी के मस्तक पर रखा और फिर कहा, "मित्रो, अब तुम शान्त भाव से अपने-अपने स्थान को चले जाओ।"

सबके चले जाने पर दस्यु ने कहा, "आप सब जो जहाँ हैं, घड़ी-भर वहीं रहें!"

सबने चुपचाप दस्यु की आज्ञा का पालन किया। दस्यु-समुदाय वहाँ से उसी प्रकार लोप हो गया, जिस प्रकार प्रकट हुआ था।

एकाकी

जयराज ने साहस किया। वे लोमड़ी की भाँति चक्कर काटकर अगले गाँव की ओर बढ़े। वे जानते थे, वह ग्राम बड़ा था तथा वहाँ ठहरने की भी सुविधाएँ थीं। ये ग्राम

मल्लों और कोलों के थे। इससे जयराज को यह भी आशा थी कि आवश्यकता होने पर नगरपाल या ग्राम-जेट्ठक उनकी सहायता कर सकेगा। मार्ग में एक निविड़ वन पड़ता था। रात अँधेरी थी और जयराज के पास अश्व भी न था। अन्धकार और भय का परस्पर सम्बन्ध है, जयराज एक जीवट के पुरुष थे। कार्यगुरुता समझ उन्होंने प्रत्येक मूल्य पर आगे चले जाना ही ठीक समझा। वे नग्न खड्ग हाथ में लिये गहन वन में घुस गए। सम्पूर्ण रात्रि उनको चलते ही व्यतीत हुई। थकान, प्यास और भूख जब असह्य हो गई, तब उन्होंने एक वृक्ष का आश्रय ले शेष रात काटी। कुछ देर विश्राम करने से उन्हें थोड़ा सुख मिला। सूर्योदय से कुछ पूर्व ही वे फिर चल पड़े। थोड़ी ही देर में उन्हें राजमार्ग दीख पड़ा। तीन ओर से तीन मार्ग आकर मिले थे। निकट ही वह ग्राम था। ग्राम में आहार-आश्रय पाने की आशा से शीघ्र-शीघ्र चलने लगे। इसी समय एक सार्थवाह का साथ हो गया। इसमें सब मिलाकर छह पुरुष, चार अश्व और तीन टाघन थे। ये मैरेय के कुप्यक लेकर राजगृह जा रहे थे। जयराज इनसे बात ही कर रहे थे कि चार और मनुष्य इस मंडली में आ मिले। सार्थवाहों ने कहा, "ये अपने ही जन हैं, पीछे रह गए थे।" जयराज को सन्देह हुआ, परन्तु वह उन्हीं के साथ बातें करते हुए चलने लगे। उन्होंने अपने को एक वस्त्र-व्यवसायी बताया। इस पर उनमें से एक उनके लम्बे खड्ग की ओर देखकर खिलखिलाकर हँस पड़ा।

दो दंड दिन चढ़ते-चढ़ते वे सब उस ग्राम में जा पहुँचे। ग्राम सम्पन्न और बड़ा था। उसमें पक्की अटारियाँ थीं। भद्रवसन जन भी थे। खाद्य-हाट भी थी। नगर के बाहर ही एक पान्थागार था। उसी में सबने विश्राम किया। सबके साथ मिलकर जयराज भी खाने-पीने की व्यवस्था में लग गए। निकट ही एक छोटी-सी नदी थी। वहाँ जाकर उन्होंने स्नान किया, वस्त्र धोए, फिर भोजन बनाया। साथी सार्थवाह भी इधर-उधर फैलकर खाने की खटपट में लगे। परन्तु उनका व्यवहार सन्देहप्रद था। जयराज ने देखा, वे अत्यन्त गुप्त भाव से उन्हीं पर दृष्टि दिए हैं। उन्हें भी सन्देह हुआ कि सम्भवत: वे किसी आगन्तुक की प्रतीक्षा कर रहे हैं। सन्देह बढ़ता ही गया और जयराज नग्न खड्ग पास रख भोजन बनाने लगे। उनके खड्ग को देखकर जो हँसा था, उसने दिल्लगी से कहा, "भन्ते, यह क्या बात है? आप भात भी क्या खड्ग से ही खाते हैं?"

जयराज ने हँसकर कहा, "नहीं मित्र, परन्तु कुत्ते-बिल्ली का भय तो है ही।"

"ओह, तो इसीलिए नग्न खड्ग निकट रख भोजन बना रहे हैं।"

"इसी से मित्र!" सार्थवाहजनों ने कुटिल मुस्कान डाली।

जयराज ने भोजन तैयार होने पर भोजन करने को हाथ बढ़ाया, इसी समय काणे चांडाल मुनि ने आगे बढ़कर कहा, "आयुष्मानो, मैं जन्मत: चांडाल हूँ। ब्रह्मचर्य-व्रत मैंने धारण किया है। यम-नियमों का विधिवत् पालन करता हूँ। मैं राँधकर नहीं खाता। अपने बचे हुए आहार में से थोड़ा मुझे दो।"

उस धूर्त काणे नापित गुप्तचर को अपने सिर पर उपस्थित देखकर जयराज का माथा ठनका। उन्होंने सोचा, ब्राह्मण महामात्य की सहस्र आँखें हैं, सहस्र भुजाएँ हैं। उसकी दृष्टि से बचकर कुछ नहीं किया जा सकता। कैसे यह काणा नापित इस समय यहाँ उपस्थित हो गया!

किन्तु शेष सार्थवाहजनों ने ससम्भ्रम उठकर काणे मुनि का बहुत-बहुत स्वागत-सत्कार किया और विविध भावभंगी दिखाकर कहा, "आइए मुनि, आइए भदन्त, यह आसन है, हमारा आज का भोजन ग्रहणकर हमें कृतार्थ कीजिए!"

जयराज पर अब सार्थवाहजनों की वास्तविकता भी प्रकट हो गई। निस्सन्देह ये सब मागध गुप्तचर थे। उन्होंने मन की चिन्ता मन ही में छिपाकर हँसकर उस छद्मवेशी काणे मुनि के सत्कार में साथियों का योग दिया। काणा विविध सेवा-सत्कार से सन्तुष्ट हो, धार्मिक कथा कहकर उन्हें सम्बोधित करने लगा। जयराज अपनी आत्मरक्षा के लिए योजना स्थिर करने लगे। उन्होंने सोचा निस्सन्देह आज एक बड़ी योजना का सामना करना पड़ेगा। उन्होंने मन-ही-मन कर्तव्य स्थिर किया और साथियों से कहा, "मित्रो, मैं एक अश्व खरीदना चाहता हूँ, क्या यहाँ मिलेगा?"

"कैसे कहें भन्ते, हम तो सब नवागन्तुक हैं।"

"परन्तु कोई एक मेरे साथ बस्ती में चले, तो अश्व देखा जाए।"

सार्थवाहों ने दृष्टि-विनिमय किया। एक ने उठकर कहा, "मैं चलता हूँ भन्ते!"

दोनों गाँव में चक्कर काटने और अश्व ढूँढ़ने लगे। ढूँढ़ते-ढूँढ़ते वे कोटपाल के घर के निकट पहुँचे। वहाँ पहुँचकर जयराज ने कहा, "मित्र, यह कोटपाल का घर है। क्यों न इससे सहायता ली जाए!"

साथी हिचकिचाया, परन्तु उसे सहमत होना पड़ा। कोटपाल के निकट जाकर जयराज ने अश्व खरीदने में उसकी सहायता माँगी। कोटपाल के पास एक अड़ियल टट्टू था। उसकी बहुत-बहुत प्रशंसा करके उसने वह टट्टू जयराज के गले मढ़ दिया। जान-बूझकर जयराज ने टट्टू पसन्द कर लिया। टट्टू की चाल की परीक्षा करने और पान्थागार से सुवर्ण ले आने के बहाने जयराज उस व्यक्ति को कोटपाल के निकट बैठाकर तथा "अभी मुहूर्त भर में लौटकर आता हूँ" कहकर वहाँ से टट्टू ले, निःशंक जिस तीव्र गति से जाना शक्य था, राजगृह के मार्ग पर दौड़ चले। सूर्यास्त तक वे चलते गए। टट्टू अड़ता था, परन्तु उसे विशेष बाधा न होती थी। रात होते-होते जयराज एक दूसरे ग्राम के निकट पहुँचे। वहाँ एक चैत्य में एक क्षपणक रहता था। उसकी अनुमति से उन्होंने वहीं रात काटने का विचार किया। क्षपणक थोड़ा धन पाकर सन्तुष्ट हो गया। आहार से निवृत्त होकर जयराज ज्यों ही शयन की व्यवस्था कर रहे थे कि वही काणा उनके निकट पहुँचा। पहुँचकर कहा, "मैं चांडाल कुल का ब्रह्मचारी हूँ, अष्टांग यम-नियम का विधिवत्...।"

उस धूर्त काणे गुप्तचर को प्रेत की भाँति अपने पीछे लगा देख जयराज क्रोध से पागल हो गए, परन्तु उन्होंने उठकर उस कपट मुनि का सत्कार करके कहा, "भदन्त, भोजन मैं कर चुका, आहार शेष नहीं है। क्या स्वर्ण दूँ?"

"नहीं उपासक! मैं स्वर्ण नहीं छूता, हाथ से राँधकर खाता भी नहीं।"

"तो दुःख है भदन्त! तुम किसी गृहस्थ से भोजन ले आओ।"

"या निराहार ही सो रहूँ? जैसा तू कहे उपासक!"

"जिसमें भदन्त अपना धर्म समझें।"

जयराज कक्ष में जा, दीपक एक कोने में रख, भूमि पर बिछौना बिछा सो गए।

कुछ देर काणा मुनि उस क्षपणक के साथ धर्मचर्चा करता रहा। फिर वह भी वहीं सो गया।

जब जयराज ने दोनों को सोया समझा, तो झाँककर उन्हें देखा। वे युक्ति से उसके कक्ष का द्वार रोककर सोए थे। जयराज ने समझ लिया, "दोनों, यह क्षपणक भी, गुप्तचर ही हैं। उन्होंने भलीभाँति कक्ष की दीवारों, छतों और द्वार को देखा। घर पुराना था और द्वार सड़ा हुआ। आक्रमण होने पर रक्षा के योग्य नहीं था। परन्तु उन्होंने सोचा कि ये दो ही हैं,

तब तो मैं ही यथेष्ट हूँ। उन्होंने आवश्यकता होने पर उस धूर्त काणे को जान से मार डालने का दृढ़ संकल्प कर लिया। उन्होंने स्वर्ण से भरी थैली अपने कंठ में लटका ली। खड्ग नग्न करके निकट रख लिया। उतारे हुए वस्त्र फिर से पहन लिये। इसके बाद द्वार की भलीभाँति परीक्षा करके उन्होंने दीप बुझा दिया।

दीप बुझाकर वे निःशब्द बिछौने से उठकर द्वार से कान लगाकर बैठ गए। थोड़ी ही देर में काणा मुनि उठकर बैठ गया। क्षपणक भी उठ बैठा। क्षपणक दो उत्तम बड़े-बड़े खड्ग छिपे स्थान से उठा लाया। जयराज यह सब देख बिस्तरे पर जा सोने का नाटक करते हुए वेग से खर्राटे भरने लगे।

आखेट को सोया हुआ समझकर दोनों खड्ग लेकर द्वार के निकट आ खड़े हुए। किसी पूर्व-निश्चित विधि से उन्होंने निःशब्द द्वार खोल डाला। द्वार खुलते ही जयराज बिछौने से उठकर द्वार के पीछे आड़ में छिप गए। आगे काणा और पीछे क्षपणक दोनों निःशब्द आगे बढ़े। काणे के तनिक आगे बढ़ जाने के बाद क्षपणक वहीं ठिठककर, काणा बिछौने के निकट क्या कर रहा है, यह देखने लगा। इस अवसर से लाभ उठाकर जयराज ने एक भरपूर हाथ खड्ग का क्षपणक के मोढ़े पर फेंका और क्षपणक बिना एक शब्द किए बीच से दो टूक होकर गिर पड़ा।

काणा नापित खड्ग हाथ में ले घूमकर खड़ा हो गया। जयराज ने कहा, "भदन्त, यहाँ तो बहुत अन्धकार है, तुम्हारा साथी तो निर्वाण-पद को पहुँच गया। अब तुम बाहर आओ। वहाँ चन्द्रमा का क्षीण प्रकाश है। पर मैं समझता हूँ, तुम्हारे निर्वाण के लिए यथेष्ट है।"

नापित ने कहा, "भन्ते, ऐसा ही हो!" बाहर आकर दोनों घोर युद्ध में रत हुए। कोई भी जीवित प्राणी वहाँ उनका साक्षी न था। जयराज ने कहा, "प्रभंजन, तू खड्ग चलाने में उतना ही प्रवीण है, जितना छद्मवेश धारण करने में। परन्तु आज तेरी यहीं मृत्यु है।"

"जीवन और मृत्यु तो भन्ते, आने-जाने वाली वस्तु है। जो गुप्तचर कार्य में रत हैं, वे इस बात पर विचार नहीं करते।"

"यह क्या चांडाल मुनि का वचन है?"

"नहीं भन्ते, प्रभंजन नापित गुरु का। मैं खड्ग-हस्त होकर झूठ नहीं बोलता।"

और बातचीत नहीं हुई। दोनों वीर असाधारण कौशल से युद्ध करने लगे। ऐसे भी क्षण आए जब जयराज को प्राणों का भय आ उपस्थित हुआ। पर एक अवसर पर प्रभंजन का पैर फिसल गया। उसका उठा हुआ खड्ग लक्ष्यच्युत हुआ और दूसरे ही

क्षण उसके कंठ पर जयराज का भरपूर खड्ग पड़ा, जिससे उसका मस्तक कटकर और लुढ़ककर दूर जा गिरा। मस्तक कटने पर भी प्रभंजन का रुंड कुछ समय तक खड्ग घुमाता रहा। उस एकान्त रात में जनशून्य चैत्य में रक्त से भरी भूमि में रक्त से चूता हुआ खड्ग हाथ में लिये जयराज ने छिन्न मस्तक रुंड को हवा में खड्ग ऊँचा किए अपनी ओर दौड़ता देखा तो वे भय से नीले पड़ गए। इसी क्षण प्रभंजन का कबन्ध भूशायी हो गया। जयराज अब वहाँ एक क्षण भी न ठहर उसी के वस्त्रों से खड्ग का रक्त पोंछ राजगृह के मार्ग पर एकाकी ही अग्रसर हुए। उस समय वह भय और साहस के झूले में झूल रहे थे।

मधुवन में

दस्यु बलभद्र आगे, देवी अम्बपाली उनके पीछे, स्वर्णसेन और सूर्यमल्ल उनसे भी पीछे, तथा पाँच दस्यु खड्ग-हस्त उनके पीछे; इस प्रकार वे वैशाली के शून्य राजपथ को पारकर, वन-वीथी में होते हुए, उत्तर रात्रि में मधुवन उपत्यका में पहुँच गए। अम्बपाली दस्युराज से बात करना चाह रही थीं; परन्तु दस्यु चुपचाप आगे बढ़ा जा रहा था, मार्ग में अन्धकार था। अम्बपाली एक सुखद भावना से ओतप्रोत हो गईं। उनके मानस नेत्रों में कुछ पुराने चित्र अंकित हुए। वह होठों ही में कहने लगीं, यदि इसी समय एक बार फिर सिंह आक्रमण करे और मुझे उधर पर्वत-शृंग पर स्थित कुटीर में एक बार अवश नृत्य करना पड़े तो कैसा हो!

उसने आवेश में आकर अपना अश्व बढ़ाया। अश्व को दस्युराज के निकट लाकर कहा, "भन्ते, हमें कब तक इस भाँति चलना पड़ेगा?"

"हम पहुँच चुके देवी!" दस्यु ने कहा।

फिर एक संकेत किया। कहीं से एक दस्यु काले भूत की भाँति निकलकर सम्मुख उपस्थित हुआ। दस्यु ने मन्द स्वर से कहा, "साम्ब, सब यथावत् ही है न?"

"हाँ भन्ते!"

"तब ठीक है, तू अपना कार्य कर।"

काला भूत चला गया। दस्यु ने अब पर्वत पर चढ़ना आरम्भ किया। पहाड़ी बहुत ऊँची न थी। चोटी पर चढ़कर सब लोग यथास्थान खड़े हो गए। सूर्यमल्ल और स्वर्णसेन ने भयभीत होकर देखा, सम्मुख उस टेकरी के दक्षिण पार्श्व की उपत्यका में दूर तक स्थान-स्थान पर आग जल रही थी। उस जलती आग के बीच में, आगे-पीछे बहुत-से दस्यु अश्व पर सवार हो इधर से उधर आ-जा रहे हैं। सबका सर्वांग काले वस्त्र से आवेष्टित है। सूर्यमल्ल ने धीरे-से निकट खड़े हुए युवराज स्वर्णसेन से कहा, "यह तो दस्यु-सैन्य-शिविर प्रतीत होता है! दीख पड़ता है, जैसे दस्युओं का दल चींटियों के दल के समान अनगिनत है।"

एक विचित्र प्रकार का अस्फुट शब्द-सा सुनकर स्वर्णसेन ने टेकरी के वाम पार्श्व में घूमकर देखा। उधर से एक सुसज्जित अश्वारोही सैन्य धीरे-धीरे सावधानी से इस

तथाकथित दस्यु शिविर की ओर बढ़ रहा था। उसके शस्त्र इस अँधेरी रात में भी दूर जलती आग के प्रकाश में चमक रहे थे। इस सैन्य को धीर गति से आगे बढ़ते देख स्वर्णसेन ने प्रसन्न मुद्रा में उँगली से संकेत किया।

सूर्यमल्ल ने हर्षित होकर कहा, "यही हमारी सेना है, दस्युओं के शिविर पर अब आक्रमण हुआ ही चाहता है। परन्त दस्यु क्या बिलकुल असावधान हैं?" उसने अचल भाव से आग की ओर निश्चल देखते हुए दस्युओं की ओर देखा। फिर पीछे खड़े हुए दस्युराज को मुँह फेरकर देखा। वह उसी प्रकार नग्न खड्ग लिये खड़े थे।

इतने ही में लिच्छवि सेना ने एकबारगी ही फैलकर दस्यु शिविर पर धावा बोल दिया। स्वर्णसेन और सूर्यमल्ल का रक्त उबलने लगा। उन्होंने दस्यु बलभद्र की ओर देखा, जो उसी भाँति निस्तब्ध खड़ा था।

"क्या इसकी बुद्धि भ्रष्ट हो गई है! किस भरोसे यह निश्चिन्त यहाँ खड़ा है?" स्वर्णसेन ने हाथ मलते हुए कहा, "खेद है, हमारे पास शस्त्र नहीं हैं?"

लिच्छवि सैन्य ने वेग से धावा बोल दिया। परन्तु यह कैसा आश्चर्य है कि दस्यु सम्मुख नहीं आ रहे हैं, जो दस्यु सैनिक इधर-उधर वहाँ घूमते दीख रहे थे वे भी अब लुप्त हो गए हैं। लिच्छवि सेना यों ही शून्य में अपने भाले और खड्ग चमकाती हुई चिल्ला रही थी। वह जैसे वायु से युद्ध कर रही हो।

"यह सब क्या गोरखधन्धा है मित्र?" स्वर्णसेन ने सूर्यमल्ल का कन्धा पकड़ कर कहा।

सूर्यमल्ल की दृष्टि दूसरी ओर थी। उनकी आँखें पथरा रही थीं और वाणी जड़ थी। उसने भरे हुए स्वर में कहा, "सर्वनाश?" साथ ही उसने एक ओर उँगली उठाई।

स्वर्णसेन ने देखा—काली नागिन की भाँति काले वस्त्र पहने दस्यु-सैन्य एक कन्दरा से निकलकर लिच्छवि-सैन्य के पिछले भाग में फैलती जा रही है। दूर तक इस काली सेना के अश्वारोही घाटी में बिखरे हुए हैं। देखते-ही-देखते लिच्छवि-सैन्य का उसने समस्त पृष्ठ भाग छा लिया और जब वह सेना विमूढ़ की भाँति दल बाँधकर तथा सम्मुख एक भी शत्रु न पाकर ठौर-ठौर पर जलती हुई आग के चारों ओर घूम-घूमकर तथा हवा में शस्त्र घुमा-घुमाकर चिल्ला रही थी, तभी दस्य-सैन्य ने, जैसे कोई विकराल पक्षी अपने पर फैलाता है, अपने दाएँ-बाएँ पक्षों का विस्तार किया। देखते-ही-देखते लिच्छवि-सैन्य तीन ओर से घिर गई। सम्मुख दुर्गम-दुर्लंघ्य पर्वत था। परन्तु लिच्छवि-सैन्य को कदाचित् आसन्न विपत्ति का अभी आभास नहीं मिला था। सूर्यमल्ल के होंठ चिपक गए और शरीर जड़ हो गया। स्वर्णसेन के अंग से पसीना बह चला।

आग के उजाले के कारण लिच्छवि-सैन्य दस्यु-दल को बहुत निकट आने पर देख पाया। थोड़ी ही देर में मार-काट मच गई और दस्युओं के दबाव से सिकुड़कर लिच्छवि जलती हुई आग की ढेरियों में गिरकर झुलसने लगे। हाहाकार और चीत्कार से आकाश हिल गया।

स्वर्णसेन ने कहा, "भन्ते बलभद्र, इस महाविनाश को रोकिए। यह नर-संहार है, युद्ध नहीं है।"

"तो मित्र, तुम बिना शर्त आत्मसमर्पण करते हो?"

"हम निरुपाय हैं भन्ते बलभद्र, दया करो!"

"तो मित्र सूर्यमल्ल, तुम जाकर युवराज का यह आदेश अपनी सेना को सुना आओ और सेनानायक को यहाँ मेरे निकट ले आओ।"

इसके बाद उन्होंने अपने एक दस्यु को कुछ संकेत किया। उसने एक संकेत शब्द उच्चारित किया। दस्यु-सैन्य जहाँ थी, वहीं युद्ध रोककर स्तब्ध खड़ी रह गई। सूर्यमल्ल ने श्वेत पताका हवा में फहराते हुए अपने सेनापतियों को तुरन्त युद्ध से विरत कर दिया तथा नायक को लेकर वह दस्युराज बलभद्र की सेवा में आ उपस्थित हुए। दस्युराज बिना एक भी शब्द कहे चुपचाप पूर्व अनुक्रम से टेकरी से उतरकर एक पर्वत-कन्दरा में घुस गए। कन्दरा अधिकाधिक पतली होती गई। तब सब कोई अश्व से उतरकर अपने-अपने अश्व की रास थाम पैदल चलने लगे। अन्ततः वे एक विस्तृत हरे-भरे मैदान में जा पहुँचे। पूर्व दिशा में उज्ज्वल आलोक फैल गया था। तब वैशाली के इन वैभवशाली जनों ने देखा कि उस मैदान में एक अत्यन्त सुव्यवस्थित स्कंधावार निवेश स्थापित है, जिसमें पचास सहस्र अश्वारोही भट युद्ध करने को सन्नद्ध उपस्थित हैं।

एक विशाल पर्वत-गुहा में सुकोमल उपधान और रत्न-कम्बल बिछे थे। सब सुख-साधनों से गुफा सम्पन्न थी। अम्बपाली को एक आसन पर बैठाते हुए दस्यु ने कहा, "देवी अम्बपाली और मित्रगण, तुम्हारा इस दस्युपुरी में स्वागत है। आज तुम मेरे अतिथि हो। आनन्द से खाओ-पिओ। रात के दुःस्वप्न को भूल जाओ।"

उसने संकेत किया। साम्ब चुपचाप आ खड़ा हुआ। उसने अम्बपाली की ओर संकेत करके कहा, "साम्ब, देवी बहुत खिन्न हैं, रात-भर के जागरण से ये थक गई हैं तथा श्रमित हैं। जा, इनकी यथावत् व्यवस्था कर दे।"

उसने देवी से, अपने साथ दूसरी गुहा में चलने का अनुरोध किया। देवी के चले जाने पर विविध मद्य, भुना मांस और शूल्य लाकर दासों ने अतिथियों के सम्मुख रख दिए। लिच्छवि राजपुरुष एक-दूसरे को आश्चर्य से देखकर खाने-पीने और अदृष्ट में जो भोगना बदा है, भोगने की चर्चा करने लगे। परन्तु मुख्य बात यही थी, जो सब कह रहे थे, "दस्यु अद्भुत है, अप्रतिम है, महान् है!"

विसर्जन

साम्ब ने देवी अम्बपाली को दूसरी गिरि-गुहा में ले जाकर जिस श्यामा वामा के उन्हें सुपुर्द किया, उसका अंग-सौष्ठव और भाव-मृदुलता देख अम्बपाली भावविमोहित हो गईं। राजमहालयों में दुर्लभ सुख-सज्जा इस दुर्गम वन में उपस्थित थी। उस गिरि-गुहा के वैभव और विलास को देखकर अम्बपाली आश्चर्यचकित रह गईं। उन्होंने आगे बढ़कर सम्मुख स्मितवदना श्यामा वामा की ओर देखकर कहा, "तू कौन है हला?"

"मैं नाउन हूँ भट्टिनी!" वह हँस दी।

जैसे चन्द्रमा को देखकर कुमुदिनी खिल जाती है, उसी प्रकार उस श्यामा वामा के निर्दोष मृदुल हास्य से पुलकित होकर अम्बपाली ने उसे अंक में भरकर कहा, "तू बड़भागिनी है हला, तू जिस पुरुष की सेवा में नियुक्त है, उसकी सेवा करने को न जाने कितने जन तरस रहे हैं।"

"सुनकर कृतकृत्य हुई, भट्टिनी, आपके दर्शनों से मेरे नेत्र स्नातपूत हो गए। अब आज्ञा हो तो मैं आपका अंग-संस्कार करूँ। इस वन में जो साधन सुलभ हैं, उन्हीं पर भट्टिनी, सन्तोष करना होगा।"

अम्बपाली ने मुस्कराकर कहा, "अच्छा हला!" नाउन ने देवी अम्बपाली का अंग-संस्कार किया, उन्हें सुवासित किया। नाउन के हस्त-लाघव, हस्त-कौशल, मृदुल वार्तालाप और यत्न से देवी अम्बपाली का सारा श्रम दूर हो गया। फिर जब सुवासित मदिरा और विविध प्रयत्न और एक से बढ़कर एक खाद्य-पेय उनके सम्मुख आए तो उनसे रहा नहीं गया। उन्होंने कहा, "हला, तेरे स्वामी वे दस्यु-सम्राट् क्या दर्शन ही न देंगे?"

"यह तो उनकी इच्छा पर निर्भर है भट्टिनी, किन्तु अभी आप आहार करके थोड़ा विश्राम कर लें।"

"नहीं-नहीं हला, उन्हें बुला।"

नाउन ने हँसकर कहा, "क्या कहूँ भट्टिनी, बुलाने से तो वे आएँगे नहीं। आप ही आ सकते हैं।"

"यह कैसी बात?"

"वे किसी की इच्छा के अधीन नहीं हैं, इसी से।" नाउन ने धृष्टतापूर्ण हँसी हँसते हुए कहा।

"ऐसा ही मैं भी कभी समझती थी। कभी अवसर मिलने पर उनसे कह देना। कह सकेगी?"

"कह सकूँगी।"

"अब भी ऐसा ही है देवी अम्बपाली!" सोमप्रभ ने हँसते-हँसते आकर कहा।

अम्बपाली ने सोमप्रभ को सुवेशित भद्र नागरिक वेश में नहीं देखा था। आज देखकर क्षण-भर को उनकी प्रगल्भता लुप्त हो गई।

सोम ने कहा, "आप मुझ पर कुपित तो नहीं हैं देवी!"

"कुपित होकर तुम्हारे जैसे समर्थ का कोई क्या कर सकता है भद्र?"

"असमर्थ होने पर भी कुछ जन समर्थ होते हैं।"

"ऐसे कितने जन हैं प्रियदर्शन?"

"केवल एक को मैं जानता हूँ आज्ञा पाऊँ तो कहूँ!"

"स्वेच्छा से कहना हो तो कहो।"

"तो सुनो, मैंने एक व्यक्ति देखा है जो निरातंक, साह्लाद, सोल्लास हो स्वर्ण-रत्न-भंडार के द्वार उन्मुक्त करके दस्युओं को लूट लेने के लिए अभिनन्दित करता है।"

"रहने दो प्रिय, आओ, कुछ खाओ-पिओ!"

दोनों बैठ गए। अवसर पाकर नाउन पान लेने खिसक गई। अम्बपाली ने सोम का हाथ पकड़कर कहा, "तुम ऐसे समर्थ, ऐसे सक्षम, कामचारी, दिव्य शक्तियों से ओतप्रोत ऐन्द्रजालिक कौन हो प्रियदर्शन?"

"यही कहने को मैं तुम्हें यहाँ ले आया हूँ अम्बपाली!"

"तो कह दो प्रिय, मैंने तो तुम्हारे कंठ-स्वर से ही तुम्हें पहचान लिया था।"

"यह मैंने तुम्हारे इन नेत्रों में पढ़ लिया था।"

"तुम्हारी नेत्रों से पढ़ने की विद्या से मैं परिचित हूँ, पर अब कहो।"

"मैं मागध हूँ प्रिये, मेरा नाम सोमप्रभ है।"

अम्बपाली ने जैसे तप्त अंगार स्पर्श कर लिया। सोम ने कहा, "क्या मागधों को तुम सहन नहीं कर सकतीं?"

"नहीं प्रिये, नहीं।"

"इसका कारण?"

"अकथ्य है।"

"अब भी!"

"मृत्यु के मूल्य पर भी प्रियदर्शन सोम, यदि तुम अम्बपाली को क्षमा कर सको तो कर देना।" उनके बड़े-बड़े नेत्र आँसुओं से गीले हो गए।

"प्रिये अम्बपाली, क्या मैं तुम्हारी कुछ भी सहायता नहीं कर सकता हूँ?"

"नहीं प्रियदर्शन, नहीं। अम्बपाली निस्सहाय-निरुपाय है।"

विषादपूर्ण मुस्कान सोमप्रभ के मुख पर फैल गई। उन्होंने एक लम्बी साँस ली। उसके साथ अनेक स्मृतियाँ वायु में विलीन हो गईं।

"प्रियदर्शन सोम, क्या मैं तुम्हारा कुछ प्रिय कर सकती हूँ, प्राणों के मूल्य पर भी?"

"प्रिये, तुम मुझे सदैव क्षमा करती रहना और सहन करती जाना।"

"अरे, यह तो मेरा अनुरोध था प्रियदर्शन!"

"तब तो और भी अच्छा है। हम दोनों एक ही नाव पर जीवन-यात्रा कर रहे हैं।"

"जो कदाचित् विषाद, निराशाओं और आँसुओं से परिपूर्ण है।"

"तो क्या किया जा सकता है प्रिये! प्रियतमे, जीवन से पलायन भी तो नहीं किया जा सकता।"

"न, नहीं किया जा सकता। सोम प्रियदर्शन, एक याचना करूँ?" सोम ने अम्बपाली के दोनों हाथ पकड़कर कहा, "यह अकिंचन सोम तुम्हारा ही है, प्रिये अम्बपाली!"

"तो प्रियदर्शन, मुझे सहारा देना, जब-जब मैं स्खलित होऊँ तब-तब।"

उनके होंठ काँपे, फिर उन्होंने टूटते अवरुद्ध स्वर में कहा, "यह मत भूलना सोमभद्र कि मैं एक असहाय-दुर्बल नारी हूँ, तुम पुरुष की भाँति मेरी रक्षा करना, मैं तुम्हारी किंकरी, तुम्हारी शरण हूँ।" अम्बपाली सोम के पैरों में लुढ़क गईं। सोम ने उन्हें उठाकर अंक में भर लिया और अपने तप्त-तृषित, आग के अंगारों के समान जलते हुए होंठ उनके शीतल कम्पित होंठों पर रख दिए। अम्बपाली मूर्च्छित होकर सोम के अंक में बिखर गईं।

एकान्त पान्थ

शरत्कालीन सुन्दर प्रभात था। राजगृह के अन्तरायण में अगणित मनुष्यों की भीड़ भरी थी। लोग अस्त्र-शस्त्रों से सुसज्जित इधर-उधर आ-जा रहे थे। प्रत्येक मनुष्य के मुँह पर युद्ध की ही चर्चा थी। नगर अशान्ति और उत्तेजना का केन्द्र स्थान बना हुआ था। लोग भय और आशंका से भरे हुए थे। शस्त्रधारी सैनिक झुंड-के-झुंड वीथियों और हट्टों में फिर रहे थे तथा आवश्यकता की सामग्री खरीद रहे थे। सम्राट् और महामात्य वर्षकार के विग्रह की खुब बढ़ा-चढ़ाकर और नमक-मिर्च लगाकर चर्चाएँ हो रही थीं। गुप्तचरों, सत्रियों का नगर में जाल बिछा था। मंत्री, पुरोहित, अन्तर-अमात्य, दौवारिक, अन्तर्वेशिक, अन्तपाल, आटविक व्यस्तभाव से नगर में आ-जा रहे थे। हिरण्य और धान्यों से भरे हुए शकट सशस्त्र प्रहरियों के बीच राजभांडागार में जा रहे थे। अनेक सत्री और तीक्ष्ण पुरुष तथा गूढ़ाजीव अदिति, कौशिक स्त्रियाँ नगर में घूम रही थीं। कोई दैवज्ञ के वेश में, कोई भिक्षुकी के वेश में, कोई क्षपणक के वेश में परस्पर मिलने पर गूढ़ संकेत करते हुए घूम रहे थे। नगर की चर्चा का मुख्य विषय युद्ध-कौशल, शस्त्र-प्रयोग और युद्धप्रियता थी। थोड़ा भी कोलाहल होने पर लोगों की भीड़ किसी भी स्थान पर जमा हो जाती थी।

पान्थागार के सम्मुख एक परदेसी एकान्त पान्थ अश्वारोही आकर रुक गया। अश्व और आरोही दोनों ही अद्‌भुत थे। अश्व ऊँची रास का एक मूल्यवान सैन्धव था और अश्वारोही एक स्फूर्तियुक्त, बलिष्ठ किन्तु ग्रामीण-सा युवक था। ऐसा प्रतीत होता था जैसे उसने कोई बड़ा नगर देखा नहीं है तथा वह अकस्मात् राजगृह की इस तड़क-भड़क को देखकर विमूढ़ हो गया है। उसका अश्व मांसल, सुन्दर एवं चंचल था। अश्वारोही का गम्भीर मुख, बड़े-बड़े ज्योतिर्मय नेत्र, उन्नत मस्तक और दीर्घ वक्ष तथा दृढ़ अंग उसके उत्कृष्ट योद्धा होने के साक्षी थे और उसके ग्रामीण वेश तथा अद्‌भुत व्यवहार करने पर भी उसका सौष्ठव व्यक्त करते थे। एक विकराल खड्ग उसकी कमर में लटक रहा था। उसकी दृष्टि निर्भय थी। वह भीड़ में खड़ा लोगों की सन्दिग्ध दृष्टियों को उपेक्षा और अवज्ञा की दृष्टि से देख रहा था। उसके वस्त्र धूल से भरे थे और शरीर थकान से चूर-चूर था। यह स्पष्ट था कि वह अनवरत लम्बी यात्रा करता हुआ आया है। उसका अश्व भी पसीने से तर-बतर था।

वह पान्थागार के अध्यक्ष से बातें कर रहा था। अध्यक्ष ने उसे सिर से पैर तक घूरकर कहा, "मित्र, खेद है कि मैं तुम्हें स्थान नहीं दे सकता, सब घर घिर गए हैं। वैशाली से राजदूत आए हैं, उन्हीं के सब संगी-साथी तथा स्वयं राजदूत ने भी यहीं डेरा किया है। एक भी घर खाली नहीं है।"

"तो मित्र, तू मुझे अपना निजू अतिथि मान। मुझे विश्राम की अत्यन्त आवश्यकता है। ये दस कार्षापण तेरे लिए है।"

सोने के दस चमचमाते टुकड़े हथेली पर रखे देख पान्थागार के अध्यक्ष के सब विचार बदल गए। उसने हँसकर कहा, "यह तो बात ही कुछ और है भन्ते! परन्तु दुःख

है कि मेरे पास पान्थागार में स्थान नहीं है, फिर भी आप एक प्रतिष्ठित सज्जन हैं, मैं आपकी कुछ सहायता कर सकता हूँ।"

"किस प्रकार मित्र!"

"मेरा एक मित्र है, वह सम्राट् का प्रतीहार है। यहीं निकट ही उसका घर है, घर बड़ा और सुसज्जित है। सौभाग्य से वह बड़ा लालची है। ऐसे दस सुवर्ण पाकर तो वह अपने रहने का सजा-धजा कक्ष ही आपको अर्पण कर सकता है। इतने बड़े घर में वह और उसकी पत्नी केवल दो ही व्यक्ति रहते हैं।"

"तो मित्र यही कर, सुवर्ण की चिन्ता न कर।"

अध्यक्ष उस प्रतीहार को बुला लाया। वह एक ढीला-ढाला मोटा वस्त्र पहने था। दुबला-पतला शरीर, मिचमिची आँखें, गंजी खोपड़ी, पतली गर्दन। उसने आकर सम्मानपूर्वक युवक का अभिवादन किया।

युवक ने पूछा, "यही वह व्यक्ति है?"

"यही है भन्ते।"

"तब यह स्वर्ण है।" उसने दस टुकड़े उसकी हथेली पर रखकर कहा, "शेष तुम्हारा साथी समझा देगा।"

मैंने समझ लिया भन्ते, खूब समझ लिया, आइए आप।" इतना कहकर अतिविनीत भाव से पान्थ को अपने साथ ले चला।

प्रतीहार का घर छोटा था, परन्तु उसमें सब सुविधाएँ जयराज के अनुकूल थीं। वहाँ वह निःशंक आराम से टिक गए। यहाँ उन्हें एक सहायता और मिल गई। प्रतीहार ने उन्हें एक कृषक तरुण कहीं से ला दिया। यह बालक अठारह वर्ष का एक उत्साही और स्वस्थ नवयुवक था। जयराज ने उसे एक टाघन खरीद दिया और खूब खिला-पिलाकर परचा लिया। वह कृषक बालक छाया की भाँति जयराज के साथ रहकर उनकी सेवा तथा आज्ञापालन करने लगा।

प्रतीहार का मूलधन

प्रतीहार का नाम मेघमाली था। जयराज अपने सुसज्जित कक्ष में पड़े अनेक राजनीतिक ताने-बाने बुन रहे थे। इसी समय प्रतीहार ने द्वार खटखटाया। अनुमति पाकर वह अन्दर आया और बारम्बार प्रणाम करके विनीत भाव से बोला, "भन्ते, आपका शौर्य और उदारता दोनों ही अद्वितीय है, मैं आपका सेवक सदैव आपकी सेवा में उपस्थित हूँ। परन्तु इस समय मैं प्रार्थी हूँ, आप मेरी सहायता कीजिए।"

जयराज ने विस्मय को दबाकर कहा, "कह मित्र, मैं तेरी क्या सहायता कर सकता हूँ?" उसने कुछ क्षण रुककर कहा, "मेरी स्त्री अति रूपवती है, वह चरित्र की भी उज्ज्वल है। दो वर्ष पूर्व मैंने उससे विवाह किया था। इसके लिए मेरा सब यत्न से संचित स्वर्ण भी खर्च हो गया। ससुराल से मुझे कुछ भी धन नहीं मिला। क्या कहूँ, बड़ी विपत्ति में हूँ।"

जयराज हँसने लगे। हँसते-ही-हँसते उन्होंने कहा, "तो मित्र, ससुराल से धन अब कैसे मिल सकता है तथा मैं इसमें क्या सहायता कर सकता हूँ?"

"विपत्ति कुछ और ही है भन्ते," वह रुका। फिर कुछ खाँसकर बोला, "भन्ते, वह कल रात से ही नहीं आई है।"

"रात से नहीं आई है! तब गई कहाँ?"

"मेरा दुर्भाग्य है भन्ते, क्या कहूँ, वह वणिक् सुखदास के पास गई थी।"

"सुखदास कौन है?"

"एक दुष्ट विदेशी है भन्ते, वह बहुत-से सैन्धव अश्व और बहुत-से चीन देश के कौशेय वस्त्रों के जोड़े बेचने राजगृह आया है। मैंने उसे उसके पास एक सहस्त्र उत्तम अश्व और पाँच सहस्त्र वस्त्रों के जोड़े खरीदने भेजा था, सम्राट् युद्ध की तैयारी कर रहे हैं। मेरे पास कुछ निकम्मे अश्व थे। मैंने सोचा था, वे सब मिलाकर सम्राट् को बेच दूँगा। कुछ लाभ हो जाएगा।"

"पत्नी को वणिक के पास क्यों भेजा था, स्वयं क्यों नहीं गए?"

"ये वणिक बड़े लुच्चे हैं भन्ते, सुन्दरी और नवयुवती स्त्रियों को देखते ही पानी हो जाते हैं, सौदा ठीक से हो जाता है। मेरी पत्नी सुन्दरी भी है और चतुर भी है। उसके सुन्दर रूप और मधुर वचनों से प्रसन्न होकर ये वणिक सौदे में खींचतान नहीं करते। जितना मूल्य वह हँसकर दे देती है, वे हँसकर ले लेते हैं।"

जयराज को इस व्यक्ति में आकर्षण प्रतीत हुआ। उसने मन की हँसी दबाकर कहा, "तो मित्र, तू अपनी पत्नी से दुहरा लाभ उठाता है?"

"पर भन्ते, जितना स्वर्ण उसके लोभी पिता ने मुझसे लिया था, अभी उतना भी तो नहीं मिला है।"

"अस्तु; तू पत्नी की बात कह!"

"वही कह रहा हूँ भन्ते, मैंने उसे सुखदास के पास एक सहस्त्र अश्व और पाँच सहस्त्र चीनांशुक क्रय करने को भेजा था।"

"यह तो मैंने सुना, इसके बाद?"

"इसके बाद वह पाजी सुखदास, ऐसा प्रतीत होता है, मेरी स्त्री पर मोहित हो गया और उसे एकान्त में ले जाकर उसने कहा—मूल्य लेकर तो एक भी अश्व, एक भी चीनांशुक नहीं दूँगा, परन्तु हाँ, यदि तू आज रात मेरी सेवा में रहे, तो पाँच सौ घोड़े और एक सहस्त्र चीनांशुक तेरी भेंट है।"

"और तेरी चरित्रवती स्त्री ने स्वीकार कर लिया?"

"नहीं भन्ते, उस साध्वी ने कहा—मैं पति से पूछ लूँ, वह आज्ञा देगा तो मैं तेरी बात रख लूँगी।"

"सो तैने आज्ञा दे दी?"

"पाँच सौ सैन्धव अश्व और एक सहस्त्र चीनांशुक भन्ते, कम नहीं होते। ऐसे मूर्ख भी बार-बार नहीं मिलते। मैंने सीधे स्वभाव कह दिया—यदि एक ही रात्रि में पाँच सौ अश्व और सहस्त्र चीनांशुक मिलते हैं, तो दोष नहीं है, तू ऐसा ही कर ।"

"और तेरी वह साध्वी स्त्री तेरा आदेश मानकर वहाँ चली गई?"

"यही बात हुई भन्ते, अब अश्व और चीनांशुक तो उसने भेज दिए; पर स्वयं नहीं आ रही है।"

"उसने कुछ सन्देश भी भेजा है?"

"सन्देश भेजा है भन्ते, उसने कहलाया है कि सत्त्वरहित और लोभी पति से तो वह पति अच्छा है, जो एक रात्रि के पाँच सौ अश्व और सहस्र चीनांशुक दे सकता है।"

"अब तेरा क्या कहना है?"

"मैं कहता हूँ कि यह मात्र विनोद-वाक्य है। ऐसा वह बहुत बार कह चुकी है। उसका स्वभाव भी हँसोड़ है।"

"तेरा अनुमान यदि सत्य हो तो?"

"तो भन्ते राजकुमार, मेरी स्त्री मुझे दिलवा दीजिए। उसके बिना मैं जीवित नहीं रह सकूँगा, भूखों मर जाऊँगा।"

"यह तो सत्य है, जब तू भूखों मर जाएगा तो जीवित कैसे रह सकता है?"

"भन्ते, मैं प्रतिष्ठित पुरुष हूँ।"

"तो प्रतिष्ठित पुरुष, अभी तू जाकर शयन कर, सुख-स्वप्न देख, भोर होने पर मैं सुखदास के अश्वों को और तेरी उस साध्वी पत्नी को भी देखूँगा।"

प्रतीहार कुछ सन्तुष्ट होकर मन-ही-मन बड़बड़ाता हुआ चला गया।

प्रतीहार-पत्नी

दूसरे दिन जयराज भड़कीला परिधान धारण कर अश्व पर आरूढ़ हो, संग में कृषक-तरुण धवल्ल को ले सुखदास वणिक के निवास पर जा पहुँचे। सेवक सहित इस प्रकार एक भद्र पुरुष को देख सुखदास ने उनका सत्कार करके कहा, "भन्ते, मैं आपकी क्या सेवा कर सकता हूँ?"

जयराज ने इधर-उधर देखते हुए हँसकर कहा, "मित्र, मैं किसी अच्छी वस्तु का क्रय करना चाहता हूँ। सुना है, तू बड़ा प्रामाणिक व्यापारी है।"

"भन्ते, मेरे पास बहुत उत्तम जाति के अश्व हैं और बहुमूल्य चीनांशुक के जोड़े हैं। सम्राट् युद्ध-व्यवस्था में रत हैं, उन्हें अश्वों की आवश्यकता है, इसी से मैं और मेरे ग्यारह मित्र भी अश्व लाए हैं। हमारे पास सब मिलाकर एक लाख अश्व हैं। ये सब सम्राट् के लिए हैं भन्ते!"

"इतर जनों को भी तूने माल बेचा है मित्र!"

"परन्तु मैं खुदरा बिक्री नहीं करता, थोक माल बेचता हूँ।"

"थोक ही सही; तब कह, पाँच सौ सैन्धव अश्व और एक सहस्र जोड़े चीनांशुकों का तू क्या मूल्य लेता है?"

सुखदास वणिक सन्देह और भय से जयराज का मुँह ताकने लगा।

जयराज ने कहा, "कह मित्र, अभी कल ही तूने एक सौदा किया है। तू बड़ा व्यापारी अवश्य है, परन्तु एक ही दिन में इस छोटे-से सौदे को तो नहीं भूला होगा।"

"आप क्या राजपुरुष हैं भन्ते?"

"परन्तु मैं राज-काज से नहीं आया हूँ, अपने ही काम से आया हूँ।"

"तो भन्ते, आपको क्या चाहिए, कहिए। मेरा कर्तव्य है कि आपकी आज्ञा का पालन करूँ।"

"यह अच्छा है। सस्ते में क्रय करना और लाभ लेकर अधिक मूल्य में बेचना व्यापार की सबसे बड़ी सफलता है।"

"लाभ ही के लिए व्यापार किया जाता है भन्ते!"

"यह बुद्धिमानी की बात है। इधर लिया उधर दिया, ठीक है न?"

"बिलकुल ठीक है भन्ते, लाभ मिलना चाहिए।"

"यह बुद्धिमानी की बात है, तो अभीष्ट वस्तु मिलने पर मैं मुँहमाँगा दाम देता हूँ, मेरे पास सुवर्ण की कमी नहीं है मित्र!"

"आप जैसे ही राजकुमारों के हम सेवक हैं भन्ते!"

"तो मूल्य कह दिया मित्र!"

"काहे का?"

"उस स्त्री का, जिसको तूने कल खरीदा है।" सुखदास वणिक का मुँह सूख गया। उसने कहा, "कैसी स्त्री भन्ते?"

"प्रतीहार-पत्नी रे, क्या मुझे चराता है!" जयराज ने व्याज-कोप से कहा।

सुखदास थर-थर काँपने लगा। उसने कहा, "दुहाई राजपुत्र, मैं निर्दोष हूँ!"

"पर तू जानता है, सम्राट् तुझे कभी क्षमा नहीं करेंगे, अभी तेरे बाँधने को राजपुरुष आएँगे। वे तुझे ले जाकर सूली चढ़ा देंगे।"

"परन्तु वह स्वेच्छा से आई है भन्ते, अपने पति की अनुमति से।"

"वे अश्व और चीनांशुक तो एक ही रात के शुल्क हैं न?"

"यह सत्य है, परन्तु वह अब उस लोभी वृद्ध और कृपण प्रतीहार के पास नहीं जाना चाहती। भन्ते, उस सुशीला से वह पतित हठ करके कुकर्म कराता है। केवल उस दुष्ट के अधीन होने से वह वणिकों के पास जा क्रय-विक्रय करती है। अपने चित्त से अपने योग्य काम समझकर नहीं। उसके रूप और सौन्दर्य को उस पतित ने अपना मूलधन बनाया हुआ है।"

"तो मित्र, मैं उस मूलधन को देखना चाहता हूँ।"

"तो उससे पूछकर कह सकता हूँ कि वह आपसे मिलकर बात करना चाहेगी या नहीं।"

"तो तू पूछ ले मित्र!"

वणिक भीतर चला गया। थोड़ी देर में उसने आकर कहा, "चलिए भन्ते, वह आपसे मिलने को सहमत है।"

जयराज ने भीतर जाकर एक सुसज्जित कक्ष में उसे खड़े देखा। उसकी अवस्था बीस-बाईस वर्ष की थी। वह अतिकमनीय रूपवती बाला थी, सौन्दर्य और लावण्य सुडौल मुख और अंग-अंग से फूटा पड़ता था। लाल-लाल पतले होंठ और बड़ी-बड़ी नुकीली आँखें काम-निमंत्रण-सा दे रही थीं। इस अप्रतिम सौन्दर्य-प्रतिमा के मुख पर

निष्कलंकता और अभय की आभा देखकर जयराज पुलकित हो गए। प्रफुल्लित रक्तिम आभा से प्रदीप्त मुखमंडल पर मुस्कान सुधा बिखेरकर उसने कहा, "मैं आपका क्या प्रिय करूँ, प्रिय?"

उसके कोमल कंठ को सुनकर जयराज ने कहा, "सुन्दरी, मैं तेरे पति का मित्र हूँ और तुझे यहाँ से उसके पास ले चलने को आया हूँ। तेरी-जैसी चरित्रवती रूपवती के लिए इस प्रकार पुंश्चली की भाँति पर पुरुष का सेवन करना अच्छा नहीं है।"

"आप ठीक कहते हैं भन्ते राजकुमार, पर यह दूषित कार्य मैंने अपनी इच्छा से अपने विलास के लिए नहीं किया है। आप ही कहिए, जिस लोभी ने आपत्ति के बिना मुझे अन्य पुरुष के हाथ बेच डाला, उस सत्त्वहीन निर्लज्ज के पास अब मैं कैसे जाऊँ? मेरी भी एक मर्यादा है भन्ते, यदि मैं वहाँ जाती हूँ, तो वह बार-बार मुझे ऐसे ही प्रयोगों में डालेगा। यहाँ मैं एक सुसम्पन्न सुप्रतिष्ठित और उदार पुरुष की सेवा में हूँ, जिसने एक ही रात में पाँच सौ अश्व और सहस्त्र जोड़े चीनांशुक दे डाले हैं।"

जयराज ने उसकी स्थिति और यथार्थता का समर्थन किया। फिर उसने उठते हुए सुखदास वणिक से कहा, "मित्र, तू यथेष्ट लाभ में रहा। स्मरण रख, सत्त्वहीन पुरुषों के पास धन और स्त्री नहीं ठहर सकते।"

इतना कह, उस रूप, तेज कोमलता तथा प्रगल्भता की मोहिनी मूर्ति को मन में धारण कर जयराज अपने आवास को लौट आए।

गणदूत

गणदूत गान्धार काप्यक का बिम्बिसार श्रेणिक ने बड़ी तड़क-भड़क से स्वागत किया। मागध सीमा में पहुँचते ही राज्य की ओर से प्रत्येक सन्निवेश पर उसके स्वागत एवं सुख-सुविधा के सब साधन जुटे हुए मिलने लगे। राजगृह आने पर पान्थागार में उसे राजाह भव्य निवास और सत्कार मिला। मागध सन्धिवैग्राहिक अभयकुमार विशेष रूप से गणदूत की व्यवस्था पर नियत हुआ।

जयराज ने मार्ग में काप्यक से मिलने की बिलकुल चेष्टा नहीं की, परन्तु राजगृह में इसे पान्थागार के अध्यक्ष के माध्यम से राजदूत से परिचय प्राप्त करने तथा उसके मैत्री-लाभ करने के अभिनय का अच्छा सुअवसर मिल गया। प्रतीहार से घनिष्ठता होने पर कभी सांकेतिक भाषा में और कभी स्पष्ट मिलकर परस्पर विचार-विनिमय करने का सुअवसर उसे मिलने लगा। गणदूत और उसका पूर्वापर सम्बन्ध मागध सन्धिवैग्राहिक अभयकुमार भी नहीं भाँप सका। जयराज कभी अश्व पर सवार होकर और कभी पाँव प्यादा नगर, वीथी, हाट में जा-जाकर राजगृह के दुर्ग, सैन्य, अस्त्रागार और शस्त्रास्त्र निर्माण आदि युद्धोद्योगों को देखने तथा विविध मानचित्र, संकेतचित्र और विवरणपत्रिकाएँ गूढ़ लिपि में तैयार करने लगा।

प्रतीहार-पत्नी का वह क्षणिक परिचय उसकी आसक्ति में परिणत हो गया। उसकी आसक्ति भी अधिक काम आई। वह अन्तःपुर का राई-रत्ती हालचाल ला-लाकर जयराज

को देने लगी। अत्यन्त महत्त्वपूर्ण और उपयोगी सूचनाएँ उससे उन्होंने प्राप्त कर लीं। सम्राट् के दरबार में उपस्थित होकर उपानय उपस्थित करने और सम्राट् से मिलने का दिन नियत हो गया। काप्यक ने जयराज से मिलकर यह निर्णय कर लिया कि सम्राट् से गणदूत के रूप में काप्यक नहीं, जयराज ही मिलेगा। यह एक जोखिमपूर्ण योजना थी, परन्तु अनिवार्य थी। यह भी तय हुआ कि सम्राट् की भेंट के तत्काल बाद ही जयराज को राजगृह से प्रस्थान भी कर देना चाहिए। उसने यह सब व्यवस्था ठीक-ठीक कर ली और अपने कौशल तथा इन तीनों सहायकों की सहायता से वह अनायास ही गणदूत के रूप में सम्राट् के सम्मुख जा उपस्थित हुआ।

कृषक-बालक उसके लिए बड़ा सहायक प्रमाणित हुआ। वह दिन-भर, अपने टाघन पर चढ़कर राजगृह के बाहर-भीतर यथेष्ट चक्कर लगाया करता, विविध जनों से मिलता, गप्पें मारता और बहुत-सी जानने योग्य बातें जयराज को आ बताता था। जयराज उससे हँसते-हँसते काम की बातें पूछ लेता, युक्ति और चतुराई से अभीष्ट कार्य, बिना ही मूल कारण प्रकट किए, करा लेता। तरुण कृषक-बालक विविध पक्वान्न और उत्तम भोजन पाकर तथा टाघन पर स्वच्छन्द घूमते रहकर अतिप्रसन्न हो तन-मन से जयराज की सब इच्छाओं और आदेशों की पूर्ति करने लगा।

जयराज और दौत्य

वज्जीगण प्रतिनिधि का भव्य स्वागत करने में मागध सम्राट् ने कुछ भी उठा न रखा। प्रशस्त सभामंडल यत्न से सुसज्जित किया गया। सम्राट् गंगा-जमुनी के सिंहासन पर विराजमान हुए। मस्तक पर रत्नजटित जाज्वल्यमान स्वर्ण-मुकुट धारण किया। पार्श्व में देश-देश के विविध करद राजा, सामन्त और राजपरिजनों की बैठकें बनाई गईं। सम्राट् के ऊपर श्वेत रजतछत्र लग रहा था, जिस पर बहुत बड़े मोतियों की झालर टँगी थी। सिंहासन के सम्मुख राजअमात्य, पुरोहित और धर्माध्यक्ष का आसन था। पीछे महासेनापति आर्य भद्रिक और उदायि अपने सम्पूर्ण सेनाधिपतियों सहित यथास्थान अवस्थित थे। एक ओर गायक और नर्तकियाँ, मंगलामुखी वारवनिताएँ संगीतसुधा बिखेरने को सन्नद्ध खड़ी थीं। राजा के पीछे चाँदी की डांड का छत्र लिये एक खवास खड़ा था। दायें-बायें दो यवनी दासियाँ चँवर झल रही थीं। दक्षिण पार्श्व में मुर्छलवाला था। उसके पीछे अन्यान्य दंडधर, कंचुकी, द्वारपाल आदि यथास्थान नियम से खड़े थे। सम्राट् का तेजपूर्ण मुख उस समय मध्याह्न के सूर्य की भाँति देदीप्यमान हो रहा था। बारह लाख मगध-निवासियों के निगम-जेट्ठक और अस्सी सहस्त्र गाँवों के मुखिया भी इस दरबार में आमंत्रित किए गए थे।

लिच्छवि राजप्रतिनिधि ने अपने अनुरूप भव्य वेश धारण किया था। उनका बहुमूल्य स्वर्ण-तारजटित कौर्जव और उत्तम काशिक कौशेय का उत्तरीय अपूर्व था। उनके साथ बहुमूल्य उपानय था, जिनमें बीस सैंधव अश्व, पाँच भीमकाय हाथी, बहुत-से रत्नखचित शस्त्रास्त्र तथा स्वर्ण-तारग्रथित काशी वस्त्र थे।

जयराज ने सभास्थल में प्रविष्ट होकर देखा—सम्राट् पूर्व दिशा में उदित सूर्य की भाँति अचल भाव से अपने मंत्रियों और सभ्यों के बीच स्वर्ण-सिंहासन पर बैठे हैं। सभास्थल में बिछे हुए रत्न-कम्बलों की आभा बहुरंगी मेघों के समान भाषित हो रही थी। कौशेय और ऊनी रोएँ, जो सुनहरी तार-पट्टी के गुँथे थे, ऐसे प्रतीत हो रहे थे, जैसे सूर्य-रश्मियाँ शत-सहस्र आभा धारण करके भूमि पर अवतरित हुई हैं।

जयराज ने सम्राट् के सम्मुख जा राज-निष्ठा के नियमानुसार उनका अभिवादन कर वज्जीगणपति का राजपत्र उपस्थित किया तथा गणपति की ओर से उपानय उपस्थित कर, उसे स्वीकार कर कृतार्थ करने का शिष्टाचार प्रदर्शित किया।

सम्राट् ने राजपत्र राजसम्मान-सहित ग्रहण कर उपानय के लिए आभार और सन्तुष्टि प्रकट कर कहा, "कह आयुष्मान्, मैं तेरा और अष्टकुल के प्रतिष्ठित वज्जीसंघ का क्या प्रिय कर सकता हूँ?"

जयराज ने धीमे किन्तु स्थिर स्वर में कहा, "क्या देव मुझे स्पष्ट भाषण करने की अनुमति देते हैं?"

"क्यों नहीं आयुष्मान्, तू कथनीय कह।"

"तो देव, वज्जीगण का अनुरोध है कि सम्राट् आर्य महामात्य को राजगृह में फिर से सुप्रतिष्ठित करें।"

"यह तो मगध राज्य का अपना प्रश्न है भद्र, वज्जी गणराज्य को अनुरोध करने का इसमें क्या अधिकार है? अपितु राजदंड प्राप्त बहिष्कृत महामात्य को राज-नियम के विपरीत वज्जीगणसंघ ने प्रश्रय देकर मागध राज्य-सन्धि भंग की है, जिसका दायित्व वज्जीगण-संघ पर है।"

"इसके विपरीत देव, वज्जीगण-संघ की यह धारणा है कि सम्राट् की अभिसन्धि से महामात्य कूटनीति का अनुसरण कर तूष्णी युद्ध कर रहे हैं।"

"तो इस धारणा के वज्जीगण-संघ के पास पुष्ट प्रमाण होंगे?"

"देव, वज्जीगण-संघ सम्राट् की मैत्री का मूल्य समझता है। वह बिना प्रमाण कुछ नहीं करता, सम्राट् को मैं विश्वास दिलाता हूँ।"

"आयुष्मान्, क्या कहना चाहता है, कह।"

"महाराज,वैशाली के अष्टकुल सम्राट् से मैत्री सम्बन्ध स्थिर किया चाहते हैं।"

"किन्तु किस प्रकार भद्र?"

"मागध साम्राज्य के प्रति वैशाली के अष्टकुल के जैसे विचार हैं, वह मैं भलीभाँति जानता हूँ।"

"मैं भी क्या उनसे अवगत हो सकता हूँ, भद्र!"

"महाराज, वज्जीगण सम्राट् की किसी भी इच्छा की अवहेलना नहीं करेंगे।"

"तब तो मुझे केवल यही विचार करना है कि मुझे उनसे क्या कहना चाहिए।"

"सम्राट् यदि स्पष्ट कहें।"

"यह तो व्यर्थ होगा आयुष्मान्!"

"तो क्या मैं ही सम्राट् को वज्जीगण-संघ का सन्देश निवेदन करूँ?"

"यह अधिक उपयुक्त होगा।"

"मैं स्पष्ट कहने के लिए सम्राट् से क्षमा-याचना करता हूँ।"

"कह भद्र, कथनीय कह!"

"देव यह जानते हैं कि वह बात अब सार्वजनिक हो चुकी है।"

"आयुष्मान्, तेरा अभिप्राय क्या है?"

"वह स्पष्ट है, देव यदि अष्टकुल की किसी कुलीन कुमारी से विवाह करना चाहते हैं तो यह सुकर है।"

"प्रस्ताव महत्त्वपूर्ण है और इससे मेरी प्रतिष्ठा होगी।"

"साथ ही अष्टकुल के वज्जीगणतंत्र और मगध-साम्राज्य की मैत्री-समृद्धि भी बढ़ेगी। किन्तु इसके लिए एक वचन देना होगा।"

"कैसा वचन?"

"केवल लिच्छवि कुमारी का पुत्र ही भावी मगध-सम्राट् होगा।"

"केवल यही? और कुछ तो नहीं?"

"नहीं देव!"

"आयुष्मान् को कुछ और भी कथनीय है?"

"यत्किंचित्; महाराज, देवी अम्बपाली वज्जीगण का विषय हैं, उन पर सम्पूर्ण गणजनपद का समान अधिकार है। अष्टकुल उन पर किसी एक का एकाधिकार सहन नहीं करेगा।"

"यह मैं समझ गया और कह भद्र!"

"और तो कुछ कथनीय नहीं है देव!"

"कुछ भी नहीं?"

"नहीं।"

"अच्छा, तो मैं अष्टकुल का प्रस्ताव अस्वीकार करता हूँ।"

"क्या आप अष्टकुल की किसी भी कुमारी से विवाह करना अस्वीकार कर रहे हैं?"

"यह मेरे लिए सौभाग्य की बात है भद्र, किन्तु मैं इसे अपनी स्वेच्छा और भावना की बलि देकर नहीं स्वीकार कर सकता। रही देवी अम्बपाली की बात; वज्जीगण के उस धिक्कृत कानून की बात मैं जानता हूँ; परन्तु आयुष्मान्, कोई भी मागध स्त्री जाति के अधिकारों को हरण करनेवाले इस कानून के विरोध में खड्ग-हस्त होना आनन्द से स्वीकार करेगा। अच्छा आयुष्मान्, अब विदा! अपने प्रस्ताव के लिए अष्टकुल के वज्जीगण प्रमुखों से मेरी कृतज्ञता अवश्य प्रकट कर देना।"

"सम्राट्, मुझे यह भय है कि इस निर्णय का कोई भयानक परिणाम न हो, दो पड़ोसी राज्य-व्यवस्थाओं के बीच की सद्भावना न नष्ट हो जाए।"

"आयुष्मान्, महाराज्यों की एक मर्यादा होती है और सम्राट् की भी। मागध-सम्राट् की एक पृथक् मर्यादा है आयुष्मान्! जिसका तू स्वप्न देख रहा है, मेरी अभिलाषा उससे बड़ी है।"

"इससे सम्राट् का यह अभिप्राय तो नहीं है कि सम्राट् अष्टकुलों के स्थापित गणतंत्र से युद्ध छेड़ चुके।"

"अष्टकुलों के गणपति ने क्या इसी से भयभीत होकर तुझे उत्कोच देकर मेरे पास भेजा है?"

"महाराज, लिच्छवि गण-संघ छत्तीस राज्यों के संघ का केन्द्र है। हम गणशासित भलीभाँति खड्ग पकड़ना जानते हैं।"

"सुनकर आश्वस्त हुआ भद्र, मैं यह बात स्मरण रखूँगा।"

इतना कहकर सम्राट् आसन छोड़ उठकर खड़े हुए। जयराज क्रोध से तमतमाते हुए मुख से पीछे लौटे। चिन्ता की रेखाएँ उनके सदा के उन्नत ललाट पर अपना प्रभाव डाल रही थीं।

गुह्य निवेदन

एकान्त पाते ही मागध सन्धिवैग्राहिक अभयकुमार ने सम्राट् से निवेदन किया, "देव, वंचना हुई है।"

"कैसी, भणे!"

"यह गणदूत नहीं, पारग्रामिक है; अथवा वह गणदूत नहीं, छद्मवेशी है।"

"कैसे भद्र!"

"देव, जो गणदूत बनकर पान्थागार में राज-अतिथि बना हुआ था, उसे मैं भली भाँति पहचानता हूँ, उसने सभा में सम्राट् से भेंट नहीं की है।"

"तब किसने की?"

"एक अन्य पुरुष ने, जो पान्थागार से पृथक् एक प्रतीहार के घर टिका हुआ था।"

"क्या इसकी कोई सूचना महामात्य ने नहीं भेजी थी?"

"मुझे आर्य महामात्य की यही सूचना मिली थी कि प्रभंजन अगत्य की सूचना ला रहा है, परन्तु प्रभंजन का कोई पता ही नहीं लगता। न जाने वह कहीं लोप हो गया है। यह तो परिज्ञात है कि उसने इस पारग्रामिक का अनुसरण किया था।"

"यह अति भयानक बात है भणे! इस पारग्रामिक और उस छद्मवेशी गणदूत दोनों को बन्दी बना लो।"

"किन्तु देव, दोनों ही ने राजगृह से चुपचाप प्रस्थान कर दिया है।" सम्राट् ने अत्यन्त कुपित होकर कहा, "तो भणे, मैं अभी नगरपाल और सीमान्त-रक्षक को देखना चाहता हूँ और तुझे आदेश देता हूँ, कि उस छद्मवेशी का अनुसरण कर और उसे जीवित या मृत, जिस प्रकार सम्भव हो, मेरे सम्मुख उपस्थित कर!"

अभयकुमार सम्राट् को अभिवादन कर तुरन्त चल दिया। सम्राट् चिन्तित भाव से अपने कक्ष में टहलने लगे। कुछ ही काल में नगरपाल और सीमान्त रक्षक ने आकर सम्राट् को अभिवादन किया। सम्राट् ने क्रुद्ध होकर पूछा, "भणे, वैशाली के गणदूत का कैसा समाचार है?"

"देव, उसने दो दंड रात्रि रहते राजगृह से प्रस्थान कर दिया, अब उसका कोई पता ही नहीं लग रहा है।"

"उसे आने की अनुमति किसने दी?"

"देव, इसका निषेध नहीं था। इसी से..."

"और वह पारग्रामिक?"

"देव, उसके सम्बन्ध में तो हमें कुछ सूचना ही नहीं है।"

"क्या मागध-व्यवस्था अब ऐसे ही राजपुरुष करेंगे? दोनों ही मृत जीवित जिस अवस्था में हों, बन्दी करके मेरे सम्मुख लाए जाएँ—प्रत्येक मूल्य पर!" सम्राट् ने सीमान्त-रक्षक को आदेश दिया।

दोनों राजपुरुष घबराकर राजाज्ञा पालन करने को भागे।

पलायन

जयराज और काप्यक गान्धार ने पलायन की योजना पहले ही स्थिर कर ली थी। गणदूत के वेश में जिस दिन जयराज ने सम्राट् से प्रकट भेंट की, उससे प्रथम ही रात्रि के समय चुपचाप गुप्त भाव से एकाकी गान्धार काप्यक महत्त्वपूर्ण चित्र, मानचित्र, लेख और सूचनाएँ लेकर राजगृह से प्रस्थान कर गए थे। मार्ग में सुरक्षा और व्यवस्था उन्होंने यथावत् कर ली थी। शेष सैनिक और राजपरिच्छेद की व्यवस्था यह की गई थी कि वह प्रकट में प्रस्थान का प्रदर्शन तो करे, परन्तु राजगृह के बाहर जाते ही वे विघटित हो जाएँ तथा छद्मवेश में राजगृह लौट आएँ और राजगृह में गुप्त रूप में रहें। इस योजना के कारण वैशाली के गणदूत और उसकी छोटी-सी सैन्य तथा सेवक मंडली कहाँ लोप हो गई, इसका किसी को कुछ पता ही नहीं लगा। गान्धार काप्यक को भी कोई नहीं पा सका।

जयराज सम्राट् से मिलने के तत्क्षण बाद अपने डेरे पर गए ही नहीं। वे तुरन्त ही सबकी आँख बचा राजगृह से चल दिए। पूर्व-योजना के अनुसार उनका वह कृषक-बालक मित्र उनसे पहले ही जा चुका था और राजगृह से आठ योजन दूर एक चैत्य में उनकी प्रतीक्षा कर रहा था। इस प्रकार जयराज और उनके संगी-साथी, जिन्हें जाना था, वे पूर्व-नियोजित योजना से सकुशल राजगृह से निकल गए। जिन्हें रहना था वे प्रच्छन्न भाव में रहे।

अभयकुमार मोटी बुद्धि का तथा कुछ दीर्घसूत्री आदमी था; वह सैनिक प्रथम था, राजनीतिज्ञ उसके बाद। वह राजकुमार था। अत: अनुशासित भी न था। उससे इस अगत्य के कार्य में अनेक त्रुटियाँ रह गईं। फिर भी उसने वैशाली के इन सफल भगोड़ों को जीवित या मृत पकड़ लाने के संकल्प से चुने हुए सैनिक लेकर प्रस्थान किया। सीमान्त-रक्षक ने भी चारों ओर सेना फैला दी।

जयराज को तुरन्त ही इस व्यवस्था का पता लग गया। वह यथासम्भव युद्ध से बचना चाह रहे थे और शीघ्र से शीघ्र सुरक्षित मागध राज्य की सीमा से निकल जाना चाहते थे। फिर भी उनकी एक-दो बार पीछा करने वालों से मुठभेड़ हो ही गई, पर जयराज ने युद्ध नहीं किया। पलायन ही करना श्रेयस्कर समझा। किन्तु अभयकुमार

ने उनके मार्ग को घेर ही लिया और जयराज प्रति क्षण किसी गम्भीर परिणाम की आशंका करने लगे।

घातक द्वंद्व-युद्ध

जयराज ने समझ लिया कि अब उनके और अभयकुमार के बीच एक घातक द्वंद्व-युद्ध होना अनिवार्य है। परन्तु उन्हें अपनी साहसिक यात्रा झटपट समाप्त कर डालनी थी। उन्होंने मुस्कराकर अपने संगी कृषक तरुण से कहा, "मित्र, टट्टू की चाल का जौहर दिखाने का यही सुअवसर है, हमें शीघ्र यहाँ से भाग चलना चाहिए।"

"यही अच्छा है।" युवक ने बहुत सोचने-विचारने की अपेक्षा अपने साथी के मत पर निर्भर होकर कहा।

दोनों ने अपने-अपने अश्वों को एड़ दी। जयराज ने निश्चय कर लिया था कि जब तक वह सुरक्षित स्थान पर नहीं पहुँच जाएँगे, राह में विश्राम नहीं करेंगे। उनके कंचुक के भीतर बहुमूल्य हल्का लोह-वर्म था तथा उष्णीष के नीचे भी झिलमिल टोप छिपा था। बहुमूल्य लेखों और मानचित्रों को, जो उनके पास थे उन्होंने यत्न से अपने वक्षस्थल पर लोह-वर्म के नीचे छिपा लिया था और उन सबकी एक-एक प्रति सांकेतिक भाषा में तैयार करके अपने साथी के कंचुक में सी दी थीं।

दोनों के अश्व तीव्र गति से बढ़ चले। युवक अपने अश्व-संचालन की सब कला साथी को दिखाना चाहता था तथा अपने पार्वत्य टट्टू की जो वह बढ़-चढ़कर डींग हाँक चुका था, उसे प्रमाणित किया चाहता था। इसी से वह साथी के साथ बराबर उड़ा जा रहा था। उसकी इच्छा साथी से वार्तालाप करने की थी, परन्तु जयराज गम्भीर प्रश्नों पर विचार करते जा रहे थे। द्रुत गति से दौड़ते हुए अश्व पर भी मनुष्य गम्भीर विषयों पर विचार कर सकता है, टेढ़ी राजनीति की वक्र चाल सोच सकता है, यह कैसे कहा जा सकता था! पर यहाँ सन्धिवैग्राहिक जयराज भागते-भागते यही सब सोचते तथा गहरी से गहरी योजना बनाते जा रहे थे। वे प्रत्येक बात की तह तक पहुँचने के लिए अब तक की पूर्वापर सम्बन्धित सभी बातों की तुलना, विवेचना और आरोप की दृष्टि से देखने के लिए अपने मस्तिष्क में विचार स्थिर करते जा रहे थे। उन्होंने मन-ही-मन यह स्वीकार कर लिया कि सम्राट् अद्भुत और तेजवान पुरुष हैं। उन्हें सरलता से मूर्ख नहीं बनाया जा सकता है। फिर भी सम्राट् की अम्बपाली के प्रति आसक्ति एवं अपने ही जीवन में उनके शून्यपने को भी वह समझ गए थे। उन्होंने यह समझ लिया था—युद्ध तो अनिवार्य है ही,वह भी अनति विलम्ब। परन्तु मूल मुद्दा यह है कि देवी अम्बपाली ही का आवास एक छिद्र होगा, जहाँ से मगध-साम्राज्य को विजय किया जा सकता है। आर्य वर्षकार की दुर्धर्ष कुटिल राजनीति के ताने-बाने को छिन्न-भिन्न करके आर्य भद्रिक के प्रबल पराक्रम को नत किया जा सकता है। उसी कूटनीतिक छिद्र पर जयराज ने अपनी दृष्टि केन्द्रित की। उन्होंने मन-ही-मन कहा, "सम्राट् एक ऐसी उलझी हुई गुत्थी है, जो जीवन में नहीं सुलझेगी। परन्तु इसी से सम्राट् का पराभव

होगा तथा ब्राह्मण वर्षकार की बुद्धि और भद्रिक का शौर्य कुछ भी काम न आएगा।

उसने बड़े ध्यान से देखा था कि सम्पूर्ण मागध जनपद सम्पन्न और निश्चिन्त है। उसे यहाँ वह युद्ध की विभीषिका नहीं दिखाई दी थी, जो वैशाली में थी। वे अत्यन्त आश्चर्य से यह देख चुके थे कि वहाँ जनपद में बेचैनी के कोई चिह्न न थे। कृषक अपने हल-बैल लिये खेतों की ओर आराम से जा रहे थे। रंगीन वस्त्रों से सुसज्जित ग्रामीण मागध बालाएँ छोटे-छोटे सुडौल घड़े सिर पर रखे आती-जाती बड़ी भली लग रही थीं। वे गाने गाती जाती थीं, जिनमें यौवन जीवन-आनन्द, आशा और मिलन-सुख के मोहक चित्र चित्रित किए हुए थे। जयराज को ऐसा प्रतीत हो रहा था, जैसे चिड़ियाँ चहचहाती हुई उड़ रही हैं। सम्पूर्ण मागध जनपद शत-सहस्र मुख से कह रहा था, "देखो, हम सुखी हैं, हम सन्तुष्ट हैं!"

जयराज सोचते जाते थे। हमारे वज्जी गणतंत्र से तो यह साम्राज्यचक्र ही अधिक सुविधाजनक प्रतीत होता है। यदि साम्राज्य-तंत्र में आक्रमण-भावना न होती, तो निस्सन्देह राजनीति के विकसित-स्थिर रूप को तो साम्राज्य ही में देखा जा सकता है। वे चारों ओर आँख उघाड़कर देखते जा रहे थे, पीले और पके हुए धान्य से भरपूर खेत खड़े थे। आम्र के सघन बागों में कोयलें कूक रही थीं। स्वस्थ बालक ग्राम के बाहर क्रीड़ा कर रहे थे। बड़े-बड़े हरिणों के यूथ खेतों की पटरियों पर स्वच्छन्द घूम रहे थे। ऋतु बहुत सुहावनी बनी थी। कोई-कोई ग्रामीण सस्ते टट्टुओं पर इधर-उधर आते-जाते दीख पड़ रहे थे। ये टट्टू बड़े मजबूत थे। उनके मुँह से निकल पड़ा, "वाह, ये तो बड़ी मौज में हैं।"

साथी युवक ने जयराज के होंठ हिलते देखे। वह अपना टट्टू बढ़ाकर आगे आया और उसने कहा, "आपने कुछ कहा भन्ते!"

"हाँ मित्र, मैं सोचता हूँ कि तेरी और मेरी दोनों की ससुराल यहाँ कहीं किसी गाँव में होती; और ये रंगीन घाघरे पहने हुए जो वधूटियाँ छोटे-छोटे जल के घड़े सिरों पर रखे इठलातीं, बलखातीं, लोगों के मन को ललचातीं आ रही हैं, इनमें ये कोई भी एक-दो हमारी-तेरी वधूटियाँ होतीं तथा हम और तू साथ-साथ इसी तरह इन गाँवों में से किसी एक के श्वसुरगृह में आकर आदर-सत्कार पाते, तो कैसी बहार होती!"

साथी का यह रंगीन विनोद सुनकर युवक खिलखिलाकर हँस पड़ा। उसने थोड़ा लजाते हुए कहा, "भन्ते, इधर ही उस ओर के एक ग्राम में मेरी ससुराल है और मैं वहाँ एक-दो बार जा चुका हूँ। चलिए भन्ते, वहाँ चलें।"

"अच्छा, क्या वधूटी वहीं है?"

"वहीं है भन्ते!"

"ओहो, यह बात है मित्र, तो देखा जाएगा, वह ग्राम यहाँ से कितनी दूर है?"

"यदि हम इसी प्रकार चलते रहे, राह में कहीं न रुके, तो सूर्यास्त तक वहाँ पहुँच जाएँगे।"

"और यदि हम घोड़ों को सरपट छोड़ दें?"

"वाह, तब तो दंड दिन रहे पहुँच सकते हैं।"

"परन्तु तुम्हारे श्वसुर और श्यालक कहीं मुझे गवाट् में तो नहीं बन्द कर देंगे?"

"नहीं भन्ते, जब मैं उनसे कहूँगा कि आप राजकुमार हैं और सम्राट् से बात करके आ रहे हैं, तो वे आपको सिर पर उठा लेंगे। मेरा श्यालक मेरा प्रिय मित्र भी है।"

"तब तो बढ़िया भोजन की भी आशा करनी चाहिए!"

"ओह, वे लोग सम्पन्न हैं, इसकी क्या चिन्ता!"

"तो मित्र, यही तय रहा, आज रात वहीं व्यतीत करेंगे?" उत्सुकता और आनन्द के कारण तरुण कृषक कुमार का मुँह लाल हो गया। वह उत्साह से अपने टट्टू पर जमकर बैठ गया।

जयराज साथी से बातें करते जाते थे, पर खतरे से असावधान न थे। वृक्षों के सघन कुंज को देखकर उनके मन में सिहरन उत्पन्न होती, एक गहरे नाले और ऊँचे टीले को देख वे ठिठक गए। वे दिन-भर चलते ही रहे थे, संध्या होने में अब विलम्ब न था। इसी समय पीछे से उन्होंने कुछ अश्वारोहियों के आने की आहट सुनी। वह एक सुनसान जंगल था। दाहिनी ओर एक टीला था—उन्होंने पीछे मुड़कर देखा, उसी टीले के ऊपर तेरह अश्वारोही एक पंक्ति में खड़े हैं। वे उनसे कोई दस धनुष के अन्तर पर थे। इन दोनों को देखते ही तेरहों ने तीर की भाँति अश्व फेंके। जयराज ने साथी से कहा, "सावधान हो जा मित्र, शत्रु आ पहुँचे!" इसी समय बाणों की एक बौछार उनके इधर-उधर होकर पड़ी। जयराज ने कहा, "मित्र, साहस करना होगा, भागना व्यर्थ है, सामने समतल मैदान है और कोई आड़ भी नहीं है। हमारे अश्व थके हुए हैं, तू दाहिनी ओर को वक्रगति से टट्टू चला, जिससे शत्रु बाण लक्ष्य न कर सकें और अवसर पाते ही ससुराल के गाँव में भाग जाना मेरे लिए रुकना नहीं।"

"किन्तु, भन्ते आप?"

"मेरी चिन्ता नहीं मित्र, तेरा श्वसुर-ग्राम निकट है, वहाँ से समय पर सहायता ला सके तो अच्छा है।"

"वृक्षों के उस झुरमुट के उस ओर ही वह ग्राम है; जीवित पहुँच सका, तो दो दंड में सहायता ला सकता हूँ। मेरे दोनों श्यालक उत्तम योद्धा हैं।"

इसी बीच बाणों की एक और बौछार आई। जयराज ने साथी को दाहिनी ओर वक्रगति से बढ़ने का आदेश दे स्वयं बाईं ओर को तिरछा अश्व चलाया। शत्रु और निकट आ गए। वे उन्हें घेरने के लिए फैल गए और निरन्तर बाण बरसाने लगे। जयराज ने एक बार साथी को खेतों में जाते देखा और स्वयं चक्राकार अश्व घुमाने लगा। शत्रु, अब एक धनुष के अन्तर से बाण बरसाने लगे। जयराज ने अश्व की बाग छोड़ दी और फिसलकर अश्व से नीचे आकर उसके पेट से चिपक गए। और अपना सिर घोड़े के वक्ष में छिपा लिया, तथा एक हाथ में खड्ग और दूसरे में कटार दृढ़ता से पकड़ ली।

शत्रुओं ने साथी की परवाह न कर उन्हें घेर लिया। एक ने चिल्लाकर कहा, "वह आहत हुआ, उसे बाँध लो, जीवित बाँध लो। परन्तु पहले देख, मर तो नहीं गया।"

तीन अश्वारोही हाथ में खड्ग लिये उनके निकट आ गए। जयराज ने अब अपनी निश्चित मृत्यु समझ ली। परन्तु आत्मरक्षा के लिए तनिक भी नहीं हिले। वे उनके अत्यन्त निकट आ गए। जयराज ने एक के पार्श्व में कटार घुसेड़ दी। दूसरे के कंठ में

उनका खड्ग विद्युतगति से घुस गया। दोनों गिरकर चिल्लाने लगे। तीसरा दूर हट गया। इसी समय अवसर पा जयराज ने फिर अश्व फेंका। शत्रु क्षण-भर के लिए स्तम्भित हो गए, पर दूसरे ही क्षण वे 'लेना-लेना' करके उनके पीछे भागे।

अन्धकार होने लगा। दूर वृक्षों के झुरमुट की ओट में सूर्य अस्त हो रहा था। जयराज ने एक बार उधर दृष्टि डाली। जब तक वे धनुषों पर बाण सन्धान करें,वह पलटकर दुर्धर्ष वेग से शत्रु पर टूट पड़े। दो को उन्होंने खड्ग से दो टूक कर डाला। एक ने आगे बढ़कर उनके मोढ़े पर करारा वार किया। अभयकुमार को पहचान कर जयराज आहत होने पर भी उस पर टूट पड़े। दो सैनिक पार्श्व से झपटे, एक को उन्होंने बाएँ हाथ की कटार से आहत किया, दूसरा पैंतरा बदलकर पीछे हट गया। इसी समय जयराज ने अभयकुमार के सिर पर एक भरपूर हाथ खड्ग का मारा। वह मूर्च्छित होकर धड़ाम से धरती पर गिर गया।

अब शत्रु सात थे। नायक के मूर्च्छित होने से वे घबरा गए थे, परन्तु जयराज भी अकेले तथा आहत थे। उनके मोढ़े से रक्त झर-झर बह रहा था। वे लड़ते-लड़ते ग्राम को लक्ष्य कर बढ़ने लगे। इसी समय अभयकुमार की मूर्च्छा भंग हुई, उसने चिल्लाकर कहा, "मारो, उसे मार डालो, देखो, बचकर भागने न पाए।" शत्रुओं ने फिर उन्हें घेर लिया। अब वे चौमुखा वार करके खड्ग चला रहे थे। पर क्षण-क्षण पर विपत्ति की आशंका थी। अवसर पा उन्होंने एक शत्रु को और धराशायी किया।

इसी समय ग्राम की ओर से चार अश्वारोही अश्व फेंकते आते उन्होंने देखे। उन्हें देख जयराज उत्साहित हो खड्ग चलाने लगे। शत्रु घातक वार कर रहे थे। कृषक तरुण ने कहा, "हम आ पहुँचे भन्ते राजकुमार!" और साथियों को लेकर वह शत्रुओं पर टूट पड़ा। सब शत्रु काट डाले गए, अभयकुमार को बाँध लिया गया। सब कोई ग्राम की ओर चले। इस समय रात एक दंड व्यतीत हो चुकी थी। ग्राम के निकट पहुँचकर जयराज ने कृषक युवक और उसके साथियों से कहा, "मित्रो, आपने मेरे प्राणों की रक्षा की है, इसके लिए तुम्हारा आभार ले रहा हूँ, परन्तु मुझे एक अच्छा अश्व दो।"

"यह क्या भन्ते! क्या आप रात विश्राम नहीं करेंगे?"

"नहीं मित्र, मुझे जाना होगा।" इतना कह, उसे एक ओर ले जाकर स्वर्ण की एक भारी थैली उसके हाथ में रखकर कहा, "मित्र, तू रात-भर यहाँ रहकर भोर होते ही वैशाली की राह पकड़ना और वैशाली के संथागार में पहुँचकर यह मुद्रा किसी भी प्रहरी को दे देना, वह तुझे मुझ तक पहुँचा देगा।"

"किन्तु आप आहत हैं भन्ते!"

"परन्तु मित्र, कार्य गुरुतर है।"

"तो मैं भी साथ हूँ।"

"नहीं मित्र, रात्रि-भर ठहरकर प्रातः चलना, पर राह में अटकना नहीं, तेरे पास मेरी थाती है।"

"समझ गया भन्ते, किन्तु यह स्वर्ण?"

जयराज ने हँसकर कहा, "संकोच न कर मित्र! वधूटी का कोई आभूषण बनवाना, ला अश्व दे।"

युवक ने ऊँची रास का अश्व श्यालक से दिला दिया। फिर उसने आँखों में आँसू भरकर कहा, "तो भन्ते..."

"हाँ, मित्र मैं चला।"

"पर यह बन्दी?"

"इसकी यत्न से रक्षा करना और राजगृह भेज देना, पाथेय और अश्व देकर। यह राजकुमार "ऐसा ही होगा भन्ते!" जयराज ने उसी अन्धकार में अश्व छोड़ दिया।

चंडभद्रिक

प्रबल-प्रतापी मगध-सेनापति चंडभद्रिक के शौर्य, तेज और समर-कौशल की गाथाएँ उन दिनों सम्पूर्ण जम्बूद्वीप में गाई जाती थीं। उस युग में उनका जैसा धीर, वीर, तेजस्वी और दूरदर्शी सेनापति दूसरा भारत में न था। उन्होंने वैशाली के महत्त्व और सत्ता पर भलीभाँति विचार करके भागीरथ प्रयत्न से मागधी सेना का सर्वथा नए ढंग पर संगठन किया था। चम्पा, कोसल और मथुरा-अवन्ती के अभियान में जो मागधी सेना को क्षय और हानि हो गई थी, वह उन्होंने सब बात की बात में पूरी कर ली थी और अब राजगृह के घर-घर में वैशाली-अभियान की ही चर्चा थी। लोग अमात्य वर्षकार के असाधारण निष्कासन को भी इस तरह भूल गए थे।

एक दिन सम्राट् और सेनापति ने अतिगोपनीय मंत्रणा की।

सम्राट् ने कहा, "आर्य भद्रिक, यदि शिशुनाग-वंश के मस्तक पर चक्रवर्ती-छत्र नहीं आरोपित हुआ, तो इस वंश में बिम्बिसार का जन्म लेना ही व्यर्थ हुआ और आपका मगध-सेनानायक होना भी।"

सेनापति ने हँसकर कहा, "सो तो है देव, देखिए, पृथ्वी पर हिमालय से दक्षिण समुद्रपर्यन्त अर्थात् उत्तर-दक्षिण में हिमालय और समुद्र के बीच का, तथा एक सहस्त्र योजन तिरछा, अर्थात् पूर्व-पश्चिम की ओर एक सहस्त्र योजन विस्तारवाला, पूर्व-पश्चिम-समुद्र की सीमा से भक्त देश चक्रवर्ती क्षेत्र कहाता है। इस चक्रवर्ती क्षेत्र में अरण्य, ग्राम्य, पार्वत, औदक, भौम, सम-विषम जो भूभाग हैं उनका निरूपण इस गानचित्र में देखिए; और विचार कीजिए कि अब करणीय क्या है। प्रथम उत्तर-दक्षिण प्रदेश पर दृष्टि डालिए। अमात्य ने देव की अभिलाषा को चरितार्थ करने की ही यह योजना बनाई थी, कि दक्षिण समुद्र को मगध साम्राज्य यदि स्पर्श करे, तो उसे सर्वप्रथम चंड प्रद्योत, अवन्ति नरेश और उसके मित्र मथुरापति अवन्तिवर्मन का पराभव करना चाहिए। रोरुक सौवीर पर भी अधिकार होना चाहिए। परन्तु देव का आग्रह वैशाली-अभियान पर ही है और अमात्य विनियोजित हैं, तब अभी वैशाली से ही निबट लिया जाए, परन्तु देव से एक निवेदन करूँगा। यदि वैशाली के गणतंत्र को छिन्न-भिन्न करना है, तो उसके संगी-साथी मल्ल-शाक्य, कासी-कोलिय और दूसरे गणसंघों के गुट्ट को भी आमूल तोड़-फोड़ देना होगा तथा मगध-राजधानी राजगृह से हटाकर या तो वैशाली ही को चक्रवर्ती क्षेत्र का केन्द्र बनाना होगा, या फिर पाटलिग्राम को मागध राजधानी

बनने का सौभाग्य प्रदान करना होगा। बिना ऐसा किए इन केन्द्रस्थ गणगुट्टों को हम तोड़-फोड़कर आमूल नष्ट नहीं कर सकते क्योंकि इसके लिए मात्र सामरिक चेतना ही यथेष्ट नहीं है। वहाँ के जनपद की मनोवृत्ति बदलने की भी बात है; क्योंकि आर्यों की भाँति वहाँ भी छिद्र मुख्य हैं। छिद्र यह कि इन गणराज्यों में गणप्रतिनिधि लिच्छवि, मल्ल शाक्य सभी ने यह नियम बनाया है, कि राज्य की सारी व्यवस्था अपने हाथ में रखी है। इनके राज्यों में आर्यों को कोई अधिकार ही नहीं है। इससे ब्राह्मण, विश और सेट्ठि सभी जन उनसे उदासीन हैं। विग्रह छिड़ने पर गणों को, जहाँ युद्ध में उलझना पड़ेगा, वहाँ इनकी रक्षा का भार भी ढोना होगा और वे लोग युद्ध में कुछ भी सहायता अपने गण की नहीं करेंगे।"

"तो यह छिद्र साधारण नहीं आर्य सेनापति, इसी से हम विजयी होंगे।"

"परन्तु सेना से नहीं, संस्कृति से। इसीलिए हमें उन्हीं के बीच या तो वैशाली में, नहीं तो फिर उनके निकट पाटलिपुत्र में राजधानी बनाकर रहना होगा।"

"तो ऐसा ही होगा सेनापति, परन्तु अभी हम दक्षिण समुद्र-तट नहीं छू सकते, यह मैं भी देख रहा हूँ परन्तु मागधों को अवन्ति पर अभियान करना होगा, इधर चम्पा-विजय होने से पूर्वीय समुद्र-तट हमारा हो गया। यदि इसी के साथ हमारा कोसल का अभियान सफल होता, तो उत्तर गान्धार तक फिर कोई बाधा न थी। मेरे जीवन ही में मेरा स्वप्न पूर्ण हो जाता, परन्तु अब कदाचित् हमें दूसरी पीढ़ी तक प्रतीक्षा करनी होगी। विदूडभ दासीपुत्र कठिन हाथों से कोसल की व्यवस्था कर रहा है, यद्यपि वह प्रकट में आयुष्मान् सोमप्रभ से अति उपकृत है।"

"सो तो है ही देव, परन्तु हम राजनीति में प्रथम ही से कोई कल्पना नहीं कर सकते, परिस्थितियाँ क्षण-क्षण पर बदलती रहती हैं। इसलिए अभी हमें अपना ध्यान केवल वैशाली पर ही केन्द्रित करना चाहिए, जहाँ अमात्य आत्मयज्ञ कर रहे हैं और सोम कूटयुद्ध। फिर हमारे सोनगंगा और बागमती-तट के नए-पुराने दुर्ग हैं, जो सब भाँति सज्जित हैं। इसके अतिरिक्त हमारी समर्थ जल-सैन्य है, जिसके सम्बन्ध में देव को सब कुछ विदित कर दिया गया है।"

"तो ऐसा ही हो, आर्यसेनापति, आपने किस प्रकार सैन्य-व्यवस्था की है?"

"इस समय हमारे पास कुल एक अक्षौहिणी सैन्य सन्नद्ध है। इसे मैंने पाँच भागों में विभक्त किया है। एक 'मौल बल' मूलस्थान, अर्थात् राजधानी की रक्षा करने के लिए; इसका भार आचार्य शाम्बव्य पर है। इस सेना का कार्य केवल राजधानी की रक्षा ही नहीं, क्षय और व्यय की पूर्ति करना भी है। इस सेना में अधिक विश्वस्त अनुभवी और योग्य व्यक्तियों को आचार्य की अधीनता में रखा गया है, जिससे पीछे शत्रु भेद न डाल दे। अन्न, रसद, शस्त्रास्त्र और नए-नए भट निरन्तर मोर्चे पर भेजते रहने की सारी व्यवस्था यही सेना करेगी। आवश्यकता होने पर सम्मुख-युद्ध भी कर सकेगी।...

"दूसरी सेना 'भूतक बल' है। इसमें वे ही योद्धा हैं जो केवल वेतन लेकर युद्ध करते हैं। शत्रु के पास भूतकबल बहुत कम है और अभी हमें भिन्न शक्तियों से प्राप्त सहायता मिलने में विलम्ब भी है, अतः यही सैन्य कठिन मोर्चों पर आगे बढ़कर कार्य करेगी। इसी सेना को शत्रु के यातायात-अवरोध पर भी लगाया जाएगा।...

"तीसरी 'श्रेणीबल' है, जो जनपद में अपना-अपना कार्य करनेवाले शस्त्रास्त्र प्रयोग में निपुण पुरुषों की तैयार की गई है। शत्रु के पास श्रेणीबल यथेष्ट है। शत्रु से मंत्र-युद्ध भी होगा और प्रकाश-युद्ध भी। ऐसी अवस्था में श्रेणीबल से हमें बड़ी सहायता प्राप्त होगी।"

"चौथा 'मित्रबल' है। मित्रबल हमारे पास बहुत है। सत्ताईस मित्र-राज्यों से हमें मित्रबल प्राप्त होगा। हम उसे मूलस्थान की रक्षा में भी लगा सकते हैं और शत्रु के साथ युद्ध करने भी ले जा सकते हैं। हमें बहुत कम यात्रा करनी है। वैशाली में अब तूष्णी युद्ध के स्थान पर व्यायाम युद्ध ही मुख्यतया होगा, इसलिए शत्रु की मित्र सेना या आटविक सेना को, जो कि उसके नगर में आकर ठहरी हुई होगी, पहले अपनी मित्र-सेना के साथ लड़ाकर, फिर अपनी सेना के साथ लड़ाऊँगा।...

"इसके अतिरिक्त देव, हमारे पास विजित शत्रु-सैन्य भी हैं। पहले मैं इसी को शत्रु से भिड़ाऊँगा। दोनों में से जिस भी सैन्य का विनाश होगा, हमारा लाभ-ही-लाभ है। जैसे कुत्ते और सूअर के परस्पर लड़ने से दोनों में से किसी भी एक के मर जाने पर चांडाल का लाभ होता है, उसी प्रकार, देव!"

इतना कहकर मागध महाबलाधिकृत भद्रिक हँस दिए। सम्राट् भी हँस पड़े। उन्होंने कहा, "यह तो ठीक है आर्य सेनापति, परन्तु हमारी आटविक सैन्य की व्यवस्था सर्वोत्तम होनी चाहिए।"

"निस्सन्देह देव, मेरे चर भिन्न-भिन्न रूप में शत्रु-भूमि में फैले हुए वहाँ का राई-रत्ती मानचित्र तैयार करने में जुटे हैं। वन, वीथी, उपत्यका नद, ह्रद, शृंग जहाँ जो हैं, उसका ठीक-ठीक चित्रण कर रहे हैं। कहाँ-कहाँ किन-किन युद्धोपयोगी वस्तुओं एवं व्यवहार्य पदार्थों का चय, उत्पादन, गोपन है, देखभाल रहे हैं। ज्यों-ज्यों उनसे सूचनाएँ मिलती जा रही हैं, हमारी आटविक सेना शिक्षित, अभिज्ञात होती जा रही है। वह भलीभाँति सब मार्गों को जान गई है, उत्तम निर्धान्त पथ-प्रदर्शकों, सूत्रकों का सहयोग उसे प्राप्त है। शत्रु-भूमि में छद्म-युद्ध,पलायन-युद्ध और सम-युद्ध करने की उसे पूरी शिक्षा दी गई है। वह सब भाँति आयुधों से सुसज्जित है। जैसे एक बिल्वफल दूसरे बिल्वफल के द्वारा टकराकर फोड़ दिया जाता है, उसी भाँति हम आटविक बल को ले युद्ध प्रारम्भ कर देंगे और शत्रु के तृण, काष्ठ आदि छोटे-छोटे पदार्थों तक को उस तक न पहुँचने देंगे। बीच ही में नष्ट कर डालेंगे।"

"सुनकर सन्तुष्ट हुआ, आर्य सेनापति, और भी कुछ ज्ञातव्य है?"

"हाँ देव, हमने औत्सुक्य सैन्य का भी संगठन किया है। यह एकनेता-रहित सेना है। इसमें भिन्न-भिन्न देशों के रहने वाले जन हैं। इसका काम शत्रु के देश में केवल लूटमार करना है। इसमें भरती होने के लिए किसी आज्ञा या अनुशासन की आवश्यकता नहीं है। नगर जनपद को लूटना, आग लगाना, खेतों और बाग-बगीचों को नष्ट करना, मार्गों और यातायात-साधनों को भंग करना तथा शत्रु के सम्पूर्ण राज्य में अव्यवस्था फैलाना ही इस सेना का कार्य होगा। इसके हमने दो भाग किए हैं—एक भेद्य, दूसरा अभेद्य। प्रतिदिन भत्ता लेकर अथवा मासिक हिरण्य नियमित वेतन के रूप में लेकर शत्रु-देश में लूटमार मचानेवाला भेद्य है। परन्तु दूसरी औत्साहिक सैन्य में विश्वस्त

मागधजन ही हैं। यह अधिक सुगठित और सुसम्पन्न है। इस प्रकार देव, हमने यह सात प्रकार का बल सुसंगठित किया है।"

"साधु सेनापति, साधु! अब क्षय, व्यय तथा लाभ पर भी विचार करना आवश्यक है।"

"अवश्य देव, मेरी रणनीति यह है कि क्षय और व्यय की दृष्टि से जिस काल में अत्यधिक गुणयुक्त लाभ की सम्भावना हो तभी आक्रमण किया जाए। अर्थों का ही अर्थों से सम्बन्ध है देव, हाथी ही से हाथी पकड़ा जा सकता है।"

"सत्य है, आर्य सेनापति, तो अब सेना के कूच की आज्ञा होनी चाहिए।"

"अच्छा देव, हम तो तैयार ही हैं।

दूसरी मोहन-मंत्रणा

महाबलाधिकृत सुमन के अधिकरण में मोहन-गृह में वज्जीगण की समर मंत्रणा हुई। सन्धिवैग्राहिक जयराज ने अपना विवरण सुनाते हुए कहा, "यद्यपि यह सत्य है कि मगध-सम्राट् के पास उत्तम सेनापति और अच्छे सैनिक नहीं हैं, तथा उसकी सेना में बहुत छिद्र हैं, फिर भी आर्य वर्षकार का तूष्णी युद्ध और आर्य चंडभद्रिक की व्यूह-योजना अद्वितीय है। हम यदि तनिक भी असावधान हुए तो हमारा पतन निश्चित है और हमारे साथ उत्तर-पूर्वीय भारत के सब गणराज्य नष्ट हो जाएँगे। यह स्पष्ट है कि मगध-सम्राट् की सम्पूर्ण शक्ति इन दोनों ब्राह्मणों के हाथ में है और यही मागध राज्यसत्ता को साम्राज्य के रूप में संगठित कर रहे हैं, जो आर्यों की पुरानी कुत्सित राजव्यवस्था है। आर्यों के साम्राज्य इसलिए सफल हुए, कि उनमें आर्यों के शीर्ष स्थानीय क्षत्रिय और ब्राह्मण एकीभूत हो गए थे और निरीह प्रजावर्गीय संकर जातियों का कोई आश्रय ही न था; परन्तु अब वह बात नहीं है। शिशुनाग वंश आर्य नहीं है। वह अपने ही स्वर्गीय जनों पर सम्राट् होकर रह नहीं सकते। ये आर्य ब्राह्मण, जो उस मूर्ख राजा की आड़ में आर्यों के ढाँचे पर साम्राज्य गाँठ रहे हैं—वह अन्ततः विफल होगा। परन्तु अभी वह यदि वैशाली को आक्रान्त करता है और उधर प्रद्योत का भी पतन हो जाता है, तो हमारी सम्पूर्ण गणभावना नष्ट हो जाएगी और सम्पूर्ण जनपद फिर आर्यों के दासत्व में फँस जाएगा अथवा साम्राज्यवाद के मद में अन्धे बिम्बिसार जैसे जातिघातक ही उनके अधिपति बन बैठेंगे!"

"यह अत्यन्त भयानक बात होगी आयुष्मान्, सम्पूर्ण जनपद के मानवीय अधिकारों की रक्षा के लिए हमें लड़ना और जय पाना होगा।" सेनाधिनायक सुमन ने कहा।

"किन्तु सेनापति, यदि सत्य देखा जाए, तो हम गणराज्यों के विधाता भी तो ठीक-ठीक जनपद मानवीय अधिकारों का प्रतिनिधित्व नहीं कर रहे! हमने भी तो अपने गणराज्यों की राज्य-व्यवस्था में आर्यों का बहिष्कार कर रखा है!" सिंह ने गम्भीरतापूर्वक कहा।

"यह है, परन्तु इसके गम्भीर कारण हैं, तथा इस समय हमें केवल मूल विषय पर विचार करना है, आयुष्मान्! अब हमें यह जान लेना चाहिए कि हमारे भय के दो मध्य-बिन्दु हैं—एक ब्राह्मण वर्षकार और दूसरे आर्य चंडभद्रिक।"

"एक तीसरा भय और है।"

"वह कौन?"

"सेनापति सोमप्रभ। वह एक मागध तरुण है, जिसके स्थैर्य, रणपांडित्य और विलक्षण प्रतिभा पर तक्षशिला के आचार्य और छात्र दोनों ही स्पर्धा करते रहे हैं। सम्भवत: वह मागध ही तरुण मागध-सेना का संचालन करेगा।" जयराज ने कहा।

"यह तरुण कौन है भद्र?"

"उसका परिचय रहस्यपूर्ण है, सम्भवत: एक ही व्यक्ति उसका परिचय जानता है, पर उसने होंठ सी रखे हैं।

"कौन व्यक्ति?"

"आर्या मातंगी।"

"यह तो बड़ी अद्‌भुत बात है। तब फिर सम्राट् ने इस अज्ञात-कुलशील को इतना भारी दायित्व कैसे दे रखा है?"

"चम्पा-युद्ध में उसने असाधारण रण-पांडित्य प्रदर्शन करके आर्य भद्रिक की प्रतिष्ठा बचाई थी।"

"तो क्या सम्राट् ने उसे सेनापति अभिषिक्त किया है?"

"नहीं, मगध-सेनापति चंडभद्रिक ही है।"

"भद्रिक के शौर्य से मैं अविदित नहीं हूँ। भद्रिक मेरा सह-सखा है, मैं उसके सम्मुख असहाय हूँ, वह महाप्राण पुरुष हैं, फिर भद्र, तू ऐसा क्यों कहता है कि श्रेणिक के पास अच्छे सेनापति नहीं हैं?" सेनापति सुमन ने कहा।

"भन्ते सेनापति, आर्य भद्रिक की निष्ठा निस्सन्देह ऐसी ही है, परन्तु मगध में उनकी-सी चली होती, तो मगध-सेना अजेय होती। परन्तु सम्राट् सदैव उन पर सशंक रहते हैं। वे समझते हैं कि कहीं चंडभद्रिक उन्हें मारकर सम्राट् न हो जाएँ। जैसे अवन्ती-अमात्य ने राजा को मारकर अपने पुत्र प्रद्योत को राजा बना दिया।

"यही सत्य है आयुष्मान्! मैंने उसका कौशल देखा है। परन्तु आयुष्मान् सोमप्रभ कहाँ है? कुछ ज्ञात हुआ?"

"मगध में तो यही सुना है कि वह देश-विदेश में घूमकर ज्ञानार्जन कर रहा है।"

"मगध में जो सब कहते हैं वह तो सुना, परन्तु सन्धिवैग्राहिक जयराज क्या कहते हैं?"

जयराज हँस दिए। उन्होंने धीरे-से कहा, "जयराज कहता है, वह सशरीर, सदलबल वैशाली में उपस्थित है।"

जयराज की बात सुनकर सब अवाक् होकर उनका मुँह ताकने लगे। सेनापति ने कहा, "यह क्या कहता है आयुष्मान्?"

सिंह ने उत्तेजित होकर कहा, "ऐसा प्रबल शत्रु दल-बल-सहित वैशाली में उपस्थित है, और हमें इसका ज्ञान ही नहीं है!"

"ज्ञान न होता तो कहता कैसे?"

"वह है कहाँ?"

"मधुवन की उपत्यका में," कुछ रुककर उसने कहा, "दस्यु बलभद्र ही सोमप्रभ है।"

क्षण-भर के लिए सब स्तब्ध बैठे रहे। स्वर्णसेन विचलित हो गए। सिंह ने कहा, "ठीक है, मैंने भी सन्देह किया था। अच्छा, उसके पास सैन्य कितनी है?"

"पचास सहस्र, कुछ अधिक ही। इनमें दस सहस्र उत्कृष्ट अश्वारोही हैं। वे सब टुकड़ी बाँधकर दस्यु-वेश में सम्पूर्ण जनपद में फैले हुए हैं। दिन-भर वे पर्वत-कन्दराओं में छिपे रहते हैं और रात्रि को आक्रमण करते हैं। ये सब मँजे हुए योद्धा हैं, उनमें कुछ राजमार्ग पर आते-जाते राजस्व, अन्न और दूसरी युद्धोपयोगी वस्तुओं को लूट लेते हैं। कुछ किसानों में मिल उन्हें बलि न देने और विद्रोह करने को उकसाते हैं। कुछ नगरों, वीथियों, गुल्मों पर छापा मारकर लूटपाट करते हैं।

"इतना?"

"और भी भन्ते सेनापति, उसने मरुस्थल में धान्वन दुर्ग बनाए हैं, जंगलों में वन-दुर्ग और झाड़ियों से भरे घने-गहन वनों में संकट-दुर्ग बना लिये हैं; जहाँ दलदल हैं वहाँ 'पंक' बनाए हैं और पर्वतों पर 'शैल'। पर्वतों की उपत्यकाओं में 'निम्न' और 'विषम' तथा गौओं और शकटों के चल-दुर्ग बनाए हैं। ये सब 'सत्र' हैं और शत्रु के छिपकर घात करने के साधन हैं। इन सबको यथावत् निर्माण कर शत्रु कूटयुद्ध कर रहा है। वह बहुत धन-जन की हानि कर चुका है।"

"तो इधर ब्राह्मण का 'तूष्णी-युद्ध' और उधर आयुष्मान् सोमप्रभ का 'कूटयुद्ध'। तो अब श्रेणिक बिम्बिसार के 'प्रकट-युद्ध' के कैसे समाचार हैं?"

"कहता हूँ भन्ते सेनापति, प्रथम तो यह कि उसने सोन, गंगा और बागमती के तट के सब दुर्गों की मरम्मत करा ली है तथा सोलह नए दुर्ग निर्माण किए हैं। इन दुर्गों में साल के मोटे खम्भों के तिहरे प्राकार हैं। प्रत्येक दुर्ग में तीन से सात सहस्र तक शिक्षित भट, पादातिक, अश्वारोही, रथी और गजारोही हैं। अन्न, जल और अन्य सामग्री इतनी संचित है कि दुर्गवासी आवश्यकता होने पर एक वर्ष तक उससे काम चला सकते हैं।"

यह विवरण सुनकर सेनाध्यक्ष ने कहा, "इस अवस्था को देखते तो भद्रिक की जितनी प्रशंसा की जाए, थोड़ी है।"

सिंह ने कहा, "हुआ, आगे कहो!"

जयराज ने कहा, "उसने एक सुव्यवस्थित नौसेना भी तैयार कर ली है। इसमें बीस सहस्र नौकाएँ हैं, जो तीन प्रकार की हैं : एक दीर्घा, जिनकी लम्बाई साठ हाथ और चौड़ाई चालीस हाथ है। ये हाथियों और अश्वों एवं रथों को स्थानान्तरित करती हैं। इनमें से प्रत्येक में सोलह नाविक और पचास धनुर्धर बैठ सकते हैं। दूसरी चपला, जो शीघ्र चलनेवाली, हल्की परन्तु अच्छी सुदृढ़ हैं। इनमें 8 नाविक और 20 धनु-खड्ग-शूलधारी बैठ सकते हैं। आर्य भद्रिक की योजना यह है कि विजय का पूरा दायित्व नौवाहिनी पर ही केन्द्रित रहे। सम्राट् का कोष निस्सन्देह रिक्त था, पर सम्राट् ने उसे परिपूर्ण कर लिया है। अनेक श्रेष्ठियों ने उसे भर दिया है। उनके शस्त्र और सैन्य भी हमसे अधिक तथा उत्तम हैं, अथच हमारी तैयारियों का उसे यथेष्ट ज्ञान है। इसमें जो उसके गुप्तचर श्रमण ब्राह्मणों के रूप में बिखरे हुए हैं, उसकी बहुत सहायता कर रहे

हैं। अंग को विजय कर लेने पर वहाँ के कूट-दन्त जैसे बड़े-बड़े महाशाल ब्राह्मणों को उसने सम्मान और जागीर देकर अपने पक्ष में कर लिया है और भद्दिय के मेंढक सेट्ठी की भाँति चम्पा के सम्पूर्ण वणिक भी श्रेणिक बिम्बिसार का यशोगान करते हैं; उन्होंने उसे सत्रह कोटि-भार सुवर्ण दिया है। आर्य भद्रिक ने वहाँ जो व्यवस्था की है, उससे सभी चम्पावासी प्रसन्न हैं। उधर उसने अपने को श्रमण गौतम का अनुयायी प्रसिद्ध कर दिया है। गत बार जब श्रमण गौतम राजगृह गए, तो वह निरभिमान हो बारह लाख मगध-निवासी ब्राह्मणों और गृहस्थों तथा अस्सी सहस्त्र गाँवों के मुखियों को लेकर गृध्रकूट पर पहुँचा। वहाँ से गौतम को अपने राजोद्यान वेणुवन में ले आया और वह उद्यान उसने गौतम को भेंट कर दिया।

"बिम्बिसार इस प्रकार अपने को बड़ा धार्मिक, श्रद्धालु और निरभिमान प्रकट करके प्रशंसा का पात्र हो रहा है। इन सब कारणों से हम कह सकते हैं कि आज मगध-सम्राट् युद्ध करने के लिए सर्वापेक्षा अधिक सक्षम है।"

जयराज इतना कहकर चुप हुए। फिर उन्होंने कहा, "उनकी कुछ सन्धियाँ भी हैं, जिनसे हम लाभ उठा सकते हैं। इनमें सबसे अधिक यह कि हममें से प्रत्येक लड़ेगा अपने संघ की स्वतंत्रता के लिए, परन्तु मागधी सेना के सब सैनिक आर्य रज्जलों के सैनिक की भाँति नौकरी के लिए लड़ते हैं।

"यह सत्य है कि सम्राट् ने चम्पा से प्राप्त राज-कोष एवं चम्पा के सेट्ठियों से प्राप्त सत्रह कोटि-भार सुवर्ण प्राप्त करके अपना कोष परिपूर्ण कर लिया है। उसे अंग की लूट-मार का माल भी बहुत मिला है। उसकी सेना भी हमसे अधिक है, परन्तु उसकी बहुत-सी सेना उसके बिखरे हुए तथा अरक्षित साम्राज्य की सीमाओं पर फैली हुई है। अभी अंग की आग भी दबी नहीं है। वहाँ भी उसकी बहुत-सी सेना फँसी हुई है। उधर अवन्ती और मथुरा का भय सर्वथा निर्मूल नहीं हुआ है और सबसे अधिक यह कि मगध का प्राण वर्षकार हमारे हाथों में है। उसकी प्रत्येक चाल और गतिविधि से परिचित होना चाहिए। हमारी सेना के लिच्छवि सैनिक भी यह समझते हैं कि गण-शासन उनका अपना सुख-स्वातंत्र्य से भरपूर शासन है; यहाँ उनसे न तो मनमाना कर लिया जाता है, न उनकी सुन्दरी कन्याएँ बलपूर्वक हरण करके महल में डाल दी जाती हैं। न उनके अच्छे रथ और उनके घोड़े छीने जाते हैं। वज्जी ब्राह्मण-जेट्ठों और गृहपति-निगमों से हमें स्वेच्छा से सहयोग मिलने की आशा है।"

सब विवरण सुनकर सेनापति सिंह ने कहा, "मित्र जयराज ने जो कुछ वक्तव्य दिया, वह आपने सुना। अब मैं आपको अपनी सेना की स्थिति बताता हूँ। हमने मागधों के नदी-तीर के प्रत्येक दुर्ग के सम्मुख दो-दो दुर्ग तैयार किए हैं। मिही-तट पर तो हमने दुर्गों का ताँता ही बाँध दिया है। मिही के उस पार की भूमि मल्लों की है, वे हमारे मित्र हैं, अतः वहाँ हम मिही के उस पार उतर सकते हैं; आप देख चुके हैं कि मिही की धारा बहुत तीव्र है। इसलिए नीचे से ऊपर आने में नौकाओं को बहुत मन्द चाल से जाना पड़ता है। अतः शत्रु हमारे इन दुर्गों पर आक्रमण करने का साहस नहीं कर सकता। इसलिए हम यहाँ अपनी रक्षित सैन्य और शस्त्रास्त्र संचित कर सकते हैं।...

"दूसरी बात यह है कि इधर तो मल्लों की इस तट-भूमि को मागध अपने उपयोग में नहीं ला सकते और बहाव की ओर मिही के मार्ग से हमारी सैनिक नौकाएँ तीर की भाँति शत्रु पर टूट पड़ सकती हैं। इस समय हमारे पास दो सहस्र से अधिक सैनिक नौकाएँ हैं, जिन पर पचास सहस्र भट डटकर युद्ध कर सकते हैं। आगामी दो मासों में हम और भी दो सौ रणतरी बना लेंगे। उधर मगध को वज्जी पर आक्रमण करने के लिए बड़ी-बड़ी नदियों को पार करना पड़ेगा। उनकी गतिविधि को रोकने के लिए हमें नौकाओं की अत्यन्त आवश्यकता होगी। वास्तव में सत्य यही है कि इस युद्ध में हम नौकाओं द्वारा ही विजयी हो सकते हैं। इस सम्बन्ध में हमें एक यह सुविधा है कि मगधों की अपेक्षा हमारे पास मल्लाहों के कुल अधिक हैं। बेगार और असुविधाओं के कारण तथा वज्जीतंत्र में स्वतंत्रता, भूमि तथा अन्य सुविधा पाने से मगध के बहुत मल्लाह-कुल वज्जी में आ बसे हैं; यह आप जानते हैं कि हमारे मल्लाह दास नहीं हैं, वे सुखी, सम्पन्न और हमारे गण के सहायक हैं। उनके जेट्ठकों ने स्वेच्छा से ही अपनी सेवाएँ हमें समर्पित की हैं। हमारे गान्धार मित्र काप्यक की सम्मति से हमने एक विशेष प्रकार की हल्की रणतरी बनाई है, जिनका कौशल गुप्त रखा गया है। ये हमें नौ-युद्ध में अति महत्त्वपूर्ण सहायता देंगी। हाथियों, रथों व अश्वों को पार कराने के लिए विशाल नौकाएँ तथा उत्तम घाट बना लिए हैं।...

"अब यदि हम दक्षिण और पूर्वी सीमा पर दृष्टि देते हैं, तो हमारी पदाति सेना लगभग मगध सेना के समान ही संगठित एवं संख्या में बराबर है तथा उनकी शिक्षा आधुनिक गान्धार-पद्धति पर की गई है। अश्व, रथ, गज, हमारे पास मागधों से कम अवश्य हैं, परन्तु अवन्ती और मथुरा में बहुत-सी मागधी अश्वारोही तथा गजसेना वहाँ फँसी है। समय पर उसकी सहायता सम्भव नहीं है, फिर हमारे पास नौ मल्लगण और अठारह कासी-कोल के गणराज्यों का अक्षुण्ण बल है। सब मिलाकर हम पौने दो अक्षौहिणी सेना समर में भेजने की आशा करते हैं।"

अब नौबलाध्यक्ष स्यमन्तक ने कहा, "मित्र! सिंह ने जो अपना बल-परिचय दिया है, उसके सम्बन्ध में मैं केवल यही कहना चाहता हूँ कि मेरी दृष्टि में हम मागधों से अधिक सुगठित हैं। हमें यह जान लेना चाहिए कि दक्षिण का युद्ध ही निर्णायक युद्ध होगा और मैं अपने मित्र काप्यक और उसके गान्धार वीरों की सहायता से, जिनकी हम प्रतीक्षा कर रहे हैं, बहुत आशान्वित हूँ। मैं कह सकता हूँ कि हमें मिही तटवर्ती दुर्ग और रणतरियाँ ही सफलता प्रदान करेंगी। मागध सब बातों का प्रत्युत्तर रखता है पर हमारी उन दो सहस्र रणतरियों का उसके पास कोई प्रत्युत्तर नहीं है।"

काप्यक ने कहा, "भन्ते, सेनापति और मित्रगण यह जानकर प्रसन्न होंगे कि मुझे समाचार मिला है कि गान्धार से जो वैद्यों और भटों का दल चला है, वह दो ही चार दिन में यहाँ पहुँचनेवाला है। यहाँ मैं नौका-युद्ध का एक रहस्य निवेदन करता हूँ जिसे मैंने भलीभाँति निरीक्षण किया है। मिही नदी दिधिवारा के पास गंगा में मिलती है, किन्तु सेना उससे बहुत नीचे पाटलिग्राम के सामने है। इससे मागधों को तो हम भरपूर हानि पहुँचा सकते हैं पर वे हमारा कुछ भी नहीं बिगाड़ सकते।"

इस पर सेनापति सिंह ने कहा, "तो भन्ते सेनापति, मैं प्रस्ताव करता हूँ कि हम

अब तैयार हैं और हमें मागधों के आक्रमण की प्रतीक्षा नहीं करनी चाहिए, तथा अवसर पाते ही प्रथम आक्रमण कर देना चाहिए। पहले आक्रमण के लिए तट की सेनाओं, नौकाओं और हाथियों को पहले तथा रथों, अश्वों और पदातिकों को बाद में प्रयुक्त करना चाहिए और मिही की रक्षित सेना को उस समय, जब शत्रु थक जाए।"

इस पर महाबलाध्यक्ष सुमन ने कहा, "तो आयुष्मान्, ऐसा ही हो। तू सैन्य को तैयार रख और अवसर पाते ही आक्रमण कर; मैं अमात्य वर्षकार और उनके सहायकों को बन्दी करने की आज्ञा प्रचारित करता हूँ।"

युद्ध विभीषिका

वैशाली में आतंक छा गया। मगध-महामात्य ब्राह्मण वर्षकार और ब्राह्मण सोमिल, अनुचर, कलत्र और बटुकवर्ग-सहित बन्दी कर लिए गए। नन्दन साहु, सेट्ठि कृतपुण्य भी बन्दी हो गए! उनका घर-द्वार सभी राजसैनिकों ने अपने अधीन कर लिया। सेट्ठिपुत्र पुंडरीक को आचार्य गौड़पाद के दायित्व पर उन्हीं के घर में दृष्टिबन्धक कर लिया गया। नगर के घाट-द्वार, राजमार्ग सभी बन्द कर दिए गए। बाहर जाने-आने के लिए सैनिक आज्ञापत्र लेना अनिवार्य हो गया। अन्तरायण के सब खाद्य-भंडारों पर सैनिक अधिकार हो गया। विदेशियों की बारीकी से छानबीन होने लगी। बहुत जन सन्दिग्ध पाए जाकर बन्दी बना लिए गए। जलाशय, कूप, राजमार्ग, वीथी, दुर्ग, द्वार, तोरण स्तम्भ, बुर्ज—सभी पर सैनिकों का अनवरत पहरा बैठा दिया गया। सब स्वस्थ, वयस्क पुरुष अनिवार्य रूप में सैनिक बना दिए गए। सम्पूर्ण गृह और व्यवहार-उद्योग युद्धोद्योगों में परिणत हो गए। शस्त्रास्त्र और कवच एवं विविध युद्ध-साधनों का रात-दिन निर्माण होने लगा। लिच्छवि तरुणियाँ भी सेवा-सेना में भरती होकर शुश्रूषोपचार की शिक्षा पाने लगीं। सेना को शस्त्र बाँट दिए गए। उनकी टुकड़ियाँ नगर के भीतर-बाहर चलती-फिरती दृष्टि पड़ने लगीं। सारे नगर में सैनिक अनुशासन की व्यवस्था कर दी गई। आज्ञा-उल्लंघन के लिए मृत्यु-दंड घोषित कर दिया गया। वैशाली के मनमौजी और स्वभाव ही से हँसोड़ लिच्छवियों के मुखों पर हास्य-विनोद के स्थान पर चिन्ता, व्यग्रता और उद्वेग दीख पड़ने लगे। तरुण भट अपने-अपने शस्त्र चमकाते, अश्व कुदाते, बढ़-बढ़कर बातें बघारते इधर-उधर घूमते दीख पड़ने लगे।

बहुत लोग बहुत भाँति की बातें करते। कोई दस्यु बलभद्र की अद्भुत सर्वत्र गमन की शक्ति सत्ता को खूब बढ़ा-चढ़ाकर कहता, कोई मगध सम्राट् की कामुकता, वीरता तथा साम्राज्यलिप्सा की आलोचना करता। बहुत जन इस युद्ध का सम्बन्ध अम्बपाली से जोड़ते।

अम्बपाली के आवास की आभा भी फीकी पड़ गई। सैनिक नियमों के आधार पर उसके आवास में सार्वजनिक प्रवेश निषिद्ध कर दिया गया। अम्बपाली के आवास को विशेष रीति पर सैनिक निरीक्षण और संरक्षण में रख दिया गया। राजकोष, महत्त्वपूर्ण लेख और बहुमूल्य सामग्री भूमिगर्भ-स्थित भूगृहों में रख दी गईं।

वैशाली के सब आबाल-वृद्ध विचलित, व्यग्र और आशंकित हो उठे। युद्ध की विभीषिका ने उन्हें विमूढ़ कर दिया।

मागध स्कन्धावार-निवेश

वास्तुशिल्पियों ने वार्धकिजनों के सहयोग से मौहूर्तिकों से अनुशासित हो, आर्य भद्रिक के आदेश और विकल्प से पाटलिग्राम के पूर्वी स्कन्ध पर, गंगा और मिही-संगम के ठीक सम्मुख तट से तनिक हटकर, लम्बे परिमाण में गोलाकार मागध स्कन्धावार-निवेश स्थापित किया। उसमें चार द्वार, छह मार्ग, नौ संस्थान बनाए गए। स्कन्धावार चिरस्थायी था, इस विचार से खाई, परकोटा और कुछ अटारियाँ भी बनाई गईं तथा एक मुख्य द्वार का निर्माण भी किया गया।

स्कन्धावार के मध्य भाग में उत्तर की ओर नौवें भाग में सौ धनुष लम्बा तथा इससे आधा चौड़ा राजगृह बनाया गया। उसके पश्चिम की ओर उसके आधे भाग में अन्त:पुर निर्मित किया गया। अन्त:पुर की रक्षक सैन्य का स्थान उसके निकट ही रखा गया। राजगृह के सम्मुख राज उपस्थान गृह था। जहाँ बैठकर सम्राट् सेनापति और अभिलषित जनों से मिलते थे। राजगृह से दाहिनी ओर कोष-शासनकरण, अक्ष-पटल, कार्यकरण निर्मित हुआ। बाईं ओर सम्राट् के गज, रथ, अश्व के लिए स्थान बनाया गया। राजगृह के चारों ओर कुछ अन्तर पर चार बाड़ें लगाई गईं। पहली बाड़ शकटों की, दूसरी काँटेदार वृक्षों की शाखा की, तीसरी दृढ़ लकड़ी के स्तम्भों की, चौथी पक्की ईंटों की चुनी हुई थी। प्रत्येक बाड़ में परस्पर सौ-सौ धनुष का अन्तर था। पहली बाड़ के भीतर सामने की ओर मंत्रियों और पुरोहित के स्थान थे। दाहिनी ओर कोष्ठागार, महानस और बाईं ओर कूप्यागार और आयुधागार था। दूसरी बाड़ के भीतर मौलभृत आदि सेनाओं के उपनिवेश थे तथा गज, रथ और सेनापति के स्थान थे। तीसरे घेरे में हाथी, श्रेणीबल तथा प्रशास्ता का आवास था। चौथे घेरे में विष्टि, नायक तथा स्वपुरुषाधिष्ठित मित्रामित्र सेना एवं आटविक सेना थी। यहीं व्यापारियों, वणिकों, वेश्याओं के आवास तथा बड़ा बाजार थे। बहेलिये शिकारी, बाजे तथा अग्नि के संकेत से शत्रु के आगमन की सूचना देने वाले ग्वाले आदि के वेश में छिपे हुए रक्षक पुरुष बाहर की ओर रखे गए थे।

जिस मार्ग के द्वारा स्कन्धावार पर शत्रु द्वारा आक्रमण की सम्भावना थी उस मार्ग में गहरे कुएँ, खाई आदि खोदकर घास-फूस से ढाँप दिए थे। कहीं-कहीं काँटे, लोहे की कीलें ठुके हुए तख्ते बिछा दिए गए थे।

स्कन्धावार पर पहरे के लिए अठारह वर्गों का आयोजन था। कुल सेना मौलभृत छह वर्गों में विभाजित थी। प्रत्येक के तीन-तीन अधिकारी थे—पदिक, सेनापति और नायक। प्रत्येक सेना के अपने-अपने अधिकारी की अधीनता में तीन-तीन वर्ग होकर छह प्रकार की सेनाओं के इस प्रकार अठारह वर्ग थे। यही सब बारी-बारी से प्रतिक्षण स्कन्धावार की रक्षा सावधान रहकर करते रहते थे। शत्रु गुप्तचरों की तथा शत्रु की

गतिविधि का निरीक्षण करने को गूढ़ पुरुषों की नियुक्ति थी। सैनिकों को लड़ने-झगड़ने, पान-गोष्ठी करने, जुआ आदि खेलने का नितान्त निषेध था। स्कन्धावार के बाहर-भीतर आने-जाने के लिए राजमुद्रा का कड़ा प्रबन्ध था, बिना आज्ञा युद्धभूमि तथा स्कन्धावार से भागने वाले सैनिक को शून्यपाल तुरन्त बन्दी कर ले—ऐसी कठोर राजाज्ञा प्रचारित कर दी गई थी।

कंटक-शोधनाध्यक्ष बहुत-से शिल्पी, कर्मकर और उनके प्रधानों के साथ मार्ग की रक्षा, जल-प्रबन्ध, मार्ग-स्थापन, जंगल साफ करने और हिंसक प्राणियों को स्कन्धावार से दूर भगाने में सतत संलग्न था।

प्रयाण

'स्थान', 'आसन' और 'गमन' का ठीक-ठीक विकल्प कर ग्राम-अरण्य आदि अध्वनिवेश में ईंधन, धान्य, जल, घास आदि की समुचित व्यवस्था-प्रबन्ध कर भोजन, वस्त्र, शस्त्रास्त्र को यत्नपूर्वक सुरक्षा में संग ले, मौहूर्तिकों से नक्षत्र दिखा, मागध सैन्य-सहित सम्राट् ने प्रयाण किया।

सेना के अग्रभाग में दस सेनापतियों का नायक, बीच में अन्तःपुर और सम्राट् इधर-उधर शत्रु के आघात को रोकने वाली अश्वारोहिणी सैन्य चली। सेना के पिछले भाग में हाथी चले। अन्न, घास, भूसा आदि सामग्री सब ओर से ले जाया जाने लगा। जंगल में उत्पन्न होनेवाला आजीविका-योग्य अन्न, घास आदि सामग्री संग्रह होती चली। अन्न, वस्त्र आदि व्यवहार्य साधन लगातार छकड़ों, हाथियों पर लद-लदकर सेना के साथ चले। आसार-अपसार को सुरक्षित कर सबसे पिछले भाग में सेनापति पर्याय से अपनी-अपनी सेना के पीछे नियत हो चले।

सेना का अग्रभाग मकर-व्यूह रचकर, पश्चात् भाग शकट-व्यूहबद्ध होकर आगे बढ़ा। पार्श्वभाग की सैन्य वज्र-व्यूह से, तथा चारों ओर का बहिःसैन्य सर्वतोभद्र-व्यूह में बद्ध हो आगे बढ़ा। कहीं-कहीं तंग घाटियों में, दरारों में, सूची-व्यूह भी बनाना पड़ा। इस प्रकार सर्वतोभावेन रक्षा-व्यवस्था क्रम स्थापित कर मागध सैन्य ने प्रयाण किया। पहले कुछ दिन प्रतिदिन एक योजन, फिर दो योजन मार्ग सैन्य ने काटा।

धन-धान्य से समृद्ध शत्रु के नगरों को नष्ट करते हुए, पृष्ठस्थित केन्द्रों तथा शत्रु और अपने देशों के मध्यवर्ती सामन्तों एवं उदासीन राजाओं को साम, दाम, दंड, भेद नीति से वशवर्ती करते हुए, संकट-विषम राह को साफ करते हुए, कोश, दंड, मित्र शत्रु आटविक सैन्य, विष्टि और मुख्य सैन्य सबकी सुख-सुविधा और अनुकूल ऋतु का विचारकर सम्राट् कभी धीरे-धीरे, कभी द्रुत गति से वैशाली की ओर अग्रसर हुए।

कभी हाथियों द्वारा छिछली नदियों को पार किया। कभी नदी में 'स्तम्भ-संक्रम' करके, कभी सेतुबन्धन, कभी नाव, लकड़ी तथा बाँस के बेड़े बनाकर, कभी तूम्बी, चर्मकांड, दूति, गंडिका और वेणिका आदि साधनों से मागध सैन्य ने नदियों को पार किया।

कठिन मार्गों, भारी दलदल, गहरे जल, गुफा, पर्वत, आदि को पार करती हुई,

पर्वतों पर चढ़ती-उतरती, तंग, पथरीले, विषम पहाड़ी मार्गों पर होती हुई भूख, प्यास और थकान से खिन्न हो बीच-बीच में सुस्ताती, ज्वर, संक्रामक महामारी तथा दुर्भिक्ष की बाधाओं को सहन करती; बीमार, पैदल, हाथी, अश्वों के साथ मागध सैन्य आगे बढ़ती चली गई। धीरे-धीरे सेना ने स्कन्धावार में प्रवेश कर वहाँ उपनिवेश किया। निरन्तर आने वाली मागध सैन्य का राजगृह और वैशाली के बीच राजमार्ग पर ताँता लग गया।

शुभ दृष्टि

"तो हमें कल ही उल्काचेल चल देना चाहिए।" सिंह ने कहा।

"निश्चय, क्योंकि हमें सम्पूर्ण गंगातट का सैनिक दृष्टि से निरीक्षण करना है, फिर मिही के सब दुर्गों को एक बार देख डालना है। हम ग्यारहों नायक चलेंगे, तभी ठीक होगा मित्र सिंह!" गान्धार काप्यक ने कहा।

"परन्तु मित्र काप्यक, मिही का ही तट हमारे अधीन है। दूसरे तट से हमारी नावों के प्रयोगों को शत्रु के गुप्तचर देख सकते हैं।"

"यह तो असम्भव नहीं है।"

"तब क्यों न मर्कट-ह्रद सरोवर में रणतरी के प्रयोग किए जाएँ?"

"यह अधिक अच्छा होगा, वहीं पर हम रणतरियों का परीक्षण, सैनिकों का शिक्षण और नाविकों का संगठन कर डालेंगे और वहीं से आवश्यकता होने पर मिही-तट पर उन्हें भेजना प्रारम्भ कर देंगे। परन्तु हमें अधिक-से-अधिक लौहशिल्पियों को एकत्र करना चाहिए।"

"जो हो, हमें सूर्योदय से प्रथम ही उल्काचेल चल देना चाहिए।"

"तो मित्र काप्यक, तुम साथ के लिए थोड़े-से चुने हुए गान्धार सेनानी ले लो। अच्छा है, राह-घाट वे देख लेंगे। यदि हम एक पहर रात्रि रहे चल दें, तो मार्ग के शिविरों को देखते-भालते हम दो दंड दिन चढ़े तक उल्काचेल पहुँच जाएँगे। वहाँ के घाट-रक्षक अभीति को मैंने सन्देश भेज दिया है। वह हमारा स्वागत करने को तैयार रहेगा।"

काप्यक ने कहा, "फिर ऐसा ही हो!"

नदी-तट पर धीरे-धीरे घूमते हुए सिंह और काप्यक गान्धार में ये बातें हुईं और दूसरे दिन वे मध्याह्न तक उल्काचेल जा पहुँचे। चुने हुए पचास गान्धार अश्वारोही उनके साथ थे।

उपनायक अभीति ने आगे बढ़कर सिंह और उपनायक काप्यक का सैनिक अभिवादन किया तथा गान्धार सैनिकों का हार्दिक स्वागत करते हुए कहा, "मैं उल्काचेल में आपका और आपके मित्रों का स्वागत करता हूँ। मेरे उपनायक अशोक आपको यहाँ सेना-व्यवस्था का सम्पूर्ण विवरण बताएँगे। परन्तु मैं चाहता हूँ कि मुख्य स्थान मैं आपको दिखा दूँ। मैंने अपने और शत्रु के दुर्ग का जो मानचित्र तैयार किया है, वह यह है; इससे आप सब बातें जान लेंगे। इसमें यह भी लिख दिया है कि कहाँ हमारी कितनी सेना है।"

"यह बड़े काम की वस्तु होगी नायक!" सिंह ने कहा।

अभीति नायक बोले, "आपकी आज्ञानुसार दक्षिण सेना के बहुत से नायक, उपनायक, सेनानी भी उल्काचेल आ पहुँचे हैं। आप पहले भोजन करके थोड़ा विश्राम कर लीजिए, फिर उनसे बातचीत करना ठीक होगा।"

"ऐसा ही हो, नायक!" सिंह ने मानचित्र पर ध्यान करते हुए कहा।

फिर सब लोगों ने स्नान-भोजन कर थोड़ा विश्राम किया। पहर दिन रह गया था, जब सिंह ने दक्षिण सैन्य के सेनानियों में से, एक-एक को बुलाकर आदेश देने प्रारम्भ किए। सिंह ने उनके सैन्यबल के सम्बन्ध में सारी बातें पूछी और एक ताल-पत्र पर लिखते गए। सूर्यास्त तक यह काम समाप्त हुआ।

स्वच्छ चाँदनी रात थी। नायक अभीति ने कहा, "इस समय गंगा-तट के कितने ही नव-निर्मित दुर्गों का परीक्षण किया जा सकता है। यदि विश्राम की इच्छा न हो तो मैं नाव मँगाऊँ।"

सिंह ने कहा, "विश्राम की कोई बात नहीं है। नायक, तुम शीघ्र नाव तैयार कराओ।"

नायक अभीति, सिंह और काप्यक तीनों आदमी नाव में जा बैठे। तीर-तीर नाव चलने लगी। सामने गंगा के उस पार पाटलिग्राम में मागध शिविर पड़ा था। उसमें जलती हुई आग का प्रकाश मीलों तक फैला दीख रहा था। नाव धीरे-धीरे गंगा-मिही-संगम पर दिधिवारा की ओर जा रही थी। नाविक सब सावधान और अपने कार्य में दक्ष थे। गंगा में व्यापारिक बड़ी-छोटी नावें और माल से भरी नावें तैर रही थीं। किसी-किसी नाव में दीपक का क्षीणप्रकाश भी प्रकट हो रहा था। गंगा-किनारे के सब दुर्गों में पूर्ण निस्तब्धता थी। न प्रकाश था, न शब्द। अभीति की इस सम्बन्ध में कड़ी आज्ञा थी। दिधिवारा तक कुल पाँच दुर्ग वज्जियों के थे। सेनानायकों ने सभी का निरीक्षण किया। नाव को घाट तक लगते देखते ही प्रहरी पुकार कर संकेत करता। नाव पर से नायक संकेत करता, प्रहरी तत्काल दुर्गाध्यक्ष को सूचना देता और ये नाविक चुपचाप नाव से उतरकर दुर्ग का निरीक्षण कर आते तथा अध्यक्ष को आवश्यक आदेश दे आते। घाट से दुर्ग तक के मार्ग गुप्त और घूम-घुमौअल बनाए गए थे। अपरिचित व्यक्ति का वहाँ पहुँचना शक्य न था। सैनिक नावें इस प्रकार छिपाकर रखी थीं कि उस पार से तथा इस पार से भी उन्हें देख पाना शक्य न था। विशाल मर्कट-ह्रद को एक छोटी-सी टेढ़ी नहर द्वारा नदी से मिला दिया गया था। आवश्यकता पड़ने पर सब नावें सैनिकों सहित क्षण भर में गंगा की बड़ी धारा में पहुँच सकती थीं। यद्यपि यह निरीक्षण बिना सूचना के हो रहा था, परन्तु प्रत्येक प्रहरी सावधान एवं सजग था।

पहर रात गए सेनानियों की नौका दिधिवारा के दुर्ग में जा पहुँची। यह औरों से बड़ा था। यहाँ की व्यवस्था भी उत्तम थी। दोनों नवीन नायक सैनिकों से घनिष्ठ सम्बन्ध स्थापित कर रहे थे।

पौ फट रही थी, जब ये सेनानी उल्काचेल पहुँचे। पीछे लौटकर सिंह ने कहा, "नायक अभीति, मैं तुम्हें धन्यवाद देता हूँ मित्र, तुमने यथेष्ट व्यवस्था की है।"

नायक ने हँसकर सेनापति का अभिवादन किया। इसके बाद सबने विश्राम किया। दिन भर जयराज के चर शत्रु-सेना का संवाद लाते रहे। उससे विदित हो गया कि

बिम्बिसार अभी सेनापति भद्रिक की प्रतीक्षा कर रहे हैं। इसलिए मगध-सम्राट् अभी युद्ध प्रारम्भ करने का निर्णय नहीं कर पाए हैं।

रात को फिर तीनों सेनानी गंगा के नीचे मिही और गंगा के संगम पर स्थित दुर्गों को देखने चले। यह एक रात में समाप्त नहीं हो सकता था। वे दिन-भर किसी दुर्ग में विश्राम करते और रात में देखी बातों के संस्मरण लिखते। संध्या होने पर फिर आगे चलते। वे तीसरे दिन बागमती संगमतट पर के दुर्ग में पहुँचे। भटों की तत्परता और सतर्कता पर सेनानियों ने सन्तोष किया। उन्हें आवश्यक आदेश दिए और तक्षशिला की नई रणचातुरी सिखाने के लिए उन्हें उल्काचेल आने को कहा।

अभी महानदी के दुर्गों को देखना शेष था। एक दिन उल्काचेल में तरुण सेनानियों ने विश्राम किया तथा आवश्यक आदेश वैशाली और भिन्न-भिन्न केन्द्रों को भेजे।

दूसरे दिन चन्द्रोदय के साथ ही काप्यक और सिंह ने मिही की ओर नाव छोड़ी। दिधिवारा के संगम से ऊपर धार तीव्र थी, इसलिए घूमकर नौका ले जानी पड़ी। मिही के पूर्वी तट पर हरी घास का मैदान था, जहाँ सहस्त्रों गायें चर रही थीं। बीच में आदमियों और पशुओं के लिए छोटी-छोटी कुटियाँ बनी थीं। वे लिच्छवी और अलिच्छवी दोनों थे।

चार दिन में मिही के दुर्गों का निरीक्षण हुआ। उन्हें नायक शान्तनु और उसके आठ उपनायकों को सौंप दिया गया, जिससे वे नाविकों को नवीन कौशल सिखा सकें। यह करके दोनों मित्र फिर उल्काचेल चले आए। यहाँ से काप्यक तो कुछ नौ-सुधार के लिए वैशाली चले गए और सिंह ने सेनानियों को नौ युद्ध के कुछ नवीन और गुप्त रहस्य सिखाए। आठ दिन में यह कार्य सम्पन्न हुआ।

अब सिंह ने अपने सम्पूर्ण कार्य का विवरण महाबलाध्यक्ष सुमन के पास वैशाली लिख भेजा। बलाध्यक्ष पश्चिमी और पूर्वी सीमान्त पर नौ-युद्ध की नवीन पद्धति की परीक्षा की बात जानकर अति सन्तुष्ट हुए।

अब सिंह ने अपना ध्यान दूसरी ओर किया। जयराज को उन्होंने लिखा कि चरों की संख्या बढ़ा दी जाए और सोन-तट और गंगा-तट पर शत्रु जो नई कार्रवाई कर रहा है, इसकी क्षण-क्षण की सूचना हमें मिलती जाए। सिंह ने यत्नपूर्वक यह भी जान लिया कि राजगृह और उसके मार्ग की रक्षा का क्या प्रबन्ध किया गया है। जयराज ने अनेक चर परिव्राजक, निगंठ, आजीवक, भिक्षु आदि वेशों में; कुछ व्यापारी और ज्योतिषी बनाकर शत्रु की ओर भेज दिये। उन्होंने बताया कि चंडभद्रिक बड़ी द्रुत गति से राजधानी के दुर्गों की मरम्मत करा रहे हैं; तथा गंगा-तट से वहाँ तक उन्होंने उचित स्थानों पर नाकेबन्दियाँ कर रखी हैं। नालन्द, अम्बालिष्टिका की दो योजन भूमि में उसकी तैयारियाँ और भी अधिक थीं। अभिप्राय स्पष्ट था कि चतुर चाणाक्ष चंडभद्रिक को भय था कि लिच्छवि कहीं राजगृह तक न दौड़ जाएँ। सिंह सेनापति उल्काचेल लौट आए।

चर सिंह के पास क्षण-क्षण में सूचना ला रहे थे और मगधराज की सम्पूर्ण गतिविधि का पता उन्हें लग रहा था। वे सूचनाओं के साथ-साथ अपनी योजनाएँ भी सेनापति और गणपति के पास भेज रहे थे।

मागध मंत्रणा

सेनापति भद्रिक और सम्राट् ने स्कन्धावार राजगृह के मंत्रणागार में युद्ध-मंत्रणा की। मंत्रणा में सम्राट्, महासेनापति आर्य भद्रिक, सेनापति उदायि, सेनापति सोमप्रभ और अमात्य सुनीथ उपस्थित थे। उनके अतिरिक्त अपनी-अपनी सेना लेकर आए हुए सहायक राजा और राज-सेनापति भी उपस्थित थे, जिनमें बंग के वैश्रमणदत्त, कलिंग के वीरकृष्ण मित्र, अवन्ती के श्रीकान्त, भोज के समुद्रपाल, आन्ध्र के सामन्त भद्र, माहिष्मती के सुगुप्त, भृगुकच्छ के सुदर्शन और प्रतिष्ठान के सुवर्णबल—ये आठ मित्र महासेनापति सम्मिलित थे।

युद्ध के सम्बन्ध में सब अंगों पर प्रकाश डाला गया। दूष्य सेना, शत्रुसेना, आटविक सेना का पृथक्-पृथक् विभाजन कर पृथक्-पृथक् सेनापतियों को सौंप दिया गया। अपसार, प्रतिग्रह, पार्वत दुर्ग, नदी-दुर्ग और वन-दुर्गों के अधिकार पृथक्-पृथक् सेनानायकों को बाँट दिए गए।

शून्यपाल और वस्तुपाल नियत किए गए। सत्रों की रक्षा का समुचित प्रबन्ध किया गया।

सम्पूर्ण सेना का अधिनायकत्व महासेनापति आर्य भद्रिक ने ग्रहण किया। सेनापति सोमप्रभ हुए। आर्य उदायि को नौबलाध्यक्ष नियत किया गया। अमात्य सुनीथ शून्यपाल नियत हुए। आचार्य काश्यप कूटयुद्ध के नायक हुए। सम्पूर्ण सम्मिलित स्थल-सैन्य का दायित्व सोमप्रभ को दिया गया—दक्षिण युद्ध-केन्द्र पर उनकी नियुक्ति हुई। आठों मित्र सेनानायक राजपुरुष उनकी अधीनता में रखे गए। सत्रों का भार गोपाल भट्ट को दिया गया। सम्राट् को युद्ध भार से सर्वथा मुक्त रखा गया। शत्रु-पक्ष में सम्राट् को कोई न पहचान पाए, इसके लिए अनेक गूढ़ पुरुष सम्राट् के वेश में नियत किए गए।

सूत और मागधगण सेना के उत्साह-वर्धन के लिए नियुक्त हुए। शल्य-चिकित्सकों को शस्त्र, यंत्र, अगद, स्नेह और वस्त्रों तथा खाने-पीने, शुश्रूषा करने के सब साधनों से सम्पन्न परिचारिकाओं सहित यथास्थान नियत किया गया। धान्वन दुर्ग में युद्ध करनेवाले योद्धाओं को, वनदुर्ग में युद्ध करनेवाले योद्धाओं को, जल तथा स्थल में युद्ध करनेवाले योद्धाओं को, खाई खोदकर उनमें बैठकर युद्ध करनेवाले योद्धाओं, आकाश में युद्ध करनेवाले तथा दिनभर और रात्रि में युद्ध करने वाले योद्धाओं को यथावत् विभाजित कर, उनके सेनानायकों को उन्हें सौंप, युद्ध-योग्य प्रदेश, ऋतु और अपेक्षित समय की सब व्यवस्थाओं पर विचार व्यवस्थित किया गया। रथ-युद्ध, हस्ति-युद्ध, अश्व-युद्ध तथा पदाति-युद्ध एवं चतुरंग प्रकाश-युद्ध के स्थान के मानचित्रों पर सम्यक् रीति से विचार करके सामरिक दृष्टि से उनके नियोजन की व्यवस्था की गई। भूमिविचय, वनविचय, विषम, तोय, तीर्थ, वात और रश्मि के उपयुक्त स्थलों पर संघात स्थापित किए गए। शत्रु के विविध आसार और अपने विविध आसार का प्रबन्ध किया गया। शत्रु की सेना को पकड़ने, शत्रु से पकड़े हुए अपने योद्धाओं को छुड़ाने, अपनी सेना के मार्ग पर शत्रुओं की सेना के चले जाने पर स्वयं शत्रु-सेना के मार्ग का अनुसरण करने, शत्रु के कोष और सेनानायकों का अपहरण करने, पीछे तथा सम्मुख हो आक्रमण करने,

भागते हुए सैनिकों का पीछा करने तथा बिखरी हुई अपनी सेना को एकत्रित करने की सम्पूर्ण योजनाओं पर विचार किया गया।

ये सारे कार्य अश्वारोही सैन्य को सौंपे गए।

सेना के अग्रभाग और पश्च-भाग का रक्षण करने, नए तीर्थ और नए मार्ग बनाने, घने जंगलों के घमासान युद्ध में प्रमुख भाग लेने, शत्रु के वासस्थानों में आग लगाने और अपने स्कन्धावार निवेश में लगी आग को बुझाने, शत्रु की संगठित सैन्य को छिन्न-भिन्न करने, योद्धाओं को पकड़ने, परकोट, द्वार, अटारी आदि गिराने, शत्रु के कोष को लूट ले भागने का कार्य हाथियों के अधिपति को सौंपा गया।

अपनी सेना की रक्षा करने, आक्रमण के समय शत्रु सैन्य को रोकने, शत्रु के द्वारा पकड़े गए अपने योद्धाओं को छुड़ाने, बिखरी सेना को एकत्रित करने, शत्रु की सेना को विचलित करने का कार्य रथ-रथी और रथपतियों को सौंपा गया।

प्रत्येक सम-विषम स्थानों, प्रत्येक अनुकूल-प्रतिकूल ऋतुओं और परिस्थितियों में घनघोर खड्ग युद्ध करने का काम पदातिक सैन्य को दिया गया।

शिविर, मार्ग, सेतु, कूप, घाट आदि तैयार करने; उन्हें ठीक-ठीक रखने, यंत्र, शस्त्र, कवच आदि से साधन-सम्पन्न करने तथा आहत भटों को युद्धस्थल से ढोकर चिकित्सा-केन्द्रों तक पहुँचाने का काम विष्टि सैन्य को दिया गया।

इस प्रकार युद्ध-संचालन की सारी व्यवस्था कर—मागध महासेनापति चंडभद्रिक ने सोमप्रभ का अभिनन्दन करते हुए सम्पूर्ण सेनापतियों के समक्ष उनके शौर्य, कौशल, भक्ति और स्थैर्य की भूरि-भूरि प्रशंसा की और परिपूर्ण अनुशासन का बारम्बार अनुरोध किया।

प्रकाश-युद्ध

मिही के उस पार की मल्लों की भूमि पर वज्जी सैन्य का स्कन्धावार निवेश था। मही-तट पर दुर्गों का ताँता बँधा था तथा वहाँ एक अस्थायी पुल नावों का बाँधा गया था, जिसकी रक्षा गान्धार काप्यक के गान्धार भट यत्नपूर्वक कर रहे थे। मिही-तट के इन दुर्गों में वज्जियों के शस्त्र-भंडार और रक्षित सैन्य बहुत मात्रा में थे। मिही की धारा अति तीव्र होने के कारण नीचे से ऊपर आकर इन दुर्गों पर आक्रमण करना सुकर न था। वज्जी स्कन्धावार निवेश और मगध स्कन्धावार निवेश के मध्य में पाटलिग्राम था। पाटलिग्राम की स्थापना दूरदर्शी मगध महामात्य वर्षकार ने वज्जियों से युद्ध करने के लिए की थी। अभी उसमें, बहुत कम घर, हर्म्य और राजमार्ग बन पाए थे। बस्ती बहुत विरल थी। उत्तरकाल में जहाँ बैठकर गुप्त-वंश के महामहिम सम्राटों ने ससागर जम्बूद्वीप पर अबाध शासन-चक्र चलाया था, वह एक नगण्य साधारण ग्राम था। मागध राजपुरुष और कभी-कभी सैन्य की कोई टुकड़ी मास-आधा मास पाटलिग्राम में आकर टिक जाती थी। फिर उनके लौट जाने पर लिच्छवि राजपुरुष लोगों को घर से निकालकर बस रहते थे। उन्हें वहाँ से भगाने के लिए फिर मगध सेना मँगानी पड़ती थी। ग्रामजेट्ठक एक बूढ़ा मागध सैनिक था, उसके अधीन जो दस-बीस सैनिक थे, कुछ

भी व्यवस्था नहीं कर सकते थे। इस निकल-घुस के कष्ट से पाटलिग्राम के निवासी कृषक बड़े दुखी थे। उन्हें पन्द्रह दिन लिच्छवियों के अधीन और पन्द्रह दिन मागधों के अधीन रहना पड़ता था। बहुधा दोनों ही राजपुरुष उनसे जोर-जुल्म करके बलि उगाह ले जाते थे। अपने घर और अपनी सम्पत्ति पर उनका कोई अधिकार ही न था। न वे और न उनकी सम्पत्ति रक्षित थी। इसी से पाटलिग्राम की आबादी बढ़ती नहीं थी। कोई भी इस द्वैधे शासित ग्राम में रहना स्वीकार नहीं करता था।

इस समय ग्राम का पूर्वी भाग लिच्छवि सेनापति के अधीन था और पश्चिमी भाग मागध सैन्य के। ग्रामवासी युद्ध के भय से भाग गए थे और घरों में दोनों पक्षों के सैनिक भरे थे जिन्हें प्रतिक्षण आक्रमण से शंकित रहना पड़ता था।

मागध स्कन्धावार निवेश से पाँच सौ धनुष के अन्तर पर पाटलिग्राम के दक्षिण समभूमि पर मागध सेनापति सोमप्रभ ने संग्राम-क्षेत्र स्थापित करके समव्यूह की रचना की। सम्पूर्ण व्यूह के पक्ष, कक्ष और उरस्य, ये तीन अंग स्थापित किए गए। सेना के अग्रभाग के दोनों पावों में 'पक्ष' स्थापित कर, उसके दो भाग कर, वाम माहिष्मती के सुगुप्त की ओर, दक्षिण पक्ष प्रतिष्ठान के सुवर्णबल की अधीनता में स्थापित हुआ। पीछे के 'कक्ष' के भी दो भाग करके वाम कक्ष भोज समुद्रपाल और दक्षिण कक्ष आन्ध्र के सामन्त भद्र की अधीनता में स्थापित किया गया। मध्य 'उरस्य' में स्वयं सेनापति सोमप्रभ स्थित हुए। उनके पार्श्वरक्षक बंग के वैश्रमणदत्त, अवन्ती के श्रीकान्त और कलिंग के वीर कृष्णमित्र स्थित हुए।

पैदल सेना के प्रत्येक सैनिक को एक-एक शम पर खड़ा किया गया। अश्वारोहियों को तीन-तीन शम के अन्तर पर, रथ और हाथियों को पाँच-पाँच शम के अन्तर पर, धनुर्धारियों की सैन्य को एक धनुष के अन्तर पर स्थापित किया गया। इस प्रकार पक्ष, कक्ष और उरस्य की पाँचों सेनाओं का परस्पर का अन्तर पाँच-पाँच धनुष रखा गया।

अश्वारोही के आगे रहकर उसकी सहायतार्थ युद्ध करने के लिए तीन भट, हाथी और रथ के आगे पन्द्रह-पन्द्रह भट तथा पाँच-पाँच अश्वारोही तथा घोड़े-हाथियों के पाँच-पाँच पादगोप नियुक्त किए गए। इस प्रकार एक-एक रथ के आगे पाँच-पाँच घोड़े, एक-एक घोड़े के आगे तीन-तीन भट, कुल मिलाकर पन्द्रह जन आगे चलने वाले और पाँच सेवक पीछे रहे।

उरस्य स्थान में नौ रथों के ऐसे तीन त्रिकों की स्थापना हुई। अभिप्राय यह कि तीन-तीन रथों की एक-एक पंक्ति बनाकर तीन पंक्तियों में नौ रथों को खड़ा किया गया। इसी प्रकार कक्ष और पक्ष में भी। ऐसे नौ उरस्य, अठारह कक्ष और अठारह पक्ष में मिलकर एक व्यूह में पैंतालीस रथ, पैंतालीस रथों के आगे दो सौ पचीस अश्वारोही और छह सौ पचहत्तर पैदल भट, परस्पर की सहायता से युद्ध करने को स्थापित हुए।

इस व्यूह की रचना तीन समान त्रिकों से की गई थी, इससे यह समव्यूह कहाया। परन्तु इसकी व्यवस्था इस प्रकार की गई थी कि आवश्यकतानुसार इसमें दो-दो रथों की वृद्धि इक्कीस रथ-पर्यन्त की जा सकती थी।

बची हुई कुछ सेना का दो-तिहाई भाग पक्ष, कक्ष तथा एक भाग उरस्य में आवाप, प्रत्यावाप, अन्वावाप और अत्यावाप करने की भी व्यवस्था तैयार रखी गई थी।

लिच्छवि सैन्य को तीन स्वतंत्र व्यूहों में सेनापति सिंह ने विभक्त किया था। एक 'पक्षभेदी' व्यूह स्थापित किया गया, इसमें सेना के सम्मुख दोनों ओर हाथियों को खड़ा किया गया और पिछले भाग में उत्कृष्ट अश्वारोहियों को, उरस्य में रथों को। इसका संचालन मल्लराज प्रमुख सौभद्र कर रहा था। दूसरी सैन्य को 'मध्यभेदी' व्यूह में स्थापित किया गया था, इसमें हाथी मध्य में, रथी पीछे और अश्वारोही अग्रभाग में स्थापित थे। इसका संचालन लिच्छवि सेनानायक वज्रनाभि कर रहा था। तीसरी सेना को 'अन्तर्भेदी' व्यूह में बद्ध किया गया था जिसमें पीछे हाथी, मध्य में अश्वारोही और अग्रभाग में रथों की योजना थी। रथों, अश्वों एवं हाथियों की रक्षा की व्यवस्था मागधों ही के समान थी। इस सैन्य का संचालन गान्धार तरुण कपिश कर रहा था।

लिच्छवि सेनापति सिंह ने स्वयं हाथियों का एक 'शुद्ध व्यूह' रच उसे अपने अधीन रखा था। इसमें केवल सन्नाह्य हाथी ही थे जिनकी संख्या तीन सहस्र थी। ये सब युद्ध की शिक्षा पाए हुए धीर और स्थिर थे। इसमें उन्मत्त और मदमस्त हाथियों को लौह-शृंखला में बद्ध करके अग्रभाग के दोनों पक्षों में रखा गया था। इस शुद्ध हस्ति-व्यूह को लेकर सेनापति सिंह लिच्छवि सैन्य के उरस्य में स्थित थे।

बीस सहस्र कवचधारी अश्वों का एक शुद्ध व्यूह लिच्छवि सेनापति महाबल की अध्यक्षता में कक्ष के दोनों पावों में सन्नद्ध किया गया था तथा पदाति सैनिकों के एक शुद्ध व्यूह को आगे दो भागों में और धनुर्धारियों के शुद्ध व्यूह को कक्ष के दोनों पार्यों में समुचित सेनानायकों की अध्यक्षता में स्थापित किया हुआ था।

एक दंड दिन चढ़े तक दोनों ओर की सैन्य अपने-अपने व्यूहों में सन्नद्ध खड़ी हो गई। उनके शस्त्र सूर्य की स्वर्णिम आभा में चमक रहे थे। दोनों सेनापतियों ने एक बार सारी सेना में घूम-घूमकर अपनी-अपनी सेना का निरीक्षण किया। मागध सेनापति सोमप्रभ धूमकेतु पर आरूढ़ श्वेतकौशेय परिधान में अपनी सेना से बाहर आ दस धनुष के अन्तर पर खड़ा हो गया। इसी समय मागध सैन्य के प्रधान संचालक ने शंख फूँका। शंखध्वनि के साथ ही मागध सैन्य से जय-जयकार का महानाद उठा। इसी समय लिच्छवि सेनापति सिंह श्वेत अश्व पर आरूढ़, रंगीन परिधान पहने अपने सैन्य से बाहर आ, पाँच धनुष के अन्तर पर खड़ा हो गया। अब लिच्छवि सैन्य में भी शंखध्वनि एवं जय-जयकार का नाद उठा।

दोनों सेनानायकों ने सूर्य की रश्मियों में चमकते हुए नग्न खड्ग उष्णीष से लगाकर एक-दूसरे का अभिवादन किया।

इसी समय एक बाण मागध सैन्य से छूटकर लिच्छवि सेनापति सिंह के अश्व के निकट भूमि पर आ गिरा। यह देख दोनों ही सेनापति विद्युत्-वेग से अपने-अपने अश्व दौड़ाकर अपनी सैन्य में जा घुसे। तुरन्त ही मागध सैन्य में आक्रमण की हलचल दीख पड़ी, यह देख सिंह ने अवरोध और प्रत्याक्रमण के आवश्यक आदेश सेनानायकों को दे, कुछ आवश्यक सूचनाएँ भूर्जपत्र पर लिख, मिट्टी की मुहर कर द्रुतगामी अश्वारोही के हाथ वैशाली भेज दी।

इसी समय मागधी सेना के व्यूह-बहिर्गत दो सहस्र अश्वारोही खड्ग और शूल हाथ में लिये वेग से आगे बढ़े। सिंह ने लिच्छवि सेनापति महाबल को दो सहस्र

कवचधारी अश्वारोही लेकर वक्र गति से आगे बढ़कर बिना ही शत्रु से मुठभेड़ किए घूमकर अपनी सैन्य के दक्षिण पार्श्व-स्थित मध्यभेदी व्यूह में घुस जाने का आदेश दिया। महाबल मन्द गति से आगे बढ़ा। ज्यों ही शत्रु पाँच धनुष के अन्तर पर रह गए, महाबल ने दाहिनी ओर अश्व घुमाए और वेग से घोड़े फेंके। मागध सैन्य ने समझा कि शत्रु पराङ्मुख हो भाग चले। उन्होंने वेग से दौड़कर भागती हुई लिच्छवि सैन्य पर धावा बोल दिया। यह देखकर सिंह ने मध्यभेदी व्यूह के सेनानायक वज्रनाभि को अपने अश्वारोही और रथी जनों को पार्श्व से शत्रु पर जनेवा काट करने का आदेश दिया। इससे शत्रु का पृष्ठ देश अरक्षित हो गया तथा शत्रु-सैन्य अपनी कठिनाई समझ गई। इसी समय सिंह ने पक्षभेदी व्यूह को आगे बढ़कर शत्रु-सैन्य में घुसकर उसके व्यूह को छिन्न-भिन्न करने का आदेश दिया।

देखते-ही-देखते मागध सैन्य में अव्यवस्था फैलने लगी और उसकी आक्रमण करनेवाली सेना तीन ओर से घिर गई। यह देख सोमप्रभ ने पक्षसेनापति सुगुप्त को स्थिर होकर रथियों और हाथियों से युद्ध करने का आदेश दे, कक्ष-स्थित भोज, समुद्रपाल और आन्ध्र-सामन्त भद्र को वृत्ताकार घूमकर शत्रु के पक्ष-भाग पर दुर्धर्ष आक्रमण का आदेश दिया। इस समय मागधी और लिच्छवि सेना आठ योजन विस्तार-भूमि में फैलकर युद्ध करने लगी। अपने पक्ष-भाग पर दो ओर से आक्रमण होता देख सिंह ने हाथियों के शुद्ध-व्यूह को शत्रु के अग्रभाग में ठेल देने का आदेश दिया। मदमस्त, उन्मत्त हाथी चीखते-चिंघाड़ते, भारी-भारी लौह श्रृंखलाओं को सूँड़ में लपेटकर चारों ओर घुमाते मागध सैन्य के अग्रभाग को कुचल-कुचलकर छिन्न-भिन्न करने लगे। ऊपर से हाथी सवार सैनिक बाणवर्षा करते चले। यह देख सोमप्रभ ने आठ सहस्र सुरक्षित पदातिकों को छोटे खड्ग लेकर घुटनों के बल रेंग-रेंगकर हाथियों के पैरों और पेटों पर करारे आघात करने का आदेश दिया। इसी कार्य में सुशिक्षित मागध पदाति हाथियों की मार से बचकर उनके पार्श्व में हो उनके पैरों और पेट में खड्ग से गम्भीर आघात करने और उछल-उछलकर उनकी सूँड़ें काट-काटकर फेंकने लगे। सूँड़ कटने से तथा पैरों और पेट में करारे घाव खा-खाकर हाथी विकल हो महावत के अंकुश का अनुशासन न मान आगे-पीछे, इधर-उधर अपनी और शत्रु की सेना को कुचलते हुए भाग चले। सिंह ने फिर आठ सहस्र कवचधारी अश्वों को आगे बढ़ाकर उन्हें आदेश दिया कि वे शत्रु की सेना के चारों ओर घूम-घूमकर चोट पहुँचाएँ। सोमप्रभ ने यह देखा तो वह हाथियों को आगे कर तथा दोनों पार्यों में रथी स्थापित कर आगे-पीछे अश्वारोही ले लिच्छवि सेना के मध्य भाग में सुई की भाँति घुसकर उसके उरस्य तक जा पहुँचा। लिच्छवि सैन्य की श्रृंखला भंग हो गई। तब मागध अश्वारोही सेना तेजी से अभिसृत, परिसृत, अतिसृत, अपसृत, गोमूत्रिका, मंडल, प्रकीर्णिका, अनुवेश, भग्नरक्षा आदि विविधगतियों से शत्रु-सैन्य में घुसकर उसे मथने लगी। अधमरे अश्व-गज चिल्लाने लगे। घायल सैनिक चीत्कार करने लगे। भट हुंकृति करके भिड़ने और खटाखट शस्त्र चलाने लगे। दोनों ही पक्षों का सन्तुलन ऐसा हुआ, कि प्रत्येक क्षण दोनों ही जय की आशा करने लगे। अब सिंह ने परिस्थिति विकट देख उरस्य में हाथियों के शुद्ध-व्यूह को स्थिर होकर युद्ध करने तथा रथियों को चारों ओर घूमकर शत्रुओं को दलित करने

का आदेश दिया। पदाति भट जहाँ-तहाँ जमकर, बाण, शूल, शक्ति और धनुष से शस्त्र-वर्षा करने लगे।

सम्राट् युद्धस्थल से सौ धनुष के अन्तर पर अपने प्रसिद्ध हाथी मलयागिरि पर खड़े युद्ध की गतिविधि देख रहे थे। क्षण-क्षण पर सूचनाएँ उन्हें मिल रही थीं। वे शत्रु द्वारा छिन्न-भिन्न होती सेना को ढाढ़स बँधाकर फिर इकट्ठी कर रहे थे।

अब अवसर देखकर लिच्छवि सेनापति सिंह ने दंड-व्यूह और प्रदर-व्यूह रच कक्ष भागों की ओर से शत्रु-सेना पर आक्रमण का आदेश दिया। सोमप्रभ ने देखा तो उसने तुरन्त दृढ़क व्यूह रच पक्षस्थित सेना को मुड़कर शत्रु-सैन्य पर वार करने का आदेश दिया। सिंह सन्नाह्य-अश्वों से सुरक्षित दस सहस्र अश्वों को असह्यव्यूह में अवस्थित कर स्वयं दुर्धर्ष वेग से सेना के बीच भाग में घुस गए।

जय-पराजय अभी अनिश्चित थी। सूर्य इस समय अपराह्न में ढल चले थे। दोनों ओर की सैन्य रक्तपिपासु हो निर्णायक युद्ध करने में लगी थीं। धीरे-धीरे युद्ध की विभीषिका बढ़ने लगी। घायल भट मृतक पुरुषों और पशुओं की ओट में होकर बाण-वर्षा करने लगे। मरे हुए हाथियों, घोड़ों, सैनिकों तथा टूटे-फूटे रथों से युद्धस्थल का सारा मैदान भर गया। एक दंड दिन रहे दोनों ओर से युद्ध बन्द करने के संकेत किए गए। हाथी, घोड़े, सैनिक धीरे-धीरे अपने-अपने आवास को लौटने लगे। सूर्यास्त से कुछ प्रथम ही युद्ध विभीषिका शान्त हो गई, परन्तु इस एक ही दिन के युद्ध में दोनों पक्षों की अपार हानि हो गई। यह महाभीषण युद्ध जब सूर्यास्त होने पर बन्द हुआ तो आहत, थकित, भ्रमित योद्धा अपने-अपने स्थानों पर उदास और निराश भाव से लौट आए।

लघु विमर्श

सेनापति सिंह ने युद्धस्थल से लौटकर तुरन्त सम्पूर्ण स्कन्धावार का निरीक्षण किया। फिर घायलों और मृतकों की अविलम्ब व्यवस्था कर घायलों को जल्द-से-जल्द सेवा-केन्द्रों में भिजवाने का प्रबन्ध किया। युद्धबन्दियों तथा शत्रु के घायलों को अनुक्रम से शिविरों में भिजवाने के आदेश दिए। इसके बाद उन्होंने भूर्जपत्र पर युद्ध-विवरण के साथ आगे की योजनाएँ भी सेनानायक सुमन के पास भिजवा दीं। फिर उन्होंने सब सेनानायकों को एकत्र कर भावी कार्यक्रम पर विचार-विमर्श किया। शत्रु की गतिविधि का अनुमान कर नए-नए आदेश दिए। घायल और मृत सैनिकों, नायकों, उपनायकों के स्थान पर नवीनों की नियुक्ति की। स्कन्धावार की सुरक्षा की व्यवस्था और भी दृढ़ की। इसके बाद वे गहन चिन्तामग्न होकर युद्धक्षेत्र के मानचित्र को देखकर कोई योजना बनाने लगे।

सब कार्यों से निपटकर उन्होंने स्नान, भोजन और थोड़ा विश्राम किया। इस बीच जल-सेनानायक काप्यक गान्धार ने आकर सूचना दी।

दोनों वीर सेनापति इस प्रकार परामर्श करने लगे। सिंह ने कहा, "मित्र काप्यक, मागध सेनापति सोमप्रभ उत्तम सेनानी है।" "क्यों नहीं, वह भी तो आचार्य बहुलाश्व का अन्तेवासी है!" काप्यक ने हँसकर कहा।

सिंह ने कहा, "यद्यपि आज शत्रु की बहुत भारी हानि हुई है, परन्तु हमारी क्षति भी ऐसी नहीं, जिसकी उपेक्षा की जा सके।"

"क्या शासानुशास का दर्प दलन करके सिंह आज मागधों से हतोत्साह हुए हैं?"

"नहीं मित्र, परन्तु मैं वस्तुस्थिति की बात कहता हूँ। अब वे सम्भवत: कल पाटलिग्राम तीर्थ से गंगा पार कर वैशाली पर आक्रमण करेंगे। निरर्थक प्रकाश युद्ध करके नर-संहार न कराएँगे।"

"तो मित्र, पाटलिग्राम तीर्थ से गंगा पार करना इतना आसान नहीं है।"

"तेरे रहते! यह मैं जानता हूँ मित्र, वैशाली की लाज तेरे हाथ है।"

"चिन्ता नहीं मित्र सिंह, वचन देता हूँ—मागध गंगा के इस ओर का तट न छू सकेंगे।"

"आश्वस्त हुआ मित्र, क्या तुझे कुछ चाहिए?"

"नहीं मित्र, मैं चाहता हूँ, तू विश्राम कर!"

"तो मित्र, एक बात ध्यान में रखना। मागध कदापि दिन में गंगा पार न करेंगे।"

"तब तो और अच्छा है, हमें अपनी योजना सफल करने का सुअवसर मिल जाएगा।"

"तो मित्र, अब मैं विश्राम करूँगा।"

"निश्चिन्त रह, सेनापति!" दोनों विदा हुए।

व्यस्त रात्रि

वह रात और दूसरा दिन शान्ति से सिंह का व्यतीत हुआ। दोनों ओर के सैनिक अपने-अपने मृत सैनिकों, घायलों, बन्दियों की व्यवस्था में रत रहे। सूर्यास्त के समय सिंह को सूचना मिली—पाटलिग्राम के गंगा-तट पर हाथियों की बड़ी भीड़ एकत्रित है। मगध-सेना सम्भवत: आज ही रात में इस पार उतरना चाहती है। सिंह ने तुरन्त कर्तव्य स्थिर किया। एक भूर्जपत्र पर मिट्टी की मुहर लगा, मिही-संगम पर अवस्थित काप्यक के पास भेज दिया। दूसरा पत्र उसी प्रकार सेनापति और गणपति के पास भेज दिया; जिसमें सूचना थी कि युद्ध आज रात ही को प्रारम्भ हो रहा है। गान्धार काप्यक ने आदेश पाते ही पाटिलग्राम के सामनेवाले घाट पर अपनी योजना ठीक की। कृष्ण पक्ष की चतुर्दशी की रात्रि थी। गहरा अन्धकार छाया था। हिलते हुए गंगाजल में काँपते हुए तारे टिमटिमा रहे थे। उस ओर मगध-शिविर में दूर कहीं-कहीं आग जल रही थी। इधर के तट पर काप्यक ने धनुर्धारियों की एक सुदृढ़ पदाति-सेना को गंगा-तीर के गहन वन में छिपा दिया। उनमें से बहुत तो अपने धनुष-बाण ले वृक्षों चढ़ गए। बहुत-से तटवर्ती ऊँचे-ऊँचे ढूहों पर चढ़ गए। बहुत-से पेड़ों की आड़ में छिपकर चुपचाप बैठ गए। इनका नेतृत्व उपनायक प्रियवर्मन् कर रहा था।

भटों की दूसरी टुकड़ी बड़े-बड़े खड्ग और शूल लिये हुए गंगा-तट पर फैले हुए बालू के मैदान में घाट के नीचे की ओर मिही-संगम तक चुपचाप पृथ्वी पर लेट

गई; और संकेत की प्रतीक्षा करने लगी। इनका नेतृत्व उपनायक पुष्पमित्र कर रहे थे।

धनुष, शूल और खड्गधारी तीसरी सेना को रणतरियों में सजाकर काप्यक ने अपने नेतृत्व में ले लिया। प्रत्येक तरी में पचास योद्धा थे। रणतरी मर्कट ह्रद से गंगा-तीर तक आड़ में अव्यवस्थित चुपचाप आक्रमण की प्रतीक्षा कर रही थीं।

सब ओर सघन अन्धकार और नितान्त सन्नाटा छाया हुआ था। किसी जीवित प्राणी के अस्तित्व का यहाँ पता ही नहीं लगता था।

अभी रात एक पहर गई थी। काप्यक ने धीवरों के दल के पास जाकर एक-एक को ध्यान से देखा। उनमें एक तरुण को संकेत से पास बुलाया। पास आने पर कहा, "तुम्हारा क्या नाम है मित्र?"

"शुक, भन्ते सेनापति।"

"तुममें कितना साहस है, मित्र?"

"बहुत है सेनापति!"

"सच?" काप्यक ने हँसकर कहा। तरुण की धवल दन्तपंक्ति भी अन्धकार में चमक उठी। काप्यक ने उसके उसी रात के जैसे गहन कन्धों को छूकर कहा, "शुक, एक गुरुतर कार्य कर सकोगे?"

"निश्चय सेनापति!"

"पर प्राण-संकट आता हो तो?"

"कार्य पूरा होने पर आए तो हानि नहीं, भन्ते!"

"पर पहले ही आया तो?"

"ऐसा हो ही नहीं सकता, सेनापति!"

"तुम बड़े वीर हो प्रिय, पर काम बहुत भारी है।"

"आप कहिए तो?"

"उस पार धारा चीरकर जा सकोगे?"

"इसमें कौन कठिनाई है! वहाँ जाकर क्या करना होगा, भन्ते?"

"जल में छिप रहना होगा। ठीक पाटलिग्राम के घाट के नीचे।"

"मुझे छिपने के सौ हथकंडे याद हैं, भन्ते!"

"पर वहाँ शत्रु की अनगिनत नावें हैं, सब पर चौकन्ने मागध धनुर्धारी भट हैं।"

"पर शुक को कौन देख पा सकता है, सेनापति? मैं जल ही जल में डुबकी लगाता जाऊँगा, फिर किसी नाव की पेंदी में चिपक जाऊँगा। बड़ी मौज रहेगी, भन्ते!"

"परन्तु इतना ही नहीं शुक, तुम्हें और भी कुछ करना होगा।"

"और क्या सेनापति?"

"ज्यों ही तुम देखो कि शत्रु की नावें भटों से भरी इस पार आने को हैं, तुम्हें हमें संकेत करना होगा।"

शुक ने दो उँगलियाँ मुँह में लगाकर एक तीव्र शब्द किया और कहा, "इसी तरह शब्द करूँगा, भन्ते! वे समझेंगे, कोई पानी का पक्षी बोल रहा है।"

काप्यक ने हँसकर कहा, "ऐसा ही करो शुक!"

फिर उन्होंने अन्धकार को भेदकर अपनी दृष्टि उस पार पाटलिग्राम के पार्श्व में

पड़े मगध-स्कन्धावार की ओर दौड़ाई। फिर उन्होंने कहा, "तो शुक, अब देर न करो। तुम्हें क्या चाहिए?"

"कुछ नहीं...यह मेरे पास है।" उसने एक विकराल दाव अपनी टेंट से निकालकर दिखाया और छप से पानी में पैठ गया।

कुछ देर तक काप्यक उसी साहसी वीर की ओर आशा-भरी दृष्टि से देखते रहे। इसके पीछे उन्होंने चुपचाप गहन वन में प्रवेश किया। एक झाड़ी में थोड़ा स्थान था, उसे स्वच्छ करके दो सैनिक वहाँ बैठे थे। काप्यक के संकेत पर उन्होंने प्रकाश किया। काप्यक ने कुछ पंक्तियाँ भूर्जपत्र पर लिखकर मिट्टी की मुहर कर सिंह के पास उल्काचेल भेज दीं। फिर उन्होंने उपनायकों से परामर्श किया, उन्हें आदेश दिए और फिर सब...।

अकस्मात् दूर से वही क्षीण शब्द सुनाई पड़ा। कुछ ठहरकर फिर वही शब्द हुआ। काप्यक तन्मय हो संकेत ध्वनि सुनने लगे, फिर उन्होंने तुरन्त प्रियवर्मन् को संकेत किया। प्रियवर्मन् ने अपने भटों को संकेत किया, सबने सावधान होकर अपने-अपने धनुष पर तीर चढ़ा लिये। वे गंगा-तीर पर घने अन्धकार में आँख गड़ा-गड़ाकर देखने लगे। नीरवता ऐसी थी कि प्रत्येक की साँस सुनाई दे रही थी। काप्यक की रणतरियों में भी हलचल हो रही थी, पर यहाँ भी सब कुछ निशब्द। काप्यक गंगा-तीर के एक सघन वृक्ष की छाया में एक तरी में खड़े चारों ओर चौकन्ने हो देख रहे थे।

जल में शब्द सुनाई दिया—छप-छप। घाट से कुछ नीचे की धार बहुत उथली थी। उसी ओर से वह शब्द आ रहा था। शब्द निकट आने लगा। कोई काली छाया बराबर जल में आगे बढ़ रही थी। प्रियवर्मन् ने संकेत किया, बाणों की एक प्रबल बाढ़ धनुषों से निकली।

गंगा की मध्य धार में तैरती नौकाओं में से चीत्कार सुनाई दिया। पतवार के शब्द पीछे की ओर लौटते सुनाई देने लगे। काप्यक ने प्रियवर्मन् को एक सन्देश भेजा। क्षण-भर में फिर सन्नाटा छा गया। काप्यक सोचने लगे कि शत्रु क्या अब इस रात चेष्टा न करेगा? परन्तु इसी समय उन्हें शुक का शब्द सुनाई दिया। काप्यक ने प्रियवर्मन् के पास सन्देश भेजा—

"शत्रु अधिक तैयारी से आ रहा है, सावधान रहो!"

गंगा की धार में अनगिनत नावें तैरती दिखाई दीं। चप्पुओं के चलने के शब्द स्पष्ट सुन पड़ने लगे। सैकड़ों नावें तीर की भाँति धँसी चली आ रही थीं। प्रियवर्मन् की सेना अन्धाधुन्ध बाण-वर्षा कर रही थी, परन्तु शत्रु वेग से बढ़ा ही आ रहा था। उसकी नावें इस किनारे पर आ लगीं। कपिल ने तट पर एकत्रित पत्तों और लकड़ियों में आग लगा दी। उसके प्रकाश में सबने देखा—शत्रु के अनगिनत भट इधर तट पर आ रहे हैं और भी चले आ रहे हैं। प्रियवर्मन् के धानुष्य बाण-वर्षा कर रहे थे। प्रकाश की सहायता से उनके बाणों में विद्ध हो-होकर शत्रु जल में गिर रहे थे। शत्रु की जो सेना थल पर उतरने लगी, पुष्पमित्र की टुकड़ी उस पर टूट पड़ी। तट पर गहरी मार-काट मच गई। इसी समय अकस्मात् न जाने कहाँ से सैकड़ों रणतरियाँ गंगा में इधर-उधर फैल गईं। उसमें जड़ी लौह शृंगों से टकराकर मागधी नावों में छिद्र हो गए। वे डूबने लगीं।

शूलों और खड्गों से युद्ध तुमुल हो गया। दोनों ओर के वीर चीत्कार करते हुए युद्ध करने लगे। काप्यक ने देखा—एक सुदृढ़ नौका पर एक व्यक्ति खड़ा आदेश दे रहा था। काप्यक ने साहस कर अपनी तरणी उस ओर बढ़ाई। वह तट के समीप ही था। काप्यक ने देखा—वह कवच से सुसज्जित है। बाण और खड्ग की चोट उस पर काम न देगी। काप्यक धीरे-से अपनी नाव से जल में कूद पड़े और छिपकली की भाँति उछलकर शत्रु की नाव पर जा कवचधारी के सिर पर गदा का एक भरपूर प्रहार किया, चोट से घबराकर वह जल में आ घिरा। काप्यक भी गदा फेंक, खड्ग ले, जल में कूद पड़े। इसी समय मगध की अनगिनत नावों ने दोनों को घेर लिया। काप्यक उस मूर्च्छित पुरुष को बायें हाथ में उठाए दाहिने हाथ से दोनों ओर खड्ग चला रहे थे। परन्तु उसका कवच सहित भारी बोझा उनसे सँभल नहीं रहा था। इधर उन पर चारों ओर से प्रहार हो रहे थे। इसी समय एक बर्छा उनकी जंघा में घुस गया। कवचधारी व्यक्ति उनके हाथ से छूट गया। उन्हें मूर्च्छा ने घेर लिया। पर मूर्च्छित होते-होते उन्होंने अपने निकट एक सुपरिचित मुख देखा, वह शुक था। उसका भारी दाव रक्त से भरा था और वह प्रबल प्रयास से मूर्च्छित काप्यक और कवचधारी को तट की ओर ला रहा था।

इसी समय दो व्यक्तियों ने पानी से सिर निकाला। दोनों नौकाओं के तल में चिपक रहे थे। सिर निकालकर उन्होंने अघाकर साँस ली। फिर वे टूटी हुई नौकाओं की आड़ लेते हुए तट तक आए और जल-ही-जल में कगार के सहारे-सहारे पानी के बहाव के विपरीत ऊपर को चलते गए। दोनों के हाथ में नग्न खड्ग थे। अब वे वैशाली के तीर्थ पर आ पहुँचे, यहाँ कोई मनुष्य न था। एक सघन वृक्ष की आड़ में पानी से उचककर एक पुरुष बैठकर सुस्ताने लगा। दूसरा घाट के ऊपर आ चारों ओर सावधानी से इधर-उधर देखने लगा। इसके बाद उसने एक संकेत किया। संकेत सुनते ही दूसरा पुरुष काले लबादे से अपने भीगे हुए शरीर और खड्ग को ढाँपकर उसके पीछे-पीछे वृक्षों की आड़ देता हुआ वैशाली के गुप्त द्वार की ओर अग्रसर हुआ।

अभिसार

वैशाली के राजपथ जनशून्य थे। दो दंड रात जा चुकी थी। युद्ध के आतंक ने नगर के उल्लास को मूर्च्छित कर दिया था। कहीं-कहीं खड़े प्रहरी उस अन्धकारपूर्ण रात्रि में भयानक भूत-से प्रतीत हो रहे थे। दो मनुष्य मूर्तियाँ अन्धकार को भेदन करतीं, हर्यों की छाया में वैशाली के गुप्त द्वार के निकट आ पहुँचीं। एक ने द्वार पर आघात किया। भीतर से प्रश्न हुआ, 'संकेत?'

मनुष्य-मूर्ति ने मृदुस्वर में कहा, 'अभिनय।' हल्की चीत्कार करके द्वार खुल गया। दोनों मूर्तियाँ भीतर घुसकर राजपथ छोड़ अँधेरी गलियों में अट्टालिकाओं की परछाईं में छिपती-छिपती आगे बढ़ने लगीं। प्रत्येक मोड़ पर एक काली छाया आड़ से निकलकर आगे बढ़ती और दोनों मूर्तियाँ निशब्द उसका अनुसरण करतीं।

सप्तभूमि प्रासाद के सिंहद्वार पर आकर दोनों मूर्तियाँ रुक गईं। संकेत के साथ ही द्वार खुल गया और आगन्तुकों को भीतर ले द्वार फिर उसी प्रकार बन्द हो गया।

प्रासाद में सन्नाटा था। न रंग-बिरंगे प्रकाश, न फौवारे, न दास-दासियों की, न दंडधरों की भाग-दौड़। दोनों व्यक्ति चुपचाप प्रतिहार के साथ पीछे-पीछे चले गए। सातवें अलिन्द को पार करने पर उन्होंने देखा—एक और काली मूर्ति एक खम्भे के सहारे खड़ी है। उसने आगे बढ़कर कहा, "इधर से भन्ते!"

प्रतिहार वहीं रुक गया। नवीन मूर्ति स्त्री थी। वह सर्वांग काले कपड़े से आच्छादित थी। दोनों आगन्तुक कई प्रांगण, अलिन्द और कक्षों को पार करते हुए कुछ सीढ़ियाँ उतर, एक छोटे-से द्वार पर पहुँचे जो चाँदी का था। इस पर अतिभव्य जाली का काम हो रहा था। उस जाली में से छन-छनकर रंगीन प्रकाश बाहर आ रहा था।

द्वार खोलते ही देखा—एक बहुत विशाल कक्ष भिन्न-भिन्न प्रकार की सुख-सामग्रियों से परिपूर्ण था। यद्यपि यह उतना बड़ा न था जहाँ नागरिकजनों का सत्कार होता था, परन्तु उत्कर्ष की दृष्टि से इस कक्ष के सम्मुख उसकी गणना नहीं हो सकती थी। यह सम्पूर्ण भवन श्वेत और काले पत्थरों से बना था और सर्वत्र ही सुनहरी पच्चीकारी का काम हो रहा था। उसमें बड़े-बड़े स्फटिक के अष्टपहलू अमूल्य खम्भे लगे थे, जिनमें मनुष्य का हूबहू प्रतिबिंब सहस्रों की संख्या में दीखता था। विशाल भावपूर्ण चित्र भीतों पर अंकित थे। सहस्र दीप-गुच्छों में सुगन्धित तेल जल रहा था। धरती पर एक महामूल्यवान् रंगीन रत्नकम्बल बिछा था, जिस पर पैर पड़ते ही हाथ-भर धँस जाता था। ठीक बीचोबीच एक विचित्र आकृति की सोलह पहलू ठोस सोने की चौकी पड़ी थी, जिस पर मोर पंख के खम्भों पर मोतियों की झालर लगा एक चँदोवा तना हुआ था तथा पीछे कौशेय के स्वर्णखचित पर्दे लटक रहे थे, जिनमें ताजे पुष्पों की कर्णिकाएँ बड़ी ही कारीगरी से गूँथकर लगाई गई थीं। निकट ही एक छोटी-सी रत्नजटित तिपाई पर मद्यपात्र और पन्ने का एक बड़ा-सा पात्र धरा था।

हठात् सामने का पर्दा हटा और उसमें से एक रूप-राशि प्रकट हुई, जिसके बिना यह अलिन्द सूना हो रहा था। उसे देखते ही दोनों आगन्तुकों में से एक तो धीरे-धीरे पीछे हटकर कक्ष से बाहर हो गया, दूसरा व्यक्ति स्तम्भित-सा वहीं खड़ा रह गया। अम्बपाली आगे बढ़ी। वह बहुत महीन श्वेत कापांस पहने थी। वह इतनी महीन थी कि उसके आर-पार साफ दीख पड़ता था। उसमें से छनकर उसके सुनहरे शरीर की रंगत अपूर्व छटा दिखा रही थी। पर यह रंग कमर तक ही था। यह चोली या कोई दूसरा वस्त्र नहीं पहने थी, इसलिए उसकी कमर के ऊपर के सब अंग-प्रत्यंग स्पष्ट दीख पड़ते थे।

न जाने विधाता ने उसे किस क्षण में गढ़ा था। कोई चित्रकार न तो उसका चित्र ही अंकित कर सकता था, न कोई मूर्तिकार वैसी मूर्ति ही बना सकता था।

इस भवन-मोहिनी की वह छटा आगन्तुक के हृदय को छेदकर पार हो गई। उसके घनश्याम-कुंचित कुन्तल केश उसके उज्ज्वल और स्निग्ध कन्धों पर लहरा रहे थे। स्फटिक के समान चिकने मस्तक पर मोतियों का गूँथा हुआ चन्द्रभूषण अपूर्व शोभा दिखा रहा था। उसकी काली और कँटीली आँखें, तोते के समान नुकीली नाक,

बिम्बाफल जैसे दोनों ओष्ठ और अनारदाने के समान उज्ज्वल दाँत, गौर और गोल चिबुक बिना ही श्रृंगार के अनुराग और आनन्द बिखेर रहे थे।

मोती की कोर लगी हुई सुन्दर ओढ़नी पीछे की ओर लटक रही थी, और इसलिए उसका उन्मत्त कर देने वाला मुख स्पष्ट देखा जा सकता था। वह अपनी पतली कमर में एक ढीला-सा बहुमूल्य रंगीन शाल लपेटे हुए थी। उसकी हंस के समान उज्ज्वल गर्दन में अंगूर के बराबर मोतियों की माला लटक रही थी, तथा गोरी-गोरी कलाइयों में नीलम की पहुँची पड़ी हुई थीं।

उस मकड़ी के जाले के समान महीन उज्ज्वल परिधान के नीचे सुनहरे तारों की बुनावट का एक अद्भुत घाघरा था जो उस प्रकाश में शत-सहस्र बिजलियों की भाँति चमक रहा था। पैरों में छोटी-छोटी लाल रंग की उपानतें थीं, जो सुनहरी फीते से कसी थीं।

उस समय कक्ष में गुलाबी रंग का प्रकाश हो रहा था। उस प्रकाश में अम्बपाली का इस प्रकार मानो आवरण-भेदन कर इस रूप-रंग में प्रकट होना आगन्तुक व्यक्ति को मूर्तिमती मदिरा का अवतरण-सा प्रतीत हुआ। रूप-सौन्दर्य, सौरभ और आनन्द के अतिरेक से वह भाव-विमोहित-सा स्तब्ध-निस्पन्द खड़ा रहा।

अम्बपाली आगे बढ़ी; उसके पीछे सोलह दासियाँ एक ही रूप-रंग की, मानो उसी की प्रतिमाएँ हों, अर्घ्य पाद्य लिये आगे आईं।

अम्बपाली ने आगन्तुक के निकट पहुँच, नीचे झुक, नतजानु हो आगन्तुक का अभिवादन किया, उसके चरणों में मस्तक झुकाया। दासियाँ भी पृथ्वी पर झुक गईं।

आगन्तुक महाप्रतापी मगध-सम्राट् बिम्बिसार थे। उन्होंने हाथ बढ़ाकर अम्बपाली को ऊपर उठाया। अम्बपाली ने कहा, "देव, पीठ पर विराजें!" सम्राट् ने ऊपर का परिच्छद उतार फेंका। वे रत्नपीठ पर विराजमान हुए।

अम्बपाली ने नीचे धरती पर बैठकर सम्राट् का अर्घ्य-पाद्य, गन्ध-पुष्प आदि से सत्कार किया। फिर इसके बाद उसने अपनी मदभरी आँखें सम्राट् पर डालकर कहा, "देव, इतना दुसाहस! इतना असाध्य-साधन!"

"प्रिये, स्थिर न रह सका।"

"मैं जानती थी देव!"

"ओह, तो तुम बिम्बिसार के मनोदौर्बल्य से अभिज्ञात हो?"

"मैं प्रतीक्षा कर रही थी।"

"मैंने सोचा, अब नहीं तो फिर कभी नहीं, कौन जाने यह युद्ध का दानव बिम्बिसार को भक्षण ही कर ले, मन की मन में ही रह जाए।"

"शान्तं पापम्!"

"किन्तु प्रिये, तुम्हारा प्रबन्ध धन्य है।"

"देव, कोटि-कोटि प्राणों के मूल्य से अधिक मेरे लिए आपका जीवन-धन था। किन्तु शत्रुपुरी में आपका आना अच्छा नहीं हुआ।"

"वाह, कैसा आनन्दवर्धक है! प्रिये प्राणसखे आज ही, इस क्षण बिम्बिसार के प्राणों में यौवन-दर्शन हुआ है। इस आनन्द के लिए तो कोई भी पुरुष सौ बार प्राण दे सकता है।"

"मैं कृतार्थ हुई देव!" इतना कह अम्बपाली ने सुवासित मद्य का पात्र भरकर सम्राट् के आगे किया। सम्राट् ने पात्र में अम्बपाली का हाथ पकड़ उसे खींचकर बगल में बैठा लिया और कहा, "इसे मधुमय कर दो प्रिये!" और उन्होंने वह पात्र अम्बपाली के अछूते होंठों से लगा दिया। इसके बाद वे गटागट उसे पी गए।

संकेत पाते ही दासियों ने क्षण में गायन-वाद्य का आयोजन जुटा दिया। कक्ष सुवासित मदिरा की सुगन्ध और सुरंग में सुरभित-सुरंजित हो संगीत-लहरी में डूब गया और उस गम्भीर रात्रि में जब वैशाली में युद्ध की महती विभीषिका रक्त की नदी बहा रही थी, मगध के प्रतापी सम्राट् सुरा-सौन्दर्य के दाँव पर शत्रुपुरी में अपने प्राण और अपने साम्राज्य को लगा रहे थे।

सांग्रामिक

मागध सैन्य अत्यन्त क्षतिग्रस्त हो उस रात के अभियान से लौटी। सम्राट् और सेनापति आर्य उदायि उसके साथ नहीं थे। यह अत्यन्त भयानक बात थी। वे दोनों शत्रु के बन्दी हुए या युद्ध में मारे गए, इसका कोई सूत्र नहीं प्राप्त हुआ। केवल एक सैनिक ने सेनापति उदायि को बन्दी होते देखा था। परन्तु सम्राट् के सम्बन्ध में कोई भी कुछ नहीं बता सका। सोमप्रभ ने सुना तो हतबुद्धि हो गए। उन्होंने जल्दी-जल्दी एक लेख लिखकर आर्य भद्रिक के पास दक्षिण केन्द्र पर भेज दिया और स्वयं दौड़े हुए तटस्थ केन्द्र पर आ पहुँचे। सेना की दुर्दशा देखकर उनकी आँखों में आँसू आ गए। सब विवरण सुनकर उन्होंने तत्काल ही अपना कर्तव्य स्थिर किया। प्रथम उन्होंने यह कठोर आज्ञा प्रचारित की कि सम्राट् का लोप होने का समाचार स्कन्धावार में न फैलने पाए। सेनापति उदायि के बन्दी होने का समाचार भी गुप्त रखा गया। आहतों की जो व्यवस्था हो सकती थी, उन्होंने फुर्ती से कर डाली। इसी समय आर्य भद्रिक भी आ पहुँचे। सोम ने कहा, "आर्य सेनापति, बड़े ही दुर्भाग्य की बात है!"

"क्या सम्राट् हत हुए?"

"ऐसी कोई सूचना नहीं है।"

"और उदायि?"

"उन्हें बन्दी होते देखा गया है।"

"सम्राट् के साथ कौन था?"

"आर्य गोपाल थे, वे भी नहीं लौटे हैं।"

"उन्हें जीवित या मृत किसी ने देखा?"

"नहीं।"

"यह सन्दिग्ध है भद्र, सम्राट् के अन्वेषण के लिए अभी चर भेजने होंगे।"

"वह सब सम्भव व्यवस्था मैंने कर दी है, पर आपके सन्देह से मैं सहमत हूँ। भन्ते सेनापति, कैसे सम्राट् और गोपाल दोनों एक बार ही लोप हो गए?"

"किसी भी सैनिक ने उन्हें देखा?"

"किसी ने भी नहीं।"

"तो उन्होंने युद्ध में भाग नहीं लिया?"

इतना कहकर आर्य भद्रिक गहन चिन्ता में पड़ गए। सोमप्रभ महासेनापति का मुँह ताकने लगे। उन्होंने कहा, "क्या कोई गूढ़ रहस्य है भन्ते सेनापति?"

"यह है तो अतिभयानक भद्र, नौसेना की कैसी हालत है?"

"वह अब युद्ध करने योग्य नहीं रही, नौकाएँ सब छिन्न-भिन्न हो चुकीं। नौकाओं पर किसी योजना से प्रहार हुआ है।"

"किन्तु सोमभद्र, तुमने कैसे इस अभियान की सहमति दी?"

"सम्राट् नहीं माने भन्ते सेनापति, उन्होंने बहुत हठ की।"

"तो उन्हें जाने क्यों दिया?"

"इसके लिए वे अड़ गए। उन्होंने इस अभियान की योजना स्वयं बनाई थी। नेतृत्व भी स्वयं किया था। आर्य उदायि को सहमत होना पड़ा और मुझे भी स्वीकृति देनी पड़ी। परन्तु ऐसी दुर्घटना की तो सम्भावना न थी।"

"यदि सम्राट् हत हुए?"

"तो भन्ते सेनापति, अति दुर्भाग्य का विषय होगा।"

"भद्र सोम, यदि सम्राट् हत हुए तो जम्बूद्वीप की अपार क्षति होगी। पूर्व का साम्राज्य भंग हो जाएगा।"

"यदि बन्दी हुए?"

"पर किसी ने देखा तो नहीं। इसी में एक गूढ़ संकेत मुझे मिलता है भद्र, हमें गुरुतर कार्य करना होगा।"

"मैं प्राणान्त उद्योग करूँगा भन्ते सेनापति!"

"आश्वस्त हुआ भद्र, अब हमें मागध सैन्य को स्वतंत्र भागों में विभक्त करना होगा, एक भाग तो तुम लेकर वैशाली को निर्दयतापूर्वक रौंद डालो, दूसरे भाग को लेकर लिच्छवि महासैन्य पर घोर संकट उपस्थित करूँगा। उसका वैशाली से सम्बन्ध-विच्छेद करना होगा। मैं एक भी लिच्छवि भट को जीवित नहीं लौटने दूँगा।"

"और मैं एक भी हर्म्य, एक भी प्रासाद, एक भी अट्टालिका वैशाली में खड़ी नहीं रहने दूँगा, मैं सबको भस्म का ढेर बनाकर वैशाली को खेत बनाकर उस पर गधों से हल जुतवाऊँगा।"

'तभी सत्य प्रतिकार होगा भद्र, सम्राट् मृत हों या बन्दी, जम्बूद्वीप का पूर्वी द्वार भंग नहीं हो सकता। जब तक यह ब्राह्मण खड्गहस्त जीवित है, मगध साम्राज्य अजेय-अखंड है।"

महासेनापति भद्रिक का अंग-प्रत्यंग क्रोध से काँप उठा, उनके नेत्रों से एक तीव्र ज्वाला-सी निकलने लगी। उन्होंने उसी समय सब सेनापतियों, नायक-उपनायकों को बुलाकर एक अत्यन्त गोपनीय युद्ध-मंत्रणा की।

सम्राट् का लोप होना यत्न से गुप्त रखा गया। सेनापति उदायि आहत हुए हैं, यह प्रचारित किया गया।

द्विशासन

पाटलिग्राम के पूर्वीय भाग पर मागध सैन्य का अधिकार था, और पश्चिमीय भाग पर लिच्छवियों का। दोनों ओर से रह-रहकर बाण-वर्षा हो रही थी। ग्राम के बहुत-से घर आग से जल और ढह गए थे। ग्रामवासी बहुत-से भाग गए थे। जो रह गए थे वे अपने-अपने घरों के खँडहरों में छिपे थे। गली-कूचों में मृत नागरिकों और सैनिकों की लोथें सड़ रही थीं। कूड़ा-कर्कट और सड़ी-अधजली लोथों को सूअर, गृध्र और दूसरे वन्य पशुओं ने खोद-खोदकर बिखेर दिया था। दुर्गन्ध से नाक नहीं दी जाती थी। ग्राम में कोई व्यक्ति नहीं दीख रहा था।

अभी एक आक्रमण हो चुका था। मागधों ने वज्जी सैन्य को मार भगाया था। एक मागध सेनानायक ने अश्वारूढ़ हो, एक सैनिक टुकड़ी के साथ ग्राम के मध्य भाग में खड़े हो, ऊँचे स्वर से ढोल पीट-पीटकर घोषणा की, "इस पाटलिग्राम पर मगध-सम्राट् का अधिकार है! जो कोई लिच्छवि गण को बलि देगा उसे सूली होगी। जो कोई लिच्छवि जन को आश्रय देगा, उसका शिरच्छेद होगा। ग्रामवासियो! अपने-अपने घरों से निकल आओ, तुम्हें मगध-सम्राट् अभय-दान करते हैं।" घोषणा सुनकर एक-दो कुत्ते भौंक उठे, परन्तु कोई नर-नारी नहीं आए। नायक ने फिर ढोल पीटकर घोषणा की। तब एक वृद्ध ने फूटे हुए खँडहर की ओर से सिर निकालकर देखा। वह काँपता-काँपता बाहर आया। आकर हाथ जोड़कर बोला, "भन्ते सेनापति, मैं मगध प्रतिजन हूँ, मुझे अभय दो! मैं सम्राट् को बलि दूँगा।"

"तो भणे, तुझे अभय! किन्तु ग्राम में और कौन है?"

"जीवित मनुष्य कोई नहीं।"

"सब मृतक हैं?"

"सब।"

"शेष कहाँ गए।"

"भाग गए।"

"तुम क्यों नहीं भागे?"

"भाग नहीं सकता, भन्ते सेनापति, वृद्ध हूँ, जर्जर हूँ, शक्तिहीन हूँ।"

"तो भणे, तू मागध प्रतिजन है न?"

"हाँ सेनापति!"

"तो तुझे अभय है। मगध-सम्राट् को बलि देगा?"

"दूँगा सेनापति!"

इसी समय बाणों की वर्षा करती हुई लिच्छवि सैन्य की एक टुकड़ी ने इस मागध टुकड़ी पर आक्रमण किया। उसका ढोल छीन लिया। कुछ सैनिक मारे गए। कुछ भाग गए। बूढ़ा फिर भागकर घर के छप्पर के पीछे छिप गया।

लिच्छवि नायक ने ढोल पीटकर घोषणा की, "इस पाटलिग्राम पर लिच्छवि गण का अधिकार है, जो कोई मागधजन को आश्रय देगा, उसे सूली होगी। पाटलिग्राम-वासियो! सुनो, बाहर आओ! प्रतिज्ञा करो कि तुम वज्जीगण को बलि दोगे, तुम्हें अभय!"

वृद्ध ने फिर सिर निकालकर देखा। काँपते-काँपते बाहर आया। आकर उसने सेनापति नायक को अभिवादन किया।

नायक ने पूछा, "ग्राम के और जन कहाँ हैं?"

"जीवित सब भाग गए। मृत यत्र-तत्र पड़े हैं। कुछ को वन्य पशु खा गए।"

"तुम नहीं भागे?"

"भाग नहीं सकता भन्ते, अशक्त हूँ।"

"क्या ग्राम में अन्य पुरुष नहीं हैं?"

"जीवित नहीं भन्ते!"

"तो सुनो, तुम अब से वज्जीगण शासन के अधीन हो।"

"अच्छा भन्ते!"

"वज्जीगण को बलि देना होगा?"

"दूँगा भन्ते!"

"मागधों को आश्रय देने से सूली होगी!"

"समझ गया भन्ते!"

"तो तुझे अभय!"

नायक अपनी सेना लेकर सड़ती लोथों के बीच से होकर चला गया। वृद्ध फिर घर के खँडहर में जा छिपा।

रथ-मुशल-संग्राम

सोम ने साम्ब को बुलाकर कहा, "साम्ब, तू अभी मधुवन जा और महाराज विदूडभ से कह कि चापाल-चैत्य, सप्ताम्र-चैत्य, कपिनह्य-चैत्य में प्रच्छन्न सैन्य को लेकर चारों ओर आग लगाते हुए, सम्पूर्ण दुर्गों और सत्रों को सुरक्षित करते हुए दक्षिण वाम पार्श्व वैशाली की ओर बढ़ें। मार्ग में जो घर, जो खेत, जो जनपद मिलें, नष्ट करते जाएँ तथा ज्यों ही इधर दक्षिण पार्श्व से वैशाली-कोट पर आक्रमण होवे, सुरक्षित पचास सहस्त्र मागध भट और पचास सहस्त्र अपनी कोसल सैन्य लेकर दुर्धर्ष वेग से वैशाली को रौंद डालें! उनसे कहना—कल हम वैशाली की उन्मुक्त अभिषेक-पुष्करिणी में एक ही काल में अपने-अपने खड्ग धोएँगे। जा, सूचना देकर सूर्यास्त से पूर्व ही तू आकर, मैं जहाँ जिस दशा में होऊँ, सन्देश दे।"

साम्ब गम्भीर-मूर्ति हो चला गया। सोम ने अब अपना प्रच्छन्न महास्त्र रथ-मुशल उद्घाटित किया। अस्त्र का बारीकी से निरीक्षण किया। उसकी यंत्रकला को यथावस्थित किया। तदनन्तर सामने हाथी, पक्ष-स्थान में अश्व, उरस्य में और रथ-कक्ष में तथा पदाति-प्रतिग्रह करके 'अप्रतिहत' व्यूह की रचना की। इस व्यूह में बारह सहस्त्र हाथी, साठ सहस्त्र अश्वारोही, आठ सहस्त्र रथी और ढाई लाख पदातिकों ने योग दिया। रथ-मुशल महास्त्र को व्यूह के उरस्य में स्थापित-गोपित कर सोमप्रभ ने सम्पूर्ण सेना की गति की ओर जो जहाँ है, वहीं चार मुहूर्त विश्राम करने का आदेश दिया।

इसके बाद पाटलिग्राम तीर्थ पर आकर उन्होंने तीर्थ का निरीक्षण किया। पादिकों, सेनापतियों और नायकों को पृथक्-पृथक् आदेश दिए। संकेत-शब्दों, पताका-संकेतों द्वारा व्यूह में अवस्थित सेना को अवसर पड़ने पर विभक्त करने, बिखरी सेना को एकत्र करने, चलती सेना को रोकने, खड़ी सेना को चलाने, आक्रमण करती सेना को लौटाने में, यथावसर आक्रमण करने में, जिन-जिन संकेत प्रकारों की आवश्यकता समझी, सबको सुव्याख्यात किया। इसके अनन्तर कुछ आवश्यक लेख लिखकर उन्होंने आर्य भद्रिक के पास भेज दिए और फिर विश्राम किया।

तीन दंड रात्रि व्यतीत होने पर सोम ने वैशाली-अभियान किया। संकेत पाकर कोसलराज विदूडभ ने दूसरी ओर से चन्द्रकार सैन्य बिखेरकर वैशाली को घेर लिया। प्रभात होने से प्रथम ही घनघोर युद्ध होने लगा। इस मोर्चे पर काप्यक गान्धार और उनके भटों ने विकट पराक्रम प्रकट किया। परन्तु सोमप्रभ लिच्छवि और गान्धारों का व्यूह तोड़ गंगा-पार उतर आए। उन्होंने रथ-मुशल महास्त्र से अपना संहार-कार्य प्रारम्भ कर दिया। यह एक लोह-निर्मित विराटकाय, बिना योद्धा और बिना सारथी का रथ था। इस पर किसी भी शस्त्र का कोई प्रभाव नहीं होता था। यह रथ लिच्छवि-सैन्य में घुसकर रथ-हाथी, अश्व-पदाति, घर-हर्म्य सभी का महाविध्वंस करने लगा। जो कोई इस लौह-यंत्र की चपेट में आ जाता, उसी की चटनी हो जाती। भारतीय युद्ध में सर्वप्रथम इस महास्त्र का प्रयोग किया गया था, जिसका निर्माण आचार्य काश्यप ने अपनी अद्‌भुत प्रतिभा से किया था। इसका रहस्य अतिगोपनीय था। मरे हुए हाथियों, घोड़ों और सैनिकों के अम्बार लग गए। ढहे हुए घरों की धूल-गर्द से आकाश पट गया। यह लौहयंत्र केले के पत्ते की भाँति घरों, प्राचीरों की भित्तियों को चीरता हुआ पार निकल जाता था। इस महाविध्वंसक-विनाशक महास्त्र के भय से प्रकम्पित-विमूढ़ लिच्छवि भट सेनापति सब कोई निरुपाय रह गए। शत-सहस्र भट भी मिलकर इस निन्द्ध महास्त्र की गति नहीं रोक सके। इस लौहास्त्र का सम्बल प्राप्त कर अजेय मागधी सेना विशाल लिच्छवि सैन्य को चीरती हुई चली गई। अब उसकी मार वैशाली की प्राचीरों पर होने लगी। सहस्त्रों भट धनुषों पर अग्निबाण चढ़ाकर नगर पर फेंकने लगे। महास्त्र ने झील, तालाब और नदी के बाँधों को तोड़ डाला, सारे ही नगर में जलप्रलय मच गई। आग और जल के बीच वैशाली महाजनपद ध्वंस होने लगा। लिच्छवि भट प्राणों का मोह छोड़ युद्ध करते-करते कट-कटकर मरने लगे। सोमप्रभ निर्दय, निर्भय दैत्य की भाँति महा नरसंहार करता हुआ आगे बढ़ने लगा। मागध-सैन्य ने अब बहुत मात्रा में योगाग्नि और योगधूम का प्रयोग किया। औपनिषद् पराघात प्रयोग भी होने लगे। मदनयोग, दूषीविषी, अन्धाहक के आक्षेप से शत्रु के सहस्त्रों हाथी, घोड़े और सैनिक उन्मत्त, बधिर और अन्धे हो गए।

चार दंड दिन रहते सोमप्रभ वैशाली के कोट-द्वार पर जा टकराए। इसी समय कोसलराज विदूडभ भी अपनी सुरक्षित चमू लेकर वैशाली की परिधि पारकर वैशाली के अन्तःकोट पर आ धमके। उनके सहस्त्रों भट सीढ़ियाँ और कमन्द लगाकर प्राचीरों, दुर्गों और कंगूरों पर चढ़ गए।

वैशाली का पतन सन्निकट देख, महासेनापति सुमन ने स्त्रियों, बालकों तथा राजपुत्रों

को सुरक्षित ठौर पर भेज दिया। इस समय सम्पूर्ण वैशाली धाँय-धाँय जल रही थी और उसके कोट-द्वार के विशाल फाटकों पर निरन्तर प्रहार हो रहे थे, सेनापति सोमप्रभ हाथ में ऊँचा खड्ग लिये मागध जनों के उत्साह की वृद्धि कर रहे थे। शत्रु-मित्र सभी को यह दीख गया था कि वैशाली का अब किसी भी क्षण पतन सुनिश्चित है।

कैंकर्य

इसी समय रक्तप्लुत खड्ग हाथ में लिये हुए गोपाल भट्ट ने सोमप्रभ के निकट आकर कहा, "भन्ते सेनापति, सम्राट् का एक आदेश है।"

सम्राट् का समाचार सुनकर सोमप्रभ वेग से चिल्ला उठे, "सम्राट् की जय!" उन्होंने कूदकर गोपाल भट्ट के निकट आकर कहा, "सम्राट् जीवित हैं?"

"हैं भन्ते सेनापति!"

"कहाँ?"

"देवी अम्बपाली के आवास में।" सोमप्रभ के हृदय की जैसे गति रुक गई। उसने थूक निगलकर सूखते कंठ से कहा, "क्या कहा? कहाँ?"

"देवी अम्बपाली के आवास में, भन्ते सेनापति!"

"क्या सम्राट् बन्दी नहीं हुए?"

"नहीं भन्ते, वे स्वेच्छा से देवी अम्बपाली के आवास में गए हैं।"

"आप कहते हैं आर्य, स्वेच्छा से?"

"हाँ भन्ते सेनापति!"

सोम ने दाँतों से होंठ काटे, फिर स्थिर मुद्रा से कहा, "सम्राट् का क्या सन्देश है भन्ते?"

"सम्राट् का आदेश है कि देवी अम्बपाली के आवास की रक्षा की जाए। आवास पर लिच्छवि सैन्य ने आक्रमण किया है।"

"किसलिए आर्य?"

"सम्राट् को बन्दी करने के लिए।"

सोमप्रभ ने अवज्ञा से मुस्कराकर कहा, "इसी से भन्ते!"

फिर उन्होंने उधर से मुँह फेर लिया। बगल से तूर्य लेकर एक ऊँचे स्थल पर चढ़कर वेग से तूर्य फूँका। तूर्य की वह ध्वनि दूर-दूर तक फैल गई, इसके बाद उन्होंने अपना श्वेत उष्णीष खड्ग की नोक में लगाकर हवा में ऊँचा किया। इसके बाद फिर तीन बार तूर्य फूँका। आश्चर्यजनक प्रभाव हुआ। मागध सैन्य में जो जहाँ था, वहीं स्तब्ध खड़ा रह गया। शत्रु-मित्र आश्चर्यचकित रह गए। युद्ध बन्द हो गया। सोमप्रभ ने तत्काल सैन्य को पीछे लौटने का आदेश दिया। कराहते हुए घायलों और जलते हुए हर्यों के बीच मागध सैन्य चुपचाप लौट चली। सबसे आगे अश्व पर सवार मागध सेनापति सोमप्रभ खड्ग की नोक पर अपने उष्णीष की धवल ध्वजा फहराता अवनत-वदन जा रहा था।

मागध स्कन्धावार पर श्वेत पताका चढ़ा दी गई। वैशाली को साँस लेने का अवसर मिला।

महाशिलाकंटक विनाशयंत्र

जिस समय मागध सेनापति ने दुर्धर्ष वेग से वैशाली पर रथ-मुशल अभियान किया था, उसी समय दक्षिण मोर्चे पर लिच्छवि सेनापति ने मगध महासेनापति आर्य भद्रिक को तीन ओर से घेर लिया था। लिच्छवियों के पास भी एक अद्‌भुत महास्त्र था—इसका नाम महाशिलाकंटक था। इस यंत्र में कंकड़-पत्थर, घास-फूस, काठ-कूड़ा, जो कुछ तुच्छ-से-तुच्छ साधन मिलें उन्हीं को वह बड़े वेग से शत्रु पर फेंकता था और वह फेंका हुआ पदार्थ महाशिला की भाँति शत्रु पर आघात करता था।

मागध महासेनापति आर्य भद्रिक ने अपने व्यूह में हाथियों को पक्ष में और अश्वारोहियों को कक्ष में रख, उरस्य में रथियों की स्थापना करके, कठिन पारिपतन्तक व्यूह की रचना की थी।

ज्यों ही पूर्वीय सीमा-भूमि में सोमप्रभ ने युद्ध छेड़ा, त्यों ही लिच्छवि सेनापति सिंह ने महाशिलाकंटक विनाशयंत्र को लेकर मकर-व्यूह रच मागध सैन्य पर आक्रमण किया। महाशिलाकंटक विनाशयंत्र की प्रलयंकारी मार के सम्मुख मागधसैन्य का शीघ्र ही व्यूह भंग हो गया। महासेनापति सुरक्षित सैन्य को ले व्यूह के पक्ष में स्थित सैन्य संचालन कर रहे थे। विनाशयंत्र से उनके पक्षस्थ हाथी जब पटापट मरने लगे और शेष विकल हो अपनी ही सैन्य को रौंदते हुए पीछे भाग चले, तब आर्य भद्रिक के लिए सैन्य को व्यवस्था में रखना दुस्सह हो गया। अन्ततः उन्होंने धनुर्धर रथियों को चौगुखा युद्ध करने का आदेश दिया और स्वयं रक्षित सैन्य को ले पचास धनुष के अन्तर पर पीछे हट भागी हुई अव्यवस्थित सेना का पुनर्संगठन करने लगे। साथ ही आसन्न संकट की सम्भावना से उन्होंने सहायक सैन्य भेजने के लिए सोमप्रभ को सन्देश भेज दिया। परन्तु लिच्छवि सेनापति सिंह ने चारों ओर से मागध सैन्य पर ऐसा अवरोध डाला कि मध्याह्न होते-होते आर्य भद्रिक का अपने स्कन्धावार और प्रधान सैन्य से सम्पूर्ण सम्बन्ध-विच्छेद हो गया और वे चारों ओर से लिच्छवि, कोल और कासियों की सेना से घिर गए।

अब उन्होंने आक्रमण को रोकने तथा अपनी व्यवस्था बनाए रखने के लिए और हटना ठीक समझा। परन्तु इसका प्रभाव उलटा पड़ा। मागध सैन्य हतोत्साह हो गई। इसी समय सिंह प्रबल वेग से अपने और गान्धारों के चुने हुए सम्मिलित चालीस सहस्त्र कवचधारी अश्वारोही ले, तथा अगल-बगल रथियों को साथ लिये सुई की भाँति मागध सैन्य को चीरते हुए उसके बीच में घुस गए और मागधसेना का सारा संगठन नष्ट कर फिर पक्ष भाग में आ अवस्थित हुए।

इस समय अपराह्न सूर्य की पीली-तिरछी किरणें उन पर फेंक रहा था, उस गिरते

हुए सूर्य की पीली धूप इस महान् सेनानायक के चाँदी के समान चमकते हुए श्मश्रुओं में से गहरी चिन्ता और भीति की रेखाएँ व्यक्त कर रही थीं।

सेनापति को क्षण-क्षण सोमप्रभ से सहायता पाने की आशा थी। सेनापति के निकट ही सोम के स्थापित-धान्वन, वन्य, पार्वत दुर्गों में कोसलपति के पचास सहस्र भट छिपे हुए थे। परन्तु उनमें से एक भी आर्य भद्रिक की सहायतार्थ नहीं आया। जब एक पहर दिन शेष रह गया, तो आर्य भद्रिक सर्वथा निराश हो गए। इसी समय उन्हें सेनापति सोमप्रभ के युद्ध बन्द कर देने का समाचार मिला। आर्य भद्रिक मर्मान्तक वेदना से तड़प उठे और वे पाँच धनुष पीछे हटकर खंड-युद्ध करने लगे।

सेनापति सिंह ने समझा—अब जय निश्चित है। वे अपने नायकों को निरन्तर अन्त तक युद्ध जारी रखने का आदेश दे स्कन्धावार को लौट आए। अभी दो दंड दिन शेष था।

छत्र-भंग

सम्राट् बिम्बिसार अलस भाव से शय्या पर पड़े थे। उनके शरीर पर कौशेय और हल्का उत्तरीय था। उनके केशगुच्छ कन्धों पर फैले थे। अधिक आसव पीने तथा रात्रि जागरण के कारण उनके बड़े-बड़े नेत्र गुलाबी आभा धारण किए, अधखिले नूतन कमल की शोभा धारण कर रहे थे। द्वार पर बहुत-से मनुष्यों का कोलाहल हो रहा था, परन्तु सम्राट् को उसकी चिन्ता न थी, वे सोच रहे थे देवी अम्बपाली का देवदुर्लभ सान्निध्य-सुख, जिसके सम्मुख राज-वैभव, साम्राज्य और अपने जीवन को भी वे भूल गए थे।

परन्तु द्वार पर कोलाहल के साथ शस्त्रों की झनझनाहट तथा अश्वों और हाथियों की चीत्कार भी बढ़ती गई। सुरा-स्वप्न की कल्पना में यह कटु कोलाहल सम्राट् को विघ्न-रूप प्रतीत हुआ। उन्होंने आगे झुककर निकट आसन्दी पर रखे स्फटिक-कूप्यक की ओर हाथ बढ़ाया, दूसरे हाथ में पन्ने का हरित पात्र ले उसमें समूचा पात्र उँडेल दिया, परन्तु उसमें एक बूँद भी मद्य नहीं था। पात्र को एक ओर विरक्ति से फेंककर उन्होंने एक बार पूरी आँख उघाड़कर कक्ष में देखा—वहाँ कोई भी व्यक्ति न था। सम्राट् ने हाथ बढ़ाकर चाँदी के घंटे पर जोर से आघात किया। परन्तु उन्हें यह देखकर बड़ा आश्चर्य हुआ कि मदलेखा के स्थान पर स्वयं देवी अम्बपाली दौड़ी चली आ रही हैं। उनके मुँह पर रक्त की बूँद भी नहीं है और उनकी आँखें भय से फट रही हैं, तथा वस्त्र अस्त-व्यस्त हैं।

"हुआ क्या, देवी अम्बपाली?" सम्राट् ने संयत होने की चेष्टा करते हुए पूछा।

"आवास पर आक्रमण हो रहा है, देव!"

"किसलिए?"

"आपको पकड़ने के लिए।"

"क्या मैंने लिच्छवि सेनापति, गणपति और राजप्रमुखजनों को बन्दी करने की आज्ञा नहीं दी थी?"

"नहीं देव, वे आपको बन्दी करना चाहते हैं।"

"हूँ।" कहकर सम्राट् बिम्बिसार उठ बैठे। उनका गौर शरीर एक बार कंपित हुआ। होंठ सम्पुटित हुए। उन्होंने जिज्ञासा-भरी दृष्टि से अम्बपाली की ओर देखकर हँसते हुए कहा, 'फिर इतना अधैर्य क्यों, प्रिये! जब तक यह मागध सम्राट् का खड्ग है।" उन्होंने अपने निकट रखे हुए अपने खड्ग की ओर देखकर कहा।

"देव, मुझे कुछ अप्रिय सन्देश सम्राट् से निवेदन करना है।"

"अप्रिय सन्देश? युद्धकाल में यह असम्भाव्य नहीं। तुम क्या कहना चाहती हो देवी अम्बपाली?"

"देव, सेनापति उदायि मारे गए।"

"उदायि मारे गए?" सम्राट् ने चीत्कार कर कहा।

"और आर्य भद्रिक निरुपाय और निरवलम्ब हैं। वे घिर गए हैं और किसी भी क्षण आत्मसमर्पण कर सकते हैं।"

"अरे, तब तो आयुष्मान् सोमप्रभ और मेरे हाथियों ही पर आशा की जा सकती है।"

"भद्र सोमप्रभ ने युद्ध बन्द कर दिया, देव!"

"युद्ध बन्द कर दिया? किसकी आज्ञा से?"

"अपनी आज्ञा से देव!" अम्बपाली ने मरते हुए प्राणी के-से टूटते स्वर में कहा।

सम्राट् का सम्पूर्ण अंग थर-थर काँपने लगा। मस्तक का सम्पूर्ण रक्त नेत्रों में उतर आया। उन्होंने खूँटी पर लटकता अपना मणि-खचित विकराल खड्ग फुर्ती से उठा लिया और उच्च स्वर से कहा, "यह मगध सम्राट् श्रेणिक बिम्बिसार का सागर-स्नात पूत खड्ग है। मैं इसी की शपथ खाकर कहता हूँ कि अभी उस अधम वंचक सोमप्रभ का शिरच्छेद करूँगा।" उन्होंने वेग से तीन बार विजय-घंट पर प्रहार किया।

सिंहनाद ने नतमस्तक कक्ष में प्रवेश किया। सम्राट् ने अकम्पित कंठ से कहा, "सिंहनाद, मुझे गुप्त मार्ग दिखा, मैं अभी मागध स्कन्धावार में जाऊँगा। देवी अम्बपाली, भय न करो, मैं अभी एक मुहूर्त में उस कृतघ्न विद्रोही को मारकर तुम्हारे महालय का उद्धार करता हूँ।"

सिंहनाद ने साहस करके कहा, "किन्तु देव!"

"एक शब्द भी नहीं, भणे, मार्ग दिखा!"

अम्बपाली पीपल के पत्ते की भाँति काँपने लगीं। उन्होंने अर्थपूर्ण दृष्टि से एक ओर देखा। सिंहनाद ने गुप्त गर्भद्वार का उद्घाटन करके कहा, "इधर से देव!"

सम्राट् उसी उत्तरीय को अंग पर भलीभाँति लपेट, उसी प्रकार काकपक्ष को मुकुटहीन खुले मस्तक पर हवा में लहराते हुए गर्भमार्ग में घुस गए। पीछे-पीछे सिंहनाद ने भी सम्राट् का अनुसरण किया। जाते-जाते उसने देवी अम्बपाली से होंठों ही में कहा, "देवी, आज इस क्षण सम्राट् या सोमप्रभ दोनों में से एक की मृत्यु अनिवार्य है। अब केवल आप ही इसे रोकने में समर्थ हैं। समय रहते साहस कीजिए।" वह गर्भमार्ग में उतर गया।

अपने पीछे पैरों की आहट पाकर सम्राट् ने कहा, "कौन है?"

"सिंहनाद देव!"

"तब ठीक है, तेरे पास शस्त्र है?"

"है, महाराज!"

"इस मार्ग से परिचित है?"

"हाँ महाराज!"

"तब आगे चल!"

"जैसी आज्ञा, देव!"

सिंहनाद चुपचाप आगे-आगे और सम्राट् उसके पीछे चल दिए। कुछ चलने पर सिंहनाद ने कहा, "बस महाराज!"

"अब?"

"गंगा है, मैं पहले देख लूँ, नाव है या नहीं, हमें उस पार चलना होगा।"

"इस पार भी तो हमारी सेना है।"

"सब लौट गई देव! थोड़े हाथी हैं, वे भी लौट रहे हैं।"

सम्राट् ने कसकर होंठ दबाए।

सिंहनाद अँधेरे में लोप हो गया। घड़ी देर बाद गढ़े में से उसने सिर निकालकर कहा, "इधर महाराज!"

सम्राट् भी चुपचाप गढ़े में कूद पड़े। एक सघन किनारे पर छोटी नाव बँधी थी, दोनों उस पर बैठ गए। सिंहनाद ने नाव खेना प्रारम्भ किया।

मागध स्कन्धावार में बड़ी अव्यवस्था थी। सैनिक स्थान-स्थान पर अनियम और अक्रम से खड़े भीड़ कर रहे थे। आग जल रही थी; घाट पर हाथियों, अश्वों और शकटों की भारी भीड़ भरी थी।

सम्राट् विकराल नग्न खड्ग हाथ में लिये, नंगे बदन, नंगे सिर बढ़े चले गए। पीछे-पीछे सिंहनाद पागल की भाँति जा रहा था। क्षण-भर में क्या होगा, नहीं कहा जा सकता था।

भीड़-भाड़ और अव्यवस्था में बहुतों ने सम्राट् की ओर देखा भी नहीं; जिन्होंने देखा उनमें से बहुतों ने उन्हें पहचाना नहीं। जिसने पहचाना, वह सहमकर पीछे हट गया। सम्राट् भारी-भारी डग भरते सेनापति सोमप्रभ के मंडप के सम्मुख जा खड़े हुए।

द्वार पर दो शूलधारी प्रहरी खड़े थे। उनके कवच अस्तंगत सूर्य की पीली धूप में चमक रहे थे। सिंहनाद ने धीरे-से आकर उनके कान में कुछ कहा। वे सहमते हुए पीछे हट गए। आगे सम्राट् और पीछे सिंहनाद ने मंडप में प्रवेश किया।

मंडप में नायक, उपनायक, सेनापति सब विषण्ण-वदन, मुँह लटकाए खड़े थे। सेनापति सोमप्रभ एकाग्र हो कुछ लेख लिख रहे थे। हठात् सम्राट् को नंगे सिर, नंगे शरीर, विकराल खड्ग हाथ में लिये आते देख सभी खड़े हो गए। सम्राट् ने कठोर स्वर से पुकारा, "सोम!" सोम ने देखा। उसने पास पड़ा हुआ खड्ग उठा लिया और वह सीधा तनकर खड़ा हो गया। उसने सम्राट् का प्रतिवादन नहीं किया।

सम्राट् ने कहा, "तूने युद्ध बन्द कर दिया?"

"हाँ!"

"किसकी आज्ञा से?"

"अपनी ही आज्ञा से।"

"किस अधिकार से?"

"सेनापति के अधिकार से।"

"मेरी आज्ञा क्यों नहीं ली गई?"

"कुछ आवश्यकता नहीं समझी गई।"

"युद्ध किस कारण बन्द किया गया?"

"इस कारण कि युद्ध का उद्देश्य दूषित था।"

"कौन-सा उद्देश्य?"

"एक स्त्रैण, कापुरुष, कर्तव्यच्युत सम्राट् ने अपनी पदमर्यादा और दायित्व का उल्लंघन कर एक सार्वजनिक स्त्री को पट्टराजमहिषी बनाने के उद्देश्य से युद्ध छेड़ा था।"

"और मेरा क्या कर्तव्य था रे, भाकुटिक?"

"मैंने तक्षशिला के विश्वविश्रुत विद्या-केन्द्र में राजनीति और रणनीति की शिक्षा पाई है। मेरा यह निश्चित मत है कि साम्राज्य की रक्षा के लिए साम्राज्य की सेना का उपयोग होना चाहिए। सम्राट् की अभिलाषा और भोग-लिप्सा की पूर्ति के लिए नहीं।"

"क्या सम्राट् की मर्यादा तुझे विदित है?"

"यथावत्! और साम्राज्य की निष्ठा भी!"

"वह क्या मुझसे भी अधिक है?"

"निस्सन्देह!"

"तो मैं घोषणा करता हूँ—देवी अम्बपाली को मैं पट्टराजमहिषी के पद पर अभिषिक्त करके राजगृह के राजमहालय में ले जाऊँगा। इसके लिए यदि एक-एक लिच्छवि के रक्त से भी वज्जी-भूमि को आरक्त करना होगा तो मैं करूँगा। वैशाली को भूमिसात् करना होगा तो मैं करूँगा। मैं अविलम्ब युद्ध प्रारम्भ करने की आज्ञा देता हूँ।"

"मैं अमान्य करता हूँ। इस कार्य के लिए रक्त की एक बूँद भी नहीं गिराई जाएगी और देवी अम्बपाली मगध के राजमहालय में पट्टराजमहिषी के पद पर अभिषिक्त होकर नहीं जा सकतीं।"

"जाएँ तो?"

"तो, या तो सम्राट् नहीं या मैं नहीं।"

सम्राट् ने हुंकार भरी और खड्ग ऊँचा किया। सोम ने कहा, "भन्ते! नायक, उपनायक, सेनापति सब सुनें—यह कामुक, स्त्रैण और कर्तव्यच्युत सम्राट् और साम्राज्य के एक कर्मनिष्ठ सेवक के बीच का युद्ध है। सब कोई तटस्थ होकर यह युद्ध देखें।"

सम्राट् ने कहा, "यह एक जारज, अज्ञातकुलशील, कृतघ्न सेवक के अक्षम्य विद्रोह का दंड है रे, आ!"

दूसरे ही क्षण दोनों महान् योद्धा हिंसक युद्ध में रत हो गए। खड्ग परस्पर टकराकर घात-प्रतिघात करने लगे। क्षण-क्षण पर दोनों के प्राणनाश की आशंका होने लगी। दोनों ही घातक प्रहार कर रहे थे तथा दोनों ही अप्रतिम योद्धा थे। युद्ध का वेग बढ़ता ही गया।

अवसर पाकर सम्राट् ने एक भरपूर हाथ सोमप्रभ के सिर को ताककर चलाया। परन्तु सोम फुर्ती से घूम गए। इससे खड्ग उनके कन्धों को छूता हुआ हवा में घूम गया। इसी क्षण सोम ने महावेग से खड्ग का एक जानलेवा हाथ सम्राट् पर मारा।

सम्राट् ने उसे उछलकर खड्ग पर लिया। आघात पड़ते ही खड्ग झन्न-से दो टूक होकर भूमि पर जा गिरा और उस आक्रमण के वेग को न सँभाल सकने से सम्राट् फिसलकर गिर पड़े। गिरे हुए सम्राट् के वक्ष पर अपना चरण रख सोमप्रभ ने उनके कंठ पर खड्ग रखकर कहा—श्रेणिक बिम्बिसार, अब इस असिधार से तुम्हारे कंठ पर तुम्हारा मृत्युपत्र लिखने का क्षण आ गया। वीर की भाँति मृत्यु का वरण करो। तुम भयभीत तो नहीं?"

सम्राट् ने वीर-दर्प से कहा, "नहीं?"

इसी समय एक चीत्कार सुनाई दी। सोम ने पीछे फिरकर देखा—देवी अम्बपाली धूल और कीचड़ में भरी, अस्त-व्यस्त वस्त्र, बिखरे बाल, दोनों हाथ फैलाए चली आ रही थीं। उन्होंने वहीं से चिल्लाकर कहा, "सोम, प्रियदर्शी सोम, सम्राट् को प्राणदान दो! मैं प्रतिज्ञा करती हूँ कि मैं मगध-राज-महालय में नहीं जाऊँगी, न मगध की पट्टराजमहिषी का पद धारण करूँगी।"

सोम ने अपना चरण सम्राट् के वक्ष पर से नहीं हटाया। न उनके कंठ से खड्ग। उन्होंने मुँह मोड़कर अम्बपाली को देखा। अम्बपाली दौड़कर सोमप्रभ के चरणों में लोट गईं। उनकी अश्रुधारा से सोम के पैर भीग गए। वह कह रही थी, "उनका प्राण मत लो सोम, मैं उन्हें प्यार करती हूँ। परन्तु मैं कभी भी राजगृह नहीं जाऊँगी। मैं कभी इनका दर्शन नहीं करूँगी। स्मरण भी नहीं करूँगी। मैं हतभाग्या अपने हृदय को विदीर्ण कर डालूँगी! उनके प्राण छोड़ दो! छोड़ दो, प्रियदर्शन सोम, उन्हें छोड़ दो! वे निरीह, शून्य और प्रेम के देवता हैं। वे महान् सम्राट् हैं। उन्हें प्राण-दान दो। मेरे प्राण ले लो-प्रियदर्शन सोम, ये प्राण तो तुम्हारे ही बचाए हुए हैं, ये तुम्हारे हैं इन्हें ले लो, ले लो!"

अम्बपाली इस प्रकार विलाप करती हुईं सोम के चरणों में भूमि पर पड़ी-पड़ी मूर्च्छित हो गईं।

सोम ने सम्राट् के कंठ से खड्ग हटा लिया। वक्षस्थल से चरण भी हटा लिया। उन्होंने गम्भीर भाव से आज्ञा दी, "सम्राट् को बन्दी कर लो! मैं उन्हें प्राणदान देता हूँ, परन्तु उन्हें युद्धापराधी घोषित करता हूँ। कर्तव्य पालन न करने के अभियोग में सैनिक न्यायालय में उनका विचार होगा और देवी अम्बपाली को यत्न से लिच्छवि सेनापति के अधिकार में पहुँचा दो।"

इतना कहकर सोमप्रभ मंडप से बाहर चले आए। उस समय सूर्यास्त हो चुका था और चारों दिशाओं में अन्धकार फैल गया था।

आत्मसमर्पण

सिंह दक्षिण-युद्धक्षेत्र की कमान गान्धार काप्यक को सौंपकर उल्काचेल केन्द्र में लौट आए। यहाँ आकर उन्होंने अनेक लेख लिखे, बहुत-से आदेश प्रचारित किए। इसके बाद उन्होंने उल्काचेल के उपनायक अभीति को बुलाकर कहा, "सूर्यास्त में अब केवल

एक घड़ी शेष है, काप्यक का कुछ-न-कुछ सन्देश मिलना चाहिए। मुझे आश्चर्य है, विलम्ब क्यों हो रहा है। (कुछ पंक्तियाँ लिखकर) इन्हें प्रियवर्मन् के पास पश्चिमी रणस्थल पर तुरन्त भेज दो मित्र, और तनिक पुष्पमित्र से पूछो कि पाटलिग्राम को क्या रसद की नावें भेज दी गई हैं। हाँ, शुक से कहना, थोड़ा शूकर-मार्दव और मधुगोलक ले आए, पर मांस गर्म हो, प्रातः बिलकुल ठंडा था।"

"और कुछ सेनापति?"

"वह मानचित्र मुझे दो! (तनिक कुछ सोचकर) निश्चय कुछ घटिकाओं ही की बात है। काप्यक अभी-अभी ही कार्य समाप्त कर लेगा। परन्तु आर्य भद्रिक महान सेनापति हैं। फिर भी अब यहाँ से उनका निस्तार नहीं है।" यह कहकर सेनापति सिंह ने मानचित्र पर उँगली से एक स्थान पर संकेत किया।

"तो सेनापति, यहीं पर समाप्ति है?"

"यदि आर्य भद्रिक आत्मसमर्पण कर दें।"

शुक्र ने आकर मधुगोलक और शूकर-मार्दव रख दिया। उसने कहा, "भन्ते, प्रातः चूक हो गई।"

"अच्छा-अच्छा, चूक रसोईघर ही तक रखा कर शुक, समझा!"

"जी हाँ!"

नायक ने कहा, "पाटलिग्राम को नावें भेजी जा चुकी हैं, सेनापति!"

"ठीक है मित्र, (एक लेख देकर) ये सब मागधों के लूटे हुए और अपहृत शस्त्रास्त्र हैं न, इन्हें अभी उल्काचेल ही में रहने दो मित्र।"

एक सैनिक ने सूचना दी, "महासेनापति सुमन आए हैं!"

सिंह ने उठकर उनका स्वागत किया और कहा, "इस समय भन्ते सेनापति, आपके आगमन का तो मुझे गुमान भी न था।"

"आयुष्मान्, तेरे उत्तेजक सन्देश को पाकर स्थिर न रह सका। बैठ आयुष्मान्, किन्तु यह क्या चमत्कार हो गया? पराजय जय में परिणत हो गई?"

"ऐसा ही हुआ भन्ते सेनापति! मनुष्य की भाँति जातियों के, राष्ट्रों के, राज्यों के भी भाग्य होते हैं।"

दोनों बैठ गए।

महासेनापति ने कहा, "सुना तूने सिंह, सोमप्रभ ने सम्राट् को बन्दी कर लिया है और देवी अम्बपाली को आयुष्मान् सोमप्रभ के सैनिक मुझे सौंप गए हैं।"

"देवी अम्बपाली क्या मागधों की बन्दी हो गई थीं?"

"नहीं आयुष्मान्, वे सम्राट् की प्राण-भिक्षा माँगने मागध स्कन्धावार में गई थीं।"

"क्या देवी अम्बपाली ने कुछ कहा?"

"नहीं सिंह, वे तो तभी से मूर्च्छित हैं—मैंने उन्हें आचार्य अग्निवेश के सेवा-शिविर में भेज दिया है। वे उनकी शुश्रूषा कर रहे हैं।"

"उनके जीवन-नाश की तो सम्भावना नहीं है भन्ते?"

"ऐसा तो नहीं प्रतीत होता, परन्तु सिंह, तूने आयुष्मान् सोमप्रभ की निष्ठा और महत्ता देखी?"

"देखी भन्ते, सेनापति सोमप्रभ अभिवन्दनीय हैं, अभिनन्दनीय हैं!"

"अरे आयुष्मान्, यह सब कुछ अकल्पित-अद्भुत कृत्य हो गया है। इतिहास के पृष्ठों पर यह अमर रहेगा।"

"काप्यक ने दो घड़ी पूर्व सन्देश भेजा था कि महासेनापति आर्य भद्रिक सब ओर से घिर गए हैं। केवल एक दुर्ग पर उन्हें कुछ आशा थी, परन्तु सेनापति सोमप्रभ के सम्पूर्ण मागध सैन्य को युद्ध से विरत-विघटित कर देने से वे निरुपाय हो गए। फिर भी उन्होंने सोमप्रभ का अनुशासन नहीं माना। कल रात-भर और आज अभी तक भी खंड-युद्ध करते ही जा रहे हैं।"

"अब तो समाप्त ही समझो आयुष्मान्!"

"मैं काप्यक के दूसरे सन्देश की प्रतीक्षा कर रहा हूँ।"

"सम्भव है और रात-भर युद्ध रहे, पर भद्रिक को अधिक आशा नहीं करनी चाहिए।"

इसी समय चर ने एक पत्र देकर कहा, "भन्ते सेनापति, काप्यक का यह पत्र है।"

सिंह ने मुहर तोड़कर पत्र पढ़ा। फिर शान्त स्वर में कहा, "भन्ते सेनापति, आर्य भद्रिक ने आत्मसमर्पण कर दिया है। वे आ रहे हैं।"

"भद्रिक बड़े तेजस्वी सेनापति हैं आयुष्मान्, हमें उनके प्रति उदार और सहृदय होना चाहिए।"

"निश्चय ये अस्थायी सन्धि के नियम हैं, अब इससे अधिक हम कुछ नहीं कर सकते।"

सेनापति सुमन ने नियम पढ़े और लेख लौटाते हुए कहा, "ठीक है आयुष्मान्, तू स्वयं बुद्धिमान है।"

"परन्तु क्या आप भद्रिक का स्वागत करेंगे भन्ते सेनापति?"

"नहीं-नहीं, यह तेरा अधिकार है आयुष्मान्! मैं आशा करता हूँ—तू उदार और व्यवहार-कुशल है। और भी कहीं युद्ध हो रहा है?"

"नहीं भन्ते सेनापति!"

"ठीक है, मैं अब चला, आयुष्मान्!"

"क्या इसी समय भन्ते सेनापति?"

"हाँ, आयुष्मान्!" सेनापति सुमन अश्व पर आरूढ़ होकर चल दिए।

एक बड़ी नाव घाट पर आकर लगी। कुछ व्यक्ति उसमें से उतरकर स्कन्धावार में आए। नायक ने भीतर आकर कहा, "काप्यक आर्य भद्रिक को ला रहे हैं, भन्ते सेनापति!"

"आर्य भद्रिक को ससम्मान ले आओ भद्र, मगध विजय हो गया, बहुत बड़ा कार्य सम्पूर्ण हुआ।" सिंह ने खड़े होकर कहा।

आगे-आगे भद्रिक चंड और पीछे काप्यक गान्धार ने नग्न खड्ग लिये मंडप में प्रवेश किया।

सिंह ने आगे बढ़कर खड्ग उष्णीष से लगाकर उच्च स्वर से कहा, "महामहिम मागध-महासेनापति आर्य भद्रिक को लिच्छवि सेनापति सिंह ससम्भ्रम अभिवादन निवेदन करता है!"

भद्रिक शान्त भाव से आकर खड़े हो गए। कष्ट और सहिष्णुता की रेखाएँ उनके

मुखमंडल पर थीं, परन्तु नेत्रों में वीरत्व और अभय की चमक थी। उन्होंने स्थिर कंठ से कहा, "आयुष्मान् सिंह! मैं तुम्हें मगध-विजय पर साधुवाद देता हूँ, तुम्हारी शालीनता की श्लाघा करता हूँ।"

"अनुगृहीत हुआ। आर्य ने आज मुझे गर्वित होने का अवसर दिया है।"

"परन्तु भद्र, मैंने वश-भर ऐसा नहीं किया। मैं पराजित होकर बन्दी हुआ हूँ। अब मैं जानना चाहता हूँ कि...।"

"अस्थायी सन्धि के नियम? वे यह हैं। आर्य, मैं समझता हूँ, आपको आपत्ति न होगी।" सिंह ने तालपत्र का लेख सेनापति के सम्मुख उपस्थित किया।

उस पर एक दृष्टि डालकर सेनापति ने कहा, "तुम उदार हो आयुष्मान्, किन्तु मैं क्या एक अनुरोध कर सकता हूँ?"

"मैं शक्ति-भर उसे पूर्ण करूँगा आर्य!"

"महामात्य वर्षकार की अब हमें अत्यन्त आवश्यकता है। बिना उनके परामर्श के सन्धि-वार्ता सम्पन्न न हो सकेगी।"

"ठीक है आर्य!"

"और एक बात है!"

"क्या आर्य?"

"मगध-सेना के बन्दी सैनिकों को उनके शस्त्रों और अश्वों-सहित लौट जाने दिया जाए।"

"ऐसा ही होगा, आर्य!"

"धन्यवाद आयुष्मान्, मुझे तुम्हारे नियम स्वीकार हैं। यह मेरा खड्ग है।" उन्होंने खड्ग कमर से खोलकर सिंह के सम्मुख किया।

"नहीं-नहीं, वह उपयुक्त स्थान पर है आर्य, मैं विनती करता हूँ उसे वहीं रहने दीजिए।"

भद्रिक ने खड्ग कमर में बाँध, हाथ उठाकर सिंह को आशीर्वाद दिया और दो कदम पीछे हटकर चले गए; पीछे-पीछे काप्यक गान्धार भी नग्न खड्ग हाथ में लिये। सिंह ने जल्दी से उसी समय कुछ आदेश तालपत्र पर लिख और दूत को दे वैशाली भेज दिया।

दृग-स्पर्श

पाटलिग्राम पहुँचकर सेनापति सिंह ने वहाँ का निरीक्षण किया। बस्ती के अधिकांश घर सूने पड़े थे। बहुत-से आग से जलकर ढह गए थे। बड़ी-बड़ी अट्टालिकाओं के ध्वंस ही रह गए थे। राजमार्ग कूड़ा-करकट और गन्दगी से भरे थे। खेत उजाड़ और सूखे पड़े थे। गंगा कूल पर जहाँ घाट था, वहाँ बड़ा भारी गढ़ा हो गया था, वह दल-दल से भरा था। उसमें बहुत-से हाथी पूरे धँस गए थे, बहुत मर चुके थे, बहुत निरुपाय अपनी सूँड़ें हिला रहे थे। मागधों ने अपने घायलों का कुछ भी प्रबन्ध नहीं किया था। मागध

स्कन्धावार सर्वथा नष्ट-भ्रष्ट हो गया था। मागधों से छीने गए शस्त्रास्त्रों तथा सामग्री से भरी नावें अन्धाधुन्ध उल्काचेल की ओर जा रही थीं। काप्यक गान्धार ने दो दिन में बहुत व्यवस्था कर ली थी। सिंह के पहुँचने पर उसने कहा, "अम्बपाली से कोई वस्तु नहीं छीनी गई है, न नागरिकों को कोई असुविधा हुई है।"

सिंह ने आहतों से भरे युद्ध-क्षेत्र का निरीक्षण किया। धूप और गर्मी से उनके घाव सड़ गए थे और उनकी बड़ी दुर्दशा हो रही थी। उन्होंने काप्यक गान्धार से कहा, "मित्र, घायल मागधों की भी हमें सेवा करनी चाहिए।" उन्होंने तुरन्त ताड़-पत्र पर एक आदेश आचार्य अग्निवेश के नाम वेग से चलने वाली नाव पर उल्काचेल भेज दिया। उसमें कुछ वद्य और औपचारिक तथा शुश्रूषा-सामग्री की माँग की गई थी। चर को भेजकर सिंह ने कहा, "मित्र काप्यक, कुछ खाली घरों को स्वच्छ करके आहत भटों को वहाँ ले जाओ। तब तक आचार्य अग्निवेश अपना सेवादल भेज देंगे।"

लिच्छवि सेनापति के करुण व्यवहार और अभयदान से आशान्वित हो बहुत-से ग्रामवासी, जो वन में जा छिपे थे, पीछे लौट आए। उनमें से जो उपस्थित हो सके, उन ग्राम-जेट्ठकों को बुलाकर सिंह ने एक घोषणा द्वारा उन्हें अभय किया और मागध आहतों की सेवा में सहयोग माँगा। जेट्ठकों ने प्रसन्नता से सहयोग दिया।

सब व्यवस्था कर सिंह ने काप्यक गान्धार को उल्काचेल का भार सौंपकर कहा, "मित्र, वहाँ झुंड के झुंड बन्दी आ रहे हैं, उन्हें छोटी-छोटी टुकड़ियों में बाँटकर देश के भीतरी भागों में भेजते जाओ और अपनी सैन्य को व्यवस्थित रूप में पीछे हटाओ, तथा यहाँ की सब सूचनाएँ अब तुम्हीं देखो। मैं सन्धि उद्वाहिका में जाऊँगा, मेरा अश्व मँगा दो।"

इतना कहकर सिंह ने बैठकर कुछ आदेश लिखे और उन्हें काप्यक को दिया। फिर उसे आलिंगन कर वैशाली के राजपथ पर अश्व छोड़ दिया।

विराम-सन्धि

आज वैशाली के संथागार में फिर उत्तेजना फैली थी। महासमर्थ मागध सैन्य चमत्कारिक रूप से पराजित हुई थी। लिच्छवियों के मुँह यद्यपि उदास थे और हृदय उत्साह-रहित, तथा वह उमंग और तेज उनमें न था, फिर भी आज की इस कार्रवाई में एक प्रकार की उत्तेजना का यथेष्ट आभास था। छत्तीसों संघ-राज्यों के राजप्रमुख, अष्टकुल के सम्पूर्ण राज-प्रतिनिधि इस विराम-सन्धि उद्वाहिका में योग दे रहे थे। गणपति सुनन्द और लिच्छवि महाबलाधिकृत सुमन अति गम्भीर थे। प्रमुख सेनानायक भी सब उपस्थित थे।

जब सेनापति सिंह ने संथागार में प्रवेश किया तब चारों ओर से हर्षनाद उठ खड़ा हुआ। महाबलाधिकृत सुमन ने सिंह का अभिनन्दन करते हुए उद्वाहिका का प्रारम्भ किया। उन्होंने कहा, "भन्तेगण, आज हमें सौभाग्य ने विजय दी है। अब शत्रु सन्धि चाहता है, आज का विचारणीय विषय यह है कि किन नियमों पर सन्धि की जाए?"

मल्लकोल-राजप्रमुख ने उदग्र होकर कहा, "सन्धि नहीं भन्ते सेनापति, हम मगध-साम्राज्य को समाप्त किया चाहते हैं। वह सदैव का हमारे गण-संघों के मार्ग का शूल है। हमारा प्रस्ताव है कि सुअवसर से लाभ उठाया जाए और मुख्य मगध, अंग दक्षिण, अंग उत्तर—सबको वज्जीसंघशासन में मिला लिया जाए अथवा वहाँ हमें एक स्वतंत्र गणशासन स्थापित कर देना चाहिए।

"किन्तु आयुष्मान् मगध और अंग में वज्जियों के अष्टकुल नहीं हैं। न वहाँ केवल मल्ल, कोलिय और कासी हैं। हम उन पर उसी प्रकार शासन कर सकते हैं जैसे वज्जी में अलिच्छवियों पर करते हैं।"

गणपति सुनन्द ने कहा, "भन्तेगण सुनें, आयुष्मान् मगध में एक स्वतंत्र गणतंत्र स्थापित करना चाहता है। गण-शासन का मूल मंत्र गण-स्वातंत्र्य है; यह शासन नहीं, व्यवस्था है जिसका दायित्व प्रत्येक सदस्य पर है। वास्तविक अर्थों में गणतंत्र में राजा भी नहीं है। प्रजा भी नहीं है। गण का समूर्ण स्वामी गण है और गणपरिषद् उसका प्रतिनिधि। हमारे अष्टकुल के वज्जीगण में दास भी हैं, लिच्छवि भी हैं, अलिच्छवि भी हैं, आगन्तुक भी हैं। यद्यपि इन सबके लिए हमारा शासन उदार है, फिर भी इन अलिच्छवि जनों के पास हमारे शासन-निर्णय पर प्रभाव डालने का कोई साधन नहीं है। वे केवल अनुशासित हैं। यह हमारे वज्जी-गणतंत्र में एक दोष है, जिसे हम दूर नहीं कर सकते, न उन्हें लिच्छवि ही बना सकते हैं। उनमें कोट्याधिपति सेट्ठि हैं, जिनका वाणिज्य सुदूर यवद्वीप, स्वर्ण-द्वीप और पश्चिम में ताम्रपर्णी, मिस्र और तुर्क तक फैला है। हमारे गण की यह राजलक्ष्मी है। इसी प्रकार कर्मान्त शिल्पी और ग्राम-जेट्ठक हैं। क्या हम उनके बिना रह सकते हैं? ये सब अलिच्छवि हैं और ये सभी वज्जी गणतंत्र अनुशासित हैं। बहुधा हमें इन अलिच्छवियों द्वारा असुविधाएँ उठानी पड़ती हैं। अब यदि हम अंग और मगध साम्राज्य को वज्जी-शासन में मिलाते हैं, तो हमारी ये कठिनाइयाँ असाधारण हो जाएँगी और हमारी गणप्रणाली असफल हो जाएगी।

"यदि आप किसी लिच्छवि जन को वहाँ का शासक बनाकर भेजेंगे, तो वह प्रजा के लिए और प्रजा उसके लिए पराई होगी। यदि कोई अलिच्छवि जन वहाँ का शासक बन जाएगा तो फिर दूसरा मगध साम्राज्य तैयार समझना होगा। वह जब प्रभुता और साधन-सम्पन्न हो जाएगा तो हम उसे सहज ही हटा नहीं सकेंगे।"

"परन्तु भन्ते, हम इन आए-दिन के आक्रमणों को भी तो नहीं सह सकते?" एक मल्ल राजपुरुष ने कहा।

"भन्ते राजप्रमुख, इससे भी गम्भीर बात और है। यदि एक बार भी मगध-सम्राट् जीत जाएगा तो वह निस्सन्देह हमारे गणराज्य को नष्ट कर देगा और हमारी गण ही की अलिच्छवि प्रजा समान अधिकार माँगेगी। इसका अभिप्राय स्पष्ट है कि दोनों अधिकार-च्युत होंगे और गण-स्थान पर साम्राज्य स्थापित हो जाएगा।"

"यही सत्य है भन्ते सेनापति, अर्थात् हमारी विजय से उनकी कुछ हानि नहीं है और उनकी एक ही विजय हमें समाप्त कर सकती है।"

"यही तथ्य है भन्ते, राजप्रमुख!"

"तब तो फिर इस पाप की जड़ को उन्मूलित करना ही आवश्यक है।"

"किन्तु कैसे? हमें कम-से-कम एक लिच्छवि को बिम्बिसार अंग-मगध का अधिपति बनाना होगा जो इस श्रेणिक बिम्बिसार से अधिक भयंकर होगा। उससे गण लड़ भी तो न सकेगा।"

"क्यों न अंग-मगध को उनकी स्वतंत्रता फिर दे दी जाए?"

"यह कठिन नहीं है। पर प्रजा इसे स्वीकार कैसे करेगी? उसका दायित्व किस पर होगा? क्या आप समझते हैं—मागध गण और आंगगण स्थापित होना सहज है?"

"क्या हानि है! पश्चिम में भी तो बहुत गण हैं। क्यों न हम प्राची में गणसंख्या बढ़ाएँ? इससे कभी-कभी युद्ध भले ही हो, पर उससे गण-नाश का भय नहीं रहेगा।"

"परन्तु आयुष्मान्, यह सम्भव नहीं है। हम अंग-मगध की प्रजा को स्वतंत्रता नहीं दे सकते। अंगराज और मगधराज की स्थापना तो सहज है, पर आंग-गण और मागध-गण की नहीं।"

"क्यों भन्ते गणपति?"

"इसलिए आयुष्मान्, कि इसके लिए एक रक्त और एक श्रेणी चाहिए। जहाँ एकता का भाव हो। मगध में अब ऐसा नहीं है। यद्यपि पहले मागध एक रक्त थे। परन्तु अब वह इतने दिन साम्राज्यवादी रहकर राष्ट्र बन गया है। अब मागध एक जाति नहीं रही। अब तो वहाँ के ब्राह्मण, क्षत्रिय, आर्य भी अपने को मागध कहते हैं, मागध का अर्थ है, मागध साम्राज्य का विषय; मागध में ब्राह्मण-क्षत्रिय ही नहीं, मागध शिल्पी, मागध चांडाल भी हैं। ये अब असम वर्ग हैं। इनकी अपनी श्रेणियाँ हैं। ये कभी भी एक नहीं हो सकते। वह श्रेणियों की खिचड़ी है, वहाँ गणतंत्र नहीं चल सकेगा।"

"ऐसा है, तब तो नहीं चल सकता।" अब सिंह सेनापति ने कहा, "भन्ते राजप्रमुख गण, मैं इस बात पर विचार करता हूँ कि मनुष्य-शरीर की भाँति राजवंश का भी काल है, राजवंशों का तारुण्य अधिक भयानक होता है। वृद्धावस्था उतनी नहीं। तीन-चार ही पीढ़ियों में राजवंश का तारुण्य जाता रहता है। फिर उसका वार्धक्य आता है। तब कोई नया राजवंश तारुण्य लेकर आता है। भन्ते, शिशुनाग राजवंश का भी यह वार्धक्य है। यदि इसे हम समाप्त कर देते हैं तो इसका अभिप्राय यह है कि कोई तरुण राजवंश अपनी सम्पूर्ण सामर्थ्य लेकर हमारे सामने आएगा। भन्तेगण, हमें भेड़िये की माँद छोड़कर सिंह की माँद में नहीं धँसना चाहिए। फिर भी एक बात है भन्ते, मागध राज्य को परास्त करना और उसे उन्मूलन करना एक सहज बात नहीं है। फिर भी हम परास्त कर चुके। हमारी प्रतिष्ठा बच गई, परन्तु इसमें हमारी सम्पूर्ण सामर्थ्य व्यय हो गई है, इस युद्ध में दस दिनों में हमारे गण ने ग्यारह लाख प्राणों की आहुति दी है। धन, जन और सामर्थ्य के इस क्षय की पूर्ति हमारा गण आधी शताब्दी तक भी कर सकेगा या नहीं, यह नहीं कहा जा सकता।...

"हमारी सेनाएँ राजगृह के आधे दूर तक के राजमार्ग और गंगा-तट पर फैली हुई हैं। हमने मगध सेना का सम्पूर्ण आयोजन अधिकृत कर लिया है, परन्तु भन्तेगण, गंगा-तट से आगे मागधों के प्रबल और अजेय मोर्चे और सैनिक दुर्ग हैं। राजधानी राजगृह भी अत्यन्त सुरक्षित है। नालन्द अम्बालष्टिका की दो योजन की भूमि पर शत्रु की बहुत भारी सैनिक तैयारी अभी भी अक्षुण्ण है। इन सबको विजय करने के लिए

हमें और ग्यारह लाख प्राणों की आहुति देनी होगी। क्या गण इसके लिए तैयार हैं? फिर और एक बात है!"

"वह क्या?"

"हमें राजगृह का दुर्गम दुर्ग भी जय करना होगा। बिना ऐसा किए मगध का पतन नहीं हो सकता। परन्तु भन्तेगण, आप भलीभाँति जानते हैं, राजगृह का दुर्ग सम्पूर्ण जम्बूद्वीप में दुर्भेद्य है। उसके सैनिक महत्त्व को मैं जानता हूँ। यह उसका मानचित्र उपस्थित है। यदि गंगा-तट की राजगृह की भूमि जय करने में हमें महीनों लगेंगे तो राजगृह को जय करने में वर्षों लगेंगे। यह अभूतपूर्व नैसर्गिक दुर्ग वैभार, विपुल, पाण्व आदि दुर्गम पर्वत-शृंखलाओं से आवेष्टित और सुरक्षित है, इन पहाड़ों के ऊपर बहुत मोटी शिलाओं के प्राकार, विशाल पत्थरों की चुनी हुई प्राचीर इस छोर से उस छोर तक मीलों दूर फैली हुई है। केवल दक्षिण ओर एक सँकरी गली है, जिसमें होकर दुर्ग में जाया जा सकता है। इन प्राचीरों में सुरक्षित बैठकर एक-एक धनुर्धर सौ-सौ लिच्छवियों को अनायास ही मार सकता है। इस गिरि-दुर्ग में सुमागध सरोवर है, जिसके कारण दुर्ग घेरने पर भी वर्षों तक अन्न-जल की कमी बिम्बिसार को नहीं रहेगी। फिर पाँचों पर्वतों पर खिंची दैत्याकार प्राचीरों को भंग करने का कोई साधन हमारे पास नहीं है।

"भन्ते, इस परिस्थिति में हम यदि आगे युद्ध में बढ़ते हैं तो हमारी अपार जनहानि होगी। इतने जन अब हमारे अष्टकुल में नहीं हैं। न हमारे छत्तीसों गणराज्यों में हैं। यदि तीन पीढ़ियों तक अष्टकुल-गणराज्य की प्रत्येक स्त्री बीस-बीस पुत्र उत्पन्न करे तो हो सकता है। सो भन्तेगण, यदि हमने राजगृह जय करने का साहस किया तो सफलता तो सन्दिग्ध है ही, अपार धन-जन की हानि भी निश्चित है।"

गणपति सुनन्द ने कहा, "भन्तेगण, आपने आयुष्मान् सिंह का अभिप्राय सुना, हम अपनी स्थिति सुदृढ़ रखना पहले चाहेंगे। इसलिए अब प्रश्न है कि शत्रु से सन्धि की जाए या नहीं।"

"ऐसी दशा में सन्धि सर्वोत्तम है, विशेषकर जबकि शत्रु अपने हाथ में है तथा सन्धि के निगम भी हमारे ही रहेंगे।" सबने एकमत होकर कहा।

"तो सन्धि में तीन बातों पर विचार करना है : एक यह कि—शत्रु का सैनिक-बल इतना दुर्बल कर दिया जाए कि वह चिरकाल तक हमारे विरुद्ध शस्त्र न उठा सके।"

"सदा के लिए क्यों नहीं?" राजप्रमुख ने कहा।

"यह देवताओं के लिए भी शक्य नहीं है, आयुष्मान्! दूसरे—शत्रु यथेष्ट युद्ध-क्षति दे। तीसरे—सुदूर-पूर्वी तट हमारे वाणिज्य के लिए उन्मुक्त रहे।"

छन्द लेने पर प्रस्ताव सर्व-सम्मति से स्वीकार हुआ।

सन्धि की सब शर्तों पर विचार करने, हस्ताक्षर करने तथा शत्रु से आवश्यक मामले तय करने का अधिकार सिंह को दिया गया।

यथासमय सन्धि हो गई। वज्जी-भूमि में इसके लिए सर्वत्र गणनक्षत्र मनाया गया। वैशाली के खँडहर ध्वजाओं से सजाए गए। भग्न द्वारों पर जलपूरित मंगल कलश रखे गए। रात को टूटी और सूनी अटारियों में दीपमालिका हुई।

वैशाली के इस दिग्ध समारोह में भाग **नहीं लिया** अम्बपाली ने। उनका प्रासाद सजाया नहीं गया, उस पर तोरण-पताकाएँ नहीं फहराई गईं और दीपमालिका नहीं की गई। अपितु सप्तभूमि-प्रासाद का सिंह-द्वार और समस्त प्रवेश द्वार बन्द कर दिए गए। समस्त आलोक-द्वीप बुझा दिए गए। उस आनन्द और विजयोत्सव में राग-रंग के बीच देवी अम्बपाली और उसका विश्व-विश्रुत प्रासाद जैसे चिरनिद्रा में सो गया—युग-युग के लिए!

अश्रु-सम्पदा

मध्य रात्रि थी। एक भी तारा आकाश-मंडल में नहीं दीख रहा था। काले बादलों ने उस अँधेरी रात को और भी अँधेरी बना दिया था। बीच-बीच में कभी-कभी बूँदा-बाँदी हो जाती थी। हवा बन्द थी, वातावरण में एक उदासी, बेचैनी और उमस भरी हुई थी। दूर तक फैले हुए युद्ध-क्षेत्र में सहस्रों चिताएं जल रही थीं। उनमें युद्ध में निहित सैनिकों के शव जल रहे थे। चरबी के जलने के चट-चट शब्द हो रहे थे। कोई-कोई चिता फट पड़ती थी। उसकी लाल-लाल अग्निशिखा पर नीली-पीली लौ एक बीभत्स भावना मन में उदय कर रही थी। सैनिक शव ढो-ढोकर एक महाचिता में डाल रहे थे। बड़े-बड़े वीर योद्धा, जो अपनी हुंकृति से भूतल को कंपित करते थे, छिन्नमस्तक-छिन्नबाहु भूमि पर धूलि-धूसरित पड़े थे। राजा और रंक में यहाँ अन्तर न था। अनेक छत्रधारियों के स्वर्ण-मुकुट इधर-उधर लुढ़क रहे थे। कोई-कोई घायल योद्धा मृत्यु-विभीषिका से त्रस्त हो रुदन कर बैठता था। कोई चीत्कार करके पानी और सहायता माँग रहा था। वायु में चिरायंध भरी थी। जलती हुई चिताओं की काँपती हुई लाल आभा में मृतकों को ढोते हुए सैनिक उस काली कालरात्रि में काले-काले प्रेत-से भासित हो रहे थे। सम्पूर्ण दृश्य ऐसा था, जिसे देखकर बड़े-बड़े वीरों का धैर्य च्युत हो सकता था।

मागध सेनापति सोमप्रभ एक महाशाल्मलि वृक्ष के नीचे तने से ढासना लगाए ध्यान-मुद्रा से यह महाविनाश देख रहे थे। गहन चिन्ता से उनके माथे पर रेखाएँ पड़ गई थीं। उनके बाल रूखे, धूल-भरे और बिखरे हुए थे। मुँह सूख रहा था और होंठ सम्पुटित थे।

बीच-बीच में उल्लू और सियार बोल उठते थे। उनकी डरावनी शब्द-ध्वनि बहुधा उन्हें चौंका देती थी। क्षण-भर को विचलित होकर वे फिर गहरी ध्यान-मुद्रा में डूब जाते थे। कभी उनके कल्पना-संसार में भूतकालीन समूचा जीवन विद्युत्-प्रवाह की भाँति घूम जाता था, कभी तक्षशिला की उत्साहवर्धक और आनन्द तथा ओजपूर्ण छात्रावस्था के चित्र घूम जाते थे; कभी चम्पा की राजबाला का कुन्देंदुधवल अश्रुपूरित मुख और कभी देवी अम्बपाली का वह अपार्थिव नृत्य, कभी सम्राट् की भूलुंठित आर्त मूर्ति और कभी अम्बपाली का आर्त चीत्कार; अन्ततः उनका निस्सार-निस्संग जीवन—उस रात्रि से भी अधिक बीभत्स, भयानक और अन्धकारमय भविष्य!

इसी समय निकट पद-शब्द सुनकर उन्होंने किसी वन-पशु की आशंका से खड्ग पर हाथ रखा। परन्तु देखा—एक मनुष्य छाया उन्हीं की ओर आ रही है। छाया के और निकट आने पर उन्होंने भरे स्वर में पुकारा, "कौन है?"

एक स्त्रीमूर्ति आकर उनके निकट खड़ी हो गई। जलती हुई निकट की चिता के लाल-पीले प्रकाश में सोमप्रभ ने देखा, पहचानने में कुछ देर लगी। पहचानकर वह ससंभ्रम खड़े हो गए। उनके मुँह से जैसे आप ही निकल गया—"आप?"

"मैं ही हूँ सोमप्रभ!"

सोम स्तम्भित, जड़वत्-अवाक् खड़े रह गए। आगन्तुका ने और भी निकट आकर कहा, "तुझे इस अवस्था में इस स्थान पर देखने के लिए ही भद्र, अपना कठोर जीवन व्यतीत करती हुई मैं अब तक जीवित रही थी। आज मेरे दुर्भाग्यपूर्ण जीवन की सोलहों कला पूर्ण फल गईं; मेरा नारी होना, माँ होना सब कुछ सार्थक हो गया।" सोम ने चिता के काँपते पीले प्रकाश में आँख उठाकर उस शोक-सन्ताप-दग्धा स्त्री के मुख की ओर देखा, जिस पर वेदनाओं के इतिहास की गहरी अनगिनत रेखाएँ खुदी हुई थीं। सोम का मस्तक झुकने लगा और एक क्षण बाद ही वह उस मूर्ति के चरणों पर लोट गए।

आगन्तुका ने धीरे-से बैठकर सोम का सिर उठाकर अपनी गोद में रखा। बहुत देर तक सोमप्रभ उस गोद में फफक-फफककर अबोध शिशु की भाँति रोते रहे और वह महिमामयी महिला भी अपने आँसुओं से सोमप्रभ के धूलि-धूसरित सिर को सिंचन करती रहीं। बहुत देर बाद सोमप्रभ ने सिर उठाकर कहा, "माँ, इस समय यहाँ पर क्यों आईं?"

"मेरे पुत्र, तुझ निस्संग के साथ रुदन किए बहुत दिन व्यतीत हुए। जब जीवन के प्रभात ही में शोक और दुर्भाग्य की कालिमा ने मुझे ग्रसा था तब रोई थी, सब आँसू खर्च कर दिए थे। फिर इन चालीस वर्षों में एक बार भी रो नहीं पाई भद्र, बहुत-बहुत यत्न किए, एक आँसू भी नहीं निकला। सो आज चालीस वर्ष बाद पुत्र, तुझे छाती से लगाकर इस महाश्मशान में रोने की साध लेकर ही आई हूँ। लोकपाल-दिग्पाल देखें अब, यह एक माँ अपने एकमात्र पुत्र को चालीस वर्षों से महाकृपण की भाँति संचित अपने विदग्ध आँसुओं की निधि से सम्पन्न करने, आप्यायित करने, पुत्र पर अपने आँसुओं से भीगे हुए सुख-सौभाग्य की वर्षा करने आई है।"

सोम बहुत दूर तक उनकी गोद में सिर झुकाए पड़े रहे। फिर उन्होंने सिर उठाकर कहा, "चलो माँ, पुष्करिणी के उस पार अपनी कुटिया में मुझ परित्यक्त को ले चलो, मुझे अपनी शरण में ले लो माँ!"

"मेरे पुत्र, अभी एक गुरुतर कार्य शेष है; वह हो जाए, पीछे और कुछ।"

"वह क्या माँ?"

"तेरे पिता की मुक्ति?"

"कहाँ हैं वे माँ?"

"बन्दी हैं!"

"किसने उन्हें बन्दी किया है? मैं अभी उसका शिरच्छेद करूँगा।" उन्होंने अत्यन्त हिंस्र भाव से खड्ग उठाया।

"तैने ही पुत्र, जा, उन्हें मुक्त कर!"

सोम आश्चर्य से आँखें फाड़कर आर्या मातंगी को देखने लगे। भय, आशंका और उद्वेग से जैसे उनके प्राण निकलने लगे, बड़ी कठिनाई से उनके मुँह से टूटे-फूटे शब्द निकले, "क्या सम्राट्..."

"हाँ, पुत्र, अब अधिक मेरी लाज को मत उघाड़!" सोम चीत्कार करके मूर्च्छित हो गए।

बहुत देर तक आर्या मातंगी मूर्च्छित पुत्र को गोद में लिये पड़ी रहीं। उन्होंने पुत्र को होश में लाने का कुछ भी यत्न नहीं किया। एक अवश जड़ता ने उन्हें घेर लिया। धीरे-धीरे उनका मुँह सफेद होने लगा। नेत्र पथराने लगे, अंग काँपने लगे।

सोम की मूर्च्छा भंग हुई। उन्होंने आर्या मातंगी की मुद्रा देखकर चिल्लाकर कहा, "माँ, माँ, माँ, सावधान हो, मैं कभी अपने को क्षमा नहीं करूँगा।"

आर्या ने नेत्र खोले, उनके सूखे रक्तहीन होंठ हिले। सोम ने कान निकट लाकर सुना। आर्या कह रही थीं, "अम्बपाली तेरी भगिनी है, किन्तु उसके पिता ब्राह्मण वर्षकार..."

आर्या के ओष्ठ, हृदय, जीवन सब निस्पन्द हुए!

पिता-पुत्र

उस अर्ध-निशा में सेनापति को एकाकी बन्दीगृह के द्वार पर आया देख प्रहरी घबरा गए।

सोम ने पूछा, "क्या बन्दी सो रहा है?"

"नहीं जाग रहा है।"

"ठीक है। अब तुम्हारी आवश्यकता नहीं है। द्वार खोल दो।"

प्रहरी ने द्वार खोल दिया। सोम ने भीतर जाकर देखा—सम्राट् धीर-गति से उस क्षुद्र कक्ष में टहल रहे थे।

सोम को देखकर वे क्षण-भर को रुक गए। फिर बोले, "आ आयुष्मान्, क्या वध करने आया है? वध कर, मैं प्रस्तुत हूँ। परन्तु एक वचन दे, खड्ग छूकर। यदि अम्बपाली को पुत्र-लाभ हो, तो वही मगध सम्राट् होगा। मैंने देवी को यह वचन उसके शुल्क में दिया था, वह वचन सम्राट् का वचन था।"

सोम ने भर्राए कंठ से कहा, "वचन देता हूँ।"

"खड्ग छूकर?"

"खड्ग छूकर।"

"आश्वस्त हुआ, परन्तु आयुष्मान्, तू युवा है, सशक्त है, खड्ग चलाने में सिद्धहस्त है।"

सोम ने उत्तर नहीं दिया। चुपचाप खड़े रहे। सम्राट् कहते गए, "मैं समझता हूँ, एक ही हाथ से मेरा शिरच्छेद हो जाएगा। अधिक कष्ट नहीं होगा, समझता है न आयुष्मान्? अब मैं कायर हो गया हूँ, कष्ट नहीं सह सकता। यह अवस्था का दोष है, भद्र पहले मैं ऐसा नहीं था। अब तू वध कर।"

सम्राट् स्थिर मुद्रा में भूमि पर बैठ गए।

सोम के मुँह से एक शब्द नहीं निकला—वह धीरे-धीरे सम्राट् के चरणों में भूमि पर लोट गए। उन्होंने अवरुद्ध कंठ से कहा, "पिता, क्षमा कीजिए!"

"यह मैंने क्या सुना है आयुष्मान्?"

किन्तु सोम ने और एक शब्द भी नहीं कहा। वे उसी भाँति भूमि पर पड़े रहे। सम्राट् ने उठाकर और स्वयं उठकर सोम को छाती से लगाकर कहा, "क्या कहा, फिर कह भद्र! अरे इस नीरस, निर्मम, शापग्रस्त सम्राट् के जीवन को एक क्षण-भर के लिए तो आप्यायित कर, फिर कह भद्र, वही शब्द!"

सोम ने सम्राट् के अंक में बालक की भाँति सिर देकर कहा, "पिता!"

सम्राट् ने असंयत हो उन्मत्त की भाँति कहा, "अहा-हा, कैसा सुधा-वर्षण किया भद्र, किन्तु यह क्या सत्य है? स्वप्न नहीं है, मैं एक पुत्र का पिता हूँ?"

"हाँ देव, आप इस दग्ध-भाग्य सोम के पिता हैं।"

"किसने कहा भद्र, क्या मृत्यु के भय से मेरा मस्तिष्क विकृत तो नहीं हो गया है। तूने कहा न 'पिता'?"

"हाँ देव!"

"तो फिर कह।"

"पिता!"

"और कह।"

"पिता!"

"अरे बार-बार कह, बार-बार कह!" सम्राट् ने सोम को अंक में भर गाढ़ालिंगन किया। सोम ने कहा, "पूज्य पिता, यह आपका पुत्र सोमप्रभ आपको अभिवादन करता है।"

"सौ वर्ष जी भद्र, सहस्र वर्ष!" सम्राट् जार-जार आँसू बहाने लगे। सोम ने कहा, "पिता, अभी एक गुरुतर कार्य करना है।"

"कौन-सा पुत्र?"

"माता मातंगी आर्या का सत्कार।"

"क्या आर्या मातंगी आई हैं?"

"आई थीं, किन्तु चली गईं पिता!"

"चली गईं? मैं एक बार देख भी न सका!"

"देख लीजिए पिता, अभी अवशेष है।"

"अरे, तो...।"

"अभी कुछ क्षण पूर्व मुझे अपनी अश्रु-सम्पदा से सम्पन्न कर और दो सन्देश देकर वह गत हुईं।"

"अश्रु-सम्पदा से तुझे सम्पन्न करके?"

"हाँ, देव!"

"तो पिता पुत्र के सौभाग्य पर ईर्ष्या करेगा, किन्तु सन्देश, तूने कहा था, दो सन्देश?"

"एक निवेदन कर चुका।"

"उसका मूल्य मगध का साम्राज्य—अस्तु, दूसरा कह..."

"देवी अम्बपाली मेरी भगिनी हैं।" सम्राट् चीत्कार कर उठे। सोम ने कहा, "मुझे कुछ निवेदन करना है देव!"

"अब नहीं, अब नहीं, सोमभद्र, तू मुझे वध कर, शीघ्रता कर!"

"देव!"

"आज्ञा देता हूँ रे, यह सम्राट् की आज्ञा है, अन्तिम आज्ञा!"

"एक गुह्य है पिता, देवी अम्बपाली आर्य अमात्य की पुत्री हैं।"

सम्राट् ने उन्मत्त की भाँति उछलकर सोम को हृदय से लगा लिया। संयत होने पर सोम ने कहा, "पिता, चलिए अब, माता का शरीर अरक्षित है।"

"कहाँ पुत्र।"

"निकट ही।"

दोनों बाहर आए। महाश्मशान में अब भी चिताएँ जल रही थीं। दोनों ने आर्या मातंगी को उठाकर गंगा-स्नान कराया। फिर सम्राट् ने अपना उत्तरीय अंग से उतारकर देवी के अंग पर लपेट दिया। सोम सूखी लकड़ी बीन लाए और उस पर आर्या मातंगी की महामहिमामयी देहयष्टि रखकर एक चिता की अग्नि से मगध के सम्राट् ने आर्या की चिता में दाह दिया। जिसके साक्षी थे सद्यःपरिचित माता-पिता का पुत्र और वर्षोन्मुख मेघपुंज।

पिता-पुत्र दोनों उसी वृक्ष के नीचे बैठे आर्या मातंगी की जलती चिता को देखते रहे। चिता जल चुकने पर सोम ने खड्ग सम्राट् के चरणों में रखकर उनकी प्रदक्षिणा की, फिर अभिवादन करके कहा, "विदा, पूज्य पिता!"

"यह क्या पुत्र, जाने का अब मेरा काल है, मगध का साम्राज्य तेरा है।"

सोमप्रभ ने कहा, "इसी खड्ग की सौगन्ध खाकर कहता हूँ, मगध का भावी सम्राट् देवी अम्बपाली का गर्भजात पुत्र होगा।"

सोम ने एक बार फिर भूमि में गिरकर सम्राट् का अभिवादन किया और जलती हुई चिताओं में होते हुए उसी अभेद्य अन्धकार में लोप हो गए।

उपसंहार

1

एक वर्ष बीत गया। युद्ध जय होने पर भी इस युद्ध के फलस्वरूप वैशाली का सारा वैभव छिन्न-भिन्न हो गया था। इस युद्ध में दस दिन के भीतर 96 लाख नर-संहार हुआ था और नौ लिच्छवि, नौ मल्ल, अठारह कासी-कौल के गणराज्य एक प्रकार से ध्वस्त हो गए थे। वैशाली में दूर तक अधजली अट्टालिकाएँ, ढहे हुए प्रासादों के ढूह, टूटे-फूटे राजमार्ग दीख पड़ रहे थे। बहुत जन वैशाली छोड़कर भाग गए थे। युवक-योद्धा सामन्तपुत्र विरले ही दीख पड़ते थे। बहुतों का युद्ध में निधन हुआ था। बहुत अन्धे, लँगड़े, लूले, अपाहिज होकर दु:ख और क्षोभ से भरे हुए वैशाली के अन्तरायण की अशोभावृद्धि करते थे। देश-देशान्तरों के व्यापारी अब हट्ट में नहीं दीख पड़ रहे थे। बड़े-बड़े सेट्ठिपुत्र थकित, चिन्तित और निठल्ले पड़े रहते थे। शिल्पी-कम्मकर भूखे, असम्पन्न, दुर्बल और रोगाक्रान्त हो गए थे। युद्ध के बाद ही जो भुखमरी और महामारी नगर और उपनगर में फैली थी, उससे आबाल-वृद्ध पटापट मर रहे थे। सूर्योदय से सूर्योदय तक निरन्तर जन-हर्यों में से जिनमें कभी संगीत की लहरें उठा करती थीं—आक्रोश, क्रन्दन, चीत्कार और कलह के कर्ण-कटु शब्द सुनाई देते ही रहते थे। नगर-सुधार की ओर किसी का भी ध्यान न था। संथागार में अब नियमित सन्निपात नहीं होते थे; होते थे तो विद्रोह और गृह-कलह तथा मत-पार्थक्य ही की बातें सुनाई पड़ती थीं। प्रमुख राजपुरुषों ने राज-संन्यास ले लिया था। नए अनुभवहीन और हीन-चरित्र लोगों के हाथ में सत्ता डोलायमान हो रही थी। प्रत्येक स्त्री-पुरुष असन्तुष्ट, असुखी और रोषावेशित रहता था। लोग फटे-हाल फिरते तथा बातचीत में कुत्तों की भाँति लड़ पड़ते थे। मंगल-पुष्करिणी सूख गई थी और नीलहद्य प्रासाद भूमिसात् हो चुका था। लोग खुल्लमखुला राजपुरुषों पर आक्षेप करते, अकारण ही एक-दूसरे पर आक्रमण करते और हत्या तक कर बैठते थे। अपराधों की बाढ़ आ गई थी। बहुत कुल-कुमारियाँ और कुल-वधू वेश्या बनकर हट्ट में आ बैठी थीं। उन्हें लज्जा नहीं थी। वे प्रसंग आने पर अम्बपाली का व्यंग्यमय उदाहरण देकर कहतीं—हम इन पुरुष-पशुओं पर उसी की भाँति शासन करेंगी। इनके धन-रत्नों का हरण करेंगी। यह लोक-सम्मत संस्कृत जीवन है, इसमें गर्हित क्या है? अकरणीय क्या है? नगर के बाहर एक योजन जाने पर भी नगर का जीवन, धन अरक्षित था। दस्युओं की भरमार हो गई थी, खेत सब सूखे पड़े थे। ग्राम जनपद सर्वत्र 'हा अन्न, हा अन्न' का क्रन्दन सुनाई पड़ रहा था। भूख की

ज्वाला से जर्जर काले-काले कंकाल ग्राम-ग्राम घूमते दीख पड़ते थे। किसी में किसी के प्रति सहानुभूति, प्रेम और कर्तव्य की भावना का अंश भी नहीं रह गया था। ये सब युद्ध के अवश्यम्भावी युद्धोत्तर परिणाम थे।

अम्बपाली का द्वार सदैव बन्द रहता था। लोग सप्तभूमि प्रासाद को देख-देखकर क्रोध और आवेश में आकर अपशब्द बकते, तथा अम्बपाली को कोसते थे। सप्तभूमि प्रासाद के गवाक्षों और अलिन्दों से दूर तक शोभा बिखेरने वाला रंग-बिरंगा प्रकाश अब नहीं दीख पड़ रहा था। वहाँ सिंहपौर पर अब ताजे फूलों की मालाएँ नहीं सजाई जाती थीं—न अब वहाँ पहले जैसी हलचल थी, युद्ध में जो भाग भंग हो गया था, अम्बपाली ने उसकी मरम्मत कराने की परवाह नहीं की थी—जगह-जगह भीतों, अलिन्दों, खम्भों और शिखरों में दरारें पड़ गई थीं, उन दरारों में जंगली घास-फूस, गुल्म उग आए थे। बीच के तोरणों में मकड़ियों ने जाले पूर दिए थे और कबूतरों-चमगादड़ों ने उसमें घर बना लिए थे।

अम्बपाली के बहुत मित्र युद्ध में निहत हुए थे। जो बच रहे थे, वे अम्बपाली के इस परिवर्तन पर आश्चर्य करते थे। दूर-दूर तक यह बात फैल गई थी कि देवी अम्बपाली का आवास अब मनुष्य-मात्र के लिए बन्द हो गया है। अम्बपाली के सहस्रावधि वेतन-भोगी दास-दासी, सेवक, कम्मकर, सैनिक और अनुचरों में अब कोई दृष्टिगोचर नहीं होता था। जो इने-गिने पार्श्वद रह गए थे, उनमें केवल दो ही व्यक्ति थे, जो अम्बपाली को देख सकते थे और बात कर सकते थे। एक वृद्ध दंडधर लल्ल और दूसरी दासी मदलेखा। इनमें केवल वृद्ध दंडधर को ही बाहर-भीतर सर्वत्र आने-जाने की स्वाधीनता थी। ये ही दोनों यह रहस्य जानते थे कि अम्बपाली को बिम्बिसार का गर्भ है।

यथासमय पुत्र प्रसव हुआ। यह रहस्य भी केवल इन्हीं दो व्यक्तियों पर प्रकट हुआ। वह शिशु अतियत्न से, अतिगोपनीय रीति पर, अति सुरक्षा में उसी दंडधर के द्वारा यथासमय मगध सम्राट् के पास राजगृह पहुँचा दिया गया।

2

मगध-सम्राट् बिम्बिसार अर्द्ध-विक्षिप्त की भाँति राज-प्रासाद में रहते थे। राज-काज ब्राह्मण वर्षकार ही के हाथ में था। सम्राट् प्राय: महीनों प्रासाद से बाहर नहीं आते, दरबार नहीं करते, किसी राजकाज में ध्यान नहीं देते। वे बहुधा रात-रात-भर नंगे सिर, नंगे बदन, नंगा खड्ग हाथ में लिये प्रासाद के सूने खंडों में अकेले ही बड़बड़ाते घूमा करते। राज सेवक यह कह गए थे। कोई भी बिना आज्ञा सम्राट् के सम्मुख आने का साहस न कर सकता था।

एक दिन, जब सम्राट् एकाकी शून्य-हृदय, शून्य-मस्तिष्क, शून्य-जीवन, शून्य-प्रासाद में, शून्य रात्रि में उन्मत्त की भाँति अपने ही से कुछ कहते हुए से, उन्निद्र, नग्न खड्ग हाथ में लिये भटक रहे थे, तभी हठात् वृद्ध दंडधर लल्ल ने उनके सम्मुख जाकर अभिवादन किया।

सम्राट् ने हाथ का खड्ग ऊँचा करके उच्च स्वर से कहा, "तू चोर है, कह, क्यों आया?"

दंडधर ने एक मुद्रा सम्राट् के हाथ में दी और गोद में श्वेत कौशेय में लिपटे शिशु का मुँह उघाड़ दोनों हाथ फैला दिए। सम्राट् ने देवी अम्बपाली की मुद्रा पहचान मंदस्मित हो शिशु की उज्ज्वल आँखों को देखकर कहा, "यह क्या है भणे?"

"मगध के भावी सम्राट्! देव, मेरी स्वामिनी देवी अम्बपाली ने बद्धांजलि निवेदन किया है कि उनकी तुच्छ भेंट-स्वरूप मगध के भावी सम्राट् आपके चरणों में समर्पित हैं।"

सम्राट् ने शिशु को सिंहासन पर डालकर वृद्ध दंडधर से उत्फुल्ल-नयन हो कहा, "मगध के भावी सम्राट् का झटपट अभिवादन कर!"

दंडधर ने कोष से खड्ग निकाल मस्तक पर लगा तीन बार मगध के भावी सम्राट् का जयघोष किया और खड्ग सम्राट् के चरणों में रख दिया।

सम्राट् ने भी उच्च स्वर से खड्ग हवा में ऊँचा कर तीन बार मगध के भावी सम्राट् का जयघोष किया और घंट पर आघात किया। देखते-ही-देखते प्रासाद के प्रहरी, रक्षक, कंचुकी, दंडधर, दास-दासी दौड़ पड़े। सम्राट् ने चिल्ला-चिल्लाकर उन्मत्त की भाँति कहा, "अभिवादन करो, आयोजन करो, आयोजन करो, गण-नक्षत्र मनाओ। मगध के भावी सम्राट् का जय-जयकार करो!"

देखते-ही-देखते मागध प्रासाद हलचल का केन्द्र हो गया। विविध वाद्य बज उठे। सम्राट् ने अपना रत्नजटित खड्ग वृद्ध दंडधर की कमर में बाँधते हुए कहा, "भणे, अपनी स्वामिनी को मेरी यह भेंट देना।" यह कह एक और वस्तु वृद्ध के हाथ में चुपचाप दे दी। वह वस्तु क्या थी, यह ज्ञात होने का कोई उपाय नहीं।

3

10 वर्ष बीत गए। युवक वृद्ध हो गए, वृद्ध मर गए, बालक युवा हो गए। अम्बपाली अब अतीत का विषय हो गई। पुराण पुरुष युक्ति-अत्युक्ति द्वारा युद्ध और अम्बपाली की बहुत-सी कथाएँ कहने-सुनने लगे। उनमें बहुत-सी अतिरंजित, बहुत-सी प्रकल्पित और बहुत-सी सत्य थीं। उन्हें सुन-सुनकर वैशाली के नवोदित तरुणों को कौतूहल होता। वे जब सप्तभूमि प्रासाद के निकट होकर आते-जाते, तो उसके बन्द, शून्य और अरक्षित अक्षोभनीय द्वार को उत्सुकता और कौतूहल से देखते। इन्हीं दीवारों के भीतर, इन्हीं अवरुद्ध गवाक्षों के उस ओर वह जनविश्रुत अम्बपाली रह रही हैं, किन्तु उसका दर्शन अब देव, दैत्य, मानव, किन्नर, यक्ष, रक्ष सभी को दुर्लभ है, इस रहस्य की विविध किंवदन्तियाँ घर-घर होने लगीं।

श्रमण बुद्ध बहुत दिन बाद वैशाली में आए। आकर अम्बपाली की बाड़ी में ठहरे। अम्बपाली ने सुना। हठात् सप्तभूमि प्रासाद में जीवन के चिह्न देखे जाने लगे। दास-दासी, कम्मकर, कर्णिक, दंडधर भाग-दौड़ करने लगे। दस वर्ष से अवरुद्ध सप्तभूमि प्रासाद का सिंहद्वार एक हल्की चीत्कार करके खुल गया और देखते-देखते सारी वैशाली में यह समाचार विद्युत् वेग से फैल गया—अम्बपाली भगवान बुद्ध के दर्शनार्थ बाड़ी में

जा रही है। दस वर्ष बाद वह सर्वसाधारण के समक्ष एक बार फिर बाहर आई है। लोग झुंड के झुंड प्रासाद के सिंह-पौर को घेरकर तथा राजमार्ग पर डट गए। आज के तरुणों ने कहा—आज उस अद्‌भुत देवी का दर्शन करेंगे। नवोढ़ा वधुओं ने कहा—देखेंगे, देवी का रूप कैसा है! कल के तरुणों ने कहा—देखेंगे, अब वह कैसी हो गई है। हाथी, घोड़े, शिविका और सैनिक सज्जित हो-होकर आने लगे अम्बपाली एक श्वेत हाथी पर आरूढ़ निरावरण एक श्वेत कौशेय उत्तरीय से सम्पूर्ण अंग ढाँपे नतमुखी बैठी थी। उसका मुख पीत, दुर्बल किन्तु तेजपूर्ण था। जन-कोलाहल, भीड़-भाड़ पौर-जनपद की लाजा-पुष्पवर्षा किसी ने भी उसका ध्यान भंग नहीं किया। एक बार भी उसने आँख उठाकर किसी की ओर नहीं देखा। श्वेत मर्म की अचल देव-प्रतिमा की भाँति शुभ्र शारदीय शोभा की मूर्त प्रतिकृति-सी वह निश्चल-निस्पन्द नीरव हाथी पर नीचे नयन किए बैठी थी। दासियों का पैदल झुंड उसके पीछे था।

उनके पीछे अश्वारोही दल था और उसके बाद हाथियों पर गन्ध, माल्य, भोज्य, उपानय तथा पूज्य-पूजन की सामग्री थी। सबके पीछे विविध वाहन, कर्मचारी, नागर और जानपद। राजपथ, वीथी, हट्ट में अपार दर्शक उत्सुकता और कौतूहल से उसे देख रहे थे।

बाड़ी के निकट जा उसने सवारी रोकने की आज्ञा दी। वह पाँव-प्यादे वहाँ पहुँची, जहाँ एक द्रुम की शीतल छाँह में, अर्हन्त श्रमण बुद्ध प्रसन्न मुद्रा में बैठे थे। पीछे सौ दासियों के हाथों में गन्ध-माल्य, उपानय और पूज्य-पूजन-साधन थे।

तथागत अब अस्सी को पार कर गए थे। उनके गौर, उन्नत, कृश गात की शोभा गाम्भीर्य की चरम रेखाओं में विभूषित हो कोटि-कोटि जनपद को उनके चरणों में अवनत होने को आह्वान कर रही थी। उनके सब केश श्वेत हो गए थे। किन्तु वे एक बलिष्ठ महापुरुष दीख पड़ते थे। वे पद्‌मासन लगाए शान्त मुद्रा में वृक्ष की शीतल छाया में आसीन थे।

सहस्रावधि भिक्षु, नागर उनके चारों ओर बैठे थे। मुंडित और काषायधारी भिक्षुकों की पंक्ति दूर तक बैठी उनके श्रीमुख से निकले प्रत्येक शब्द को हृदय-पटल पर लिख रही थी।

आनन्द ने कहा, "भगवन्, देवी अम्बपाली आई हैं।"

तथागत ने किंचित् हास्य-मुद्रा से अम्बपाली को देखा। अम्बपाली ने सम्मुख आ, अभिवादन किया। गन्ध-माल्य निवेदन कर पूज्य-पूजन किया। फिर संयत भाव से एक ओर हटकर बैठकर उसने करबद्ध प्रार्थना की—

"भन्ते भगवन्, भिक्षु-संघ सहित कल को मेरा भोजन स्वीकार करें!"

भगवन् ने मौन रह स्वीकार किया। तब देवी अम्बपाली भगवन् की स्वीकृति को जान आसन से उठ, भगवन् की प्रदक्षिणा कर, अभिवादन कर चल दी। इसी समय रथों, वाहनों, हाथियों, अश्वों का महानाद, बहुत मनुष्यों का कोलाहल सुन अर्हन्त बुद्ध ने कहा, "आयुष्मान् आनन्द, यह कैसा कोलाहल है?"

आनन्द ने कहा, "भगवन्, यह लिच्छवियों के अष्टराजकुल परि सहित भगवान् की शरण आ रहे हैं।"

भगवान ने कहा, "आनन्द, तथागत अब अन्तिम बार वैशाली को देख रहा है। अब वैशाली वैसी नहीं रही। जब वे लिच्छवि सज-धजकर तथागत के निकट आते थे तब तथागत कहता था, "भिक्षुओ, तुमने देवताओं को अपनी नगरी से बाहर आते कभी नहीं देखा है, परन्तु इन वैशाली के लिच्छवियों को देखो, जो समृद्धि और ठाट-बाट में उन देवताओं के ही समान हैं। वे सोने के छत्र, स्वर्ण-मंडित पालकी, स्वर्ण-जटित रथ और हाथियों सहित आबाल-वृद्ध सब विविध आभूषण पहने और विविध रंगों से रंजित वस्त्र धारण किए, सुन्दर वाहनों पर तथागत के पास आया करते थे। देख आनन्द, अतिसमृद्ध, सुरक्षित, सुभिक्ष, रमणीय, जनपूर्ण सम्पन्न गृह और हर्यों से अलंकृत, पुष्पवाटिकाओं और उद्यानों से प्रफुल्लित, देवताओं की नगरी से स्पर्धा करनेवाली वैशाली आज कैसी श्री-विहीन हो गई है।"

इसी बीच अष्टकुल के लिच्छवि राज-परिजन ने निकट आ अपने-अपने नाम कह भगवन् को अभिवादन किया और एक ओर हटकर बद्धांजलि बैठ गए। उन्हें भगवान् ने धार्मिक कथा द्वारा समदर्शित-समापित, समुत्तेजित, और सम्प्रहर्षित किया।

तथागत के धार्मिकोपदेश द्वारा सम्प्रहर्षित हो, लिच्छवि-गणपति ने बद्धांजलि हो कहा, "भन्ते भगवन्, कल का हमारा भात भिक्षुसंघ-सहित ग्रहण करें!"

भगवन् ने मन्दस्मित करके कहा, "यह तो मैं अम्बपाली का स्वीकार कर चुका।"

तब लिच्छवियों ने उँगलियाँ फोड़ी, "अरे, अम्बपाली ने हमें जीत लिया! अम्बपाली ने हमें वंचित कर दिया!"

तब लिच्छविगण भगवान के भाषण को अभिनन्दित कर, भगवान् को अभिवादन कर, परिक्रमा कर, अनुमोदित कर, आसन से उठ लौट चले, कुछ श्वेत वस्त्र धारण किए थे, कुछ लाल और कुछ आभूषण पहने थे।

अम्बपाली रथ में बैठकर लौटी। उसने बड़े-बड़े तरुण राजपुरुष लिच्छवियों के धुरों से धुरा, चक्कों से चक्का, जुए से जुआ टकराया, उनके घोड़ों के बराबर घोड़े दौड़ाए।

लिच्छवि राजपुरुषों ने देखकर क्रुब्ध होकर कहा, "जे अम्बपाली! क्यों दुहर लिच्छवियों के धुरों से धुरा टकराती है?"

"आर्यपुत्रो, मैंने भिक्षुसंघ के सहित भगवान् को भोज के लिए निमंत्रित किया है।"

"जे अम्बपाली, शत-सहस्त्र स्वर्ण से इस भात को दे दे।"

"आर्यपत्रो, यदि वैशाली जनपद भी दो, तो भी इस महान भात को नहीं दूँगी।"

तब उन लिच्छवियों ने उँगलियाँ फोड़ीं और अपने हाथ पटककर कहा, "अरे, हमें इस अम्बपाली ने जीत लिया! अरे, हमें अम्बपाली ने वंचित कर दिया!"

अम्बपाली ने अपना रथ आगे बढ़ाया और उसके सहस्त्र घंटनाद के उद्घोष और उसके पहियों से उड़ी हुई धूल का एक बादल पीछे रह गया।

4

तब अर्हन्त भगवान् पूर्वाह्न समय जानकर पात्र और चीवर ले बारह सौ भिक्षुसंघ-सहित देवी अम्बपाली के आवास की ओर चले। अम्बपाली ने सैकड़ों कारीगर-मजदूर लगाकर

रातों-रात सप्तभूमि-प्रासाद का श्रृंगार किया। तोरणों पर ध्वजा-पताकाएँ अपनी रंगीन छटा दिखाने लगीं। गवाक्षों के रंगीन स्फटिक सूर्य की किरणों में प्रतिबिम्बित से होने लगे। सिंह-द्वार का नवीन संस्कार हुआ और उसे नवीन पुष्पों से सज्जित किया गया। तथागत अपने अनुगत भिक्षुसंघ के सहित पात्र और चीवर को हाथ में लिए भूमि पर दृष्टि लगाए वैशाली के राजमार्ग पर बढ़े चले जा रहे थे। उस समय वैशाली के प्राण ही राजमार्ग पर आ जूझे थे। अन्तरायण के सेट्ठी, निगम-जेट्ठक अपनी-अपनी हट्टों से उठ-उठकर मार्ग की भूमि को भगवान् के चरण रखने से प्रथम अपने उत्तरीय से झाड़ने लगे। बहुत-से भीड़ में आगे निकल राजपथ पर अपने बहुमूल्य शाल कोर्जव और कौशेय बिछाने लगे। तथागत महान् वीतराग भत्त्व, महाप्राण अर्हन्त जनपद जन के इस चंड जयघोष से तनिक भी विचलित न होकर स्थिर, पद पर पद रखते, सप्तभूमि प्रासाद की ओर बढ़े जा रहे थे। उनकी अधोदृष्टि जैसे पाताल तक घुस गई थी। पौर वधू झरोखों में लाजा-पुष्प तथागत पर फेंक रही थीं।

सप्तभूमि-प्रासाद की सीढ़ियों को ताजे फूलों से ढाँप दिया था। द्वार-कोष्ठक पर स्वयं देवी अम्बपाली शुभ्र-शक्र नक्षत्र की भाँति भगवत् के स्वागतार्थ खड़ी थी। उसने दूर तक भगवत् को आते देखा, देखते ही अगवानी कर भगवान् की वन्दना कर, आगे-आगे ही पैड़ियों तक ले गई। वहाँ जाकर भगवान् श्रमण पौर की निचली सीढ़ी पर खड़े हो गए। अम्बपाली ने कहा, "भन्ते भगवान्, भगवान् भीतर चलें, सुगत, सीढ़ियों पर चढ़ें। यह चिरकाल तक मेरे हित और सुख के लिए होगा।"

तब तथागत सीढ़ियों पर चढ़े। अम्बपाली ने प्रासाद के सप्तम खंड में भोजन के लिए आसन बिछवाया। भगवान् बुद्ध संघ के साथ बिछे आसन पर बैठे। तब अम्बपाली ने बुद्ध-सहित भिक्षुसंघ को अपने हाथ से उत्तम खादनीय पदार्थों से सन्तर्पित किया, सन्तुष्ट किया। भगवान् के भोजन-पात्र पर से हाथ खींच लेने पर देवी अम्बपाली एक नीचा आसन लेकर एक ओर बैठ गई।

एक ओर बैठी अम्बपाली को भगवान् ने धार्मिक कथा से सम्प्रहर्षित समुत्तेजित किया। अम्बपाली तब करबद्ध सामने आकर खड़ी हुई।

भगवन् ने कहा, "अम्बपाली, अब और तेरी क्या इच्छा है?"

"भन्ते, भगवन्, एक भिक्षा चाहिए!"

"वह क्या अम्बपाली?"

"आज्ञा हो भन्ते, कोई भिक्षु अपना उत्तरीय मुझे प्रदान करें।"

भगवन् ने आनन्द की ओर देखा। आनन्द ने अपना उत्तरीय उतारकर अम्बपाली को भेंट कर दिया। क्षणभर के लिए अम्बपाली भीतर गई। परन्तु दूसरे ही क्षण वह उसी उत्तरीय से अपने अंग ढाँपे आ रही थी। कंचुक और कौशेय जो उसने धारण किया हुआ था, उतार डाला था। अब उसके अंग पर आनन्द के दिए हुए उत्तरीय को छोड़ और कुछ न था। न वस्त्र, न आभूषण, न श्रृंगार। उसके नेत्रों से अविरल अश्रुधार बह रही थी। वह आकर भगवान् के सामने पृथ्वी पर लोट गई। भगवान् ने शुभहस्त से उसे स्पर्श करके कहा, "उठ, उठ, कल्याणी, कह तेरी क्या इच्छा है?"

"भन्ते भगवन् इस अधम-अपवित्र नारी की विडंबना कैसे बखान की जाए! यह

महानारी-शरीर कलंकित करके मैं जीवित रहने पर बाधित की गई, शुभ संकल्प से मैं वंचित रही। भगवन्, यह समस्त सम्पदा मेरी कलुषित तपश्चर्या का संचय है। मैं कितनी व्याकुल, कितनी कुंठित, कितनी शून्यहृदया रहकर अब तक जीवित रही हूँ, यह कैसे कहूँ? मेरे जीवन में दो ज्वलन्त दिन आए। प्रथम दिन के फलस्वरूप मैं आज मगध के भावी सम्राट् की राजमाता हूँ। परन्तु भगवन् आज के महान् पुण्य-योग के फलस्वरूप अब मैं इससे उच्च पद प्राप्त करने की धृष्ट अभिलाषा रखती हूँ। भन्ते भगवन् प्रसन्न हों, जब भगवन् की चरण-रज से यह आवास एक बार पवित्र हुआ, तब यहाँ अब विलास और पाप कैसा? उसकी सामग्री ही यहाँ क्यों? उसकी स्मृति भी क्या?...

"इसलिए भगवच्चरण-कमलों में यह सारी सम्पदा, प्रासाद, धनकोष, हाथी, घोड़े, प्यादे, रथ, वस्त्र, भंडार आदि सब समर्पित हैं! भगवन् ने जो यह भिक्षु का उत्तरीय मुझे प्रदान किया है, मेरे शरीर की लज्जा-निवारण को यथेष्ट है। आज से अम्बपाली तथागत की शरण है। यह इस भिक्षा में प्राप्त पवित्र वस्त्र को प्राण देकर भी सम्मानित करेगी!"

इतना कह अविरल अश्रुधारा से भगवच्चरणों को धोती हुई अम्बपाली अर्हन्त बुद्ध की चरण-रज नेत्रों से लगाकर उठी और धीरे-धीरे प्रासाद से बाहर चली गई। दास-दासी, दंडधर, कर्णिक, कंचुकी, भिक्षु-सब देखते रह गए।

महावीतराग बुद्ध आप्यायित हुए। उनके सम्पूर्ण जीवन में यह त्याग का सर्वोत्कृष्ट उदाहरण था।

अम्बपाली, उस पीत परिधान को धारण किए, नीचा सिर किए, पैदल उसी राजमार्ग से भूमि पर दृष्टि दिए धीरे-धीरे नगर से बाहर जा रही थी, जिसमें कभी वह मणि-माणिक्य से जड़ी चलती थी। सहस्रों नगर पौर जनपद उन्मत्त-विमूढ़ हो उसके पीछे-पीछे चल दिए। सहस्र-सहस्र कंठ से, 'जय अम्बपाली, जय साध्वी अम्बपाली' का गगन-भेदी नाद उठा और उसके पीछे समस्त नगर उमड़ा जा रहा था। खिड़कियों से पौरवधुएँ पुष्प और खील वर्षा कर रही थीं।

भगवत् ने कहा, "आयुष्मान् आनन्द, यह सप्तभूमि प्रासाद भिक्षुकों का सर्वश्रेष्ठ विहार हो। भिक्षु यहाँ रहकर सन्मार्ग का अन्वेषण करें—यही तथागत की इच्छा है।"

इतना कह भगवत् बुद्ध उठकर भिक्षु संघसहित बाड़ी की ओर चल दिए।

5

महाश्रमण भगवत् बुद्ध अम्बपाली की बाड़ी में आ स्वस्थ हो आसन पर बैठे। तब अम्बपाली केशों को काटकर काषाय पहने मार्ग चलने से फूले-पैरों, धूल-भरे शरीर से दुखी, दुर्मना, अश्रुमुखी पाँव-प्यादे, रोती हुई बाड़ी के द्वार कोष्ठक के बाहर आकर खड़ी हो गई। उसके साथ बहुत-सी लिच्छवि स्त्रियाँ भी हो ली थीं।

इस प्रकार द्वार कोष्ठक पर अम्बपाली को श्रान्त दुखी और अश्रुपूरित खड़ी देख आयुष्मान् आनन्द ने पूछा, "सुश्री अम्बपाली, अब यहाँ इस प्रकार तुम्हारे आने का क्या प्रयोजन है?"

"भन्ते आनन्द, मैं भन्ते भगवान् से प्रव्रज्या लेना चाहती हूँ।"

"तो भगवती अम्बपाली, तुम यहीं ठहरो, मैं भगवान् से अनुज्ञा ले आता हूँ।"

इतना कह आनन्द अर्हन्त गौतम के पास जा बोले, "भगवन्, भगवती अम्बपाली फूले पैरों, धूल-भरे शरीर से दुखी, दुर्मना, अश्रुमुखी रोती हुई द्वार-कोष्ठक पर खड़ी है। वह प्रव्रज्या की अनुज्ञा माँगती है। भन्ते भगवन् भगवती अम्बपाली को प्रव्रज्या की अनुज्ञा मिले। उन्हें उपसम्पदा प्रदान हो।"

"नहीं आनन्द, यह सुनकर नहीं कि तथागत के जतलाए धर्म में अम्बपाली घर से बेघर हो प्रव्रज्या ले।"

भन्ते, क्या तथागत-प्रवेदित धर्म घर से बेघर प्रव्रजित हो, स्त्रियाँ स्रोत्र आपत्तिफल, सकृदागामि-फल, अनागामि-फल अर्हतत्व-फल को साक्षात् कर सकती हैं?"

"कर सकती हैं आनन्द!"

"याद भन्ते, तथागत-प्रवेदित धर्म-विनय में घर से बेघर प्रव्रजित हो स्त्रियाँ अर्हतत्व-फल को साक्षात् करने योग्य हैं, तो भन्ते! भगवती अम्बपाली इसके लिए सर्वथा सम्यक् उपयुक्त हैं।"

कुछ देर अर्हन्त बुद्ध ने मौन रहकर कहा, "तो आनन्द, यदि सुश्री अम्बपाली आठ गुरुधर्मों को स्वीकार करे, तो उसे प्रव्रज्या मिले। उसकी उपसम्पदा हो।"

तब आनन्द भगवान से इन आठ महाधर्मों को समझ, द्वार कोष्ठक पर जहाँ अम्बपाली फूले-पैर, धूल-भरे शरीर और अश्रुपूरित नयनों से खड़ी थी, वहाँ पहुँचे। पहुँचकर अम्बपाली से कहा, "भगवत् की अम्बपाली यदि आठ महाधर्मों को स्वीकार करें, तो शास्ता तुम्हें उपसम्पदा देंगे, प्रव्रज्या देंगे।"

"भन्ते आनन्द, जैसे अपने जीवन के प्रभात में-मैं सिर से नहाकर उत्पलकर्षिक माला या अतिमुक्तक माला को दोनों हाथों से चाव-सहित अंग पर धारण करती थी, उसी प्रकार भन्ते आनन्द, मैं इन आठ गुरुधर्मों को स्वीकार करती हूँ।"

तब आयुष्मान् आनन्द ने भगवत् के निकट जा अभिवादन कर कहा, "भन्ते भगवत्, भगवती अम्बपाली ने यावज्जीवन आठ गुरुधर्मों को स्वीकार किया है।"

"आनन्द, यदि स्त्रियाँ तथागत-प्रवेदित धर्म-विजय में प्रव्रज्या न पातीं, तो यह ब्रह्मचर्य चिरस्थायी होता। सद्धर्म सहस्त्र वर्ष ठहरता। परन्तु अब, जब स्त्रियाँ प्रव्रजित हुई हैं, तो ब्रह्मचर्य चिरस्थायी न होगा। सद्धर्म पाँच सौ वर्ष टिकेगा। जैसे बहुत स्त्री वाले और थोड़े पुरुषोंवाले, कुल चोरों द्वारा सेतट्टिका द्वारा अनायास ही में प्र-ध्वंस्य होते हैं इसी प्रकार आनन्द जिस धर्म-विनय में स्त्रियाँ प्रव्रज्या पाती हैं, वह ब्रह्मचर्य चिरस्थायी नहीं होता। जैसे आनन्द, सम्पन्न लहलहाते धान के खेत में सेतट्टिका रोग जाति पड़ती है, जैसे सम्पन्न ऊख के खेत में मंजिष्ठ रोग जाति पड़ती है, उसी प्रकार जिस धर्म-विनय में स्त्रियाँ प्रव्रज्या लेती हैं, वह चिरस्थायी नहीं होता। इसी से आनन्द जैसे कृषक पानी की रोक-थाम को मेड़ बाँधता है, उसी प्रकार मैंने भिक्षुणियों के लिए जीवन-भर अनुल्लंघनीय आठ गुरुधर्मों को स्थापित किया है। तू सुश्री अम्बपाली को ला।"

तब आनन्द के साथ देवी अम्बपाली ने भगवान के निकट आ परिक्रमा कर अभिवादन किया और बद्धांजलि सन्मुख खड़ी हो—

बुद्ध सरणं गच्छामि।
संघं सरणं गच्छामि!
धम्मं सरणं गच्छामि!

तीन महावाक्य कहे।

भगवत् ने उसे प्रव्रज्या दी, उपसम्पदा दी; और स्थिर धीर स्वर से कहा, "कल्याणी अम्बपाली, सुन! जिन धर्मों को तू जाने कि, वह सराग के लिए हैं, वि-राग के लिए नहीं, संयोग के लिए हैं, वियोग के लिए नहीं, जमा के लिए हैं, विनाश के लिए नहीं; इच्छाओं के बढ़ने के लिए हैं, इच्छाओं के कम करने के लिए नहीं; असन्तोष के लिए हैं, सन्तोष के लिए नहीं; भीड़ के लिए हैं, एकान्त के लिए नहीं; अनद्योगिता के लिए हैं, उद्योगिता के लिए नहीं; दुर्भरता के लिए हैं, सुभरता के लिए नहीं तो तू अम्बपाली शुभे एकान्तेन जान कि न वह धर्म है, न विनय है, न शास्ता का शासन है।"

कुछ देर मौन रहकर भगवत् ने फिर कहा, "जा अम्बपाली तुझे उपसम्पदा प्राप्त हो गई। अपना और प्राणिमात्र का कल्याण कर!"

भगवत् अर्हन्त प्रबुद्ध बुद्ध ने इतना कह-उच्च स्वर से कहा, "भिक्षुओ, महासाध्वी अम्बपाली भिक्षुणी का स्वागत करो!"

फिर जयनाद से दिशाएँ गूँज उठीं। अम्बपाली ने आँसू पोंछे। भगवत् सुगत की प्रदक्षिणा की और भिक्षुसंघ के बीच में होकर पृथ्वी पर दृष्टि दिए वहाँ से चल दी। उसके पीछे ही एक तरुण भिक्षु ने भी चुपचाप अनुगमन किया। आहट पाकर अम्बपाली ने पूछा, "कौन है?"

"भिक्षु सोमप्रभ आर्ये!"

अम्बपाली बोली नहीं, रुकी भी नहीं, फिरकर एक बार उसने देखा भी नहीं। एक मन्दस्मित की रेखा उसके सूखे होंठों और सूखी हुई आँखों में भास गई। वह चलती चली गई।

उस समय प्रतीची दिशा लाल-लाल मेघाडम्बरों से रंजित हो रही थी, उसकी रक्तिम आभा आम के नवीन लाल-लाल पत्रों को दुहरी लाली से रंगीन कर रही थी, ऐसा प्रतीत होता था मानो सांध्य सुन्दरी ने उसी क्षण माँग में सिन्दूर दिया था।